福建師範大學文學院百年學術論叢　第四輯

# 中西文學類型比較史

李萬鈞　著

# 第四輯
# 總序

福建師範大學已歷經百又十年春秋，回想晚清帝師陳寶琛弢庵先生創立「福建優級師範學堂」時所題校訓：「化民成俗其必由學，溫故知新可以為師」，將教育宗旨植根於「學」字，堪稱高瞻遠矚。百多年來，學校隨著時代的更替發展變遷，而辦學理念始終沿循校訓精神，學高為師，身正為範，英才輩出，教澤廣布，為學術建設與文化教育作出了富有意義的貢獻。從我校文學院協同臺北萬卷樓圖書公司編選出版的「百年學術論叢」前三輯三十種論著，以及這次推出的第四輯十種作品，均可印證這一觀點。

第四輯又再現「四代同堂」的學術勝景：已故李萬鈞先生的《中西文學類型比較史》開拓了中西文類比較研究的遼闊視野；資深學者中，林海權先生的《李贄年譜考略》以精密的考辨展示了明代著名思想家李卓吾的生平事跡，歐陽健先生的《中國歷史小說史》以史論結合方式展現了中國歷史小說的發展脈絡，賴瑞雲先生的《孫紹振解讀學簡釋》昭顯了孫紹振先生文本解讀學體系的理論與實踐意義，譚學純先生的《廣義修辭學研究——理論視野和學術面貌》開拓了修辭學發展的一個嶄新局面；中青年學人中，祝敏青《當代小說修辭性語境差闡釋》就修辭性語境差問題作了細緻的解析，王漢民《傳統戲曲與道教文化》將戲劇連同宗教作有機的思考，袁勇麟《中國當代雜文史》梳理了兩岸三地雜文五十年的發展演變，呂若涵《另一種現代性——「論語派」論》對論語派散文作出切實的價值評估，蔡彥峰《元嘉體詩學研究》對劉宋時期詩學進行了系統的深入探討。

以上只是簡約提示本輯各位作者各有專攻和創獲。綜觀這四輯四十種論著，可謂蔚然大觀，並有學脈貫通。六庵先生之經學，桂堂先生之散文學，喆盦先生之詩學文說，穆克宏先生之六朝文學，李萬鈞先生之比較文學，陳一琴先生之詩話批評，孫紹振先生之文本解讀學，姚春樹先生之雜文史，齊裕焜先生之小說史，陳良運先生之詩學史，莊浩然先生之話劇史，陳慶元先生之福建文學史，以及其他學者的專題著述，不僅體現了我校人文學術的特色優勢，也呈示了我校文學院薪火相傳、嚴謹精進的治學傳統。溫故知新，繼往開來，理應為我輩後學義不容辭的學術使命。

近幾年來，我校文學院持續開展和加強兩岸文化教育的交流合作活動，以文會友，廣結善緣，深獲臺灣學界同仁的鼎力支持和真誠勉勵，我們對此感念於心，永誌不忘！兩岸一家親，閩臺親上親，血緣割不斷，文緣結同心。在此戊戌仲春之際，我依然深信，兩岸的中華文化傳人，秉持同種同文的民族自尊心、自信心和責任心，必將跨越歷史鴻溝，進一步交流互動，昭發德音，化成人文，為促進中華文化復興繁榮而共同努力！

汪文頂

西元二〇一八年夏正戊戌仲春序於福州

# 目次



## 第一部分　中西短篇小說類型

# 陳序

萬鈞先生是我的好友，我們倆都在五〇年代初就讀於北京師範大學中文系，又先後留校，一同在外國文學教研室工作，研究歐美文學。那時，正是教研室的困難時期。由於政治運動的原因，我們的教研室主任穆木天先生無法登臺上課，教學任務落到了我們幾個剛剛畢業的年青人身上；緊接著又是一九五八年的「教育大革命」，大家不分白天黑夜地幹著，什麼「拔白旗」呀，「插紅旗」呀，編大綱呀，編教材呀，沒少折騰。也不知哪來的那麼一股勁兒，大家都不知疲勞，幾天幾夜不睡覺，睏了，趴在桌上瞇一會兒，睜開眼就接著幹。就是在這樣不尋常的年月裡，我們倆始終在一起工作，建立起我們的深厚友誼。事情雖然已經過去三十多年，如今回想起來仍然歷歷在目，記憶猶新。

後來，萬鈞離開了師大，到福建去工作，但我們仍然從事同樣的專業。更有意思的是，我們倆身處異地，也未經商量，卻不約而同地在專業方向上發生了同樣的變化：從外國文學轉到兼研究比較文學，這件事，看起來湊巧，細想起來並非偶然，也許恰恰是這個「不約而同」，才反映了事情的必然。

研究比較文學、研究外國文學並非我們上學的初衷，我們本來都是學中國文學的。進北師大的校門，就是衝著中文系這塊牌子，衝著當時師大中文系有黃藥眠、鍾敬文、穆木天、劉盼遂、李長之、譚丕謨、王古魯、黎錦熙、陸宗達、啟功、俞敏……這一系列名教授，想到的是在自己鍾愛的中國文學大海裡暢游一番。後來，只是由於某種原因而置身於外國文學領域。就我個人來講，與外國文學結合可以說是一次「組織之命、師長之言」的「包辦婚姻」。萬鈞的情況大概比我好些，因為他歷來就喜歡外國文學。但不管怎麼樣，畢業後研究外國文學，這是當初都沒有想到的事。我們的學業基礎在中國文學，我們的根底在中國文學，於是，在從事外國文學的時候，總不免「身在曹營心在漢」，時時懷念中國文學。

在多年的工作中，我們自然熟悉了自己原本不大熟悉的外國文學。這樣，在我們身上播下了兩顆種子，長出了兩棵知識之樹。平時，不論備課或是研究，眼睛裡看的是外國文學，看著看著，頭腦裡不由自主地便聯想到中國文學。每逢這種時候，往往感到別有趣味，比單純思考外國文學問題更有吸引力。對我們來講，比較像天性一樣不可抑止，中國文學與外國文學像一對自幼長大的情人，青梅竹馬，年頭一到，時機成熟，自然要結成連理。

這個時機，就是七○年代末八○年代初中國比較文學的復興。在此以前，我也曾在書目上見到過「比較文學」的名稱，但是什麼是比較文學，不得而知，也沒想到要去深究，那也許是由於比較文學在當時中國無人提倡、不成氣候的緣故。等到有人開始介紹比較文學之後，我才發覺，原來自己頭腦中早先出現過的那些念頭並非無源之水，那裡還有值得研究的東西，還有一門專門的學問。於是，很快就被它所吸引，如飢似渴地想要了解這門學問，而且自以為它很適合自己的情況，也許可以從這裡找到新的學術生命。從此，開始涉足比較文學，一發而不可收了。萬鈞的情況與我類似，這恐怕也就是我們倆在專業方向上走上同一條道路的原因。

另外，還有一個原因可以考慮。中國目前各大學中文系所教的外國文學，實際走的就是以比較文學的角度來研究文學史的路子。在國外，這樣的課程，像世界文學史、歐美文學史、歐洲文學史等等跨國界跨、民族界限的文學史研究，都設在比較文學系，這一點，以前我是不清楚的。一九八○年，中國比較文學學會第一屆年會在成都召開，會上，不少學者大聲疾呼要開展比較文學研究。我也參加了大會，聽到這種呼聲之後，我突然想到，我們長年所教的外國文學是不是就指這些學者所說的比較文學呢？因為，它就是用一種國際的眼光，即超民族、超國界的眼光來研究某一地區（歐洲、歐美、亞非等）的文學，既探索它們的共同規律，也研究它們的民族特點。會議期間，我拿著這個問題去請教我所尊敬的楊周翰先生。楊先生給了我肯定的回答。這時，我就像莫里哀喜劇《貴人迷》裡那個生下來就用散文說話卻不知散文為何物的茹爾丹一樣地驚喜起來。原來自己研究了二十多年的比較文學，卻不知研究的是什麼，豈不可笑！現在想來，楊先生的回答不過是對年青人的一種鼓勵而已，那些年教的外國文學雖然不無比較文學的因素，然而離真正的比較文學還差得遠呢！不過，我覺得，那二十多年並沒有白費，它對我們通向比較文學之路還是起了不小的作用，至少，我們這樣長年不自覺地在「比較」之中思考，養成了一種比較的，即超越國別與民族界限來考慮問題的習慣，因而一經點破，不但沒有像有的學者那樣引以為怪或引以為邪，反而有了恍然大悟的感覺，很快從不自覺到自覺；對於比較文學這樣一個新事物，也就無阻力地接受下來，一旦上馬，也如同輕車熟路，不覺得彆扭。萬鈞的情況大致也是如此，他在自己所寫的《歐美文學史和中國文學》一書的後記中談到，正是一九八五年中國比較文學學會的成立給了他啟發，再回過頭來，看看前幾年自己所從事的不自覺的比較研究，才發覺國際上原來早有一套系統的理論，即「比較文學」，此後才自覺地在教學與研究中研究起了比較文學。

以上這些情況，也許不限於我們兩人，在中國比較文學的同行中，如我輩者不乏其人。目前，中國高等院校中，真正從文學的角度來研究外國文學的，主要在中文系，而不在外文系；外國文學教學與研究的隊伍也都集中在中文系，不在外語系。而這些學者又多半出身於中文系，只是由於工作的需要而研究了外國文學。於是，在他們身上也發生了種下兩顆種子、長出兩顆知識之樹的情況，也發生了自覺不自覺地走上比較文學路子的變化。這也許就是在中國比較文學隊伍中，高校中文系外國文學教師佔有相當大比例的重要原因。

當然，真要研究比較文學來，才知它遠非我當初想像得那麼順手、那麼輕鬆，它需要多種語言、多種文學的功底，需要自覺的比較意識和國際視野，需要高度的理論水平和深邃的洞察力，需要大量的最新信息，等等，而這些都是自己所欠缺而一時不易補充的東西，因此，越研究越覺得心虛。現在，已成騎虎之勢，只得硬著頭皮做下去了。不過，萬鈞先生研究起比較文學來確實得心應手。近年來，他成績斐然，碩果纍纍。他之得到一九九三年曾憲梓教育基金二等獎，比較文學方面的研究成果當然給他提供了有力的依據。

《中西文學類型比較史》是萬鈞先生的新成果，是他繼《歐美文學史和中國文學》之後又一次學術上的進步。沒有他前面那本書的基礎，他不可能寫出現在這本書。因此，這本書也可以說是他的一部總結性的著作。全書從文學類型入手，分門別類地進行縱向的中西文學的比較研究，真可謂氣度恢宏，出師不凡！其中關於中西小說戲劇異同的分析及「中國古詩的敘事傳統和敘事學」、「《史記》與荷馬史詩」、「詩在中國古典長篇小說的功能」、「李漁戲劇理論的國際價值」、「郭沫若曹禺戲劇的外來影響與民族化」、「《文心雕龍》的世界地位」、「魯迅小說在中西小說史上的地位」尤其具有獨到的見解，已在國內重要刊物發表，引起同行的稱讚與首肯。我佩服他的理論勇氣和孜孜不倦的探索精神，更衷心地祝賀本書的成功！

陳惇

# 第一部分

## 中西短篇小說類型

# 壹
# 中國短篇小說演變的軌跡及特點

## 一　中國短篇小說的形成期

短篇小說最基本的定義，就是要有一個短小的故事。根據這個定義，如果在一國最早的文學中，或一體裁普遍出現了短小的故事，就可視為短篇小說的源頭。《詩經》有些敘事詩是有短小故事的。戰國的《山海經》[1]、《穆天子傳》是有短小故事的。先秦諸子散文中也有短小的故事。尤其是漢代的《史記》，其本紀、世家、列傳就是一篇篇獨立的故事，而且故事中又有故事。漢代還有些「小說」，班固《藝文志》收十五家一千三百八十篇目錄，其中有些是真的故事，但幾乎都失傳了。

雖然《詩經》、《山海經》、《穆天子傳》、先秦諸子散文中已多普遍出現短小的故事，我們不妨說它們是中國短篇小說的源頭，漢代文學中短小的故事更多了，可說是短篇小說的形成期。因此，中國短篇小說的源頭是多元的。有的側重於人事，如《詩經》、先秦諸子散文、《史記》，有的側重於神話、志怪、寓言，如《山海經》、《穆天子傳》、《莊子》。這與魏晉六朝的志人志怪小說便有了聯繫。

《山海經》完整的神話僅有精衛、刑天、夸父、鯀等十一個。但神話的片斷極多，「片斷」指無情節，如寫西王母就是「又西三百五十里，曰玉山，是西王母所居也。西王母其狀如人，豹尾虎齒而善嘯，蓬髮戴勝，是司天之厲及五殘」。寫祝融火神就是「南方祝融，獸身人面，乘兩龍」。魏晉六朝志怪小說的片斷性源於《山海經》，而

---

1　《四庫全書總目提要》稱《山海經》為「小說之最古者爾」。

完整故事較《山海經》為多，是為發展。

《山海經》的「山經」部分僅有精衛等兩個神話，其餘均寫奇怪的動植物，毫無神話成分。末尾提到的全部山神，也只說他們是人獸合體而已。但凡寫動植物，均寫其特徵，多數兼寫其功能，如吃了這些動植物對人體有何保健作用，什麼動物出現會給社會國家帶來什麼禍福。如「祝餘」草形狀像韭菜，開青色花朵，「食之不飢」。「鳳凰」鳥形狀像雞，五色斑爛，「見則天下安寧」。「類」獸身上有雌雄兩性器官，吃了它能使人不嫉妒。寫特徵屬描寫，寫功能是留下空白點，對後世小說家形象思維均有裨助。《山海經》的「海經」及「荒經」部分由於片斷的神話極多，故空白點更多。後人多取而發揮之。如《穆天子傳》、《鏡花緣》、魯迅的《故事新編》。

## 二　魏晉六朝筆記體小說

中國之有短篇小說，是從魏晉六朝（三國的吳、東晉，南朝的宋、齊、梁、陳，都建都建康）開始的，這就是「志怪」與「志人」小說。它們都是「筆記體」，是日後短篇小說的雛型。所謂「志怪」，就是記錄鬼怪的事情，寫超現實的題材。魏晉六朝是秦始皇統一中國後歷史上第一次大動亂的時期。這時期出現了第一次南北大分裂的局面。在戰亂災禍綿延不斷的歲月裡，廣大人民渴求擺脫貧困、飢餓和死亡，寄出路於冥界，於是宗教迷信盛行。本土的道教於民心已很有影響，西來佛教也在中國人心中站穩腳跟，在道、佛教思想影響下，中國於是出現了大量「志怪」小說。不過要強調一下，道教影響先於佛教。先有道教志怪小說，後有佛教志怪小說。《太平廣記》分九十一類，前四類都是道教故事。道教先給文人以想像之靈感，然後佛教再給一次。本土文化影響是第一位，印度外來影響是第二位，此點不能顛倒。「志怪」小說大都是集子，當時這些集子很多，但不少已散失了，現存干寶（？-？）的《搜神記》（二十卷四百六十四則小故事）及劉義慶（403-444）的《幽明錄》是最有價值的。魯迅曾將三十六種已經散失的志怪小說集的殘篇從古書中「鈎」出來，編成一部《古小說鈎沉》。「志怪」小說都極短，較長的如〈干將莫邪〉、〈宗定伯不怕鬼的故事〉不過三、四百字，很多只有幾十個字，無什麼人物，也談不上有什麼情節。「志怪」小說明顯受到印度佛教文學的影響。魯迅曾指出「陽羨鵝籠」（陽羨，今江蘇宜興縣）的故事直接源於印度《舊雜譬喻經》中「梵志吐壺」的故事（「梵志」是婆羅門教徒的通稱。梵天是婆羅門教主神，創造之神。婆羅門教徒自稱是梵天的苗裔，繼承梵天之志，因此得名）。在魏晉志怪書中，以前絕少言佛，至東晉荀氏作《靈鬼志》始見較多記載，這是佛教在中國影響擴大的反映。此書早佚，魯迅《古小說鈎沉》輯得佚文二十四則，其中〈外國道人〉述一外國道士（不是沙門，中國化了）進入路人擔上小籠。途中又吐飲食呼擔人食。又吐一女子。女子俟道人睡後又吐一男子。道士將覺，女子吞男子。道士醒來，又吞女子。辭擔人而去。及至吳均《續齊諧記》，就演變為《陽羨鵝籠》之故事，情節基本相同，惟篇末有贈大銅盤及大銅盤日後又送與宰相之事，且有大銅盤製造之日期，史傳性明顯了，故事更中國化了。

「志人」小說的興起與時代動亂也有很大關係，因統治階級內部矛盾尖銳，政治傾軋極其殘酷，不少知識份子如孔融、禰衡、楊修、何晏、稽康、陸機、潘岳等都遭殺害，於是「清談」（勿談國事）之風盛極一時，出現了大量「志人」小說。「志人」小說與「志怪」小說不同，它是寫人不寫怪的，寫現實生活或歷史上的真人真事，可分兩類，一類專門記錄社會名人（包括統治者）的言行，如劉義慶的《世說新語》（原書尚存，共三卷，三十六篇故事）。一類是記錄社會上的笑話的，如三國魏邯鄲淳（？-？）的《笑林》是最早的笑話專書（原書已佚，今存二十餘則，魯迅《古小說鈎沉》輯本較完備）。

《世說新語》是「志人」小說的代表作，對後世影響較大。

魏晉六朝的志怪、志人小說是中國短篇小說發展的最初階段，因其與宗教、歷史著作尚未能分家。志怪，是為了宣傳宗教，而且是當真的，例如干寶是個歷史家，著有《晉史》十卷。他寫《搜神記》的目的是要「明神道之不誣」[2]。「神道」即迷信，迷信而又「不誣」，說明他認為自已寫的是實錄。他絕對沒有寫「小說」的意思。魯迅說：「須知六朝人之志怪，卻大抵如今日之記新聞，在當時並非有意做小說。」[3]志人，是寫歷史與社會人物，更是一種「史實」。因為是「記新聞」，作「史實」看，大家都可以記，如同修史，不算抄襲，故雷同的故事很多。又因為「記新聞」，要讓大眾易懂，故不用駢文而用散文。

## 三　唐代短篇小說

中國成熟的短篇小說始自唐代，這就是「傳奇」。傳奇就是文言小說，元稹（779-831）把〈鶯鶯傳〉叫「傳奇」。唐末文學家裴鉶（？-？）又有《傳奇》集，故名。魯迅說：

> 小說到了唐時，卻起了一個大變遷。……六朝時之志怪與志人底文章，都很簡短，而且當作記事實；及到唐時，則為有意識的作小說，這在小說史上可算是一大進步。而且文章很長，並能描寫得曲折，和前之簡古的文體，大不相同了，這在文體上也算是一大進步。[4]

---

2　干寶：〈搜神記序〉，《搜神記》（北京市：中華書局，1979年，第1版），頁2。

3　魯迅：《中國小說的歷史的變遷》，《魯迅全集》（北京市：人民文學出版社，1981年），第9卷，頁309。

4　魯迅：《中國小說的歷史的變遷》，《魯迅全集》，第9卷，頁313。

傳奇產生的背景和原因，一是城市，二是士子，三是妓女，四是古文運動，五是對六朝小說的繼承。傳奇成熟於中唐，當時長安、洛陽、揚州等城市空前繁榮，科場考試盛行送「行卷」(另外一卷詩文)，考生給考官呈送自己寫的小說詩文以求賞識。中唐歌舞昇平，娼優很多，士子進城應考前後，頗樂於逛逛青樓，對妓女生活頗熟悉，因此他們的小說多寫妓女。韓、柳提倡的古文運動產生樸實的新散文，比較適合於敘事、狀物、言情。韓、柳在《史記》影響下都寫過傳記小說。韓愈把毛筆擬人化而作〈毛穎傳〉。柳宗元作〈童區寄傳〉，童區寄用計脫身殺二賊，盜不敢過其門。溫庭筠作〈陳義郎〉，是玄奘（江流兒）故事的素材。直至宋代，歐陽修還作〈賣油翁〉。唐傳奇的作者大都處在古文運動的潮流中。頗受其薰染。古文運動促使散文從駢體中解放出來，也間接促進文言小說的發展。

說唐傳奇上承六朝小說，有王度〈古鏡記〉為證。此篇為「唐人小說之開山」，由王度自述得鏡與失鏡的經過。王度的老師臨終時將一面古鏡贈度。同年，王度回長安，住在客人家中，用古鏡照殺化身婢女鸚鵡的千歲老狸。某年日蝕，王度發現古鏡亦昏昧無光。「自此之中，每日月薄蝕，鏡亦昏昧。」同年，有客來訪，他又發現鏡光壓倒了友人寶劍之光。老奴告訴王度，古鏡原是河南人苗季子之物，後來送給了蘇公，蘇公又送給了王度的老師。老奴曾在蘇公處當差，故知古鏡來歷。某年，一胡僧行乞至王家，對王度的弟弟勣說：你家有面絕世寶鏡，可否讓我一看，又說該鏡有「數種靈相」，如能照人腑臟。某年秋天，王度出外做官，用古鏡照殺古樹上的蛇精，為民除害；某年冬天，又用古鏡治癒幾十個病人。古鏡的精靈還託夢病者，說自己是為王度來普救眾人的。某年，王度的弟弟勣出外雲遊，求度贈鏡。三年後返家，交還古鏡，並告訴哥哥古鏡的異跡：他在山中用古鏡照殺化為人形的綠毛龜、白毛猿，又照殺深潭中的大鮫。住在客人家時，又用鏡照殺一大雄雞精，為該家女子解患。在江南長江坐船時用鏡平風波。入山後用鏡驅熊鳥。到浙江出海用鏡平風浪。在客人家用鏡殺迷惑三個女子的鼠狼、老鼠、守宮（即壁虎）三精。到廬山時，虎豹豺狼見鏡即逃。又說古鏡託夢於他，自云將與王家告別，命勣速歸長安，它要與王度說一聲再見。勣的自述到此為止。數日後，鏡匣子有悲鳴聲，其聲漸遠。王度開匣視之，已經不見古鏡了。

小說三千六百餘字，其結構實為集多則志怪故事而成。以「古鏡」串故事。有人說是王度自述六則故事，其弟王勣自述六則，共十二則故事，有人說是寫了十八個奇蹟。算法各不相同。但其模式是分明的：志怪＋志怪＝傳奇。

唐傳奇較之六朝小說，有以下特點：第一，文人「有意識的作小說」，擺脫紀實的束縛，開始運用大膽的想像與虛構；第二，文體由短變長，故事曲折，像個短篇的樣子了；第三，題材由神怪轉向世態；第四，出現「才子佳人」的主題，開創了才子佳人小說的先河；第五，心理描寫細緻動人；第六，敢於寫悲劇，像蔣防〈霍小玉傳〉、元稹〈鶯鶯傳〉都是悲劇，陳鴻〈長恨歌傳〉也有濃厚悲劇色彩。沈既濟〈任氏傳〉寫一女狐「遇暴不失節，徇人以至死」，堅貞之志，忘我之情，動人之處不亞於《聊齋志異》中的狐女；第七，出現多種敘事法，如用第一人稱、倒敘等；第八，開以詩人小說之嚆矢，「詩筆」特點極明顯。元稹〈鶯鶯傳〉有五首詩。沈亞之僅有的三篇小說〈湘中怨辭〉、〈異夢錄〉、〈秦夢記〉，詩文結合，和諧優美。沈亞之、元稹本人就是詩人。

唐傳奇到宋代就衰落了。到元代更趨沉寂，整個元代現存的傳奇只有宋梅洞〈嬌紅記〉等幾篇佳作。唐傳奇在宋代衰落的原因有三：一是脫離生活，多講古事；二是說教，失去小說意味；三是理學盛行，扼殺了生機。魯迅說得最為明白：

> 傳奇小說，到唐亡時就絕了。至宋朝，雖然也有作傳奇的，但

> 就不大相同。因為唐人大抵描寫時事，而宋人則多講古事；唐人小說少教訓，而宋則多教訓……加以宋時理學極盛一時，因之把小說也多理學化了，以為小說非含教訓，便不足道。但文藝之所以為文藝，並不貴在教訓，若把小說變成修身教科書，還說什麼文藝，宋人雖然還作傳奇，而我說傳奇是絕了，也就是這意思。[5]

在談論唐小說時，絕不能重傳奇而忽視敦煌變文。一九○○年在敦煌莫高窟藏經洞中發現了大量出土文物，其中就有唐代的變文，有幾十篇歷史、民間、佛教說唱故事，大部分用白話寫，也有少量韻文，是一種詩文相兼的體裁。因此，唐已有白話小說，小說中有詩，乃受印度佛經「偈」的影響，故有說有唱。特別要指出的是，其中還有幾篇賦體小說，可以說是中國的罕見的「詩體小說」。如〈朝朋賦〉、〈燕子賦〉。〈韓朋賦〉寫韓朋夫婦死後先變青白二石石，又變東西兩樹，又變鴛鴦飛去，其中一片羽毛落下，竟成「利刃」，割了宋王之頭。二千餘字。比《搜神記》〈韓憑妻〉三百餘字的故事豐富多了。〈燕子賦〉寫雀奪燕巢，鳳凰判案，燕子勝訴。各種鳥類登場，是中國的動物小說。賦體小說出現，是對漢賦只「體物」不敘事的了不起的改造，不可等閒視之。

## 四　宋代文言小說的「全集」及話本的崛起

宋代文人在小說創作上並無多少成就，但在編輯古小說上貢獻卻很大，這就是李昉（925-996）編輯的《太平廣記》，共五百卷，因成書於宋太宗太平興國年間，故名。它集自漢至宋初小說之大成，收六

---

5　魯迅：《中國小說的歷史的變遷》，《魯迅全集》，第9卷，頁319。

千九百七十多則故事。是給宋太宗皇帝看的，用以「鑒照古今」（見李昉《太平廣記表》）。還有洪邁（1123-1202）編著的《夷堅志》，收「四千事」，也是一部龐大的筆記小說集。「夷堅」一詞，源出《列子》〈湯問〉。夷堅是上古時代的一位博物學家，每好記載奇見異聞。洪邁用作書名，說明它屬志怪小說系統。

「話本」唐時已有，除敦隍變文可以說明外，還有一證：元稹說他與白居易曾聽過藝人說〈一枝花〉的故事，「一枝花」是李娃舊名，可證白行簡〈李娃傳〉本話本小說，但〈一枝花〉已失傳。唐時話本並不普遍，到宋時才大量出現。

「話本」是用白話寫的，是寫平民的，這與士大夫的「傳奇」大不相同。自宋話本起，中國短篇小說進入第三個重要階段——白話小說的階段。魯迅說：

> 但其時社會上卻另有一種平民底小說，代之而興了。這類作品，不但體裁不同，文章上也起了改革，用的是白話，所以實在是小說史的一大變遷。[6]

宋話本小說是市民文學。兩宋城市（今開封、杭州）繁榮，工商業興盛，市民階級壯大，民間各種演唱伎藝空前繁榮，其中一種演唱文藝叫作「說話」，又分四科：講史、說經、小說、合生（諷刺小品），操此業者叫「說話人」，說話人有書面的本子，稱為「話本」，這四科與小說有關的只是「講史」與「小說」兩科，這兩科藝人的「話本」即宋白話短篇小說。

宋話本小說不同於六朝小說和唐傳奇，一是它屬於城市平民文學，作者不是名人雅士，幾乎都不留姓名；二是下層人民第一次作為

---

6 同前註。

主角成批地出現在小說之中，突破了「才子佳人」題材的侷限；三是多為集體創作，由個人加工而成；四是用當時的口語——「白話」寫成，開一代文風。宋話本小說也是敢於寫悲劇的，而且寫的是平民的悲劇，像〈碾玉觀音〉、〈錯斬崔寧〉便是。〈碾玉觀音〉結構嚴謹，富於戲劇性。〈錯斬崔寧〉被胡適譽為「第一佳作」。再如〈楊溫攔路虎傳〉寫綽號攔路虎的楊溫與人兩次比棒，對《水滸傳》寫王進與史進、林沖與洪教頭比棒亦有影響。上述宋話本小說，藝術性也好。

但是，宋話本小說多已失傳，馮夢龍說因與宋朝皇帝收藏又讓其自行散落有關。如宋高宗「喜閱話本，命內璫日進一帙，當意，則以金錢厚酬。然一覽輒置，卒多浮沉內庭，其傳布民間者，什不一二耳」(《古今小說》序)。總之，現存者不過四、五十篇，在《京本通俗小說》、《清平山堂話本》、《熊龍峰四種小說》及「三言」中還保存了一部分。上述集子均為明人所編，不少已分不清是「話本」還是明代文人的「擬話本」。宋話本大量失傳的原因恐怕還因為它是民間藝人的創作，又用不登大雅之堂的白話寫的，文人學士不重視它。原因之二，當時印刷業還沒有發展起來，手抄本不利於流傳。原因之三，由於元人入主中國，蒙古統治者為了消滅漢人的民族意識，對說書人採取迫害政策，因為說書藝人多有愛國的。南宋時不少藝人講岳飛、講楊家將的故事來激發民族鬥志，如當時的王六大夫就是有名的愛國藝人。即使在元代殘酷的民族壓迫下，漢族的說書人「還是經常在講唱富有民族反抗精神的故事，甚至利用詞話作政治變革的預言」[7]。由於話本的漢民族意識強烈，元統治者害怕而扼殺之，元朝的法律就是明證。魯迅說：「元人入中國，……則話本也不通行了。」宋話本衰落的另一個因素是「雜劇」的興起排擠了它，這與元人入主中國也很有關係。蒙古族入主中國前還處在奴隸制的低級階段，奴隸主極喜

7　胡士瑩：《話本小說概論》(北京市：中華書局，1980年，第1版)，上冊，頁280。

愛歌舞戲曲，他們的喇嘛教也以歌舞戲曲作宣傳，軍隊打仗有歌舞班子隨行，伶人可以官至禮部尚書。由於蒙古人統治中國後大力提倡戲曲，由於斷了科舉制，大批文人斷了求功名的出路，也就大寫其戲曲。加上戲曲在宋代已有較好的基礎，於是元代的戲曲就大大地發展起來，而把話本排擠了。所以魯迅說：「元呢，它的詞曲很發達，而小說方面，卻沒有什麼可說。」

## 五　明「擬話本」

元人統治中國時間不到一百年，高壓政策並不能摧毀漢族的文化，而元人反被同化了。到了明朝，話本小說又中興起來。但它是文人的仿作，故魯迅稱之為「擬話本」。講明朝的「擬話本」必須要提到兩個人和兩種書，這就是馮夢龍（1575-1646）及其「三言」《喻世明言》（即《古今小說》）、《警世通言》、《醒世恆言》）。凌濛初（1580-1644）及其「二拍」（《初刻拍案驚奇》、《二刻拍案驚奇》）。必須指出，馮夢龍是中國第一位通俗文學的編輯家、研究家與理論家。他所編輯的「三言」主要收「擬話本」，也收入一些宋話本，如〈碾玉觀音〉收進《古今小說》。他很可能將一些「擬話本」加以改寫，或將一些文言小說改寫成白話小說。「三言」中有一些作品據說是他自己創作的，但據胡士瑩考證，至目前為止，只查出一篇〈老門生三世報恩〉。這篇小說實在寫得不好。凌濛初受「三言」影響而作「二拍」，他應該是中國第一位白話短篇小說大家，他在中國短篇小說史上的地位應加以提高。

在「二拍」之後，還出了陸人龍的《型世言》[8]，共四十篇，是明末之作。這部集子佚失四百年，一九八七年由臺灣學者在韓國漢城

8　有齊裕焜、陳節點校本：《型世言》（北京市：海峽文藝出版社，1993年）。

大學發現。其中三十三回〈八兩銀殺二命，一聲雷誅七凶〉塑造了一個善良的婦女，頗有生活氣息，語言也很純淨。《型世言》與「三言」、「二拍」不同，全寫明代故事，是為特色。此書有陸人龍的哥哥陸雲龍的「篇末評語」，「三言」、「二拍」無，是一個開創。第四回評語提到李卓吾，也說明李贄在其時影響之大。

明「擬話本」的出現標誌著中國短篇小說進入繁榮時期。所謂「繁榮」一是量多，一是普及，唐傳奇或宋話本都不能與之相比。「量多」表現在流傳至今的話本集子除「三言」、「二拍」、《型世言》外，還有近二十種之多，如《石點頭》等。「普及」表現為商業化，不僅官家刻書，書商也大量刻書。嘉靖、萬曆兩朝是明代刻書極盛時期，出現相當規模的私人印書工場。到明代晚期，擬話本專集的刊印如雨後春筍般出現。

明「擬話本」與宋話本比較，有以下六點不同：

第一，標誌著宋以來的說唱文學脫離口頭創作階段，成為作家的書寫文學；

第二，宋話本是以單篇流傳的，無集子。明「擬話本」則有集子，如「三言」、「二拍」、《型世言》，且商品化了；

第三，寫作和刊印的目的很明確，一是教化，二為娛樂。這與西方文藝復興以降的小說集子有些近似。如塞萬提斯的小說集就叫《懲惡揚善故事集》，再如《夜談錄》、《新故事百篇》、《七日談》之類，一看書名就知是娛樂性的。陸侃如、馮沅君在《中國文學史簡編》中指出：

> 寫作或選印的用意有兩種。一種是以「小說」為教育的工具。「三言」的命名就是一個證據。世人需要他們去警、去喻、去醒。天然痴叟的《石點頭》也是這個意思。他們實在已經初步認識到文藝創作的無比深厚的宣傳鼓動作用。另一種是以「小

說」供人消遣。《清平山堂話本》六個集子的名稱用〈雨窗〉、〈長燈〉、〈隨航〉、〈欹枕〉、〈解閒〉、〈醒夢〉字樣，顯然是拿這些作品來調劑社會上一部分人的生活。

第四，表現市民階層的思想意識和道德觀念。〈蔣興哥重會珍珠衫〉佔特殊地位。商人蔣興哥不嫌妻子王三巧有外遇，不嫌她改嫁，最後還是和她重修舊好。這說明市民不怎麼看重封建貞節觀念。這篇小說對研究市民意識很有價值；

第五，由短篇向中篇過渡。篇幅比宋話本大大加長。如〈賣油郎獨占花魁〉，兩條線索，有分有合，其實是個中篇。這就預告著中國寫實的長篇小說快要問世了；

第六，宋話本有不少詩詞，如〈碾玉觀音〉的開頭。〈快嘴李翠蓮記〉是一篇「快板」。明「擬話本」詩詞比較少了。講唱文學面向「聽眾」，說說唱唱，念念誦誦，加點詩詞欣賞，可能會產生較好的接受效果。書面文學面向「讀者」，讀者可以反覆閱讀，在散文的敘述描寫之外，又加上一些詩詞、韻語、詩文相間，文體不統一，反而顯得累贅蕪雜。明「擬話本」使白話小說進一步散文化，是一個進步。西方亦如此，試將《十日談》與中世紀的《韻文故事》比較便知。

在這裡，有一個問題要討論一下，明「擬話本」的思想性與題材的現實性是否不如宋話本呢？似乎不能一概而論。宋話本的作品如〈碾玉觀音〉、〈錯斬崔寧〉生活氣息確實極為濃烈，質樸清新，愛憎分明，粗獷有力。但僅此兩篇而已，其他的，分不清是否是真的宋話本。而明「擬話本」也有思想性很強的，如〈杜十娘怒沉百寶箱〉，它對素材〈負情儂傳〉（明宋懋澄的傳奇小說）的提煉是夠成功的。當然，「三言」多是「大團圓」結局。如〈賣油郎獨占花魁〉，雖是好小說，但結尾是四喜臨門：「一則新婚，二則新娘子家眷團圓，三則父子重逢，四則秦小官歸宗復姓：共是四重大喜。」美娘贖身順利是合情合理的，她愛賣油郎也寫來情真意切，但她與父母團圓、秦重與父重逢則過分巧合，人為的樂觀色彩太濃。

明「擬話本」的題材絕大部分取自前代史傳、唐宋小說、稗官雜記，或者是民間流傳的神話故事。然而，我們也不能只將眼光看著「本子來源」，而忽視了創作者的現代意識。有些擬話本有很濃的明代市民生活氣息，明「擬話本」是明代市民生活一部風俗史。或許可以這樣說，明「擬話本」最大的貢獻，不在於它的技巧，而在於它所反映的生活內容。不是說它的技巧不好，而是說它所寫的這個市民生活的內容更動人。明「擬話本」中的市民階層是有血有肉，有真情實感，可親可信的。這些小說沒有什麼浪漫色彩，只是如實寫來，書中的男女是「熟識的陌生人」，他（她）們待人接物很實際，對人生很少存幻想，其生活的曲折、其思想感情的變化，大都可以從書中的敘述作出有力的解釋。明「擬話本」比之六朝小說、唐傳奇、宋話本，更是腳踏實地的寫實文學。

在文言小說方面，傳奇自宋元衰落之後，於明代又有起色。值得一提的是，瞿佑的《剪燈新話》（1378）成就雖不高，但因明代對外文化交流日繁，這部小說傳入日本、朝鮮、越南，產生了極大的影響，仿作之多，無其他中國小說能出其右，是超越影響的一個典型例子。

## 六　清代短篇小說

白話短篇小說到了清代是徹底衰落了。清人編寫的短篇小說集並不少，其總集、專集、選集加起來有四十七種，但內容大抵宣揚「忠孝節義」、「因果報應」。比較有名的是李漁（1610-1680）的《無聲戲》（又名《連城璧》）共十八篇小說，還有《十二樓》，也是集子，十二篇。李漁認為戲是有聲小說，小說是無聲戲，要將戲曲與小說打通，前人尚無此創新的自覺意識。李漁的小說良莠不齊，〈譚楚玉戲裡傳情，劉藐姑曲終死節〉結構緊湊，格調較高。小說以《荊釵記》入小說，劉藐姑假戲真演，突然抱石投江，這「戲中戲」變成真悲劇是好構思。他這篇小說只有一條線索，以後他改編為傳奇《比目魚》，增加了一條線索。這個問題留在戲劇比較部分再談。

艾納居士的《豆棚閒話》在新觀念、新結構兩方面都值得一談。其內容包括古今兩部分，如書中一人說「今日在下不說古的，倒說一回現在的」。此書刊本甚多，最早的刻本是呈康熙帝看的。作者在古的部分把一些歷史故事寫入小說，也是一種「故事新編」。如〈首陽山叔齊變節〉寫叔齊隱居首陽山後忍不住肚子餓，下山「投誠」周朝了。這當然與《史記》的記載不同，與魯迅的《故事新編》〈采薇〉也不同。但卻有一種新觀念，即歌頌新政。小說內容大致如下：伯夷、叔齊兩兄弟是殷朝人，周滅殷後，他們便逃到首陽山，不食周粟以示抗議。眾獸見了，心想，「人有忠義之心，獸類亦應如此」，也就齊向首陽山進發，不吃周朝的兔羊。但叔齊忍不住飢餓，下山「投誠」周朝，並說服眾獸順應歷史潮流。他來到一人煙稠集的市鎮，「只見人家門首，俱供著香花燈燭，門上都寫貼『順民』二字。又見路上行人，有騎騾馬的，有乘小轎的，有挑行李的，意氣揚揚……都是要往西京朝見新天子的。」他心想：「這些紛紛紜紜走動的，都是意氣昂昂，望著新朝，揚眉吐氣，思量做那致君澤民的事業。」他在客店做了一夢，夢見自己被忠於殷朝的「頑民」抓了，責他叛變殷朝而打他。這時，眾獸下山與「頑民」遇上了。眾獸要救叔齊，雙方論理。眾獸派說叔齊順應歷史潮流是對的，「頑民」派說叔齊有「二心」該殺。這時上天來了一位大神仙，兩派請他裁決。神仙說：「眾生們見得天下有商周新舊之分，在我視之，一興一亡，就是人家生的兒子一樣，有何分別。譬如春夏之花謝了，便該秋冬之花開了。只要應著時令，便是不逆天條。若據頑民意見，開天闢地，就是商家到底不成，商之後不該有周，商之前不該有夏了。」大神仙說，只有「應天順人」，方是「投明棄暗」。聽了大神仙這番話，頑民個個心服，眾獸也自散去。叔齊醒來，原來是南柯一夢。他「自信此番出山，卻是不差。待有功名到手，再往西山收拾家兄枯骨，未為晚也。」可見作者是歌頌清朝「應運而興」，觀念大膽而新，並且正確。否則此書也不會呈送康熙帝看，而並非像有些論者所說是作者對明清鼎革之際的變節者的「憤懣不平」[9]，「抨擊和諷刺了投靠清政府的明末士大夫、文人」[10]，〈首陽山叔齊變節〉便是一篇借古諷今的作品。……寥寥數筆，寫盡當日乞首搖尾的變節者的種種醜態」[11]。

《豆棚閒話》的價值尤其在於結構，此書的結構在中國古典短篇小說史上是獨一無二的，有一個近似《十日談》的「框形結構」。這部小說集共有十二個大故事，都在一個特定的地點由若干講故事者輪流講出來。「特定地點」是「豆棚」，所有故事都是在這個地點講的。炎暑酷熱，種豆搭棚納涼，便招來講故事者及聽眾。故事講完，秋天將盡，豆梗將槁。眾人又怕官府說惑亂人心，便將豆棚一笑推倒。集體講故事要設計一個共同的地點，否則人散故事散。《十日談》作者設計了一個鄉下別墅。艾納居士設計了一個豆棚，都是適合集體講故事的地方。不僅要設計地點，還要把這個地點寫足，方有氣氛。薄伽丘把三男七女為何到鄉下別墅講故事的原因寫得足足的。艾納居士也把「豆棚」這個自然背景寫得足足的。

「若干講故事者」指講故事的七人。全書的敘事手法是先由作者用詩作引文，接著由小說的人物出場講故事。在第一故事前先由豆棚主人作開場白，便引出「老者」講故事。這七人中「老者」共講了三

---

9　胡士瑩：《話本小說概論》（北京市：中華書局，1980年），下冊，頁649。

10　《豆棚閒話》（上海市：上海古籍出版社，1983年），頁1出版說明。

11　《中國古代小說百科全書》（北京市：中國大百科全書出版社，1993年），頁65「豆棚閒話」詞條。

個故事（一、二、十一），一個無名氏講了三個故事（三、四、五），一位少年講了兩個故事（六、七），另一少年及另外兩個無名氏及陳齋長各講了一個故事（八、九、十、十二）。第十二則「陳齋長論地談天」其實不算故事，是陳齋長發議論，尊儒抑道佛。若將第十二則也算入，就是七人講了十二個大故事。除了有一天一無名氏一連講了兩個故事（四、五）外，都是一人一天講一個故事，講完後或天色將晚或天下雨或豆棚主人請大家吃豆子，這天的故事會就告結束。但並非天天連續講，時間跨度從炎夏到深秋，不如《十日談》集中。所有故事全用第一人稱敘述。在每個故事開講前、講述過程中、講完之後多有他人插話，故有些故事中往往有好幾個「我」，如第一則「介之推火封妒婦」第一個「我」是豆棚主人，第二個「我」是「老成人」，他也講了一個小故事，第三個「我」是「老者」，介之推的故事是由他講出來的。薄伽丘開人創了西方短篇小說的新結構，仿者甚多。《豆棚閒話》卻無人模仿，反而更希罕了。

清代白話短篇小說衰落的原因主要是受傳統的束縛，跳不出「三言」、「二拍」的框框，技術僵化。

清代白話短篇小說衰落了，但文言短篇小說又興盛起來，自唐人以後，傳奇流風歷代不絕，而成就不大。到清初，卻出了大作家及大作品，這就是山東人蒲松齡（1640-1715），和他的短篇小說集《聊齋志異》（流行本四百三十一篇，各種版本匯總達四百九十篇以上）。蒲松齡只比李漁小了三十歲，他為何能寫出如此之好的作品，其中一個原因就因為他有骨氣。關於《聊齋志異》的價值，魯迅與郭沫若的評價是權威性的。魯迅說它「用傳奇法，而以志怪」，講了繼承，也講了創新。「志怪」是中國短篇小說一個傳統主題，一直不斷線，但寫法始終沒能革新。一是太簡單，一是太荒唐。蒲松齡用傳奇法把它革新了，所謂「傳奇法」，就是描寫詳細而委曲，用筆變幻而練達，說妖鬼多具人情，使人覺得可親可信。用亞里斯多德的話講，是把謊話說得圓。蒲松齡用六朝小說的變幻題材，以唐人傳奇的手法寫出，二者一結合，便成為超出前人的獨創。郭老說它「寫鬼寫妖高人一等，刺貪刺虐入骨三分」，前聯指出其浪漫主義手法的成就，後聯指出其猛烈的批判精神，也高度概括了它的成就。

《聊齋志異》與以前的短篇小說比較，有幾個嶄新的特色不可不加以注意：

第一，它是中國短篇小說中的第一部「暴露文學」，其暴露黑暗的力量的猛烈程度在中國古代小說中無任何一個集子可以相比。這種暴露性突出表現在對統治者的抨擊及對科舉制度的揭發上。對統治者的抨擊，是指著鼻子罵，前人誰敢這樣放肆？對科舉制的揭發，是嶄新的主題，早於《儒林外史》，前人未寫過。

第二，它是中國第一部「抒憤懣」的短篇小說集，書中所寫的狐鬼花妖，只不過是作者憤懣不平的寄託。他在〈自序〉中說：「續幽明之錄」的目的，就是要寫一部「孤憤之書」。作者繼承「太史公曰」的傳統，用篇末評語及插筆的批判方式，直接向讀者喊話，夠具煽動性。其對統治者抨擊措詞的激烈，如射向靶心的支支利箭。故讀此集不可不讀他的「異史氏曰」，猶如讀《十日談》不可不看薄伽丘的現身說法。它表現了作家極強烈的自我意識。明「三言」、「二拍」無一篇有篇末評語，但幾乎都有四句詩結束。如果說詩也表示作家觀點，全是陳詞濫調。新近發現陸人龍的《型世言》四十篇，有篇末評語，是陸人龍的哥哥陸雲龍評的。「雨侯曰」的「雨侯」是他的字。「草莽臣」、「至性人」或與他均為一人。用文言寫，除三十三回〈八兩銀殺二命，一聲雷誅七凶〉篇末評語「雨侯曰：今之邑令有威者多，稱明者少。故懾於威者，猶欲炫其明，安得神雷遍天下乎！吾知奸風少戢矣」有些價值外，都是陳詞濫調。但此書開短篇小說集篇末評語之風。蒲松齡或借鑑之。

第三，它是中國第一部以歌頌女性和愛情為第一主題的小說集，如同《十日談》。它以描寫女性與愛情的作品數量為最多，成功地塑造了大量的正面女性形象。這些狐鬼花妖的性格各不相同，但追求愛情的主動性、漠視封建禮教的精神是共同的，反映了被壓迫在封建社會最底層的婦女們的反抗願望，其中或以嬰寧塑造得最好。她的「笑」法多種多樣，別說薄伽丘寫不出，西方近代大手筆莫泊桑、契訶夫也會嘆為觀止。此書的女性有類型性的，也有典型性的，嬰寧的個性與共性就結合得極好。

第四，它是中國第一部浪漫主義短篇小說集，作品中深刻的現實主義精神，是通過談狐說鬼的浪漫方式加以表現的，它使作者不受現實題材的束縛，借助想像手法去寫婦女的靈魂，去寫她們對未來的美好願望。

《聊齋志異》的出現絕非偶然，原因之一是作者本身的經歷，蒲氏之所以有難能可貴的「為民請命」的進步思想，是因為他當了一輩子教書先生，七十一歲才得了一個「歲貢」。他窮到「十年貧病出無驢」，「終歲不知肉味」。他的身世使他具有強烈的民主精神，深深體會到封建社會的可惡、科舉制的可恨、社會的不公平、人民的疾苦、當官的可殺。他比李漁有骨氣多了。原因之二是他具有進步的創作觀，有宏大的抱負，以李白、杜甫自比，要接過屈原、李賀、劉義慶的筆，去抒寫胸臆。中國文化的叛逆傳統「發奮著書」、「不平則鳴」、「窮而後工」在他腦子裡大起作用。原因之三尤其重要，從晚明起，中國文化戰線上出現了反封建禮教的新思潮，李贄是最偉大的代表人物，新派思想家、作家（包話湯顯祖、徐渭）用「童心」、「性靈」去否定封建的「道」、「理」、「義」。這是民主意識的大覺醒，個性解放的大呼叫，從明末到清中葉，一百五十年中，出了三位描寫愛情的大師，戲曲方面是湯顯祖，他敬仰李贄，其《牡丹亭》愛情的觀念高於西方的作家。短篇小說作者的代表是蒲松齡，湯顯祖死後二十四年他誕生。蒲松齡死於一七一五年，同年曹雪芹生，其《紅樓夢》

是中國古代最偉大的愛情長篇小說。以上三部作品都具有強烈的反封建反禮教精神。一百五十年間出了三位寫愛情的大師和三部偉大作品，在一日等於二十年的資本主義飛速發展的西方十九世紀，不足為奇，但在二十年等於一日的保守停滯的舊中國，這種現象就是破天荒第一次，說明中國封建社會已近晚期，新時代的思想已破土而出。

《聊齋志異》風行百年，其間仿者甚多，但他們不是寄託「孤憤」，而是「談虛無勝於言時事」，多屬遊戲之作。如袁枚（1716-1797）的《新齊諧》（又名《子不語》）二十四卷，《續新齊諧》（《續子不語》）十卷，其序云：「文史外無以自娛，乃廣採游心駭耳之事。妄言妄聽，紀而傳之，非有所惑。」他本意是要續《夷堅志》，但未成，後到杭州訪求鬼怪故事，自云「載得杭州鬼一車」。他接上《世說新語》、《笑林》詼諧傳統，是一個貢獻。到了乾隆末年，又有一位紀昀（1724-1805）出來反對蒲松齡，他要與蒲爭奪文言小說的正宗地位，就寫了一部《閱微草堂筆記》。紀昀雖有很大學問，但是個御用文人，是《四庫全書》的大主編，他給乾隆帝寫的《四庫總目提要》不收《三國》、《水滸》、《聊齋志異》，選本標準是「惟猥鄙荒誕，徒亂耳目者，則黜不載焉」。「閱微草堂」是他在北京虎坊橋住宅的書齋的名稱。他反對《聊齋志異》，說它「誨淫誨盜」，「有傷風教」。他作《閱微草堂筆記》是「不乖於風教」，「或有益於勸懲」（〈自序〉）。他特別攻擊《聊齋志異》的寫法體例太雜，「一書而兼二體」，把《聊齋志異》用傳奇法表現志怪的獨創手法作為缺點來批評，又否定作家的虛構與想像，說是描寫太詳，其中有許多事書中人物未必肯說，作者何從知之？把小說與記事完全等同起來，可見他對小說藝術是一竅不通。《閱微草堂筆記》計一千一百則，全仿六朝志怪小說，最長的幾百字，短的幾十字，使文言小說從思想到文體都來了一個大倒退。

## 七　近代短篇小說

隨著中國進入半封建半殖民地社會，近代小說產生。由於資產階級改良派和革命派都看重小說的社會功能，清末小說的地位空前提高，晚清小說空前繁榮，但這「繁榮」指量不指質，名作很少，除了幾部「譴責小說」如李寶嘉的《官場現形記》、吳沃堯的《二十年目睹之怪現狀》、曾樸的《孽海花》、劉鶚的《老殘遊記》較為出名以外，幾乎舉不出什麼著名作品。這些都是長篇小說或中篇小說，至於短篇小說似乎沒有什麼名作。

二十世紀初期，「鴛鴦蝴蝶派」這個龐然大物在上海逐步形成，其作家、作品、刊物之多，現代文學史上竟無一流派能與之相比。這派作家或以白話，或以文言體（包話駢體）寫作，作品包括長篇和中、短篇小說，有人作過統計：「各類長篇小說（言情、社會、武俠、偵探、歷史、黑幕等）的總數達兩千部以上，短篇小說更數倍於長篇。」[12]但內容多以戀愛婚姻為主。作家竟寫才子佳人的情場失意，鴛夢難溫，「相悅相戀，分拆不開，柳蔭花下，像一對蝴蝶，一雙鴛鴦」[13]。有的書名就叫《鴛鴦花》、《蝶花夢》、《棒打鴛鴦錄》、《願作鴛鴦不羨仙》；有的作家以蝶仙、瘦蝶、青陵一蝶（徐枕亞）署名。故周作人、錢玄同於一九一八、一九一九年分別著文稱之為「鴛鴦蝴蝶體」、「鴛鴦蝴蝶派」。連這派的統帥包天笑後來也說「是個反時代性質」。如果說長篇小說還有像《玉梨魂》那樣結尾出現主人公參加武昌起義而殉難的作品，短篇小說尚未見有人指出有什麼新質。只有蘇曼殊（1884-1918）值得一提。他在日本時曾與魯迅等籌辦文學雜誌

12 劉揚體：《簡論鴛鴦蝴蝶派》，見《中國現代文學思潮流派討論集》（北京市：人民文學出版社，1984年，第1版），頁326。

13 魯迅：《上海文藝之一瞥》，《魯迅全集》（北京市：人民文學出版社，1981年），第4卷，頁294。

《新生》未果。一九一二年起寫小說，除〈斷鴻零雁記〉(1917)是以第一人稱法寫成的長篇外，〈絳紗記〉(1915)、〈焚劍記〉(1915)、〈碎簪記〉(1916)、〈非夢記〉(1917)均為短篇。〈絳紗記〉與〈碎簪記〉有陳獨秀序。這四篇小說的人物均由爭取婚姻自由轉入宗教解脫。〈非夢記〉中的女主人公投水而死，男主人公當了和尚，格調低沉，又是文言體，但擅寫心理景物，與作者受西洋小說及本人繪畫造詣有關。

「鴛鴦蝴蝶派」作品的泛濫說明舊文學死期已到，舊的文言小說也走到末路。清末民初是中國創作界最黑暗時期，而翻譯界與小說評論界在為新文學催生吶喊。一九一九年「五四」運動爆發，新文學崛起，中國短篇小說又得到新生。

## 八　中國短篇小說演變的特點

如上所述，中國短篇小說的源頭可從《詩經》說到漢代文學。因為《詩經》、《山海經》、《穆天子傳》、諸子散文、《史記》等等，都有不少短小的故事，短篇小說最基本的條件已有了。它們分屬不同的文學體裁，所以中國短篇小說的源頭是多元的。從先秦截止漢代，不妨說是形成期。

魏晉六朝志怪志人小說，是筆記體小說，它繼承的是《山海經》、先秦散文簡古的傳統，不是《詩經》、《史記》描寫的傳統。魏晉六朝小說作為中國短篇小說的第一步，它既非西方古希臘羅馬長篇小說中穿插的短篇故事，因它的篇幅實在太短，也不是西方中世紀散落的「韻文故事」及「謠曲」，那是用詩寫的。其內容更不相同，非戀愛偷情，也少有幽默諷刺，因為我們深受印度佛教文學影響。

中國短篇小說的成熟期，應從唐人的「傳奇」開始。它接上了《詩經》、《史記》的筆法，就是有了描寫。不僅如此，它還多了「虛構」，這是最重要的，沒有「虛構」，怎能說是小說呢？唐人寫小說，「虛構」起主導作用，或者說，主要靠「虛構」，這與六朝小說便大不同了。唐人有自覺的創作意識，文體也就發生了變化。唐朝年代很長，中國短篇小說在唐朝兩三百年間慢慢成熟了。將它與西方文藝復興時期的《十日談》相比，中西短篇小說的成熟期有以下共同點：都是封建社會上升時期的城市的產物；都以女性、愛情為主要題材；都敢於寫悲劇；大都是直敘式的，也有一定的敘事技巧。唐傳奇的敘事技巧在某些方面還高於《十日談》。但是也有不同點：西方有資本主義萌芽，有文藝復興，有人文主義，中國沒有。西方的《十日談》反禁欲主義的傾向性極為鮮明，中國的遠遠不及。突出的例子如元稹的〈鶯鶯傳〉，只是客觀地寫出鶯鶯的悲哀，而主觀卻讚揚張生「始亂終棄」是「善補過者也」，罵女人是「禍水」。換了薄伽丘，絕不會這樣寫。《十日談》還有一個「框形結構」，或許受印度文學的影響吧，但畢竟是一個很大的創新。晚唐傳奇也有集子，不是單篇的了，如牛僧孺的《玄怪錄》袁郊的《甘露謠》，特別是裴鉶的《傳奇》，但沒有一個統一的結構。比之《十日談》，我們唐傳奇的集子是散漫多了。

唐已有白話小說及詩體小說，從敦煌變文得知。白話小說詩文相兼，是受印度佛經「偈」的影響。《韓朋賦》等賦體小說出現，說明「賦」亦是短篇小說一個源頭。但此類「詩體小說」只是曇花一現。因為用詩寫小說不是中國的傳統，而是西方文學的傳統。

宋代的短篇小說有兩個情況是唐代所沒有的，第一是白話小說的出現，就是「話本」。唐傳奇用文言文寫「話本」卻用當時的白話。中國短篇小說又進入了新的階段。可惜這些「話本」多已失傳。第二是出現了巨型的小說全集，如李昉編輯的《太平廣記》及洪邁編著的《夷堅志》。中國有《太平廣記》這樣的古小說「全集」，西方沒有。中國儒家一向重視文化遺產，孔子就主張「述而不作」。中國的封建王朝受儒家影響，也比西方重視搜集文化遺產。我們的文化不斷層，短篇小說也如此。西方中世紀的統治思想是神學，教會把非拉丁語的世俗文學加以排斥，他們中世紀的民間故事也很多，但因政府不重視搜集，絕大部分失傳了。法國中世紀的宗教劇有十五冊之多，而民間故事只剩下百來篇，就是力證。

元代基本上沒有短篇小說，既罕有文言小說，也沒有白話小說。這與元人入主中國大有關係。蒙古人喜歡戲劇，不喜歡小說。在這裡，我們又看到中國短篇小說發展道路不同於西方的一個特點：不同民族的統治影響了一代文學品種的盛衰。

明朝取代了元朝，小說又抬起頭來。「三言」、「二拍」以及陸人龍的《型世言》的相繼出現，說明「擬話本」的繁榮。究其原因，一是市民娛樂的需要；一是印刷業的發展；一是李卓吾、三袁及馮夢龍等一批思想家和文藝家提高了通俗文學的地位。這與西方文藝復興時期的情況也有些近似。《十日談》仿作之多，也是適應了市民娛樂的需要，也與印刷業發展有關，文藝復興時期也有一批思想家和文藝家為通俗文學正名，搖旗吶喊。

清代短篇小說有三個現象可注意：白話小說方面應注意李漁，他的《無聲戲》及《十二樓》是兩個集子，共收三十篇小說，數量並不多，但李漁身兼小說家、戲劇家於一身，他是中國小說界第一個自覺打通小說戲劇的人。還應注意艾納居士的《豆棚閒話》，它有一個近似《十日談》的「框形結構」，在中國古代極為罕見。文言小說方面當然是要注意蒲松齡的《聊齋志異》了，它標誌文言小說的中興。蒲松齡是中國封建社會最偉大的短篇小說家，他「為民請命」的精神，敢哭、敢笑、敢怒、敢罵的骨氣，在中國古代短篇小說家中是僅見的，在世界短篇小說家中也是不多的。西方文藝復興的薄伽丘庶幾可以和他相比。薄氏寫《十日談》，也很有勇氣。他對禁欲主義的攻擊，也是很犀利的。蒲松齡與薄伽丘因時因地不同，作品的主攻方向也不同，但都是站在自己時代前頭的偉大短篇小說家。蒲松齡用浪漫主義的形式暴露社會矛盾，寄託自己的孤憤。他筆下的狐鬼花妖沒有太多的「鬼」氣，很有人情味，是異物也是人，其陌生化效果讓讀者產生讚美之情，這與西方浪漫主義小說迥然不同。

自蒲松齡以後，中國短篇小說路子越走越窄，一蹶不振。當中國進入半封建、半殖民地社會後，短篇小說就徹底衰落了。晚清小說的所謂「繁榮」，只是以量取勝，而且主要是長篇小說，並非短篇小說。中國短篇小說衰落的原因有二：一是語體不解放，文言文束縛住它的發展，長篇小說在《聊齋志異》之後一百年，還有鉅著《紅樓夢》出現，便是反證。一是缺乏創新意識，這與西方同時期短篇小說比較，差距甚為分明，正當我們的短篇小說衰落時，西方短篇小說卻進入各派創新的時代。直到新文學崛起，出現了魯迅，中國短篇小說才得到新生。因為語言解放了，借鑑西方了，創新意識也強了。在魯迅的小說中，我們看見了中西文化以我為主的交融，說明傳統力量與外來文化的精華相結合，便使小說發生了質的飛躍。這個「飛躍」，在中國有過兩次，一次是與印度文化結合，最終誕生了蒲松齡，另一次是與西方文化結合，便誕生了魯迅。

中國短篇小說發展有一個重要現象是西方所沒有的。我們有文言、白話短篇小說兩條河流。文人寫文言小說，有力推動古小說從魏晉到唐的發展，在這四、五百年中，文人絕對地是短篇小說的主力軍，文言小說絕對地是小說的主流。西方沒有這種現象，從古希臘羅馬到中世紀，西方文人基本上不寫短篇小說，而把這項工作讓給民間講故事人去做。由於知識分子不介入，西方古代到中世紀的短篇小說就發展不了。這種情況，直到文藝復興時期才有了大改變。中國短篇小說兩千年的演變軌跡，從類型變遷上看十分分明，如魏晉六朝志怪志人筆記體小說，到唐傳奇、到宋話本、明擬話本，之後又出現了蒲松齡，之後又回到筆記體。到現代，文言小說死絕，新小說誕生。西方短篇小說類型變化軌跡並不明顯。我們的小說語言變化也極分明，先是文言文一條河流，然後又出現白話文另一條河流，然後是兩條河流齊頭並進，到後來，文言文這條河乾涸了，白話文這條河卻流進現代文學的大海。此外，中國短篇小說敘事法的變化，小說結構的變化，人物性格的塑造，浪漫主義精神的高揚，短篇小說與戲劇、長篇小說的關係，短篇小說盛衰的原因，都與西方的有別。所以這些問題，將在比較中展開討論。

# 貳
# 西方短篇小說演變的軌跡及特點

## 一　古希臘羅馬短篇小說

西方短篇小說可從古希臘羅馬說起。最早的古希臘短篇小說與中國的「話本」有些近似，也是說書人的產物。現代希臘學者阿西馬科普洛斯說：

> 古希臘社會中有一種職業說書人，他們走村串鄉，在集市上講述種種娓娓動聽的故事以換取微薄的報酬。他們被稱為「阿雷托勞戈斯」，意為頌美者，因為每一個故事都有一個頌某種美德的主題；或者被叫作「伊昔科勞戈斯」，意為表演者，因為他們講述得生動傳神，並不時伴以各種姿勢，表現出一定的表演技能。他們中的許多人為了不致遺忘故事的細節，或者為了傳授給他們的子女，常常把所講的故事記錄下來，於是便形成了希臘小說的最初的書面形式。[1]

這些話是確實的。西元前五世紀，雅典城市繁榮，出現了不少職業說書人。在阿里斯多芬的劇本《財神》中，就提到一個叫菲勒普西俄斯（philepsios）的人，本是窮漢，後以擅說故事致富。在希羅多德的《希波戰爭史》中，也提到一個說書人赫刻提阿斯，而希羅多德本人

---

1　〔希獵〕見阿西馬科普洛斯編選，王培榮等譯：〈引言〉，《希臘短篇小說集》（上海市：上海譯文出版社，1984年，第1版），頁1-2。

也曾是說書人[2]。西方和蘇聯一些學者還認為希臘的某些悲、喜劇的素材來自民間故事（如蘇聯學者伊·托爾斯泰的論文〈歐里庇得斯的悲劇〈海倫〉與希臘小說的起源〉）。

但是，這些「話本」早已失傳。阿西馬科普洛斯說，至於它們如何發展為小說，「我們還沒有完整的資料」，「它們是如何具體發展而來的，我們卻一無所知」。希臘人自己也說不清楚的事，我們中國人當然更說不清楚了。

那麼，是不是換一個角度，從其他方面作些探索呢？

在古希臘的歷史著作中，也保存一些「短篇小說」，西元前五世紀，「歐洲歷史之父」希羅多德在修史之前，也曾是個「職業講故事的人」，默雷說「希羅多德大部分歷史與純粹民間創作小說，在不同程度上混在一起」，他在九卷《希波戰爭史》中，搜集了不少埃及、利比亞、亞述以及希臘本土的「舊聞軼事」，其中一些就是「短篇小說」。希羅多德是會虛構的，亞里斯多德在《博物學》中就指出希氏虛構的錯誤：「有鉤爪的鳥不會喝水。希羅多德不懂這一點，因此他在敘述尼尼微（亞述帝國首都，現在伊拉克境內）被圍的記事中，他虛構了鷲鷹會喝水的故事。」[3]國內有研究者指出《希波戰爭史》中的「坎道列斯的王后」、「阿里昂海上歷險」、「居魯士的童年」（第一卷）、「佐披洛司智陷巴比倫」（第三卷），尤其是「聰明的竊賊」（第二卷）就其形式的完整、情節的曲折生動，可放在文藝復興時期的短篇小說集裡而並不遜色。[4]

此外，我們很有興趣地發現古希臘羅馬的長篇小說中也穿插了不少獨立的短篇故事，如阿普列尤斯（125-二世紀末）的名著《變形記》（又譯《金驢記》）穿插了五個故事。這個問題留待比較時再談。

---

2 〔英〕吉爾伯特·默雷著，孫席珍、蔣炳賢、郭智石等譯：《古希臘文學史》（上海市：上海譯文出版社，1988年，第1版），頁141、157。

3 〔英〕吉爾伯特·默雷著，孫席珍、蔣炳賢、郭智石等譯：《古希臘文學史》，頁151。

4 蹇昌槐：〈歐洲原始小說簡論〉，《外國文學研究》1990年第4期。

還有一些作家，如塞內加（約西元前4年至西元65年）也寫了一些短篇故事，其〈變瓜記〉嘲笑了同時代的羅馬皇帝克勞狄烏斯（西元前10年至西元54年）。描寫他死前備受疾病折磨，死後靈魂來到天國，要求成神。諸神會議對此展開熱烈爭論，有的同意，有的反對。前羅馬皇帝奧古斯都（拉丁文「神聖的」，原名屋大維）在發言中也持反對態度，歷數其罪行，要求對他惡懲。克勞狄烏斯被趕出天界，帶往冥界。他在途中看到人們笑逐顏開地為他送葬，知道自己真的死了。他在冥府受到審判，不但沒能成神，反而被變成一個大南瓜——愚蠢的標誌。〈變瓜記〉詩文間雜，筆鋒尖銳，語言簡潔，思路敏捷。塞內加是克勞狄烏斯的大臣，因政見不同被流放科西嘉島。後又與克勞狄烏斯的後妻合謀毒死他。因此，〈變瓜記〉是一篇當代政治諷刺短篇小說。

特別值得一提的是，古羅馬希臘語作家普魯塔克（約46-120）的《希臘羅馬名人比較列傳》，大可以作短篇傳記小說看待。它大部分是作者晚年為增進希臘人和羅馬人之間的友誼，獻給圖拉真皇帝一個寵臣的創作。共收入從神話時期到一世紀希臘羅馬名人的傳記五十篇，其中四十六篇根據兩個希臘羅馬名人的某種相似之處成對排列，如傳說中雅典的奠基人忒修斯和羅馬奠基人羅慕洛、希臘演說家狄摩西尼和羅馬演說家西塞羅，如此類推，共二十三組，每組後面附以作者的「比較」。其餘四篇〈阿基斯傳〉、〈克里奧米尼傳〉、〈提比略．格拉古傳〉、〈蓋約．格拉古傳〉則一人一傳。普氏是西方傳記文學之父，其《希臘羅馬名人比較列傳》庶幾可與《史記》相比，結構近似，也擅寫人物性情行動，以許多逸聞軼事為之點染，使讀者印象鮮明，如〈亞歷山大大王傳〉寫亞歷山大少年時馴服烈馬，〈凱撒傳〉寫凱撒被刺，均富於戲劇性[5]。在討論西方短篇小說發源時，不能漏了它。

5　見林秀清：〈司馬遷與普魯塔克〉，《中國比較文學》總第2期（1985年）。

## 二　中世紀的「韻文故事」和「謠曲」

西方中世紀中期，城市文學因城市的興起而興起，法國和其他國家在十二至十四世紀出現了一種短小的歌謠，叫作「韻文故事」，平均篇幅約數百行，是寫實的、娛樂的、諷刺的，有人物情節，故事性較強。「韻文故事」是一種說唱文學，以法國數量為最多，因法國是歐洲城市最早興起的國家。但法國的「韻文故事」保留下來的只有百來篇。如〈聖徒彼得和遊方藝人〉、〈農民醫生〉、〈撕開的馬鞍墊褥〉、〈修士丹尼絲〉、〈吃桑椹的教士〉、〈神父阿米斯〉、〈驢的遺囑〉、〈康邊的三盲人〉、〈高利貸者的禱文〉、〈教士的老黃牛〉、〈一個經過力爭進入天堂的農民〉、〈阿麥爾的貢斯當〉、〈隼〉等。為什麼流傳下來那麼少呢？大概這些「韻文故事」都是世俗文學，不用拉丁語寫，其諷刺的鋒芒多指向僧侶，閃爍著「高盧的諷刺精神」，教會恨它，也瞧不起它，便不把它記錄下來。而當時的教會完全壟斷了國家的文化大權。這些「韻文故事」絕大多數是民間創作，個別的如〈驢的遺囑〉是當時的著名市民詩人呂特博夫的作品。

十三至十四世紀在北歐各國以及英國、西班牙又出現了「謠曲」，這是一種較短的敘事詩，往往採用古代的英雄史詩、騎士傳奇的素材編成，流傳於農村城鎮。以英國的一組謠曲〈羅賓漢〉（保存至今的約四十首）成就最大。

「謠曲」和「韻文故事」的區別是「謠曲」更近於詩，題材多半具有傳奇性，是後來浪漫派詩人劇作家的重要素材來源。「韻文故事」則是寫實的、世俗的，是文藝復興時期以至十七、十八世紀現實主義小說家、戲劇家的重要素材來源。如薄伽丘的《十日談》、莫里哀的《打出來的醫生》都直接取材於它。

## 三　文藝復興至十八世紀的短篇小說

歐洲真正的短篇小說是從文藝復興時期興起的，這就是義大利薄伽丘（1313-1375）的《十日談》（1348-1353），包括一百個故事；英國喬叟（1340-1400）的《坎特伯雷故事集》（1387-1400），包括二十四個故事；西班牙塞萬提斯（1547-1616）的《懲惡揚善故事集》（1613），包括十三個故事，這些可以說是歐洲較早的文人短篇小說集子。其中最為重要的，當推《十日談》，幾百年間，仿效它的作品至少有以下二十種：

### 義大利

謝爾・喬旺尼（筆名，十四世紀下半葉佛羅倫薩人）的小說集《彼科羅涅》[6]。

薩凱蒂（1330-1400）的《故事三百篇》（1385-1392），僅存二百二十三篇。

布拉喬里尼（1380-1459）的《滑稽集》（1452）。

古阿爾達蒂（1420-1475）的《故事集》，（1476，有五十篇）。

斯特拉巴羅拉（1480-1558？）的《歡快之夜》，收入七十五篇小說。

班戴洛（1485-1561）的《短篇故事集》（1505-1560），有二百十四篇，莎氏《羅密歐與朱麗葉》取材於此。

格拉齊尼（？-？）的《晚餐》，共收二十二篇小說。

菲倫佐拉（1493-1543）的《談愛情》（1523），共十篇。

彼特羅・福爾濟尼（1500-1562）的《少年戀人的白晝》（四十九篇）及《少年戀人的良宵》（三十二篇）。

---

6　小說中的故事由兩個相愛的神父和修女輪流講述。他倆在一起生活了二十五天。其中「第四天，第一個故事」是莎士比亞《威尼斯商人》的主要素材。見冀剛、力岡譯：《十日談續編》（杭州市：浙江文藝出版社，1988年）。

格拉齊尼——拉斯卡（1503-1584）的《夜談錄》（1540-1547）。
帕拉鮑斯科（1524-1557）的《趣事集》，共十七篇小說。
吉奧凡尼·法蘭西斯高·史特拉帕羅（？-？）的《十夜談》（1550-1553），分兩卷，共七十九個故事。[7]
欽齊奧（1504-1573）的《百篇故事》（1565），莎氏《奧瑟羅》取材於此。
巴爾加里伊（1540-1612）的《開心解悶》，收六個故事。
強巴迪斯塔·巴西萊（1575-1621）的《兒童趣聞錄》。

## 法國

安東納·德·拉沙勒（1388-1469）的《新故事百篇》（1462）。[8]
戴倍利葉（1510-1543）的《新的娛樂和愉快的談話》（1518）。
馬格麗德·那伐爾（1492-1549）的《七日談》[9]（1545-1549），共七十二個故事。

## 英國

喬叟（1340-1400）的《坎特伯雷故事集》（1387-1400），共二十四個故事。

歌德的《德國流亡者講的故事》（1795），霍夫曼的《謝拉皮翁弟兄》（1819-1821）也有一個框形結構。後者寫幾個作家以隱士謝拉皮翁為師，聽從他的指點，自稱「謝拉皮翁弟兄」，每週聚會朗誦作品並編故事，通過他們的交談把所編的故事串成集子。

文藝復興期歐洲短篇小說的特點如下：文人作品；多有集子，用散文體（喬叟的詩體為主）；使用本國語言（布拉喬里尼的《滑稽

7 杜漸：《十夜談》選譯本（北京市：中國友誼出版公司，1989年）。
8 耿曉諭：《新故事百篇》全譯本（天津市：百花文藝出版社，1994年）。
9 梅斌、黎明：《七日談》全譯本（成都市：四川文藝出版社，1989年）。

集》用拉丁文)；是寫實的，喬叟就被稱為「世態詩人」；在篇幅與技法上像個「短篇小說」的樣子，如義人薄伽丘、班戴洛、欽齊奧，法人馬格麗德·那伐爾都是名家。其時已有名家選集，最負盛名者為弗蘭契斯柯·桑索維諾編的《義大利語名家小說一百篇》(初版於一五六一年)，一直出版到九版，共收小說一百六十五篇，包括薄伽丘、謝爾·喬旺尼、古阿爾達蒂直到十六世紀的小說家。堪稱歐洲最早的短篇名家選集。當時西方已出現資本主義萌芽，歐洲的短篇小說在此文化背景中發展起來，表現出鮮明的反禁慾主義傾向，閃耀著人文主義光輝，如《十日談》就以歌頌女性及愛情為第一主題，以揭發僧侶和教會為第二主題。薄伽丘說：

> 對於像柔弱的婦女那樣迫切需要安慰的人，命運卻偏偏顯得特別吝嗇。為了彌補這份缺憾，我才打算寫這一本書，給懷著相思的少女少婦一點安慰和幫助。(《十日談》序)

> 年青的女士，有些非難我的人，說我不該一味只想討女人家的歡喜，又那樣喜歡女人。我公開承認：你們使我滿心歡喜，而我也極力想博取你們的歡心。……要知道我天生是個多情種子、護花使者，從我小時候懂事起，就立誓要把整個兒心靈獻給你們……最溫柔的女士，憑著天主的幫助和你們的支持，我將不辭艱苦，不管那暴風刮得多猛，也要背轉身來，繼續我開始的工作。(《第四天故事》的插話)

薄伽丘寫《十日談》，是要有一些勇氣和意志力的。這部作品之所以影響如此深遠，首先還在於人文主義的思想內容。其後的仿效者，大都繼承了它的歌頌女性與愛情的主題。在這裡，進步意義是第一位的，因為婦女受壓迫，享樂主義因素只佔第二位。而這種歌頌，又往往與揭露僧侶及教會的主題結合著的。另外，此時的小說已見跨國的影響，《十日談》就極大地影響了其他國家的短篇小說。

由於《十日談》的主題與結構的獨特性，它甚至影響了巴爾扎克。巴氏未寫《人間喜劇》時，曾模擬《十日談》寫成一部諧趣故事集，[10]原計畫寫一百篇故事，分三編，每編十篇。寫完三編後罷筆。巴氏這部作品類似《十日談》，嘲弄貴族和僧侶，歌頌女性與愛情。在第三編序言中，他自云天神賜他靈感，眾神的使者向他投來一只角製的墨水臺，上鐫三個字母 EVA，他百思不得其解，直到發現三個字母倒過來就是 EVA——「夏娃」。這時他聽到了神的聲音在對他說：「想著女性吧！她會醫治你的悲哀，填滿你的口袋。她是你的命運，她是你的財產。你的一切。女性生活在愛情之中，用你的筆跟她作愛，激起她的幻想，用上千種形式創造上千個愛情故事讓她開心吧！」讀者一眼便看出了這是模仿薄伽丘的口吻。但時已十九世紀，與文藝復興時社會情況已大不同，薄氏小說的主題早已失去其戰鬥性。故巴氏沒有再仿寫下去而改創作《人間喜劇》。

從薄伽丘以後，直到十九世紀初浪漫主義止，這三、四百年中，西方的短篇小說得不到發展。十七世紀是戲劇與詩歌的時代，十八世紀是長篇小說與戲劇的時代，都不是短篇小說發言的時代。

## 四　十九世紀浪漫主義短篇小說

十八世紀末至十九世紀初，歐洲興起了浪漫主義文學運動，其中一個重要的特點就是作家們具有強烈的文體革新的自覺意識，短篇小說家亦不例外。這裡必須提到德國的霍夫曼（1776-1822）及美國的

---

10 美國紐約Blue Ribbon 一九三二年版的譯本名為《巴爾扎克諧趣故事集》，安徽文藝出版社的選本改名為《風月趣談》，只選了二十個故事。

愛倫・坡（1809-1849）。他們是談魔說怪的能手，浪漫主義短篇小說的鼻祖，都擅於描寫荒誕的事物和下意識心理。「浪漫主義的幻想的離魂說幾乎貫穿著霍夫曼的全部故事」（勃蘭兌斯語）。而愛倫・坡的心理描寫比老師的更為出色。愛倫・坡是西方「第一個短篇小說批評理論家」[11]，他首創浪漫主義短篇小說的「效果統一」的理論，極大地提高了短篇小說的地位。他認為在一切文學形式中，短篇小說由於具有短小精悍的特點，能使讀者節省閱讀時間，在半小時或兩小時內一口氣讀完，從而獲得「某種獨特的或單一的效果」，因而是一切文學形式中最好的形式。他從接受美學的視點論述了短篇小說體裁的優越性。

霍夫曼與愛倫・坡開創了西方浪漫主義短篇小說，他們作品中的故事的荒誕性，下意識心理描寫的逼真性、情節的象徵性、人格分裂以及「變形」的心理外化手法，大量使用第一人稱的敘事法，都是文藝復興直到十八世紀的短篇小說所罕見的，確是西方短篇小說的革新。

浪漫主義短篇小說的興起說明西方的短篇小說進入完全成熟的階段。第一，它有一批作家作品，已形成一個小說流派；第二，它有小說創作的理論；第三，它有共同的藝術特徵，即情節的荒誕、手法的象徵、細節的逼真與下意識心理描寫緊緊結合。這些藝術特徵不僅見諸霍夫曼、愛倫・坡的作品，還見諸歐文（如〈瑞普・凡・溫克爾〉）、霍桑（如〈教長的黑面紗〉、〈年輕的古德曼・布朗〉）、普希金（如〈黑桃皇后〉）、果戈理、巴爾扎克、梅里美（如〈伊勒的維納斯像〉）、狄更斯（如〈信號員〉）以至莫泊桑（〈神出鬼沒〉）的一些短篇小說。雖然有些作家後來不屬浪漫主義陣營，但他們曾經是屬於這個陣營的，或者也樂於寫點浪漫主義小說。

---

11 〔美〕阿伯拉姆著，曾忠祿等譯，賀祥麟校：《簡明外國文學詞典》（長沙市：湖南人民出版社，1987年，第1版），頁328。

## 五　十九世紀批判現實主義短篇小說

隨著歐美批判現實主義文學運動的興起，「寫真實」成為歐美作家的指導思想。浪漫主義思潮已經過去，寫實主義的文學代替了浪漫的文學。批判現實主義的短篇小說逐漸成為十九世紀後半葉短篇小說的主流。它在法、俄、美三個國家取得重要成就。法國莫泊桑（1850-1893）和梅里美（1803-1870），俄國果戈理（1809-1852）、屠格涅夫（1818-1883）和契訶夫（1860-1904），美國馬克・吐溫（1835-1910）和歐・亨利（1862-1910），都是當時最著名的短篇小說家。莫泊桑、契訶夫是其中最為傑出的代表。

莫泊桑與契訶夫所創作的中短篇小說的數量是驚人的，莫泊桑寫了三百〇一篇中短篇小說，其中四十九篇未收入他親自編輯的全集中。契訶夫寫了四百七十多篇中短篇小說。他們兩人還有比較完整的短篇小說理論，如莫泊桑的《論小說》、〈《梅塘之夜》這本書是怎樣寫成的〉及契訶夫《論文學》兩卷集。他們的短篇小說理論的共同要點大致如下：

美在於生活，短篇小說應向生活取材；美在於提煉，應從生活素材中提煉；美在於構思，要重視結構布局的嚴謹巧妙；美在於含蓄，不能把意思寫盡；美在於性格，短篇小說以性格小說為上品；美在於簡潔，短篇小說字數要少，人物要少。

但是，莫泊桑與契訶夫作為一派中的兩位獨立的領袖，又各有自己獨到的風格：莫泊桑師事福樓拜，受法國自然主義的影響，更強調作品的客觀性，傾向性常常深藏不露。他更講究小說結構的安排，擅於出奇制勝。他擅長性愛的描寫。契訶夫是十九世紀俄國「自然派」的傳人，俄國文學以「人民性」著稱於世。契訶夫擅長從平常生活中發掘深層的人性，講述人生哲理，悲天憫人式的人道主義感情溢於言表，於深沉中帶有淡淡的哀愁，於哀愁中又見微微的亮色。莫泊桑和契訶夫的小說是古典短篇小說的兩株獨立生存的大樹，它的根已伸展到歐美、日本、中國。他倆均具有寫作的綜合能力（敘事角度、分析情感、描寫景物、選擇題材、細節描寫與布局技巧），綜合能力是一個作家必須具備的能力，故絕不能侷限於其中一項研究，以致見木不見林。

自批判現實主義短篇小說問世後，歐美的短篇小說已發展成為獨立的文學品種，能與長篇小說、戲劇、詩歌爭雄一時。文學史家也用「短篇小說家」來區分小說的作者，並把「短篇小說」作為專章專節論述。由於這派小說的寫實性、民主性和人道主義的思想，由於它結構的巧奪天工及擅於塑造典型性格，由於它題材的廣闊及敘事技巧的多樣化都超越前人，迄今為止，它仍然是歐美短篇小說領域中影響最大、根柢最深、擁有最多的讀者層的一派。

## 六　西方現當代短篇小說

二十世紀西方的短篇小說空前繁榮，無論從流派、體裁、題材、手法哪方面說，都向多元化方向發展。

第一，二十世紀西方文學是在近代心理等、語言學、自然科學高度發展的文化背景中向前邁進的，這個大的文化背景對現代歐美文學產生了重要影響。

第二，二十世紀西方短篇小說是在現實主義與現代主義兩大思潮、流派的大文學背景中發展的。西方當代的現實主義繼承了十九世紀現實主義的傳統，又吸收了現代主義的新手法，有別於傳統的現實主義。而西方現代主義及後現代主義文學流派多達十幾二十種，對西方短篇小說或多或少都有影響，因此，二十世紀西方短篇小說面貌十分複雜，許多小說什麼創作方法都有一點，很難明確劃入某派，小說家常用多種手法寫作，很難把他們定位於某派。

第三，二十世紀西方短篇小說基本上可分成四大類。第一類基本上是寫實的，僅以得諾貝爾文學獎者為例，如英國吉卜林（1865-1936），獲一九〇七年諾貝爾文學獎。毛姆說：「吉卜林是英國唯一可以和莫泊桑、契訶夫比美的作家。他是我們最傑出的短篇小說家，我不相信有誰能和他平起平坐。我敢肯定無人能超過他。」[12]俄國蒲寧（1870-1953），獲一九三三年諾貝爾文學獎。義大利皮藍德婁（1867-1936），獲一九三四年諾貝爾文學獎。美國福克納（1897-1962），獲一九四九年諾貝爾文學獎。這些作家的短篇小說寫實傾向鮮明。第二類基本上是現代主義的，以奧地利夫卡（1883-1924）最有代表性。第三類是後現代主義新潮小說，以法國五〇年代崛起的「新小說」為代表，美國的新潮小說也屬此類。這派短篇小說幾乎完全打破了傳統小說的格式，主題、人物、情節都是淡化的，或者幾乎接近於虛無，過分標新立異，很難看懂。這派小說家是破壞傳統小說結構的急先鋒。西方有評論家說，他們擅於把世界砸碎，但不擅於把它補合起來。第四種是新起的派別，作家的創作方法多半與本民族的傳統結合。如馬爾克斯（1928-）的短篇小說及美國猶太作家辛格（1904-）用意第緒文寫成的傳奇和寓言小說都是。

第四，二十世紀西方短篇小說家多具有強烈的文體創新意識，他們往往同時或先後創作不同格式的短篇小說。在優秀的短篇小說家中，不拒絕繼承傳統（如福克納、海明威等等），完全拒絕與否定傳統的作家只佔極少數。

第五，二十世紀西方短篇小說雖然名家名作數量多得驚人，但總的來說，尚未誕生諸如十九世紀莫泊桑、契訶夫那樣舉世公認的權威，也難以舉出能與長篇小說、戲劇匹敵的名作。

---

12 見陳燾宇等主編：《諾貝爾文學獎獲獎小說鑒賞大成》（南京市：江蘇文藝出版社，1991年），頁43。

第六，一般地說，二十世紀最受讀者歡迎的短篇小說，大致上具有這些特色：莫泊桑式或契訶夫式的作品；現實主義與現代主義結合的混合型作品（如卡夫卡的《變形記》、海明威的〈乞力馬扎羅的雪〉)。這些作品都保留傳統短篇小說的基本要素，如有一個相當完整的故事，有一個血肉豐滿的主人公。《變形記》可讀性很強，因為外表的荒誕很好理解，而那隻大甲蟲的思想感情還是人的思想感情，它的遭遇也還是人的遭遇，只不過披上甲蟲外衣罷了。〈乞力馬扎羅的雪〉中的主人公的「意識流」是回憶往事加上幻想未來，並不難懂。至於那些先鋒小說，讀者是不多的。

## 七　西方短篇小說演變的特點

西方短篇小說的源頭，是西元前五世紀古希臘的「話本」，這與中國大不相同。中國的話本是宋朝城市產物，古希臘的話本，是古典奴隸制雅典的產物。

西方小說源頭也是多元的，除「話本」外，西元前後一些古希臘羅馬長篇小說也大量穿插獨立的短篇故事，這些短篇故事保留了「話本」痕跡，但它是文人之作，又與話本不同。

此外，古羅馬的作家也寫過一些獨立的短篇故事。古希臘羅馬的歷史散文中也有一些「短篇小說」，普魯塔克的《希臘羅馬名人比較列傳》近似《史記》。

古希臘羅馬滅亡後，歐洲進入中世紀。中世紀早期沒有「短篇小說」，於是西方的短篇小說斷層了。中世紀中期，出現「韻文故事」及「謠曲」，這時西方短篇小說文體發生了變化：從古希臘羅馬的散文體變為中世紀的詩歌了。

中世紀的「韻文故事」和「謠曲」是本土文學，古希臘羅馬的影響已成遙遠的過去，西方短篇小說汲取的是日耳曼本土的乳汁。「韻文故事」和「謠曲」對西方近代短篇小說的形成起了十分重要的作用，薄伽丘的《十日談》可以追溯到「韻文故事」，而更後來的浪漫主義小說可以追溯到「謠曲」。「韻文故事」與「謠曲」都是西方封建社會中期的產物，屬於「城市文學」範疇。「韻文故事」有更多的「平民文學」色彩。「謠曲」多寫英雄美人。「韻文故事」內容略近似中國的話本及擬話本。「謠曲」內容略近似我們的傳奇。只是我們的是散文，他們的是詩體。

西方短篇小說到文藝復興時期就成熟了，標誌就是薄伽丘的《十日談》。它擺脫拉丁文影響，用本國散文寫。這部小說具有超越國界的影響，中國乃至世界無一部文人散文短篇小說集子能與之相比。除了正面影響，也有負面影響，就是仿作太多了，束縛住西方短篇小說三、四百年的發展。西方十五、十六、十七、十八世紀短篇小說踏步不前，與《十日談》的負面影響極有關係。這種現象，也是中國乃至世界短篇小說領域所不見的。

十九世紀初浪漫主義小說家打破了《十日談》的束縛，促進西方短篇小說的發展。在打破傳統束縛而大膽創新這個意義上，與中國的蒲松齡正相似。但他們是一派作家，中國只有一個。

西方短篇小說自浪漫主義起路子越走越寬，於是有了批判現實主義的莫泊桑、契訶夫，有了二十世紀更豐富多彩的作品。十九世紀是西方短篇小說繁榮大進步時期，其中一個重要原因是創新意識高揚，浪漫主義與批判現實主義小說家都敢於突破傳統另闢新天地。二十世紀西方短篇小說仍然保持發展的勢頭，新小說不斷湧現。在弘揚傳統與大膽創新兩個方面，西方短篇小說家各有所長，故不存在短篇小說走下坡路的問題。

# 參
# 中西短篇小說比較

## 一　關於敘事手法

中國古典短篇小說多以傳記為題目。唐宋傳奇集子中的篇目不少是某傳、某記。如〈任氏傳〉、〈柳氏傳〉、〈柳毅傳〉、〈李章武傳〉、〈霍小玉傳〉、〈南柯太守傳〉、〈鶯鶯傳〉、〈無雙傳〉、〈飛煙傳〉、〈虬髯客傳〉、〈楊太真外傳〉、〈王魁傳〉、〈古鏡記〉、〈離魂記〉、〈枕中記〉、〈三夢記〉、〈秦夢記〉、〈王幼玉記〉、〈越娘記〉、〈流紅記〉。明清傳奇亦如此。如宋懋澄的〈負情儂傳〉、〈珍珠衫記〉。沈復（1763-1808？）的〈浮生六記〉。近代小說家蘇曼殊（1884-1916）四個短篇亦是〈絳紗記〉、〈焚劍記〉、〈碎簪記〉、〈非夢記〉。

宋元明話本的目錄也是如此：〈楊溫攔路虎傳〉、〈董永遇仙傳〉、〈蘇長公章臺柳傳〉、〈張生彩鸞燈傳〉、〈陳巡檢梅嶺失妻記〉、〈五戒禪師紅蓮記〉、〈花燈轎蓮女成佛記〉、〈柳耆卿詩酒玩江樓記〉、〈快嘴李翠蓮記〉、〈曹伯明錯勘贓記〉、〈唐三藏西遊記〉、〈孔淑芳記〉、〈沈鳥兒畫眉記〉、〈李亞仙記〉、〈張于湖誤宿女觀記〉、〈杜麗娘記〉、〈郭大舍人記〉、〈徐文秀尹州令記〉。連魯迅也有《阿 Q 正傳》。

「傳記體」是中國短篇小說的基本敘事手法。其內涵包括記傳人物一生，「傳」大多如此，「記」有記一事的，也有記人物一生的。〈越娘記〉尤有特色。用全知寫法，著重寫人物語言動作。中國的短篇小說多以一個人物為主，絕大多數故事把此人的一生有頭有尾原原本本地寫下來，故事的枝葉也交代得一清二楚。有的短篇雖然不用傳記題目，也是寫人物一生，故事也十分完整。如〈碾玉觀音〉、〈錯斬崔寧〉、〈杜十娘怒沉百寶箱〉。〈碾玉觀音〉寫了玉匠崔寧與璩秀秀的一生，四個「鬼」都交代得一清二楚。〈錯斬崔寧〉寫了崔寧與陳二姐完整的故事，從含冤下獄到結為夫婦。〈杜十娘怒沉百寶箱〉不僅寫了杜十娘生前受苦受騙，還寫了她死後復仇報恩。李甲與孫富的下場也一一交代清楚。中國短篇小說從唐傳奇到《聊齋志異》絕大多數都是由作者講述人物的故事，作者無所不知無所不曉。作者大於人物。中國短篇小說的人物當然有心理活動，但用個性化的語言、動作表現出來。大段大段地寫人物的純心理活動的技法是極為罕見的。應該指出，「傳記體」敘事法本身包括豐富的內涵，在不同時期不同作家筆下，各自現出不同姿采，絕非單調的重覆。

中國短篇小說也有用第一人稱寫法及倒敘法的，這是在文言小說中，不是在白話小說中。用第一人稱法的如王度的〈古鏡記〉。它是第一篇唐傳奇，寫王度自述得鏡失鏡經過。唐張鷟的傳奇〈遊仙窟〉自述路過一妓院，得識十娘、九嫂二女子，相與飲酒言歡留宿一晚的情景。紀昀的《閱微草堂筆記》也常常以自述方式寫怪異故事。沈復〈浮生六記〉自述作者與妻子陳芸悲歡離合一生。蘇曼殊的〈絳紗記〉亦以第一人稱法寫成。

用倒敘法的，如唐李復言的《續玄怪錄》〈薛偉〉，明宋懋澄《九龠集》〈珍珠衫記〉，清王士禎的《池北偶談》〈女妖〉。〈薛偉〉先寫薛病癒，再由薛倒敘夢中化魚事。〈珍珠衫記〉先寫楚商娶妻，結尾才補述新安人病死，楚商之妻原來是新安人的妻子。「或曰：新安人以念婦故，再往楚中，道遭盜劫，及至，不見婦，愁忿，病劇不能歸。乃召其妻，妻至，會夫已物故。楚人所置後室，即新安人妻也。」《聊齋志異》〈促織〉也是倒敘的。先寫成名之子投井自殺獲救不醒，結尾才補寫一年後他醒來自言化為促織之事：「後歲餘，成子精神復舊，自言『身化促織，輕捷善鬥，今始蘇』。」(版本不同，有的版本無)。

也有用旁知法的。如唐代皇甫氏〈崔慎思〉從崔眼中看俠女。唐初無名氏〈補江總白猿傳〉寫南朝梁末別將歐陽紇挈妻南征，其妻被一白猿竊去，他率兵進入深山搜索，刺殺白猿。但其妻已懷孕，後生一子，畢肖猿猴。後歐陽紇為南陳武帝所殺，由江總留養其子，其子長大後，能文善書。作者假稱江總寫過〈白猿傳〉，他是補作。故事由「補內者」眼中寫出。蒲松齡〈勞山道士〉從王生眼中寫出該道士的本領，他能變出酒，又能召來嫦娥，還可以進入月中，旁知觀點即從他人眼中寫出，有人又稱之為「第三人稱限制敘事」，以區別於第三人稱敘事。

不過，在近二千年的中國短篇小說長河中，直到新文學起來前，紀傳體的直敘法還是基本敘事法，上面所舉第一人稱法、倒敘法，旁知法的例子，僅是極少數的例外而已。

中國短篇小說的「傳記體」寫法與民族文學傳統、心理傳統分不開。《史記》寫人物就是從頭寫到尾。因為是「實錄」，開頭多介紹人物姓名、籍貫、出身、朝代、家庭，然後再寫其事蹟。如〈項羽本紀〉的開頭是：

> 項籍者，下相人，字羽。

〈魏公子列傳〉的開頭是：

> 魏公子無忌者，魏昭王少子，而魏安釐王異母弟也。

中國白話短篇小說開頭的寫法，有些簡直與《史記》一模一樣。如〈楊謙之客舫遇俠僧〉的開頭是：

> 楊益，字謙之，浙江永嘉人也。

〈陳希夷四辭朝令〉的開頭是：

> 話說陳摶先生，表字圖南，別號扶搖子，亮洲真源人氏。

也受民族心理制約。直敘法最易為中國老百姓所接受。有一個文學現象最能說明漢民族的接受心理。凡傳奇中有用倒敘法的，話本小說通通改成直敘法。如唐李復言《續玄怪錄》〈薛偉〉改編成〈薛錄事魚服證仙〉(《醒世恆言》)，不是先寫薛病癒再由薛倒敘夢中化魚被廚子宰殺事，而是敘薛夢中化魚被廚子一刀剁下驚醒坐起。唐《原化記》〈義俠〉改編成〈李汧（音千）公窮邸遇俠客〉(《醒世恆言》)，不是由俠客向李勉倒敘他差點上了壞人當殺了李勉，而是直寫俠客先上了壞人當，以後發現受騙。明宋懋澄《九侖集》〈珍珠衫記〉改編成〈蔣興哥重會珍珠衫〉(《喻世明言》)，將蔣興哥休了三王巧又娶了陳大郎之寡妻平氏的倒敘改為直敘。「話分兩頭」，且說陳大郎回家後因思念王三巧，常取出她送他的珍珠衫看，被妻子平氏察出偷去藏起。陳大郎與平氏吵架後又外出做生意，也想再去湖北會王三巧。途中被盜。到了湖北找王三巧借錢，一打聽，王三巧出事了（被蔣興哥休了，改嫁吳杰進士到廣東去了）。他因此染病不起，住在旅館中，派人通知他妻子平氏急來。平氏怕他騙她，鬥爭半天還是帶著他父及一對夫婦趕至，而陳大郎已死了十天。店主人見平氏貌美，想留她作兒媳，被平氏罵了一頓。店主人就教唆那對夫婦偷了她的錢物，又把她趕出店。平氏身在外地，舉目無親，陳大郎屍體又未下葬，就聽好心媒婆之言，嫁給了失去妻子的蔣興哥。婚後拿出珍珠衫，蔣興哥才知平氏原來是偷了自己老婆的陳大郎的妻子，二人感嘆不已。

為什麼說書人要把倒敘改為直敘，因為說書人要照顧聽眾接受心理。而「傳奇」卻是文人寫給文人看的，與老百姓無緣。

西方的短篇小說不是傳記體，他們罕有以傳記為名的題目，不求人物生平的完整性。《十日談》是沒有題目的，就是「第一天故事一」、「第一天故事二」這樣編排下去。《坎特伯雷故事集》的題目有等於沒有，如「磨坊主的故事」就是磨坊主所講的故事。《十日談》寫故事，有兩種寫法，一種是有頭有尾原原本本寫人物的一生，這多半是外國的、歷史的故事，寫得並不好，又長。這類故事並不多，多半是每一天的最後一個故事。另一種是只寫一件事情，人生一個片斷，多半是寫佛羅倫薩的現實生活，寫得活靈活現，確確鑿鑿，這類故事佔多數，篇幅不長，寫得也好。《坎特伯雷故事集》也如此。它那個令人噴飯的「磨坊主的故事」就講一個木匠如何上了一個大學生的當，就寫這一件事。至於大學生、木匠及其年輕妻子後來怎樣了，全不交代。西方的短篇小說從一開始就不注重寫人物一生，越到後來越發強調截取人生的一個片斷來表現人生的全體。例如莫泊桑與契訶夫的許多短篇便是這樣。莫泊桑的《歸來》譯成中文僅五千言，寫失蹤十三年的老漁人歸來。十年前，他在一次出海捕魚時遇上風暴失蹤了，留下妻子和兩個女兒。妻子等了他十年，以後嫁給一個漁民，又生了兩個孩子。小說只寫了兩天。第一天一個陌生的老人在她屋前遠遠坐著不走，使她害怕，告訴了丈夫。第二天老人又來了，丈夫把他請進屋內，一切都明白了，妻子哭了。兩個男人上酒館商談。完了。小說沒寫十三年，也沒寫矛盾如何解決，契訶夫的〈香檳〉寫三角戀愛的悲劇。偏僻的小火車站，除夕晚上，妻子開香檳酒慶祝新年來臨，失手把酒瓶掉在地上，酒瓶打碎了。妻子說真不吉利。站長心想：在這個倒霉的地方，生活夠乏味了，還會有什麼不吉利的事發生？就在這時，外邊有人敲門，來了一位「嬸娘」，年輕、活潑、美貌。「我不記得後來怎樣了，凡是想知道戀愛怎樣開始的人，請他去看長篇小說和冗長的中篇小說吧。」結尾是：「一切都顛三倒四了，我記得起了一場可怕的大旋風，把我像一片羽毛似的捲上了半天空。這陣旋風刮了很久，從世界上刮走了我的妻子，嬸娘本人，我的精力。」契訶夫是連三角戀愛的開始也不寫的，別說戀愛的全過程了。「旋風」如何「刮走」了兩個女人，讀者自己去想像吧，總之只剩下一個頹唐的男人。

西方短篇小說家常常以「我」的形式在作品中出面，從薄伽丘、喬叟開始就這樣。到了十九世紀，作家們廣泛使用第一人稱與倒敘法。在莫泊桑的小說中，第一人稱與倒敘相結合法用得得心應手。如〈鈴子大媽〉有兩個「見事眼睛」，由「我」與醫生倒敘鈴子大媽的悲慘故事，兩個不同的敘事角度，照出鈴子大媽全部悲哀與光華。抒情與評論和敘事相結合，加強同情與讚美的傾向性。契訶夫的〈嫁妝〉，則通過「我」的三次訪問，用三個場面寫出一個盼望出嫁終於絕望死去的少女的一生，也是第一人稱法的名篇。

西方短篇小說這些技法也是有案可稽的。荷馬寫〈伊利亞特〉已使用了敘事的典型化手法，特洛亞戰爭打了十年，他只寫最後一年，又只寫五十天，其中大多數日子是一筆帶過的，實寫四天，著重寫阿喀琉斯與赫克托的血戰，通過阿喀琉斯忿怒的主題就寫出了戰爭的勝負，表面上無頭無尾，實際上寫出了結果。這與「截取人生一個橫剖面以表現人生的全體」（茅盾語）、「借一斑略知全豹，以一目盡傳精神」（魯迅語）的近代西方短篇小說敘事法有共通之處。古羅馬賀拉斯說荷馬寫史詩不從故事開頭寫起，而是「從半中間敘起」（「半中間」或譯「故事的中心」）。薄伽丘對荷馬及賀拉斯十分熟悉，他寫《十日談》，不少故事就是從「半中間」寫起，讓讀者很快知道結局。〈奧德修紀〉已使用了第一人稱倒敘手法，奧德修向腓依基國王講他在海上飄流九年的經過就是倒敘，就是用第一人稱寫出來的。西方短篇小說的不完整性和第一人稱倒敘法可否追溯到荷馬史詩的結構呢？

漢民族的歷史觀念大於文學觀念，漢文學深受歷史著作的影響，最早的小說《穆天子傳》就是歷史小說。中國是文明古國，歷史悠久而且完整地發展下來，從不斷線。中國漢民族的歷史觀念是根深蒂固的。歷史家求真求全的觀念影響了小說家求真求全的觀念，這兩家又同時影響著中國漢民族的審美心理——求真求全。文學作品的人物像歷史的寫法，就是真，就是全。反之，掐頭去尾，只寫一「斑」一「目」，不作完全的交代，就是不「真」不「全」。魯迅寫《狂人日記》就注意到中國漢民族心理，加上一個「某君昆仲」的前言，交代了「狂人」已經病好，赴某地「候補」了，才能順理成章地寫下去。《阿 Q 正傳》的寫法，更是充分考慮到民族的審美意識。

西方則不同，古希臘羅馬雖是文明古國，但奴隸社會之後，歷史中斷。歐洲其他國家歷史並不悠久。他們的文學觀念大大超過歷史觀念，故不用歷史眼光去要求文學，因而並不求全。荷馬寫特洛亞十年戰爭只寫了最後一年就是最好的例子。西方人不是歷史的崇拜者，而是荷馬的崇拜者，認為荷馬是第十位繆斯，習慣於接受荷馬的敘事方法——不求「全」。亞里斯多德就是這樣推崇荷馬的。連馬克思都說，希臘藝術和史詩還繼續供給我們以藝術的享受，迄今顯示著不朽的魅力。西方的審美心理源於文學而不源於歷史，中西短篇小說敘事法不同，追本溯源，是由於文學傳統不同。民族審美心理不同。

## 二　關於小說的類型和結構

中國古代短篇小說類型演變的軌跡很分明，這就是從魏晉六朝筆記小說到唐傳奇，到宋元話本，到明擬話本，到清代以《聊齋志異》及《閱微草堂筆記》為代表的文言小說。從魏晉六朝筆記小說到唐傳奇，是一種類型接一種類型產生，從唐傳奇到話本，也是一種類型接一種類型產生。自宋代始，白話小說與文言小說兩種類型齊頭並進。明擬話本是宋元話本的繼續，清代文言小說是魏晉六朝小說與唐傳奇的繼續。《聊齋志異》是六朝小說與唐傳奇的結合，《閱微草堂筆記》是筆記小說的循環。發展的階段甚為清晰，史的線索也很清楚。

西方短篇小說類型演變的軌跡遠遠不如中國的分明。以古希臘羅馬的「短篇小說」而論，雅典西元前五世紀的「話本」已失傳，保存在後來的歷史散文及長篇小說中的短篇故事，成不了氣候，已很難說是什麼「類型」了。中世紀的「韻文故事」和「謠曲」是一種「類型」，但保留下來的並不多。西方短篇小說在一個相當長時期內得不到發展，所以西方短篇小說早期的類型史是一個難寫的題目。

從文藝復興開始，西方短篇小說也有了明顯的類型了，這就是《十日談》，有一個「框形結構」。從文藝復興到十九世紀浪漫主義短篇小說興起前，幾百年內，西方短篇小說的類型就是《十日談》式的類型。

西方短篇小說還有一種類型，就是依附在長篇小說中的，可稱之為「不獨立的」類型。這種類型早在古希臘羅馬的長篇小說中就已經出現，此風一直延續到現代小說。

這兩種類型是中國短篇小說所罕見的。《十日談》式的小說，大概中國古代短篇小說集中只有一部，這就是清代艾納居士的《豆棚閒話》。

至於依附於長篇小說中的「不獨立」的短篇小說類型，中國幾乎是沒有的。中國的幾部長篇小說，如《水滸傳》、《西遊記》、《儒林外史》，都是短篇加短篇的結構。它把許多故事串聯在一起而成為一部長篇，其中的故事已成為長篇小說不可分割的整體，並不是依附在長篇小說之內的。就是《儒林外史》有些故事，如王冕畫荷花之類，看似游離，實乃與小說主題一致，也與西方依附於長篇中的短篇不同。西方長篇小說中那些短篇故事可以隨便抽去幾個而無傷於小說，王冕畫荷花的故事則絕不能抽去，它起畫龍點睛的作用。

中國長篇小說穿插大量短篇故事的寫法，是從近代開始的。最典型的是吳沃堯（1866-1910）的《二十年目睹之怪現狀》（1903-

1910），全書共寫了近兩百種「怪現狀」[1]。包括大量掌故、笑話、傳聞、實錄及短篇故事。書中主人公「九死一生」除了講自己的大故事外，又常常說「他人之事」，他還喜歡「叫人家說故事」，他有個筆記本——「九死一生的筆記」——就是專門記別人的故事的。吳沃堯甚至乾脆將書中的某些故事抽出來，放到雜誌去單獨發表。如《月月小說》第五號所登載的〈快升官〉，就是從小說五十四回「告冒餉把弟賣把總」中抽出的，連人物姓名都完全一樣。

這樣的「穿插」法並非中國長篇小說傳統，是與近代報刊雜誌興起，長篇小說適應報刊分期轉載有關。吳沃堯這部小說，就是在《新小說》上連載的，從一九〇三到一九〇五年，先發表四十五回，直到一九一〇年才出齊八冊，共一百〇八回。因為是定期連載，來不及考慮結構，大可以將短篇故事任意塞進去湊數。這與狄更斯寫《匹克威克外傳》近似。《匹克威克外傳》也是「以月刊形式開世」的，因此作者自說「並不打算有什麼精巧的結構，甚至作者當時並沒有認為有這樣做的可能，因為這部小說本來就以散漫的形式發表的」。[2]

中國古代短篇小說的結構的變化多於西方。簡單地說，我們是一種類型就是一種結構。我們短篇小說的類型多，結構變化也就多。文言與白話小說就是兩種語言結構。六朝筆記體小說與唐傳奇罕見以小故事引入大故事，話本及擬話本小說則大量以小故事引入大故事。六朝小說多講一件事，唐傳奇則是講人物一生的故事。六朝小說不知「描寫」為何物，唐傳奇的描寫法則相當高明。六朝小說罕見以詩詞入小說，話本及擬話本則多有詩詞。宋話本〈碾玉觀音〉一開頭就引了無名氏、黃夫人、王荊公、蘇東坡、秦少游、邵堯夫、曾兩府、朱

---

1 一說一八九件，見《二十年目睹之怪現狀》前言，簡夷之作，一說兩百多件，見《中國大百科全書．中國文學》，頁992「吳沃堯」詞條。

2 蔣天佐：《匹克威克外傳》中譯本（上海市：上海文藝出版社，1961年），羅馬字體，頁3作者序。

希真、蘇小妹、王岩叟等人共十一首詩詞入話。在同一類型中，也各有特色，傳奇如〈古鏡記〉以「古鏡」將十二個志怪故事串起來。話本如〈南柯太守記〉以蟻穴為人間世，敘事者站在人類世界之外看人類世界，產生陌生化效果。

西方短篇小說的結構在一個相當長的歷史時期內比中國的簡單得多。乾脆一點說就是薄伽丘式的結構。「人家怎樣說，我就怎樣寫來」(《十日談》跋)，「只是平鋪直敘，不敢有絲毫賣弄」(《十日談》第四天故事開首語)，故事要「完整」(出處同上)。不大用描寫法，不大寫人物心理，故事往往是模式化的：某地、某人、發生了什麼事、後來如何、結果如何。

這裡便有一個問題可以討論，國內論者多認為中國古代短篇小說結構簡單，這話要具體分析。若比之西方古代至十九世紀浪漫主義前的小說，我們短篇小說的結構顯然比他們的多姿多彩。我們不能只看到薄氏一個「框形結構」就自愧不如了。

西方短篇小說結構的變化，是從浪漫主義開始的，主要引入了心理結構。從那以後，西方短篇小說的結構就活躍起來了。從那以後，西方就是我們的老師了。由於引進西方十九世紀以降的短篇小說，中國現代短篇小說結構也發生了變化，小說家廣泛借鑑西方，從莫泊桑、契訶夫式的，到「意識流」式的，「新小說」式的，不一而足。但必須強調，不少優秀的短篇小說家，同時使用中西兩種小說結構，如魯迅的《阿 Q 正傳》就是典型的傳統結構，而與他另外一些小說如《狂人日記》大不相同。以魯迅為代表的中國現代短篇小說，並沒有拋棄中國古代小說的結構，中國作家借鑑外來文學結構，以我為主，才有民族的生命。

## 三　關於性格塑造

中國古代短篇小說是以性格取勝的。在最早的志怪小說《搜神記》中，就有一些鮮明的人物性格，如執著追求愛情生死不渝的紫玉，為父報仇的赤鼻。《世說新語》描寫歷史人物擅於抓住特徵，使人物性格顯得鮮明，如曹植的詩才，孔融的口才，石崇的殘暴，王藍田的急性子，都留給後人以深刻的印象。曹植的「死牛詩」及「煮豆持作羹」不見諸《曹子建集》，顯然是劉義慶為了塑造性格的自己的創作。〈忿狷〉篇寫王藍田性情躁急，吃雞子時「以箸刺之，不得，便大怒，舉以擲地，雞子於地圓轉未止，乃下地，以屐齒蹍之，又不得，嗔甚，復於地取納口中嚙破，即吐之」，真是繪聲繪色，躍然紙上。

《世說新語》還有精彩的旁知法，石崇叫十幾個婢女侍候客人上廁所，客人如廁後要脫下舊內衣換上新內衣，客人多羞不能如廁。大將軍王敦卻當著眾女婢面如廁脫衣換衣，毫無羞色。「群碑相謂曰：『此客必能作賊。』」僅一語即描畫出王敦不以羞恥為恥的個性。

從唐人傳奇開始，作家更重視性格的塑造，寫出諸如霍小玉、崔鶯鶯、李娃、張生、唐明皇、楊貴妃、柳毅、錢塘君等一批具有鮮明性格特點的人物形象。唐人傳奇尤其擅於塑造悲劇女性的形象，例如霍小玉、崔鶯鶯、楊貴妃。從共時性的視點加以比較，這些女性形象在當時世界短篇小說領域中恐怕是獨一無二的了。《柳毅傳》中的錢塘君是個富於浪漫主義氣息的英雄形象，是李朝威揉合了中國古代對於龍的觀念和錢塘怒潮的情景而創造出的。且看看小說描寫他救出龍女回來後與洞庭君的對話：

> （洞庭）君曰：「所殺幾何？」（錢塘君）曰：「六十萬。」「傷稼乎？」曰：「八百里。」「無情郎安在？」曰：「食之矣。」

這是多麼傳神地表現錢塘君嫉惡如仇、勇猛暴躁的性格。

宋元話本、明「擬話本」、《聊齋志異》也有不少性格鮮明的人物。在一千多年中，中國古代短篇小說家塑造了數以百計的人物典型，這是西方的短篇小說所無法比肩的。由於中國的戲曲、長篇小說與短篇小說的關係極為密切，短篇小說可以說是戲曲、長篇小說之母。百分之九十的素材來自短篇小說。《三國演義》、《水滸傳》、《西遊記》以至一系列歷史演義也都是先有短篇後有中篇而後才有長篇的。因此，短篇小說中的許多栩栩如生的人物又成為戲曲與長篇小說的原型，這些原型經過歷代戲曲家與長篇小說家的再創造，更加光彩奪目，千百年來為廣大人民群眾十分熟悉與喜愛。西方的短篇小說向戲劇、長篇小說提供人物原型，遠遠不如中國的多。西方的戲劇家、長篇小說家多信奉模仿說，從現實生活中取材，自有寫不盡的人物，不一定需要向短篇小說取材。十九世紀批判現實主義的典型人物，絕大多數是戲劇家、長篇小說家的獨立創造。

西方的短篇小說從文藝復興的薄伽丘到浪漫派霍夫曼、愛倫・坡的作品，都不注重塑造人物性格，而注重在描寫故事。《十日談》一百個故事，沒有幾個膾炙人口的性格。其中的女性形象，更是無法與唐人傳奇中豐富多姿的女性群像比美，更別說與《聊齋志異》中的狐鬼花妖女性比較了。自薄伽丘以後，西方短篇小說停滯了數百年，那一大批「十日談」式的仿作，多無性格可言。霍夫曼、愛倫・坡的小說長於寫心理，情緒，感覺，以情節驚險恐怖取勝。看完霍夫曼、愛倫・坡的小說，掩卷長思，留給讀者最深刻的印象是什麼；是離奇恐怖的情節，是人物的變態心理，而不是性格。去看看愛倫・坡的〈黑貓〉、〈鄂樹府崩潰記〉，或者看看霍夫曼的〈賭運〉、〈封・斯居德莉小姐〉，恐怕讀者會同意本書的見解。

考察西方的短篇小說，從文藝復興到浪漫主義，都不是性格小說，而是情節小說、心理小說。霍桑說：「傳奇浪漫小說作家的小說世界裡充斥著一些不冷不熱的發育不全的角色」(〈羽毛蓋：一個有寓意的傳說〉)。霍桑是西方著名的浪漫派小說家，他對浪漫派小說的人物塑造的評價就是如此。

中國古代的短篇小說當然也重視情節的編造，但它是從情節到性格。《十日談》是只停留在情節的階段上。西方浪漫派的十八般武器都用在從情節到心理、宗教的構架上，如〈黑貓〉寫人類的「惡」心理，〈威廉．威爾遜〉寫人格分裂，霍桑的小說寫「原罪」。他們的著眼點是寫人類的共性，普遍的心理，而不著重寫個性。毫無疑問，《十日談》及浪漫派的短篇小說自有獨到的貢獻，《十日談》的強烈的人文主義思想，浪漫派寫心理的技巧，都強於中國某些古代短篇小說。但在性格塑造方面，卻不如中國。

這種情況，直到十九世紀後期批判現實主義短篇小說崛起，才有改觀。這時，莫泊桑、契訶夫等一批小說家，就看重塑造性格了。當他們施展寫人物性格的傑出才能時，中國的短篇小說卻黯然失色了。因為從蒲松齡以後，中國就沒有出過什麼著名短篇小說家。

中國古代短篇小說重視性格塑造並不奇怪，因為它有一個強大的傳統作背景。中國的史傳文學、詩體敘事文學、先秦諸子散文都重視性格塑造，而且有一個與西方明顯不同的特點，即擅於在短小的篇幅裡塑造人物。

《史記》可作為歷史短篇小說來讀，它的十二本紀、三十世家、七十列傳都是描寫歷史人物的性格的。《史記》作為典範性的敘事作品，對中國的小說影響極為重大。中國短篇小說重視性格塑造，第一是繼承了司馬遷等史傳作家的傳統。中國詩體的敘事文學都是短篇的，但其中許多人物形象鮮明生動。從《詩經》中的那個不老實的「氓」到屈原〈九歌〉中受愛情折磨的湘君、湘夫人、山鬼，從漢樂府的焦仲卿、劉蘭芝、羅敷到北朝樂府為父從軍、女扮男裝的木蘭，從杜甫的「三吏三別」中的官吏與亂離人到白居易筆下的唐明皇、楊貴妃、商人婦、賣炭翁、折臂翁、上陽白髮人，真是千姿百態，足夠畫家畫折他的彩筆。先秦散文中亦有栩栩如生的人物。《論語》中有如聞其聲如見其人的孔老夫子和他的性格各異的門徒，還有反對派長沮、桀溺、荷蓧丈人；《孟子》中有揠苗助長的急性子和誇口的齊人及羞愧的妻妾；《墨子》中有〈公輸〉篇；《莊子》、《韓非子》更用大量寓言來寫人物；《莊子》中有望洋興嘆的河伯，提刀而立、躊躇滿志的庖丁；《韓非子》中有守株待兔的經驗主義者。這些先秦作家還寫了不少動物，動物即人。先秦諸子的散文又影響了韓愈、柳宗元。這兩位古文大家也寫短篇小說，韓愈作〈毛穎傳〉，柳宗元作〈河間婦〉，他還寫了著名的〈三戒〉。讓我們摘引《論語》的一段文字，請讀者欣賞一下《論語》寫性格的驚人本領。

> 入公門，鞠躬如也，如不容。立不中門，行不履閾。過位，色勃如也。足躩如也，其言似不足者。攝齊升堂，鞠躬如也，屏氣似不息者。出，降一等。逞顏色，怡怡如也。沒階，趨進，翼如也。復其位，踧踖如也。（《論語》〈鄉黨篇第十〉）

> （孔子走進朝廷的門，害怕而謹慎的樣子，好像沒有自己容身之地一般。站，不站在門的中間；走，不踩門檻。經過國君的座位，面色便矜莊起來，腳步也快起來，言語也好像說不出來的一般。提起下襬向堂上走，恭敬謹慎的樣子，憋著氣似乎是不呼吸的一般。走出來，降下階級一級。面色便放鬆起來，怡然自得的樣子。走完了階級，快快地向前走幾步，好像鳥兒舒展翅膀一般，回到自己的位置。恭敬而內心不安的樣子。[3]

3　見楊伯峻：《論語譯注》（北京市：中華書局，1958年，第1版），頁105。

這七十三個字，真是一篇「體態語」的絕妙文章，一篇絕好的戲劇小品。就寫孔子的表情、動作，把這位大聖人在君位面前的矯情寫得淋漓盡致。孔子真不愧為政治場上的第一流表演家。作者不露聲息地「客觀」寫出。《論語》擅寫性格由此可見一斑。

大家知道，魯迅寫過一部《故事新編》，把古人的性格再次寫活了。魯迅靠什麼靈感，就是靠古代素材的啟示。試比較《故事新編》的素材（例如〈非攻〉與《墨子》中的〈公輸〉），便知道先秦散文幫了他多大的忙。

西方則不同，他們有荷馬史詩的傳統，有希臘戲劇的傳統，就是沒有《史記》、短篇敘事詩和先秦散文的傳統。西方作家擅長在長篇小說、長篇詩體敘事文學、戲劇中塑造性格，而且積累了大量寶貴的經驗，但他們在一個很長時期中沒有在短篇小說中塑造人物性格的經驗。他們的理論也是重情節。亞里斯多德在《詩學》中說：「情節乃悲劇的基礎，有似悲劇的靈魂，性格則佔第二位。」[4]首創浪漫主義短篇小說理論的愛倫．坡也不談性格塑造，只談「統一效果」，這「效果」是從情節中取得的，而不是從性格中取得的。這是他的論文明白地說了的。

## 四　關於浪漫主義精神和「大團圓」結局

中國古代短篇小說具有強烈的積極浪漫主義精神（不僅僅是浪漫主義手法）。這種精神最突出、最集中表現為用「變形」的手法描寫受封建禮教壓迫的女性對愛情的執著追求及對惡勢力的反抗的藝術構思上。

「女鬼」就是一種最常見的變形。中國古代短篇小說中的女鬼之

---

4　見羅念生譯：《詩學》（北京市：人民文學出版社，1962年，第1版），頁23。

多，恐怕是西方的短篇小說難以相比的。六朝志怪小說《搜神記》中就有〈紫玉〉篇，僅四九七字（六朝志怪小說中已屬相當長的篇幅了），寫得相當動人，不妨全文照錄，以供欣賞：

> 吳王夫差小女，名曰紫玉，年十八，才貌俱美。童子韓重，年十九，有道術。女悅之，私交信問，許為之妻。重學於齊魯之間，臨去，屬其父母，使求婚。王怒，不與女。玉結氣死，葬閶門之外。三年重歸，詰其父母，父母曰：「王大怒，玉結氣死，已葬矣。」重哭泣哀慟，具牲幣，往弔于墓前。玉魂從墓出，見重，流涕謂曰：「昔爾行之後，會二親從王相求，度必克從大願。不圖別後，遭命奈何！」玉乃左顧宛頸而歌曰：「南山有烏，北山張羅。烏既高飛，羅將奈何！意欲從君，讒言孔多。悲結生疾，沒命黃壚。命之不造，冤如之何！羽族之長，名為鳳凰。一日失雄，三年感傷。雖有眾鳥，不為匹雙。故見鄙姿，逢君輝光。身遠心近，何當暫忘。」歌畢，歔欷流涕，要重還冢。重曰：「死生異路，懼有尤愆，不敢承命。」玉曰：「死生異路，吾亦知之。然今一別，永無後期。子將畏我為鬼而禍子乎？欲誠所奉，寧不相信。」重感其言，送之還冢。玉與之飲燕，留三日三夜，盡夫婦之禮。臨出，取徑寸明珠以送重，曰：「既毀其名、又絕其願，復何言哉！時節自愛。若至吾家，致敬大王。」重既出，遂詣王，自說其事。王大怒曰：「吾女既死，而重造訛言，以玷穢亡靈。此不過發冢取物，托以鬼神。」趣收重。重走脫，至玉墓所訴之。玉曰：「無憂。今歸白王。」王妝梳，忽見玉，驚愕悲喜，問曰：「爾緣何生？」玉跪而言曰：「昔諸生韓重，來求玉，大王不許，玉名毀義絕，自致身亡。重從遠還，聞玉已死，故賫牲幣，詣冢弔唁。感其篤終，輒與相見，因以珠遺之。不為發冢，願勿推治。」夫人聞之，出而抱之，玉如煙然。

這是距今一千六百年的一篇「女鬼」作品。紫玉由於蠻橫的父王反對，不能與韓重結婚，含恨而死。但死後仍要與韓重作夫妻。她為了保護愛人，重返家中，面對父王直言所愛，又為韓重洗刷不白之冤，然後化煙消逝。在所愛的韓重面前，在威嚴的父王面前，紫玉的品格何等高貴。韓重卻是害怕了，竟不敢跟她到墳墓中去。吳王夫差是應該慚愧了。雖然高明的作者不再寫他，但讀者看得出來，勝利最終屬於紫玉這個弱女子。儘管夫差斷送了紫玉的幸福，但紫玉不念舊惡，仍以父女情義為重，贈夫差以明珠。紫玉生前死後都主動執著追求真摯的愛情，這位鬼而人，理而情的「女鬼」的形象，何等動人！

《搜神記》中還有一篇〈東海孝婦〉，是關漢卿名劇《竇娥冤》的一個素材來源。東海孝婦周青蒙冤被處決，臨行刑前立誓於眾曰：「青若有罪，願殺，血當順下；青若枉死，血當逆流。」既行刑已，其血青黃，緣幡竹而上標，又緣幡而下。也有女鬼的色彩。在《竇娥冤》中，她就以「女鬼」形象出現，向父親竇天章鳴冤了。

唐宋傳奇也有「女鬼」形象，唐傳奇〈霍小玉傳〉及北宋無名氏的〈王魁傳〉都寫了復仇的女鬼，尤其是〈王魁傳〉中的桂英，寫得有聲有色。

宋元話本、明擬話本、《聊齋志異》中女鬼的形象更多。〈碾玉觀音〉、〈王魁負心〉、〈杜十娘怒沉百寶箱〉、〈鬧樊樓多情周勝仙〉、〈鄭意娘傳〉、瞿佑的〈綠衣人傳〉（即李慧娘）以及《聊齋志異》中的聶小倩、秋容、小謝、連城、連瑣等等都是。

宋話本〈碾玉觀音〉寫璩秀秀與玉匠崔寧戀愛（崔寧有一手好工藝，能碾出玉觀音，書名由此而來）。兩個奴隸相愛，王爺不許，壞人郭排軍太多事，人家雙雙逃走了，他卻兩次告發上去。王爺把秀秀抓回來，打殺了，埋在花園。秀秀成鬼後，也要和崔寧做夫妻。她的鬼魂回去報了仇，又勒死丈夫——為的是一齊做鬼夫妻。她父母也是鬼，生前被迫投河自殺，是水鬼。兩個女鬼找到崔寧家，與女婿同住。生不能團聚，死後也要團聚。

狐鬼花妖是另一種女性的變形。唐傳奇〈任氏傳〉的女主人公任氏是一個狐女，作品所寫的「情」既如作家所說是「異物之情」，也是人間受苦女性之「情」。在蒲松齡筆下，這類女性的變形最多。〈綠衣女〉中的女子，是綠蜂變的。穿的是「綠衣長裙」，「腰細殆不盈掬」，其聲「嬌細」。又如香玉是白牡丹變的。嬰寧、青鳳、鴉頭、嬌娜、蓮香、紅玉都是狐變的。

所有這些「異物」，這些狐鬼花妖，都是被壓迫的女性，向統治者或負心人復仇的女性，執著追求團圓和愛情幸福的女性，為了愛可以自我犧牲的女性。她們可憐、可嘆、可敬，品行多在男性之上。這些女性的特點各不相同，但追求愛情十分主動，蔑視封建禮教，憑自己的自由意志行事，是她們的共同的特徵，反映了封建社會最底層的婦女們的反抗願望。杜勃羅留波夫說：

> 從最軟弱最忍耐的人們心中所提出來的抗議，也是最有力的。

在中國漫長的封建社會中，婦女深受政權、神權、族權、夫權的壓迫。幾千年來，中國是一個以男性為中心的社會，而歷史上最早的階級壓迫，就是和男性對女性的壓迫相聯繫的。中國古代短篇小說家把這些變形的女性寫得這樣美好，這是中國古代短篇小說的積極浪漫主義精神最突出的表現。

中國古代短篇小說家對女性的讚美，與對女性的同情是分不開的。因為中國社會的真實情況是婦女的命運極其悲慘，只有在想像的藝術世界中，把她們變形，變成狐鬼花妖，她們的命運才能改變，社會輿論也才可以認可，既然寫的是狐鬼花妖，也就用不上封建禮教那一套吃人的標準。因此，中國古代短篇小說寫變形的女性的反抗與追求的感情越鮮明，越強烈，所折光地反映出中國婦女的地位也就越悲慘。這種積極浪漫主義精神是深深扎根於千萬婦女的血與淚所澆注的中國封建社會的土壤上的。

西方短篇小說缺乏浪漫主義的反抗精神，在女性描寫上尤其如此。以《十日談》為例，在一百個故事中，只有「第四天故事一」寫了女性反抗的主題。故事情節如下：薩萊諾的親王唐克烈的女兒綺思夢達死了丈夫，但親王要她守節，不許她改嫁。綺思夢達愛上了出身微賤，但人品高尚的侍從紀斯卡多。親王將侍從抓起來，又訓斥女兒說：「即使你要做這種無恥的事來，也得挑一個身分相稱的男子才好！多少王孫公子出入我的宮廷，你卻偏偏看中了紀斯卡多——一個下賤的奴僕！」綺思夢達很有禮貌地反駁說：「貧窮不會磨滅一個人的高貴品質。」親王才知道女兒有一顆「偉大的靈魂」。但親王是頑固而且殘忍的，他吊死了紀斯卡多，叫人挖出他的心臟，用一只大金杯，把紀斯卡多的心裝在裡面，吩咐僕人把金杯送給女兒，並吩咐僕人傳話說：你的父王把你最心愛的東西送來安慰你了。綺思夢達雖然悲慟欲絕，但是說：「只有拿黃金做墳墓，才是不委屈了這顆心臟，我父親這件事真做得得體。」她緊拿金杯，低下頭去，注視那心臟說：你等一等我吧。她早已準備好毒酒，便將毒酒倒入金杯內，送到嘴邊，把毒酒一飲而盡，然後上床，手裡依然拿著金杯，把情人的心臟按在自己心上，靜待死神的降臨。親王聞訊趕來了。女兒要求把她與情人的遺體公開葬在一處。「這就是紀斯卡多和綺思夢達這一對苦命的情人的結局。」

這確是《十日談》中一個富於浪漫主義反抗色彩的愛情故事，但遺憾的是僅此一則而已。

《十日談》有兩則鬼故事，「第七天故事十」寫一個鬼從陰間回到陽世，告訴他活著的朋友說，和教母發生關係死後不算有什麼罪過。這則鬼故事和我們要談的主旨無關，且不管它。另一則鬼故事是「第五天故事八」，寫主人公帶女友到森林去看一齣慘劇，在他們面前出現了來自陰間的女鬼，她被兩隻惡狗及一個男鬼緊追不捨。狗向女鬼撲去，把她咬倒在地，男鬼就剖開她的胸膛，挖出她的心肝肺臟扔給惡狗吃。但她的內臟很快又長出來了，她又跳起逃走，惡狗及男鬼又緊追不捨，繼續殺戮她，就這樣循環不已。為什麼會這樣，原來她在陽世拒絕了那個男人的求愛，故遭此報。主人公此行的目的是要告誡女友不要心腸太硬。女友看後害怕，也就答應嫁給他了。

這則鬼故事以虐待女性為題材取悅讀者，顯然是一篇糟粕，與中國古代短篇小說關於女鬼的構思旨趣迥異。

《十日談》「第十天故事十」寫了個侯爵試妻的著名故事，情節如下：年輕的侯爵古阿特里沒有妻子，只愛打獵放鷹。他的下屬勸他娶親，他看中一位農家女格麗雪達，親自上門求婚，條件是她必須百依百順。格麗雪達答應了，成為他的妻子。人人都誇她賢慧，但侯爵卻要試驗她。等她生下第一個女兒，侯爵便說，他的下屬不滿她出身微賤，特別不滿她生養孩子，必須把生下的女兒處死，才能平息下屬的不滿。格麗雪達毫無怨言地把生下的女兒交給侍從去處置。但侯爵悄悄地把這個女嬰送到親戚家中撫養，並命令誰也不許洩露消息。後來，格麗雪達又生下一個男嬰，侯爵以同樣理由，派人取走了這個男嬰，格麗雪達仍無怨言。以後，侯爵又以她出身貧賤為理由，提出休妻再娶。格麗雪達仍無怨言，只穿著貼身衣服回家去。侯爵還要試驗她，又派人把她接回來，要她為新娘布置新房。她還是毫無怨言。新娘來了，侯爵要她談談對新婦的看法，她只有讚美之辭，一點怨恨也沒有。於是，侯爵才告訴她真情，說新娘就是她頭生的女兒，並承認她是賢德的妻子。

這個故事顯然也是宣揚婦女「三從四德」的糟粕。後來，喬叟又把它原封不動地搬入《坎特伯雷故事集》的「學者的故事」中。[5]

薄伽丘認為格麗雪達的順從是一種美德。他對格麗雪達的歌頌違反了他寫《十日談》的本意。這也是《十日談》的瑜中之瑕：

5 見方重譯：《坎特伯雷故事集》(上海市：新文藝出版社，1955年，第1版)，頁232。

> 故事到這裡完了，只有幾句話要再說一說：窮人家往往也出了不少賢慧的人，帝王家的子弟往往只配放獵牧羊，哪裡配管理百姓。除了格麗雪達以外，世上哪裡還會找出第二個人，遇到古阿特里那種慘無人性，聞所未聞的考驗，非但不掩面涕泣，而且能夠歡歡喜喜地承受下來。[6]

西方十九世紀初的積極浪漫主義詩歌，富於反抗精神，這是人所盡知的事。但是，在浪漫主義短篇小說領域中，尤其是在描寫女性的作品中，這種反抗精神就很少很少。梅里美寫了一篇〈伊勒的維納斯像〉，是一篇歌頌女性復仇的作品，算是一個。一個青年在結婚前夕無意中把自己的訂婚戒指套在一尊新出土的銅鑄美神塑像的手指上。在這個青年的新婚之夜，美神塑像闖進了房間，把這個青年活活地吻死了。作者的立意是十分明確的：愛情是認真而嚴肅的，它要求人對它絕對忠實。作者同情並讚美維納斯，她臉上的「凶惡的狡黠」是雕刻家硬加上去的，並不是她的原來面目；藝術家在她的座臺上刻上的拉丁文「如果她愛你，你得小心提防」是對她的侮蔑，顛倒了是非。她被過路人扔石頭，胸上、右手手指上都有傷痕。但她捍衛自己的尊嚴，石塊從她金屬的身體上反彈過去，處罰了侮辱她的人。小說的主人公極不負責任地把結婚戒指套在她手上，卻與別人結了婚，她於是採取了復仇的行動，她的行動完全是正義的。作者藉這個恐怖的浪漫故事表現了受壓迫、受侮辱的女性的復仇主題，藉歌頌維納斯銅像歌頌了認真、嚴肅地對待愛情，捍衛自己的人格尊嚴的女性，譴責了一貫不忠於愛情的男主人公，他的死亡是罪有應得。

像這類的作品，在西方浪漫主義短篇小說中是不多見的。而普希

---

6 方平、王科一譯：《十日談》中譯本（上海市：上海譯文出版社，1980年，第1版），頁953-954。

金的〈驛站長〉就不是這樣的了。貴族明斯基拐走了驛站長的女兒杜妮亞，致使驛站長悲傷地死去。而結尾是明斯基和杜妮亞在彼得堡生活得很好，明斯基給了她幸福。若干年過去了。一輛六匹馬拉的四輪馬車來到驛站長的故鄉，車上坐著一個穿得十分華麗的年輕太太，帶著三個孩子，一個保姆，還有一頭小黑狗。一個鄉下孩子看見這位貴婦人下了馬車，直奔驛站長的墳地，伏在墓前哭了半天。臨走時，還給了這個孩子五個銀幣。很明白，普希金是美化貴族，給這個故事的結局披上一件虛偽的溫情脈脈的浪漫主義的外衣。

愛倫·坡筆下的女鬼十分可怕。前妻的鬼魂在後妻屍體上復生，竟張開了滾圓的眼。高大的女鬼從門外出現，穿一身白衣服，抱著她的哥哥同歸於盡，房子於是倒塌。而蒲松齡筆下的女鬼，卻是美麗的處子，會彈琴，會唱歌，會寫詩，寫得一手好字。既多情，又愛國（〈林四娘〉），和愛倫·坡筆下的女鬼大異其趣。在愛倫·坡的短篇小說中，寫「女鬼」復仇以表現對男性中心社會的抗議是沒有的，在其他浪漫主義短篇小說家的作品中，這個主題也極為罕見。

在西方批判現實主義短篇小說中，也難找到女性反抗的精神。西方批判現實主義短篇小說家擅於深刻地、真實地描寫婦女悲慘的命運。如莫泊桑的〈鈴子大媽〉，契訶夫的〈寶貝兒〉、〈嫁妝〉等等。不錯，莫泊桑寫過〈羊脂球〉等八、九篇普法戰爭的短篇小說，其中有〈瘋女人〉、〈菲菲小姐〉、〈蠻子大媽〉及〈羊脂球〉這樣歌頌法國婦女的愛國主義的名篇。但總的來說，歌頌反抗的女性不是莫泊桑作品的主要主題。

西方文學中並不缺乏反抗的女性形象，但大多在戲劇與長篇小說中，如〈大雷雨〉、〈玩偶之家〉、〈紅字〉、〈安娜·卡列尼娜〉，這些都不是短篇小說。

在歐洲的短篇小說中，放聲歌頌女性的高傲與不屈，倒是高爾基首先喊出的聲音。他的成名作〈馬卡爾·楚德拉〉（1829）就寫了少女娜達的故事，情節如下：

老茨岡馬卡爾·楚德拉對「我」講了一個故事。從前，在草原上，有一個長得絕美的少女娜達，誰也配不上她，誰也追求不到她。一天，來了一個美青年羅伊可，這是一隻自由的鷹，彈琴唱歌都沒有任何男青年比得上。她愛上他，但對他提出一個條件：你和我親嘴後，你就得丟掉自由，不彈唱自由的歌，只給我彈唱愛情之歌。明天，你當著眾人面前跪下來吻我手，我就答應作你的妻子。第二天，羅伊可果然來了。他帶來一把尖刀，一下子插在娜達心上，說：我要看看你的心，是否也是這樣堅硬。娜達死了，臨死時說：再見了，羅伊可，我知道你要這樣做的。羅伊可跪在她屍身前，說：「啊，驕傲的皇后，現在我要跪在你腳跟前了！」娜達的父親拿起地上的尖刀，也刺死了羅伊可。羅伊可回頭看他一眼，說：「做得好！」他的靈魂隨娜達去了。夜深，雨急，草原靜悄悄。「我」卻不想睡，望著草原上的黑暗，眼前彷彿出現了兩個人影，那是美男子羅伊可和驕傲的娜達，他倆在黑暗的夜空中飛旋，羅伊可怎麼樣也趕不上娜達。

高爾基這篇成名作被視為新浪漫主義的作品，像草原上的風，吹進了沉悶的俄國文壇。老作家們驚呼道：一顆新星出現了！娜達雖然被男性殺死了，但她的靈魂仍然高傲不屈，她的精神力量征服了殺死她的男性。像這樣讚美女性反抗的短篇小說，在高爾基之前的西方短篇小說中是罕見的。

中國古代短篇小說不是沒有宣揚「三從四德」的作品，但是，它還有歌頌女性反抗的大量作品，這應該是中國古代短篇小說優於西方短篇小說的精華。中國古代短篇小說這種積極浪漫主義精神，又傳給了中國的戲曲。膾炙人口的《牡丹亭》就是以話本小說〈杜麗娘慕色還魂記〉為素材的。中國古代短篇小說與古代戲曲歌頌女性大膽追求真摯愛情、反抗惡勢力壓迫的主題掩映輝煌，相得益彰，是中國文學一個優秀傳統與特色。西方短篇小說由於中世紀騎士文學的傳統；由於基督教宣傳忍從、反對復仇的觀念；也由於西方女性受壓迫社會現象不如東方中國那麼慘重，他們的短篇小說家並不注重將視點放在描寫受壓迫女性反抗的主題上。

中國古典短篇小說有悲劇式的與大團圓式的結局，兩種模式同時並存。人們常常說，「大團圓」是中國古代短篇小說的模式，這是片面的，只說對了一半。「大團圓」其實不是中國敘事文學的傳統。《詩經》中〈氓〉、漢樂府中的〈焦仲卿妻〉都不是「大團圓」。唐人傳奇也並不是一味「大團圓」，〈霍小玉傳〉、〈鶯鶯傳〉、〈長恨傳〉都是悲劇，或有濃厚的悲劇色彩。宋話本中的〈碾玉觀音〉、〈錯斬崔寧〉更是大悲劇。直到明「擬話本」，才出現大量「大團圓」的作品，如〈賣油郎獨占花魁〉就是典型之作。此風一開，「大團圓」的結局就逐漸成為中國古代短篇小說的一個公式，包括《聊齋志異》大多數作品的結局，也是團圓，如〈促織〉、〈胭脂〉這樣的悲劇，最後也有一個完滿的結局。

西方古代短篇小說沒有「大團圓」的公式，原因有三：一是他們有傳統的悲劇觀念；二是他們有基督教的「罪」與「罰」的觀念；三是他們的作家多信奉「模仿說」，強調如實地反映生活。亞里斯多德的悲劇觀念，一兩千年來是西方文學的正統觀念，這是對「大團圓」最有力的否定，因為這是審美價值的否定。亞氏認為〈奧德賽〉寫善惡有報是雙重結構，不是嚴格的悲劇：

> 第二等是雙重的結構，有人（指柏拉圖）認為是第一等，例如〈奧德賽〉，其中較好的人和較壞的人得到相反的結局（意即較好的人得到好的結局，較壞的人得到壞的結局）。由於觀眾的軟心腸，這種結構才被列為第一等；而詩人也為了迎合觀眾的心理，才按照他們的願望而寫作，但這種快感不是悲劇所應

給的，而是喜劇所應給的。[7]

文藝理論的祖師爺立下了法則，後世作家誰願意去寫「二等」貨？希臘悲劇的觀念是命運觀念，基督教又宣揚原罪說，命運觀念與原罪說都是否定「大團圓」的。西方作家因以「摹仿說」為指導，敢於寫實，而現實生活中總是不團圓多於團圓，苦惱多於歡樂。所謂詩人寫詩是母雞下蛋的啼叫，文學是「苦悶的象徵」，這是西方近代文學流行的觀念。由於上述種種原因，西方短篇小說少有「大團圓」之作。《十日談》那幾個可歌可泣的愛情故事，如「第四天故事一」公主喝毒酒的故事，「第四天故事八」紀洛拉摩殉情的故事，都不是大團圓。在十九世紀批判現實主義短篇小說家筆下，悲劇結局的作品更多。果戈理把素材中的喜劇情節提煉成悲劇情節而作〈外套〉。俄國描寫「小人物」的短篇小說從《狂人日記》到〈套中人〉沒有一篇是「大團圓」的。莫泊桑讓羊脂球用哭聲控訴馬車中的「黑暗世界」，契訶夫讓貧窮的姑娘嫁不出去憔悴而死，讓馬車夫對小母馬訴說悲哀。

關於「大團圓」的結局，要作具體分析，不能一概罵倒，也不能一概肯定。短篇小說是完全可以寫歡樂的結局的，但這是進步勢力經過自己的鬥爭戰勝反動勢力的結果，或者是非對抗性矛盾得到和諧的解決，表達了人民的美好的願望的大團圓式的作品，中西短篇敘事文學都有（中國北朝民歌〈木蘭詩〉是多美的大團圓之作），這是不能否定的。相反，如果是粉飾現實，製造歡樂的假象的大團圓式的作品，則應加以否定，這類作品，中西短篇小說中同樣存在。魯迅曾無情地抨擊了這種虛假的「團圓主義」，指出這反映了不敢正視現實的國民的劣根性，並剖析它產生的歷史根源。魯迅的《吶喊》與《彷徨》沒有一篇是「大團圓」式的。《狂人日記》、〈孔乙己〉、〈藥〉、

---

7　羅念生譯：《詩學》中譯本（北京市：人民文學出版社，1962年，第1版），頁41-42。

〈明天〉、《阿 Q 正傳》、〈白光〉、〈祝福〉、〈長明燈〉、〈孤獨者〉、〈傷逝〉的結局，都令讀者透不過氣來。

在這裡要著重指出的是，中國古代短篇小說中用「變形」手法表現女性對愛情的追求及對惡勢力的反抗的作品，多有一個美好的結局。這表現了中國歷代人民的心願，是絕不能以「大團圓」的公式去套，去罵倒的。同時，我們也絕不能因為它不同於西方批判現實主義短篇小說的寫法，便用西方的來否定中國自已的。這正表現了中國古代短篇小說的優秀傳統，應該繼承與發揚。

## 五　關於語言藝術

西方短篇小說的語言風格有兩個階段的變化，第一個階段是用詩寫的，如中世紀的「韻文故事」，「謠曲」，餘風披及英國喬叟的《坎特伯雷故事集》，這屬於早期的小說，可謂詩體小說。第二階段是十九世紀的浪漫主義及批判現實主義小說，不用韻文寫了，全用散文寫，這是屬於成熟期的小說，可謂之散文小說。

西方短篇小說的閱讀對象大體上不分階層，《十日談》是作者寫給那不勒斯女王看的，同時風行民間。西方短篇小說王公貴族看得懂，平民百姓也看得懂，因為無論詩也好，散文也好，他們的語言沒有文言、白話之分。至於用古希臘文、拉丁文寫的古希臘羅馬短篇小說，年代已久，或多失傳，不屬此列。

中國短篇小說的語言風格也有明顯的兩個階段，但與西方不同。我們的第一階段是用不通俗的文言文寫的，從魏晉六朝筆記體小說到唐傳奇均是。閱讀對象不是老百姓，而是官員和文化階層，老百姓看不懂文言文。第二階段是話本小說，語言風格一變，大眾看得懂了。與此同時，中國短篇小說分兩條河流：文言的、白話的，同時向前流去。我們有兩條語言河流，兩種讀者對象，西方沒有這種現象。

中國文言小說是詩化的、史傳化的、古文化的，倒不是說它引用了多少古詩，用了多少史實，仿了什麼古文，而是指作家詩的、史的、古文的筆調與筆法。韓愈、柳宗元以大古文家而寫短篇小說。陶淵明以大詩人作〈桃花源記〉。元稹、白行簡都以詩家寫傳奇。作《子不語》的袁枚也是清代的名詩人。干寶以史家作《搜神記》，蒲松齡自稱「異史氏曰」，他是要接過太史公的筆的。中國文言小說的詩味、史味很重，有些文言小說如一篇好古文，讀起來鏗鏘有力。這種現象西方是不多的。

中國白話小說與文言小說不同。文言小說家很看重遣詞造句練字，白話小說家當然也重視語言的推敲，但相對來說，更重視一個好故事的整體構思。白話小說多仿寫文言小說，把文言小說拉長兩三倍，改一改，加一加，這裡頭就有構思了。如宋幼清的〈負情儂傳〉變成〈杜十娘怒沉百寶箱〉，〈珍珠衫記〉變成〈蔣興哥重會珍珠衫〉，都加了新人物或新情節，都說明白話小說家重在整體構思。有的白話小說家看見文言是正宗，便硬要攀比文言小說，也把自己的小說寫成文言體，反而丟掉了白話小說質樸的優點，顯出自己的劣勢。《警世通言》有一篇〈宿香亭張浩遇鶯鶯〉是〈鶯鶯傳〉的反寫，立意是不錯的，說李鶯鶯收到張浩信，云在京被官家逼婚。她便上堂明告父母，又去告官，說張浩與她結婚在先，有信及手帕為證，終於勝訴。法院判張浩與官家女離婚而與李鶯鶯結婚。但這位作者（馮夢龍？）是用文言文寫的，放入《警世通言》很不和諧，作者似乎要與元稹一比高低，但哪能是元稹對手呢，這裡有兩封少女情書可資比較，一封是崔鶯鶯寫給張生的，他們也分開一年了。一封是李鶯鶯寫給張浩的，他們也分開一年了。主題都是表達自己的思念與提醒男方不要負心，崔信情真意切，如詩如賦，朗朗上口。李信詞意淺露，一覽無餘。文詞的高下優劣甚為分明。

捧覽來問，撫愛過深。兒女之情，悲喜交集，兼惠花勝一合，口脂五寸，致耀首膏唇之飾。雖荷殊恩，誰復為容？睹物增懷，但積悲嘆耳。伏承便於京中就業，進修之道，固在便安，但恨僻陋之人，永以遐棄。命也如此，知復何言！自去秋已來，常忽忽如有所失。于喧嘩之下，或勉為語笑，閒宵自處，無不淚零。乃至夢寐之間，亦多感咽。離憂之思，綢繆繾綣，暫若尋常。幽會未終，驚魂已斷。雖半衾如暖，而思之甚遙。一昨拜辭，倏逾舊歲。長安行樂之地，觸緒牽情。何幸不忘幽微，眷念無斁。鄙薄之志，無以奉酬。至於終始之盟，則固不忒。鄙昔中表相因，或同宴處。婢僕見誘，遂致私誠。兒女之心，不能自固。君子有援琴之挑，鄙人無投梭之拒。及薦寢席，義盛意深，愚陋之情，永謂終托。豈期既見君子，而不能定情。致有自獻之羞，不復明侍巾幘。沒身永恨，含嘆何言！倘仁人用心，俯遂幽眇，雖死之日，猶生之年。如或達士略情，舍小從大，以先配為醜行，以要盟為可欺。則當骨化形銷，丹誠不泯，因風委露，猶托清塵。存沒之誠，言盡於此。臨紙嗚咽，情不能申。千萬珍重，珍重千萬！玉環一枚，是兒嬰年所弄，寄充君子下體所佩。玉取其堅潤不渝，環取其終始不絕。兼亂絲一絇，文竹茶碾子一枚。此數物不足見珍。意者欲君子如玉之真，弊志如環不解。淚痕在竹，愁緒縈絲。因物達情，永以為好耳。心邇身遐，拜會無期。幽憤所鍾，千里神合。千萬珍重！春風多厲，強飯為嘉。慎言自保，無以鄙為深念。(《西廂記》)

妾鶯鶯拜啟：相別終年，無日不懷思憶。前令乳母以親事白於父母，堅意不可。事須後圖，不可倉卒。願君無忘妾，妾必不負君！姻若不成，誓不他適。其他心事，詢寂（老尼）可知。

昨夜宴花前，眾皆歡笑，獨妾悲傷。偶成小詞，略訴心事，君讀之，可以見妾之意。讀畢毀之，切勿外洩！詞曰：

紅疏綠密時喧，還是困人天。相思極處，凝睛月下，灑淚花前。誓約已知俱有願，奈目前兩處懸懸！鸞鳳未偶，清宵最苦，月甚先圓？（《宿香亭張浩遇鶯鶯》）

西方短篇小說從早期起就形成了幽默、詼諧、諷刺的語言特點，如法國的「韻文故事」多有此特點，因為它來自民間，是一種「笑」的藝術。巴赫金說：「笑聲具有原始民間傳說的活力，在文學的突破方面是一種激進因素」（《小說中的時間和時空體形式》）。這一特點在薄伽丘的《十日談》、喬叟的《坎特伯雷故事集》中尤為突出。德國托馬斯．曼說：「笑聲是人文主義鐵匠店裡鑄造出來的最有力的武器之一。」說它是「最有力的武器」，是指文藝復興期的小說家用「笑聲」抨擊僧侶、貴族及嘲笑時俗。十九世紀小說逐漸失掉這種語言風格。浪漫主義短篇小說是譎奇的，很少聽見「笑聲」。批判現實主義短篇小說是嚴肅的，冷峻的，用「哭聲」代替了「笑聲」。

中國古代短篇小說的「笑聲」不在白話小說，而在文言小說；不在後期的文言小說，而在早期的文言小說。在現存最早的俳優小說《笑林》（三國魏邯鄲淳作，他本人就是「優」）中，在《世說新語》中，也有一些「笑聲」。但那是文人的「笑聲」，不是來自民間，有時只是說說笑話，沒有多大社會意義。清袁枚的《子不語》中也有一些詼諧、諷刺故事，如〈枯骨自贊〉，也屬文人的笑聲，風格與民間文學迥然不同。

蘇州上方山有僧寺，揚州汪姓者寓寺中。白日，聞階下喃喃人語，召他客聽之，皆有所聞。疑有鬼訴冤，糾僧眾用犁鋤掘之。深五尺許，得一朽棺，中藏枯骨一具，此外並無他物。乃依舊掩埋。

未半刻，又聞地下人語喃喃，若聲自棺中出者。眾人齊傾耳焉，終不能辨其一字。群相驚疑，或曰：「西房有德音禪師，德行甚高，能通鬼語，盍請渠一聽？」汪即與眾人請禪師來，禪師傴僂於地，良久，誶曰：「不必睬他。此鬼前世作大官，好人奉承。死後無人奉承，故時時在棺材中自稱自贊耳。」眾人大笑而散。土中聲亦漸漸微矣。

唐傳奇小說的語言風格是清新的。談魔說怪小說則排斥「笑聲」。《聊齋志異》是諷刺與熱罵，語言風格是嚴肅的、冷峻的。嬰寧最愛笑，最後是哭了。這是很典型的例子。中國婦女深受壓迫，化為狐鬼花妖也笑不起來。

中國短篇小說罕見有幽默的風格。魯迅說：「『幽默』既非國產，中國人也不是長於『幽默』的人民。」(〈從諷刺到幽默〉)。「皇帝不肯笑，奴隸不准笑，老師一向不許孩子憤怒、悲哀，也不許高興。這可見『幽默』在中國是不會有的。」(〈論語一年〉)。如果勉強舉個例子，袁枚《子不語》中的〈沙彌思老虎〉或可屬「幽默」一類：

五臺山某禪師收一沙彌，年甫三歲。五臺山最高，師徒在山頂修行，從不一下山。

後十餘年，禪師同弟子下山。沙彌見牛、馬、雞、犬，皆不識也。師因指而告之曰：「此牛也，可以耕田；此馬也，可以騎；此雞、犬也，可以報曉，可以守門。」沙彌唯唯。少頃，一少年女子走過，沙彌驚問：「此又是何物？」師慮其動心，正色告之曰：「此名老虎，人近之者，必遭咬死，屍骨無存。」沙彌唯唯。

> 晚間上山，師問：「汝今日在山下所見之物，可有心上思想他的否？」曰：「一切物我都不想，只想那吃人的老虎，心上總覺捨他不得。」

無獨有偶，薄伽丘的《十日談》也講了半個「綠鵝」的故事（第四天故事的開頭，由作者自述，不入百篇之列），情節與袁枚的酷似：父親把小兒子帶到深山修行，兒子長到十八歲，父親便帶他下山去佛羅倫薩。迎面來了一群美麗的姑娘，那兒子立即就問父親，這些是什麼東西？父親說：「快低下頭去，眼睛盯著地面，別去看它們。它們全都是禍水！」「可是它們叫什麼名堂呢？」兒子問。「它們叫作『綠鵝』。」老頭子無可奈何地回答。說也奇怪，小伙子生平還沒看見過女人，眼前許許多多新鮮的事物，像皇宮啊，公牛啊，馬兒啊，驢子啊，金錢啊，他全都不曾留意，這會兒卻冷不防地對他的老子這麼說：「親爸爸，讓我帶一隻綠鵝回去吧。……我要餵它。」

但是，兩則故事又有很大不同，以「老虎」喻女人，是色能食人的傳統偏見，佛教味濃。以「綠鵝」喻女人，是讚美，是人文主義。沙彌想老虎引不起讀者聯想的美感，兒子要餵綠鵝能引起讀者美感。袁枚沒評論，薄氏有評論，說這證明「自然力量」的威力，誰也抗拒不了。「幽默」的生命在於思想性，這就是魯迅論「幽默」的真諦。上述兩則情節相似的故事，誰有「幽默」，是一目了然的。

就是「五四」以後短篇小說，新時期的短篇小說，也很少「幽默」。魯迅的小說並不「幽默」，而是「詛咒」。〈幸福的家庭〉、〈離婚〉於喜劇性中見眼淚。王蒙的〈堅硬的稀粥〉也不是「幽默」作品，它給作者引來了不大不小的一陣批評。魯迅的分析在今天還有現實意義。

## 六　關於系列短篇小說

所謂「系列短篇小說」，是指作者把兩篇以上的短篇小說，用某種方式串連起來，使這些本來是獨立的作品，形成一個更大的整體。

「系列短篇小說」在西方是自古有之的。它的源頭可以追溯到古羅馬奧維德（西元前43年至西元17年）的《變形記》。

《變形記》是用詩寫成的，共十五章，包括較長的故事約五十個，短故事或略一提到的故事約兩百個。故事中的人物可以依次分為神話中的神和男女英雄以及「歷史」人物三類。全詩的結構可以細分以下各個階段：

序詩、引子（天地的開創、四大時代、洪水的傳說）、神的故事（一至六章）、男女英雄的故事（六至十一章）、「歷史」人物的事蹟（十一至十五章）、尾聲。每一組的故事又有一個中心，如一至二章的故事主要圍繞神的戀愛為中心。三至四章以酒神和忒拜城為中心。五至六章以神的復仇為中心。六至九章以雅典英雄為中心。九至十一章以男女英雄的戀愛為中心等。

奧維德這部作品對文學的貢獻在於把古代世界分散的神話傳說總集在一起，變成一部有機的、一氣呵成的詩作。把不同的故事串連起來，在「希臘化」時期的亞歷山大里亞的詩人中已有嘗試，但奧維德把故事按照時代安排出次序則是一個創舉。他還用故事套故事，人物輪流說故事、人物對話、寫完一個故事又寫一個相反的故事，利用掛毯上織出的故事或杯子上鏤刻的故事引出故事等辦法，使故事串連得自然而不顯得牽強，使全詩的線索不致中斷。

這些故事的串連方法是獨創性的，因為這部作品不可能有一個中心人物或中心事件（如荷馬史詩），而希臘化時代的作家又沒有提供一個現成的模式。後來文藝復興時期義人薄伽丘的《十日談》很可能受它的啟發。[8]

但《變形記》是詩，不是散文。文藝復興時期散文短篇小說興起，薄伽丘作《十日談》，將一百個故事用一種「框形結構」串連成一個整體。所謂「框形結構」，第一是指它有一個貫串始終的大故事，十個青年人（三男七女）因逃避佛羅倫薩的瘟疫，結伴來到附近的鄉下住下來，為了消遣時光，約定每人一天講一個故事。他（她）們在鄉下大約住了十四天，第十五天返回佛羅倫薩。一共講了十天故事。(星期天不講故事)，還有兩天不知什麼原因也沒講故事。《十日談》的一百個故事就是由他（她）們輪流講出來的。十個青年人的郊外活動是有頭有尾的，從佛羅倫薩而來，最後又返回佛羅倫薩；每天上午玩耍，中午睡覺，下午才講故事；先選當天的「國王」，負責一天生活的安排，由「國王」指定講故事者的次序；當天晚上，再選次日的「國王」，等等。

第二是指故事內容的分類，這是由當天的「國王」規定」的。第一天不限主題，講什麼故事都可以。第二天的主題是「逢凶化吉」。第三天是「如願以償」。第四天是「結局不幸的戀愛」。第五天是「有情人終成眷屬」。第六天是「急中生智」。第七天是妻子欺騙丈夫的故事。第八天是男女相互捉弄的故事。第九天又不限主題。第十天是戀愛方面或其他方面可歌可泣的故事。

第三，一百個故事每篇必有「題解」，用幾十個字到百來個字寫出故事梗概，作者說讀者可以先看故事梗概，不愛看的便可以翻過去看另一個故事（四十年後喬叟也學了這種方法）。除了「題解」以外，每篇故事還有「開場白」，或藉談論某個問題引入故事，或評說上一個故事，或指出此故事與彼故事的異同，或介紹故事的內容（與

---

8　關於《變形記》的結構據楊周翰中譯本序言，頁4-5，《變形記》中譯本由人民出版社一九八四年出版。

「題解」有別,「題解」是具體的,「開場白」是抽象的),或點明故事的主題。這是一種前後呼應的手法,把講故事的人及所講的故事串連起來。

第四,作者直接出面評論故事,還講了一個有頭無尾的「綠鵝」的故事來闡述自己的人文主義思想(第四天故事的開頭)。

《十日談》的「框形結構」在三、四百年內對歐洲的短篇小說影響極大,作家們紛紛仿效,用這種「框形結構」將自己的短篇小說串連起來。

這裡只介紹英國喬叟(1340-1400)的《坎特伯雷故事集》(1387-1400)。這部名著寫二十九個香客,加上作者喬叟及小客店的老板一共三十一個人,從倫敦泰晤士河南岸一個小客店出發,前往離倫敦七十里遠的坎特伯雷朝聖。為了免使旅程寂寞,客店老板規定每人去坎特伯雷路上要講兩個故事,回來時再講兩個,誰講得最好,大家就請他吃飯。這樣,應為一百二十四篇故事,但實際上只有二十四篇,因為在去坎特伯雷的路上故事就中斷了。第二十四篇「故事」是太陽下山時大伙來到一個村莊,由牧師用散文講了一篇很長的教誨詞(其實不算故事),全書就以「作者告辭」結束,可以說這部小說是有頭無尾的,不如《十日談》完整。

但是,喬叟也有一些獨創。他用一個「總引」把全書串起來。第一,全書有一個人物——作者喬叟,這是《十日談》所無的。「我」作者正準備去朝聖,小客店來了二十九個香客,「我」約定大家一齊早起出發。後來小客店的老板加入,也是用作者「我」的角度加以敘述的。最後,「我」又以「作者告辭」結束了敘述。沒有作者這個「我」,這些人物,這些故事,就如斷了線的珠子。

第二,在作者講故事之前,先逐一介紹香客的情況。「由我的角度看去,他們是何種人物,屬於哪一個社會階層,穿著怎樣。」這是人物特寫,其中有作戰驍勇的騎士,滿嘴下流話的粗俗的磨坊主,缺牙豁齒、精力旺盛來自巴斯的婦人，放蕩不羈貪圖聲色的遊乞僧，背囊裡塞滿了才從羅馬帶回的赦罪符的遊乞僧，還有牧師，修女，教士，商人，律師，醫生，小地主等等，個個活靈活現地出現在讀者眼前，比《十日談》那三男七女多姿多彩。

第三，香客們在去坎特伯雷朝聖的路上所講的故事類型，也像他們的身分一樣各不相同。故事類型在《十日談》中就分了，但《坎特伯雷故事集》是將故事類型與人物類型結合在一起，這是敘事法的一大進步。最常用的類型有〈騎士（武士）的故事〉中的騎士傳奇；〈磨坊主的故事〉和〈遊乞僧（僧士）的故事〉中的中世紀韻文故事；〈巴斯婦的故事〉中的民間童話故事；〈赦罪僧的故事〉中的宗教勸善故事；〈修女（女尼）的故事〉中的民間鳥獸寓言；〈第二個修女（女尼）的故事〉中的基督教聖徒傳說。

西方「系列短篇小說」在十九世紀又有了新的發展，變成用人物去串，用情節去串，使短篇小說之間有了更緊密的聯繫。在俄國，契訶夫的〈套中人〉（1898）、〈關於愛情〉（1898）、〈醋栗〉（1898）就是一組系列小說，不僅主題相同，而且故事都從獸醫伊凡與中學教師布爾金的對話中寫出，這兩個人物在三篇故事中始終在場，是表現作者觀念的重要人物。

二十世紀西方的「系列短篇小說」可以說是蔚然成風，如愛爾蘭的喬依斯（1882-1941）的《都柏林人》（1914），十五個短篇以「童年、少年、成年、社會生活」四個階段串成。其中幾篇故事又由一個小孩眼中寫出；美國安德森（1876-1941）的著名短篇小說集《俄亥俄的溫斯堡》（1919）首創用一個連貫人物——記者喬治．威拉德——把許多小說串連起來的新寫法。安德森這種手法對海明威、福克納起了重要影響。美國海明威（1899-1961）的第一部短篇小說集《我們的時代裡》被英國名小說家勞倫斯稱為「一部斷片式長篇小說」，因為這部集子中有八篇是以尼克．亞當斯為主人公的。海明威以尼克·亞當斯為主人公的系列短篇小說有二十四篇之多，他死後有人把這些短篇按主人公的成長時序加以編排，出了一本著名的《尼克·亞當斯故事集》。

美國的福克納（1897-1962）是「系列短篇小說」的能手。他在安德森的鼓勵下開始創作。他的不少短篇小說集子都是系列小說，用一個或幾個人物貫串始終，情節也相互聯繫。《沒有被征服的》（1938）是七個系列短篇小說的集子，所有故事都由巴耶德·沙多里斯用第一人稱方式敘述出來，從他十二歲寫到二十四歲。《去吧，摩西》（1942）由七個系列短篇小說組成，艾薩克·麥卡斯林是中心人物，從他未誕生時寫起，一直寫到他近八十歲。《讓馬》（1949）由六個系列短篇小說組成，超級偵探斯蒂文斯是中心人物，他還在福克納先前的短篇小說《墳墓的闖入者》中出現過。一九五〇年出版的《威廉·福克納短篇小說集》中收入了《沒有被征服的》、《去吧，摩西》及《讓馬》三集所沒有收入的大部分故事，其中不少也是系列短篇小說。

福克納還擅長將他的系列短篇小說加以擴充而變成長篇小說。如他的關於斯諾普斯家族的三部曲《村子》、《小鎮》、《大宅》就是由〈杰姆西斯院子裡的蜥蜴〉、〈花斑馬〉、〈黃銅怪物〉、〈庭院裡的騾子〉等系列短篇小說擴寫而成。貫串始終的反面人物就是商人費萊姆·斯諾普斯。

在福克納的影響下，當代拉丁美洲的作家也很喜歡寫系列短篇小說。哥倫比亞的著名小說家馬爾克斯（1928-）的一些中短篇小說如〈枯枝敗葉〉、〈沒有人寫信給他的上校〉、〈惡時辰〉等，都有一些連貫人物。秘魯著名「結構主義」小說家略薩（1936-）學習並發揮了福克納的寫法（福克納曾將中篇小說〈野棕櫚〉第一章和中篇小說《老人》第一章交錯相間，直至全書結束，近似音樂中賦格曲的「對位」手法），把一組系列短篇小說與一部長篇小說有機地組合在一起，這就是著名的〈胡利婭姨媽與作家〉。這組系列短篇小說就是該作家的廣播小說，因而又與長篇小說中的作家這個人物發生關係。

在西方的系列短篇小說中，有一組狼孩的故事舉世聞名，這就是榮獲一九〇七年諾貝爾文學獎的英國小說家吉卜林（1865-1936）的名著《叢林故事》（1896）及《叢林故事續編》（1895）。兩書共收十五個故事，其中八篇是寫狼孩莫格利在叢林野獸中的生活及最後回到人類社會的經過。可分可合，分則為一篇篇獨立作品，合則為系列小說。第一篇〈莫格利的弟兄們〉寫好心的狼父和狼母發現了一個被遺棄在叢林中的小男孩，收養了他，給他起名為「小蛙兒莫格利」。他長大一點後，孟加拉虎希爾漢要吃掉他。但黑豹巴西拉和棕熊巴魯出面保護他，群狼部落會議終於承認他是錫奧尼狼群之中一員。第二篇〈錦蛇卡出擊〉寫狼孩莫格利在棕熊巴魯的幫助下學會了叢林中各種動物的語言。猴族因羡慕莫格利聰明靈巧，搶走莫格利。棕熊巴魯和黑豹巴西拉向錦蛇卡求援，他們追至廢都（Lostcity），與猴群展開一場惡戰。錦蛇卡力克群猴，救出莫格利。第三篇〈恐懼從何來〉寫叢林乾旱，叢林之主野象哈錫根據叢林法規宣布免戰令，眾獸遂擁往韋恩加甘河飲水。跛足虎希爾漢違反免戰令，吃了人，百獸群起而攻之。但哈錫並不處分希爾漢，使莫格利大惑不解。哈錫便對莫格利講了一個古老的故事：太古時代，叢林中沒有恐懼，百獸以草木花果為食。大象的始祖塔任命虎的始祖為叢林法官，調解群獸中偶爾發生的糾紛。一天晚上，一隻公羊無意間用角頂了一下老虎，老虎竟忘了自己法官的身分而撲向公羊殺死了他。於是「死亡」首次被帶進叢林，「恐懼」也隨之而至。大象始祖宣告「恐懼」已隨「死亡」來到叢林，命令群獸提高警惕。群獸在洞穴中找到了「無毛恐懼」，這就是「人」。群獸驚逃，老虎也臨陣逃遁。大象始祖塔允許老虎在每年一個晚上可以與「人」調換地位一次。老虎到了這一夜便將「人」殺害。老虎從此教會了「人」如何殺生。以後老虎與「人」就成了死敵，而無窮無盡的恐懼也終生伴隨著老虎。

第四篇〈虎！虎！〉寫莫格利偷偷離開狼群下山進村，被瑪索爾夫婦收留，他開始學習人類語言，了解人類社會。有一天，狼母的長子突然來報告他，跛足虎希爾漢已遠走他鄉，對莫格利的威脅已經解除。其實希爾漢是施詭計，讓莫格利放鬆警惕，然後與豺塔巴魁暗算他。莫格利將計就計，在狼首領艾克拉和眾狼的幫助下，率領牛群兵分兩路，包抄希爾漢。莫格利騎牛追擊希爾漢並將他踩死，剝虎皮。但他因此冒犯了獵人布爾迪歐，被村民趕出村子。第五篇〈國王的馴象刺棒〉寫錦蛇卡報告莫格利，他發現了白眼鏡蛇的洞中寶庫，莫格利隨錦蛇卡來到寶庫，從白眼鏡蛇手中搶走鑲著價值連城的珍珠鑽石的國王的馴象刺棒，白眼鏡蛇警告莫格利說馴象棒是死亡化身。莫格利出洞後路遇黑豹巴西拉，巴告訴莫格利，人類往往為了爭奪一顆紅寶石而斷送生命，馴象棒因是無價之寶必招來禍害。莫格利聽從黑豹勸告，扔掉了馴象棒。他發現當天夜裡就有六個人為爭奪馴象棒而喪生。莫格利從貪婪的人類手中追回寶物交還給白眼鏡蛇。

第六篇〈讓叢林進村吧〉寫莫格利回到叢林後向狼母狼父講述自己在人群中的遭遇。當聽說村民用石頭驅逐莫格利時，群狼義憤填膺，發誓不再與人類來往。獵人布爾迪歐因懷恨莫格利剝去本應屬於他的虎皮而誣陷收養莫格利的瑪索爾夫婦為巫婆，並帶人進入叢林尋找虎皮。莫格利摸進村子營救瑪索爾夫婦，又請來野象哈錫和他三個兒子，踏平了村子。六個月後，村子徹底成了一片叢林。第七篇〈赤犬〉寫村子變為叢林後，莫格利開始了他一生中最幸福的日子。他統帥叢林眾獸，過著和睦的生活，一天，叢林突然出現一大群赤犬，來勢凶猛，濫殺無辜。叢林眾獸聞風逃遁。莫格利求教於錦蛇卡，將赤犬群引向韋恩加甘河上游，借助黑野蜂群將赤犬群螫得暈頭轉向，再率狼群乘勝反擊，全殲二百餘條赤犬。第八篇故事〈春季踏青〉寫韋恩加甘河畔殲滅赤犬大戰後的第二年春天，叢林一片生機勃勃。根據叢林法則，百獸可以隨心所欲四出遊玩。莫格利照例出外踏青，來到叢林以北的小村子，遇上瑪索爾和她的兒子。她喜出望外，要求莫格利回到人群中。莫格利鬱鬱不樂地回到叢林後，眾獸也都勸他離開叢林。莫格利終於依依不捨地告別了叢林和眾獸，回歸人類社會。[9]

在吉卜林的《叢林故事》問世以前，西方早有系列的動物敘事詩，如法國的《列那狐的故事》就是名著。但描寫人與動物關係的系列散文短篇小說似乎並沒有。吉卜林開闢了系列短篇小說的新天地。《叢林故事》結構上還有一個特點，就是每篇故事前面及故事與故事之間都有一首詩歌巧妙地起著點題和串連的作用。詩文並茂，與其他系列小說不同。《叢林故事》的主題是讚美人，莫格利能戰勝凶殘的希爾漢，並最終成為叢林的統治者，根本原因就在於他是人。莫格利知道火的運用，知道靠計謀殺死敵人，他若逼視對方，即使是森林中最凶狠的動物也得垂下目光。他機敏靈巧，善於使動物對他懷有好感，俯首貼耳，言聽計從。作者也抨擊了人類的勾心鬥爭和貪婪行為，以狼孩及叢林與之相對照，呼喚人性復歸。

中國有沒有「系列短篇小說」的傳統呢？中國清代有一部艾納居士寫的《豆棚閒話》，近似《十日談》，本書在「關於小說的類型與結構」一節中講過了，這是中國古代的「系列短篇小說」。

這裡要著重講講《聊齋志異》，它從某種意義上說也可以稱之為「系列短篇小說」，具有與西方不同的特色。

據現存最早而又保存最完整的鑄雪齋抄本《聊齋志異》[10]統計，共四百八十八篇故事，其中有作者（異史氏）評語的，計有一百七十八篇（包括一篇雖無「異史氏曰」，但實際上也是有作者的評語）。

---

9 《叢林故事》未見有中譯本，上述八篇故事從吉卜林原著：《叢林故事二書》（*The Two Jungle Books*）譯述（紐約：花園城國家出版社，1931年）。

10 《聊齋志異》鑄雪齋抄本（上海市：上海古籍出版社，1979年，第1版）。

《聊齋志異》近五百篇故事，就用作者的評語串起來。蒲松齡的評語並不是都有價值，也並不是都集中在一個問題上，但是，其中有一些相當有價值，而且十分集中地表現在一個問題上，這就是猛烈地抨擊官府。這是將《聊齋志異》連成一個主要整體的一條紅線。

在卷四〈促織〉篇末，異史氏曰：

> 天子偶用一物，未必不過此已忘；而奉行者即為定例。加之官貪吏虐，民日貼婦賣兒，更無休止。故天子一跬步，皆關民命，不可忽也。

在卷六〈潞令〉篇末，異史氏曰：

> 今有一官握篆於上，必有一二鄙流，風承而痔舐之。其方盛也，則竭攫未盡之膏脂，為之具錦屏；其將敗也，則驅誅未盡之肢體，為之乞保留。官無貪廉，每蒞一任，必有此兩事。赫赫者一日未去，則蚩蚩者不敢不從。積習相傳，沿為成規，其亦取笑於潞城之鬼也已！

在卷六〈向杲〉篇末，異史氏曰：

> 然天下事足發指者多矣。使怨者常為人，恨不令暫作虎！

在卷七〈冤獄〉篇末，異史氏曰：

> 訟獄乃居官之首務，培陰騭，滅天理，皆在於此，不可不慎也。躁急污暴，固乖天和；淹滯困循，亦傷民命。……每見今之聽訟者矣：一票既出，若故忘之。攝牒者入手未盈，不令消

見官之票；承刑者潤筆不飽，不肯懸聽審之牌。蒙蔽因循，動經歲月，不及登長吏之庭，而皮骨已將盡矣！而儼然而民上也者，偃息在床，漠若無事。寧知水火獄中，有無數冤魂，伸頸延息，以望拔救耶！

在卷十〈胭脂〉篇末，異史氏曰：

甚哉！聽訟之不可以不慎也！……世之居民上者棋局消日，綢被放衙，下情民艱，更不肯一勞方寸，至鼓動衙開，巍然坐堂上，彼嘵嘵者直以桎梏靖之，何怪覆盆之下多沉冤哉！

在卷十一〈王者〉篇末，異史氏曰：

紅線金合，以儆貪夢，良亦快異。然桃源仙人，不事劫掠；即劍客所集，烏得有城郭衙署哉？嗚呼！是何神歟？苟得其城，恐天下之赴訴者無已時矣。

在卷十一〈王大〉篇末，異史氏曰：

余嘗謂昔之官諂，今之官謬；諂者固可誅，謬者亦可恨也。

在卷十一〈王十〉篇末，異史氏曰：

嗚呼！冤哉！漏數萬之稅非私，而負升斗之鹽則私之；本境售諸他境非私，而本境買諸本境則私之，冤矣！律中「鹽法」最嚴，而獨於貧難軍民，背負易食者，不之禁，今則一切不禁，而專殺此貧難軍民！且夫貧難軍民，妻子嗷嗷，上守法而不

> 盜，下知恥而不倡；不得已，而揭十母而求一子。使邑盡此民，即「夜不閉戶」可也。非天下之良民乎哉！彼肆商者，不但使之淘奈河，直當使滌獄廁耳！而官於春秋節，受其斯須之潤，遂以三尺法助使殺吾良民。……嗚呼！上無慈惠之師，而聽奸商之法，日變日詭，奈何不頑民日生，而良民日死哉！

此外，在卷八〈盜戶〉篇末、卷九〈折獄〉篇末，也皆有異史氏的評語。所有這些評語，都是射向統治者的枝枝利箭，飽含著作者為民請命的血淚仇恨。

從一百多篇作品都用「我」的評語串起來這個角度上說，從這個「我」體現作者一貫的強烈愛憎傾向上說，從它的不少故事都貫穿歌頌狐鬼花妖與抨擊官府的共同主題上說，《聊齋志異》也可以說是中國式的系列小說。西方沒有這樣的「系列短篇小說」。

在中國現代文學中，系列短篇小說也出現了，例如茅盾的《農村三部曲》的《春蠶》(1932)、《秋收》(1933)、《殘冬》(1933)就是一個例子。其情節聯貫，人物也聯貫。值得我們注意的是，魯迅的《吶喊》與《彷徨》共二十四篇小說，用第一人稱寫的有十二篇。其中〈狂人日記〉、〈一件小事〉、〈故鄉〉、〈鴨的喜劇〉、〈社戲〉、〈祝福〉、〈在酒樓上〉、〈孤獨者〉中的「我」，是很有一些魯迅的身影在內的，而且往往表現魯迅強烈的主體意識。請聽：

> 這事到了現在，還是時時記起。我因此也時時熬了苦痛，努力的要想到我自己。幾年來的文治武力，在我早如幼小時候所讀過的「子曰詩云」一般，背不上半句了。獨有這一件小事，卻總是浮在我眼前，有時反更分明，教我慚愧，催我自新，並且增長我的勇氣和希望。(〈一件小事〉)

> 我想：希望是本無所謂有，無所謂無的。這正如地上的路；其實地上本沒有路，走的人多了，也便成了路。(〈故鄉〉)

魯迅的《吶喊》和《彷徨》的一些小說，也不妨說是中國式的系列小說。而且，不管魯迅先生是自覺還是不自覺，他的短篇小說中的「我」與《聊齋志異》的「異史氏曰」是有精神上的聯繫的。

在新時期文學中，一代新人深受福克納與馬爾克斯的影響，大寫特寫其系列短篇小說，已經成為一種傾向。寫得最成功的，是莫言的《紅高粱》系列，其受福克納與馬爾克斯影響的痕跡十分分明。

為什麼現代中西作家都有把單篇小說用某種形式串連起來的共同意願？從主觀上說，是他們當中一些人不滿足於用短篇小說這種形式去反映生活，短篇小說篇幅少，人物少，難以反映大的生活，塑造典型人物，而中西作家在潛意識中，都希望在自己的作品中藝術地概括廣闊的人生，塑造更完整、更典型的人物，他（她）們寫了一些短篇小說之後，覺得還可以從中擴展，發掘，以求上升到一個新的境界，於是系列短篇小說就是最好的形式了，像安德森、海明威、福克納、馬爾克斯大都是這樣。

從客觀上說，短篇小說可以演變成長篇小說，這是小說發展的規律。中國的《三國演義》、《水滸傳》、《西遊記》都如此。在西方現代文學中，福克納的作品就是最典型的。他的長篇小說〈押沙龍，押沙龍〉就是從短篇小說〈沃許〉演變而來的。還有上文提到過的那三部關於斯諾普斯家族的小說也是一系列短篇小說的擴寫。中西現當代小說家的「系列短篇小說」的大量出現，正說明長篇小說的一種變體正在興盛起來，也反映了中西小說發展的一個共同規律。

## 七 關於短篇小說與長篇小說的關係

中國的短篇小說生長篇小說，西方則相反。中國古代的長篇小說大多從短篇小說發展而來。《史記》以降，中國的短篇小說綿延不絕，成為哺育中國長篇小說的土壤。「三國」和「西遊」的故事從唐開始流傳，「水滸」故事從南宋開始流傳，它們在宋代都成為話本的題材。

未有《三國演義》之前，先有三國故事的話本，這些話本，就是短篇，可惜都失傳了，但仍有根據證明其存在過。一是晚唐詩人李商隱〈驕兒詩〉寫他的小兒子衮（音「炎」）師聽說書回家後便摹仿說書人表演大鬍子張飛的動作和鄧艾的口吃：「或謔張飛鬍，或笑鄧艾吃。」二是南宋孟元老的《東京夢華錄》卷五「京瓦伎藝」中有一條筆記記載北宋汴京有個說書人霍四究專講三國故事：「霍四究，說三分。」三是南宋羅燁在《醉翁談錄》「舌耕敘引・小說引子」中談到南宋話本的題材時有「三國爭雄魏蜀吳」一句話。在「小說開闢」中列舉大量話本篇名時有「《三國志》諸葛亮雄材」一句話，都透露宋朝就有不少關於三國的話本小說。以後這些話本逐漸拉長，就變成中篇小說，如元朝至治年間（1321-1323）有建安虞氏刊印的《全相三國志平話》（約八萬字、上圖下文，分上中下三卷），就是關於三國話本的匯編，張飛、諸葛亮、曹操性格鮮明，初具三國故事規模，以後便演變成羅貫中的《三國演義》。

南宋已有大量水滸故事流行，羅燁《醉翁談錄》記有〈石頭孫立〉、〈青面獸〉、〈花和尚〉、〈武行者〉等篇目，宋末元初就出現了《大宋宣和遺事》，它是一部講北宋、南宋的雜書，其中「梁山濼（此處讀ㄆㄛ，po）聚義」的故事話本色彩最濃，顯然是掇拾南宋流行的許多水滸故事加以貫串而成，是一個中篇，寫了晁蓋劫取生辰綱、楊志賣刀、宋江私放晁蓋和殺閻婆惜等情節，提到了三十六位起義英雄，結尾還提到宋江招安收方臘，初具梁山故事規模，最後才有了施耐庵的長篇小說《水滸傳》。

《西遊記》也是由短篇小說生成的。唐僧取經故事在五代後晉天福七年（942）所鑿杭州將臺山的摩崖龕像中已有表現，如已有唐僧、孫悟空、沙悟淨、豬悟能、白馬的浮雕。北宋歐陽修見過玄奘取經的壁畫。這兩個事例說明「西遊」故事早已深入民間，成為藝術的題材。羅燁《醉翁談錄》中有小說〈巴蕉扇〉篇目，可惜失傳，可能講鐵扇公主的故事。但現存宋話本〈陳巡檢梅嶺失妻記〉有「這齊天大聖神通廣大，變化多端，能降各洞山魈，管領諸山猛獸」之語。元話本有〈魏徵夢斬涇河龍〉，都早於《西遊記》。宋元間出了一部《大唐三藏取經詩話》，分十七章節，長的千餘字，短的不滿百字，分明是關於唐僧取經的一系列話本提綱的匯編。到元朝，又出現了敘事更為詳細的《唐三藏西遊記》，最後才有了明朝吳承恩的《西遊記》。

這裡還應提到唐敦煌手抄本中篇佛教故事《六祖壇經》對《西遊記》的影響。這種影響也是長篇小說生成的影響。《六祖壇經》載五祖弘忍半夜傳衣鉢給六祖惠能的故事。弘忍問眾弟子有什麼學習心得？大弟子神秀送上他的作業，那是一首偈：「身是菩提樹，心如明鏡臺，時時勤拂拭，勿使染塵埃。」六祖惠能當時還是個燒飯和尚，看了不以為然，隨口也唸一偈：「菩提本無樹，明鏡亦非臺，本來無一物，何處染塵埃。」五祖弘忍便看中了他。有一天問他：「米熟了未？」（修行到家了嗎？）他答：「米熟久矣，尚欠篩承（還欠老師提攜）。」五祖用錫杖打石磨三下，走了。他心中明白，三更時分，入問師，傳《金剛經》。

這個故事到了吳承恩手裡，便變成了孫悟空拜師的故事了。菩提法師問孫悟空要學什麼，孫悟空什麼也不學，只要學長生不老。祖師跳下高臺，用戒尺指定猴子道：「你這猢猻，這般不學，那般不學，卻待什麼？」走上前，將悟空頭上打了三下，走入裡面，把中門關了。打三下，是三更時分，關中門，是叫他從後門進去，眾人譏笑，只有悟空心中明白。於是法師傳他七十二般變化。

《西遊記》有些細節也從《六祖壇經》中來，如孫悟空一個跟斗十萬八千里，西天離唐土十萬八千里。這「十萬八千里」，便出自《六祖壇經》。六祖講道時說，西天極樂世界離這兒不遠，大約十萬八千里。先除去自己十惡，則走了十萬里，再除八邪，過八千里。

《封神演義》的祖本是元代《武王伐紂平話》，《武王伐紂平話》已有《封神演義》的基本輪廓，很可能是關於武王伐紂的一系列話本的「結集」（據胡士瑩《話本小說概論》）。很可惜，這些話本失傳了，只剩下了中篇小說《武王伐紂平話》，而長篇小說《封神演義》就由此演變而來。

其他如《說岳全傳》、《楊家將演義》也是從話本演變而來的。其祖本雖佚，但在《醉翁談錄》中仍有線索可尋，例如書中有「新話說張、韓、劉、岳」一句，即指說書人講說宋抗金名將張俊、韓世忠、劉錡、岳飛的新話本；再如書中提到的話本〈賴五郎〉、〈五郎為僧〉，想來是敘述楊五郎在五臺山興國寺出家，後與六郎一道殺退番將的故事；而《金瓶梅》也是根據《水滸傳》中西門慶與潘金蓮的故事敷衍而成的。

中國短篇小說生長篇小說，不僅指給長篇小說提供素材，還指給長篇小說提供寫法，且舉〈楊溫攔路虎傳〉對《水滸傳》的影響加以說明。

〈楊溫攔路虎傳〉是宋話本，屬羅燁所說的「杆棒類」，也就是屬於武打小說類。此小說著重寫綽號攔路虎的楊溫的英雄事蹟。他是「三代將門之子」，「武藝高強」。他偕妻去東岳泰山燒香，半路上錢財和妻子都被強盜細腰虎楊達劫去。他本人也病倒在客店中。幸好有楊玉員外接濟他，才不致走投無路。他病好後與楊玉員外玩棒。馬都頭來訪，嫌員外招待他，要與他比棒，他打倒了馬都頭。接著在東岳廟會上與山東夜叉李貴比棒，又打敗了連續三年無敵的李貴。受到楊玉員外的器重。最後，他在父親舊部陳干和馬都頭的協助下，一棒打倒強盜楊達，奪回妻子，並在抗金戰爭中立了大功。由於南宋投降派當權，佚名作者最後寫他抗金，只是一句話，不敢發揮。楊溫這個英雄形象寫得真實，鄭振鐸在《插圖本中國文學史》中說：「楊溫這位英雄，在這裡描寫的並不怎樣了不得；一人對一人，他是很神通，但人多了，他便要吃虧。這是真實的人世間的英雄。」

〈楊溫攔路虎傳〉藝術上成功之處，在於三次比棒場面寫得有聲有色。第一次是友誼賽，他讓恩人楊玉員外，並不當真，等員外使棒來隔時，他棒才落下。員外因此說他的棒有「病」，很有趣味。第二次對馬都頭就不同了，這回是真打，馬都頭棒打楊溫，楊溫退一步，馬都頭趕上劈頭又一棒，楊溫把腳側一步，身轉棒也轉，夾背一棒，把都頭打伏在地，脊背上腫起來。第三次與李貴對棒，更見功夫，楊溫先劈頭一棒，等李貴來隔時，卻不打頭，入一步一棒打中李貴小腿，李貴叫一聲，辟然倒地，只一回合便打贏了李貴。

《水滸傳》第二回寫王教頭與九紋龍史進比棒，第九回寫林沖和洪教頭比棒，就有〈楊溫攔路虎傳〉影響的痕跡。馬都頭瞧不起楊溫，主動要楊溫與他比棒，史進也瞧不起王進，主動要王進與他比棒。楊玉員外心中偏向楊溫，史太公也希望王教頭打敗兒子。第九回也是洪教頭瞧不起林沖，又恨柴進待他如上賓，恨不得一棒把林沖打翻在地，也有人主持，就是小旋風柴進。兩次比棒的寫法也是相似的，勝者都是以退為進或虛晃一棒，覷出對方破綻後一棒便將對方打倒，只不過《水滸傳》寫得細緻傳神一些罷了：

> 王進道：「恕無禮。」去槍架上拿了一條棒在手裡，來到空地上，使個旗鼓。那後生看了一看，拿條棒滾將入來，徑奔王進。王進托地拖了棒便走，那後生掄著棒又趕入來。王進回身，把棒望空地裡劈將下來。那後生見棒劈來，用棒來隔。王進卻不打下來，將棒一掣，卻望後生懷裡直搠將來，只一繳，

那後生的棒丟在一邊，撲地望後倒了。（《水滸傳》第二回）

洪教頭深怪林沖來，又要爭這個大銀子，又怕輸了銳氣，把棒來盡心使個旗鼓，吐個門戶，喚做把火燒天勢。林沖想道：「柴大官人心裡只要我贏他。」也橫著棒，使個門戶，吐個勢，喚做拔草尋蛇勢。洪教頭喝一聲：「來，來，來！」便使棒蓋將下來。林沖望後一退，洪教頭趕入一步，提起棒，又復一棒下來。林沖看他腳步已亂了，便把棒從地下一跳，洪教頭措手不及，就那一跳裡，和身一轉，那棒直掃著洪教頭臁兒骨上，撇了棒，撲地倒下。（《水滸傳》第九回）

如果說《水滸傳》第二回、第九回只是與〈楊溫攔路虎傳〉寫法相似，那麼，《水滸傳》第七十四回「燕青智撲擎天柱」簡直是〈楊溫攔路虎傳〉的仿寫了，只不過把比棒換了摔跤而已。施耐庵、羅貫中很可能是案上放著這話本，仿照著寫自己的七十四回的。第一，書中人物都去東岳泰山朝聖（楊溫與妻子去，燕青與李逵去）；第二，書中英雄事先都被勸說不要與人家打擂臺（楊玉員外勸楊溫，宋江勸燕青）；第三，對方都是兩三年無對手（山東夜叉李貴三年無對手，擎天柱任原兩年無對手）；第四，都在東岳聖帝生辰這一天在岳廟前比武；第五，都用一首詩描寫岳廟的諸神像及周圍風景；第六，對手打輸後其徒弟們都上前幫師父打楊溫燕青；第七，書中不少名詞完全相同，如都有「獻臺」（即擂臺，比武是獻給聖帝看的）、「部署」（主持比武的人）、「利物」（朝聖者捐給廟裡的錢物）。

楊溫這個人物還出現在《水滸傳》第七十八回中。此回寫蔡京高俅調集十個節度使，其中一個便是「江夏零陵節度楊溫」，又說「十節度使，多曾與國家建功，或征鬼方，或伐四夏，併金遼等處，武藝精熟」。〈楊溫攔路虎傳〉最後寫楊溫「上邊關立一件大大功勞，直做到安遠軍節度使」，二者是連接的。

通過對〈楊溫攔路虎傳〉與《水滸傳》的比較，說明中國短篇小說不僅為長篇小說提供素材，就是一些情節、細節、語言，也對長篇小說有不少影響。

西方則不同，西方是長篇小說生短篇小說，與中國正相反。西方的短篇小說有兩個源頭，一個源頭從古希臘的「話本」來，西元前五世紀，雅典已有「說話人」。另一個源頭從長篇小說中來。

古羅馬現存第一部長篇小說《薩蒂利孔》（西元一世紀古羅馬人佩特羅尼烏斯作）共二十卷，現僅存十五、十六兩卷，已穿插了特洛伊陷落等兩個歷史故事及以弗所的寡婦等三個民間故事。古羅馬阿普列尤斯（125-二世紀末）的著名小說《變形記》（又譯《金驢記》）是古羅馬迄今保存的唯一一部完整的小說，穿插了五個故事：卷四穿插小愛神與公主普蘇克的戀愛故事，由一個老太婆講出來，作者說這是「一個動聽的故事」。卷八穿插一個女人悲慘死去的故事，由一個僕人講出來。「他在火邊坐下，四周被其他奴隸圍住，他開始敘述起這件事情來」。卷九穿插了兩個風流故事，後一個是由一匹驢子講的，驢子對眾人說：「這真是妙趣橫生，著實令人開心，我想給你們也講一講。」卷十穿插一個繼母愛上庶子的故事。

這就說明，遠在古羅馬時期，西方已出現長篇小說派生短篇小說的普遍現象。

文藝復興時期散文長篇小說又興起了，西方長篇小說生短篇小說的傳統又得以繼續。塞萬提斯在《堂．吉訶德》上冊穿插了五個故事：大學生牧羊女殉情的故事、兩對情人悲歡離合的故事、丈夫試妻的悲慘故事、西班牙俘虜在阿爾及尼亞艷遇的故事、牧羊女被大兵引誘的故事。下冊穿插兩個故事：大學生智勝財主贏得情人的故事、李果德與女兒團圓的故事。塞萬提斯還提出了長篇小說生短篇小說的理論，不可不加注意。他說：

有些穿插很奇妙真實，竟也不輸正文吧。……這部書敘述的事，節外生枝，線上打結。[11]

原作者在這章裡怪自己寫的堂·吉訶德傳枯燥無趣，只能老講堂·吉訶德和桑丘，不能節外生枝來一些耐人尋味的穿插。他說自己的心、手、筆，老盯著一個題目，只能讓一兩人出場，拘束得受不了，既吃力又不討好。所以他在本書第一部裡巧出心裁，穿插了些故事。[12]

塞萬提斯的理論有三點：長篇小說生短篇小說可避免枯燥無趣；方法是節外生枝，線上打結；短篇故事的要求是奇妙真實，耐人尋味。

自塞萬提斯之後，西方小說家在長篇小說中穿插短篇故事的風氣越來越盛。法國十八世紀小說家勒薩日在《吉爾·布拉斯》中穿插了十個獨立的故事。吉爾·布拉斯向讀者講自己的大故事，而書中十個人物又向他講他們的十個故事。全書十二卷，基本上是一卷穿插一個。最後兩卷因小說要收口了，便不再穿插。這十個故事次序如下：唐娜曼茜亞·德·穆斯格拉的身世；理髮店伙計自述；唐龐貝攸·德·加斯特羅的生平；婚變記；唐阿爾方斯和美人賽拉芬的故事；唐拉斐爾的生平（除他本人改邪歸正外，又包括騙婚及女戲子兩個故事）；夢合的故事；唐羅杰·德·拉達的故事；唐加斯東·德·高果羅斯和唐娜海麗娜·德·加利斯悌歐的故事；西比翁自述身世。

英國十八世紀小說家菲爾丁在《湯姆·瓊斯》中穿插了一個「山中人」的故事，是由「山中人」自己講他如何看破紅塵去做隱士的；又穿插了一個偷馬賊被絞死的故事，是由書中人物巴特里奇講的。菲

---

11 楊絳譯：《堂·吉訶德》（北京市：人民文學出版社，1979年），上冊，頁239，下冊，頁304。

12 同前註。

爾丁也有理論，認為穿插短篇故事可以給讀者提神，是長篇小說結構上的需要：

> 因為在一部長篇鉅著裡讀者和作者都難免受到瞌睡蟲的侵襲，倘若沒有這種穿插，單靠事實的平鋪直敘，不管敘述得多麼娓娓動聽，任何讀者也忍受不了。[13]

歌德也在長篇小說中穿插短篇故事。其《親與力》穿插了「奇異的鄰童們」。但《威廉・邁斯特的學習時代》中那個著名的「豎琴老人和迷娘」的故事絕非穿插的故事。威廉・邁斯特喜歡戲劇，參加流浪劇團。途中遇到一個演雜技的義大利少女迷娘，受人拐賣，受盡虐待。威廉把她從雜技團中贖出。她稱威廉為「情人」、「恩人」、「父親」。後來威廉又收留了豎琴老人，老人與迷娘隨戲班沿途賣唱。老人最後終於知道她是自己與妹妹亂倫所生的女兒。迷娘病死。豎琴老人悔恨交加，離開戲班，自殺身亡。迷娘沿途賣唱的歌曲稱「迷娘曲」，是德國抒情詩的瑰寶。《威廉・邁斯特的漫遊時代》是「學習時代」的姐妹篇，穿插了「褐色女孩」、「五十歲的男人」等故事。

到了十九世紀，英國小說家狄更斯一馬當先，在其成名作《匹克威克外傳》中一口氣穿插了七個短篇故事：「走江湖的戲子」、「歸囚的故事」、「瘋子的手稿」、「一個奇怪的訴訟委託人的故事」、「妖怪們帶境教堂雜役的故事」、「布賴都德王子的傳說」、「旅行商人的伯父的故事」。

到了二十世紀，此風不斷。瑞典約翰遜（1900-1976，一九七四年諾貝爾文學獎得主）在自傳體小說《烏洛夫的故事》中穿插了「霧和肺病的故事」、「約翰娜的故事」、「巴西的故事」、「靈魂娛樂和精神

---

13 蕭乾譯：《湯姆・瓊斯》（北京市：人民文學出版社，1984年），上冊，頁148。

空虛之國的故事——同西班牙女郎的會見」。這四個獨立的故事占全書篇幅六分之一，約二十萬字。秘魯略薩在《胡莉婭姨媽與作家》中隔一章穿插一個短篇故事。單數及最後一章寫胡莉婭姨媽和作家的戀愛，雙數各章分別寫了九個短篇。

有一個現象值得注意：西方長篇小說中有傳世的短篇小說。俄國果戈理的《死魂靈》穿插了一個「戈貝金大尉的故事」，使小說出現了另一種聲音，評論者都指出它在小說中的重要地位。美國女作家凱瑟（1873-1947）在《教授的住宅》中穿插了「湯姆·奧特蘭的故事」，藝術價值高於長篇小說。奧地利卡夫卡在《審判》第九章「在大教堂裡」穿插了「看門人的故事」，集中體現了他的象徵寓言的創作風格。一個義大利銀行家來到小說主人公約·K 的城市參觀。約·K 被上級派去陪同。他陪客人參觀大教堂，牧師對他講了一個故事。一個鄉下人想進法院，門警說可以，但此刻不行。鄉下人探頭探腦往門裡看，門警說即使讓你進去，裡面還有好幾道門崗，你還是進不去。門警給他一只小凳子，讓他坐在門邊。鄉下人日復一日、年復一年地等待，並為進入法院大門不斷做出新的嘗試。他賄賂門警，請門警衣領上的跳蚤為他求情。但他的一切努力都失敗了。他終於發現原來並沒有其他人要進此門，便問門警原因。門警說此門專為你而設，但現在我要關門了。鄉下人等了一輩子，終於死在門外。卡夫卡很欣賞自己這個故事，後來把它從長篇小說中抽出來，改成一個獨立的短篇，起名為〈法律面前〉，收入短篇小說集《鄉村醫生》裡。他經常給朋友們朗讀這篇小說。

中國短篇小說生長篇小說的特點，使得中國古典長篇小說多由短篇小說連綴而成。《紅樓夢》出現，短篇生長篇之風基本上沒有了，但到晚清，長篇小說又出現了。現代中國長篇小說，已極少見由短篇生成的了，但短篇加短篇的結構，仍然流傳至今，為一些長篇小說家所喜用。西方長篇小說有「多聲部復調」結構，因獨立的短篇可構成另一個聲音，如果戈理的「戈貝金大尉」。中國長篇小說罕見有「多聲部復調」結構，除了思想原因上，也有結構上的原因：小說家只能用一種聲音把若干短篇小說連綴起來。

西方長篇小說生短篇小說的特點，使西方的短篇小說在一個長時期內依附於長篇小說之中，不能獨立發展。直到十九世紀浪漫小說起來，才把它分開了。但長篇生短篇已成為西方小說傳統一部分，直到現在，西方不少長篇小說家還樂於此道。

## 八　中西古典短篇小說盛衰的原因

中國短篇小說產生於封建社會，從六朝筆記小說的雛型，到唐傳奇的成熟，發展還算順利。唐傳奇被理學扼殺，便出現了曲折。宋話本小說崛起，是小說史一大變革，中國白話小說從此誕生，可惜大量失傳。元人入主中國，敵視富於漢民族意識的話本，並提倡戲劇，又使它衰竭。明擬話本出現，將中國短篇小說推上繁榮時期，但「二拍」已遜於「三言」，以後的作品更是末流。《別本二刻拍案驚奇》前十卷照抄《二刻拍案驚奇》，後二十四回改寫《型世言》，《三刻拍案驚奇》則全抄《型世言》，足以證明。傳奇流風歷代不絕，但唐以後的傳奇，已不如唐傳奇，這可以說是事實的定論。清代《聊齋志異》問世，使文言小說恢復了生機，且獲得空前的成就，但文體上卻是白話的倒退。紀昀反對蒲松齡，用《閱微草堂筆記》否定《聊齋志異》，使文言小說又退回到六朝筆記體去，其思想內容更與《聊齋志異》不可同日而語。蒲松齡、紀昀的仿作雖多，但多無藝術生命力可言。隨著中國進入半封建半殖民地社會，近代小說產生，中長篇小說略有成就，而短篇無一名作。清末民初，小說理論受西方影響，擺脫了落後的狀態，發出了新的聲音，頗有欣欣向榮之勢，而「鴛鴦蝴蝶派」這個龐然大物卻逆時代潮流而行，蘇曼殊的文言短篇小說也與時代精神相去甚遠，形成理論先進而創作陳腐的奇怪局面。中國古代到近代的短篇小說走了一千六百年坎坷的道路，幾次大起大落，終於在辛亥革命前後全部走上死路。

西方短篇小說產生於奴隸社會，經過中世紀「韻文故事」與「謠曲」的醞釀，在文藝復興時期形成了氣候。它在十五到十八世紀停滯不前，經過十九世紀初期浪漫派的革新，在十九世紀中葉便出現了批判現實主義的藝術高峰。二十世紀西方的短篇小說空前繁榮，向多元化方向發展。綜觀西方短篇小說兩千多年的道路：古希臘羅馬時期很不景氣；進入中古後，從薄伽丘到浪漫派之間，也有過數百年的停頓，但發展相對穩定與順利，沒有出現大起大落的局面，總的趨向是逐步上升；成熟之後，向高峰邁進十分迅速，從霍夫曼、愛倫·坡到莫泊桑、契訶夫，不過是百年光景。

中國古代短篇小說發展道路如此不平坦，多災多難，既不如中國的長篇小說，也不如中國的戲曲。總的來說，是由盛而衰，這是什麼原故呢？

原因之一是語體不解放。中國古代短篇小說深受文言文的束縛。漢民族的語言，兩千多年來口語與面語是分家的。書面語是文言文，口語是白話。幾千年來的傳統觀念是重文言、輕白話。文言文束縛住作家手中的筆，這就大大影響了作家形象思維的表達。長篇小說的情況比短篇小說好得多。《三國演義》算它是文言體吧（其實頗多口語），而以後的一系列名著《水滸傳》、《西遊記》、《金瓶梅》、《儒林外史》、《紅樓夢》、《鏡花緣》全是白話。中國長篇小說家不受文言文束縛，所以中國的長篇小說發展了。短篇小說呢？六朝筆記小說、唐傳奇都是文言體，偉大的蒲松齡，也掙不脫文言體的束縛，這多麼令人遺憾！中國最偉大的古代短篇小說集在語體上竟是白話的反動，這是西方絕對沒有的事。中國也有白話小說，宋話本，明擬話本都是的，但由於傳統觀念作怪，文人不願意向說話藝人學習，語體不同，也很難把文言體與白話體的小說交融起來。直到「五四」前，文言文仍占統治地位，就連偉大的魯迅也被縛住了手腳，不能發揮他作為一位短篇小說大師的才能，辛亥革命後，他寫過一篇文言小說〈懷舊〉（1912），這是他第一篇短篇小說，與他後來用白話寫《吶喊》、《彷徨》、《故事新編》無法相比，逐漸被人們所遺忘。文言文像一個古老的幽靈，老是威脅著中國的白話小說的生存，它扼殺不了長篇小說，扼殺不了雜劇、傳奇、亂彈，卻嚴重地阻礙了中國短篇小說的發展。

原因之二是包袱太重。中國古代短篇小說家大多數只知模仿與依傍，缺乏創新精神。長篇小說與戲曲的情況要比短篇小說好得多。中國短篇小說哺育了長篇小說與戲曲，但它自己卻老化了。《三國演義》、《水滸傳》、《西遊記》、《金瓶梅》、《儒林外史》、《紅樓夢》、《鏡花緣》，直到清末的四大譴責小說，四、五百年內，說得上部部有所創新，尤其是前面七部古典名著。短篇小說則不然，唐人傳奇一出，宋元明清千餘年內，只有一位蒲松齡用傳奇法而以志怪打開了局面。《聊齋志異》問世後，仿者四起。《閱微草堂筆記》本是反對《聊齋志異》的，但模仿它的人也不少，退回到六朝筆記小說的老路上去了。白話小說也如此，明擬話本就模仿宋話本，故魯迅稱它為「擬」。「二拍」模仿「三言」，而「三言」、「二拍」的仿作，明清兩代更是不可勝數。中國長篇小說多創新之作，中國短篇小說多「仿作」，除了一個蒲松齡外，並沒有革新家。

原因之三是取材於書本。唐傳奇好一些，「大抵描寫時事」（魯迅語，下同），但採用六朝志怪小說的素材的也不少。如名作《南柯太守傳》和《枕中記》源自《幽明錄》楊林柏枕的故事。陳玄祐的《離魂記》取自《幽明錄》龐阿的故事。至於宋代傳奇則「多托往事而避近聞」，嚴重脫離生活。宋話本好一些，「取材多在近時」，但明擬話本幾乎全部取材於書本。第一傑作〈杜十娘怒沉百寶箱〉就取材於宋幼清的傳奇〈負情儂傳〉。蒲松齡的《聊齋志異》具有十分強烈的現實主義精神（如前所述，尤其是他的評語），但題材有許多是從古書尤其是從唐傳奇變化來的，所以魯迅列他為「擬古」。名作如《畫皮》、《姐妹易嫁》、《促織》、《口技》、《胭脂》均有所本。聶石樵有〈《聊齋志異》本事考證〉一文證之甚詳。他的結論是：「但是作品的題材、情節並非盡是蒲松齡獨創，而大部分是有所依傍、憑藉，是錄取了許多野史佚聞、民間傳說，並根據現實生活而創作成功的。」前人書本故事的基本模式，束縛住作家的想像力，使之在結構上，在人物塑造上，在情節安排上不能大膽創新。如〈杜十娘怒沉百寶箱〉雖然比傳奇〈負情儂傳〉增加了三倍篇幅，把杜十娘寫得更美，把孫富與李甲寫得更壞，新添了正面人物柳遇春，化抽象的「親知」為具體的形象，根本改寫了結尾，但基本模式不變，託夢如此，「怒沉」亦如此。中國的長篇小說則不同，《西遊記》汲取了印度文學豐富的養料，而《金瓶梅》、《儒林外史》、《紅樓夢》卻沒有書本上的模式可循，作者們不能不在結構、人物、情節上亂獨創性的精神勞動。

原因之四是缺乏短篇小說創作理論。在舊時代，中國小說家向來是不入「三教九流」的，儒家提倡「詩言志」、「文以載道」，詩歌與散文可以「言志」、「載道」，是高級體裁，可以稱之為「經典」。小說算是什麼東西呢？考中國文學批評史，詩論、文論汗牛充棟，戲曲因為也是一種「詩」，從元明開始，也有人寫些理論。而小說理論——特別是短篇小說的創作理論，可以說是一紙空白。中國素有短篇敘事文學的優秀傳統，但劉勰的《文心雕龍》〈樂府篇〉一字不談〈陌上桑〉、〈焦仲卿妻〉，竟然把它們「開除」了。在〈史傳篇〉中也不談《史記》的藝術成就。韓愈是能寫小說的，他的《毛穎傳》以自筆擬人，寫毛筆禿了沒用的故事，諷刺權貴，是一篇頗有「陌生化」效果的「荒誕」小說。但他在〈勸學解〉中，卻評《左傳》的記述為「左氏之浮誇」，理由是它比《春秋》有故事性，把《左傳》優點說成缺點。他寫了《毛穎傳》，大詩人張籍罵他，《舊唐書》罵他，時人「大笑以為怪」，裴度斥之為「以文為戲」，驚呼大家要群起而「防之」。晚明李贄從「童心說」出發，大大提高了中國小說、戲曲的地位。李贄派的功勞極大，但他們講的都是長篇小說。李贄的《童心說》舉的例子是《水滸傳》，他的〈忠義水滸傳序〉也是序《水滸傳》。評點雖自短篇始，宋人劉辰翁評點過《世說新語》，但以後評點家的目光一律轉向長篇，明清兩代出了一批卓越的評點家，李贄、葉晝評點的是《水滸傳》、《三國演義》、《西遊記》，金聖嘆與毛宗崗評點的也還是《水滸傳》、《三國演義》，張竹坡評點的是《金瓶梅》，脂硯齋評點的是《石頭記》，都不是短篇小說。只有一位馮夢龍，編「三言」而作序（以《古今小說》序價值最高），認為短篇小說通俗，老百姓愛看，說話人又有本事，能「俘虜」聽眾，改變聽眾的性情，其感化人程度的「捷」與「深」強於《孝經》、《論語》。但是，他講的只是短篇小說的意義與作用，並沒有講小說的創作理論。創作理論是研究短篇小說區別於其他文學品種的內部規律的理論。考中國小說史，在魯迅、茅盾以前，短篇小說創作論嚴格地說是沒有的。缺乏創作理論的指導，也是中國古代短篇小說難以創新的原因。

原因之五是在一個很長時間內沒有文化交流。魏晉六朝人雖然不是自覺地寫小說，但他們願意向印度佛教文學學習，從而促進了中國志怪小說的發展。

> 此外還有一種助六朝人志怪思想發達的，便是印度思想之輸入。因為晉、宋、齊、梁四朝，佛教大行，當時所譯的佛經很多，而同時鬼神奇異之談也雜出，所以當時合中、印兩國鬼怪到小說裡，使它更加發達起來。[14]

---

14 魯迅：《中國小說的歷史的變遷》，《魯迅全集》，第9卷，頁308。

但以後唐傳奇直到清代的小說，就沒有文化交流了，只在一個封閉的漢語言文化系統中發展，缺乏一面鏡子參照，作家的路子越走越窄。眾所周知，「五四」時期中國新的短篇小說的產生，是借鑑了外來文化的結果。如果將中國短篇小說比喻成一條長河，開始時流速很快，後來因為印度文學影響，使得中國人對於志怪的想像力變得發達，所以此時流速也很快；再後來因為西方文學教會中國人新的小說技法，而中間這長長的一段，流速又漫，又多曲折，是因為無文化交流。

西方短篇小說發展比較順利，其中有兩個重要原因，正與中國針鋒相對。

其一，西方的短篇小說家從文藝復興起就衝破拉丁文的束縛，用本國的民族語言寫作。如薄伽丘的《十日談》用義大利文寫成，喬叟的《坎特伯雷故事集》用英語寫成，塞萬提斯的《懲惡揚善故事集》用西班牙語寫成。塞萬提斯說：

> 偉大的荷馬不用拉丁文寫作，因為他是希臘人；維吉爾不用希臘文寫作，因為他是羅馬人，一句話，古代詩人寫作的語言，是和娘奶一起吃進去的；他們都不用外國文字來表達自己高超的心思。[15]

他自豪地宣稱：「我是第一個用西班牙語寫作的作家。」

在整個文藝復興時期，一批傑出的文學家、語言學家、翻譯家高舉語言改革的大旗，為建立民族語言立下豐功偉績。義大利人首先向拉丁語發難。德國馬丁．路德將《聖經》譯成德文，用俗語向拉丁語挑戰，創造了現代的德意志散文。法國十六世紀「七星詩社」，大張旗鼓地為法語正名，呼籲用法語寫作是所有法國學者的愛國職責。在

15 楊絳譯：《堂．吉訶德》（北京市：人民文學出版社，1978年，第1版），下冊，頁113。

英國，欽定本《聖經》的出版（1611）證明英語與法語具有同樣的表現力，使英語成為英國的標準語言。必須強調指出，西方的民族語言，口語與書面語是一致的，作家打破拉丁文的枷鎖後，他們的形象思維完全可以自由地用民族語言表達出來。語體的解放，口語與書面語的一致，大大有助於西方短篇小說的普及和發展。

其二，西方的短篇小說從文藝復興起就在文化交流中發展。以《十日談》為例，它在十五世紀已印行十版以上，十六世紀又印了七十七版，很快被譯成英、法等文字。在英國，它影響了喬叟；在法國，兩三百年內它影響了一批短篇小說家。如果說，文藝復興時期西方的短篇小說還有一個中心，主要是義大利影響其他國家，到了十八世紀末十九世紀初，浪漫主義短篇小說就很難說以哪個國家為中心了，而是不同國別的作家彼此影響，相互促進。德國的霍夫曼與美國的愛倫．坡突破了薄伽丘的敘事手法，愛倫．坡借鑑霍夫曼而成為美國浪漫主義短篇小說的開拓者。他們兩位的短篇小說，又對歐美各國發生重要影響。果戈理、巴爾扎克、莫泊桑、契訶夫、狄更斯的短篇小說都明顯借鑑過浪漫主義的技巧。

十九世紀後期歐美小說家的相互借鑑就更為明顯。西方的文學「俱樂部」熱鬧起來了，巴黎就是最大的「俱樂部」，聚集了各國的作家，在國際文化交流中起著極其重要的作用，僅以短篇小說名家而言，法國的福樓拜、左拉、莫泊桑、都德，俄國的屠格涅夫及被譽為美國最傑出的小說家亨利．詹姆斯等都是文友。屠格涅夫長期住在巴黎，詹姆斯也住在巴黎，他們和福樓拜等經常會面。一八七四年，左拉、「福樓拜爸爸」、屠格涅夫、都德每月一次在巴黎華豐飯店共進晚餐。他們共同切磋技藝，傳為文壇佳話。莫泊桑、詹姆斯對屠格涅夫推崇備至。莫泊桑盛讚屠格涅夫是俄國人中最會講故事的天才，他在〈《梅塘之夜》這本書是怎樣寫成的〉一文中寫道：

> 我們（指以左拉為首的「梅塘集團」六個作家）逐個地回憶了所有著名的說故事家，讚揚了許多能口頭即興的說故事家，就我們所熟悉的人當中，最出色的是偉大的俄國人屠格涅夫。

莫泊桑還指出：

> 屠格涅夫的小說有著最現代、最先進的思想，他擯棄了一切講究技巧、運用戲劇手法寫作小說的陳舊形式，並從生活中（只從生活中）攝取素材，撰寫沒有曲折的情節，沒有特大奇遇的小說。

法國著名文學傳記作家莫洛亞說：

> 在這方面，屠格涅夫對他的法國朋友有很大影響。年輕的莫泊桑從他的教誨中得益非淺，養成敘述故事的嗜好。莫泊桑受他的影響甚至大於福樓拜的影響。

眾所周知，福樓拜是莫泊桑嚴格的老師，而莫洛亞卻認為屠格涅夫的影響大於福樓拜，這說明借鑑異域文學對莫泊桑的成功起了何等重要的作用。

亨利・詹姆斯對屠格涅夫的看法與莫泊桑英雄所見略同。他在〈伊凡・屠格涅夫〉[16]一文中稱讚屠格涅夫有「天生的小說家才能」。他說：

---

16 〔英〕H・詹姆斯著，毛素傑譯・劉保瑞校：〈伊凡・屠格涅夫〉，見《英國作家論文學》（北京市：生活・讀書・新知三聯書店，1985年，第1版），頁315-319。

> 在英語讀者的心目中，看來再也沒有哪一位外國作家能像屠格涅夫那樣堪稱世界文學巨擘的了。……我把屠格涅夫稱為作家的作家——他的藝術影響特別有益而深刻。……他的有些傑作總共不過幾頁，他最完美的作品有時是最簡短的。……在他所講述的故事裡（指《獵人筆記》）連一點「迷人」情節的痕跡也沒有，這些情節正如其中所描繪的場面那樣；像生活本身一樣地展開。

法國作家反過來也影響了俄國作家。契訶夫在〈女人的王國〉這篇小說中藉一個人物嘴說：

> 讀一讀莫泊桑吧！看完他的一頁，你得到的會比全世界所有的財富還要多！每一行都是一個新天地。

契訶夫最佩服莫泊桑寫感情的技巧，說他能一下子就把靈魂中頂頂溫柔細膩的感情過渡到凶猛強烈的情慾中去。

當今中西短篇小說的面貌已與歷史不同。但無論中國還是西方，短篇小說的藝術高峰的出現，都是以百年以至幾百年去計算時間的。事實證明繼承傳統，借鑑外國，獨立開創，三者都利於短篇小說的發展，因此三方面均不可偏廢。一種藝術體裁的高峰的出現，需要幾代作家的努力，不可能一蹴即就。只要正確處理好上述三者關係，中國新時期短篇小說的藝術高峰一定會到來。

# 肆
# 魯迅小說在中西小說史上的地位

## 一　魯迅的小說理論是現實主義和理想主義的結合

如同世界上不少作家那樣，魯迅的小說理論，言簡意賅，散見於他的一些文章中。關於創作目的及主旨的，例如「寫真實，為人生」、「畫出沉默的國民的魂靈」、「改造社會」、「改造國民性」、「聽將令」、「吶喊」、「諷刺與詛咒」、小說要寫出「上流社會的墮落與下層社會的不幸」等。關於創作方法的，例如「藉一斑略知全豹，以一目盡傳精神」，提倡白描法等等。在《我怎麼做起小說來》中，魯迅對自己的創作方法講得最具體。

這裡著重講講「聽將令」，這是魯迅小說理論一個很獨特的聲音，西方作家極少有人說過。魯迅是這樣說的：

> 但既然是吶喊，則當然須聽將令了。所以我往往不恤用了曲筆，在〈藥〉的瑜兒的墳上憑空托上一個花環，在〈明天〉裡也不敘單四嫂子竟沒有做到兒子的夢，因為那時的主將是不主張消沉的，至於自己，卻也並不願將自以為苦的寂寞，再來傳染給也如我那年青時候似的正做著好夢的青年。(《吶喊》〈自序〉)

> 這些也可以說（指《吶喊》十四篇小說），是「遵命文學」。不過我所遵奉的，是那時革命的前驅者的命令，也是我自己所願意遵奉的命令，決不是皇上的聖旨，也不是金元和真的指揮刀。(《自序集》〈自序〉)

「聽將令」就是聽從中國人民反帝反封建的聲音；變革舊中國的聲音。代表這個聲音的，當然是站在時代最前面的「革命的前驅者」，即集合在《新青年》的旗幟下的知識分子的精英們。後來《新青年》的團體散掉了，「有的高升，有的退隱，有的前進」，剩下魯迅「荷戟獨彷徨」。但在當時，即在「五四」時期，集合在《新青年》這面大旗下的前驅者大致都有一個共同的奮鬥目標，即反封建，要改革。

魯迅的小說有最清醒的現實主義、最深沉的人道主義、最堅定的理想主義。何以是「最清醒的現實主義」？就是指絕不鼓吹美麗的空想。魯迅最明白中國的歷史和現狀，故其小說最「實事求是」。何以是「最深沉的人道主義」？因為魯迅真正熱愛中國的勞苦大眾，明白他們是革命的主體。魯迅心頭有兩個「恨」字。前一個「恨」是對敵人的仇恨，這是舉起了「投槍」，給予致命一擲。後一個「恨」是恨人民不覺悟，這是恨鐵不成鋼。這愛與恨的交織，就成了把生命也貢獻出去的「吶喊」，就是「橫眉冷對千夫指，俯首甘為孺子牛」。何以是「最堅定的理想主義」？因為「聽將令」，所以魯迅的小說有「亮色」，他必須與前驅者「取同一的步調」。魯迅說：「我於是刪削些黑暗，裝點些歡容，使作品比較的顯出若干亮色。」魯迅的探索是十分艱苦的，但魯迅絕不悲觀。有些研究者說魯迅是「悲觀主義」的，這不符合魯迅作品的實際。

魯迅的小說理論，有西方文化特別是十九世紀俄國文化的養料，也有中國傳統文化的土壤，這就是儒家的思想精華。儒家講文以載道，講獻身精神，「聽將令」就是載道，而載道就要有獻身的勇氣和決心。魯迅繼承了屈原「雖九死其憂未悔」及杜甫「濟時敢愛死」的獻身精神，他的《自題小像》「靈臺無計逃神矢，風雨如磐暗故園。寄意寒星荃不察，我以我血薦軒轅」就是誓詞。

魯迅的小說理論有三個特點，與某些西方理論家不同。第一，魯迅的小說理論與他的信仰是完全一致的，魯迅的信仰是不可改變的，因此他的小說理論也具有十分的堅定性。魯迅的「信仰」是什麼？當然可以做一篇大文章，但如果用最符合魯迅的主張的話來說，恐怕是著眼於提高中國人民的覺悟。下面兩段話，應視為他「信仰」的核心：「所以我們的第一要著，是在改變他們的精神，而善於改變精神的是，我那時以為當然要推文藝」（《吶喊》〈自序〉）。「將舊社會的病根暴露出來，催人留心，設法加以療治」（《自選集》〈自序〉）。

第二，魯迅的小說理論與他的創作實踐是完全一致的。他這樣說了，也這樣去寫了。這就難能可貴。為此，他招來了多方面的攻擊，來自右的與左的，但他巋然不動。

第三，魯迅的小說理論在他的創作實踐中得到完美的體現，這是很不容易做到的。魯迅筆下的國民性，是最真實的。魯迅作品的「亮色」，是「聽將令」的藝術昇華。這「亮色」，不僅表現在《吶喊》、《彷徨》中，也表現在《故事新編》中。

魯迅的小說理論的聲音，不僅對中國過去的文壇，而且對中國現在的文壇有很大價值。小說理論是個「多聲部」合唱，魯迅的小說理論具有「直面慘淡的人生」的特色，而與西方的純藝術理論不同。

## 二　魯迅的小說徹底批判了全民族的封建意識

魯迅不僅批判統治階級的封建主義，而且著重批判人民群眾的封建意識。他強調指出中國革命若要成功，必須改造「國民性」。他的主要作品都在控訴著封建意識「吃人」，尖銳地指出，不僅統治者在「吃人」，受封建意識毒害的人民群眾也在「吃人」，會不自覺地成為統治者的幫凶去「吃」革命者。魯迅又認為，改造「國民性」，要從改造自己做起，不能只革別人的命，不革自己的命。這些思想，都是非常深刻的。魯迅在一九一八年寫信給許壽裳說：

> 《狂人日記》實為拙作。……偶閱《通鑑》，乃悟中國人尚是食人民族，因成此篇。此種發現，關係亦甚大，而知者尚寥寥也。

魯迅這裡講的是「中國人」，是「民族」，既包括統治階級，也包括人民群眾在內。封建統治者「食人」，其理自明，但是受封建意識毒害的群眾，也會不自覺地「食人」，這是魯迅的灼見。試看狂人日夜害怕的是什麼事？他是怕群眾（佃戶、女人、小孩子、醫生等等）把他「吃」了。小說中這些人很難說是壓迫者，至少，絕大多數不是。魯迅有兩處寫得極為明白：

> 他們——也有給知縣打枷過的，也有給紳士掌過嘴的，也有衙役佔了他妻子的，也有老子娘被債主逼死的；他們那時候的臉色，全沒有昨天這麼怕，也沒有這麼兇。
>
> 但是孩子呢？那時候，他們還沒有出世，何以今天也睜著怪眼睛，似乎怕我，似乎想害我。這真教我怕，教我納罕而且傷心，我明白了。這是他們娘老子教的！

《狂人日記》的深刻性，在於寫不覺悟的群眾會「食人」，他們被統治者「吃」了，但也在不自覺地「吃」同類。人民群眾為什麼不覺悟？因為受封建意識的毒害。幾千年的封建意識，代代相傳，連天真無邪的兒童的心靈也被污染了。於是，在小說的結尾，狂人發出震聾發聵的吶喊：「沒有吃過人的孩子，或者還有？救救孩子……」這「或者還有」，不是肯定句，是疑問句，說明封建意識深入全民族的骨髓。倘若不革除人民頭腦中的封建意識，中國要滅亡，民族要滅亡，這就是「你們要不改，自己也會吃盡」的含義。這就告訴我們，改革舊中國，「第一要著」，就是要改變人民群眾的精神。

讓我們稍微扯遠一點，魯迅在《阿 Q 正傳》中也寫了國民的「食人性」。當阿 Q 押赴刑場時，跟隨著看熱鬧的群眾發出了這樣的吼叫聲：

> 「好！！！」從人叢裡便發出豺狼的嗥叫一般的聲音來。

這「豺狼的嗥叫」就是「食人性」的形象描繪，「好」字後面用了三個驚嘆號，這在魯迅全部著作中是極為罕見的。短短十九個字，是對國民的「食人性」驚心動魂的描寫。

眾所周知，對國民劣根性的批判是魯迅的光輝思想之一。但是若干年來，在闡發這一光輝思想時，人們似乎更多地注意於魯迅對國民奴隸性的批判，而忽略了另一重要方面——魯迅對國民「食人性」的批判。其實，這後一方面也許是更為光輝的。對國民「奴隸性」的批判，不自魯迅始，清末學界已對國民性展開討論，梁啟超等人已開始批判國民「奴隸性」。但是，必須強調指出，對國民「食人性」的批判，則是魯迅的創見——「此種發現，關係亦甚大，而知者尚寥寥也。」人們常常引魯迅這幾句話，但闡發卻很不夠，也忽略了這些話的價值。魯迅可說是現代中國史上首先指出國民中存在著「食人性」的第一個人。

魯迅最為痛心的是：這種可怕的「食人性」尤其驚心動魄地表現在「吃」救人民的人——革命者上面。魯迅譯著中十分重要的一個主題就是：革命者為救群眾，不惜犧牲自己的生命，但群眾不了解他，反而把他「吃」掉了。魯迅所以翻譯並重印《工人綏惠略夫》，所以寫《野草》〈復仇（二）〉，就是發揮這個主題。在小說中，《藥》就是表現這個主題的最突出的一篇。

人民群眾為什麼有「食人性」？除了受剝削階級的影響之外，又由其小生產者的屬性以及其他種種原因所決定的。魯迅說，在中國歷史上，統治者可以轉化為奴才，在位時「食人」，失位時是奴才。人民群眾身上的「奴隸性」與「食人性」也可以同時並存或先後轉化。正如魯迅所指出的，遇見強者轉化為奴，遇見弱者異化為獸。對此魯迅在雜文中說得十分清楚。在《墳》〈燈下漫筆〉中說：

> 但我們自己是早已布置妥貼了，有貴賤，有大小，有上下。自己已被人凌虐，但也可以凌虐別人；自己被人吃，但也可以吃別人。一級一級的制馭著，不能動彈，也不想動彈了。

他又說：

> 可惜中國人但對羊顯凶獸相，而對於凶獸則顯羊相，所以即使顯著凶獸相，也還是卑怯的國民，這樣下去，一定要完結的。[1]

到了魯迅晚年，他對這種「食人性」的認識不是改變，而是更堅定了。他曾說（大意）：工人一旦變成了工廠主，他對工人的剝削會比一般的工廠主更殘酷。

十年內亂中「四人幫」為什麼能挑動群眾鬥群眾，在全國掀起一場史無前例的血腥的大武鬥？難道國民性的本身，就不值得引起我們深刻的反思嗎？恩格斯說：「歷史的悲劇如果是由於個別壞人的作用，那就顯得淺薄了。」這根深蒂固地深埋於封建民族集體潛意識中的「食人性」，也是一種可以導致民族滅亡的可怕的力量。群眾中這種「食人性」是封建土壤的產物，具有漫長的歷史延續性與普遍性，所以魯迅要致力攻打之。

---

1 《忽然想到（七）》，《魯迅全集》（北京市：人民文學出版社，1981年），第3卷，頁61。

魯迅的思想最可寶貴之處，是他從中國的實際國情出發考慮問題，不搞本本條條。魯迅有實踐第一的光輝思想，故能看出群眾的「食人性」確實是存在的，而且是十分危險的；魯迅有辯證法的光輝思想，故能見國民劣根性的兩面——除了「奴隸性」外，尚有「食人性」，二者又常常轉化，故能高於梁啟超等人的見識。國民的「奴隸性」是被動的，而「食人性」是主動的，於革命更為有害，所以魯迅更要奮力鞭擊，這才是《狂人日記》的思想真諦！

《狂人日記》徹底的反封建性還有一個十分深刻的內容，就是革命者必須在改造客觀世界的同時，重視改造自己的主觀世界。狂人由害怕被「吃」而開始思索：「凡事總須研究，才能明白。」繼而解剖自己的家庭：「我自己被人吃了，可仍然是吃人的兄弟」，從而產生詛咒與勸轉親人的思想：「我詛咒吃人的人，先從他起頭；要勸轉吃人的人，也先從他下手。」接著作深刻的反省：「我未必無意之中，不吃了我妹子的幾片肉」，最後作出嚴厲的自我批判：「有了幾千年吃人的履歷的我，當初雖然不知道，現在明白，難見真的人！」這個「我」，既指全民族，也包括狂人自己。狂人覺醒的過程，就是自我革命的過程。

魯迅小說描寫的對象是人民，批判的是大多數的落後意識，還把自己擺進去。這樣的主題，在西方和俄國都是罕見的。西方作家對資本主義社會的批判是出色的，馬克斯、恩克斯業已指出。俄國作家對沙皇專制制度和農奴制度的批判是猛烈的，列寧業已指出。但多數作家不把描寫的對象放在大多數人身上，放在人民身上。他們所抨擊的，所批判的，所描寫的是貴族、資產階級、中產階級。有些作家寫了大多數，寫了人民，或同情其苦難，或歌頌其美德，或美化其落後思想，或在他們身上尋找一個新的「上帝」。而魯迅不是這樣。他著重批判大多數人身上落後的東西，絕不姑息、遷就、美化人民頭腦中的落後思想。西方和俄國有些作家也很強調喚起民眾，如歐洲十八世紀啟蒙主義的作家，俄國十九世紀的革命民主主義者，但把自己也擺進去，無情地解剖自己的現象是不多的，而魯迅卻有極其嚴厲的解剖自己的精神，並且解剖得十分深刻，十分艱苦，這就不能不構成魯迅小說一個最主要的思想特色，這就不能不說是魯迅一個新的視點，一個與眾不同的貢獻了。在這個世界上，不論哪個民族，哪個國家，人民群眾總是佔絕大多數。著眼於寫大多數，寫人民，批判其落後意識，提高其覺悟，以促進民族的進步，國家的振興，這恐怕也是一個不亞於愛情生死的永恆的主題。魯迅小說的主題，不僅對中國的過去，而且對中國的現在有大價值。不僅對中國，而且對現代的世界也有大價值。

## 三　魯迅的小說為世界短篇小說增加了新的典型人物

人們知道，短篇小說由於篇幅的侷限，很難反映時代的大變動，塑造深刻的典型性格。正如魯迅所說的：

> 一時代的紀念碑底的文章，文壇上不常有；即有之，也什九是大部的著作。以一篇短的小說而成為時代精神所居的大宮闕者，是極其少見的。[2]

而魯迅自己卻寫出了《阿Q正傳》，塑造了阿Q這樣著名的典型人物。《阿Q正傳》是《狂人日記》主題形象性的深化與發展，從某種意義上說，魯迅以前所寫的一些作品就是為這篇名著的誕生作好創作準備的。

---

2　《近代世界短篇小說集》〈小引〉，《魯迅全集》（北京市：人民文學出版社，1981年），第4卷，頁131。

阿Q是個受壓迫、受剝削的農民，他身上具有農民的質樸與自發的反抗性。阿Q這個人物是很複雜的，但絕不會複雜到使讀者看不見他的血肉的軀體，分不清是非善惡。魯迅說：

> 我的意見，以為阿Q該是三十歲左右，樣子平平常常，有農民的質樸，愚蠢，但也很沾了些游手之徒的狡猾。在上海，從洋車夫和小車夫裡面，恐怕可以找出他的影子來的，不過沒有流氓樣，也不像癟三樣。[3]

魯迅又說：

> 阿Q的像，在我心目中流氓氣還要少一點，在我們那裡有這麼凶相的人物，就可以吃閒飯，不必給人家做工了。趙太爺可如此。[4]

阿Q無家可歸，睡在土谷祠裡，到冬天只穿夾襖，餓到到尼姑庵偷蘿蔔吃，一輩子沒老婆，因為向吳媽求婚，飯碗丟掉不算，挨打受敲榨不算，還揹上一個「壞分子」的罪名（用現代的話說）。假洋鬼子不讓他革命。「革命」成功後，他做了替死鬼，被拉去槍斃。魯迅是同情他的，是含著熱淚寫他的。

哪裡有壓迫，哪裡就有反抗。辛亥革命來了，阿Q出頭之日也到了，阿Q要做革命黨。那些趙太爺們害怕他了，阿Q從來沒有那麼痛快過。魯迅說：

---

3 〈寄《戲》週刊編者信〉，《魯迅全集》（北京市：人民文學出版社，1981年），第6卷，頁150。

4 〈致劉峴〉，《魯迅全集》（北京市：人民文學出版社，1981年），第13卷，頁679。

> 阿 Q 是否真要做革命黨，即使真做了革命黨，在人格上是否似乎是兩個，現在姑且勿論。……據我的意思，中國倘不革命，阿 Q 便不做，既然革命，就會做的，我的阿 Q 的運命，也只能如此，人格也恐怕並不是兩個。[5]

魯迅認為阿 Q 會做「革命黨」，因為他受壓迫。阿 Q 的命運只能如此。阿 Q 革命是魯迅所認可的，贊同的，並認為「人格不是兩個」。

阿 Q 受壓迫，阿 Q 要革命，阿 Q 不要過非人生活，阿 Q 要站起來。這是阿 Q 性格的本質特徵。正由於他的這方面的性格本質特徵，決定了作者與讀者對他的基本態度：同情。

但是，令人痛心的是他又有嚴重的「奴隸性」，縮著腦袋挨假洋鬼子的哭喪棒，不由自主地跪下受審，畫押時要把圓圈畫得精圓，臨刑時還覺得人生一世，有時也難免不被殺頭，還想唱戲。

魯迅寫阿 Q 的奴隸性，實在深刻至極。讀者注意了沒有，阿 Q 不會哭，他已不知眼淚為何物。在這個方面說，阿 Q 已不是「人」，已經沒有「人」的感情。這就是他的精神勝利法的惡果。所謂「精神勝利法」，不就是苟安於奴隸地位的自我安慰、自我勝利與滿足、麻木不仁到極點的表現嗎？

尤其令人痛心的，是他身上還有「食人性」，自己被統治者「吃」了，還要「吃」自己的同類。參加革命的結果，是去革尼姑的命。因為小 D 搶了他的飯碗，王胡衣中虱子比他多，他幻想他得勢時竟把小 D 作為第一個要殺頭的反革命，還要殺王胡。這些人是他的階級兄弟，是統治者所壓迫的人，而他卻來代庖了：

---

5　〈《阿Q正傳》的成因〉，《魯迅全集》（北京市：人民文學出版社，1981年），第3卷，頁376。

> 第一個該死的是小 D 和趙太爺……留幾條麼？王胡本來還可留，但也不要了。

奴隸性與食人性也是阿 Q 性格的本質特徵，這就決定了作者和讀者的態度：痛心。

阿 Q 確實是「典型環境中的典型性格」。這個「典型環境」是舊中國農村在小說中的藝術概括，這個「典型性格」是舊中國農民在小說中的藝術概括。由於土地與農民在中國歷史上的重要性；由於幾千年來中國社會的性質及百年來中國社會的主要矛盾；由於小說所具體描寫的壓迫者與被壓迫者的階級關係，《阿 Q 正傳》的「典型環境」也不妨說是近百年來的舊中國的寫照。阿 Q 雖是農民，但他的思想有更為廣泛的代表性。他受壓迫，要革命，要擺脫奴役，爭取做一個「人」的要求，反映了中國極為廣大的勞動人民的願望。從封建思想對中國一切階級、一切人影響之深廣這個意義上說，從帝國主義對全民族的百年來的壓迫上說，阿 Q 的「奴隸性」、「食人性」、「精神勝利法」又不僅僅只限於農民所獨有，而帶有全民族性。關於阿 Q 的典型性，有許多爭論，誰講得最透徹，迄今為止還是魯迅本人。作為偉大的文學家、思想家、革命家，魯迅深刻地論述阿 Q 的典型性。魯迅說，「至於百姓，卻就默默生長、萎黃、枯死了，像壓在大石底下的草一樣，已經有四千年」，而魯迅就是「要畫出這樣沉默的國民的靈魂來」，要「寫出一個現代的我們國人的魂靈來」。魯迅還說：

> 民國元年已經過去，無可追蹤了，但以後倘再有改革，我相信還會有阿 Q 似的革命黨出現。我也很願意如人們所說，我只寫出了現在以前的或一時期，但我還恐怕所看見的並非現代的前身，而是其後，或者竟是二三十年之後。

請問，還有比魯迅說得更深刻的嗎？茅盾也說過：

> 我們鄙夷然而又憐憫又愛阿 Q（重點號係筆者所加），……我們只覺得這是中國的，這正是中國現在百分之九十九的人的思想和生活（重點號係筆者所加）。

他又說，看了魯迅的小說，反躬自問，「不能不懍懍地反省自己的靈魂究竟已否完全脫卸了幾千年傳統的重擔（重點號係筆者所加）」。[6] 茅盾的見解也是很深刻的，是與魯迅的見解相呼應的。

在這裡，用西方性格的模式去分析阿 Q 就一定束手無策，混亂百出。找遍一部西方文學史，找不出一個阿 Q 來。阿 Q 可不是堂·吉訶德，他不知人道主義為何物，他的「精神勝利」可不是理想主義；阿 Q 不是哈姆萊特和浮士德，他的性格絕不分裂，他內心沒有善惡的鬥爭；阿 Q 也不是托爾斯泰筆下的農民，他是不「安份守己」的。任何宗教與他都是絕緣的。阿 Q 是「革命黨」，他腦中所畫出的那幅革命的圖像，真是可驚可怕，是任何一個哈姆萊特也畫不來的。西方有基督教，有人文主義，我們可以用「靈與肉」、「善與惡」、「個性解放與禁慾主義」去分析、評論西方的典型人物，但倘若硬搬過來套在阿 Q 頭上，就扼殺了民族土壤上的魂靈。魯迅筆下的阿 Q，是中國的「這一個」。

西方作家塑造了許多典型性格，但未必都能看出筆下人物的典型意義。魯迅塑造了，也看出了，這是魯迅思想的深刻之處。魯迅突破了短篇的侷限，以一篇短篇小說在反映時代的大變動，深入挖掘民族的普遍心理，用憤火和淚水塑造性格方面，取得了西方長篇小說家所

---

6　〈創作生涯的開始〉，《茅盾研究資料》上（北京市：中國社會科學出版社，1983年）。

達到的最高成就。魯迅塑造典型性格的本領，超過了西方的短篇小說家。

## 四　魯迅的歷史小說在世界短篇小說林中獨樹一幟

茅盾是第一個發現魯迅天才的人。關於《故事新編》，他說：

> 「五四」以後，歷史小說並不多見，魯迅先生這種手法，曾引起不少人的研究和學習，然而我們勉強能學到的也還只有他用現代眼光去解釋古事這一面，而他更深一層的用心──藉古事的軀殼去激發現代人之所應憎與應愛，乃至於將古代和現代錯綜交融，則我們雖然能理會，能吟味，卻不能學而幾及的。

歐美的短篇小說家從文藝復興到當代，少有人寫歷史小說。將歷史人物寫入戲劇與長篇小說中有的是，但寫入短篇小說中的則不多見。日本是有的，如森鷗外、菊池寬、芥川龍之介。魯迅曾譯介過他們的作品。歷史短篇小說是東方人對世界的貢獻，特別是中國人對世界的貢獻。中國歷史短篇小說的源頭可以追溯到《穆天子傳》。唐傳奇、宋元話本、明擬話本中不乏歷史傳奇人物。魯迅的《故事新編》和中國傳統的歷史小說不同，他在古人中注進新的生命，使之與現代人發生關係，筆法潑辣、幽默，時有神來之筆，淋漓盡致地放手寫去，既忠於忠實又不受忠實的約束，這是傳統的歷史小說所無法比擬的。魯迅在一九三五年十一月至十二月，一口氣寫成〈理水〉、〈出關〉、〈起死〉，把中國思想史上三個大人物：孔子、老子、莊子變成生動的藝術形象。沒有深刻的思想，沒有巨大的文學功力，沒有強烈的時代感情，沒有對哲學家透闢的研究，是絕不可能在很短的時間內，很短的篇幅中同時再現三個古人的生命的。魯迅臨死前一年還一口氣寫出三篇這樣好的作品，有力說明他創作力的旺盛，而並非如有人所說的，魯迅晚年創作力衰竭了。從魯迅的歷史小說中，可見中華民族的偉大精神，在補天的女媧、治水的大禹、射日的后羿、實幹家墨子這些神話歷史人物中，可見中國的「筋骨與脊梁」。中國有悠久的文化傳統，有悠久的哲學傳統，歐美的大作家如歌德、托爾斯泰、龐德是推崇備至的。西方有把古希臘神話變成文學作品的作家，普羅米修斯的名字全世界都知道。中國的魯迅把神話、歷史與哲學史上名人化為文學作品中的人物，而且保持了性格的真實。這引起越來越多的人重視。魯迅的《故事新編》的地位，應放到中西文化交流史的高度加以評價。隨著中西文化交流的日益擴大，西方人對這部歷史小說集的價值會認識得越來越清楚。

## 五　魯迅對西方小說技法的借鑑與創新

魯迅在短篇小說領域中取得的偉大成就的一個極其重要的原因是他明白借鑑的重要性，明確借鑑的目的性。他是老老實實地拜西方文學為師的。作為中華民族的優秀代表，他有漢唐人的氣魄，決沒有狹窄的民族自大心理。魯迅一生翻譯了七個國家三十八位作家共七十四篇短篇小說及一篇隨筆，達五十萬字，比他創作的三十四篇小說（包括文言體小說〈懷舊〉）多一倍以上。他說：

> 但也不是自己想創作，注重的倒是在介紹，在翻譯，而尤其注重短篇。

他在〈我怎麼做起小說來〉中還說：

> 但我的來做小說，……大約所仰仗的全在先前看過的百來篇外

國作品和一點醫學上的知識，此外的準備，一點也沒有。

他在〈拿來主義〉一文中，把借鑑的重要性與目的性講得十分透徹：「沒有拿來的，人不能自成為新人，沒有拿來的，文藝不能自成為新文藝」。這幾句話，講透了一部中國現代文學史，也講透了一部歐美文學史。

魯迅借鑑西方文化首先不是借鑑技巧，而是借鑑思想，即把外來思想民族化，這是他借鑑的一個重要特點。魯迅通過王國維的著作借鑑了叔本華的哲學文學觀，通過嚴復的著作借鑑了達爾文的進化論、赫胥黎的《天演論》、盧梭的天賦人權論。他直接借鑑了尼采，翻譯了《察拉圖斯特拉如是說》的序言，又直接借鑑了勃蘭兌斯急進民主主義文學觀及文學變革的觀念，魯迅還借鑑了弗洛依德的精神分析學說。魯迅首先是從思想上武裝了自己，然後才拿起文藝的筆。

魯迅對西方的思想決不是全盤接受，而是有所選擇的，主要看它合理不合理，對攻打中國的封建意識有利還是不利。他吸收的，是西方思潮中批判的、思辨的、變革的精神。魯迅深刻的反封建思想是他花了二十年時間，從研究中國的現實與歷史中得到的，這是一株獨立支持的大樹，植根於民族的土壤之中，不是從西方移植來的。但西方的思想是養料，經過吸收消化，能使大樹更為蒼勁。達爾文的進化論，到了魯迅手中，化為人道主義、理想主義、自我犧牲、樂觀信念。魯迅一輩子信仰「進化論」，只是後來糾正他「只信」的「偏頗」而已。尼采的「超人」的學說，到了魯迅手中，化為批判「國民性」的有力武器。達爾文加尼采，使魯迅的反封建的主觀戰鬥精神如虎添翼。

魯迅借鑑西方作家的技法，不是模仿而是獨創。《狂人日記》的題目、體裁借鑑果戈理。果戈理小說中「救救你可憐的孩子吧」這句話，觸發了魯迅的靈感，魯迅作了極重要的改動，化個別為一般，移植小說之中，作為結束語，這是主題的飛躍。借鑑尼采大於果戈理，魯迅小說的文體風格深受尼采的影響，但尼采把哲學化為內心獨白，魯迅卻把意識流敘事法引入小說。魯迅小說主要表現手法，卻完全是獨創。《狂人日記》是用「意識流動」的線索為骨架的，通篇只寫狂人的下意識，完全不寫狂人的行動，顯然不是情節小說的結構。魯迅不願像評論員那樣去干預狂人的內心獨白，也不想把狂人雜亂無章的思緒梳理成符合邏輯的順序，或者改正他記憶上的錯誤。如第一段：

> 今天晚上，很好的月光。
>
> 我不見他，已是三十多年；今天見了，精神分外爽快。才知道以前的三十多年，全是發昏；然而須十分小心。不然，那趙家的狗，何以看我兩眼呢？
>
> 我怕得有理。

狂人的下意識的流動多麼捉摸不定，忽東忽西，跳躍性多麼大。魯迅的章法，又多麼切合狂人的心理。

在這篇小說中，魯迅還相當成功地運用了自由聯想的手法，其特點是集中筆力，寫狂人因視覺而生的聯想。狂人視覺的對象，又集中在各種各樣的眼光上（諸如狗眼、趙貴翁的眼色、魚眼、老頭子的滿眼凶光、海乙那的眼光、青年人的眼、全體疑心極深的眼光），狂人就從這許許多多的眼光中聯想到「吃人」，從而突出了封建意識吃人的主題。

《狂人日記》的聯想手法的另一個特點，是狂人聯想的時間與空間跨度很大。忽而由現實聯想到歷史，忽而從歷史聯想到將來，並且從別人聯想到家庭，從家庭聯想到自己，又從自己聯想到全體國民。因此使「吃人」主題具有歷史縱深感和現實針對性。同時，魯迅的「意識流動」寫法雖寫下意識的流動，卻和西方的「意識流」小說不盡相同。一方面，狂人的內心獨白，是屬於狂人自己的，即黑格爾所說的「這一個」，若將他的下意識放到另外一個狂人身上去，是對不上號的。狂人患的是「迫害狂」，他的興奮中心就集中表現為怕被別人「吃」掉。世上萬事萬物，反映到他的大腦皮層都離不開「吃人」二字。路人對他笑一笑，他便從頭頂冷到腳跟。別人媽媽說恨不得咬兒子一口，他就吃一驚。醫生留下藥方，出門時說「趕緊吃吧」，他便以為大哥和醫生要合夥「吃」他。狂人半夜看歷史，竟能從字縫裡看出滿本都寫著兩個字：吃人。這些驚疑、恐懼、幻想，無不符合「迫害狂」的心理特徵。但另一方面，魯迅又借狂人的嘴，發揮自己的思想，擅於把自己深刻的見解，提煉成為最概括、最通俗的「狂言」的形式表達出來，使讀者覺得狂人說的話對狂人來說是狂言，但對讀者來說又包含深意，一點沒有「席勒化」的毛病。這種寫法，與西方十八世紀啟蒙主義者的某些傳聲筒小說大不相同。因此，《狂人日記》不僅以其思想「表現的深切」著稱於中國新文學史，而且以其「格式的特別」令人耳目一新。

《阿 Q 正傳》是《狂人日記》思想的深化，但寫法全然不同。阿 Q 不是象徵性的人物形象，魯迅也不是只寫他「想什麼」。魯迅用中國的紀傳體敘事法來寫阿 Q，題目如此，開篇如此，寫人物一生如此，結局把一切交代得清清楚楚如此，用大量動作與個性化的語言來塑造人物如此，絕不加入作家的主觀評論如此。在《阿 Q 正傳》中你找不到什麼情節的「淡化」，恰恰相反，是情節的強化，是充滿戲劇性。你找不到任何哲理性的東西，像西方小說家常常有的那樣，或者像魯迅其他的小說所寫的那樣。《阿 Q 正傳》使用的是《史記》筆法，是「論其軼事」(《管晏列傳》)，深得太史公三昧，就以幾個小故事串成。與《狂人日記》之心理分析法迥然有別。《阿 Q 正傳》是對中國小說的民族形式的最直接的繼承。但中國傳統的短篇小說不寫環境與性格的關係，不寫人物的心理背景和民族背景，這是西方批判現實主義小說的長處。魯迅借鑑了西方小說的長處，揭示了一個辛亥革命的背景，寫了環境與性格的關係，寫了幾千年沉重的國民的靈魂。《阿Q正傳》是魯迅把中西小說技法結合起來的典範。

在《彷徨》中，敘事手法發生變化，純客觀寫法多了。〈離婚〉用轉移視角法，上半段以莊木三為視角，著重寫船上人的同情，下半段以愛姑為視角，直接寫衝突雙方。在〈幸福的家庭〉、〈高老夫子〉中，魯迅與人物拉開距離。〈示眾〉自說最集中，最完整。〈肥皂〉「無一貶詞，而情偽畢露」，「冷靜」到極點，「白描」度最高。比之《吶喊》，第一人稱法少用。「只因為成了游勇，布不成陣了，所以技術雖然比先前好一些，思路似乎較無拘束，而戰鬥的意氣卻冷得不少。新的戰友在哪裡呢？我想，這是很不好的。於是集印了這時期的十一篇作品，謂之《彷徨》，願以後不再這模樣」（《自選集》〈自序〉）。

《故事新編》又出現新的特色。〈不周山〉（後改名〈補天〉）是開篇之作。魯迅在塑造女媧時借鑑了佛洛伊德的學說。他說：

> 雖然也不過取了弗羅特說，來解釋創造——人和文學的——的緣起。[7]

性愛是生命的動力，並且是它的天然基礎，正是由於性愛，人類才能繁衍不絕，人類社會才能生存下來。女媧是中國漢民族神話中人類的母親，魯迅用佛洛伊德學說解釋她由於性愛而造人，完全符合人類誕生與繁衍的客觀實際。佛洛伊德學說啟發了魯迅的想像力，對魯迅浪漫主義的藝術構思起了積極作用。試看魯迅對女媧的三段描寫：

---

7 《故事新編》〈序言〉，《魯迅全集》（北京市：人民文學出版社，1981年），第2卷，頁341。

> 女媧忽然醒來了。伊似乎是從夢中驚醒的，然而已經記不清做了什麼夢；只是很懊悔，覺得有什麼不足，又覺得有什麼太多了。煽動的和風，暖暾的將伊的氣力吹得瀰漫在宇宙裡。
> 「唉唉，我從來沒有這樣的無聊過！」伊想著，猛然間站立起來了，擎上那非常圓滿而精力洋溢的臂膊，向天打一個欠伸，天空便突然失了色，化為神異的肉紅，暫時再也辨不出伊所在的處所。

> 伊在這肉紅色的天地間走到海邊，全身的曲線都消融在淡玫瑰似的光海裡，直到身中央才濃成一段純白。波濤都驚異，起伏得很有秩序了，然而浪花濺在伊身上。這純白的影子在海水裡動搖，彷彿全體都正在四面八方的迸散。

應該指出，像魯迅在〈不周山〉中這樣地描寫性心理的文字，不僅中國古典小說中極為罕見，就是《吶喊》與《彷徨》中也是沒有的，這顯然得益於佛洛伊德學說。這樣描寫無損女媧的形象，反而增添她美的輝煌。魯迅寫性心理的特色是寫人與自然化為一體，而突出了人。請看，人是大自然的主人，因為有了人的生命，海、天、宇宙才有了活力。自然美，人更美；自然宏偉，人更宏偉。魯迅就是這樣用佛洛伊德學說強調了人在大自然中的地位。

在魯迅筆下，女媧不是一個只有性心理的原始女性。她的補天，就不能用性心理去解釋。請注意，她其時已經對「人」失望。她要修補的，正是被「人」所破壞的天。因為共工與顓頊爭為帝，怒而觸不周之山，天柱折，地維絕，所以「天傾西北」，「地不滿東南」。魯迅筆下的女媧既然是一位補天的女英雄，這就使〈補天〉的主題與《狂人日記》一脈相承而又有所發展。《狂人日記》是批判有了四千年歷史的民族的封建意識的傑作。在《狂人日記》中，有矛盾的雙方，一方是覺醒的「狂人」，另一方是尚未覺醒的國民。在〈補天〉中，也有矛盾雙方，一方是補天的女媧，另一方是爭帝位的共工顓頊、求仙的秦皇與漢武、佛教徒與道教徒，即女媧手造的「人」。魯迅是用明顯的否定的筆觸去描寫這些帶有濃厚的封建性的「人」的，包括女媧死了還要「吃」女媧的「女媧的嫡派」。對這些所謂「人」的人，女媧先是投以「可憐」的目光，臨末是完全加以蔑視了。在這裡，我們也彷彿聽到了狂人的聲音：

> 你們可以改了，從真心改起！要曉得將來容不得吃人的人活在世上。你們要不改，自己也會吃盡。即使生得多，也會給真的人除滅了，用獵人打完狼子一樣！同蟲豸一樣！

女媧與「人」的對立，就是「真的人」與「末人」的對立。小說描寫了女媧浪漫主義的補天的行動，補充了《狂人日記》的現實主義的主題，強烈地體現「五四」的時代精神。

在世界各民族關於人的誕生的神話中，女媧造人的神話具有漢民族獨具的特色。在古埃及神話中，人是太陽神（拉神）造的，他從蓮花中升起，顯形為一輪紅日，大地從此得到光明。一天，他哭泣，從眼淚中誕生出人來。在印度神話中，人是由金蛋變化出來的。最初天地只有水，水生金蛋，金蛋生人。在巴比倫神話中，人是馬爾都克主神創造的，他用黏土與神的血創造了人類。在希伯來神話中。上帝用土造人。在古希臘神話中，人是普羅米修斯造的。在南非神話中，人是大蚱蜢造的，它以杖擊蛇頭，蛇變成了人。上述神話，金蛋生人及蚱蜢造人是對人的起源十分原始、粗糙的解釋。其他的神話，都說人是男性創造出來的，唯獨中國女媧的神話，是說人是由女性造的，它反映了中國漢民族母系社會時期初民的集體意識與共同信仰，它保存了人類母系社會時期關於人的起源的觀念。魯迅對中國神話很有研究，他很早就注意到女媧在神話學上的價值，他選用世界神話罕見、而中國卻獨有的女性造人的素材創作第一篇歷史小說，使《故事新編》一開始就顯出了鮮明突出的民族個性。

〈補天〉是中國現代文學史上引進並運用佛洛伊德學說去解釋女媧造人的「緣起」，並成功地塑造了一位偉大女性的名作。它之所以成功，是因為魯迅敢於借鑑，敢於創新。魯迅汲取了佛洛伊德學說的合理部分，又不自囿於佛洛伊德學說，於是，造人的主題就進而發展為補天的主題，創造的力量就和反封建的力量結合起來。魯迅強調的，不僅是女媧與「人」的對立的反封建精神，還有她為補天力盡而死的獻身精神，這就是革命的人道主義思想。由於素材的獨特性，〈補天〉的民族風格十分明顯。

《故事新編》中的小說寫於不同時期。晚年的魯迅寄希望於中國共產黨，從相信人民進而明白中國共產黨代表人民，思想發生質的飛躍。所以《故事新編》中的〈理水〉、〈非攻〉等篇的革命象徵主義十分突出。〈理水〉寫於一九三五年十一月二十九日，魯迅通過大禹治水的故事，含蓄、深沉地歌頌了北上長征、領導人民抗日的中國共產黨。一九三五年十一月當紅軍經過二萬五千里長征勝利到達陝北後，魯迅給黨中央拍去一個賀電：

> 在你們身上，寄託著人類和中國的將來。

魯迅於拍去賀電後寫成〈理水〉，決非偶然。魯迅在一九三四年九月二十五日作〈中國人失掉自信力了嗎〉，其中說：

> 我們自古以來，就有埋頭苦幹的人，有拚命硬幹的人，有為民請命的人，有捨身救法的人，……這就是中國的脊樑。這一類

> 的人們，就是現在也何嘗少呢？他們有確信，不自欺，他們在前仆後繼的戰鬥，不過一面總在被摧殘，被抹殺，消滅於黑暗中，不能為大家所知道罷了。

這是魯迅在國民黨反動派白色恐怖的環境中，對偉大的中國共產黨含蓄然而是極熱忱、極衷心的歌頌。〈理水〉是把「古人」與「現代人」聯繫起來，藉古事歌革命之功、頌革命之德的作品，儘管「湯湯洪水方割，浩浩懷山襄陵」，人民正在受苦受難，但前景卻是一派光明。為什麼？因為有全心全意為人民謀幸福的大禹在，還因為有他的一批「同事」在，他們與大禹一樣具有勞動人民的本色，也一樣是實幹派。魯迅把大禹的形象及大禹與人民的關係寫得何其好啊：

> 禹微微一笑：「我知道的。有人說我的爸爸變了黃熊。也有人說他變了三足鱉，也有人說我在求名，圖利。說就是了。我要說的是我查了水澤的情形，徵了百姓的意見，已經看透實情，打定主意，無論如何，非『導』不可！這些同事，也都和我同意的。」

> 他舉手向兩旁一指。白鬚髮的，花鬚髮的，小白臉的，胖而流著油汗的，胖而不流油汗的官員們，跟著他的指頭看過去，只見一排黑瘦的乞丐似的東西，不動，不言，不笑，像鐵鑄的一樣。

請看大禹和人民的關係的描寫：

> 禹要回京的消息，原已傳布得很久了，每天總有一群人站在關口，看可有他的儀仗的到來。並沒有。然而消息卻愈傳愈緊，

> 也好像愈真。一個半陰半晴的上午，他終於在百姓們的萬頭攢動之間，進了冀州的帝都了。前面並沒有儀仗，不過一大批乞丐的隨員。臨末是一個粗手粗腳的大漢，黑臉黑鬚，腿彎微曲，雙手捧著一片烏黑的尖頂的大石頭——舜爺所賜的「玄圭」，連聲說道「借光，借光，讓一讓，讓一讓」，從人叢中擠進皇宮裡去了。
>
> 百姓們就在宮門外歡呼、議論，聲音正好像浙水的濤聲一樣。

用歷史人物象徵中國共產黨的領導人，就是一種革命象徵主義的手法。〈理水〉體現了魯迅「聽將令」思想的新發展，這革命象徵主義與《狂人日記》是一脈相承的，其敘事手法又與《阿Q正傳》一脈相承，這兩結合又說明魯迅把中西小說技法熔於一爐。魯迅的自我意識在《吶喊》、《彷徨》中是通過「我」表現出來的，兩書中用第一人稱寫成的作品有十二篇。而在《故事新編》中是通過歷史人物表現出來的。魯迅用生命去塑造古人，把自己的思想感情、愛與憎、歌頌與批判都注入其中。

世界上每一個民族都有自己偉大的藝術家，每一位偉大藝術家都有自己的獨特風格。魯迅小說的語言和思想，深深扎根於民族傳統的沃土，其抒情因素是深沉的，幽默因素是嚴肅的，諷刺因素是辛辣的，而貫串他全部小說的一個偉大的聲音乃是對一切保守的、腐朽的、罪惡勢力的「詛咒」。一九三〇年十一月十四日他在致青木正兒的信中說：

> 我寫的小說極為幼稚，只因哀本國如同隆冬，沒有歌唱，也沒有花朵，為衝破這寂寞才寫的……今後寫還是要寫的，但前途暗淡，處此境遇，也許會更陷於諷刺和詛咒吧。

魯迅這種獨特風格的形成與他人為一個偉大的反帝反封建的啟蒙主義思想家的個性是一致的，和中國災難沉重的民族境遇是分不開的。

毫無疑問，魯迅在世界短篇小說史上佔一個十分重要的地位，這是通過中西短篇小說比較應該得出的結論。這個「地位」，首先是小說思想史上的地位，並非所有大的小說家，都是該民族的思想旗幟，而魯迅是的。這個「地位」，也是小說家生活史上的地位，並非所有大的小說家，都可以冠以偉大的人格的稱號。這個「地位」也是文化交流史上的地位，魯迅用自己的創作與評論，用人道主義與理想主義，溝通了，並且還在溝通著中西文學；溝通了，並且還溝通著世界上不同語言、不同膚色的人們的心靈。魯迅的小說首先是民族的，然後才是世界的。魯迅的方向過去是，現在也是中國新文學的方向。新時期的短篇小說又出現新的崛起，十分興旺，十分活躍。在這個時候，重溫一下魯迅的遺產，想一想「聽將令」的深沉呼聲，思考一下為什麼魯迅的作品於猛烈的抨擊與鞭笞中又透出「亮色」，牢記住魯迅「拿來主義」的指示（「拿來主義」必須有個立場，即立足本民族文化傳統），對中國當代的文壇，肯定是有益的。學習魯迅，踏著他的足跡前進，中國的短篇小說就一定能在世界小說之林中獨樹一幟。這是唯一正確的路，通向短篇小說繁榮的路，這就是魯迅小說對中國作家的啟示。

# 第二部分

## 中西長篇小說類型

# 壹
# 中國長篇小說演變的軌跡及特點

## 一　《史記》是中國長篇小說的源頭

中國長篇小說的源頭可追溯到《史記》，理由有三：第一，《史記》使中國散文離開排偶走上率直流暢之路，為中國散文長篇小說在語言上鋪平道路。先秦的散文是詩化的散文，講究音義對仗。例如老子〈道經〉第二十章就是一首哲理詩，如「眾人昭昭，我獨昏昏；眾人察察，我獨悶悶。」莊子〈齊物論〉:「方生方死，方死方生，方可方不可，方不可方可。」孟子〈離婁〉:「天子不仁，不保四海；諸侯不仁，不保社稷；」荀子〈勸學〉:「鍥而舍之，朽木不折；鍥而不舍，金石可鏤。」

我們看，多麼講究音義對仗，這是詩化的散文。《史記》則不同，《史記》的散文是口語化的。陳涉做了王，舊時的一個長工去找他，一進宮門驚叫起來:「夥頤！涉之為王沉沉者！」司馬遷還怕讀者看不懂那個「夥」字，緊接著又補上一句:「楚人謂多為夥。」這是楚國人的口語啊！「多」就叫「夥」。

第二，《史記》有完整的敘事結構。它分十二本紀、三十世家、七十列傳。本紀是主幹，世家與列傳是分支。分則為短篇，合則為長篇，是日後中國古典長篇小說「短篇加短篇」的結構模式。《三國演義》、《水滸傳》、《西遊記》、《儒林外史》乃至晚清的《官場現形記》、《二十年目睹之怪現狀》、《孽海花》都是《史記》式的結構。

第三，《史記》有豐富多樣的敘事技巧，這對中國後世的長篇小說有極深遠的影響，無一書能以過之，這是文學史家們公認的。

因此，《史記》是中國長篇小說之源頭。這就可以比較一下了。西方長篇小說源頭是荷馬史詩，它是詩歌，我們的則是散文；它是神話，我們的則是歷史；它是異國文學（對英法德等國家而言），我們是本土文化。源頭不同，中西長篇小說的走向與特色也就不同。這些問題，將在比較中細談。

中國長篇小說的源頭這樣古老，為什麼中國長篇小說又這樣晚出，直到明清才發展起來呢？原因也有三：第一，社會發展緩慢；第二，截至明代前，中國文人只知寫史，不知寫歷史小說，未能跳出歷史之框框；第三，只知從短篇小說角度去學《史記》，不知《史記》「短篇加短篇」的結構可用以寫長篇；第四，文言文不利於寫長篇小說。胡適說：「古文不曾做過長篇的小說。」「古文裡很少滑稽的風味。」「古文不長於寫情。」

中國長篇小說的起來，短篇小說實在幫了大忙，這就是「話本」。《三國》、《水滸》、《西遊》都是從宋元本話本中生出來的，先是短篇，然後拉長成中篇，最後才成長篇。或許宋元戲曲也幫了忙。元雜劇中的三國戲有四十多種，水滸戲有二十多種，長篇小說家可以用作素材。

因此，《史記》是遠遠的源頭，是中國長篇小說的遠祖。「話本」是近近的源頭，是中國長篇小說的近宗。沒有這兩個祖宗，就沒有中國的長篇小說。這與西方也大不相同，西方的長篇小說絕非從短篇小說中生出來的。它是從長篇敘事詩中演變而來的。這個問題也放在比較時談。

## 二　中國明清的長篇小說

中國第一部長篇小說是《三國演義》[1]，羅貫中（1330？-1400）

1　「三國」指魏、蜀、吳。

作，它以陳壽的《三國志》及裴松之的注解為素材，接上了《史記》紀傳體之傳統，它作於何年不可考。施耐庵在羅貫中影響下作《水滸傳》[2]，施生卒年不可考。《水滸傳》成書年代更不可知。學界多認定《水滸傳》比《三國演義》晚出。一百年後，吳承恩（1500？-1581？）作《西遊記》[3]，成書年代亦不可考。稍後出了《封神演義》[4]，一說許仲琳作，一說陸西星作，約於一五六七至一六一九年間成書。自《西遊記》出，中國便有了神話長篇小說，其豐富之想像能力，來自本土之道教文學，也得益於印度之佛教文學。大約與此同時，出了人情小說《金瓶梅》[5]，約於一五六八至一六〇二年成書，作者不可考。《金瓶梅》是中國長篇小說題材的轉折點：從寫史到寫現實人生。以上說部均屬明朝。

又過了一百年，吳敬梓（1701-1754）作《儒林外史》。曹雪芹（1716-1763）作《紅樓夢》，以手抄本流傳。《紅樓夢》本名《石頭記》，是書中空空道人從一塊石頭上抄下來的故事。後空空道人易名情僧，又改為《情憎錄》，有人又叫它《風月寶鑑》。高鶚（1738？-1815？）補四十回。出版家程偉元把曹書及高之續作編成一書，用活字排印了兩次，稱為程甲本（一七九一年出版）和程乙本（1792年出版），從這時起，定名為《紅樓夢》。書中第五回「賈寶玉神遊太虛幻境，警幻仙曲演紅樓夢」寫警幻仙子命十二位仙女演唱「紅樓夢」十二支曲子給寶玉聽，這十二支曲子暗示了書中重要人物的遭遇，書名來歷如此。

在《紅樓夢》之後，中國還出了李汝珍（1763？-1870？）的

---

2 「水滸」指山東濟州管下的一個水鄉，地名梁山伯，方圓八百餘里。是梁山英雄們的根據地。

3 唐僧去印度取經，印度在中國西邊，故曰「西遊記」。

4 書中殷周雙方將領包括截、闡兩教門人戰死後由姜子牙在「封神臺」上封為神仙，連紂王也被封為「天喜星」，總之，不分青紅皂白通通「封神」，故名「封神演義」。

5 指西門慶二妾潘金蓮、李瓶兒及潘之婢女春梅。

《鏡花緣》[6]，這部名著是他晚年之作，寫於何年已不可考。他原擬寫二百回，結果只完成一百回。

晚清小說繁榮，指「量」不指「質」。名作只有李伯元（1867-1906）六十回本的《官場現形記》（1901-1903）、吳趼人（1866-1910）一百〇八回本的《二十年目睹之怪現狀》（1903-1910）、劉鶚（1857-1909）二十回本的《老殘遊記》（1903）、曾樸（1872-1935）三十五回本的《孽海花》（1903-1927），魯迅稱之為清末四大譴責小說。這四部小說藝術價值不高，認識價值卻不低。我們若要知道鴉片戰爭後到民國成立前之官場、儒林及社會百態，不妨看看這四部作品。《老殘遊記》寫作技巧不錯，《孽海花》有個金雯青與傅彩雲的故事，最好看。書中二百七十三個男女都是當時的真人真事，誠如魯迅所說「書中人物，幾無不有所影射」，其中不少是我們熟知的歷史名人。說是人物傳記文學亦無不可。

關於晚清小說，魯迅有個總的評價，就是衰落二字。《紅樓夢》之後，出了《青樓夢》（1878）、《海上花列傳》（1894）、《九尾龜》（1906-1910）。《青樓夢》的「佳人」就是妓女，但才子佳人還真心相愛，到《海上花列傳》就說妓女正面如西施，反面如夜叉，不美化了。到《九尾龜》就寫妓女為錢，嫖客為色，相互欺騙，騙術各式各樣，時人稱為「嫖學教科書」。「人情小說底末流至於如此，實在是很可以詫異的」（魯迅語，下同）。《儒林外史》是諷刺，而《二十年目睹之怪現狀》近於謾罵，「所以諷刺小說從《儒林外史》而後，就可以謂之絕響。」《水滸傳》「反抗政府」，而《三俠五義》（1879）、《七俠五義》（1889）等卻「幫助政府」。《孽海花》之後，出了一批模仿

6　所謂「鏡花緣」，作者在一百回末尾作了解釋：「鏡」即鏡子，能照出作者才華，「花」即花樣，即小說形式，謂此書不同於舊小說，作者既有才華，形式又有新意。「緣」指作者與讀者之關係，讀者能讀此書，亦是與作者有緣。「鏡花緣」是李汝珍對自己小說之評價及對讀者之寄語。

之作，「其下者乃至醜詆私敵，等於謗書；又或有謾罵之志而無抒寫之才，則遂墮落為『黑幕小說』。」

中國古典長篇小說雖然只有不多的幾部，但部部價值都很高，不容忽視。《三國演義》的價值在於表達了中國要統一的民族心理，這是漢民族深層歷史意識之表現。《水滸傳》的價值在於寫了農民起義及其悲劇，中國的農民起義規模之大、時間之長、推倒封建王朝之多堪稱世界第一，寫農民起義的小說，在世界文學中也以《水滸傳》成就最高。《西遊記》的價值在於寫出一個振奮人心之真理，只要堅持不懈地奮鬥，正義之事業必能成功；只要有百折不撓之信念，開拓者之前途十分光明。

《金瓶梅》起，中國長篇小說出了新方向。《金瓶梅》第一次突破了中國長篇小說以歷史為素材之框框，百分之百地描寫現實人生，堪稱開創，其寫實之筆力，至今仍是學習的榜樣。它寫了一個亦官亦商的市民大家庭的悲劇，寫出了市民階層人性的真實。它絕非「淫書」。正因為它寫了西門慶家庭的性生活，書中男男女女的人性真實才徹底地寫了出來。中國沒有帝王將相的家庭私生活小說，但中國有一部描寫市民家庭私生活的《金瓶梅》。幾千年的封建王朝，該有多少部《金瓶梅》，但無人敢寫。現代中國社會，也有多少部《金瓶梅》可寫，只有茅盾寫了《子夜》。《金瓶梅》是一部悲劇，市民階級的悲劇！李瓶兒之死、西門慶之死、潘金蓮之死，寫得驚心動魄。《金瓶梅》也是《紅樓夢》，到頭來這個家庭也是「樹倒猢猻散」，也是女人之悲劇：李嬌兒回到戲班去了；孟玉樓改嫁了；孫雪娥跟人跑了，被抓回來，賣給妓院，上吊了；潘金蓮被武松開膛剜心；只剩下吳月娘孑然一身，兒子孝哥兒出家了；西門大姐（西門慶與最早的老婆所生之女）上吊了。中國的貴族沒有前途，中國的市民階級也沒有前途。《紅樓夢》是貴族沒落的挽歌，《金瓶梅》是市民沒落的挽歌。魯迅說，它寫市民的風流縱慾，悲歡離合，世態炎涼。小說的主要人物，惡中有善，絕非概念化，如「熟悉的陌生人」。書中說：「為人莫做婦人身，百年苦樂由他人。」國內外的女權主義的批評，就不認為它是「淫書」。

《儒林外史》第一次寫了中國知識分子的普遍的、典型的、深層的心態，暴露了封建主義對知識分子心靈的毒化與摧殘，描寫了知識分子不該如此的可憐、可笑與悲哀。它的主題深入到現代中國文壇，在魯迅、錢鍾書、賈平凹等人的作品中一再出現。

《紅樓夢》的貢獻是世界性的。第一，它是一部悲劇史詩式的偉大小說，它把中國封建貴族的沒落史寫出來了。所謂「百足之蟲，死而不僵」，即使沒落之勢已定，那賈、史、王、薛四大家族仍有一副大富大貴的氣派，哪怕是女性的王熙鳳、賈探春，仍有一股子困獸猶鬥的精神，絕不如暴發戶西門慶家庭那樣像臭蟲般死滅。巴爾扎克筆下沒落的法國貴族，哪裡有這種「氣派」，福克納筆下的美國南方奴隸主貴族，尚不知亭臺樓閣為何物。西方封建社會歷史短，美國則沒有，只有中國封建社會的沒落，才是人類悲劇史上有聲有色的一幕。第二，它寫出中國封建貴族階級這個龐然大物告別歷史時，「忽喇喇似大廈傾」，屬於這個階級的所有個人，不管樂意不樂意，都成了它的殉葬品，這才是「大觀園」的真正悲哀，非人力能以挽回。西方無一部著作能寫出此主題。第三，它歌頌了一群受壓迫的女性的高貴人格，塑造了一群正面女性的光輝形象。作者對女性的讚美，與批判封建禮教聯繫在一起，與自我批判聯繫在一起。作者自云：「今風塵碌碌，一事無成。忽念及當日所有之女子，一一細考較去，覺其行止見識皆出我之上。我堂堂鬚眉，誠不若彼裙釵。我實愧則有餘，悔又無益，大無可如何之日也。」這是多麼難能可貴的超前的聲音！第四，它有一種神話結構，堪稱開創。

《鏡花緣》內容可分為一個序幕及前後兩個部分。序幕是個神話，寫武則天冬日賞雪，趁著酒興命令百花齊放。玉帝大怒，把那一百位花神貶往人間，轉生為一百位女子。花神領袖百花仙女托生為秀才唐敖之女。前一部分先寫唐敖赴會試中了探花，但因與反對武則天的徐敬業、駱賓王等結拜弟兄，被人告發，探花被革，仍降為秀才。唐敖從此絕意功名，隨妻弟林之洋及舵手多九公飄洋出海，遊歷了女兒國、小人國等數十個奇奇怪怪的國家，後來悟道，遁入仙山小蓬萊一去不返。後一部分敘述唐敖之女唐小山（即百花仙女托生）赴海外尋父不成，回國後適逢武則天舉行女試，她與另外九十九位才女（包括林之洋從外國帶回來的四名外國女子，其中有女兒國國王之女）便和男人一樣參加科舉考試，同中「才女」。她們住在「紀文館」等處，十分開心，一起舞文弄墨，研究學問。不久，女兒國來人請求武則天放公主回去，武則天同意，女兒國之公主便帶了其他三個外國才女坐飛車飛走了。眾才女也請假回家。唐小山重入小蓬萊尋父，亦一去不回。眾才女遭遇不同，一批才女嫁了人，隨丈夫去討伐武則天。也有戰死的，也有自盡的。最後，武則天被逼退位，中宗還當皇帝，封武則天為「則天大聖皇帝」。她病好後又下了一道命令「來歲仍開女試」。「此旨一下，早已轟動多少才女，這且按下慢慢交代。」小說到此結束（全書計畫寫二百回，實寫一百回）。小說寫得最成功的是海外奇聞的部分，多有諷寓，如「小人國」是因該國盡是小人，故身軀也奇小。最精彩之筆是寫「女兒國」，這是由女人掌權之國，「男人反穿衣裙作為婦人以治內事，女人反穿靴帽作為男人以治外事」，林之洋因長得俊秀，被選入宮中為妃，穿耳纏足，苦不堪言，幸而後來逃出。《鏡花緣》發揚了《紅樓夢》的民主思想，堪稱為一部「女權主義」的書，又是中國第一部烏托邦長篇小說，胡適對它作了很有遠見的評價：

> 三千年的歷史上，沒有一個人曾大膽的提出婦女問題的各個方面來作公平的討論。直到十九世紀的初年，才出了這個多才多

> 藝的李汝珍，費了十幾年的精力來提出這個極重大的問題。他把這個問題的各方面都大膽的提出，虛心地討論，審慎的建議。他的「女兒國」一大段，將來一定要成為世界女權史上的一篇永遠不朽的大文；他對於女子貞操，女子教育，女子選舉等等問題的見解，將來一定要在中國女權史上佔一個很光輝的位置：這是我對於《鏡花緣》的預言。[7]

《鏡花緣》與《紅樓夢》也有一些關聯。《鏡花緣》有「花神」的故事，《紅樓夢》也有花神一說。晴雯死後小丫頭騙寶玉說，晴雯是花神，歸天去了。寶玉也信有花神，且有總花神，還做了芙蓉誄文祭奠她。《紅樓夢》第一回有自評，《鏡花緣》第一回也有自評，云此書為「閨閣」立傳，她們是「金玉其質，冰雪為心」，不能使她們之事蹟「泯滅」。又云此書是正派的，「淫詞穢詩，概所不錄」。《紅樓夢》有一個神話，《鏡花緣》開頭也有一個神話，寫百花仙女告訴其他仙女，海外小蓬萊有一塊玉碑上面刻著一個奇妙的故事，內容卻不得而知。結尾一百回寫百花仙女命白猿將此碑記交給一位作家，白猿找了近千年，從唐朝找到清朝，終於找到了李汝珍，就把碑記交給他。李汝珍又用數十年心血，才編出這部《鏡花緣》來。上述種種寫法，一望而知是《紅樓夢》的仿寫。

在藝術上，《三國演義》、《水滸傳》、《西遊記》都以富於戲劇性的故事情節見長，屬於「浪漫主義」型的作品。《金瓶梅》、《儒林外史》都以描寫人情世故見長，屬「現實主義」型的作品。《紅樓夢》有一個神話結構，有理想主義，又是寫實的，它不妨說是綜合藝術。所有這些名著，都把塑造人物作為頭等重要的使命，它們所塑造的典

---

7 胡適：《鏡花緣》的引論，見《中國章回小說考證》（上海市：上海書店，1980年），頁560。

型人物，不是個別的，而是成批的。中國古代文學中最著名的、家喻戶曉的典型人物，大都是由幾部長篇小說提供的。

《三國演義》「生」《水滸傳》，二者結合又「生」《西遊記》。《三國》、《水滸》的英雄人物，又在孫悟空身上再現。加之受印度佛教文學之影響，披上一件美麗神話的外衣，使孫悟空之形象更富於浪漫主義色彩。他是石猴，沒有「人」之惡慾，比「人」真純。他入世，很有忠義之氣，好打不平，嫉惡如仇，一路平魔降妖，為一個信念奮鬥到底。他又超然物外，不追求功名富貴，並不把權威放在眼裡，什麼如來佛、玉皇大帝，只是平等對待，有時還要嘲笑一下，沒有絲毫奴顏媚骨。他很有一些幽默感，對權貴，對妖魔，對豬八戒，對與他打鬥的女仙、孩童。「笑」法各不同，感情色彩不同，體現中國老百姓的樂天性格。孫悟空是想像的藝術世界中最最自由的生命形態。他保唐僧去取經，是自覺自願的。他造反是自由的，以後做了唐僧徒弟也是自由的。都是一種被認識了的必然性。緊箍咒是約束其野性，非約束其志願。孫悟又是不死的，是永恆之生命，他有最大的安全感，儒、道、佛都保護他，不會讓他受傷害。他是儒、道、佛三教合一的理想形象，集中體現了中國人民所認可的三教思想精華。《封神演義》繼承了《西遊記》的想像力和曲折的筆法，其中所描寫哪吒父子的故事，高潮迭起，跌宕生姿，是一篇千古文字。哪吒這位神奇的、童稚的、渾身是膽的少年英雄，是世界兒童文學領域中最成功的人物形象之一。

《水滸傳》、《西遊記》、《金瓶梅》、《儒林外史》、《紅樓夢》五部小說是中國漢語白話藝術的高峰，尤其是《紅樓夢》，是中國文學語言之寶庫。它說明漢語白話的表達能力和古文一樣高明。

中國古典長篇小說既有偉大的喜劇作品，也有偉大的悲劇作品。《西遊記》師徒四人的「正果」從奮鬥中來，它之所以是偉大的喜劇作品，正因為它的喜劇意義是對虛假的「大團圓」的否定。中國古典長篇小說的悲劇意識大大超過喜劇意識，《三國演義》是劉、關、張與孔明的悲劇；《金瓶梅》是市民的悲劇；《紅樓夢》是女性及貴族的悲劇；《儒林外史》是知識分子的悲劇。漢唐盛世早已過去，明代的市民、清代的貴族都成不了大氣候。中國古典小說罕見有西方十八世紀那種歌功頌德寫光明寫成功人物之作品。西方資產階級上升史創造了十八世紀的光明的文學，這和中國大不相同。

中國古典長篇小說還有一個西方罕有的價值，就是它的獨創性。《金瓶梅》、《儒林外史》、《紅樓夢》既無古書可以依傍，又無外國作品可以借鑑，其格式完全是獨創的。凡傳世之文學，大概有四類，一是因繼承前人而得成功者，一是因借鑑外來文化而得成功者，一是熔本國與異域文化於一爐而得成功者，還有一類則是過去從沒有過的，因其開創而得成功者。中國小說史上這三部鉅著都屬於獨立開創之例，這種現象在西方小說史上十分罕見。西方文藝復興之小說有騎士文學可資繼承借鑑，十七、十八世紀之小說有文藝復興之佳作可資繼承借鑑，十九世紀浪漫主義小說有中古傳奇及感傷主義小說可資繼承借鑑，批判現實主義小說有十八世紀寫實小說及浪漫主義小說可資繼承借鑑。要在西方小說史上找出一部完全不靠前人及異國文化而自己開創的小說來很難。

## 三　中國現當代長篇小說

中國長篇小說的復興，首先靠晚清的文化交流。自鴉片戰爭後，中國有志之士明白閉關自守必導致亡國，向西方學習的口號便提了出來。在文學這個領域裡，學西方的長篇小說的呼聲最高：晚清林琴南的翻譯，是中國長篇小說復興的第一動力，林紓翻譯了一百八十一種外國作品，其中長篇小說佔壓倒的絕大多數。新小說理論大量出現，是第二動力，這些新理論，主要談長篇小說。嚴復與夏曾佑的〈本館附印說部緣起〉（1897）是中國第一篇新小說論，全談長篇。梁啟超之〈小說與群治之關係〉（1902），也是談長篇。王國維的名文〈紅樓夢評論〉（1904），談的是《紅樓夢》，亦為長篇。林琴南（1852-1924）、嚴復（1854-1921）、夏曾佑（1863-1924）、吳沃堯（1866-1910）、梁啟超（1873-1929）、徐念慈（1875-1908）、王國維（1877-1927）、魯迅（1881-1936）的小說理論一個顯著特色，就是將中西長篇小說加以比較，以他人為鏡，照出自己之不足及他人之長處，以便於借鑑。引進左拉自然主義的理論及系列小說的結構，長篇小說復興的第三動力，日後巴金、茅盾即為左拉之中國傳人。

晚清的文化交流事先為中國長篇小說之復興作了準備。及至「五四」新文學運動興起，長篇小說遂隨之復興。但新文學是詩歌、戲劇、短篇小說先行，長篇小說後起，它比詩歌、戲劇、短篇小說晚了十年，始有名作問世。其中在文學史上已有定評的作品，大多在二、三十年代出現：如葉紹鈞的《倪煥之》（1930）；巴金的《激流三部曲》：《家》（1931）、《春》（1938）、《秋》（1940）；茅盾的《蝕》三部曲：《幻滅》（1928）、《動搖》（1928）、《追求》（1930）及《子夜》（1933）；老舍的《駱駝祥子》（1940）。據有人統計，一九一九至一九四九年出版的長篇小說約有五百部[8]。

一九四九年後的長篇小說大體上可分為三個階段，前十七年是一個階段，「文革」十年是一個階段，「文革」後又是一個階段。

一九四九年初期到「文革」前的小說以革命和戰爭為主旋律，主要人物是革命者和戰鬥英雄。不少作者是長期參加革命的老同志。這個時期人們比較熟悉的作品有柳青的《銅牆鐵壁》（1951）、杜鵬程的《保衛延安》（1954）、袁靜、孔厥的《新兒女英雄傳》（1956）、曲波

8　郭啟宗、楊聰鳳主編：《中國小說提要》上冊〈前言〉及下冊〈中國長篇小說目錄〉，分別見該書，頁2、791（南昌市：江西人民出版社，1985年）。

的《林海雪原》（1957）、楊沫的《青春之歌》（1958）、知俠的《鐵道游擊隊》（1958）、李英儒的《野火春風鬥古城》（1958）、吳強的《紅日》（1958）、梁斌的《紅旗譜》（1959）、馮德英的《苦菜花》（1959）、羅廣斌、楊益言的《紅岩》（1961）。這些小說作為一個整體，構成了反映血與火的時代的史詩式的長卷，彌補了一九四九年前長篇小說在這方面的空白。

六〇年代開始，極左文藝思潮越演越盛。一九六二年，李建彤的長篇小說《劉志丹》被扣上「利用小說反黨」的罪名，由作者株連到編者、讀者，輾轉追查，無辜受審入獄者上百，使絕大多數作家驟然停筆。「文革」期間，中國作家幾乎全被「打倒」，雖也出版了一些長篇小說，大部分存在「三突出」的毛病，並不足觀。

「文革」後長篇小說開始復甦，湧現許多新作家和新作品。名作有莫應豐的《將軍吟》（1976）、周克芹的《許茂和他的女兒們》（1979）、古華的《芙蓉鎮》（1981）、張潔的《沉重的翅膀》（1981）、劉心武的《鐘鼓樓》（1984）、柯雲路的《新星》（1984）、張賢亮的《男人的一半是女人》（1986）、張抗抗的《隱形伴侶》（1986）、王蒙的《活動變人形》（1986）、張煒的《古船》（1986）、張承志的《金牧場》（1987）、劉恆的《伏羲伏羲》（1988）、王安憶的《米尼》（1990）、鐵凝的《玫瑰門》（1991）、賈平凹的《廢都》（1993）、陳忠實的《白鹿原》（1993）。

《廢都》是中國古典「人情小說」、晚清「狎邪小說」傳統與中國當代人生相結合的作品，由於它描寫的主要對象是知識分子，又與《儒林外史》、《圍城》一脈相承，寫法上也有相似之處，都是非英雄小說，客觀地寫出，嚴格控制感情，笑與淚就隱在字裡行間。《廢都》毫無「亮色」，情調壓抑，讀後如深秋敗葉。從全球思維的角度說，《廢都》與艾略特的《荒原》的主題是一致的，東西方作家的警世意識也正相通。

《白鹿原》寫民族的歷史。作者在扉頁上引用巴爾扎克一句話：「小說被認為是一個民族的秘史。」位於陝西渭河平原上的「白鹿原」的象徵性很明顯。

《白鹿原》的根也深入中國民族文學傳統，它出色地繼承了中國「志怪小說」的傳統，尤其表現在女性形象的成功塑造上。田小娥是書中悲劇形象，她善良，信任人，以真心待人。她只要求別人給她一點同情和愛心，但得到的只是輕蔑的眼光和禮教的殺戮。一個充滿青春活力的生命被毀滅了，這真是人神共怒。作者用中國志怪文學傳統去寫她，注入正面的道德與審美評價。她被公公殺死後，白鹿原發生了瘟疫。村民終於知道她冤死的真相，又說她的鬼魂要復仇，故村子遭了瘟疫，要為她修廟塑身。這使中國讀者立即想起《竇娥冤》。白孝文也來弔唁她，鑽進窰洞，跪倒在地，「他似乎聽到窰頂空中有噝噝聲響，看見一隻雪白的蛾子在翩翩飛動，忽隱忽現，繞著油燈的火焰，飄飄閃閃。」使我們聯想到「飛蛾撲火」的成語，「飛蛾」是純潔、勇敢、執著、悲哀的象徵。族長白嘉軒把她的骨骸連同撲殺的飛蛾埋在土下，上建「降妖塔」，使我們想起小說戲曲中白娘子的故事。白娘子是「白」的純潔，飛蛾也是「白」的純潔，這就形成象徵系統。塔封底之日，人們驚異地發現：「雪後枯乾的蓬蒿草叢裡，居然有許多蝴蝶在飛舞。」使我們想起「化蝶」。化蝶是美的象徵，象徵系統加強，意義深化。作者用中國志怪文學中著名的悲劇女性竇娥、白娘子、祝英臺作暗喻，用一個傳統的正面女性系統去象徵田小娥，襯托她。作者在塑造書中最成功的女性形象時，傳統文學力量起了決定性的作用。

《白鹿原》比《廢都》側重於借鑑外國小說，這就是「拿來」了西方小說的多聲部復調結構和「偷」了《百年孤獨》若干手法。

所謂「多聲部復調結構」就是小說中不是只有一個主調，而是有好幾個獨立的聲音，各各具有排他性，是獨立自主的，平等的存在，是平等的對話，具有同等的、不可比較的價值。我們知道俄國人巴赫金（1895-1975）提出了這種理論，並認為陀斯妥耶夫斯基的小說就是這樣的小說。中國古典長篇小說如《三國演義》、《水滸傳》、《紅樓夢》乃至現代已有定評的幾部著名長篇小說《倪煥之》（1930）、《激流三部曲》（1931-1940）、《子夜》（1933）、《駱駝祥子》（1940）都不是「多聲部復調結構」。一九四九年後的革命歷史小說更不是。這些小說的主調極為響亮，不存在眾聲音的平等對話。《金瓶梅》、《儒林外史》的作者擅長「隱身法」，但其小說也沒有幾個獨立的聲音。《白鹿原》卻大不相同，全書無統帥的主調，只有眾多獨立的聲音對讀者的喊話。土匪木匠和尚有土匪獨立的聲音，被侮辱被蹂躪被殺戮的田小娥有田小娥獨立的聲音，長工鹿三有長工獨立的聲音。在這眾多「聲部」中，最突出的兩個「聲部」是族長白嘉軒和白鹿書院朱先生的聲音。當然，共產黨人也有共產黨人獨立的聲音。在小說的最後，這眾多的「聲部」都漸弱了，消散在白鹿原上了。說話的人大多死去或行將就木。上文說過，作者寫這部小說意在寫民族的秘史，這裡頭就有對歷史的反思。多聲部復調結構就是這種反思的表現形式。上述眾聲音代表了不同階層，不同信仰，各各是排他性的，不可比的，誰也說服不了誰。作者是讓讀者去傾聽，去思考，去選擇，去得出自己的結論。王蒙在最新的「季節」系列長篇小說中，也放棄了「全知全能」的寫法，他說他寫的是「歷史和時間」，要由歷史和時間去作結論。

《白鹿原》借鑑《百年孤獨》的痕跡十分明顯。兩部小說都有一個「楔子」結構，用以展示後來的故事。其中人物的某些生理特徵的細節描寫也奇特地相同。都用俯瞰人物一生的敘事法，以濃縮的句型先行寫出人物將來的事，並將人物的過去、未來與現在聯繫起來。但《白鹿原》把多聲部復調結構引入家族小說，這就使家族小說從內容到技法都發生了變化，這就超越了《古船》。《白鹿原》還中國現代史以複雜而真實的面貌，比《古船》更富於歷史的思考和哲理性。

新時期的長篇小說和傳統的小說比較，有以下的新特徵：

第一，不寫（或少寫）革命與戰爭，而寫一九四九年以來，特別是「反右」以來的政治生活及其留在人民心理中的烙印。

第二，不寫「高、大、全」的人物形象，著重寫當代普通人在當代社會環境下的人性。「正面人物」的概念與過去大不相同。十全十美的人物幾乎絕跡。

第三，喜歡寫「惡之花」的題材，從扭曲的人性中發掘人性閃光的東西（如《玫瑰門》中的「姑爸」）。揭露和抨擊極左思潮及社會的陰暗面，同時也批判這扭曲的人性本身。

第四，出現了傳統小說很少寫的人物，如人格分裂者（《活動變人形》中的倪吾誠）、勞改犯（《男人的一半是女人》中的章永璘）、性慾狂（《伏羲伏羲》、《米尼》、《廢都》）。

第五，多數作者的主觀傾向性極其鮮明，甚至在小說中寫進自己，而成為書中的抒情主人公（《活動變人形》）。不少作者喜歡在小說中發議論，愛把自己的見解提煉成哲理性的句子，詞鋒尖銳，潑辣大膽，只要一有機會就把社會的陰暗面拈來刺它一下，甚至離開情節也在所不惜。總的傾向是暴露而不是歌頌，但理想主義在暴露中時時表現出來。

第六，女性作家群的崛起。張潔、張抗抗、王安憶、鐵凝的小說，比之「五四」時期冰心、廬隱、淦女士、凌叔華、林徽因、謝冰瑩乃至丁玲的作品，大有超短裙和百褶裙的差別。大膽寫「性」題材及女權主義意識的強烈，是最突出的特點。幾乎所有新時期的女作家，都從寫「女兒心」到寫「叛逆女性」。

第七，廣泛使用寓言手法。一批小說書名含寓言性，《活動變人形》，以日本玩具暗寓歷史與人生都必然在運動中發生變化。《玫瑰門》即老子所說的「玄牝之門，是謂天地根，綿綿若存，用之不勤」，它既象徵生命的源泉，又象徵女性的苦難與奉獻，還象徵著人類的綠洲（小說的受苦受難的女性「姑爸」極悲慘地死去時，在下意識中幻想變成胎兒，進入母親的子宮中，只有在子宮中才有安全感）。《古船》有一個寓言系統。「洼狸鎮」象徵中國；鄭和下西洋時的「古船」象徵民族文化傳統及進取精神；「大紅馬」象徵革命，目素與抱樸兩弟兄都夢見過它在暗藍色河灘上奔馳，渾身像太陽般紅亮；「鋁筒」（鐳）象徵科技革命既給人類帶來進步，也給人類帶來新的威脅。「洼狸鎮」與「古船」形成象徵性的對照，洼狸鎮的人發憤圖強，洼狸鎮就不再生病發臭，洼狸鎮的人想到「古船」，「古船」就不會半夜哭，就不會想家。對照的目的是要得出洼狸鎮必須改革，要繼承「古船」精神的結論。隋不召愛不離手的兩本書（共產黨宣言）及《天問》的寓言意義也很明確：馬列主義要與中國文化傳統相結合。在《廢都》中，「廢都」寓現代中國人生之一角，在《白鹿原》中，「白鹿原」是中國現代歷史的投影。《廢都》中的「奶牛」暗寓美好事物被摧殘，《白鹿原》中的「白鹿」暗寓美好事物的毀滅。

第八，結構從穩定轉向開放。《隱形伴侶》是「意識流」小說。表面寫一對知青的愛情故事，實際上是深入地寫了極為隱蔽的人性惡。女主人公肖瀟的「意識流」（夢境與白日夢）占全書三分之一，用不同字體標出。對性的渴想及對死亡的恐懼，以變形的形式出現，又常常與女主人公愛看的外國小說及《聖經》的故事結合，表現一個女知青聯想的特點。《金牧場》可稱為「結構小說」。它的故事並不複雜，但不是順序寫出，是被拆散後的重新組合。除主人公的故事外，又穿插其他故事。小說分十章，每章又分「J」與「M」兩組，分別代表日本與內蒙。每組又分敘述與回憶兩部分。敘述是寫實，回憶用「意識流」。主人公的故事（如「長征」的故事、武鬥坐牢的故事、在日本留學的故事）與非主人公的故事（老紅軍的故事、蒙古族老大娘額吉的故事）交叉拼貼，顛顛倒倒，忽前忽後，有意讓讀者自己去尋找聯繫這些故事的內在線索。《古船》與《白鹿原》明顯借鑑了

《百年孤獨》的結構。《白鹿原》更引進了「多聲部復調結構」。

第九，向民族傳統回歸。《廢都》繼承了「人情小說」與「狎邪小說」的傳統，在語言藝術上取得顯著成就。《白鹿原》繼承了「志怪小說」的傳統，在塑造被侮辱與被損害的女性上取得成功。近期小說擅於把外來文學的精華化入中國小說民族形式中。《廢都》與《白鹿原》可見中西文學「以我為主」的交融特色。

第十，悲劇意識的加強，歷史與哲理思考的深化，不同「全知」寫法，傾向性的隱蔽。這在《廢都》、《白鹿原》及王蒙的「季節」系列中可見此趨向。

## 四　中國長篇小說演變的特點

如上所述，《史記》乃中國長篇小說之源頭，從語言、結構、敘事技巧三方面說，都對中國散文長篇小說有極大影響。中國長篇小說晚起之原因有四，直到明代前，文人只知寫史，不知變史為小說；只知從《史記》學短篇小說技法，未能發現它的「短篇加短篇」的結構可成為長篇小說之模式；古文不利於寫長篇；社會發展緩慢是外部原因。

明清兩代是中國長篇小說發展繁榮時期，《三國演義》、《水滸傳》、《西遊記》、《封神演義》、《金瓶梅》屬明代說部，《儒林外史》、《紅樓夢》、《鏡花緣》為清代說部。《三國演義》、《水滸傳》、《西遊記》由話本發展起來，寫史、神話、草莽英雄，富於傳奇色彩，是為第一階段。《金瓶梅》、《儒林外史》、《紅樓夢》為開創性鉅著，無前人可資借鑑。寫女性、知識分子、貴族、市民，富於寫實色彩，是為第二階段。明清長篇小說的悲劇意識大大強於喜劇意識，《三國演義》、《水滸傳》、《金瓶梅》、《儒林外史》、《紅樓夢》都屬於悲劇作品，這是由小說所描寫的對象的政治經濟地位所決定的。

中國長篇小說的發展曾有兩次起落，明清長篇小說有很高成就，出現了好幾部世界第一流作品，這是第一次高峰，《紅樓夢》為這個高峰期畫上一個偉大的句號。晚清長篇小說成就不高，魯迅稱之為「末流」。第二次高峰是「五四」以後的新小說，多於二、三十年代問世，主要模式是系列的家族小說，巴金的《激流三部曲》、老舍的《四世同堂》、林語堂的《京華煙雲》是這樣的，茅盾的《子夜》也是這樣，只不過茅盾從一個橫剖面切入，集中寫吳蓀甫家族在上海和農村一段時期（1930）的活動而已，這說明從西方取來的系列小說模式已在中國文壇扎下了根。但由於現代長篇小說的語言藝術與古典小說尚有差距，加以觀念的影響，人物尚有概念化的身影，故未能達到古典小說的成就。

「文革」期間，中國長篇小說第二次衰落，極左思潮扼殺它的生命。新時期的長篇小說正在發展，仍強調借鑑西方小說，但借鑑對象與巴金、茅盾等不同，不是古典現實主義，而是西方現代主義後現代主義，有一些作品借鑑的痕跡比二、三十年代的作品更為明顯。如何把繼承文學傳統與借鑑外國文學兩方面結合起來，仍然是中國長篇小說必須解決的任務，《古船》、《廢都》、《白鹿原》在這方面有新的成功。尤其是後兩部小說，比較好地繼承了中國「人情小說」、「狎邪小說」、「志怪小說」的傳統。《廢都》發展了《金瓶梅》審醜與暴露的主題，使新時期小說「性」的描寫發生了質的變化。《白鹿原》把「多聲部復調結構」與《百年孤獨》的模式結合起來，便超過了《古船》。這兩部小說的悲劇意識、歷史與哲理的思考、傾向性的淡化、寓言手法的運用、性生活描寫的露骨等特點，都預示著新時期長篇小說的最新的趨向。

# 貳
# 西方長篇小說演變的軌跡及特點

## 一　古希臘羅馬時期的長篇小說

西方長篇小說的源頭是荷馬史詩。英十八世紀小說家菲爾丁說它「是後來小說的胚胎」[1]，古羅馬的希臘語作家盧奇安（又譯琉善，約120-？）說它是希臘傳奇小說的濫觴：「他們的先輩和講這種幫閒的趣話的教師，仍是荷馬的俄底修斯，他給阿喀諾俄斯宮廷裡的人講那服奴役的風，一隻眼睛的吃人的野人們以及有許多頭的生物和他的伴當們被法術變形的事情。」[2]中世紀最著名的神學家之一奧古斯丁（354-430）說「荷馬很巧妙地編寫了這些故事，是一個迷人的小說家」。[3]

荷馬史詩寫西元前十二世紀希臘人與特洛亞人一次實有的戰爭。關於這次戰爭的諸多傳說由西元前九世紀盲詩人荷馬加以整理，廣為流傳，並於西元前六世紀由宮廷文人首次用希臘文記錄下來。為什麼說它是西方長篇小說最古老的源頭呢？因為它具備了長篇小說的基本要素：它有一個很長的故事，而且故事很完整；它有眾多的人物；它有出色的敘事技巧。此外，還因為它對西方後世的長篇敘事文學乃至長篇小說有極深遠的影響。因此，講西方長篇小說的源頭，必追溯到荷馬史詩。

古希臘有很多史詩，荷馬史詩是最好的一部。古希臘滅亡後，古

---

1　菲爾丁著，伍光建譯：〈原序〉，《約瑟・安特路傳》（北京市：作家出版社，1954年），頁1。

2　盧奇安著，周作人譯：《盧奇安對話集》（北京市：人民文學出版社，1991年），頁511-512。

3　奧古斯丁著，周士良譯：《懺悔錄》（北京市：商務印書館，1963年，第1版），頁18。

羅馬人也寫史詩，但有一個大變化：不是民間文學了，是「文人史詩」。維吉爾（西元前70至19年）的《埃涅阿斯紀》就是「文人史詩」的開端。《埃涅阿斯紀》寫特洛亞陷落後，特洛亞的一個王子埃涅阿斯逃離特洛亞，到羅馬去建立一個新的國家的故事。在題材上就接上了荷馬史詩。《埃涅阿斯紀》前六卷模仿《奧德修紀》，後六卷模仿《伊利亞特》，在結構上也繼承了荷馬史詩。但它也有創新，不是一味抄襲。首先，它引入政治意識（埃涅阿斯之父的亡魂在陰府向兒子展示羅馬建國後的景象，由此歌頌了埃涅阿斯的後代如凱撒等帝王），是借古頌今。荷馬史詩也寫先知之亡靈向奧德修預言他日後之遭遇，但絕無借古頌今之內容。其次，它引入悲劇意識（迦太基女王狄多因埃涅阿斯的離去而拔劍自刎並自焚），荷馬史詩寫奧德修和仙女卡呂蒲索同居七年後離開她，她還為奧送行，一點悲劇味也沒有。第三，它還補寫了荷馬史詩所沒有寫的木馬計及特洛亞陷落時的慘況，描寫富於戲劇性，又給荷馬史詩一個結束。荷馬史詩是「無頭無尾」的，它給荷馬史詩續上了尾巴。

荷馬史詩加上《埃涅阿斯紀》，長篇小說的因素就更豐富了。但它們都是用詩寫的，和散文的小說又不同。

荷馬史詩和《埃涅阿斯紀》在古希臘羅馬時代影響就很大，數百年內，仿者甚多。有用詩歌去模仿的，也有用散文去模仿的，這些仿作已達到荒唐的地步。於是後來就有人出來反對這些仿作。我們要特別感謝盧奇安，因為他留給我們一篇《真實的故事》[4]，我們才知道上述的情況，因為這些仿作大都失傳了。包括盧奇安指名道姓的安東尼·第歐根尼的《天涯海角傳奇》在內。[5]

《真實的故事》由作者自述他的冒險經歷，其中講到他們的單桅

4　見盧奇安著，周作人譯：《盧奇安對話集》，頁509。

5　見《世界名著鑒賞大辭典·詩歌散文卷》（北京市：中國書籍出版社，1990年），頁149。

船遇上龍捲風被拋到月球上，目睹太陽大軍入侵月球。當他們返回家鄉時，單桅船又被一條巨大的鯨魚吞沒。鯨魚肚中有島嶼，有大森林。盧奇安他們在魚腹中度過一年零八個月，還從鯨魚的牙縫中參觀了一場巨人海戰。後來這些希臘人終於想出了燃燒鯨魚腹中的森林的計畫，逃出了魚腹。他們還經過一些島嶼，幫助海倫和她的新情人私奔。又為奧德修帶信給卡呂蒲索，信中說一有機會就拋棄妻子逃到她那裡去。這裡揑造的荒唐的情節，顯然是對荷馬史詩仿作的嘲諷。

《真實的故事》並非長篇小說，譯成中文約三萬字，至多算一個中篇而已。為什麼要講它呢？第一，它告訴我們，自荷馬史詩問世後，仿作很多，而仿作已失去價值；第二，它發明了一種「反寫」手法，用對荷馬史詩的「反寫」來諷刺那些仿作。它是歐洲文學上第一部「模擬滑稽史詩」，對拉伯雷、塞萬提斯、斯威夫特甚至喬依斯的《尤利西斯》都有影響。西方長篇小說素有「反寫」的傳統，《真實的故事》實為濫觴；第三，它是用散文寫的，把史詩的故事散文化了。

古希臘羅馬有無散文長篇小說呢？有的從西元一世紀開始，古羅馬出現了不少的長篇小說，多數用希臘文寫的，少數用拉丁文寫的；多數是散文，有的是韻散間雜；至少有四部用第一人稱寫成。大都講述一對戀人經歷許多磨難終於團圓的故事，其模式是「別離——尋覓——相逢——團圓」。大量描寫男女主人公假死、埋葬、復活以及船隻遇難、山洞藏人等傳奇情節。這些故事多包含一些風流韻事，故被稱為「色情作品」，寫這類小說的作家被稱為「頹廢的」作家[6]。它們的貢獻在於開創人間小說之先河，不寫神和英雄了，寫人間的事。

古羅馬的長篇小說至少有七部為我們所知，但除了《變形記》外，有一些只剩下殘卷。

---

6　〔英〕吉爾伯特．默雷著，孫席珍、蔣炳賢、郭智石譯：《古希臘文學史》（上海市：上海譯文出版社，1988年），頁26。

## 羅馬帝國時代的希臘語長篇小說

卡里同（西元一至二世紀）的《凱勒阿斯與卡利羅亞》（共八卷），這是現存希臘語小說中最早的一部。凱勒阿斯婚後由於惡人挑撥，把妻子打昏，以為她死去，將之埋葬。她被盜墓者賣為奴隸，嫁給自己的主人。凱勒阿斯發現妻子未死，出外尋找，卻被強盜擄去。夫妻二人各自經過一番曲折的經歷，終於團圓。這部小說從西元二世紀紙草[7]文獻中被發現。在不同年代的古抄本上反覆出現，證明它一定非常廣泛流傳過。它比一般傳奇更富有驚險情節，但較少有感傷情調[8]。

阿基琉斯（約二世紀）的《琉基佩和克勒托豐》（共八卷），採用第一人稱的寫法，全篇是克勒托豐的回憶。男女主人公相愛私奔，在海上遇到風浪，又被海盜襲擊，被劫，受刑，終得團圓。

朗戈斯（約三世紀）的《達夫尼斯和赫各亞》（共四卷），寫男女主人公幼時遭雙親遺棄，被兩個牧人收養，長大後相愛，在神的庇佑下，歷經波折，分別找到生身父母，終於團圓。

赫拉奧多斯（約三世紀）的《埃塞俄比亞傳奇》（共十卷），寫希臘一對青年男女相愛，逃出希臘，落入海盜之手，經過一系列變遷，在即將被殺祭神的緊急關頭，少女終於被自己的雙親埃塞俄比亞國王與王后認出，最後二人結為眷好。

以弗所的色諾芬（或稱頹廢派色諾芬）是西元三世紀小說家，所著《哈布洛科墨斯和安忒伊阿》（*Habrocomês and Antheia*）是完整無缺的小說，敘述這兩個情人身受的驚險經歷，他們婚後即為海盜劫持，夫妻分散，到處流浪，備受艱辛，最後在羅得島破鏡重圓。

7 紙草是尼羅河下游一種植物，古埃及人把它的莖剖成薄片，壓平後用作繕寫材料，古希臘人和羅馬人也使用過。

8 〔英〕吉爾伯特・默雷：《古希臘文學史》，頁26-27。

## 羅馬帝國時代的拉丁語長篇小說

佩特羅尼烏斯（？-66）的長篇諷刺小說〈薩蒂利孔〉是流傳至今的羅馬第一部小說，詩文間雜（書名 Satyrion 直譯為「散文間雜」），原書約十章，現僅存十五、十六兩章，主要為散文體，約十萬字。是「歐洲文學史最早一部流浪漢小說」[9]。故事由主人公恩科爾皮烏斯自述，用第一人稱寫成。廣泛描寫西元一世紀義大利南部城鎮的生活。

阿普列尤斯（125-二世紀末）的《變形記》（又譯《金驢記》，共十一卷）是古羅馬保存至今的最完整的散文體小說，描寫一位希臘青年魯齊烏斯止宿於客人家中，得悉其妻為女巫，能施魔法使人變形。他偷看女主人身抹油膏變鳥飛去後，慫恿女僕幫他一試。女僕在慌亂中抹錯了油膏，把他變成一匹驢子，經過許多艱辛遭遇，最後為埃及女神拯救，復為人形，皈依教門。

《變形記》價值有三：第一，它是世界文學中最古老的一部長篇小說，用散文寫，有作者。古埃及、古巴比倫、古希伯來、古印度，古代中國都沒有比它更早的長篇小說了。第二，它是以第一人稱寫成的路上小說，只不過以驢代人，而且穿插了不少獨立的短篇故事。這是西方長篇小說的一種很普遍的結構。第三，它對後世影響很大，外文譯本幾乎應有盡有。義大利薄伽丘不僅仿其文筆，而且擇其情節，將卷九的兩樁風流韻事編入《十日談》第五天故事十及第七天故事二。

但是，古羅馬的散文長篇小說到了四世紀忽然消失了，原因不詳。吉爾伯特．默雷說：「這一類型的傳奇，到了第四世紀就中止，令人費解。」[10]

---

9 見楊周翰、吳達元、趙夢蕤主編：《歐洲文學史》（北京市：人民文學出版社，1964年），上卷，頁70。

10 〔英〕吉爾伯特．默雷：《古希臘文學史》，頁26。

## 二　中世紀的長篇小說

西元四七六年西羅馬帝國滅亡，歐洲進入封建社會。中世紀文學是歐洲民族文學（除希臘羅馬以外）形成的時期。它有一個本土文化——日耳曼文化——的傳統，還有一個外來文化——希伯來文化——的巨大影響。古希臘羅馬文化對文學影響甚微，因為當時歐洲人還沒有「發現」它。

歐洲中世紀首先出現了許多中古英雄史詩，它們是封建社會早期的史詩，歌頌的是本民族的英雄事蹟，和古希臘羅馬的「史詩」沒有什麼聯繫。名著有英國的《貝爾武甫》（成書於八到十世紀）、法國的《羅蘭之歌》（成書於十一世紀）、西班牙的《熙德之歌》（成書於十一世紀）、德國的《尼伯龍根之歌》（成書於十三世紀）、俄國的《伊戈爾王子遠征記》（成書於十二世紀）。除《貝爾武甫》及《尼伯龍根之歌》部分內容外，多數中古英雄史詩是反映封建社會帝王征戰生活的史詩，它們最早也是民間口頭創作，後由文人記錄整理，作者均不詳。這說明歐洲這些國家最早的敘事文學，也都是詩體。散文敘事文學的出現，是後來之事。

繼中古英雄史詩之後，騎士傳奇發展起來，各國都有，數量繁多。最有名的，有兩個系統，一是法國查理大帝（742-814）的系統，一是英國亞瑟王（六世紀）和他的圓桌騎士的系統。騎士傳奇亦從民間創作發展而來，形式是從韻文到韻散間雜到散文，作者多不可考。英國馬羅禮（1391-1471）的《亞瑟王之死》（1469）是英國第一部散文長篇小說。

這部長篇小說篇幅宏大，主要由四部分組成：第一部分是亞瑟王的故事；第二部分是崔思痛騎士和綺秀・婉兒的故事；第三部分是郎世樂騎士和桂乃芬的故事；第四部分是「聖杯」或高明翰騎士的故事。它歌頌了亞瑟王統一英國及遠征羅馬的武功。亞瑟不是騎士，是騎士的領袖。他有崇高的威信，圓桌騎士絕大多數都聽命於他，即使那個擄去王后的郎世樂，也是對他表示忠心的。小說歌頌統一，歌頌開國君主，說明騎士文學與中古英雄史詩的民族意識是一脈相承的。

《亞瑟王之死》的另一個重要主題是愛情。小說描寫了郎世樂、桂乃芬、亞瑟王及崔思痛、綺秀、馬爾克王這兩個三角關係。騎士必須忠於君主，但郎世樂和崔思痛偏偏與他主子的妻子偷情，這就出現了「愛情」和「忠君」的矛盾。馬爾克王是個藩王，崔思痛與他的矛盾還容易緩和，亞瑟王是個君主，郎世樂與他的矛盾就無法調和，為此發生了戰爭便證明矛盾的尖銳性。傳奇作者力圖把郎世樂寫成全忠全愛的英雄，於是就出現了在中古英雄史詩中根本不可想像的奇怪現象：英雄在政治上忠於君主，在愛情上卻是君主的死敵。這實際上反映了個人的愛情與封建等級義務的衝突，是愛情至上的先聲。恩格斯認為，騎士愛是歷史上的第一次個人之愛，這是對古代奴隸制缺乏個人性愛的婚姻的反動，是對封建婚姻的破壞，具有進步的意義。小說十分注重對郎世樂和桂乃芬、崔思痛和綺秀的愛情描寫，並讚美了這種「犯上」的感情。把個人的愛情放到如此重要的地位加以歌頌，是中古英雄史詩所無法見到的，這說明騎士文學在寫個人情感方面突破了傳統的束縛。

小說的藝術技巧顯然比中古英雄史詩大大提高一步。此書以亞瑟王為主要線索，他的故事貫穿全篇，以郎世樂、崔思痛、高明翰等騎士為次要線索，穿插其間。小說結構龐大，分二十一卷，重要人物魚貫出場，以亞瑟王統一英國、舉行大比武、命令騎士們尋找「聖杯」、平定莫俊德叛亂為中心事件去組織人物。這種結構和中國古典小說《水滸傳》略有近似之處。

兩對情人纏綿繾綣、悲歡離合的戀愛故事是用對比手法襯托寫出。小說的人物性格也形成對比。小說的戲劇性也比中古英雄史詩大大加強了。全書一個重要懸念（梅林幻作老人對亞瑟王的警告）直到小說結束時才解開了。小說中有許多夢幻、奇蹟、異象的描寫，如追求「聖杯」、沸騰的泉水、動物的變形等等，都具有象徵、暗示的性質，說明騎士文學深受基督教文學的影響。小說一些卷回開頭的寫法很像行吟詩人講故事前的提要，如六卷第一回就概括說出郎世樂和桂乃芬日後的悲歡。小說中還出現了重疊敘述的章節。這些方面都證明馬羅禮的小說還保留著說唱文學的痕跡，這種痕跡在文藝復興的小說如《堂·吉訶德》中還可以發現。

《亞瑟王之死》是騎士文學總結性的作品。小說以桂乃芬及郎世樂出家結束，流露了濃厚的出世思想，前後傾向如此不同，也在矛盾中透露了騎士時代的式微。

荷馬史詩是西方小說的胚胎，但是它對歐洲敘事文學的影響，是在文藝復興之後。在中世紀，敘事文學走的是中古英雄史詩——騎士傳奇的路子，又發展為騎士散文小說。如上所述。

將中古英雄史詩——騎士文學——散文小說略作比較，有助於加深對西方長篇小說發展脈絡的認識。三者既有繼承關係又有所創新。第一，都是寫英雄，頌英雄，而「英雄」即「理想的騎士」。恩格斯指出，西格夫里特就是一個「騎士」。他又說，法國是騎士制度發展的中心，十一世紀末騎士制度在法國首先形成，這才產生了《羅蘭之歌》。但是，《羅蘭之歌》是全寫戰爭的，《熙德之歌》就出現了家庭瑣事和父女之情，《尼伯龍根之歌》又出現英雄偷女王腰帶的情節，到《亞瑟王之死》，「香艷」的情節就更多，也就是說，「英雄」的性格越來越豐富了。第二，忠君、護教的思想是一脈相承的。但騎士傳奇與散文小說的「忠君」意識轉化為「忠主」意識，民族意識與護教意識也淡薄了，個人意識加強了，書中人物從民族英雄向「俠客」轉化。第三，都是從民間說唱文學發展起來，但中古英雄史詩以一個英雄人物故事為主，如《羅蘭之歌》、《伊戈爾王子遠征記》，題材十分集中，《熙德之歌》就出現了戰鬥和家庭兩個主題。《尼伯龍根之歌》

又多了家族復仇，且人物眾多，關係複雜，寫了幾十年的事，主人公西格夫里特已於上部死去，下部是他妻子克里姆希爾特為他報仇，主人公也不是由一個人物貫穿到底了。《亞瑟王之死》則有四組故事，結構更為複雜。

中古英雄史詩是用韻文寫的，騎士傳奇則由韻文而韻散間雜而發展為散文。十字軍東征前多是韻文，比較粗野，十字軍東征後多為散文，比較高雅。從十三世紀初開始，散文騎士小說大量出現，它們大都是根據已有的騎士故事詩改寫的，到十四世紀幾乎完全取代了騎士故事詩，終於在十五世紀出現了《亞瑟王之死》這樣的鉅型作品，散文騎士小說大大發展了韻文騎士小說的虛構因素，和中古英雄史詩取材於史實大異其趣。主人公的故事與各種穿插性的情節交識在一起，形成多線索的結構。小說內容豐富多彩，開始重視描寫內心活動和情感，注重細節的描寫和情節的鋪墊。西方語匯中的「韻文小說」一詞也逐漸轉而具有「小說」含義，這是小說發展的一個重要階段。別林斯基說：「現代長篇小說的種籽已經在這種作品中成熟了。」

但是，無論中古英雄史詩、騎士傳奇或散文的小說，題材多有因襲性，並非一國所獨有，如查理大帝的傳說，亞瑟王的傳說即是。英國中世紀出版家柯克士頓在一四八五年寫道：

> 亞瑟王的名望，在海外比國內更高；他的崇高事蹟，在外國記載的，例如在荷蘭、意大利、西班牙、希臘和法國等處，都比在英國為多。[11]

這又說明中世紀歐洲各國的敘事文學共性大於個性，相互依傍，還缺

11　《亞瑟王之死》〈序〉，見黃素封譯：《亞瑟王之死》中譯本（北京市：人民文學出版社，1960年，第1版），上冊，頁5。

乏獨立的民族性，反映了歐洲的敘事文學尚在成長之中，並未進入成熟時期。

## 三　文藝復興時期的長篇小說

十四至十六世紀文藝復興是歐洲民族文學的發展時期。歐洲近代長篇小說興起，它是對騎士傳奇的否定。必須清算騎士文學，新文學才能發展。

反對騎士文學的聲音在中世紀中期已經出現，流行於歐洲各國的《列那狐故事》（十二至十三世紀）用動物擬人化手法嘲笑了騎士文學。有一本《列那狐傳奇》的前言明白聲稱它要取代騎士傳奇的地位。

> 客官請聽，多少故事詳情，／娓娓敘來，漫不經心。／帕里斯掠走美人海倫，／戰亂災難，接踵頻仍。／特里斯坦與希弗里，／血火伴溫情。／韻文故事與英雄史詩，／天南地北，爭相傳頌。／刀光劍影和征戰拼殺，／如今已壽終正寢，／代之而起了列那狐與辛格林。

除了動物史詩諷刺了騎士文學以外，一種新文學形式——長篇小說——也從正面衝擊騎士文學。文藝復興時期三部最著名的小說都有一個共同特點：反對騎士文學。但「反」法各不相同。

十六世紀西班牙流浪漢小說興起，作者目光看著五光十色的下層社會，而不是看著貴族宮廷，內容與騎士傳奇根本不同。它以流浪漢（乞丐）為主人公，與以英雄美人為主人公的騎士傳奇大異其趣。它以第一人稱法讓主人公講自己的故事，敘事手法與騎士傳奇明顯有別。《小癩子》（1553）是西班牙最早也最有代表性的流浪漢小說，開西方此類小說先河。作者佚名。《小癩子》原名《托美思河的小拉撒路傳》，因主人公的母親在托美思河邊的磨房裡生下他，《新約・路加福音》有一個癩皮叫化子叫拉撒路，死後上天堂，虐待窮人的富翁下地獄，故楊絳譯為《小癩子》。書中的小癩子是一個吃不飽餓不死的叫化子，他伺候了七個主人（瞎叫花子、教士、貴族、修道士、賣赦免書的人、牧師、保安長官），親身領略到人間的種種苦難，也從一個又一個主人身上學會了各種混世的本領。他最後娶了大神父的女佣人，明知女佣人是大神父的姘頭，為大神父生了三個孩子，但只要對他生存有利，他也願意妥協。這類小說一個顯著特點是「非英雄」。另一顯著特點是藉主人公的流浪寫社會的各色世態。戲劇手法是捉弄與反捉弄。其價值是傳達了平民對不平等社會的現實主義評論。

法國拉伯雷（1494-1553）的《巨人傳》（共五部，1533年起陸續出版）反騎士傳奇的手法是借用民間文學的「笑文化」把騎士傳奇的素材加以誇張描寫來嘲笑之。作者有一天在書攤上買了一本無名氏的《高長碩大巨人卡岡都亞大事記》，敘述巫師梅靈製造了一個巨人卡岡都亞，為亞瑟王抵抗敵人的侵略。作者讀了此書後產生一個願望，決心仿照它的寫法，寫出一本同樣奇妙的新書[12]。幾個月後，《巨人傳》第一部便問世了。這說明《巨人傳》的素材取自騎士傳奇。

然而，《巨人傳》中的主人公卻是民間文學「笑文化」的產物，是滑稽荒誕可笑的形象，這是對騎士傳奇的諷刺。其第一部先寫巨人卡岡都亞的兒子龐大固埃。他生下來之前，他母親先產下六十八個驢夫，每人手裡牽著一頭驢子，再產下九匹駱駝，最後才生出一個全身長毛的嬰兒——龐大固埃。他一生下來就力大無比，食量無窮。家人用母牛給他餵奶，他要把整頭母牛吃下去。家人聞聲趕來，從他手中奪下母牛，他還是擲下了一條牛腿。他長大後放了一個響屁，震動了方圓八、九里地面，還放出五萬三千個矮男人，再放一個悶屁，放出五萬三千個小女人。

---

12 鮑文蔚譯：〈作者序言〉，《巨人傳》（北京市：人民文學出版社，1983年），頁178。

《巨人傳》第二部同樣荒誕。巨人卡岡都亞是從媽媽耳朵後鑽出來的。他長大後到巴黎，群眾圍觀之，他撒了一泡尿沖死了二十六萬零四百一十人。他後來去打仗，其馬撒了一泡尿，變成七里長的一股洪水，把敵人統統淹死。敵人朝他開炮九千零二十五發，就如許多葡萄打在他身上。打勝仗後，他梳頭時從頭髮裡掉下許多炮彈。

這些寫法說明作者故意誇張了騎士傳奇的荒誕因素，把它變得滑稽，用民間文化的笑聲摧毀騎士傳奇神聖的形式。

但是，作者筆下的「巨人」又是先選的人文主義者。作者借騎士的軀殼，放進人文主義思想，使人物形象有雙重性，與騎士傳奇中的舊人物不同，這就是推陳出新。

《巨人傳》又是一部諷刺小說，作者以滑稽的手法諷刺當時的法院、教會，特別是教育制度、官僚機構，有時還怒罵之。所以它出一部，被禁一部，其一至四部均被查禁。第五部是作者死後才出版的。它的內容與騎士傳奇的對立是十分分明的。

西班牙塞萬提斯（1547-1616）的《堂・吉訶德》（第一部發表於一六〇五年，第二部發表於一六一六年）也是針對騎士傳奇的。作者認為騎士傳奇害人不淺，故要仿之寫一本書來打倒它。他說：「我願望無非要世人厭惡荒誕的騎士小說。」作者用的手法也是「笑」與「反寫」，而且比拉伯雷更高明。騎士少年英俊，堂・吉訶德卻是五十出頭的老鄉紳；騎士騎高頭大馬，他騎一匹瘦馬；騎士每戰必勝，他幾乎每戰必敗；騎士鬥妖魔，他鬥風車羊群；騎士有如花似玉的美人，他假想的情人是胸口長黑毛的腌豬的村姑。作者用反寫與諷刺「笑」死了騎士傳奇。據說，此書一出，騎士傳奇在西班牙就絕跡了。

不過，如同拉伯雷一樣，塞萬提斯也是「舊瓶裝新酒」，他也藉騎士的軀殼，放進人文主義思想。他筆下的主人公也有兩重性，一方面是可笑的、滑稽的人物，另一方面是披著騎士外衣的人文主義者的悲劇典型。如同《巨人傳》一樣，主人公的主要方面是進步的。

《堂·吉訶德》是對騎士傳奇的否定，但作者又正是在舊形式的基礎上創造了新型的小說。作者否定騎士小說內容的「荒誕無稽」，形式的「千篇一律」，但作者也指出騎士小說上承中古英雄史詩和荷馬史詩，不能一概說是「捏造」。他還指出騎士小說「它的題材眾多；有才情的人可以借題發揮，放筆寫去，海闊天空，一無拘束。」正如屠格涅夫說的：

> 初期小說，所謂武俠小說，從中世紀的詩歌發源。那種敘事詩的主角都出於查理曼大帝和「聖杯」等連環小說，小說一上來不過把這些詩歌化為散文，內容老是騎士的奇遇。這是描寫貴族的小說，登場的不是荒誕神奇的人物，就是靴子上有黃金踢馬刺的騎士；人民的影蹤一點也沒有。這種武俠小說越來越糟，變到荒謬絕倫，塞萬提斯憑《堂·吉訶德》一書把它推倒。但是他一面寫諷刺，拆了舊小說的臺，一面就給我們所謂近代小說的新型創作立下了模範。……塞萬提斯在武俠小說裡安插了對下層階級的真實描畫，攙和了人民的生活，開創了近代小說。

上述三部小說都是反對騎士傳奇文學的。《巨人傳》與《堂·吉訶德》更是在反傳統中破舊立新。一方面是反，另一方面又有繼承。而民間文學是大動力。這樣，中世紀騎士傳奇與文藝復興時期小說的通變關係就清楚了。《小癩子》、《堂·吉訶德》都是「路上小說」，也都在長篇中穿插不少獨立的短篇故事，這正接上了《變形記》的傳統。《巨人傳》的荒誕、諷刺手法也正接上了《真實的故事》的傳統。《真實的故事》的「反寫」手法，在《巨人傳》與《堂·吉訶德》中得到出色的繼承。

文藝復興時期的長篇敘事詩也出現了三部名著，均以查理大帝及亞瑟王傳說為題材，這就是義大利阿里奧斯托（1474-1533）的《瘋狂的羅蘭》（1516-1532）、義大利塔索（1544-1595）的《被解放的耶路撒冷》（1565-1575）、英國斯賓塞（1552？-1599）的《仙后》（1589-1596）。《瘋狂的羅蘭》寫查理大帝的騎士羅蘭因失戀於契丹公主安杰麗嘉而瘋狂。《被解放的耶路撒冷》寫第一次十字軍東征解放了被回教徒佔領的耶路撒冷。詩中回教徒女英雄克羅琳德的愛情悲慘故事使歌德大受感動。《仙后》寫亞瑟王和十二個騎士忠於仙后去冒各種危險。這類長篇敘事詩把基督教英雄和回教徒美人的悲歡離合與基督教徒對回教徒的聖戰聯繫在一起；人與人的戰爭與人與妖魔的鬥爭聯繫在一起。散文的騎士傳奇已沒落，而詩體的騎士傳奇卻以詩的藝術魅力與日後的浪漫主義遙遙相通。

上述詩體長篇敘事文學與散文長篇小說同步發展，是西方文藝復興時期一個顯著的現象，這種現象一直延續到十九世紀浪漫主義時期，如拜倫的「史詩」《唐・璜》及普希金的「詩體小說」《歐根・奧涅金》都是「詩」的小說。在這之後，詩體長篇敘事文學才徹底被散文長篇小說所取代。

## 四　十七世紀的長篇小說

十七世紀西方的長篇小說遠未成熟。除英國班揚（1628-1688）的《天路歷程》（第一部一六七八年，第二部一六八四年）、德國格里美爾斯豪生（1621？-1676）的《冒險的西木卜里其西木斯》（1668-1669，中譯本為《痴兒西木傳》[13]）及法國拉法耶特夫人（1634-1693）的《克萊芙王妃》（1678）外，沒有什麼著名作品。這是一個小說過渡時期。

這個時期法、英、德出現不少「路上小說」，為十八世紀西方這

13 李淑、潘再平譯：《痴兒西木傳》（北京市：人民文學出版社，1984年）。

類小說的大發展作準備。文藝復興時期，已有「騎士路上小說」(《巨人傳》、《堂・吉訶德》)，現在又有「宗教路上小說」及「流浪漢路上小說」。《天路歷程》及《冒險的西木卜里其西木斯》分別為代表。

在這裡要注意西方長篇小說的基督教傳統。基督教文學的象徵寓言手法在中世紀法國的詩體傳奇《玫瑰傳奇》中已有體現。詩人終於摘取了玫瑰，贏得了愛情。數以百十計的道德觀念全部擬人化。現在，《天路歷程》又一次廣泛使用象徵寓言手法，而且用散文來寫。《天路歷程》的全名是「一位聖地朝拜者，由這個現實世界走上來世天堂的過程」，它以「夢」的形式，描寫了主人公「基督徒」及其妻子「女基督徒」攜四子、四媳到達天國的故事。所謂「夢」，是敘述者（即作者）敘述他在夢中見到書中這些人物的行動。第一部寫「基督徒」，第二部寫其妻及四子，四子都在途中結了婚又生了兒女，所以到達天國的人是很多的（還有同行者）。作者只寫到「女基督徒」到達天國。她的後代沒寫。所謂到達「天國」，即死亡。十七世紀英國出了兩部以《聖經》為範本的名著，一是詩，一是散文；一寫天上，一寫人間；一是浪漫的，一有寫實傾向，這就是彌爾頓的《失樂園》和班揚的《天路歷程》。《失樂園》繼承了史詩與中古敘事詩的傳統，是古典的、詩體的敘事文學。《天路歷程》繼承了中古宗教劇與宗教故事的傳統，是民間的、散文的敘事文學。

《天路歷程》作為十七世紀西方小說的名作，具有鮮明的過渡特點。第一，在文體上，它是詩與散文的結合，而以散文為主。每部的序言用詩寫，每部的正文用散文寫。序言是作者自我的表現，如「作者為本書所作的辯解」，「作者發表《天路歷程》第二部的方式」。從文藝復興到十八世紀，西方小說家很喜歡在書中直接發表自己對各種問題的見解，十九世紀小說也這樣。但班揚用詩表達，這就是過渡的特點。第二，宗教內容與現實生活結合。宗教內容一看便知。書中第一部用了《聖經》一百六十個典故，第二部用九十四個典故，全書是對《聖經》的闡釋。但小說的人物走的又是人間的路，所見所聞又是人間的事。如第一部寫「基督徒」途經「名利場」（又譯「浮華市集」），小說這樣描寫：

> 魔王，魔鬼和眾嘍羅知道浮華市是朝客必經之地，就設此集市，出賣房子、地皮、職業、位置、榮譽、升遷、爵銜、國家、王國、慾望、快樂以及各種享受，如娼妓、鴇母、丈夫、兒女、主人、奴僕、生命、鮮肉、肉體、靈魂、金銀、珍珠、寶石等等。……這兒還可以一錢不花地看到偷竊、謀殺、通奸、發假誓的人，令人觸目驚心。

這就不是寫天上，而是寫人間了。第三，書中所有人物與背景都是概念化的，粗粗統計有九十四個概念化的人名及地名，如「基督徒」、「女基督徒」、「福音」、「情慾」、「虛榮」、「殘暴」、「吝嗇」、「毀滅城」、「名利場」、「艱難山」、「屈辱山」、「貪財州」、「金銀山」等等。也就是說，在塑造人物與描寫環境方面是觀念化的，無法與十八世紀的路上小說活生生的場面比美。

《天路歷程》作者的本意一是宣傳基督教（作者是狂熱的教徒），一是抨擊時弊。他說：「我原想寫下聖徒們所經歷的路程，萬想不到，我卻寫成了一篇諷諭。」（重點號筆者加）。西方學者評論說：僅「名利場」一章，即可使此書不朽。[14]由於它宣傳宗教及抨擊英國王政復辟時期的社會風尚兩方面都符合民意，出版後立即取得巨大成功，不到一年重版三次，班揚死前就售出十萬多冊。它已被譯成一百二十多種文字。在西方小說史上佔不容或缺的地位。

---

14 魯賓斯坦著，陳安全等譯：《從莎士比亞到奧斯丁》（上海市：上海譯文出版社，1987年），頁215。

《天路歷程》的缺點是丟掉《聖經》的文學性，故不好看。作者缺乏豐富的想像力，借鑑希伯來文學卻不取其故事趣味。《西遊記》也是「路上小說」，但在借鑑印度文學故事及發揮想像力方面大大超越了它。

《天路歷程》的另一缺點是未能對現實批判到底。第二部寫「女基督徒」等又經過「名利場」，發現那裡的人全變好了，這就化批判為粉飾。

《冒險的西木卜里其西木斯》分五卷。德國三十年戰爭（1618-1648）時期，一個與丈夫失散的貴婦人在樹林中生下一男嬰後死去。男嬰由一家農民夫婦收養。他十歲時，農民的村子被亂軍洗劫焚毀。他逃入森林，為一頸上和身上繞著一條鐵鏈的隱士收留。隱士問其父母是誰，對曰「無父母」。問「誰給你衣服穿呢」，對曰：「我阿媽」。問其「阿媽夜裡和誰睡在一起」，對曰「和阿爸」。問其「阿爸名字叫什麼」，對曰「他叫阿爸」。隱士見他渾渾沌沌，便給他取名為「西木卜里其西木斯」（simplissimus），意為「淳樸無知」或「痴兒」。隱士教他讀書認字，兩年後隱士死去，剩下他去闖世界。直到小說最後，他方知隱士即其父，是一名軍官。其母是德國司令官的妹妹。這是小說開頭，後面大部分情節寫他長大後去當兵，從小兵做到軍官，立了功，進入巴黎上流社會，受到女人的青睞，又被人捉弄。他還到過俄國，為沙皇製造火藥。此小說情節多荒唐，而主人公經歷又奇特，例如因為長得俊，被強迫扮作女人，生風流事。後來又長了天花，變醜，受人歧視。他一生坎坷多於順利，這本是流浪漢小說特點。三十年戰爭結束，他也老了，回顧一生，萬念俱灰，決定隱居。全書最後兩章的標題為「西木回顧艱辛勞思的一生，決心皈依上帝」，「世界使西木無所留戀，西木向世界告別。」其中有如下的反思：

> 你過去的生活算不得生活，而是死亡；……你追隨戰爭，歷盡

> 艱險，……你時而身居高位，時而跌落塵埃，時而顯貴，時而卑微，時而富有，時而窮困，時而快樂，時而憂傷，時而受人愛戴，時而被人忌恨，時而享愛敬重，時而遭到歧視，而現在，噢，你啊，我可憐的靈魂，你在漫長的人生道路上獲得了什麼呢？

以後，作者又寫了「續篇」(1669)。西木又為遠遊所吸引，乘船出海，流落到一個荒島上，以勞動為生。他不願再回到那充滿罪惡、屠殺和欺騙的歐洲去了。

《冒險的西木卜里其西木斯》與此類小說的老祖宗《小癩子》及後來十八世紀法國勒薩日的《吉爾・布拉斯》有以下六點不同，故在「流浪漢小說」系統中佔重要地位。

第一，小說主人公的足跡遠遠超過了那兩部小說的主人公。小癩子與吉爾・布拉斯走來走去都在西班牙境內，而西木到過俄國、朝鮮、日本、澳門、印度、君士坦丁堡、義大利。十七世紀西人已注視中國，西木便到過澳門。因此，此小說在中西文化交流史上有一定意義。小說不僅寫「路上」，最後還寫「海上」，儘管不足一頁，但西木航海是個事實，不妨視為十八世紀「航海小說」先河。

第二，流浪漢小說主人公多擅於應付環境以求生存，故有一個從好變壞的過程。《小癩子》即如此。但此小說的西木有一個好——壞——好的三部曲，多了一個第三階段，由與社會同流合污到不與之同流合污。說明基督教力量在起作用，這就和《天路歷程》掛鈎。日後勒薩日的《吉爾・布拉斯》就仿效了這種手法。它使「流浪漢小說」帶上反思與懺悔的性質，又開了十八世紀自傳體小說先河。

第三，小說有超現實情節，如西木參加妖魔的舞會，和精靈遨遊地球中心，被魔鬼湖王領進海洋深處。作者把德國民間傳說寫入小說。而《小癩子》及《吉爾・布拉斯》均無這類超現實情節。德國乃浪漫主義發源地，浪漫主義的母親是民間文學，此小說不妨視為十九世紀浪漫主義遠親。

第四，小說的議論很多，宗教意味極重，與《小癩子》及《吉爾．布拉斯》大不相同，因而更靠近西方基督教文學的傳統。

第五，此小說為西木的回憶錄，從後面寫起，小說開頭有「鳳凰涅槃」式的序詩，主人公自云「像鳳凰在火中再生……我把一切，記述書中，為使讀者，如我所做，遠離愚昧，永得安寧。」《小癩子》及《吉爾．布拉斯》均非回憶錄，是「我」從頭到底講自己的故事。此小說的倒敘式結構對西方日後的小說結構有所影響。

第六，它是作者系列小說「痴兒故事」的一部分。「痴兒故事」一共十卷，一卷至六卷即為此書。一六七〇年出版的《女騙子和女流浪者大膽姑娘》、《冒失兄弟》，一六七二至一六七五年的《神奇的鳥窩》兩卷集是另外四卷，從而構成「痴兒」系列，人物多有關聯。故此小說是繼拉伯雷《巨人傳》後西方又一部較早的系列小說。

法國拉法耶特夫人的《克萊芙王妃》寫法國十六世紀宮廷一個愛情故事。花花公子內穆爾親王追求克萊芙王妃。王妃本不愛丈夫而鍾情於內穆爾，但不願對丈夫不忠，終於向丈夫坦白，丈夫憂鬱而死，她入修道院了卻殘生。

這並非是什麼著名的作品，國內一些歐洲文學史多不提及。然而，它有助於我們認識法國十七世紀到十八世紀文學的異同及繼承關係，是西方小說史上不可或缺的作品。它的比較價值有四：

第一，這是法國十七世紀的古典主義小說，具有美化貴族、歌頌理性兩大特徵。這兩大特徵在法國十七世紀古典主義戲劇中累見不鮮，但在小說領域中並不多見，故此小說可視為「古典主義小說」標本。書中美化貴族的行文比比皆是，如「宮中從未有過如許的佳麗，偌多的英俊男兒，彷彿大自然特意將世間之美賜了公主、貴妃、王侯、太子。」「內穆爾親王卻是大自然之傑作」。「她（克萊芙王妃）

的一生，雖然相當短促，但卻留下了不可企及的精神力量的榜樣」。此小說也歌頌美德與理性，女主人公克萊芙王妃是一個榜樣。她雖熱戀內穆爾親王但完全能自控，乃至於敢向丈夫坦白自己的隱私。就是花花公子內穆爾親王也嚴守禮法，二人只是內心傾慕，眉目傳情，書信往來而已。畢生只有一次單獨處一室見面（在主教助理家中），男的跪下，女的眼眶哭腫了。絕無擁抱接吻，更別說其他。這是貴族的「理性」文學，完全排斥性心理的描寫。與日後盧梭的《新愛洛綺絲》及歌德的《少年維特之煩惱》大不相同。

第二，隱惡揚善，為貴族諱。女作家本人是與路易十四宮廷關係密切的貴婦，對歷史上宮廷的腐敗黑暗污亂並非不知。她在小說中有這樣一段文字可以證明：「野心和玩弄愛情是這個宮廷的靈魂，男男女女都為此而忙碌。這裡出現了多少利益角逐，多少各式各樣的小集團。貴婦人也大量參與其事，以致愛情總是牽涉政事，而政事又關聯著愛情，誰也不得安寧，誰也不能無動於衷。大家都想著擢升、討好、逢迎或加害於人；人們不知厭倦和清閒，無時無刻不被玩樂和陰謀所支配。」這本是小說極好的題材，只不過作者受階級侷限，不去暴露而已。由此可見西方十九世紀前少有暴露文學是有原因的，因為王權、宮廷是神聖不可侵犯的，為王者諱、為尊者諱是傳統觀念，十九世紀前的西方作家很少選擇暴露貴族的題材。貴族出身的作家不寫此類題材，非貴族出身者又不知內幕。批判現實主義是十九世紀三十年代以降的文學思潮，等到這種思潮起來時，貴族社會已成過去，再有才華的作家如巴爾扎克也缺乏其時的生活經歷。巴爾扎克暴露資本主義社會的金錢罪惡，描寫貴族的資產階級化，是用一支同情與惋惜的筆去寫，並非暴露貴族階級。這點與中國文學相同，在中國，皇帝與朝廷更是神聖不可侵犯的，為尊者諱的傳統觀念更強，中國只有暴露市民階層的《金瓶梅》，無暴露封建統治階級的《金瓶梅》。曹雪芹的《紅樓夢》是給已經沒落的貴族階級唱挽歌的。

第三，女主人公克萊芙王妃與西方小說戲劇中大量的多情女性不同，不是愛情至上主義者，而是一個十分實際的女人。她在克萊芙先生死後，堅決拒絕內穆爾親王的求婚。她不肯嫁給情人的根本原因，既不是出於對亡夫的義務心，也不是出於宗教的感情，更非害怕輿論的責難（連她叔叔也認為二人正「匹配」），而是出於對情人的透徹的了解：內穆爾親王是個花花公子，愛情不專一，不會永遠愛她。她是出於最理智的判斷而不肯委身給他的。這是她最大的「理性」，這「理性」是出於對自己未來幸福最實際的考慮，一點浪漫蒂克也沒有。通過這篇小說，我們可以加深對古典主義的理性的認識：「理性」是排斥感情的理智的思考、判斷，不僅僅有政治上的、道德上的、宗教上的思考與判斷，還有本於自身利益的思考與判斷。「理」與「情」的衝突，「理」戰勝「情」，還包括並不盲目放縱自己的感情，而置自身的利益於不顧。在這一點上，克萊芙王妃與莎氏筆下的女角及十八、十九世紀西方長篇小說中的愛情至上主義女性均不相同。

第四，此小說也可以視為「感傷主義」小說，其與十八世紀的平民感傷主義小說乃至普希金的「詩體小說」《歐根・奧涅金》有同有異，在主題思想、主人公的出身、歌頌對象、內心獨白的細膩、故事的曲折、書信體的格式乃至性心理的描寫諸方面有很大區別。但也有聯繫，如二者均著重描寫人物感傷的情調，這是一致的。從模式上說，都有一個丈夫、妻子、第三者的三角關係；妻子大都向丈夫坦白；丈夫大都是寬容的人；男女主人公下場悲慘，不是男死便是女亡或遁入修道院；總有一個知情者，多為男方或女方知心人或親人，便於男女主人公向之吐露衷情和傳遞消息。因此，此小說可助我們了解十八世紀感傷主義文學與十七世紀古典主義文學的繼承關係。

## 五　十八世紀的長篇小說

西方小說經過十七世紀的醞釀，到十八世紀得到很大的發展，這首先是有了一個促使小說發展的科技背景。美國新批評派布魯克斯及華倫寫道：

> 事實上，被我們稱之為小說的那種長篇散文敘事作品，一直要到現代社會逐漸形成，由於超市生活繁榮、現代科學產生、工業革命到來，致使富裕的中產階級興起，因而使較多的人具有閱讀能力，長篇散文才真正得到發展。小說是為了那些受到新的現代社會薰陶的讀者而寫的，其內容也就或多或少地取諸現代社會生活。[15]

十八世紀市民勢力逐漸強大，要求長篇小說反映他們的生活，為他們服務，於是家庭小說、路上小說、航海小說相繼興起。十八世紀的長篇小說以歌頌市民及描寫市民生活為其顯著特色，它的人物不再需要披上中古的外衣，多數小說也擯棄了荒誕的情節。在英國，感傷主義書信體小說首先興起，感傷主義是西方第一個小說流派，這個流派和古典主義的藝術趣味大不相同，不是由法國的貴族而是由英國溫和的資產階級催生的。感傷主義小說絕大多數之所以是書信體，因為書信體更易於抒發私人感情。而且以寫信方式來進行社交活動也是當時的風尚。

書信體小說源於古羅馬奧維德發明的「詩體書簡」，《女傑書簡》共二十一封詩體書信，是詩人假設古代神話傳說中二十一位著名女性

---

15 布魯克斯、華倫合編，主萬等譯：《小說鑒賞》（北京市：中國青年出版社，1986年，第1版），下冊，頁493。

（如海倫、狄多、潘奈洛佩、薩福）寫給丈夫或情人的信，故不妨視之為十八世紀感傷主義書信體小說的遠祖。中世紀法國神學家阿伯拉爾（1079-1142）與女修道院院長愛洛綺絲（1098-1164）的愛情書信及其悲慘故事對十八世紀盧梭的創作靈感有極大影響，他為此創作了著名的感傷主義書信體小說《新愛洛綺絲》。

感傷主義書信體小說多以平民為主人公，描寫平民不幸的遭遇，歌頌平民高尚的感情，有的小說同時歌頌了平民及具有平民意識的貴族，有的小說用平民的高尚情操去否定貴族的卑劣品質。

著名的書信體小說有英國理查遜（1689-1761）的《帕美拉，又名美德受到了獎賞》（1740），其小標題是「一個漂亮的年輕女人寫給父母的一部分信，它們是為了發揚道德和宗教信念而發表的。」這位年輕貌美的女僕向父母報告她每天甚至每時每刻在少東家 B 先生家裡的險情。但她終於用宗教情感、美德、眼淚感化了這個花花公子，使他放棄了強暴她的企圖，尊敬而愛她，正式向她求婚，娶她為妻。婚後的帕美拉算是幸福的，故曰「美德受到了獎賞」。法國盧梭（1712-1778）的《新愛洛綺絲》（1761）及德國歌德的《少年維特之煩惱》（1774）也是書信體小說。後面要著重分析。

感傷主義小說也有非書信體的，如英國斯特恩（1713-1768）的《約里克先生在法蘭西和意大利的感傷的旅行》（1768）及俄國卡拉姆辛（1766-1826）的《苦命的麗莎》（1792）。後者寫農家賣花女麗莎被貴族拋棄而投水自盡，俄國文學史稱之為「貴族感傷主義」代表作。前者尤為重要，「感傷主義」由此書得名。小說只寫主人公在法旅行之事，因作者得肺病逝世而未寫完。約里克是一個多愁善感的人，碰到隨便什麼事情都會流淚，同時被自己的眼淚所感動。他說：「我像女人一樣軟弱，我要求讀者不要笑我，要憐憫我！」他住在法國一個旅店，一個老和尚要求施捨，他非但沒給他錢，還罵他好吃懶做。可是門一關上，他就後悔了，便出去尋找那和尚，和他交了朋友。以後老和尚死了，他去訪墓，在墓前痛哭一場。在那旅店門口，他遇到一年輕女子，眉宇之間有一種憂鬱神情，他可憐她，但不好問她。當他知道那女子要和他同路時，他邀請她搭他的馬車，一路上他對她溫存體貼，覺得與她同坐馬車的一個鐘頭是很可紀念的，是一生中難得的快事。在法國某城市，他看到一個人坐在路旁，為他的死去的驢子痛哭。那驢子馱著他從西班牙走到法國，但現在已經死了。他悔恨他的重量一直壓在驢子身上，以致害死了驢子。約里克看到此情此景，又發感慨說：「世界上的人真不像樣！要是我們能彼此相愛，就像這個人愛他的驢子一樣，那就好了。」最後，他到了另一城市，遇到一個可憐的少女瑪麗亞，她被情人拋棄了，受了刺激，神智異常。她父親又死了。約里克在她旁邊坐下來。她流淚，他也流淚。約里克用他的手帕替她擦眼淚，然後擦他自己的眼淚，然後又替她擦眼淚。當然，「感傷主義」主要是指深入到內心世界的一種情感，多由「情」與「理」的衝突引發，人物內心充滿尖銳的矛盾，多以愛情為主題。下面，著重分析盧梭的《新愛洛綺麗》及歌德的《少年維特之煩惱》，這是感傷主義真正意義上的代表作。

《新愛洛綺絲》（1761）初發表時書名為《朱莉或新愛洛綺絲》，副標題為「居住在阿爾卑斯山麓的一個小城中的兩個情人的書信」。全書由一〇六封信及若干短簡構成，絕大部分是朱莉和她的家庭教師聖普樂的通信，也包括男女主人公與朱莉的表妹克萊爾、友人愛德華、朱莉的丈夫沃爾德等人的通信。朱莉、克萊爾、聖普樂是瑞士人[16]，愛德華是英國人，沃爾瑪是俄國人。法國人盧梭寫了一部瑞士人、英

---

16 聖普樂說「我是瑞士人」，見李平漚、何三雅中譯本，頁58。作者稱他為「善良的瑞士人」，中譯本，頁342。作者又稱朱莉表妹「這個善良的瑞士女人」，中譯本，頁423。柳鳴九等主編《法國文學史》說「寫十八世紀法國一對青年人朱麗和聖普樂的戀愛悲劇」，陶德臻等主編《世界文學史》說「寫十八世紀法國貴族小姐朱麗和教師聖普樂的戀愛悲劇」，似乎都把男女主人公的國籍搞錯了。

國人、俄國人之間的情誼的小說，讓和平與情誼超越民族國界把善良的人們聯繫在一起，很有點世界大同的意味。

## (一) 書名的來歷

愛洛綺絲和阿伯拉爾是法國歷史上實有的人物，後者是著名神學家，前者是其女學生。二人相愛並秘密結婚，事發後被迫分離。其後仍通書信。關於愛洛綺絲，大英百科全書詞條文如下：「埃羅伊茲，Héloise（約1098-1164年5月15日），法蘭克女隱修院院長。神學家和哲學家阿伯拉爾之妻。約一一一八年她叔父、巴黎聖母院教士富爾貝爾委託阿伯拉爾教育她。兩人相戀，生一子，遂秘密結婚。她的親屬忿怒之下使人毆打並閹割阿伯拉爾。他入聖但尼隱修院為修士。埃羅伊茲入阿爾讓特伊女隱修院。該女隱修院解散後，阿伯拉爾把自己興建的巴拉克雷隱修院的財產贈給埃羅伊茲和她所率領的眾修女。埃羅伊茲任該女隱修院院長。」[17]關於阿伯拉爾，中國上海辭書出版社一九八一年版的《宗教詞典》詞條文說：「阿伯拉爾（Pierre Abélard, 1079-1140），中世紀法國經院哲學家、神學家。生於法國南特巴萊鎮（Pallet）。學哲學於巴黎。1101年起在默倫（Melun）、科爾貝（Corbeil）、巴黎等地先後辦校講授哲學，僅在巴黎就有歐洲各地來的學生五千名，名噪一時。……又在《神學導論》中批駁安瑟倫關於『信仰而後理解』的觀點，提出應該是『理解而後信仰』，……受到1121年天主教會舉行的蘇瓦松（Soissons）會議的譴責，所著《神學導論》被焚毀；又於1140年受到桑城（Sens）會議以及羅馬教皇英諾森二世的絕罰，終於被禁閉在克呂尼隱修院至死。」

愛洛綺絲與阿伯拉爾相愛的書信是拉丁文學的奇葩，哀怨動人，曾使盧梭深受感動。書中的女主人公朱莉在聖普樂指導下也讀過並討

17 《簡明不列顛百科全書》中譯本卷一，頁204。

論過這些書信，因此，盧梭把他的小說取名為《朱莉或新愛洛綺絲》，把朱莉比作愛洛綺絲，表明書中女主人公朱莉和十二世紀的愛洛綺絲在愛情上有相似的不幸遭遇。

## （二）此書的故事

這是一部書信體小說，全部故事就以書信來敘述。二十歲的平民家庭教師聖普樂和十八歲的貴族女學生朱莉相愛，被朱莉母親發現，母親為女兒擔驚受怕，得病死去。德丹治男爵強迫獨生女兒嫁給五十歲的俄國人沃爾瑪，後者二十年前曾是他的救命恩人。朱莉結婚後，聖普樂周遊世界。四年後他回來，沃爾瑪先生知道妻子與他的舊關係，仍邀請他來當兩個孩子的家庭教師。朱莉與舊情人又朝夕相聚了半年，彼此都十分痛苦。其後，朱莉的大兒子不慎掉入湖中，朱莉跳下水中救他，為此一病不起，終於死去。臨死前寫信向聖普樂說永遠愛他。小說還有兩個人物，一是朱莉表妹克萊爾，她也愛著聖普樂，後來嫁了人，又成了寡婦，有一女兒。一是朱莉與聖普樂的朋友英國人愛德華，他與聖普樂本是情敵，後見朱莉情有所鍾，便放棄追求，成了他們的保護人。小說結尾是朱莉表妹寫信催聖普樂和愛德華來與朱莉丈夫同住，大家在懷念死者中共度餘生。作者說：「人們在這部書中最未覺察到的，並將永遠使這部書成為獨一無二的作品的，是它的題材的簡單和中心思想的連貫，全部思想都集中在三個人物身上，貫穿六卷，既無題外的插曲，也無浪漫的奇遇，而且，無論在人物或情節方面，都沒有任何邪惡的描寫。」（《懺悔錄》）作者所說的「三個人物」，是指朱莉與聖普樂及朱莉表妹克萊爾。小說的題材雖「簡單」，但這三個人物，特別是女主人公朱莉的心靈歷程卻極其複雜豐富，它的故事可以三言兩語講完，但它的「文學性」卻不在「寫什麼」而在「怎麼寫」上，即在人物的心理世界的描寫上。因此，介紹此書的情節時絕不能離開人物的心理線索，此乃理解此名著的第一要著。

此書有以下特點使它在同類小說中獨一無二，這是研究西方十八世紀小說史所不能不重視的。

第一，反貴族的鮮明傾向性。為什麼朱莉和聖普樂這對十分匹配的有情人不能終成眷屬？根本原因在於封建等級制度不許可，這是造成悲劇的根源。人們越是同情這對情人的遭遇，便越仇恨貴族等級制度。盧梭以一個愛情故事有力地控訴了等級制度是違反自然天性的，因而是不合理的。盧梭本人是反封建的激進的鬥士，他借愛德華對德丹治男爵的譴責對整個貴族階級作了猛烈的抨擊：

> 你引以為榮的貴族頭銜有什麼可光榮的？對祖國的榮譽和人民的幸福有什麼益處？它是法律和自由的死敵，在貴族頭銜吃香的國家裡，它除了為暴政助威和壓迫人民以外，還有什麼其他的作用？

第二，在小說中發議論。這本來是西方長篇小說特別是十八世紀啟蒙主義小說的特色，但在感傷主義小說中，這部小說的議論實在太多，尤其是關於家庭管理與兒童教育的議論，幾乎佔全書的六分之一。盧梭在小說的「序言」中說：

> 自從社會的不平等遏制了人類的天性之後，孩子之所以犯錯誤和遭到不幸，都是由於父親的專橫。……你想糾正壞事，就要正本清源；若想改變社會的風氣，首先就要從改變家庭的家風開始；這一切完全取決於父母。

因此，盧梭在此小說中就大談特談朱莉與其夫沃爾瑪先生如何管理家庭和教育兒童。盧梭本人就是著名的教育家，他把《愛彌兒》的許多論點先寫入此小說中了。此外，小說還議論悲劇與喜劇的教育意義，指出悲劇的宗教基礎是成功的保證，喜劇應反映人民生活及寓教於樂，並著重評論了法國十七世紀的戲劇及莫里哀。

第三，它是一部很典型的感傷主義小說，小說充滿了「人去樓空」、「往事不堪回首」的情調。小說描寫了書中「三個人物」心靈老化的全過程。小說快結束時，他們當中一個才三十出頭，兩個才二十七、八歲，但由於對愛情均已絕望，心態已步入老年。朱莉是死了，即使不死其生命之泉也乾涸了。活著的人也是雖生猶死，因為只有回憶而沒有將來，回憶是美好的，未來是淒涼的，這就是「感傷主義」的根源。感傷主義小說都有感傷的情調，但寫出由心靈的衰老而生發的感傷，卻是此小說的特色。

第四，此小說只有好人沒有一個壞人的構思及理想人物的蒼白無力也有別於其他感傷主義小說。盧梭在「序言」中指出：「書中沒有任何一起卑劣的行徑，沒有出現任何一個讓好人看了就害怕的壞人。」在小說最後一頁的注腳中又說：「我想像不出塑造和描述壞人有什麼趣味；很難想像替這樣的人說話，為他們大肆宣揚有什麼好處。」這和理查遜的小說就很不相同。小說中的沃爾瑪先生是作者的理想人物，然而實在不可愛。這個俄國人比朱莉大三十二歲，把朱莉和聖普樂稱為「我的孩子」。他與朱莉結婚不是要求愛情而是要求忠實，不是一般的忠實而是「心情愉快地對我忠實」。他在婚前已全知朱莉的隱情，但可以站在旁邊看著朱莉與聖普樂久別重逢時擁抱流淚而毫無表情。他可以主動要妻子與聖普樂像兄妹般擁抱，然後自己也擁抱了他們。他用家庭婚姻的純潔性這條無形的繩索把妻子的感情緊緊捆綁，使他明白婚姻的基礎非是愛情而是義務，並當著妻子的面對聖普樂說：「我打算像醫治她那樣來醫治你。」他是一個理性人而全無自然感情，他不是男人。這個人物完全是盧梭心造的幻影，完全不真實，盧梭的理想主義由於脫離生活而十分蒼白無力。

第五，此小說的「文學性」在於心理描寫的成功，更準確地說是內心獨白描寫的成功。而這種內心獨白，又是以書信體的形式表現出來的，在十八世紀小說中，如此書這樣以書信成功表現人物心理者十分罕見。

最動人的書信當然是女主人公朱莉的書信，從她三封急信命令聖普樂不能離去開始，她豐富的內心世界就逐步展現。作者描寫朱莉心理的特點是寫其愛情的感情歷程的全過程，他讓女主人公經歷一道道心理上的難關，從而寫出她的心理的每一個發展階段。第一個難關是如何對待她情人及她自己的情慾；第二個難關是如何對待父親和家庭；第三個難關是如何對待丈夫；第四個難關是如何對待也愛著自己的情人的表妹。這是情慾關、父權關、夫權關、友誼關，這其中便含有大量屬於倫理道德觀念的衝突。起先她追求精神上純潔的愛情而抗拒情人及自己的肉慾，但愛情與肉慾本不可分，她很快就失身了。後來她從羞恥恐懼罪惡感中掙脫出來，轉而堅信這是自然的、正大光明的、不可避免的。她勝利了。接著是家庭和父權關，母親因她愛上聖普樂，既擔心女兒，又害怕丈夫知道，憂鬱成疾而去世，使她深感內疚。她甚至寫信叫情人永遠離開她，但這不過是一種暫時的情緒，不能當真。然而父親命令她另嫁他人，卻使她陷於絕望了，因為父親的命令是不可改變的。但是這個難關她也敢闖，她一再反抗父親，反覆聲明她不愛沃爾瑪，她要終生不嫁。即使嚴父一反常態，跪下求她，她也寸步不讓。她後來之所以屈從父親的意志，不是由於父命的不可抗拒，而是由於聖普樂聲明與她斷絕關係的一張字據。第三個大難關是夫權關，選擇情人還是選擇丈夫，這是她婚後始終為難的矛盾。她想出一個自欺欺人的兩全之策：把忠實給予丈夫，把愛情留給情人。第四是友誼關，表妹與愛德華紳士不同，對愛德華紳士的求愛，她可以輕鬆地予以拒絕，加上開誠布公的解釋，友誼與愛情的關係不難解決。對表妹就不同了。她與表妹親密無間，形影不離，她早就發現表妹也愛聖普樂，她當然不能把愛情讓給表妹，但她已經結婚了，不能與聖普樂結合，她便力促表妹嫁給情人，以此解決她與表妹的矛盾。每闖一道難關，她都要經歷強烈的、長久的內心鬥爭。這些鬥爭或明或暗，例如她對表妹的矛盾態度是暗，她自己亦不敢正視，只有聖普樂察覺到了，他質問她說：「如果你想讓我和她結合的話，你為什麼當初不讓我把我的心給她呢？」每闖一道難關，就是面臨一次選擇，而每次選擇所取得的心理的平衡，都並非真正的平衡，都需要理性與意志的自控，或者說，都要壓抑她的愛情願望，這就使她特別痛苦。

小說心理描寫的成功，不僅僅在於極為真實地寫出了她的理性與感情的矛盾及她痛苦艱難的自控，尤其在於寫出理性戰勝感情外衣底下的情勝理的實質，因為愛情至上才是她最最真實的心理。小說最成功之處，就在於寫出她心理的本質。她從開始寫第一封信直到臨死前最後一封信，都表現出她始終如一地熱烈愛戀著聖普樂。什麼精神上的戀愛啦，家庭觀念啦，父母之命啦，榮譽觀念啦，忠實於丈夫拉，聽從神意啦，都是她的表層的心理，而愛情高於一切，才是她的潛意識。讓我們舉三封信為例說明。

例子之一，卷三書信十五，這是朱莉婚前給聖普樂的信，其時，聖普樂已離開他，她也屈從父命，即將與沃爾瑪結婚。她在信中說「我再也不願以正義做犧牲，去追求什麼虛幻的美德了」。「我唯一遺憾的是，我曾壓制了如此甜蜜和如此正當的感情。天性啊，多情的天性！再行使你的一切權利；我將拋棄那些壓制天性的野蠻的道德。你賦予我的愛心，會不會比曾經多次使我誤入歧途的理智更迷惑人？」你看，美德是「虛幻」的，道德是「野蠻」的，「理智」使人「誤入歧途」，「正義」叫人做犧牲品，朱莉統統否定之，而只要保存「愛心」。

例子之二，卷六書信六，朱莉結婚四、五年了，她請求聖普樂與她表妹結合。她在信中陳述了她的理由，歸納起來為四點：第一，聖普樂還年輕，愛情熄滅了，但肉慾依然存在，她擔心他「誤入歧途」；第二，他一旦與她表妹結婚，她和他就成了親戚，可以「朝夕相見」而無須時刻提防；第三，表妹是她的另外一半，他得到表妹如同得到她，將更為她所愛；第四，何況表妹早已對他有意，或許他亦早已對她傾心了。很明顯，四個理由的出發點還是愛情，是深怕他誤入歧途，是渴望與他朝夕相見，是無可奈何的移花接木，最後是栽贓的試探，是對他故事的冤枉。

例子之三，卷六書信十二，這封信是朱莉臨死前寫給聖普樂的絕筆，愛情心裡表現最為坦白。她將死去，什麼也不怕了：

> 是的，我枉費力氣，沒有能撲滅那使我熱愛生活的初戀；……我敢說我的過去是光榮的，但誰能保證我的將來呢？也許，再和你多相處一天，我就可能會犯罪！……我知道你將感到痛苦，這一點，我很清楚；你今後的生活將很可憐，這是肯定的。離開人世時，我最大的痛苦就是讓你為我悲傷。……永別了，永別了，我親愛的朋友……現在，我的心已毫無顧慮，……我說出我的心裡的話，這有什麼可怕的呢？現在已經不是我在說話了，我已經在死神的掌握之中了。當你看到這封信時，蛆蟲正在吞噬你的情人的面孔和心，你也不能在她的心中了。不過，沒有你，我的靈魂還能存在嗎？沒有你，我還能幸福嗎？不能；我不離開你，我要等著你。美德雖使我們在世上分離，但將使我們在天上團聚。我懷著美好的願望死去：用我的生命去換取永遠愛你的權利而又不犯罪，那太好了，再說一次：能這樣做，那太好了！

在上述所摘錄的信中，最有意思的是「美德雖使我們在世上分離，但將使我們在天上團聚」這句話，宗教現在已不成為她愛情的束縛，天堂成了她與聖普樂團聚的地方。「美德」與上帝都是為朱莉的愛情服務的。這就最有力地說明宗教心理是她淺層次的心理。

作者用書信表現女主人公的內心世界的技巧也是相當高明的。她的書信不乏大膽的暴露，她把自己的愛情心理當作一個客體去觀察分析，不放過最隱蔽的情慾。然而她的書信又處處具有「悖論」的邏輯，充滿自相矛盾，從不同角度去讀，便可得出迥然不同的結論。她擅於用譴責的方式去表達愛，用命令的方式去表達祈求。她明明責備他，卻用原諒的口吻。她主動失身於他，卻說「啊，你這個上天貶謫下來使我墮落和犯罪的人」。她明明要他鼓足勇氣深夜來她閨房與她幽會，而信上第一句話卻說：「如果你怕死的話，你就別看這封信。」這種正話反說的方式，十分傳神地表達出她的纖細機巧的心理。她的信遣詞造句反覆推敲，能十分貼切表達她微妙的感情，如她一面罵他使她「墮落和犯罪」，一面卻說他是「上天貶謫下來」的。用「貶謫」這個詞兒，又是對他的讚美，當然也提高了自己的身分，保持了少女的尊嚴。

作者把她的重要心理用倒敘方式即用她後來的書信表現，也是一種很高明的技巧。例如她收到聖普樂一連三封求愛信後，她害怕得甚至巴不得他死掉。又如她在小樹林吻了他後，又寫信要他暫時離開她一段時間，原來她害怕控制不住自己的情慾。再如她為了反抗父親，竟希望自己受孕，然而，「犯罪的計畫，已被上天所否定，我不配當母親，我的期望終於落空」。這些心理她自己不說，聖普樂永遠不知道，讀者當然也不知道。作者把它放到最後才說，就產生了嶄新的接受價值，啊，原來朱莉所承受的壓力及她付出的代價，要比聖普樂及讀者所知道的要多得多。這就是用倒敘寫心理的藝術力量。

必須指出，此小說的書信體的功能在於表現心理，在於表現人物內心世界，所以此小說是內心獨白的純心理小說。盧梭把書信體的這種功能運用得如此成功，使他在西方文學史上開創了純心理小說，使此小說具有很高的文學價值。此小說不妨視為日後西方純心理小說乃至「意識流」小說的遠祖，其深遠意義不容忽視。

盧梭發表《新愛洛綺絲》十三年後，歌德（1749-1832）也發表了《少年維特之煩惱》（1774），這也是感傷主義小說名著，描寫畫家維特與法官的女兒夏綠蒂戀愛的慘劇。但是，書信體的功能有了變化，不僅用於描寫心理，還用於敘事，包括用於寫人物的肖像與動作。例如維特第一次見到夏綠蒂的情景，是維特寫給好友威廉的信中說出來的：

> 就在我上了臺階，跨進門去的當兒，一幕我從未見過的最動人的情景，映入了我的眼簾。在前廳裡有六個孩子，從十一歲到兩歲，大的大，小的小，全都圍著一個模樣娟秀，身材適中，穿著雅緻的白裙，袖口和胸前繫著紅色蝴蝶結兒的年青女子。她手裡拿著一個黑麵包，按周圍弟妹的不同年齡與胃口，依次切給他們大小不等的一塊；她在把麵包遞給每一個孩子時都那麼慈愛，小傢伙們也自自然然地說一聲：謝謝！不等麵包切下來，全都高擎著小手在那兒等。

不僅如此，歌德還引入了旁知敘事。小說分三編，一、二編是維特致威廉、夏綠蒂等的書信，第三編是「編者致讀者」，編者即維特好友威廉，由他來敘事，間或用維特給他的信補足。下面兩個情節，全是威廉敘述的：

> 維特在聖誕前夜不理會夏綠蒂的請求硬去找她。夏綠蒂猛然意識到維特會去自殺，極為激動，抓住維特雙手貼在自己胸上，他們的臉貼在一起第一次接吻了。但她很快就推開維特：「『維特！』她聲音窒息地喊道，極力把頭扭開。『維特！』她用軟弱無力的手去推開他和她緊貼在一起的胸。『維特！』她再喊，聲音克制而莊重。『這是最後一次，維特！你再別想見到我了！』

> 說完，她深情地看了跪在地下的維特一眼，便逃進隔壁房中把門鎖了。她一直不出來，也不回答維特隔著門板的叫喚。」
> 維特準備自殺，他派人向夏綠蒂丈夫阿爾伯特借手槍。「我擬外出旅行，把你的手槍借我一用好嗎？」阿爾伯特讀了便條，漫不經心地對夏綠蒂說：「把手槍給他。」隨即又對維特的僕人說：「我祝他旅途愉快。」維特借手槍的話在夏綠蒂耳裡猶如一聲響雷。她搖搖晃晃站起來，她一步一步挨到牆邊，哆哆嗦嗦地取下槍，擦去槍上的灰塵，遲疑了半響沒有交出去。要不是阿爾伯特看了她一眼，她是不交出手槍的。

歌德把敘事功能引入書信，又在書信之外敘事，便使書信體小說體裁發生了新變化。《少年維特的煩惱》心理描寫遜於《新愛洛綺絲》，而可讀性卻強於前者，在全世界贏得更廣大的讀者。

航海小說與路上小說同時發展，航海小說上承《奧德修紀》及《冒險的西木卜里其西木斯》的傳統，十八世紀又產了英國笛福（1660-1731）的《魯濱遜飄流記》（1719）及英國斯威夫特（1667-1745）的《格列佛遊記》（1776）。笛福用富於詩意的筆調，細緻地描寫了魯濱遜在孤島上的勞動和生活。作者告訴我們，只要有堅定的信心，相信自己的大腦和雙手，即使孤身一人在極端困難的環境中，也可以保衛自己而生存，並在生存中壯大自己和改善環境，求得發展。這「人定勝天」的思想十分可貴。《格列佛遊記》寫格列佛遇險飄流到小人國、大人國等奇異國家，富於想像力，在幻想的描寫中充滿對現實社會的諷刺。《魯濱遜飄流記》以真人真事為素材，對題材的開掘富於獨創性。《格列佛遊記》則以寓諷刺於幻想的手法繼承了盧奇安、拉伯雷的衣缽。

路上小說上承西班牙、英國、德國流浪漢小說及《堂．吉訶德》的傳統，名著有法國勒薩日（1668-1747）的《吉爾．布拉斯》

（1715-1735）及英國斯莫來特（1721-1769）的《藍登傳》（1748）。它們的淵源可上溯到古羅馬阿普列尤斯的《變形記》。

歌德的《威廉・麥斯特的學習年代》（1796）既非感傷主義小說又非路上小說。有的文學史稱它為「教育小說」。它有四個特色不容忽視。第一，它以演員生活為題材，西方十八、十九世紀長篇小說罕有這類題材。巴爾扎克《人間喜劇》沒有一部小說是實實在在寫演員生活的。第二，小說有大量戲劇理論，尤其是關於莎士比亞及《哈姆萊特》的評論佔很大篇幅。西方小說家有一些人把小說理論寫入小說，西方戲劇家有一些人把戲劇理論寫入戲劇，但把戲劇理論寫入小說的，卻並不多見。第三，結構的特色。小說有兩條相互關聯的情節，威廉的故事是主線，迷娘的故事是次線。一是喜劇，一是悲劇，主線不完整，次線完整，故迷娘的故事絕非「插曲」。第四，小說成功地塑造了迷娘的形象，迷娘故事的藝術效果壓倒了主線，這是歌德始料不及的。歌德塑造迷娘，用了幾種手法，一是身世保密，迷娘身世的懸念直到結局才解開；二是賦予她多方面鮮明的個性特徵，如天生能歌擅舞，外剛內柔，愛情早熟，有神秘的預感等等；三是用舞蹈動作刻畫她，如「蛋舞」；四是用詩歌美化她，如《迷娘曲》；五是她的出場及死亡的戲劇性情節的精心設計。西方小說有三個女童的典型，她們的身世大都很悲慘。一是雨果《悲慘世界》中的珂賽特，一是狄更斯《老古玩店》中的耐兒，還有一個就是迷娘。《迷娘曲》有馬君武、郭沫若的翻譯，田漢把她的故事改編為獨幕劇《眉娘》。「九・一八」事變後又改編為街頭劇《放下你的鞭子》。無論從西方小說史或比較文學史的角度，此小說均不容忽視。

十八世紀最著名的小說是英國菲爾丁（1707-1754）的《棄兒湯姆・瓊斯的歷史》（1749），它是十八世紀歐洲小說的冠軍，比之感傷主義小說及路上小說，它的男性主人公更富於英雄氣概和反抗精神，更能體現上升時期資產階級精神面貌。十八世紀小說中，它的人物是最多的，至少寫了一百二十個人物[18]，有名字的近七十人，無名角色也有一些頗為重要，即使是穿插的故事的小角色如「山中人」也活躍紙上。

《湯姆．瓊斯》是歐洲小說史上繼往開來的作品。從縱向比較說，菲爾丁繼承了塞萬提斯，如在小說發表文學見解；人物的對比及模擬。但菲爾丁在每卷的第一章（小說共十八卷）都離開故事專談文學，寫出系統的小說理論；人物對比不限於一對主僕，打破了塞萬提斯以一兩個人物為線索的結構。所有這些又都是菲爾丁超越前人的創新。從橫向比較說，在十八世紀前四十年的小說中，《湯姆．瓊斯》（1749）最晚起。笛福的《魯濱遜飄流記》（1719）、斯威夫特的《格列佛遊記》（1726）、理查遜的《帕美拉》（1740）、斯莫萊特的《藍登傳》（1748）都是用第一人稱寫成的，其結構甚為簡單。法國勒薩日的《吉爾．布拉斯》（1715-1735）還披著一件西班牙的服裝，還在小說中穿插十個以上的浪漫主義愛情故事，結構蕪雜散漫，均不能與之相比。《吉爾．布拉斯》譯成中文四十多萬字，也不如菲爾丁的七十萬言長。菲爾丁吸收了同時代作家的家庭小說與路上小說的優點，把各種敘事語言手段引入小說。「可以說正是從菲爾丁的時期起，英國小說才不再是簡單的敘述而成為風格技巧的典範」[19]這些方面都說明《湯姆．瓊斯》的藝術水平高於同時代的小說。

必須指出，菲爾丁有四個貢獻是前無古人的。第一，他首創「散文喜劇史詩」的新形式，去描繪廣闊真實的人性。第二，他建設了西方系統的小說理論。第三，他首創不以個人為線索，而以六個家庭為

---

18 黃嘉德說此書「共有四十多個人物。」（《菲爾丁和他的代表作〈湯姆．瓊斯〉》），張月超說「有四十幾個人物」（《歐洲文學論集》），肖乾說「活躍不下五十個人物」（《棄兒湯姆．瓊斯的歷史》譯本序）。《歐洲文學史》說「全書人物四十多個」，大都統計有誤。

19 阿尼克斯特著，戴鎦齡等譯：《英國文學史綱》（北京市：人民文學出版社，1959年，第1版），頁231。

線索的長篇結構，打破了從荷馬到十八世紀西方敘事文學的「一條繩索」的傳統結構。第四，他繼承了西方敘事文學素有的戲劇性傳統，是近代第一個自覺地運用戲劇手法寫長篇小說的作家，他本人一身兼戲劇家與小說家，用編劇法寫小說更是得心應手。

十八世紀歐洲長篇小說除了感傷主義小說、航海小說、路上小說、家庭小說外，還有一種「哥特小說」[20]，流行於英國，它描寫恐怖、暴力、神怪，以中世紀為背景。故事通常發生在一個哥特式的建築，尤其是陰暗，荒涼的古堡之中。最早的一部哥特式小說是英國的賀托斯．華爾浦爾（1717-1797）的《奧特朗托堡》（1764）。這是一個復仇故事，被毒死的城堡的主人的鬼魂像預言中所說的那樣越長越高，終於把高大的城堡屋頂穿塌。華爾浦爾說此小說產生於夢境。他夢見置身於古堡中，在一個大樓梯的最高欄杆上，看見一隻披甲的巨手。「晚上我就坐下來寫作……」他的作品引起了許多模仿者。哥特小說雖非主流，但它是流傳最廣的文學體裁之一。在這派小說中，中古的基督教文學、騎士文學傳統得到了繼承。

在十八世紀的小說中，必須要提及一部爭議最大，像迷宮般的奇特的作品，這就是斯特恩的《項狄傳》（1760-1767）。此小說一共十卷。作家說：「在寫作本書時，我既不受（賀拉斯）規則的約束，也不受任何其他死人的規則的約束。」此書的形式就十分標新立異，書中斜體字、大寫和印刷體交替使用，還有各種線索和空白。例如書頁出現亂七八糟的線條，表示特里姆伍長（托比叔叔的僕人）用手杖在地上畫的作戰圖案。還有一章總共不滿四行字，作者留下一頁空白，準備用來填寫第一個願意給他五十個幾尼（貨幣名稱）的人的名字，並寫上獻辭。當寫到鄉村牧師約里克去世，書中就插入一頁黑紙。到

20 哥特（又譯哥德），原意為日耳曼人（蠻族）一支，引申為野蠻的，中世紀的。哥特式藝術（Gothic art），指中世紀繪畫、雕塑、建築、音樂及文學。哥特式小說就是與中世紀傳統有聯繫的恐怖小說。

處都有空頁，讓讀者自己去描寫可惜的寡婦沃德曼的美色。序言寫在故事的中間而不是開頭。書頁上到處是破折號、冒號及各種各樣的記號。一連串「之」字形的線條，好像氣象學的表格。破折號長短不一，最長的有一英寸。有些頁數故意標得不對，彷彿是裝訂的錯誤。

小說的故事幾乎是無法敘述的。主人公項狄到第四卷才出世，到了第六卷又消失了。第三卷主要描寫主人公出生前的情況，包括項狄的母親受孕的具體日期和方式，這在項狄的父親瓦爾特・項狄的日記中記得清清楚楚。小說富於幽默感。項狄的父親在每月第一個星期天晚上要完成兩項工作，其中之一是給有擺的落地大座鐘上弦。他順便一起做了完全屬於個人性質的「別的家庭瑣事」，以致他的太太也受到了類似的影響。於是在她受孕時就出現這樣滑稽的回答：

> 「親愛的，」我母親說，「請問你有沒有忘記給鐘擺上發條？」
>
> 「老天爺！」我父親驚呼起來，接著留心使聲音溫和一些，「自從開天闢地以來，哪有女人用這種傻問題來打斷男人的？」

小說中的「我」即項狄本人，他四十一歲時坐在書桌前寫作這部奇書。

項狄出生時郎中把嬰兒的屁股誤看成腦袋，用鉗子夾扁了項狄的鼻子。於是引起了一場關於人的鼻子在決定一個人的性格和命運方面的討論。項狄的父親瓦爾特・項狄並因此宣讀了一篇德國學者的論文。幾年後，項狄身體的某一部分又受到損害。當保姆蘇珊娜發現原以為在床下的便壺不見了時，就把她照看的小鬼放到窗外去小便，窗框啪地一聲掉下來，項狄便承受了被快速閹割的侮辱。但是項狄自我安慰說：「成千上萬的人是自願這樣的，而我則是碰巧的。」他的父親則觀察到，他「由於經過了這個宗教儀式，長起來很費勁。」

《項狄傳》中的人物是一幫子怪人，但是他們怪得有人情味，怪得可愛。其中最突出的當然要數他的叔叔托比。十九世紀初期浪漫主義文評家赫茲利特曾稱他是「對人性的最好讚美之一」，他特別看到了隱藏在托比叔叔怪癖背後的聖人般的天真與善良，這種性格在許多方面使人想起了堂・吉訶德。

托比叔叔是個退伍軍人，在項狄家中養老。在他哥哥發表哲理的時候，他總是抽煙斗，捉蒼蠅。捉到蒼蠅，又把它們放掉。

> 「去吧」——有一天吃晚飯的時候，他對一隻特別大的蒼蠅說。這隻蒼蠅一直在他鼻子上嗡嗡作響，鬧得他飯也吃不好……托比叔叔從椅子裡站了起來，攥著蒼蠅走到房間那一頭說：「我不會傷害你——連你頭上的一根毫毛也不會傷害——去吧。」說著，他拉起吊窗，打開手掌，讓蒼蠅逃走——「去吧，可憐的魔鬼，讓你逃生去吧，我幹嘛要傷害你呢？——這個世界是夠大的，肯定容納得下我和你。」

項狄的父親瓦爾特・項狄先生也是一個怪人，他擅於理論而不擅於實踐，總想轟轟烈烈地幹一番事業而不屑於做簡單的事情——結果是什麼事也幹不成。那道始終未修好的廳門就是其中一例。項狄寫道：

> 家父每天都說要把門鉸修好，這話至少說了十年之久，但至今尚未動手。除了我們這家子外，沒有哪一家能容忍此種情況，連一小時也忍受不了。令人驚奇的是父親一談起那些門鉸竟滔滔不絕，比談什麼更感興趣。然而，他又是它們發出怨言最多的一個。我想，歷史將會證明：他的言詞和行動老是不大一致。並不是大廳的門開不了，而是父親的處世哲學或他的原則使它開不了——一根羽毛加上三滴油，再來輕巧的一錘，便能一勞永逸地挽回他的聲譽了。

瓦爾特・項狄先生的標新立異的無能竟達到這樣的程度，在他必須給右耳朵搔癢的時候，總是把左手從頭後面繞過去，不但膀子蹩疼了，耳朵也沒抓到。

《項狄傳》實際上是一部故意不按一般小說寫作方法寫成的反諷小說。從內容到技巧，都是對同代作家的一種反諷。在描寫托比叔叔與瓦爾特·項狄先生的章節中。就充滿暗暗的諷刺，使讀者想起了《死魂靈》。他還用模擬的手法嘲弄了他同時代的作家。托比叔叔部分是用來諷刺理查遜《克拉麗莎》的女主人公（儘管他的天真與克拉麗莎不同，具有獨特的淫猥色彩），而那個詭計多端的寡婦沃德曼則是強奸克拉麗莎的洛夫萊斯的滑稽的女化身。尤其重要的是，斯特恩塑造了一個「無限倒退的主人公」——哲學家兼數學家伯特蘭·羅素，以諷刺笛福、理查遜和菲爾丁對小說時間順序的處理，他搬用洛克的理論，即時間純粹是主觀的，其快慢取決於人的心情以及影響心情的各種混亂情況。因此他在敘述過程中採用了各種不同速度，有時快，有時慢，慢到幾乎要停頓下來的程度。另外，整部小說中還隱伏著這樣一種設想，認為外界事物本身是沒有真正的輕重之分的，它們是否重要，全得看它們在觀察者心目中是否留下印象。斯特恩實際上發展了一種印象主義和相對主義的技巧。

斯特恩的《項狄傳》是十八世紀小說批評的一個中心。它幾乎成為眾矢之的。約翰遜、理查遜、菲爾丁都一致攻擊它敗壞道德，破壞小說中的結構。約翰遜在一七七六年預言「《項狄傳》不能流傳後世」。理查遜批評它「雜亂無章得不可思議，心血來潮似的偏離主題，而且不連貫到了滑稽可笑的地步，故事（如果可以稱為故事的話）漫無止境地發展下去，毫無明顯的結局」。

《項狄傳》在後代也引起爭論。十九世紀英國批判現實主義小說家薩克雷義憤填膺地抨擊他說：「斯特恩的作品沒有哪一頁上面沒有不該刪除的東西——變相的淫穢，猥褻的跡象。」二十世紀的英國著名小說批評家福斯特卻認為的約翰遜的預言不能令人信服，他稱《項狄傳》是幻想小說中的佼佼者[21]。另一位英國著名批評家兼小說家吳爾夫夫人則指出薩克雷的傲慢態度比之斯特恩的生活放蕩更加不可寬恕，因為斯特恩具有「自我表現的勇氣和輝煌」。她高度評價了《項狄傳》：

> 《項狄傳》雖說是斯特恩的第一部小說，卻是在許多人已經完成了自己的第二十部小說時，即作者到了四十五歲時才寫成的。但這部作品卻具備了達到成熟的一切標誌。沒有一個年輕作家敢於如此隨心所欲地對待語法和句法、主旨、端正的風格，早已形成的小說寫作傳統。一個人非得具備成熟年齡所持有的極大自信心，對非難抱著等閒視之的態度，他才敢於冒風險，以違反傳統的風格和放縱的習性去冒犯飽學之士和正人君子們。但他走了這步險棋，而收穫是前所未聞的。所有的偉大人物，所有的求全責備的人士都被陶醉了。斯特恩一時成了倫敦崇拜的偶像。[22]

本書之所以花了較多的篇幅介紹《項狄傳》，因為它在西方小說史上的地位不亞於同時代的《湯姆．瓊斯》。它是對法國拉伯雷、伏爾泰以及西班牙塞萬提斯的諷刺幽默反諷傳統的直接繼承，作者說過，他希望這部小說能與《老實人》一樣吃香。他還說過「親愛的拉伯雷和更親愛的塞萬提斯」，說明他認真研讀過他們二人的小說。其次，我們發現了狄更斯小說的怪誕、幽默風格的一個本土的直接來源，這就是來自《項狄傳》。第三，說明哲學、心理學可以改變小說的觀念。

---

21 福斯特著，蘇炳文譯：《小說面面觀》（廣州市：花城出版社，1984年，第1版），頁97。

22 吳爾夫著，汪培基等譯：〈感傷旅行〉，見《英國作家論文學》（北京市：生活．讀書．新知三聯書店，1985年，第1版），頁450。

斯特恩小說技巧的革新，與洛克的理論大有關係。第四，他的技巧的革新，他對小說時間的處理，十分近似西方的現代主義及後現代主義（如美國的「實驗小說」）的作法。從這個角度上看，《項狄傳》不妨說是開現代主義小說的先河。

## 六　十九世紀的長篇小說

十九世紀西方的長篇小說出現了三大流派；出現了藝術的高峰；也出現了理論的高峰。

浪漫主義長篇小說的成就僅次於詩歌，主要的題材是歷史。英國司各特（1771-1820）是西方歷史小說之父，《艾凡赫》（1832）是其代表作。它以十字軍東征為背景。歌頌英國的王權與統一，讚美農民起義的英雄與批判歧視猶太人的偏見是兩個十分積極的主題。小說塑造得最成功的人物是農民領袖羅賓漢，三次比箭的場面有力地寫出他的沉著、鎮定與超人的武藝。小說廣泛借鑑了荷馬史詩、莎士比亞的《李爾王》與《威尼斯商人》、《羅蘭之歌》、古典主義悲劇。富於戲劇性。

在司各特的影響下，西方一大批作家都寫歷史小說。大仲馬（1803-1870）幾乎寫遍了法國十六至十八世紀的大事，如宗教戰爭、聖巴托羅繆之夜、拉羅舍爾的圍城戰、投石黨事件、拿破崙的百日政變、王政復辟等等，他的小說都涉及到了。書中還出現了許多著名的歷史人物，如同中國的《三國演義》。大仲馬的歷史小說是通俗歷史演義，法國有許多人就是從他的作品來熟悉歷史的。《三個火槍手》（1844）是歷史小說代表作。以十七世紀法國紅衣主教黎塞留與路易十三的矛盾為背景，描寫了四個火槍手（包括主人公達達尼昂）幫助王后與國王挫敗黎塞留的陰謀的故事。雨果（1802-1885）的名著《巴黎聖母院》（1831）與《悲慘世界》（1862）也有歷史的色彩。

《悲慘世界》一共五部，第二部用一卷篇幅寫了拿破崙在滑鐵盧的慘敗。第四、五部著重寫了一八三二年巴黎人民的起義。

在歐洲浪漫主義長篇小說中，《巴黎聖母院》或許是最富於代表性的，愛斯梅哈爾達與加西莫多是兩個最不幸的人，共同受壓迫的命運使他們成為患難之交，這醜與美的結合的基礎就在這裡。結尾的浪漫主義誇張筆法達到了頂點。

> 人們想把他和她抱著的那具屍骨分開，他就倒下去化了灰塵。

中國寫男女愛情永生是「化蝶」，雨果寫加西莫多的殉情是「化塵」。小說的虛構與想像力達到驚人地步，雨果自說許多年前他研究聖母院時，在兩座塔樓之一的暗角上，發現有人用手刻在牆上的「命運」的希臘字，他於是展開了豐富的想像力，「就根據這個字寫下了這部書」。

雨果把聖母院人格化，他筆下的聖母院是「一個巨大的石頭交響樂」，與加西莫多融為一體，成為有生命的東西；在描寫巴黎的晨鐘時，使用了「通感」的手法，鐘聲是可以「看見」的；小說第三、五兩卷是「非小說成分」，離開情節去描寫十五世紀聖母院與巴黎的建築史，講印刷術在文化史上的重大意義。西方小說家與中國小說家不同，他們常常喜歡在小說中插入「非小說成分」，表現作者的美學觀、哲學觀、歷史觀、文學觀。雨果在《定刊本前記》中請求有水平的讀者在這些「小說之下的非小說成分中尋找隱藏的美學和哲學思想」，並說它「將使《巴黎聖母院》變得完整」。

小說具有非常突出的戲劇性。廣泛使用懸念，大量的「發現」、「突轉」與「巧合」，多用場景敘事，穿針引線的人物，用獨白與短句重複表現心裡，動靜結合的節奏，都有力地說明它的戲劇性。雨果用編劇法寫小說，他要把戲劇與小說打通：

> 在司各特的散文體裁的小說之後，仍然可以創造出另一類型的小說。在我們看來，這一類型的小說更加令人讚嘆，更加完美無缺。這種小說既是戲劇，又是史詩。

他還說過：

> 小說不是別的，而是有時由於思想，有時由於心靈而超出了舞臺比例的戲劇。

他認為小說要表現人類悲劇的衝突，而《巴黎聖母院》就是對「教條的災難」的「譴責」。他給小說規定的主題決定他用悲劇法去寫，其中的懸念、發現、突轉、巧合等手法都用以製造悲劇效果。菲爾丁用喜劇法寫《湯姆・瓊斯》，雨果用悲劇法寫《巴黎聖母院》，目的不同，手法不同。

美國浪漫主義長篇小說喊出了一個新興民族的聲音，甩掉英國文學的包袱，橫空出世，表現出很大的獨創性，使歐洲刮目相看。歷史、邊疆、海上冒險是三大主題，後兩個主題是美國浪漫主義小說內容的特色。美國的小說著重表現一個多民族新興國家的集體力量，描寫印地安人、黑人、白人三者的團結。它用一種讚美的筆調描寫印地安人、黑人，反映一種「尋根」意識。歷史小說家庫柏（1789-1851）以《皮襪子故事》五部曲（1826-1841）取得「美國司各特」的美譽。白人山民英雄納蒂・班波是獵人，因使用鹿皮護腿而得到「皮襪子」的綽號。他與印地安少年英雄欽加哥結下深情厚意（《殺鹿人》）。他參加了英法殖民主義者在美洲的戰爭，站在英國一邊，成為探路人（《探路人》）。在這場戰爭中，親英的莫希干人慘被屠殺（《最後的莫希干人》）。獨立戰爭後，他到西部森林去開拓新生活（《開拓者》），九十歲死在西部草原他印地安人的兄弟懷抱中（《大草原》)。庫柏第一個把美國情調引進了小說，創造了小說中第一個真正的美國主人公形象。這套《皮襪子故事》對後來美國的西部小說產生了極大的影響。英國小說家柯林斯稱庫柏是「美國造就的，在浪漫主義小說領域裡迄今最偉大的藝術家」。美國另一位著名的浪漫主義小說家麥爾維爾（1819-1891）的《白鯨》（1851）被榮格譽為「最偉大的一部美國小說」。《白鯨》共計一百三十五章加一個「尾聲」，它寫裴圭特號捕鯨船船長亞哈出航三大洋追捕一條凶猛險惡的白鯨的故事。小說用第一人稱寫法，由水手以實瑪利把經過敘述出來。這部小說確是美國小說的瑰寶，它給西方長篇小說帶來一股清新的海風，使古代的奧德賽和歐洲的魯濱遜看見了新大陸的靈魂，連同這個偉大的靈魂和象徵邪惡的「白鯨」搏鬥的壯觀景象。

「硬漢性格」是美國文學正面人物一貫的性格內核，從庫柏的「皮襪子」到麥爾維爾的亞哈船長到海明威的《老人與海》，都貫穿著這條紅線。人們驚異地發現寫於一百年後的《老人與海》（1952）與《白鯨》有許多相似之處。

《白鯨》從岸寫到海。岸是捕鯨者的岸；海，是捕鯨者的海。無論在岸上，在海中，捕鯨者與鯨這對矛盾都存在著。重點寫海，寫海上捕鯨人與鯨的鬥爭。由於作者賦予「白鯨」以明顯的象徵性，人與鯨的鬥爭不僅僅是與自然力量的鬥爭，而且是與「一切邪惡」的鬥爭。寫作目的十分明確。在人與鯨這對矛盾中，不是歌頌「邪惡」的白鯨，而是歌頌與它作堅決鬥爭的人；在亞哈與大副的矛盾中，不是歌頌逃避鬥爭的大副，而是歌頌「不克厥敵，戰則不止」的亞哈。小說主旨在於表現人的不可征服的意志。由於《白鯨》在美國小說中鮮明突出地表現了美國人民奮鬥和戰勝困難的浪漫主義精神，它確實不愧為「最偉大的一部美國小說」。

總的來說，浪漫主義長篇小說繼承了十八世紀感傷主義與哥特式小說的傳統，繼承了中世紀騎士傳奇的傳統，多具有驚險的、感傷的、神怪恐怖的情調。它的歷史小說只將歷史作為一個背景，其歷史意識雖強於中世紀的敘事文學，但仍不重視歷史的真實性。作者對歷史事件可以任意安排，對歷史人物可以隨心所欲地評價。大仲馬寫了許多歷史小說，但他並不尊重歷史。他說：「歷史是什麼，是我掛衣服的釘子。」

浪漫主義小說已出現「復調」結構，如德霍夫曼（1776-1822）的《雄貓穆爾的生活觀》（1820）把雄貓的自敘與宮廷音樂師的故事拼在一起，時而寫這故事，時而寫那故事。小說中有兩個獨立的聲音。

十九世紀浪漫主義長篇小說向批判現實主義長篇小說的過渡，是以兩部詩體長篇敘事文學為標誌的，這就是拜倫（1788-1824）的《唐璜》（1818-1823）和普希金（1799-1837）的《歐根・奧涅金》（1823-1831）。《唐璜》是浪漫主義和批判現實主義混合型的作品，作者稱它為「史詩」：

> 我的意圖是想使唐・璜完成歐洲的旅行，經歷各種圍攻，戰役和冒險，最後以他的參加法國革命為長詩的結束。

普希金則乾脆說他的《歐根・奧涅金》是「詩體小說」。它同樣具有浪漫主義和批判現實主義混合型的風格。前蘇聯的一些文學史認為它是批判現實主義之作。西方出現這種現象並不奇怪，這兩部作品正說明「史詩」、「詩體小說」、「散文長篇小說」三者的聯繫，說明浪漫主義與批判現實主義小說的聯繫。

十九世紀批判現實主義長篇小說標誌著西方古典長篇小說的最高成就。法國第一部批判現實主義小說是司湯達（1783-1842）的《紅與黑》（1831）。英國第一部批判現實主義小說是狄更斯（1812-1870）的《匹克威克外傳》（1837）。俄國第一部批判現實主義小說是果戈理（1804-1852）的《死魂靈》（1842），美國第一部批判現實主義長篇小說是馬克・吐溫（1835-1910）的《湯姆・索耶歷險記》（1876）。從此以後，法、英、俄、美的小說家就成批成批地出現，長篇小說的名作數以百計地問世。

十九世紀批判現實主義小說家具有超越前人的強烈願望，他們已不滿足於文藝復興及十八世紀小說家只寫單部作品。他們要用系列小說來反映社會，要寫出性格和環境的關係。在法國，巴爾扎克（1799-1850）寫出了包括八十九部小說的《人間喜劇》（1829-1848），開創了編年史式的，四百多個人物再現的系列小說[23]。在俄國，托爾斯泰（1828-1910）寫出了反映衛國戰爭的史詩《戰爭與和平》（1863-1869），以四個家族為線索描寫了一八〇五至一八二〇年俄國的歷史，其史詩意識與場面之巨大是空前的。在英國，狄更斯寫了十四部長篇小說來反映維多利亞時代。《大衛・科波菲爾》是他最心愛的孩子。在哈代（1840-1928）的系列作品中，描寫了英國古老農民階級的死亡。《德伯家的苔絲》是他最優秀的作品。黑格爾說，小說是資本主義社會的史詩，指的就是十九世紀的長篇小說，並且指的是這類小說的規模。

十九世紀批判現實主義小說家所提供的典型人物，遠遠超過了文藝復興至十八世紀小說的典型的總和。巴爾扎克曾氣概非凡地說：「直到當代為止，最出名的講故事的人也不過使用了他們的才華來塑造一兩個典型的人物」，而他卻要「描寫一個時代的兩三千個出色的人物……也是《人間喜劇》所包括的典型人物的總數」。他實際上寫了二千四百多個人物[24]。托爾斯泰的《戰爭與和平》描繪了五百五十幾個虛構人物與真正的歷史人物[25]。

---

23 據《巴爾扎克小說故事總集》，頁7、829的統計數字，該書由上海文藝出版社編，1990年。

24 據《中國大百科全書・外國文學卷》，頁92羅大岡撰寫的「巴爾扎克」詞條。

25 楊周翰等主編：《歐洲文學史》（北京市：人民文學出版社，1983年），下卷，頁348。

十九世紀批判現實主義小說家社會學的意識十分明確，極少孤立地描寫性格，多數作家十分注重描寫性格與社會環境的關係。眾所周知，恩克斯就根據巴爾扎克的小說作出「典型環境中的典型性格」是現實主義一個重要特徵的論斷。英國哈代（1840-1928）把自己一系列最優秀的小說稱之為「性格與環境小說」。十九世紀批判現實主義小說家特別擅長塑造悲劇性格。人物的悲劇就是性格與環境衝突的結果。這方面的例子不勝枚舉。

十九世紀的批判現實主義小說具有多種結構、多種風格，國與國不同（例如英與法），作家與作家不同（例如陀氏與托翁），作家前後的作品也不同（例如《戰爭與和平》與《安娜・卡列尼娜》）。在英國，一批女作家崛起，打破了男性作家壟斷文壇的局面。夏洛蒂・勃朗特（1816-1855）三姐妹最有名，《簡・愛》是其時歌頌女性的最好的作品。批判現實主義小說家繼承了浪漫主義描寫激情與想像的能力，誇張的手法，用戲劇法寫小說的技巧，也從感傷主義與哥特式小說中汲取養料，小說的真實性與傳奇性常常結合在一起，深刻性與可讀性是一致的。十九世紀批判現實主義小說的結構是現代主義小說結構的母胎。狄更斯《雙城記》、艾米莉・勃朗特《呼嘯山莊》、陀氏、托翁的小說，都同時有幾個聲音（復調），《安娜・卡列尼娜》結尾的精彩的意識流手法，均對後人大有啟發。十九世紀的批判現實主義小說琳琅滿目，美不勝收，是文藝復興至浪漫主義的長篇小說所無法比擬的，這是西方長篇小說達到藝術高峰的一個標誌。

由於十九世紀批判現實主義長篇小說是古典藝術的高峰，它對後世小說影響也超越了前期。巴爾扎克、托爾斯泰、陀斯妥耶夫斯基、狄更斯，馬克・吐溫的作品，已經成為一種典範，後代作家一再回過頭來，向這些前輩大師們學習。海明威對馬克・吐溫的代表作《哈克貝利・費恩歷險記》推崇備至。他說：

> 這是我們所有書最好的一本。一切美國文學都來自這本書。在它之前不曾有過，在它之後也沒有一本書能同它媲美。[26]

我們還可以舉出許多材料，說明巴爾扎克、狄更斯、托爾斯泰、陀斯妥耶夫斯基等作家在各自國家的小說史上的劃時代的地位。

十九世紀批判現實主義長篇小說之所以是一個藝術高峰，還因為儘管時代已經過去了一百多年，但這些作家的作品還繼續代表著各自國家的文學的最高成就與水平，被公認為是「經典之作」。從某種意義上說，他們是後人所無法超越的。

在十九世紀批判現實主義長篇小說與自然主義長篇小說中間，出現了一部過渡性的作品，這就是法國福樓拜（1821-1880）的名著《包法利夫人》（1857）。福樓拜很榮幸地認識雨果（因他活到1885年），但不認識巴爾扎克，他比巴爾扎克晚生二十二年，他開始創作活動時，巴爾扎克已經去世（1850）。十九世紀五〇年代初期，法國一直沒有出現重要的長篇小說，《包法利夫人》的發表，標誌著法國小說進入一個新的階段。福樓拜崇拜巴爾扎克，但認為巴爾扎克的作品有缺陷。他說：「當我是巴爾扎克和狄更斯同時代人的時候，就不許可這樣錯誤地描繪社會」。這句話就洩露了即將來臨的自然主義的天機。《包法利夫人》是西歐批判現實主義高峰以後的作品，它自覺地摒棄了浪漫主義的主觀色彩，十分客觀地、逼真地描寫社會生活與人物心理，它的傾向性，才真正融化在人物形象之中，潛藏不露。它對性意識的細膩描寫大大超越了前人，為自然主義長篇小說開闢了新路。因此，左拉、莫泊桑、都德等「自然主義派」都尊敬地以福樓拜為師，樂意與他交往，稱他為「福樓拜爸爸」。

---

26 董衡巽編選：《海明威研究》（北京市：中國社會科學出版社，1985年，第2版），增訂本，頁80。

十九世紀後期自然主義長篇小說崛起，這是以左拉（1840-1902）的《魯貢——馬加爾家族》（1868-1893）為代表的。它是系列小說，包括二十部長篇，副標題是「第二帝國時代一個家族的自然史和社會史」。「自然史」說明左拉的生物學傾向，「社會史」說明左拉的現實主義傾向。左拉在《盧貢——馬加爾家族》總序（1871）中寫道：

> 從生理的觀點來看，魯貢——馬加爾這家人，是精神病的慢性繼承人，這個病是在這個家族第一代得上的，以後又隨著環境不同，決定了這個家族各個成員的感情、慾望。從歷史觀點來看，他們都來自民間，四散在社會，他們受著下層階級向上爬這個時代的慾望的振動，高升到各種地位，通過他們各自不同的遭遇，揭示了第二帝國的歷史。

這套小說描寫普拉桑鎮上因瘋致死的菜農的女兒阿黛拉伊德．傅葛（她本人精神也不正常）同痴呆農民盧貢結婚，十五個月後，魯貢死去。她又與酒精中毒的走私販馬加爾同居。這一個女人和兩個男人，便是魯貢——馬加爾家族的第一代。這個家族的五代人的歷史貫穿系列小說的始終。從第一部到第二十部，出現了各式各樣的人物，如農民、工人、妓女、小販、社會主義者、大臣、金融家、商人、藝術家、學者、醫生等等，但不論這個家族的什麼人，不論是下層還是上層人物，絕大多數都有兩個罪惡：突發性的犯罪慾與性生活的敗壞，還有由先天性的生理缺陷引起的各種怪病。這是祖先帶來的，遺傳對這些人的性格起了決定作用。「都是人這棵樹開的畸形和醜惡的花」。從「自然史」的角度看，這套系列小說就像一棵「遺傳之樹」：

> 合法的一枝和私生的一枝，從這已被神經錯亂損害的軀幹裡茁長出來。整整五代，盧貢一族和馬加爾一族都在那裡，阿黛拉

伊德・傅葛是他們的根。(《巴斯加醫生》)

從「社會史」角度看，《魯貢家族的家運》（1871）寫一八五二年拿破崙第三的政變。《貪欲的角逐》（1871）寫第二帝國投機家和冒險家的活動。《小酒店》（1877）寫工人悲慘的生活。《娜娜》（1880）寫妓女的悲歡一生。《婦女樂園》（1883）寫女工用愛情感化了唯利是圖的資本家。《萌芽》（1885）寫了「雇傭勞動的崛起」和「資本與勞動的鬥爭」。《金錢》（1891）寫金融交易所及小資產者的破產。《崩潰》（1892）寫普法戰爭中法軍在色當的慘敗導致第二帝國的「崩潰」，這套系列小說確實是第二帝國歷史的縮影。

《巴斯加醫生》在左拉這套系列小說中占一個很重要的地位，它寫伯父與侄女亂倫的愛情故事，牽涉到一個男人和三個女人，矛盾圍繞一個裝文件的大櫥子而生而滅。伯父是年近六十的巴斯加醫生，盧貢——馬加爾家族的第三代人，他是遺傳學者、醫生，二十多年來，以自己家族為遺傳學的研究對象，他的資料就鎖在一個大櫥子裡。他的侄女，二十五歲的克洛蒂特，是他的助手，崇拜他，愛上他。但醫生從不讓她知道家族遺傳的秘密。對克洛蒂特來說，「大櫥子」是一只神秘的箱子。醫生的母親，「年老的盧貢太太」，已八十歲，堅決反對兒子研究家族，害怕暴露家族的罪惡，對兒子不信教甚為反感，認為兒子的工作是魔鬼附身所致。還有一個女人是醫生忠實的女僕瑪玎娜，超過六十歲，多年來暗戀主人，未婚。侄女信教，對醫生的無神論也持否定態度。三個女人聯合起來，要銷毀那個可怕的大櫥子。當侄女偷開大櫥子時，被醫生發現，伯父終於對侄女公開了家族遺傳的罪惡，用科學的語言對她解釋了那張「盧貢——馬加爾家族的家譜樹」的圖表，把她爭取過來。克洛蒂特有一個哥哥馬申，患先天性的神經病，其子查理是個痴呆兒。哥哥懇求妹妹照顧他。「年老的盧貢太太」嫉恨孫女與兒子過分親密，也力主她離家前往哥哥住處。但克洛蒂特不去。醫生放了心。醫生還有一位助手賴蒙，向克洛蒂特求愛，被她拒絕，醫生遂由痛苦轉為喜悅。經過這兩次心靈的考驗，伯父與侄女終於結合在一起，侄女且公開宣稱要與伯父「結婚」。「年老的盧貢太太」與兒子斷絕來往。年老的女僕默默忍受痛苦，仍留下照顧主人。但醫生害怕自己年老不能使侄女生育，忍痛命令克洛蒂特前去照料哥哥，自己仍埋頭從事科研。克洛蒂特答應，但是一旦發現自己懷孕便要回到醫生身邊。克洛蒂特走後，醫生心臟病復發，自知死期已近，這時他收到克洛蒂特懷孕的喜信，便打電報叫她回來。醫生在臨死前幾小時，掙扎著把自己的死期及他與克洛蒂特結合所生的下一代誕生的日期寫在「家譜樹」上：克洛蒂特「和她的伯父巴斯加結合，於一八七四年生下一個兒子」。他本人「因患心臟病死於一八七三年十一月七日」。等侄女趕到時，只看到伯父遺體。同一天，「年老的盧貢太太」來了，也只見到兒子遺體。當天晚上，兩個老女人縱火燒了醫生的大櫥子，克洛蒂特聞聲發現趕至時，只搶救出一些手稿的殘片，所幸那張「家譜樹」的圖表沒有放入大櫥子，放在醫生的工作桌上，完整無損。克洛蒂特終於看見了伯父臨死前的手跡。嬰兒如期出生。小說最後寫克洛蒂特懷抱三個月的男嬰，面對「家譜樹」的圖表，心想：「孩子，他將變成什麼？」然而，「生命是永恆的」，她相信孩子一代會有幸福的未來。

這部小說的特色就寫在左拉此書扉頁的獻辭上：

> 我把這本作為《盧貢・馬加爾》全部
> 作品摘要和結論的小說
> 獻　　給
> 我悼念的母親
> 和
> 我親愛的妻子

請注意「摘要和結論」這五個字。左拉在此小說中，概括地介紹了前十九部小說的核心情節，用「家譜樹」的圖表把二十部小說串連起來了。它告訴讀者此家族五代人死去的與活著的成員的情況。例如此家族的「老母親」,「我們全體的老祖宗」阿黛拉伊德·傅葛活了一百零五歲三個月零七天，死在瘋人院中。她的一個兒子馬加爾，八十四歲時體內的酒精突然燃燒起來，使他變成一個火球般死去。這個家族的第五代查理突然全身大出血而死。凡此等等，此小說均有詳細描述。所謂「《盧貢——馬加爾》全部作品摘要」，即二十部小說核心情節的綜合及家族全體成員的生死去向的交代。這是一個特色。所謂「結論」，就是左拉的「實驗小說」理論與遺傳學的結論，即是通過小說創作的實驗，來論證遺傳學說的正確，這是第二個特色。

這部小說有三點價值。第一，用一部小說來綜合先前十九部小說的故事情節，在西方小說史上是絕無僅有的，這應說是左拉的獨創。第二，用一部小說來宣傳遺傳理論，如此專一地、孜孜以求地以生物學一種學說來指導自己的創作，在西方小說史上也是絕無僅有的，某些篇章（如第五章）可說是遺傳理論小說化。這也可說是左拉的獨創。第三，左拉的自然主義理論以生物學中的生理學及遺傳學為基礎。但在他的理論著作中，我們幾乎看不見他的遺傳理論。他深受法國生理學家貝爾納（1813-1878）的影響，但貝爾納的《實驗醫學研究導論》沒有出現一次「遺傳」這兩個字。左拉的《實驗小說論》完全據貝爾納著作寫成,「遺傳」這個字眼也只出現兩次:「遺傳問題對人類的智力與情感的現象具有很大的影響。」「在我們的實驗小說中，我們就可以在……遺傳問題以及環境影響的一切基礎上，大膽地對這些問題提出種種假說。」在《黛蕾絲·拉甘》序、《對劇中的自然主義》、《論小說》這些論文中，也無「遺傳」這個字眼。我們知道左拉未寫《盧貢——馬加爾家族》前，就在法國國家圖書館借閱過呂卡斯博士的《自然遺傳論》[27]，但究竟左拉的遺傳理論是什麼東西，我們卻不得而知。現在好了，在《巴斯加醫生》中，左拉全盤推出，使讀者一目了然。[28]覆述左拉的遺傳理論是沒有必要的，因為它似是而非，絕非科學。法國著名文學史家朗松在其《法國文學史》（1894）中對左拉的評論切中肯綮。他說：

> 左拉在科學方面的奢望是徒勞的：包括《盧貢——馬加爾家族》以內的所有小說——這部在第二帝國時期一個家族的自然史——沒有告訴我們任何與遺傳規律有關的事情，既未論證，又無解釋。……他甚至連科普作者于勒·凡爾納也不如。在他的腦子裡一片混亂，堆積著一些互不連貫的學術的和專門的詞彙，使人感到震驚，但並不說明什麼問題。這是一些似是而非的科學。[29]

因此，左拉這部小說第二個價值是使我們知道他的遺傳理論的一個價值。它僅僅是作家的「假說」，是一種頭腦中的浪漫主義想像。然而，左拉在其詩人的幻想中卻把「遺傳」變成了上帝，他藉醫生的口說：「遺傳，遺傳的記錄簡直是家族、社會和世界的創世紀，靠了它，有多少美麗的巨幅壁畫可畫，多少變化無窮的人間喜劇和悲劇可寫呀！」「這是遺傳，甚至生命本身，生下痴愚的人，瘋子，犯罪者和偉大人物。」「他既然知道遺傳製造世界，他要確定遺傳的規律，藉以支配遺傳，再造一個幸福的世界。」左拉甚至把他在一八七一年

---

27 〔法〕儒弗內爾著，裘榮慶譯：《左拉傳》（天津市：天津人民出版社，1988年），頁79。

28 見畢修勺譯：《巴斯加醫生》中譯本（濟南市：山東文藝出版社，1993年），頁30-31。

29 見朱雯、梅希泉、鄭克魯編選：《文學中的自然主義》（上海市：上海文藝出版社，1992年），頁377。

寫的《盧貢——馬加爾家族》全書總序中一段最重要的文字（見前面的引文）一字不誤地搬入此小說中，以加強小說的理論性。

此小說第三個價值，是可見左拉日後創作發展的端倪。左拉的女兒為父親所作的傳記中寫道：《巴斯加醫生》的結尾已透露出左拉以後的社會主義和人道主義夢想的樂觀傾向，「整部小說……以代表前途的孩子之誕生作為結局」。[30]

左拉這套小說既有自然主義，也有現實主義，還有虛假的浪漫主義（如《婦女樂園》寫女工感化了資本家，《金錢》寫大資本家用全部財產為窮人謀福利）。

左拉極為崇拜巴爾扎克，但聲言要超越巴爾扎克。他說：

> 巴爾扎克的唯一欠缺是光畫了一個現成的社會，他在那裡安排了金融家、詩人、畫家、部長、上流人物、教士。至於我，我將告訴人們，這些金融家、部長和教士們是怎樣產生的！他筆下的社會是靜止的，我筆下的社會將是在進化的！他是居維葉[31]式的小說家，而我則將是達爾文[32]式的小說家！[33]

但是，左拉無法超越巴爾扎克，因為他觀察人的角度失之偏頗。他說：「性格是由生殖器官決定的，達爾文說。我就用這個辦法把握各種人物的性格。」[34]巴爾扎克可沒有這樣說。左拉不是沒有「想像」能力。可惜他的想像能力朝「生殖器官」方向發展，便把人物的思想

30 德妮絲・萊・布龍・左拉著，林如稷譯：〈愛米爾・左拉略傳〉，見《盧貢家族的家運》（北京市：人民文學出版社，1958年），頁66。

31 居維葉（1769-1832），法國動物學家，古生物學家，巴爾扎克受其影響。

32 達爾文（1809-1882），英國人，進化論的創始人，左拉受其影響。

33 〔法〕儒弗內爾著，裘榮慶譯：《左拉傳》，頁86。

34 同前註。

行為的動機及後果全歸結為生理所決定。由此可見，機械地將生物學引入精神產品的創作，只能扼殺作家的「想像」能力。

## 七　二十世紀的長篇小說

二十世紀西方長篇小說名家很多，名作也很多，因他（她）們離我們很近，大家比較熟悉，不像古典小說只剩下時間篩選過的經典作品。

二十世紀西方的長篇小說基本上可分為現實主義和現代主義、後現代主義兩大派。現實主義仍然是一股強大的洪流。此派作家僅以獲諾貝爾文學獎金者為例已近十人。如法國的羅曼·羅蘭（1866-1944），代表作是《約翰·克利斯朵夫》（1912）。德國的托馬斯·曼（1875-1955），代表作是《約瑟和他的兄弟們》四部曲（只完成前三部，1933-1936）。美國劉易斯（1885-1951），代表作是《大街》（1920）。英國高爾斯華綏（1867-1933），代表作是關於福賽特家族的三個三部曲《福賽特家史》（1922）、《現代喜劇》（1928）、《尾聲》（1934）。美國賽珍珠（1892-1973），代表作是《大地》（1931）。美國斯坦貝克（1902-1968），代表作是《憤怒的葡萄》（1939）。德國伯爾（1917-），代表作是《以一個婦女為中心的群像》（1971）。美國貝洛（1915-），成名作是《奧吉·瑪斯歷險記》（1953）。這些名著都是現實主義作品。美國海明威（1899-1961）的三部長篇小說《太陽照樣升起》（1927）、《永別了，武器》（1929）、《喪鐘為誰而鳴》（1940）也是現實主義的。如果將未獲諾貝爾獎但也是赫赫有名的現實主義派長篇小說家算入，人數更多。僅以美國作家為例，被譽為美國當代最傑出的小說家厄普代克（1932-）的《兔子，跑吧》（1960）、《兔子，回家》（1971）、《兔子，富了》（1981）、《兔子安息》(1990)就是有轟動效應的世界名著。作者每七年生產一部，寫作態度十分嚴肅。

上述小說絕大多數具有可讀性的特點，有一個很完整的故事，有性格分明的人物形象，有細緻的心理刻劃，有明確的時代背景，有濃郁的生活氣息，語言富於文學性。凡此等等，均能吸引廣大讀者。作家們對現實主義創作方法有堅定的信念，他們熟諳現代派，但仍走自己的路子；也或多或少用了一些新手法（如「意識流」），但現實主義仍是創作的紅線。如厄普代克的「兔子」四部曲，以美國一九五九至一九七九年（前三部）為大背景，將五十年代的「冷戰」、六十年代的越南戰爭、種族騷亂、校園革命、美蘇軍事高科技對抗、美國人登上月球、七十年代的能源危機、水門事件、伊朗扣押美國人質等大事件有機地融入人物故事之中，無割裂硬加之隔。小說十分真實地寫出當代美國人的生活方式和心理狀態，是美國當代中產階級家庭生活與人際關係的風俗畫。小說對窮人、弱者、黑人、青年人及中年人的描寫，有相當高的成就。

小說有一些性生活的描寫，並不露骨，卻令讀者產生嚴肅的思考。例如第三部《兔子，富了》臨近結束時，作者竟然寫了一個不同尋常的情節：三對夫婦（其中一對是男女主人公哈里與簡尼絲）在一個海濱城市（他們去度假）玩「換妻」的遊戲。女人先建議此舉，男人以沉默作為同意，「坦率」程度已令人吃驚。接下去，「換妻」之夜竟成了「交心」之夜，女人和男人相互把平生苦悶全向對方講了，從未對自己妻子或丈夫講的都講了，講的全是心靈最隱蔽的秘密（其中一對「夫妻」根本沒有發生性行為），這又一次使讀者出乎意料之外。次日，三對夫婦相互對自己的丈夫或妻子談昨夜的經驗，談一點，藏一點，對比之下，又是一次精彩的心理剖析。「換妻」的情節，目的不在「暴露」世風日下，而是作者對人性的深深的發掘，對人與人關係（如夫妻關係）的深深的觀察，是一個出色的構思。書中人物用如此坦率、直白、面對面的方式談論兩性關係，這種產生「陌生化」效果的對話也為中國新時期一些小說家所模仿。小說所描寫的美國「人生」，使讀者驚訝之餘又覺合情合理，它改變讀者某些習慣觀念，又使讀者能夠接受觀念的改變：沒有十全十美的愛情、婚姻、家庭，但對大多數人來說，也沒有過不下去的人生。

此小說連獲美國三個最主要的文學獎：普利策獎、美國圖書獎、全國書評家協會獎。在美國不脛而走，轟動一時。世界各國多有譯本。因此，首先要糾正一種錯誤的印象：要明白二十世紀西方的長篇小說，絕非現代主義獨霸的世界。

但是，從技術創新的角度說，現代主義的小說則十分引人注目，非現實主義所能比擬。下面，就轉入現代主義長篇小說之領域。

卡夫卡（1883-1924）被稱為現代派文學之父。他死後他的小說才出名，他的「現代派文學之父」的名聲，是二次大戰後才被追認的。他深受尼采虛無主義的影響，尼采否定一切現存的價值概念，說「應該把作家看成罪犯，那樣的罪犯很少能獲釋或得到赦免」。卡夫卡因此說：「寫作，這是人們為魔鬼服務所得的報酬」（1922年6月5日致好友馬克思・勃洛特的信）。卡夫卡很有些老莊思想，也崇拜老莊，故生前極少發表小說，臨死前立下遺囑：焚毀全部手稿。好友馬克思・勃洛特出版之。

卡夫卡是「弱的天才」，一生多病，三次訂婚均退婚，一生未娶。他說巴爾扎克在手杖上刻著一句名言，他的筆可以摧毀世界，而對於我來說正相反，是世界可以摧毀我。卡夫卡是個「小人物」，他特別害怕父親，小說多有其身影。

他的三部長篇均未最後完成，生前均未發表。《美國》（一九一二年開始創作，一九二七年出版，書名是勃洛特加的）、《審判》（一九一四年開始創作，一九二五年出版）、《城堡》（一九二二年開始創作，一九二六年出版），後兩部很出名。

《審判》（共十章，章次由馬克思・勃洛特編定）寫主人公約瑟夫・K（銀行職員。卡夫卡所有小說的主人公均以自己的姓的第一個字母起頭）剛從床上起來，準備迎接他三十歲生日，不料兩名便衣警察及一名警長突然闖入，通知他已被捕。約瑟夫・K 問他們自己犯了什麼罪？他們均說不得而知，他們只是奉命而來。但警長對他說：他行動仍然自由，可以照常上班、回家、和女人鬼混。約・K 自知無罪，決心搞清冤案。他四處求助，處處碰壁：請律師寫申訴，律師遲遲寫不出來；法官是有的，但哪裡也見不到；法院是有的，但那裡烏煙瘴氣，他一進去就不得不退出來了。在他三十一歲生日前一天夜間，兩名穿黑衣、戴大帽的人把他架走，在一個離開城市的碎石場上拔刀刺死他，而他毫無反抗的表示。小說最後寫道：

> 他從來沒有看到過的那個法官究竟在哪兒？他從來沒能進得去的最高法院又究竟在哪裡？他舉起雙手，張開十隻指頭。可是，其中有一個人的手已經扼住 K 的喉頭，另外一個便把刀戳進了他的胸膛，而且轉了兩轉。K 的逐漸衰弱的眼睛還能夠看到那兩個人就站在他的面前，臉頰貼著臉頰，望著他的最後動作。「像一條狗！」他說。彷彿表示他人雖然死了，卻還留下這件事的恥辱。

《城堡》寫土地測量員 K 要進城堡開一張許可證，讓他在城堡管轄下的村子住下。城堡就在前面的小山丘上，近在咫尺，但怎麼也走不到。於是他作出種種努力，要與城堡的長官取得聯繫，而此人雖人人皆知，卻誰也沒有見過。K 又想找另一個負責人，他勾引了此人的情婦，企圖達到目的，卻仍然見不到。不久，有人帶來負責人一封信，鼓勵他繼續努力。他終於發現，來人也從未見過那個負責人。最後，負責人派一個秘書通知 K，命令他立即把情婦還給他。至此，K 與城堡的聯繫中斷。小說寫到第二十章為止。作者計畫寫的結局是：K 終於精疲力盡悲慘地死去，在臨死時接到城堡來的通知：「考慮到某些次要的情況，准許他在村莊裡居住。」

卡夫卡的小說可謂是現代寓言，「法院」、「城堡」都是「迷宮」，具有各種象徵性。「永遠到達不了目的地」，是寓言的要義。貝克特的《等待戈多》第一句臺詞是「毫無辦法」，劉索拉則概括為「你別無選擇」，都是現代人的共同心態。《審判》不僅批判法律，也宣揚原罪說。法律對 K 當然是不公正的，但K也發現自己「不乾淨」。卡夫卡說：「我們發現自身處在罪孽很深重的狀態中，這與實際罪行無關。《審判》那部小說的線，一直牽連到『最後的審判』這一天。」

《城堡》寫得最晚，含義也最複雜。小說可有多種解釋：城堡是宗法社會統治機構的象徵，它與老百姓有一條不可逾越的鴻溝；它是「哲學」的暗喻，一切「哲學」都是玄學；它是猶太人無家可歸的寓言（卡夫卡是猶太人）；它是人類尋找上帝而不能的寓言；它是人類「異化」的寓言，人類尋找失去的自我。由於卡夫卡小說中的男主人公都有一種悲劇性的性格特徵，即心甘情願受苦受難。有人又用佛洛伊德學說去解釋之：卡夫卡仇恨父親（見其《致父親》1919年11月，數萬言），又因這「仇恨」而內疚，而生贖罪感，故明知前面是「湯」是「火」，也要赴湯蹈火，去進這「法院」、「城堡」中去。小說的主人公既恨「法院」、「城堡」，又寄希望於「法院」、「城堡」，正如同他既恨父親又寄希望於父親。他無法到達城堡，不能同城堡的官員對話，反映了他無法同父親對話的事實（《致父親》是由母親轉交的），他想同父親取得聯繫，以此獲救，但他的一切努力都失敗了，他終於無力到達「城堡」。由於卡夫卡的小說的複雜的寓言性，有人把他的小說化作「電話總機」。

卡夫卡的敘事風格就是把日常生活變成荒誕的故事，使之具有多種多樣的寓言性。他認為自己是一個「講故事的人」，「作家只能敘述」，但又說「作家的任務是預言性的」，還說他寫的是「聞所未聞的事情」。把這些話合起來看，就成為他的小說的「陌生化效果」——真實地寫荒誕。例如《審判》第五章《鞭者》有一段情節：K 被通知已被捕後，一切行動仍自由。他照常上班。一天夜裡，他從銀行下班，經過銀行裡一間廢品室，聽見裡面有人喊叫，推門一看，只見一黑衣人鞭打二人，原來是那兩個闖入他家中通知他被捕的警察，因為他們順手拿去了那黑衣人的幾件漂亮襯衫，因此被鞭打。K 認為他們無罪，罪在當局，想救他們。但被鞭打者大聲叫喊，K 不願自己被捕之事被銀行其他職員知道，恰巧有兩個辦事員聞聲來了。他只好先把門關上，回家去了。次日晚上，他再去廢品室，以為事情早已過去，姑且去看看吧。不料一推開門，只見黑衣人與兩個警察仍在，蠟燭仍點著。兩個警察一見 K，就叫 K 救他們。K 嚇得把門緊緊關上。立即吩咐那兩個辦事員（正在打字），把廢品室馬上打掃乾淨，你看，這既是日常生活，又是「聞所未聞的事情」。

卡夫卡認為寫小說（講故事）最關鍵的是開頭，要使讀者在故事的開頭就能預感到結局。《審判》的第一句話就推出了一件驚人的、後果十分嚴重的事件：

> 肯定是有人誣陷了約瑟夫．K，他並沒有幹什麼壞事，一天早晨他突然被捕了。

德國學者米爾貝格稱讚卡夫卡說：「寥寥幾行就道出全部內容」，德國學者艾斯納說：卡夫卡的開場白「創造了一個新世界，在這個新世界中，每一個句子都意味著一個人的命運」。

由於卡夫卡的小說真實地反映了西方現代人的困惑、絕望、追求不可得、自救而不能的普遍心態，特別是它的寓言性及「陌生化」手法在當時的小說中獨樹一幟，引起西方文壇注意。一批小說家紛紛效尤，也都採用了把日常生活變成「神話」、把悲劇寫成喜劇、使日常生活語言產生嶄新現代含義的手法來針砭現實。卡夫卡便開黑色幽默、荒誕派、新小說派的先河。

「意識流」小說首先興起於法國。法國作家杜夏丹（1861-1949）的意識流短篇小說《月桂樹被砍掉了》（1887）被英國著名意識流小說家喬伊斯所發現，為之鼓吹。在喬伊斯的鼓勵下，他寫了《內心獨白》一書，說內心獨白首先要解決的，就是要阻止作者進入作品進行干預。他把這本書獻給了喬伊斯。他在書中說：「內心獨白，它的出現，它的發端，它的出處始於詹姆斯·喬伊斯的作品。」在杜夏丹之後，法國名小說家普魯斯特（1873-1922）的七卷鉅著《追憶逝水年華》於一九一三年陸續出版。有的評論家把他視為「意識流」在法國的先驅。但我們說過，盧梭的《新愛洛綺絲》實在早於《追憶逝水年華》，遠祖應是盧梭的小說。

「意識流」長篇小說發展的走向大致是法——英——美。興盛於二十世紀二十年代。愛爾蘭的喬伊斯（1882-1941）、英國的吳爾夫（1882-1941）、美國的福克納（1897-1962）是三大名家；《尤利西斯》（1922）、《達羅衛太太》（1925）、《喧嘩與騷動》（1929）是三部最著名的作品。

「意識流」長篇小說和傳統的現實主義長篇小說在技巧上有明顯區別。傳統小說所強調描寫的，多是人物「做什麼」和「怎麼做」，在「做」字上下功夫。「意識流」小說所強調描寫的，卻是人物「想什麼」和「怎麼想」，在「想」字上做文章。即使以心理描寫著稱的大師托爾斯泰、陀斯妥耶夫斯基的小說也比不上「意識流」小說家對人物心理描寫的重視，其描寫心理的篇幅也不如「意識流」小說家多。傳統小說以情節為結構，多有完整的故事，「意識流」小說以意識流為結構，有意不寫情節的連貫與完整；傳統小說以介紹、敘事、描寫、評論為主要手法，「意識流」小說以內心獨白、自由聯想、時序顛倒為主要手法；傳統小說家的主體意識多鮮明強烈，「意識流」作家力求「無我」，「意識流」小說很重視意象的描寫，與象徵主義關係密切；「意識流」小說的物理時空大大少於傳統小說，多寫人物在一段小時間、小環境中的心理活動，回憶多發生在路上房中，一動一靜，都易誘發人物的聯想；「意識流」小說很重視描寫性愛心理。

喬伊斯的代表作《尤利西斯》是舉世公認的「意識流」長篇小說開山之作。書成之日，他十分興奮，曾寫信給出版商：「給北平寄十本！」小說只描寫了一九〇四年六月十六日早晨八點到次日凌晨兩點三刻將近十九小時內三個主要人物（猶太人布魯姆、他的妻子莫莉、青年藝術家斯梯芬）在都柏林的生活，著重寫三人的意識流動，小說表現了作家的人道主義和反對民族壓迫、種族歧視的進步思想，不能說是「頹廢文學的典型代表」、「使人類受到侮辱」、「反人道主義」[35]。小說描寫了十分真實的人性，三個人物塑造是很成功的。小說使用了「反寫」神話的結構，將「意識流」與象徵主義結合起來，將神話與現實生活交織起來，開創了長篇小說嶄新的格式。「意識流」手法用於塑造莫莉的性格，尤其出色。第十八章長達六十二頁[36]的內心獨白，把她的肉慾主義及對丈夫布魯姆的愛意如鏡子般地反照出來，讓讀者直接審視她的內心世界。瑞士著名心理學家榮格在一九三二年給喬伊斯的信中承認「確是精彩的心理分析」。還說：「恐怕只有魔鬼他奶奶才能對一個女人的真實心理狀態了解得如此深入，我可不行。」這半恭維半揶揄的口吻使喬伊斯頗為得意，因為他知道自己的想像能力竟鎮服了科學的心理學家。這最後一章也確實是意識流最突出、最精彩的篇章之一。

---

35 分別見阿尼克斯特著：《英國文學史綱》（北京市：人民文學出版社，1980年），頁619。蘇聯科學院高爾基世界文學研究所編：《英國文學史》（北京市：人民出版社，1984年），頁445、446。

36 見「Ulysses」p.p.871-933. The Bodley Head，1980年出版。

自從喬伊斯發表了《尤利西斯》之後，仿者四起，吳爾夫在它啟示下作《達洛衛夫人》。關於「意識流」小說的爭論就開始激烈起來，肯定它的人認為這是隨著時代向前發展的文學，是小說的正常演進，誰要抒發懷舊的思想，回到托爾斯泰和狄更斯一類作家那裡去，誰就是倒退。否定它的人認為「意識流」毀掉了傳統文學的理性傳統，把文學變成一片混亂，是象徵主義和自然主義的怪胎，是反現實主義的頹廢文學。意識流手法也隨著爭論擴展到全世界去。

吳爾夫的《達洛衛夫人》通過女主人公克拉麗莎（即達洛衛夫人）在一九一九年六月某一天從早晨出去買花到晚上舉行宴會十二小時內的回憶，追溯了她從十八歲到五十二歲的經歷。沒有故事。唯一的一點點情節是她的舊情人彼得從印度回來了。上午十一點鐘去找她。他回到旅館後就收到她一封信，請他無論如何要來參加宴會。他去了。宴會快完了，她還沒有過來。彼得臨走前，等著她過來再見一面。小說第一句話是：「達洛衛夫人說她自己去買花。」結尾一句話是彼得的內心獨白：「她就在眼前。」這個「她」即指達洛衛夫人。她的丈夫理查德和女兒伊麗莎白在客廳那邊不知說什麼話，她本人正在送客人，很快就會過來。

小說全是回憶，女主人公五十二歲了，她的回憶是傷感的，用小說的話說，是美人魚在平靜的海面上看見的夕陽。十八歲的少女生活何等輝煌，兩個男人追求她，她選擇哪一個？為什麼選中了現在的丈夫理查德而不選更吸引她的彼得？兩個男人的優缺點？她少女時代的好友，她們的優缺點？等等，等等。

小說也寫別人的回憶，如彼得的回憶，她的女友的回憶，等等，這些回憶，也是圍繞著她的。

吳爾夫選擇了一個宴會來寫「意識流」，是別出心裁的構思。將近三十年了，老同學、老朋友、老鄰居、老關係忽然聚在一堂，因為女主人公開宴會，把他（她）們全請來了，我們想想，大家見面後，感觸一定很多，有人的子女長大成人了，女兒可不像媽媽過去的樣子；有人從你身邊走過去，你認識他，他已經不認識你了……回憶也就成了大家的內心活動的中心，當然更是女主人公內心活動的中心，因為舊情人就在客廳裡，一切熟人就在客廳裡，多少往事值得或不值得去想啊！宴會的構思是很好的。

吳爾夫的敘述角度是不斷變換的，從一個人物的意識流轉到另一個人物的意識流。某某客人來了，你怎麼想，他怎麼想，我怎麼想，就這樣變換下來。吳爾夫不用第一人稱的敘事法，與《尤利西斯》及《喧嘩與騷動》都不同，不是「我」想什麼，而是「他」（她）想什麼，這是第三人稱間接的意識流；又常常用內心對話的手法，讓人物之間作不出聲的交流，書中某一個人物提出一個話題，別人在心上已經接上了。

小說還有一些明顯的或隱蔽的象徵手法，如不停地寫倫敦議會大廈那個大笨鐘，大鐘不停地報時間，暗示時間不斷流逝，它與女主人公倒退的心理時間形成對比。隱蔽的手法是寫彼得手中那把折刀，他有玩折刀的習慣，老是從口袋裡拿出來，打開又折上。他去找女主人公時，這個動作特別多而明顯。有趣的是，女主人公手中也有一把剪子，她正在裁衣服。這些都暗示男女雙方都要剪斷舊情，雖然有點難過，但並不可惜。彼得折上折刀時的聲音特別刺耳。不過，女作家的心是很纖細的，得細細品味，才能品出其中的象徵意義。

這部小說的調子很感傷，一個五十二歲的婦女回憶往事，身邊又站著一個舊日的情人，是沒法子不感傷的。生活中還有很多雞毛蒜皮的事也使女主人公煩惱，如赴宴的女人們對她如何看？她的衣服會不會比那些貴婦淑女們遜色？尤其是一個客人報告說，一個被人稱為「瘋子」的老兵自殺了，更引起她內心震動。小說原本是設計她自殺的，後改為「瘋子」自殺。女主人公活得並不快樂，她身為議員夫人，生活於榮華富貴之中，但精神上卻十分空虛。女主人公有女作家身影，吳爾夫最後是自殺的。

《達洛衛夫人》是很「乾淨」的，一點性的描寫都不存在，與《尤利西斯》及《喧嘩與騷動》大不相同，它清奇、細膩、富於女性文筆的詩意與韻味，近似李清照。吳爾夫自說對《尤利西斯》的「猥瑣」很反感，但論成就，則無論思想或技巧，都比不上前者。

福克納的《喧嘩與騷動》在意識流長篇小說中成就最高，是意識流長篇小說的兩張王牌之一（另一張是《尤利西斯》）。一個故事講五遍的多層次的意識流與現實主義混合型的結構十分新穎，是作家空前的獨創。

福克納用「意識流」技巧去塑造人物十分出色。班吉「意識流」的特點是混亂但有中心點。班吉的回憶是十分混亂的，因為他智力停留在三歲小孩的水平，他感覺到什麼，就回憶什麼，完全由感覺牽著回憶走。但是，他有一個很重要的感覺，就是姐姐凱蒂身上的樹香味，這是一個興奮點。這就是中心點。因為他知道，一失去樹香味，姐姐就出了什麼事，他就痛哭。這就與主題結合起來了。另外，他三歲時的事記得最牢，也記得最完整，在他一天的回憶中，一八九八年奶奶病死這一天的回憶達十四次，是最多的。因為他的智力最高水平就是三歲的智力。越往後的事反而越混亂。這又是一個興奮點，一個中心點。

別的作家是寫正常人的意識流，福克納寫白痴的意識流，他的獨立貢獻在於：第一，他還寫出了白痴的回憶，是由感覺誘發的；第二，他還寫出了白痴的回憶，可以通過回憶中的感覺再生回憶，不用現實事物作媒介；第三，他還寫出了白痴的回憶也有興奮點，中心點，既符合心理學，又扣緊主題。這樣寫法，很不容易，很成功。特別重要的是，作家寫出了班吉最重要的心理：有苦說不出，成功地顯示了性格。

作者在塑造昆丁的形象時出色地使用了嗅覺意識流的手法，忍冬花的香味對他的回憶起了極大的誘發作用。福克納筆下的「樹香」與「忍冬花」是兩個對立的意象。「樹香」代表美與善。班吉一嗅到凱蒂的樹香味就安靜下來了。「忍冬花」象徵惡，因為凱蒂失身的野外，到處長滿忍冬花。忍冬花香味對昆丁的壓力是很大的。這也是「美的喪失」，昆丁失去凱蒂，雖生猶死，這是他心理的最主要的特徵。

用間接描寫的意識流手法塑造主人公凱蒂，更是作者的獨創。作者對大學生說：「她（指凱蒂）是美的化身，……而我則利用我所認為適當的藝術手法試著去描寫她的形象。」所謂「適當的藝術手法」，就是間接描寫的意識流手法。凱蒂的悲劇是通過她三兄弟的意識流間接寫出來的，這樣一個重要的人物，竟用間接寫法，從別人回憶中寫出，並且寫成功了。三兄弟的意識流是迥然不同的，但作者讓他們的回憶都緊緊服從自己的創作意圖：集中表現凱蒂的善良、美麗、慈愛、可憐。總之，通過三兄弟不同的意識流，「美的喪失」的主題表現得極為分明。

福克納的《喧嘩與騷動》被譽為「美國最優秀的意識流小說」。前蘇聯評論界認為是「二十年代混合藝術不朽之作」。從此以後，「意識流」的長篇小說也就沒有再出過什麼名著。「意識流」手法已為各國廣大作家所用，也不存在什麼意識流的流派了。

必須指出，福克納在西方現代小說史上的意義還不僅僅在於意識流手法的創新，而在於他開創了小說的新結構。他以虛構的地點、家族的線索、寓言的手法、系列小說的形式、評論的敘事，綜合運用來描寫美國南方的沒落，意識流手法只是他創作方法中的一種藝術手法，服從於他創作的整體結構。故他的小說對拉美當代小說及馬爾克斯有極大的影響。馬爾克斯曾對略薩說「福克納方法」是拉美作家「敘述拉丁美洲現實最合適不過的方法」。而福克納與馬爾克斯又對中國新時期的小說家如莫言、張煒、陳忠實等有很大影響。莫言說過他「喜歡」馬爾克斯，「欽佩」福克納，被《百年孤獨》的「氛圍」所吸引，要學習福克納的「表現」手法（〈與莫言一席談〉，《文藝報》1987年1月10日、17日）。陳忠實說馬爾克斯的作品「使我的整個藝術世界發生震撼」（〈關於〈白鹿原〉答問〉，《當代評論》1993年第3期）。關於馬爾克斯，此書後面即將論及。這裡先行強調福克納是馬爾克斯的老師及他通過馬爾克斯對中國新時期小說折光的影響。這影響，不限於意識流，甚至主要不是意識流手法。

二十世紀三十年代，西方興起了紀實的長篇小說。美國多斯・帕索斯（1896-1970）開創「同時描寫」與「紀實描寫」的手法，企圖擴大長篇小說的表現範圍。他的代表作《美國》三部曲——《北緯四十二度》（1930）、《一九一九年》（1932）、《賺大錢》（1936），就是這種革新的一次嘗試。所謂「同時描寫」，實際上就是寫了同時代的十二個人物的故事，基本上是寫完一個才開始另一個，並不「同時」，但有時也有交叉，從這一個人物講到另一個，有點聯繫而已。小說幾十萬言，卻沒有一個貫穿始終的主人公，也沒有一條貫穿始終的中心情節。新鮮之處倒是「紀實描寫」，即用「新聞短片」（共六十八篇報紙、文件摘錄）、「人物傳記」（共二十七篇，包括二十世紀以來政界、商界、科技界、文藝界知名人士）、「攝影機鏡頭」（共五十一篇，用作意識流評論社會問題）三種新手法來加強小說的現代感。帕索斯企圖用以上技巧寫出美國五光十色、瞬息萬變的社會，但並不成功。佔作品四分之一篇幅的三種寫法根本不是小說，只是文獻，因與小說故事完全脫離而毫無藝術價值，索然無味。十二個人物故事因缺乏聯繫，嚴重影響結構的完整。有的人物故事是「漢浪漢小說」的翻版，如第一篇「麥克」，寫一個愛爾蘭移民的流浪生活，他從美國東部流浪到中部芝加哥，又經加拿大回到西部，從溫哥華、西雅圖、舊金山到了洛杉機，最後定居墨西哥，開了一家進步書店。他找了一個老婆，後來又與她分手。他參加工運，思想激進，寫了一些下層人民生活，不妨稱之為「現代流浪漢小說」。西方評論界多認為帕索斯的敘述技巧的試驗失敗了。它在敘事法上，難與《儒林外史》相比，卻近似《二十年目睹之怪現狀》。他開創的「紀實描寫」的手法影響了薩特的長篇小說《自由之路》及美國後來一些「非虛構小說」的作家。帕索斯的意義在於道出了西方現代長篇小說一個發展趨勢，即向紀實文學方向發展。

四、五十年代法國「新小說派」崛起，緊接著又興起了美國的「實驗小說」。關於這派的背景，美國新批評派布魯克斯及華倫指出：第一是「全球性科學革命」，第二是現代心理學的「高速度的發展」。這兩位權威的批評家將描寫「恐懼本能、心理創傷、性慾及肆虐狂」的法國新小說及美國的實驗小說稱之為「新哥特小說」，[37]又將它們與「科學小說」聯繫起來。

法國「新小說派」（又稱「反小說派」）以羅布—格里耶（1922-2008）、娜塔莉・薩羅特（1900-1999）、克洛德・西蒙（1913-2005）、布托爾（1926-2016）為代表。薩羅特於一九四八年發表小說《無名氏肖像》是第一部「新小說」，主人公「無名氏」監視一對父女的生活。一個葛朗臺式的父親把女兒和他自己都關閉在一個深宅大院裡，他想盡方法克扣女兒的零用錢，女兒不時流露出不滿和失望的情緒，父女感情很僵壞。後來女兒嫁給了一個有錢的丈夫，父女之間才恢復了正常的感情。父女之間的一舉一動，都被第三者無名氏窺視著、追蹤著。小說主人公無名氏代表當今西方社會中對人們生活進行監測、窺視的一種無形的力量，也是人們心理受到壓抑的根由之一。小說的特點是人已物化，面目不清；幾乎沒有情節，只有一個個場景的閃現；重點寫三個人物瞬息變化的初發的心理。「我沒有像普魯斯特那樣對內心進行描繪性和分析性的描寫，我與吳爾夫、喬伊斯也有不

37 布魯克斯、華倫合編：《小說鑒賞》，下冊，頁494。

同，他們寫的都是內心獨白，而我不僅寫內心獨白，而且還寫內心獨白的前奏，即內心獨白前一瞬間的心理活動。」作家這樣說。薩特為其作序，在序中首次用了「反小說」這個詞。娜塔莉・薩羅特因此被譽為「新小說之母」。

在「新小說」中，格里耶的《嫉妒》（1957）成就算是最高的。這部小說篇幅不算長，屬中篇小說。它的情節「破譯」出來極簡單：就寫三個人的關係。第一天，白天，來了男客人（鄰居），丈夫懷疑妻子與他有曖昧關係。晚上，妻子要搭客人的車進城辦事，途中汽車拋錨，當晚未回，第二天回來了，是客人送她回來的。客人告辭了，這時是次日下午六點三十分。花園周圍夜色越來越黑，昆蟲的鳴叫聲又響起了。小說就這樣完了。但寫法很新穎，丈夫始終不出場，只有一些細節暗示他在附近，如陽臺上安排好了的躺椅是三張，餐桌上的刀叉是三份。但讀者感覺到了，丈夫的眼睛就像一架活動的攝像機一樣，從多方面時刻對準了活動著的兩個人物，他以極大的關注在進行觀察。在這裡，新手法出現了，作家不像傳統小說那樣，明白地告訴你他是出於什麼考慮，從什麼角度、在什麼位置上進行觀察的。作家只是十分客觀地通過描述讓讀者感覺到這是他從百葉窗後窺視的所見。從有的場面裡，你感覺到他是在陽臺的某一張躺椅上進行觀察。通過大量細節的描述，你可以發現丈夫觀察的焦點都集中在他的妻子身上，集中在妻子與鄰居如何相處上，他幾乎不漏過妻子的每一個神態、表情、姿勢，她與鄰居相處時任何一個細微末節（尤其是她的身體）以及她與鄰居交談的每一句話，甚至每一個含糊不清的詞語，其高度警覺與敏感，足以與古代神話中那個百眼巨人媲美。

作家寫的就是一個人物「嫉妒」的心理狀態。世界文學中這類作品極多，但如此淡化主題、情節、人物，卻是作家的新手法。小說只有兩個相似的「情節」，即在餐桌上，妻子發現了牆上有一條蜈蚣，鄰居走上前去用餐巾把它捻死，妻子精神緊張地攥著餐巾（從不同的角度反覆寫了四次）。而在丈夫的幻想中，則是妻子坐在蚊帳裡，眼見鄰居捻死蜈蚣而以手緊張地攥著白床單。只有在後面這個幻想的情節中，丈夫出場了，他的心理活動也明白了：他懷疑妻子與鄰居在外過夜。小說畢竟要有主題、情節、人物，完全淡化而至於無的小說是不存在的。格里耶無論如何獨出心裁，也還是寫了這個至關重要的「情節」，也還是要讓丈夫出一出場。

法國新小說派公開聲明與十九世紀的寫實小說分道揚鑣。它與傳統小說的四個方面的不同是：反對虛構故事情節，否定塑造人物形象，擯棄心理分析，貶斥小說的社會意義。換句話說，就是淡化以致取消人物、故事、主題。德國接受美學認為此派的特色是由「歷險的敘述變為敘述的歷險」（由敘述人生的歷險變為在寫作中進行文字的探險），把「可讀的小說」變成「可寫的小說」，要求讀者一反「節省精力」的閱讀習慣，由被動的閱讀變為積極參與小說的再創作。

在「新小說派」中，西蒙以《弗蘭德公路》（1960）於一九八五年獲諾貝爾文學獎。它寫一九四〇年法國敗退時在弗蘭德地區公路上三個騎兵及其隊長的遭遇，由其一個人物佐治戰後與隊長之妻同宿時的回憶把故事串連。這部小說很難看懂，不是傳世之作。

美國五、六十年代興起「實驗小說」，也屬廣義的「新小說派」。這裡要介紹美國此派鼻祖納博科夫（1899-1977），他是俄裔美國作家。其名作《洛麗塔》（1955）描寫四十歲獨身的亨伯特教授瘋狂地愛上早熟的十二歲少女洛麗塔，為此而娶她寡居的母親為妻，在她母親不幸被汽車壓死後，帶著她四處旅行，一路尋歡作樂，成為她的男人和「爸爸」。但洛麗塔受人拐騙，失蹤兩年，才寫信告訴亨伯特她已懷孕。亨伯特找到了拐騙犯，用手槍打死他，在牢中寫下了這部鰥夫懺悔錄。此小說因其大量的性心理描寫被視為「淫書」，又因其結構新穎被視為「現代經典」。他的代表作《微暗的火》（1962）寫一幻想家把自己想像為被廢黜的國王，又把被暗殺的老教授的自傳體敘事詩當作自己的經歷，使整部小說成為真假難辨之奇書。全書包括「前言」、「詩篇」、「注釋」、「索引」等部分。詩歌九百九十九行，占全書十分之一，「注釋」即對詩歌的解釋，「前言」、「索引」也純屬虛構。書中充滿文字典故、喻意、雙關語、多義詞。書名取自莎氏的《雅典的泰門》。作者用自己的小說證明小說的形式永無窮盡。它被美國批評界稱為「一次疑難的棋局、一場地獄般的布局，一個捕捉評論家的陷阱，一部由你自行組織的小說。」「本世紀最偉大的藝術作品之一。」納博科夫被認為是美國「實驗小說」最具影響的先驅。他影響了約翰．巴恩、約翰．巴勒斯、托馬斯．伯杰、托馬斯．品欽等新一代作家。

約瑟夫．海勒（1923-）的《第二十二條軍規》（1961）是這類小說中最易看懂的作品，它又被稱為「黑色幽默」小說。小說的主人公尤索林是美國某飛行大隊所屬一個中隊的上尉轟炸手，他既不想升官，也不想發財，只想早點完成三十二架次的飛行任務後可以回家。因為「第二十二條軍規」規定，飛滿三十二架次的人可以不再執行任務。但它又規定下級必須服從上級。其上司為了邀功，就把飛行任務提高到四十次、五十次、六十次，結果使尤索林一次次的失望。他懷疑世界真的瘋了，大家也都認為他瘋了；按照「第二十二條軍規」的規定，瘋子可以停止飛行，但停止飛行的申請得由本人提出，而一個人既然有提出請求的意識，就證明他並不是瘋子。這樣尤索林還得不斷地執行飛行任務。最後，尤索林終於逃往瑞典。小說純屬虛構，「第二十二條軍規」是專橫、荒謬、殘暴、冷酷的象徵，它使你別無選擇。小說著重表現一種「嚴肅的荒誕」。「第二十二條軍規」是一個象徵符號，小說是概念的形象化。

托馬斯．品欽（1937-）是這派最有名的作家，長篇小說《萬有引力之虹》（1973）是其代表作，被譽為能與《尤利西斯》比肩的作品，獲一九七四年美國「全國圖書獎」。這部小說沒有完整的故事情節，在長達八百多頁的篇幅中，充滿著五花八門、古怪零亂的敘述以及物理學、導彈工程學、高等數學、心理學、變態性愛的許多描寫。小說的背景是第二次世界大戰，德軍的 V-2 導彈襲擊倫敦，英、美諜報機關企圖弄到導彈的秘密。主人公是美國負責心理戰術的情報軍官，他是一個花花公子，喜歡同倫敦的各種女人勾搭，他和他的情婦睡覺的地方恰好是德國 V-2 導彈不久就要落下的地方。他有一張地圖，用星標明他每次與女人睡覺的地點。部隊中一位統計學家也有一張地圖，用星標明 V-2 導彈落下的地點，他大驚失色地發現他的地圖所標明導彈落下的地點和主人公的地圖標明他與情婦睡覺的地點完全一致，快則兩天一次，慢則十天一次，V-2 導彈就必定落在主人公與女人夜宿的地點，這個發現引起了軍內科學家、心理學家的巨大驚奇。他們紛紛研究是什麼力量使斯羅士洛普會吸引 V-2 導彈？是他頭腦有一個支配生死的開頭（小說中有一位巴普洛夫心理學家試圖找到一種刺激物，關閉他腦中的死亡機關，便可獲得諾貝爾獎）？是性興奮的條件反射？性、死亡、戰爭之間又有什麼關係？科學家和心理學家提出種種答案，但都受到駁斥。作品暗示讀者：戰爭具有無法解釋的殘酷性與不可知性，是不能用理性與科學的方法加以解釋的。

概括地說，「實驗小說」的情節是荒誕的，科幻的，神秘的，象徵的，還雜有荒唐的性描寫。其人物群中，出現了機器人、星際人、電腦和處女所生的人。其語言摻雜著現代自然科學、心理學、哲學的各種名詞。這種小說不僅與巴爾扎克、狄更斯式的作品不同，與「意識流」小說也不同。這派作家筆下的神秘主義，非來自宗教，而是來自現代世界的荒誕。這派小說藝術手法與思想特徵的惡根，自來對現實世界的無法把握與抗議。

六十年代拉丁美洲「魔幻現實主義」小說崛起，震驚歐美文壇，舉世矚目，被稱為「爆炸文學」。由於這支小說異軍的突起，遂使西方小說的中心，從歐美移向拉丁美洲。

「魔幻現實主義」的特點就是它既是現實主義的又具有超現實的魔幻性。這派作家以拉美的政治和社會生活為創作的源泉，又出色地繼承了古代印地安文學的傳統及其魔幻意識，並創造性地借鑑了西方現代主義的手法。因此，「魔幻現實主義」的創作方法是十分民族化的又是十分開放性的。由於這派小說家多堅持反帝、反獨裁、要求民族獨立自立和人民自由平等的立場，有的批評家又把它叫作「社會主治新現實主義」。

哥倫比亞名作家馬爾克斯（1928-2014）的代表作《百年孤獨》（1967）是「魔幻現實主義」的經典作品。

《百年孤獨》以虛構的馬孔多鎮為背景，描寫了布恩蒂亞家族七代人的經歷。小說的人物系統可用性別來區分。作家著重通過男性人物系統寫出布恩蒂亞家族的沒落，這個家族的後人喪失了祖先的創業精神，這真是一個慘痛的教訓。作家謳歌創業者布恩蒂亞，對奧雷連諾上校的態度則根據他一生不同時期的表現而有所不可，或褒或貶。小說的女性人物系統與男性人物系統形成對照，作家說：「我認為，婦女們能支撐整個世界，以免它遭受破壞，而男人們只知一味地推倒歷史。」在女性人物系統中，烏蘇娜是布恩蒂亞家族之母，是這個家族的守業神。俏姑娘雷麥黛絲的一生具有傳奇色彩。她的結局十分神奇，三月的一天下午，她幫弟媳取下花園中繩子上的白床單時，突然天空出現一道閃光，一陣輕風把白得耀眼的床單連同她一起捲走了。這個家族「不懂愛情，不通人道」，她生活在「孤獨的沙漠」中，只得「淒涼」地飛離了馬孔多。

小說的結構是一個傑作，作家以烏蘇娜貫穿全書，她活了一百二十歲，目睹家族的榮枯，就用她的眼睛，寫出小說的主題與連貫性。所謂「烏蘇娜行星系」，就說明她在結構上的作用。又加入兩個人物輔助她，這就是布恩蒂亞的幽靈和吉卜賽人梅爾加德斯的幽靈。布恩蒂亞死後，幽靈還守在大栗樹下，烏蘇娜向他訴苦。他還關心兒子奧雷連諾上校的命運，預告兒子的死亡。梅爾加德斯的幽靈在烏蘇娜死後還出現，和布恩蒂亞的後代在一起，直到颶風捲走馬孔多鎮才不見。三個人物，一個活人，兩個幽靈，都是第一代人，一個代表過去，一個代表現在，一個預言將來，三人共讀一本「百年孤獨」史，這就大大加強了小說的歷史性。

小說的「魔幻性」主要表現在描寫幽靈不滅和奇蹟出現的兩個方面。作家在三個「鬼」身上寄託對先人的懷念，對傳播知識的異邦人的感激，對友誼的讚美，絕無可怕的「鬼氣」，人與鬼的感情交流十分親切。而小說的許多「奇蹟」令全世界讀者看得目瞪口呆。

小說的主題表面層次是「孤獨」，而布恩蒂亞家族的「百年孤獨」也就是「拉丁美洲的孤獨」。深入的層次是「孤獨的反義是團結」。讀《百年孤獨》不可不讀作家在瑞典接受諾貝爾獎時的演說，題目就叫《拉丁美洲的孤獨》，作家莊嚴宣告一個獨立自主的拉丁美洲的崛起。

《百年孤獨》與西方以前的家族小說有很不相同的特色，它超越階級、民族、國界，概括了一個大陸的苦難史，視野空前廣闊；它以單部小說實實在在描寫了七代人的百年經歷，集中、濃縮、剪裁另有一番匠心；它描寫了沒落的事物而響起高昂的聲音，不是挽歌；它的「魔幻現實主義」手法，從未來的視角寫入敘事的技巧，堪稱獨步，令人耳目一新；作家進步的「尋根」意識，來自本土文化淵源，與歐美現代主義迥然不同。

## 八　西方長篇小說演變的特點

如上所述，西方長篇小說的源頭是「詩」，荷馬史詩就是詩體敘事文學；西方長篇小說的演變是開放性的：從維吉爾的「文人史詩」《埃涅阿斯紀》受荷馬史詩的影響可說明西方古代文學的交流；西方古代長篇小說曾有斷層的現象，西元一、二世紀，古羅馬出現多部用希臘文或拉丁文寫的長篇散文小說，但四世紀時這種散文小說的創作忽然中斷，原因不詳；中世紀西方長篇詩體敘事文學在希伯來文學及本土文學（日曼耳文學）基礎上發展；亞瑟王、查理大帝的故事就是本土文學；中古英雄史詩與騎士傳奇有繼承關係，但從歌頌君主到歌頌騎士，主題又有發展。韻文騎士傳奇與散文騎士傳奇也有繼承關係，後者多是前者的改寫；文藝復興早期，英國出現第一部散文長篇小說《亞瑟王之死》（1469），寫作技巧已相當高明，正如別林斯基所說的：「現代長篇小說的種子已經在這種作品中成熟了。」但國內多種歐洲文學史都不提這部小說，是個缺漏；正當歐洲文壇彌漫在英雄美人、妖魔神怪的貴族文學氛圍中時，西班牙響起了另一種聲音：一群乞丐式人物走入書本，成了主人公，以第一人稱敘述自己的故事，這就是流浪漢小說，它使歐洲人驚訝地發現：原來人間除了騎士美人外，還有一個下層人民的世界；《小癩子》（1553）是歐洲流浪漢小說的鼻祖，人物是「非英雄」，原名《托馬斯河上的小拉撒路》，「拉撒路」是《新約》〈路加福音〉中的乞丐，死後上天堂，與之對立的那個財主卻下了地獄。

受到騎士傳奇及西班牙流浪漢小說雙管齊下的影響，十六世紀十七世紀初，《巨人傳》（1532年後陸續出版）、《堂・吉訶德》問世，再次說明西方長篇小說在借鑑民間文學及反寫傳統作品中推陳出新的特點。古羅馬琉善的《真實的故事》是對古代史詩的反寫；《列那狐故事》是對中古騎士傳奇的諷刺；流浪漢小說從正面衝擊騎士文學。《巨人傳》、《堂・吉訶德》又用「反寫」手法再次否定騎士文學；在這一連串的衝擊與「反寫」中，西方小說便日益脫離貴族圈子而世俗化。

西方散文長篇小說與詩體長篇敘事文學同步發展的現象在古羅馬時代已出現。那時既有維吉爾的《埃涅阿斯紀》，又有阿普列尤斯的《變形記》。文藝復興以降，西方詩體敘事文學在基督教的土壤中又復興起來，《玫瑰傳奇》、《神曲》、《瘋狂的羅蘭》、《被解放的耶路撒冷》、《仙后》、《失樂園》乃至亦詩亦劇的《浮士德》，長篇敘事詩的傳統綿延不斷。

十七、十八世紀的長篇小說有五部作品不容忽視。格里美爾斯豪生的《痴兒西木傳》（1669）有六個特點的與《小癩子》及日後的《吉爾・布拉斯》不同。拉法耶特夫人的《克萊芙王妃》（1678）有四點價值有助於我們認識古典主義與感傷主義的關係。但國內一些歐洲文學史不提十七世紀這兩部小說。十八世紀盧梭的《新愛洛綺絲》是愛情心理內心獨白的名著，書信體功能用於內心描寫，實在是「意識流」小說的遠親。到《少年維特之煩惱》，書信體功能兼用於敘事，又加入旁知敘事法，故事性強於《新愛洛綺絲》，而心理描寫卻遜於前者。菲爾丁的《湯姆・瓊斯》在西方小說史上有劃時代意義。歌德的《威廉・邁斯特的學習年代》是一部論戲劇及莎士比亞的小說，用小說來論戲劇者不多見。迷娘的故事絕非插曲而是與主線交織的次要情節。十八世紀以降，散文長篇小說便成為西方文學最重要的類型之一，而長篇敘事詩則逐漸衰落。

西方長篇小說家的創作意識是不斷發展的。文藝復興時期的小說家的語言意識及民族意識很強烈，當時的小說家首先要考慮的問題是用民族語言還是拉丁文寫小說；用韻文還是散文寫小說；是寫大眾化的還是貴族化的小說。拉伯雷和塞萬提斯回答了這些問題，他們用民族語言寫散文小說，並將喜劇成分引入長篇小說中。十八世紀的小說家已不存在用什麼文體或用什麼語言寫作的問題，文藝復興的小說家已為他們掃清前進道路的障礙。這個時期的小說的市民感傷意識大大加強，喜劇意識得到進一步發展。十九世紀初葉浪漫主義長篇小說家引進歷史與抒情意識。十九世紀中葉批判現實主義小說家引進史詩意識及悲劇意識。二十世紀「意識流」小說家引進了現代心理意識。當代歐美長篇小說家受語言學說的影響，又寫出各種各樣以語言革新為特徵的小說，如法國「新小說派」。

當代歐美長篇小說一個重要特徵，是合寓言、政論、神話、科幻於一體。當代世界曾經分裂成兩個政治敵對的陣營，高科技的進步威脅著人類生態平衡，社會出現新的矛盾，人類的道德觀念、生存方式也發生著劇烈變化，凡此等等都引起西方作家的關注，一些作家從全人類的生存出發思考出路，形成「全球性思維」，反映到小說創作上，就產生了艾赫瑪托夫、米蘭·昆德拉、戈爾丁的小說，用上述的小說模式表達其憂患意識。

西方長篇小說的結構素有開放的特徵，第一，結構多變化；第二，多種結構並存；第三，結構的多元綜合。

文藝復興的小說，十七、十八世紀的小說，浪漫主義及早期批判現實主義的小說主要寫個人的遭遇。小說中一兩個人物的遭遇就是結構的核心，這些小說多半是直敘式。「一條繩子」的小說，書信體小說，路上小說，海上小說，家庭小說就是這類小說。十九世紀中葉以後，社會學與生物學、遺傳學興起，受其影響，小說家就不再侷限於寫一兩個人物，而著眼於一個社會，一個時代，一代人的命運，於是多人物的、全景式的、連環式的長篇小說崛起，這就是家族小說及系列小說出現的原因。從二十世紀開始，由於現代心理學的發展影響於作家，又出現了「意識流」小說，作家用書中人物的「意識流」代替了情節而成為小說結構的主幹。現代人類面臨種種新的社會矛盾，使小說家惶恐困惑，小說家企圖從遠古神話中尋求人類出路的答案，而西方又有一個強有力的「二希」神話系統，自古以來，就成為西方人的思維模式，便產生了神話——寓言的小說結構。至於「新小說」的興起，和現代語言學（索緒爾、德里達）的發展關係極為密切。

西方長篇小說在同一時期內多種結構並存的現象相當普遍，文藝復興時期「一條繩子」結構（《堂·吉訶德》）與系列小說結構（《巨人傳》）並存；十八世紀感傷主義書信體小說與哥特式小說並存，而哥德又以《少年維特之煩惱》發展了書信體的結構；斯特恩的《項狄傳》更是現代主義小說結構的先驅。十九、二十世紀西方小說多種結構並存的現象更為突出。十九世紀西方文學有五大流派：浪漫主義、批判現實主義、自然主義、唯美主義、象徵主義。二十世紀文學流派更多。流派多，作品結構也就多，戲劇如此，長篇小說也如此。

在西方現代小說中，結構又呈多元綜合的發展趨勢，同一部小說裡，用了好幾種結構，小說家使之融為一體。例如一部《尤利西斯》，又是「意識流」的，又是「神話」的，喬伊斯自說是「現實主義」的。福克納的《喧嘩與騷動》被稱為「二十年代混合藝術的傑作」。至於合政論、寓言、神話、科幻於一體的小說，如艾赫瑪托夫《一日長於二十年》、《斷頭臺》，米蘭．昆德拉的《生命中不能承受之輕》，戈爾丁的《蠅王》，又是另一種新的「神話——寓言」結構。

長篇小說集中表現一個民族的深層心理，因而是最保守的文學樣式，結構最難發生變化。西方長篇小說自十九世紀以來，結構不斷更新，十分引人注目。它反映了現代西方文化的開放性，而與中國長篇小說凝重穩定的結構迥然不同。

# 參

# 中西長篇小說的共同性

## 一　從寫歷史到寫現實

先談西方小說。荷馬史詩寫歷史上的特洛亞戰爭，維吉爾的史詩《埃涅阿斯紀》謳歌羅馬祖先建國的功績，西方小說的源頭以歷史為寫作對象，只不過將歷史神話化。歐洲中世紀幾部著名英雄史詩也是寫英、法、德、西各國的重大歷史事件。黑格爾已指出史詩的特性是寫民族的歷史，表現戰爭中的衝突。騎士傳奇也是寫封建主的歷史業績，兩大系統的主人公亞瑟王與查理大帝都是歷史人物，只不過是把他們的故事加以傳奇化。直到文藝復興時期《小癩子》、《堂・吉訶德》問世，西方小說才不寫歷史而寫現實。文藝復興時期的文學一個總的特點，就是貼近現實人生。正是從這個時期開始，亞氏的「摹仿說」的寫實成分被加以強調。塞萬提斯說：「描寫的時候摹仿真實：摹仿得越真切，作品就越好」(《堂・吉訶德》前言)。十八世紀小說主流是寫實小說，十九世紀批判現實主義、自然主義小說是寫實小說，現代西方著名的長篇小說大部分取材現實生活，歷史因素、神話因素是陪襯，目的也為了寫實。

中西小說都先寫歷史，但又有不同，西方小說的歷史素材披上神話的外衣，我們不披這件外衣。中國小說的歷史意識強於西方，我們不把歷史神話化，歷史就是歷史。中國長篇小說的源頭《史記》本身就是史，二十四史均有小說，均取材於史。《三國演義》以陳壽《三國志》為主要根據，寫三國史。《水滸傳》也以史實為根據。中國長篇小說將歷史披上神話外衣的現象遠遠晚於西方，到《西遊記》、《封神演義》才開此風。到《金瓶梅》，又開寫實之風氣，不寫歷史而寫現實生活。曹雪芹在《紅樓夢》第一回中說他寫的是「家庭閨閣瑣事」，不取材於「野史」，不寫「大賢大忠」。他是中國小說史上有小說理論的人，他對小說題材的看法，總結了由明入清小說題材發展的趨勢。從《紅樓夢》到明清小說，從《倪煥之》、《子夜》到當代小說，寫實是主流。

## 二　從取材書本到取材生活

從寫史到寫實與從取材書本到取材生活有直接關係。就西方文學說，荷馬史詩無書本依據，是取材於生活的，以後方向就發生了變化。古羅馬維吉爾的《埃涅阿斯紀》就取材於書本——荷馬史詩。賀拉斯在《詩藝》中用「古典主義」理論取代「模仿說」，用模仿希臘書本代替模仿生活。馬羅禮《亞瑟王之死》大量取材於騎士傳奇。《堂・吉訶德》也取材於騎士傳奇，作者在書中已一一點明，只是作了反寫。浪漫主義的歷史長篇小說多有歷史書本為根據。西方長篇敘事文學與長篇小說起先多取材於書本，取材於生活是後來的事。這點不可不加注意。十八、十九世紀的寫實小說才擺脫書本的束縛，取材於生活。中國最早的幾部長篇小說如《三國演義》、《水滸傳》、《西遊記》、《封神演義》都取材於史書，尤以《三國演義》為最突出，百分之七十的素材來自陳壽的《三國志》及裴公之的注。《金瓶梅》、《儒林外史》、《紅樓夢》擺脫書本的束縛，取材於生活。晚清的長篇小說如《官場現形記》、《二十年目睹之怪現狀》從書名就知是取材於現實的。中國現當代及新時的長篇小說多取材於現實生活為人所共知。

中西長篇小說早期多取材於書本，說明生活與書本都是創作的源泉。亞氏的「摹仿說」已指出「摹仿」有三義，摹仿書本也是一種「摹仿」，所謂按照人們「相信的事」來描寫，就是指書本上的事。

羅馬賀拉斯就發揮了這個觀念，強調「摹仿」古希臘範本。明白這個道理，有利於我們從歷史與書本兩個角度去研究中西早期的長篇小說，例如研究《埃涅阿斯紀》及《三國演義》，就應從歷史與書本為源泉出發去研究。

## 三　從單部小說到系列小說

西方的長篇小說開始時都是單部的。文藝復興時期拉伯雷的《巨人傳》及十七世紀德國格里美爾斯豪生的《痴兒故事》是較早的系列小說。《巨人傳》分五部，第一部《渴人國國王龐大固埃傳；還其本來面目並附驚人英勇事蹟》(1532)、第二部《龐大固埃的父親；巨人高康大駭人聽聞的傳記》(1534)、第三部《善良的龐大固埃英勇言行錄》(1545)、第四部《善良的龐大固埃英勇言行錄》(1552)、第五部《鐘鳴島》(又名《善良的龐大固埃英勇言行錄・卷末》，1564）是作者死後旁人整理其遺稿出版。此書第一部寫兒子龐大固埃，第二部寫父親高康大，第三、四部寫兒子交了一個朋友巴汝奇同去尋找「神瓶」的故事，第五部寫龐大固埃與巴汝奇的航海故事，他們終於到達神瓶島，找到「神瓶」。五部均可獨立，主人公並不相同。《痴兒故事》共十卷，包括《冒險的西木卜里其西木斯》六卷，還有四卷如《少見的輕浮兄弟》、《神奇的鳥窩》等和《冒險的西木卜里其西木斯》有一定聯繫，主人公都是痴兒，但又各自獨立成篇。不過總的來說，在巴爾扎克《人間喜劇》問世以前，西方作家並不擅寫系列小說。《人間喜劇》一出，各國作家仿效，系列小說遂風行歐美，又影響日本、中國。英國特羅洛普（1815-1882）作《巴塞特郡小說》六部、《巴里賽小說》六部。哈代（1840-1928）的《威塞克斯小說》（Wessex Novels）是關於威塞克斯這個農村地區一系列小說的總稱，《德伯家的苔絲》及《無名的裘德》是其中最著名兩部。左拉、高爾斯華綏、福克納、馬爾克斯都是寫系列小說的名家。

中國的古典長篇小說都是單部的。現代作家在西方小說影響下也寫系列小說。巴金與茅盾受左拉影響，首倡此道。巴金被譽為「三部曲的專家」，他寫了四個三部曲，為中國小說家之最。包括《激流三部曲》:《家》(1931)、《春》(1938)、《秋》(1940)。《愛情三部曲》:(霧)(1931)、《雨》(1933)、《電》(1935)，他還計畫寫《群》，未成。《革命三部曲》:只寫了《滅亡》(1928)及《新生》(1934)兩部。《火》三部曲:《火》(1940)、《馮文淑》(1941)、《田惠世》(1943)。茅盾有《蝕》三部曲，包括《幻滅》(1928)、《動搖》(1928)、《追求》(1930)。他還寫《虹》(1929)及續篇《霞》(未寫成)。華漢(陽翰生)有《地泉三部曲》:《暗夜》(1928)、《轉換》(1930)、《復興》(1931)。老舍有《四世同堂》:《惶惑》(1946)、《偷生》(1946)、《飢荒》(1947)。二十年代後期到三十年代，在中國曾掀起一個寫系列小說的小高潮。

一九四九年後歐陽山作《一代風流》:《三家巷》、《苦鬥》、《柳暗花明》、《聖地》、《萬年春》。梁斌作《紅旗譜》、《播火記》、《烽煙圖》。柯雲路繼《新星》後要寫《京都》三部曲:《夜與晝》、《衰與榮》、《滅與生》。王蒙也寫系列長篇小說，他說:「『戀愛的季節』其實只能算是序曲，『失戀的季節』剛剛開始了第一樂章，……好戲還在後頭，……小說的背後是歷史，小說的主要角色是時間。」[1]中西長篇小說從單部向系列的發展，反映作家力圖用多部作品宏觀性地、歷史性地把握生活的現代史詩意識。

1 王蒙:〈好戲還在後頭〉,《文學報》1995年1月12日。

## 四　從寫外部世界到寫內部世界

西方的荷馬史詩、維吉爾的《埃涅阿斯紀》、眾多的中古英雄史詩重點都是寫外部世界，如寫民族戰爭。黑格爾說：「史詩既可寫內心生活，又可寫人物動作，但是重點在用客觀態度描述事蹟，從事蹟進展中見出全部客觀世界情況。」黑格爾強調的是「事蹟」，是民族大事，而非內心生活。到了騎士傳奇就著重寫騎士美人的愛情生活，展示他（她）們的感情世界。恩克斯說騎士小說第一次寫了世俗愛情。文藝復興、十七世紀的小說寫外部世界，《堂・吉訶德》、《天路歷程》是「路上小說」，作者牽著讀者去周遊世界。《天路歷程》談不上心理描寫。到了十八世紀的感傷主義書信體小說就寫人物心理，作者讓讀者去看男女主人公「數以百計」的信件。十九世紀浪漫主義小說除了情節離奇外，心理描寫（包括無意識）很突出。

十九世紀批判現實主義小說，二者並重，即恩克斯所說「典型環境中的典型性格」。哈代把自己的小說稱「環境與性格小說」。托爾斯泰的作品是「俄國革命的一面鏡子」這「鏡子」，既照外部世界，也照出農民、貴族的內部世界。但批判現實主義有個發展過程，就是心理越寫越細。有人說是退步，有人說是前進，但都說出了一個事實：小說「向內轉」。以英、法、俄為例，《簡・愛》及《呼嘯山莊》的心理描寫，就重於薩克雷及狄更斯的小說。《包法利夫人》、《約翰・克利斯朵夫》的心理描寫，也重於司湯達及巴爾扎克的小說。俄國從果戈理到托爾斯泰再到陀斯妥耶夫斯基，「向內轉」最分明。托翁是「意識流」手法首創者。二十世紀西方的「意識流」小說，顧名思義就是重點寫人物內心獨白。

中國長篇小說與西方不同，不欣賞「純心理」的描寫。但心理描寫的地位也日見重要。《三國演義》、《水滸傳》、《西遊記》主要寫外部世界，寫「事蹟」。三國戰爭、北宋農民起義、九九八十一難，都是「事蹟」。《紅樓夢》屬於二者並重的偉大小說。比之《金瓶梅》，心理描寫顯然是加強了。「五四」後的新小說，很重視心理描寫，但與新時期小說相比，就有了區別。新時期的小說家，更擅寫人物的內心衝突，寫人物的反思、人格分裂，人物的精神世界更豐富。有一些小說家，不看重外部生活，不看重故事情節，而以心理描寫為主。但有一點要注意，我們的小說傳統不把描寫外部世界對立起來，不像西方有個「向內轉」的明顯過程。

## 五　從寫英雄人物到寫廣闊人性

西方的荷馬史詩、維吉爾的文人史詩、中古英雄史詩、騎士傳奇，全是寫神與英雄。《堂·吉訶德》的主人公卻是一位善良的老鄉紳，他想學騎士，想當英雄，其實他不是英雄。《堂·吉訶德》是西方小說從寫英雄到寫人性的一個轉變標誌。桑丘·潘沙不是英雄，是人間的「豬八戒」(除了好色例外)。十八世紀的小說寫平民。帕美拉、維特、魯濱遜、湯姆·瓊斯、吉爾·布拉斯都是平民。菲爾丁以寫廣闊真實的人性著稱。他首創的「散文喜劇史詩」，就是用「史詩」的規模來裝「廣闊人性」的。十九世紀批判現實主義小說更自覺地以寫廣闊人性為己任。巴爾扎克的《人間喜劇》序言就是寫廣闊人性的宣言。福樓拜寫信給喬治·桑說：「不要妖怪，不要英雄。」西方當代長篇小說的內容十分廣泛，但人物多半是非英雄。捷克米蘭·昆德拉的《生命中不能承受之輕》(1984) 被認為是二十世紀最偉大的小說之一。這部小說近年來在中國文壇頗為走紅。這是一部政治小說，以蘇聯入侵捷克為背景，但書中三個人物外科醫生托馬斯、女記者特麗莎、女畫家薩賓娜都不是英雄。前蘇聯當代小說在塑造性格方面最顯著的變化，也是從寫英雄到寫普通人，從普通人身上寫英雄品質。肖洛霍夫《一個人的遭遇》(1957) 是這種轉變的第一聲吶喊。

當代前蘇聯作者寫人性的視野比四、五十年代要廣闊得多。

中國長篇小說的源頭《史記》主要寫帝王將相。如果把志怪小說之祖《山海經》（成書戰國時代）、《穆天子傳》（先秦古籍）算上，也是寫神和英雄。《三國演義》寫封建主英雄，《水滸傳》寫北宋農民英雄。《西遊記》、《封神演義》寫歷史神話傳說中的人物，其中也不乏英雄，孫悟空就是最有名的一個。這些小說中的人物大抵都有一些超凡入聖的本領，是凡人所不能企及的，和社會大眾距離很遠。到《金瓶梅》一變，不寫英雄，而寫平民，寫女性，這是中國小說人物系統一個轉折點。自此以後，《儒林外史》寫封建社會的各色人物，主要寫「儒林」。《紅樓夢》寫沒落貴族與受侮辱受損害的婦女，都不寫英雄。新文學起來，幾位大作家的小說也不寫英雄。茅盾的三部曲《蝕》寫知識分子（特別是幾個女性）的幻滅動搖追求。《子夜》主要寫民族資產階級，吳蓀甫也不是英雄。巴金的《愛情三部曲》及《激流三部曲》均寫知識分子。葉紹鈞的《倪煥之》也寫知識分子。老舍的《駱駝祥子》寫北京的人力車夫。《四世同堂》寫抗日期間的北京市民。當然，知識分子有頹唐的，也有進步的。茅盾、巴金、葉紹鈞、老舍小說中有一些進步知識分子形象，但作家們絕非將他（她）們寫成「英雄」形象，如小學教師倪煥之在「四．一二」反革命政變後悲哀地抱病死去。「文革」前一些文學史對茅盾、巴金、葉紹鈞、老舍的評價是說他們寫不出「英雄」來。其實，這些作家筆下的知識分子正因為不是「英雄」而具有各種內心矛盾，才顯得真實。

從寫超人式的英雄，到寫現實生活中廣闊的人性，中間有一個反覆，這也是中西長篇小說所經歷過的。西方的反覆出現在十九世紀初，其時的歷史長篇小說又回到中世紀去，用傳奇筆法寫歷史傳說上各路英雄，如司各脫的《艾凡赫》、大仲馬的《三個火槍手》。因為西方當時出現了一個很大的浪漫主義文藝思潮，回到中世紀去，寫奇人奇事奇境，成為當時的審美情趣。又因為其時的小說家，不屑於面對現實，或者對現實中芸芸眾生失望。直到批判現實主義，才來了一個反撥，把小說的人物從天上拉回人間，從中古拉回現實。前蘇聯的小說，在斯大林時期，甚多「英雄」人物。肖洛霍夫《一個人的遭遇》（1957）發表後，方向轉變。它在「寫什麼」與「怎麼寫」兩方面，為當代蘇聯文學指出新方向：不迴避矛盾，深入發掘當代蘇聯普通人的心靈美，成為前蘇聯文學主流。寫戰爭，寫領袖，筆法也大變。把領袖從「神」的地位拉回「人」的地位上來。中國一九四九年後，寫英雄的小說抬起頭來，三「紅」(《紅日》、《紅旗譜》、《紅岩》) 與《保衛延安》、《青春之歌》、《林海雪原》等等，都寫革命先烈和戰鬥英雄，作家們心中有革命激情，有革命生活體驗，不吐不快。也由於當時的文藝政策就是這樣號召的，書中的「英雄」越布爾什維克化越好。杜鵬程的《保衛延安》寫彭德懷僅千餘字，而手稿素材有十萬字，不敢寫，怕寫歪了。毛澤東的形象根本不敢出現。楊沫寫《青春之歌》，結尾寫林道靜在遊行隊伍中忽見早年丈夫余永澤，竟暈倒了，作者為此一再自我批判，說沒寫出英雄人物的堅定，於是出版了修改本（一九六〇年版）。到「文革」時，就出了「高、大、全」、「三突出」的理論，說應該在正面人物之中突出英雄人物，在英雄人物之中突出主要英雄人物，於是，長篇小說就成了一片「荒原」，不僅沒有「英雄」，連小說也沒有了。八個樣板戲一統天下。直到新時期的長篇小說，才來了一個反撥。這並非說人類不要「英雄」，文學不要「英雄」，只是對「英雄」觀念的轉變：「英雄」也是凡人，有人的七情六慾。當代作家擺脫了觀念的束縛，便面對現實，如實描寫了。

## 六　從以男性為中心到以女性為中心

西方文學的源頭就以男性為中心，《伊利亞特》專寫男性，荷馬史詩中的婦女觀是大男子主義，其中的英雄絕大多數是女性的奴役者。恩格斯曾用荷馬史詩說明「最初的階級壓迫是跟男性對女性的奴役相一致的」。婦女在家庭中地位低下，即便是海倫、潘奈洛佩也不例外。女神的地位亦不如男神，如卡呂蒲索對男神的詛咒。女奴的遭遇與結局更為悲慘，如十二個女奴被奧德修用一根繩子吊死。雅典娜、阿伽門農、奧德修父子對婦女都流露出不信任與鄙視的口吻。中古英雄史詩也以男性以中心，羅蘭、伊戈爾王子的妻子微不足道。

到騎士傳奇便生變化，不是男性高於女性，而是女性高於男性；不是女性崇拜男性，而是男性崇拜女性。是忠於君，還是忠於皇后，使郎世樂發生了尖銳矛盾。十八、十九世紀感傷主義、浪漫主義、批判現實主義小說中的女性的地位相當高，她們是美麗的、溫柔的、道德化的、理想化的。一部英國十九世紀小說史，大概只有薩克雷在《名利場》中寫了一個壞女人。而利蓓加．夏潑無損一批女作家及狄更斯筆下女性形象的光輝。俄國屠格涅夫以塑造系列正面女性形象著稱於世。巴爾扎克、托爾斯泰小說中有鮑賽昂夫人、歐也妮．葛朗臺、娜塔莎、安娜．卡列尼娜、瑪絲洛娃。這些女性體現了作家理想化的道德觀念與審美觀念。

基督教的觀念代替了希臘的觀念，聖母代替了宙斯，便產生了騎士的婦女觀，便顛倒了兩性關係上誰拯救誰的模式，於是，描寫重點轉移，女性人物在西方小說中地位日益重要，日益加強。

中國的《三國演義》、《水滸傳》以男性為中心。《三國》中的貂蟬是禮品，王允將她同時送給呂布與董卓，又讓李儒仰天嘆曰「吾等皆死於婦人之手矣」。羅貫中認為女人是禍水。施耐庵也一樣，《水滸傳》的婦女觀十分落後，女人大都是小人、賤人、壞人。有幾條好漢的上梁山也是因為女人的不貞而引起的。到《金瓶梅》一變，以女性人物為書名，武松殺嫂的寫法與《水滸傳》大不相同。中國的女權主義批評家認為此書是讓女性揚眉吐氣的。到《紅樓夢》又一變，曹雪芹與前人的婦女觀針鋒相對，他寫《紅樓夢》的目的就是要歌頌女性，他在小說開宗明義的第一回中已宣布過。賈寶玉說：「天地間靈淑之氣只鍾於女子，男兒們不過是些渣滓濁物而已。」「女人是水做的骨肉，男人是泥做的骨肉，我見了女兒便清爽，見了男子便覺得濁臭逼人。」這是曹雪芹的進步思想。也有人說這不是漢人的觀念，是滿族人的觀念。《紅樓夢》是中國長篇小說中一反以男性為中心的傳統，而以女性為中心的開山之作。第四回「賈寶玉神遊太虛幻境，警幻仙曲演紅樓夢」是寫女性的提綱。警幻仙著重介紹的是書中的女性。她帶寶玉來到女子的檔案司，那「金陵十二釵正冊」、「副冊」、「又副冊」，不都全是書中女性的暗寫嗎？這裡可沒有一冊男人的檔案。《紅樓夢》除了林黛玉、薛寶釵那一批著名女性人物外，僅大小丫頭就超過一百。女性形象如此之多，寫得如此之好，在世界小說中獨一無二。

西方現當代長篇小說大量寫「性」題材，把女性與「性」及「美」連在一起是常見的寫法：福克納寫了凱蒂的性生活墮落、儘管如此，她外表與內心也還是很美，讀者都同情她；馬爾克斯寫了白日飛升的俏姑娘雷麥黛絲，她是裸體的，還有特異功能。西方現當代小說家多把愛心、道德心、理想心放在女性身上。福克納筆下的黑人迪爾西，是康普生家的光明、溫暖和希望。馬爾克斯說：「我認為，婦女們能支撐整個世界，以免遭受破壞，而男人們一味推倒歷史。」德國伯爾（1917-1985）的代表作《以一個婦女為中心的群像》（1971）可以說是馬爾克斯的話的形象化。這部小說寫了一位德國勞動婦女萊尼無私奉獻的一生。作者把她比喻為「聖母」。並說：「我試圖描繪或寫下一個五十歲不到的德國婦女的命運，她從一九二二年到一九七〇年間承擔了歷史的全部重負，而世人卻把髒水潑在她身上還昂起了頭。」前蘇聯名作家瓦西里耶夫談其名著《這裡的黎明靜悄悄》時說：「我讓穿軍大衣的女兵們成為小說的主人公，這並沒有違背生活的真實。然而，這樣做，就使作品更洋溢著深刻的激情。一個士兵在戰爭中犧牲——這不管看上去多麼痛心，多麼痛苦，但畢竟是難免的，是嚴酷的鬥爭中必然發生的事情。然而，年輕的姑娘倒斃在敵人的子彈下，這卻是令人髮指的悲劇，是違反常理的，它會引起人們特別的痛苦，因為這些姑娘本是為了愛和繁衍後代而來到人間的。由於我選擇了姑娘作為主人公，使我可能賦予作品以更突出的道德含義和更強烈的感情色彩。」《這裡的黎明靜悄悄》的嶄新意義在於：即使在戰爭題材小說中，女性也取代男性成為小說的主人公。

以女性為中心的觀念在前蘇聯名作家艾特瑪托夫的《斷頭臺》中有特殊的表現方式。此小說描寫了母狼阿克巴拉的故事，牠是小說中塑造得最為成功的形象。牠具有優美的人性。牠的愛崽之情與失崽的痛苦，對公狼的懷念，對阿弗季的友善與同情，在夢中對月悲嗥，祈求月神把牠帶到無人居住的月亮上去的悲哀，極富於藝術魅力。作家用人間的美女和月亮中的女神襯托牠，把牠寫成善良、美麗、受難、悲哀的女性的化身，賦予牠很高的審美價值與悲劇價值。

西方現當代小說家對女性的同情，包括對男權主義的批判，對女性的美化，體現對當代戰爭、暴力的否定。長篇小說主人公地位的變化，還說明人類母系社會的集體無意識的重現。在西方女權主義小說家中，以女性為中心的觀念更為強烈。

五四新文化的精神成果是「人」的發現，周作人在《人的文學》中把人的發現與女性的發現同等齊觀，認為人的發現最突出的貢獻是女性的發現。在中國新文學中，茅盾和巴金繼承了曹雪芹同情與歌頌女性的傳統。茅盾作《蝕》三部曲的動機就是因幾個女性引起的，這和曹雪芹作《紅樓夢》相似。他說：「我又打算忙裡偷閒來試寫小說了。這是因為有幾個女性的思想意識引起了我的注意。……她們給我一個強烈的對照，我那試寫小說的企圖也就一天一天加強。」樂黛雲指出「女性知識分子在《蝕》和《虹》中占了主要地位，這在中國小說史上是第一次，這也是茅盾對中國現代文學的重要貢獻。」[2]

曹雪芹同情與歌頌女性的傳統在巴金的小說中尤其得到繼承和發揚。巴金說：「我寫梅，我寫瑞珏，我寫鳴鳳，我心裡都充滿著同情和悲憤，我還要說我那時有著更多的憎恨。後來在《春》裡面我寫淑英、淑貞、蕙和芸，我也有著這同樣的心情。我深自慶幸我把自己的感情放進了我的小說裡面，我代那許多做了不必要的犧牲的女人叫出一聲：『冤枉』，」巴金不僅塑造了一批被損害與被侮辱的女性，他還塑造了琴，這是「希望的火紅」。而且還有一個比琴「強得多」的女性許倩如的「影子的晃動」，巴金把更大的希望放在她的身上。孫犁說：「我喜歡寫歡樂的東西。我以為女人比男人更樂觀，而人生的悲歡離合，總是與她們有關，所以常常以崇拜的心情寫到她們。」

由於中國封建社會有幾千年歷史，封建主義特別嚴重，中國現代進步小說家的反封建思想必然十分強烈。中國現代小說的女性地位的加強，是小說家反封建思想高揚的體現。

在中國新時期的長篇小說中，女性往往比男性好，寫得也更為出色，如《芙蓉鎮》中的胡玉音，《男人的一半是女人》中的黃香久，《活動變人形》中的兩個老姐妹靜珍、靜宜，包括著墨不多的倪萍，《古船》中的茴子、張王氏、隋含章，這些還不包括一批有女權主義意識的女作家張潔、王安憶、鐵凝的小說。鐵凝的第一部長篇小說《玫瑰門》就以女性為主人公。「玫瑰門」的含義，即老子說的「玄牝之門」，亦即西方女權主義者所強調的，「女上帝代替了男上帝，子宮代替了陰莖」。「玫瑰門」不僅創造人類，而且保護受苦受難的人類。在《玫瑰門》中，女性在小說中的地位已經提高到人類發生學的層面加以認識。我們彷彿聽到了漢民族之母女媧的遙遠的聲音。

2 樂黛雲：《比較文學與中國現代文學》（北京市：北京大學出版社，1987年），頁233。

## 七　善惡兩類性格基本分明

中西古代長篇小說多有正面人物與反面人物，形成鮮明的對照，這點不可不加強調。先說西方小說，從文藝復興到十九世紀，作家所塑造的正面人物，可以開列一張很長的名單。巴爾扎克是批判現實主義大師，「批判現實主義」以暴露著稱，但他在《人間喜劇》序言中鄭重聲明，他書中的正面人物多於反面人物。現代派的名著就不能分善惡兩類人物了嗎？能的。《喧嘩與騷動》中有黑人迪爾西。福克納說：「迪爾西是我自己最喜愛的人物之一，因為她勇敢、大膽、豪爽、溫存、誠實。她比我自己勇敢得多，也豪爽得多。」《百年孤獨》中有烏蘇娜，這位活了一百多歲的布恩蒂亞家族之母有「理性的光輝」，是這個家族的「根」。

由於作家對「人」的研究越來越深入，小說人物的性格越來越複雜，便出現了亦好亦壞、亦善亦惡的人物，這在十九世紀批判現實主義及現代小說中大量存在。但是，正反人物系統，在一些作品中仍然存在。陀斯妥耶夫斯基宣傳「人類心靈的兩重性」，他筆下的人物由善到惡、由惡生善的心理的突變令人吃驚，令人信服。他極擅寫人物「一念之差」的後果及其內心衝突。但是他的作品始終有一個正面人物體系。如《白痴》中的梅思金公爵（作者稱之為「十全十美的人物」）。《罪與罰》中的索尼婭（她感化了罪犯拉斯柯尼科夫，讓他投案自首。他伏在地下吻她的腳說：「我不是向你膜拜，我是向人類的一切痛苦膜拜。」她是作者心中「美好未來的保證」），還有《卡拉瑪佐夫兄弟》中的阿廖沙，有他在，人間才有亮色、希望、信心。

除了正面人物系統仍然存在外，近代、現代小說又出現了另一個新的人物系統——被同情、被憐恤的人物系統。他（她）們不是作者的理想人物（正面人物），但作者同情他（她）們，憐恤他（她）們，把他（她）們與反面的、否定的人物明顯區分之。包法利夫人就是一個明顯例子。包法利夫人當然不是正面女性，但福樓拜深深地同情她。福樓拜說:「我寫包法利夫人服毒，我一嘴的砒霜氣味，就像自己中了毒一樣，一連兩回鬧不消化，因此我把晚飯全嘔出來了。」又說:「我可憐的包法利夫人，不用說，就在如今，同時在法國二十個鄉村中哭泣著。」「被同情、被憐恤的人物」的人性中的缺陷正多，這是毋庸多議的。這類人物之所以被作家同情、憐恤，一種情況是他（她）們內心中有善惡鬥爭，其命運是悲劇性的。如《白痴》中的女主人公娜斯塔西婭，她既墮落又不願墮落，動搖於梅思金公爵（象徵新生）和羅果靜（象徵墮落與死亡）之間。一種情況是他（她）們去惡從善，多出於受基督教啟發，所謂「放下屠刀，立地成佛」，陀斯妥耶夫斯基小說中大量人物是這樣。《罪與罰》中的拉斯柯尼科夫，殺死了放高利貸的老太婆和她的妹妹，但最後在少女索尼婭愛心的感召下投案自首，皈依上帝，以受苦贖罪，得到「新生」。《卡拉瑪佐夫兄弟》中的長子德米特里，雖然沒有弒父，但心懷弒父之心，最後覺悟甘願受刑罰。「我將通過苦難來洗淨自己！」請注意，上述小說中還有與這些「被同情、被憐恤的人物」相對立的被否定、被鞭笞的人物，如《包法利夫人》中逼使包法利夫人自殺的貴族地主羅道耳弗、見習生賴昂、高利貸商人勒樂；如《卡拉瑪佐夫兄弟》中強姦瘋女的老卡拉瑪佐夫、他的私生子真正弒父的凶手斯麥爾佳科夫；還有那個連阿廖沙這樣菩薩心腸的人也喊出要將之「槍斃」的退休將軍，此人因為一個農奴四歲的孩子打了他的狗的腳一下，就命令僕人剝光其衣放出群犬將之撕碎。

為什麼中西長篇小說多有正反兩類人物及被同情與被鞭笞的兩類人物的對照系統？因為中西長篇小說家寫小說時，心中總有一個真善美、假醜惡的是非判斷，中西長篇小說家是非標準不盡相同，但孰美孰惡，看法大體一致。從古典小說到現代小說，中西小說家所讚美的、所歌頌的，大體上都是人類自身的美德。所同情的、所愛的，大抵是弱者、善良者、女人、黑人、被壓迫的勞動者、被侵略的民族的人們，一句話，是「悲慘世界」中的芸芸眾生，是被侮辱與被損害的人物。而權貴者、統治者、壓迫人的人就成了這些人物的對立面，形成另一個系統。作家批判他（她）們、抨擊他（她）們、鄙視與否定他（她）們。人間有真、善、美、假、醜、惡，在中西作家心中的天平上，書中人物誰好誰壞，孰善孰惡，總有側重，總有傾向性，不論用什麼敘事手段，傾向性總還是要在小說中，特別是在人物塑造上表現出來。

中國古典長篇小說一貫有正反分明的人物系統，所謂「忠奸分明」。有一些人物比較複雜，動機有善有惡，行為有優有劣，但作家的臧否態度是分明的。中國現當代長篇小說家的愛憎分明的傾向性尤為強烈，中國現當代小說家的人道主義與理性光輝是通過對真善美的肯定，對假醜惡的批判表現出來的，亦即通過對兩類不同系統的人物塑造表現出來的。新時期小說家擅於剖析人性，擅寫人物的心靈創傷、內心分裂。小說中有許多人物，不是傳統意義的正面人物，但其中一定有被作家同情的人物，也一定有被否定、被唾罵的人物，而與前一類人物形成鮮明的對照。

必須指出，作家的愛憎隨人物性格發展發生變化，並非自始至終一成不變。人物由好變壞了，作家由愛變憎，由同情變為批判。人物由壞變好了，作家的筆調也發生變化。有些人物的動機和行為，連作家也把握不準，這個時候，判斷最難，但這種情況並不多。總的來說，此亦一是非，彼亦一是非的觀念，但這種情況並不多。總的來說，此亦一是非，彼亦一是非的觀念，不適用於中西小說及小說家；否定小說世界中兩類人物的基本存在，否定作家注入人物的愛憎的傾向性的基本存在，不符合中西長篇小說基本實際。

以上就中西長篇小說的若干共性加以論述，它說明中西長篇小說家大抵上都逐漸放棄了從歷史與從書本取材，而面向現實人生。大都從寫理想化的人物到寫實實在在的芸芸眾生。如果說早期的小說環境與性格分離，成熟的小說則擅寫環境與性格的關係。隨著作家對「人」的觀察的深入，作家們對人物的內心世界的描寫越來越充分，西方小說「向內轉」及「意識流」小說的產生，說明西方小說家不僅對現實人生，而且對現實中的人發生了最大的興趣。中西小說家在寫人生與寫人的時候，內心總持一定的態度，這態度總要在小說的人物塑造中表現出來。許多小說家把自己的審美理想寄託在女性與「悲慘世界」的人們身上，用飽蘸著愛心與憐憫之筆去塑造他（她）們，包括對歷史及現代一切惡勢力的批判與否定。在近代、現代小說中，正面的女性及被同情的女性形象占十分重要的地位，在一些小說中，她們是人物的中心。這是作家對自有文明史以來一直占統治地位的男權主義的反思，也是現代人類面對戰爭、暴力以及各種威脅人類安全的因素的恐懼及冀求保護的心理的反映，可說是母系社會集體無意識在文學上的表現。在現當代小說中，正面與反面人物系統有時讓位給另一對對立的系統，即被同情、被憐憫的人物，與被否定、被批判的人物對立的系統，這對新的人物對立系統與正反面人物對立系統一脈相承。

# 肆
# 中西長篇小說的不同性

## 一　歷史與散文的源頭和神話與詩歌的源頭

中西長篇小說源頭不同，關係到雙方小說日後的敘事結構與走向的重大區別。本書已論述了《史記》與荷馬史詩分別是中西長篇小說的源頭，現在就以此為例來探討中西長篇小說的不同性。

不同之一是詩的源頭與散文的源頭。荷馬史詩用詩寫成。西方詩體長篇敘事文學源遠流長，歷經古羅馬、中世紀、文藝復興、十七、十八世紀而不衰。直到十九世紀，還有拜倫自稱之為「史詩」的《唐．璜》及普希金自稱之為「詩體小說」的《歐根．奧涅金》，為什麼？因為西方有荷馬史詩的源頭。

西方長篇小說也是從詩演變而來的。從中世紀起，這個演變軌跡甚為分明，就是：詩體的騎士傳奇──韻散結合的騎士傳奇──散文的騎士傳奇。文藝復興時期便出現了「反寫」騎士傳奇的《巨人傳》和《堂．吉訶德》。這兩部小說都是散文體。西方的長篇敘事文學有一個從詩到散文的文體演變過程。中國則不同，長篇小說之祖《史記》是散文體，計五十二萬六千五百字。明清的長篇小說如《三國演義》、《水滸傳》、《西遊記》等也是散文體。

中國長篇小說的源頭是散文，後來也是散文，沒有一個從詩到散文的演變過程。這就決定了中西長篇小說各自若干的特色。首先，荷馬史詩以至後來的長篇敘事詩都擅用比喻、博喻狀物寫人，因為詩這種體裁宜於運用比喻法。《史記》是散文體，散文體宜用「白描」法狀物寫人。中國長篇小說家最擅於直接寫人物的肖像、語言、動作，這跟《史記》的文體大有關係。

不同之二是神話的源頭與歷史的源頭。荷馬史詩是神話。特洛亞戰爭確有其事，發生於西元前十二世紀，其時古希臘人曾橫渡愛琴海遠征小亞細亞西北海岸富饒的特洛亞城邦（它是地中海與黑海之間的交通樞紐，遺址現在土耳其）。十九世紀末德國著名考古學家謝里曼博士（1822-1890）曾在小亞細亞北部海岸的希薩里掘出遺址。一九八五年美國哈佛大學沃特金教授又發現土耳其一塊距今三千二百年的石牌，上面赫然刻有「特洛亞戰爭」的文字。但在荷馬史詩中，這段歷史已完全披上神話的外衣。亞里斯多德說荷馬的本領是「把謊話說得圓」，其言精闢。《史記》則不同，司馬遷說：「至《禹本紀》、《山海經》所有怪物，余不敢言之也。」[1]司馬遷在《五帝本紀》及《夏本紀》中把神話全行刪去。夔、龍、虎、熊這些本來是神話傳說中的異獸通通變成了舜的臣子。荷馬把歷史神話化，司馬遷恰恰相反，把神話歷史化。

這就涉及中西民族不同的審美心理。中國的神話是原始神話，幾無一神人是美者。試看「神話大全」的《山海經》中的「山神」，全是人與獸的合體。因為它不美，故中國儒家對神話的態度第一是排斥，第二是將它歷史化。孔子不語怪力亂神。又把神話中「夔」變成人。「夔」在《山海經》中是怪獸，形狀像牛，頭上不長角，一隻腳，進出海水定會伴隨著大風大雨，它身上發出的光輝像太陽和月亮，它叫喊的聲音像打雷。「其名曰夔」。黃帝得到了它，拿它的皮來蒙鼓，再拿雷神的骨頭做鼓槌來敲打這鼓，發出的響聲，使五百里以內的人都能聽見。黃帝便用它來威服天下（《山海經》〈大荒東經〉）。這是「夔」的原始神話。後來，它就變成了舜的樂官，人化了，但仍保留著「一足」的神話痕跡。到孔子，則乾脆把「一足」也去掉了，

---

1 司馬遷：《史記》〈大宛列傳〉，《史記白文本》（長沙市：嶽麓書社，1988年），頁896。

變成了完完全全的人。魯哀公問孔子，據說舜的樂官「夔」只有一足，是否真的。孔子說，他哪能是一條腿呀，是舜爺說像「夔」這樣的大音樂家有一個就夠了。「故曰夔一足，非一足也」(《呂氏春秋》〈察傳〉)。《穆天子傳》把《山海經》中的「豹尾虎齒而善嘯」的西王母改寫成有禮、多情、用詩與周穆王傳情的貴婦，也是把她變成歷史人物。孔子認為「夔」不美，把它改成「人」才美。《穆天子傳》的作者認為「豹尾虎齒」的神——西王母不美，改為「人」的西王母才美。司馬遷不肯談《山海經》中的神，也因為他們是「怪物」。所以中國儒家排斥神話，是因為神話不美；把神話歷史化，是把不美的事物變為美的事物。這是由審美心理決定的。直到楚人屈原，才在作品中改變此審美意識，其「山鬼」也是極美之小神，女神。但劉勰仍不賣帳。西方則不同，古希臘人認為神話是美的。希臘神話是人神同形同性，無論在「形」或「性」方面，神均美於人，感情強烈於人。古希臘人把歷史及歷史人物神話化，也是出於他們的審美意識，這正與中國相反。

西方民族的歷史意識薄弱於文學意識。他們的歷史相對短暫，又曾出現斷層。即使古希臘、羅馬，歷史亦不如中國悠久，而古希臘、羅馬的歷史後來就沒有了，出現斷層了。後起的英、法、德、俄等國，歷史更短。因此，西方的歷史意識比中國人淡薄得多。美國就不用說了。西方文化圈以「二希」文化為精神土壤，「二希」文化的特點就是神話文化極豐富。西人向「二希」神話尋求歷史、現實與未來答案是一種「集體無意識」。普魯塔克《希臘羅馬名人傳》的第一對名人比較，就是忒修斯與羅慕洛，他們一個是希臘神話中雅典的創建者，一個羅馬神話中羅馬城的奠基人。普氏把他們放入歷史中，這就是從神話去追溯歷史的一個例子。普氏並非不知它們是神話，但他說：

> 但願我能將虛構的傳說予以澄清，使之合乎情理，具有歷史的容貌。……如果有些荒誕無稽之處實在難以改動，毫不足信，那就只好請求寬厚仁慈的讀者諸君，對古人的故事姑妄聽之了。[2]

普魯塔克是歷史家，把神話寫入歷史著作可謂「明知故犯」。上述那樣的語言，找遍《史記》也找不出類似的。司馬遷就絕不會這樣寫。

西人向神話尋求歷史的答案還表現在他們的歷史家多用「神性」去解釋歷史現象。普魯塔克《希臘羅馬名人傳》中凡偉大人物或立功建業（如梭倫、卡米盧斯）或功敗垂成（如尼基亞斯、克拉蘇）莫不與神諭有關，也無不顯示精靈或魔障的法力。中國的司馬遷則擯棄之。

就文學的領域說，西方小說的神話模式相當普遍。早期的騎士傳奇與神話有千絲萬縷的聯繫。時至今日，西方批評家又指出西方現當代小說有一個向神話回歸的趨勢，這就是從神話尋求當代社會出路的答案。西方現代文論還有著名的「神話原型」派，這就是從神話尋找對文學現象的解釋。

中國則不同。中國儒家不向神話尋求歷史、現實、未來的答案。老莊也不。中國儒家向歷史尋求現實、未來的答案，所謂「溫故而知新」。北宋司馬光的歷史著作叫作《資治通鑑》就是讓皇帝借古鑑今。由於漢民族的歷史意識大大高於神話意識，故中國小說家的神話觀念十分薄弱。例子之一是中國的長篇小說是從歷史著作演變而來，不是從神話演變而來。《三國演義》的素材百分之七十來自陳壽的《三國志》及裴松之的注。《西遊記》、《封神演義》是神話小說，但也得有一個歷史的基礎，《西遊記》的問世，還得益於印度神話文化。

---

2 〔古羅馬〕普魯塔克著，黃宏煦主編，陸永庭、吳彭鵬等譯：《希臘羅馬名人傳》（北京市：商務印書館，1990年），上冊，頁47。

中國現代小說不向神話回歸，茅盾、巴金、老舍小說中無神話。一九四九年後的革命小說更不向神話回歸。新時期、後新時期小說的主流也不是。中國古文論也沒有西方的「神話原型」派。

不同之三是鎖閉式、第一人稱倒敘式、穿插式的結構與直敘式、短篇小說式的結構。《伊利亞特》直接從戰爭危機切入，從終局寫起，作者選擇敘事的開始時間與古希臘悲劇極相似，借用戲劇術語，可謂之「鎖閉式」結構。特洛亞戰爭打了十年，荷馬只寫最後一年。又只寫其中五十天的事，既不寫戰爭的起因，也寫戰爭的結束，但通過阿喀琉斯殺死赫克托這個最核心的情節，實際上已寫出戰爭勝負。十年戰爭的全局從一個局部寫出，這個局部卻是十分完整，有開端（阿喀琉斯因與阿伽門農爭奪女俘虜失敗，怒而退出戰鬥，希臘軍因此大敗），有發展（阿喀琉斯借盔甲給好友帕特洛克羅斯，帕戰死沙場，盔甲被赫克托剝去），有高潮（阿喀琉斯悔悟，返回希臘軍營，出戰赫克托，殺死了他），有結局（普里阿摩斯老王向阿求情，阿歸還赫克托屍首，特洛亞城為赫舉行隆重葬禮）。荷馬這種於不完整中見完整的典型化敘事法由亞里斯多德首先予以總結，他說：

> 唯有荷馬的天賦的才能，如我們所說的，高人一等，從這一點上也可以看出來：他沒有企圖把戰爭整個寫出來，儘管它有始有終。因為那樣一來，故事就會太長，不能一覽而盡；即使長度可以控制，但細節繁多，故事就會趨於複雜。荷馬只選擇其中一部分，而把許多別的部分作為穿插。[3]

《奧德修紀》則採用「一條繩子」及第一人稱倒敘法敘事。奧德修在返回伊大嘉途中經歷了一十三難，荷馬的寫法是把這一十三難通通掛

3　羅念生譯：《詩學》中譯本（北京市：人民文學出版社，1988年），頁82-83。

在奥德修這條「繩子」上。歌德稱之為「一條繩子」的結構。這一十三難又全由奥德修對腓依基國王講出來。行文至此，《奥德修紀》便由直敘轉入第一人稱倒敘。

荷馬史詩還有一種結構為人所忽視，這就是「穿插」式的結構。亞里斯多德在《詩學》中說：

> 戲劇中的穿插都很短，史詩則因這種穿插而加長。《奥德賽》的情節並不長。有一個人在外多年，有一位神（指波塞冬——筆者）老盯著他，只剩下他一個人了；他家裡情形落到了這個地步：一些求婚者耗費他的家財，並且謀害他的兒子；他遭遇風暴，脫險還鄉，認出了一些人，親自進攻，他的性命保全了，他的仇人盡都死在他手中。這些是核心，其餘是穿插。

注意，亞氏把《奥德修紀》分為「核心」與「穿插」兩部分，指出海上遇險是「穿插」。這種結構對後世小說影響極大，「穿插」可多可少，十三難也可寫成三十難，關於大局，這就是日後西方長篇小說穿插獨立短篇故事的寫法。

《史記》的結構與荷馬史詩迥然不同。第一，它由十二本紀、三十世家、七十列傳組成，每篇紀傳是獨立的，但又用歷史朝代與「互見法」串連起來。所以其結構是短篇加短篇綴合成長篇的結構。第二，它用直敘法寫成。司馬遷在〈蘇秦列傳〉中說他寫蘇秦的方法是「列其行事，次其時序」（列出他的事蹟，依照正確的時間順序加以陳述）。「次其時序」就是直敘法，一部《史記》除了個別紀傳有精彩的補敘外（〈孟嘗君列傳〉中馮驩客孟嘗君部分），全用直敘法。中國完整的歷史保證了司馬遷能用直敘法敘事；紀傳體也必須用直敘才符合人物一生的自然過程，因此《史記》的直敘法體現漢民族的深層歷史意識及歷史人物對史家的要求。

兩種結構產生兩種影響。「一條繩子」的結構是西方長篇小說十分普遍的一種結構模式。古羅馬的《金驢記》，文藝復興時期的《堂・吉訶德》，十七世紀的《天路歷程》，十八世紀《吉爾・布拉斯》等一批小說，十九世紀《匹克威克外傳》、《死魂靈》等一批小說，均用此法寫成。二十世紀馬克・吐溫等一批作家亦愛用此法敘事。所謂「流浪漢小說」、「路上小說」、「航海小說」，其實都是「一條繩子」式結構，《奧德修紀》實為濫觴。

西方小說家也擅用第一人稱與倒敘法敘事，名著如《呼嘯山莊》、《雙城記》、《復活》、《洛麗塔》即用此法寫成。西方的長篇小說與戲劇關係密切，西方小說家如菲爾丁、雨果、狄更斯、陀斯妥耶夫斯基等等，都自覺地用編劇法寫小說。西方長篇小說多具有戲劇性結構，其淵源亦可追溯到荷馬史詩。在長篇小說中「穿插」短篇小說，更是西方長篇小說一個模式。誰是使用這種結構的祖師爺呢？是荷馬。

《史記》的敘事結構對中國長篇小說的影響同樣十分深遠。中國幾部古典長篇小說都是紀傳體寫法，都是短篇加短篇綴為長篇的結構。《三國演義》據《三國志》寫成，《三國志》就是紀傳體，《三國演義》是由一個個人物故事連綴而成的。《水滸傳》亦如此，金聖嘆把一部《水滸傳》分為魯達傳、林仲傳、宋江傳、花榮傳（《讀第五才子書》）。魯迅指出《儒林外史》全書無主幹，僅驅使各種人物，行使而來，事與其來俱起，亦與其去俱訖，雖云長篇，頗同短制」；[4]又說《海上花列傳》略如《儒林外史》，若斷若續，綴為長篇」；又說《官場現形記》其記事遂率與一人俱起，亦即與其人俱訖，若斷若續，與《儒林外史》同」。還說《二十年目睹之怪現狀》全書以『九死一生』者為線索，歷記二十年中所遇，所見，所聞天地間驚聽之

4　魯迅：《中國小說史略》，《魯迅全集》（北京市：人民文學出版社，1982年），9卷，頁221。

事，綴為一書，始自童年，末無結束，雜集『話柄』，與《官場現形記》同」。可見《史記》短篇加短篇綴為長篇的結構流布何等遠廣。就是新時期的長篇小說，如劉心武的《鐘鼓樓》、古華的《芙蓉鎮》，也有《史記》結構的痕跡，分則為短篇，合則為長篇，其實是《史記》結構的敷衍。

不同之四是預言法的取捨。所謂「預言法」實即將人物未來之事先行寫出。荷馬史詩有精彩的預言法，《奧德修紀》第十一卷塞拜城先知泰瑞西阿的靈魂向奧德修所作的預言，凡五百七十言，簡直是奧德修未來的故事的一個綱目。古羅馬維吉爾發展了荷馬這種手法，他在《埃涅阿斯紀》中預言羅馬開國後幾百年的事，用「預言」來歌頌當政者。預言法能引起讀者閱讀時的期待心理，西方與拉美當代小說家樂於使用。馬爾克斯的《百年孤獨》將此法運用到爐火純青的地步。何以荷馬史詩有預言法呢？因為荷馬史詩是神話，神話必有「預言」，「預言」又生象徵主義、神秘主義，荷馬史詩也有些神秘色彩，西方小說凡用預言法的，亦多有此色彩。

《史記》不是神話，是歷史著作，是「實錄」，故基本上擯棄預言法。《史記》也有一點預言，如《淮陰侯列傳》寫韓信請蒯通為他看相，蒯通說：「相君之面，不過封侯，又危不安，相君之背，貴乃不可言。」這是《史記》中字數最多的預言，僅二十一字而已。中國古典長篇小說家深受《史記》的影響，也很少用預言法。只有《紅樓夢》與眾不同，用一個「無才可去補蒼天」的愛情神話及「警幻仙曲演紅樓夢」的十二支曲子，加上「金陵十二釵又副冊」十四首詩，將書中男女後來之事先行含蓄點出。但這是清代的小說了，去《史記》已有一兩千年。這應該感謝印度文化圈對中國文學的積極影響，使中國的小說增添了新的藝術魅力。

不同之五是陽剛之美和陰柔之美。《史記》具有陽剛之美，除寫帝王將相，還寫農民起義領袖、遊俠。荷馬史詩除有陽剛之美外，另有陰柔之美。司馬遷極少為女性立傳。西施他不寫，或許認為歷史上無此人。但如姬是實有的歷史人物，「竊符救趙」，事關重大，然而司馬遷在《魏公子列傳》中寫她僅有數語：「公子從其計（侯生出的計策），請如姬（公子之嫂）。如姬果盜晉鄙（魏國將軍）兵符與公子。」卓文君是歷史上實有的人物，她的戀愛故事廣為人知，但司馬遷在《司馬相如列傳》中寫她亦僅有「文君竊從戶窺之，心悅而好之」及「文君夜亡奔相如」數語。司馬遷擅寫男性歷史人物，幾乎不寫女性歷史人物，如果寫，也寥寥數語，惜墨如金，極少有感情色彩。荷馬則不同，他在《奧德修紀》中把好幾個女性寫得美麗而且富於人情味，以至西方好幾位批評家因此斷定《奧德修紀》出自女性作家手筆。女神刻爾吉的女奴是泉水生的。女神卡呂蒲索對奧德修說：「不幸的人，不要這樣消磨你的生命，不要長吁短嘆了，我現在自願放你離開。」公主勞西嘉雅細心、多情、知禮。潘奈洛佩以貞節聰明機智出名。

西方長篇小說幾乎離不開愛情與女性。英國約翰遜博士為西方長篇小說所下的定義是：「定是一個流暢故事，通常是關於愛情的。」美國當代比較文學學者浦安迪說：「愛情是構成西方整個小說作品的中心題旨。」而《奧德修記》就是西方第一部關於愛情與女性的史詩。中國長篇小說在《金瓶梅》、《紅樓夢》以前，幾乎不寫愛情與女性，這或許與《史記》的傳統有關吧。

比較《史記》和荷馬史詩，主要目的是以西方文學為鏡，照出《史記》獨特的文學價值，以便更好地繼承與弘揚中國敘事文學的優秀傳統。那麼，《史記》敘事法有哪些長處，應為我們所繼承與弘揚呢？

第一，《史記》的直敘法是一種很好的敘事法，最能講好故事與寫好人物。用什麼敘事法敘事最好，誰最有發言權？小說家最有發言權，而小說家是以作品發言的。中國幾部古典長篇小說《三國演義》、《水滸傳》、《西遊記》等無不以直敘法寫成。中國現代幾部已有定評的長篇小說如巴金的《激流三部曲》等也是直敘法寫的。魯迅的代表作《阿 Q 正傳》簡直就是《史記》的寫法。直敘法已成為中國小說家的「集體無意識」，就是從《史記》傳下來的。

直敘法是古今中外長篇小說最常見、最普遍的敘事法，古今中外大量經典作品都用此法寫成。《四福音書》是直敘的，《戰爭與和平》也是直敘的。一部世界小說史已證明直敘法能產生最多最好的作品，這已是人類創作普遍經驗的總結。理由很簡單，因為直敘法最容易讓讀者看懂，最容易記住，最符合讀者的思維習慣，是全世界廣大讀者最樂於接受的敘事形式。它的價值正在於它恰恰不是「可寫的作品」（借用西方巴特解構主義的術語，反其意而用之）而是「可讀的作品」。中國兩千年前就有《史記》這樣一部直敘式的散文敘事鉅著，是中國人的驕傲，是司馬遷對世界文學的偉大貢獻。

新時期以來，小說家競相探索新的小說技巧，敘事法的研究也很熱鬧。「意識流」的敘事模式，「新小說」的敘事模式，福克納的「複調」結構，馬爾克斯的「魔幻現實主義」，乃至西人的理論譯著、理論術語，大量引進中國的文壇。我們不反對引進西方小說家新的敘事法，其中一些敘事法確實使人耳目一新。我們不反對研究西方小說的敘事學，這種研究是必要的。但是，引進與研究，應有一個參照系，即應以中國文學為主體，目的在於使外來文化「為我所用」。倘若引進與研究的結果，導致貶低甚至否定中國小說直敘法的巨大價值，這種引進與研究，不利於弘揚優秀的民族文化傳統，就是迷失方向。

第二，《史記》的「互見法」超越西方兩千年。西方有「系列小說」。在巴爾扎克、左拉、高爾斯華綏、海明威、福克納、馬爾克斯的系列小說中，不乏人物、情節的互見。用「互見法」必須胸有成竹。首先，他的系列作品要有一個歷史的上限與下限，如巴爾扎克的《人間喜劇》是寫一八一五至一八四八年王政復辟及奧爾良王朝兩個時代，左拉的《盧貢——馬加爾家族》是寫一八五一至一八七〇年的第二帝國，福克納的系列小說是寫一八〇〇年到二次大戰後美國的南方。其次，作家心中要有一個龐大的人物關係表。巴爾扎克自說有三千，福克納有一個「約克納帕塔法世系」，有六百人物。再次，作家要對他筆下的歷史與人物有一個總體的把握，用一個明確的主題思想把所有的小說貫穿起來。因此，系列小說的「互見法」是小說家宏觀把握生活的表現，是作家深刻的歷史意識與時代意識的體現，是其藝術匠心的創造與結晶，這在西方是近代的事。

經過比較，我們就發現《史記》的「互見法」的嶄新價值，司馬遷如果不胸有成竹，就寫不出十二本紀、十表八書、三十世家、七十列傳的《史記》來。他在〈太史公自序列傳〉中對《史記》的創作方法作了理論的總結，比巴爾扎克的《人間喜劇》〈序言〉早了將近兩千年。因此，《史記》是人類最早的系列敘事作品之一。從世界敘事文學發展的宏觀角度審視，「系列小說」不是西方人的發明，而是東方人智慧的結晶，是距今兩千一百年前的司馬遷的創造。當我們指出巴金、茅盾乃至新時期「系列小說」的外來影響時，千萬別數典忘祖，看不見本土的文學淵源。

第三，《史記》用故事寫人物的方法解決了西方文論爭論不休的情節與性格以誰為主的矛盾。《史記》是為歷史人物立傳的，人是中心。司馬遷擅於選擇典型的「軼事」寫人，因此《史記》生動的故事與鮮明的性格是分不開的。西方則不同，很早就有將情節與性格分檔次的理論。亞里斯多德在《詩學》中說：「情節乃悲劇的基礎，有似悲劇的靈魂，『性格』則占第二位。」[5]根據亞氏的理論，情節是第一重要的，性格只占第二位，這是形而上學的觀點，是將二者分割的觀點。在西方小說史上，確有一個從情節到性格，從著重寫外部世界到著重寫內心世界的過程。早期的小說多以情節見勝，如古羅馬的《金

---

5 羅念生譯：《詩學》中譯本，頁23。

驢記》，如英國馬羅禮的《亞瑟王之死》。文藝復興時期已出現情節與性格均好的小說，如《堂・吉訶德》，但不普遍。十九世紀浪漫主義小說多以情節見勝，如司各脫的《艾凡赫》、雨果的《巴黎聖母院》。十九世紀批判現實主義小說多是二者並重。二十世紀「意識流」小說興起，在有些作家的有些小說中，以心理結構取代了情節結構，情節大大淡化，純心理描寫占主要篇幅，這時西方小說又出現了情節與性格脫節的現象。中國則不同，中國沒有把情節與性格對立起來的理論。中國小說家歷來就重視好故事好人物的統一，這是從《史記》傳下來的好傳統。《三國演義》、《水滸傳》、《西遊記》、《金瓶梅》、《紅樓夢》的情節是吸引讀者的，性格也是典型的，情節與性格是不能分開的。《儒林外史》雖然沒有主幹，也不乏好故事與好人物的統一，范進中舉就是一例。中國長篇小說是從短篇發展而來的，中國古代短篇小說（包括唐傳奇與宋話本）就重視二者的統一，它為中國戲曲、長篇小說提供了數以百計的人物原型，百分之九十的中國戲曲及《三國演義》、《水滸傳》、《西遊記》等長篇小說的素材均取自短篇小說。中國戲曲、長篇小說家一方面創造新故事新人物，同時又對短篇小說提供的情節與人物原型進行再創造、使其情節更多姿，性格更豐滿。中國短篇小說極少有純心理描寫，中國古典長篇小說也極少有純心理描寫。到了現代，新文學作家如魯迅、巴金、茅盾、老舍、沈從文等雖然重視刻畫人物的心理，但絕不忽視情節的構思，其小說的可讀性很強，也繼承了好故事好人物統一的傳統。也有郁達夫《沉淪》那樣抒情性的內心獨白小說，但絕非主流。《狂人日記》式的小說，魯迅後來再也不寫，他把新手法用到散文詩集《野草》中去了，因為在那個領域中更好用。因此，中國小說沒有一個從情節到性格、從著重寫外部世界到著重寫內心世界的演變過程。只是到了新時期，才出現一些「意識流」小說，情節淡化的小說，但也不能代表新時期小說的主流。

這裡便有一個理論的問題可以商榷。國內外都有一些論者認為中國小說的發展是從情節到性格，從寫外部世界到寫內心世界。有的學者說，中國小說是「以情節為結構中心轉為以人物心理為結構中心」,「中國古典小說家大都以情節為結構中心」,「五四作家的心理學知識，影響於中國小說敘事模式的轉變最明顯的有兩點：一是小說結構的心理化，以人物心理而不是以故事情節為小說的結構中心」[6]。這種理論是用西方小說的演變軌跡來套中國的小說，其實並不符合中國小說史的實際情況。

第四,《史記》擅以肖像、語言、動作塑造人物，司馬遷寫人，多寫相貌身材特徵，如寫孔子,「孔子身高有九尺六寸，人家管叫他『長人』」,「孔子剛生下時，頭頂中間是凹下的，所以就給他取名叫丘」(〈孔子世家〉)。如寫勾踐，用范蠡語寫出：「越王這個人的長相，脖子很長，嘴巴尖得像烏鴉。」(〈越王勾踐世家〉) 如寫張良，用自己口吻寫出,「我以為他一定是相貌魁梧，高頭大馬，等到看見他的畫像，相貌很像標緻的婦道人家。」(〈留侯世家〉) 你看，寫人物肖像就有三種寫法，一種是客觀寫出，一種是從別人眼中寫出，一種是從作者眼中寫出。相形之下，荷馬史詩的人物肖像描寫就大為遜色了。荷馬與阿喀琉斯就是「敏捷而卓越的阿喀琉斯」、「捷足的阿喀琉斯」、「高貴的阿喀琉斯」。寫奧德修就是「足智多謀的奧德修」、「久經考驗的奧德修」、「英雄奧德修」。寫赫拉就是「白臂女神赫拉」、「牛眼睛的天后」。程式化的修飾源於口頭創作。

《史記》寫人物的對話極其精彩。〈陳涉世家〉寫陳涉對長工們說：「苟富貴，毋相忘。」後來陳涉稱王，長工去找他，進門驚呼說：「伙頤！涉之為王沉沉者。」(好多呀！你當這個王的宮殿可真大

6　陳平原：《中國小說敘事模式的轉變》(上海市：上海人民出版社，1988年)，頁4、27、30。

真深啊！）〈項羽本紀〉寫楚漢對陣項羽單獨向劉邦挑戰，說「一人對一人，一決雌雄」。漢王笑著推辭說：「我這個人，寧肯鬥智，不肯鬥力。」人物的口吻何等傳神。荷馬史詩的人物對話，一般都長，有長達數百字的，語言的個性化遠不如《史記》。

《史記》尤擅以動作寫人。〈李將軍列傳〉寫李廣看見草裡一塊石頭，以為是老虎，一箭射去，射中石頭，把整個箭頭都射了進去。進去一看，原來是石頭，再射，便射不進石頭裡去了。簡直可作「動作分解」。「鴻門宴」是寫人物動作的典範。范增三次使眼色，又三次舉所佩玉塊作殺狀以示項羽，項羽像木頭一樣毫無反應；項莊舞劍，項伯亦拔劍起舞，樊噲闖入軍門撞倒衛兵，項羽大吃一驚按劍跪起；張良獻白璧玉斗，項羽接璧放在座上，范增接過玉斗摔在地下用劍擊碎。全用動作寫人物。

必須指出，荷馬史詩的戲劇性表現在結構的安排上，確實巧奪天工；《史記》的戲劇性表現在用肖像、語言、動作塑造人物上，與荷馬史詩恰成對照。中國古典長篇小說家深得《史記》以肖像、語言、動作寫人的三昧。這是中國長篇小說很大的藝術特色，很值得今人繼承與發揚。

第五，《史記》有「評論」。「評論」是敘述的一種類型，是文人文學的產物。荷馬史詩是人民口頭創作，「評論」成分極少。《史記》則不同，其本紀、世家、列傳共一百一十二篇，除〈陳涉世家〉無「太史公曰」外，一百一十篇均有。有的放在開頭，有的放在中間，〈秦始皇本紀〉用「司馬遷曰」。司馬遷有時邊寫邊議，如〈屈原賈生列傳〉寫到屈原事蹟的中間便說屈原「雖與日月爭光可也」。最後又用「太史公曰」，評屈原不該自沉。還有個別紀傳，全用評論敘事，如〈伯夷列傳〉通篇用對伯夷、叔齊的評論來敘事。「評論」是作家理性的聲音，小說家可以偽裝自己的聲音，但永遠不能讓自己的聲音消失不見。在西方小說中，「評論」有時起了很大的強化主題作用，例如《十日談》，薄伽丘的人文主義思想最鮮明強烈地表現在他的「序」、穿插於小說的「自白」、講故事人的議論中。如果去掉這些「評論」，《十日談》的戰鬥性就大為遜色。蒲松齡是司馬遷最出色的繼承者，《聊齋志異》是中國第一部「抒憤懣」的短篇小說集。他用篇末評語及插筆的方式，直接向讀者喊話，猛烈抨擊統治者。若去掉他的「異史氏曰」，《聊齋志異》的戰鬥力也大為遜色。西方小說家厲來喜歡在小說中發議論，所謂「小說中的非小說成分」（借用雨果在《巴黎聖母院》中的術語）在塞萬提斯、菲爾丁、雨果、托爾斯泰的小說中大量存在。即使是現代主義小說家，也十分重視「評論」的美學價值。德國黑塞（諾貝爾文學獎得主）的代表作《荒原狼》穿插了一篇近一萬五千字的心理論文：〈論荒原狼——為狂人而作〉。美國福克納（諾貝爾文學獎得主）的《喧嘩與騷動》有一個很長的「附錄」，作者在事隔十五年後加上的這個「附錄」中，把小說的歷史與人物從理性上再作一次評價。

「評論」孰優孰劣，不能一概而論。布斯說得好：「它的個別形式是有害還是有益，這永遠是一個複雜的問題，是一個不能隨便參照抽象規定來決定的問題。」[7]福樓拜認為它會破壞小說的幻覺。布萊希特卻提出「間離效果」的理論，主張打破「第四堵牆」，把演員與觀眾從戲中的生活「間離」出來，打消其幻覺，用「理智」去演去看。中國古典長篇小說家除曹雪芹外極少用「評論」手法。新文學的長篇小說家也少用。但新時期的小說家卻樂於此道，如王蒙的《活動變人形》。這是直接繼承了《史記》的傳統。「評論」大體上是作家不能已於言時的一種直接表達自己思想感情的敘述方式，它具有十分鮮明強烈的傾向性，主體意識最為鮮明，至今仍有不容忽視的威力。

7 〔美〕布斯著，華明等譯：《小說修辭學》（北京市：北京大學出版社，1987年），頁23。

而司馬遷的「太史公曰」用得如此之早，如此之廣，在世界敘事作品中實屬僅見。

## 二　英雄故事的死亡與兩極分化

中西長篇小說發展的早期，都出現了英雄故事，但走向並不相同。我們通過西方騎士傳奇與中國武俠小說的比較以說明之。

西方的騎士傳奇同中國早期的長篇小說《三國演義》、《水滸傳》有一定的相似性。都是歌頌忠君愛主的英雄，宣揚忠君愛主的正統觀念（《水滸》只反貪官不反皇帝）。西方的騎士傳奇的宗教性十分突出，「護教」是一個重要內容，中國的《三國演義》、《水滸傳》的宗教色彩雖不如西方基督教的濃厚，但道教神仙也是書中人物的保護神。孔明與吳用都有「仙氣」。如同上帝保護騎士，九天玄母娘娘也保護宋江。騎士講「行俠」，《水滸傳》也講「替天行道」，亞瑟王的圓桌武士講義氣，《三國演義》也有「桃園三結義」。西方的騎士傳奇可以上溯到中古英雄史詩，中國遊俠的傳統也源遠流長。太史公在《遊俠列傳》中已記載了他們的英雄事蹟，讚美他們「其言必信，其行必果，已諾必誠，不愛其軀，赴士之厄困（犧牲自己生命，去救濟別人的艱難困苦）」。魏晉南朝的神仙怪異小說雖非武俠小說，然而滲透於其中的道教思想於日後武俠小說大有影響。唐之豪俠傳奇，宋之「說鐵騎兒」專以一名武將或英雄為主線，元之宣揚清官為民伸冤的「公案劇」，也是武俠小說的引線。西方的騎士傳奇，越往後史實因素越少，虛構因素越多，中國的武俠小說也一樣，《三國演義》據陳壽《三國志》及裴松之的注寫成，虛構情節僅占百分之三十，有點類似西方中古英雄史詩。而後起的《水滸傳》則有大量虛構，北宋宋江起義的史實只不過是一個依稀的歷史根據。中國的「武俠小說」近似西方的騎士傳奇，這是魯迅和茅盾都講過的話。

然而也有重大的差異：西方的「騎士」是由國王或貴族或大主教封定的，中國的「俠客」只是民間的稱呼，多來自下層民眾，即太史公所謂的「布衣之俠」。《水滸傳》中的英雄自不必說，就是關羽、張飛，也不是貴族的後裔。西方的騎士傳奇歌頌女性，書中的騎士以崇拜和忠於女性為驕傲。《水滸傳》的好漢兒幾乎無一是女性的崇拜者，他們只忠於宋公明，絕不忠於什麼貴婦。《水滸傳》中武松殺嫂與楊雄殺妻血淋淋的，令人感到恐怖。宋江殺閻婆惜，盧俊義上山前把妻子賈氏擒拿了，帶到山上去殺。西方的騎士傳奇歌頌「偷情」，關公則秉燭立於兩位嫂嫂門外，自夜達旦，讓曹操白費心機。西方有「騎士精神」，尊重女性，中國有「宋明理學」，宣揚大男子主義。

西方騎士傳奇對女性出場大加渲染，中國「武俠小說」對男性出場大加渲染，寫法也不相同。西方著名傳奇《特利斯當與伊瑟》寫特利斯當騎士與馬克王之后伊瑟私通，特利斯當被逐出朝廷，但特利斯當念念不忘所愛，乃與好友卡埃敦偷窺隨國王出獵的伊瑟皇后。兩人先看到國王的隨從，然後是王后的儀仗隊。伊瑟遲遲未到。後來來了一匹駿馬，上騎一位麗人，卡埃敦乍見之下，驚為天人，乃嘆曰：「真王后也。」特利斯當立即糾正他說，她不是王后，乃王后貼身婢女嘉湄。接著，迎面又過來一位騎銀馬的女郎，她長得比陽春白雪還白，櫻唇比三月玫瑰還紅，眼睛亮得如同清泉裡閃爍的星星。卡埃敦以為這回該是伊瑟來了。但特利斯當又告訴他，來者乃王后忠心的伴娘白蘭仙。最後「路上猛然出現一片奇彩，彷彿枝葉間突然進出萬道霞光：金髮伊瑟終於駕臨！」《三國演義》寫劉備三顧草廬，第一次入山認錯了人，第二次入山又認錯了人，到得草廬，第三次再認錯了人，把弟弟（諸葛均）當哥哥了。從孔明家中出來，上馬回程，只見一老者騎驢吟詩而來，真是仙風道骨，不同凡人。劉備便說：「此真臥龍矣！」滾鞍下馬拜見，第四次認錯人，原來老者是孔明的岳父。直到第三次入山，才見到真臥龍。中西武俠小說都擅於鋪墊，但西方騎士傳奇作者「千呼萬喚」的是伊瑟，一切鋪墊為了美化女性。羅貫中「千呼萬喚」的是孔明，一切鋪墊為了美化男性。

西方的騎士傳奇受到塞萬提斯《堂・吉訶德》的致命一擊後，便銷聲匿跡。近代小說起來，西方騎士傳奇便死了。浪漫主義小說只是迴光返照。中國的「武俠小說」卻有兩條河流，自《水滸傳》出後，「武俠小說」便向兩極分化。一方面，出現了《蕩寇志》與《三俠五義》之類的小說，這是對《水滸傳》的反動。魯迅說：

> 書中所述的俠客，大半粗豪，很像《水滸》中底人物，故其事實雖然來自《龍圖公案》，而源流則仍出於《水滸》。不過《水滸》中人物在反抗政府，而這一類書中底人物，則幫助政府，這是作者思想的大不同處。

另一方面，現代「武俠小說」則繼承了《水滸傳》「反抗政府」的傳統，梁斌的《紅旗譜》、姚雪垠的《李自成》源於《水滸傳》，其寫農民起義的題材也相同。通過中西「騎士傳奇」與「武俠小說」的比較，可以幫助我們加深對中國「武俠小說」民主傳統的認識，一部《水滸傳》撥正了中國「武俠小說」的方向。西方騎士傳奇沒有《水滸傳》，就跟著「垂死的階級」一同死亡。

## 三　航海小說與非航海小說

小說描寫的地理環境的變化，是考察中西小說發展的一個重要標誌。這個方面中西長篇小說是顯示出很大的不同性。

向海外謀求出路，是西方歷史發展的必由之路。這是一種開放意識，反映到文學上，就是西方具有悠久的、強大的航海小說的傳統。從源頭說，荷馬史詩、維吉爾的史詩都寫航海，主人公在與海洋搏鬥中表現出征服自然的英雄氣概。文藝復興時期有拉伯雷的《巨人傳》，龐大固埃率領二十四條船組成的船隊出海尋訪象徵性的「神船」，說明知識與智慧到到海外去追求。《巨人傳》第四、五部大量寫航海。十八世紀笛福的《魯濱遜飄流記》、斯威夫特的《格列佛遊記》也寫海。十九世紀後期英國新浪漫主義小說家斯蒂文生作《金銀島》，描寫貧苦少年吉姆去海上的荒島尋找海盜埋藏的財寶終於成功的故事。康拉德作《水仙號上的黑傢伙》，出色地寫了大海，歌頌水手團結一致與死亡及風暴作鬥爭。還必須提到美國文學，麥爾維爾的《白鯨》、海明威的《老人與海》，都是世界著名的航海小說。如果提到詩歌、戲劇，航海的主題更多，如《浮士德》，如奧尼爾的一系列寫海的戲劇，如拜倫的《恰爾德．哈洛爾德遊記》。拜倫是大海的歌手，在其詩體小說《唐．璜》中，有極出色的大海風景的描寫。

大海，是西方人的精神寄託。與之相聯，征服大海，也是他們的英雄主義、冒險主義、殖民主義的一種表現。西方長篇小說不少英雄人物，其經歷都與大海相連。如亞哈，如桑地亞哥，如魯濱遜，如龐大固埃。一些航海小說，是著名的兒童文學作品，如《金銀島》、《魯濱遜飄流記》，不僅西方青少年喜讀，而且也擁有大批中國青少年讀者。覺慧手中就有《寶島》一書。

西方不少作家富於航海經驗，笛福是航海家，又是大商人，足跡遍及西班牙、葡萄牙、德、法、義。他寫過一系列航海方面的著作，他筆下的魯濱遜，還到過中國，以殖民主義者自大的口吻，嘲笑過我們的萬里長城抵禦不了他們的排炮。康拉德有二十年航海生涯，當過二副、大副、船長、到過南中國海，非洲、南美，是寫海洋故事的能手。

中國古籍無「海」。據說禹為了平治洪水，曾遊歷了九州萬國。據說他和他的助手伯益作《山海經》，把種種見聞記下來。但禹沒有作過航海旅行。《山海經》是戰國無名氏們之作。《山海經》分〈山經〉、〈海經〉。在〈海經〉中有「大人國」、「小人國」、「丈夫國」……都是一兩句話，如「女子國在巫咸北，兩女子居，水周之。」《山海經》雖有「海」字，非寫海。中國古典長篇小說，從《三國演義》到《紅樓夢》，沒有一部是寫大海的。晚清的四大譴責小說也不寫海。《老殘遊記》寫大明湖，不是海。作者倒是寫了一個有關海的比喻，把中國比作驚濤駭浪中的一隻帆船，水手要把孫中山從船上拋下海去。中國不是沒有航海人物，鄭和就很有名。他率水兵二萬二千八百餘人，乘「寶船」六十二艘，七次遠航（1405-1433），經三十餘國，最遠曾到達非洲東岸、紅海和伊斯蘭教聖地麥加，是世界遠程航海史上創舉，比哥倫布發現新大陸早半個世紀。中國不是沒有海岸線，中國有一萬八千公里的海岸線，五千多個島嶼。但中國卻沒有航海小說，這是封閉意識在文學上的突出反映。

中國古代帝王對海很感興趣，但不是為了對外開拓，而是為了求仙。古代帝王所謂「封禪」，就是築土作臺，或登上高山，期望在那裡接待海上的仙人。自從齊威王、齊宣王、燕昭王等派人到大海去找蓬萊、方丈、瀛洲三座仙山以來，歷代帝王念念不忘此舉。秦始皇多次到海邊，又愛爬山，目的也是尋找仙山。漢武帝更熱衷於做神仙，不斷派人出海。因為找不到，還殺了好幾個人。又聽說島上有大腳印，以為是仙人留下的，便留在海邊等候。道教求仙，曾使秦始皇、漢武帝這樣的雄主面對寶海錯失發展海疆的良機。中國古代有一個范蠡，他有商業開放意識，離開勾踐出海經商，自稱「陶朱公」，但他也是不得已而為之。因為「狡兔死，走狗烹」，他寫信給文種說，勾踐服侍不得。

中國有《西遊記》，那是寫唐僧去印度取經的，從印度「拿來」的，是佛經，不是物質財富。那是寫爬山的，不是寫航海的。《儒林外史》之後，出了李汝珍的《鏡花緣》。這是他晚年之作，不寫山而寫海了。書中有開放意識，例如提出女權思想。但人物歸宿還是山。

唐敖科舉落第，隨妻弟林之洋出海，經舵工多九公嚮導，歷觀海外諸國奇人異事，但終入小蓬萊求仙不返。花神領袖被貶人間，托生唐敖女兒小山。父一去不返，小山思親心切，出海尋父，最後也入小蓬萊不返。

就是中國現代長篇小說家，如茅盾、巴金、老舍的作品也罕見有寫海的。航海小說不是中國文學的傳統，我們對「大海」是陌生的，究其原因，只能說是中國傳統意識中缺乏向海外發展的觀念。中國小說家也多缺乏航海的生活經驗。李汝珍也沒有出過海，他只是根據《山海經》，發揮其想像力，寫成《鏡花緣》而已。

## 四　宗教小說與倫理小說

基督教是西方文化的基礎，故西方長篇小說有強烈的宗教性，歸結到兩句話就是「原罪說」和「信仰得救」。堂・吉訶德是個基督徒。《天路歷程》是宗教小說。簡・愛在上帝指引下得到愛情的歸宿。狄更斯和陀斯妥耶夫斯基筆下的正面人物全是天使的化身。安娜・卡列尼娜臥軌自殺時最後一個動作是劃十字。聶赫留朵夫「復活」了。約翰・克利斯朵夫找到上帝。《喧嘩與騷動》中有教堂的鐘聲。基督的形象一再在西方長篇小說中出現，顯克維奇的《你往何處去》的基督對弟子彼得說：「既然你離開了我的人民，我就要到羅馬去，讓他們再把我釘上十字架！」《斷頭臺》寫了耶穌與彼拉多的辯論。耶穌說：「要想讓人類皈依真理，我沒有第二條路可以選擇，只有用自身的死換取對真理的確認。」

基督教文學的特點是象徵寓言性，西方長篇小說最擅於用象徵寓言手法表現小說的主題。文藝復興時期的《巨人傳》是象徵性的，「巨人」、「德廉美修道院」全是象徵，象徵新的人與理想國。十七世紀的《天路歷程》全是象徵性的。十八世紀的《格列佛遊記》的最後部分也是象徵的，是對「人類」的墮落根源的探索。十九世紀美國小說家霍桑的《紅字》、麥爾維爾的《白鯨》、前蘇聯名作家艾赫瑪托夫的《斷頭臺》，書名就是象徵。美國現代小說家福克納的小說從篇名、人名、地名都有象徵性，他的系列小說被稱為「神話王國」。《去吧，摩西》、《押沙龍，押沙龍》都是《聖經》的人名。喬伊斯的《尤利西斯》是現代人類的寓言。英國戈爾丁的《蠅王》以「野獸」、「蠅王」象徵人性惡，是對當代充滿戰爭危機的人類社會出路的探索。

中國古代哲學以儒家哲學為主體，儒家哲學可稱之為「道德哲學」，它是研究人們的行為準則、人與人的關係準則、人們對社會、國家、家庭等的義務的學說。中國古典長篇小說以儒家思想為主體，可稱之為「倫理小說」。《三國演義》、《水滸傳》、《西遊記》的「忠義」的觀念一脈相承，構成人物重要的倫理觀念，是書中人物能一致行動的共同心理基礎。「桃園三結義」、「忠義堂」、唐僧師徒四人一心一德去西天取經，都是明顯的例子。連白馬也以「忠義」勸豬八戒，還流下淚。關公被曹操困住，是投降還是反抗？結論是「降漢不降曹」，正統的倫理觀念支持著他投降的行動。林沖走投無路，落不落草？結論是「替天行道」，也是正統的倫理觀念支持他上梁山造反。「天」與「好皇帝」是同義詞。儒家的倫理觀念強調中庸之道，中和之美，孔明「鞠躬盡瘁，死而後已」，宋江飲毒酒也不反皇帝，孫悟空戴上緊箍後仍虎虎生威，一路降魔折怪，英雄天色不減鬧天宮的當年，這一切，都符合儒家的倫理標準。儒家講「窮則獨善其身，達則兼濟天下」，知識分子當不了官時，大可以像王冕那樣畫畫荷花，出污泥而不染。王冕是一部《儒林外史》的點題，是作者的理想人物。只有《紅樓夢》發出了格格不入的聲音，一首「好了歌」宣告儒家倫理觀念已被佛教色空觀念所打敗。

中國詩歌講究含蓄，但中國長篇小說講究明白，與詩歌正相反。中國古典長篇小說家除了曹雪芹外，無一人把小說寫成寓言。中國古代小說家雖不入三教九流，但也是「文以載道」的信仰者，儒家的道理可不是老莊的道理，是要講得具體明白透徹的。小說家的「文」，也要具體明白透徹，這就從根本上排斥了象徵寓言性。「五四」以後新文學的主流的代表作家，其政治、社會、道德意識極為明確，小說家不寫象徵寓言式的小說。一九四九年後一批革命小說的倫理觀念更是極為明確，幾乎杜絕象徵寓言式的小說。新時期的小說家堅信「文以載道」者亦甚多，他們大都有自己的「道」，而且很愛在小說中大發議論，比老前輩們有過之而無不及。八十年代起，出了幾部象徵寓言小說，這是一個新現象。

## 五　關於議論與純小說

西方長篇小說有「議論」，這是一個非常普遍的文學現象。但西方文學以「議論」入小說，並非自古有之，是後來的發展的事。古羅馬阿普列尤斯（125-？）的《金驢記》是沒有「議論」的，就是純粹講故事。英國第一部散文小說《亞瑟王之死》（1469）也沒有「議論」，也是純粹講故事。這兩部小說都是宏篇鉅製，《金驢記》有十一卷。《亞瑟王之死》譯成中文達七十六萬言，但作者不發議論。

從文藝復興時期起，西方小說家就愛在小說中大發議論了。拉伯雷的《巨人傳》中的「議論」極多，例如對醫學方面的議論。他說狗是最有哲學頭腦的畜生，它最喜歡啃骨頭，因為骨髓是精煉到至美無上的滋養品，有古希臘醫學家的著作為據。塞萬提斯的《堂．吉訶德》也有不少，但集中在對小說的主人公、結構以及對騎士小說、戲劇的評價上，保持了一個故事一氣呵成的寫法，可讀性比《巨人傳》強得多。到十七世紀，德國格里美爾斯豪生寫《痴兒西木傳》，那個「痴兒」也大發議論，書中其他人物也大發議論。小說最後一章「世界使西木無所留戀，西木向世界告別」，作者竟把西班牙神學家古瓦拉（1500-1545）的一篇宗教論文抄了幾千字進去。十八世紀西方長篇小說「議論」之風繼續蔓延。盧梭的《愛彌兒》（1762）可列入教育著作，狄德羅的兩個中篇《拉摩的侄兒》（1762）、《宿命論者雅克和他的主人》（1773）可列入哲學著作。十八世紀西方兩部可讀性很強的小說：歌德的《威廉・麥斯特的學習時代》（1777-1796）及菲爾丁的《湯姆・瓊斯》（1749）也有大量議論。前者集中議論莎士比亞及《哈姆萊特》，研究戲的人不可不讀。後者集中議論小說理論，全書十八卷，每卷首章均談小說理論，與故事本文無關。研究小說的人不可不讀。十九世紀浪漫主義小說家雨果在《巴黎聖母院》中專門闢了兩卷「議論」：第三卷論十五世紀的巴黎聖母院及巴黎城的建築史，第五卷論印刷代替建築是文化史的進步。雨果特別指出這兩卷是「小說中的非小說成分」，請讀者務必注意隱藏在其中的「美學和哲學思想」。至於十九世紀後期的小說，只要舉出左拉小說中遺傳學的議論（如《巴斯加醫生》）及托爾斯泰在《戰爭與和平》中對「人民」與「歷史」的議論就足以說明。《戰爭與和平》中對「人民」與「歷史」的議論足以獨立成冊，而與故事本文完全無關。二十世紀長篇小說也有大量「議論」成分。獲一九四六年諾貝爾文學獎的德國小說家黑塞（1877-1962）的名著《荒原狼》竟插入一篇論文〈論荒原狼——僅供狂人閱讀〉，有一萬多字。獲一九四九年諾貝爾文學獎的美國小說家福克納也以「附錄」式的議論來最終完成他的經典之作《喧嘩與騷動》。

「議論」在西方長篇小說中的功能是多樣化的。或昇華人物與事件的意義，或概括整部作品的價值，或放進作者的哲學與美學思想，或直接評論作品本身，或表現作者的政治、教育觀念，或抨擊時弊，或間離讀者的情緒，如薩克雷在他的小說《名利場》中不斷提醒讀者：書中的人物是他製造的傀儡。

中國古典長篇小說家是不愛在小說中發議論的，甚至是擯棄小說中的「議論」成分的。《三國演義》、《水滸傳》、《西遊記》、《封神演義》、《金瓶梅》、《儒林外史》、《紅樓夢》都沒有「議論」，或者說絕對沒有如西方長篇小說中的那種「議論」。如果說有，就是用詩，如《三國》借用前人的詩來評論書中歷史人物。嚴格地說，只有《紅樓夢》第一回看見作者。中國古典長篇小說是排除「議論」的純小說。中國長篇小說出現「議論」成分是《紅樓夢》之後的事，即魯迅在《中國小說史略》第二十五篇所指出的「清之以小說見才學者」。作者炫耀自己「才學」就是離開故事發議論。魯迅又將之分為三類，一類是「經濟之作」，如夏敬渠的《野叟曝言》，一類是「才藻之作」，如屠紳的《蟫史》，一類是「博物多識之作」，如李汝珍的《鏡花緣》。

何以西方古典長篇小說多「議論」而中國的罕有呢？或許可以從幾個方面去解釋。第一，與社會、文化發展有關。西方古代長篇小說無「議論」，到文藝復興時才有。這是因為社會發展了，文化進步了，作家的知識視野開拓了，作家的知識結構發生了變化，其小說也體現出這種變化。如拉伯雷是文藝復興時期「在多才多藝和學識淵博方面的巨人」（恩格斯），天文、地理、數學、哲學、音樂、植物、醫學、建築、法制、教育無一不通，尤其精通醫學，是醫學博士，解剖過人的屍體。例如格里美爾斯豪生並未受過正規教育，但他一六二二年在一個富有的醫生屈費爾家當管家。屈費爾藏書豐富，作者從中獲得了古代文學、歷史、醫學、化學、宗教諸方面淵博的知識，便寫入《痴兒西木傳》中。拉伯雷與格里美爾斯豪生也是典型的「以小說見才學者」。居然在旅行小說中塞進這麼多「非小說成分」，這與社會、文化發展對作家影響有關。

第二，受傳統影響。西方有以「議論」入小說傳統，中國沒有。中國小說嚴格與「經史子集」分家，不入「九流」，哲學家可以用「寓言」入著作，小說家絕不可以把哲學寫入小說，這是由正統規定的。

第三，也不妨說這種「分家」使中國古代小說家自覺地擯棄「議論」，認識到它會削弱小說的可讀性，而保持住「一氣呵成」的純小說的敘述氣勢。

中國現代幾部長篇小說名著也罕有「議論」，在茅盾、巴金、老舍的小說中「議論」成分極少。一九四九年後的小說也罕見「議論」。《紅旗譜》、《創業史》就罕見有。新時期的有一些，亦不如西方那麼多，那麼普遍。譬如我們就很難在中國長篇小說中找出一篇「論文」來。王蒙的長篇小說多議論，但他在「季節」系列中改變了寫法。他說：「我再不在長篇小說裡發什麼議論做什麼判斷了。……我只能再現歷史，卻絲毫不打算評論或審判歷史。」

在長篇小說中放進「議論」孰好孰壞不能一概而論。西方不少批評家「通常是譴責它」[8]。布恩也不甚欣賞，他說儘管某些優秀小說家為了種種目的而運用過議論，「但是我們希望他們沒有用過」[9]。他還批評托爾斯泰，認為「托爾斯泰的插話章節似乎沉重、雜亂和唐突」[10]。但是也有用得很好的，如《紅樓夢》第一回作者的自白，幾百個字就點出全書的主題及創作的艱辛，又如其論詩，是將「議論」化入人物言談中去，十分自然。至於《野叟曝言》多至一百五十四回，其中敘事、說理、談經、論史、教孝、勸忠、運籌、決策、兵詩、醫算，無所不包，十分蕪雜。魯迅斥之為「意既誇誕，文復無味，殊不足以稱詩文」。《鏡花緣》中的「議論」也不好，魯迅評曰：「惟於小說又復論學說藝，數典談經，連篇累牘而不能自已，則博識多通又害之。」

8　〔美〕布斯，華明等譯：《小說修辭學》，頁191、219。

9　同前註。

10　同前註。

# 六　關於續書

「續書」之多是中國長篇小說特有的現象。西方有「模仿說」，作家多以生活為創作的源泉，故「續書」的現象不多見。歌德的《少年維特之煩惱》一出，風靡全歐。作家兼出版家尼可夫作《少年維特的喜悅》，敘述維特不曾自殺，終至於與綠蒂結婚。托爾斯泰打算寫《復活》續篇，寫聶赫留朵夫去當農民，但終於未寫。不過此類續書西方不多有。中國則不同，孔子提倡「述而不作」，儒家強調以書本為源泉，中國傳統的戲文以書本為第一素材，短篇小說仿作之多是驚人的，長篇小說續書之多也是驚人的。有施耐庵的《水滸傳》，就有陳忱的《後水滸傳》、俞萬春的《蕩寇誌》。有吳承恩的《西遊記》，就有無名氏的的《後西遊記》、《續西遊記》。有蘭陵笑笑生的《金瓶梅》，就有丁耀亢的《續金瓶梅》。《紅樓夢》的續書可謂多矣，有《後紅樓夢》、《續紅樓夢》、《紅樓後夢》、《紅樓復夢》、《紅樓夢補》、《紅樓補夢》、《紅樓重夢》、《紅樓再夢》、《紅樓幻夢》、《紅樓圓夢》、《增補紅夢》、《鬼紅夢》、《紅樓夢影》等三十多種之多（據《紅樓夢書錄》）。我看過的一本是寫賈寶玉、林黛玉騎著馬去打仗的，書名記不得了。時至今日，還有蕭賽的《紅樓外傳》，主要寫幾十個侍婢的悲歡，由四川人民出版社出版。

這是一個很有趣味的問題。可以作多方面的探討。例如可以從國民的社會心理角度去研究。「五四」時期蔡元培、胡適、周作人、魯迅、郭沫若，以及稍後的瞿秋白都作過這方面的論述。魯迅說，《紅樓夢》的續書都是「補其缺陷，結以團圓」，反映了國民的「瞞」和「騙」心理，「這實在是關於國民性底問題」。

在長篇小說中，《三國演義》的所謂「續書」與三國故事毫不相干。明代《後三國志演義》實即東西晉演義，是講晉事。明代《三國志後傳》則寫三國人物後裔的事情。清《三國因》則為三國人物找

「前身」。如說曹操的「前身」是韓信，孔明的「前身」是范增。所以，《三國演義》其實沒有「續書」。《三國》無續書的原因是中國歷史太豐富，文明史有幾千年，廿四史寫不盡，文人自不必讀《三國》，大可以寫其他。《三國》之後，長篇歷史小說成批出現，及至明末，達二十多種，便是明證。再說，歷史題材總要有史實根據，不好任意編造，《三國》已將史實寫得差不多了，文人也就難以再「續」。至於《儒林外史》則連那樣的續書也沒有。《儒林外史》無續書的原因是故事過於零碎，缺乏戲劇性，引不起文人再續之興趣。還因為國民並不看重知識分子題材的小說。國民不看重，文人就不來續作。《紅樓夢》、《水滸傳》、《金瓶梅》、《西遊記》有續書，《紅樓夢》的續書多至三十幾種，倒不是說明續書的價值，而是說明原著的讀者接受價值。它們或與現實人生更貼近，或以其主張、哲理、幻想而與國民的思想感情易起共鳴。

中國「續書」的文學價值遠遠不如原著。但也有一兩部是例外。一是《金瓶梅》，作者借用了《水滸傳》中西門慶與潘金蓮的舊題材來寫小說，從這一點說，也可以說是「續書」，但作者從舊題材出發，卻寫出一部嶄新的世態小說，這在舊時代可謂絕無僅有。這說明「續書」未嘗不可以寫，這其實是一個怎樣對待素材的問題，如能獨具慧眼，看準一點，結合現實生活或某種觀念，加以提煉發揮，「續書」也可以創新。還有一部是高鶚續《紅樓夢》後四十回。這是名副其實的「續書」，學界對其成敗優劣雖有爭議，但總的來說，還是悲劇，與曹雪芹一致，應該說是中國古典長篇小說中最成功的「續書」。

至於《紅樓夢》其他續書，除魯迅所批評的「瞞」與「騙」外，可以從另一角度談談，如吳趼人《新石頭記》（1908）寫寶玉於二十世紀復活，是個維新派，在湖北發表演說，被捕，幸為友人救出，逃回上海。這是作者借寶玉之眼來暴露晚清政治的黑暗。又有署名「南武野蠻」的《新石頭記》（1909），寫寶玉與黛玉都到了日本，林黛玉做了英文教授，正在譯書，寶玉在她啟發下，也成了革命黨。後來日中兩國皇帝賜婚，二人在東京結婚，遊街三天。這兩部書荒唐之至，但作者目的是借小說來宣傳新思想。

至於新小說，已罕見有「續書」現象。中國新文學家向西方借來「系列小說」，便將古老的「續書」送入歷史博物館。

## 七　關於環境描寫

中西長篇小說的環境描寫也很不同。西方小說家對「環境」的描寫有一個發展過程，起先重在寫人，不注重寫環境，這多半是寫一個人物的小說，早期的小說，如《堂．吉訶德》，有什麼「環境」呢？後來家族小說、系列小說興起，便重視寫社會環境了，因為小說家要把社會、時代寫進去了，便有了恩格斯所總結的「典型環境中的典型性格」。但西方長篇小說家常常喜歡孤立地寫物化的環境，只見「物」，不見「人」，巴爾扎克、左拉首倡此道。一所公寓，一個礦區，寫得實實在在，細而又細，而人物的活動是隨後才出現的。《高老頭》第一章「伏蓋公寓」，就有一大段寫公寓外景與內景的文字，臨末伏蓋太太才出場。在高爾基的《母親》中，一開頭就用了一章篇幅，描繪了一個工人區的「環境」，作為舊俄時代工人的生活的縮影，與小說正文無關。西方長篇小說家大段大段寫景的例子是很多的。這種寫法，將環境與人物分開，將環境與情節分開，不符合中國讀者的審美心理。

中國古典長篇小說寫「環境」的方法不同，從不孤立地、靜止地寫物化的環境，從不把環境與人物分開。中國小說家擅於寫人物眼中的環境，即從人物心理角度去寫；又擅於從人際關係中寫環境，即從情節中展示。《三國演義》是中國最早的長篇小說，它寫「劉玄德三顧草廬」是寫「環境」的典範。「草廬」這個「環境」，從劉備、關羽、張飛眼中寫出，離開了三人不同的感受，離開了劉備幾次錯認人，也就沒有了「草廬」。羅貫中絕不把「草廬」從小說中單獨拈出。擺在讀者面前說：「看哪，這就是諸葛亮居住的地方。」因為從旁人眼中寫出，從人際關係中寫出，「草廬」的環境就是神似而非形似，它與孔明分不開了。《水滸傳》寫林沖充軍後被派去管「草料場」，就是「風雪山神廟」那一回，草料場的外景、內景連同下大雪的天氣，全從林沖眼中寫出，他打酒回來見大雪壓倒了那兩間草廳。離開了人物的眼睛與感受，就看不見草料場的破落樣子了。武松景陽崗打虎，景陽崗的「環境」，全從酒保介紹及武松眼中寫出，從「三碗不過崗」到山神廟官府告示，到一輪紅日恹恹下山去，到一陣風過處跳出一隻吊睛白額大老虎來。讀者既見環境也見人在環境中的活動。

《紅樓夢》寫「環境」最有特色。賈府的「環境」是從林黛玉、劉佬佬眼中寫出的。大觀園的外部「環境」是從賈政率寶玉及眾清客去參觀，命寶玉題對額中寫出的，亦即從諸多人物眼中寫出的。大觀園的內景和細部是從劉姥姥眼中寫出的。作者讓劉姥姥跑到寶玉房間去睡覺。她先是一頭撞在板壁的一幅畫上，以為一個女孩兒迎出來了，用手一摸，卻是一幅畫。點頭嘆了兩聲。再寫她一頭撞在鏡子上，她以為又是一個老婆子出來了。用手一摸，老婆子的臉冰涼挺硬，才猛想起，這是「富貴人家的穿衣鏡」！劉姥姥是喝醉了，但貧富不同在她心中並不「醉」。曹雪芹寫「環境」還著重寫人物對人際關係的感受。小小年紀的林妹妹，一進賈府就注意觀察人際關係，一下子就意識到了鳳姐在賈府的權勢：「這些人個個皆斂聲屏息如此，這來者是誰，這樣放誕無禮？」

所謂「環境」，主要指社會環境，主要不指「物」而指人際關係，離開了小說的人際關係，還有什麼小說的環境可言？不孤立地、客觀地、靜止地寫「物」的環境，落筆時腦子裡就沒有一個脫離人物的所謂「典型環境」的先驗概念，而是從人物與人物關係中很巧妙地寫出了活動的環境，求其神似而不求其形似，從中窺見歷史的進程、情節的發展，使讀者自然而然地感受到圍繞人物的大環境、小環境確實存在，而小說家寫來似乎很輕鬆、漫不經心，這是最有審美深度的典型環境的展示。這是中國古典長篇小說家很高明的、具有民族傳統的創作意識。

中國古典小說家寫「環境」的手法是從中國戲曲中學來的，中國戲曲本無物化的背景，至多是一臺二椅。中國戲曲的背景是寫意的，全通過角色的表演「演」出來的。中國小說家寫「環境」，也如戲曲那樣，讓人物「演」出來。

由於中國小說家擅從人物心理角度寫環境，這就必然要寫出環境對人物的心理反應，這就把環境與心理描寫結合起來；由於中國小說擅從人際關係中寫環境，就必然要寫許多人物的對話、動作，通過人物之間的對話、動作展示環境，這就完全避免了純心理描寫。所以，西方小說家愛寫純心理，由於把環境與性格分開的原因，中國古典小說家不寫純心理，是由於把二者結合起來的原因。

## 八　關於性格的複雜與單純

我們在談中西長篇小說時曾談到中西小說大都有兩類人物：正面與反面人物及被同情與被否定的人物。二者相對照而同時存在。原因是中西作家總有一個是非善惡的判斷標準，這個判斷標準必然在人物身上表現出來。

但是，由於中西雙方各有自己的文化傳統、審美觀念，中西長篇小說的人物性格，又有比較複雜與比較單純的不同。

西方小說從文藝復興到浪漫主義，一般地說，人物性格都比較單純，如堂・吉訶德，內心透明如水晶。魯濱遜、湯姆・瓊斯、維特與綠蒂、帕美拉、亞哈、加西莫多、冉阿讓，都是單純者。中國小說在

《金瓶梅》、《紅樓夢》以前，人物性格也比較單純。所謂「單純」，就是善惡比較分明，少有內心矛盾。西方小說從批判現實主義開始，人物性格就比較複雜，如于連、希勒克列夫、包法利夫人、安娜·卡列尼娜等等。西方現當代小說的人物性格也是複雜的。《尤利西斯》中的猶太人布魯姆及妻子莫麗，《生命中不能承受之輕》中的外科醫生托馬斯與女記者特麗莎，都是隨手拈出的例子。

所謂比較複雜，就是在同一個人物身上，有善也有惡，善與惡、靈與肉的內心衝突比較尖銳，嚴重者則內心分裂，有多重人格。陀斯妥耶夫斯基的小說有大量這類人物。《同貌人》（又譯《雙重人格》）的主人公高略德金是彼得堡一個公務員，他在生活中占主導地位的心理是怕上級把他視為像「抹布」一樣的廢物。他看上了上司的女兒，夢想攀附一門有利的親事，結果當然是失敗了。他還看到阿諛奉承、吹牛拍馬的人是生活中的「幸運兒」，但因生性懦怯，缺乏幹無恥勾當的本領，絕望之餘便陷入精神分裂。在他的想像中出現了一個「同貌人」（或稱小高略德金）的形象。「同貌人」大膽、機靈，為了達到目的可以不擇手段。他的所作所為實際上是高略德金在現實中無法做到而又非常嚮往的。作者著重刻畫了高略德金對待「同貌人」的矛盾心理：一方面「同貌人」是高略德金的希望；另一方面他又感到「同貌人」的卑劣與可怕。「同貌人」的出現使他恐懼，最終發了瘋。

在《白痴》中，作家拋棄浪漫主義手法，從虛寫到實寫，成功地塑造了高級妓女娜斯塔西婭·費利波夫娜的兩重人格。她出身小貴族，父母早亡。貴族托茨基收養了她，她長大後成為他的外室，托茨基又利用她當搖錢樹。她聰明、高傲，具有非凡的美和複雜的內心世界，嚮往美好的生活，對玩弄和蹂躪她的托茨基及貴族社會懷有強烈的憎恨。但另一方面，她又感到自己是「墮落的」女人，不配有更好的命運，為此她向周圍的人進行報復並折磨自己。《卡拉馬佐夫兄弟》中的德米特里內心分裂更厲害，作者從「魔鬼同上帝在進行鬥爭，而戰鬥的戰場就是人心」這一角度去寫他。他追求肉慾，生性殘忍，企圖利用一個女人的父親的不幸而占有她。為了財產和一個妓女，他要殺死父親。另一方面，他內心又很痛苦：「儘管我下賤卑劣，……然而上帝啊，我到底也是你的兒子。」他那墮落的靈魂時時迸發出天良的火花，他又慷慨地幫助那個女人，竟成了她的未婚夫。他又真誠地愛著那個妓女，同情她的遭遇。他在狂怒中克制了自己，沒有對父親行凶。他對弟弟阿遼沙說：「今天世界上受苦的人太多了，所遭受的苦難太多了！你不要以為我是披著軍官制服的禽獸，終日飲酒荒唐，我差不多一直想這個，想著受屈辱的人。」

總的來說，西方小說的人物性格比較複雜，中國小說的人物性格比較單純。截至新時期文學以前，中國長篇小說極少有亦好亦壞、亦善亦惡、內心分裂、多重人格的人物形象。即使新時期文學，多重視寫人物隱秘心理了，像陀斯妥耶夫斯基筆下那樣的人物也甚為罕見。古典小說中的曹操的性格複雜一點，但基本上特徵是奸詐，在大眾心目中，他是個反面人物是無疑的。王熙鳳與薛寶釵的性格要複雜些，王熙鳳是「機關算盡太聰明，反誤了卿卿性命」，薛寶釵排擠了林妹妹，自己也未能獲得幸福。但越到後來，這兩個女性變得越單純，作者的筆調也越柔和，同情的成分越多。賈寶玉與林黛玉內心充滿矛盾與痛苦，但人格絕不分裂，寶玉發瘋是痛苦至極的表現，不是內心分裂所致。新文學的幾部著名長篇小說的人物都是單純的，《激流三部曲》無一複雜性格。茅盾《蝕》三部曲的「時代女性」的性格就是三部曲的書名：幻滅、動搖、追求。或停在其中一點上，或彷徨於三者之間。茅盾小說中也有「被同情的人物」與「被否定的人物」。《子夜》中的吳蓀甫是悲劇形象，他要振興民族工業而不能。趙伯韜是他的對立面，茅盾要否定的，是這個買辦資本家，而不是「民族資本家」。吳蓀甫性格並不複雜，兩面性一清二楚。至於一九四九年後一批描寫革命與戰爭的小說，其中的主人公全是英雄人物。

人物性格的複雜與單純從審美角度上看並無高下優劣之分。「單純」不是「簡單化」。「單純」的前提是真實。力求保持內心的平衡與和諧，堅持一種信念，是中國小說中正面人物性格的一個特色。「情」與「理」的矛盾，在中國長篇小說家筆下，常用西方十七世紀古典主義的力法加以解決。孔明明知阿斗不成器，但「鞠躬盡瘁，死而後已」。宋江寧願飲毒酒也不反皇帝。林黛玉臨死前對紫娟說：「我的身子是乾淨的，你好歹叫他們送我回去！」林黛玉也講「內美」，所謂「玉潔冰清」，就是林妹妹的「內美」。《李自成》中的紅娘子，壓下殺夫之仇，對闖王盡忠到底。就是當代一批寫「受難知識分子」的小說，其中正面人物也是理勝於情。即使受大冤枉，陷大苦難，歷大痛苦，仍以國家民族命運為重，內心不失去平衡，理想主義熠熠發光。上述典型人物的內心矛盾，絕不表現為善惡衝突，人格並不分裂，這才是「單純」的原因。

西方小說人物性格複雜的原因與基督教的「原罪說」及佛洛伊德的泛性論有關，這兩種理論都把人格分為兩個。中國小說人物性格單純的原因與儒道佛有關，孔子和儒教講正心修身，克己復禮。老莊佛學講無為、超然、出世。知識分子講「氣節」、「內美」。現代革命者講「自我修養」。中國人民群眾素有善惡分明的審美觀念，作家也有同樣的審美觀念。中國作家從古到今，其理想主義比西方作家更多一些，總要把正面人物、被同情的人物寫得美一些，所謂「隱惡揚善」，中國作家的筆擅於選擇，擅於化複雜為單純。

我們主張描寫人性的真實，反對把人物性格臉譜化，因此高度評價西方作家筆下的複雜性格的人性真實和藝術美，這是一個方面。但另一個方面我們也絕不能忽視繼承與發揚自己民族的優秀文學傳統。中國長篇小說的正面人物力求保持內心的平衡與和諧，執著追求一種信念，一種理想；中國人民素有善惡分明的審美意識，這並不是污水，不能潑出去。應該指出，西方小說也有大量單純性格。倘若把人格分裂、多重人格的人物作為最高檔次的典型，忽視了性格的單純美，彷彿性格越複雜越好，就會導致另外一種觀念論，貶低以致否定中國以及西方小說史上大量存在的單純性格的典型。

## 九　中西古典長篇小說盛衰的原因

長篇小說在西方歷來受社會重視，小說家地位歷來都是高的。從源頭說，荷馬被公認為是人間的繆斯，古希臘有十幾個地方爭說自己是荷馬的出生地。雅典僭主庇斯特拉圖下令編訂他的作品。柏拉圖、亞里斯多德都尊敬地提到他。維吉爾在生前就已被公認為是最重要的羅馬詩人。死後聲名始終不衰。教會從西元四世紀起就認為他是未來世界的預言家。但丁以他為老師和帶路人。到了文藝復興時期，人們更把荷馬史詩和維吉爾的史詩奉為「經典」。西方小說地位高的一個重要原因，是它與「史詩」有血緣關係。在西方，「史詩」是詩中的高級體裁，因為它是歌頌神與英雄的，歌頌祖先的雄才大略的。《貝爾武甫》等中古英雄史詩是英法德俄的國寶，也是這個原因。而長篇小說就是從「史詩」發展而來的。黑格爾指出，史詩和長篇小說在結構上是相似的，只是兩種不同的歷史形式而已。他把近代長篇小說稱為資本主義社會的「史詩」。西方長篇小說家常把自己的作品稱為「史詩」，也是為了提高自己小說的重要地位。從源頭說，荷馬史詩地位高於《史記》；中國正統文論也不把《史記》與小說掛鉤。

中國的小說家是不入「三教九流」的。儒家提倡「詩言志」、「文以載道」，詩歌與散文可以「言志」、「載道」，是高級體裁，可以稱之為「經」。小說被視為不可以「言志」、「載道」的低級體裁。長篇小說比短篇小說地位更低，因為短篇小說還有六朝筆記體小說，唐人傳奇，這些都是文人（包括著名的歷史家、文學家）用文言文寫的。六朝小說可作「新聞」看，「明神道之不誣」（干寶語），傳奇可作「行卷」，用作讀書做官的敲門磚。長篇小說既不是文言體，又不能博得主考官的青睞，作者都是落魄文士。它只是流傳在市井中的通俗文學，最被士大夫所看不起。羅貫中被人罵為「村學究」。誰也不給長篇小說家樹碑立傳。《封神演義》、《金瓶梅》作者不詳。羅貫中、施耐庵、吳承恩的生卒年只知個大概。《石頭記》以手抄本流傳了近五十年（脂硯齋甲戌本抄於一七五四年），才第一次以活字版排印出版（1791）。這種文學現象，罕見於西方。英國第一部散文長篇小說《亞瑟王之死》不僅知道發表於一四六九年，作者馬羅禮生卒年也知道（1391-1471）。他的生平也有人記載。魯迅說：「在中國，小說是向來不算文學的。在輕視的眼光下，自從十八世紀的《紅樓夢》之後，實在也沒有產生什麼較偉大的作品。」晚清四大譴責小說發表時作者均用筆名。包天笑說：「以上所說的四人，發表小說的時候，都不用真姓名。李伯元是南亭亭長，吳趼人是我佛山人，劉鐵雲是洪都百煉生，曾孟樸是東亞病夫。因為當時的風尚，覺得小說總是末藝，不登大雅之堂的，不必要用真姓名。」[11]

西方文化是在交流中發展起來的。舉其要者，古羅馬文化深受古希臘文化影響。文藝復興時期歐洲各國文化深受古典文化與希伯來文化的影響。概言之，西方的文化思潮、文學運動的發展，離不開外來影響。西方文化基本上是開放式的向前發展。文化如此，文學如此，小說自不例外。西方的長篇敘事文學一開始就是在交流中發展的。維吉爾的史詩深受荷馬史詩的影響。中世紀的中古英雄史詩受《聖經》的影響。後來各國的騎士傳奇受中古英雄史詩的影響，尤其受法國的影響。中世紀文學的共性大於個性，各國文學的題材與主題有共同性，人物與背景有國際性。《羅蘭之歌》源於日耳曼民族，卻是法國

11 釧影著，王俊年編：〈晚清四小說家〉，收錄於《中國近代文學論文集．小說卷》（北京市：中國社會科學出版社，1988年），頁148。

著名的史詩；《亞瑟王傳奇》源於克爾特民族，在法國發揚光大又反過來影響英、德、義文學；法國《列那狐故事》對全歐動物故事有很大影響；法國的《玫瑰傳奇》是歐洲各國愛情寓言詩的典範。從文藝復興開始到感傷主義、浪漫主義、批判現實主義、自然主義、「意識流」小說等等，西方的長篇小說離開了交流便無法發展，結構、技法的相互影響尤為突出。隨便舉兩個例子吧，十六世紀的西班牙流浪漢小說影響了德國格里美爾豪生的《冒險的西木卜里其西木斯》，後者又影響了英國菲爾丁的《大偉人魏爾德傳》（1743），這種影響又在歌德的《威廉．邁斯特》（1777-1829），瑞士凱勒的《綠衣亨利》（1885）中擴大；又如科幻諷刺哲理小說，古羅馬琉善的《真實的故事》對文藝復興時拉伯雷的《巨人傳》、義大利康帕內拉（1568-1639）的《太陽城》（1602）、十七世紀法國莎維寧．特．西拉諾（1619-1655）的兩部科幻小說《另一世界，或月球上的國家和帝國的趣史》（1657）及《太陽上的國家和帝國的趣史》（1662）、十八世紀法國伏爾泰、十八世紀英國斯威夫特的小說均有影響。

中國文化也曾是在與其他民族的交流中發展的。印度文化對中國文化影響很大。明代長篇小說之所以有一個繁榮時期，和中印文化交流大有關係。從文體影響上說，印度的佛教文學傳入中國後，唐代便出現了「變文」，「變文」是有說有唱、詩文合體的佛教通俗文學，不同於「經」，故曰「變文」，其源出自印度佛教文學。如《目連救母變文》的素材取自印度《佛說盂蘭盆經》，述佛弟子目連入地獄救母的故事。唐的「變文」又影響了宋的「話本」，在「話本」基礎上，產生了長篇章回體小說。鄭振鐸《插圖本中國文學史》中還考證出「欲知後事如何，且聽下回分解」的最早淵源來自「變文」。從內容影響上說，胡適認為《西遊記》的孫悟空是從印度史詩《羅摩衍那》中的神猴哈奴曼化出來的。鄭振鐸也認為「大鬧天宮或採用了哈奴曼的大鬧魔宮的故事」。季羨林亦持此說[12]。

但是，古代中國和西方極少進行文化交流。歷代統治者多以儒家思想立國，儒家思想保守，即便對印度文化，一部分人也是採取排斥態度，對「夷人」的文化，則根本看不上眼。十八至十九世紀，西方文化高度發展，中國自鴉片戰爭後，淪為半封建半殖民地的國家。其時西方先進，東方落後。清政府奉行閉關鎖國政策，對西方侵略採取消極抵抗態度。頑固派拒絕一切新事物的輸入。洋務派只看中西洋的「槍炮」。改良派傳播「西學」，是十九世紀末的事，而主要介紹的是哲學，不是文學。十九世紀西方長篇小說高度繁榮，國人幾乎一無所知。首先把西方長篇小說介紹給國人的，竟是不通外語的林紓，給魯迅等人打開一個新世界的，竟是林紓失真的文言文譯本。當國人還只知「章回體」小說的時候，西方小說已邁進「意識流」結構。一種文學體裁，發展到了一定程度，倘沒有外來文化或民間文化新鮮血液的補充，就必然走向衰落，這是世界各民族文學發展的一條規律。魯迅說過：「沒有拿來的，文學不能自成為新文學。」中國的長篇小說只吸取了印度文學的養料，後來就在一個完全封閉的系統中近親繁殖，直到新文學運動起來前，談不上借鑑西方文學的經驗。西方各國有文化交流，作家們通一國以至幾國外語，各國作家之間有親密往來，翻譯事業高度發展，作家們能相互借鑑，相互促進，長篇小說就上去了。中國墨守成規，不知天外有天，長篇小說就落後了。

西方作家有小說理論，也是西方長篇小說高度發展的原因。西方長篇敘事文學理論源遠流長，可以追溯到亞理斯多得的《詩學》。《詩學》的二十三、二十四兩章專門討論了「史詩」，僅就此兩章而言，已包含豐富的前小說理論，如作者指出史詩應表現一個完整的行動，應有頭、身、尾，才能給讀者以審美的快感；但情節又必須加以選

12 季羨林：〈印度文學在中國〉，見《中印文學關係源流》（長沙市：湖南文藝出版社，1987年，第1版），頁125-126。

擇，不能事無巨細通通羅列出來，使故事失於散雜；詩人的虛構應合情合理——「把謊話說得圓」；詩人的傾向性應從人物、情節中表現出來，不能說教——「史詩詩人應盡量少用自己的身分說話，否則就不是摹仿者了。」這些看法也可以說是對小說的結構、情節的典型化手法、作品的真實性、作家傾向性的表現方式作了很精闢的論述。

到了文藝復興時期，塞萬提斯就提出名符其實的小說理論，他對中古的騎士小說作了一分為二的總結；強調「摹仿得越真切，作品就越好」；強調小說應用民族語言去寫；討論了長篇小說穿插短篇故事的優缺點。十八世紀英國菲爾丁進而提出「散文喜劇史詩」的理論，強調以新型的小說形式，去描繪廣闊真實的人性。西方長篇小說的理論在菲爾丁筆下已經系統化。

西方長篇小說在十九世紀向高峰發展。浪漫主義的代表作家雨果提出了藝術上的「對照」原則，認為萬事萬物都處在一種複合的狀態中，醜與美、惡與善、黑暗與光明無不是相對照而存在於一體。他還論述了戲劇與長篇小說的關係，認為長篇小說是擴大了的戲劇。到巴爾扎克作《人間喜劇》序言，又把西方的長篇小說理論推上一個嶄新的階段，他把自然科學引入小說理論，受生物學啟發而強調研究人就要研究社會環境的變化；強調作家要敢於創新，用數百部小說、數千個人物，用連環小說、人物再現的方式寫出一部法國的風俗史，從而創造出將作家全部小說形成一個系統的高級系列小說。他強調小說人物的典型性；強調小說家要有鮮明的傾向性。巴爾扎克的現實主義小說理論迄今仍十分重要，給小說家以巨大啟示。到福樓拜、左拉又進而提出自然主義的小說理論，強調生理學、遺傳學對人和社會的巨大影響。托爾斯泰的《藝術論》（1897-1898）從宏觀角度探討了藝術的本質，將基督教義引入小說理論，強調小說的通俗性。現當代西方長篇小說家多數也同時是小說理論家。概言之，西方長篇小說家對小說的結構、人物典型、虛構與真實的關係、敘事手法、傾向性、社會效益、小說的歷史發展、小說與戲劇的關係、小說的語言，都有豐富的論述，而論述者本人又都是小說的創作者，他們的理論是以豐富的創作實踐經驗為基礎的。

中國的長篇小說理論是貧乏的。第一，古典小說家本人是沒有創作理論的，這是大家都知道的事。羅貫中、施耐庵、吳承恩、吳敬梓都不見有，只有曹雪芹有。第二，中國小說理論的貧乏，可從古代文論一貫輕視詩體敘事文學乃至輕視《史記》中找到根源。第三，從晚明開始，中國始有小說理論，李贄提倡「童心說」，他還寫了〈忠義水滸傳序〉，是一篇思想水平很高的評論。但李贄與三袁都沒有建立系統的小說理論。晚清黃遵憲評《紅樓夢》，說它是開天闢地，從古到今的第一部小說，論其文章，宜與《左傳》、《國語》、《史記》、《漢書》並妙。《紅樓夢》當與日月爭光，萬古不磨。但類似這些小說評論畢竟是鳳毛麟角。第四，明清兩代出了一批評點家，如李贄、金聖嘆、毛宗崗、張竹坡、脂硯齋，他們具體的鑒賞性的評點不乏閃光的見識，其「細讀法」極為精彩，但缺乏宏觀性和系統性，只著眼一部、兩部小說。「評點、批改側重成章之詞句，而忽略造藝之本原」（錢鍾書《管錐編》）。在這幾個原因中，最要緊的，是小說家本身多無理論，不能用理論指導創作。

自然科學是西方近代小說發展的一大動力，十九世紀西方長篇小說的繁榮與十九世紀自然科學的三大發現分不開。這可以從作家的世界觀，創作理論與創作實踐三方面講。

自然科學三大發現使宇宙失去了奧秘，浪漫的想像消除了，自然的美麗褪色了，它幫助小說家建立起唯物的世界觀和辯證的方法論。第一，科學的態度是客觀的、唯物的態度，所以小說家也應置身於事物之外，用客觀的、唯物的眼睛觀察他所描寫的對象；第二，科學給予小說家以寫實的方法，科學注重生物的進化，注重試驗與事實，這種研究自然事物的方法也被文學家採用以描寫人生與社會。

自然科學直接促進了長篇小說的創作理論的發展。巴爾扎克在《人間喜劇》序言中一開始就說自己受到了十三位自然科學家的啟發，從動物的起源變異來研究人類的起源與變異。左拉的自然主義文學理論深受法國生理學權威伯納德的影響。他在《實驗小說》中說，伯納德的實驗方法是他全部自然主義理論的「堅實的基礎」。

科學也給「社會反映論」派的理論家如泰納、聖・佩韋、別林斯基、車爾尼雪夫斯基的文論以巨大影響。泰納在達爾文的進化論影響下研究文藝的發展史，把美學比作「一種實用植物學」，認為文藝也和植物一樣，有它自己的形成、發展、繁榮以及衰落的規律。在自然科學的影響下，泰納提出文學創作發展決定於種族、環境、時代三種力量。「種族」就是指個人以及民族天生的和遺傳的傾向，這已經涉及近代心理學的「集體無意識」的領域。「環境」指自然環境及社會國家環境。「時代」指一個民族的文化傳統。別林斯基與車爾尼雪夫斯基的美學的核心是「美即生活」。這「生活」還包括「生命」的意義。車爾尼雪夫斯基說：「凡活的東西在本性上就恐懼死亡，恐懼不存在，而愛生活。」因此，「美即生活」還有人類學的原理的依據。

科學對小說家的創作也有重大影響。恩格斯說，現實主義的定義的要點是寫出「典型環境中的典型性格」，也就是寫出環境與性格的關係，這是十九世紀小說根據生物學原理，從動物與環境的關係中得到啟示的結果。十九世紀小說家強調環境與性格的關係，強調研究遺傳對人的性格的影響。二十世紀「意識流」小說家對人的無意識及意識流作微觀的深入的研究，都說明小說家對「人」的本質的研究日益全面，日益深入，這是十九世紀前的小說家做不到的事，而動力就是自然科學。

中國封建社會的長篇小說家受時代條件的侷限，未見有一位具有自然科學的頭腦，不可能將自然科學引入文學領域，從而加深對「人」的理解，對「社會」的認識。中國古典長篇小說家的創作動力，還是道德的、美學的、宗教的、歷史的，一句話，還是社會意識形態方面的動力，這當然是很重要的，但是沒有自然科學的動力，這種缺陷，如果說在歷史小說和神話小說中還可以掩飾過去，但在社會小說中就暴露出來了。《金瓶梅》開一代小說的寫實新風，它真實但欠深刻。《儒林外史》未能從環境與性格關係的視點挖掘知識分子的人性根源。如果這兩位小說家有社會進化的科學觀念，有近代心理學的知識，他們對中國社會的一夫多妻制的腐敗的暴露和描寫，對科舉制的鞭笞，肯定要比原來的小說深刻得多。曹雪芹之所以是偉大的小說家，是因為他對中國封建貴族社會的觀察與描繪，對環境與性格關係的描寫，他的歷史主義精神，達到了具有自然科學知識的西方批判現實主義小說大師的水平。但是，如果曹雪芹具有近代心理學的知識，他對林黛玉做夢的下意識的描寫，肯定比寫成的章節精彩、豐富、細緻、深入。他的筆觸也定能深深進入發瘋時賈寶玉的內心世界中，而不像已寫就的那樣一筆帶過。

從《紅樓夢》到《子夜》，其間中國的長篇小說沉默了一百四十三年，其原因，就如上述。

# 伍
# 「詩」在中國古典長篇小說中的功能

這裡說的「詩」，既指小說中的詩詞，也包括曲賦以及駢文、對子、偈、謎語、酒令、民謠，是一個與「散文」相對的「韻文」的概念。

中國小說從它的形成期直到當代，都是用散文寫的，不像西方長篇小說，從史詩、長篇詩體傳奇演變而來，中國文學除了在敦煌發現的幾篇俗賦體小說如《韓朋賦》之類外，罕有用詩寫的小說。像英國喬叟《坎特伯雷故事集》二十四個故事有二十二個用詩寫成；像中世紀大量的「韻文騎士傳奇」長數千乃至一兩萬行；像俄國文學之父普希金把其代表作《歐根・奧涅金》稱為「詩體小說」，說「目前我正在寫的並不是一部小說，而是一部詩體小說，這兩者的差別多麼大啊」。像外國作家這類用詩寫小說的現象，中國文學基本上是沒有的。雖然胡適在一九一八年《新青年》上發表了一篇好文章〈論短篇小說〉，把〈孔雀東南飛〉、〈木蘭辭〉、〈上山採蘼蕪〉、〈新豐折臂翁〉、〈琵琶記〉定為「短篇小說」，把中國敘事詩的傳統與「短篇小說」掛起鈎來，是一個新角度，有創見，但古人是極罕見有類似的看法的。

那麼，中國古代小說與「詩」就完全無緣了嗎？當然不是。只不過與西方有很大不同。中國的小說沒有一個詩的源頭，不從詩演變而來，也極少有人用詩去寫小說。但是，中國卻有以「詩」入小說的兩千多年的傳統，為西方文學所少見。

中國文學以詩入小說的現象可謂源遠流長。戰國時期的《穆天子傳》就有一些詩歌。在其膾炙人口的「瑤池會」這部分文字中，西王母與穆天子就以詩對答。一個說「將子無死，尚能復來」，一個說「比及三年，將復而野」。這個人神戀愛的故事，用詩把男女主人公依依惜別的感情表現得頗真切。《穆天子傳》的詩還不只這些，如穆天子的三章「哀民」詩，重章疊句，反覆詠嘆，很有民歌味。《穆天子傳》不妨視為中國文學以詩入小說的濫觴。

魏晉六朝志怪志人小說屬「筆」而非「文」，但以詩入小說者亦不少。南朝梁任昉的〈述異記〉中就有不少詩。南朝梁吳均的〈續齊諧記〉中的〈金鳳轄〉末尾引嵇康〈游仙詩〉「翩翩鳳轄，逢此網羅」，〈紫荊樹〉引陸機詩句「三荊歡同株」，都是例子。

從唐傳奇開始，以詩入小說之風大盛。元稹的〈鶯鶯傳〉就有五首，男女主人公亦如《穆天子傳》以詩傳情。不過，後來是鶯鶯被棄另嫁而用詩怨責張生，不像西王母始終抱有愛情希望。〈鶯鶯傳〉實在是一齣棄婦的悲劇。沈亞之的〈湘中怨辭〉、薛用弱的〈王之渙〉、袁郊的〈紅線〉、陳翰的〈獨孤穆〉「詩筆」的特點尤為突出。

中國小說發展到宋話本，以詩入小說之風可謂一發不可收。〈碾玉觀音〉（這是公認的宋話本）一開頭就以前人十一首詠春詩「入話」，說書人先向聽眾來一個詩歌講座，然後才開始講故事。這篇話本共有詩詞二十三首。我們還可以舉出〈快嘴李翠蓮記〉，也是宋元話本，主人公說話大半是韻味。李翠蓮不容於丈夫公婆而去當尼姑，她與父母公婆丈夫大伯哥嫂小姑對話全說「快板」。至於明擬話本，以詩入小說勢頭之猛，數量之多，或不遜於宋話本，只要翻翻「三言」、「二拍」，例子不勝枚舉。

以上是中國古代短篇小說中的「詩」。我們要討論的是「詩」在中國古典長篇小說中的作用。中國幾部著名古典長篇小說中的「詩」，比唐傳奇、宋話本、明擬話本多出幾十倍乃至上百倍。這也不奇怪，因為長篇小說內容多，篇幅長。下面是一個很粗略的統計數字，僅供讀者參考——

《三國演義》的「詩」超過一百九十八首（據作家出版社1957年版本），多為五言七言絕律。七言最多，五言次之，古風又次之。援引名家之作甚多，計有杜甫、白樂天、元微之、杜牧、蘇東坡、曹操、曹植、諸葛亮等等。

《水滸傳》的「詩」超過五百七十六首（據上海人民出版社一九七五年版本），比《三國演義》多出近兩倍。絕大多數為七言絕律。五言詩忽然大為減少，僅數首而已。

《西遊記》的「詩」的數量破了前人記錄，超過七百一十四首（據作家出版社一九五四年版本），絕大多數也是七言絕律。但多了詞，這是一個新現象。五言詩略多於《水滸傳》，然亦僅十五、六首罷了。

《金瓶梅》的「詩」的數量再破前人記錄，超八百首（據香港太平書局《全本金瓶梅詞話》）。

《紅樓夢》的「詩」較《金瓶梅》少，也在二百六十八首以上（據人民文學出版社一九五七年版本）。

這真是僅見諸中國文學而絕不見諸西方文學的現象！中國古代小說家何以大量地把詩寫入小說中呢？原因或許有五。其一，中國古詩多為短詩，易入小說而不與小說的散文爭篇幅。如果像西方長篇敘事詩以千行萬行計算，就不好穿插在散文小說中了；其二，為了提高小說的地位。中國小說不入「九流」，這是班固在《漢書》〈藝文志〉定下的調子。中國文學素來以詩為正統，在小說中穿插一些詩，小說也就沾了點正統文學的光，提高了地位。這多半是民間說書人天真的想法，前面說說書人以詩「入話」，也含有這個用意；其三，增加小說的詩味。唐傳奇不少作者是大詩人，他們視傳奇為「文」加「詩」，實在頗有點文體創新的意識。唐以詩文取士，故有「行卷」、「溫卷」

之風，才子以詩入小說，詩文聯璧，呈送達官貴人，以求賞識，是進入仕途的一種手段。曹雪芹也是大才子，大詩家，他雖然不以小說為「敲門磚」，但也喜歡把自己的詩寫入小說，還愛把自己對詩的見解寫入小說。《紅樓夢》有些章回可作「詩學」讀，這就不僅僅是增加小說的「詩味」，而且變小說為「詩話」了；其四，中國長篇小說多由話本生成，《三國》、《水滸》、《西遊》全不例外。話本就以大量詩詞入小說，中國古典長篇小說詩多，是受了話本的影響；其五，受印度佛經影響。佛經中有「偈」，即「唱詞」，一般由固定字數的四句組成。「偈」也就是「詩」，鳩摩羅什所譯《金剛經》中有兩首。中國僧人寫的《六祖壇經》（有多種版本，最古本為唐朝慧能的弟子法海整理）就多了，有三十首「偈」。這是中國敘事文學在本土強大的詩歌傳統基礎上發展了佛經以詩入文手法的力證。《六祖壇經》對《西遊記》、《紅樓夢》等小說有直接影響，最明顯的證據是兩書均把《六祖壇經》中的一些情節移入。在印度佛經影響之下，《水滸傳》出現了「偈」，魯智深的師傅就贈他四句偈言，預言了他的一生。魯智深臨坐化時，作者又為他寫了一首「頌」。《西遊記》也有「偈」，但多已演變為詩，大凡寫佛事的詩多為「偈」的變體，如二十回「法本從心生」就是一例。

中國古典長篇小說中的「詩」的功能部部有所不同，而且它是發展的、變化的。

《三國演義》中的詩，幾乎全用於人物評論。評論又分兩類。一類評論書中人物一時一事，這類詩不少。如關羽溫酒斬華雄，這僅僅是關公一生許多戰鬥行動中的一次行動。

> 威鎮乾坤第一功，轅門畫鼓響咚咚。雲長停盞施英勇，酒尚溫時斬華雄。

另一類是評論書中人物一生的，這是蓋棺論定了，帶有總評性質。幾乎書中每個知名人物的死亡都有。又以評論孔明的為最多。《三國演義》第一百〇四回孔明死時作者就引用了杜甫、白樂天、元微之評孔明詩三首，接下去一百〇五回再引杜甫兩首。小說一共用了五首詩來評價孔明一生。羅貫中多引用別人的詩作評論，自己對歷史人物沒有多少新見。有的詩評流於陳腐。如曹操馬踐麥田，他乃以劍割髮代首的情節，本說明曹操愛民及軍紀嚴明，而詩評卻說什麼「拔刀割髮權為首，方見曹瞞詐術深」。

《三國演義》用詩描寫人物者極少。但其中寫貂蟬的三首詩詞卻值得注意。在中國幾部「武俠小說」中，罕有以三首詩去寫一個女性的。但《三國》有，可算一個特色。所謂「舞罷隔簾偷目送」，還寫出貂蟬的動態美。小說多引用歷史人物自己寫的詩，如引用曹操的〈短歌行〉「對酒當歌」，因為作者寫的是歷史小說，為了增加歷史的真實感。但有的詩實非書中人物所作，如曹植的「二牛詩」、「七步詩」，並不見諸本人的詩集，是羅貫中從《世說新語》中抄來的。這又一次證明中國古典長篇小說以詩入小說的寫法來自短篇小說，不只來自話本，還可以追溯得更早更遠。《三國演義》用於寫景的詩也罕見，只有劉備三顧草蘆、孔明草船借箭、七擒孟獲幾回中用了幾首詩寫臥龍岡的雪景、長江的江景、南方的六月炎天。總的說來，《三國演義》中的「詩」功能單一，多引錄前人詩句，如開頭的〈臨江仙〉詞「滾滾長江東逝水」是毛宗崗修訂時借用明代大詩人楊慎《二十一史彈詞》第三段「說秦漢」所寫的一首開場詞加上去的。說明《三國》尚處在長篇小說以詩入小說的初級階段。

《水滸傳》便生了變化，用詩的描寫代替了詩的評論，與《三國演義》有所不同。在一九四九年前後幾部較著名的文學史中，中科院文研所編寫的《中國文學史》已經指出這一點：「一般地說，《水滸傳》的韻文部分是執行描寫的任務，《三國演義》不同，它只是評讚而已。」

《水滸傳》五百七十六首詩中以人物詩及景物詩占絕大多數。一百〇八將均有詩描寫。《三國演義》第一回「宴桃園豪傑三結義」第一次寫劉、關、張出場，均無詩描寫。《水滸傳》第二回「王教頭私走延安府」第一次寫少華山寨三個頭領朱武、陳達、楊春出場，均有詩描寫。這只是一個例子。其他重要人物如高俅、草頭王子方臘、九天玄女娘娘等也有詩描寫。就連小角色如道童、仙童、和尚、歌女、黃巾力士、番將、番兵等等，作者都樂於用詩去描繪一番，如第一回寫「道童」，還有兩首，一首是作者自己寫的，再引一首呂洞賓寫的。人物詩多寫人物動作、神態、形貌，不乏佳作，如寫魯智深那幾首就相當好。第四回寫魯智深上五臺山的醉態，惟妙惟肖。第五十七回寫他的全人，個性躍然紙上：

> 自從落髮寓禪林，萬里曾將壯士尋。臂負千斤扛鼎力，天生一片殺人心。欺佛祖，喝觀音，戒刀禪杖冷森森。不看經卷花和尚，酒肉沙門魯智深。

《水滸傳》還有一些人物自白詩，這是《三國演義》罕見的，如十九回、三十七回阮小五、阮小七、船火兒張橫搖船唱歌介紹自己，三十九回宋江在潯陽樓所題兩首反詩，既表現了梁山好漢造反的共性，又表現了他們鮮明的個性。

寫女性的詩，凡寫得有姿色者多落俗套，如寫閻婆惜、潘金蓮、一丈青扈三娘，不如《三國演義》寫貂蟬。但二十四回寫王婆及四十九回寫母大蟲顧大嫂那兩首卻寫出王婆「寡婦鰥男，一席話搬唆捉對」的職業特點及顧大嫂「有時怒起，提井欄便打老公頭」的凶勁。用詩寫集體人物最多者為七十六回「宋公明排九宮八卦陣」及八十二回「宋公明全伙受招安」，前者以二十五首詩寫梁山泊眾將領，後者以一篇長長的駢文鳥瞰式地把一百〇八將的隊列寫出。

寫環境的詩僅次於寫人物的詩。諸如上清宮、紫宸殿、寺院、中秋、明月、酒肆、人群、東京、文殊寺、大剎、古剎、破廟、落日、天明、水閣、水亭、秋末冬初、清風山、軍城營、草料場、八百里梁山水泊、看花燈、仙境、西岳華山、金山寺、太湖、杭州，……全行入詩，並不乏佳作，如第十回「林教頭風雪山神廟」寫草料場雪景：「凜凜嚴凝霧氣昏，空中祥瑞降紛紛。須臾四野難分路，頃刻千山不見痕。」其與散文「那雪早下得密了」，「看那雪，到晚越下得緊了」的描寫相互襯托；又如第十六回「吳用智取生辰綱」白日鼠白勝挑酒上山所唱的山歌早已膾炙人口：

> 赤日炎炎似火燒，野田禾稻半枯焦。農夫心內如湯煮，公子王孫把扇搖。

此詩不純寫景，還寫貧富對比。歌者傾向不露，而立場自見。

《水滸傳》除了人物詩與環境詩外，寫戰爭，寫殺人，寫水鬥，寫比棒、比槍、比朴刀、比箭，寫酒，寫樹，寫劍，寫馬，寫風，寫金鈴吊掛、各式武器，均以詩出之。由此可見，《水滸傳》中的「詩」的描寫功能顯然大大超越《三國演義》。古人早已注意到《水滸傳》中的詩的價值。袁無涯本《發凡》痛惜某些舊本刪掉詩詞，認為它們在小說中有「形容人態」和「頓挫文情」的作用，不應除去。胡應麟在《筆叢》中也批評通俗本刪去詩詞一事。

《西遊記》以詩入小說與《水滸傳》同中有異。其以人物詩及景物詩為主是繼承《水滸傳》的寫法，但其在若干方面又有自己的風姿，為《水滸》、《三國》所少見。

第一，不少詩富於情節性與動態感。如二十七回寫白骨精變美女從西向東逕奔唐僧：

> 聖僧歇馬在山岩，忽見裙釵女近前。翠袖輕搖籠玉笋，湘裙斜

> 拽顯金蓮。汗流粉面花含露，塵拂娥眉柳帶煙。仔細定睛觀看處，看看行至到身邊。

請看這「聖僧歇馬在山岩，忽見裙釵女近前。……仔細定睛觀看處，看看行至到身邊」四句，就有情節性和動態感，絕非靜態描寫。

還是這一回，緊接前面的情節，寫孫悟空三次打殺妖精的化身，卻被糊塗的唐僧趕走。作者用詩寫孫悟空離去的情景，同樣富於動態感：

> 含淚叩頭辭長老，含悲留意囑沙僧。一頭拭迸坡前草，兩腳蹬翻地上藤。上天下地如輪轉，跨海飛山第一能。頃刻之間不見影，霎時疾返舊途程。

再如第四十二回寫孫悟空去南海搬救兵。觀音還未梳妝。猴子不等諸天通報，縱身往紫竹林裡便走。觀音的美麗神態是從猴子眼中見出的，而猴子的性急也用動作寫出：

> 這個美猴王，性急能鵲薄（愛挖苦人）。諸天留不住，要往裡邊蹕，拽步入深林，睜眼偷覷著。遠觀觀苦尊，盤坐襯殘箬。懶散怕梳妝，容顏多綽約。散挽一窩絲，未曾戴纓絡。不掛素藍袍，貼身小袄縛。漫腰束錦裙，赤了一雙腳。披肩繡帶無，精光兩臂膊。玉手執鋼刀，正把竹皮削。

用詩寫觀音亦神亦人的美，又不失其為神聖者，此詩應為上品。觀音的美是動態的美。猴子性急的動作，是一個襯托。猴子非人，它睜眼偷覷就很有點幽默感。

第二，人物對答以詩出之。這在《三國》、《水滸》中是極為罕見的，如第十九回唐僧向烏巢禪師問西去的路，烏巢禪師用詩回答：

> 道路不難行，試聽我吩咐。千山千水深，多瘴多魔處。若遇接天崖，放心休恐怖。行來摩耳岩，側著腳蹤步。仔細黑松林，妖狐多截路。精靈滿國城，魔王盈山住。老虎坐琴堂，蒼狼為主簿。獅象盡稱王，虎豹皆作御。野豬挑擔子，水怪前頭遇。多年老石猴，那裡懷嗔怒。你問那相識，他知西去路。

這首對答詩話表現烏巢禪師的矜持與調皮神態，別看他在小說中只是一個小角色，卻寫得十分傳神，我們彷彿看見他揶揄豬八戒和孫猴子的掛在嘴角的微微的嘲笑，怪不得猴子要用金箍棒捅他的樹巢。注意，這首對答詩又是一種詩化的預言，它預言了唐僧師徒前去的遭遇。那「水怪前頭遇」就給讀者留下了懸念。還請注意。它其實是「偈」的變體。中國小說以詩作預言，是從印度佛經學來的。《西遊記》如此，《水滸傳》如此。凡宗教詩多含預言，古希臘大詩人荷馬尤擅此道。他在《奧德修紀》第十一卷寫塞拜城先知泰瑞西阿的鬼魂向奧德修預言他日後的遭遇，簡直是人物未來之事的一個綱目。荷馬的也是對答詩。中西方作家詩人把對答詩作為一種預言敘事手段，一是本土的傳統，一受外來影響，不可不加區別。

《西遊記》的人物對答詩還有幾處，也都帶敘事性，但與烏巢禪師那首不同，不是預言，而是補敘，功能又有了變化。例如第三十八回烏鴉國王被妖精害了，妖精變他模樣當了國王。太子心中疑惑，孫悟空指點他去問娘娘便知。太子果然去問了，其母就以詩作答：

> 三載之前溫又暖，三年之後冷如冰。枕邊切切將言問，他說老邁身衰事不興！

再如第七十回妖精擄去了金聖皇后，朱紫國國王十分悲痛。孫悟空去救，又怕金聖宮不相信，問國王皇后別離時可曾留下什麼表記？國王乃以詩作答，把妖精賽太歲如何強迫他獻出金聖娘娘的情節告訴讀者：

> 當年佳節慶朱明，太歲凶妖發喊聲。強奪御妻為壓寨，寡人獻出為蒼生。更無會話並離話，那有長亭共短亭！表記香囊全沒影，至今撇我苦伶仃！

第三，以詩寫人物內心獨白。這類詩有個特點，多寫唐僧師徒在危難中相互思念之情。如第十六回孫悟空無法救唐僧，立於山上悲啼，他對唐僧的思念是以詩表達的：

> 自從秉教入禪林，感荷菩薩脫難深。保你西來求大道，相同輔助上雷音。只言平坦羊腸路，豈料崔巍怪物侵。百計千方難救你，東求西告枉勞心！

又如第四十一回唐僧被紅孩兒抓去，孫悟空又被紅孩兒煙火薰壞了眼睛，沙僧攙著悟空在松林之下坐定。悟空想念師父，止不住淚滴腮邊：

> 憶昔當年出大唐，岩前救我脫災殃。三山六水遭魔障，萬古千辛割寸腸。托缽朝餐隨厚薄，參禪暮宿或林莊。一心指望成功果，今日安知痛受傷。

再如第六十五回唐僧後悔不聽孫悟空的話，致被妖怪捉去。他在洞中半夜哭道：

> 自恨當時不聽伊，致令今日受災危。金鐃之內傷了你，麻繩捆

> 我有誰知。四眾遭逢緣命苦，三千功行盡傾頹。何由解得迍邅難，坦蕩西方去復歸！

中國古典長篇小說多以語言、動作、肖像寫人，純心理描寫並不多，與西方小說不同。中國的古典長篇小說遇上寫人物內心獨白時，往往以詩出之，又與西方小說有別。中國小說用詩寫內心獨白是受中國戲曲的影響。《西遊記》中的詩有內心獨白的功能，源於戲曲。

第四，寫小昆蟲的詩多為佳作，堪供欣賞。這是中國幾部古典長篇名著絕無僅有的題材，《西遊記》這種寫法可謂「空前絕後」。如孫猴子變蜜蜂兒、花腳蚊子、蟭蟟蟲兒、啄木蟲兒、麻蒼蠅兒、促織兒、蝴蝶兒，均用詩來寫。把這些小生動寫得活靈活現，既寫出其體態特徵，有的詩又點出是猴子變的。不妨援引幾首以供讀者玩味。

> 擾擾微形利喙，嚶嚶聲細如雷。蘭房紗帳善通隨，正愛炎天暖氣。只怕薰煙撲扇，偏憐燈火光輝，輕輕小小忒鑽疾，飛入妖精洞裡。（第二十一回寫花腳蚊子詩）

> 翅薄舞風不用力，腰尖細小如針。穿蒲抹草過花陰，疾似流星還甚。眼睛明映映，聲氣渺瘖瘖。昆蟲之類惟他小，亭亭款款機深。幾番閒日歇幽林，一身渾不見，千眼莫能尋。（第三十二回寫蟭蟟蟲兒詩）

> 一雙粉翅，兩道銀鬚。乘風飛去急，映日舞來徐。渡水過牆能疾俏，偷香弄絮甚歡娛。體輕偏愛鮮花味，雅態芳情任卷舒。（第八十九回寫蝴蝶兒詩）

第五，以詩入小說的寫法已有一套模式。大體上是先寫環境，次寫人物，再寫打鬥。在打鬥中又常插入自我介紹與誇耀手中兵器，用若干詩組成一個行動單元。如第二十二回寫豬八戒與妖精（即後來成為唐僧三徒弟的沙僧）相鬥，先寫流沙河，次寫妖精出現，再寫二人相鬥，在打鬥間又插入妖精「自報家門」，自誇手中寶杖。一共用了七首詩，組成豬八戒與妖精打鬥的一個行動單元。《西遊記》這套模式說明小說的詩已成為敘事的一個組成部分，這是《三國演義》、《水滸傳》的發展。

為什麼《西遊記》中的詩比《三國演義》、《水滸傳》多？好詩也多？這與作者的文學修養有關。吳承恩「性敏多慧，博極群書，為詩文下筆立成」(《淮安府志人物志》)。其次，這與《西遊記》的特定的題材有關。《西遊記》是人神結合的神話小說，從神話角度說，它包括佛教與道教兩大系統的人物，它還寫人間的生活，因此人物形象極多。幻境中的佛、仙、怪、獸又多善於變化，譬如白骨精就一變為小女子，二變為老婆婆，三變為老公公。如同古希臘神話，《西遊記》大量使用了變形手法，人物形象就更多了。《西遊記》的景物也很多，天堂地獄，西方極樂世界，大唐東土，西域奇邦異國，各有各的景物，令人目不暇接。《西遊記》的打鬥場面，多於《三國演義》、《水滸傳》。孫悟空大鬧天宮，唐僧師徒取經九九八十一難，幾乎處處是打鬥。《西遊記》的人物、景物、打鬥均比《三國演義》、《水滸傳》多，而作者凡寫人物多有詩，凡寫變化多有詩，凡寫環境多有詩，凡寫打鬥多有詩，凡寫兵器多有詩，乃至寫昆蟲亦有詩。所以《西遊記》的詩就多於《三國演義》、《水滸傳》了。這裡還要補充一句，神話的題材大大促進了作者的想像思維能力。神話出詩，古希臘如此，古印度如此，中國明代的神魔小說《西遊記》亦如此。這是中外文學的共性。所不同者，西方很早有荷馬史詩，古印度很早有《摩訶婆羅多》和《羅摩衍那》，那是因為西方和印度的神話發達。中國孔子不語怪力亂神，司馬遷在《史記》中又排斥神話，中國史傳文學傳統壓倒了神話，故我們的神話小說晚起。但中國的《西遊記》可讀性強，天地人三界人物栩栩如生，又得益於本土的史傳文學敘事傳統，而且是拜了印度文學為師的原故。

中國的長篇小說到了《金瓶梅》就發生了變化，不寫歷史神魔而轉寫人情世態，即魯迅所謂「世情小說」。世情小說仍然有很多詩，但題材變了，改寫都城風貌市井民俗家庭秘事。《金瓶梅》的詩就有這個新特點。而且多用長詞，如第十五回寫燈市，四十二回寫煙火，六十五回寫出殯，七十一回寫朝儀。短詩不夠用了；又因為寫市民娛樂生活，所以曲辭也多起來，例如七十一回何千戶宴請西門慶，三個小廝唱了十六首曲子。曲辭的內容也變了，不是貴族士大夫的趣味，而是表現市民心態，如九十三回陳經濟淪為馬路上的打更人所唱十首曲子便是。《三國演義》、《水滸傳》不曾出現陳經濟這樣的市民，書中人物也不會唱這些曲子。

《金瓶梅》最有特色的詩就是「性交詩」。這是先前的幾部小說從未有過的，故謂之曰「特色」。雖然全書寫男女性器官、性交、口交、肛門交的詩只有十九首（分別見諸四、六、十二、十七、二十八、二十九、三十七、三十八、五十九、七十二、七十八、八十二、九十三、九十七等回），在八百多首詩中僅占極少數，但十分引人注目。這些「性交詩」與戲曲《西廂記》、《牡丹亭》的含蓄寫法截然不同，除十九、七十二、九十七回的三首用了隱喻手法，其他十六首就如拍照，十分自然主義。若問其有何價值，或可使讀者從中看見暴發戶市民家庭私生活的內幕，由此聯想到帝王公侯私生活更有甚之的靡爛。中國幾千年的封建社會竟沒有留下一部暴露帝王貴族的《金瓶梅》，可見封建貴族階級封鎖消息之密，諱言本階級醜惡現象之深，對此除因無從比較而使人們深為感嘆之外，大概沒有什麼其他意義了。其中二十九、三十七、七十八回的三首很長，用「水戰」、「交戰」戲擬性交，寫法有所變化。美國當代比較文學家浦安迪認為這是作者故意拉開距離，淡化讀者感情色彩，起反諷效果（見浦著《明代小說四大奇書》）。

《金瓶梅》有一些詩是寫女性的，其中寫武松殺潘金蓮那兩首值得注意。它與《水滸傳》客觀的筆法不同，重點不寫武松而寫潘金蓮。其中一首前半部分沿襲《水滸傳》宋江殺閻婆惜的詩，後半部分卻表示了憐憫同情傾向。不妨將二書這些段落加以比較：

> 手到處青春喪命，刀落時紅粉亡身。七魄悠悠，已赴森羅殿上；三魂渺渺，應歸枉死城中。緊閉星眸，直挺挺屍橫席上；半開檀口，濕津津頭落枕邊。從來美興一時休，此日嬌容堪戀否。（《水滸傳》二十一回宋江殺閻婆惜詩）

> 那婦人見頭勢不好，卻待要叫，被武松腦揪倒來，兩隻腳踏住他兩隻肐膊，扯開胸脯衣裳。說時遲，那時快，把尖刀去胸前只一剜，口裡銜著刀，雙手去挖開胸脯，摳出心肝五臟，供養在靈前；肐查一刀，便割下那婦人頭來，血流滿地。（《水滸傳》二十六回武松殺潘金蓮詩）

我們再來看看《金瓶梅》寫武松殺潘金蓮的兩首詩，重點不同，感情色彩也不同：

> 但見手到處，青春喪命。刀落時，紅粉亡身。七魄悠悠，已赴森羅殿上。三魂渺渺，應歸枉死城中。星眸緊閉，直挺挺屍橫地下。銀牙半咬，血淋淋頭在一邊離。好似初春大雪，壓折金錢柳。臘月狂風，吹折玉梅花。這婦人，嬌媚不知歸何處，芳魂今夜落誰家。

> 堪悼金蓮誠可憐，衣服脫去跪靈前。誰知武二持刀殺，只道西門綁腿頑。往事堪嗟一場夢，今身不值半文錢。世間一命還一命，報應分明在眼前。

這「堪悼金蓮誠可憐」一句，施耐庵絕對寫不出來。《金瓶梅》作者對那群亦奴亦獸亦人的女性又暴露又譴責又同情又憐憫的雙重態度值得注意，這是《三國》、《水滸》都沒有的思想。他寫武松殺嫂那段文字，力氣全用在「武松這漢子，端的好狠也」兩句話上。與其說作者譴責潘金蓮，毋寧說譴責武松的殘忍。聯繫到《水滸傳》宋江殺閻婆惜、武松殺嫂、楊雄在山上殺妻、盧俊義把妻子擒拿了押上梁山慢慢去殺的血淋淋的可怕，《金瓶梅》的婦女觀比《水滸傳》進步多了。

現在我們要談到《紅樓夢》了。《紅樓夢》的詩在好幾個方面優勝於先前的長篇小說。首先，它用詩寫女性人物的肖像是極成功的，如第三回寫林黛玉「兩彎似蹙非蹙籠煙眉，一雙似喜非喜含情目」，先前的長篇小說有這樣傳神的女性詩嗎？其次，它用詩寫女性人物的感受也是極成功的，如第二十七回林黛玉的〈葬花辭〉，特別是那「一年三百六十日，風刀霜劍嚴相逼」兩句，這獨特的痛苦，也只屬於林妹妹個人。第三，它用詩概括女性人物一生的本領也是極高的，如七十六回「冷月葬詩魂」就是林妹妹一生的寫照。第四，它有極好的寫景詩，如第一回賈雨村對月詠懷七絕「時逢三五便團圓，滿把清光護玉欄。天上一輪才捧出，人間萬姓仰頭看」，暗寓賈雨村強烈的抱負，又的確是寫滿月，詩中有哪個字不寫月呢？第五，它有極好的主題詩。第一回的〈好了歌〉及〈好了歌解〉充分點明了小說「夢」、「幻」主旨。你能從《三國》、《水滸》、《西遊》、《金瓶梅》中找出一首與小說內容扣得這麼緊的主題詩來嗎？第六，它有極好的暴露詩。如第四回那首膾炙人口的〈護官符〉，以民謠入小說而具有如此概括暴露力量者，在中國古典長篇小說中此詩堪稱空前。

然而，上述六點還不是曹雪芹的獨創。曹雪芹以詩入小說的獨創性是賦予詩以小說結構的嶄新功能。

在中國所有的古典長篇小說中，《紅樓夢》的結構是最新穎、最富於創造性的了。別的小說只有一個單一的情節結構。《紅樓夢》除了情節結構外，還有一個神話結構和情感結構。神話結構與情感結構是深層結構，情節結構是表層結構，是神話結構與情感結構的載體。

所謂「神話結構」，就是頑石的來歷、木石前盟、太虛幻境，相互關聯，形成結構、小說的故事，不過是它的敷演。它有的部分先用散文講述，復以詩概括之。有的部分直接以詩寫出。於是，所有這些詩就有了結構的意義。如〈青埂峰頑石偈〉「無才可去補蒼天，枉入紅塵若許年。此係身前身後事，倩誰記去作奇傳」就是賈寶玉故事的神話基礎。又如太虛幻境的《金陵十二釵》十四首判詞及《紅樓夢》十二支曲子就是小說全部主要人物故事的神話基礎。其中「飛鳥各投林」一首，更是全書故事的高度概括。曹雪芹寫《紅樓夢》是胸有成竹的，就表現在他所構思的這個神話結構上，換句話說，就表現在這些詩中。這些詩不是放在小說的結尾作為總結，而是放在小說的開頭作為提示，其結構性質十分明顯。倘若抽去了這些詩，作者的「胸有成竹」就落了空，高鶚也就失去了續書的依據，一部「紅學」的許多問題也就無從談起。

所謂「情感結構」，是指曹雪芹用一種主導的情感去支配他的筆。這個「情感結構」，如同「神話結構」寫法，先以散文講述，又以詩概括之。用散文講述的就是第一回第一段文字，概括起來是四個字：悔、讚、夢、幻。「悔」是作者的反思，「讚」是讚美女性，「夢」與「幻」是作者提醒讀者此乃書的「主旨」。以詩再加以概括的就是第一回的〈題石頭記〉「滿紙荒唐言，一把辛酸淚。都云作者痴，誰解其中味」。此詩非同小可，這是《紅樓夢》所有的詩中最富於作者感情色彩的一首，乃是作者「悔」、「讚」、「夢」、「幻」的主導情感的最高概括。此外，還有第一回的〈好了歌〉及〈好了歌解〉。

以上說明，《紅樓夢》是由神話結構、情感結構、情節結構三個框架組成的。但還必須指出一點，即情感結構是基礎的基礎，因為作者洞明世事練達人情之後，終於在「椽茅蓬牖，瓦灶繩床」的晚景中明白了「假作真時真亦假，無為有處有還無」的真理，他是在大徹大悟之下才產生出神話結構與情節結構的構思。若以圖表示，《紅樓夢》的複合結構如下：

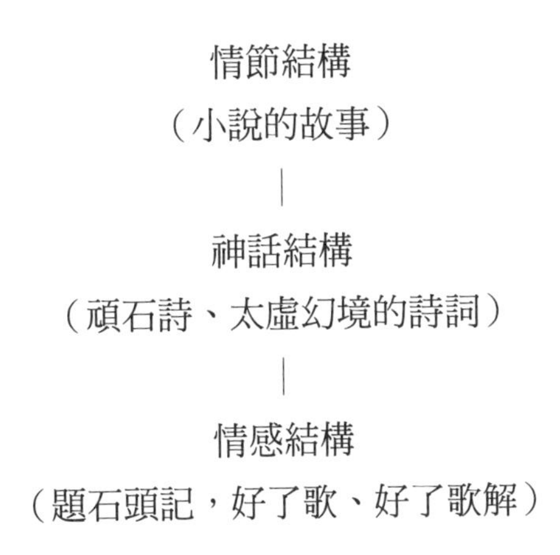


《紅樓夢》的三種結構渾然一體，巧奪天工，是世界文學上最偉大的結構小說。西人素有神話結構文學的傳統，西方現代文學又向神話回歸。但在十八世紀絕難找出一部小說與《紅樓夢》匹敵。二十世紀的小說如《尤利西斯》是神話崇高的反面。至於《紅樓夢》以詩作為小說結構中的結構，更為西方文學所從未見有。請看，中國古典長篇小說中的「詩」的功能到了《紅樓夢》便發生了如此嶄新的變化，能說不是曹雪芹的獨創嗎？

但是，有趣的是，曹雪芹並沒有意識到小說的詩的結構價值，他只是說「至於幾首歪詩，也可以噴飯供酒」（第一回）。在中國傳統詩學中，從來是言志說一統天下，緣情說已被排斥，詩的敘事功能說，除了鍾嶸、白居易少數人提倡外，更少有人提及。用詩來作結構，是「詩」與「長篇小說」結合後的新現象，也只有《紅樓夢》一部。曹雪芹也好，一部中國古典詩學也好，都沒有對此作出理論上的總結。況且，形象大於思維，作家寫下來的文字，未必都能理解其意義與價值，這是古今中外文學上常有的事。西方的解構主義及接受美學，更把這種現象解釋得言過其實。羅蘭·巴特得出「作者死了」的論斷。曹雪芹做了前人從未做過的事而不自知，正說明一部偉大作品的價值，需要後人不斷繼續去發現。

《紅樓夢》二百六十八首詩多為曹雪芹所作，只有二十九首屬於高鶚的續書。高鶚的詩並不好，其中一百一十八回「勘破三春景不長」一首是抄曹雪芹的。第一百二十回那首「說到辛酸處，荒唐更可悲。由來同一夢，休笑世人痴」，從曹作化出，簡直與曹雪芹唱反調，是貶曹的。

綜上所述，「詩」在中國古典長篇小說中的不同作用就是如此。它變化發展，千姿百態。《三國演義》的詩用於評論，雖是「言志」，但首開先河，功不可沒。《水滸傳》的詩用於描寫，吸收了「賦」的手法。《西遊記》用詩寫對話，寫人物心理，又形成一套模式，已成為敘事的一個組成部分。《金瓶梅》是市民寫實文學，故多曲辭及描寫都市景象的長詞。其出現了前所未見的「性交詩」，乃反映了明朝中後期由貴族披及市民的頹風。魯迅在《中國小說史略》中已作精闢分析。《紅樓夢》的詩的功能已遠遠超出言志、緣情、敘事的範疇，而起結構作用。其客觀條件是因為自明代以後，「詩」已與「長篇小說」結合，小說中的「詩」具有雙重性質，既屬詩的範疇又從屬於小說。

中國近代文學以降，流行了幾百年之久的以詩入長篇小說的文學現象基本上已成過去。這是中國小說家文體意識覺醒的表現。首先摒棄以詩入小說者，或許是清代的吳敬梓，其《儒林外史》只有四首詩詞（分別見諸一、七、二十五、五十五回）。正如西方現代文學，罕有再用詩去寫小說，中國現代文學，也少見以詩入小說了。但是，我們以詩入小說的傳統並沒有完全消亡，一九四九年前後的小說，新時期及後新時期的小說，都還有餘跡。所入之詩，至少有一點已與古典小說不同，就是多了西方詩（如郁達夫的《沉淪》）。把民謠寫入小說而近似《護官符》者，則有賈平凹的《廢都》。香港作家梁錫華的長篇小說《獨立蒼茫》（1985）全書引用古典詩詞達六十九次之多，多用於渲染男女主人公的戀愛心理。夏志清先生認為此小說「同中國舊文學有血緣關係」。由於中國是一個泱泱詩國，故有以詩入小說的民族形式，如何對待這筆文學遺產，是一個值得探討的題目。

# 陸
# 自然主義、感傷主義對茅盾和巴金的影響

中國現代長篇小說的崛起有一個顯著的特點：理論先行，創作後起。茅盾作為現代長篇小說的創始人之一，他的創作道路就是這樣。茅盾是把泰納和左拉的理論引入中國文壇的第一個人。一九二二年他作《文學與人生》，就介紹了泰納的文學三要素說，提出文學受「人種」、「環境」、「時代」以及「作家的人格」（這最後一點是茅盾的見解）的影響，並提倡用泰納的觀點來觀察中國文學。他說：

> 以上是西洋人的評論，中國古來雖沒有這種議論，但是我們看中國文學，也拿這四項以根據。

在寫作方法上，茅盾強調文學應客觀主義地表現人生，應「沒有一毫私心，不存一些主觀」。又說：「譬如人生是個杯子，文學就是杯子在鏡子裡的影子。」這些看法都說明他受自然主義思潮的影響。

茅盾首倡自然主義，首倡學習左拉。一九二二年他作〈自然主義與中國現代小說〉一文，其中說：

> 中國現代小說應起一種自然主義運動。自然主義是經過近代科學的洗禮的；他的描寫法、題材，以及思想，都和近代科學有關係。曹拉的巨著《魯孔．瑪加爾》，就是描寫魯孔．瑪加爾一家的遺傳，是以進化論為目的。我們應該學習自然派作家，

> 把科學上發現的原理應用到小說裡，研究社會問題、男女問題、進化論種種學說。曹拉等人主張把所觀察的照實描寫出來。曹拉這種描寫法，最大的好處是真實與細緻。[1]

這一年，中國文壇上發生了一場要不要提倡自然主義的爭論。茅盾是堅決站在提倡者一邊的。周贊襄寫信給茅盾說，自然主義是世紀末的灰色文學，讓人不見光明。茅盾回信說：

> 人類不願暴露自己的弱點，一是怙惡，二是怕痛，自然主義專一揭破醜相而不開希望之門給青年，在理論上誠然難免有意外的惡果——青年的悲觀，但是在實際上，生當世紀末的已覺悟的青年，一雙眼睛是明亮的，人間的醜惡，他自己總會看見，沒有自然主義文學，難道他真能不知人間有醜惡麼？[2]

這段話的主旨還是為了捍衛自然主義。在〈「左拉主義」的危險性〉中，茅盾又說：

> 自然主義的真精神是科學的描寫法。見什麼寫什麼，不能在醜惡的東西上面加套子，這是他們共通的精神。我覺得這一點不但毫無可厭，並且有恆久的價值；不論將來藝術界裡有多少新說出來，這一點終該被敬視的。

一九三四年茅盾在〈答國際文學社問〉一文中說：

---

1 茅盾：〈自然主義與中國現代小說〉，見《文學研究會資料》上（鄭州市：河南人民出版社，1985年），頁101、103、104。

2 〈復周贊襄〉，《小說月報》第13卷第2號。

> 大概是一九二〇年罷，我開始叩「文學」的門。……我自己在那時候是一個「自然主義」與舊寫實主義的傾向者。

所謂「舊寫實主義」是茅盾後來加上去的，在二十年代，可沒有這個詞兒，他介紹的就是自然主義，就是左拉。

茅盾極強調把「科學上發現的原理」寫入小說，左拉也是這樣主張的。左拉在《實驗小說論》中就極強調用小說來「實驗」理論，他說，作家不僅是觀察者，也是實驗者，小說家將觀察得到的結論，寫入小說中去，小說就是他的實驗場地，通過小說以證明他的結論的正確。

左拉和茅盾都強調把科學理論變成小說。不過，左拉提倡的科學理論是屬生物學範疇，茅盾的科學理論是屬社會學範疇。茅盾是第一個把毛澤東思想變成小說的人。他說：

> 在我病好的時候，正是中國革命轉向新的階段，中國社會性質論戰進行得很激烈的時候，我那時打算用小說的形式寫出以下的三個方面：（一）民族工業在帝國主義經濟侵略的壓迫下，在世界經濟恐慌的影響下，在農村破產的環境下，為要自保，使用更加殘酷的手段加緊對工人階級的剝削；（二）因此引起了工人階級的經濟的政治的鬥爭；（三）當時的南北大戰，農村經濟破產以及農民暴動又加深了民族工業的恐慌。……這樣一部小說，當然提出了許多問題，但我所要回答的，只是一個問題，即是回答了托派：中國並沒有走向資主本義發展的道路，中國在帝國主義的壓迫下，是更加殖民地化了。……在這樣的基礎上產生了中國民族資產階級的動搖性，當時，他們的「出路」是兩條：（一）投降帝國主義，走向買辦化；（二）與

封建勢力妥協。[3]

你看，茅盾就是這樣地把毛澤東思想寫進小說中去的，《子夜》就是「實驗」場地，以證明結論的正確。十分重要的是，茅盾在書寫成之後，多次談到「寫作意圖和實驗」在哪些方面「比較接近」，哪些方面「寫到後來，只好放棄」，使《子夜》「半肢癱瘓」[4]。換句話說，是哪些「實驗」對了，哪些錯了，就是用小說「實驗」理論，並通過「實驗」驗證寫作的成功與失敗。

茅盾的「科學理論」對不對？對的。寫入小說去寫得好不好？好的。而左拉就是茅盾的啟蒙老師。在外國，左拉早已把「科學理論」變成小說了。左拉是失敗了，因他那套「科學」是假的，況且他對遺傳學也不通，他用之去解釋人與社會也行不通。但茅盾成功了，因為毛澤東對中國社會的性質的分析是正確的。茅盾「拿來」了左拉的方法，但沒有接受他的偽科學。

至於在小說藝術上，左拉是比較成功的，茅盾是更為成功的，左拉小說中有「真實與細緻」，而茅盾小說中還有典型人物（不是說左拉小說中沒有，但茅盾寫得更好），這是得益於中國文學的好傳統——我們一貫重視人物塑造。茅盾用真科學的眼睛去看中國社會，也比左拉看法國深刻得多。至於《子夜》的缺點，茅盾自己也總結出來了，不是把毛澤東思想引入小說的做法錯了，而是沒把工人、農民、革命者寫好，因他不太熟悉。比較起來，《子夜》寫吳蓀甫那個圈子的人物當然更為成功。

茅盾也說到《子夜》具體的寫作方法受左拉的影響：

---

3 茅盾：〈《子夜》是怎樣寫成的〉，《中國現代作家談創作經驗》上（濟南市：山東人民出版社，1982年），頁86-87。

4 茅盾：〈再來補充幾句〉，《中國現代作家談創作經驗》上（濟南市：山東人民出版社，1982年），頁91-92。

> 本書的寫作方法是這樣的：先把人物想好，列一個人物表，把他們的性格發展以及聯繫關係等等都定出來，然後再擬出故事的大綱，把它們分章分段，使它們聯接呼應。這種方法不是我的創造，而是抄襲別人的。[5]

所謂「抄襲別人」，不僅指巴爾扎克，尤其指左拉。左拉在《盧貢——馬加爾家族》成書前已精心設計出那幅有名的「盧貢——馬加爾族世系分支圖表」，寫出全書的「總序」，每部小說有「提綱」，如《萌芽》的「提綱」所說「這部小說是描寫雇佣工人起義的。社會經受了一次強烈的震撼衝擊。一言以蔽之，是勞資之間的鬥爭。作品的全部意義就在於此。按照我的構思，該書預示著將來，提出了二十世紀至為重要的問題。」

瞿秋白曾指出《子夜》明顯受左拉的影響。他說：

> 這是中國第一部寫實主義的成功的長篇小說。帶有很明顯的左拉的影響（左拉的《Largent》——《金錢》）。[6]

不過，瞿文並沒有說到點子上。茅盾接受左拉的影響的最重要之點是把科學的原理應用到小說裡，這才是最最重要的。茅盾是中國小說家中第一個成功地把毛澤東思想應用到小說裡的作家。

寫小說不是寫科學論文，這道理茅盾是知道的吧。但茅盾是屬於這一類作家：即十分重視革命理論對創作指導意義的一類作家。若要宏觀地、深刻地把握時代社會人生，則應有正確理論指導，茅盾認為

---

5　茅盾：〈《子夜》是怎樣寫成的〉，《中國現代作家談創作經驗》上（濟南市：山東人民出版社，1982年），頁88。

6　瞿秋白：〈《子夜》和國貨年〉，見《茅盾研究資料》中（北京市：中國社會科學院，1983年），頁226。

這是極重要的。有了科學的社會理論，有了豐富的人生經驗，有了高明的寫作技巧，三結合便能產生佳品。至少，中國有一部分作家是持這個信念。

應該說，茅盾對左拉的態度是「拿來主義」的態度，他沒有拿來左拉的遺傳學，也沒有拿來左拉的實驗醫學，也沒有拿來客觀主義，而是拿來了自然主義「把科學的原理應用到小說裡」，而且取得了成功。在世界現代文學中，不是有不少作家也把馬列主義、佛洛伊德學說、語言學說運用於小說而取得成功的嗎？

由於受到「左」的思想影響，茅盾後來對自己提倡自然主義總不敢理直氣壯肯定，或持半否定態度，或百般解釋，或羞羞答答承認。總之，他自己也放出了一陣理論上的迷霧，理論界不少人也跟著他走，也總不敢充分肯定茅盾借鑑左拉的特色，指出他其實改造了自然主義，把中國革命理論與文藝創作結合起來，而且成功了。

左拉對巴金也有重大影響。左拉是巴金寫作的引路人，這是巴金自己說過的。巴金說他在左拉的啟發下「學會了寫小說」，特別是系列小說。巴金曾相當詳細地回憶他在法國如何如飢似渴地閱讀左拉作品並受其啟發而寫系列小說的經過：

> 有一次他（巴金一位安徽友人——筆者）談起根據左拉的同名小說改編的《酒館》，……我以前讀過兩三本左拉的小說，這時又讓朋友的談話引起了興趣，下一天我就到格南書店去買了《酒館》，……我在飯廳樓上我那個房間看完了它。我接著還看過左拉的另外兩部作品《萌芽》和《工作》（那兩部小說的主人公就是柔爾瓦絲的兩個私生子）。因此我一連幾天向朋友介紹左拉的連續性的故事。安徽朋友不久以前才讀過我的小說稿本。便帶笑問我：是不是也想寫有連續性的小說。他也許是開玩笑，然而對我卻是一個啟發。這以後我就起了寫《新生》的念頭。……

> 後來我從沙多——吉里到了巴黎，在巴黎住了一個時期，又看了好幾本左拉的小說，都是收在《盧貢——馬加爾家族》這套書裡面，講兩家子女的故事的。……我當時忽然想當左拉，擴大了我的計畫，打算在《滅亡》前後各加兩部，寫成連續的五部小說，連書名都想出來了……
>
> 我在貧困區裡的中國飯館吃飯，在風景優美的「美景旅館」五層樓上一個小房間裡讀（其實是在「看」）左拉的《盧貢——馬加爾家族》，整套書中的二十部長篇我先後讀了一半以上，在馬賽我讀完了它們。我不相信左拉的遺傳規律，也不喜歡他那種自然主義的寫法，可是他的小說抓住了我的心，小說中那麼多的人物活在我的眼前。我不僅一本接一本熱烈地讀著那些小說，它們還常常引起我的「創作的欲望」[7]。

巴金在〈談《秋》〉一文中還說過一段十分重要的話，這裡也引錄如下：

> 我二十三、四歲的時候，有兩三個月一口氣讀完了左拉描寫魯貢——馬卡爾家族興衰的二十部小說。我崇拜過這位自然主義的大師。

茅盾與巴金的風格迥然不同，茅盾寫「性」，巴金不寫；茅盾是冷靜地分析，巴金是熱烈地抒情；茅盾是「帶了『要寫小說』的目的去研究『人』，巴金是為了寫人才去寫小說；茅盾的創作有一套理論指導，巴金絕無。巴金還聲明他「不相信左拉的遺傳規律，也不喜歡他那種自然主義的寫法」，那麼左拉對巴金的影響具體表現在哪裡呢？

---

7　巴金：〈談《新生》及其它〉，《巴金研究資料》（福州市：海峽文藝出版社，1985年），上卷，頁244。

左拉對巴金的影響之一，是他那「連續性的故事」形式吸引了巴金，促使巴金也寫「連續性的小說」。如果說茅盾擅寫「系列小說」或許受左拉啟示，巴金作為「三部曲」的長篇小說大師，他尤其擅寫「系列小說」，並肯定接受了左拉的啟示。「系列小說」在西方是十九世紀巴爾扎克之後盛行的一種小說形式，這種形式可以裝下更多的歷史內容，在中國，巴金是這種小說形式的創立者，是巴金把小說的這種新品種引進中國文壇。

左拉對巴金的影響之二，是這位法國作家寫「家族」變遷的本領使巴金佩服。左拉以一個家族的興衰來反映第二帝國的興衰，以眾多的人物故事來反映一個時代。故事有始有終，人物塑造也富於真實感，使初學寫作的巴金心嚮往之。巴金說左拉的家族小說「抓住」了他的心，「那麼多的人物」活在他眼前，使他讀了就放不下，能一口氣讀完二十部連環小說。巴金寫《激流三部曲》，也以一個家族的興衰來反映一個時代的變化，也寫了眾多的人物，人物故事也有連貫性，巴金寫「家族」小說的方法明顯得益於左拉。

左拉對巴金的影響之三，是擴大了巴金選材的視野，改變了巴金的抒情風格。左拉曾作《萌芽》，巴爾扎克受時代條件限制寫不出來的工人大規模罷工鬥爭的題材，他成功地寫出來了。巴金曾驚嘆左拉在《萌芽》中把勞資對立寫得「何等有力，何等怕人」。在左拉影響下，巴金在三十年代初期曾用「另一種筆調」創作了兩部寫礦工血淚生活的小說《砂丁》及《萌芽》（後改為《雪》）。巴金說：

> 我在《砂丁》序中曾表示過想寫一部像左拉的《萌芽》那樣龐大的作品，但我沒有那種魄力。這部《雪》比起左拉的小說來，是太渺小、太渺小了。[8]

---

8　巴金：〈《雪》序〉，《巴金研究資料》（福州市：海峽文藝出版社，1985年），上卷，頁295。

《雪》明顯受《萌芽》影響。不僅在描寫礦區的擬人化手法方面，尤其在作品的結局方面。《萌芽》寫工人罷工雖失敗，但「誓報前仇的工人大軍，他們在土地之內慢慢萌芽」。《雪》的結尾寫工人罷工雖被鎮壓，但「種子已經落在地下」，都作了光明的預言。

左拉對巴金的影響之四，是在人格方面。巴金「尊敬他的光輝的人格」。左拉不僅是著名作家，還是著名的民主鬥士。一八九四年，法國軍界誣告猶太血統的法國軍官德萊福斯（1859-1935）是德國間諜，出賣國防機密，判他無期徒刑，借此掀起反猶運動，鼓動對德戰爭。不久事實證明錯判，但當局堅拒重審，引起國內強烈不滿。左拉挺身而出，於一八九八年一月在《黎明報》上發表致法國總統菲力克斯·佛爾的公開信〈我控訴〉，抨擊當局迫害德萊福斯。左拉的行動激怒了反動軍界，一批軍官聯名寫信攻擊左拉，叫嚷「軍隊萬歲，消滅左拉」。一八九八年二月，陸軍部長向政府控告左拉。左拉在法庭上慷慨陳詞，說「我不願看到我的祖國活在謊言和不義之中，你們可以在這裡判我的罪，但是總有一天，法蘭西將會感謝我曾努力來拯救它的榮譽。」左拉的勇氣與正義行為使巴金大受感動，巴金在解放前與舊社會作鬥爭時一再引用左拉的名言「我控訴」來表示自己的鬥志。在這方面，巴金儼然是以左拉自許的。他說：

> 我要像躺臥在巴黎國葬院裡的一代的巨人左拉那樣向著這垂死的社會發出我的最後的呼聲，J' accuse（〈我控訴〉）。[9]

> 它使我更有勇氣來宣告一個不合理的制度的死刑，來向一個垂死的制度叫出我的 J'accuse（〈我控訴〉）。[10]

---

9 巴金：〈《春天裡的秋天》序〉，《巴金研究資料》（福州市：海峽文藝出版社，1985年），上卷，頁260。

10 巴金：〈《家》序〉，《巴金研究資料》（福州市：海峽文藝出版社，1985年），上卷，頁375。

> 對於那危害正義危害人道的暴力我發出了我的呼聲：「我控訴！」（J' accuse）。[11]

我們講自然主義對茅盾及巴金的影響，主要是講左拉。左拉的自然主義理論與創作實踐是有些矛盾的，理論越到後來越是自然主義的，《盧貢——馬加爾家族》則基本上還是批判現實主義的。左拉的自然主義理論也有合理的、正確的一面，而且是發展的。誠如茅盾說的有其「真精神」在。左拉與巴爾扎克也不是水火不相容，左拉在一些重要方面丟掉了巴爾扎克傳統，但在一些方面又繼承了巴爾扎克。這些，只要系統地看看他的小說理論、戲劇理論便知。說茅盾與巴金受自然主義與左拉的影響，不會使中國的作家丟臉，何況自有他們的言論為證。至於茅盾、巴金與左拉的思想、時代都有不同，茅盾與巴金的小說自有獨立的風格與民族特色，是不必贅言的。

下面談談感傷主義對茅盾、巴金的影響。這個問題須從近代談起。翻譯是外來影響的媒介。一八九八年，林紓譯了小仲馬的小說《巴黎茶花女遺事》[12]，這是第一部傳入中國的外國作品。中國人知有外國小說，從此開始。一九〇五年，林紓又譯了英國哈葛德的小說《迦茵小傳》，這是繼《巴黎茶花女遺事》之後在中國最吸引人的一部愛情小說。迦茵與亨利相戀，並已有身孕。亨利父母嫌貧愛富，強迫亨利與債主女兒成親。迦茵為保全亨利的名節，隻身遠避倫敦，在一家服裝店做模特兒，最後不得已嫁給鄉村土豪，又被他誤殺身亡。

---

11 巴金：〈《控訴》前記〉，《巴金研究資料》（福州市：海峽文藝出版社，1985年），中卷，頁99。

12 小仲馬先寫小說，是悲劇，阿芒之父反對兒子與茶花女之婚事，茶花女遂不告而別，後病死。阿芒起先誤會茶花女係水性楊花之女子，後發現她死後遺下的日記書信，後悔莫及。後小仲馬又改編為戲劇，是喜劇，阿芒之父終於覺悟，向茶花女謝罪，阿芒來到她榻邊，她含笑死於阿芒懷中。國內一些文章錯將劇情代替小說之情節，其實兩者頗有區別。

迦茵善良美麗，深情高義，為亨利作了極大犧牲，讀者為之垂淚。一九二一年，郭沫若譯了德國施托姆（1817-1888）的《茵夢湖》（1852），描述伊西莎白與萊因哈德自幼青梅竹馬，結下情緣，伊母嫌貧愛富，後將女嫁與富人，這對情人不作反抗，抱恨終生。一九二二年，他譯了歌德的《少年維特之煩惱》。這些小說，都是感傷的，言情的，悲哀的，都源於十八世紀的感傷主義，可稱之為泛感傷主義小說。

這些作品，首先是震撼了中國的民心。《巴黎茶花女遺事》一出，「一時紙貴洛陽，風行海內」（寒光《林琴南》）。嚴復有詩云：「可憐一卷《茶花女》，斷盡支那蕩子腸」（嚴復一九〇四年出都留別林紓詩）。《茶花女》至少有八種版本，還有仿作。林譯《迦茵小傳》出版後，受封建衛道士攻擊，指責他不該譯後半部，讓中國讀者知迦茵有一私生女，都罵她不是好女子。魯迅曾為林辯護，認為全譯對。迦茵有私生女，並不降低她的價值。郭沫若譯《少年維特之煩惱》對「五四」後中國青年知識分子影響更大。茅盾曾寫入《子夜》，大家還記得雷參謀（雷鳴）和吳少奶奶（林佩瑤）在客廳告別那一幕嗎？雷鳴要林保存兩人共讀的《少年維特之煩惱》，書中還夾一朵枯了的白玫瑰。

民心共鳴在先，文心共鳴在後。很有意思的是，首先是「鴛鴦蝴蝶派」接受了這種外來影響。一九一二年，徐枕亞的駢文長篇小說《玉梨魂》出版，以後又再版數次，售出幾萬冊，香港、新加坡等地也翻印不絕。《玉梨魂》全書三十章，寫青年教師何夢霞和美貌寡婦白梨影相愛殉情的哀艷故事。白梨影病故，何夢霞東渡日本留學，然後回國，於一九一一年十月十日的武昌起義中為國捐軀。

值得注意的是，《玉梨魂》深受《巴黎茶花女遺事》的影響[13]，並繼承了西方感傷主義的積極主題——反封建及提出社會問題，又開創了新的愛情小說模式——革命＋戀愛。早在一九一九年，周作人已提

13 夏志清：〈《玉梨魂》新論〉，見臺灣《聯合文學》第12期。

出：「近時流行的《玉梨魂》，雖文章很是肉麻，為鴛鴦蝴蝶的祖師，所記的事，卻可算是一個問題。」[14]

《玉梨魂》所開創的「革命＋戀愛」的言情小說的模式，有辛亥革命時期的時代烙印。在大革命時期，中國一些進步青年同樣有類似的經歷。於是，由《玉梨魂》所開創的「革命＋戀愛」的小說模式，便在新文學的愛情小說中得到發揚。

先說茅盾的《蝕》。茅盾說：「我的第一次作品是長篇小說《幻滅》，接著又寫了《動搖》和《追求》，也是長篇。」又說：「當我寫這三部小說的時候，我的思想情緒是悲觀失望的。」這就是茅盾受感傷主義影響的思想基礎。

真正激發茅盾的創作熱情的，是其中的幾個「時代女性」的經歷。什麼經歷呢？就是「革命＋戀愛」。他說：「那時正是『大革命』的『前夜』。小資產階級出身的女學生或女性知識分子頗以為不進革命黨便枉讀了幾句書，並且她們對於革命又抱著異常濃烈的幻想，是這幻想使她們走進了革命，雖則不過在邊緣上張望。也有在生活的另一方面碰了釘子，於是憤憤然要革命了，她對於革命就是幻想之外再加一點懷疑的心情……她們給了我一個強烈的對照，我那試寫小說的企圖也就一天一天加強。」[15]

《蝕》的三部小說都可以用「革命＋戀愛」的公式加以概括，「革命」與「戀愛」是書中「時代女性」的兩根精神支柱，交替、互補地點燃著她們的生命之光。如果兩根支柱都垮了，生命也就沒有了光。茅盾對《幻滅》的自評說得很清楚：

主人公靜女士當然是一個小資產階級的女子，……她在中學時

14 周作人：〈中國小說裡的男女問題〉，見《每周評論》1919年2月2日。

15 茅盾：〈幾句舊話〉，見《茅盾論創作》（上海市：上海文藝出版社，1980年），頁3-4。

> 代熱心社會活動，後來幻滅，則以專心讀書為逋逃藪，然而又不耐寂寞，終於跌入了戀愛，不料戀愛的幻滅更快，於是她逃進了醫院；在醫院中漸漸的將戀愛的幻滅的創傷平復了，她的理智又指引她再去追求，仍要投身革命事業。……她先想做政治工作，她做成了，但是滅幻；她又幹婦女運動，她又在總工會辦事，一切都滅幻。最後她逃進了後方病院，想做一件「問心無愧」的事，……她的追求憧憬的本能再復活時，她又走進了戀愛。而這戀情的結果又是幻滅——她的戀人強連長終於要去打仗，前途一片灰色。[16]

但也有不同，《玉梨魂》開創的「革命＋戀愛」的模式變成了「革命＋性解放」。這是大革命時期一些進步青年與辛亥革命時期的一些進步青年的區別。《追求》中的章秋柳就是一例，她既嚮往革命，又嚮往肉感的狂歡，她要征服一切男性，又發誓重新做人。「戀愛」與「性解放」對她來說是同義詞。正如茅盾所指出的：

> 然而這就是煩悶的反映，在沉靜的空氣中，煩悶的反映是頹喪消極，在緊張的空氣中，是追尋感官的刺激。所謂「戀愛」遂成了神聖的解嘲。[17]

西方感傷主義小說把中下層社會的婦女寫得很美。小仲馬、哈葛德、歌德、斯托姆如此。徐枕亞在《玉梨魂》中對白梨影的描寫亦如此。茅盾對那幾個「時代女性」的寫法也如此。儘管她們是性解放者，但茅盾仍把她們寫得「可愛可同情」。茅盾自己說：

---

16 茅盾：〈從牯嶺到東京〉，見《茅盾論創作》（上海市：上海文藝出版社，1980年），頁33。。

17 茅盾：《蝕》，頁70。

> 並且《幻滅》、《動搖》、《追求》這三篇中的女子雖然很多，我所著力描寫的，卻只有二型：靜女士，方太太，屬於同型；慧女士、孫舞陽，章秋柳，屬於又一的同型。靜女士和方太太自然能得到一般人的同情——或許有人要罵她們不徹底，慧女士、孫舞陽，和章秋柳，也不是革命的女子，然而也不是淺薄的浪漫的女子。如果讀者並不覺得她們可愛可同情，那便是作者描寫的失敗。[18]

這就是感傷主義對茅盾的潛意識的影響了，因為美化女性正是它的一個特點，也許作者自己也未察覺到這種影響。由於作者當時的「悲觀失望」，由於對那幾位「時代女性」的「同情」，作者在寫她們時，感傷主義的筆調是有的，尤其是在《追求》中，那種自始至終都存在的纏綿幽怨處處可見。《蝕》可以說是感傷主義在中國長篇小說中的最早的代表作。茅盾是從感傷主義起步，走到自然主義去的。

茅盾之所以接受感傷主義，一有林紓翻譯的影響，二有《玉梨魂》「革命＋戀愛」模式的影響，三有同代人作品（如郭沫若的《一隻手》）的影響，四有他自己「悲觀失望」的主觀根源。在《子夜》中，感傷主義已為自然主義所代替，但仍留下痕跡，例如少奶奶看《少年維特之煩惱》；書中夾一朵乾枯的白玫瑰，寫少奶奶的筆調就有感傷主義；小說最後寫吳蓀甫徹底失敗，這時四小姐惠芳又要回鄉下去，吳蓀甫與惠芳的兄妹之情，尤其是四小姐惠芳的幽怨，更是以感傷主義筆調出之。

感傷主義對巴金的影響更大。西方感傷主義小說既寫悲劇也寫光明，這兩方面對巴金都有影響。感傷主義不同於批判現實主義，後者缺乏亮色而感傷主義則有光明色調。巴金「佩服」批判現實主義，但

---

18 茅盾：〈從牯嶺到東京〉，見《茅盾論創作》，頁31。

接受不了它的冷靜與嚴峻。一邊是感傷主義，一邊是批判現實主義，巴金的傾向無疑在感傷主義一邊。巴金有一段話說得最透徹：

> 關於《秋》的結尾，我曾想了好久。我也有過內心的鬥爭。有時候我決定讓覺新自殺，覺民被捕；有時氣我又反對這樣的結局。我常常想：為什麼一定要寫出這樣的結局呢？在近百年來歐美的文學作品裡像這樣的結局難道還嫌太少嗎？我讀過好多批判的現實主義的作品，裡面有不少傳世的佳作或不朽的巨著，作者暴露了資本主義社會的陰暗的現實，對不合理的人剝削人的制度提出了強烈的控訴，這些都是值得我佩服的。我知道他們寫出了真實，我知道那樣的社會，那樣的制度一定會毀滅。但是作為讀者，我受不了那接連不斷的黑漆一團的結尾。[19]

感傷主義與批判現實主義的不同正在於它的基調不同於批判現實主義那「接連不斷的黑漆一團的結尾」，在巴金小說中，同樣摒棄了它。

巴金嚮往光明，又找不到出路。他一方面說：「生活並不是悲劇。它是一個『搏鬥』。」[20]一方面又說：「三四十年前讀者就給我來信，要求指明出路，可是我始終在作品裡呼號，呻吟，讓小說中的人物絕望地死去，讓寒冷的長夜籠罩在讀者的心上。」[21]這種兩面性，就是他接受感傷主義的思想基礎了。而感傷主義作品正具有這種兩面性。

巴金的感傷主義情調尤其表現在對一批女性的描寫上。他說：「我寫梅，寫瑞玨，寫鳴鳳，我心裡充滿了同情和悲憤。我慶幸我把

---

19 巴金：〈談《秋》〉，見《中國現代作家談創作經驗》上（濟南市：山東人民出版社，1980年），頁232。

20 巴金：〈激流總序〉，見《中國現代作家談創作經驗》上（濟南市：山東人民出版社，1980年），頁203。

21 巴金：〈《家》重印後記〉，見《中國現代作家談創作經驗》上（濟南市：山東人民出版社，1980年），頁213。

自己的感情放進了我的小說，我代那許多做了不必要的犧牲品的年輕女人叫出了一聲『冤枉！』」[22]如同西方感傷主義小說女主人公的命運一樣，梅、瑞珏、鳴鳳也是以死殉情。感傷主義不排斥同情與悲憤，只是在這後面，是無可奈何的悲哀，巴金正是這種寫法。

巴金的感傷主義情調不僅表現在正面人物上，也表現在對應批判的人物的描寫上。他說：「我對自己批判的人物給了許多的同情，有時我因個人的感情改變了生活的真實。」這表現在對覺新的描寫上，也表現在高老太爺之死的描寫上。巴金筆下不少人物都受感傷主義情調支配，《家》中的梅表姐說：「我已經過了綠葉成蔭的時節，現在是走飄落的路了。」《秋》中的覺新說：「我的生命也像是到了秋天，現在是飄落的時候了。」連一向激進的、與祖父誓不兩立的覺慧，也在臨死的祖父床前著實傷感一番。

把巴金和感傷主義直接聯繫起來的人是托爾斯泰。托翁的《復活》既是批判現實主義的作品，又是感傷主義的作品，是二者的交織。而論者往往忽略了後者。其小說的「非小說成分」是對俄國四種制度空前猛烈的批判，小說的愛情故事及基督感情基調又是十分感傷主義的。無論男主人公聶赫留朵夫還是女主人公喀秋莎・瑪絲洛娃，都充滿感傷主義情調，先是女主人公，後是男主人公，然後是兩人的分手，都籠罩於感傷之中。而兩人的內心鬥爭及濃濃的懺悔心理，與感傷主義小說正一脈相承。它是悲劇而結局又是光明的寫法，也是感傷主義的。凡此等等，都使巴金著迷。他說：

> 幾年前我流了眼淚讀完托爾斯泰的小說《復活》，曾經在扉頁上寫了一句話：「生活本身就是一個悲劇。」[23]

---

22 巴金：〈談《家》〉，見《中國現代作家談創作經驗》上（濟南市：山東人民出版社，1980年），頁210。

23 巴金：〈激流總序〉，見《中國現代作家談創作經驗》上，頁203。

他在答法國《世界報》記者雷米問時又說：

> 在托爾斯泰的作品，主要是《復活》——我的《家》受它的影響很深。[24]

使巴金「流了眼淚」的，恐怕不是小說中的「非小說成分」，而是小說的基本情節，即男女主人公的戀愛故事。巴金《家》中鳴鳳與覺慧的愛情故事的模式，顯然與《復活》的相通，只不過一正一反，鳴鳳投水而喀秋莎獲救，聶赫留朵夫是「懺悔的貴族」，而覺慧是小資產階級的青年。然而二書中的男主人公都引咎自責，都覺醒起來，都有光明之路，而且女性是推動他們前進的動力，凡此等等，又都是相同的。值得注意的是，《家》中有一段覺慧的日記，記下他看《復活》的感受，他把自己在精神上和聶赫留朵夫聯繫在一起了：

> 飯後我回到房裡把二哥新買來的英文本《復活》翻了幾十頁。我忽然害怕起來。我不能再讀下去了。我怕這本書將來會變成我底寫照，雖然我和主人公賴克留道甫底環境差得那樣遠。

除了《復活》以外，施托姆的感傷主義小說《茵夢湖》對巴金也產生過影響。巴金讀過郭譯《茵夢湖》，他說「二十年前在老家讀過」，少年時閱讀的印象顯然使他難忘，因而二十年後，他在一九四三年也譯了《茵夢湖》（改名《蜂湖》）。這種影響也反映在《家》中，覺新和梅表姐的形象就有《茵夢湖》的男女主人公的身影。

西方感傷主義小說的積極意義在於反封建，其藝術特點主要是抒情性，這是巴金畢生創作的風格。如果說，茅盾受感傷主義的影響可

---

24 〈巴金答法國《世界報》記者雷米問〉，《巴金研究資料》（福州市：海峽文藝出版社，1985年），上卷，頁204。

以勾出感傷主義──《玉梨魂》──《蝕》這條承接的線索，那麼，巴金受感傷主義的影響也可以勾出感傷主義──《復活》──《家》這樣一條承接線索。

西方感傷主義是一個強大的小說流派，影響非常深遠。它既影響俄國，也影響中國。長期以來，人們強調了《復活》對俄國四種制度的批判的一面，而看不到俄國文學有一個感傷主義的傳統，《復活》與西方感傷主義聯繫的一面。長期以來，人們都從批判現實主義角度去談論《復活》對《家》的影響，而忽視了這其實並非主導的影響，主導的影響是在感傷主義的一面。長期以來，人們多樂意在「鴛鴦蝴蝶派」與新文學之間劃出一條水火分明的界限，只有魯迅敢把它與創造社的作品聯繫起來，而看不到它與新文學聯繫的一面，眾所周知，中國新文學第一代小說家所汲取的異域乳汁，是由林琴南翻譯過來的，當然包括《巴黎茶花女遺事》一類感傷主義作品，這也是先行的「鴛鴦蝴蝶派」的精神營養。如果林琴南的翻譯的影響，不烙在中國現代小說家的作品中，如果「鴛鴦蝴蝶派」與新小說絕緣，那才叫作割斷歷史的咄咄怪事。西方感傷主義既對中國近代「鴛鴦蝴蝶派」文學有影響（如《玉梨魂》），又對中國現代的短篇小說家郭沫若（如《殘春》）、郁達夫（如《沉淪》）、魯迅（如《傷逝》）有影響，而且還通過「鴛鴦蝴蝶派」及俄國小說的折光，對長篇小說家茅盾與巴金有影響，這是治中國現代文學史者所不能忽略的。

# 第三部分

## 中西戲劇類型

# 壹
# 中國戲劇演變的軌跡及特點

中國戲劇史可分為四個時期，即戲曲的形成時期（從先秦到唐）、戲曲的發展和繁榮時期（從宋到清初）、古典戲曲的衰落和地方戲的興起（晚清）、話劇與戲曲並舉（「五四」到現在）。

## 一　中國戲曲的形成時期

中國戲曲的誕生比歐洲遲得多。從先秦到唐代的一千多年中，中國戲曲始終處在十分緩慢的形成階段。中國戲曲的因素很早就有了，可惜未形成戲曲。《詩經》中「頌」，本是舞歌，跟音樂、舞蹈結合，用於宗廟的祭神。「容告神明謂之頌」（劉勰語），意為用容貌、舞蹈來稟告神道的詩叫「頌」。這就有點戲劇的因素。《論語》中孔子與弟子的對話，也有點戲劇因素。希臘人稱「蘇格拉底對話」為「擬劇」，可作佐證。春秋時出現獨腳戲，即所謂「優孟衣冠」。「優孟」據說是楚相孫叔敖的藝人，孫叔敖死後，其家墜入貧困，其子往求優孟相助。優孟乃化妝成孫叔敖，入見楚莊王，王不能辨，要再起用他。假孫叔敖力辭，說做了官不會養不活兒子。楚王認出了優孟，便召見孫叔敖之子，賜之田地（事見《史記》〈滑稽列傳〉）。優孟妝成死者往見楚莊王的事就有戲劇因素，「王不能辨」，說明化妝術的高明，也說明演員表演的酷似。

漢賦是對話體，主客問答，但無情節，主要是一個人說道理（如宋玉〈風賦〉），與《聖經》的《雅歌》不同，不是戲劇體。但由於賦畢竟是對話體，說它有點戲劇因素也可以。漢代有所謂「百戲」，是歌舞、雜技、武術等文娛節目的總稱。這其中，應包括中國最早的戲劇在內，由於年代久遠，已無法查考。

魏晉時出現了「參軍戲」，以對白為主，有男扮女裝的演員，也有女演員。到唐時，「參軍戲」開始盛行。「參軍」是曹操創建的一種官職的名稱，相當於縣官，百姓恨他貪贓枉法，表演其醜態以嘲笑之，因以得名。「參軍戲」由二人表演，近似對口相聲。唐代除「參軍戲」外，還流行以歌舞為主的歌舞劇，有「蘭陵王」、「踏搖娘」。「踏搖娘」為民間婦女，受夫虐待，且步且歌自己苦境，「踏搖」即「且步且歌」。「蘭陵王」為假面舞劇，北齊蘭陵王勇猛過人，而長相酷似女性，故每出戰即戴上可怕的面具。一般認為它是中國戲曲臉譜的最早來源。此舞在中國失傳，卻流入日本。

中國戲曲在唐代仍處於形成階段，其根本原因是當時還未出現劇本。

## 二　中國戲曲發展與繁榮時期

中國戲曲到宋代有了關鍵性的發展，這與市民階層的興起有關。唐代經濟雖然比較繁華，但市場經濟並不發達。長安僅有東西兩個集市貿易地點。城市結構為坊巷制，分一〇八個坊，獨立管理，天黑就上鎖，缺乏夜生活。文藝的相當部分還停留在說唱階段。宋代坊巷制瓦解，集市到處都有，汴梁夜間燈火通明，店鋪林立，且關門很晚。南宋孟元老《東京夢華錄》載有的商店三更才停業，五更又開張。宋代一些城市出現了很多所謂「游手好閒」之輩，壯大了市民階層。市場經濟發展促進了市民文藝生活的發展，於是，娛樂場所「瓦子」、「勾欄」紛紛出現，中國戲曲就在這裡誕生、成長。

晚唐已出現「雜劇」名稱[1]，「雜劇」者，「百劇雜陳」者也。北宋雜劇是在歌舞劇與參軍戲基礎上發展起來的。再向前發展便成為金院本（金人稱妓院為「行院」，妓女唱戲的本子稱「院本」）。據南宋周密《武林舊事》（「武林」即臨安，現為杭州）所載，北宋雜劇多至二百八十本，但僅存其目。又據元末陶宗儀《輟耕錄》所載，金院本多至六百九十種，亦僅存其目。因此可以證明，中國戲曲從宋代開始便有了劇本，僅雜劇院本近千種。但均已失傳。

南戲是宋代除雜劇之外另一個大劇種，它是南曲戲文的簡稱。因為產生於浙江溫州一帶，又叫「溫州雜劇」。南戲與雜劇不同，是土生土長的民間戲劇，不叶宮調，可以一人唱，也可以多人對唱或輪唱，可長可短，短則幾齣，長則十幾齣至幾十齣。它最早的劇本是《趙貞女蔡二郎》和《王魁》。徐渭在《南詞敘錄》中說：

> 南宋始於宋光宗朝，永嘉人所作《趙貞女》、《王魁》二種實首之。……其曲，則宋人詞而益以里巷歌謠，不叶宮調，故士大夫罕有留意者。

南戲唯一流傳下來的本子是《張協狀元》，已有生旦淨末丑五種角色。其內容是：張協，四川人，赴東京應試，過五雞山，為盜所劫，負傷避入神廟。廟中住一貧家女，父母雙亡，以績麻為生。她由當地李大公做媒，嫁與張協為妻。張協得貧女護持，傷癒後擬赴京應考，貧女剪髮賣錢給他川資，始得成行。張協入京後，狀元及第，打馬游街，為宰相王德用之女勝花看中，欲招之為婿。張協推稱「只為求名，不為求妻」，拒之。勝花羞愧病亡。貧女知張高中，入京尋夫。

---

1　吳國欽：《中國戲曲史漫話》第58頁持此說，引晚唐《李文饒文集》為證。周貽白認為北宋始有「雜劇」之名稱，引《宋史》〈樂志〉為證。見周著：《中國戲曲發展史綱要》，頁59。

張預囑從人不放村夫蠶女入門。貧女說明身分，從人稟張，張認為貧女「貌陋身卑，家貧世薄」，不足為偶，命從人將其打出。貧女乃沿途乞食，仍返五雞山。不久，張協為梓州府金，赴任時經過五雞山，又遇貧女。貧女責其負義，張協用劍劈傷貧女一臂，任其倒於崖下。適王德用亦為梓州州判，前往赴任，救起貧女，以其貌與勝花相似，認為義女。抵梓州後，命人與張協提親。張以為貧女已死，立時答允。洞房之夕，始知新人即為貧女。經王德用調解，夫妻終於團圓。值得注意的是，中國一有戲文，就反映出兩種文化鬥爭。《趙貞女蔡二郎》與《王魁》被「榜禁」，後出的《張協狀元》則調和矛盾，使狀元與貧女團圓。這是對前兩齣戲文的否定，體現統治階級的審美趣味。

《張協狀元》先由一名藝人說唱張協的故事，從張協赴考說唱到他被強盜打傷，才開始有角色上場演出。由此可見說唱文學和戲劇的淵源。

《張協狀元》具有濃烈的民間氣息，曲文自然樸素，如貧女尋夫被逐後唱道：「是我夫不相認，見著我忙閉上門。我當初閉門不留伊，你及第應是無分。千餘里到此來，望你厮存問，目下要歸沒盤纏，我今宵更無投奔。」

《張協狀元》的插科打諢也體現初期民間戲曲粗糙樸素的特色。如張協與貧女在破廟結婚時，沒有桌子擺設，呆小二便用兩手撐地，用背部做桌子。新郎與新娘在上面對飲，臺下卻叫起來：「做桌底腰屈又頭低，有酒把一盞與桌子吃！」貧女問：「小二在何處說話？」呆小二說：「在桌子下！」

元人入主中國，促使元代雜劇大繁榮。元統治者喜歡舞，故提倡戲曲。元代取締科舉，斷了知識分子的仕途，使不少文人與民間藝人合作，組織「書會」，以撰寫劇本為業。這些寫戲的文人被稱為「書會才人」，關漢卿就是第一個書會才人。

元明至清初，北方雜劇和南方傳奇空前繁榮，是中國戲曲成熟和鼎盛時期。至少出現了十四位著名戲曲家及十八種著名戲曲。這就是：

元關漢卿（生卒年不詳）的《竇娥冤》、《救風塵》。

元馬致遠（生卒年不詳）的《漢宮秋》；

元鄭光祖（生卒年不詳）的《倩女離魂》；

元白樸（1226？-？）的《牆頭馬上》、《梧桐雨》；

元王實甫（生卒年不詳）的《西廂記》；

元尚仲賢（生卒年不詳）的《柳毅傳書》、《張生煮海》；

明康海（1475-1540）的《中山狼》；

明徐渭（1521-1593）的《四聲猿》；

（以上為雜劇）

元末明初高明（生卒年不詳）的《琵琶記》；

明湯顯祖（1550-1616）的《牡丹亭》；

清李漁（1610-1680）的《風箏誤》、《蜃中樓》；

清李玉（1611？-1677？）的《清忠譜》；

清洪昇（1645-1704）的《長生殿》；

清孔尚任（1648-1718）的《桃花扇》。

（以上是傳奇）

關漢卿是中國偉大的戲劇家，他創立了雜劇。鍾嗣成《錄鬼簿》以他為首，寧獻王《太和正音譜》亦以他為雜劇之始。《竇娥冤》是悲劇。竇娥的父親竇天章因欠了寡婦蔡婆婆四十兩銀子，把七歲女兒竇娥送她。自己進京應試。竇娥十七歲時與蔡婆婆兒子成了親，兩年後丈夫病死，她成了寡婦（這些都是前情，由演員講出來的）。戲開始時是某日蔡婆婆到賽盧醫藥鋪去討還欠她的二十兩銀子，盧付不出，引她到郊外，想用繩子勒死她。剛要動手時，恰好張驢兒及其父走來，救了她的性命。賽盧醫跑了。但張家父子趁機敲榨她，父親要蔡婆婆為妻，兒子要竇娥為妻，若蔡婆婆不肯，便要勒死她。蔡婆婆只好把張家父子帶回家中。竇娥不肯，也反對婆婆嫁人。蔡婆婆只好對張家父子說，你們對我有救命之恩，理應報答，但媳婦性情剛烈，你們且先住下，等媳婦回心轉意時再說。日後張驢兒起了歹心，想毒死蔡婆婆，再強迫竇娥與他成親。他到南門藥鋪買毒藥，正好撞著賽盧醫，便威脅賽把毒藥把他。不料羊肚湯反毒死了張老頭。張驢兒威脅婆媳兩人，若竇娥不嫁他，他便告發竇娥毒死他父親。蔡婆婆害怕了。勸媳婦答應。竇娥當然不肯，寧願見官。那官是個昏官，不分青紅皂白就叫左右用大棍子打竇娥。竇娥不招，他又打蔡婆婆。竇娥怕婆婆受刑，曲招藥死張老頭，於是被判死刑。她被押赴法場時，請求劊子手帶她走後街不走前街，因為走前街怕婆婆看見她披枷帶鎖心中難受。但她終於與婆婆會見了，她哭著同婆婆告別，求婆婆初一、十五、逢冬、過節有吃不了的剩飯剩水，留半碗兒給她吃，燒不了的紙錢，給她燒一陌兒，氣氛很悽慘。但竇娥覺得實在冤枉，臨刑前便對天發下三個誓願：一要自己的鮮血全部灑在高高掛起的白布上；二要六月下雪；三要山陽縣大旱三年，以證明自己是冤枉的。日後她這三願都靈驗了。最後，竇娥的鬼魂託夢給做了大官的父親竇天章，要父親為她申冤，重審此案，開審時她的鬼魂出現在公堂上，與張驢兒、賽盧醫對證。她的冤案終於得到昭雪。張驢兒被叛凌遲，賽盧醫永遠充軍，昏官革職打一百棍，蔡婆婆由竇天章收養。

《救風塵》是一齣喜劇。妓女宋引章本與一位忠厚的秀才安秀實相好，但宋引章年紀輕，經驗淺，貪戀貴族，拋棄了安秀才，另外嫁給一個花花公子周舍。宋引章的結拜姐妹趙盼兒是一位年齡較大深於人情世故的妓女，極力勸她不要同周舍那樣的人結婚。無奈引章不聽。結果，出嫁不久周舍暴露本性，虐待引章，引章寫信給趙盼兒求救。趙盼兒得信後，用美色誘惑周舍。周舍不知是計，迷戀趙盼兒。引章故作嫉妒，趙盼兒便教唆周舍休了引章，周舍果然上當，趙盼兒便帶著宋引章逃走了。最後由官府判定，周舍打六十棍，宋引章仍歸安秀實為妻。

關漢卿的貢獻是多方面的。第一，他擅寫悲劇與喜劇，《竇娥冤》是人民的悲劇，與古希臘悲劇概念正相反。《救風塵》是高級喜劇，喜中有悲。無論悲劇喜劇，都有極濃厚的生活氣息，他的劇本真可謂是現實生活中的一面鏡子。竇娥家庭的悲劇（父親欠高利貸被逼賣女兒，蔡婆婆敵不過惡勢力被逼出賣自己與媳婦，竇娥年輕守寡又受惡人陷害被判死刑）十分真實，是舊社會上常見的事，劇中的壞人賽盧醫、張驢兒父子也是社會上常見的壞人。劇情驚心動魄又合情合理。在元曲作家中，關漢卿的戲劇最能反映社會現實的真實性。

第二，他塑造了各種類型的女性形象。他共寫了六十五個劇本，現存十八個劇本，有十二個是寫女性的，以旦唱為主，是旦本。他是中國戲曲史上第一個著重寫婦女的偉大戲劇家，可與古希臘的歐里庇得斯比美。他既成功地塑造了竇娥這樣的悲劇性格，又成功地塑造了趙盼兒這樣的喜劇性格。竇娥具有中國傳統女性的美德，她的反抗是被逼出來的，她並非強者，但當她走投無路的時候，她的怨恨悲憤就如火山噴發。到了這時，她連天地都敢詛咒。

> 有日月朝暮懸，有鬼神掌著生死權。天地也只合把清濁分辨，可怎生糊突（糊塗）了盜跖（直音，大盜）顏淵（賢者）：為善的受貧窮更命短，造惡的享富貴又壽延。天地也，做得個怕硬欺軟，卻原來也這般順水推船。地也，你不分好歹何為地。天也，你錯勘賢愚枉做天！哎，只落得兩淚漣漣。（第三折・滾繡球）

《救風塵》中的趙盼兒「風月救風塵」的行為也可歌可嘆。她得知宋引章婚後受周舍虐待，為救出火坑中的姐妹，不惜以色相為釣餌，佯裝要嫁周舍，騙周舍給宋引章寫了休書，將宋救出苦海。趙盼兒不是有勇無謀的女性，她很有心計。要救人並不容易，只有決心及勇敢還不夠，關鍵要有一個周密的計畫。她收到宋的求援信後，先回信，告知其計畫，然後帶著財產（這點很重要，我連人帶物都嫁你了，不由你周舍不信。再則，日後周舍也告不倒她，我沒貧你一分錢，沒要你一點東西）隻身到鄭州住下旅館，設美人計把周舍叫來。宋引章隨即在旅館出現，假意與周大鬧。趙趁機叫周休了她。周還不太相信趙真要嫁他。趙盼兒又發假誓騙過周，又偷偷將休書抄了一份。周休了宋，準備與趙成親，再到旅館發現沒人了。周追來從宋手中騙去休書，沒想到休書是抄本，正本在趙手中。趙同時派人告訴安秀實，叫他官告周舍強奪宋引章為妻。開審時她又挺身而出作證，說自己是宋的保親，這才徹底打敗了周舍。

趙盼兒的性格很豐富。她是過來人了，深知風月場中人事的險惡，曾苦勸宋別上當嫁周舍；她有俠義心腸敢擔當風險，為受苦難的姐妹挺身而出；她大智大勇，覷準周舍好色的特點出奇制勝。趙盼兒的形象為西方喜劇所罕見，她智勇雙全，有言有行，救人是大動作，不是嘴巴說說而已。莫里哀、博馬舍、哥爾多尼是寫不出來的。

關漢卿是一個倔強的、很有正義感的人：「我卻是蒸不爛煮不熟捶不扁炒不爆響噹噹的一粒銅豌豆」（〈不伏老〉）。她對妓女的生活是很了解的：「半生來弄柳拈花，一世裡眠花臥柳。」所以他才能塑造出趙盼兒這樣的女性形象來。

第三，關漢卿有很高明的編劇法。他的劇本情節集中，過渡迅速（如蔡婆婆一出門就遇上壞人，情境急轉直下），曲詞本色，劇本第三折竇娥臨刑時所唱十首曲子，主題都是一個「冤」字，緊扣劇名。「滾繡球」是第二首，也是最重要的一首，最有本色。全劇的思想性與藝術性可以說集中體現在這支曲子上。女主角的反抗性也體現於此。「滾繡球」是本色的典範之作。他的劇本嚴格按舞臺演出要求編寫，最適合演出。他尤其擅於大刀闊斧製造衝突，敢於割愛枝節，劇情進行很快，凡此等等，大大有別於其他劇作家。他可謂深得編劇之三昧。後人（包括現代人）的改編，難以超越，一些改編本往往為小失大，甚至失真。關漢卿毫無疑問是世界第一流的戲劇家。

關漢卿與莎士比亞有幾點是相同的：都是各自國家戲劇的開山祖師爺，英國莎氏前的戲劇不足觀，中國關漢卿前的戲劇亦不足觀，說他兩人是各自國家的「戲劇之父」也是可以的；其劇本量多質高，莎氏有三十七本，關漢卿有六十五本；形式多樣化，都有悲劇、喜劇、歷史劇；二人都同時兼作演員，都有豐富的舞臺實踐經驗；最後一點，他們都是平民劇作家。

很有意思的是，《竇娥冤》與《哈姆萊特》頗有相似之處；結構是相似的，都是直敘式；回顧手法是相似的，都由劇中人講出前情；錯中錯的手法是相似的，克勞狄斯想毒死哈姆萊特，王后卻喝了毒酒。張驢兒想毒死蔡婆婆，其父卻喝了毒湯；鬼魂的出現及要求是相似的，老王鬼魂出現，叫兒子哈姆萊特為他復仇，竇娥鬼魂出現，叫父親竇天章為她報仇；譴責親人改嫁的情節是相似的，哈姆萊特譴責母后：「脆弱啊，你的名字就叫女人！」竇娥譴責婆婆：「婆婆也，你好不知羞！」控訴力量是相似的，哈姆萊特說：「丹麥是一所監獄，世界也是一所大監獄！」竇娥臨刑前連天地都詛咒到了。

元馬致遠的貢獻在於反傳統的新意與側面塑造女性的成功。《漢宮秋》是寫昭君和番的。歷史上的王昭君確實嫁到匈奴去了，還生兒育女。《漢宮秋》卻寫她到了番漢交界的黑河投水自殺。番王將毛延壽押回漢朝，漢元帝將他斬首。這是反傳統寫法。《漢宮秋》的主角應是王昭君，因故事以她為主。漢元帝在後宮發現她了，才知道毛延壽陷害她，要殺毛延壽。毛延壽逃到匈奴去，教唆番王指名要昭君。昭君以大義為重，毅然和親，最後投江而死。劇本主要是寫她的，但卻以男角主唱，是末本，非旦本。故事以王昭君為主，唱詞由漢元帝包攬，王昭君的美色，全從男主角唱詞中寫出，這是雜劇編劇法的突破。側面寫女性始於古詩，如漢樂府《陌上桑》。而《漢宮秋》則是側面（從漢元帝眼中）寫女性的第一部名劇。

元鄭光祖的貢獻在於心理外化的戲劇手法。《倩女離魂》故事很簡單：張倩女與王文舉相愛，張母命王上京赴試，做了官後才肯將女兒嫁他。張因此得病，但魂魄離開肉體，追上王文舉，一直陪著他，直到他中了狀元，又一道回來，王不知陪自己的竟是張魂，張母也不知。直到回家後張魂與肉體「合為一體」，張倩女才將原因說明。「離魂」的寫法，魏晉小說多見，元曲罕見。劇本一面寫張倩女的病體，一面寫她的離魂，雙管齊下。離魂代表她的積極心理，活潑堅定勇敢。病體代表她的壓抑心理，苦苦思念遠行的愛人。一個演員同時扮演兩個角色——病體與離魂，為演員的表演開闢了新天地。劇本還寫了一點點張倩女的夢境，她病中入夢，這非離魂，又是一層心理——夢中的心理。但沒有展開，只寫她夢見王文舉高中回家了，就喜醒過來。此劇最後寫張倩女的病體以為王文舉又娶了一個新妻子，以致氣倒在地。離魂與病體互不相通，有些不近人情。但劇作家目的是想再寫女人一層心理；棄婦的心理。不管怎麼說，鄭光祖很重視發掘女性複雜的心理層次是難能可貴的。《倩女離魂》是元曲中心理外化手法的佳作，這種手法，西方現代派戲劇常用，而中國古代戲曲並不多見。

元白樸（1226-？）的貢獻在於喜劇性。在元曲中，《牆頭馬上》是最富於喜劇性的劇本之一。書生裴少俊到洛陽觀花，路過李家花園。李千金在牆頭，裴在馬上。一個抬頭看：「一所花園，……呀！一個好姐姐！」一個向下看：「呀！一個好秀才也！」於是晚上相會，卻被嬤嬤撞見。嬤嬤作主，放他們兩人走了。李千金私奔到裴家，在裴家花園一住七年，生下一男一女。因有院公照顧，外人一概不知。有一天，裴尚書進後花園，院公打瞌睡。他只見到一對小兒女在玩耍。院公驚醒，說兩個小孩是偷花的。裴尚書跟到書房，便撞見了出來關門的媽媽。院公說這婦人也是來偷花的。但李千金乾脆說：我就是您老人家的媳婦。秘密才被拆穿。裴尚書命令兒子把李千金休了，但留下一男一女。李千金回家後，父母已雙亡，她便繼承了田地。後來裴少俊高中，回來認妻。她不理他。公婆帶著兩個孩子來請求（原來裴家早已向李家議過親，只是裴、李不知），也不理睬。裴尚書搬出一對小兒女，打動慈母心，才認。於是團圓。

《牆》劇的喜劇性所在多是：兩人戀愛的開始，「牆頭馬上」是巧合；當夜私奔全靠嬤嬤放生，是出人意料；後花園一住七年生下一男一女而無人知曉，是奇中之奇；裴尚書進園因一對小兒女而發現李千金，是鬧劇；李頂撞公公，公公刁難媳婦，是針鋒相對，但觀眾心中明白，更有趣味；緊接著她先不理丈夫，後不理公婆，一方揚起頭來，一方低聲下氣，雙方地位突然變化也有對比的喜劇性；嬤嬤、院公是喜劇人物，全幫李千金，增加了歡快氣氛；連裴尚書這個對立面也屬喜劇人物，出些鬼點子，叫李千金把銀瓶用絲線放下井去；到頭來原來是一場大誤會，於是團圓收場。

此劇戲劇衝突直到第三折才開始。愛情故事才從順境轉入逆境。中國戲曲絕大多數從情節到衝突，故事徐徐演來，此劇是一範例。此劇的曲辭含蓄、有動作性，曲白相生也寫得好。如小姐叫丫頭引書生到花園。吩咐丫頭不要慢慢走，不要快快走。這使丫頭很為難，便說道：「遲又不是，疾又不是，怎生才是？」小姐便唱道：

教你輕分翠竹，款步蒼苔；休驚起庭鴉喧，鄰犬吠，怕院公來！

原來走得太快，怕驚起鴉飛狗叫，看花園的老頭會來查看。那麼，走得慢了，又擔心什麼？又反映什麼心理呢？小姐就不說了。觀眾去體會吧。這樣的曲辭就很好。小姐的唱詞是由丫頭的賓白引起的，相互呼應，便是「曲白相生」。

又如裴尚書叫李千金用絲線放銀瓶下井，她無奈應允，便唱道：

冰弦斷，便情絕；銀瓶墜，永離別，把幾口兒分兩處。

注意，這唱詞本身有很強動作性，且有關鍵之細節：絲線斷了！於是裴老頭就說：滾吧，叫兒子寫張休書給你，但一兒一女要留下。唱詞若有動作性，又能表演出關鍵的細節，是好上加好，當然是好唱詞。

此劇素材來自白居易樂府詩〈井底引銀瓶〉。不過，他那首詩是悲劇，女主人公被趕出夫家後，不能回娘家，無家可歸了。詩中有「牆頭馬上遙相顧，一見知君即斷腸」二句。「牆頭馬上」的劇名是這樣來的。

白樸的《梧桐雨》寫唐明皇與楊貴妃之故事，楔子寫安祿山入朝受封，第一折寫七月七日長生殿上明皇與貴妃之山盟海誓，第二折寫安祿山反，唐明皇入蜀，第三折寫馬嵬坡兵變，貴妃賜死，第四折寫太上皇在「梧桐雨」的深宮中思妃。此劇可與古希臘悲劇及後來洪昇的《長生殿》比較。

第一，結構近似古希臘悲劇，從危機寫起，從中間寫起。「楔子」最後安祿山云：

> 聖人回宮去了也。我出的宮門來。叵奈楊國忠這廝，好生無禮，在聖人前奏准，著我做漁陽節度使，明升暗貶。別的都罷，只是我與貴妃有些私事，一旦遠離，怎生放的下心？罷罷罷，我這一去，到的漁陽，練兵秣馬，別作個道理。正是：畫虎不成君莫笑，安排牙爪好驚人。

注意，安的臺詞有殺機，「到的漁陽，練兵秣馬」，暗示他要造反，這是從危機寫起。他說與貴妃「有些私事」，只一句帶過，為什麼？觀眾都知道，因故事流傳很廣。一句帶過，觀眾就明白了。古希臘悲劇的故事，希臘觀眾亦早已熟悉，也有重要情節一句帶過的。如《俄狄浦斯王》中的主角先猜出了獅身人面獸的謎語，才進入忒拜城，猜謎是個重要情節，但祭司一句話就帶過去了（見「開場」），因為人人都知道主角的故事，正如主角第一段臺詞就說：「我，人人知道的俄狄浦斯，親自出來了。」

第二，《梧桐雨》沒寫楊貴妃、唐明皇全部故事，實際上就寫了馬嵬坡的故事（從安祿山反到貴妃死），第四折無行動（情節），只是明皇的思念。為什麼？形式所限——四折一楔子。如古希臘悲劇，也有固定形式，也不寫全部故事。但它還有「三部曲」，等於《梧桐雨》的三倍，量大於雜劇。古希臘悲劇何以從終局寫起，只寫一事，地點、時間一致，因形式所限。雜劇的長度也決定了《梧桐雨》取材的特點。

第三，清人洪昇也寫了《長生殿》，傳奇與雜劇形式不同，傳奇可以有很多齣，很多人唱，音樂變化比雜劇豐富得多。《長生殿》五十齣，容量大，這就可以從頭寫到尾：從貴妃入宮寫到天上相見。這是形式決定內容，寫多寫少一切由形式決定。

第四，白樸寫貴妃與安祿山有私，洪昇根本不寫。誰的好？當然是洪昇。《梧》劇第一折寫明皇與貴妃「七月七日長生殿，夜半無人私語時」的山盟海誓，貴妃要唐明皇發誓愛她，但她同時又想安祿山：「妾心中懷想，不能再見，好是煩惱人也。」這是兩面派。莎劇中的女人可以一隻眼瞄著一個男人，另一隻眼瞄著另一個，合情合理。但《梧》劇不行，因它寫的是「長生殿」這個特定情境，不能讓人物在這裡生內心衝突而損害其形象。洪昇就不用白粉去點楊貴妃的鼻子，還「長生殿」之詩意。

元王實甫的《西廂記》的素材來自唐傳奇元稹的《鶯鶯傳》(《會真記》)。《鶯鶯傳》寫張生（有姓無名）游山玩水，住在蒲州普救寺中，剛好有位姓崔的寡婦帶著女兒崔鶯鶯也寄住在那裡。蒲州兵亂，到處搶劫，崔氏是富貴人家，心中十分害怕。張生與蒲州一些軍官相熟，請他們保護，普救寺賴以平安。十數天後，朝廷派兵到蒲州，平息了兵亂。崔氏為此甚為感激張生，設宴招待，介紹女兒鶯鶯與他相見。張生一見鍾情，托鶯鶯婢女紅娘送詩過去，得到回音，叫他晚上到西廂（鶯鶯住在西廂）來。就是「待月西廂下，迎風戶半開，隔牆花影動，疑是玉人來」。張生大喜，但見面後鶯鶯又假正經，罵他一頓而去，使他痛苦難熬。幾天後，鶯鶯卻採取主動，紅娘先抱著被子來，隨後把鶯鶯帶來，於是兩人同居西廂一月。不久，張生要去長安考試，鶯鶯依依惜別。張生沒考中，寫信向鶯鶯訴苦，鶯鶯回信安慰他。鶯鶯是個真情女子，又是才女，信寫得很動人，也很有文采。張生是個很愛虛榮的人，竟把她的信交給朋友們傳閱，並對朋友們說：「女人是禍水，我對她是採用拖垮的辦法」，就是所謂「始亂終棄」。又過了一年，鶯鶯已嫁人，張生亦別娶，碰巧鶯鶯過其夫家，張生又想鶯鶯了，自云是她堂兄，請求一見，鶯鶯丈夫去請，鶯鶯不肯出來。張生有怨色，鶯鶯心中不忍，偷偷寫了一首詩給他：「自從消瘦減容光，萬轉千回懶下床。不為旁人羞不起，為郎憔悴卻羞郎。」實際上是罵他負心，還是不見他。幾天後，張生要走了，鶯鶯又寫一詩給他，表示絕交：「棄置今何道，當時且自親。還將舊時意，憐取眼前人。」從此就不再聽說她的消息了。

《鶯鶯傳》思想不好，罵鶯鶯是淫婦，張生扔了她很對，所謂「是善補過者也」。但此小說藝術性相當高，寫實，鶯鶯這個悲劇形象塑造得很好，尤其是拒不相見令人擊節。這是形象大於思維，是作者始料不及的。元稹與白居易齊名，是大詩文家，故小說文辭很美。

到了金時，董解元[2]據《鶯鶯傳》作《西廂記諸宮調》（《董西廂》），這不是戲劇，是說唱文學，是長篇敘事詩，八卷五萬餘言。董把悲劇改為喜劇。張生沒有拋棄鶯鶯，後來張生中舉，兩人團圓。情節也大有變化。匪兵頭目張飛虎圍困普救寺，指名要鶯鶯作妻，張生

---

2 「案解元之稱，始於唐；而其見於正史也，始於《金史》〈選舉志〉。金人亦喜稱人為解元，如董解元是已。」見《王國維戲曲論文集》（北京市：中國戲劇出版社，1984年），頁63。

寫信給白馬將軍，「白馬解圍」後夫人賴婚，兩人被逼分手，這些新情節全有了。所以，王實甫《西廂記》的素材主要來自《董西廂》。

但《西廂記》比《董西廂》流傳廣泛得多，影響大得多，名聲高遠得多。為什麼呢？第一，《董西廂》是說唱文學，是敘述體，《西廂記》是戲劇，是代言體。戲劇比說唱文學自然易於流傳。第二，《西廂記》主題十分鮮明：「願普天下有情人都成眷屬」是劇本的主旋律，道出千萬少男少女心事。第三，文辭優美，如「碧雲天，黃花地，西風緊，北雁南飛。曉來誰染霜林醉，總是離人淚」，膾炙人口。第四，是中國戲曲中第一齣愛情性心理劇。中國戲曲寫兩性戀愛，往往一見鍾情，私訂終身，從不細寫其戀愛經過及心理變化。王實甫卻把兩人的戀愛性心理寫得曲曲折折。鄭振鐸在《中國插圖文學史》中說，這種寫法，除《西廂記》外，中國無第二部。《西廂記》的性心理行為的描寫十分大膽放肆，含蓄而露骨，出感情，出性格（第三本三、四折，四本一折）。第五，這是最重要的，塑造了紅娘的形象。《西廂記》共五本，每本四折。第三本全寫紅娘，首折寫紅娘到張生住所，為張生帶信給鶯鶯，次折寫紅娘為鶯鶯送回信給張生。三折寫紅娘看著鶯鶯在花園中拒絕了張生，若不是她明幫小姐暗助張生，表面上要張生跪下，罵他，實際上給兩人牽線，鶯鶯便下不了臺，一樁好事就變成壞事。四折寫紅娘再次為鶯鶯送信給張生（他病了），這回鶯鶯是下定決心了，約他明晚來。這又是紅娘搭的橋。這第三本全由紅娘主唱。紅娘是兩人戀愛的導演，這是王實甫了不起的地方。還有第四本的第二折（拷紅），寫紅娘與夫人正面衝突，夫人本要拷問她，卻被她駁得啞口無言，只好同意兩人婚事。這折也是紅娘主唱。以舞臺演出而言，這幾折全是紅娘的正戲，以結構而言，是全劇的關鍵。若無紅娘這個媒人、導演，劇情便無法進行下去。中國小說戲曲在此以前很少有這類俠義心腸的女婢，很少有這樣的戲劇結構。西方戲劇更罕見有如此無私、機智、知趣之女僕。莫里哀寫了一個桃麗娜，在他劇本中是絕無僅有。姚麗娜當面與答丟夫鬥，言辭如利劍，但她沒有動作。論性格的豐滿多樣，還得數中國的紅娘，因她有大量動作，戲的分量也比莫里哀的重得多。從結構上說，一個女性僕人占中心地位，卻不捲入愛情瓜葛，而是居高臨下，導演與評論角色，在西劇中是極為罕見的。有人認為《西廂記》是喜劇，若抽掉紅娘這個角色，就抽掉喜劇性的靈魂。

《西廂記》地點選得極好，從頭到尾就在普救寺。否則，「白馬解圍」、「待月西廂」、「長亭送別」就無從說起。地點好是此劇成功的關鍵。地點好出機遇、情節、氣氛、環境。《西廂記》的性心理行為的描寫與《金瓶梅》、《廢都》有同有異，異多於同，寫法大膽但含蓄，不是見性不見情，無婚外戀第三者，二人是情人——夫妻。是中國寫性愛的第一部傑作。元明清幾百年間，中國男女知識分子從中獲得滿足。《西廂記》不脛而走，完全可以理解，可證佛洛伊德「分享說」。

元尚仲賢寫了兩個有名的神話劇《柳毅傳書》及《張生煮海》（非李好古作）。《柳》劇據唐李朝威《柳毅傳》改編。一折寫龍女牧羊，柳毅傳書，二折寫二龍交鬥，龍女得救，三折寫龍宮宴慶，柳毅拒婚，四折寫假作盧氏，人龍相配。《張》劇一折寫聽琴約會，二折寫遇仙得寶，三折寫煮海允婚，四折寫入海團圓。這兩個劇本有六點值得注意：

第一，以「海」為背景，寫海的曲詞相當出色。尚仲賢是河北人，曾任江浙行省官吏。河北、江蘇、浙江均靠海，他可能有航海經歷，至少看過海。中國戲文小說與西方不同，極少寫海，故此二劇寫海景的特色極為顯著。

第二，是著名神話劇，煮海三個法寶（鍋、勺、金錢一文），錢塘龍王吞下涇河小龍，均為特色。中國戲曲與西方不同，以神話為題材的劇本並不多。

第三，《柳》劇以結構曲折跌宕取勝，《張》劇是以單純詩意取勝，《柳》劇衝突尖銳，《張》劇幾乎沒有衝突。《柳》劇富於戲劇性，《張》劇為抒情詩。

第四，二劇化悲為喜的喜劇性十足。可稱之為人神相戀取得勝利的愛情喜劇。

第五，前有志怪小說及唐傳奇為素材，後有李漁《蜃中樓》合二劇為一劇。人神戀愛的母題在志怪小說中已出現，如《白衣素女》、《董永妻》（陶潛《續搜神記》及干寶《搜神記》）。

第六，《張生煮海》取材於印度佛經，是戲曲外來影響之一例。[3]

元曲是中國戲曲的藝術高峰。關於它的最大優點，王國維說：

> 元曲之佳處何在？一言以蔽之，曰自然而矣。古今之大文學，無不以自然勝，而莫著於元曲。……元曲為中國最自然之文學。（《宋元戲曲考》〈元劇之文章〉）

所謂「自然」，就是指作家有真情實感，曲白本色，劇本內容貼近生活。這確實是元曲有別於一些傳奇的特色，尤以關漢卿的戲曲最為顯著。

但是十分可惜，元曲作家的生平事蹟我們知之甚少。像關漢卿、王實甫連生卒年也不知道，只有他們的著作流傳下來。這是一大憾事。明清的傳奇作家如湯顯祖、洪昇、孔尚任與他們不同，生平事蹟大家都知道。元曲作家的生平事蹟不為人曉，與莎士比亞有無此人曾在西方發生爭論的原因是相同的，元曲作家不是名流學者，沒有一官半職，是屬於平民的作家。

---

3　《張生煮海》受西晉竺法護所譯《佛說墮珠者著海中經》的影響。見中國科學院文研所編：《中國文學史》（北京市：人民文學出版社），卷3，頁771。

中國戲曲到了明朝，雜劇和傳奇都有成就。雜劇是舊體，傳奇是新聲。高明的《琵琶記》及湯顯祖的《牡丹亭》是傳奇的雙璧，成就最高，而康海的雜劇《中山狼》及徐渭的雜劇《四聲猿》也不容忽視。

康海（1475-1540）的《中山狼》共四折，寫「東郭先生誤救中山狼，杖藜老子智殺負心獸」的故事。日人青木正兒評曰：「四折均排場緊張，賓白無寸隙，曲辭語語本色，直摩元人之壘。」讀此劇應注意四點。第一，素材情節細節全來自明馬中錫小說《中山狼傳》，所謂改編，就是照搬，故特色不在改編上。第二，特色在哪兒？在曲辭，這是戲曲的靈魂，東郭先生的曲辭，語語本色，甚至超過元曲，此乃劇本最大成就。第三，西方多童話劇，而中國戲曲罕有童話劇，此劇讓老李樹，老母牛登臺說話，狼是主要反面角色，是一齣寓言童話劇。第四，將小說《中山狼傳》與此劇加以比較，可加深對戲曲素材來自小說的認識。對我們明白戲曲曲辭的重要性有裨助。小說素材與戲曲不同，主要在於小說沒有曲辭。

《四聲猿》是徐渭（1521-1593）之名作。所謂「四聲猿」，清人顧公燮《消夏閒記》作如下解釋：「蓋猿喪子，啼四聲而腸斷，文長有感而發焉。」

《四聲猿》包括四個雜劇：《狂鼓史》（一折）、《玉禪師》（二折）、《雌木蘭》（二折）、《女狀元》（五折）。其中以《狂鼓史》最富於戲劇性，結構上最有特色。

「狂鼓史」指禰衡（173-198），他是漢末文學家，性剛傲物。曹操欲見他，他自稱狂病，不往。操懷恨在心，乃召為鼓史（「史」不是史官，是小官），大會賓客，欲當眾辱衡。禰衡脫光衣服，擊鼓而大罵之，這就是「擊鼓罵操」的故事。此劇以「戲中戲」的手法，讓陰曹中的判官把禰衡及曹操的鬼魂叫來，當場宣判禰衡升天，曹操還留在陰間。並讓禰衡升天之前再演一次「擊鼓罵曹」，由曹操的鬼魂充當反角。這就把禰衡生前罵不到的事（他死時才二十六歲，曹操殺孔融、楊修、董貴人、伏后、建銅雀臺等事在他死後才發生）都罵到了。禰衡的唱詞俗語俚語隨意驅使，嘻笑怒罵，都是文章，是戲曲中用文詞表現性格的一個範例。徐渭是李贄派，是個天不怕地不怕的奇人，他是借禰衡之口，表現自己對當代權貴的憤慨，借他人之酒杯，澆自己塊壘，激昂熱烈，痛快淋漓。

徐渭還有可貴的女權主義思想。《女狀元》寫黃春桃女扮男裝，考中狀元，一天內明斷三件冤案。女扮男裝的題材在中國小說戲曲中有不少，但從公案的角度去寫則屬罕見。莎劇《威尼斯商人》也是「公案」劇。《雌木蘭》寫木蘭代父從軍。故事為大家所熟知，題材並不新穎，可貴之處還在思想。徐渭在《女狀元》尾聲讚曰：

> 裙釵伴，立地撐天，說什麼男子漢。
> 世間好事屬何人，不在男兒在女子。

這是尊重女權的民主思想，是對重男輕女的封建觀念的大膽挑戰。我們從徐渭劇本中已聽出了曹雪芹遙遠的聲音。

《玉禪師》用假面啞劇來表演月明和尚引渡翠柳的故事。妓女翠柳前生原是月明和尚的師弟玉通和尚，因被妓女紅蓮勾引，犯了色戒，轉世為妓女。月明和尚引渡師弟仍歸佛道。假面啞劇吸取民間戲劇手法，演出效果很好。

上面所講的都是明代的雜劇，下面講明代傳奇。

元末明初高明的傳奇《琵琶記》是一部爭議頗大的作品。它的素材來自宋元民間傳說和南戲。陸游已聽過此故事：「斜陽古道趙家莊，負鼓盲翁正作場。身後是非誰管得，滿村聽唱蔡中郎。」（〈小舟游近村舍舟步歸〉四絕之一）。南戲中的「蔡二郎」指誰說法不一，後被附會到漢代蔡中郎蔡邕（伯喈）身上，故陸游有此一嘆。徐渭《南詞敘錄》中載：南宋時已有南戲《趙貞女蔡二郎》，其內容大致是「伯喈棄親背婦，為暴雷震死。」民間說法是：「雷擊蔡伯喈，馬踹趙五娘。」蔡伯喈有如今天舞臺上的陳世美，是個因富貴而拋棄妻子的負心人，他馬踹髮妻趙五娘，最後被天雷打死。

《琵琶記》保留了《趙貞女》的核心情節，但用「三不從」（蔡「辭試不從」，父母硬要他去考科舉，他當然無法在家照料雙親；「辭官不從」，皇帝老子不讓他辭官，父母餓死也就不能歸罪於他；「辭婚不從」，牛相硬逼他入贅相府，重婚非他本意）的關目（情節）代替了「三不孝」（生不能養，死不能葬，葬不能祭），為其開脫罪責。最後是一夫二妻大團圓，皇帝老子表揚了他，趙五娘也封了官。

對這部作品應如何評價呢？幾百年來，它之所以能廣為流傳，是因為廣大讀者對趙五娘這一人物的肯定（不是對蔡伯喈），趙五娘的優點在哪裡？是她的一片敬老之心。敬老是中國人民一貫的傳統美德，這美德就體現在她身上。飢荒來了，她自己吃糠讓公婆吃米（《糟糠自饜》），公婆餓死了，剪賣頭髮給公婆買棺木（《祝髮買葬》），因為她的孝順，連鬼神也幫助她築墳。趙五娘「羅裙包土」與孟姜女「哭倒長城」歷來是老百姓家喻戶曉的故事。

《琵琶記》的價值在於一個人——趙五娘；趙五娘的價值在於一種道德品質——孝心；這人，這品質，靠什麼表現出來，靠唱詞（心理描寫），趙五娘的唱詞最好，最成功，富於形象性，貼切人物心理，十分通俗，又十分文學化。因此，《琵琶記》的精華，用一句話說，就在趙五娘的唱詞上。如下面之唱詞，歷來為人讚揚（王世貞、李卓吾）：「糠和米，本是兩倚依，誰人簸揚你作兩處飛，一賤與一貴，好似奴家與夫婿，終無見期。」王世貞竟然編了一個故事，說高明寫《琵琶記》寫到這幾句時，桌子上兩枚燭火合而為一，久久才分開。李卓吾說這段唱詞「一字千哭，一字萬哭」。

湯顯祖（1550-1616）的《牡丹亭》（1598）與以往寫婦女的傳奇迥然不同。它不寫節孝、貞烈，而寫狂熱的愛情。此書一出，就轟動文壇：「家傳戶誦，幾令《西廂》減價」（沈德符《顧曲雜言》）。

《牡丹亭》的內容是這樣的：南宋時南安太守杜寶請老秀才陳最良教女兒麗娘讀書。「鬧塾」後她和丫頭春香去遊後花園，春色惱人，回到房間，夢中與書生柳夢梅在湖山後邊做愛，花神灑下紅花為他兩人遮掩。「驚夢」之後得了單思病，便再去後花園「尋夢」，不見柳郎只見一梅樹，好不傷心，願死後葬此樹下。由是厭倦人生，留下自畫像，埋於後花園太湖石下。「寫真」之後，延醫無效，終於死去。杜寶升官，赴揚州上任。臨行前遵照女兒遺願，在後花園建梅花庵一座，供奉麗娘牌位，命陳最良看管。三年後，柳夢梅來到道觀養病，在園中拾到一個匣子，內有麗娘畫像，深為愛慕，朝夕對畫呼喚：「美人，美人！姐姐，姐姐！」麗娘鬼魂出來與柳相見，兩人熱戀。麗娘告知自己是鬼，葬於園中太湖石梅樹下，求柳啟墳開棺，讓她還陽。在庵主石道姑幫助下，柳命人掘墳開棺，麗娘復生。但石道姑怕陳最良發現，要兩人逃走。兩人走後，陳最良發現有人盜棺，報告了杜寶。麗娘陪柳進京赴考，柳高中狀元。但杜寶不認女婿，說他是盜墳賊。又說女兒已死，活著的人是狐鬼花妖變的。最後皇帝出面，用神鏡照麗娘，確係人身。全劇以大團圓結束。

此劇有以下特色：第一，主題是一個「情」字。湯顯祖說：

> 如麗娘者，乃可謂有情人耳，情不知所起，一往而深，生者可以死，死可以生。生而不可與死，死而不可復生者，皆非情之至也。（《牡丹亭題辭》）

湯顯祖是李贄派，同是新思潮的鼓吹者和代表人物。以「情」對抗「理」，是此劇主旨。

第二，強烈的浪漫主義精神。此劇歌頌愛情的主題比莎氏及西方浪漫主義戲劇有過之而無不及。其想像力可與高爾基的《少女與死神》比美，也是「愛戰勝了死」（斯大林評語）。最精彩者是二十七齣「魂游」、二十八齣「幽媾」、三十齣「歡撓」、三十二齣「冥誓」那四場鬼戲。杜麗娘以女鬼出現，與柳夢梅做夫妻。大膽、主動、堅決、風趣，對愛的追求一往無前。浪漫主義就表現在這幾齣戲中。她復生後勇氣就差多了，人間的道德規範又壓抑住她了。柳生向她求歡，她居然說不合禮數。「秀才，比前不同。前夕鬼也，今日人也。鬼可虛情，人須實禮。」要必待父母之命，媒灼之言才能成親。

第三，杜麗娘的曲詞膾炙人口。如第一次游園時傷春感時的心理：「原來姹紫嫣紅開遍，似這般都付與斷井頹垣！良辰美景奈何天，賞心樂事誰家院！」（驚夢）。第二次游園的渴望戀愛自由的心理：「這般花花草草由人戀，生生死死隨人願，便酸酸楚楚無人怨！」如果要愛就愛，要生就生，要死就死，那麼人生還有什麼可怨尤呢？（尋夢）。

第四，春香、陳最良、石道姑的賓白十分生動、形象。

第五，有較多的艷詞，繼承《西廂記》。

但是《牡丹亭》也有一些明顯的缺陷：結局不緊湊，杜寶及夫人的枝蔓太多；一些曲文過於華艷，不合音律，難以上口；髒話不少（陳最良有之，石道姑最多，難以下注）。

《牡丹亭》的上演，曾引起一場大爭論，這就是中國戲劇史上有名的臨川派與吳江派之爭，且留待比較中談。

中國戲曲到清朝初期仍繼續發展，但不是雜劇與傳奇兩朵花並放，而是只剩下傳奇一朵花了。清朝當然還有雜劇問世，如尤桐、萬樹、王夫之、吳偉業都寫過雜劇，但無名作，名作都在傳奇這邊。

李漁（1610-1680）在中國戲曲史，特別是戲曲理論史上占一個相當重要的地位。他是喜劇家，作《笠翁十種曲》，共十部喜劇，《風箏誤》、《蜃中樓》、《奈何天》是名作。他是小說家，作《十二樓》及《無聲戲》（又名《連城璧》）兩個集子，共三十篇短篇小說。他喜歡將自己的小說改編為戲劇，如《奈何天》據《醜郎君怕嬌偏得艷》，《比目魚》據《譚楚玉戲裡傳情，劉藐姑曲終死節》，《凰求鳳》據《寡婦設計贅新郎，眾美齊心奪才子》，《巧團圓》據《生我樓》。他的小說如《妻妾抱琵琶梅香守節》有《李爾王》之趣。他是大戲劇理論家，《閒情偶寄》（詞曲與演習兩部分）是中國第一部系統的戲劇理論著作。他又是戲劇實踐家，他的家庭就是一個戲班子，他兼編劇、導演、舞美、管理於一身。在中國古代戲曲界，集此四家於一身的人，恐怕李漁是獨一無二的了。

李玉（1611？-1677？）的《清忠譜》寫明末東林黨人周順昌和魏忠賢閹黨的鬥爭。蘇州市民為周鳴不平，起來造反，打死公差。劇本塑造了顏佩韋等五個市民領袖，結局是市民被鎮壓，五人被處死。直到新主登極後才得平反。此劇的價值一在於寫史實，蘇州市民造反的事發生在一六二六年，蘇州至今仍存「五人墓」。一在於題材的重要性，中國戲曲極少寫人民鬥爭，此劇是此類題材的第一部。缺點是有點自然主義（如周順昌受刑致死的血淋淋的描寫，群眾弔唁五人墓時用魏忠賢人頭祭墓，人群爭著咬魏頭的描寫）。

洪昇（1645-1704）的傳奇《長生殿》（1688）寫唐明皇和楊貴妃的愛情故事。它的特點有四：

第一，「情」字是主題。「借太真外傳譜新詞，情而已」（第一齣之「引子」）。誰有「情」？不是唐明皇，而是楊貴妃。唐明皇也有點「情」，但畢竟以帝王家業為重，作者對他頗有一些微詞：「情之所鍾，在帝王家罕有，馬嵬之變，已違夙誓。」（〈長生殿例言〉）。是啊，楊貴妃她可以為你死，你唐明皇卻不能為她死！帝王之「情」是要大打折扣的。

第二，此劇是為楊貴妃徹底翻案的。「史載楊妃多污亂事，予撰此劇，……絕不闌入，覽者有以知予之志也」（〈長生殿例言〉）。注意，這是作者之「志」。楊貴妃的形象塑造得美極了，一點污點也沒有。她的體態美貌自不必說了。馬嵬坡兵變，她甘願死，只要能安定軍心，明皇平安到四川就行。所以作者一再說她的死是「為國捐軀」。她在佛堂懺悔，承認自己「罪孽深重」。她的鬼魂追著明皇，又追不著。見到楊國忠的鬼魂，披枷戴鎖。「唉，想我哥哥如此，奴家豈能無罪？」再次認為自己有罪，見到土地神後，第一句話就問她與明皇「還有相見之日麼？」對天禱告，第三次認為自己有罪。她不求做仙，只求她「舊日的匹聘」，可謂一往情深。明皇為她建廟，雕她的像，明皇哭了，神像也「滿面淚痕」。玉帝讓她上天再做仙人，她上天之前首先做的一件事，就是在墳墓中留下一物（錦香囊），讓日後明皇為她改葬時能看見，知道她已升天了。她做了仙子後仍苦苦思念明皇，金釵鈿盒絕不離身。織女娘娘去看她，說明皇對你不仁不義，忘了他吧。她說：「想那日遭磨劫，兵刃縱橫，社稷阽（音電，臨近也）危，蒙難君王怎護臣妾？妾甘就死，死而無怨，與君何涉！」織女勸她安心在蓬萊仙山，不要胡思亂想，再被貶入人間。她說：寧願不當仙女，只要有唐明皇就行。「情願謫下仙班」，「又何惜人間再受罰折」！等到道士楊通幽奉明皇命令，「上窮碧落下黃泉，兩處茫茫皆不見」，受織女娘娘指點，好不容易找到蓬萊仙山見她時，她卻收起感情，淡淡地說，請轉告皇上，「只願此心堅似始，終還有相見時」，潛臺詞可多了：你已負心一次了，這次可別再不「堅」了！直到此時知相見有期了，才微露怨責之意。

第三，富於神話色彩。土地公公幫她，牛郎織女憐她，嫦娥請她聽〈霓裳羽衣曲〉，喚起她前生當仙女時的記憶力。又借月宮給她與明皇相見。劇作者以美襯美，以織女、嫦娥襯貴妃。神話色彩之美正在這裡。

第四，結構宏大，敘事謹嚴，文詞完美，科白生動。「蓋經十餘，三易稿而始成」。請注意，素材前人大都寫到了，如白居易《長恨歌》、陳鴻《長恨歌傳》、民間故事《開元天寶遺事》，特別是《楊太真外傳》，此外還有不少戲曲，都寫了楊貴妃的故事。劇作家面對大量素材，本領就在於取捨與安排。再請注意，作為戲曲，成功的關鍵尤在文詞與科白。洪昇是戲曲語言風格的大師，劇中的曲辭有多種語言色彩，寫貴妃之美色是艷麗，《冥追》是冷森中透出人物追求愛情之堅定，《彈詞》的懷古現出蒼涼。皇帝、貴人、樂士、小民、安祿山、高力士，一人一個腔調，無不栩栩如生。僅以開篇〈滿江紅〉為例，這是一篇詩的論文，是論辯與抒情的結合。作者直陳胸臆，主題鮮明，有問有答，一韻到底，一氣呵成，句句真切，確實是不可多得的好曲詞：

> 今古情場，問誰個真心到底？但果有精誠不散，終成連理。萬里何愁南共北，兩心哪論生與死。笑人間兒女悵緣慳，無情耳。　　感金石，回天地。昭白日，垂青史。看臣忠子孝，總由情至。先聖不曾刪鄭衛，吾儕取義翻宮徵。借太真外傳譜新詞，情而已。

洪昇家境貧寒，清兵入浙（他是杭州人）時母親在逃難途中生下他。「是時生汝啼呱呱，欲衣無裳食無乳」，所以他對母親有特別深厚的感情。他才華橫溢，但無一官半職，懷才不遇，坎坷一生。「江湖雙淚眼，天地一窮人」。所幸他有一個精通音樂的妻子，又有兩個精通音律的老師，他本人又是一個詩人，這對他寫戲太有幫助了。他六十歲時醉後失足落水而死。那天是六月初一，楊貴妃生日也恰巧在六月初一，故友人輓詩中有「太真生共可憐宵」之句。

孔尚任（1648-1718）的傳奇《桃花扇》（1699）與上述諸傳奇均有不同，它純粹是歷史劇，劇中幾乎無一不是真人真事，且頭緒多，若不先了解它所寫的「南明」這段歷史，就沒法看懂，故先講講歷史背景十分必要。

一六四四年，李自成攻破北京，明朝被推翻。崇禎帝四月自縊於北京煤山（今北京景山公園）。同年，清兵入關，清世祖定都北京，清朝開始。明亡後，其殘餘力量曾先後在南方建立了幾個短命政權。其中以崇禎的堂兄弟福王（？-1646）在南京稱帝最著名。其政權僅存一年（1644-1645），即為清滅。史可法（1601-1645）就是崇禎帝與福王政權的兩任兵部尚書，福王時加封大學士，受馬士英排擠，鎮守揚州。一六四五年清兵南下時，先圍攻揚州，四月城破史可法自殺未死，為清兵所殺。清兵旋即攻南京，五月十日福王與馬士英等出逃，五月十五日清兵攻陷南京。福王逃至蕪湖被降將所俘，次年初被殺於北京。

以上是漢滿民族矛盾。還有漢統治集團內部的矛盾，這要從晚明講起。晚明時，宦官魏忠賢（1568-1627）專權，他們一派被稱為「閹黨」。在野的政治勢力是一群曾當過官的知識分子，稱「東林黨」，因其領導人顧憲成（1550-1612）等在無錫東林書院講學而得名。「東林黨」比較進步，慘遭「閹黨」迫害。崇禎帝一六二七年即位後，要勵精圖治，曾嚴辦「閹黨」，魏畏罪自縊。「閹黨」勢力大弱，但其殘餘勢力仍在。到南明時，東山再起，代表人物為馬士英（約1591-1646）、阮大鋮（約1587-約1646）。馬士英擁福王在南京稱帝，排擠史可法，當上首輔。阮大鋮也當上兵部尚書。「東林黨」則演變為「復社」，仍與「閹黨」對抗。「復社」主要支持崇禎帝，對福王就隔了一層。「復社」的勢力遠不如馬、阮，當然又受其迫害。

南明的部隊也有矛盾。左良玉（1599-1645）是支持崇禎帝的，對福王在南京稱帝不滿。他本鎮守武昌，一六四五年進兵南京，名曰保護朝廷，從南京方面看來就是造反。黃得功（？-1645）是福王派，駐兵合肥，打敗左良玉的進兵。左良玉病死於軍中。黃得功後又派駐蕪湖，清兵攻陷揚州，將陷南京，福王逃至蕪湖，他保駕力戰而死。

請注意，以上的史實及三方面的矛盾，《桃花扇》統統寫進去了，多麼複雜。故不了解其歷史背景，是讀不懂此劇的。下面我們就開始對《桃花扇》作一些分析。

時間：一六四四至一六四五年，南明時期。

地點：主要在南京。

劇情：「復社」的大才子侯方域來到南京，愛上名妓李香君。閹黨阮大鋮巴結他，主動出錢幫他「梳櫳」[4]李香君。侯方域本鄙視阮，因貪其財物，對其轉生好感。李香君問明財物來歷，嚴詞批評侯，侯覺悟後便退回財物。阮大鋮懷恨在心。劇本轉寫部隊，左良玉駐守武昌，武昌缺糧，部隊不穩，左想把部隊拉到南京，因南京有米。侯與左是世交，托說書人柳敬亭帶去一信，勸他不要胡來。左接受柳之勸告，仍駐武昌。但此事被阮大鋮知道了。阮在一次軍政會議上指控侯與左有反心。這次會議史可法從揚州來參加了，史與侯是朋友，史親「復社」，在會上竭力為侯辯護。會後，有人趕到侯李住處，說阮要派人捉侯，建議他逃到史可法住所避難。於是侯李分手。史可法帶侯返回揚州。劇本又轉寫政局，李自成攻陷北京，崇禎帝在煤山自縊，消息傳來，江南震動。馬士英在南京擁福王為帝，阮大鋮被拉入閣。侯勸史可法不要擁護福王，但史以大局為重，也去了南京，做了福王的兵部尚書兼大學士。馬、阮本不願史入閣，為利用他，表面也相安無事，暗中卻唆使福王把他派回揚州去帶部隊，將他擠出南京。話分兩頭，自侯去後，李香君一人住在妓院。馬士英、阮大鋮看中她的歌喉美貌，強迫她出來唱歌，被她當場大罵一頓。以後，馬、阮又企圖強迫她改嫁給一個新上任的官僚，馬阮的同黨，李當然不肯。馬、阮就派人來搶親。李香君倒地撞頭，鮮血濺在侯送她的結婚禮物——一把題了詩的宮紗扇子上面。李的乾媽見勢不好，代替李上了花轎。馬、阮、新官僚都未到場，也就蒙混過關了。不久，

4　「梳櫳」本是名詞，轉為動詞，意為送箱櫳嫁妝。

李香君的師傅蘇昆生與畫家楊文聰來妓院，楊看見染血的扇子，便說道：「幾點血痕，紅豔非常，不免添些枝葉，替他點綴起來。」但沒有綠色怎好？蘇昆生就採摘盆草，扭取鮮汁，讓畫家畫成一枝帶葉的桃花——這就是「桃花扇」的來歷。李托師傅帶著「桃花扇」去找侯，侯聞訊後趕到南京，但這時李已被福王選入宮中。侯一到南京，便被馬、阮逮捕入獄。劇本再寫部隊，蘇昆生趕赴武昌，將侯入獄之事告訴了左良玉。左良玉本恨馬、阮，便率兵攻打南京，在合肥被黃得功打敗了。左良玉自刎未成，氣死軍中。劇本再寫南明覆滅。清兵南下，圍困揚州，南京震動，福王出逃到蕪湖黃得功處。馬士英、阮大鋮在逃難中被亂民痛打一頓。黃得功部下有兩個叛徒，要捉福王去北京請功，把福王搶走了。黃得功保駕不得，拔劍自殺。劇本再補寫清兵攻陷揚州，史可法投江自殺。最後寫侯李二人（一從監獄逃出，一從宮中逃出）不約而同逃到棲霞山，分別住在不同的道觀中。不久，白雲庵的大法師為悼念崇禎帝及陣亡戰士修齋設壇。侯李也去參加，二人意外相逢，正想在壇下互訴離情時，被大法師喝令斬斷情根。二人頓時覺悟，各隨師父出家修行。至於壞人馬士英、阮大鋮，劇中也有交代。座下有人問大法師，奸賊有何報應？法師閉目一看，說馬士英在臺州山中被雷打死，阮大鋮逃到仙霞嶺跌死（這是由演員演出來的）。全劇四十齣，末了還有第四十齣之「續篇」，名曰《餘韻》，幾年過去了，蘇昆生打柴，柳敬亭打漁，二人見面，回憶往事，交代了一些次要角色的結果。

《桃花扇》的價值有五。第一，這是中國戲劇史上極為罕見的一部全寫真人真事的歷史劇。它的特點是「實事實人，有憑有據」。劇作家說，除了「桃花扇」名稱的來歷是聽別人講的以外，其他全有根有據。古今中外的歷史劇都有藝術虛構，唯獨此劇極少。從關漢卿到郭沫若的歷史劇，都不曾這樣寫。莎士比亞與大仲馬也寫歷史劇，虛構更多，大仲馬說：「歷史是什麼，是我掛衣服的釘子。」

第二，它用一個劇本總結明朝三百年的歷史。作者說此劇要讓觀眾「知三百年之基業，隳（音灰，毀滅）於何人？敗於何事？消於何年，歇於何地」，這樣的大氣魄，大抱負，在世界戲劇史上也極為罕見。莎士比亞用九部歷史劇（不算與別人合作的《亨利八世》）總結英國從約翰王（十三世紀初）到查理三世（十五世紀）兩三百年的歷史，而孔尚任則用一部《桃花扇》總結明朝的歷史。

第三，它是一部政治劇。孔尚任生於一六四八年，明亡四年他出世，卒於一七一八年，他死後四年，康熙才死。他在康熙手下做過官，給康熙講過《論語》。《桃花扇》發表於一六九九年，距明亡才四十五年。在康熙統治期間，他敢寫清滅明之歷史，寫崇禎帝在煤山上吊，史可法在揚州抗清，南明首都南京陷落，老百姓對先帝的追念與亡國的悲憤。他說，他寫這劇本是「借離合之情，寫興亡之感」，「不獨令觀者感慨涕零，亦可懲創人心，為末世之一救矣」，大有喚起民眾之意，這不是政治是什麼？孔尚任是夠大膽的，他是孔子第六十四代孫，他繼承了先聖的浩然正氣，才作此劇。還好康熙比較開明寬容（他在位時只有兩位冤案，文字獄遠不如他的後代雍正、乾隆多），若此劇寫於雍正、乾隆時期，孔尚任非殺頭不可。

第四，它是一部反傳統的愛情劇，打破了大團圓的俗套。孔尚任把個人的悲歡離合與國家的興亡盛衰聯繫起來。最後寫侯與李在棲霞山分手，法師的棒喝極為警世：

> 呵呸！兩個痴蟲，你看國在哪裡，家在哪裡，君在哪裡，父在哪裡，偏是這點花月情根，割他不斷麼？

於是兩個主角，一個山南，一個山北，各隨師父出家。出家是看破紅塵，但國破家亡，山河易主，面對歷史的悲劇，不應沉溺於匹夫的不幸，四個「哪裡」，是警鐘長鳴，給世間無數痴兒女以震懾靈魂的啟示。結局曲終人杳，江上峯青，還歷史劇深遠之哲理力量。孔尚任讓侯、李二人長期不見面，一見面就自覺斬斷情根，運筆如此果斷，逆轉如此迅速，這是時代與歷史給他的靈感。失去「大我」，焉有「小我」，個人的愛情注定是悲哀的。這樣寫愛情的昇華，寫得極為深刻。

第五，塑造了妓女李香君的光輝形象。劉大杰在《中國文學發展史》下冊有一段話分析得很好，抄錄如下：

> 特別是李香君的形象，描繪得最為動人。她姿容絕世，多藝多才，雖出身低微，抱著高遠的理想。她不僅有熱烈的感情，還有豐富的智慧、堅強的理智和關懷國家大事的政治頭腦，她要做女禰衡（見其唱詞——筆者），她反抗庸俗的富貴生活，反抗一切威脅利誘的強暴黑暗的惡勢力，為了忠於愛情，忠於理想，始終不屈不撓，終於獻出了她的鮮血，在扇上染成了永遠鮮豔的桃花。作者以優美的語言，刻劃了她的內心世界，描繪了她靈魂上每一個震動的音符，用盡全力，把她的形象藝術化、完整化。像她這樣具有頑強的反抗性鬥爭性，這樣忠於愛情、忠於理想，而又具有這樣清醒的政治頭腦的女性，在《桃花扇》以前的古典文學裡，很少見過。

研究《桃花扇》，孔尚任有兩段話最重要，不可不知：

> 《桃花扇》一劇，皆南朝新事，父老猶有存者。場上歌舞，局外指點，知三百年之基業，隳於何人？敗於何事？消於何年？歇於何地？不獨令觀者感慨涕零，亦可懲創人心，為末世之一救矣。（〈桃花扇小引〉）

> 昨在太平園中，看一本新出傳奇，名為《桃花扇》，就是明朝末年南京近事。借離合之情，寫興亡之感，實事實人，有憑有據。（《桃花扇・先聲》）

《桃花扇》也有缺陷，不在思想而在藝術，最大的缺點是結構。用一個劇本寫南明的歷史，又要面面俱到，這就失之於散漫，缺少了集中。孔尚任此劇寫作十餘年，三易其稿，是煞費苦心的。他用侯、李愛情線索來貫串歷史，是一個很好的構思，但由於事事俱寫，就必然擠掉這條主要線索。侯李二人從第十一齣〈投轅〉起，到第三十九齣〈栖真〉止，整整三十齣戲都不見面，變成各人幹各人事，各有各之遭遇，缺乏交流，這不能不說是結構的失敗。劇本思想雖好，但不如《牡丹亭》、《琵琶記》、《長生殿》動人，根本原因正在這裡。雨果也寫過失敗的歷史劇，《克倫威爾》（1827）是他第一部戲劇作品，但這部五幕詩劇包羅萬象，要把十七世紀英國資產階級革命的歷史全寫進去，僅有名姓人物就近百人之多，而且場面浩大，篇幅冗長，不符合舞臺演出的要求而始終未能上演。《桃花扇》與《克倫威爾》的缺陷是相同的，都是缺少了「集中」。

## 三　古典戲曲的衰落與地方戲的興起

中國戲曲到了晚清，出現了巨大轉折，這就是舊力量的衰落與新力量的崛起。清代的傳奇，由於脫離人民大眾，逐漸走上案頭化、宮廷化的道路，失去了原先蓬勃的生命力。

清宮廷有五個連臺本戲，均為二百四十齣，清張照的《勸善金科》敷演目連救母的故事。目連全家行善，其父病故，母劉氏因而怒焚佛經，死後被打入地獄，經歷各種災難。目連為了救母不避艱險，親往西天求佛，遍遊十八層地獄尋母。張照的《昇平寶筏》演《西遊記》。清周祥鈺等的《鼎峙春秋》演《三國演義》、《忠義璇圖》演《水滸傳》。清王廷章的《昭代簫韶》演《楊家將演義》。宮廷演大戲時，康熙命令「活虎、活象、真馬」上臺，趙翼在熱河行宮觀《西遊記》，說演至唐僧見如來時，演員有幾千人。這些戲劇靠機關布景、陳舊觀念取悅於統治者，連西方曇花一現的浪漫主義戲劇也不如，只在宮廷流行，民間根本無法可見，便隨著清王朝之衰敗而衰敗。代之而起的是民間各地的劇種（地方戲），它成了劇壇的主宰。雖然正統勢力敵視它，貶之為「花部」（雜七雜八之謂也），斥之為「亂彈」，但無法阻止以京劇為首的數以百計的地方戲去擁抱億萬觀眾。

## 四　現代話劇與現代戲曲併舉

辛亥革命前夕，在日本的中國留學生首倡「新劇」、「文明劇」。一九〇七年由曾孝谷（1873-1937）、李叔同（1880-1942）、歐陽予倩（1889-1962）組織的春柳社在日本演出《茶花女》（片斷）和自編的《黑奴吁天錄》，後者由曾孝谷根據美國斯陀夫人原著改編，成了中國第一個「話劇」劇本。演出是不規範化的，中央夾一段中國戲曲，還有一個印度學生上臺唱了印度唱曲。日本報紙說中國留學生演戲，這是破天荒第一次[5]。同年，由留日學生王鍾聲（1874？-1911）創辦的上海春陽社，也演出《黑奴吁天錄》。春陽社解散後，王鍾聲一九〇八年去北京演出《秋瑾》、《徐錫麟》等新劇。王鍾聲於辛亥革命時參加上海起義被殺害。一九〇八年，國內的日本留學生任天知（？-？）等演出《迦茵小傳》（英哈葛德著，林紓譯），分幕，不唱，與戲曲不同。一九〇八年，任天知在上海成立進化團，演出《共和萬歲》。中國留學生從日本引進了西方話劇，功不可沒。他們日後走向

5　阿英：《小說閒談・東京夢》（上海市：上海古籍出版社，1985年），頁81。

各不相同，有的為革命而捐軀，有的出家當了和尚，有的當了官，有的一直在劇壇耕耘，他們都是中國話劇篳路藍縷的開創者。

戲劇史把「新劇」、「文明劇」稱為「早期話劇」。這是一種由戲曲向現代話劇過渡的戲劇形式，雖然分幕，不唱，但表演不脫戲曲程式，劇本也是幕表式的。「早期話劇」很快就衰落了，原因是劇團失去政治熱情，演員生活不檢點，演出商業化。

「五四」時期，歐洲現實主義話劇輸入中國。《青島》是中國上演的第一個外國話劇，一九二一年在上海由中西女塾的女生們用英語演出，在西方的影響下，繼承「早期話劇」傳統，中國現代話劇誕生。胡適的獨幕劇《終身大事》（1918）是中國第一個話劇，因無女性敢演而始終未上演過。「話劇」的名稱有人說是田漢叫出來的，有人說是洪深叫出來的。話劇的興起，使中國戲劇擴大了容量，能迅速、有力地反映現實生活，是中國戲劇史上一個重要的里程碑。

「五四」後，話劇與地方戲並舉，各自擁有廣大觀眾。話劇出了曹禺、郭沫若、老舍這樣的大戲劇家。新時期的話劇又自成一個新階段。九十年代又出現小劇場運動，出了《留守女士》（1991年上海人藝演出）一批好劇。話劇由西方移入，與西方戲劇有血緣關係，需「外為中用」，走民族化道路。戲曲源於本土，有優秀民族傳統，但保守性大，需吸收外來營養以發展自己。幾十年來，戲劇界這兩支大軍同步發展，有志之士致力於溝通和改革。新時期的話劇與戲曲面臨新形勢，改革的擔子就更重了。

## 五　中國戲劇演變的特點

中國戲曲演變的軌跡，據王國維的看法，可用如下圖表顯示之：

漢魏百戲——唐{滑稽戲 / 歌舞戲}——兩宋結合的戲劇——元雜劇——南戲（明清傳奇）

他在《宋元戲曲考》中有總結性的說明：

> 由此書所研究者觀之，知我國戲劇，漢魏以來，與百戲合，至唐而分為歌舞戲及滑稽戲二種；宋時滑稽戲尤顯，又漸借歌舞以緣飾故事，於是向之歌舞戲，不以歌舞為主，而以故事為主，至元雜劇出而體制遂定。南戲出而變化更多，於是我國始有純粹之戲曲；然其與百戲及滑稽戲之關係，亦非全絕。

近人周貽白認為王對雜劇與傳奇關係的論點是「錯誤」的。他在《中國戲曲發展史綱要》中認為：第一，宋已有傳奇（即溫州雜劇）；第二，元雜劇從金院本發展來；第三，不是雜劇生傳奇，而是各有爹媽。若以圖表顯示之則為：

參軍戲　　　　北宋雜劇—金院本　　　　雜劇（強）　　　雜劇（弱）　清末舊戲衰落
漢魏百戲—唐　　宋　　　　　　　　元　　　　　明清
歌舞戲　　　　南宋南戲（溫州雜劇）　　傳奇（弱）　　　傳奇（強）　與地方戲興起

中國戲曲的誕生（純粹之戲曲）比歐洲遲得多的原因與中國的宗教不發達有關。古希臘戲劇之所以在西元五世紀就大為興盛，與古希臘之多神教發達大有關係，其源於酒神祭及以神話為素材便是證明。西方中世紀之宗教劇也產生得很早，數量極多，舞臺演出繁榮，這與基督教成為西方國教，教堂提倡用戲劇作宣傳，西方基督教與政治關係極密切，宗教之助力亦即政治之助力大有關係。中國以儒教立國，儒教否定宗教，中國宗教又不發達，儒教不用戲劇來宣傳，中國戲曲少有宗教助力，故遲遲未能誕生。

中國戲曲的大發展在元朝，王國維說：「而論真正之戲曲，不能不從元雜劇始也。」（《宋元戲曲考》〈古劇之結構〉）。元朝歷史不長（1279-1368），不到百年，詩文不發展，偏偏雜劇大發展，有雜劇作家二百多人，雜劇六百多本，流傳至今的尚有一百六十本左右，原因與元人入主中國極有關係。元統治者以游牧民族擅長歌舞，大力提倡歌舞的戲曲，又取締科舉，迫使文人轉向戲曲創作。因此，一代有一代的文學，並非全是漢族的貢獻。楚騷、漢賦、唐詩、宋詞是漢人的貢獻，而元曲的起來，雖繼承了漢文學傳統，但提倡的功勞卻在蒙古族。少數民族統治中國而有元曲，在中國文化史上是獨一無二的現象。

「關、馬、鄭、白」是元曲四大名家。關漢卿的《竇娥冤》與《救風塵》是人民的悲劇及高級喜劇，均以女性塑造而聞名。馬致遠的《漢宮秋》在素材處理上不求歷史的真實，並從側面塑造昭君。鄭光祖的《倩女離魂》使用心理外化的手法，為女演員的表演開闢新天地。白樸的《牆頭馬上》是中國戲曲史上最富於喜劇性劇本之一，是從情節到衝突模式的典範。其《梧桐雨》不寫明皇貴妃全部故事，說明雜劇形式決定內容的取捨。王實甫的《西廂記》是描寫戀愛性心理的傑作，紅娘是喜劇的靈魂。尚仲賢的《柳毅傳書》及《張生煮海》是神話劇雙璧，均以海為背景。以上均為元曲之名著，最大特點是曲辭「自然」，結構緊湊。

中國戲曲到了明代，雜劇和傳奇都有成就。雜劇為舊體，傳奇是新聲。康海的雜劇《中山狼》是寓言童話劇，也有力說明戲曲素材來自小說的特點。徐渭的雜劇是《四聲猿》以《狂鼓史》最有戲劇性，有一個「戲中戲」。徐渭的女權主義思想很醒目。高明的《琵琶記》全部價值在於趙五娘及其高尚品質。湯顯祖的《牡丹亭》以「情」字為主題，具有前所未有的浪漫主義精神，女主角杜麗娘變鬼後個性最解放，四場鬼戲是精華。《牡》劇上演的爭論是中國戲曲理論史上一大事件，但性質不同於西方，與政治、倫理無關。

中國戲曲到清代，傳奇一花獨放，雜劇已衰落。李漁的十部喜劇及其理論著作《閒情偶寄》奇軍突起。李漁有六點前無古人的貢獻，具有國際意義。洪昇的《長生殿》與孔尚任的《桃花扇》是清代傳奇代表作。《長》劇亦以「情」字為主題，徹底為貴妃翻案，所謂「為國捐軀」。以美襯美是神話的魅力。《桃》劇以真人真事為描寫對象。「實事實人，有憑有據」，不同於其他中外歷史劇。結局四個「哪裡」是警鐘長鳴，愛情主題從「小我」向「大我」昇華。但此劇貪大求全，結構失於散漫。

西方戲劇的發展得力於跨國的文化交流。中國戲曲則不受任何外國影響，而是獨立、內向地發展。古羅馬戲劇可以在古希臘戲劇的身體中生長，這是中國戲曲想都不敢想的事。中國戲曲重視的是同時代人的相互借鑑及對前代人的直接繼承。白樸的《梧桐雨》直接繼承了馬致遠的《漢宮秋》，特別是結局。唐明皇在宮中因雨打梧桐而懷念死去的楊貴妃，與漢元帝在宮中因聽到雁聲而想念死去的王昭君寫法一樣，都是觸景生情，這是同時代人的借鑑。王實甫的《西廂記》直接繼承了金代董解元的《西廂記諸宮調》。湯顯祖是開一代傳奇的大家，他也繼承了元曲：《邯鄲記》仿馬致遠《黃粱夢》，《還魂記》效鄭光祖《倩女離魂》，《牡丹亭》文詞則學王實甫《西廂記》。

中國戲曲派別色彩極淡，不以政治、哲學、創作方法區分，與西方大不相同。宋元無派。明有臨川派（湯顯祖、孟稱舜）、吳江派（沈璟、馮夢龍）之爭，也是形式技巧之爭，而非政治哲學創作方法之爭。清有蘇州派（李玉、朱素臣），則以地方分，並無對立派。

戲劇離不開動作，但中國戲曲的動作是程式化的；戲劇離不開對白，但中國戲曲獨白多對白少，而獨白是詩歌化的；尤其重要的，是中國戲曲的動作和詩歌絕對離不開音樂。因此，中國戲曲是用歌舞表演故事。中國戲曲史是戲曲中詩的成分的發展史，是歌舞的成分的發展史，尤其是音樂的成分的發展史。

中國戲曲之所以有元雜劇、明傳奇、清末民初地方戲三大種類，不是由內容所決定，而是由形式所決定。這「形式」首先是音樂，音樂不同，結構便不同，劇種便不同。這與西方戲劇迥然有別。西方悲劇、喜劇、正劇分類，首先是由內容決定的。古希臘戲劇之區分悲劇、喜劇最為典型。要研究中國戲曲結構演變的軌跡，要研究中國劇種的發展，必須注意研究中國戲曲音樂（尤其是唱腔）的演變，此乃中國戲曲的靈魂。

中國戲劇到了近代，又出現了嶄新的戲劇類型——話劇，這完全是引進西方戲劇的產物，與古典戲曲毫不相干。於是，中國現代劇壇上便有兩支大軍各領風騷——戲曲與話劇。兩支大軍並存，同時獨立地發展，各有各的觀眾，各有各的編劇與表演方法。話劇要民族化，戲曲要改革。相互可以借鑑，也要學外國。但從根本上說，話劇與戲曲，如兩條獨立、平行的大河，永遠不可能相匯。這是只見諸東方而不見諸西方的獨一無二的奇特現象。

# 貳
# 西方戲劇演變的軌跡及特點

西方戲劇史可以分為八個時期，即古希臘羅馬戲劇、中世紀戲劇、文藝復興時期戲劇、十七世紀古典主義戲劇、十八世紀平民戲劇、十九世紀上半葉浪漫主義戲劇及「詩劇」的終結、十九世紀中後期至二十世紀初批判現實主義戲劇、西方現代戲劇。這八個時期的戲劇，大致反映出西方從奴隸社會到現代社會的戲劇內容與戲劇觀念、戲劇形式的更新與發展。

## 一　古希臘羅馬的戲劇

古希臘戲劇起源於酒神（狄俄涅索斯）節的宗教儀式。繁榮於西元前五世紀的雅典。其繁榮與希臘古典奴隸制大有關係。古典悲劇代表作家為埃斯庫羅斯（西元前525至西元前456年）、索福克勒斯（西元前496至西元前406年）和歐里庇得斯（西元前480-406年）。喜劇代表作家為阿里斯托芬（西元前446至西元前385年），還有米南德（西元前342至西元前292年），他是新喜劇的代表。古希臘戲劇的成就絕對地居古代世界之最，主要根據是劇本。三大悲劇詩人共有二百十二部悲劇及「羊人劇」即薩提爾劇（the Satyr-play）。流傳至今尚有三十二部悲劇。阿里斯托芬寫過四十四部喜劇，流傳至今的尚有十一部。米南德寫過一百多部喜劇，只存《恨世者》及《薩摩斯女子》。古希臘給現代人類留下四十五部完整的悲劇及喜劇，這是世界上其他民族所無法比擬的。

古希臘戲劇是人類戲劇史上第一個黃金時代，是人類戲劇史上第一個藝術高峰。它具有古希臘民族極鮮明的特色，這種特色在相當長時期內又成為西方戲劇的特色。例如它嚴格區分悲劇與喜劇。悲劇絕大多數取材於神話，主角是神和英雄，主題是主角與命運悲慘的衝突，格調莊嚴、崇高、悲壯、恐怖，戲劇形式是「三部曲」，每部要求時間、地點、情節的一致，有「鎖閉式」與「開放式」兩種結構。喜劇取材於現實生活，主角是老百姓，主題是抨擊時弊或描寫諸色世態，格調是諷刺的、嘲笑的、粗野的、抒情的、歡樂的，只有一齣。

古希臘戲劇都有歌隊（新喜劇無），歌隊既是解說員、評論員，也是劇中的角色。歌隊載歌載舞，使古希臘戲劇滲入了歌舞成分，形式新穎，又不與內容脫節，這是古希臘戲劇一個重要特色。

古希臘戲劇全部用詩寫成，是「詩劇」，三大悲劇家被稱為三大悲劇詩人。別林斯基說：

> 希臘人的戲劇彷彿是史詩和抒情詩的果實，因為它發展在它們之後，是希臘詩的最燦爛，同時也是最後的花朵。

何以是「最後的花朵」呢？因為古希臘最早的書面文學是荷馬史詩，以後抒情詩起來，悲劇是在史詩與抒情詩（演變為「歌隊」）的基礎上發展起來的。再往後歷史散文便代替了詩歌，所以「詩劇」是詩的「最後的花朵」。

古希臘戲劇理論名著是亞里斯多德（西元前384至西元前322年）的《詩學》[1]，它對古希臘戲劇（特別是悲劇）作出了科學的總結。它從「模仿說」出發，指出戲劇是模仿「行動中的人」（man is action），也就是說，戲劇的靈魂是「動作」。它指出有三種「模仿」，十分全面。它區分了悲劇與喜劇，著重分析了悲劇的結構。《詩學》

1 古希臘戲劇都用詩寫，史詩也用詩寫，所以研究史詩，戲劇的理論便稱為「詩學」，《詩學》主要講戲劇理論，只有兩章講史詩。

理論性強，深入淺出，有大量例子。兩千多年來，直到西方現代主義及布萊希特（1898-1956）的戲劇理論崛起之前，它對西方戲劇理論界起主要影響。

西元前一四六年，古羅馬滅古希臘。古羅馬的戲劇全部是模仿古希臘的。古希臘民族的戲劇在古羅馬民族戲劇中再生，說明古希臘戲劇與古羅馬戲劇關係之密切，這是世界戲劇史所僅見的。古羅馬的劇本很多，到今天只剩下三個劇作家的作品：普羅圖斯（約西元前254至西元前184年）的二十一齣喜劇，泰倫斯（西元前190至西元前159年）的六齣喜劇，塞內加（西元前4至西元65年）的九齣悲劇。

普羅圖斯的《一壇金子》對文藝復興時期法國喜劇家拉里維的《群鬼》及十七世紀法國莫里哀的《慳吝人》有極大影響。後兩劇基本上是《一壇金子》的改寫。《一壇金子》分五幕。第一幕寫窮老頭歐克利奧害怕女僕斯塔菲拉知道他屋內藏著一壇金子。第二幕寫姐姐歐諾彌斯勸弟弟梅格爾洛斯結婚，梅告訴姐姐，他準備向歐克利奧的女兒求婚。當梅向歐克利奧提出與他女兒結婚的請求時，歐克利奧又害怕梅知道他有一壇金子，直到梅表示不要賠嫁費後才同意將女兒嫁給他。第三幕寫歐克利奧把準備婚宴的廚師從家裡趕出來，因他害怕廚師偷他的一壇金子。他還不放心，便將用外衣掩蓋著的金壇子藏到守信女神廟中。第四幕寫奴隸斯特羅比盧斯看見歐克利奧藏金壇子，但歐也發現了他。歐又攜金壇子到森林中去，沒料到斯尾隨其後。青年盧科尼德斯（斯特羅比盧斯是他的奴隸）出場，告訴媽媽（即歐克利奧的姐姐歐諾彌斯），他因喝醉了酒玷污了歐克利奧的女兒，求她去說服舅舅千萬別娶這門親。而這時歐克利奧的女兒菲德里雅即將分娩。斯特羅比盧斯等歐克利奧離開森林後把金壇子挖了出來。但歐克利奧又回來了，發現金壇子已不見，幾乎精神錯亂（這段長臺詞後來被拉里維及莫里哀幾乎一字不漏地搬入自己的劇本中）。盧科尼德斯巧遇歐克利奧，向他承認「偷」了他的女兒，而歐克利奧以為盧

「偷」了他那壇金子，二人發生誤會，最有喜劇性。最後，盧科尼德斯告訴老頭，他舅舅不娶歐的女兒了。第五幕是「尾聲」，盧科尼德斯找到了自己的奴隸斯特羅比盧斯，要他把那壇金子交出來。原劇至此中斷，只留下五行殘句，根據這些殘句判斷，結尾情節大約是這樣：斯特羅比盧斯把金子還給了歐克利奧，歐高高興興地把女兒嫁給了盧科尼德斯，並把金子給女兒作嫁妝，全劇在歡樂的結婚宴會中告終。

《一壇金子》與拉里維及莫里哀的劇本在結構上最大的不同是一個「開場白」起四個作用，第一，點出主題，此劇是寫吝嗇鬼的；第二，介紹劇情：一壇金子的來由；第三，留下懸念，故事如何展開；第四，告訴觀眾一切都是神的安排。全文如下：

> 家神（由歐克利奧屋內上場）：為了不使大家感到詫異，不知道我是誰，我首先來個簡單的自我介紹。我是這戶人家的家神，你們剛才也看見我從這屋裡出來。就住在這裡，多少年來一直充當現今房主人的父親和祖父的保護神。他的祖父曾經瞞著家人，把一批金子委託給我：把金子埋在灶下，請我為他保管。他這個人本性貪婪，直到臨死，也一直沒有把這件事告訴兒子，他寧願讓兒子生活貧困，也不想把金子遺留給他。他只給兒子留下一小塊土地，他兒子就靠那塊地，艱苦地渡過了一生。
>
> 在那個把金子委託給我的人死後，我便注意觀察，他的兒子對我是否比他要虔敬一些。可是實際上，他對我卻越來越怠慢，禮數越來越不周。我也就同樣回報了他。他也已經死了。他留下一個兒子，現在就住在這間屋裡，兒子的性格同他的父親和祖父又完全一樣。這個人有個女兒，每天向我奠酒、敬香並供其他祭品，還經常給我戴上花環。為了感謝她對我的敬意，我讓她的父親歐克利奧在爐灶底下找到了金子，這樣，當他嫁她

> 的時候就不會太為難了。有個富家出身的青年曾經玷污過這個姑娘。那青年知道她，但她卻不知道他，他的父親也不知道女兒被人玷污過。
>
> 我今天要讓他的一位老年鄰居向他女兒求婚，以便讓曾經玷污過她的那個青年比較容易地娶下她。這個將要向姑娘求婚的老人就是那個青年的舅舅；那個青年是在地母節的夜裡玷污她的。（指在歐克利奧屋子）聽，這個老頭兒又在裡邊嚷嚷了。他要把老女僕從屋裡趕出來，不讓她知道他的秘密。我想他大概又要檢查一下金子，看是不是被人偷走了。（下）

塞內加是唯一有完整作品傳世的羅馬悲劇家，其九齣悲劇是：《瘋狂的赫拉克勒斯》、《特洛亞婦女》、《腓尼基婦女》、《美狄亞》、《費德拉》、《俄狄甫斯》、《阿伽門農》、《提埃斯特斯》、《奧塔山上的赫拉克勒斯》，均取材於希臘神話，他的悲劇對文藝復興的悲劇有直接的影響。注意，他是著名哲學家，斯多葛哲學是其劇本思想基礎。

第一，他的劇本宣傳大自然與遠古黃金時代是理想社會；寄希望於開明仁慈的君主。這是莎士比亞的重要主題，如《亨利四世》、《亨利五世》的開明君主觀念；《理查三世》的暴君觀念；《仲夏夜之夢》、《皆大歡喜》、《暴風雨》的大自然與黃金時代的觀念。第二，他的劇本以歌隊間插分為五幕，文藝復興時期的戲劇分五幕受其影響；第三，塞內加喜作滔滔雄辯，賣弄詞藻，英國伊利莎白時期的劇作家亦有此嗜好；第四，塞內加的人物往往被單一的動機和情欲所制，一旦放手作惡，則百勸不回，在描寫這些人物時，又輔以大量道德、哲學格言。作為一個道德家與哲學家，他是以駭人的情節與道德的箴言對照來做教化的工作，以彰明縱情的惡果。這是文藝復興時期劇作家所沿襲的手法；第五，塞內加的悲劇多有自然主義暴行的描寫，這種恐怖場面在文藝復興時期的劇作中也累見不鮮；第六，塞內加的劇本常出現鬼魂與死亡，在文藝復興時期的劇作家中，也不難見出強調人與超自然事物密切關係的實例；第七，塞內加的劇本有大量獨白與旁白，也為文藝復興時期的劇作家所採用。

古羅馬戲劇理論家是賀拉斯（西元前65年-？），其《詩藝》或繼承了亞氏的《詩學》，但將「古典主義」說代替「模仿說」，變模仿生活為模仿範本。他提倡「寓教於樂」，強調戲劇為羅馬政治服務。賀氏的理論對後世影響也很大。

與古希臘比較，羅馬戲劇的成就不算偉大，但它也造就了三個重要的劇作家和一個重要的理論家——普羅圖斯、泰倫斯、塞內加及賀拉斯。另外，它的劇作和演出都大大影響了文藝復興時期的戲劇家。一四二九年，普羅圖斯的十二個失蹤的劇本重被發現，曾被認為是歐洲劇壇一件大事。在文藝復興時期，羅馬的影響力大於希臘，因為當時的學校必須教拉丁文，以羅馬文學為範本，一般知識分子都通曉拉丁文。教會使用的語言也是拉丁文。而希臘文一直到十六世紀才逐漸通行。莎士比亞時期那些「大學才子」學習的、教授的本子都是羅馬本子，因此，古羅馬戲劇的功勞絕不可低估。

## 二　中世紀戲劇

中世紀戲劇有近千年歷史，總的特點是舞臺繁榮，藝術落後。以法國為例，法國著名文學史家朗松（1857-1934）說：

> 從中世紀直到十六世紀中期，我們的戲劇舞臺一直繁榮，但戲劇藝術止步不前。[2]

---

2　朗松：〈外國影響在法國文學發展中的作用〉，見《方法、批評及文學史》（北京市：中國社會科學出版社，1992年），頁75。

中世紀的宗教劇及民間戲劇雖然數量繁多，但技術粗糙，幾乎沒有名家名作，無法與古典戲劇及文藝復興時期戲劇相比。教會因宣傳教義而提倡通俗的宗教劇，而神學又約束劇作家的思維，故宗教劇難以發展。民間戲劇量多而缺乏提高，便出現了舞臺繁榮、藝術落後的矛盾現象。

宗教和城市仍是戲劇的母胎，但現在基督教的上帝、聖母、耶穌代替了酒神狄俄涅索斯；封建諸侯陰森的城堡代替了古典民主制的雅典。故中世紀戲劇的土壤與古希臘完全不同。

中世紀戲劇的主體是宗教劇。由教會提倡而興盛，又由教會禁止而衰落。十世紀時，教會在宗教儀式中開始加入戲劇性的插曲。西元九五二至一二五〇年間，宗教劇在教堂內演出。十三世紀開始移向教堂外，法國於一五四八年禁演，英國於一五五六年禁演，西班牙於一七六五年禁演。就整個歐洲而言，宗教劇到一六〇〇年已不時興。市民劇是土生土長的戲劇，其世俗性、喜劇性與宗教劇對立，但不形成對抗。在漫長發展過程中，兩類戲劇相互滲透。為什麼？因為宗教劇的觀眾也是人民大眾，而且也可以由大眾來演，日子一久，便滲入市民意識而生異化。中世紀的統治思想是神學，市民都信教，市民劇也必然帶有或多或少的宗教性。到中世紀後期，教會禁止宗教劇，市民劇走向興盛，便由非主體轉化成主體。上述宗教劇與市民劇並存和力量對比轉化的現象，是歐洲中世紀戲劇史的一個特點。中國戲曲史無此特點。

注意，中世紀戲劇雖無成就，卻是文藝復興戲劇的本土土壤，絕不能輕視。古典戲劇影響只占第二位，中世紀戲劇影響是第一位。文藝復興時期的悲劇繼承宗教劇的象徵暗示與恐怖因素，喜劇繼承市民劇尤其明顯。

早期宗教劇非常簡單，是朗誦式的問答體。以後宗教劇發展為「奇蹟劇」、「神秘劇」、「道德劇」。內容複雜了，表演人間事日居重要地位，並用各民族的語言寫了。「奇蹟劇」專門上演聖母的奇蹟。「神秘劇」多以《聖經》為題材。「道德劇」將宗教觀念人格化，是後期產物，今存最早的宗教劇是《你要找誰》（西元925年左右），全文如下：

> （當三位瑪利婭走近基督之墓時，一個天使出現）天使：基督徒們，你們在墓裡找誰？
>
> 瑪利婭們：天神啊！我們來找那薩勒的耶穌，釘死在十字架上的耶穌。
>
> 天使：他不在這裡，他已如他所預言的昇到天上。去，把這消息傳播，說他已自墓中昇天。

這個最簡單的戲劇雛形，以後首尾各自添加別的事件，而日益繁複起來，比如：在探墓的路上，三個婦人在香油攤前停了一下，買香油來準備塗抹基督的身體；而與天使對話之後，她們又四出奔告各門徒耶穌復活的消息。

今存最著名的「道德劇」是英國無名氏的名劇《每個人》，於一五九二年出版，但早在十五世紀已流傳甚廣。它長九百二十二行，共有使者、上帝、死神、個人、友誼、遠親、近親、財富、善行、知識、懺悔、力量、智慧、美麗、天使、博士共十七個角色。作者一開始就說明劇情描寫上帝怎樣派死神召來每個人，評判每個人的一生，是一齣道德劇，但有新思想。此劇有「開場白」和「終場詩」，無布景，由角色通過表演表示地點變化，近似中國戲曲。

使者上場作「開場白」，介紹此劇劇名，劇情梗概及主題，然後下場。上帝從觀眾上方看不見的地方傳話，譴責世人墮落，要對每個人進行評判。上帝召喚死神，死神上場，奉上帝命令去找每個人，要他帶上自我鑒定書前去朝拜上帝。死神繞場行走，以示他接近每個人的家門。每個人上場，死神叫他站住，說明來意，每個人大吃一驚，推說自我鑒定沒有準備好，不願去見上帝，求死神救他，答應送死神一筆財富。死神不准，催他趕快上路。每個人又求死神讓他再活十二年，他定能悔過自新，把鑒定書寫好。死神又不答應。每個人無可奈何，便請求死神允許他找一些朋友伴他上路。死神同意，向他猛擊一掌後下場。友誼上場，看見每個人悲傷的樣子，又聽了他的請求，答應不拋棄他。但當每個人告訴友誼要前往死地時，友誼就匆匆逃掉了。每個人大為感慨，深嘆世態炎涼，決定找他的近親遠親來幫忙。遠親、近親上場，問每個人出了什麼事，並表示無論到什麼地方去，他們同他生死與共。但等到他們聽了每個人的敘述後，又找出種種藉口，溜之大吉。每個人繞場沉思，最後來到財富之家。他想自己一生喜歡財富，財富可能會幫他度過難關。他走到舞臺後部，帷幕拉起，露出財富，被無數大箱子和錢袋包圍著。財富詢問每個人的來意，每個人把事情經過說了一遍，求財富看在平時他對財富寵愛的份上，陪他上路去見上帝。但財富說財富並不屬於他，只是借給他而已，如果他平時把財富分一點給窮人，也不會落到今天這種地步了。財富輕蔑地嘲笑每個人，拒絕幫助他。

帷幕落下。每個人孑然一身，感慨萬身，痛恨友誼、遠親、近親、財富口是心非。最後只得厚著臉皮去找被他綑綁起來的善行。每個人繞場一周，回到臺後，找到了被繩子緊緊綁著的善行。善行說她很願意效勞，只不過由於長期受綑綁，身體太虛弱，站不起來了。她介紹每個人去找她的姐姐知識。知識穿著長袍上場，告訴每個人她願意陪他上路，做他的嚮導。每個人千恩萬謝。知識帶著他到拯救之家找懺悔。懺悔上場，朝他們走來，帶著鞭子。知識叫每個人在懺悔面前跪下。每個人跪在懺悔面前，請求懺悔為他洗淨身上的罪孽。懺悔給他一件珍貴的寶物，名叫苦修，並給他鞭子。吩咐每個人必須經得起苦修，善行就會與他同行。懺悔下場。每個人跪下向上帝懺悔，開始苦修，鞭笞自己。善行從地上站起來，決定陪每個人上路。知識讓每個人穿上一件名叫悔悟的長袍。每個人振作起來，帶上鑒定書，請知識和善行同他上路去見上帝。善行要每個人帶上謹慎、力量和美麗上路，知識讓他帶上智慧當顧問。謹慎、力量、美麗、智慧上場，他們各自表示願陪每個人上路，助他一臂之力。角色們繞場行走，每個人越來越虛弱，不得不由朋友們攙扶著走。他們來到一座墳墓。每個人決定進入墳墓，但美麗、力量、謹慎、智慧不願殉葬，相繼匆匆離去，只留下每個人由善行和知識攙扶著。最後，知識也離開了他，每個人由善行陪伴，勇敢地進入墳墓。天使上場，帶領每個人的靈魂去見上帝。天使與善行退場。博士上場對觀眾念退場詩：

> 這個寓言人們應該牢牢記取，
> 年老與年輕的聽眾都應攝取其價值。
> 拋棄驕傲，它最終將使你們失望，
> 記住，任他是美麗、智慧、力量還是謹慎，
> 這一切到頭來都離人而去，
> 只有善行來拯救他。[3]

在城市，隨著市民力量的壯大，出現了市民劇。一類是帶宗教性的，這是因為教會後來禁止宗教劇在教堂中上演，認為它是「邪惡的熱鬧場面」，於是宗教劇走向市鎮廣場，由市民來辦。如英國的「車前劇」，由手工業行會包辦，各行會分別負責《聖經》中每個故事的表演。另一類市民劇完全不以宗教為內容，它表現市民的生活，以強烈的世俗性、諷刺性、喜劇性同教會的禁欲主義針鋒相對。以法國的

---

3　據 John W. Ashton 的《Types of English Drama》（The Macmillan Company, New York, 1940）。

「笑劇」、英國的「插劇」以及稍晚出現於義大利的「即興喜劇」最有代表性。

法國最重要的「笑劇」是《巴特蘭律師》（1464），共一六〇〇行，作者不詳。巴特蘭當律師生意不好，太太向他訴苦，說沒錢買布縫新衣。他答應弄點布回來，便到布商威廉的鋪子去，經過討價還價，剪了一丈多。他請廉威到家拿錢，還約他吃鵝肉。威廉接受邀請，巴特蘭便把布拿走。回家後，他的太太快樂中不免擔憂，拿什麼付布錢呢？巴特蘭叫她不必擔心，便把預先定好的計畫告訴她。威廉到了，滿心想吃鵝肉和收回布錢。但是，巴特蘭已經臥床好幾個星期了，怎麼會到他的鋪子買布呢？巴特蘭躺在床上，不停地哼著，神智錯亂地說胡話，不由布商不信，只好餓著肚子空手回去。過一會兒，阿妮雷來找巴特蘭，他是替威廉看羊的，威廉控告他把羊宰了吃掉，他請巴特蘭替他作辯護。巴特蘭教他裝傻，不管法官問什麼，總學羊叫。當原告威廉陳述案情時，忽然瞧見巴特蘭，不禁糊塗起來，不知該控告偷羊的阿妮雷呢還是騙布的巴特蘭，就把兩件事混在一起，越說越不清楚。法官當他是瘋子，審問阿妮雷，阿妮雷不說話，總是叫「咩咩」。法官更不耐煩，宣判阿妮雷無罪，了結這案子。巴特蘭於是向阿妮雷要律師費，阿妮雷也不說話，照樣對著他「咩咩」地叫。

這是一齣「騙上騙」的笑劇，優點在於緊湊，一開場就把故事交代清楚，以後情節一個接著一個，很合邏輯，沒有廢話，沒有過火的描寫，劇情直到收場都照著人物的性格逐步發展，有條不紊。律師、布商、牧童、法官寫得恰到好處，一舉一動都表現他們的身分。無論從內容還是形式上說，此劇都是中世紀不可多得的名作。在它的影響下，幾百年來，許多有關巴特蘭的笑劇如《新巴特蘭》、《巴特蘭的遺囑》、《巴特蘭律師》（1708）、《真正的巴特蘭的笑劇》（1872）不斷出現。巴特蘭已成為中世紀市民劇少有的典型人物而流傳至今。

「笑劇」和其他國家的市民劇所具有的現實主義和樂觀主義精神

以及生動活潑滑稽笑鬧的藝術特徵，為莎士比亞、維加、莫里哀、哥爾多尼喜劇所直接繼承。

## 三　文藝復興時期戲劇

中世紀是歐洲戲劇的停滯時期，但它為文藝復興時期的戲劇打好基礎。「文藝復興」使古典文化復活，有了本土文化土壤，加上外來文化影響，歐洲戲劇便出現了新高漲時期。這個時期，歐洲各國戲劇普遍誕生了新的悲劇與喜劇，新的戲劇理論也逐步建立起來，而莎士比亞（1564-1616）則完全突破了古典戲劇的法則，代表著文藝復興時期歐洲戲劇的最高成就。

文藝復興時期戲劇的一個特點是各國戲劇發展不平衡。義大利是發源地，但它本身沒有大戲劇家，其功勞是把古典戲劇及理論傳播到英、法等國去。馬基雅維里（1469-1527）的《曼陀羅花》（1518）較有名。老學究的少妻無子女，他求子心切。一無賴哥兒化裝成郎中，自云有秘方曼陀蘿花專治婦女不育症，但病人服用後必須要與一男子同床交合，方能奏效。愚蠢的丈夫竟聽信之，又恐其妻不允，求郎中尋一位名人說服她。無賴買通愛財如命的神父，神父說服婦人服藥，又對老學究說他出門所遇見的第一個男子即為與婦人睡覺的對象。無賴已化裝成吹笛的少年等著老學究，如願以償。事後無賴告知婦人原委。婦人既怨丈夫的愚蠢，又恨神父的貪財，更愛無賴郎的殷勤，遂鄭重向老學究表示：他日生下子女，郎中應為教父。老學究欣然同意。馬基雅維里是舉世聞名的政治理論家，以《君主論》著稱於世，此書鼓吹君主對內統治人民對外擴張領土均應不擇手段。「馬基雅維里主義」已成為眾所周知的專門名詞。莎士比亞稱他為「凶殘的馬基雅維里」。寫戲不過是他的副業而已。

法國文藝復興戲劇有兩個代表人物，若岱爾（1532-1573）是法國第一個近代悲劇詩人，其五幕詩體悲劇《被俘的克萊奧佩特拉》（1552）是法國第一部悲劇，於一五三三年在巴黎宮廷上演。埃及女王是個愛國者，凱撒大軍占領亞歷山大城，殺死了國王。國王鬼魂命令女王與他會合，王后欣然從命，表示「不願生為俘虜，但願死為自由人」而自盡。其理性第一的主旨正與莎士比亞宣揚愛情至上的《安東尼與克萊奧佩特拉》（1607）針鋒相對，為十七世紀高乃依的悲劇打下基礎。拉里維（1540-1619）是主要的喜劇家，其喜劇《群鬼》據普羅圖斯的《一壇金子》改編，加上法國背景和方言，進一步刻劃了吝嗇鬼的形象，又直接影響了莫里哀的《慳吝人》。

德國封建分裂勢力太強，人文主義者勢力太弱，文學上偉大的時代還未到來，戲劇上也缺乏成績。但漢斯・薩克斯（1494-1576）寫了二百〇八個短劇，具有民間風格，大部分流傳下來，至今仍不時在舞臺上演出。

文藝復興時期戲劇上取得最大成就的國家是英國和西班牙。維加（1562-1635）是西班牙最著名的劇作家，一生寫過一千八百多個劇本，保存下來的還有四百個，有「西班牙戲劇之父」之稱，塞萬提斯譽他「建立了喜劇的王國」。他的名劇《羊泉村》（1609-1613）寫了人民反抗領主取得勝利的史實，論題材的重大性，西方他國無一戲劇作品能與之相比。

英國具有發展戲劇的多方面優越條件。英國文藝復興的戲劇發源地是倫敦，當時這個城市的戲劇相當發達，劇作家多如群星。靠近倫敦的兩所著名大學劍橋大學與牛津大學經常開展戲劇活動，有一批「大學才子」在寫戲，如約翰・李利（1554-1606）、羅伯特・格林（1558-1593）、托馬斯・基德（1558-1594）、馬洛（1564-1593）等等都是。除基德沒讀大學外，李利先入牛津，後為劍橋文學碩士，格林是兩校的雙料碩士，馬洛得劍橋大學學士位，後又爭得碩士位。他們的戲劇模仿古典與中古的戲劇，從題材、構思、手法、語言諸方面都給莎氏以啟示（如莎士比亞的《哈姆萊特》以基德的同名劇本為素材，故基德之劇本被稱為「原始的哈姆萊特」）。莎士比亞雖是群芳之魁，但「紅花還要綠葉扶」，沒有一大批劇作家的「綠葉」，英國也開不出莎士比亞這朵「紅花」[4]。

當時倫敦已出現固定劇場，共有九個，一五七六年建成的「大劇院」是歐洲最早的固定劇場。此外，「玫瑰」劇場建於一五八六年[5]。「天鵝」劇場建於一五九五年，「環球」建於一五九八年，「幸運」建於一五九九年，「希望」建於一六一三年，「黑僧」建於何時不知。劇場與戲劇發展關係極大，有了固定劇場，演出便有固定地點，演員與劇作家有了「根據地」，重要性可想而知。

戲院多建在城南區，不在倫敦市區內，不受市政府管轄（清教徒掌權的市政府反對市民看戲，還怕影響公職人員工作）。劇場演戲一般不貼海報，採用昇旗的方法，各劇場樓頂均有旗杆，若演戲，則於當天上午昇旗，分黑、白兩色，白旗預告上演喜劇，黑旗預告上演悲劇。下午開演。當時只有自然光，晚上不能照明，故晚上不演戲。倫敦的劇場不同於古希臘羅馬的劇場，不是石頭砌的，也不是全露天的。最早的「旅館劇場」只要在旅館天井一端搭一舞臺即可演戲。以後興建固定劇場，外部結構有圓形的、八角形的、方形的，戲臺在裡面，插入觀眾席中。劇場沿著圍牆設三層看臺，三面是樓廂，樓下是池座，觀眾站著看，不對號入座。包廂票價約一先令（十二便士），池座只需付一便士。一個「公共劇場」可容納一千五百到二千五百觀眾。「私人劇場」只容納五百觀眾，票價更高，也對市民開放。在

---

4 莎氏有無此人曾有爭論，但其出生年、月、日已在當時教堂洗禮的登記部上查出。一五六三年天主教蘭特托會議規定每個教區對教民洗禮要登記，並註明嬰兒及其父母、祖父母姓名。現已查明莎氏於一五六四年四月二十六日受洗。嬰兒出生後三天行洗禮，故已確定他的生日為一五六四年四月二十三日。

5 「玫瑰」劇場的遺址保存至今，是唯一僅存的一個，一九八九年倫敦有人要將之改建為大廈，遭莎劇名演員們示威遊行反對未果。

「私人劇場」中，貴族可以坐在舞臺上看戲。「黑僧」劇場就是蓋有屋頂的「私人劇場」。固定劇場舞臺上還有樓臺，甚至有三層，拉開帷幕後可演高地、露臺、城牆上的戲。演員上下呼應，如《羅密歐與朱麗葉》中的「樓臺會」，《哈姆萊特》一幕一場「露臺」上的戲。劇場是木式結構，容易失火。一六一三年環球劇場上演莎士比亞的《亨利八世》，舞臺上鳴放禮炮時不慎引起火災，把劇場燒為平地。劇場為木式結構，也容易坍陷，曾壓死過人。演員全部是男性，女角由童伶扮。招收童伶常用強搶的辦法，因童伶的父母往往反對兒子演戲。「皇家教堂」是童伶培養所，經常搶人，因有「皇家」作後臺，家長往往無可奈何。最有名的童伶叫菲爾丁，十四歲已成名角，本・瓊生很為他捧場。他長相秀麗，右耳上還戴了一個耳環。莎士比亞在世時，不少劇本的女主角均由他扮演。演員沒有社會地位，受人欺負，他們往往投靠貴族王室，掛他們的牌子以求保護，如「海軍大臣劇團」、「大法官劇團」等等。莎士比亞的劇團就掛「內務大臣劇團」、「王上供奉劇團」的牌子。固定劇場出現後，流浪藝人的生活及演出條件有了改善。伊利莎白王朝時英國的戲劇已商業化，劇團自負盈虧，演員拿工資。

莎士比亞的貢獻人所共知，評論汗牛充棟。這裡只講個人的幾點體會，非全面評價：

第一，有些劇本在莎劇中具有「最」字及「唯一」的特色。至少有十七個「最」及五個「唯一」。最短的劇本是《錯誤的喜劇》。最長的劇本是《哈姆萊特》，四千〇四十二行，二萬九千五百五十一字。莎劇有名有姓的角色達七百餘人，有臺詞角色達一千二百七十七人，臺詞最多者為哈姆萊特，共一萬一千六百一十字。莎劇拍成各國電影、電視劇達二百八十四部（1899-1980），是世界戲劇家中劇本被拍成影視片的最多者。《哈姆萊特》被拍成影視片達三十部（1900-1980），是莎劇中被拍成影視片最多的一部。最好的歷史劇是《亨利四世》及《亨利五世》，塑造了開明君主亨利五世的形象。寫野心陰謀家最成功的歷史劇是《理查三世》。最著名的喜劇角色是福斯塔夫。最著名的悲劇是《哈姆萊特》。最血淋淋的悲劇是《泰特斯·安德洛尼克斯》，舞臺上有十二具屍體。最富於小說式的劇本是《泰爾親王配力克里斯》，是說唱文學與戲劇體的結合，近似《茶館》。女扮男裝的劇本有《維洛那二紳士》、《威尼斯商人》、《皆大歡喜》、《第十二夜》、《辛白林》，孿生兄弟、兄妹誤會者有《錯誤的喜劇》、《第十二夜》，而最富於喜劇效果的誤會為《第十二夜》，因其誤會是孿生兄妹加上女扮男裝的雙重誤會。「戲中戲」的劇本有《哈姆萊特》、《仲夏夜之夢》、《馴悍記》（序幕，有頭無尾）、《暴風雨》（精靈扮演希臘神話，無頭無尾），而與劇情扣得最緊，最能推動戲劇衝突及性格發展者為《哈姆萊特》中的「捕鼠機」。最富於民間戲劇清新氣息的「戲中戲」為《仲夏夜之夢》的戲中戲。最富於「綠色」的劇本是《皆大歡喜》及《仲夏夜之夢》。而以「森林」為背景場次最多者為《皆大歡喜》，全劇五幕二十二場，有十六場戲全在「亞登森林」中演出。情節線索最多的劇本是《辛白林》。唯一遵守「三一律」者是《暴風雨》，地點就在海島，時間不超過二十四小時。唯一寫英國現實生活者是《溫莎的風流娘兒們》，就寫英國小鎮。唯一寫亂倫主題的劇本是《泰爾親王配力克里斯》（父女亂倫）。唯一無頭無尾的劇本是仿《伊利亞特》的《特洛伊羅斯與克瑞西達》。各種各樣「假死」的劇本有《羅密歐與朱麗葉》、《辛白林》、《泰爾親王配力克里斯》、《無事生非》、《冬天的故事》，但多為喜劇性關目，唯一弄假成真，由「假死」而引出大悲劇者只有《羅》劇一齣。

第二，駕馭語言的天才。莎氏用字的廣博是驚人的，過去估計莎氏詞彙一萬五千，二十世紀七十年代中期有些學者用電子計算機精確統計出莎氏全部詞彙達二萬九千零六十六個。《聖經》詞匯是六千五百，彌爾頓八千，薩克雷五千，拜倫、雪萊八九千，均無法與莎氏相比。莎氏比亞的語言是一個語言系統，說他的語言有雅俗、哲理、抒情之分是不夠的，應該說是又高雅又鄙俗，既是哲理的又是抒情的，是各種語言因素色彩的矛盾統一。他的語言風格正如他筆下的角色，無法只用一種色調來說明。

莎氏的比喻（明喻、暗喻、博喻）極為形象、傳神、生動，富於聯想性。《哈姆萊特》三幕三場中關於「暴君」的臺詞，《雅典的泰門》四幕三場中關於「黃金」的臺詞，《羅密歐與朱麗葉》一幕四場中關於「春夢婆」的臺詞，《皆大歡喜》二幕一場關於「人生」七個時期的臺詞，《亨利四世》五幕一場中關於「榮譽」的臺詞，還有《麥克白》中關於人生如夢的四個博喻，都是膾炙人口的。

莎氏的語言有三個特點，第一是誇張，他的「清詞麗句」不僅是「綺靡」的，尤其是極為誇張的，它的美，是華麗的美，艷裝濃抹的美。這和時代風尚有關。龐德說：「莎氏生在一個善作詞藻華麗演說的時代，這為他準備好語言工具。」莎氏的語言多是十足的「詩的語言」，非「家常語」。第二是形象性，莎氏是用「形象」說話的，「形象」多為比喻，上文說過，豐富多彩極了。第三也有大量人民口頭語言，鄙俗生動，同樣極富於形象性，誰都能懂。演員極易「上口」，觀眾極易「入耳」。它與「詩家語」同在一個劇本中出現，多半是小丑的語言。

莎劇語言與詹姆斯一世（James I, 1566-1625）欽定本《聖經》的語言同為英語母語的標本，是英語的精華與典範。文學批評家十分重視研究莎氏語言，如研究它與《聖經》語言的關係，有人統計過莎氏每齣戲引用《聖經》平均數為十四次，若干臺詞由《聖經》的語言化出。在近代，批評家常把莎氏語言作為一個象徵系統去研究，在其表面的、外在的語義中發掘深層的、隱藏在內的涵義，從莎劇中尋找「意象」的詞彙，如《羅密歐與朱麗葉》中的「光」，《哈姆萊特》中的「死亡」與「疾病」。《皆大歡喜》中的「亞登森林」與《仲夏夜之夢》中的「雅典左近的森林」，榮格說是一個「綠色的世界」，是「原始意象」。

第三，多情節線索的結構。古希臘戲劇結構單一，古羅馬戲劇結構仿古希臘，無大變化。中世紀的宗教劇及民間戲劇結構極為簡單。到了莎士比亞，戲劇結構發生巨大變化。其三十七個劇本，幾乎個個都是節外生枝、線上打結的多情節線索結構。頭緒之多，令人應接不暇。蘭姆姐弟把他的二十個劇本改寫成敘事體的散文故事，甚至不得不刪去一些次要的情節線索，如《皆大歡喜》，瑪麗・蘭姆刪去牧人與牧女、試金石與村姑兩條愛情線索，如《辛白林》，瑪麗・蘭姆甚至不提壞王后那個壞兒子是如何死的，她自己也說，「不讓它來妨礙這個故事可喜的結尾」。

莎劇線索多但又不流於散漫，用李漁的話說，就是「主腦」立得好，如《威尼斯商人》的一切矛盾，由「一磅肉」這個「主腦」而生，亦即主要衝突一線到底。到第四幕，四條線索化入以夏洛克為一方、他人為一方的尖銳對立，只見一對主要矛盾，四條線索也就統一起來了。

第四，在繼承與借鑑中顯示出「偷」的本領，莎氏是「偷」的天才，在這裡見其獨創性。他的三十七個劇本除早期的《愛的徒勞》及《溫莎的風流娘兒們》外，全是「偷」別人的。格林臨終前在自傳《百萬的懺悔換取的一先令的智慧》（1592）中警告他那一伙同行說：「要警惕那隻暴發戶式的烏鴉，用我們的羽毛裝扮他自己，在演員的皮下包藏著虎狼之心。」

「偷」即「互文」（intertext），是文學創作（包括理論創作）上一個極其普遍的現象。魯迅說「拿來」。唐朝和尚謝皎然說過「三偷」（偷語、偷意、偷勢），一個比一個難，一個比一個境界高。宋朝黃庭堅也力主「偷」，他是「偷」字的大理論家，提倡「點鐵成金」、「奪胎換骨」，就是說要「偷」得高明。清代袁枚也講「偷」。當代法國解構主義者德里達甚至用「偷」去說明任何作品非獨創，走入死胡同。

莎氏的「偷」，就是「偷」歷史書、前人及同代人的劇本、小說、詩歌。本國人的他「偷」，外國人的通過看譯本也「偷」。他也是「三偷」俱全，偷語、偷意、偷勢。往往把別人的好幾種素材化合為自己一個劇本，所以他的劇本的情節線索特別複雜豐富。他與中國的李漁都愛獵奇，是韓信點兵，「多多益善」，不怕線索多，只怕線索單調。不妨將《終成眷屬》與《十日談》「第三天故事九」、《羅密歐與朱麗葉》與班德洛《短篇小說集》第二卷「故事九」、《奧賽羅》與欽齊奧《百篇故事》中摩爾人殺妻的故事、《威尼斯商人》與謝爾・喬旺尼《彼科羅涅》「第四天・故事一」加以比較，看看莎氏增加了多少線索。

第五，基本上不受二希文化的影響，是本土文化的產物。準確地說，二希文化只是他的營養品，主食還是本民族的文化。莎氏三十七個劇本，以古希臘羅馬故事或地點為內容者僅七齣而已：以征討哥特人的羅馬統帥為劇名的《泰特斯・安德洛尼克斯》、以雅典及左近森林為地點的神話劇《仲夏夜之夢》、以特洛亞戰爭為素材的《特洛伊羅斯與克瑞西達》、以羅馬執政及埃及女王為名的《安東尼與克莉奧佩特拉》、以羅馬執政為名的《裘力斯・凱撒》、以羅馬將領為名的《科利奧蘭納斯》、以雅典貴族命名的《雅典的泰門》。莎氏十個歷史劇都是寫本國的歷史。莎氏劇本中沒有什麼「命運」觀念，也沒有什麼基督教的「原罪說」。當然，莎氏借用了「二希」文化的素材、語言，但其主體思想、人物體系不是「二希」文化的，而是本民族的、本土的。歌頌愛情、友誼，讓世界充滿愛，抨擊邪惡的主題既不從古希臘來，也不從古希伯來來，而是英國本民族、本土的思想，是伊利莎白的盛世的時代精神的體現。因此，莎劇沒有「二希」文化的思想模式及人物模式，到莎劇中去找命運的衝突，去找原罪說，去找希臘神與英雄或《聖經》耶穌、聖母的原型或許是徒勞的。莎士比亞的偉大正在於他不是「二希」文化的模仿者，而是本民族文化的創新者，他以三十七個劇本兩首長詩一百五十四首十四行詩的輝煌成績宣告一個歐洲民族新文化的時代已經來臨，這才是文藝復興英國的「新聲」。

第六，莎氏發現了「人」。古希臘人發現了神和英雄。中世紀宗教文學無「人」。民間文學中的「人」人格不獨立。文藝復興時期薄伽丘在短篇小說領域中發現了「人」，那是實實在在的芸芸眾生。拉伯雷及塞萬提斯在長篇小說領域中發現了「人」，那是誇張了的「巨人」，或打上基督教烙印的「人」。達・芬奇、米開蘭其羅、拉斐爾繪畫與雕刻中的是「神」不是「人」，是人化的神。文藝復興的藝術家都同聲歌頌「人」，而真正放聲讚美「人」的作家，莎士比亞名列榜首。「人是一件多麼了不起的傑作」——這是他的名言。

第七，莎氏最擅於塑造典型性格，在西方戲劇史上，莎氏塑造的典型性格最多，完全可以分系統研究，如男性的，女性的，正面的，反面的，野心家類型的，喜劇角色的。四大悲劇中的主要角色全是典型性格。莎氏筆下的典型人物大多充滿近似瘋狂的激情，不管是「善」的或「惡」的激情。莎氏最擅於寫角色情感的大起大落，最擅於把角色的思想感情升華為哲理的思考。莎氏說：「瘋子，情人和詩人，都是幻想的產兒」（《仲夏夜之夢》五幕一場），這句話用於說明他的角色也極為恰當。如果說莎氏與易卜生是西方戲劇史的兩面大旗，兩個分水嶺，那麼，莎士比亞是古典的，浪漫的，易卜生是現實主義的，象徵主義的。浪漫主義的激情就是他的典型人物，尤其是正面男女角色的靈魂與生命力所在。

第八，可以和中國戲曲攀親。中西戲劇是兩個迥然不同的體系，但莎劇與中國戲曲（特別是傳奇）相似之處正多。其一，「情」字的主題相同，《牡丹亭》歌頌生可以死，死可以復生的人間「至情」。《長生殿》亦如此。洪昇說：「借太真外傳譜新詞，情而已。」莎氏的劇本最重要的主題也是愛情。其二，莎劇大破古希臘「鎖閉式」戲劇結構，完全打破了時間、地點、情節的「三一律」，便與中國戲曲的結構特別是明清傳奇的「開放式」的、多情節線索結構相近，如李漁的十種曲不妨說是二人心有靈犀一點通，都是多線索結構。其三，都是詩劇，都富於詩意。其四，都充分運用舞臺的假定性，如兩面旗幟象徵著不同的軍隊。其五，都用角色臺詞來說明時空轉換，如《麥克白》中的班戈與兒子的對話。班戈問兒子：「夜已經打過幾更了？」費利安說：「月亮已經下去了；我還沒有聽見打鐘。」班戈說：「月亮是在十二點鐘下去的。」費利安說：「我想它要到十二點鐘以後才下去呢，父親。」只用對白就製造出深夜與危機潛伏的氣氛。其六，「重場戲」與「過場戲」相結合，「有戲則長，無戲則短」，莎劇的場次有二、三十齣，中國傳奇的場次超過二、三十齣。其七，都有角色的「旁白」（中國戲曲是「打背拱」），角色與觀眾直接說話。其八，都有大量的歌舞與開打場面，演員要能歌擅舞，因為觀眾常常要求演員演過正戲後「再來一個」即興節目。演員還要精於劍術，莎劇有不少比劍格鬥場面，劍鬥既要凶猛，又不能「虛擬」，更不可傷人。其九，都取材於史書，前人或同代人的文學作品，只不過莎氏是兼取外國，中國戲曲家只取本國。其十，莎氏後期戲路大變，寫小說式戲劇，如《泰爾親王配力克里斯》，是敘事與表演相結合。在「傳奇劇」中，敘述一個有趣的故事成為主要特徵，戲劇衝突很易解決而非主要特徵，且全是大團圓結局。其十一，都由次要角色出場介紹劇情，也由次要角色用詩收場。莎劇有些「開場詩」如中國傳奇「副末登場」中的「引子」。如《羅密歐與朱麗葉》的開場詩是一首十四行詩（我們的是一首曲詞）：「故事發生在維洛那名城，／有兩家門第相當的巨族，／累世的宿怨激起了新爭，／鮮血把市民的白手污瀆。／是命運注定這兩家仇敵，／生下了一雙不幸的戀人，／他們的悲慘淒涼的殞滅，／和解了他們交惡的尊親。／這一段生生死死的戀愛，還有那兩家父母的嫌隙，／把一對多情的兒女殺害，演成了今天這一本戲劇。／交代過這幾句挈領提綱，請諸位耐著心細聽端詳。」《暴風雨》、《仲夏夜之夢》、《皆大歡喜》、《終成眷屬》均有「收場詩」。如《終成眷屬》的收場詩由國王唸出：「袍笏登場本是虛，王侯卿相總堪嗤，但能博得觀眾喜，便是功德圓滿時。」《第十二夜》有小丑用「歌」收場：「咱們的戲文早完篇，願諸君歡喜笑融融！」《亨利四世》下篇有「楔子」，由擬人化的角色「語言」作「開場白」，還有「跳舞者」的「收場白」。《亨利五世》有唱名官的「開場白」及「終曲」。《亨利八世》有唱名官的「開場白」，「今天我出場不是來引眾位發笑，這次演唱的戲文，又嚴肅，又重要」，還有「尾聲」詩。

以上八點，庶幾可以體現莎氏的藝術風格，不妨說是「莎味」的方方面面。在西方，歷代莎評甚多，最早的批評來自莎氏同代同國人本・瓊生（1572-1637），他說莎氏「不屬於一個時代，而屬於一切世紀」。這是很高的評價。大體上說，歷代莎評各有理論體系，有多少種文學理論，就有多少種莎評。莎劇如一座大森林，評論家各從不同入口進去探寶，各取所需，所見也各不同。古典主義、浪漫主義、現實主義乃至西方現當代的佛洛伊德派、神話原型派、英美新批評、結構主義、解構主義、接受美學等等派別，都各有各的見解。因此正應了中國一句古話「六經注我」（南宋陸九淵說「六經皆我注腳」），因此，哪種莎評都不是絕對權威，不能迷信，只能持分析態度去研究。三個反對派的聲音也應該聽聽，一個是法國的伏爾泰，他從古典主義貴族立場出發，說莎劇太粗鄙。一個是俄國托爾斯泰，他從題材學角度去挖老底，幾乎把莎氏一棍子打死。一個是現代英國的肖伯納，他說莎氏「不屬於一切世紀，只屬於一個下午。」

中國人知道莎士比亞已近一百五十年了。莎士比亞的名字最初是由外國傳教士介紹過來的，見諸一八五六年一個中譯本，譯為「舌克斯畢」。梁啟超在《飲冰室詩話》中首次譯為「莎士比亞」，那是一九〇二年的事。蘭姆姐弟改寫的《莎士比亞故事集》在一九〇三年就有

《澥外奇譚》的譯本，譯其中十個故事，譯者未署名。一九○四年則有林紓及魏易的全譯本《英國詩人吟邊燕語》。第一個白話文的完整的譯本是田漢於一九二一年翻譯的《哈孟雷特》。中國有三個人在莎劇翻譯上貢獻最多：朱生豪（1912-1944）譯其三十一部半劇本，那是一九四九年前的事，可謂慘淡經營，甘居寂寞。作家出版社於一九五四年將朱譯三十一部莎劇編成《莎士比亞戲劇集》十二卷出版。一九六四年人民文學出版社在朱譯本基礎上，組織專家校訂並補譯朱未譯的劇本，共十卷，包括莎氏三十七個劇本，還編輯莎氏詩集一本作為十一卷，「文革」後於一九七八年出版，中國大陸始有《莎士比亞全集》。此外，曹未風（1911-1963）曾譯莎劇十二種，一九五五至一九六二年由上海新文藝出版社出版。梁實秋（1902-1987）譯《莎士比亞戲劇全集》，凡四十冊，於一九六七年由臺灣文星書局出版。

二十世紀初，莎劇已在中國舞臺演出。一九○二年上海聖約翰大學外語系畢業班用英語演出《威尼斯商人》，這是莎劇在中國首次上演。一九一三年上海城東女子中學演出《女律師》（包天笑據《威尼斯商人》改編），全部由女子反串男角，這是中國人用漢語演出的第一部莎劇。民國初年，四川雅安川劇團將《哈姆萊特》改編為《殺兄奪嫂》公演。一九八六年北京上海舉行「中國莎士比亞戲劇節」，在舞臺上上演二十六齣莎劇，其中五臺用戲曲演出[6]。中國話劇界與戲曲界同時把目光對準莎士比亞，說明莎劇與中國戲曲傳統確有共同點。國際莎士比亞戲劇協會主席菲力浦·勃洛克班克教授（英人）認為中國戲曲傳統與莎士比亞戲劇結合，「好比是兩條大江的匯聚，產生出強烈的、充滿活力的、豐盛的成果」。英國前首相撒切爾夫人給曹禺的賀信中說：「這次戲劇節上所表現出來的想像力和努力，為莎士比亞的偉大和為中國人民的文化才能增添了光彩。「莎士比亞的戲

---

6　安徽黃梅戲劇團的《無事生非》、杭州越劇一團的《冬天的故事》、上海昆劇團的《血手記》、上海越劇三團的《第十二夜》、北京實驗京劇團的《奧賽羅》。

劇從二十世紀初至九十年代在中國上演次數最多，超過契訶夫、易卜生、高爾基。從中西戲劇交流史這個意義上說，莎士比亞是對中國影響最大的戲劇家。

## 四　十七世紀古典主義戲劇

十七世紀的法國出現王權高度統一的局面。國家的大一統需要文藝的大一統，以歌頌王權和提倡集中的藝術原則的古典主義戲劇便應運而生。它以笛卡兒（1596-1650）的唯理論作為哲學基礎，以布瓦洛的美學作為創作指南，建立了一套完整嚴謹的創作方法，形成了一個志同道合的戲劇家群體。古典主義是歐洲文學第一個戲劇流派。古典主義戲劇以法國為中心，影響全歐，統治歐洲劇壇近兩百年，直到十九世紀初浪漫主義戲劇崛起後才被淘汰。

古典主義戲劇是文藝復興戲劇的反撥，它的審美趣味、創作方法與文藝復興戲劇都迥然不同。法國古典主義戲劇的理論家布瓦洛（1636-1711）適應路易十四的政治要求，作《詩的藝術》（1674），要求古典主義戲劇服從理性，歌頌王權，模仿古希臘羅馬戲劇。這也就是古典主義戲劇的三個基本特徵。

古希臘羅馬的悲劇歌頌神和英雄，布瓦洛發揮了古典的悲劇觀念，要求悲劇歌頌法國君主和貴族。布瓦洛強調「理性」對創作的指導作用。「理性」的含義十分廣泛，包括他對戲劇家哲學、倫理、創作三方面的要求，不能簡單地劃入資產階級或封建主義範疇。布瓦洛強調悲劇「要在一地、一天內完成一個故事」，雖然「三一律」不是他首先提出來的，但他卻將之徹底明確化。布瓦洛的《詩的藝術》繼承了亞里斯多德的悲劇觀念及編劇理論，繼承了賀拉斯的「古典主義」、「寓教於樂」，又加入「理性」原則，十分強調戲劇為政治、王權服務。

高乃依（1606-1684）是法國第一個古典主義悲劇詩人，他的代表作《熙德》(1636)，是法國第一部古典主義名劇，取材於西班牙歷史。此劇的戲劇衝突是責任與愛情的衝突，衝突的結果是「理性」戰勝了「感情」。由於高乃依充分描寫了「情」與「理」的矛盾，受到極端正統派的猛烈攻擊。在首相兼紅衣主教黎塞留授意下，法蘭西學士院在一六三八年發表了〈法蘭西學士院對《熙德》的批評〉，指責高乃依違反了「三一律」和希臘悲劇的原則。地點一致應指「宮廷」，在《熙德》中有三場戲是在女主角施曼娜家中，這就變成了兩個地點。劇情的時間是一天半，多了十二小時。公主愛男主角羅狄克，多出一條情節。結局不是悲劇，而是悲喜劇。《熙德》尤其違反了「理性」原則，施、羅戀愛是犯禁的，施拒絕為父報仇，還同意跟殺死他父親的人結婚，這種行為「即使不說是淫蕩的，至少也該說是不體面的」，違背了戲文的教化目的。《熙德》挨批後，高乃依噤若寒蟬，連那丁點自由思想也不敢再流露了。

拉辛（1639-1699）是法國古典主義悲劇的第二個代表詩人，他一共寫了十一部悲劇，大部分取材於古希臘悲劇。名劇《費德爾》取材於歐里庇得斯的《希波呂托斯》。費德爾暗戀希波呂托斯而思自殺，夫君忒修斯去世消息傳來，保姆伊南說服她不必為愛情羞愧。費向希吐露愛情被拒絕，她重新陷入絕望。伊南鼓勵她繼續求愛，但消息傳來，夫君未死已回宮。面對兒子與夫君，費無地自容，匆忙離開，引起忒修斯猜疑。伊南偽稱希曾向費求愛，忒修斯放逐兒子。費要說出實情，無意中聽到希波呂托斯正向父王申辯自己深愛公主亞麗西阿。嫉妒使她沉默。希被海神害死。費服毒自殺，死前和盤托出真情。拉辛晚年時，布瓦洛問他哪一部戲劇是他最得意的悲劇？他的回答是：《費德爾》。兩劇不同之處首先是情節的重大改動。歐里庇得斯寫費德爾用上吊自殺的手段來陷害王子希波呂托斯，拉辛寫她由於良心的譴責而自殺，死前向丈夫雅典國王忒修斯坦白錯誤。《希》劇中的保姆心地善良，為了幫助費德爾解除單相思的痛苦，才把費德爾的隱私告訴希波呂托斯，以後她不再出場。《費》劇的保姆是個反角，教唆費德爾陷害王子，在國王面前造謠，最後畏罪自殺。拉辛之所以改造素材的情節，是為了宣揚古典主義的貴族審美觀念。他描寫了情欲的可怕，是要說明「理性」的重要。費德爾後來悔悟了，理性勝利了，所以還是個正面人物。拉辛說，古人的悲劇把費德爾寫得太可惡了，這不符合描寫貴人的原則。《希》劇寫費德爾用自殺陷害王子的行為不合貴人的品性，「這種卑劣的行徑（指反咬一口）我認為對一個保姆更合適」，「不能出於一個有著這樣高尚感情和美德的王后之口」。由此可見拉辛藝術上鮮明的貴族傾向性。

莫里哀（1622-1673）是喜劇家，共寫三十三個劇本。五幕詩劇《偽君子》（1664）及五幕散文劇《慳吝人》（1668）最為有名。莫里哀的許多喜劇富於民主性，以致李健吾先生說他不能劃入「古典主義」範疇，只是「古典主義時期」的偉大喜劇家。但是，莫里哀的貴族傾向性仍然存在。《偽君子》中尖銳的戲劇衝突，是由國王出面解決的，國王派人把答爾丟夫抓起來，並赦免了奧爾恭的罪。莫里哀的喜劇有悲劇性，但由於他世界觀的侷限性，其悲劇性到結局就化為一笑了之。

法國古典主義戲劇家出入宮廷，和王室關係密切。高乃依後來對首相兼紅衣主教黎賽留俯首貼耳，於一六四七年入選法蘭西學士院。拉辛是路易十四的私人秘書，追隨路易征戰多年。布瓦洛被路易十四封為史官，也入選學士院。他的《詩的藝術》由路易十四審閱後才公之於世。莫里哀的情況有些不同，一再受貴族迫害，但他和路易十四的關係是不錯的，路易十四是他的保護人，是他來歷不明的兒子的教父。莫里哀的好幾個劇本是為王室歌功頌德的。在為王權服務這一點上，他也不能不受到政治環境的影響。

## 五　十八世紀平民戲劇

十七世紀歐洲的戲劇舞臺，是宮廷的舞臺，受古典主義統治。十八世紀崛起的資產階級要變宮廷舞臺為資產階級舞臺，必然要在理論和實踐上反對古典主義，平民戲劇於是應運而生。十八世紀改革者在理論上的勝利，表現在修正與否定古典主義戲劇理論的同時，建立起平民戲劇理論。他們從四個方面來建造平民戲劇理論的大廈；第一，否定古典主義戲劇的貴族傾向，主張描寫與歌頌平民；第二，力圖突破悲劇與喜劇的嚴格分界，建立介乎悲、喜劇之間的「正劇」；第三、打破「三一律」；第四，提倡用散文代替韻文。四個方面集中到一點，就是從理論上樹起市民戲劇的旗幟。法國的伏爾泰（1694-1778）、狄德羅（1713-1784）、博馬舍（1732-1799），德國的萊辛（1729-1781），義大利的哥爾多尼（1707-1793），都有理論的建樹，其中狄德羅的戲劇理論達到了最高水平。他建立了「嚴肅戲劇」的一套理論，他說：

> 人不至於永遠不是痛苦便是快樂的。因此喜劇和悲劇之間一定有個中心地帶。……我把這種戲劇叫作嚴肅劇。

他把這種「嚴肅劇」稱為「正派嚴肅的戲劇」，又簡稱為「正劇」[7]。

他在《演員奇談》中提出「間離效果」的表演理論，主張演員演戲要「不動情感」，切忌分享角色的感情。他關於表演藝術的理論是一次獨創，是布萊希特的先聲。

在戲劇創作上，以博馬舍的《費加羅的婚姻》（1788）成就最高。它是費加羅三部曲中的第二部。它和第一部《塞維勒的理髮師》

---

7　狄德羅：〈論戲劇詩〉，見《狄德羅美學論文選》（北京市：人民文學出版社，1984年，第1版），頁135。

（1772）相比，有以下幾點不同：平民一躍成為劇中的主角；變單一線索為多線索結構；喜劇的動作性大大加強，花園中誤會的一場戲尤為精彩；出現了喜劇中的悲劇性；深深滲透著一種反對派的情緒。至於第三部《有罪的母親》（1792）則寫費加羅與伯爵言歸於好，成了護衛伯爵家產不受壞人占有的忠實僕人，完全失去了大革命時代的精神，演出也大為失敗。

哥爾多尼是十八世紀義大利傑出的戲劇改革家，他一生寫了二百六十七部戲劇，其中二十部是詩劇，其餘的均為話劇，其中有一百五十多部又是喜劇。他的喜劇具有極濃厚的喜劇性，故有「義大利的莫里哀」之稱。他最大的貢獻就是用了幾十年時間去改革即興喜劇，用人物代替假面，廢除幕表制，用現實主義表演方法代替程式化的表演，建立了義大利的現實主義民族喜劇。代表作《一僕二主》（1744）由三條愛情線索組成，誤會手法安排得當，使戲劇衝突的解決有條不紊。情節輕鬆、自然，過渡巧妙，擅化悲劇因素為喜劇因素，是情節喜劇與性格喜劇的結合，假面喜劇與臺詞的結合，歌頌勞動人民與歌頌愛情的結合，而成為義大利十八世紀現實主義喜劇的瑰寶。

此外，還有德國的詩劇也值得注意。歌德（1749-1832）寫了《鐵手騎士葛茲》（1773），席勒（1759-1805）寫了《強盜》（1781）、《陰謀與愛情》（1783）。上述劇本的主角或是貴族的反叛者，或是平民，具有強烈的平民意識。

## 六　十九世紀浪漫主義戲劇及詩劇的終結

在戲劇方面，浪漫主義聲勢雖大，但成就不高。「聲勢大」指反古典主義。由於戲劇是古典主義的堡壘，反古典主義就是從戲劇發難的。「成就不高」指沒有幾部佳作。浪漫主義戲劇只追求獵奇與機關布景，吵吵鬧鬧了幾十年，就被批判現實主義戲劇所代替。在創作上，大仲馬（1802-1870）首開先河。莫洛亞說：「在法國，仲馬第一個把傳奇引上嚴肅的劇院舞台」。一八三〇年，大仲馬曾對雨果驕傲地說：「大家都知道，歷史劇第一個是我寫出來的。」為了爭奪劇壇霸主的地位，二人因此不合。但是，大仲馬不是浪漫主義的戲劇的代表。雨果（1802-1885）才是。雨果的《歐那尼》（1830）粉碎了古典主義戲劇的統治地位。

《歐那尼》的浪漫主義精神十分強烈。作者說：

> 三個情人，一個是應該上斷頭臺的強盜，一個是公爵，一個是國王，三人同愛一個女人，同時包圍著她，三人一齊進攻，結果誰得勝了呢？卻原來是強盜。

作者又讓女主角素兒對西班牙王卡洛說：

> 我那位強盜抵得過一百個像你這樣的國王！老實說吧，如果老天爺講公道，一個人出身的貴賤，都按著那個人的良心來分配，那麼，他才是一個國王，而你只是一個強盜罷了。

此劇的編劇法也充分體現浪漫主義的風格。劇情離奇得出人意外，主角歐那尼本是西班牙貴族，因與卡洛王有殺父之仇，便投身綠林做了大王；這個山大王又在卡洛王帶兵搜查他時，冒著生命危險到老公爵府中私會情人；以後他又喬裝香客，二進公爵府，向公爵承認他是國王捉拿的強盜；卡洛王追兵到，公爵竟按照不出賣客人的騎士規則，並不把他的情敵交給國王；卡洛王把素兒帶走後，歐那尼拒絕與老公爵決鬥，把號角交給他，以命相許；卡洛王竟寬恕歐那尼，而歐那尼為了情人也不報父仇，二人前嫌盡釋；新婚之夜，公爵吹起號角，他守約自殺，素兒與他同歸於盡，公爵也相繼自殺。劇本地點任意轉換，第一幕在素兒臥室，第二幕在公爵府前的廣場，第三幕在公爵的堡壘，第四幕在古墓，第五幕在另一個貴族府的平臺，幕幕地點不同。布景、化裝、音響效果十分奇特，老公爵的畫像就是密室的門，一按機關可以自動開閉；卡洛王、歐那尼、老公爵都喬裝出現，令觀眾眼花繚亂；新婚之夜神秘的號角聲從遠而近，使觀眾不寒而慄。語言的誇張達到頂點，如素兒稱歐那尼為「你是我豪放而壯偉的獅子」。

由於此劇的反古典主義精神如此強烈，它的上演便釀成法國戲劇史上一次最重大的鬥爭。它於一八三〇年二月二十五日在法蘭西喜劇院正式公演。在這以前，古典派上書國王，反對該劇上演。巴黎各報均攻擊之。審查機關把「你以為在我眼裡，國王是神聖的嗎？」改為「你以為在我眼裡，有什麼神聖的名稱嗎？」雨果接到恐嚇信：「若你二十四小時不取回此下流劇本，謹防你將不復識得麵包滋味。」雨果的劇本在排演時，古典派在劇院門外偷聽，記下臺詞，次日在報刊上攻擊之。上演前夜，浪漫派在戲院牆上寫上「雨果萬歲」四個大字。上演之日，浪漫派要了三百個位置，發紅色入場票，由雨果簽字。浪漫派提前入場（晚七時開演，下午三時入場），口號是「鐵軍」，差不多全是青年人，包括後來的唯美派詩人戈蒂葉和日後名氣極大的巴爾扎克。兩個青年護送雨果入場。當時一個畫家給雨果寫信說：「我派四個大漢來，請在今晚給他們四個座位，如果還有的話。我擔保這四個人可靠，他們只要有命令，殺頭也行的。」古典派則把「包廂」全訂了，演出開始後，浪漫派叫好，古典派則起哄，把包廂的門重重碰響，把背對著舞臺。演到老公爵說「現在一共有三個男人，只怕多了兩個吧」時，浪漫派大聲叫好，古典派把垃圾從樓上倒下去（巴爾扎克吃著一記爛白菜頭），於是大打出手，場內打到場外。以後，古典派買了票，不去看，卻去搗亂。「上法蘭西劇院笑《歐那尼》」成了貴族社會一句時髦話。此劇連演四十五場，連鬥四十五場。演出獲極大成功，標誌著浪漫主義戲劇對統治歐洲劇場二百年之久的古典主義戲劇的徹底勝利。

現在必須要提到一部劃時代的偉大戲劇，這就是《浮士德》，它第一部發表於一八〇六年，第二部發表於一八三一年，論年代，它屬於十九世紀，論思想與藝術風格，無論十八世紀平民戲劇或十九世紀浪漫主義戲劇都難以容納。不少人又認為它是「詩」，於是，它常常被排斥於戲劇史之外。

《浮士德》的思想博大精深，它是德國以至西歐資產階級三百年的思想發展史。但它不是哲學教科書，它是戲劇，它博大精深的思想，是通過戲劇的形式加以表現的。人們常常忽視了歌德自己說過的話：「但它不是觀念，而是情節的過程」，歌德強調的，是《浮士德》的戲劇特徵，在亞里斯多德的《詩學》中說得很明白，「情節」就是「行動」，「乃是悲劇的基礎，有似悲劇的靈魂」。

誠然，歌德是偉大的詩人，《浮士德》是他詩歌的寶庫，包括「歐洲所有的詩體」（馮至先生語）。但是，詩歌與戲劇是兩種不同的文學體裁，《浮士德》中的「詩」，和但丁的《神曲》或彌爾頓的《失樂園》中的詩篇是不同的，是應用到戲劇需要上的詩，也是從屬於戲劇需要的詩，是戲劇的臺詞，是劇中角色的對白和獨白，角色交流思想感情的最重要的工具。它作為一部「詩劇」，其中一個很重要的成就，就是用詩的臺詞去塑造角色。在西方戲劇史上，用詩的臺詞表現悲劇性格而獲得巨大成功者，除古希臘悲劇外，或許只有莎士比亞能與歌德匹敵。因為在這兩位戲劇天才筆下，既塑造了西方最複雜的典型性格——哈姆萊特與浮士德，也塑造了西方最單純的典型性格——苔絲德夢娜與瑪甘淚。

《浮士德》具有獨特的編劇技巧。其戲劇行動以「天上序幕」開始，提出最重要的懸念。全劇有一個大中心，每部又各有一個小中心，大中心統帥小中心，有主次，有聯繫，布局分明。浮士德得救而魔鬼失敗，海倫消逝而瑪甘淚成神，四條動作線有對照，有始終，有內在聯繫。

詩劇處處有戲劇衝突。從大的方面說，上帝與魔鬼的衝突，浮士德與魔鬼的衝突暗伏全劇之中。從每一場戲說，又各有特定的衝突，就連角色的內心獨白，也用對立的戲劇形象加以外化。一些穿插場面也富於動作衝突。歌德讓海倫與魔鬼、浮士德與斯巴達王發生衝突，構思更為奇妙。

戲劇衝突的寫法很有特色，絕非危機四伏，迅雷不及掩耳。它慢慢寫下來，富於變化，既不同於古典式的，也不是莎士比亞式的。而是歌德自己的獨創。衝突的模式不是一悲到底，也不是一喜到底，而是悲喜交織，具有東方色彩。兩個愛情故事的戲劇情節寫法迥異，瑪甘淚的情節用了側面寫法，省去中間部分，就寫結局。集中，緊湊，一氣呵成。海倫的故事則一波三迭，節奏的變化十分突兀。「海倫被劫」的戲中戲對展開詩劇又一個主題具有重要意義。它與《哈姆萊特》、《六個尋找劇作家的角色》的「戲中戲」各有示範意義。

歌德給西方戲劇形式作了史無前例的革新，他將「史詩」與「詩劇」結合，破除「三一律」，得益於莎士比亞和莫里哀，借鑑的目光不僅在西方戲劇，還在東方戲劇。

西方的戲劇，從古希臘羅馬的悲劇、中世紀的神劇、文藝復興時期莎士比亞的戲劇、十七世紀法國古典主義的悲劇、直到歌德那個時代的大多數戲劇，都是用詩的形式寫的。而《浮士德》卻是西方綿延兩千多年詩劇的一個偉大的句號。從《浮士德》以後，詩劇就讓位給話劇。

## 七　十九世紀中後期至二十世紀初期批判現實主義戲劇

隨著批判現實主義的開展，批判現實主義戲劇也取代了浪漫主義戲劇。批判現實主義戲劇理論先行，從小說獲得啟示。在法國巴爾扎克的創作推動下，現實主義的戲劇理論先於戲劇實踐首先發展起來。左拉（1840-1902）雖然是自然主義理論家和小說家，但他對戲劇很有興趣，他的戲劇理論主要不是自然主義的。他的《戲劇上的自然主義》（1880）很有點現實主義傾向性。左拉號召戲劇出巴爾扎克。

在北歐，出現了勃蘭兑斯（1842-1927），這個丹麥人是繼承泰納與巴爾扎克的現實主義大理論家，他認為「文學要有生氣，就必須提出問題來討論」，挪威的易卜生、比昂遜（1832-1910）等人紛紛起來響應，一時形成了一次強大的文學運動。他們一反北歐浪漫派脫離實際的傾向，熱烈關心現實的社會問題。在挪威，易卜生、比昂遜起來建立民族戲劇，力圖擺脫丹麥的影響。易卜生開創「社會問題劇」，開一代新劇風。他的幾個著名的社會問題劇如《社會支柱》（1877）、《玩偶之家》（1879）、《人民公敵》（1882）全在西歐僑居二十七年寫成，西歐的批判現實主義與自然主義的潮流對他有巨大影響。易卜生和莎士比亞分別代表了歐洲兩個不同時代的戲劇，從莎士比亞到易卜生，有一個長達二百多年的過渡時期。十七世紀的莫里哀、十八世紀的博馬舍、哥爾多尼、十九世紀的席勒、小仲馬都是這個過渡時期的戲劇家。所謂「過渡」，指戲劇越來越接近人生，接近社會。但《偽君子》、《慳吝人》、《費加羅的婚禮》、《一僕二主》、《陰謀與愛情》和《茶花女》，畢竟還不完全是寫實的，這些劇本還有浪漫主義的虛構、浪漫主義的感情。只是到了易卜生，才開創了批判現實主義戲劇的新時代。

契訶夫（1860-1904）的名劇是《海鷗》（1896）、《萬尼亞舅舅》（1897）、《三姐妹》（1901）、《櫻桃園》（1904）。他的劇本具有極鮮明的俄國民族文化特色和作者的藝術個性。它繼承了易卜生，但又絕不雷同於易卜生。它寫知識分子的弱小人物，寫「哀莫大於心死」；它的情節更為淡化；它更重視抒情性；它更強調寫日常的平凡生活。

它有雙重結構：一條是浮在表面的情節結構，缺乏外部變化，彷彿有意強調出生活的不變性，一條是潛伏在下面的心理結構，這是人物心靈的變化，是最重要的變化。因此，契訶夫的戲是標準的「情調戲」，深沉的感情，低抑的情調，靈魂的顫動，淡淡的哀愁，絕望與希望，憐憫與譴責，交織在一起。動搖觀眾的心弦，這就是契訶夫劇本的特色。

在契訶夫之後，英國肖伯納（1856-1950）作《易卜生主義的精粹》（1891），主張用「討論」來代替「情節」，認為這是新劇本的重要技巧，並指出易卜生就是「以討論為劇本的趣味的真正中心」。肖伯納繼承了易卜生的社會問題劇，又比易卜生前進一步，強調戲劇不僅要反映社會問題，還要為社會服務。《傷心之家》（1913-1919）是肖伯納名劇之一，「傷心之家」不限於指英國。肖伯納在〈「傷心之家」的地點〉一文中明確指出：「《傷心之家》不僅僅是我為之作這篇序的一部戲劇的名稱，它也就是大戰前夕的整個文明的、有閒的歐洲。」劇本的副標題是「俄國風格英國主題的狂想曲」。說明此劇受俄國戲劇的影響。肖伯納曾指出，契訶夫、托爾斯泰都曾寫過舊俄這個「傷心之家」的沒落：

> 俄國劇作家契訶夫為「傷心之家」寫了四部極為有趣的戲劇，其中三部：《櫻桃園》、《萬尼亞舅舅》和《海鷗》在英國上演過。托爾斯泰也在他的《教育的果實》一劇中以他特有的嚴厲和輕蔑態度表現了「傷心之家」。

肖伯納在紀念契訶夫逝世四十周年時又寫道：

> 在我創作成熟時期，我對契訶夫用戲劇形式，把那些不從事創造性勞動的毫無用處的文化懶漢們作為主題來處理，就已經感

到非常佩服，在契訶夫的影響之下，我寫了同樣主題的劇本，並命名為《傷心之家》。

易卜生、契訶夫、肖伯納等就這樣用一枝寫實的筆，把古典主義、浪漫主義戲劇通通掃進歷史的博物館去。從易卜生開始，歐洲批判現實主義戲劇就一掃浪漫劇的傳奇之風氣，成為迄今歐洲戲劇的重要流派之一。

在談到十九世紀至二十世紀初葉的批判現實主義戲劇時，還要注意到它發展的兩個新的傾向，一個是現代主義傾向，易卜生不僅代表了一個時代的戲劇，而且上承浪漫主義，下啟現代主義戲劇先河。他不僅開創了「社會問題劇」，還開創了近代的心理劇、哲理哲、象徵劇。他用象徵手法寫戲，不僅後期如此，早期的詩劇《布朗德》、《培爾．金特》也是著名的象徵劇。歐美現代主義戲劇家如斯特林堡、奧尼爾劇中的象徵性與心理分析來自易卜生，布萊希特、薩特的理性戲劇也來自易卜生。易卜生後期的戲劇從《野鴨》開始已呈現明顯的象徵主義傾向。他甚至影響了歐美的小說家，喬依斯看了《培爾．金特》後，打算用小說寫出自己的感受而作《尤利西斯》，可見正是易卜生的戲劇直接培育了世界第一部「意識流」長篇小說。

十九世紀至二十世紀初批判現實主義戲劇另一個新的傾向是過渡到社會主義現實主義。這以高爾基的《底層》（1902）為代表。高爾基是前蘇聯社會主義現實主義文學的奠基人，他的創作有一個從批判現實主義向社會主義現實主義過渡的過程。《底層》屬於批判現實主義範疇，又具有新的思想特色。它也是社會問題劇，但比之易卜生、契訶夫有所發展。易卜生、契訶夫通過一個「家庭」去寫個人和社會的衝突，高爾基通過一個「夜店」去寫一個底層與社會的衝突。它的戲劇衝突不僅是情節的衝突，還有思想的衝突，後者占重要地位，也有契訶夫式的「潛流」，也屬「情調」戲。它保持一個小偷與老板一家衝突的主線，但又用了人物「剪影」的手法，去寫眾房客，擴大戲劇的生活容量。它寫一個「沒有太陽的地方」，又響起了「人」的尊嚴與奮鬥的聲音。高爾基認為沙金的臺詞是一九〇五年「起義的信號」。《底層》的革命意義使它又不同於傳統的批判現實主義戲劇，而與社會主義現實主義創作方法相溝通。

## 八　西方現當代戲劇

西方現代戲劇是多元化的，基本上分為現代主義與現實主義兩大類型。現代主義戲劇以象徵主義戲劇、表現主義戲劇、存在主義戲劇、荒誕派戲劇成就最大。

象徵主義戲劇發端於十九世紀八十年代法國巴黎的象徵主義運動。這派人物向戲劇中的學院派和自然主義發起衝擊。一八九〇法國詩人保羅・福爾創建藝術劇院以反對自然主義派的自由劇院，宣稱他的劇院棄絕「幻覺現實主義」，只演象徵主義詩人所寫的戲。他還聘請印象主義畫家來畫風格化的布景。象徵主義戲劇首先從爭奪劇場陣地和簡化布景上打響第一槍。

象徵主義戲劇在易卜生的後期作品中已見端倪。例如《野鴨》（1884）。易卜生說：「《野鴨》這齣戲可能把年輕戲劇家吸引到新的創作道路上，這是我認為很好的事。」（一八八四年九月致出版商的信）。劇本寫一個家庭的悲劇，爺爺、兒子都吃了壞人的虧。爺爺被壞人弄得破了產，兒子被壞人捉弄：壞人把懷孕的女管家賜給他，女管家生下一個女兒，現在十四歲了，其實她是壞人的女兒。這個家庭本來還和睦，因為兒子蒙在鼓裡，女管家是個善良的婦人，女兒更十分可愛。但來了一個理想主義者，他是壞人的兒子，他揭開了這個家庭的內幕，以為這樣做，能使這個家庭獲得真正幸福。沒想到那個兒子知道真相後，反而恨起妻子、女兒來，女兒開槍自殺了。這本來是一齣家庭悲劇，但加上一隻「野鴨」，意義就變得複雜了。爺爺、兒子、女兒都愛那隻受傷的野鴨，把它帶回家中，養在閣樓上，尤其是女兒，更把它視為生命。這隻「野鴨」是劇中很重要的象徵物，劇中人數以十計地一再提起它。「野鴨」，它挨了一兩顆小子彈，就一個猛子扎進水底，叼住水草，再也不鑽出來了。它象徵社會上一些受了挫折以後一蹶不振的人物，例如劇中的爺爺。理想主義者罵兒子說：你真有幾分「野鴨」的氣味。兒子聽了他的話，要振作起來，過新的生活，就從愛「野鴨」到恨它，甚至要擰斷它的脖子。但是小女兒為什麼那樣愛它？當她知道爸爸不再愛它，不再愛自己時，她說為了爸爸，她要打死野鴨，但她走上閣樓開槍打死了自己。小女孩天真爛漫，她並不是社會上的失意者，也談不上有什麼庸人哲學。她與「野鴨」是一體，在她心目中，「野鴨」的世界象徵著一個美好的世界，是她幼小心靈的寄託。「野鴨」是一種美學理想的象徵，還是庸人哲學的象徵？「野鴨」的世界和平寧靜，現實的世界殘酷可怕？孰美孰醜？作者是肯定它？否定它？主導思想是什麼？作者沒有提供答案。「野鴨」的象徵意義（暗示意義）是多義的，多層次的。

易卜生的《建築師》（1892）也是象徵主義的劇本。建築師功成名就，他最初蓋教堂，第二期蓋「人住的房屋」，最後要蓋「空中樓閣」。突然來了一個少女，要求他實踐十年前的諾言，走上更高的境界。要他把花園掛在塔頂的風標上。建築師跌下來，摔死了。教堂、人住的房屋、空中樓閣象徵什麼？少女、花圈、建築師向上攀登及摔死象徵什麼？是表現藝術家的追求？如海明威《乞力馬扎羅的雪》？還是嘲笑他不切實際？是肯定還是否定？

易卜生寫象徵主義劇本時，歐洲還沒有一個戲劇家寫象徵主義劇本，所以易卜生首開象徵主義戲劇先河。但是，象徵主義的創建者不是他而是比利時的梅特林克（1862-1949）。茅盾說梅特林克是「創立了近代文藝上的神秘主義的理論而又建設了近代文藝的象徵主義的手法的一個人」(《西洋文學通論》，這話是不錯的，也是世界劇壇對梅特林克的定評。不過，我們還要注意到梅特林克的思想和創作都是不斷變化發展的。他從模仿莎士比亞起步，但加進象徵主義手法(《瑪蘭公主》)。接著就開創了「無情節的靜劇」，強調寫人物的內心世界，象徵主義手法也應用得頗為自如(《闖入者》、《群盲》、《室內》)。與此同時，又寫出極富於詩意的悲劇《佩列阿斯與梅麗桑德》，修正自己的戲劇觀念，加強對白與動作性，保留心理劇的特色，創作風格已經成熟。接下來，一口氣創作了《阿里亞娜與藍鬍子》、《莫納．瓦娜》、《青鳥》(1908)，達到了藝術的高峰。一九一一年得諾貝爾文學獎金。在這三個劇本中，人道主義、理想主義代替了悲觀主義、神祕主義，象徵主義的內涵也就發生了質的變化，不再象徵死亡、命運，而象徵追求、奮鬥、光明。正如茅盾說的：「《青鳥》的象徵意義就在於須先自己犧牲然後可得幸福，到光明之路是曲折的，必須自己奮鬥。」[8]《莫納．瓦娜》出現了問題劇的因素，明顯借鑑了易卜生，而「情」與「理」的衝突，又明顯借鑑了古典主義戲劇，戲路又生新的變化。他的藝術追求並沒有停止，後來又寫出《聖安東尼的顯靈》，這是針砭現實的、諷刺的、感傷的、近似黑色幽默與荒誕派的獨幕劇。由此可見，他雖然是象徵主義戲劇的創始人，但絕不受象徵主義創作方法的侷限。他的思想有神秘主義、悲觀主義的一面，又有人道主義、理想主義的一面，在他成熟時期的創作中，後者明顯占了上風。這正說明凡開創新派的大作家，都有與別人不同的藝術風格，不會雷同，也不能相互取代。梅特林克主要的藝術風格是童話的、象徵的、詩意的。若用一句話說，就是意境的空靈性，這確實是梅特林克自己的風格，有別於其他大戲劇家的特色。

象徵主義戲劇是古典戲劇(包括浪漫主義、現實主義)與現代主

8　茅盾：〈看了中西女塾的翠鳥以後〉，原載於《民國日報》第16卷第6號。

義戲劇的分界線。象徵派戲劇最重要的特徵就是象徵主義，出現象徵體（野鴨、盲人、建築師、沉鐘、青鳥），劇本的主題是通過象徵體表現的。象徵主義戲劇開始寫入與象徵體的矛盾，這是一種新的戲劇衝突，新的典型化手法，例如人類到底能否獲得幸福，體現了人與青鳥的矛盾：兩個小孩能否抓住它。象徵派戲劇的象徵是多義的，多層次的，好處是有辯證法，很有啟發性，不給你下結論，讓你去思考，不會使你思想僵化。但它朦朧，捉摸不定，傾向性不明，又是缺點。象徵主義戲劇把舞美、燈光、音樂、音響提到一個新的、寫意的地位。凡此等等，均為表現主義、存在主義、荒誕派戲劇所繼承。一句話，象徵主義戲劇是現代主義戲劇基礎的基礎，它對現代現實主義戲劇也有重大的影響。

表現主義戲劇於十九世紀九十年代崛起，比象徵主義晚了十年。瑞典的斯特林堡（1849-1912）是表現主義戲劇的創始人。《鬼魂奏鳴曲》（1907）是代表作。此劇揭露人與人的可怕關係。活人的生活如同「鬼魂奏鳴曲」。但是舞臺上出現了鬼魂，兩個鬼魂與活人同臺表演，這就不是現實主義而是表現主義。領事死了，但鬼魂披著裹屍布出現，他在數花圈。為什麼？他在世時夢寐以求的是死後出殯那天有個好排場，他死了成鬼還要數數花圈有多少，看看哪些人來送殯。還有一個擠奶姑娘，也是鬼，她被那個老頭（戲中主角）誘騙到冰上淹死了。姑娘親眼看見老頭幹過一件壞事，老頭怕她告發他，就殺人滅口。老頭壞事幹絕，天不怕地不怕，就怕擠奶姑娘的鬼魂出現。她一出現，他就怕成一團。老頭惡有惡報。後來身體越縮越小，走進碗櫥去，被關在裡面，再也出不來了。最後，這個恐怖可怕的屋子消失，天幕上出現了瑞士現代神秘主義畫家亞諾德·勃克林的名作《死島》的畫景。舞臺外傳來悲愴的樂曲。

此劇有沒有象徵體？沒有。但有新的戲劇表現手法。用領事的鬼魂補充活人的隊伍，這裡的人是鬼，鬼是人，一路貨色。用「擠奶姑娘」表現壞老頭的下意識，也起揭露老頭的作用。老頭身體會越縮越小，被關進碗櫥，用荒誕手法說明惡人沒有好下場。跟班用一塊屍布把擠奶姑娘遮住，她就算死了，變成鬼。最後房子消失。用「死島」的背景說明這是一座人間地獄。

表現主義戲劇雖然師承象徵主義，但不同於象徵主義戲劇，表現主義偏向於戲劇的藝術形式、藝術手法的革新，它不強調象徵體，不強調寫人與象徵體的矛盾，而強調「表現」。所謂「表現」，就是用荒誕手法表現社會人生的黑暗，用心理外化手法表現人物的下意識。荒誕手法也好，心理外化手法也好，都是戲劇的藝術形式，表現手法。此外，這派戲劇家喜歡採用面具、內心獨白、潛臺詞等手段來表現性格。表現主義戲劇的思想比象徵主義清晰、明確。用表現的手段，將它明明白白地表現出來。表現主義比象徵主義更富於現實性與針對性，它強調描寫現實生活中的矛盾。它進一步要求劇場的革新。這個流派對二次大戰後興起的荒誕派戲劇有直接的、重大的影響。

表現主義戲劇在二十世紀二、三十年代得到大發展，其代表作家是美國的奧尼爾（1888-1953）和義大利的皮蘭德婁（1867-1936）。奧尼爾於一九三六年得諾貝爾獎，皮蘭德婁於一九三四年得諾貝爾獎。尤金・奧尼爾是現代美國悲劇的創始人。他的創作的特點是探索的，他的創作方法是多元的，他的戲劇地位迄今為止在美國是最高的。他寫了將近五十部劇作，除《啊，荒野！》外，全是悲劇。這「悲劇」，指美國的社會，美國的家庭。奧尼爾的創新精神是一往無前的。他的劇本既是表現主義的、又是現實主義的。曹禺認為他基本上是一個現實主義戲劇家。四次普利策獎[9]是獎給他那四部具有強烈寫實精神的劇本的：《天外天》、《安娜・桂絲蒂》、《奇異的插曲》、《進入黑暗的漫長旅程》。其他劇本如《榆樹下的欲望》、《悲悼三部

9 普利策獎（Pulitzer Prize），美國一種多項的年度獎金，包括新聞、文學、音樂，獎金五十萬美元。捐贈人J.・普利策（1847-1911）為美國報業界巨頭。

曲》也是現實主義的。而他的《瓊斯皇》、《毛猿》、《大神布朗》卻是典型表現主義的，因此他被譽為表現主義的戲劇大師。總的來說，他的劇本有以下特點：多寫家庭悲劇；受古希臘戲影響甚深；多數很長；情節十分完整，可作長篇小說看；多舞臺指示，尤其是人物肖像的描寫；情節描寫與心理描寫並重；擅寫角色內心世界，尤擅寫下意識；既重視繼承，又勇於探索；現實主義與表現主義並舉，均有名作傳世。現代西方戲劇名家絕不受一種創作方法所侷限，奧尼爾又是一個例子。

興起於二十世紀四十年代的存在主義戲劇以法國的薩特（1905-1980）為代表。他是一九六四年諾貝爾獎的獲主，但他拒絕受獎，「謝絕一切來自官方的榮譽」。他是存在主義哲學的代表人物，創立了「自由選擇」的理論，認為人有自由選擇一切的絕對自由，通過自由選擇，也就促使人作出主觀努力，去惡從善，就能決定人的本質。他認為「存在主義是一種人道主義」。《群蠅》以希臘神話為素材，表現愛國主義及存在主義哲學。阿伽門農之子俄瑞斯忒斯回到家鄉阿耳戈斯，昔日繁榮的小城如今一片荒涼，整個城市已成為蒼蠅的天下，人民不堪其擾。丘庇特派蒼蠅來懲罰此城人民，因為他們對凶手殺害阿伽門農王袖手旁觀，無動於衷。俄瑞斯忒斯遇見了姐姐厄勒克拉特，他們決定殺死新王及王后（即他們的生母），為父報仇。但是當俄瑞斯忒斯刺死國王，正要前去處決王后時，厄勒克特拉動搖了。俄瑞斯忒斯恨姐姐太懦弱，獨自前往，結束了母親的生命。厄勒克特拉良心不安，向丘庇特懺悔，與弟弟決裂。丘庇特不准俄瑞斯忒斯復仇，因為丘庇特與國王同是統治者，他曾對國王說：「我根據我自己的形象造就了你。」並警告他及早防備刺客。然而俄瑞斯忒斯竟不聽丘庇特的命令，殺了國王。於是丘庇特要嚴懲他，他不怕。丘庇特叫他懺悔，他不。他說：「我要選擇我自己的道路，要喚醒阿耳戈斯城的所有人，讓他們知道他們都是自由的人，有選擇自己道路的權利。」當民眾知道他殺了國王後，毫不感激，反而要用石頭砸死他。他於是向人民告別，離開城堡，獨自去迎接新的生活。

薩特借用希臘神話的素材，從正面表現「自由選擇」的哲理。俄瑞斯忒斯回城後，面臨復仇與不復仇的選擇時，遇到了四方面的阻力：丘庇特以神權制止他復仇；哲學教師以奴才哲學勸他放棄復仇；姐姐反對他復仇；血緣關係牽制他復仇。但是他仍然堅定不移地、勇敢毅然地作出了復仇的「自由選擇」。當他復了仇，伸張了正義之後，不覺悟的民眾反而要殺死他。但他並不灰心，他相信人民會覺悟。在城邦居民的咒罵中，他奮勇地把玷污著整個城邦的蒼蠅引走。讓它們在永無盡頭的行程中緊盯自己不放，而使城邦從蒼蠅的覆蓋下得到拯救。這又是一次「自由選擇」，在個人得失與城邦人民兩方面中，他選擇了人民而作出自我犧牲。他通過兩次「自由選擇」表現了自己的本質，完成了他崇高的、悲壯的英雄主義業績。此劇明顯有影射現實之意圖，處於國王暴政統治下的阿耳戈斯城無疑是作者對納粹占領下的法國的影射。而俄瑞斯忒斯復仇除暴及獻身人民的故事，則是作者十分明顯地向自己祖國人民所發出的抗擊侵略者的號召。此劇上演不久即被德國占領當局禁演。

《禁閉》（1945）又譯《密室》、《間隔》。講此劇本，首先要修正一種普遍的誤解。人們常常以為薩特宣傳一種抽象的「他人就是地獄」、「他人就是劊子手」的觀念，彷彿人類不可救藥。但這其實不是薩特的觀念，是對薩特的歪曲。《禁閉》寫三個鬼的故事。三個新死的鬼——因叛逃被槍斃的加爾敦，溺死私生子而犯罪的艾絲黛爾，間接害死一對情人而自己被煤氣毒死的同性戀狂伊內絲——在旅館（象徵地獄）相會。加爾敦要與伊內絲作愛，但伊內絲只想和艾絲黛爾搞同性戀。艾絲黛爾要與加爾敦作愛，而加爾敦卻看上了伊內絲。由於三個鬼同時在場，彼此干預對方，誰也達不到作愛目的。因為達不到目的，艾絲黛爾用刀刺伊內絲，但死人是死不了的，艾絲黛爾十分痛苦，又刺自己，也死不了。加爾敦則垂頭喪氣。然而三個鬼非湊在一起不可。劇中人說：「永遠在一起，我的上帝，多麼滑稽，永遠在一起。」加爾敦最後發了瘋似的笑著說：「那麼，地獄原來就是這樣，我從來都沒有想到……提起地獄，你們便會想到：硫磺，火刑，烤架，……呀，真是莫大的玩笑，何必用烤架呢，他人就是地獄。」三個鬼相繼自我揭露。你問他犯了什麼罪，他問你犯了什麼罪，一個挨一個說出自己的罪行，自己臭罵自己良心早已爛掉，早該入地獄，早該受懲罰了。怎樣懲罰呢？不需要劊子手，三個人彼此折磨對方，都是對方的劊子手。這就是「他人就是劊子手」的本意。什麼是「地獄」呢？不需要另設地獄，三人即構成地獄，這就是「他人就是地獄」的本意。劇中人說，咱們都是殺人犯，該打入地獄，只是缺一個劊子手。其中一個說不用再來劊子手：「咱們之中，每一個人對其他兩個人來說，就是劊子手。」因此，薩特此劇是揭露、批判、否定醜惡的事物，在這個醜惡的世界中，「他人是劊子手」、「他人是地獄」，絕非指整個人類，整個地球。人人都有「自由選擇」的自由，這三個鬼生前作了卑劣的「選擇」，這是咎由自取。此劇是斯特林堡《鬼魂奏鳴曲》「壞人世界是鬼世界」的主題的發揮，是薩特上一個劇本《蒼蠅》的對立，一反一正，就是薩特「自由選擇」的人道主義。

薩特還寫了《麗瑟》（1949），這是兩景的獨幕劇，原名《可敬的妓女》（1946），一九四九年作者將結尾稍作修改，改用劇中白人女主角的名字為劇名，並在法國拍成電影。這個劇本很能說明薩特的存在主義思想，第一，好人是孤立的，黑人與妓女麗瑟何等孤立無援，周圍世界對他倆是敵視的，他倆的命運是悲劇性的。第二，通過自由選擇，決定人的本質是好是壞，妓女麗瑟經過痛苦的鬥爭（選擇是痛苦的），她選擇了黑人，敢於站出來為他作證：他並沒有強姦她，這是參議員的兒子為了洗刷殺人的罪名而教唆妓女對黑人的誣陷。她作了這樣的選擇，說明她本質是好的。通過自由選擇，主觀努力，妓女覺悟了，也就獲得個性真正的解放。

以上說明，存在主義戲劇，是表現存在主義哲學的戲劇，是十分觀念化的戲劇。

「荒誕派」戲劇興起於五十年代，先產生於法國，後流行於歐美。它的創始人和主要代表是愛爾蘭的貝克特（1906-1989），代表作為《等待戈多》（1953）。法國約奈斯庫（1912-1994），代表作為《阿麥迪或脫身術》（1954）、《犀牛》（1959）等。法國的阿達莫夫（1908-1970），代表作為《侵犯》。美國的阿爾比（1928-2016），代表作為《動物園的故事》。英國的品特（1930-2008），代表作為《生日晚會》（1958）、《看管人》（1960）等等。這個流派開始時被稱為「先鋒派」，一九六一年，英國戲劇理論家馬丁・艾思林根據其思想和藝術特點，把它定名為「荒誕派」，根據這一派作家對待傳統戲劇的否定態度，它也被稱為「反戲劇派」。

「荒誕派」受存在主義哲學影響很大，這派戲劇家從存在主義出發，得出了「世界」是荒誕的，「人」是荒誕的，兩者的關係也是荒誕的，一句話，即「存在」是「荒誕」的結論。他們認為傳統的戲劇無法表現這個「荒誕」的現實，不能使觀眾看清世界的荒誕性。它的理論權威約奈斯庫在《戲劇經驗談》一文中幾乎否定了西方過去所有的戲劇家，包括古希臘戲劇家與莎士比亞在內。他說：

> 我覺得整個戲劇都有某種虛假的東西，都表現了露骨的幼稚和淺薄。現實主義，不論是社會主義的現實主義還是非社會主義的現實主義，都是在現實之外，它縮小了現實，減弱了現實，粉飾了現實。

在這種戲劇理論指導下，「荒誕派」創造了新的戲劇手法。第一，強調超現實的虛構，要表現荒誕的世界，必須依靠超現實的虛構，「虛構的真實比日常現實更深刻、更富有意義」。第二，直接表現精神狀態，他們不要人物講他的感受，而要用形象的東西表現人物的感受，這形象的東西就是道具、布景、演員的動作，借此把人物的精神「外化」，讓道具、布景、動作說話，從而「延伸戲劇的語言」。第三，強調無限誇張，「使這些手法有目共睹，明明白白，直趨極端，造成滑稽的漫畫的效果。」簡言之，「荒誕派」的戲劇手法就是虛構、象徵、誇張的表現。他們用超現實的虛構的世界去代表現實荒誕的世界；用布景、道具或其他象徵體去暗示人與現實的矛盾；用無限的誇張使虛構與象徵任意擴大，加以極度渲染，造成一種極為強烈的戲劇效果。

「荒誕派」筆下有人生。它確實觸動了西方世界芸芸眾生的心弦，暴露了西方現代社會的時弊。例如貝克特的名劇《等待戈多》的第一句臺詞「毫無辦法」！就極大地概括出西方社會人的無法自救的境遇，這句臺詞在西方許多小說、詩歌、劇本中以變形的形式一再出現。在貝克特的《快樂的日子》第一幕中寫一個老太婆下半截身子已入土，但她還是麻木不仁地從旅行袋中拿出牙刷、手帕、帽子、眼鏡等，兩手不停地做梳洗、打扮的各種動作。第二幕寫她幾乎全部入土，最後只剩下頭，她還在盡力打扮自己。《最後一局》寫地球四個倖存者都是殘廢：兒子癱瘓，父母在垃圾箱裡度日，不時伸出頭來向兒子要東西吃，僕人也行走不便，整天只是給兒子推車。他們的房間是世界上唯一有生命的地方，最後，食物沒有了，止痛片也用完了，惟有痛苦地等待死亡。約奈斯庫的《椅子》描寫一對老夫婦請客，作家用椅子這個具體形象來代表客人，客人陸續而至，椅子擺滿了舞臺，這對老年夫婦被擠到房間角落，艱難地在椅子夾縫中移動著蹣跚的步子。後來，看不見的客人越來越多，兩個老人被迫從窗口跳進大海。《新客店》描寫家具堆滿了舞臺，把來租屋的劇中人淹沒了。《未來在雞蛋裡》描寫一對青年夫婦怪誕的生育，妻子不斷下蛋，生下來的不是銀行家、豬玀，就是樓梯和皮鞋。這裡「生殖」成了「生產」

的同義詞。這些劇本都描寫了西方人與物的畸形關係，反映了物質明高度發達對人的壓迫以及資本主義生產的無政府狀態對人的精神的影響，暴露了西方世界新的矛盾，很有點黑色幽默的味道。約奈斯庫的另外兩個劇本：《犀牛》寫整個小鎮上的人們一個個都成了犀牛，包括主角的愛人，只剩下主角沒變，他反覺得自己醜陋，丟臉，孤獨，表現了西方社會人性的異化。《禿頭歌女》寫一對男女在交談中發現彼此原來是同住一條街、一幢樓、一間房間的夫妻，說明人與人的關係，包括夫妻關係都是隔膜的，不可知的。時鐘敲了一點半之後，又敲了二十九下，說明現實生活是顛倒的。阿爾比的《海景》描寫一對夫婦在海濱度假，與一對人形的蜥蜴夫婦巧遇，作為人類代表的夫婦詢問蜥蜴是否願意移居陸地，也變為幸福的人類。出乎他們的意料，蜥蜴搖著尾巴入海揚長而去，表現作者對西方社會現狀強烈的不滿。

「荒誕派」戲劇有兩種，一種是超現實情節的荒誕劇，一種是日常生活的荒誕劇。上面的例子多屬第一種。但要注意，它不是談魔說怪，不是講鬼的故事，它與浪漫主義、象徵主義的「超現實」性大不相同。它是把不可能發生的事與日常最普通、最常見的生活聯繫在一起，儘管講的是荒誕的事，但又讓你覺得處處都有生活的真實內容。

寫日常生活的「荒誕劇」如阿爾比的《動物園的故事》，寫一個流浪漢到動物園去，發現「所有的生物都用柵欄彼此隔開」，感慨人類社會和動物園一樣，他為了讓自己和他人發生聯繫，竟逼著一個漠不相識的遊客跟他打架，並扔給他刀子，把身體撲上去，死在遊客手中的短刀上。此劇反映現代西方人力圖擺脫孤獨的心理。品特的《生日晚會》寫一個鋼琴家斯坦利被兩個神秘的陌生人帶走了。表面上，它是一齣「佳構劇」，但我們不知道斯坦利做了什麼事要這樣被抓走，或者說，我們不知道誰派這兩個人來抓他。此劇在倫敦公演時無一評論家能理解它，反而更引起人們的關注，觀眾成群結隊到劇場去看這齣戲，拍成電視劇也十分成功。顯然，品特的目的並不是要我們應當弄清楚這一切，因為威脅表現得越含糊，其可能的適用範圍就越廣，可以使觀眾產生很多聯想——這災難是突如其來的，講不清楚的，無是非、善惡、因果關係，當代世界就是如此荒誕，又如此平常。

「荒誕派」戲劇的編劇技巧確有獨到之處，例如尤內斯庫的名劇《阿麥迪或脫身術》把人生的憂患提煉成為一具活著的屍體，它具有普遍性，包括各種各樣人生的憂患，可以任你解釋；它具有不可知性，你不知它為什麼會長大；它具有不可抗拒性，你無法制止它長大，也扔不掉它。寫屍體對人的精神的壓迫，迫使夫妻分離，於荒誕中見真實，這是一種新的典型化手法，越荒誕，越抽象，就越有普遍性。

「荒誕派」戲劇也繼承了象徵主義、表現主義的戲劇的手法。如那具屍體，就是典型的象徵體。在阿達莫夫的劇本《侵犯》中，母親支持妻子跟他人私奔，因為兒子皮埃爾精神已經崩潰。劇中突然出現一位「不速之客」，他在母親眼光鼓勵下，竟然大膽走近皮埃爾的妻子，把她放倒在地上。可謂「表現主義」到了極點。

「荒誕派」戲劇家有深沉的人道主義思想，他們的劇本表面好笑，裡頭不好笑。這是含淚的笑，痛苦到極點的笑。如《阿麥迪或脫身術》，警察開始時是追丈夫的，後來同情他了，叫他下來，聽太太的話，好商量。但丈夫飛走了。眾觀眾（臺上群眾角色）議論紛紛。一個女觀眾說，飛走的，不會回來。她頭一個丈夫一走，再也沒回來了。於冷漠中見同情，於同情中見冷漠。劇作家說：

> 當我描寫一對男女時，我對婦女讚揚得更多一些：我認為婦女是寧靜和愛情的保持者。女人對一切都負著責任。如果她時常顯得很痛苦，那是因為男人把所有的憂慮都卸在她身上。在《阿麥迪》中，那個丈夫溜了，可是她始終忠於自己的職守。

現代西方戲劇絕非現代主義和後現代主義戲劇獨霸劇壇。現實主義的戲劇地位絕非低於前者。舉其要者，如美國田納西・威廉斯（1914-1983）的《玻璃動物園》（1945）及《欲望號街車》（1947）的成就與影響或許高於現代主義的劇本。威廉斯是美國最令人渴求的文學獎——普利策獎兩次獲得者，僅次於奧尼爾。《玻》劇一九四五年在紐約連續演出五百六十一場。《欲》劇在紐約上演率更高，達八百五十五場，打破了美國戲劇演出的賣座紀錄。《欲》劇改編成的電影在一九五一年的美國十大最佳影片名單上名列第一。西方現代戲劇的現實主義與傳統的現實主義已有很大不同，它吸收了不少現代主義的手法。威廉斯在創作《玻》劇時，在寫作方法上進行了大膽的創新，試圖把表現主義和現實主義統一起來。他在此劇的前言中說：

> 戲劇作為我們文化的一部分，如果想要恢復活力，則必須有一種新造型戲劇取代那枯竭的現實主義傳統戲劇。這齣戲所開創的就是這種新的造型戲劇。

此劇的角色湯姆以講解員兼劇中人兩重身分出現，他一上場，就面向觀眾講解此劇的時代背景，介紹劇中人物，介紹自己，回顧故事，並把作者的意圖及舞臺指示也告訴觀眾。它最大的優點是加強了劇作者與觀眾的直接交流，加強了劇本的抒情氣息。它近似布萊希特的「間離效果」，但同時又使觀眾產生生活的幻覺。它似近中國戲曲的「自報家門」，又比「自報家門」作用大得多。此劇把劇中人重要的心理活動像放電影似地打在銀幕上（室內後牆就是銀幕），亦即把心理用形象加以表現，進行心理「造型」。此劇有新穎的舞臺設計，阿曼達家庭的帷幕和牆壁都用透明的材料做成，觀眾要透過透明的帷幕觀看臺上的演出，一方面可造成「回憶」與「不真實」的氣氛與效果，另一方面，需要的時候，導演可以讓觀眾同時看見室外及室內兩場戲同時進行。此劇有虛擬動作與象徵。第一場阿曼達全家吃飯，演員以手勢表示之，桌上沒有餐具和食物。在視覺上給觀眾從造成「回憶」的氣氛，產生「不真實」的效果。「玻璃動物園」及「獨角獸」象徵著女主角羅拉如同玻璃動物一樣純潔、透明、脆弱與孤獨。此劇的結局是藝術上的佳作，弟弟湯姆在室外的獨白與姐姐羅拉在室內的啞劇同時進行，姐弟打破時間侷限進行交流，手法新穎。

《欲望號街車》更是威廉斯最感人、最有影響的劇本，它確定了威廉斯作為寫「性與暴力」的劇作家的名聲。它十分成功地塑造了兩個令人難忘的角色——勃朗琪與斯坦利。此劇的現實主義手法與象徵主義結合在一起，詩的語言、粗獷的動作和對話、細膩的心理描寫、音樂、音響的暗示性結合得很完美，有的評論家甚至認為它超過了奧尼爾。

阿瑟．密勒（1915-2005）也是美國當代著名戲劇家，一九四九年他的名劇《推銷員之死》在紐約連演七百四十二場，獲「紐約劇評家」獎及普利策獎，使他在西方贏得很大聲譽。此劇寫推銷員威利的奮鬥、絕望、孤立無援、最後開車離家自殺的故事。它是心理劇，著重寫威利的心理。作者說：「我起先想到而後落實在《推銷員之死》中的那個形象，是一張巨大的臉，有舞臺前面的拱門那麼大，顯現出來，繼而展開，接著我們可以看到一個人腦中的內幕。」這個劇本最初確實曾取名為《他腦中的內幕》。威利的九次回憶，大致概括了他的一生，作者採用心理外化的手法，把威利的回憶通過動作形象地表演出來，讓觀眾直接看見人物內在的心理。當威利情緒上升到最亢奮的時刻，心理外化就開始了，「回憶」就「表演」出來了。回憶與回憶之間也有因果關係，沒有前段回憶，就沒有後段表演，過渡很自然。劇作家還用人格分裂的手法表現威利的心理矛盾，在威利幻覺中，大哥本出現，他鼓動威利自殺，他與威利的爭論，其實是威利矛盾心理兩方面。劇作家還把威利的下意識心理加以外化。威利曾與一女子在旅館睡覺，他兒子比夫打電話到旅館找他，此事對他刺激很大，事隔十幾年一想起來，心理還很緊張，所以他一回憶起此事，就出現旅館電話員接電話的幻聽，就不由自主地大聲叫喊自己不在房中。此劇用燈光表現時空的變化及用音樂、音響表現人物性格與動作也十分出色。《推銷員之死》是一部深深滲透著現實主義精神，以傳統寫法為主，同時又借鑑了表現主義手法，改變西方悲劇觀念，表現小人物的夢想，提出嚴重的社會問題，發起向西方社會挑戰的優秀劇本。阿瑟·密勒繼承了批判現實主義傳統，以自覺的進步的美學原則作為自己創作的指導。他認為「戲劇是通向未來的利刃」，好的戲劇家應該向社會「挑戰」而不是「妥協」，「戲劇的價值往往不在於它的主題，而在於它所提出的問題」，他自己是「規規矩矩地以傳統的現實主義為基礎，而且試著使用各種表現方式來擴展它」。他寫此劇「是要探索如何通過一個戲反映社會、家庭、個人的現實和人的夢想」。了解密勒這些主張和看法，對分析和理解他的劇本將會更全面透徹。

阿瑟·密勒是繼肖伯納之後到中國訪問的最重要的西方戲劇家。一九七八年他和夫人（著名攝影師）來中國進行自費訪問。由夏衍接待，曹禺、金山作陪。密勒在北京曾觀看話劇《蔡文姬》、《丹心譜》及京劇《楊門女將》，在上海看了昆劇《白蛇傳》，一九八三年他應邀再次訪問中國，為北京人民藝術劇院導演了《推銷員之死》，演出獲得圓滿成功。在京期間，密勒出席了《外國戲劇》編輯部召開的座談會，在會上對戲劇發表了精闢的見解，並介紹了西方戲劇的動態。密勒還談到中國戲曲對他的影響，如《美國時鐘》裡採用演員自報家門的形式，在《推》劇中主角一抬手就回到二十年前。

二十世紀德國出了一個布萊希特（1888-1953），這位大戲劇家與戲劇理論家在西方現代戲劇史上占頗重要的地位。他的重要劇本有《四川一好人》（1940）、《高加索灰闌記》（1945）、《伽利略傳》（1947）等等。他以獨特的戲劇理論馳名於世，建立了與傳統戲劇完全不同的「敘述體戲劇體系」，在結構上用敘述性代替戲劇性，情節應如流水行雲，徐徐推進，反對從危機寫起，飛流直下。在《伽利略傳》中每場必有提示及開場詩，十五場的提示及開場詩（五、十、十二場無）串起來，就是伽利略一生的概括說明，這就是小說手法。在表演理論和方法上與史坦尼斯拉夫斯基根本不同，用感情間離代替感情共鳴。主張「旁觀者清」，反對「當局者迷」，反對演員與角色合而為一，「要演員完全變成他所表演的人物，這是一秒鐘也不容許的事」（斯坦尼則認為「演員和角色之間要一根針也放不下」），主張以理服人，反對以情動人。他說：「史詩劇不激動觀眾的感情，而激動他們的理智」。《伽利略傳》的「提示」和「開場詩」就是起評論和說明劇情的作用。把觀眾從劇情中「間離」出來。帶著「理智」去看戲。他的理論核心是將馬列主義的政治信念變成一種新的戲劇美學，他提出「科學時代的戲劇能夠把辯證法變為娛樂」的新鮮論點。[10]他的戲劇理論體系是世界三大戲劇理論體系之一，引起世界各國的重視和研究。中國於五十年代初期由黃佐臨引進。

布萊希特戲劇理論的主要貢獻在於：強調戲劇的教育作用與政治作用；強調演員與觀眾在演戲和看戲時的理性主導作用；強調用小說手法寫戲劇；加強戲劇中的評論因素。他與肖伯納同屬現實主義的大膽的革新派。在西方戲劇家中，他第一個認真地研究了中國的戲曲藝術，寫出高質量的論文，並用中國戲曲的表演藝術，豐富他的理論的血肉，在溝通中西戲劇上，他的功績不能低估。

西方現代戲劇事實上是現代主義與現實主義同時並進，你中有我，我中有你。現代主義戲劇的新技巧、新手法、新觀念常常使傳統主義者大吃一驚，而現實主義戲劇塑造性格的本領，迄今為止，仍使新派望塵莫及。西方戲劇家的思想不保守，這是一個很大優點。同屬

---

10　上述引文均見丁揚忠等譯：《布萊希特論戲劇》（北京市：中國戲劇出版社，1990年），頁24、42、106。

「荒誕派」戲劇家，各人觀點並不相同。貝克特與阿爾比始終堅持寫荒誕戲劇。阿爾比說：

> 我以為荒誕劇派，正視人的現實，是我們時代的現實主義劇派，百老匯上演的戲劇，才是地地道道的荒誕劇派。[11]

法國阿達莫夫在布萊希特影響下，則轉而否定「荒誕派」，他在六十年代說：

> 我以為「先鋒派」戲劇是巧妙地逃避現實，「荒誕派戲劇」這個詞就使我生氣。生活並不荒誕，它只不過是艱難而已。

尤奈斯庫這位法國最大的荒誕派戲劇家一九八二年對法國《讀書》雜誌副主編談話時說：

> 通過新小說或者客觀小說，現代派文學已經走向了它的反面。這是一條死胡同。現在看來，人們正在回到更為傳統的、儘管有些過時的寫作形式中去，以便從這條死胡同裡走出來。[12]

阿瑟·密勒這位美國最偉大的現實主義派戲劇家和中國《外國戲劇》編輯部座談時卻說：

> 六十年代到七十年代末，占統治地位的是抽象派、荒誕派，代表作家是貝克特、尤奈斯庫。……現在美國、歐洲各國又很不

---

11 阿爾比：〈哪家劇派是荒誕劇派〉，《外國文學》1981年1期。

12 引文見〈法國最大的荒誕派作家尤奈斯庫的自我否定〉，《文學報》1984年3月15日。

> 情願地逐漸回到原來的形式當中，恢復到了劇本的背景、結構、人物、情節和語言等。作為結果，在這幾年當中，我的作品比以前上演得更多。不過我不認為這種局面會延續，也不應該延續。……西方文藝界有各種力量在自由地浮動。很難抓住主流。最令人不滿的是，找不到一種可以反映今天社會的藝術形式。

阿瑟·密勒的話對我們有頗多參考價值，「很難抓住主流」，恐怕是最客觀、最能說明西方當前劇壇的動態的話了。有意思的是，尤奈斯庫說：荒誕派戲劇失敗了。阿瑟·密勒說：現實主義不應該延續。不同派別的兩大戲劇家互相說了不利於自己一派的話，反映出西方劇壇探索與改革的活躍氣氛。這是西方戲劇當前大致的情況。

## 九　西方戲劇演變的特點

古希臘戲劇是西方戲劇的源頭。古羅馬戲劇是對它的模仿與繼承。西方古代戲劇跨國交流的現象十分突出。在中世紀，古希臘戲劇埋沒近千年，於文藝復興時期重見天日。它的悲劇觀念、鎖閉式結構、情節、地點、時間的集中、歌隊的形式，對十七世紀古典主義戲劇乃至近現代西方戲劇有深遠影響。亞里斯多德（西元前384至西元前322年）的《詩學》是西方第一部戲劇理論經典著作。從文藝復興到十九世紀現實主義，數百年內，西方戲劇理論上的爭論是圍繞亞氏的《詩學》及古希臘戲劇而展開的。近代和現代的西方戲劇家一再回到古希臘的「天堂」去探本溯源（如史特林堡、梅特林克、奧尼爾、布萊希特、薩特、杜倉馬特等等）。

中世紀戲劇有近千年的歷史，宗教劇與市民劇並存，雙方力量在後期發生轉化：宗教劇由強而弱，市民劇由弱而強，這是歐洲中世紀戲劇史的一個重要特點。

文藝復興時期戲劇的本土文化是中世紀戲劇。文藝復興的悲劇繼承中世紀宗教劇的象徵暗示手法及恐怖神秘的情調。喜劇繼承市民劇的歡快滑稽諷刺世俗因素。文藝復興時期歐洲的戲劇發展並不平衡，義大利是發源地，但戲劇成就不高。它自己沒有什麼大劇作家，其功績是把古典戲劇傳播到英法去。英國戲劇成就最大，莎士比亞完全突破古典戲劇的法則，代表文藝復興時期歐洲戲劇的最高成就。

法國十七世紀古典主義戲劇是對文藝復興時期戲劇的反撥，二者雖從古典戲劇汲取養料，同屬「復古」，但古典主義戲劇是借死人宣傳封建主義，文藝復興戲劇是借死人宣傳人文主義。古典主義戲劇的宮廷趣味及理性原則與文藝復興戲劇的個性解放及享樂主義傾向是大異其趣的。

十八世紀平民戲劇崛起，資產階級在喜劇方面的改革成功了。在悲劇方面的改革卻未能打開局面。十八世紀平民戲劇的成就主要是喜劇與理論的成就，並非悲劇的成就。為什麼在悲劇方面不能打開局面？因為古典主義在悲劇方面的勢力過於強大，傳統的悲劇觀念仍然根深蒂固。直到十九世紀中葉小仲馬以《茶花女》寫了妓女的悲劇，平民悲劇的時代才真正到來。

十九世紀浪漫主義戲劇聲勢雖大而成就不高，「聲勢大」指反古典主義，「成就不高」指沒有幾部佳作。這時期出現了歌德的詩劇《浮士德》（第一部發表於一八〇六年，第二部發表於一八三一年），這部世界戲劇史上最長的悲劇很難歸入哪派戲劇，屬「詩」屬「劇」至今仍有爭論。《浮士德》給西方綿延兩千多年的「詩劇」劃上一個偉大的句號。從《浮士德》以後，大體上說，西方的「詩劇」就讓位給「話劇」。「詩劇」再也沒有什麼名作了，而「話劇」名作則成批出現。

十九世紀後期的批判現實主義戲劇，以易卜生（1828-1906）為偉大的旗幟。易卜生不僅代表了一個時代的戲劇，而且上承浪漫主義詩劇，下啟現代主義戲劇先河。他不僅開創了「社會問題劇」，還開創了近代的心理劇、哲理劇、象徵劇。

二十世紀現代主義戲劇的出現，說明二十世紀西方戲劇觀念發生了劇烈的變化。可以說，在現代主義文學中，現代主義戲劇比小說詩歌更富於先鋒性質。這派戲劇從寫實到寫意，劇本的藝術形式與演出形式均出現了多元化現象，從內容到形式都與傳統戲劇不同。

縱觀西方戲劇史，我們可以看到戲劇的類型並非一成不變。從古希臘羅馬到文藝復興、古典主義、浪漫主義，西方戲劇基本上是詩劇。到十八世紀，因新興資產階級的需要，出現了平民戲劇，打破了自古以來悲、喜劇黑白分明的約束，並用生活化的對白代替詩的語言。但真正實行「平民戲劇」理論的，還是以後的批判現實主義戲劇。就戲劇結構來說，古典主義戲劇師法古希臘、羅馬，明確提出「三一律」，而莎士比亞和浪漫主義戲劇則追求敘事式的，具有傳奇色彩甚至鬧劇形式的活潑風格。浪漫主義戲劇家如雨果要將「戲劇」與「小說」打通，用戲劇法寫小說。布萊希特卻提出「史詩劇」，要用小說法寫戲劇。象徵主義、表現主義，特別是荒誕派則砸爛亞里斯多德所規定的戲劇結構，另闖成功的新劇。從舞臺和表演方面來說，發展與變化更是驚人。英國伊利莎白時代的劇場類似中國早年的戲曲舞臺，布景簡陋死板。從十九世紀自然主義派開始，歐洲人開始改革劇場與舞臺，才有科學的布景和燈光裝置的框形舞臺，表演上的現實主義體系也日臻完美。到二十世紀，又出現與現實主義對立的劇場、舞美設計和舞臺改革，強調臺上臺下交流，強調寫意。從戲劇觀念來看，更是長江後浪推前浪，一派反對一派。二次世界大戰後。出現後現代主義戲劇的運動，是對現代主義戲劇的否定，向傳統的戲劇觀發起了全面的挑戰。同屬二十世紀，斯坦尼與布萊希特，又以體驗與表現的戲劇觀影響著一代劇風。從戲劇性格發展來說，古典戲劇是命運悲劇、文藝復興「人」的覺醒便出現了性格悲劇。十九世紀批判現實主義擅長寫社會與性格的關係，此時的戲劇性格多是社會悲劇。現代西方戲劇則是荒誕悲劇與性格悲劇並舉。

西方戲劇藝術的高峰一個接著一個出現。它經歷了古希臘羅馬、文藝復興、古典主義與平民戲劇、易卜生與契訶夫、現代主義與現實主義戲劇並舉的幾個重要階段。戲劇史上古典主義與浪漫主義的對抗，以古典主義的被淘汰而告終；浪漫主義與批判現實主義的對立，則以浪漫主義的被否定而載入史冊。現代主義戲劇一反傳統現實主義，然而二者又非水火不相容。這兩千多年西方戲劇走過的足跡，說明西方戲劇史的旺盛的生命力。

# 參
# 中西戲劇的比較

## 一　中西戲劇觀的比較

「戲劇觀」指人們對整個戲劇的根本看法。中西戲劇觀指中西不同民族對各自的戲劇的根本看法。中西戲劇觀的不同，體現在哪裡？體現在中西戲劇理論中，因為它集中表現了中西民族各自根本的戲劇觀念。

### (一) 以動作、對白演故事與以歌舞演故事

西方「戲劇」就是以演員的動作、對白表演故事。「戲劇」是「演」故事的，怎樣「演」呢？由演員用動作、對白來表演，沒有「動作」、「對白」也就演不出故事，也就沒有戲劇了。這樣說的全部根據就是古希臘戲劇，它是西方戲劇之源頭。古希臘戲劇就是以動作、對白表演故事，對白是詩體，但它同時是臺詞，與詩又不同。也有小量歌舞，絕非主體。

亞里斯多德說：「悲劇是對一個嚴肅、完整、有一定長度的行動的摹仿（即對一個嚴肅、完整、有一定長度的故事的摹仿）；它的媒介是語言，具有各種悅耳之音，分別在劇的各部分使用（「悅耳之音」即指「對白」，古希臘戲劇的「對白」是用詩寫的，故有「悅耳之音」。「分別使用」指角色對白時用韻文，合唱隊唱和時用歌詞）；摹仿方式是借人物的動作來表達（「表達」即表演），而不是採用敘述法；借引起憐憫與恐懼使這種情感得到陶冶。[1]

1　〔希臘〕亞里斯多德著，羅念生譯：《詩學》（北京市：人民文學出版社，1962年），頁19。

亞氏雖然只給「悲劇」下定義，實際上也給整個戲劇下了定義。西方從古希臘的戲劇直到現當代的戲劇，都是由演員以動作、對白表演故事。古希臘戲劇雖然有「合唱隊」，有些許音樂歌舞，但劇情的進行，主要還是靠演員的動作、對白。後來的西方戲劇把歌舞分出去了，另有「歌劇」、「舞劇」，戲劇就是名副其實的「話劇」，以動作、對白演故事這個特徵更突出。

中國則不同，中國的戲曲絕不能套用西方的定義。我們戲曲的音樂歌舞舉足輕重，有如戲曲的靈魂。中國戲曲有三個媽媽，小說、詩、音樂。「小說」下文再談。中國戲曲的唱詞是從詩變化而來的，唱詞又離不開音樂。中國的戲曲之起源是「巫」，「巫」由女性扮，「以歌舞為職，以樂神人者也」，王國維說，這是「後世戲劇之萌芽」(《宋元戲曲考》〈上古至五代之戲劇〉)。從起源說，中國戲曲與歌舞不可分。無歌舞的「戲曲」是不存在的，這是一種鐵的事實，所謂「無聲不歌，無做不舞」，這是中西戲劇本質的不同。王國維（1877-1927）給中國戲曲下了一個科學的定義：

> 戲曲者，謂以歌舞演故事也。(《戲曲考原》〔1909〕)

> 然後代之戲劇，必合言語、動作、歌唱，以演一故事，而後戲劇之意義始全。(《宋元戲曲考》〔1912〕)

「演故事」是中西戲劇的共性，「以歌舞演」是中國戲曲的個性。中國戲曲也有對白，但那是次要的，即所謂「賓白」，只是「賓」，絕非「主」。「主」是什麼呢？「主」是「曲」，即可以歌唱的韻文，可以歌唱的詩。此乃戲曲的價值所在。《柳毅傳書》第二折寫柳毅入海與洞庭龍女送信，洞庭龍王之弟錢塘龍王正好到哥哥宮中作客，聞訊怒而出尋涇河小龍交戰，一口吞了變成小蛇的涇河小龍。第二折至此劇情已全部結束。但這僅僅是前半折，後半折還有十一首曲子，由電母向涇河老龍唱出來，通過老龍的提問，把上述劇情再唱一遍。倘若西人寫此折故事，只要前半折，而我們則重在後半折。前半折只有對白，一句曲辭也沒有，不算戲曲。而戰鬥場面全是唱出來的。還有「舞」，中國戲曲演員的動作全是程式化的、舞蹈化的，絕不可以隨心所欲。中國戲曲的人物性格、感情、故事，離開了歌舞就表演不出來，我們是歌舞出性格、出感情、出劇情。中國戲曲演員若不能唱不能舞，缺乏「四功五法」(唱做唸打、手眼身步法）的訓練，根本上不了戲臺。這是中西戲劇的根本區別。

在這裡要指出一點，西人為「戲劇」下定義下得很早，亞氏在《詩學》中已下了。中國人為「戲劇」下定義則很晚，直到王國維才為它下了一個全面、科學的定義。換句話說，直到王國維出來，才把中西戲劇不同的本質特徵區分開了。這是因為王國維既懂得中國戲曲，又懂西方戲劇，經過比較得出的結論。

## (二) 首重結構與首重音律

先說西方的，在戲劇的諸成分中，西方最看重的是戲劇結構。亞氏在《詩學》中指出「戲劇」有六大成分：情節、性格、言詞、思想、形象、歌曲。「言詞」即對白，「形象」指服裝、面具，「歌曲」指合唱隊的歌曲。在這六大成分中，最主要者是「情節」，注意，亞氏說「六個成分裡，最重要的是情節，即事件的安排」。又說「情節乃悲劇的基礎，有似悲劇的靈魂」。還說：「各成分既已界定清楚，現在討論事件應如何安排，因為這是悲劇藝術中的第一事，而且是最重要的事。」[2]

亞氏對戲劇結構的論述十分精闢：

---

2　上述引文均見羅念生譯：《詩學》中譯本，頁20-25。

一、悲劇要有頭、身、尾三部分，才能稱為「完整」。「所謂『頭』，指事之不必然上承他事，但自然引起他事發生；所謂『尾』，恰與此相反，指事之按照必然律或常規自然的上承某事者，但無他事繼其後；所謂『身』，指事之承前啟上者。所以結構完美的布局不能隨便起訖，而必須遵照此處所說的方式。」

注意，亞氏在這裡講的是「結構完美的布局」，劇情不能頭上有頭，尾後有尾，頭身尾要前後呼應，合情合理，本身就是一個完整的、有機的行動。

二、情節不能太長，「以易於記憶者為限」。一般來說，長度的限制只要能容許事件相繼出現（即劇情應有發展），按照可然律或必然律（即合情合理）能由逆境轉入順境，或由順境轉入逆境，就算適當了（戲劇不同於長篇小說，情節要十分集中，小說可以寫人生多次的「順境」及「逆境」的反覆，而戲劇只能寫其中一次，不能像小說那樣不斷寫下去）。

三、情節中的事件要有緊密的組織，不能可有可無，要做到「任何部分一經挪動或刪削，就會使整體鬆動脫節。要是某一部分可有可無，並不引起顯著的差異，那就不是整體中的有機部分。」

四、情節的安排，要只聽不看也能驚心動魄，如果靠面具、化妝來產生這種效果，就顯出詩人缺乏藝術手腕（當時有的戲劇面具特別恐怖，如復仇女神，據說婦女看了會流產）。

五、穿插式的情節最低級，它沒有必然性，使劇本拉長，必然影響結構的完整。「拙劣的詩人寫這樣的戲，是由於他們自己的錯誤；優秀的詩人寫這樣的戲，則是為了演員的緣故，為他們寫競賽的戲，把情節拉得過長，超過了布局的負擔能力，以致各部分的聯繫必然被扭斷。」

六、詩人安排情節，應在寫出來之前，就能看得清清楚楚，並要把主要情節簡化成人物，再加以拉長。

七、悲劇所以能使人驚心動魄，主要靠「突轉」與「發現」。「突轉」指行動按照可然律或必然律轉向相反的方面。「發現」指不知到知的轉變。「突轉」與「發現」同時出現，為最好的「發現」。

八、技巧上最完美的悲劇，第一要出人意外而又有必然性。第二應有單一的結構，即其中的轉變不應由逆境轉入順境，而應相反，由順境轉入逆境，只有這樣寫，最能產生悲劇的效果。第二等的悲劇是「雙重的結構」，詩人為了迎合觀眾的軟心腸，按照觀眾的願望而寫作，這不是第一等的悲劇，好人有好報，惡人有惡報的快感不是悲劇所應給的，而是喜劇所應給的。

戲劇首重結構，乃亞氏戲劇理論之核心，亞氏論述最詳。日後西方戲劇理論家亦如此。

中國則不同。中國古代的戲劇理論家，很少有重視戲劇結構的，直到清代李漁出來，才予以重視，這是較晚之事了。元明兩代戲曲理論家所重視的，是戲曲的「音律」，即唱詞的寫法。中國的戲劇叫「曲」，不僅是文體的概念（指詩——詞——曲的韻文文體的演變），尤其是音樂的概念。「曲」即曲子，是聲樂與器樂的結合。中國古人把創作戲曲稱為「填詞」，即依格律寫歌詞，可見歌詞的重要性，它代表了中國戲曲的本質。寫歌詞必須講究平仄押韻，講究字數格律，要能合樂歌唱，故「音律」乃第一要義。中國戲曲首重音律，是因為中國戲曲的唱詞是劇本之靈魂，而唱詞是詩，此「詩」又必須能唱出來，必須與器樂結合。

我們且來看看金元明之戲曲理論著作絕大多數是講什麼的吧。

金元時代燕南芝庵（筆名，其真實姓名和生平均不可考，大約活在一三四一年前）的《唱論》，是中國現存最早的戲曲論著，顧名思義是論聲樂音律並非論結構的。全文一千八百餘字，分二十七條，扼要地論述了唱曲的要領。作者認為「絲不如竹，竹不如肉」，歌喉（肉）演唱第一，樂器演奏第二，因為人聲歌唱來得自然。這就指出了戲曲「唱」的第一重要性。在樂器中，管樂又優於弦樂，這是指出中國戲曲音樂由弦樂向管樂的發展。此文又指出「詞」與「曲」之不同。曲用「襯字」，且「襯字」多口語，如關漢卿〈黃鐘煞〉調云：「我是（蒸不爛煮不熟捶不扁炒不爆響噹噹）一粒銅豌豆」，括號內的就是「襯字」。而詞一般不用「襯字」，也不用口語。因「襯字」利於依譜歌唱，口語利於大眾接受。

元代鍾嗣成（1275？-1360）的《錄鬼簿》，共為一百五十二位戲曲家立傳，其中雜劇作家八十人，還記錄了當時的雜劇劇目四百五十八個，為我們保存了大量難得之資料。他認為「鬼」可分「已死」、「未死」、「不死」三種。有一種人雖生猶死，是「未死之鬼」，有一種雖死猶生，是「不死之鬼」。戲劇家屬後者，故取書名為「錄鬼簿」。此書既非講音律之書，也非講結構之書，是為元代雜劇及散曲作家立傳之書。可存而不論。

元代真正的戲劇理論著作是周德清（1277-1365）的《中原音韻》（1324），也是論音律之書。周精通雜劇音律，深感當時一些雜劇作者和演員不會作曲和唱曲，為了使雜劇詞律兼優，可歌可唱，他便寫了一本雜劇音律規範化的書，即《中原音韻》。

《中原音韻》分兩大部分，第一部分是寫曲的韻書，作者從「中原」（北方）語言實際出發，根據其時著名雜劇所用的腳韻，收入可作北曲韻腳的常用單字五千多個，分別歸入十九個韻部，又分為平、上、去聲（北方話無「入」聲），再標明某入聲字已轉化為某聲。使劇作者和演員審音定韻有了規範化的根據。第二部分論述作曲注意事項及技巧。作者自云「前為韻書，後為附論」，韻書是主要的，作曲技巧是附帶的。

注意，《中原音韻》的出現，第一反映了中國戲曲越來越重視音律的傾向，第二，也促使了這種傾向的更進一步的發展。說白一點，就是使唱詞越來越走上詩化之路。

以上說明，元代戲曲理論只重音律，根本無視戲劇結構。

明代的戲劇理論又是怎樣的呢？是首重音律還是首重結構呢？也是首重音律。

明代主要出了四部戲曲論著，前三部不談結構，只談音律，後一部談到了結構，但仍以談音律為主。

何良俊（1506-1573）的《曲論》主張唱詞應以音樂美為第一位，文采要服從音樂美。他說：「夫既謂之辭，寧聲叶（音斜）而辭不工，毋令辭工而聲不叶。」「聲叶」是指聲調和諧合律，有音樂美。「辭工」，是指文辭工整而有文采。何認為戲曲首先要聲調和諧合律，即使不夠工整也不要緊。何是力主「音律」第一的，他的理論開後來吳江派格律論的濫觴。

魏良輔（生卒年不可考）的《曲律》（即《南詞引正》）全文僅一千多字，是總結昆山腔的歌唱方法的著作。

徐渭（1521-1593）的《南詞敘錄》是中國古代戲曲理論史上論述南戲的唯一著作，談了南戲起源於南方「村坊小曲」。南戲音樂是在民間音樂的基礎上發展而成。南戲語言最大特色是「本色」，即多用常言俗語，徐謂此書的核心理論是「本色論」，主要論述南戲語言，也不是論結構。

王驥德（1557-1623）的《曲律》與上述三書不同，談論的問題比較多。他指出戲曲是「代言體」，劇作家不應用自己的語言來敘事，而應該代劇中人立言。他重視賓白的寫作，認為「其難不下於曲」。他強調戲劇結構的重要性，說「作曲，猶造宮室者難」，把劇作家比作造房子的建築師。在《論戲劇第三十》中，又從唱法角度區分北劇與南劇結構之不同，北劇是「一人唱」，南戲是「各人唱」，南戲容量比北劇大，因此，南戲更應「貴剪裁，貴鍛煉」，「毋合一人無著落，毋令一折不照應」。但是，他的這部著作主要還是談音律，從書名即可看出。郭紹虞主編的《中國歷代文論選》（一卷本）給《曲律》下定義為：「內容是論述南北曲的源流、宮調、作曲和唱曲方法，兼及劇本結構、情節、賓白、科諢等」，用「兼及」的措詞是恰當的。王驥德論「結構」，主要從「唱」著眼，無一字說「結構第一」，和李漁不可同日而語（見王《論章法第十六》及《論戲劇第三十》），論賓白亦無一字說白與曲同等重要（《論賓白第三十九》），論科渾亦無一字說它的重要性（《論插科第三十五》）。凡此等等，均與李漁有大別。

我們再來看看明代戲曲理論界一場大爭論的焦點在哪裡？是在音律方面，還是在結構方面？

明代末年，在江蘇、浙江和江西一帶，形成了引人矚目的兩大戲曲流派：以沈璟（1553-1610，江蘇吳江人）為首的吳江派和以湯顯祖（1550-1616，江西臨川人）為代表的臨川派。這兩派就戲曲創作的唱詞寫作展開熱烈的論爭。導火線是對湯顯祖《牡丹亭》的不同評價。湯的劇本以文采為第一生命，音律則不甚推敲，受到以音律為第一生命的吳江派作者的猛烈抨擊。沈璟等嘲笑湯不懂音律，《牡丹亭》的唱詞好看不好唱，不能搬上舞臺。沈璟等人就動手刪改《牡丹亭》，沈璟改《牡丹亭》為《同夢記》（又名《串本牡丹亭》，意為便於串演），另一吳江派作家，湯顯祖之好友呂玉繩也刪改《牡丹亭》。他們把劇本中不合音律的唱詞通通改掉。這使湯極為惱火，而藝人卻對改本很歡迎，因為比原本好唱很多。湯為此寫信給宜黃縣的藝人羅章二，請他們一定要按照原本上演，切勿採用呂玉繩之改本：「《牡丹亭記》要依我原本，其呂家改的，切不可從。雖是增減一二字以便俗唱，卻與我原做的意趣大不同了」（《與宜伶羅章二》）。湯的反批評並沒有能制止住吳江派作家的抹改，其後不久，沈璟又改《紫釵記》和《邯鄲記》，另外，呂天成（呂玉繩之子）、馮夢龍、臧懋循等也先後刪改湯之作品。臧懋循竟將「臨川四夢」（《還魂記》、《紫釵記》、《南柯記》、《邯鄲記》，四種傳奇都有夢境描寫）逐一改過，還指名道姓地對湯進行攻擊，說湯只知賣弄文采，於音律一竅不通，要被元人笑掉牙齒。

兩派爭論之焦點在哪裡呢？當然不在戲劇結構，而在唱詞的作法，是文采第一，還是音律第一？吳江派力主音律第一，上文說過，吳江派之前驅何良俊已認為戲曲的唱詞「寧聲叶而詞不工，毋寧詞工而聲不叶」。現在沈璟更發揮說：只要叶律，不但可以詞不工，就是不通也可以的——「讀之不成句」。湯顯祖則針鋒相對地提出唱詞不能受音律束縛，只要文采好，「不妨拗折天下人嗓子」。

「文采」屬於詩範疇，「曲律」屬音樂範疇。吳江與臨川兩派之爭，實際上是戲曲中的文學性與音樂性以誰為主之爭。湯重視戲曲的詩性，沈重視戲曲的唱腔，這都是中國戲曲有別於西方戲劇的根本特點。兩派都有片面的道理。但是結構呢？兩派都不談。

讓我們來比較一下西方戲劇批評史上的論爭吧，西方戲劇批評史上的論爭數百年內是圍繞「三一律」的論爭，即戲劇結構之爭。如果說，中國戲曲理論界的沈湯之爭無論從參加論戰人員之多，持續時間之久，還是論爭程度之激烈，在中國戲曲批評史上都算是空前的。而西方戲劇理論界的「三一律」之爭，從文藝復興到十八世紀，有數百年之久，義大利、西班牙、英國、法國、德國之劇作家與理論家都捲入了。時間之長與規模之大比中國有過之而無不及。但二者爭論焦點一在音律，一在結構，完全不同。

所謂「三一律」，指時間、地點、情節的一致。即劇情不能超過二十四小時，地點只能一個，情節只能有一條。「三一律」的價值，在於保證劇本結構的高度集中緊湊。亞氏在《詩學》中首先提出把劇情限於一天之內。但亞氏沒有提出「三一律」。文藝復興時期，義大利卡斯特爾維屈羅（1505-1571）繼承亞氏，首次提出「三一律」。他說：戲劇應摹仿「單一的主人公的單一事件」[3]。又說：「表演的時間

3　轉引自余秋雨：《戲劇理論史稿》（上海市：上海文藝出版社，1983年），頁164。

和所表演的事件的時間，必須嚴格地相一致。應當不超過十二小時，事件的地點必須不變，不但只限於一個城市或一所房屋，而且必須真正限於一個單一的地點，並以一個人就能看見的為範圍。」[4]但文藝復興時期出了莎士比亞與維加，他們的戲劇都不受「三一律」束縛。維加說：「不必理會亞里斯多德的主張，把事情限於一天之內。」到十七世紀，法國布瓦洛在《詩的藝術》中更明確地提出「三一律」的要求：「我們要求藝術地布置著劇情發展；／要用一地、一天內完成的一個故事／從開頭直到末尾維持著舞臺充實。」但在布瓦洛之前，同是法人高乃依卻認為時間可以超過亞氏的規定：「不受拘束地把時間延長到三十小時」。他對地點一致又提出修正說法，主張「擴大地點的廣度」，「地點」可以理解為「一個城市」，這實際上是針鋒相對地反對卡斯特爾維屈羅。高乃依的名作《熙德》就以「城市」為大地點，實際上劇本地點包括「宮廷」與女主人公施曼娜的「家」，變成兩個地點了。劇情變成三十六小時，情節除了男女主人公戀愛外，又加上公主愛男主人公，多出了一條。因此，他這個劇本就受到當時法國官方狠狠的批判，成了法國戲劇批評史上一件大事。

十八世紀平民戲劇起來，要取代宮廷的古典主義戲劇。歐洲的戲劇理論家就分為兩派，一派擁護「三一律」，一派要打倒「三一律」。法國伏爾泰、狄德羅是擁護的。狄德羅說：「三一律是不宜遵循的，但卻是合理的。」[5]德國萊辛則反對。他指出「三一律」只有行動的統一律可取。至於古希臘戲劇講地點與時間的統一，是遷就歌隊的緣故。因為古希臘悲劇有歌隊，歌隊是群眾扮演的，他們「由於好奇心的緣故，聚集來目睹劇情的進行。這群人不能離開他們的住所太遠，

---

4 〔義〕卡斯特爾維屈羅：〈亞里斯多德《詩學》的詮釋〉，轉引自伍蠡甫主編：《西方文論選》（上海市：上海譯文出版社，1979年，新1版），上卷，頁194。

5 〔法〕狄德羅著，張冠堯、桂裕芳譯：〈關於〈私生子〉的談話〉，見《狄德羅美學論文選》（北京市：人民文學出版社，1984年），頁45。

離開的時間太長。因此古人幾乎不得不把地點限制在一個單獨的場所，把時間也限制在同一天」。今天的戲劇已大不同於希臘戲劇，也沒有歌隊，再要求地點時間一致就十分荒唐了。[6]

以上說明，西方戲劇批評圍繞「三一律」的幾百年的爭論是戲劇結構之爭：用什麼戲劇結構寫戲好？這和中國圍繞「音律」之爭迥然不同。

中國戲曲批評到什麼時候才開始真正重視戲劇結構呢？這要到清代李漁（1611-1679）時才真正重視。李漁在《閒情偶寄》中明確提出「結構第一」的主張。他說：「填詞首重音律，而予獨先結構。」李漁能一反潮流，「獨先結構」，確實是過人膽識。關於李漁的結構理論，下文再談。這裡只拈出他第一句話「填詞首重音律」來加強我們的觀點，即李漁之前填詞（寫劇本）者第一看重音律，並不重視結構。這是李漁的總結。還要指出一點，李漁說他之所以「獨先」結構的原因，是因為「音律」早已有書可考，自《中原音韻》等書問世後，作者歌者可以依樣畫葫蘆，如同「舟行水中，車推岸上」，音律的問題早已解決了，而戲劇結構卻無書可循，所以他才「獨先」結構。這就說明，李漁也絕非不重視「音律」，等閒視之的。

「填詞首重音律」，連王國維也如此看。他認為元曲「最佳之處，不在其思想結構，而在其文章」，「文章」即「意境」，即寫情寫景寫人寫事都十分自然，真實感人，如同優秀的古詩詞（見《宋元戲曲考》〈元劇之文章〉）。王國維推崇元曲的，也不是戲劇結構。十七、十八世紀，法人赫爾特、英人大維斯將《趙氏孤兒》、《老生兒》譯為外文，但他們不懂歌詞，不通音律，便將兩劇之唱詞全行刪去，只譯出科白。王國維大大嘲笑了他們一番：「夫以元劇之精髓，全在

---

6 〔德〕萊辛：《漢堡劇評》第四十六篇。轉引自繆朗山著：《西方文學理論史綱》（北京市：中國人民大學出版社，1985年），頁605。

曲辭；以科白取元劇，其智去買櫝還珠者有幾！」[7]「買櫝還珠」的典故出自《韓非子》〈外儲說左上〉，說有個楚國人到鄭國去賣珍珠，把珍珠放在一個裝潢得非常華貴的匣子裡，鄭國人不識貨，買下了匣子，退還了珍珠。王國維用這個比喻，嘲笑西人不懂中國戲曲之「精髓」，不取「曲辭」而取「科白」，沒有眼光，取捨不當。這個例子也可以說明包括王國維這樣兼通中西戲劇、寫出第一部中國戲曲史的大家也認為「音律」乃戲曲第一生命。

### （三）戲劇的分類法不同

西方從模仿說出發將戲劇分為悲劇、喜劇、悲喜劇、正劇，中國從音樂唱腔出發將戲曲分為雜劇、傳奇、地方戲。

先說西方，亞氏把古希臘戲劇嚴格區分為悲劇與喜劇。「喜劇總是摹仿比我們今天的人壞的人，悲劇總是摹仿比我們今天的人好的人。」所謂「好人」，即「高尚的人」。所謂「壞人」，即「下劣的人」。好人陷於悲劇境地使觀眾「引起憐憫與恐懼」。「『壞』不是指一切惡而言，而是指醜而言，其中一種是滑稽，滑稽的事物是某種錯誤或醜陋，不致引起痛苦或傷害。」「壞人」陷於喜劇境地所生的效果是可笑性，它使觀眾產生笑的快感，這種快感對觀眾無傷害，無痛苦。

亞氏就是這樣以摹仿說為根據區分悲劇與喜劇的。他的理論發展到後來，就成為悲劇是摹仿貴族的，喜劇是摹仿平民的。悲劇不能摹仿平民，這種正統的戲劇意識統治了西方劇壇兩千多年。直到十九世紀小仲馬寫《茶花女》才把妓女寫入悲劇。

文藝復興時期的戲劇家提出「悲喜劇」的新概念。義大利戲劇革新家瓜里尼（1538-1612）首先提出「悲劇混雜劇」的新概念，打破

---

7 王國維：〈譯本《琵琶記》序〉，見《王國維戲曲論文集》（北京市：中國戲劇出版社，1984年），頁249。

悲、喜劇的嚴格界限。他說：「有人可能提出一個新的問題：像悲喜混雜劇這種混合體究竟是怎麼一回事呢？我回答說，它是悲劇的和喜劇的兩種快感揉合在一起，不至於使聽眾落入過分的悲劇的憂傷和過分的喜劇的放肆。」[8]

和瓜里尼遙相呼應的人是西班牙的塞萬提斯，他不僅是一位偉大的小說家，而且是一位偉大的戲劇家。他對悲喜劇也提出一些精闢的見解：「在一齣精心結構的戲裡，詼諧的部分使觀眾娛樂。嚴肅的部分給他教益，劇情的發展使他驚奇，穿插的情節添他的智慧，詭計長他識見，鑒戒使他醒悟，罪惡激動他的義憤，美德引起他的愛慕。」[9]

瓜里尼和塞萬提斯都是從人的感情的豐富性出發來論述悲喜劇，來打破悲、喜劇的界限的。他們都指出戲劇所給予觀眾的快感絕不是只引起或悲或喜的快感。這當然也是從「模仿說」出發，他們認為悲喜劇才能模仿人的豐富的感情。

被塞萬提斯譽為「西班牙戲劇之父」的維加（1562-1635）著重論喜劇，他提齣喜劇可以有悲劇成分，因為大自然本身是豐富多彩的。也說：「把悲劇和喜劇……摻和在一起，……能使作品一方面嚴肅，一方面滑稽，因而豐富多彩，增加趣味，大自然就給了我們好榜樣，因為像這樣的豐富多彩是會產生美感的。」[10]他也是從「模仿說」出發說喜劇可以有悲劇成分的。

到了十八世紀，法國的戲劇家更從摹仿平民生活的立場出發，力圖打破古典的悲、喜劇的格式，建立起一種介於悲、喜劇之間的市民戲劇。伏爾泰（1694-1778）認為喜劇應有悲有喜，悲喜交錯，因為

---

8 〔義〕瓜里尼著，朱光潛譯：〈悲喜混雜劇體詩的綱領〉，轉引自《歐美古典作家論現實主義和浪漫主義（一）》（北京市：中國社會科學出版社，1980年），頁122-123。

9 〔西班牙〕塞萬提斯著，楊絳譯：《堂．吉訶德》中譯本（北京市：人民文學出版社，1979年），上冊，頁439。

10 〔西班牙〕維加著，楊絳譯：〈編寫喜劇的新藝術〉，《古典文藝理論譯叢》（北京市：人民文學出版社，1966年），第11輯。

由感動過渡到好笑，由可笑過渡到感動是非常自然的，人類生活無非是這種過渡的一根不斷的鏈條。

狄德羅（1713-1784）提出「正確」的新概念，明確指出戲劇應模仿市民的、家庭的生活，稱之為「正派嚴肅的戲劇」。狄德羅的戲劇理論在德國影響了萊辛（1729-1781），在法國影響了博馬舍（1732-1799）。萊辛提倡寫市民悲劇，號召作家深入「城市」研究市民生活。博馬舍堅決捍衛狄德羅的「嚴肅戲劇」的理論，而民主戰鬥傾向尤為強烈。

以上說明，西方古希臘的悲劇、喜劇，文藝復興的「悲喜混雜劇」，十八世紀的「正劇」的理論根據，全出於模仿說，模仿對象不同，便產生不同劇種，建立新劇種的根據，也在於模仿說。

中國戲曲沒有悲劇、喜劇、正劇的概念。中國戲曲有雜劇、傳奇、地方戲，那是以音樂唱腔來區別的。雜劇是北方的戲劇，根據的是北曲的系統，傳奇是南方的戲劇，根據的是南曲的系統。聲腔不同，伴奏樂器不同，樂譜不同，劇種也就不同。雜劇唱北曲，七個音階，主要以弦樂伴奏。傳奇唱南曲，五個音階，主要以管樂伴奏。雜劇是四折一楔子，一折一調。所謂「折」，即調子，首先是音樂含義，其次才是戲文的自然段落。如果說，西方戲劇「三一律」是從情節結構上定框框，中國雜劇「四折一楔子」就是從音樂唱腔上定框框。元曲一般有九個調子，每折只能唱一個調，每一個調有多少曲子，用什麼曲子，都有規定，每折曲子全一韻到底，不能換韻。四折戲亦即四個調，由男主角或女主角一人唱到底。如《漢宮秋》是漢元帝唱到底，女主角王昭君一句唱詞也沒有。《竇娥冤》是旦本，由正旦竇娥唱到底。第三折用「正宮」，規定十支曲子，第二支即著名的「滾繡球」。十支曲子一韻到底：怨、漣、遠、便、面、冤、鵑、阡、言、顯（每支曲子最後一個字）。雜劇音樂唱腔的單調，既給它帶來優點，也帶來侷限。雜劇的優點是突出了主要角色，劇情也很集中。但它是唱獨腳戲，其他角色不唱，不能發揮作用。故難於表現各種性格與複雜的劇情。傳奇的音樂唱腔就解放多了，無一定之折數，可多至五、六折，每折無固定之宮調，可同時用多種宮調，唱法大有變化，不限一人獨唱，可以數色合唱一折，還可以對唱、合唱。各色皆有白有唱，不像雜劇那樣次要角色有白無唱。這樣，生旦淨末丑都有正戲。如《牡丹亭》中的《春香鬧塾》，貼是正戲。傳奇的音樂唱腔系統的容量比雜劇大得多，所以劇情複雜得多，人物性格也豐富得多。王國維說這是傳奇比雜劇的一大進步：「然元劇大都限於四折，且每折限一宮調，又限一人唱，其律至嚴，不容逾越。故莊嚴雄肆，是其所長；而於曲折詳盡，猶其所短也。至除此限制；而一劇無一定之折數，一折（南戲中謂一齣）無一定之宮調；且不獨以數色合唱一折，並有以數色合唱一曲，而各色皆有白有唱者，此則南戲之一大進步，而不得不大書特書以表之者也。」[11]

以上說明，中國戲曲之區分雜劇、傳奇，關鍵在於音樂唱腔之發展變化。

到晚清，雜劇傳奇衰落，各種地方戲興起，出現了各種「新聲」。各地方的戲劇作家和演員有意識地打破只知用南北曲作劇的框框，廣泛地、大量地採用本鄉本土的民歌小曲寫戲唱戲，便創造了本鄉本土獨特的戲劇音樂聲腔，便形成了各各不同的劇種。以粵劇為例，明清兩代，弋陽、昆山、梆子、皮黃等聲腔劇種，在廣東常有演出活動。清初，出現廣東「本地班」，匯集外來聲腔之所長，廣泛吸收廣東民間音樂及流行曲調（如龍舟、木魚、鹹水歌、海南曲、梵曲等），便獨創了富於自己特色的「粵劇」。

中國戲曲以歌唱為主，因此中國戲曲的一種唱腔，實際上便代表了一個劇種。雜劇與傳奇的區分如此，各種地方戲的區分亦如此。中

11 王國維：〈宋元戲曲考．南戲之淵源及時代〉，《王國維戲曲論文集》，頁93。

國戲曲以音樂聲腔區分戲劇的種類，西方戲劇以模仿對象區分戲劇種類。因此，我們絕不能用西方的戲劇分類法來硬套中國戲曲。朱光潛說：「悲劇這種形式和這個術語，都起源於希臘。這種文學體裁幾乎世界各大民族都沒有，無論中國人、印度人、或者希伯來人，都沒有產生過一部嚴格意義的悲劇。」[12]這看法之所以不妥，就是對中西戲劇分類法缺乏比較。說中國無西方概念上的悲劇，等於說西方無雜劇、傳奇、地方戲，只說出一個表面現象而沒有分類比較的理論價值。

### （四）戲劇的地位不同

西方戲劇的地位一向很高，尤其是悲劇。亞氏說：「悲劇比史詩優越。」在西方，悲劇一直是最高級的文學體裁。相對而言，喜劇地位低，故自文藝復興至十八世紀，西方許多戲劇家都致力於提高喜劇的地位。中國文學素以詩文為正宗，戲曲一向被正統文人所鄙視。從「詩」的角度說，它不如「詞」，更不如「詩」。「詞」被稱為「詩餘」，「曲」更被稱為「詞餘」，都含貶義。明末清初戲曲家孟稱舜說：「詩變為詞，詞變為曲，其變愈下。」另外，戲曲是民間的產物。王國維指出：「獨元人之曲，為時既近，托體稍卑，故兩朝史志與《四庫》集部，均不著於錄；後世儒碩，皆鄙棄不復道。」（《宋元戲曲考》〈序〉）。從明代始，一些有真知灼見的文藝家已致力於提高戲曲的地位，但仍受傳統思想影響，具體表現為竭力將戲曲認同於正統詩文、儒家經典。如明代戲劇理論家祁彪佳認為戲曲也可以興、觀、群、怨，作用與《詩》同，將戲曲作《五經》讀「亦無不可」。清金聖嘆以《離騷》、《莊子》、《史記》、「杜詩」、《水滸》與《西廂》合稱「六才子書」。真正將戲曲與詩文、儒家經典區分開，獨立地評價戲曲在中國文學上的地位者，是從王國維開始的，他說：「凡一代

---

12 朱光潛：《悲劇心理學》（北京市：人民文學出版社，1983年），頁210。

有一代之文學：楚之騷，漢之賦，六代之駢語，唐之詩，宋之詞，元之曲，皆所謂一代之文學」(《宋元戲曲考》〈序〉)。又說元雜劇是「一代之絕作」，是「中國最自然之文學」(《宋元戲曲考》〈元劇之文章〉)。此外，還要強調一點，中國人將戲曲視為與詩文同樣重要的文學類型，乃受了西方的影響，是以西方文學為鏡的結果。

## 二　中西編劇法的比較

### (一) 結構的特色

從何時開始演故事？西方戲劇家有兩種選擇，故西方戲劇有兩種基本結構：鎖閉式（又稱終局式、倒敘式）與開放式（又稱直敘式)。鎖閉式結構就是從後面寫起，略去前情，通過局部表現全體。從古希臘悲劇《俄狄浦斯王》開始，就出現典型的鎖閉式結構。三大悲劇詩人的代表作《被綁的普羅密修斯》、《俄狄浦斯王》、《美狄亞》都如此。鎖閉式結構最大的特點與優點是集中，第一，它嚴格遵守時間、地點、行動的一致。時間不超過一天是集中，地點只能一個是集中，只有一條情節也是集中。西方戲劇是衝突的藝術，鎖閉式結構的戲劇一上來就表現戲劇衝突，用「回顧」介紹前情及推動戲劇衝突；用懸念吸引觀眾及提出戲劇衝突，用發現與突轉將戲劇衝突推向高潮。西方鎖閉式戲劇結構與神話及荷馬史詩大有關係。亞氏一再強調史詩的戲劇性（《詩學》中譯本，頁13、88)。說荷馬是戲劇的開創者（《詩學》中譯本十三頁)，《伊利亞特》就是鎖閉式結構（《詩學》中譯本，頁82-83)。另外，希臘悲劇素材幾乎全來自神話，希臘人民十分熟悉這些神話，也沒必要全部搬演。「希臘悲劇之所以能產生，只是因為觀眾都熟知每個戲裡涉及的神話，由於這些神話是人所共知的，它們使劇作家的省略及三一律成為可能，而達到後來再也達不到的成就。觀眾知道戲的全部內容；觀眾的好奇心不是集中在故事上，而是更多地集中在它的處理」（杜倉馬特《戲劇的問題》）。

開放式結構是順序寫下來，從頭到尾寫下來，打破「三一律」，不受時間、地點、情節一致的限制，時間可以幾天，幾個月，乃至幾年，地點可以多至幾個，情節可以有幾條。莎士比亞的戲劇，就是開放式結構的典範。西方開放式結構的戲劇也重在表現戲劇衝突，也是一開場就有尖銳的衝突，也講究「懸念」、「突轉」、「發現」以至「回顧」的運用。雖然是順序從頭到尾地寫下來，也不能什麼都寫，有些事情也以「回顧」出之，「回顧」也推動劇情發展，有的「回顧」是演出來不是由演員講出來的（如莎氏《哈姆萊特》的「戲中戲」）。

因此，西方鎖閉式的戲劇也好，開放式的戲劇也好，都可以說是「衝突」的藝術，「危機」的藝術，重在寫「衝突」，寫「危機」。二者是一個意思。

古希臘悲劇鎖閉式的戲劇結構，經過亞里斯多德《詩學》的全面、深入、具有說服力、用大量材料加以論證的總結，已經成為寫悲劇的一條「律」，對後世西方悲劇結構（直到現代主義前）有深遠的影響。易卜生就極擅於寫這類結構的戲劇。西方的悲劇後來變成悲喜劇、正劇，但大凡嚴肅的，帶有悲劇性的正劇，乃至帶有悲劇性的高級喜劇，大都按亞氏指出的路子寫作。

中世紀的宗教劇，出現了大量直敘式的結構，那是《聖經》與各種聖徒傳故事的搬演，或者如道德劇是把宗教道德觀念擬人化，如英國的《人人》。這類戲劇，沒有什麼衝突性，也不從危機寫起。有的宗教劇很長，可以連演幾十天。這類宗教劇，在西方戲劇史上，不占什麼重要地位。從編劇法上說，除了象徵性、暗示性可資借鑑，不能說有什麼高超技巧。

從文藝復興開始，又出現莎士比亞式的戲劇結構，是西方開放式結構的代表。它極大地不同於古典的鎖閉式結構。但同樣一上來就有緊張的戲劇衝突，迅速上升為高潮。悲劇先不說，只說帶有喜劇性的悲劇如《羅密歐與朱麗葉》，一開場就是兩個家族白天的械鬥。帶有悲劇性的喜劇如《威尼斯商人》，第一幕就是安東尼奧與夏洛克的尖銳矛盾：三個月到期還不了錢，夏洛克要割他「一磅肉」。

莎劇儘管打破時間、地點、動作的一致，但「有戲則長，無戲則短」，戲劇節奏仍然很快，劇情仍然十分緊湊。《羅密歐與朱麗葉》有四天戲，但白天黑夜全用上了。莎氏讓角色晚上也不能休息。第一天晚上是舞會與幽會，第二天晚上是一對戀人告別，第三天晚上是茱麗葉服安眠藥，第四天晚上是墓地的大悲劇。人物白天在活動，晚上也在活動，白天活動充滿動作性，晚上活動也充滿動作性。劇本的時空觀念十分突出，莎氏處處讓劇中人與臺下的觀眾感到時間的迫切性，這是劇本緊湊的重要原因。

讓我們再從改編角度談談莎劇的「衝突性」。莎氏的劇本絕大多數是改編前人的小說戲劇，其改編的特點就是加強了「衝突」。其《終成眷屬》取材於《十日談》「第三天故事九」，這是一個棄婦重圓的故事，醫生的女兒芝萊特（劇中改名海倫娜）愛上伯爵的兒子貝特蘭。她治好國王的病，求國王讓她選一個丈夫。但伯爵的兒子不愛她，剛舉行完婚禮就走了，說除非你戴上我手上的戒指，為我生兩個而子，我才與你團圓。醫生的女兒也就離開伯爵家失蹤了。她到城市找他，冒充與他相好的寡婦的女兒，騙了他手中之戒指，當然也懷了孕。她事先與該母女串通好，目的達到了，該母女就離開了城市，再不出現。男方以為相好不辭而別，也就返回家鄉。一年後開宴會，醫生女兒突然出現，懷抱兩嬰兒，手中戴著男方戒指，前來認夫，說明經過，夫妻團圓。

小說的細節破綻不少，這裡先不說，只說莎氏如何把它改編成一齣富於衝突之戲。首先加一枚戒指。海倫娜與貝特蘭過夜時互贈戒指。海的戒指是國王送的，可貴重了，海保證絕不丟失，除非給丈夫。貝特蘭母親見過，大臣拉敷也見過。現在貝特蘭來到宮廷，轉向大臣之女求婚了。他拋棄髮妻之事大家也原諒了。可是大家看見他手中戒指，追問從何而來，懷疑他殺害了海倫娜。其次，告狀人出現了。黛安娜（即寡婦之女兒）告貝特蘭騙了她。說戒指是我給他的。貝特蘭被迫承認。眾人又追問黛戒指何來。國王又要把黛押下去。現在保人上場了，海倫娜亮相，拿出貝特蘭戒指，一切矛盾全解開了。莎劇第五幕第三場是小說結尾的根本改寫，莎氏讓場上所有人物（包括反角的母親）與反角站在對立面展開最尖銳的衝突，看哪，原來貝特蘭是這樣一個壞東西！完全改變了原作結尾醫生女兒哭哭啼啼敘述經過求男方相認的情節，把小說中最沒有衝突的結尾變成最富於衝突性的結尾。

《羅密歐與朱麗葉》取材於義大利班德洛（1485-1561）的《短篇小說集》第二卷「故事九」，把九個月的故事壓縮成四天的事。大大加強了巴利斯（朱的另一追求者）的戲，結尾添加巴利斯與羅密歐的決鬥。先寫巴利斯與茱麗葉在教堂見面的喜劇性衝突（巴利斯因朱之父母應允其與朱舉行婚禮，去教堂找神父主婚。朱被雙親逼婚，也去找神父求援。二人碰巧見面，心事全不相同。巴以為朱愛他，朱用潛臺詞、相關語表示她愛羅，神父聽得明白，巴蒙在鼓裡了），後寫巴利斯與羅密歐在古墓中的悲劇性衝突（巴被羅刺死），均為小說所無。

《奧賽羅》取材於欽蒂奧（1504-1573）的《故事百則》（1565）中「第三旬・故事七」。與素材比較，更見莎氏重寫衝突的本領。在素材中，旗官（即劇中埃古）與摩爾人（即劇中奧賽羅）衝突並不尖銳，旗官竟與摩爾人合謀殺死苔絲德夢娜。摩爾人先騙苔走出臥房，旗官用沙袋打死她，再與摩爾人把她抬到床上，打碎她頭顱，推到臥房頂棚，製造假象，使大家認為她被壓死了。旗官後來還誣告摩爾人殺死妻子，摩爾人被流放，在流放地被苔之親族殺死。在素材中，苔與摩爾人並不是一條心。她後悔違抗自己的父母之命與摩爾人結婚，希望其他女人不要步她後塵：「對於那些違抗自己的父母之命而結婚的姑娘，但願我不要成為她們的可怕榜樣，同時但願義大利的女子不要學我嫁給一個這樣的人。」在素材中，故事是由旗官之妻倒敘出來的。旗官被摩爾人解除職務後，繼續害人，被人打死，他死後，其妻把一切經過都講出來。

素材與劇本比較，真是天壤之別。在劇本中，以奧、苔為一方，以埃古為另一方的衝突極尖銳，連埃古之妻也站到奧、苔一邊。正義與邪惡之爭的主題極鮮明。絕無奧與埃古聯合謀殺苔之荒謬情節，而是奧上當受騙，親自扼殺苔，造成極大悲劇衝突。苔始終愛奧，從不反悔，恐無怨言。使觀眾更覺埃古之可恨，奧之可悲。埃古之妻當面向奧揭發埃古，說出手帕是丈夫指使自己偷的。埃古拔劍刺殺其妻以圖滅口。奧目睹這一切，明白真相後悔恨自刎。所有這一切改動都是為了加強善與惡之衝突性。

中國戲曲只有開放式的直敘結構，絕少鎖閉式的結構。我們的戲曲的素材很少來自神話（不像古希臘之悲劇），也沒有《伊利亞特》那樣的敘事文學結構。我們前文說過，中國戲曲有三個媽媽，小說是其中一個。中國小說幾乎全是直敘式的，傳統戲曲百分之九十以上來自小說，戲曲家在接受小說的素材時，同時也接受了小說家的寫法：把戲劇故事從頭到尾，原原本本地寫下來。長至幾十齣的傳奇最為典型，只有四折的雜劇好一些，相對集中，但小說法的例子也有。馬致遠的《漢宮秋》。短短一個雜劇，劇情從匈奴番王要請迎漢朝公主，毛延壽建議漢元帝選美寫起，順序寫了毛延壽索賄不逞，將昭君美人圖點破，昭君被打入冷宮。漢元帝偶然巡視後宮，聽琵琶尋聲發現昭君之美，要斬毛延壽，封昭君為明妃。毛延壽逃走，獻美人圖給番王，番王點名要昭君和番，否則兵戎相見。漢元帝捨不得，而昭君深明大義，甘願入塞，以息刀兵。行至漢胡邊界時投江盡節。番王後悔，將毛解押漢朝處治，仍與漢和好。結尾是漢元帝漢宮傷逝，夢會昭君。

必須強調指出，近代第一個指出中國戲曲的結構與中國古小說的結構的一致性的人是王國維，他說中國戲曲的結構是模仿小說的結構。《宋元戲曲考》中有一句十分精闢的話：「其結構亦多依仿為之。」[13]但論者多輕輕放過。

中國戲曲往往不立刻提出矛盾，只是表演故事，從情節過渡到衝突，不是從衝突到衝突。中國戲曲絕大多數非「危機」的藝術，不是「突變」的藝術，而是「漸變」的藝術。例如《梁山伯與祝英臺》，從祝英臺女扮男裝，赴杭求學，中途與梁山伯草橋結拜，以後三載同窗，英臺托媒，十八相送，都沒有戲劇衝突，人物一直處於順境之中，直到「樓臺會」才出現戲劇衝突。梅蘭芳說：「哪一齣戲的情節都離不了先平淡，後緊張，逐步發展的原則。」這也是從小說來的。楊絳說：「我國傳統的戲劇結構不符合亞里斯多德所謂戲劇結構，……更接近他所謂的史詩結構。」[14]所謂亞氏的戲劇結構即衝突性結構，一上來就是危機，時間、地點、情節都比較集中，所謂「史詩結構」即「敘述體」結構，從情節到衝突，慢慢寫來，時間、地點、情節比較寬鬆。上文說過，王國維已指出中國戲曲結構仿小說結構，比王國維更早的李漁也提出過「稗官為傳奇藍本」的論斷，楊絳的觀點是承接了前人見解的。

## （二）懸念、心理描寫、人物出場的特色

戲劇是懸念的藝術，這是中西戲劇的共性，但「懸念」有兩種，一是讓觀眾對角色「做什麼」產生期待心理；一是讓觀眾對角色「怎麼做」產生期待心理。西方鎖閉式結構的戲劇屬第一種「懸念」藝術，一開場就提出重大的懸念：角色要做什麼？會發生什麼事情？例如《俄狄甫斯王》的「開場」就是神發怒了，麥穗枯黃了，牛死了，

---

13 王國維：〈宋元戲曲考・宋之小說雜戲〉，《王國維戲曲論文集》，頁26。

14 楊絳：〈李漁論戲劇結構〉，見《春泥集》（上海市：上海文藝出版社，1979年）。

婦人流產了，忒拜城發生了災難。為什麼？神示說因為殺死前王的凶手就在城裡。「凶手是誰」就是貫穿始終的懸念。在開放式的戲劇中，也很重視懸念的設計，例如《威尼斯商人》，夏洛克能否割下安東尼奧的「一磅肉」，就是很重要的懸念，也貫穿全劇。西劇的懸念，角色「做什麼」和「怎麼做」二者兼而有之，常結合在一起。

中國的傳奇罕見有第一種懸念。在傳奇中，先將劇情寫出，這就是「副末登場」的「引子」及「定場詩」，觀眾聽了「引子」（一首曲詞）及「定場詩」，早已知道劇情是講什麼的。如《琵琶記》的第一齣《副末登場》由副末唱一首〈沁園春〉，《長生殿》的第一齣《傳概》由末唱一首〈中呂慢詞．沁園春〉，就講清楚個故事。這些名劇大家都熟悉，這裡舉李逸《比目魚》為例，第一齣《發端》先由末唱一首〈漁家傲〉：「劉旦生來饒艷質，譚生一見鍾情極，默訂鸞鳳人不識，遭母逼，婪金別許偕鴛匹。（轉〈摸魚兒〉）演荊釵，雙雙沉溺。神威靈顯難測，護持投入高人網，不但完全家室。（再轉〈魚游春水〉）身榮反使恩成怨，國法伸時私情抑。經危歷險才終斯劇。」再由末念四句定場詩：「譚楚玉鍾情鍾入髓，劉藐姑從良從下水，平浪侯救難救成雙，莫漁翁扶人扶到底。」《比目魚》的劇情梗概全寫出來了。這種寫法西方也有，布萊希特的「史詩劇」不去說它。在莎氏的《羅密歐與朱麗葉》中，也有致辭者的「開場詩」，是一首十四行詩，把劇情大概先說一遍，但西方這種寫法並不普遍。

中西戲劇的心理描寫大不相同，西方戲劇的心理描寫多以角色「獨白」出之。從古希臘到現代西方戲劇，在許多劇本中都有相當長的「獨白」，由主角或重要角色說出。連莫里哀的《偽君子》、《慳吝人》、博馬舍的《費加羅的婚禮》這樣的喜劇，也不乏長篇的獨白，演員念這樣的臺詞，可真是一門學問，因為在相當長時間內，全場觀眾就聽他唸，角色一切動作全停止了。要博得觀眾掌聲，讓觀眾入戲，並非易事。中國戲曲把心理描寫放到壓倒一切的地位，因為中國戲曲的靈魂是唱詞，唱詞就是角色心理，角色必須通過歌唱把自己的心理告訴觀眾。西方是「獨白」，中國是「歌唱」，歌唱與說話大不相同，這就是本質區別。《琵琶記》和《西廂記》的兩位女主角趙五娘、崔鶯鶯的心理，幾乎全部是「唱」出來的。如《琵琶記》第二十齣〈糟糠自饜〉。又如《西廂記》第四本第三折「長亭送別」，崔鶯鶯唱了十九首曲辭表現自己與張生分手的痛苦心理。她對張生總共只說了七句話，其中四句還是詩：「君行別無所贈，口占一絕，為君送別：棄置今何道，當時且自親，還將舊時意，憐取眼前人。」

用詩來描寫心理好，還是用散文來描寫心理好？西方人的結論是後者，所以西方戲劇從十八世紀開始，就從詩劇向話劇過渡。中國古典戲曲則不同，根本不存在用詩來描寫心理好還是用散文來描寫心理好的問題，因為我們的戲曲一貫用詩來曲寫角色心理，只能如此，必須如此，戲曲離開詩，就不成其為戲曲了。

中西戲劇的人物出場介紹方法也不同。西方從古希臘戲劇開始就有人物表，而且以出場先後為序。在中國戲曲中，元曲沒有人物表，五大傳奇「荊劉拜殺」和《琵琶記》沒有人物表，《牡丹亭》、《桃花扇》、《長生殿》也都沒有。孔尚任在《桃花扇》中搞了一個人物「綱領」，把角色分為五類，與李香君有關的為一類，與侯方域有關的為一類，那些反面角色如阮大鋮、馬士英等為一類。可以說，孔尚任是中國戲曲人物表的首創者。

西方戲劇習慣通過對白介紹人物，如莫里哀《偽君子》第一幕第一場介紹出場人物是個傑作，歌德稱之為「最偉大和最好的開場」，一下子讓我們認識了劇中每一個人（除了角色答丟夫，他要到第三幕第二場才出場），並點明答丟夫在奧爾恭家的地位及兩派對他的態度。王爾德的名劇《溫德米爾夫人的扇子》的第一幕戲在交代人物關係上也很出色，恰到好處。既使觀眾了解到溫德米爾夫人與達林頓先生的關係、勞頓先生與埃林夫人的關係、溫德米爾先生與埃林夫人的關係都「非同一般」，但如何「非同一般」？又留下懸念。

中國戲曲不用對白介紹人物，而用「自報家門」。所謂「家門」，是明代稱呼角色的類別。如《竇娥冤》中的蔡婆婆，一上場先唸四句定場詩：「花有重開日，人無再少年，不須長富貴，安樂是神仙。」然後自報身分姓名：「老身蔡婆婆是也，楚州人氏。」「自報家門」是中國戲曲介紹角色獨特的表現方法，這是面向觀眾作自我介紹，也就是布萊希特所追求的「間離效果」。究其原因，一是為照顧古時看戲的流動觀眾，古時一個「瓦子」有好多「勾欄」，可以同時上演好幾臺戲，觀眾愛看哪臺就哪臺。「自報家門」可以穩住臺下觀眾，讓他們很快就得知該戲的人物身分，願意留下來看下去。二是因為戲曲深受小說影響，中國的傳記文學及古小說，大多一開始就先介紹人物姓名、籍貫、家庭關係的。「自報家門」是中國戲曲家的一項獨創，用很少的時間與文字讓觀眾很快知道角色的身分與彼此的關係，省下時間和文字寫情節的發展衝突。巴金對此很是稱讚，他說：

> 我們的祖先有個好習慣，自報姓名。我自小愛好戲曲，看見人物上場，自言自語，幾句話就把自己介紹得明明白白，故事講得清清楚楚，我不但當時很滿意，到現在我仍然佩服劇作者那種十分出色的簡練手法。[15]

巴金認為寫小說的人應學習這個本領，不要一開頭就把讀者引入人物的迷宮中去。他的眼光確實很高明，中西大小說家都講過寫小說應開門見山的道理。「自報家門」最初確是一種創造，但不能濫用，不能什麼角色都一出場就「自報家門」，如該隱瞞身分的，就不行，例如《溫德米爾夫人的扇子》中的埃林夫人就絕不能一上場就說出她是溫

15 巴金：〈談〈第四病室〉〉，《巴金研究資料》（福州市：海峽文藝出版社），上卷，頁498。

德米爾夫人的母親的真正身分，一說就全沒戲了。中國戲曲中的「自報家門」以後流於公式化，失去了生命力。

## 三　中西表演體系的比較

### （一）寫實的表演美學與「假定性」的表演美學

以話劇為傳統的西方戲劇，大都屬於寫實的表演美學範疇，表演上以「真」為美，在舞臺上追求「真」的效果。舞臺如同人生，演員在舞臺上的行動如同日常生活的人，思想感情也如同日常生活中的人。因此，西方不少戲劇家提倡戲劇表演是使觀眾產生「生活的幻覺」的藝術。狄德羅說：「戲劇的完美就在於它如此精確地再現某一事件，以致使得觀眾處在某種幻覺之中，感到自己宛如親臨其境。」司湯達說：「戲劇的幻覺是指一個人真的相信舞臺上發生的事物確實存在著。」左拉說戲劇「妙就妙在能產生幻想」。用通俗的話說，「生活的幻覺」就是演員把演戲當真，忘我投入戲中的世界。與寫實的表演美學相連的，就是「第四堵牆」的理論。戲劇摹仿生活，必須要有舞臺，室內戲的框形舞臺無論怎樣逼真，只能做到三面逼真，面對觀眾的一面，非假不可。例如一個房間，按生活的真實，得有四面牆，裡面的人看不見外面，這才是真實，但因為是演戲，舞臺三面可以有牆，唯獨向觀眾的一面，不能按照生活中那樣也砌起牆來。於是西方戲劇家就提出建立「第四堵牆」的理論。要求演員心中要設想有此牆在，演員應想到他在舞臺上如同在生活中一樣，不要想到他是在面向觀眾演戲，只有這樣，演員才能產生「生活的幻覺」，把假的當成真的。狄德羅說：

> 無論你寫作或表演，不要去想到觀眾，把他們當作不存在好了。假想在舞臺的邊緣有一道牆把你和池座的觀眾隔離了，表

> 演吧，只當臺幕並未拉起。(《論戲劇藝術》)

十九世紀末法國戲劇家讓・柔璉正式提出「第四堵牆」這個戲劇名詞，他說：

> 舞臺前沿應是一垛第四面牆，它對觀眾是透明的，對演員是不透明的。

他用「大幕打開時應立即熄場燈」的燈光效果來使觀眾看得見演員而演員看不見觀眾。斯坦尼斯拉夫斯基則把演員觀眾視而不見的做法叫作演員的「當眾孤獨」。

中國則不同，中國戲曲表演強調戲劇的「假定性」，即舞臺並非真的生活環境，演員必須明白，舞臺上的一切都是「假定」的，演員千萬別產生「生活的幻覺」，把假的當真的。中國戲曲家絕對不同意「不拉起臺幕」的表演，絕對不同意演員對觀眾視而不見。絕對不同意演員與觀眾之間有一道無形的「第四堵牆」。中國戲曲演員也絕不「當眾孤獨」，中國戲曲演員一面扮演某個角色，一面十分自覺地監視著（用布萊希特的話說是中國演員的「自我觀察」及「自我疏遠」）自己的唱腔身段，一招一式，明明白白告訴觀眾：看哪，我是在演戲呀！要求觀眾時時刻刻都在欣賞自己的演技。

中國戲曲「假定性」的表演美學並非主張一切都「假」，舞臺上的生活是假的，演員的感情是真的。所謂「假戲真演」，演員要表演出角色的感情來。蓋叫天說：「戲，本身是假的，何必怕假，但要假裡透真。」梅蘭芳說：中國戲曲是「真真假假」。

中國戲曲「假定性」的表演美學有傳統的理論作為根據，在形與神、意與象的關係上強調神似，取意。這就是「離形得似」、「得意忘形」、「得意忘象」、「遺形得神」。

## （二）實在的布景、道具、時空、動作與虛擬的布景、道具、時空、動作

西方戲劇從古希臘到現代戲劇的布景、道具大都是實實在在的，這是主流。古希臘劇場有「推臺」，按照當時的宗教禁令，在觀眾面前是不准表演凶殺的，但很多悲劇中發生了謀殺事件，怎麼辦呢？就讓這類事件發生在後臺，然後把屍體用推臺送到觀眾面前。真是實到不能再實。中世紀的宗教劇如《東方三聖》寫東方三個博士跟著一顆大星去找降生人間的耶穌，在教堂裡（戲在教堂內演出）要事先布置好幾顆星星，用繩子掛下來，其中一顆最大的代表耶穌。第一個聖者說：「這顆星特別亮！」第二個聖者說：「這說明王中王已誕生。」第三個聖者說：「正如很久前預言者所預告過的。」文藝復興時期的宗教劇布景道具更實在。為了表現天堂，草皮和樹叢都搬到舞臺上，樹上生有真的花果，水池中還養了新鮮的魚。瑪利亞騎真驢逃到埃及去，約瑟則牽了一頭真牛上臺，耶穌進入耶路撒冷時也騎著一頭真驢。為了表現水，在屋頂上用水桶儲存了大量的水，到洪水爆發時，水就從屋頂上傾瀉下來。莫里哀時期的法國宮廷劇場，舞臺上空高達五十九英尺，裝備著一百四十四根吊景桿，每根長七十五英尺，可以飛吊雲端的神仙、戰車、珍禽異獸。據說有一個四十五英尺寬、六十英尺深的升降機，可以一次把上百名演員飛升上去。又以各種畫出來的雲朵巧妙地掩飾來，使觀眾看不見機器設備本身，只見眾多神仙，排列成各種陣勢，或乘坐戰車，或騎珍禽異獸，在舞臺上空飛行。[16]十八世紀的狄德羅從現實主義出發，力主布景的寫實性：

> 請你大聲疾呼，要求人們把這場戲發生的地點如實地呈現出來吧。……讓布景師熟悉劇情發生的地點，把它描摹得適如其

16 吳光耀：《西方演劇史論稿》（北京市：中國戲劇出版社，1989年），頁96、120、171。

> 分，尤其要讓他記住，舞臺的畫景應該比其它一切類型的圖畫更嚴格而真實。[17]

中國戲曲的舞臺是空的，沒有布景，所謂「一臺二騎」，還是元代才有的，南宋的雜劇或傳奇，是連桌椅的擺設都沒有的。《張協狀元》中貧女與張協在破廟成親就無桌子。由呆小二擬作桌子。

西方戲劇用分幕分場表現時空變化較晚。古希臘的戲劇只分場不分幕。場次有三、四、五不等。至於演出，更沒有幕。演員上臺擺好姿勢再演。古希臘戲劇的時空觀念除了用布景、道具表現，很主要的，是靠「歌隊」唱出來的。到文藝復興時期，莎氏的戲劇全部分幕分場，莎氏已明確用分幕表現時間的變化，但演出時分幕也僅僅是形式，基本上是一幕到底，因為當時還沒有廣泛使用幕布。莎劇的時空概念也常常由演員說出來。西方戲劇真正用「幕」與燈光表現時空變化是比較近代的事，起於自然主義戲劇。一八八〇年以後，歐洲舞臺就廣泛用幕布來遮掩舞臺上換景，又用關燈與開燈使觀眾明顯感覺時間的變化。中國戲曲直到二十世紀初期從不用分幕分場來表現時空變化。中國戲曲是一口氣演到底，不分場，不落幕（也無幕）。

與西方用布景、道具、分幕分場表現時空觀念不同，中國戲曲是用「上下場」、「走圓場」加上演員的表演唱白來表現時空變化的。演員通過「上下場」、「走圓場」可以完全超脫時空的限制，使舞臺有無限自由，演員想表現哪裡就表現哪裡，需要怎樣表現就怎樣表現，中國戲曲的特點是舞臺的時空變化通過演員表演出來，也就是說，用演員的表演打破時空侷限，一脫離演員表演，舞臺上就失去固定的地點時間。表現近距離，演員只要嘴念「行行去去，去去行行」，走一個小圓場，一抬頭，便可唸道：「不覺又到了某處。」例如「武松打

17 〔法〕狄德羅：〈論戲劇藝術〉，見《文藝理論譯叢》1958年第2期。

虎」，上場是趕路，下場已到景陽崗，武松手指前方，眼看手指方向，加上唱詞，觀眾就明白前面就是崗。中國戲曲的舞臺是「虛」的，也可以說是一張白紙，由演員通過表演寫上文字，畫上圖畫。西方戲劇則不同，他們的傳統的舞臺是「實」的，不換景，角色上下多少次仍舊是那個地方，角色沒上場，地點、時間也存在，這是由布景、燈光所規定了的。由於我們的戲曲用「上下場」及「走圓場」表現時空變化，中國戲曲比西方戲劇自由得多。一個圓場，十萬八千里，幾聲更鼓，夜盡天明。

中國觀眾早就習慣「上下場」及「走圓場」的藝術表現手法。「空城計」中諸葛亮下令三探，探馬第一次報街亭失守，第二次報司馬懿進兵西城，第三次報司馬懿離西城僅四十里，演員一上一下，再報再探，不過三兩分鐘，觀眾不會從時間概念上來挑剔。演員在臺上走個場子，唱上一段，地點已生變換，觀眾也不追究劇中人走了多少路。某角下場，由別角來個過場，有個間隔，然後再上，時間就可以一晃而過，觀眾也批准了。中國戲曲還廣泛採用表演加唱白表現時空變化。例如，一個人早上出來打漁，經過一段表演之後，他看看天，說日落西山回家去吧，觀眾也就明白已到傍晚。《梁山伯與祝英臺》「十八相送」一場，梁、祝一路行來，一會兒是池塘，一會兒是水井，一會兒是小河，變化的野外環境是通過兩人在臺上的唱白行走表現出來的。

西方演員的動作是模仿生活的。其動作必須與實實在在的生活情境結合。騎馬必須騎在馬背上，坐船必須有船，否則就不真實。中國戲曲演員完全不同，我們是「以虛擬實」，即虛掉與角色有關的環境（如山水樓臺）和實物對象（如船馬車轎），再由演員用藝術的手法把虛掉的東西模擬出來，觀眾則通過演員的表演想像出虛掉的環境和實物。像《打漁殺家》（蕭恩與女兒桂英打漁殺死惡霸全家）和《秋江》都表現江上行船，但無江又無船，全靠演員在「船」上的種種情感（唱詞）和動作表演出來，觀眾便在想像中補充出江和船。布萊希特看完《打漁殺家》後寫道：

> 表演一位漁家姑娘怎樣駕駛一葉小舟，她站立著搖著一支長不過膝的小槳，這就是駕駛小舟，但舞臺上並沒有小船。現在河流越來越湍急，掌握平衡越來越困難；眼前她來到一個河灣，小槳搖得稍微慢些，看，就是這樣表演駕駛小舟的。這個聞名的漁家姑娘的每一個動作都構成一幅畫面，河流的每一個拐彎都是驚險的，人們甚至熟悉每一個經過的河灣。觀眾這種感情是由演員的姿勢引起的，她就是使得駕舟表演獲得名聲的那個姑娘。（《中國戲劇表演藝術中的陌生化效果》）

我們著重講講《秋江》。明高濂傳奇《玉簪記》寫書生潘必正與年輕道姑陳妙常在道觀中談戀愛，陳妙常送他玉簪為定情物。觀主（潘必正的姑母）很不放心，打發侄兒立即離觀上路。陳妙常追到江邊，終於找到潘生，日後二人團圓。此劇第二十三齣《追別》即今天常在舞臺演出使國內外觀眾傾倒的《秋江》。注意，從劇本中我們是看不出妙處的，必須加上表演才令觀眾吃驚，而表演是劇本沒有寫的。這就是中國戲曲表演的特色了。

高濂的劇本是這樣寫的：陳妙常追到江邊，潘船已去了。陳對江叫船，艄公搖船上，陳說要買你一隻小船，趕前面去京考試的相公。艄公說風大去不得，陳說不要推辭，船錢重謝。艄公叫陳下船：「下船下船。」便唱民歌：

> 風打船頭雨欲來，滿天雪浪，那行教我把船開。白雲陣陣催黃葉，惟有江上芙蓉獨自開。

陳妙常接唱道：

> 奴好似江上芙蓉獨自開，只落得冷淒淒飄泊輕盈忒。恨當初與他曾結鴛鴦帶，到如今怎生分開鸞鳳釵。別時節羞答答，怕人瞧，頭怎抬。到如今，悶昏昏，獨自耽著害。愛殺我，一對對鴛鴦波上也；羞殺我，哭啼啼今宵獨自挨。

人物有了，唱詞美極了，但劇本缺了什麼？缺少了一個背景：秋江，缺少了一個極重要的道具：船。這「江」，這「船」，就得靠演員表演出來，這齣戲有饒有風趣的艄公，追趕情郎心急如焚的少女，鮮明抒情的喜劇情境，但這一切都要靠在江上行駛的那條船來表現，有「船」就有「江」，而「船」就是「人」。艄公搖船過來了，是艄公表演；陳妙常上船了，是兩人一同表演。就因為有了這條看不見的船，觀眾才感到人在船上，船在江中。這條船，全是演員用虛擬動作表演出來的。試用西方寫實戲劇手法去導演，讓一條真船上臺，便扼殺了演員的藝術生命，扼殺了這齣戲。

中國戲曲演員的「虛擬動作」可借助道具表演，亦可不用道具。以馬鞭代馬，以槳代船，以旗代車，椅子代門，桌子代山，上山只要上桌子，也可以作床睡，桌子也作城門。一桌二椅可以代表許多東西，這是借助「道具」的。也有完全不用道具的，如《春草闖堂》中第三場春草坐轎，那官轎就是虛擬的，通過演員的轎舞表現「轎」。一個書生逛累了，在路旁搬塊石頭，撩起衣衫，蹺起一腿，坐在石頭上打盹，但事實上沒有石頭。《拾玉鐲》中的孫玉姣趕雞，戲臺上沒有一隻雞，通過演員動作，配合「咯咯咯」的音響效果，使觀眾如睹群雞（但過於生活化，缺了風格化，不算正統）。通過四個龍套（行當之一，扮演士兵，穿「龍套衣」）的隊形變化，可代表三軍，所謂「六七人百萬雄師」。說「酒宴擺下」，卻不設宴，只是吹打、舉杯相讓便算了事。英國名作家毛姆於一九二〇年到中國，看了中國的戲曲後說：

> 中國戲劇有極精巧的象徵方法，一直是我們夢寐以求的戲劇。

但是要注意，戲曲中諸多動作可以虛擬，武打可不是虛擬，無論短打或扎靠武打，那真是拳來腳去，刀光劍影，處處真實。十八般兵器的招數，全被編入戲曲武打中，成為中國戲曲獨特的戰器舞。戰場可以虛擬，武打不可以虛擬。

### （三）自由的表演形式與程式化的表演形式

西方戲劇源遠流長，留下不少古老的劇本；西方的戲劇理論也源遠流長，留下亞里斯多德的《詩學》、賀拉斯的《詩藝》、布瓦洛的《詩的藝術》。但是，西方戲劇的表演形式，卻缺乏總結。試看亞氏、賀氏、布氏的著作，有總結表演形式的嗎？沒有。我們知道，不同流派的戲劇必定有不同的表演方法，悲劇、喜劇、正劇不能一樣，現實主義派與荒誕派不能一樣，但不同在哪裡呢？卻找不到答案。英國權威戲劇理論家愛德華・戈登・克雷（1872-1966）說：

> 在戲劇文學中，希臘人和伊麗莎白時代的人運用了規則；希臘的規則比英國的還要嚴格，據說，希臘人對他們的戲劇演出甚至運用了規定得極為完善的規則。我們收集到了這些規則的一小部分，但對整個規則我們還沒有一本教科書，至於演出的最後結果，我們則一無所知。[18]

---

18 〔英〕克雷著，李醒譯：《論劇場藝術》（北京市：文化藝術出版社，1986年），頁205。

當他看到東方戲劇有一套程式化的表演形式時，他很有感觸，認為通過比較和學習，把西方戲劇的表演形式尋清楚是十分必要與可能的。他說：

> 歐洲劇場的這些規則，通過孜孜不倦的和明智的調查研究是可以被查清楚的，尤其是印度、中國、波斯和日本至今仍在向我們提供演劇藝術的榜樣，通過我們已經掌握的線索同印度、中國、波斯和日本所提供的那些實例加以比較，並向它們學習，一定會把歐洲的那些戲劇規則弄清楚的。[19]

在現代，唯一有一套表演理論的人是斯坦尼斯拉夫斯基，他有一個體系，教導演員如何努力克服自我，完全化入角色。但具體的辦法卻不多。有布萊希特的話為證：

> 自有表演藝術以來，除了幾本好書談論一些偉大演員怎樣表演一定的角色或場面以外，就只有不久前出現的俄國導演斯坦尼斯拉夫斯基的論述表演藝術的書。但是當你仔細閱讀它的時候，就會發現，它讓演員感到了自己的責任感，卻沒有更多地告訴演員怎樣才能學到和做到。[20]（重點號筆者加）

布萊希特批評斯坦尼的表演理論不具體，那麼他自己的呢？他也沒有什麼表演理論。中國戲劇工作者在觀看布萊希特派的表演後覺得與斯坦尼派沒有什麼區別。並認為布萊希特並不談論表演藝術[21]。

西方缺乏表演理論的根本原因是他們不去總結。用克雷的話說，

19 〔英〕克雷著，李醒譯：《論劇場藝術》，頁250。

20 〔德〕布來希特著，丁揚忠等譯：〈表演藝術〉，見《布萊希特論戲劇》，頁226。

21 張應湘：〈表演教學面臨的選擇〉，見《戲劇藝術》1993年2期。

是不願通過「孜孜不倦的和明智的調查研究」去「查清楚」。寫實派要求逼真地再現生活，人心不同，各如其面，角色的動作與感情表演不可能有一個基本的模式。寫實派的演技不容許程式化的表演形式。浪漫派強調主觀性，荒誕派強調荒誕性，主觀性與荒誕性本身就排斥固定的表演形式。主觀創造客觀，世界是荒誕不可知的，哪裡還有什麼規範性的「表演形式」？

於是，西方的「大表演理論」就出現了，它認為生活中人人都有表演的成分，人人都在不同程度地扮演角色，故演員只需要有「激情」，有「悟性」，就自然能表演好而無須學習。「表演是教不會的」，「表演需要天賦」，「表演不能缺乏靈感」，「天才人物是從娘胎裡就帶來的」，種種片面的、似是而非的觀念導致人們不重視認真總結表演藝術。

西方演員的表演是「自由化」的，因為不去總結，無「法」可循，更助長了這種傾向。其結果有好有壞，好的方面是西方演員個性充分解放，愛怎麼演就怎麼演，沒有條條框框，也確實能發揮自己的獨創性。壞的方面是反科學性，使表演神秘化，或取消表演藝術。還有一個壞處，是使身懷絕技的演員的技藝代代失傳。

這種「大表演理論」對國內戲劇界（主要是話劇界）也產生不良影響。例一，當前中國話劇界有人認為教授表演已經過時，既然人人都在表演，再去專門學習它實在沒有必要。例二，國內不少優秀演員講不出自己的成功是受益於什麼表演訓練，也就無法言傳身教，北京人藝的老演員一退役，《茶館》全國無一劇團敢演，是最典型例子。

與西方截然相反，中國戲曲具有世界上最嚴格、最系統、最規範化、最固定的表演形式。戲曲演員必須從科班學起，掌握戲曲表演的一套形式，才能演戲。否則，演員在戲臺上就寸步難行，有口難開。

中國戲曲的表演形式，有個專門名詞，叫作「程式」，即「行當」與「四功五法」。這是歷代演員表演藝術的積累與總結，上升為規範性、風格化的東西，代代相傳，十分穩定、凝重。

「行當」指生旦淨末丑的分類，每行當又有文武之分，文重唱工、做工，武重把子、短打。老大劇種分得更細。如「旦」指婦女角色，「青衣」一般指十六歲到四十歲的性格嫻淑文靜的婦女，「花旦」一般指性格活潑天真的少女或少婦。「武旦」指短打女英雄，「刀馬旦」指披甲的女將，還有小旦、貼旦、老旦、彩旦（丑旦）等等。「四功五法」即「唱做念打」與「手眼身步法」。「唱做念打」不用多解釋，一看就懂。「手眼身步法」是「做」、「打」的舞蹈化的動作的五種技術分解方法。「手」指手勢，「眼」指眼神，「身」指身段，「步」指臺步，「法」說法不一，或指「甩髮」的技術[22]。

每個「行當」都有自己獨特的「四功五法」。所以布萊希特說過一段精闢的話：

> 當我們觀看一個中國演員的表演時，至少同時能看見三個人物，即一個表演者和兩個被表演者。[23]

「一個表演者」指演員，「兩個被表演者」指角色及行當。例如梅蘭芳演楊貴妃，楊貴妃是花旦，梅必須根據花旦的「四功五法」去表演楊貴妃，「花旦」本身也是「被表演者」。這與西方戲劇大不相同。西方戲劇是一個表演者和一個被表演者，即演員與角色。西方中古的「即興喜劇」也分行當，但是否各有不同表演方法，由於無人總結，現在已不得而知。

「唱做念打（舞）」說明中國戲曲與音樂、舞蹈、武術、雜技有極其密切的關係。首先是「唱」，也就是戲曲的音樂美。中國戲曲離不開聲樂和器樂。從明朝以來，戲曲就有四大唱腔：昆山腔（起源於

22 「法」是「發」的訛字。

23 〔德〕布萊希特著，丁揚忠等譯：〈論中國人的傳統戲劇〉，見《布萊希特論戲劇》，頁206。

江蘇昆山)、弋陽腔（起源於江西弋陽)、梆子腔（起源於西北，「梆子」是打擊樂器)、皮黃腔（起源於湖北西板即楚調，安徽二黃即徽調)，皮黃腔是京劇主要唱腔。此外還有不屬於這四大唱腔的，如福建的梨園戲、莆仙戲，上海的越劇等等。同一劇種（例如都是京劇)，同一行當（例如都唱青衣)，各派又各有不同的唱法，這點最為重要，它構成戲曲的最主要的藝術個性。如梅蘭芳和程硯秋都唱青衣，但分梅派、程派。在「四功」中，唱功居第一位。演員學戲，首重唱功，科班對唱功也特別重視。

「念」主要是對白，也很講究音樂美和節奏感。有所謂「韻白」與「京白」。「韻白」是高級語言，朗誦式的音樂語言。用假嗓子。「京白」是通俗的、大眾化的語言。用真嗓子。小姐說「韻白」，丫頭說「京白」。但無論「韻白」或「京白」，「咬字」都十分講究，尤其是「韻白」，發聲音樂性要求很高，講究「四聲」、「平仄」，「五音四呼」[24]，哪些字不上口，哪些字上口，如何鍛煉口勁，讓五音齊全，將字的頭、腹、尾清晰地送出，達到近聽不刺耳，遠聽不含混，都要經過嚴格的訓練。至少要做到「珠走玉盤」，每一個字像珠子似的一粒粒數出來。

戲曲演員必須苦練唱功、念白。自開蒙學藝之日起，即須每日「吊嗓」（每天唱一二劇目中的全部唱段)、「喊嗓」（在清晨到空曠地區大聲喊出「唔」、「咿」、「啊」等單音，由低而高，由高而低，反覆進行。通過「喊嗓」可以鍛煉口腔各個發聲部位，正確地發出各個韻母的本音)。三九寒冬，北京護城河結冰，演員對著薄冰練，結冰的地方沖化開一個大窟窿。馬連良的臺詞念得最好，那是下了多少功夫啊，他是大舌頭，每天到城牆跟去練，一站幾小時，磚站凹一塊。

---

24 「五音」指喉、齒、牙、舌、唇五音，發聲部位各不相同。「四呼」指開口呼、齊齒呼、合口呼、撮口呼、發聲口腔形式各不相同。演員準確地掌握了五音的部位，再結合四呼的運用，就能發音吐字正確，並清晰地傳送給遠近觀眾。

「做」與「打」(舞)就是大量吸收舞蹈、武術、雜技。中國民間舞蹈有悠久歷史。屈原的九歌就是九個歌舞節目，像《東皇太一》、《湘君》、《湘夫人》、《大司命》、《山鬼》等都有人物故事，是神話題材的單人舞、雙人舞、三人舞或群舞。中國武術雜技有兩三千年歷史，對戲曲有深遠影響。舞蹈、武術、雜技是孿生兄弟，無論從力學、心理學、生理學上都對戲曲大有啟發。有不少名演員本身就是武林高手。蓋叫天(1888-1970)是「江南第一武生」，有「英名蓋世三岔口，傑作驚天十字坡」之譽。民國初年，他還很年輕，藝高膽大，火氣很盛。當時鏢行有些人沒有出路，轉入戲劇界，在上海舞臺上真刀真槍，猛打猛衝，大受觀眾歡迎。其廣告就登了八個字:「真刀真槍，當場出彩」，把京劇的武打比下去了。當時有個名鏢客叫何月山，是少林會的，帶了一批人在上海演戲，蓋叫天為了給戲劇界爭口氣，在一個戲裡點名與何月山對打，真刀真槍，打敗了他，累得他病倒數月，不能登臺。蓋叫天說:「那次我是拼命要為祖師爺爭光，總算為武行爭得了面子。」

但是，武術還不是「打」(舞)，要把武術變成戲曲的藝術，還要結合劇情、性格加以藝術提煉。武術是一個基本功，變成戲曲中的「程式」又是一個基本功。故演員必須懂得武功和舞功。出國的「大鬧天宮」、「三岔口」、「雁蕩山」的「打」就把武術變成了藝術。外國人說中國的舞劇演員可以不受地心吸力限制，他們講的不是武術，而是「舞劇」。「唱做念打」是戲曲演員的基本功，哪個行當都要勤學苦練，缺一不可。所謂「臺上一分鐘，臺下十年功」。梅蘭芳(1894-1961)是旦角，但梅蘭芳也要練「打」。他的劍舞是苦練成功的。「四大名旦」的唱功、做功固然首屈一指，但都要練「打」的基本功。尚小雲(1900-1976)最厲害，他演刀馬旦，演白娘子、梁紅玉，跌撲、扎靠要求很高。荀慧生(1900-1968)次之，程硯秋(1904-1958)、梅蘭芳又次之。

戲曲演員苦練基本功的例子不勝枚舉。京戲中的武丑張黑，走矮子最出名，他從北京到通州去出堂會，從朝陽門出發是二十公里，張黑每次都是走矮子去，走矮子回，在路上一練就是幾個鐘頭，武生傅德威，十六歲才開始練武功，腿骨頭硬了，武生踢腿腳跟要放到脖子後面去，他那時骨頭已經硬了，怎麼練得出來？但他還是下狠心練。用滑車吊在一個大柱子上，一根繩綁著自己的腳，一根繩自己拉，把腿貼在一柱子上，一點一點地拉，腿就上去了。練完之後，這條腿就下不來了，然後由兩人架著，慢慢地蹓躂蹓躂，幾個月功夫，他就把腿練出來了。漢劇名角陳伯華練指法，每天洗臉後，就用洗臉的溫水來練手，要練到手指撓起來，五個指頭不漏縫隙，兩手合攏，要能把手捧得起來。

中國戲曲中有些名演員的「做」、「打」功已成為演員藝術生命的一部分，被公認為世界藝術珍品。例如梅蘭芳《霸王別姬》中的劍舞和《貴妃醉酒》中的嗅花臥魚和銜杯翻身；周信芳的《追韓信》、《徐策跑城》中的提袍抖胡追趕步法；李少春在《野豬林》中扮林沖誤進白虎堂挨打後甩水髮和猴戲中的筋斗功；蓋叫天演武十回中的老鷹展翅和飛天十三響；關肅霜在《盜仙草》中扮白娘子的「打出手」；程硯秋在《荒山淚》中的水袖功；杜近芳在《白蛇傳》中扮白娘子的劍術及《秋江》中扮道姑的搖船舞蹈；昆曲《十五貫》的「測字訪鼠」；越劇《梁山伯與祝英臺》的化蝶雙人舞；京劇《三岔口》的夜鬥；川劇《臥虎嶺》董宣的帽翅功；京劇《鳳儀亭》、《群英會》呂布、周瑜的翎子功等等。

「做」功與道具結合是中國戲曲表演藝術一大特點，是世界各國戲劇罕見的。它由道具而為程式，又由程式演變為一門藝術技巧，如鬍子、袖子、帶子、翎子、扇子、帽翅等等道具，在演員手中可以出神入化，表現性格感情，成為各種各樣的舞蹈。

眼神也是「做」功，所謂表情，主要指眼神，戲曲演員十分重視眼神的訓練。梅蘭芳看鴿子練眼神的故事是有名的。舊社會演員練眼神是暗室看香，眼光隨香移動。眼神有好多種，分為看、瞅、瞥、瞟、覷、瞪、瞄、望、鬥雞眼（例如周瑜生氣看孔明）。《西廂記》寫崔鶯鶯與張生長亭送別一場唱「碧雲天，黃花地，西風緊，北雁南飛，曉來誰染霜林醉，總是離人淚」，就有四種眼神：「碧雲天」是高而遠，「黃花地」是低而闊，「北雁南北」是從左到右，「離人淚」是凝視。

戲曲的特點是表現性格不能離開程式，任何演員都必須使用一定的程式表現性格。戲曲演員的所有動作，所有喜怒哀樂的感情變化，都有一定的程式，不能隨心所欲。進門後關門，要上閂。要開閂，再開門。進門時抬腳然後踏入（有門檻），出門也要抬腳踏出，否則就要有一個絆門檻踉蹌跌出的動作。上樓是七步，下樓也七步，不能少一步。船頭上去一人，船尾必然翹起，船拐彎調頭，演員不能隨意亂走，走出船舷就掉進水裡了。武打更要十分嚴格按照規範化動作進行，否則就要出笑話以至傷人、死人。在舞臺上走路要走「臺步」，「臺步」有幾十種。七仙女上場，得一個緊跟一個，只見身子動，不見裙褶動，迅速走過，如溜冰一樣，叫「碎步」。白娘子撲向昏沉不醒的許仙，桂英鬼魂來到王魁書房，走路像天上飄的白雲，上身不動，兩腳並齊，腳跟跟著腳掌向同一方向移動半步，一路走過去，謂之「雲步」。楊貴妃喝醉酒的是「醉步」，武大郎雙腿蹲下，腳跟提起，腳掌著地，迅速向前移動，是「矮步」。小青要殺許仙，許仙向白娘子求救，走的是「跪步」，跌倒後仍欲前進，用膝蓋走路。周信芳演徐策跑城，唱至「三步當作兩步走，兩步當作一步行」時，用「蹉步」，前腳向前邁起，後腳隨即蹉上一步，占有前腳位置，使前腳更向前邁進一步。俠客英雄夜間潛行，靠路邊疾走，辨路，繞圈，緊衣巾，檢查隨身武器配帶的鬆緊，這一成套的、連續的舞蹈動作叫「走邊」，林沖夜奔要「走邊」，楊子榮打虎上山也要「走邊」。白天也行，不一定非得夜間。單人獨行叫「單走邊」，李逵與燕青一同下山，叫「雙走邊」。還有「集體走邊」，那就是集體舞了。邊走邊唱叫「響邊」，偷雞摸狗的時遷只走不唱叫「啞邊」。

中國戲曲的表演形式，如上所述，是規範性的，固定性的。所謂「程式」，來源於戲劇實踐，最初大都是演員為了塑造人物創造出來的，其動作傳神，大家看了覺得很好，便把它用到同一類型人物身上。如明代昆曲《千金記》有一場戲叫「起霸」，描寫楚霸王項羽半夜聽報有軍情。趕快起來披甲上馬。演員為此設計了一套動作（整盔、繫甲、理髯等一套動作），很有氣魄。大家看了都來學。以後凡是武將出場都用它，並乾脆把這套動作稱為「起霸」，兩人同時起霸叫「雙起霸」。起霸只舞不唱，有力烘托舞臺上的戰鬥氣氛。可見程式本來是個別演員特定的動作，經過代代演員提煉後才逐漸變成公用的、帶規範性的表現形式。

西方的表演形式因為是自由化的，難以總結。中國戲曲的表演形式是規範化的，易於總結。千百年來，藝人們一面繼承，一面提高，一面推廣，代代相傳。中國唐玄宗時就有「梨園」，專門訓練宮廷的歌舞藝人。後人稱戲班為「梨園」，戲曲演員為「梨園子弟」，源出於此，還有「教坊」，就是音樂學院，也教舞蹈、百戲，也管排練。舊社會有「科班」，大都是民辦的戲劇學校，藝人從小入「科班」，學七到十年，苦練「四功五法」。中國戲曲教育首重「言傳身教」，「程式」是要苦學的，為學好某種「程式」，受師傅打的、自己傷的，以至獻出生命的藝人，為數不少。蓋叫天就曾斷臂折腿而堅持不懈。「程式」是千百年來中國戲曲演員表演的心血結晶，沒有「程式」，也就沒有戲曲。

但是，中國戲曲的表演形式也有其侷限性，這就是保守性，容易僵化。本來是獨創性的東西，變成了公式，就很易走上反面。布萊希特也說：

> 中國戲劇舞臺的習慣，舞臺人物一定的動作和姿勢通過許多代演員保存下來，乍看起來這是很保守的。對大多數人不言自明，特定的（不可混淆的）現存動作缺少明顯的演變，這是保守主義的可靠特徵。[25]

鑒於中國戲曲表演形式具有獨創——保守的特性，中國戲曲界的有志之士就十分重視再創造。使戲曲表演形式從保守中解放出來，向獨創——保守——再獨創的路上發展。歐陽予倩說，程式只是一套字母，拼起來才成為文詞，怎麼拼，就要看演員的水平。換句話說，演員首先要掌握程式（字母），但掌握之後還要學會寫成美文。演員要借程式表現自己的藝術個性，發展程式，把藝術生命注入程式之中，使之成為「我」的藝術。

舉個最淺白的例子說，同是「開門」的程式，閻婆惜給張三郎開門與給黑宋江開門大不相同。同是「走下場」，夫人、小姐、丫環三個人走起來不能全是一樣。有一個例子可以說明「死程式，活生命」的道理，有一位京劇著名女演員曾拜梅蘭芳為師，學會了一齣《洛神》，演出後大家頗為讚賞，一致承認學得很像，梅先生的一舉一動，一腔一調，沒有一樣不模仿得維妙維肖。但有一個評論家指出，只有一個地方沒有學到家，那就是她的洛神還差點「仙氣」。聽到這意見，這位女演員著了急，到處尋師訪友，請教人家這「仙氣」該如何取得。有一天，一位高明的行家對她的苦悶一語道破：「梅先生演的是『洛神』，您演的是梅先生！」於是，這位女演員恍然大悟。此例說明戲曲演員貴在獨創，要擅於借助程式，戴著「鐐銬」跳舞。中國最著名的戲曲藝術大師的「程式」都富於獨創性。如程硯秋的「水袖功」，有幾百種程式，表示各種不同情感。梅蘭芳的「指法」功，

---

25 〔德〕布萊希特著，丁揚忠等譯：〈論中國人的傳統戲劇〉，見《布萊希特論戲劇》，頁203-204。

有幾百種指法照片，真是「柔若無骨，豐若有餘」。梅蘭芳一九三五年出國到蘇聯訪問時，著名革新派導演梅耶荷德（1874-1940）極口稱讚他的「指法」，說看了梅先生的戲，蘇聯演員的手都應砍掉。

小結：如上所述，西方戲劇的表演形式是自由的，中國戲曲的表演形式是固定的。自由的表演優點是不保守，缺點是難以總結，導致出現取消派，認為表演不用學習。西方戲劇界有識之士早已注意到自由表演的缺點，提倡向東方戲劇學習。中國戲曲表演形式的固定性的優點是有「法」可循，代代相相傳而成為傳統，有極強的藝術生命力。但缺點是容易保守、僵化。中國戲劇界有識之士也早已注意到這個缺點，提倡演員表演的獨創性。如何弘揚中國戲曲表演藝術的優秀傳統又大膽加以改革創新，例如能否像鄧肯變芭蕾舞為現代舞那樣變中國古典舞為現代舞，是戲曲界一項最為艱鉅的、任重道遠的工作。

## 四　中西戲劇內容及戲劇批評的比較

### （一）取材於生活和取材於書本

在取材問題上，西方戲劇可分兩大階段。十八世紀以前，西方悲劇、喜劇涇渭分明，悲劇取材於書本，喜劇取材於生活。古希臘悲劇取材於記載神話的書籍，首先而且大量地取材於荷馬史詩。古羅馬的劇本，絕大多數取材於古希臘的劇本，是它的翻新。十七世紀古典主義悲劇取材於古典劇本或其它民族的史籍。阿里斯托芬、莫里哀的喜劇多數取材於生活，部分取材於前人作品，如莫里哀的兩大名劇，《偽君子》從生活取材，《慳吝人》從古典劇本取材。中世紀戲劇也有兩個源頭，宗教劇取材於《聖經》及各種聖徒傳，民間戲劇基本上取材於生活。文藝復興時期，莎士比亞的劇本幾乎全部取材於書本。十個歷史劇取材於前人的歷史記載，全部悲劇和後期的傳奇劇是根據前人的素材進行再創作的。他的三十七個劇本，只有早期兩齣喜劇《愛的徒勞》和《溫莎的風流娘兒們》是由自己構思的。十八世紀的情況就不同了，劇作家開始重視從生活中取材。啟蒙主義者強調寫平民題材，不寫古希臘羅馬題材。到了十九世紀浪漫主義戲劇，雖然又取材於中世紀，回到書本中去，但時間很短。十九世紀後期小仲馬作《茶花女》，易卜生寫出「社會問題劇」，從此以後，寫實是西方戲劇的主要傾向，現代主義及後現代主義戲劇，其主流也是寫實，寫現代西方人生活與心靈的真實，只不過用了新穎的手法，素材絕大多數從生活中來。因此，十八世紀以前，西方戲劇取材於書本的現象相當突出，十八世紀後，西方戲劇總的趨向是強調向生活取材，取材於書本的現象大為減少。這與西方近代文學主潮有關，即使現代主義及後現代主義反對現實主義，其理由也是認為現實主義不真實，他們要寫出真正的真實。西方戲劇重視向生活取材，與亞里斯多德的「模仿說」理論的巨大影響有關。

中國的戲曲在取材問題上與西方大不相同。取材於生活的極少極少，取材於書本的極多極多。中國戲曲絕大多數取材於歷史故事傳說，具體地說，即取材於古代的文言及白話小說，如唐宋傳奇、宋明話本與擬話本、《聊齋志異》等等，還取材於長篇小說及歷代史料。王國維論宋代小說與戲劇的關係時說：

> 宋之滑稽戲……變為演事實之戲劇，則當時之小說，實有力焉。……而後世戲劇之題目，多取諸此，其結構亦多依仿為之，所以資戲劇之發達者，實不少也。(《宋元戲曲考》〈宋之小說雜戲〉)

唐傳奇與戲曲的關係極大，後人用作戲劇素材的很多，舉其要者，三種《西廂記》(董解元的《西廂記諸宮調》、王實甫的《西廂記》、關漢卿的《續西廂記》）均取材於元稹的《鶯鶯傳》。湯顯祖的《玉茗堂四夢》通通取材於小說，《牡丹亭》根據話本小說《杜麗娘慕色還魂記》改編，《邯鄲記》根據唐人沈既濟傳奇《枕中記》改編，《南柯記》據李公佐《南柯太守傳》，《紫釵記》據蔣防《霍小玉傳》。清初朱素臣的傳奇《十五貫》據宋人話本《錯斬崔寧》。關漢卿名劇《竇娥冤》取材漢代野史《東海孝婦傳》。他在劇本中兩次告訴了觀眾，一次用竇娥唱詞「做什麼三人不見甘霖降？也只為東海曾經孝婦冤」。一次用竇天章念白「昔於公曾表白東海孝婦，果然是感召得靈雨如泉」。中國戲曲還取材於《封神演義》、《列國志》、《西漢演義》、《東漢演義》、《三國演義》、《殘唐五代史演義》、《楊家將演義》、《水滸傳》、《西遊記》、《說岳全傳》、《包公奇案》、《明英烈傳》等歷史小說和神話小說。中國戲曲編劇者為什麼離不開小說呢？梅蘭芳說：

> 因為小說的人物故事，早已家喻戶曉的深入了民間，一旦演員們在臺上把它繪形繪聲地搬演出來，他們看了自然覺得格外親切有趣，容易接受。[26]

中國戲曲也有表現比較現實的題材的，如明王世貞的《鳴鳳記》，寫嚴嵩迫害楊繼盛，王世貞與楊繼盛是好友。此劇寫楊繼盛夫妻雙雙死去，打破大團圓老套。清初李玉的傳奇《清忠譜》與《萬民安》寫明末蘇州人民造反的實事，離當時不遠，也可算「現代戲」，但傳統戲曲此類「現代戲」極少。

和取材有關的就有一個題材再現的問題，西方自古希臘到十七世紀，題材再現這種現象比較普遍。古羅馬戲劇再現古希臘戲劇的題材。十七世紀古典主義悲劇再現古希臘悲劇的題材。古希臘悲劇再現

---

26 梅蘭芳：《舞臺生活四十年》（北京市：中國戲劇出版社，1980年），第2集，頁82。

希臘神話的題材。莎士比亞絕大多數戲劇再現前人的題材。莫里哀的喜劇，有一部分也再現前人題材。現代劇作家（奧尼爾、薩特）再現古希臘悲劇題材。如何改編，就有一個審美觀點、政治道德觀點的問題，當然還有一個技法問題，即模仿、依傍還是創新的問題。因此，研究西方十八世紀前的戲劇，題材學十分重要。西方學者就有一些人從這個角度來研究莎士比亞的。如認為哈姆萊特動作的「延宕」是受素材限制，即為一說。但是，自十八世紀之後，西方戲劇的題材學相對地說就變得不是那麼重要了，不如這之前那麼重要了，因為多數戲劇家，多數劇本面向生活取材了。中國則不同，由於戲曲百分之九十以上取材於書本，戲曲中題材再現的現象大量地出現。因此，題材學一直是中國戲曲研究中一個很重要的問題，從中可以看出時代、社會、觀念的變化、看出劇作家的思想傾向以及技法的變化，很值得作一番系統工程的研究。如昭君戲有二十多種，哪種最好？歷史上的王昭君只有一個，她的舞臺形象卻千姿百態，其題材選擇及塑造性格的藝術手法是如何變化的？又如田漢的京劇《謝瑤環》、吳晗的京劇《海瑞罷官》為什麼在「文革」前挨批？再如當代魏明倫的川劇《潘金蓮》、上海京劇院陳亞仙的《曹操與楊修》，為什麼引起爭論，為什麼得到好評？這些問題，都與題材學（古為今用）有關。

和題材有關的又有一個劇作家的視野及戲曲的特性的問題。中國戲曲家一貫以來把眼光放在書本上、改編上。中國戲曲家在改編歷史素材上積累了大量的寶貴的經驗，在表現歷史與古人生活上積累了大量寶貴的經驗。中國戲曲也擅長於表現古人古事，這並不是缺點，而是優點、特點，為西方所仰羨、讚嘆！在現代戲劇中，郭沫若就出色地繼承了中國戲曲的民族傳統，他的歷史劇，迄今為止，無人能望其項背。不同的文學藝術品種，各有自己獨步的特點，生活的長河永遠包括古今兩部分，中國戲曲擅於表現古人古事的特點，我們應該總結，應該弘揚。但是戲曲能否演「現代戲」呢？中國傳統戲曲藝術如何表現新時代的生活和豐富多彩的新人物，卻是一個艱難而複雜的課題，因為用一個已形成完整體系的傳統藝術，去表現嶄新的生活內容，如何解決形式與內容的矛盾，確非輕而易舉。在這個問題上，借鑑西方戲劇發展的鏡子，至少可使我們明白，從取材於書本到取材於生活，是戲劇發展的必然規律，戲曲改革強調傳統戲、新編歷史戲、現代戲三者並舉的方向是正確的。

### (二) 戲劇批評和兩種文化鬥爭

西方的戲劇批評源遠流長，極為發達。從古希臘戲劇到現代主義戲劇，西方的戲劇批評首先注重審美批評，其次才是道德批評和政治批評。在三部西方古典《詩學》中，古希臘亞里斯多德的不談政治，只談寫戲，道德批評也只提了「淨化」兩字，語焉不詳。古羅馬賀拉斯也著重談寫戲，但提出「寓教於樂」，比亞氏進了一步。只有十七世紀法國古典主義的布瓦洛，才把政治批評放到首位，但布瓦洛也重視審美批評，總結古典戲劇並提出了「三一律」的藝術標準。莎士比亞時代的戲劇文論罕見政治批評，歷代西方的莎評也很少從政治著眼。十八世紀法德的平民戲劇理論的思想性很強，但也重視審美批評，圍繞「三一律」，即戲劇的結構展開長期的爭論便是證明。浪漫主義的雨果、自然主義的左拉，都著重從審美批評角度批評戲劇。二十世紀，肖伯納與布萊希特強調觀念批評，但應者寥寥。一言以蔽之，西方戲劇批評把研究戲劇的內部規律放在第一位。

中國古代的戲劇批評極不發達，直到清代李漁的《閒情偶寄》問世前，還談不上有系統的戲劇理論著作。中國的戲劇批評與西方不同，首重政治倫理的批評，這是受「文以載道」儒家傳統觀念的影響。明太祖朱元璋高度評價《琵琶記》，說是富貴人家不可或缺。他很欣賞高明說的「不關風化體，縱好也徒然」一語。李漁雖然極重視藝術批評，但也把政治道德標準放在第一位，他自說寫戲的目的是：

> 不過借三寸枯管，為聖天子粉飾太平，揭一片佛心，效老道人木鐸里巷。

中國第一部嚴格從審美角度批評戲曲的理論著作是王國維的《宋元戲曲考》（後改名為《宋元戲曲史》）。他論述了中國戲曲的形成與發展，提出了中國戲曲的科學定義。他高度肯定了戲曲文學的地位和價值，認為如關漢卿的《竇娥冤》，紀君祥的《趙氏孤兒》，「即列之於世界大悲劇中，亦無愧色也」。這是中國學者首次在世界劇壇的視野內對自己民族的傳統戲劇作出的高度評價。王國維戲劇理論的最大特色是戲劇本體論的研究，他從審美的角度對中國戲曲作了全面的、深入的研究，並糾正了自己先前的偏見（這點往往被研究者忽視了）。

西方戲劇批評發達的另外一個標誌，是西方戲劇家常常又是戲劇理論家，他們的創作思維與邏輯思維常常是同步發展的。西方戲劇家的文論，除中世紀外，每一時期都有，十分豐富。不少人既是一種戲劇流派的代表人物，同時又是該派理論的代表人物。西方戲劇家還有將劇本寫成戲劇批評的，如古希臘喜劇家阿里斯托芬的《蛙》、莫里哀的《太太學堂的批評》。皮蘭德婁的《六個尋找劇作家的角色》，也含有戲劇批評在內。中國戲曲批評不發達，與戲劇家和理論家分離開也有關係。

中西戲劇的兩種文化鬥爭的表現方式也有所不同。在歐洲戲劇史上，兩種文化的鬥爭常常尖銳地表現為劇本上演的鬥爭。如十七世紀法國《熙德》演出的鬥爭反映了古典主義內部保守與革新之爭。莫里哀《偽君子》演出的鬥爭反映了民主勢力與教會勢力的鬥爭。十八世紀博馬舍《費加羅的婚禮》演出的鬥爭反映了資產階級革命勢力與法國王權的尖銳矛盾。一八三〇年雨果《歐那尼》演出的鬥爭，標誌著浪漫主義派對古典主義派的決定性勝利。小仲馬《茶花女》的上演也有鬥爭，以妓女為悲劇主角並不容易為傳統力量所接受。

統治者干預戲劇的現象，中西方都有。清初的洪昇作《長生殿》，寫人「不提防餘年值亂離」；孔尚任作《桃花扇》，寄託國破家亡的哀思。中國兩個劇作家都唱出了「亂世之音」，頗為激怒了當時的統治者。於是《長生殿》被禁。故時人有「可憐一出長生殿，斷送功名到白頭」之嘆。孔尚任後來也被罷官，或許與《桃花扇》一劇有關。洪昇、孔尚任的遭遇，多多少少與莫里哀、博馬舍有些近似。但是，中國戲曲上演的鬥爭極為少見。湯顯祖的《牡丹亭》上演時，臨川派和吳江派發生過論爭，江西臨川人湯顯祖力主戲劇音律服從文采，反對拘泥於格律。為了保證劇情內容的不打折扣和文辭的優美性，他認為「不妨拗折天下人嗓子」。江西吳江派的前驅何良俊（也是一位名戲劇家）則針鋒相對提出「寧聲叶而辭不工，毋寧辭工而聲不叶」，強調戲曲音樂美的重要性。沈璟等人更極為強調格律，認為音樂美是戲曲文詞的第一生命。只要音律和諧，文句不通也可以。他們改編《牡丹亭》，把不合韻律的地方大加改動，使湯顯祖大為惱火，但臨川與吳江兩派之爭性質與歐洲戲劇演出之爭根本不同，全無政治色彩，不屬於兩種文化鬥爭範疇。

中國戲曲兩種文化的鬥爭，主要表現為改編的鬥爭。舉其要者，如把元雜劇《竇娥冤》改編為《金鎖記》，後者為明葉憲祖的傳奇劇，改寫竇娥之夫未死，竇娥臨刑得救，最後父女夫婦團圓。又如把宋元南戲劇本《王魁負桂英》改編為《焚香記》，後者為明王玉峰劇本，寫王魁應試中狀元之後，寄書焦桂英，被壞人改作休書，桂英上吊，神明讓其還魂，與王魁團圓。王魁在此劇中堅決拒絕再婚。由素材的負情郎變成改編本的義夫。甚至湯顯祖也寫了《紫釵記》為李益開脫。唐人蔣防作《霍小玉傳》，原寫李益負心拋棄了霍小玉，小玉的鬼魂報仇。而湯本則寫霍小玉病危時，一黃衫客強挾李益至霍小玉家，李益終於回心轉意，小玉因此病癒，二人終於團圓。清代戲曲《紅樓夢》讓寶玉與黛玉在上界團圓。最典型的是南宋南戲劇本《趙貞女》變成元末明初高明的《琵琶記》，把原作中蔡二郎只顧做官，撇下家中父母不管，使雙親餓死，又休妻再娶，馬踹上京尋夫的趙貞女，最後被雷劈死的情節，改為他辭試不從、辭官不從、辭婚不從的「三不從」，為他開脫。最後趙五娘上京尋找，在牛氏幫助下，一夫二妻團圓。西方戲劇也有改編的鬥爭，如易卜生的《玩偶之家》問世後，勃洛作《娜拉回家了》、貝森作《玩偶之家——以及後來》、契尼作《娜拉的歸來》，均修正易卜生的原作，把結局改為大團圓。但總的來說，用改編來削弱以至根本改變原作的積極主題的現象遠不如中國戲曲普遍。中國戲曲改變的鬥爭反映政治、文化的鬥爭，直到現在仍然如此，所以「古為今用」、「借古喻今」，就很能說明這個問題。如果說，戲曲改編在古代多體現為兩種文化鬥爭，兩種道德觀念之爭，那麼現當代戲曲的改編則常常體現出政治的鬥爭。眾所周知，「文革」就是從姚文元批判吳晗的所謂「反黨反社會主義大毒草」《海瑞罷官》的信號彈開始的。

## （三）愛情劇和女性形象塑造

中西戲劇都有大量的愛情劇，「願普天下有情的都成了眷屬」是中西民族的共同心理。荷馬史詩是西方文學的源頭，《奧德賽》就寫了奧德修與潘奈洛佩夫妻團圓。亞里斯多德的《詩學》已指出史詩的這個特點。所謂「迎合觀眾的心理」，不就是「迎合」民族心理嗎？荷馬既是第一個偉大的史詩詩人，又是第一個偉大的戲劇詩人，這是亞氏說過的。《奧德賽》就是「大團圓」。西方的愛情劇不乏「大團圓」的佳作，莎士比亞大量愛情劇的結局是大團圓的。如《仲夏夜之夢》、《威尼斯商人》、《無事生非》、《皆大歡喜》、《第十二夜》都是兩對以上情人大團圓。在莎氏描寫愛情的劇本中，大團圓的喜劇遠遠超過死亡的悲劇，這是不可不注意的。十七世紀法國古典主義名劇《熙德》與喜劇《偽君子》和《慳吝人》中的對對情人全是大團圓。十八世紀博馬舍的名劇《費加羅的婚禮》中的費加羅與蘇珊在人間成為眷屬。哥德的浮士德與瑪甘淚在天堂團圓。就是擅長寫愛情悲劇的現代美國戲劇家奧尼爾，他的《安娜・桂絲蒂》的結尾也滿含希望。他的《啊，荒野》更是「有情人好事多磨——終成眷屬」這一公式的典範作品。從相反的角度說，中國的愛情劇也有很悲慘的。馬致遠寫《漢宮秋》，甚至不顧歷史事實，讓王昭君投江死了。孟稱舜《嬌紅記》中王嬌娘與申純是雙雙殉情。《梁山伯與祝英臺》那對也是。孔尚任《桃花扇》中的李香君與侯方域是各自出家。黃圖珌的傳奇《雷峰塔》中的許仙與白娘子也不團圓。《詩經》中有〈氓〉，漢樂府有〈焦仲卿妻〉，這首古代最長的敘事詩與西方的《奧德賽》情趣正相反。中國戲曲百分之九十以上的素材來自廣義的短篇小說，《搜神記》中就有《紫玉》那樣的悲劇作品，唐傳奇中的悲劇作品更多，《鶯鶯傳》、《長恨歌傳》、《霍小玉傳》、《任氏傳》都是。宋話本有《碾玉觀音》那樣的愛情大悲劇。只是到了明擬話本，悲劇作品才少了一些。中國古小說不是一味大團圓，中國戲曲當然也不是。

以上說明，中西愛情劇既有悲劇也喜劇。喜劇從正面直接描寫了作家「願天下有情人終成眷屬」的理想，悲劇則間接表達了作家「願天下有情人終成眷屬」的理想。「合葬」的母題中西戲劇都有便是證明。作家同情、歌頌為追求自由戀愛而獻身的男女，憎恨、譴責、控訴了破壞愛情的惡勢力，這正是中西愛情喜劇或悲劇的積極意義，這應該是中西愛情劇的共性。

中西愛情劇也還有自己鮮明的個性。總的來說，西方更多地是從悲劇的角度去表現願普天下有情人終成眷屬的觀念，中國戲曲更多地是從喜劇的角度去表現同樣的觀念。西方何以如此呢？這與亞里斯多德大有關係，亞氏提倡「模仿說」，面對男女愛情的不幸，西方劇作家遵循「模仿說」，如實寫出，這是一。亞氏以悲劇為第一檔次，悲喜劇為第二檔次，西人歷來重悲劇而輕喜劇，這是二。因這兩個原因，西方劇作家便多寫愛情悲劇。此外，基督教的原罪說及佛洛伊德也牽住西方劇作家的鼻子。中國則不同，中國沒有亞里斯多德，沒有他的框框，面對男女愛情不幸，中國戲曲家樂意大量借助浪漫主義方法，使之化悲為喜。

《西廂記》寫張生和鶯鶯戀愛，老夫人反對，在紅娘幫助下，他們衝破禮教約束，結為夫婦。中途遭到拆散，但以後張生高中，又奉旨團圓。《倩女離魂》寫張倩女與王文舉相愛，為母阻撓，文舉被逼進京赴考，倩女魂魄離開軀體，半路上趕上文舉，結為夫婦，以後雙雙回家，夢魂仍入軀體，還是夫妻團圓。《牡丹亭》寫杜麗娘和柳夢梅夢中相戀，麗娘單思而死，魂兒與柳相愛，求柳掘墓開棺，使她復生，與柳結為夫婦。這些都是以喜劇結尾的典型例子。

中國戲曲大多數愛情劇離不開「悲——歡——離——合」的公式，例如《拜月亭》中蔣夢隆與王瑞蘭戀愛，兵災逃難是悲，亂中遇合是歡，蔣王分手是離，二人重圓是合。

中國戲曲愛情劇的浪漫主義手法表現為：《西廂記》中的一對，可以在夢中相會。張生走了，他在夢中和鶯鶯相會，夢見鶯鶯追出城，來到客棧，表示要與她「生則同衾，死則同穴」。到了《倩女離魂》，就發展為女方靈魂與愛人結為夫婦。到《牡丹亭》，杜麗娘乾脆死而復生，所謂生可以與死，死可以復生，方是人間「至情」。《長生殿》中的明皇、貴妃，還在天上重圓，所謂「天上夫妻，不比人世」。這種為追求理想的愛情，夢中可以相會，魂兒可以離身，死可以復生，天上人間能相愛的浪漫主義藝術構思，是中國愛情劇一個重要藝術特色。劇作家的想像思維有本土道教的土壤，也有印度佛教文學的助力。先開花於小說，後結果於戲劇。

西方的愛情劇震撼人心的寫法是悲——歡——離——亡，和中國的「合」差了一個字。《羅密歐與朱麗葉》那一對雙雙死了。《陰謀與愛情》那一對也是雙雙死了。《歐那尼》那一對在新婚之夜雙雙自殺。《費德爾》中的費德爾服毒自殺。《大雷雨》中的卡杰林娜跳進伏爾加河死了。莎士比亞筆下的哈姆萊特與奧菲利霞，奧賽羅與苔絲德夢娜全都死了。這個「死」又絕大多數是自殺。不死不足以顯示「命運」的威力，不恐不足以驗證基督教的贖罪觀念，在這個「死」的後面，原來有一個「二希」文化的巨大傳統。在西方的愛情劇中，情人魂兒離軀、死而復生的構思似乎是沒有的，夢中相會的例子極為罕見。戲劇上真人真事的帝王與妃子生前極悲慘，死後卻可以在天上重圓，如《長生殿》中的楊貴妃和唐明皇這樣的例子，西方戲劇家無人敢寫。埃及艷后克婁奧佩特拉與凱撒、安東尼的愛情史實，英國的莎翁，法國的若代爾，英國的肖伯納都寫過，角度各不相同，但劇終都是她的自殺。絕對不會出現一個「天上」的女皇，或者寫「天上夫妻，不比人世」。莎翁對她夠美化的了，也只是寫她要求與安東尼合葬。「死」了是不能再「合」的。

西方的性愛傳統是英雄美人的傳統，《奧德修紀》首開先河。中古英雄史詩，特別是騎士傳奇，大大地發展了這種傳統。試看上述西方戲劇的例子，男女主角幾乎全是英雄美人，從《茶花女》開始，此風才變。

中國的性愛傳統，是才子佳人的傳統，它發端於唐人傳奇，是士子的一廂情願。張君瑞與崔鶯鶯、王文舉與張倩女、裴少俊與李千金、柳夢梅與杜麗娘、蔣世隆與王瑞蘭、潘必正與陳妙常（《玉簪記》）、呂蒙正與劉翠屏（《破窰記》），無一不是狀元與千金的結合，全出自才子佳人的模式。《琵琶記》中的趙五娘非富家女，劇作家便要添個牛小姐，結局「一夫二婦，旌表耀門閭」。也是才子佳人模式。

「英雄」是西方奴隸社會、封建社會各階層心中的理想人物，「狀元」是中國封建社會各階層心目中的理想人物。各有各的傳統觀念，也就各有各的性愛模式。

西方現代的愛情劇，有一個新的主題，就是亂倫。從淵源上可追溯到古希臘悲劇。美國奧尼爾尤擅寫此主題，其《榆樹下的欲望》及

《悲悼》三部曲就是典型例子。《悲悼》直接仿寫古希臘悲劇。在西方影響下，中國戲劇家也寫此主題，如曹禺的《雷雨》就十分典型。《雷雨》也深受古希臘悲劇及奧尼爾的影響。這是中西方愛情劇性愛模式的變化，但西方較普遍，中國則不普遍。《雷雨》開了一個頭，卻無多少劇作家再敢問津。傳統沒有的東西，敢不敢引進確實要有勇氣，曹禺二十三歲寫《雷雨》，可謂「初生之犢不畏虎」了。《雷雨》也就成為獨一無二的「亂倫」愛情悲劇，至今仍震懾住中國人的心。

中國的愛情劇，有一些是放在很大的社會背景上展開的，把愛情和國家危難、民族存亡結合起來，可稱之為愛情歷史劇。在現代，郭沫若最擅於寫這類愛情劇。在戲曲中，如洪昇的《長生殿》，背景是安祿山之亂。如孔尚任的《桃花扇》，背景是明亡和李自成起義。又如明梁辰魚的傳奇《浣紗記》，寫范蠡和西施的愛情故事，強調國家民族利益高於兒女私情。西施識大體，明大義，支持范蠡以國事為重，說「國家事極大，姻親事極小。豈為一女之微，有負萬姓之望？」她自願將愛情放在一邊，後又毅然入吳，幫助越王勾踐一舉滅吳。

歐洲戲劇史上，只有法國十七世紀古典主義戲劇和十八世紀一些戲劇有些近似中國的愛情歷史劇。西方作家重個性解放，強調個人反抗社會，中國儒家哲學重家國，強調把個人利益與家國利益結合起來，國家利益高於個人利益。由於觀念不同，中西愛情劇寫法也不同。

在比較中西愛情劇時，必然涉及對中國戲曲「大團圓」的評價。李漁在《閒情偶寄》中說：中國戲劇歷來「有團圓之趣」。三百年後，王國維接過他的這個觀點加以發揮：

> 吾國人之精神，世間的也，樂天的也。故代表其精神之戲曲小說，無往而不著此樂天之色彩，始於悲者終於歡，始於離者終於合，始於困者終於亨。[27]

---

27 王國維：〈《紅樓夢》評論〉，見《王國維文學美學論著集》（太原市：北岳文藝出版社，1987年），頁10。

李漁一語說出中國戲劇的「情趣」，而王國維則闡述了中國戲劇大團圓的民族心理根據。「大團圓」有兩種模式，一種模式如《倩女離魂》、《牆頭馬上》、《牡丹亭》、《西廂記》，主要是靠男女主角（主要是女主角）的力量取得愛情幸福，反映了中國人民「樂天之色彩」，美好的願望。包括《長生殿》中男女主角在天上團圓，應作如是觀。中國文學有上上品的「大團圓」名著。北朝〈木蘭辭〉乃此類作品之白眉。〈木蘭辭〉場景的變換，危機的切入，大量的動作，尤其是結尾，多麼富於鏡頭感，說它是「大團圓」喜劇之濫觴，未嘗不可。

必須指出，李漁及王國維關於中國愛情戲劇的結論，是符合中國愛情戲劇的實際，而且講出了中國愛情戲劇的民族特色的。中國的愛情戲劇大量是悲喜劇，悲到最後還是喜。這是不能用西方的悲劇概念去硬套，而抹殺了自己民族愛情劇的特色的。

另一種模式是改編上的糟粕，本來不團圓的，硬是要它團圓，它缺乏男女主角「團圓」的主觀努力的基礎。這是抹煞了矛盾，美化了醜惡勢力，這就是魯迅所批評的「瞞和騙」的國民劣根性。如前面提到的《竇娥冤》變成《金鎖記》，《王魁負桂英》變成《焚香記》，《趙貞女》變成《琵琶記》，黃圖珌的《雷峰塔》變成方成培的《雷峰塔》。改本加上「生子得第」的情節。讓法海來解放白娘子，讓許仙與白娘子重逢，就顯然是大背素材原意，這就是應加以批判的「大團圓」的模式。

下面談談女性形象塑造的問題。中西戲劇中都有大量優美的女性形象，她們共同的特點是愛得真摯、勇敢、無私、有自我犧牲的精神、有反抗性。中西戲劇家絕大多數都把女性理想化，作為一種精神的寄託，這是共同的。但是，在創作構思上，卻很不相同，中國戲劇家喜用對比手法，寫女性美於男性，優於男性。這種兩性關係的特點，形成中國戲曲中正面女性形象系統占主導地位的主要特色，僅以名作為例：關漢卿筆下的竇娥，馬致遠筆下的王昭君，鄭光祖筆下的張倩女，白樸筆下的楊貴妃及李千金，王實甫筆下的崔鶯鶯、紅娘，洪昇筆下的貴妃，孔尚任筆下的李香君，都是這樣。竇娥是全劇中唯一的正面女性形象，是一個蒙大冤屈而有覺悟，具有中國傳統美德的婦女。她臨刑前的詛咒，把天地都罵到了：「地也，你不分好歹何為地。天也，你錯勘賢愚枉做天！」她詛咒天地實即詛咒人間惡勢力。她孝順婆婆，為了婆婆免遭酷刑寧願赴死；她貞節，絕不屈從張驢兒，這就是中國婦女的傳統美德。王昭君，因為深明大義才應允去國和番，她投江的悲壯行動，感動番王，遂使番漢和好。漢元帝哪裡比得上她。《梧桐雨》和《長生殿》都是寫貴妃之死，貴妃是犧牲品，比之唐明皇，她感情更深摯，明皇活著，她卻被明皇賜死，人們當然應該更同情她。《牆頭馬上》的李千金，實際上被裴少俊休了。李堅定，裴屈服於父嚴與禮教。至於崔鶯鶯、張倩女、杜麗娘，在追求愛情上無疑地都比她們的愛人大膽、主動、堅強。苦頭吃得多，代價付出更大。在這些女性中，還出現了紅娘這樣大公無私，成人之美、代人受過的美好性格。在上述劇本中，女性往往是教育者，男性常常是受教育者。不是漢元帝教育王昭君，而是王昭君曉以大義。不是侯方域教育李香君，而是李香君告誡他不要做軟骨頭。至於張君瑞更是經常受紅娘教訓，在紅娘眼中，張生是「傻角」，「鳥」，「禽獸」，實在算不上什麼男子漢。

再以《琵琶記》與「荊、劉、拜、殺」五本傳奇來看，都以婦女為中心，或寫其賢孝，或寫其貞烈，或寫其矢志不渝，或寫其深明大義。《琵琶記》中的趙五娘、《荊釵記》中的錢玉蓮、《白兔記》中的李三娘、《拜月亭記》中的王瑞蘭、《殺狗記》中的楊氏，在每本戲裡都占主要地位，她們性格爽朗、品質崇高。反過來，在男性方面，除《荊釵記》中的王十朋較有骨氣，《拜月亭》中的蔣世隆與王瑞蘭尚能相稱外，如《琵琶記》中的蔡伯喈、《白兔記》中的劉知遠、《殺狗記》中的孫華，都只是一種陪襯，或用作對照的人物，不是忘恩負義，便是行動搖擺，或者性格模糊。

再以徐渭的《雌木蘭》、《女狀元》為例。徐渭讚嘆女性說：「裙釵伴，立地撐天，說什麼男子漢。」「世間好事屬何人，不在男兒在女兒」。乾脆直說女子勝於男子了。

很有意思的是，莎士比亞罵女人的臺詞多得驚人，例如《辛白林》：「但願我能找出／我身上來自女人的成分！——我斷言：／凡是男人作惡，來源必是／他身上的女人成分：說謊，來自女的，／諂媚，來自女的；欺騙，來自女的；／野心，貪心，好勝，驕傲，／虛榮，毀謗，反覆無常，／一切說得出名兒的壞事，或者地獄裡才有的罪惡，都來自女的，／不是全部也是部分，更多是全部，／要知道她們即使對於邪惡也無恆心，／而是老在變，一分鐘一分樣，／越變越快。」

在戲曲史中還有一批女英雄，如隋朝的花木蘭，宋朝的梁紅玉，明朝的秦良玉。最典型的例子是穆桂英。一個年輕女子占一個山寨，真是天不怕地不怕。她不管封建婚姻那一套，自找配偶楊宗保。誰敢要欺負她，她便把誰打得落花流水。連她的公公，赫赫有名的楊六郎也被她打下馬來。為了保家衛國，她退役二十年後，又親掛帥印。這樣的人物，雖純屬虛構，但形象完整，藝術上真實可信（《穆柯寨》、《穆桂英掛帥》）。這些女將無論聰明才智、韜略武功，都勝於男子丈夫。中國戲曲的這種現象是西方戲劇史上極為罕見的。

中國戲曲的妓女形象也很出眾，不僅多才多藝，而且品格高尚，深明大義。其中焦桂英、杜十娘更是復仇女性的光輝形象。她們不是一味復仇，復仇是被逼的、萬不得已的行動。王魁與李甲成為反襯她們的反面角色。中國戲曲中的妓女，常常具有獻身精神。歐里庇得斯筆下的美狄亞說：「在一切有理智、有靈性的生物當中，我們女人算是最不幸的。」易卜生的娜拉說：「千千萬萬的女人都為男人犧牲過名譽。」西方劇作家這兩句名言用於說明中國戲曲中的妓女形象，是最最合適不過的了。在中國戲曲的妓女形象中，關漢卿所塑造的趙盼兒（《趙盼兒風月救風塵》）毫無疑問是首屈一指的藝術形象。此劇重點寫她對落難姐妹宋引章的博大的同情心和以色相為釣餌挫敗周舍的機智。她的行動是有冒險性的，足以說她的俠義心腸。這個形象具有性格的多面性，十分真實，十分感人，她高於中國戲曲中其他帶浪漫色彩的同類正面人物，而為西方戲劇所不見。她可以說是一個現代性格。

中國戲曲的正面女性形象常常以「變形」的形式出現。著名的例子是《雷峰塔》的白蛇與青蛇。這來自中國志怪文學的傳統，但確實是奇特的形象思維。「龍女」又是一種「變形」。「龍」的形象是很可怕的。但《柳毅傳書》、《張生煮海》中的「龍女」卻很美，對愛情也很執著。「龍女」的變形也是奇特的形象思維。「女鬼」也是一種「變形」。中國戲曲著名的「女鬼」有杜十娘、焦桂英。《牡丹亭》中的杜麗娘也當過「女鬼」，那是多麼孤獨、幽怨、美麗、執著、大膽，主動追求愛情的鬼，晚明周朝俊的《紅梅記》寫南宋奸相賈似道遊西湖，姬妾李慧娘無意中對一位過路少年裴生說了一句讚賞的話：「美哉少年！」回府後即為賈似道所殺。賈似道第二次遊西湖，又遇裴生，出於一種變態心理，竟要殺害無辜。李慧娘的鬼魂救了他。賈似道又要殺害眾姬妾，李慧娘的鬼魂上門怒斥賈似道，救出眾姐妹。李慧娘也是著名的復仇「女鬼」。中國戲曲的「變形」手法是從筆記、野史、小說中來的，深受印度佛教文學的影響，但加上了本土的積極的精神。西方戲劇罕見「女鬼」形象。梅里美寫過一篇短篇小說《伊勒的女神》，但復仇者非女鬼，而是愛神維納斯的銅像，是小說而非戲劇，旨趣近似中國戲曲。古希臘戲劇中的美狄亞也是個復仇者，伊宋近似中國的陳世美，她近似秦香蓮，但她無須成鬼再復仇，她活著的時候就向伊宋報了仇。美狄亞是西劇中著名的復仇女性而非「女鬼」。

中國戲曲家從兩性對比寫女性美於男性，又從變形及超自然現象角度塑造正面女角，實際上正反映中國封建社會的婦女地位最低，最受壓迫。戲曲不過是一種反寫，理想成分很大。寫變形及超自然現象，不受社會道德倫理規範束縛，理想更易昂揚。這就是杜麗娘復生後拒絕柳夢梅求歡時所說的：「秀才，比前不同，前夕鬼也，今日人也。鬼可虛情，人須實禮。」鬼可以浪漫，人就不行了。劇作家要寫杜麗娘大膽主動追求愛情，根本不把封建禮教放在眼中，只能把她變成「鬼」才行，即只能用變形手法寫才行。

有一個戲劇現象值得注意，中國古代戲曲家可以寫王昭君，西施，可以為楊貴妃翻案，但罕見敢寫武則天的。只有到了現代，宋之的和郭沫若才敢為她翻案。中國古代戲曲家為什麼不敢寫這位中國歷史上唯一的女皇帝？她的愛情、政治生活十分豐富，鬥爭十分尖銳，為什麼不敢發揮浪漫主義想像力？這是一個值得探討的問題。

反過來看看西方的戲劇，就少見有女性形象優於男性形象的結構。以莎士比亞的劇本為例最能說明。因為莎氏以塑造系列正面女性著稱，但他劇中正面的男女主角都同時體現人文主義思想，我們不能說朱麗葉優於羅密歐，苔絲德夢娜優於奧賽羅，奧菲利霞優於哈姆萊特。十七世紀法國古典主義戲劇，《熙德》的男女主角同樣是理性主義者，唐羅狄克是「熙德」，是西班牙的民族英雄。十八世紀德國的詩劇與法國的話劇《陰謀與愛情》中的男女主角、《費加羅的婚禮》中的男女主角，同樣有反抗性。歌德的《浮士德》以男主角命名，不能說瑪甘淚優於浮士德。雨果的《歐那尼》也以男主角命名，不能說素兒優於那個綠林英雄。西方戲劇中也有女性優於男性的例子，如《茶花女》、《玩偶之家》、梅特林克的《阿里亞娜與藍鬍子》、《莫納・瓦娜》。但總的傾向是男女並重，劇作家在塑造優美女性形象的同時，也重視塑造優美的男性形象。薩特筆下的弟弟奧瑞斯忒亞，就優於姐姐厄勒克特拉（《群蠅》）。易卜生既寫了娜拉，也寫了斯托克曼（《人民公敵》）。由此可見，兩性審美對比，非西方戲劇人物系統的普遍結構。我們甚至可以說，西方戲劇的正面男角，是更為典型的性格，是劇中的靈魂，是時代精神的主要體現者，眾所周知，哈姆萊特和浮士德是世界文學的典型。奧菲利霞與瑪甘淚的思想與哈姆萊特、浮士德並不在同一水平上。莎氏與若代爾是歌頌埃及女王的，但同時也歌頌埃及國王與安東尼。至於肖伯納，則罵「克婁奧佩特拉是個畜生」，他只歌頌凱撒。西方戲劇家並不對女性特別垂青，即使是歷史上的悲劇女性。中國戲曲恰恰相反，最著名的性格，不是男性，而是女性，竇娥、趙盼兒、王昭君、張倩女、李千金、崔鶯鶯、趙五娘、杜麗娘、楊貴妃、李香君才是這些劇本的靈魂，劇本的思想與審美價值，也主要體現在她們身上。西方有英雄史詩和英雄悲劇，普羅密修斯就是西方戲劇史上第一個頂天立地的大英雄。西方有《聖經》，上帝是男性神的權威。他們的「二希」文學傳統與我們的不同，描寫兩性關係的結構也不同。

至於西方戲劇中為什麼罕見有復仇的「女鬼」形象，原因有五：第一，西方男女不平等的社會現象遠不如東方那麼嚴重，西方從中世紀起產生了「騎士精神」，尊重和崇拜女性；第二，西方的基督教講仁愛與寬恕，不主張「復仇」，《復活》中的瑪絲洛娃就寬恕了改好的聶赫留朵夫，茶花女也寬恕了阿芒；第三，西方的悲劇傳統觀念是一悲到底，女性復仇卻是勝利，是化悲為喜；第四，西方有「模仿說」，女鬼復仇不是現實生活中有的事；第五，西方沒有東方（印度、中國）的志怪文學傳統，至少不如我們的源遠流長。由於這五個原因，西方戲劇極少出現復仇女鬼的形象。

### （四）跨國借鑑與傳統繼承

西方戲劇的發展得力於跨國、跨民族的借鑑，這是一條已為西方戲劇史所證明的規律。舉其要者，如一國的戲劇對西方戲劇發展有重大影響者，可以古希臘、十七世紀法國古典主義戲劇為例。如一個時期的戲劇對西方戲劇發展有重大影響者，可以中世紀宗教劇及民間戲劇為例。如一個戲劇流派對西方戲劇發展有重大影響者，可以古典主義、批判現實主義、象徵主義、表現主義、荒誕派戲劇為例。如一個戲劇家對西方戲劇發展有重大影響者，可以米南德、莎士比亞、莫里哀、易卜生、契訶夫、梅特林克、奧尼爾為例。所有這些影響，都越出了民族、國界。因此研究西方戲劇，必須作跨國、跨民族的研究，才能看清各國戲劇發展的軌跡。研究西方的戲劇理論，必須研究古希臘亞里斯多德的《詩學》，這是西方戲劇理論的源頭。研究西方的喜劇史，你得研究古希臘、羅馬的喜劇、中世紀的民間喜劇、文藝復興時期的喜劇，才能進入對莫里哀、哥爾多尼的研究。以個別戲劇家說，研究英國的肖伯納，你就要知道俄國的契訶夫，研究奧尼爾，你必須知道斯特林堡。奧尼爾極崇拜斯特林堡，深受其影響，他晚年曾說：「我希望永生成為事實，因為那時候，我就會和斯特林堡見面了。」而研究斯特林堡、契訶夫、奧尼爾，你必須知道易卜生，他們均受易卜生所開創的象徵主義與心理分析的戲劇的重大影響。上述劇作家分別是挪威、瑞典、美國、俄國、愛爾蘭人，分別屬於不同的國家、不同的民族、講不同的語言，他們之間的相互影響全是跨國跨民族的。

中國的戲曲則不同，中國的戲曲是不受任何外國的影響獨立地發展，內向性地發展。那麼印度呢？不錯，印度佛教文學對中國文學有巨大影響，但對中國戲劇卻無什麼影響。有兩種說法，季羨林持反對說：

> ……因此我們也可以說，印度文學間接影響了元代的戲劇。有沒有直接的影響呢？少數的學者傾向於肯定的答覆。他們想證明，某一「型」的中國戲劇是受了印度的影響，譬如「趙貞

> 女」型。也還有人想證明，某一個雜劇受了印度的影響，譬如《陳巡檢梅嶺失妻記》。但是，我們必須承認，這些證明都是缺乏根據的。[28]

中國戲曲家缺乏對外交流的條件，只能借鑑同時代人的作品及繼承前人戲劇的經驗。例如白樸的《梧桐雨》直接繼承了馬致遠的《漢宮秋》，特別是結局。唐明皇在宮中因雨打梧桐而懷念死去的楊貴妃與漢元帝在宮中因聽到雁聲而想念死去的王昭君寫法一樣——都是觸景生情，這是同代人借鑑。又如王實甫的《西廂記》就直接繼承了金代董解元的《西廂記諸宮調》。再如湯顯祖是開一代傳奇之風的大家，但他也繼承了元曲：《邯鄲記》仿馬致遠《黃粱夢》，《還魂記》效鄭光祖《倩女離魂》，文詞則學王實甫《西廂記》，這是對前代人的繼承。

這就說明一個問題：西方重視跨國、跨民族的借鑑，它的戲劇的保守性就少，善於接受新鮮事物，發展反而迅速。但是，它的戲劇的民族性就遠遠不像中國那麼突出。中國的戲曲無法借鑑外國，關門發展，進展極為緩慢，保守性大，排外性大，其程式代代相傳，化為戲劇家的潛意識，根深蒂固，難以改變，但其民族風格與民族形式又因此而極為鮮明強烈，在世界戲劇之林中獨樹一幟。

---

28 季羨林：〈印度文學在中國〉，轉引自郁龍余編：《中印文學關係源流》（長沙市：湖南文藝出版社，1987年，第1版），頁125。另外，季羨林在《佛教與中印文化交流》一書的〈中印文化交流簡論〉中也不談中印戲劇交流。

# 肆
# 中國話劇戲曲的外來影響及民族特色

## 一　郭沫若戲劇的外來影響及民族化

郭沫若的戲劇成就主要表現在歷史劇的創作上。從一九一九到一九二五年，他寫了早期劇作十種：《黎明》（1919）、《棠棣之花》（1920）、《湘累》（1920）、《女神之再生》（1921）、《廣寒宮》（1922）、《月光》（1922）、《孤竹君之二子》（1922）、《卓文君》（1923）、《王昭君》（1923）、《聶嫈》（1925）。四十年代他作《棠棣之花》（1941）、《屈原》（1942）、《虎符》（1942）、《築》（1942）。郭沫若之所以從事歷史劇（而非現代劇）的創作，是受了西方幾個古人的影響。他說：「我讀了些希臘悲劇家和莎士比亞、歌德等劇本，不消說是在他們的影響之下想來從事史劇或詩劇的嘗試的。」[1]中國第一個大戲劇家的起步就受到西方戲劇家的影響，不可不加注意。

影響之一是借史影來表示新意，借古寓今，把歷史劇作為戰鬥武器。他說：「不過寫劇本不是在考古或研究歷史，我只是借一段史影來表現一個時代或主題而已，和史事盡可以出入的。這種辦法，……在外國如莎士比亞，如席勒，如歌德，也都在採用著的。」[2]在這段

1　郭沫若：〈我怎樣寫《棠棣之花》〉，《郭若沫劇作全集（一）》（北京市：中國戲劇出版社，1982年），頁327。

2　郭沫若：〈《孔雀膽》二三事〉，《郭若沫劇作全集（二）》（北京市：中國戲劇出版社，1982年），頁396-397。

話中，「和史事盡可以出入的」一句最為重要，西方戲劇家告訴他寫歷史劇不應讓史實束縛住劇作家手中的筆，歷史只是「史影」而已。

影響之二是把歷史劇寫成詩劇，不求結構的統一，著重於「詩意」的自由噴射。他說：「我最初從事於戲劇的創作是在民國九年的九月。我那時候剛好把《浮士德》悲劇第一部譯完，不消說我是很受了歌德的影響的。……第一篇的試作就是《棠棣之花》。全幕的表現完全是受著歌德的影響，全部只在詩意上盤旋，絲毫沒有劇情的統一。」[3]

影響之三是劇本情節的構思。《棠棣之花》中聶嫈和聶政姐弟的想像，「不消說也是摹仿了點莎士比亞」。《屈原》最初的構思來自《浮士德》。「起初是想寫成上下兩部，上部寫楚懷王時代，下部寫楚襄王時代。這樣的寫法是有點像《浮士德》。」[4]

影響之四是受莎士比亞性格悲劇的潛移默化的薰陶，這種薰陶甚至連劇作家也不自知，需要由讀者的接受來發現。他說：「好些朋友都說《屈原》有些莎士比亞的風味，更有的說像《罕默雷特》。我自己多少也有這樣的感覺，……拿性格悲劇的一點來說，要說像《罕默雷特》，也好像有點像。」[5]

郭沫若是老實的，天才也離不開借鑑，他一一指出借鑑了誰。他以詩人寫歷史劇，所借鑑者也是西方的戲劇詩人。劇中的史實與戲劇結構對他來說是非主要的，主要是詩意的翱翔，這是由他詩人的氣質決定的。研究者若拘泥於史實與結構，就會忽視其獨創性。

郭沫若也受易卜生的影響，易卜生雖寫過詩劇，可不是詩人。郭

---

3 郭沫若：〈寫在《三個叛逆的女性》後面〉，《郭若沫劇作全集（一）》（北京市：中國戲劇出版社，1982年），頁198-199。

4 郭沫若：〈我怎樣寫五幕史劇《屈原》〉，《郭若沫劇作全集（一）》（北京市：中國戲劇出版社，1982年），頁484。

5 郭沫若：〈《屈原》與《釐雅王》〉，《郭若沫劇作全集（一）》（北京市：中國戲劇出版社，1982年），頁492。

沫若「拿來」了易卜生的反抗精神，這正是那幾位西方古典戲劇詩人所欠缺的東西。而易卜生這種反抗精神，又主要表現在他所塑造的一個女性身上，這個女性使郭沫若大受啟示。郭沫若塑造了三個叛逆女性：卓文君、王昭君、蔡文姬，她們都有娜拉的身影。《卓文君》描寫文君私奔相如的故事，反對婦女「從一而終」，為她做「翻案文章」。第三幕卓文君出走前與舅舅程鄭的「討論」，就是娜拉與海爾茂的「討論」的翻版。關於王昭君，郭沫若要寫成「叛徒」，「她是徹底反抗王權，而且成了一個『出嫁不必從夫』的標本」。關於蔡文姬，郭沫若說：「我的蔡文姬完全是一個古代的『諾拉』」，因為「胡人竟公然賣了她」，「證明其不愛她」，與昔日的「寵」對照，使她清醒，才忍痛棄兩胡子而歸漢。「五四」反封建精神與易卜生相結合，就誕生了郭沫若的叛逆女性，易卜生在幫助郭沫若「正確解釋古人心理」[6]方面是有功勞的。

郭沫若還受英國唯美戲劇家王爾德影響，這並不奇怪，早期創造社的成員，包括郭沫若，就很有一些唯美主義傾向。郭沫若的早期劇本《王昭君》寫王昭君反抗漢元帝，自願下嫁匈奴的故事。漢元帝後來才看見了王昭君，迷戀至極，知道上了畫師毛延壽的當，遂斬殺了作偽的毛延壽。因為王昭君打過毛延壽的耳光，漢元帝竟捧毛延壽頭連連狂吻，要分享留在他頰上美人的香澤，這種唯美主義的描寫，顯然是從《莎樂美》中「偷」來的。莎樂美逼希律王殺了美男子聖僧約翰後，也從劊子手托著的盤中奪過約翰的頭像咬果子一樣地咬。試對比兩劇以下的臺詞：

> 莎樂美——你總不許我親你的嘴，約翰，好！現在我可要親他的了。我要用我的牙齒咬他像人家咬熟果子一樣。（《莎樂美》）

6　郭沫若：〈寫在《三個叛逆的女性》後面〉，《郭若沫劇作全集（一）》，頁197-198。

> （把毛延壽首置橋欄下，展開王昭君真容，覽玩一回，又向毛延壽）延壽，我的老友，你畢竟也是比我幸福！你畫了這張美人，你的聲名可以永遠不朽。你雖然死了，你的臉上是經過美人的批打的。啊，你畢竟是比我幸福！（置畫，捧毛延壽首）啊，延壽，我的老友？她批打過你的，是左臉呢？還是右臉呢？你說吧！你這臉上還有她的餘惠留著嗎？你讓我來分你一些香澤吧！（連連吻其左右頰）(《王昭君》)

郭沫若說：「元帝的變態性欲，我想在事實上或許也會是有的」，故取了《莎樂美》的捧頭情節，嫁接在漢元帝身上，放手寫去，把他「比較地寫得逼真」。其實，郭沫若的重點不在寫「變態的性欲」，而在於「唯美」。王爾德劇中的「性」與「美」是分不開的，這才是唯美主義的要害，而漢元帝竟發展到吻毛延壽的頭，只不過他留下美人手上的香澤，這真是「唯美」到家了──極醜的也變極美了。郭沫若詩人的想像力，也在這裡體現出來，這個情節如何評價姑勿論，但至少說明郭老是大手筆，要「偷」就「偷」得徹底，大膽，比王爾德還王爾德。

郭沫若的《卓文君》中有一個角色紅蕭，是文君的侍女，她支持文君私奔的果敢行動，但她的愛人秦二（家僮）經不起別人的威脅利誘，竟向文君之父告發。紅蕭悲憤至極，手刃秦二，又自殺在他身旁。紅蕭殺了秦二，又情不自禁地讚美死者的身體，下面這段臺詞，富於詩意，顯然也是從《莎樂美》中化出來的，不妨加以比較：

> 莎樂美──唉，約翰，約翰，你是我唯一的愛人，其他一切的男子我都厭恨，唯有你，你真美麗啊！你的身體就像是一根象牙柱子，世界上沒有一種東西能像你的身體那樣白的。世界上沒有一種東西能像你的頭髮那樣黑的，世界上沒有一種東西能

像你的嘴唇那樣紅的。你的聲音就像是一個薰著異香的香爐，當我望著你的時候，我彷彿聽著一種奇妙的音樂。(《莎樂美》)

(攤秦二屍月中)哈哈，可愛的奴才！你怎麼這樣地可愛呀！你的面孔和月光一樣的白，你的頭髮和烏雲一樣的黑，你的奴性和羊兒一樣的馴，你的眼睛和星星一樣的清，啊，星星墜了，……啊，可愛的羊兒呀！……我的靈魂，永遠陪伴著你，我們是永生了呢(轉劍自刺其胸，撲倒秦二屍上)(《卓文君》)

王爾德用「通感」手法，郭沫若詞中有畫；王爾德筆下的美是感官的美，郭沫若筆下的美是抒情的美，雖是借鑑，絕不雷同，因為紅簫不是莎樂美。

郭沫若的歷史劇雖然借鑑了西方，但在中國現代話劇家中，他的戲劇與中國戲曲傳統保持最密切的關係。從內容上說，他的史劇有一個偉大的靈魂——民族魂。在他早期的十種劇作中，有「五四」反封建的叛逆的聲音；在《屈原》、《虎符》、《高漸離》中，有抗日的吶喊；在他解放後創作的《蔡文姬》、《武則天》中，有歌頌新政的主旋律。在這個民族魂中，中國古代偉大女性的聲音最為突出。他塑造了一系列反封建的、自我獻身的、深明大義的、雄才大略的女性。他補充了魯迅的《故事新編》，發出了女權主義的新聲。在形式上，他擅寫歷史題材，擅從書本取材；他的史劇的「詩意」雖受歌德等劇誘發，但土壤是民族的，其劇中的短歌、小詩、散文詩、抒情獨白、合唱是從中國古典詩歌中化出來的；他的劇本的「詩意」與「音樂」不可分，一般都要有樂譜才能上演」[7]；他的後期史劇的結構是開放式

7　郭沫若：〈《孤竹君之二子》「幕前序話」〉，《郭若沫劇作全集(一)》(北京市：中國戲劇出版社，1982年)，頁80。

的，劇情從頭寫到尾，如《屈原》、《蔡文姬》。所有這些，都是中國戲曲最重要的特點，郭沫若通通繼承下來了。要論中國現代話劇家走民族化的道路而得首先成功者，當推郭沫若。

## 二　曹禺戲劇的外來影響及民族化

曹禺戲劇的代表作是《雷雨》（1934）、《日出》（1935）、《原野》（1936）、《北京人》（1940）。從這四部劇作來看，他借鑑西方戲劇的目光與郭沫若大不相同，他借鑑古希臘悲劇，這是郭沫若所沒有的，他越過莎士比亞、歌德，這是郭沫若所不能的，他借鑑奥尼爾，這是郭沫若未必願意的。

曹禺的成名作《雷雨》深受古希臘悲劇命運觀念的影響，《雷雨》中的角色的各各遭遇，曹禺是無法解釋的，四鳳與周沖並無過咎，為什麼會死亡？周萍想靠四鳳來淨化自己，反而犯了亂倫罪，繁漪抓住周萍不放手，想靠他救出自己，結果悲慘。誰安排這一死一瘋的下場？侍萍三十年後又回到周公館，目睹自己子女的亂倫與慘死，人生為何這樣殘忍？周樸園呢？他事先知道自己種下的這惡果嗎？曹禺是帶著悲憫的心情來俯瞰劇中角色的種種苦難，而把這一切發生的原因歸之於「命運」。他說：

> 《雷雨》所顯示的，並不是因果，並不是報應，而是我所覺得的天地間的「殘忍」。……在這鬥爭的背後，或有一個主宰來使用它的管轄。這主宰，希伯來的先知們稱讚它為「上帝」，希臘的戲劇家們稱它為「命運」……在《雷雨》裡，宇宙正像一口殘酷的井，落在裡面，怎樣呼號也難逃脫這黑暗的坑。[8]

---

8　曹禺：《雷雨》〈序〉，《曹禺研究專集》（福州市：海峽文藝出版社，1985年），上冊，頁16。

《雷雨》裡原有第九個角色，而且是最重要的，我沒有寫進去，那就是稱為「雷雨」的一名好漢。他幾乎總是在場，他手下操縱其餘八個傀儡，……象徵雷雨中渺茫不可知的神秘。[9]

「命運」的主題，在古希臘悲劇中被表現得淋漓盡致，這個主題有永恆性與普遍性，是超越民族國界時空的。《雷雨》中的周家，有曹禺家庭的影子，《雷雨》中的角色，有曹禺家庭成員的原型，曹禺自幼生活在那樣陰鬱的家庭中，身心十分痛苦。曹禺又是憂鬱的、孤獨的，很喜歡思考的青年人，他對家庭的感受與對人生痛苦的思考，使得他得出了「命運」決定一切的結論，而與古希臘的命運觀念發生強烈的共鳴。這些在他一九三六年所寫的《雷雨》〈序〉中都講得很明白。關於《雷雨》有各種各樣的分析，但劇作家自己的分析還是最有信服力和最親切的。

《雷雨》是典型的鎖閉式結構，完全遵守「三一律」，其中的「發現」與「突轉」如亞里斯多德所要求的是同時出現。曹禺使用這種結構，也是借鑑了古希臘悲劇。古希臘悲劇的這種結構是為表現「命運」的主題服務的，《俄狄甫斯王》是最好的說明。在《雷雨》中，周萍與四鳳眼看就能離開周公館了，沒想到周樸園下樓了，要周萍上前認魯侍萍：「跪下，認她！這是你的生母」，就這一句話，劇情「突轉」，周萍與四鳳相互「發現」了彼此的兄妹關係，於是雙雙自殺。這真是顯示出「命運」的威力和殘忍。「命運」對劇中人的打擊來得如此突然而急速，比《俄狄甫斯王》有過之而無不及。

在舊本《雷雨》中有十年後的「序幕」與「尾聲」：周公館賣給外國傳教士作附設醫院，周樸園老了，後悔了，他去探望醫院中的繁漪與侍萍，繁漪瘋了，侍萍癡了。曹禺這樣寫是有「用意」的。他說：

---

9　曹禺：《日出》〈跋〉，《曹禺研究專集》（福州市：海峽文藝出版社，1985年），上冊，頁30-31。

> 「序幕」與「尾聲」在這種用意下，彷彿有希臘悲劇 chorus 一部分的功能，導致觀眾的情緒入於更寬闊的沉思的海。[10]

這「用意」不是渲染感傷情緒，不是學戲曲的有頭有尾法而是加強「命運」的主題。「命運」在捉弄人，任何人都難逃這口「殘酷的井」，「歌隊」的「功能」就是讓觀眾通過沉思來感受「命運」的威力。他後來否定了這種寫法，他說：

> 舊本《雷雨》的序幕和尾聲寫得不好，周樸園衰老了，後悔了，挺可憐的，進了天主教堂了。其他人物，有的瘋了，有的癡了，這樣，把周樸園也寫得不壞了，這種寫法是抄了外國的壞東西，外國劇本有這樣一種寫法。[11]

但當時他並不這樣看，他肯定「序幕」與「尾聲」，對演出者因劇本太長而砍掉它甚為不滿：

> 這些天我常詫異《雷雨》和《日出》的遭遇，它們總是不得已地受著人們的支解。以前因為戲本的冗長，《雷雨》被砍去了「序曲」和「尾聲」，無頭無尾，直挺挺一段軀幹擺在人們眼前。……[12]

他一直希望有一位了解他的導演將它精巧地搬到臺上。大家知道，曹禺後來把《雷雨》改了又改，越改越糟，最後還是改回去了。這是時

---

10 曹禺：《雷雨》〈序〉，《曹禺研究專集》上冊，頁23。

11 曹禺：〈我的生活和創作道路〉，《曹禺研究專集》（福州市：海峽文藝出版社，1985年），上冊，頁107。

12 曹禺：《日出》〈跋〉，《曹禺研究專集》，上冊，頁35。

代的謬誤，不能完全由作者負責的。「序幕」與「結尾」不能扣上「抄了外國的壞東西」的帽子，它具有「歌隊」拉開觀眾欣賞距離的功能，從而有更深沉的審美價值。一九九三年中國青藝新排《雷雨》，紀念它問世六十周年。徐曉鍾任藝術指導，徐之博士生王曉鷹任導演，重新恢復並強化「序幕」與「尾聲」。曹禺很高興，說這次上演「使一部很舊、很舊的《雷雨》進入一個新的世界。」

曹禺說過古希臘悲劇對他的影響：「我在學戲以前，讀劇比較多。我喜歡艾斯吉勒斯（Aeschyles），……」[13]埃斯庫羅斯的悲劇《被綁的普羅密修斯》在西方戲劇史上首開不出場角色的寫法。這角色就是威力無比的宙斯，他無所不在，但始終不出場。《雷雨》中第九個角色就是學它的。

美國現代最著名的戲劇家、諾貝爾文學家獲得者奧尼爾對曹禺的影響很大，但在一九八五年以前，他極少談到奧尼爾。一九八五年，他在《外國戲劇》上寫了一篇〈我所知道的奧尼爾〉，向我們提供了他受其影響的最新信息。他說他很愛讀奧尼爾的劇本，在中學就讀過《天邊外》。後來教書了，對學生講過他的《安娜．克里斯蒂》。在大學時讀過他的三部曲《哀悼》。一九四六年在紐約看過《送冰的人來了》的首演。曹禺對奧尼爾的評價十分精闢：

> 他的劇本有些是傳世的創作，為美國文學開拓了無邊的戲劇王國。他是美國話劇的光榮，是美國多少年來罕見的天才。
>
> 在他筆下，任何題目都吸引你，使你思索，使你驚嘆他善於表現的才能和他所賦有的異常的戲劇感。他試過象徵主義的手法，也用過表現主義的手法，但他似乎又不屬於哪種流派。我

13 〈曹禺同志談劇作〉，見《曹禺研究專集》（福州市：海峽文藝出版社，1985年），上冊，頁141-142。

> 以為他基本上是個寫實主義者，深刻的寫實主義者。
> 他挖掘揭示人物的性格、心理，那樣沉厚深透，以至於使我們驚嘆人原來是這樣的複雜，彼此之間又多麼隔閡，難於互相理解。他表現了極端的愛與恨，他寫了多面的生活和社會。[14]

但是，迄今為止曹禺從未談過他的劇本受到奧尼爾哪些具體的影響，他自己寫的文章不談，別人採訪他也不談。只有在《日出》〈跋〉（1936）中說過《日出》第三幕用「拉帳子」的布景把戲臺隔成左右兩個場景的方法他「在歐尼爾的戲（如 Dynamo）[15]裡看到過，並且知道是成功的」。因此，本書只能從平行研究的視點來談談《雷雨》、《原野》、《北京人》與奧尼爾一些劇本的關係。

首先談談《雷雨》與《悲悼》（1929-1931）及《榆樹下的欲望》（1924）的關係。《悲悼》以古希臘悲劇的題材寫美國現代家庭的悲劇，《雷雨》與其神似之點有七。第一，都受古希臘悲劇的啟示；第二，都寫出「命運」的威力；第三，都重點寫罪孽的愛情與情欲；第四，都寫亂倫的情結。在《悲悼》中女兒愛父恨母，兒子愛母恨父，弟弟對姐姐產生性愛感情，企圖強迫姐姐與之發生亂倫關係從而把姐姐占為己有；第五，角色多走向死亡，《悲悼》中的父親被母親毒死，母親的情人被兒子開槍打死，母親開槍自殺，兒子自殺；第六，都是家庭悲劇；第七，活著的人都穿上「哀悼」的喪服。《悲悼》中的姐姐穿著哀悼的喪服封門獨居，《雷雨》中的周樸園、侍萍、繁漪也在哀悼中度過餘生。

曹禺說：「在大學時我讀過他的三部曲《哀悼》（或名《只因素服最相宜》）。他受古希臘悲劇詩人埃斯庫羅斯的《奧瑞斯忒斯》三部曲

14 曹禺：〈我所知道的奧尼爾——為《奧尼爾劇作選》寫的序〉，《外國戲劇》1985年第1期，以下引文與此出處相同。

15 《發電機》，一九二九年首演於紐約馬丁，貝克劇院。

的影響，寫了這樣一個長劇本。他寫美國內戰時期曼農將軍被其妻謀害，經過許多曲折，其女拉維尼亞串通弟弟殺死了母親的情人，逼死了母親，最後與她有關係的人都死了，她掩門獨居，黑窗簾罩嚴所有的窗戶，穿著哀悼的喪服，獨自負擔這個名門家庭的罪孽。愛情、情欲主宰了一切。佛洛伊德的學說是一個幽靈，纏住了戲中的人物。讀了這本長戲，我驚嘆奧尼爾善用人物的變態心理和相互的愛與恨的關係。這部結構十分緊密的三部曲，它使我不能不一直讀下去。我料到在舞臺上它也會叫人喘不出氣來地看下去的。」[16]根據曹禺這段話，加上上面二劇神似之處的比較，是否可以認為曹禺在創作《雷雨》時，受到奧尼爾此劇的潛移默化的影響？

《雷雨》和《榆樹下的欲望》也有相似之處。這種相似主要是角色之間性格的相似。曹禺說《雷雨》中的繁漪是一個最「雷雨的」性格，她的生命交織著最殘酷的愛和最不忍的恨，她擁有行為上許多的矛盾，但沒有一個矛盾不是極端的。「矛盾」與「極端」就是她性格的基調。《榆》劇中也有一個最「雷雨的」性格，就是女主角愛碧，她對丈夫凱勃特的恨及對丈夫前妻之子伊本的愛，和繁漪對周樸園的恨及對待侍萍之子周萍的愛太相似了，愛碧那種極為強烈、極為複椎、極為矛盾的感情也令人聯想到繁漪。《榆》劇也表現了「命運」的思想。劇中人西蒙說：「誰也沒有害死誰，有一樣東西，它才是凶手。」這個「凶手」又是「不可知」的。西蒙講的「東西」，就是「命運」，它決定了這個家庭的悲劇。

曹禺說：「我們被《榆樹下的欲望》的深刻性感動過。資產階級家庭爭奪財產是一個普遍的主題。在奧尼爾筆下，真實的愛與對財產的貪婪成了難以調解的矛盾。最終，年輕的繼母愛碧為了表明她對丈夫前妻之子埃本的愛情，把兩個人私生的孩子掐死。愛情似乎勝利

16 曹禺：〈我所知道的奧尼爾〉，《外國戲劇》1985年第1期，以下引文與此出處相同。

了，但埃本和她都遭受了罪惡的懲罰。希臘悲劇曾經有過類似的故事。然而奧尼爾卻在美國一個農場裡鋪續起這個故事。劇中每個人物的性格都充溢著鮮明的美國鄉土味。他刻劃人物是既深又恨的。兩種欲望激烈的鬥爭，那種殘酷性使人顫慄，使人覺得奧尼爾對人生探索得多麼深透。」

《榆樹下的欲望》發表於一九二四年，《雷雨》發表於一九三四年，曹禺在創作《雷雨》時可能受到《榆》劇的影響。

其次談談《北京人》與《毛猿》（1921）的相似之處。《毛猿》是奧尼爾表現主義的劇本，主角楊克是一艘遠洋郵輪上的鍋爐工人，他的長相就像大猩猩，他要依靠自己的力量創建一個新世界。他說：「我是新人，我是原動力，沒有我，一切都要停頓，一切都要死亡。」但別人以為他發了瘋，叫他不開化的「毛猿」，最後他到動物園去，要與猩猩為友，打開籠子門放猩猩出來，被猩猩扔入鐵籠中，孤獨淒涼地死去。《毛猿》寫現代工人的孤立無援，也可以推而廣之是寫現代人類的孤立無援。《北京人》與《毛猿》相似之處有二。其一，《北京人》中也有一個符號人物——「北京人」，他是汽車修理工人，是個「啞吧」，被人類學家袁任敢收養來作為遠古「北京人」的模特兒，他「約莫七尺多高，熊腰虎背……兩眼炯炯發光，嵌在深陷的眼眶內，塌鼻子，大嘴，下巴伸出去有如人猿……」他的「體格骨頭」仍然一如五十萬年前的人類的始祖，而且性格也和猿人一般的粗野，「說打人就打人」，是一個「猩猩似的野東西」。兩劇中的這兩個角色的象徵觀念意義是相同的，都象徵工人的野蠻的力量。其二，都用表現主義手法寫，楊克在紐約第五大街惡意衝撞路人，但根本碰不到路人，在每次接觸之後，後退的都是他，而不是對方。他向迎面而來的胖紳士猛打一拳，拳頭正打在胖紳士的臉上，但是那位紳士站在那裡紋絲不動，好像沒事似的。《北京人》中的「北京人」在曾瑞貞、愫方要出走而發現大門被鎖正為這個焦急時突然出現，突然開口說話，用手一指，便「打開」了那曾家大門的鎖，這也是表現主義手法。

如果說，曹禺作《北京人》時對《毛猿》確有借鑑（這只是假設，曹禺自己沒有說過），那麼，曹禺借鑑的最大特色是對《毛猿》作了反寫，「毛猿」的結局象徵現代工人的孤立無援，而「北京人」卻象徵著力量的光明與希望。不妨比較一下兩劇最後一場楊克開鎖放猩猩與「北京人」開鎖救出瑞貞、愫方的情節：

《毛猿》第八場——第二天傍晚，動物園的「大猩猩」房。楊克來到動物園大猩猩房前。人類拋棄他，他只好和猩猩交朋友。「來吧，我放你，出來吧，我們聯合起來，把他們從地球打下去」。他從身上取出短棍，撬開門上的鎖，把門打開。大猩猩出來了，縱身一跳，用兩隻大手臂抱住楊克，拼命一摟，楊克肋骨全斷了。「嗨，我並沒有說吻我啊？」他倒在地下。猩猩把他抓起來，投進籠子。「我完了，就連他也認為我不頂事」。「上帝，我該從哪兒開始喲！又到哪兒才合適喲！」「見鬼！不能抱怨，懂吧？不能退卻，明白我的意思吧？死也要在戰鬥中死去！」他用馬戲班的調子說：「太太們，先生們，向前走一步，瞧瞧這個獨一無二的（他的聲音逐漸虛弱）一個地道的——野毛猿吧。」他死了。

《北京人》第四幕——愫方在曾瑞貞的說服之下，終於改變初衷，與瑞貞深夜隨袁家父女離開曾家的牢籠。但是大門鎖了，大家正在焦急之時，「北京人」出現了，他徐徐舉起拳頭，出人意外，一字一字，粗重而有力地說：「我——們——打——開！」瑞貞大吃一驚：「你，你——」，「北京人」坦摯可親地笑著：「跟——我——來！」瑞貞大喜，招呼愫方，忽又轉身對「北京人」，親切地說：「你在前面走，我們跟著來！」「北京人」點首，「像一個偉大的巨靈，引導似的由通大客廳門走出」，把愫方、瑞貞等引向「光明的地方」。

這就是對《毛猿》最後一場的反寫，用表現主義的手法體現積極的主題，借鑑奧尼爾又不同於奧尼爾。

第三，《原野》和《瓊斯皇》(1920)的關係。《瓊斯皇》是奧尼爾表現主義的劇本，全劇共八場，不分幕。瓊斯是剛果黑人，被當作奴隸拍賣到美國，在火車上當了十年差役，在一次賭博中殺了另一個黑人差役澤夫，因此被捕入獄。在做苦工時又殺死了白人看守，逃離美國，流浪到大西洋的西印度群島一個小島上。島上有一個英國商人叫施密塞，專靠欺詐當地黑種土人為生，他要瓊斯做他助手，瓊斯同意。但瓊斯是黑人，又比他有能力和魄力，施密塞反而成了他的助手。有一次，瓊斯與土人發生衝突，土人朝他開槍，但子彈失火打不響。瓊斯就騙土人說自己會魔法，利用土人的迷信心理，作了土人的皇帝。他又騙土人說：鉛製的子彈打不死他，只有銀做的子彈方能打死他。他在土人部落中作威作福，土人對他十分仇恨，瞞著他上山偷偷製造銀子彈。但他發覺了，逃出「皇宮」，逃進森林，土人從後面追來，用銀製的子彈打死他。

《瓊斯皇》是「危機」的戲劇，第一場就從他逃進森林的危機寫起，前面的情節通過後面幾場戲從他的回憶與幻覺加以表現，由於他在森林迷路，精神接近失常，故回憶又生幻覺。在表現他的回憶與幻覺時，劇作家多用程式化的啞劇，造成似真非真的夢幻感。如第三場瓊斯在森林中迷了路，在幻覺中看見以前被他殺死的黑人澤夫。第四場借他的幻覺重現他殺死白人看守逃走的情節。白人看守用手一指，揮舞皮鞭，瓊斯受了催眠似的，加入苦工的行列，拿起鏟子機械地開始鏟泥。白人看守舉鞭打在他肩背上，瓊斯蹲下，白人走開，瓊斯挺腰，雙手舉起鏟子，正要打在白人頭上時，他忽然明白雙手空空。他失望地叫喊：「我的鏟子在哪裡？快給我鏟子，讓我把他的頭劈成兩半！」其他黑人苦役犯都站著不動，他們的眼睛注視著他。白人好像等待著，他把背向著瓊斯，瓊斯又怕又怒，亂摸腰裡的手槍：「我打死你，我打死你死也情願！」他於是開槍，打出了第三發子彈(又從幻覺回到現實)。第五場用啞劇表現他回憶自己在奴隸市場被拍賣。

第六場用程式化啞劇表現他在奴隸船上的幻覺，搖船的舞蹈是程式化的。第七場用啞劇形式表現他幻覺中的故鄉剛果河及他被巫師作為犧牲品祭鱷魚的情景。奧尼爾用各種戲劇手段把主角心理加以外化，除用啞劇形式表現角色心理外，又用舞美與音響效果來表現。當瓊斯在森林迷路十分恐懼時，舞臺上便出現了「小而無形的恐懼」，從森林中爬出來，有一雙小眼睛，像飛螢那樣向上飛翔飛不上去又掉下來。當瓊斯拼命逃走時，森林兩邊會合攏來，彷彿森林也在追捕他。尤其是土人追捕瓊斯的鼓聲，自始至終貫穿全場，由輕微到響亮，由緩慢到急速，帶有得勝的、復仇的意味。鼓點既表現情節的進行，又表現與襯托追捕者與被追捕者的心理，它不斷刺激瓊斯，使他感到危險不斷逼近。鼓點造成極大的心理效果，西方批評家說，鼓點打在瓊斯心上，如打在觀眾心上，使觀眾驚慌不安，倘若劇終時還不停下來，觀眾中一些控制力弱者會跳上舞臺，隨鼓聲跳非洲戰舞。

曹禺的《原野》為三幕劇，描寫農民仇虎復仇的故事。仇虎原是老實的農民，父親被地主惡霸焦連長（外號焦閻王）活埋，妹妹被賣去當妓女，土地也被奪去，愛人金子被焦閻王兒子占了，仇虎家破人亡，逃出來當了強盜。若干年後，仇虎回村了，要復仇。這時，仇家焦閻王已死，其妻焦母仍在，但瞎了眼。他過去的愛人金子已成焦閻王之子焦大星的妻子焦花氏，並生了一個兒子「小黑子」。婆媳相互仇恨，焦母整天教唆兒子打老婆，但焦大星愛老婆。焦花氏卻不愛焦大星，仍在想念仇虎。劇情從仇虎回到村子寫起，仇虎與焦花氏在村外相遇，焦花氏把仇虎引入家中，仇虎殺死焦大星，和焦花氏私奔。焦母眼雖瞎，早已察知來人是仇家，半夜持鐵拐杖入屋要打死仇虎，沒想到仇虎事先將「小黑子」放在床上，「小黑子」被焦母打死。焦母點上紅燈，由狗蛋帶著追來，一面走，一面為孫兒招魂。村鎮的民團也追捕仇虎。最後，仇虎與焦花氏走出樹林，到了鐵路線，追兵逼近，仇虎用刀自殺，命令焦花氏逃走，囑咐她一定要養大腹中的孩子，為他報仇。

《原野》與《瓊斯皇》寫法相似之處正多，尤其是第三幕。該幕共分五景，第一景寫仇虎與焦花氏進入黑森林，看見遠遠有紅燈閃動，知道老婆子追來。「由右面隱隱傳來擂鼓的聲音，非常單調，起首甚微弱，逐漸響起來，一直在這個景裡響個不停。」為什麼有鼓聲？因為老婆子進森林附近老神仙的土廟求老神仙為孫子招魂。鼓聲是從廟中發出的。這一景寫仇虎生幻覺，看見拿紅燈的老婆子的人形向他逼近，為孫兒索命，他拉焦花氏狂奔著。第二景還是寫仇虎與焦花氏在森林中，他們迷了路。他們又聽見鼓聲。仇虎又看見老婆子的人形。仇虎心中害怕，說小黑子不是他害死的，是你老婆子打死的。仇虎與焦花氏來到土坡，仇虎又生幻覺，見一穿軍裝大漢，要活埋一老人。另一大漢捉住一小姑娘。這就是仇虎老父及幼妹。仇虎拔出手槍，穿軍裝大漢轉過身來，原來是仇家焦閻王。仇虎對準焦閻王連放三槍，那群人形伏地不見。這二景「鼓仍單調地由林中傳來」。第三景仍在森林，仇虎與焦花氏過河。仇虎眼前又出現幻覺：一隊犯人在作苦工，他也在內。仇虎打獄卒，獄卒拔槍，但槍聲不響，仇虎狂笑：「你也有這麼一天，你的槍也不靈了。」仇虎遂拔槍連向獄卒放了兩響，一切人形忽然不見。仇虎驚愕地環視四周，望望月亮，俯視自己腳下，並無腳鐐的痕跡。自始至終，「鼓聲在這一場單調地響著」。第四景仍在森林，仇虎只剩下兩根火柴。天下雨。仇虎又生幻覺，眼前出現閻王、判官、小鬼。仇虎向前跪下，為死去的老父及妹妹喊冤。焦連長也受審問。可是閻羅王反而判焦連長上天堂，仇虎父親上刀山，妹妹下地獄，仇虎本人被判拔舌頭。仇虎大怒，跳起喊道：「你們這是什麼法律，這是什麼法律？」忽然，馬面一叉把他刺倒在地，閻羅王得意大笑，牛頭、馬面也大笑，小鬼也大笑。閻羅王變成焦連長。仇虎拔出手槍，連打三槍：「你們這群騙子！強盜！」

於是「一切景物又埋入黑暗裡。」第五景地點鐵路邊，天已亮，追兵到，仇虎拔匕首自殺，焦花氏逃出虎口。

經過上面劇情的比較，我們不難看出，《原野》的整個戲劇結構顯然是借鑑了《瓊斯皇》的。其一，都是「危機」的藝術，都從主角陷入危機的動作寫起；其二，主角性格都有二重性，都是逃犯，都被人追捕，最後都死了；其三，場景都在森林，主角都迷了路；其四，主角的精神都陷於失常狀態，因此都產生幻覺；其五，前情就通過主角的回憶與幻覺具體地「演」了出來；其六，用大量動作表現性格，有幾場戲是「完美的默劇」；其七，都用貫穿始終的鼓聲作音響效果；其八，氣氛情調都是陰森恐怖的。

多數評論者對《原野》評價不高。有的評論者認為仇虎性格失實：「然而，就在這個短短的開端，已經充滿了不合理的、矛盾的地方。戴有腳鐐，從監獄裡逃出來，已經是件稀罕事；再戴著腳鐐，坐火車，一個逃犯，還能不被捉回去，實在是件怪事；而又能戴著腳鐐，從火車上，在不停的時候，跳下來，連傷都不受，這簡直是個奇蹟了。」[17]但是，此劇本是不能用傳統現實主義的尺子去衡量的。因為作者走的「是又一種路子」[18]。曹禺在作《原野》之前，已發表了《雷雨》和《日出》，他難道連劇本是否「失實」都不懂？倘若說「失實」，那是作者故意讓它「失實」。如雨果寫冉阿讓、加西莫多那樣，曹禺是用浪漫主義和表現主義手法來塑造仇虎的。他重在表現角色「復仇」的精神與彪悍的氣質，這種「復仇」的精神與氣質決定了情節的傳奇色彩的合理性。仇虎在讀者想像中就是能戴著腳鐐逃出來，又能從火車跳下來而不受傷，因為他是仇虎而不是別的什麼人。

---

17 楊晦：〈曹禺論〉，《曹禺研究專集》（福州市：海峽文藝出版社，1985年），上冊，頁365。

18 曹禺：〈我的生活和創作道路〉，《曹禺研究專集》（福州市：海峽文藝出版社，1985年），上冊，頁111。

曹禺一談再談其他劇本，就是閉口不談《原野》，更從不談《原野》哪些地方寫失敗了。他顯然要用幾十年的耐心的沉默來回答評論界，並期待著一種新的觀點，新的見解。

現代世界戲劇的潮流是從傳統現實主義的一元化走向創作風格、方法的多元化，但是，直到七十年代，我們七十多年的話劇基本上是一種路子，誰來引進新的創作方法，打破現實主義大一統的局面呢？第一個是洪深，他借鑑《瓊斯皇》而作《趙閻王》(1922)，第二個是曹禺，他借鑑《瓊斯皇》而作《原野》。兩人目標一致，就是致力於引進奧尼爾。兩位劇作家都用新的創作方法去寫農民，表現農村生活。中國的農村，是世界上最遼闊廣大的土地，有多多少少尚未為人所知的神秘事物；中國的農民，是世界上人數最多的群體，有多多少少尚未為人所知的獨特個性。中國的農村和農民，這是一個寫不盡的題材，而曹禺就試圖來開創。他寫的，是深山老林的農村，與世隔絕的農村，是大森林，是帶有神秘色彩的地帶和傳奇的、野性的人事，所以，必須用一種新的手法去表現。曹禺向奧尼爾學習的，正是一種描寫角色心理的新技巧，仇虎內心矛盾及其潛意識，是用形象化的手法表現出來的。曹禺繼洪深之後，在中國話劇舞臺上用新手法表現農民，這是他一個很大的貢獻。

曹禺借鑑的目光並不限於奧尼爾，他還借鑑了契訶夫。曹禺和契訶夫的氣質更相近，借鑑更為神似。他的《日出》受契訶夫影響很深。曹禺說：

> 寫完《雷雨》，漸漸生出一種對《雷雨》的厭倦。我很討厭它的結構，我覺出有些「太像戲」了。……我很想平鋪直敘地寫點東西，想敲碎了我從前拾得一點點淺薄的技巧，老老實實重新學一點較為深刻的。我記起幾年前著了迷，沉醉於紫霍甫深邃艱深的藝術裡，一顆沉重的心怎樣為他的戲感動著。……在

> 這齣偉大的戲裡（指《三姐妹》——筆者）沒有一點張牙舞爪的穿插，走進走出，是活人，有靈魂的活人，不見一段驚心動魄的場面，結構很平淡，劇情人物也沒有什麼起伏伸展，卻那樣抓牢了我的魂魄。……我想再拜一個偉大的老師，低首下氣地做個低劣的學徒。……於是在我寫《日出》的時候，我決定捨棄《雷雨》中所用的結構，不再集中於幾個人身上。我想用片段的方法寫《日出》，用多少人生的零碎來闡明一個觀念。[19]

所謂「用片斷的方法寫《日出》」，就是借鑑了契訶夫戲劇的結構。契訶夫的戲人物多，場景多，沒有絕對的主要人物，沒有絕對的主要動作，不像「戲」而像人生萬花筒，《日出》就用這種結構。所謂「闡明一個觀念」，就是闡明「人之道，損不足以奉有餘」，這是老子的話，說世界不公平。《日出》是寫「日出以前的事」，什麼「事」呢？就是世界的不公平，弱者受苦受難。契訶夫的戲也寫「日出以前」的事，也是寫弱者的苦難。契訶夫的戲是抒情結構，是「情調」戲，有一條「潛流」——角色的心理活動。契訶夫在劇中總暗示著希望，總讓好人盼著希望，這「暗示」，這「盼」，就是抒情，劇中的好人總是懷著這種「情調」艱難地生活著。《日出》也是抒情結構，也是「情調」戲，劇中的角色陳白露、方達生等，也懷著盼望艱難地生活著，儘管陳白露死了，「太陽出來了，太陽不是我們的」。但畢竟有「日出」。由於曹禺與契訶夫的思想情調十分合拍，由於契訶夫的戲更貼近中國的人生，他借鑑契訶夫比借鑑古希臘悲劇、奧尼爾更有思想基礎，因此，他能毅然改變寫戲的路子，從奧尼爾轉向契訶夫，集中到一點，就是戲劇結構的突破。

在《日出》中，有兩個角色不出場，一個象徵光明，這就是「太

---

19 曹禺：《日出》〈跋〉，《曹禺研究專集》，上冊，頁32-33。

陽」。用「太陽」代替了「雷雨」，是否說明劇作家放棄了「命運」觀呢？不一定，只說明劇作家人道主義的加強，用積極的態度去看待「命運」，還有一個角色金八也不出場，他當然是黑暗勢力的代表。《三姐妹》中的反角普羅托波波夫也不出場，契訶夫這樣寫，是保持全劇壓抑的情調，一種無形的、可怕的壓抑，是保持全劇抒情結構風格的統一。再說有一個惡嫂子就夠三姐妹受的了，何必畫蛇添足？《日出》中的「太陽」不具體化，金八不出場，除了曹禺在《日出》〈跋〉（1936）中所說的，是不熟悉而不能寫，熟悉而不敢寫兩個原因外，是否也為了保持劇本抒情風格的統一呢？因為曹禺在這個戲裡要學契訶夫，不要「張牙舞爪的穿插」，不要「驚心動魄的場面」。金八雖然不出場，但劇中人經常提到他，使觀眾強烈感到這個惡霸的勢力的存在，已收到十足的戲劇效果。如果加進幾個革命者，再加進幾個腰裡揣著手槍的反動派，寫鬥爭，寫血肉橫飛，《日出》就面目皆非了。

那麼，易卜生與曹禺又有什麼關係呢？易卜生是曹禺的啟蒙老師，他說：

> 從一九二五年，我十五歲開始演戲，是我從事話劇的開端。……南開新劇團培養起我對話劇的興趣。當時新劇團的指導老師張彭春先生，給我很多幫助，他送我一套英文版的《易卜生全集》，我是依靠一本英文字典大致把它讀完了，使我從中懂得些戲劇的技巧，「話劇」原來還有這麼一些新鮮的東西。[20]

> 我小時候文字比較好，也很注意契訶夫、易卜生，尤其是易卜生。我特別注意他的結構、人物、性格、高潮。要是第一幕看

20 曹禺：〈我的生活和創作道路〉，《曹禺研究專集》，上冊，頁100。

> 完，觀眾離場，那可不，得讓他看完第一幕要看第二幕，還要看第三幕。要吸引觀眾，得有結構。就說《雷雨》吧，我就搞了三四年，不是一冒就冒出來了。[21]

易卜生是鎖閉式結構的戲劇大師，《玩偶之家》是鎖閉式結構的代表作。我們前面說過，《雷雨》的鎖閉式結構深受古希臘悲劇的影響，現在再作一個補充：《雷雨》也深受易卜生戲劇結構的影響，這並不矛盾，因為易卜生的戲劇結構，也源於古希臘，是一脈相承的。

但是，易卜生的「社會問題劇」對曹禺沒有什麼影響。曹禺不是郭沫若、田漢，易卜生的叛逆精神與提出社會問題劇的寫法對曹禺並不產生強烈影響。曹禺認為自己的劇本要比易卜生的深沉。曹禺下面這段話值得我們仔細玩味：

> 真是歲月如流啊！我似乎搞了一輩子社會問題劇，得失成敗，教訓不少。一個問題，一個問題去寫，是不行的。然而我是十分希望多多寫一些問題劇本，但它的思想性要深厚，經得起仔細尋味，不要就「問題」講「問題」，真要有點「後勁」！易卜生（1828-1906）是劇作家，也是思想家。他早年寫了許多歷史詩劇，又寫了兩本話劇《布朗德》（1866）與《彼爾・金特》（1869），表現「人的精神反抗」，後才轉入寫幾本社會問題劇，如《社會棟樑》、《傀儡家庭》、《群鬼》、《國民公敵》等，到了晚年，他又探索新的境域，社會問題劇本他寫不下去了。[22]

曹禺說他「似乎」搞了一輩子社會問題劇的話，不過是門面語、窠臼

---

21 趙浩生：〈曹禺從《雷雨》談到《王昭君》〉，《曹禺研究專集》，上冊，頁163。

22 曹禺：〈我的生活和創作道路〉，《曹禺研究專集》，上冊，頁118-119。

語，他這段話的真實用意正不在斯，而是批評易卜生的「社會問題劇」缺乏「後勁」。他的劇本如《雷雨》、《日出》、《原野》、《北京人》絕非易卜生式的社會問題劇，它有象徵和暗示，抒情和哲理，就是沒有娜拉和斯托克曼，與易卜生的風格迥然不同。易卜生當然是承上啟下的偉大的戲劇家，他的創作分好幾個階段，不能用「社會問題劇」以偏概全。但曹禺絕非隨波逐流的跟跟派，他的借鑑是有選擇的，他的藝術氣質與藝術個性決定他沒有選擇易卜生。

通過對曹禺借鑑古希臘悲劇、奧尼爾、契訶夫、易卜生的論述，我們可以看出曹禺借鑑的特點，這就是多元的，不限於一兩個劇作家；開放的，不限於一種流派；迅速變化的，不墨守成規。從《雷雨》（1934）到《北京人》（1940），六、七年內產生四部傳世之作，而分別是四種戲劇結構；曹禺比郭沫若更重視借鑑西方戲劇的結構與技巧。在中國現代話劇家中，曹禺引進西方編劇法及對西方戲劇的借鑑是最成功的。

曹禺戲劇的民族化不在於把自己的劇本戲曲化。不錯，曹禺說過不少讚美中國戲曲的話，包括對「大團圓」的肯定評價，說《北京人》是一齣「好人活著，壞人死去」的「喜劇」。但是，他並沒有在自己的戲劇形式中採納了多少戲曲的成分，這和郭沫若大不相同。曹禺戲劇的民族化最突出表現為各式各樣人物的民族性格的塑造上，表現在他的戲劇的民族語言藝術上。性格與語言是曹禺戲劇民族化的靈魂。

曹禺是再現中國現代人生的藝術大師，他筆下的家庭、都市、農村都是中國的，在其中活動的人，都是中國讀者「熟悉的陌生人」。他的劇本裝下了中國現代社會最廣闊的人性，是其他戲劇家難以達到的。他劇本中的男性人物系統，諸如周樸園、周萍、周沖、魯貴、魯大海、方達生、潘月亭、李石清、黃省三、王福升、黑三、胡四、仇虎、焦大星、狗蛋、曾皓、曾文清、江泰、曾霆、袁任敢個個都稱得上性格鮮明、個性突出、代表各種階層、各種類型的人物。他劇本中的女性人物系統，諸如周蘩漪、魯侍萍、魯四鳳、陳白露、顧八奶奶、李太太、翠喜、小東西、金子、焦母、曾思懿、曾瑞貞、愫方、袁園同樣個個性格鮮明、個性突出。這男性與女性兩個人物系統的交織，構成了中國現代人生一幅斑駁陸離、驚心動魄、悲歡離合、恩怨血淚的畫面，對這幅圖畫，評論家可以從許多不同的角度加以評論，但都會得出共同的結論：曹禺的戲劇反映了中國現代社會許多本質方面的內容，例如男女太不平等，男人壓迫女人，女人沒有出路，就是造成許許多多社會悲劇的一個重要原因。

曹禺劇本一個基調，就是對中國受苦的女性的同情，這是中國戲劇家的民族心理的重要表現，正是在這方面，曹禺繼承了中國文學的傳統。如果說，郭沫若在描寫古代偉大的女性時，用的是歌頌的、讚美的筆調，而在那些古代偉大的女性身上，都有一個詩人郭沫若的自我存在，郭沫若就說過「我也是蔡文姬」。那麼，曹禺筆下的女性，幾乎全是中國現代苦難的女性，曹禺用深深的同情的筆調描寫她們，為她們的命運悲嘆、流淚、憤怒。但曹禺是曹禺，她們是她們。曹禺讚美她們，但並不在她們身上塑造自我。曹禺說：

> 我的劇本的確寫了不少婦女形象。你問我對婦女有什麼見解，我沒有什麼理論。我有這麼一個想法，在舊社會婦女是受壓迫的，男女之間太不平等，我總覺得婦女是善良的。我和斯特林堡不一樣，他時而關心婦女解放，時而仇視女人。我以為舊中國的婦女是最苦的，受著政權、神權、族權和夫權的壓迫。每家都有一本難念的經，一般說來，也是婦女來念的。在舊社會，婦女一般要做許多家務事，生孩子、養孩子，三從四德，勞苦一生。那時，婦女社會地位又低，受到各方面的歧視，就更為可憐了。貧窮家庭中的婦女就更慘痛了。當然婦女中也有

> 壞的，像郭老的《屈原》中的南后那種人，這是少數。我也寫了像《北京人》中的思懿那樣不可愛的女人，還有《家》裡的陳姨太、沈氏那樣一些卑微人物。但是給我印象最深的，還是那些受苦受難、秉性高貴，引起我同情的婦女。所以，我願意用最美好的言詞來描寫最好的婦女。[23]

曹禺劇本的民族化的另一個標誌是語言的民族化。國內一些評論家對曹禺的戲劇語言作了不少精闢的分析[24]，如語言的性格化、動作性、簡練生動、明快含蓄等等。現在的問題是要探討曹禺戲劇語言優點、特點的根子。我以為，曹禺戲劇語言的根子扎在中國古典散文小說土壤上。中國的散文敘事文學，從《史記》開始就十分注重用肖像描寫、動作、對話塑造人物，就重視語言的通俗化，司馬遷就把不少古語改為今字。《史記》的人物語言可謂千錘百煉，繪聲繪色。中國的白話小說（尤其是幾部長篇名著）從對話中就能見出不同的人物來。在中國白話小說的長河中，易說、易聽、易懂，而又生動明快、凝練含蓄、意蘊深厚、富於潛臺詞、富於動作性、表現鮮明性格和複雜情感的語言比比皆是，美不勝收。曹禺劇本的人物和布景介紹直接繼承了中國散文的優秀傳統，是一篇篇優美的人物和景物小品；曹禺劇本關於角色的舞臺指示，著重指出角色此時此刻關鍵的動作和情緒，直接繼承了中國白話小說畫龍點睛的白描手法；曹禺劇本的角色對白，更是發揚了中國白話小說人物對話簡短、生動、傳神、富於弦外之音的優點。曹禺的戲劇語言也有詩意（如《家》），但總的來說不是詩意。「詩意」是郭沫若戲劇語言的特色，而非曹禺戲劇語言的特色。

---

23 曹禺：〈我的生活和創作道路〉，《曹禺研究專集》，上冊，頁115。

24 如陳瘦竹、沈蔚德：〈曹禺創作的語言藝術〉、錢谷融：〈曹禺戲劇語言藝術的成就〉，均見《曹禺研究專集》（福州市：海峽文藝出版社，1985年），上冊，頁445、447。

如果說郭沫若戲劇語言的民族化是繼承了中國古典詩詞戲曲的傳統，曹禺戲劇語言的民族化卻表現為用中國散文、小說的語言去寫戲劇。

## 三　新時期話劇戲曲的外來影響及民族化

戲劇藝術上的新探索與小說、詩歌同步，是從一九七九年開始。西方現代派文學的引入，一批新人的出現，是促使戲劇界進行戲劇形式的大膽探索的動力。一九七九年前的四部名劇：白樺的歌頌賀龍與左傾機會主義路線作鬥爭的《曙光》(1977)，金振家、王景愚的揭批「四人幫」的諷刺喜劇《楓葉紅了的時候》(1977)，蘇叔陽的歌頌周總理與人民心連心的《丹心譜》(1978)，宗福先的「四五」運動吶喊的《於無聲處》(1978) 在內容上無疑取得了嶄新的突破，但在寫法上還是沿用了傳統手法。

一九八〇年，馬中駿、賈鴻源、瞿新華的獨幕劇《屋外有熱流》問世。這是一個很有思想性、現實性、針對性的哲理劇。此劇劇情極為簡單：大哥趙長康為了事業，也為了弟妹，去黑龍江支邊。他只不過是農業研究所一名普通的勤雜工，但覺悟很高。他很愛弟妹，月月寄錢回來。但他因公殉職了，弟妹卻誤以為哥要病退，一心想的，是哥哥回來後住在哪裡，誰該出幾塊錢給哥哥作生活費。收到一千元撫恤金後，還以為是大哥寄給他們的生活費，高興若狂。最後，弟妹從無線電中聽到了大哥死亡的消息，開始覺悟。但哥哥已經永遠離開了他們。

《屋外有熱流》通過哥哥和弟妹的對比，向觀眾提出一個哲理性的主題：人活著不能沒有信念和理想。有了它雖死猶生，失去它雖生猶死。趙長康身處冰天雪地的北疆，生活條件十分艱苦，但他有革命的信念和理想，樂於在平凡的崗位獻出青春乃至生命。而他的弟妹們由於十年動亂深受「四人幫」毒害，變成了自私自利的個人主義者，毫不理解人生的真正價值。劇本著重在正面剖析弟妹被扭曲毒化的心靈，顯然，主題是有強烈的現實性、針對性的。當時代的車輪將「四人幫」散布的現代迷信和極左的政治空談碾得粉碎，並朝著社會主義四個現代化建設目標奔馳時，如何正確理解物質與精神的關係，又一次尖銳地擺在青年一代面前。

根據對「生」與「死」的哲理思考，劇作者在戲劇形式上作了相適應的探索。

探索之一是借用了表現主義與超現實主義的手法，用一個虛幻的超現實的形象——大哥的鬼魂來體現主題。大哥的鬼魂可以穿牆而過，大哥的鬼魂可以和活著的弟妹對話，這是表現主義手法。「鬼魂」無「鬼氣」，因為鬼魂有激情、詩意，它是體現作品主題的一個意象。劇作者讓鬼魂對弟妹、對當代一部分青年發出了震聾發聵的吶喊：「回來吧，那發光發熱有生命的靈魂！」這是十分激動人心的。

探索之二是象徵手法的運用。劇作者用「死者」與「生者」會面的獨特構思，就包含象徵意義：有高尚靈魂的人，雖死猶生，反之，則雖生猶死。「屋外」與「屋內」、「冷」與「熱」等等，也都不僅指自然環境和氣候，小弟、小妹留戀的「屋內」，喻寓著個人主義者狹小自私的內心世界，這裡的寒冷和黑暗令人窒息，披毯裹衣不能保暖、燃著的火也沒有熱氣。相反，在趙長康這樣的革命青年們生活與鬥爭的「屋外」，儘管風雪瀰漫，零下五十度，卻可以感到一股不可阻擋的生命之熱流。「屋外有熱流，生命在於運動！」劇本的名字以及這些臺詞也含有象徵性。

《屋外有熱流》於一九八〇年六月榮獲中華全國總工會和文化部授予的「勇於探索、敢於創新」獎狀。不僅因為它形式好，而且因為它思想好。劇作者們都是青年工人，他們對於所反映的生活有敏銳的洞察力，他們的劇本有濃厚的生活氣息，他們的新表現手法是為革命的內容服務的。這說明新時期的戲劇探索，一起步的方向就是正確的。

一九八〇年，戲劇新探索的成功例子還有宗福先、賀國甫的《血，總是熱的》與沙葉新的《陳毅市長》。

《血，總是熱的》是寫工業題材的。主角羅心剛是一個創業者，是向不合理的工業體制進行挑戰的勇士。這位廠長最後雖然被送上「被告席」，但他並不屈服。他要用工人階級的血作「潤滑劑」，使中國這個龐大的機器的每個齒輪飛快地轉動起來。顯然，此劇是繼承了《喬廠上任記》（1979）的路子，在戲劇上塑造了如同喬光樸那樣的為四化奮鬥的當代英雄形象，打開了戲劇題材的新局面。

為了表現快速節奏的現代生活，追求生活流的真實場景，在廣闊的空間上表現複雜的社會矛盾和新時代的創業者的內心世界，宗福先、賀國甫打破了《於無聲處》的「三一律」的框框，採用了「戲劇電影化」的編劇法。《血》劇不分幕分場，分十七大段，用燈火手段來連接，地點頻頻轉換，時在廣州，又轉到上海，再轉到公司、賓館，有時在三個表演區（三個地方）同時進行。劇作家把故事情節編成一系列電影鏡頭式的「單元」，然後用蒙太奇的手法進行「拼貼」，戲劇式的進展變成了電影式的運動。這種藝術探索顯然受了蘇聯先鋒派戲劇大師梅耶荷德的影響。

《陳毅市長》的結構更為奇特。沙葉新自稱是「冰糖葫蘆式的結構」。它的特點是全劇沒有一個貫穿始終的中心事件和衝突。每一場是一個獨立發展的故事，用十件事來表現陳毅這個中心人物，近似布萊布特式的戲劇結構。丁玲評論說：

> 《陳毅市長》的寫作，勇敢地打破了舊框框，根本沒有故事，也不談情說愛，更不製造虛假的矛盾。它只是一個人：陳毅市長。它用十六個片斷，十件事，把它寫得活靈活現。全毅氣勢宏偉，開場開得好。真是令人耳目一新。你會覺得這決不是元曲的改造、莎士比亞的模仿，這是粉碎「四人幫」以後二十世紀社會主義新中國戲劇的獨創。

一九八一年，馬中駿、賈鴻源又發表了多幕劇《路》。《路》的價值首先在於它表現了現代人，尤其是現代青年的思想感情，《路》所描寫的就是這麼一群八十年代青年馬路工的形象。

> 作者以深厚的感情，滿懷激情地表現了這一群為世俗的眼光所不屑一顧的「卑賤的」馬路工，寫出了他們的思想感情，他們的性格特徵，他們的生活道路，他們的不同命運。這個劇本並沒有什麼驚險離奇的情節，卻是那樣的引人入勝，激動人心。什麼原因呢？就是因為作者塑造了一個個有血有肉的青年馬路工的形象，從一個新的時代高度，揭示了人生的價值和意義。[25]

長期以來，由於舊的傳統觀念的影響，社會上一部分人歧視馬路工，青年馬路工則更被認為粗野而沒有文化修養，很少有人關心他們，愛護他們，同情他們，尊重他們。但是作者馬中駿、賈鴻源這樣做了，與這些青年馬路工人交了知心朋友。作者了解他們，熱愛他們。作者滿腔熱情地把他們展現在舞臺上，就是為了讓更多的人了解他們，熱愛他們，尊重他們的工作。作者筆下的這些青年馬路工，都不是什麼叱吒風雲的英雄，他們都那麼平凡普通。作者還從現實生活出發，描寫了他們前進道路上出現的這樣那樣的弱點和缺點。他們也罵人，出言不遜，有時還酗酒吵鬧，確實顯得粗野，甚至缺乏教養。但是，透過這些表面現象，我們卻可以看到他們水晶透亮的心靈。城建工程隊工地主任周大楚和電子管廠廠長都為了事業而犧牲了家庭的幸福。在電子管廠即將受淹的關鍵時刻，這些平時發牢騷、說怪話的青年馬路工，卻都能奮不顧身地站出來搶救。正是這樣一些充滿人情味的、有血有肉的人物形象深深感動了觀眾。劇中人建築工程系女大學生梁男說：

---

25　中國社會科學院文學研究所當代文學研究室編：〈劉士傑〉，《話劇劇本選》前言。

> 在我們國家裡，因為是用最原始最落後的工具操作，所以馬路工被視為最低級和最卑賤的化身。這是不公平的，不正常的，不長久的。不要以為你服裝現代化、職業現代化，就一定是現代人了——不，不是這樣的。現代人，這是崇高的字眼，首先應該具備新的精神，新的情操，新的道德。即使在美好的明天，也不是每個人都會成為現代人的。不是的！

做一個現代人，「首先應該具備新的精神，新的情操，新的道德」！這話說得多好！正是這些被視為最低級、最卑賤的馬路工，「在建設道路的同時建設自己」，使自己具備了做現代人的思想和品格。《路》劇所要告訴觀眾的也就是這個主旨。

《路》劇藝術形式上的創新之一是舞臺布景與道具的改革。按話劇的傳統，舞臺上的布景、道具都是寫實的，而《路》則不是，「臺上沒有布景，而是一組由臺階、斜坡、平臺、高平臺組成的舞美設計，它按照幕次、劇情的需要，分別排列，拼結成不同場景，並且靠燈光切割成若干表演區。臺上看不見道具，演員們在暗轉時隨身帶上。」因為沒有寫實的布景，這就為觀眾的想像力提供了廣闊的天地。正如作者所說的：「這一切，因為演員的表演而賦予一種生命力。」觀眾不僅是用眼睛看戲，而且還用自己的想像力加以補充和再創造。這是吸取了西方現代派戲劇的某些特點，也是中國傳統戲曲那種寫意的表現手法在話劇中的成功運用。

《路》劇藝術形式上創新之二是由兩個演員扮演主角周大楚，一個演他的正身，另一個演他內心的「自我」，這就把周大楚的思想活動形象化地表演出來了。這種心理外化的手法在作者先前的《屋外有熱流》中還沒有使用過，說明劇作者的藝術探索又進步了。這種心理外化手法在表現周大楚的思想轉變時最為乾脆有力，請看下面的對白：

> 自我：說的對，修路使他們變壞。……
>
> 周大楚：修路使他們變壞（沉思）……明白了。（轉身欲進）
>
> 自我：（攔住）你想幹什麼？
>
> 周大楚：既然人能改變一切，為什麼不能改變自己？
>
> 自我：這是一條困難的路。
>
> 周大楚：那就讓我試試吧。（扯下自我的手，進屋）
>
> （自我搖搖頭，消失）

周大楚從不關心修路工的精神世界到關心修路工的精神世界，這個轉變過程極快，作者不寫他為什麼會轉變，只寫他轉變了，省略了轉變過程，使劇本緊湊，是一個優點，但用傳統手法是不易寫好的，因為這太突兀了，而用周大楚與「自我」交流以交代其轉變，就不突兀，因為這種交流本身就是內心衝突，是轉變的基礎。

《路》劇藝術形式創新之三是寫了角色的潛意識。男修路工七貴與電子管女職白衣姑娘相愛了，白衣姑娘懷孕了。七貴老想著她，想著自己對她的責任，想著她對自己的眷愛、關心與勉勵，於是白衣姑娘的幻影時常在高平臺或高坡上出現，兩人在想像中交流，而別人是看不見的。

劇作家在談《路》的創作經驗時說：

> 我們繼承了從《屋外有熱流》開始的探索，有時採取以人物的意識為主導、觀眾的心理為依據，不同時刻相互交錯，客觀時空和主觀時空相互滲透的方法（其中第一場的場面聯繫都是周大楚的心理回憶）。有時以想像邏輯為依據，強調人物的主觀意識的自由聯想（如白衣少女在七貴腦海裡出現），還借用表現主義的自我運用。採用變形、潛意識，使人們不僅了解一個客觀真實的世界，使舞臺表現的生活密度加大，容量加重。

一九八二年，北京人藝編劇家高行健異軍突起。高行健是一位很有才華，很有獨立思想的小說家、理論家和戲劇家。他畢業於北京外語學院，在國際書店工作過，當專業作家是後來的事。要了解他的戲劇，得了解他的生活經歷，徐行發表在《新劇本》一九八八年第一期的文章〈一個和我們有大不同的人——和高行健終日談〉，可以幫助讀者了解高行健的經歷與文藝見解，值得一讀。高行健第一個著名的劇本是多聲部奏鳴回旋曲式的試驗話劇《車站》[26]，把話劇向西方現代派戲劇的借鑑推上一個新的階段。

八個乘客都在郊區一個汽車站上候車進城，但公共汽車都不停站，乘客們十分著急，發了許多牢騷和議論，只有其中一個「沉默的人」看看手錶，望望天空，一聲不響地徒步進城了。這裡作者用了怪誕的誇張手法：時間飛速地逝去。七個乘客等了一年兩年，十年，二十年，人們都變老了，這時才發現站牌上沒有站名，上面貼了一張改變路線的通告，但字跡已模糊不清。他們有的懊悔，有的謾罵，有的灰心喪氣、悲觀厭世。這時他們才想起「沉默的人」，羨慕他當機立斷，徒步進城。這時，在聚光燈的束光裡，「沉默的人」出現在觀眾席四周的高臺上，在昂揚的音樂旋律中挺胸闊步地前進著，在他的鼓舞下，七個乘客團結起來，互相關照著一起動身進城。

這個劇本是一齣象徵劇，作者說：「（車站的）鐵欄杆呈十字形，東西南北各端的長短不一，有一種象徵的意味，表示的也許是一個十字路口，也許是人生道路上的一個交叉點，或是各個人物生命中的一站。」調子是積極向上的，「沉默的人」就是力量與永遠選取的象徵，因為他抽象，所以典型性更高。其他七個乘客也有代表性。愣小子最後拜大爺為師，姑娘與戴眼鏡的產生了愛情，做母親的去攙扶大

---

26 高行健先作《車站》，後作《絕對信號》，見曲六乙：〈評話劇（車站）及其批評〉，載《有爭議的話劇劇本選集（二）》（北京市：中國戲劇出版社，1986年），頁77。

爺，連走後門的馬主任也沒有掉隊，作者希望全國人民都團結向前的好心是十分明白的。

這個劇本顯然受到貝克特的荒誕派名劇《等待戈多》的影響。高行健曾稱讚過貝劇的技巧「非常深刻」。但是在貝克特的劇本中，象徵希望的戈多始終沒有出現，而《車站》中卻有「沉默的人」；《等待戈多》中兩個流浪漢從等待到等待，始終無所作為，而《車站》中七個乘客是從等待到行動，手挽手朝前走；《等待戈多》的臺詞很隱晦，《車站》的臺詞很明白；《等待戈多》動作多而幾乎無情節，《車站》動作不多而有情節。高行借鑑荒誕派的技巧，而思想是自己的，生活是中國的社會現實，手法也有所不同。此劇的結構確實與傳統話劇有別，作者說：

> 由於戲劇也是一種時間的藝術，音樂中的各種曲式，戲劇同樣可以借用。本劇則部分借用了奏鳴與回旋兩種曲式，以代替通常流行的易卜生式的戲劇情節結構。[27]

此劇的情節是淡化的，只選擇生活的一個側面，像「剪影」，沒有高潮，平淡中包含著哲理和詩意，除了時間上作了荒誕誇張外，一切像日常生活那麼真實。劇本有「沉默的人」與「七個乘客」兩個主題的對比，但調性統一，不存在對抗衝突。在兩個主題中，「沉默的人」是基本主題，反覆回旋出現，七個乘客情節是穿插，確實是「部分借用了奏鳴與回旋兩種曲式。」

此劇還受到法國「新小說」派作家布托爾的啟發。高行健說：

27 高行健：〈有關本劇演出的幾點建議〉，見《有爭議的話劇劇本選集（二）》（北京市：中國戲劇出版社，1986年），頁53。

> 我沒有見過布托爾，但我收到過他熱情贈我的書《每秒6810000公升》。我當時在寫《車站》，想參考一下他這本「多聲部」的書，作一次多聲部戲劇的試驗。雖然我收到友人轉來的他的書的時候，我的戲早已寫完了，但我寫一種多聲部的戲的這個念頭則是受到他的啟發。[28]

同年，高行健又推出了心理表演劇《絕對信號》。《絕對信號》寫一起盜車事件。人物只有五個，地點在就在一節昏暗的守車上，時間不超過二十四小時。劇情如下：

車匪與幫手黑子先混上貨車的最後一節守車廂，企圖矇騙車長與車長的副手小號（因愛吹小號而得名），伺機打信號讓等候在曹家鋪的盜賊扒車，將貨物羊絨衫和毛料搶走。車快開時又上來第五個角色——蜜蜂，她以養蜂為職業，就叫「蜜蜂」，她也要搭這趟貨車去終點站。劇情就在這節守車廂上展開，黑子、小號、蜜蜂是相識的，黑子與蜜蜂相愛，因自己是待業青年，不願蜜蜂受苦，想將她讓給苦戀她的小號，但蜜蜂卻不愛小號。蜜蜂與小號也不知道黑子的苦衷。黑子因為生活無靠，受車匪的教唆，鋌而走險。但他不願蜜蜂知道他幹犯罪的勾當，盜車盜到朋友小號頭上他十分勉強，又突然發現上車的蜜蜂，更使他進退維谷，內心十分矛盾。車長精明能幹，幾十年忠於職守，他發現裝病的車匪在列車行駛十分顛簸時利索地倒腳，知道他懂得跑車的門道，對他提高了警惕，及時識破了車匪的陰謀，並告訴了助手小號，又把黑子爭取過來，終於制服了車匪。但黑子為救車長與車匪搏鬥時，被車匪用手槍擊中。結尾貨車安全進站，黑子是死是活，未作交代。所謂「絕對信號」，是車長命令小號發出的紅色信號，通知下站「扣車檢查」，以便將車上的盜匪一網打盡。

---

28 高行健：〈文學需要交流．相互豐富〉，《外國文學評論》1987年1期。

此劇著重寫「人物情緒變化的過程」(高行健語),並不靠情節來吸引人。它最為引人注目的創新,是把人物的內心交流、回憶、想像都在舞臺上形象地表現出來。

人物的內心交流本來是不出聲的,但在此劇中可以出聲,例如黑子和蜜蜂在守車裡突然相逢時的內心交流,一驚一喜,一迎一拒,就用二人的對白表現之。

人物的回憶與想像本來是內心活動,但在此劇中完全表演了出來。例如黑子回憶他與蜜蜂談戀愛以及回憶車匪怎樣拉他上賊船,就由黑子、蜜蜂、車匪三個演員演出來。例如小號回憶他怎樣追求蜜蜂;黑子想像他與車匪搶車的企圖怎樣被車長與蜜蜂發現;蜜蜂想像她怎樣要小號與黑子講和以及發現黑子被銬上手銬;小號想像他怎樣救了黑子,讓他下車,並拒絕蜜蜂的感激,通通由臺上的演員們表演出來。

人物意識流外化的手法來自奧尼爾,《瓊斯皇》與《奇異的插曲》就是這樣寫的;心臟的跳動變成巨大的音響效果來自約奈斯庫,《阿麥迪或脫身術》就是這樣寫的;「列車」的象徵意義來自象徵主義戲劇。曹禺的劇本《北京人》就使用過。中國就好比一列通向光明的列車,車長最後說:「我們乘的就是這麼趟車。可大家都在這車上,就要懂得共同去維護列車的安全」。其含意比「北京人」明白得多。

此劇也借鑑了契訶夫,蜜蜂抒情的臺詞就有很濃的契訶夫味,使人想起《萬尼亞舅舅》以及《三姐妹》中的女主角。

一刻鐘的幕間休息並不閉幕,隨著列車單調的行駛聲,舞臺全暗,只有和行車節奏同樣輕微的音樂聲始終不絕。音響與音樂結合在一起,這也是頗新穎的。

此劇的另一個特色是在表演上,它是一齣表演難度較大的戲劇,具有表演的多層次性與多重性,是表演上一次革新。一個演員在較短的時間中要把現實中的自己、回憶中的自己、想像中的自己、他人心目中的自己分別表演出來，這是四層不同的心理，得有四種不同的表演方法。角色從現實中轉入回憶，轉入想像，轉化為他人心中的自己，包括面部表情、眼神、讀詞聲調與節奏、形體變化，都要在很短時間內立刻加以調整，這對演員提出了高要求。

由於此劇是形象化的心理劇，故燈光變化及音響效果十分重要，缺此二者配合，心理變化及與之相應的時空變化均難以表現之。尤其是音響，劇作家指示應作劇中「第六個人物來處理」。

此劇是在「小劇場」演出的，三面觀眾，演員與觀眾直接交流，完全打破第四堵牆。這在中國話劇史上還是不多見的。

一九八五年，戲劇界借鑑西方現代派戲劇勢頭又重新高漲。高行健推出《野人》，劉樹綱推出《一個死者對生者的訪問》，中國青藝創作演出《掛在牆上的老 B》，空政話劇團創作演出《WM（我們）》，上海師範大學學生話劇團創作演出《魔方》（陶峻編劇），浙江話劇團創作演出寓言劇《山祭》，一九八五年是中國新時期話劇借鑑西方現代派戲劇取得大豐收的一年。

高行健的《野人》以現代人尋找野人的情節為線索，把「七八千年前至如今」的時間和「一條江河的上下游，城市和山鄉」的地點聯繫起來。生態學家和妻子芳離婚了，到南方來考察自然生態，接觸了各式各樣的人，在這些人中，有來尋找野人的記者和外國人，有保護森林的梁隊長，有木材的採購員，有行吟歌手，有被迫出嫁的農村姑娘么妹子，有真的見過野人並曾與野人進行過親切情感交流的農民孩子細毛。生態學家反對砍伐森林，打報告給上頭，建議把這片林區改為自然保護區，於是林區主任被免職。么妹子愛生態學家，生態學家不敢愛她。她出嫁了，像《黃土地》一樣。結尾，尋找野人的各路人馬集合起來，準備用麻醉槍追捕野人，而野人則在細毛的夢境中出現，模仿細毛的動作，與細毛親切玩耍。

高行健此劇是一部名副其實的「多聲部現代史詩劇」，他說：

> 本劇將幾個不同的主題交織在一起，構成一種復調，又時而和諧或不和諧地重疊在一起，形成某種對立。[29]

所謂「多聲部」，是劇中有好幾種不同的聲音，代表著不同的思想感情，表現不同的主題。例如行吟歌手代表原始人的聲音，反映了先民與大自然親近、溝通、和諧相處的理想與願望。木材採購員和林區主任是代表某些現代人的聲音。芳的愛情觀清醒、實際，卻多少是利己的。么妹子的愛情觀純真、無私，卻缺少獨立人格。保護森林的梁隊長、細毛、生態學家也各有各的聲音，並不相同。生態學家與芳的離異及對芳的思念，他與么妹子的愛情糾葛及對么妹子愛情的拒絕，表現了現代人情感的複雜性。

正如作者所說，這些聲音「時而和諧或不和諧地重疊在一起，形成某種對立」。這些聲音各有各的價值，完全不同，不可比較。

但是，劇本是有中心的，有傾向的，劇作家毫無疑問地站在行吟歌手一邊，站在保護森林的梁隊長、么妹、細毛、生態學家，或者說，站在「野人」一邊。劇作家持一種道德評介，他認為上述人物與大自然渾然一體，體現了純潔和諧。這種道德評介，是對破壞大自然的人們的否定，是對現代人性墮落的鞭笞，是有的放矢的。在高行健所有的劇本中，《野人》最明顯地表現了劇作家的人道主義思想和痛苦的心態。

此劇的主題只是一個「愛」字，愛護大自然與愛護人類，兩者是統一的。不愛護大自然，人類就會遭殃，農村荒蕪，城市被洪水淹沒就是惡果，這是從人與自然的關係方面表現「愛」的主題。還從人際關係方面表現「愛」的主題：人類的關係不好，夫妻不能了解，么妹

29 高行健：〈關於演出本劇的建議與說明〉，見《有爭議的話劇劇本選集（二）》（北京市：中國戲劇出版社，1986年），頁444。

子是悲劇，人類還貪錢貪利，所以破壞森林，人類要返璞歸真，像細毛與野人那樣和睦融洽相處。

此劇有明顯的象徵性，么妹子被迫出嫁的吹打樂聲與砍伐森林時樹木倒下聲並起，這是對比，體現作者的人道主義思想。野人也是象徵，象徵大自然，所以不能捕殺野人。細毛與野人呼應即「人與自然對話」。隨著行吟歌手的歌聲，舞臺出現原始人，生態學家反對破壞森林，他念臺詞，兩個演員喊出：「啊，救救森林！」這時，「伐木者上，一律戴著同樣的一個中性表情的面具，踏著舞步，以原始人為中心，圍成圓圈，做砍伐一棵巨樹狀」，樹被伐倒，伐木者四散逃下，原始人仰倒，消失。舞臺上出現電鋸、拖拉機、柴油載重卡車的聲響，老歌師的歌聲也變得極其遙遠。這些，都暗示著現代工業文明破壞人類生態平衡。

面具與動作的設計使我們想起了奧尼爾。戴中性表情面具的伐木者，戴木雕面具的趕旱魃的儺舞行列，守林人在幻覺中用半自動步槍朝天射擊逼近他的人群，人群中沒人倒下，他自己卻倒下了，都是用表現主義手法加強角色的代表性並強化主題。

為了從宏觀視點表現人與自然關係的主題，便要把時間、地點放在人類發展的長河中，因此作者不僅在情節上加強跳躍性，而且通過燈光變化、多舞臺表演區、多種音響效果、行吟詩人的歌唱，把人類原始的過去、文明的現在、洪水淹沒城市的將來表現出來。

保護地球的生態平衡，是當今人類面臨的重要問題，是當代西方文學、前蘇聯文學的十分重要的題材，是過去的文學很少接觸到的。高行健這個劇本，通過意識到這一現代世界危機的生態學家提出了這個問題，而與發達國家的文學題材同步，這是十分「現代化」的，其戲劇形式，適應題材與主題的需要，也是「五四」以來的話劇所未曾出現過的。此劇無論從題材、主題、形式上說都是一個創新。

劉樹綱畢業於中央戲劇學院，是中央實驗話劇院的編劇。他的

《十五樁離婚案的調查剖析》一九八七年由美國俄亥俄州市話劇院演出。他的《一個死者對生者的訪問》是一部激動人心、富於現實針對性的道德劇。劇中的主角葉肖肖在公共汽車上為制止流氓扒竊，挺身鬥流氓，全車乘客竟無一人上前救助，肖肖被捅七刀而死，死後還背上「流氓鬥毆」的黑鍋，竟也無一人出來澄清事實真相。作者讓死者「訪問」一個個生者的靈魂，對人性的弱點進行解剖，對於他們為自己開脫辯解的種種似是而非的理由，一一給以寬宥，既表現了作者對社會風氣的批判，又表現了作者對人類弱點的諒解，而葉肖肖善良與寬容的人道主義精神就在訪問生者中一步步地高揚起來。

《訪問》的藝術構思，是在尋求荒誕的形態表現形而上的真實。幽靈在人間的游蕩，死者與生者的對話，亡魂出席的追悼儀式，統統是荒誕的，是生活中絕對不可能有的事情，但是在藝術中又絕對可以成立。荒誕情境在《訪問》中的具體作用，一是更深地開掘角色的心理空間，向觀眾展示人們潛藏著的內心世界。葉肖肖被凶手捅了七刀，那些能夠救援而終於旁觀的人（處長、柳風、趙鐵生、一對青年夫婦、一對兄妹），心中總有難言的隱秘，這在生活中人們是很難得知的，荒誕的手段就是要確立這樣一種舞臺假定性：在葉肖肖的幽靈面前，人們內心的秘密不復存在，都可以和盤托出，這比之內心獨白，就更是一種立體的表現，也合乎戲劇交流的特性。

荒誕在《訪問》中的另一作用是象徵，用以概括荒誕的、不合理的生活現象。後來殺人凶手被擒，真相大白，肖肖被公安局和市委追認為英雄，肖肖所屬單位的范主任慌了手腳，找不到照片，只好請肖肖的鬼魂站在鏡框後面權且充當遺像。匆匆中全體人員高舉輓聯，簇擁著「遺像」，急切整隊出發，鬧嚷嚷趕赴追悼會。臺上的演員列成方陣，目不斜視，踩著軍鼓的鼓點，在原地邁著啞劇中的摹擬似的步伐。莊重裡透著滑稽，肅穆裡透著可笑，生前不注重人的價值，死後的追悼則不計排場，這是冷峻的嘲諷，苦澀的幽默，有著震撼人心的力量，它使人聯想到了很多生活依據，形雖不似而神似，正是在這層意義上，《訪問》可以說寫出了形而上的真實。

《一個死者對生者的訪問》是有亮色的，唐恬恬在葉肖肖死後去領了結婚證，自願地做了死者的「妻子」，並用全部積蓄，為他立了塑像，盲姑娘要肖肖的鬼魂為她點燃二十支蠟燭，以慶祝她二十歲的生日。她說：「為我點亮生命之火吧！」這是閃光的臺詞，十分精彩！盲姑娘有一雙最明亮的心靈之眼，在車上能分清誰是好人，誰是凶手，所以作者為她起名「亮亮」。「紅領巾」事後向公安局報告殺人凶手出現的地點，她恨自己在車上無力幫助肖肖，她與肖肖鬼魂的對白催人淚下。

此劇的「歌隊」就是演員，戴上不同面具就扮演不同的「生者」。「歌隊」用各種動作模擬各種道具，使道具也有了「人情」。「架子鼓」如同《WM》一樣，起了很好的效果。劇作家說：

> 架子鼓的運用也是該劇重要的導演藝術手段。鼓聲將作為一位冷峻的旁觀者的內心情緒出現。它傳達出自己的憤怒、激動、欣賞、微笑等等情緒。鼓聲又作為當事人涉入舞臺事件之中，和肖肖一起吶喊，一同歡笑。鼓聲還起著連接各情節段落之間的情緒和預示下一段戲的內容的作用。[30]

《魔方》打破了以一個故事情節貫穿全劇的戲劇結構，由七個各自獨立的小品組成。[31]《序幕》用話劇傳統手法表現三個大學生走進山洞絕路時對人生的回顧，坦露平時隱秘的心跡和對愛情的追求。《流行色》看似一齣精彩的時裝表演，卻處處善意地喻示人們追求時尚的心

30 田成仁、吳曉江：〈《一個死者對生者的訪問》導演闡述〉，《探索戲劇集》（上海市：上海文藝出版社，1986年），頁452。

31 一九八五年十二月演出本《中國青年藝術劇院》，有改動。

理變化。《女大學生自述》以畢業分配為題，多側面地展現了當代大學生的精神面貌。《廣告》以某教育開發大學的負責人登臺作招生廣告宣傳，使觀眾在笑聲中產生對現實問題的憂慮感。《雨下》通過兩對夫妻打著雨傘三次默默相遇，引起觀眾對婚姻觀與家庭人際關係的思索。《繞道而行》是社會心理試驗劇，滲透著對國民性弱點的探討。《京劇迪斯科》表現生活中的不平衡是絕對的，平衡是相對的。《魔方》的特色是以散漫的小品形式多側面地表現了中國社會在現代化的過程中出現的分歧。由於這些小品帶有探索社會心理的性質，寓有變化的哲理，所以形式雖然較散漫，整體又有內在統一性。此劇插入了很多配樂、舞蹈、啞劇成分，還用了現代舞臺結構、球面反射鏡、閃光、逆光等等、演員隨意地坐在觀眾席中，取消了觀眾席與舞臺的界限，手法也較新穎。

《掛在牆上的老 B》的主旨是探索人性。扮演屈原的 A 角到市裡開會了，戲眼看演不成，正當導演向觀眾表現歉意時，掛在牆上的老 B 從漫畫中走出來，他就是一個掛在牆上總也演不上戲的 B 角演員。老 B 是什麼人？他來幹什麼？他能演什麼？人們猜測著，議論著。老 B 說他是來尋找生命的，哪怕是短暫的藝術生命。他想頂替 A 角演屈原，可又有誰信得過他呢？可是當他進入屈原這個角色時，他忘情地投入另一個世界中，誰也難以把他從角色的戲劇情境中呼喚回來。然而，他又演起《范進中舉》，他扮演范進也匯入自己的生命，維妙維肖。編劇者就用這種手法表現他的二重人格，並通過臺上的首席女演員及業餘演員與他的關係，表現老 B 潦倒的一生。最後，不顧臺上導演和眾演員的挽留和依戀，老 B 又回到漫畫中去。此劇寫了演員懷才不遇的悲慘命運，提出了兩個為什麼：外因是什麼？內因是什麼？著重表現了老 B 的自我剖析與精神探索，著重回答老 B 潦倒的內因。此劇的構思、結構、手法明顯受皮藍德婁《六個尋找劇作家的角色》的影響，六個角色從臺下走上臺，老 B 從漫畫中走下來，都是「尋找我的生命」；二劇都用了「戲中戲」的形式，而且重點不在第一個戲，而在「戲中戲」。《掛》劇的情節比《六》劇更為淡化，更重視表現角色心理。

《WM（我們）》寫了七個「知青」從一九七六到一九八四年的浮沉，全劇分四章。《冬》（1976）寫七個「知青」在農村插隊的痛苦掙扎，最後是大地震，他們僥倖生存下來。《春》（1978）寫打倒「四人幫」後，七人考大學，只考上一個。兩對知青分手了。一對是李江山與鄭盈盈，前者是「走資派」子弟，後者是「右派」的女兒，鄭自知不能與李結合，儘管李發誓不離開她，但二人的距離實際上已拉長了。另一對是岳陽和白雪，岳陽去當兵，白雪說：「我馬上就找別人。」《夏》（1981）寫三年過去了，七個知青遭遇各不相同。岳陽還是當兵。白雪跟了姜義，他現在是副處長了，但他要與局長女兒結婚，又把白雪扔了。李江山正在聯繫電視臺，想當導演，他已與鄭盈盈斷了。鄭愛上于大海，于還是個鍋爐工。唯一考上大學的龐芸失身於一個有婦之夫，跳江時被岳陽救起。《秋》（1984）寫三年又過去了，這是收割的季節，七個知青遭遇又生變化。岳陽還是當兵。因在戰爭中頭部負傷，雙目將近失明，將要「退伍」。李江山當了導演，他準備寫劇本。于大海成了個體企業的經理，他與鄭盈盈結婚。白雪在插隊中就擅繪畫，她當了出版社的美術編輯。姜義正在讀夜大學，弄文學。龐芸已是研究生，組織上要送她出國深造，七人又相聚在一起，「只敘友情，不談別的」。回憶當年，各人有各人的感慨。恨啊，愛啊，苦啊，甜啊，都已過去。全劇在七人傾聽少先隊員唱《共產主義兒童團歌》，並與群眾參加清潔大掃除中結束。

《WM》與其他劇本不同，很有特色。它不是寫英雄的，它沒有《屋外有熱流》、《路》、《一個死者對生者的訪問》中那些當代英雄人物。岳陽也不是英雄，儘管他喊出了「人呢，活著總得有點精神」。他還是要當兵，但他的「將軍」夢破碎了：「這是個夢啊！金色的、壯麗的、輝煌的夢！……夢，總是夢！」

《WM》也不是鞭笞反面人物的，它不是暴露某些當代人、當代青年的陰暗心理。《屋外有熱流》、《一個死者對生者的訪問》有批判，它沒有。它只是把七個知青擺出來，把他（她）們從一九七六到一九八四年這八年中的遭遇與變化擺出來。

這個劇本寫得很真實，它促使觀眾去思考劇本內在的哲理，思考躲在劇本後面的作者的意圖，從而得出自己的結論。劇本寫了七個知青在新生活面前的失落感與不滿現狀，但有沒有更深的思想層次呢？觀眾得自己去認真地想一想。「想一想」便是劇本的價值了，它是由寫真實引起的。寫真實與思考人生結合在一起，便是此劇的特色。

此劇明顯汲取了西方現代戲劇流派的表現手法，其特點有四：

第一是戲劇衝突逐步淡化。前半部的戲劇衝突在大多數情況下只用暗示手法示之，把它放在後景，不是著重表現事件的外部衝突，而是著重表現角色對戲劇衝突的後果的各種心理反映，例如李江山怎樣拋棄鄭盈盈，沒有寫，例如姜義怎樣與白雪分手，沒有寫。例如龐芸怎樣失身，沒有寫。到「秋」一場，就全無戲劇衝突可言，七人相聚在一起，李江山、鄭盈盈、于大海三人有說有笑，鄭甚至去看李拍片。姜義、白雪、岳陽三人也有說有笑、姜義還罵白雪「太過分」（知青們誤以為匿名信是白雪寫的），這種衝突淡化的手法是用以表現當代青年的一種心態：過去的已經過去了，不要把往事像包袱背在身上。因此，手法是為主題服務的。

第二是全劇從一個場景迅速地跳入另一個場景，時空流轉極為自由，這是以角色的「意識流」為網絡，角色「想」到哪裡，就表演到哪裡。

第三是為了使敘述現代化，編導者讓「集體戶」的哥們兒同代表當代青年的女鼓手與男樂手同時登場，從今天的觀點探詢過去，使不同時空層次的人物共同活動在同一戲劇情景之中，起到陌生化的效果。但同是青年人，有情感交流的基礎，編劇法並不突兀，反而使當代青年的命運的主題更充實。

第四是音樂的設計令人擊節嘆賞。定音鼓貫穿劇情的始終。加強了現代節奏，表現當代青年心理的遽變，起了震撼人心的作用。落幕了，鼓聲還在觀眾耳邊響著，讓觀眾靈魂不得安寧，從而大大加強了觀眾對劇情主題的感受。

一九八六年高行健又推出新作《彼岸》，其借鑑西方荒誕派戲劇的手法更為明顯。劇中的時間是「說不清道不明」的，地點是「從現實世界到莫須有的彼岸」(「莫須有」意為「可能有」)，人物角色全無名姓，如「人」、「女人」、「影子」、「心」等等。此劇根本沒有情節，很難看懂，高行健寫此劇的目的是「為了把戲劇從所謂話劇即語言的藝術這種侷限中解脫出來，恢復戲劇這門表演藝術的全部功能」。他說：「西方戲劇主要是語言戲劇，文字戲劇，導演戲劇，而不是表演劇。戲劇主要是表演藝術，作家的任務就是為表演尋找新鮮途徑和可能性。」[32]這個劇本就是「為表演尋找新鮮途徑」的一次嘗試。高行健要求演員的表演要達到語言和形體的統一，思辨與心理的統一，亦即演成話劇、啞劇、哲理劇、心理劇的統一。

一九八六年借鑑西方現代派戲劇手法寫成的戲劇還有劉錦雲的《狗兒爺涅槃》及蘇叔陽的《太平湖》。

《狗兒爺涅槃》劇情如下：

雇農陳賀祥的父親曾與財主打賭，財主說你若能生吞剛產下的狗崽，就送你兩畝地。陳父因生吞狗崽而死去，村人就叫陳賀祥為「狗兒爺」。

一九四九年前夕，狗兒爺是財主的兒子祁永年的雇工。解放的炮聲一響，地主祁永年逃了。狗兒爺的妻子帶著小兒子也逃炮彈去了，

32 徐行：〈和高行健終日談〉，《新劇本》1988年1期。

全村空空的，只剩狗兒爺一人不走。那時正是芝麻收割季節，他割了地主二十畝芝麻地。不久，地主回來了，把狗兒爺吊在門樓上。狗兒爺的妻子在這次逃難中被炮彈炸死了，小兒子卻活著。

很快村子就被解放了。狗兒爺分到了地主的土地。他還想要地主的「門樓」，村長李萬江給了他。以後，在別人介紹下，他又娶了另一門親，有了一個新妻子馮金花。以後，他又買了別人三畝地，他慢慢地發了。然而，土地合作化運動來了，村長李萬江動員他把馬與土地入了社，老婆馮金花是支持合作化的，在村長連酒帶勸下，他一咬牙就入了社。但是，他失去了馬與土地，人就變瘋了，一瘋就是二十年。

這期間，善良勤勞的妻子馮金花在別人的戲說下，跟了單身漢李村長去了。狗兒爺因為發瘋，也認不出妻子了，以為她長久不歸，是趕集去了。兒子長大後，他一個人吃住，但仍然拼命勞動，因為他還有一片自留地——風水坡，他那生吞狗崽死去的父親就葬在那裡。後妻、村長、兒子暗暗照顧他。「大躍進」時，由於後妻的保護，李萬江沒割他的資本主義「尾巴」（風水坡上的自留地）。

十年動亂後，包產到戶。李萬江牽一匹好馬還他，土地也還他。他就由瘋轉清醒。他現在知道妻子改嫁了，他也認了，裝著認不出自己的妻子，他忘不了李萬江的好處（地主祁永年壓迫他時，李挺身保護他，土改時把「門樓」分給他，他發瘋時暗中照顧他），但他仍愛地如命，特別是那「門樓」，簡直就成了他命根子。

然而世道大變了，兒子陳大虎要與地主祁永年的女兒祁小夢結婚了。陳大虎要辦工廠，僱來推土機，要推倒「門樓」蓋廠房。這一下子可要了狗兒爺的命。兒子娶地主的女兒，他已滿心不樂意，不過地主女兒成了他家的人，他想想沒虧什麼，也就算了。但兒子竟要毀「門樓」，就使他怒火衝天。他死也不肯放棄「門樓」，終於在一個晚上，自己放火燒了它。

此劇最感人之處，是狗兒爺一生的悲歡，是村民的人際關係。時代變了，人與人的關係也在變，不變不行，儘管這種變化，或悲或喜，好像命運安排，但總得變，不以人的意志為轉移。此劇在描寫這方面的人際關係時是十分真實的，令人感動。

此劇的主題是批判舊勢力的，舊勢力不是地主老財了，而是狗兒爺，狗兒爺代表保守落後的勢力，這是令人悲哀的。兒子陳大虎代表先進改革的勢力，這也是生活的辯證法，是狗兒爺做夢也想不到的。兒子要毀「門樓」，老子死死保護。地主祁永年的鬼魂問狗兒爺為什麼要燒「門樓」，燒門樓是犯法的。狗兒爺說：「我燒我兒子！」這新舊勢力的鬥爭，竟是你死我活的鬥爭！

在編劇法上，狗兒爺與地主祁永年的矛盾是次要的戲劇衝突，劇作者不予以重點表現，因為解放了，地主後來也死了。狗兒爺與兒子陳大虎的矛盾是主要的戲劇衝突，因為要推倒「門樓」的，不是別人，正是自己的兒子。但作者著重要表現的這對主要矛盾，是很晚才出現的，在陳大虎要推倒「門樓」動作之前，觀眾看不出矛盾。就戲論戲，地主與農民的衝突用虛寫手法表現之，地主鬼魂出現了八次，搞得狗兒爺不得安寧，但狗兒爺不怕它，打它，趕走它。父子的衝突用實寫手法表現之，狗兒爺最後打了兒子一巴掌，罵兒子「反叛」，他放火燒了門樓。

「門樓」是象徵，有多義。首先它象徵著土地，地主失了它，狗兒爺得了它；地主死了，陰魂不散，還對狗兒爺說它是「祁家門樓」。其次，它象徵著保守落後勢力，陳大虎要用推土機推倒它，而狗兒爺捨命保護它。

劉錦雲是北京人藝編劇，他先寫小說《狗兒爺傳奇》，[33]後寫戲劇《狗兒爺涅槃》，[34]他的小說是用編劇法寫的。一頭一尾如分鏡頭的電

33 見《北京文學》1986年6月號。

34 見《劇本》1986年6月號。

影劇本。由小說到戲劇的改編並不困難。小說的意識流手法及象徵手法很自然地轉移到劇本之中，並有所加強。在小說中，地主祁永年的鬼魂出現了五次，在劇中出現了八次。鬼魂的作用，一是為了說明劇情，二是為了表現人物心理。所不同者，是劇本的衝突尖銳了，一上來就同時揭示了一虛一實的兩對矛盾。而在小說中，兒子陳大虎與祁小夢是以後才出場的。在小說中，反對推倒「門樓」是馮金花代表狗兒爺說出的，她很體貼前夫，明白「門樓」是前夫的命根子，苦苦哀求村長、陳大虎等人不要推倒「門樓」。在劇中改為由狗兒爺自己說出，戲劇衝突更集中了。

《狗兒爺涅槃》寫下了老一代農民的悲劇，劇名含「輓歌」之意。[35]它在表演形式上也突破了以往話劇的格式，不分幕次、場次，時空變化自由。劉錦雲認為：「話劇這個形式發展到今天，不能再恪守外國易卜生或中國曹禺的模式了，它應向著多元化、多軌制發展。我也吸收了一些西方現代戲劇的表現手法，但我對中國戲曲研究得更多一些，中國戲曲的時空觀念實際上是很現代派的。」[36]由此可見此劇的探索手法是力圖將中西戲劇兩個系統結合起來。此劇在中國藝術節中被特邀上演，但沒有列入中國藝術節的正式節目中。截至一九八七年年底它在北京已連續上演了一百三十場，依然盛況不衰。一九八八年又被美國選中，列入了第一屆紐約國際藝術節的節目單，一九八八年六月又首次赴美公演。

此劇的意識流手法與象徵手法使我們想起了外國一些名劇的寫法。例如契訶夫的《櫻桃園》及捷克恰佩克的《母親》、美國阿瑟·密勒的《推銷員之死》。契訶夫的《櫻桃園》的劇情發生在一片櫻桃園裡，《狗兒爺涅槃》的劇情常在一座「門樓」前展開；《櫻桃園》最

---

35 〈劇作家劉錦雲談話劇劇作〉，見《文學報》1983年1月14日。

36 同前註。

後一句舞臺指示是「傳來遠處斧子砍伐樹木的聲音」。結束《狗兒爺涅槃》的最後一句舞臺指示是「馬達聲大作，推土機隆隆開入」。櫻桃園與門樓都是舊生活的象徵，斧子的伐木聲與推土的馬達聲都預告舊生活的死亡。劉錦雲的寫法是借鑑了《櫻桃園》的。

《狗兒爺涅槃》中生者與死人的交流的處理近似《母親》中那位母親和死去的丈夫、兒子對話的處理，《推銷員之死》中威利和大哥本的對話的處理。當生者與死人對話時，是為了揭示生者的內心活動，是生者內心活動的形象化表現，旁人是「視」而不見的。劉錦雲在舞臺指示中特別注明：「祁永年的幻影……只在狗兒爺眼中存在，大虎、小夢均『視』而不見。」這種心理外化手法，在斯特林堡、梅特林克、奧尼爾的劇本中是經常使用的。劉錦雲的寫法是借鑑了西方表現手法的。

《狗兒爺涅槃》的主旨要表現新舊勢力的矛盾，但在舞臺演出中，地主與狗兒爺的衝突在舞臺演出中強於父子的衝突，這是一個缺陷。此外，狗兒爺由瘋轉為清醒之筆也過於突兀。

《太平湖》是寫文革初期老舍自殺於太平湖的故事。此劇從打倒「四人幫」後寫起，再追溯到「文革」初期的歲月，打破時空界限，打破此岸與彼岸的界限，打破藝術與生活界限，讓死者老舍、老舍劇中的眾多角色與活人交流，通過這三個「打破」，表現老舍的剛直不阿、熱愛人民、富於人道主義的高貴的人格。借鑑西方現代派戲劇的手法是一目了然的。

一九八八年，北京話劇舞臺推出了中國現代西部戲劇《桑樹坪紀事》。此劇據朱曉平的系列中篇小說《桑樹坪紀事》、《福林和他的婆姨》、《桑塬》改編，編劇為陳子度、楊健、朱曉平，由中央戲劇學院表演系一九八六屆幹修班演出，導演為中央戲劇學院院長徐曉鍾。

朱曉平的系列小說描寫了「文革」時期中國黃土高原的農民的辛苦麻木悲慘的生活，其中的人物都是農民（包括農民幹部），他們深受極左路線的迫害，封建主義的催殘，不思反抗與變革，自相壓迫與殘殺，手造一樁樁悲劇。朱曉平繼承了魯迅的反封建思想，從當代中國農村的實際情況出發、勇敢地揭露與鞭笞了中國農民的「奴隸性」與「食人性」。例如生產隊長李金斗挨公社幹部耳光不還手，把外來的麥客榆娃送公社學習班、強逼兒媳婦彩芳再嫁死去的丈夫的弟弟、把外姓人王志科送進縣裡的牢房。李金斗一生受苦，但別人也吃盡他的苦頭。小說中的弱女子彩芳、青女，是村民侮辱、嘲笑的對象，最後一死一瘋，無人同情。侮辱者與嘲弄者一方面受人侮辱、嘲弄，但他們也侮辱與嘲弄比他們更軟弱無力的人，正如徐曉鍾所說的：

> 我從幕幕慘劇的共同模式中看見一個最單純、最概括的象徵形象——圍獵！一群盲獸，在獵人布下的羅網裡圍獵幾隻小獸並互相圍獵，「桑樹坪」就是布下羅網的圍場。在幾千年落後的自然經濟基礎上沉澱下來的封建文化心理：宗法家族觀念、扼殺人性的如買賣婚姻等封建倫理道德觀念以及狹隘、保守、閉鎖的心態，捕殺、殘害著活的生靈……這就是話劇《桑樹坪紀事》提供觀眾思索的東西。[37]

徐曉鍾這段話還可以說得明白一些，劇本所揭露的是農民吃農民的悲劇，不是統治者吃農民，而是農民相互吃。應從國民性去反思，應得出繼續反封建的結論。

此劇的改編是比較成功的。第一在於取捨得當，原作人物多、故事多，編劇從主題出發，根據集中化與戲劇性的原則，刪去了「李家大叔」、「六嬸子」、「窰客老呂」等人物故事，著重寫了李金斗、彩芳和榆娃、福林和月娃、青女、王志科和綿娃這幾組人物，因為小說這

37 徐曉鍾：〈反思、兼容、綜合——話劇《桑樹坪紀事》的探索〉，《劇本》1988年第4期。

幾組故事更強烈地體現了「食人」的主題，又比較富於戲劇衝突。第二在於掛鉤，小說中這幾組故事是獨立的，在戲劇中，人物卻盡可能有了聯繫，形成一個整體。第三是在寫實的基礎上吸收了西方現代主義戲劇的因素，有幾場戲的處理確實見出編導的匠心。

例一是「捉姦」一場。小寡婦彩芳和外來的年輕麥客（受僱來桑樹坪割麥的外地農民稱「麥客」）榆娃在文娛會上一同唱戲，當他們忘情地注視對方時，場景轉入角色的回憶，舞臺上響起了兩人在回憶中的對話，一對象徵愛情的男女青年，在他們身後的燈光區內起舞。舞蹈者在歌曲結束時隱去，兩人的周圍忽然出現一個閃動的光環，燈光轉換，閃動的光環驟然變成了桑樹坪憤怒的火把，村農已將兩人團團圍住。這個戲劇場面設計的優點首先在於緊湊，小說中，彩芳和榆娃從演戲到戀愛到私奔被發現有好幾天的過程，而編導借助角色的心理時間的過渡，把兩人的戀愛的開始、經過、事發的全過程用一個戲劇場面就表現出來了。其次是扣緊主題，村民圍打兩人的情節詩化為村民「圍獵」兩個生靈的舞蹈。這象徵性與主題完全一致。

例二是村民打死耕牛一場。公社革委會成立，要請縣與地區的「腦系」們吃上一頓，用四十元硬買下桑樹坪小隊的耕牛。這牛是桑樹坪的命根子，村民連打都捨不得。但村民不敢得罪於公社幹部，竟遷怒於耕牛，便自己動手把牛打死了。扮演耕牛的兩位演員對此劇的主題及這場戲的象徵意義有深刻的認識，故表演得極為感人。耕牛驚懼不安地望著四周一改常態的村民們，最疼愛牛的飼養員李金明首先操起犁向牛身上砸下去，燈光在音樂中逐漸變成了腥紅的色調，整個打牛的場面也隨即形成了震撼人心的慢動作舞蹈化的「圍獵」場面；村民們發瘋似地圍打著向四處逃竄的牛，牛躲閃著、翻滾著、哀號著，突然，它猛地前蹄騰空，一聲慘叫站立起來，痛苦而困惑地茫然四顧。一村民在瘋狂中扣動了槍機，牛應聲倒下，但仍支撐起受傷的身子，哀號著爬向李金明。牛死了，村民在音樂聲中仰天長跪，悲痛欲絕。徐曉鍾說得好:「打死耕牛『豁子』這場戲是全劇哲理和情感的高潮」,「圍獵」耕牛是一個「詩化的意象」,它有力地補充與加強了桑樹坪人的悲劇性。這場戲確是壓軸戲,也是導演的最大成功。

此劇在歌隊與舞美設計上也有新意,身穿現代服裝的歌隊一再唱起主題歌,呼籲東方巨龍的覺醒,這支歌隊以歌聲(放錄音)撼人心。由麥客組成的另一支歌隊則載歌載舞,表現農民割麥與扛麥的勞動,尤為精彩。中央戲劇學院那個可以旋轉三百六十度的巨形轉臺(北京只有三個)也為麥客的歌隊表演提供了極好的客觀條件。

然而,此劇有些處理亦可商榷,它在借鑑外來手法上存在某些形式主義的傾向。小說中的人物朱曉平是一個有血有肉的知青,他的活動有故事性,同時起敘述者與評論者的作用,他的思想動作真實、親切、感人,他是小說中最有亮色的人物。在話劇中,這個人物變得蒼白無力,因為編刻用「歌隊」大部分地代替了他,而歌隊的主題歌與原作人物的思想感情相去甚遠,已經不是小說中朱曉平的思想,這無疑是抽掉了這個角色的真實的靈魂。不要歌隊而還原人物的血肉,才貼切小說的精神,演出會深沉些,有味些。

形式主義的傾向在編導者對村民「圍獵」青女一場戲的最後的處理上尤為突出。在小說中,一群愚昧的農民後生撩撥陽瘋子福林當眾扯下青女的褲子,以證明青女是他的「婆姨」,青女驚逃跪求,孤立無助,像任人宰割的羔羊,終於被福林當眾扯下褲子,而村民則心滿意足地欣賞由他們一手導演的慘劇。小說最後是這樣描寫的:

> 可憐的青女,不哭、不鬧、不喊、不叫。精赤著那玉女一樣的身子,呆滯的目光望著天空。
>
> 此時,她想什麼?
> 青女那潔白如玉的肉體,被村民們看夠了,這野蠻的玩笑,也讓人們盡興了。

當那些婆娘們圍上去，呼喚著「青女吔，快起來把衣裳穿上。多大個女子，不知羞不知臊」的時候，人們發現，除了順眼角一串串滾落的淚珠，青女就如同死人一般。

原作抨擊落後的國民性、驚心動魄地寫出村民「吃」青女的主旨十分明白。然而，編導卻把結尾改成這樣：

李福林殘忍，但卻天真無邪地帶著陳青女的褲子，下。
歌隊——村民們在音樂中漸漸散開，一尊殘破但卻潔白無瑕的侍女古石雕出人意外地展現在觀眾面前。……扮演許彩芳的演員將一條黃綾肅穆而凝重地覆蓋在古石雕上。歌隊——村民隨著扮演許彩芳的演員，一起跪倒在古石雕的四周。

這樣的改編，美則美矣，但完全違反了小說的原意，與劇本及導演的傾向也背道而馳，是用廉價的人道主義與人性論代替了深刻的揭露與猛烈的抨擊。揭露國民性的主題被美化國民性的主題所代替。這場戲，還是應用嚴格的現實主義來表現，其實是不必用現代主義手法去表現的。如果要用，也得為主題服務，不能只追求手法的新穎，陷入主觀隨意性與盲目性，背離主題去引入。話劇《桑樹坪紀事》的形式主義傾向，也是一面鏡子。我們應該敢於借鑑，另一方面也要善於借鑑。因此，此劇在借鑑外來手法上的成績與缺陷，都給我們以啟發與深思。

八十年代開始，戲曲在借鑑西方戲劇的角色心理外化、突破時空界限、劇本結構手法以及引進西方舞蹈音樂四個方面取得了可喜的成績。

郭大宇、彭志淦的《徐九經升官記》（1981）寫了人物的三個「自我」。在「苦思」這場戲中，徐九經斷案遇到了難題，喝得醉醺醞地左思右想，這時舞臺上出現了兩個「幻影」，一個是徐九經的「良心」，一個是徐九經的「私心」，兩個「幻影」互相撕打，徐九經無所適從，三個「徐九經」同臺表演。這在話劇中不乏先例（如《路》），在戲曲中則較為罕見。早在一九二九年，梅耶荷德就提出了兩個演員同時表演哈姆萊特的設想，他說：

> 我產生了一個念頭，同時有兩個演員來扮演哈姆雷特，一個念悲慘的獨白，另一個念歡愉的獨白，並不是兩個演員輪流上臺表演，相反，他們得形影不離。

梅耶荷德的設想是為了使哈姆萊特的內心世界的矛盾視覺化、形象化。其理論基礎是意識的「自我分裂」。六十年代蘇聯舞臺出現了五個演員同時表演普希金和馬雅可夫斯基的情況。之後許多國家的戲劇都採用了這種新手法。《徐九經升官記》在這方面的借鑑，可以說是戲曲「洋為中用」的新嘗試。

蘇州京劇團的《李慧娘》加入了芭蕾舞動作，表現李慧娘鬼魂的飄忽。演員在舞蹈方面的創新表演震驚了京劇界，也招來一部分人士的非議。然而，廣大觀眾是歡迎的，《李慧娘》的演出也是成功的。

上海京劇院的《青絲恨》是根據傳統劇目《焚香記》改編的，但編導者著重運用現代心理分析的觀點，把西方戲劇心理外化的手法移植過來，通過焦桂英的「幻覺」和王魁的「噩夢」表現角色的內心世界，讓海神廟的判官、小鬼、海神活動起來，與桂英交流，強化正面人物的復仇意志；讓醉後的王魁在噩夢中遇見義正詞嚴的桂英而展開尖銳的思想交鋒，大大加強了正反角色的心理衝突。演出中還運用了追光、側光、色光等多種現代化燈光手段，創造了變幻莫測的空間和複雜多變的情調，發展了戲曲藝術原有的表現力。《青絲恨》是繼《李慧娘》之後又一次成功的改革。

京劇一馬當先，其他劇種不甘落後。近年來戲曲創新的喜報頻傳，例如浙江婺劇團的《白蛇前傳》就是顯著的一例。

《白蛇前傳》是根據清代方成培的《雷峰塔》改編的，但與傳統戲大不相同，劇情十分緊湊，由此可見改編者徐勤納的功力，說明他擅於借鑑西方戲劇的手法。中國戲曲素材百分之九十以上來自小說，用小說法寫戲，是中國戲曲的重要特點，李漁就說過，戲劇是有聲的小說，小說是無聲的戲劇。因此，中國的戲曲是開放式的，從頭到尾，從情節到衝突，慢慢寫來，優點是情節相當完整，缺點是很不緊湊。白蛇傳的神話故事是一個相當古老的傳說，如同古希臘神話，老百姓家喻戶曉，群眾對劇情太熟悉了，不需要改編者再講一遍故事，因此關鍵在於改編。此劇的改編者在處理素材時敢於「割愛」，他寫許仙與白娘子結婚之後，立即就寫許仙讓白娘子喝雄黃酒，大段刪去法海教唆許仙的情節；他寫「崑崙盜草」之後，直接寫許仙出家，刪去許仙被救活及夫妻和解的情節。一齣白蛇傳，就用「西湖邂逅」、「端陽驚變」、「崑崙盜草」、「水漫金山」、「斷橋相遇」五場戲概括之，整體是「開放式」，有頭有尾，由情節到衝突；局部是「鎖閉式」，「西湖邂逅」以下場場戲都有尖銳的戲劇衝突。這是把傳統戲曲「開放式」結構與西方戲劇「鎖閉式」結構結合起來，既繼承了傳統，又借鑑了西方。

此劇大膽吸收了西方芭蕾舞、現代音樂、電影等「姐妹」藝術的表現手法，甚至把體操的動作揉和到戲曲藝術中去，增強了戲曲藝術的表現力和時代感，促使古老的戲曲藝術煥發青春。如採用芭蕾舞的大跳等有大幅度變化的身段動作，來表現白素貞被囚禁在西天擎天柱下思凡的急切心情。西湖邂逅的四人舞，因加上一個艄公，大大豐富了舞蹈的語彙。許仙和白素貞同時去拾傘的動作，用「慢鏡頭」處理，把兩人的感情表現得淋漓盡致。斷橋的三人舞，用了「定格」，使舞蹈變成一組組優美的浮雕式的造型，但「定格」只是一剎那間的，「靜」是短暫的，「動」是貫穿始終的，這就是保持住「斷橋」這場戲的尖銳衝突與動作連貫性。凡此等等，使人看了耳目一新。

《白蛇前傳》的音樂和燈光革新也是突出的。導演借助西方聲樂表演的二重唱和輪唱手段，來表現白素貞與許仙一見鍾情、心心相印的感情。「遊湖」一場的四人舞同時又是二重唱和輪唱，由於借鑑了西洋聲樂的和聲法，大大豐富了傳統婺劇唱腔的表現力。

戲曲的後臺伴奏，常常是戲曲這門綜合藝術的最薄弱環節，傳統的器樂過於單調，缺乏變化。此劇的音樂設計大膽地借鑑了西方音樂的配器法，加入了雙簧管、黑管、小提琴、電子琴、大提琴、低音提琴，豐富了器樂的音域與音色，加強了表現力，在烘托角色心理變化及加強劇情效果上起了重要的作用。「水漫金山」一場的龍舞使用了激光，雖然在燈光與舞蹈的配合上有待改進，但大大增加了神話色彩。

此劇編導者徐勤納總結此劇成功的經驗是說出了戲曲改革的要點的：

> 如何去改革呢？小修小改是無濟於事的。全盤否定傳統表演、去搞大雜燴，觀眾也不會同意。戲曲表演那寫意性的手法、特別是時、空的處理和技巧較高的程式表演觀眾還是喜歡的。因此，我們這次改革就選取了以傳統風格濃裂、表演豐富、精彩而被譽為「天下第一橋」的斷橋為核心的「白蛇傳」。在這個戲原有表演的基礎上，大膽地吸收其他兄弟藝術的特長，溶民間舞、民歌、甚至芭蕾等表現手段於婺劇之中，借以打破一些已不適合現代觀眾欣賞的程式套子、豐富舞臺表演。使演出既有強烈的時代感，又不失民族的傳統風格、為青年觀眾歡迎、又為老年觀眾所接受的婺劇。

在借鑑與探索的道路上邁步最大的，是「荒誕川劇」《潘金蓮——一個女人和四個男人的故事》的編劇者魏明倫，他是一位戲曲革新的闖將，他認為：「青年人不喜歡戲曲，不僅因為節奏慢，形式舊，更主要的是傳統戲曲的總體意識落後於時代，其內容已不能引起當代青年人的共鳴。」這見解是富於革命性的。他說：

> 我是主張「改革當頭，綜合治理」的戲曲救亡論者，二十世紀的中國文學是以改造中華民族的靈魂為主題的，而我國傳統戲曲中保留著殘存得最多的國民性問題，如忠孝節義等人生的道德價值觀念，與當代的新觀念發生尖銳矛盾。戲曲應該與現代藝術為友，搞邊緣接觸甚至形式交叉，改革舊觀念，改革那種好人、壞人簡單化的描繪手法，向傳統戲曲中陳腐的封建觀念衝擊。新戲要能感應時代的脈搏。經過綜合治理，戲曲將獲得新生。

如果說京劇《李慧娘》、《青絲恨》、婺劇《白蛇前傳》的借鑑主要還在形式方面，即主要還是在舞蹈、音樂、舞美設計、角色心理外化的手段方面。它們都是鬼戲、神話戲，戲文本身帶有相當強烈的浪漫主義色彩，較易於從表演藝術的角度吸收西方的技法，那麼，《潘》劇的改編的難度就大得多。大家知道，潘金蓮的故事最早見諸《水滸傳》，到了《金瓶梅》就敷衍成一部長篇小說，潘金蓮的故事百分之百是寫實的，絕無神話色彩，要在改編中賦予它以「荒誕」色彩，得下一番功夫，因為它沒有現行的模式可資借鑑。尤其重要的，編劇者是立足於道德觀念的更新——為潘金蓮翻案；立足於戲劇觀念的更新——變觀眾的欣賞為思考，因此，它的借鑑與探索是全面的，不僅在於形式，尤其在於內容。請看劇情：

大幕徐啟，映出傳統戲「武松殺嫂」的一組雕像。伴唱停，雕像即活，演出武松殺嫂。漸隱。施耐庵上，《花園街五號》中的女記者呂莎莎上，潘金蓮以傳統蕩婦面貌出現，「定格」。施與呂辯論婦女觀問題。鑼鼓作，張大戶、武大郎、武松、西門慶掩袖上，施與呂隱沒。四男人環繞潘金蓮舞蹈，潘金蓮神態與前立變，轉「青衣」聲調，呼籲「苦啊！」。這是「楔子」，主題鮮明，構思奇特，有歌有舞，相當吸引觀眾。

第一場「第一個男人」主要寫潘金蓮原為張大戶的丫鬟，張大戶要把她嫁給武大郎，如不願嫁就做他妾。潘金蓮寧願嫁武大郎，不做張大戶妾。張大戶強行非禮，潘金蓮反抗。切光。賈寶玉與呂莎莎出現。賈寶玉說曹雪芹如果寫潘金蓮，要把她寫成鴛鴦、金圳式的人物。呂莎莎說，張大戶就像巴金《家》中的馮樂山，鳴鳳近似潘金蓮，寶玉與覺慧共一胎。

第二場「第二個男人」寫潘金蓮看見賈寶玉與呂莎莎的幻影。幻影消失。武大郎上。金蓮叫武大郎挺起腰板做人，武大郎卻是一把扶不起的梯子。潑皮與現代阿飛上場，調戲潘金蓮，被打。潑皮與阿飛把氣出到武大郎身上。潘金蓮氣哭。眾人下，金蓮隱沒。安娜與呂莎莎上。安娜說叫潘金蓮反抗吧，呂莎莎說彼此國情不同。馬蹄聲起，引出武松遊街。二人隱沒。

第三場「第三個男人」寫諸角色上場看武松遊街。呂莎莎給武松照相。賈寶玉與紅娘上，稱讚武松與潘金蓮是天生地配的一對。潘金蓮與武松被拍入「劇照」中，但潘金蓮頻頻回頭看武松，不肯走。賈寶玉與紅娘叫遊街的衙役把這兩人「吼醒」。然後劇情轉入武大郎引武松與潘金蓮相見。潘金蓮向武松吐露愛慕之情。武松怒斥潘金蓮而下場。潘金蓮害怕。燈光變幻，武則天上，勸她別怕。芝麻官上，說幫不了潘金蓮的忙。清官解決不了婦女問題。武則天也無可奈何。

第四場「第四個男人」寫西門慶與潘金蓮相愛。施耐庵叫武大郎去捉姦。武大郎被西門慶打倒在地。潘金蓮不知如何是好。

第五場「沉淪的女人」寫呂莎莎為潘金蓮命運擔憂。人民法庭女庭長上，呂莎莎問她該怎麼辦？能否離婚？女庭長說先調解，不行可以離婚，因為這是包辦婚姻。呂莎莎說晚了，二人急下。西門慶與潘金蓮上，西門慶唆使潘金蓮毒死武大郎，潘十分痛苦。安娜上，勸潘金蓮臥軌自殺。安娜隱去。潘金蓮要服毒，武則天上，制止她，但無法可想。武則天隱去。武大郎上，潘金蓮求他休了她，武大郎拒絕，隱退。潘金蓮絕望，急下。呂莎莎飛奔而上，高呼不能下手。後臺響起武大郎斷氣聲。施耐庵上，說武松回來了，呂莎莎請他「筆下留情」，得到的回答是：「開膛剜心！」

尾聲重現楔子中「武松殺嫂」的情景。武則天、賈寶玉、芝麻官等上要制止之。張大戶、潑皮、現代阿飛等上，認為潘金蓮該死。女庭長與施耐庵上，女庭長不許用酷刑，施耐庵說：「本書不管後代事」，他叫武松動手殺潘金蓮。武松一刀開膛。切光。眾人隱沒。潘金蓮身如落葉，徐徐飄墜，「臥魚」血泊。呂莎莎抱電吉他出現，唱：「吉他變調彈古音，是非且聽百家鳴……」劇終。

潘金蓮的戲，在魏明倫以前，就有人改編過。戲劇界的老前輩歐陽予倩也寫過一齣《潘金蓮》，影響較大。在包天笑的《釧影樓回憶錄》中有所記載。包天笑是不同意歐陽予倩這樣改編的。他說：

> 不過有一次，我和他辯論過，為了《潘金蓮》的一齣戲，他從《水滸傳》上翻案，同情於潘金蓮。意思是她嫁了像武大郎這樣一個人，而忽遇到英俊的武松，當然要移情別戀，大有可原之處。我則以為別戀是可以的，但謀殺是不可恕，不管他是丈夫不是丈夫。武松為兄報仇，也是正當的，也不管她是嫂子不是嫂子。但這齣戲謬種流傳，後來到處開演了。甚而至於潘金蓮被殺時，露出雪白的胸部，向武松求愛，說願死在他的手裡，那我的頭腦真是冬烘了。

魏明倫繼承了歐陽予倩的新編京劇《潘金蓮》的人道主義思想，揚棄了一些唯美主義的東西，在寫法上作了很大的改變，通過「一個女人和四個男人」的故事，描寫了潘金蓮這個貧家女從單純到複雜，從掙扎到沉淪，從不幸到有罪的過程，用同情、惋惜、譴責發展的觀點，重新評價了潘金蓮這個複雜的女性。從舞臺形象塑造的角度講，首先是賦予古今中外文學人物以現代化的觀念，產生文學陌生化的效果。其次是反傳統，打破觀眾的期待視野。以往的戲曲的一些女主角常常是合乎儒教禮儀與道德規範的人物，是溫良恭儉讓的化身，而魏明倫卻偏偏選擇一個有千古罪名的潘金蓮作為自己劇本的主角，可見其藝術家的勇氣。正如羅丹所說：「真正的藝術家總是冒著危險去推倒一切現存的偏見，而表現他自己所想到的東西。」魏明倫正是這樣的藝術家。在藝術結構，此劇打破了中國戲曲一線到底、有頭有尾的結構，以潘金蓮為主線，其他歷史人物、文學人物為副線，運用横向和縱向的對比方式，用「戲中戲」和「戲外戲」相結合的手法，讓古今中外的各類人物諸如武則天、紅娘、賈寶玉、安娜・卡列尼娜、《花園街五號》中的記者呂莎莎、現代阿飛等人物跨朝越國，忽而戲裡，忽而戲外，飄然而來，飄然而去，議論潘金蓮的遭遇，與劇中人交流感情、比較命運，展開衝突，發展了傳統戲曲的「副末登場」與川劇的「幫腔」形式，構成多聲部的復調結構，向觀眾提出一系列問題。此劇明顯借鑑了電影的「畫外音」及西方荒誕派的戲劇。編劇者說：「我是以荒誕的形式來表現一個嚴肅的人生。」[38]巴金說：「這個戲形式荒誕，內容並不荒誕，這種探索是允許的。」[39]

徐棻的新編古代川劇《紅樓驚夢》（1987）取材於《紅樓夢》，在內容上說不上創新，只是重筆寫了奴才焦大。《紅樓夢》是不可超越

38 魏明倫：〈荒誕戲劇・嚴肅人生〉，《文學報》1986年7月3日，第3版。

39 〈巴金看戲劇振興〉，《戲劇報》1987年12期。

的，也沒必要去改動它，所以這不是缺點。《紅》劇的創新主要是在於廣泛吸收外來手法上。

劇本借鑑了古希臘歌隊的手法，例如一開場就把曹雪芹的四句詩「滿紙荒唐言，一把辛酸淚，都云作者癡，誰解其中味」由後臺演員唱出來。這是點題，用作開場詩是很好的；還借鑑了表現主義技法，如第五場焦大要阻住老尼姑靜虛前進，而「靜虛仍手捻佛珠緩緩前行。焦大似永遠也攔不住她，兩人總隔著一段距離。」這種手法在奧尼爾的劇本《毛猿》中也有的。《毛猿》第五場寫楊克在紐約第五大街上惡意衝撞行人，但根本碰不到他們，而每次接觸之後，後退的倒是他，而不是對方。他一拳猛打在迎面而來的胖紳士的臉，但那個紳士站在那裡紋絲不動，好像沒事似的，而他卻跌倒了。再如王熙鳳為了三千兩銀子幫張員外打贏官司，毀了林家的婚約，害死了林公子與張金哥一對戀人。林、張兩人冤魂不散，老纏住王熙鳳。最後，張、林的幻影拋出長長的白綾將王熙鳳纏絞起來，王熙鳳百般掙扎，響徹天地的、空靈的笑聲持續著。劇作者用這些表現主義手法表現人物瀕臨崩潰的精神狀態，豐富了心靈描寫的表現力。又如《紅》劇大廳紅柱的布景會轉動，或併成一排，或列為夾道，阻擋丫頭瑞珠逃跑。「瑞珠奔向哪裡，哪裡就有紅柱擋道」。而王熙鳳死時，紅柱四下倒塌，整個舞臺淹沒在昏暗的滾滾煙塵中。這種用活動布景形象化地表現劇中人的緊張的精神狀態的技法，在奧尼爾的《瓊斯皇》中是用得很出色的。《瓊》劇中的森林能分一條路，又能合攏起來，好像森林也在追趕瓊斯。劇作者也「拿來」了，並賦予「紅柱」一種沒落、反動的象徵意義。

徐棻著重借鑑了拉美魔幻現實主義手法，這是此刻借鑑外來手法的主要特色。劇本從賈母、焦大、王熙鳳幾個角色的視點去看一個封建家族的衰敗，其視點的選擇正與馬爾克斯的《百年孤獨》相同。布恩蒂亞家族的衰敗也是從小說中的三個人物烏蘇娜、布恩蒂亞（幽靈）、梅爾加德斯（幽靈及他的羊皮紙手稿）的眼中寫出的。劇本第一場寫枯了的海棠樹突然開花了，這是不祥之兆。王熙鳳帶著賈母去看花，「音樂聲中，花樹慢慢轉動起來，當樹身轉過另一面時，粗壯的樹幹變成了人身——賈府老太爺」，他對賈母發出了「約束兒孫固紅樓」的警言，然後消失。這使讀者很容易聯想到《百年孤獨》中那株大栗樹，這個家族的第一代人布恩蒂亞就死在此樹下。他的妻子烏蘇娜活了一百多歲，她目睹家運的衰敗，常常到樹下向丈夫的幽靈訴苦。他們的兒子奧雷連諾上校還看見母親和死去的父親擁抱哭泣。劇本寫秦可卿自殺時，「在藍色燈光的晃動裡，紗幕呼呼地飛去了，臥榻滾滾地滑走了，秦可卿似乎身不由己地旋轉起來，水袖與衫裙齊飛，像被狂風捲起的落葉、旋轉著悠悠飄去。」這種寫法使讀者很容易聯想到《百年孤獨》中的俏姑娘雷麥黛絲，她生活在一個「不懂愛情，不通人道」的家族中，只得「淒涼」地飛離了馬孔多。小說寫她在夏日中午被花園中一張白色床單捲到天空中消失了。劇本寫王熙鳳死時，「天上掉下些碩大的紅色花瓣，東一片，西一片，一片片飄著」。《百年孤獨》寫老布恩蒂亞死時，天上下起了黃花雨：「整整一夜黃色的花朵像無聲的暴雨，在市鎮上空紛紛飄落」。這是徐棻的反寫。反寫，正是古今中外作家借鑑本土或異域文學的一種寫法。

徐棻借鑑魔幻現實主義，主要是借鑑其精神和情調，或說是借鑑其技法後面的「神韻」，因為《百年孤獨》與《紅樓夢》都是家族小說，又都是寫一個大家族的沒落的。賈母目睹賈府的衰敗，如同烏蘇娜目睹布恩蒂亞家運的衰敗。劇作者之所以虛構賈府老太爺，也可能受到《百年孤獨》的啟示。至於秦可卿的寫法，其意境正近似於俏姑娘。一個比較純潔的女性，是不能見容於這個罪惡世界的。《紅樓夢》與《百年孤獨》又都是一部極為出色的寓言象徵小說，都有一個神話框架，在藝術構思上也有近似之處。因此，徐棻的借鑑並不是生搬硬套，是看出了兩書的內在聯繫。

戲曲界借鑑西方現代派手法，是著眼於它表現心理的技巧。而魔幻現實主義，卻與西方現代派著重寫心理不同，魔幻現實主義有情節，有動作性，這種動作，不是屬於心理外化的範疇，而是生活中實實在在的動作。徐棻看出了這一點，而著重借鑑了，這是她的慧眼。《紅》劇中的賈母看見樹變賈老太爺，並不是賈母思念丈夫的心理外化，而是作為一種「寓言」，與劇情發展大有關係。秦可卿自殺時，身不由己地旋轉而飛去，也不是秦可卿的心理外化，而是一種富於象徵性的動作。這樣的借鑑，顯然比時下的借鑑西方劇的心理外化手法更有戲劇性，更耐人尋味。

徐棻將魔幻現實主義與傳統川劇中的變形、變臉等荒誕手法結合起來，是一個優點。川劇中有用兩個演員背靠背演兩個角色的技法，它可以在一剎那間由一個演員轉身一變而成為另一個角色。《紅》劇廣泛使用了這種技巧，如樹身轉過另一面時，樹幹變成了賈府老太爺；如焦大被王熙鳳打時，轉身變成賈老太爺等等。再如焦大與一對石獅子交流的場面寫法也是，左石獅勸他不必做奴才，右石獅說他正該死心塌地做奴才，使焦大左右為難，正好襯托出焦大內心的鬥爭。這種寫法，在川劇《焚香記》中就有過。泥塑木雕在焦桂英眼中、心中也都活起來，通了人情。

由於引進拉美魔幻現實主義手法，《紅樓驚夢》使人耳目一新，這正是此刻借鑑外來手法的最大特色。它已跳出了現代派的框框，比時下的寫法，又進了一步，是一個突破。當我們談論它的借鑑時，應該看到這個新動向。

# 伍
# 李漁戲劇理論的國際價值

## 一　李漁戲劇理論的六大貢獻

李漁（1610-1680）在清代文化史上有多方面貢獻。僅就文學而言，他兼詩人、小說家、戲劇家、戲劇理論家於一身，在清代二百七十六年的歷史中，這樣多才多藝的人不可多得。李漁不少詩寫得很好，袁枚說「其詩有足采者」。擬話本小說有《十二樓》、《無聲戲》（又名《連城璧》）兩個集子，共三十篇，其中〈妻妾抱琵琶梅香守節〉有《李爾王》之趣，〈譚楚玉戲裡傳情，劉藐姑曲終死節〉構思巧妙，結構緊湊，但從總體水平遜於宋話本及明擬話本。）李漁的十個喜劇雖然瑕瑜互見，但從總體上說，達到清代喜劇的最高水平，《風箏誤》等幾個劇本，從中國喜劇史的大範圍上說也是一流作品。李漁對自己的著作的評價比較老實：「我亦多撰著，瑕瑜互相濛」（予改〈琵琶〉、〈明珠〉、〈南西廂〉諸舊劇，變陳為新，兼正其失。同人觀之，多蒙見許。因呈以詩，所云為知者道也）[1]。李漁五十七歲時對自己的喜劇發展有一個總的評價，認為不輸元曲。他說：

> 年少填詞填到老，好看詞多，耐看詞偏少。只為筆端塵未掃，於今始覺江花繞。[2]這種情文差覺好，可惜元人，個個都亡

---

1 《笠翁一家言詩詞集》，《李漁全集》（杭州市：浙江古籍出版社，1992年），第2卷，頁14。

2 「江花繞」一句李漁得自夢中，他有詩云：「夢中曾得句，江管復生花，醒來何處覓，散作曉天霞。」自注云：「夢中得句，醒輒忘之，止記『江管復生花』五字，因見晚霞，補成一絕。」見《李漁全集》第2卷，頁258。

了，若使至今還壽考，過予定不題凡鳥。（《慎鸞交・第二齣「造端」・蝶戀花》）[3]

李漁著作的國際性，不在詩與喜劇，更不在小說，而在喜劇理論。他的《閒情偶寄》（一六七一年首次雕版印行）是他最自豪、最得意的著作，是中國古代空前絕後的戲劇理論經典作品。與法國布瓦洛的《詩的藝術》（1674）分別代表著同一時期東西方戲劇理論的最高成就。

「填詞之設，只為登場」是李漁戲劇理論的總綱領。戲劇非案頭藝術，乃舞臺藝術。由此出發，李漁的戲劇理論有六大價值是前無古人的獨創，是有國際意義的。

第一，他提倡笑的藝術。李漁是中國戲曲史上不多見的只寫喜劇的人，他以畢生精力從理論和創作上探求喜劇藝術的特點，抓住一「笑」字。他說：

傳奇原為消愁設，費盡杖頭歌一闋；何事將錢買哭聲？反令變喜為悲咽。惟我填詞不賣愁，一夫不笑是吾憂；舉世盡成彌勒佛，度人禿筆始堪投。（《風箏誤・第三十齣「釋疑」・尾聲》）[4]

這是他的喜劇宣言。他有一首詩是這個宣言的注腳：

學仙學呂祖，學佛學彌勒。呂祖游戲仙，彌勒歡喜佛。神仙貴灑落，胡為尚拘執。佛度苦惱人，豈可自憂鬱。我非佛非仙，饒有二公癖。嘗以歡喜心，幻為游戲筆。著書三十年，於世無損益。但願世間人，亦登極樂園。縱使難久長，亦且娛朝夕。

3 《笠翁一家言詩詞集》，《李漁全集》第5卷，頁14。
4 《笠翁傳奇十種》（上），《李漁全集》第4卷，頁203。

一刻離苦惱，吾責亦云塞。還期同心人，種萱勿種檗。(《偶興》)[5]

喜劇的特徵是「笑」，沒有笑就不是喜劇，這是一般的道理。但李漁的喜劇理論又很有自己的藝術見解，他認為傳奇的目的就是「消愁」，「笑」與「哭聲」是對立的，所以喜劇不能寫「愁」，不能變喜為悲咽。他的「笑」的理論的真諦就在「舉世盡成彌勒佛，度人禿筆始堪投」這兩句詩。從小範圍說，一齣喜劇要讓所有觀眾都看得高高興興。從大範圍說，要讓笑聲充滿人間。李漁著眼於大，他認為喜劇家應是快樂天使，把歡笑的花雨灑遍寰宇。

對李漁的評價，歷來毀譽參半。他不是金剛怒目的精神界的鬥士，也沒有李贄寧死不屈的錚錚傲骨，他一生都沒做過官，但伸手向達官貴人公卿大夫要錢要物要姬妾的事是常有的，自輕自賤也常有，不過不能說他是御用文人。他晚世越來越淒涼，所謂「十日有三聞嘆息，一生多半在車船」。他窮到賣劍、賣琴、賣硯、賣畫。他的詩中常見的字是「飢」和「貧」。「欲將飢字呼兒煮，廚下無薪難舉煙」，「硯田食力倍常民，何事終朝只患貧」。他六十二歲時，最寵愛的喬姬病逝，年僅十八歲。次年，另一位寵愛的王姬病逝，年僅十九歲，他一連失去他家庭戲班這兩個旦、生名角，心痛欲摧。他那三十首悼亡詩（尤其是悼念喬姬的前二十首）情真意切，在中國源遠流長的悼亡詩傳統中完全可以占一席地位。「士與紅顏多薄命，生偕逝者盡如斯」，一般文人若有李漁這樣的遭遇，很可能陷於頹唐的。但李漁不頹唐，更不頹廢，他要用喜劇傳播笑聲，給人間多些歡喜，這是善良、可貴的心地，是不能因他向達官貴人「折腰」而抹煞的。

李漁的喜劇沒有善惡對立面，不像關漢卿的《救風塵》，也不像

---

5　《笠翁一家言詩詞集》，《李漁全集》第2卷，頁25-26。

莎士比亞的《威尼斯商人》、莫里哀的《偽君子》。在李漁十個喜劇（這公認是他的作品）中，只有《意中緣》有一個壞人是空和尚，算是代表惡勢力。其他九個劇本，都沒有壞人。淨丑是有的，代表「惡」的勢力的角色是沒有的。

那麼，李漁「笑」的理論就沒有傾向性了嗎？當然不是。他說：

> 矧不肖硯田糊口，原非發憤而著書；筆蕊生心，匪托微言以諷世。不過借三寸枯管，為聖天子粉飾太平；揭一片婆心，效老道人木鐸里巷。（曲部誓詞）[6]

注意，這是他的「誓詞」。在《閒情偶寄》中，他又把傾向性放在編劇的首位，這就是「結構第一·戒諷刺」。喜劇要「勸善懲惡」，作者要有「忠厚之心」，不能「填詞泄憤」，這三句話是「戒諷刺」的主旨。這三句話都是正確的。李漁也反對「道學氣」，提倡寓教於樂：「非但風流跌宕之曲，花前月下之情，當以板腐為戒，即談忠孝節義與說悲哀怨之情，亦當抑聖為狂，寓哭於笑」（詞采第二·重機趣）。他反對喜劇寫色情，主張「謔而不虐」（科諢第五·戒淫褻）。

李漁的喜劇思想跳不出儒家正統的框框，他甚至不主張「發憤著書」，「微言諷世」，把司馬遷和「詩可以怨」都忘了。但他有時也說過一些有血性的話：

> 我無尚論才，性則同姜桂，不平時一鳴，代吐九原氣。雞無非時聲，犬遇盜者吠。我亦同雞犬，吠鳴皆有為。知我或罪我，悉聽時人喙。（《讀史志憤》）[7]

---

6 《笠翁一家言文集》，《李漁全集》第1卷，頁130。

7 《笠翁一家言詩詞集》，《李漁全集》第2卷，頁19。

李漁生逢康熙盛世，他說：「方今海甸澄清，太平有象，正文人點綴之秋也」。[8]他要歌頌，是順歷史潮流而動。范文瀾說：「清朝武力強盛，在明帝國基礎上，開拓了廣大的疆域，在征服漢族前後，也征服了其他許多民族。……我們有大好河山的祖國和兄弟眾多的民族大家庭，在這一點上，清朝統治集團客觀上是起了積極作用的。」[9]周谷城說：「清代的政績，以康、雍、乾三朝為最可觀。……可算是大清帝國的黃金時代，這時代的政績，若單只著重鞏固統治的一點看，也便可以看出許多革新的成績來。……諸多政績之中，尤以提倡文化為值得注意。」[10]李漁「為聖天子粉飾太平」，是應該批判呢，還是應該肯定呢？李漁身為漢人，卻沒有狹隘的民族觀念，他既歌頌文天祥「忠純而義全」，又讚美元世祖五次不忍殺文天祥的「委曲優容」，說「從來創業之主，必有大過於人者在」。[11]這是李漁過人見識，符合中國民族大家庭的統一觀念。

把上述觀點綜合起來看，李漁的「笑」的喜劇理論在中國古代確乎是「一家言」，是有價值的見解。在歐洲，在同一個時候，法國有一個大名鼎鼎的戲劇理論泰斗和李漁的觀點完全一致。這就是布瓦洛。布瓦洛給路易十四歌功頌德，也是順應歷史潮流。他說：「喜劇性在本質上與哀嘆不能相容，／它的詩裡絕不能寫悲劇性的苦痛」；這正是李漁的主張。他說：「喜劇也就學會了善戲謔而不為虐／它不挖苦，不惡毒，工指數，又工勸勉」；這也是李漁的主張。他說喜劇應「不傷人」，李漁也反對用筆「殺人」。布瓦洛也反對道學，提倡寓教於樂；「然而我也並不像老道學那麼古板，／要從一切雅言裡閹割

8　《閒情偶寄》，《李漁全集》第3卷，頁1。

9　范文瀾：《中國通史簡編》（北京市：人民出版社，1949年，第1版），修訂本第一編，頁23-24。

10　周谷城：《中國通史》（上海市：上海人民出版社，1957年），下冊，頁288。

11　《笠翁一家言文集》，《李漁全集》第1卷，頁495-497。

掉戀愛美談。」[12]布瓦洛在西方詩學史上的地位可高了，我們自己倒是把李漁「笑」的理論評價過低乃至一棍子打死。[13]

第二，他提倡對白的藝術。中國戲曲理論從來重曲輕白，李漁深知這極不利於戲曲去獲得觀眾，便大膽、堅定地提出曲白並重的嶄新理論：

> 故知賓白一道，當與曲文等視。有最得意之曲文，即當有最得意之賓白。（賓白第四）

明王驥德《曲律》〈論賓白第三十四〉說「諸戲曲之工者，白未必佳，其難不下於曲」，已有二者宜兼重之意，到了李漁就明白打出旗幟來。為了扭轉戲曲界輕視賓白的傾向，李漁甚至主張對白比詞曲更為重要。

> 詞曲一道，止能傳聲，不能傳情。欲觀者悉其顛末，洞其幽微，單靠賓白一著。（詞別繁減）

這真是前人從未能說的話。深知詞曲之於戲曲具有生命價值的李漁，為了強調對白傳遞戲文信息的作用，甚至說了過頭話。李漁是一代大喜劇家，豈有不知曲文傳聲又傳情之理？李漁的過頭話包含接受美學的合理因素，因為傳奇與文章不同，文章是做給讀書人看的，傳奇最廣大的服務對象是老百姓，老百姓的確聽不懂戲文的曲詞，確實只能

---

12 任典譯，王道乾校：《詩的藝術》第3、4章，見《西方文藝理論名著選編》（北京市：北京大學出版社，1985年），上卷，頁205、207、213。

13 例如敏澤先生說：「宣揚封建倫理觀念，為統治者點綴昇平，這就是李漁在創作上的根本見解和綱領，從這一方面說，李漁的見解完全是封建糟粕」（《中國文學理論批評史》〔北京市：人民文學出版社，1982年〕下冊，頁825）。

當音樂來欣賞，他們要了解劇情人物，確實「單靠賓白一著」。

李漁十種曲對白之多，遠遠超過了元曲及明代著名的傳奇，所以他不無自負地說：「傳奇中賓白之繁，實自予始。」[14]他的代表作《風箏誤》是「賓白之繁」的典型，全劇最精彩的「驚醜」、「詫美」兩齣的最精彩的筆墨就是對白。《奈何天》「慮婚」、「驚醜」、「誤相」也有趣味橫生的對白。《比目魚》第十齣「改生」本身就是一齣鬧劇，對白之多可以作「話劇」看。他的《琵琶記・尋夫》改本與高明的原著比較，最顯著的特色是加了三倍對白。[15]

李漁從聲音與意義兩方面論對白，精彩之論甚多。這裡只談談他對臺詞「意則期多，字唯求少」的八字原則[16]。戲劇語言與小說語言不同，戲劇語言受到時間和空間的嚴格限制，要比小說語言精練；戲劇語言又與詩歌語言不同，觀眾不能中止看與聽的進行停下來玩味與思索，故不能像詩那樣脫節，又要「貴顯淺」。李漁這八字原則要求對白要短，要明白，又要含蓄，又要傳遞最大的信息，這是「潛臺詞」的理論，是戲劇語言對立統一的辯證法。李漁從戲劇的特徵來論述「潛臺詞」，給後人以莫大啟發。顧仲彝先生就用李漁這八字原則寫出一篇很好的文章來[17]。隨著戲曲的歷史發展，中國戲曲界日益從觀眾接受心理的角度認識到對白的重要性，所謂「千斤話，四兩唱」，就是戲曲演員積幾代人的舞臺實踐總結出來的經驗之談。兩三百年前的李漁，正是從觀眾接受美學的角度對賓白的重要性從理論上予以闡述。

第三，提倡動作的藝術。戲劇是動作的藝術，在西方，亞里斯多德首先下了這個定義。他說：「有人說，這些作品所以稱為 drama，

---

14 《閒情偶寄》，《李漁全集》第3卷。

15 《閒情偶寄》，《李漁全集》第3卷，頁76-82。

16 《閒情偶寄》，《李漁全集》第3卷，頁51。

17 顧仲彝：《編劇理論技巧》（北京市：中國戲劇出版社，1981年），頁403-408。

就因為借人物的動作來摹仿。」[18]希臘文 drama（即戲劇）一詞原出drdn，含「動作」之意，所謂「動作」，指演員的表演，更準確說，「動作——是表演的靈魂」。[19]但是亞氏並沒有對「動作」作任何論述。[20]賀拉斯在《詩藝》中也極少論「動作」，只指出自然主義的動作不應在舞臺上出現，如不必讓美狄亞當著觀眾表演屠殺自己的孩子，因為這樣表演會使觀眾產生厭惡。[21]布瓦洛在《詩的藝術》中只有三處談到「動作」，其一是：「倘若戲劇動作裡出現的那感人的衝激，／不能使我們心頭充滿甘美的『恐懼』，／或在我們靈魂裡不能激起『憐憫』的快感，／則你儘管擺場面、耍手法，都是枉然。」其二是：「不便演給人看的宜用敘述來說清，／當然，眼睛看到了真相會格外分明；／然而，卻有些事物，那講分寸的藝術／只應該供之於耳而不能陳之於目。」其三是：「人性本陸離光怪，表現為各種容顏，／它在每個靈魂裡都有不同的特點；／一個輕微的動作就泄漏個中消息。」[22]在西方現代戲劇理論家中，美國的貝克（奧尼爾和洪深的老師）對「動作」給予最大的重視，論述也多。貝克把動作界定為戲劇的本質特徵，認為動作先於性格、對白而在原始戲劇中就已成為主要因素：「歷史無可置辯地表明，戲劇從一開始，無論在什麼地方，就極其依靠動作。」「通過多少個世界的實踐，認識到動作確實是戲劇的中心，這對於多數沒有先入為主的理論的劇作者說來，已經成為一種本能了。」[23]

在中國，在李漁之前，很少有人論及戲劇動作。中國戲曲「以歌舞演故事」（王國維給戲曲下的定義），「四功五法」中的「做」、

18 〔古希臘〕亞里斯多德，羅念生譯：《詩學》，頁1。

19 〔英〕克雷著，李醒譯：《論劇場藝術》，頁2。

20 「動作」與「行動」非同義詞，羅念生先生譯得很準確。

21 〔古羅馬〕賀拉斯著，楊周翰譯：《詩藝》（北京市：人民文學出版社，1962年），頁146-147。

22 引文均見任典譯，王道乾校：《詩的藝術》第3章，見《西方文藝理論名著選編》，上卷，頁194、196、206。

23 〔美〕貝克著，余上沅譯：《戲劇技巧》（北京市：中國戲劇出版社，1985年），頁20。

「打」及手眼身步法就是「動作」，這是程式化的，與西方所說的「動作」不同。但在戲曲中，特別在喜劇中，非程式化的「科諢」是很多的，這裡頭就包括「動作」。明王驥德在《曲律》〈論插科第三十五〉中首先作了簡略的論述，而第一個指出「科諢」重要性的人是李漁，他把「科諢」提高到一齣喜劇能否贏得觀眾的十分重要的地位。他說：

> 插科打諢，填詞之末技也。然欲雅俗同歡，智愚共賞，則當全在此處留神。文字佳，情節佳，而科諢不佳，非特俗人怕看，即雅人韻士，亦有瞌睡之時。作傳奇者，全要善驅睡魔，睡魔一至，則後乎此者雖有《鈞天》之樂，《霓裳羽衣》之舞，皆付之不見不聞，如對泥人作揖，土佛談經矣。……若是則科諢非科諢，乃看戲之人參湯也。養精益神，使人不倦，全在於此，可作小道觀乎？（科諢第五）

在這段話中，要注意，「則當全在此留神」一語。這是說，喜劇若無「科諢」，則失去藝術魅力，失去觀眾。因此「科諢」絕非「小道」。李漁提出了在喜劇中非程式化的「科諢」的重要性，這對於程式化的中國戲曲來說，確實是一個嶄新的而且富於啟迪的問題。

尤其值得重視的，是李漁對「科諢」提出四條原則：「戒淫褻」、「忌俗惡」、「重關係」、「貴自然」。這真是金光閃閃的原則，放之四海而皆準的樸素真理。「戒淫褻」、「忌俗惡」是「破」，不說自明，別說古代，放到現代世界喜劇中也有絕不能忽視的價值。「重關係」、「貴自然」是「立」，有破有立，立與破同等重要。所謂「重關係」，是說「科諢」要貼切腳色身分：「科諢二字，不止為花面而設，通常腳色皆不可少。生旦有生旦之科諢，外末有外末之科諢，淨丑之科諢則其分內事也。然為淨丑之科諢易，為生旦外末之科諢難。雅中帶俗，又於俗中見雅；活處寓板，即於板處證活。」[24]還要有思想性：「於嘻笑詼諧之處，包含絕大文章；使忠孝節義之心，得此愈顯。」[25]所謂「貴自然」，是說「科諢」要符合喜劇情境的真實性，不能勉強，生硬造作：「科諢雖不可少，然非有意為之。如必欲於某折之中，插入某科諢一段，或預設其科諢一段，插入某折之中，則是覓妓追歡，尋人賣笑，其為笑也不真，其為樂也亦甚苦矣。妙在水到渠成，天機自露，『我本無心說笑話，誰知笑話逼人來』，斯為科諢之妙境耳。」[26]

在李漁之前，包括王驥德在內，沒有人把「科諢」提到如此重要地位，沒有人提出這四條原則，所以說李漁是中國戲曲史上第一個建立「動作」理論的人。李漁的四條原則，和布瓦洛完全一致，完全符合布瓦洛的「理性」原則與他所「破」與「立」的內容。「因此，首須愛義理，願你的一切文章，／永遠只憑著義理獲得價值和光芒。」這兩句話是布瓦洛說的，移入《閒情偶寄》也很合適。

誠然，「科諢」只是「動作」的一個方面，但是「科諢」對戲劇尤其是對喜劇而言，則是「動作」的極為主要的組成部分。在西方，「科諢」就是「鬧劇」，鬧劇（farce）一詞原是從拉丁字 farcio 派生而來，farcio 的意思是「我填滿」，因此，「鬧劇」就是指「填滿低級幽默與過火戲謔」的那類戲劇。任何形式的戲劇都可以有「鬧劇」成分，悲劇也不例外。在莎士比亞的悲劇中幾乎齣齣都有「科諢」，《羅密歐與朱麗葉》中「穿裙子的丑角」的奶媽，《哈姆萊特》中的掘墓人，《李爾王》中的弄人，《麥克白》中醉醺醺的看門人，都是舉世聞名的「科諢」角色。更別說莎氏的喜劇了，在《仲夏夜之夢》中，莎氏給波頓安上一個驢頭；在《溫莎的風流娘兒們》中，他讓福斯塔夫

24 《閒情偶寄》，《李漁全集》第3卷，頁57-58。

25 同前註。

26 同前註。

藏在髒衣簍子裡掙扎；在《第十二夜》中，有個總是扎著十字架吊襪的馬伏里奧；《馴悍記》則完全是一齣鬧劇，它依賴滑稽可笑的情景吸引觀眾。必須指出，自古迄今，許許多多的世界喜劇名著之所以使人感到歡樂愉快，總是和角色的精彩的「科諢」分不開。哥爾多尼《一僕二主》最能博得滿場笑聲的是特魯法爾金諾同時為兩個主人「端盆子」那場戲。博馬舍的《費加羅的婚禮》最能博得滿場笑聲的是伯爵晚上去赴花園約會被捉弄那場戲。類似的例子還可以舉出莫里哀的一系列喜劇，莫里哀筆下兩個最有名的角色答丟夫和阿巴公一上臺亮相就以「科諢」出之。中國的戲曲也是這樣，去掉紅娘的科諢，紅娘的喜劇生命便大為減色。去掉春香的科諢，也就沒有「鬧塾」這齣著名的折子戲。在「鬧塾」這齣戲中，杜麗娘也有「科諢」，又多麼符合她的身分。以上所舉中外名劇「科諢」的例子，可見劇作家的思想傾向，角色的性格特徵，人物的相互關係，其舉手投足，嘻笑詼諧不流於淫褻俗惡，都足證明李漁的「科諢」立論有科學性與普遍價值。

第四，提倡結構的藝術。中國戲曲理論在元明兩代是極不重視戲劇結構的，理論家只重視音律。元曲絕大多數是四折一楔子，唱腔簡單，故結構也簡單，難以在結構上做文章。明傳奇取代元曲成為戲劇主流，唱腔豐富，長達幾十齣，戲劇結構由簡而繁，情節如何安排就成了重要問題。由於戲曲從雜劇到傳奇的演進，結構問題就必然被戲劇發展的本身提了出來。晚明王驥德作《曲律》已認識到結構的重要，到了清初，李漁就提出「結構第一」的嶄新的戲劇結構論。中國戲曲結構理論從無到有，從不完整到系統化，正反映了中國戲劇音樂與結構的發展，李漁的結構理論便是這樣應運而生的。

李漁是把「結構」視為戲劇最重要的成分的第一個中國戲曲理論家。他說「填詞首重音律，而予獨先結構」(《閒情偶寄》)。「首重音律」是指前人的傳統觀念，「獨先結構」是李漁的創新觀念。李漁的結構論包括「結構」、「詞采」、「音律」三者的關係。至於「詞采」與「音律」，應是「詞采」第二，音律「第三」。「詞采似屬可緩，而亦置音律之前者，以有才技之分也。文詞稍勝者即號才人，音律極精者終為藝士。」

李漁的結構論是一個嶄新的體系，「結構第一」的新聲，曠古未聞。日本著名漢學家青木正兒說：「論結構者，笠翁外，未之見也。」（《中國近世戲曲史》，王古魯譯）。王驥德也談結構，但王沒說「結構第一」。至於「詞采」與「音律」孰主孰次，是李漁對明代戲曲史上臨川派與吳江派那場大爭論的總結。對於「音律」與「詞采」的關係，也不像王驥德那麼中庸，而是旗幟鮮明地提出「詞采」高於「音律」。李漁的結構論體系符合中國戲曲從古至今發展的趨勢。

李漁的結構論又是比較的理論，他把元曲與傳奇作了比較，得出傳奇結構勝於元曲的結論：

> 吾觀今日之傳奇，事事皆遜元人，獨於埋伏照映處勝彼一籌，非今人太工，以元人所長全不在此也。（《閒情偶寄》）

> 然傳奇一事也，其中義理分為三項：曲也、白也、穿插聯絡之關目也。元人所長者其一，曲是也，白與關目皆其所短。（《閒情偶寄》）

李漁提出「結構第一」，和亞里斯多德遙相呼應。在西方，亞氏是把「結構」視為戲劇最重要的成分的第一個戲劇理論家。他說戲劇有六大成分：情節、性格、言詞、思想、形象（指服裝面具）、歌曲，在這六個成分中，最主要者是「情節」，即「事件的安排」，亦即「結構」：

> 六個成分中，最重要的是情節，即事件的安排。(《詩學》)

> 各成分已界定清楚，現在討論事件應如何安排，因為這是悲劇藝術中的第一件事，而且是最重要的事。(《詩學》)

從世界戲劇史的範疇說，亞氏是西方戲劇結構論的開創者，李漁是中國戲劇結構論的開創者。亞氏的結構論是對古希臘悲劇的總結，亞氏生時，古希臘悲劇的黃金時代已經過去一兩百年，而古希臘悲劇可說是前無古人，後無來者，所以亞氏的結構論是共時性的結構論，僅就古希臘悲劇這一個戲劇類型結構。李漁的結構論，是對中國戲曲由元雜劇到明清傳奇的總結，李漁生時，元曲已成過去，傳奇方興未艾，所以李漁的結構論有比較的條件，是歷時性的結構論。亞氏提出結構第一，沒有任何阻力，後來響應的人真多。李漁提出結構第一，要有反潮流的勇氣，行文富於論戰性。王國維的《宋元戲曲考》(1912)問世以前，新文學起來以前，響應著甚少，是空谷跫音。

第五，提倡「體驗」的藝術。李漁強調假戲真演，演員必須「體驗」角色的思想情感，才能表演得好，才能獲得觀眾。他說：

> 戲文當戲文做，隨你搬演得好，究竟生自生，而旦自旦，兩下的精神聯絡不來。所以苦者不見其苦，樂者不見其樂。他當戲文做，人也當戲文看也。若把戲文當了實事做，那做旦的精神，注定在做生的身上；做生的命脈，係定在做旦的手裡，竟使兩個身子合為一人，痛癢無不相關。所以苦者真覺其苦，樂者真覺其樂。他當實事做，人也當實事看。[27]

---

27 李漁：〈譚楚玉戲裡傳情．劉藐姑曲終死節〉，《覺世名言十二樓等兩種》(南京市：江蘇古籍出版社，1991年)，頁241。

李漁的「體驗」理論，既指表演，也指創作。創作家為角色「立言」先得為角色「立心」，寫臺詞要考慮腳色能否「上口」，觀眾是否「入耳」。李漁要求劇作家得先把自己變成腳色、觀眾，才能寫出好的本子，收到好的演出效果。他一再強調「設身處地」是劇作家創作思維的出發點：

> 言者，心之聲也，欲代此一人立言，先宜代此一人立心，若非夢往神游，何謂設身處地？無論立心端正者，我當設身處地，代生端正之想；即遇立心邪辟者，我亦當捨經從權，暫為邪辟之思。務使心曲隱微，隨口唾出，說一人，肖一人，勿使雷同，弗使浮泛，若《水滸傳》之敘事，吳道子之寫生，斯稱此道中之絕技。果能若此，即欲不傳，其可得乎？（語求肖似）。

> 從來賓白只要紙上分明，不顧口中順逆，常有觀劇本極其透徹，奏之場上便覺糊塗者，……因作者只顧揮毫，並無設身處地，既以口代優人，復以耳當聽者，……笠翁手則握筆，口卻登場，全以身代梨園，復以神魂四繞，考其關目，試其聲音，好則直書，否則擱筆，此其所以觀聽咸宜也。（詞別繁減）。

第六，打通小說戲劇。李漁是小說家兼戲劇家，一個作家又寫戲劇又寫小說，自然會思考二者的關係。李漁又是一個理論家，自然會從理論上去思考。他思考的所得，有以下幾點：

其一，他認為「稗官為傳奇藍本」。[28]這說明李漁深知中國小說是中國戲曲素材的來源。我們知道，中國古代戲曲絕大多數源於稗官。還說明李漁深知中國戲曲的編劇法亦得益於小說。所謂「藍本」，不

28 《合錦回文傳》第二卷卷末評語，《李漁全集》第九卷。

僅指素材，還指手法。中國散文敘事文學從《論語》（部分）到《史記》，從古典短篇小說到古典長篇小說，幾乎全用直敘法，最能講好故事，寫活人物；好懂易記，最可以滿足最廣大讀者的閱讀習慣；又最擅以對白、動作、肖像描寫去塑造人物，本身就有戲劇因素。

其二，他認為小說是「無聲戲」，這說明李漁深知小說戲劇的異同。戲劇是代言體，中國戲曲以歌舞演故事，是「有聲」的，當然與小說不同。李漁說：「《西廂》係詞曲，與小說又不類。」(《三國演義》〈序〉)。[29]但二者也有相同之處，都是敘事文學。所以他把自己的小說集命名為「無聲戲」，在《十二樓》第七篇〈拂雲樓〉第四回末尾又說「看演這齣『無聲戲』」。[30]

其三，他認為小說戲劇都是「傳奇」的。他欣賞韓愈的《毛穎傳》，說「昌黎《毛穎傳》，絕世單行」。[31]他欣賞馮夢龍把《三國演義》、《水滸傳》、《西遊記》、《金瓶梅》評定為「四大奇書」，而認為《三國演義》的史實最富於戲劇性，最宜於寫小說（魯迅看法與之相近），而作者「以文章之奇而傳其事之奇」，行文又忠於史實，故在四部小說中是奇中之奇。[32]戲劇也是「傳奇」的。他說：「古人呼劇本為『傳奇』者，因其事甚奇特，未經人見而傳之，是以得名，可見非奇不傳。」[33]

其四，他認為小說戲劇都是「寓言」，都要重視虛構與想像。他說：「小說寓言也，言既曰寓，則非實事可知也。」[34]又說：「傳奇無實，大半皆寓言耳。」[35]李漁舉楚襄王和巫山神女陽臺一夢的戀愛故

---

29 《雜著》，《李漁全集》第18卷，頁538。

30 《覺世名言十二樓等兩種》，頁158。

31 《評鑒傳奇兩種》，《李漁全集》第18卷，頁149。

32 《雜著》，《李漁全集》第18卷，頁538-540。

33 《閒情偶寄》，《李漁全集》第3卷，頁915。

34 《肉蒲團》八回後評語，《李漁全集》第20卷，頁321。

35 《閒情偶寄》，《李漁全集》第3卷，頁109。

事一直流傳至今說明「幻境之妙，十倍於真，故千古傳之」。[36]

其五，他認為「戲文小說」的語言都「貴淺不貴深」，他說：「能於淺處見才，方是文章高手。」他舉施耐庵的《水滸傳》及王實甫的《西廂記》作證明。[37]他特別欣賞《水滸傳》，譽之為「敘事」的「絕技」。[38]又說《水滸傳》的語言是古今文字中最好的：「吾於古今文字中，取其最長最大，而尋不出纖毫滲漏者，惟《水滸傳》一書。」[39]

戲劇與小說確實同中有異，異中有同。在西方，第一個從理論上致力於「打通」二者的人是亞里斯多德，他指出荷馬史詩的戲劇成分，並說荷馬既是偉大的史詩詩人，又是第一個偉大的戲劇家。」[40]

到了文藝復興時期，小說家兼戲劇家的塞萬提斯又從創作實踐上「打通」二者。他的代表作《堂・吉訶德》中有小說理論，也有戲劇理論。他向戲劇藝術汲取塑造性格的經驗，把古希臘喜劇的滑稽與悲劇的嚴肅揉合在一起，並借鑑民間喜劇，塑造出堂・吉訶德這位既是喜劇又是悲劇的人物，既是可笑的傻子又是最聰明的哲人的複雜典型。

到了十八世紀，小說家兼戲劇家的菲爾丁獨創性地提出「散文喜劇史詩」的新小說理論，從理論上「打通」了戲劇小說。菲爾丁是歐洲第一位自覺地把二者結合起來寫作的作家，他的代表作《湯姆・瓊斯》可以說是用編劇法寫成的長篇小說。小說的懸念比比皆是，但都緊緊圍繞湯姆出生的秘密及湯姆及蘇菲亞一對情人的命運生滅，並不分散如斷珠。作家把最大的懸念擱置到最後一卷才加以解開，與之同時，寫了奧爾華綏的發現及他對兩個外甥態度的突轉，構思巧妙，筆法經濟，有很高的戲劇性。小說有二十七處巧合，或用作伏筆，或為

---

36 同前註。

37 同前註。

38 同前註。

39 同前註。

40 〔古希臘〕亞里斯多德著，羅念生譯：《詩學》，頁13、88。

補敘作準備，或推動衝突的發展，寫法又有簡繁之分，並不雷同。小說有十一次誤會，其中一些與重要懸念有關，有的誤會對推動情節發展起了關鍵的作用。菲爾丁稱自己的小說為「喜劇」，擅長用喜劇性去沖淡悲劇性，眼看悲劇即將釀成，他卻筆鋒一轉，使主人公化險為夷。如十五卷第五章就是，充分說明作家化嚴峻為滑稽的喜劇本領。小說有些章節本身就是戲劇，如十七卷十二章寫蘇菲亞在房中原諒了湯姆，站在門外迫不及待地偷聽的父親魏斯頓（小說中第一號喜劇角色）立刻闖入，欣喜若狂地要他們明天早晨就辦婚事。這段情節全用對話體寫成，語言個性化，富於動作性，三人感情充分交流，只要用戲劇形式編排一下，不必改動一字，就是一篇上乘的戲劇小品。

到了十九世紀，小說家兼戲劇家的雨果繼續「打通」小說戲劇。他說：「在司各特的散文體裁的小說之後，仍然可以創造出另一類型的小說。在我們看來，這一類型的小說更加令人讚嘆，更加完美無缺。這種小說既是戲劇，又是史詩。」又說，「當對過去的描繪流為科學的細節的時候，當對生活的描繪流為細緻的分析的時候，那麼，戲劇就流為小說了。小說不是別的，而是有時由於思想，有時由於心靈而超出的舞臺比例的戲劇。」這兩段話正是他用編劇法寫《巴黎聖母院》的總結。《巴黎聖母院》是完全可以作為戲劇來看的，諸如懸念設置的手法、發現與突轉的手法、巧合手法、用場景敘事、穿針引線手法、用獨白與短句重複表現心理、靜動結合的節奏、在戲劇衝突中表現悲劇性等等，都是戲劇手法。如同李漁一樣，雨果也現身說法地指點讀者注意他的編劇法的應用。例如第六卷出現「荷蘭塔」與「絞臺」兩個平行的場景：在「荷蘭塔」外，三個婦女認出了女修士即十六年前失蹤的妓女；在「絞臺」上，吉卜賽女郎愛斯梅哈爾達送水給鐘樓怪人加西莫多喝。雨果從三個婦女的對白中引入女修士的故事，用巧合手法使十六年前的舊相識重逢，十次強調那隻粉紅色小鞋（道具）的作用，另一隻在哪兒？又設下懸念。雨果設計了一個戲劇性細節，把兩個平行的場景聯繫起來。從「荷蘭塔」的窗口可以望見方場，當女郎步上方場的絞臺送水時，女修士在窗口便望見她了。十幾年前，女修士的女嬰就是被吉卜賽人偷走的，女修士這時並不知女郎是親生女兒，便高聲詛咒她（這是「戲劇性細節」），注意，雨果寫到這裡，就現身說法了，他指出「女修士的詛咒」是這「平行發展的兩幕劇的關聯」。

到了二十世紀，德國的布萊希特又從理論與創作兩方面提倡敘事的戲劇，要「填平」小說戲劇「不可逾越的鴻溝」。[41]他說，「現代戲劇是史詩（敘事）戲劇」，[42]「中國和印度早在二千年前已經歷了這個先進的形式。」[43]

以上說明，李漁「打通」戲劇小說的見解在西方是不乏知音的。既有理論上的呼應，又有創作實踐上的呼應，還有理論與實踐同聲的呼應。所不同者，西方的戲劇的編劇法要比中國戲曲豐富得多。所以西方作家最喜歡把編劇法引入小說，從而「打通」小說戲劇。中國的戲曲手法源於小說，楊絳先生認為中國戲曲是「小說式的戲劇」。[44]中國小說結構比較單純，李漁「打通」戲劇小說，除了汲取小說敘事的優點，還要豐富自己的編劇法，變小說的簡單結構為複雜結構。他把自己的小說改編為戲劇就是這樣做的。李漁沒有說小說等於戲劇，他只是說二者異中有同，而雨果則乾脆說除了容量大小不同外，小說等於戲劇。雨果忽視了戲劇與小說「有聲」與「無聲」的根本區別，在這個方面，東方人李漁高明於西方人雨果。

以上論述了李漁戲劇理論的六大貢獻，由此可見李漁戲劇理論的

---

41 均見丁揚忠等譯：《布萊希特論戲劇》，頁68、69、106、129。

42 同前註。

43 同前註。

44 楊絳：〈李漁論戲劇結構〉，轉引自《中國比較文學年鑑》（北京市：北京大學出版社，1987年），頁174。

先鋒性與現代價值。所謂「先鋒性」，一是反傳統，說了前人未曾說出的見解，這些見解不是亂來的，它既有科學性，又不丟掉中國戲曲的特性，與西方後現代主義的「先鋒性」完全否定傳統可不相同。所謂「現代價值」，是李漁的戲劇理論於四百年後中國今天的戲曲界，也很有一些啟示性，很可以作中國當代戲曲改革的參考。李漁的戲劇理論，在中國古代獨一無二，即使在今天中國的戲曲理論界，或許有些學者的見解還不如李漁，由此可見李漁的戲劇理論在其時的超前意識，是中國古代文化一筆寶貴遺產。

## 二　李漁的「一事」非亞氏的「一事」

李漁的戲劇結構理論的核心是三句話：「立主腦」、「一人一事」、「一線到底」。注意，這三句話講的都是一個意思。

> 一本劇中，有無數人名，究竟俱屬陪賓；原其初心，止為一人而設。即此一人之身，自始至終，離合悲歡。中具無限情由，無窮關目，究竟俱屬衍文，原其初心，又止為一事而設。此一人一事，即作傳奇之主腦也。……如一部《琵琶記》止為蔡伯喈一人，而蔡伯喈一人，又止重婚牛府一事。其餘枝節，皆從此一事而生——二親之遭凶，五娘之盡孝，拐兒之騙財匿書，張大公之疏財仗義，皆由於此。是重婚牛府四字，即作《琵琶記》之主腦也。一部《西廂》止為張君瑞一人，而張君瑞一人，又止為白馬解圍一事。其餘枝節，皆從此一事而生——夫人之許婚，張生之望配，紅娘之勇於作合，鶯鶯之敢於失身，與鄭恆之力爭原配而不得，皆由於此，是白馬解圍四字，即作

《西廂記》之主腦也。[45]

《荊》、《劉》、《拜》、《殺》之得傳於後，止為一線到底，……以其始終無二事，貫串只一人也。[46]

關於「立主腦」、「一人一事」、「一線到底」，有各種詮釋，但我們還是應該根據李漁的原文來詮釋較為科學。第一，上文說過，「立主腦」、「一人一事」、「一線到底」是一個概念的三種說法，這是李漁白紙黑字，說得極為明白的：「此一人一事，即作傳奇之主腦也。」「止為一線到底，……以其始終無二事，貫串只一人也。」第二，所謂「一事」，並非指一個故事，而是指一個牽動全劇戲劇衝突的關鍵情節，在《琵琶記》中指「重婚牛府」，在《西廂記》中指「白馬解圍」，「其餘枝節，皆從此一事而生」，如果沒有蔡伯喈「重婚牛府」這個關鍵情節，《琵琶記》後來的故事便無從說起，沒有張君瑞的「白馬解圍」，《西廂記》後來的故事也無從說起。若用西方現代戲劇理論作參照，即戲劇衝突的「引發事件」（inciting incident），也就是一件發動主要戲劇行動的事件，直接導往全劇中心的「主要戲劇問題」（major dramatic question）。

亞里斯多德的「一事」論與李漁的「一事」論迥然不同。古希臘悲劇絕大多數是單一情節的結構，亞氏在理論上加以總結。亞氏在《詩學》中說，戲劇的摹仿「只限於一個完整的行動」，「一樁事件」，「一個行動」，「整一性的行動」[47]。簡單地說，亞氏所講的「一事」，是指一個故事，一條情節。

---

45 《閒情偶寄》，《李漁全集》第3卷，頁8-9。

46 同前註。

47 引文均見〔古希臘〕亞里斯多德著，羅念生譯：《詩學》（北京市：人民文學出版社，1985年），頁25-27。

亞氏的理論向前發展，到了文藝復興，到了十七世紀，「一事」指一個故事、一條情節的概念被表達得更精確無誤。文藝復興時期義大利的卡斯特爾維屈羅提出「三一律」，說戲劇應摹仿「單一的主人公的單一事件」。十七世紀法國的布瓦洛更明確提出「三一律」的要求：「我們要求藝術地布置著劇情發展；／要用一地、一天內完成的一個故事／從開頭直到末尾維持著舞臺充實。」

從字面上看，李漁的「立主腦」、「一人一事」、「一線到底」與西方的戲劇理論十分相似，但只要稍微認真讀讀原文，就能發現大不相同。亞氏的「一樁事件」、卡氏的「單一事件」、布氏的「一個故事」一脈相承，都是指一個故事，一條情節。如果悲劇只寫一個由順境轉入逆境的故事，一條一悲到底的情節，就集中，就是好劇本。而李漁的「一事」，不是指一個故事、一條情節，是指一個故事中的關鍵情節，它牽動全劇的戲劇衝突的開展。如果以中國戲曲打個比方，亞氏、卡氏、布氏所講的「一事」，庶幾可以與《琵琶記》、《西廂記》中男女主角本身的完整故事相比，而李漁講的「一事」，卻是從《琵琶記》、《西廂記》男女主角的故事中抽出它的「重婚牛府」、「白馬解圍」這個牽動全劇發展的關鍵情節來。尤其重要的是李漁絕非鼓吹戲劇只寫一個故事，一條線索，一條情節。李漁只是強調戲劇家寫劇本要把關鍵的情節想好，寫透。牽動全劇故事發展的關鍵情節只能有一個，而且要緊緊圍繞它寫下去，不能多，不能轉向。這才是「立主腦」、「一人一事」、「一線到底」。如果把李漁的「一事」與亞氏的「一事」等同起來，就是南轅北轍，就是雙方理論的彼此消亡。

從李漁的戲劇改編及創作來看，李漁絕非戲劇單一結構的鼓吹者，相反，他認為情節單一的結構過於單調，而多情節線索的結構更符合喜劇多樣性的要求，更能滿足觀眾多方面的審美心理的需要。

根據之一，李漁把自己的四篇小說改編為傳奇全都增加了情節線索。

李漁的傳奇《比目魚》是根據他的小說《譚楚玉戲裡傳情，劉藐姑曲終死節》改編的。小說只有一條情節線索，書生譚楚玉愛上青年演員劉藐姑，便到劉藐姑父母的戲班裡學戲、演戲。二人在戲臺上一生一旦，假戲真演，愛情日篤。藐姑父母貪財，強迫女兒嫁給財主，藐姑以死反抗，演《荊釵記》時投江自盡（戲臺搭在江邊），譚楚玉也隨之投江。幸有神人暗中保護，兩人被莫漁翁救起，就在漁村成親。以後譚楚玉讀書做官，攜妻子回故鄉。藐姑與母相認。譚不願做官，夫妻又回到漁村歸隱。

傳奇《比目魚》共三十二齣，除了譚、劉愛情線索外，增加了一條小說所無的慕容介（莫漁翁）的線索。莫漁翁原是帶兵的將軍慕容介，討平山賊後歸隱漁鄉，改名「莫漁翁」。他網上一對比目魚，魚旋即化回人形，就是譚、劉兩人。他問明原委，為兩人主婚。不久，譚求功名攜妻離開漁村。山賊聞慕容介已辭官歸隱，便發兵作亂，但又害怕朝廷再起用慕容介，遂以千金重聘與慕容介面貌酷似者，佯裝隱居漁鄉。朝廷果然下召慕容介帶兵討伐山賊，假漁翁便應召上任，故意敗陣，投降山賊，於是山賊聲威大震。這時譚楚玉已當了官，奉命去剿滅山賊，生擒山大王，但假漁翁卻跑了。譚的部下報告有人在漁鄉山前發現一行跡可疑的隱士，分明是假漁翁，譚派人去緝拿，便把真漁翁抓來。譚不徇私情，要正國法，開審恩人。慕容介方知被奸人冒充陷害，但有口難辯。譚生一計，設圈套讓山大王自己供出真相，案情得以大白，譚誤會消除，向慕容介賠罪，請慕容介留下做官，慕容介堅辭，反勸譚辭官歸隱。全劇至此結束。我們看，傳奇《比目魚》變小說的單一結構為雙線結構。

李漁的傳奇《凰求鳳》據小說《寡婦設計贅新郎，眾美齊心奪才子》改編。小說寫一個性情柔弱的美男子呂旭娶了五個婦人的故事。先是三個妓女主動做了他的妾，又怕他娶妒婦為正室，便主動替他物色了一位賢慧的喬小姐。不料寡婦曹婉淑也愛上他，也要「娶」他為夫。三妓女巧施計，待寡婦招親之日，讓轎夫把花轎抬到喬小姐處，使寡婦空等一夜，方知新郎被騙去了。以後寡婦在殷四娘幫助下，讓呂生裝病，又買通醫生術士，說只有把寡婦娶過來，呂生的心病方能醫好。三個妓女怕他死，便答應，還同意向寡婦賠罪，但堅持要喬小姐做大，她們四人地位平等，寡婦也同意了。於是「一個才子，五位佳人，合來住在一處」。

傳奇《凰求鳳》三十齣，情節略有改動，將三個妓女刪去兩個，喬小姐與寡婦調換了角色。但最主要的，是增加了一條神仙助呂生做官的新線索。天帝命令冥間文昌星攜陽間應試舉子的花名冊親臨陽間考場，暗中典試。文昌君把主考官排定的試卷偷偷調換了，把呂生改做狀元，還添了兩行批語。陽間的皇上知是天意使然，也就欣然同意。呂生衣錦還鄉，三個婦人也就等候封誥了。劇本「冥冊」、「入場」、「翻卷」、「讓封」等幾齣戲全是新加的內容，是小說根本沒有的。

李漁的傳奇《奈何天》據小說《醜郎君怕嬌偏得艷》改編，增加的線索更多。小說寫一個身上有「三臭」的醜公子闕里侯（但他很有錢）娶了三個艷妻的故事。第一個受不了他的臭氣，又嫌他醜，就在他的書房帶髮修行，把書房變成禁地，死也不許他入內。第二個跟第一個學樣，也搬入書房與前者同住。第三個是被人拋棄的小妾，她想帶髮修行也不是辦法，便與前面兩個姐妹商議，不如「大家分些臭氣，三夜輪著一夜」，只要一間臥室放兩張床，完事之後各睡各的，男人平時樣樣依順，三個婦人也就認命了。男人果然一一應允，於是「醜郎君」就娶了三個艷妻。

傳奇《奈何天》三十齣，除了一夫三艷的線索外，猛增了四條情節線索，其中義僕闕忠的情節線索十分完整。「醜郎君」闕里侯有一個僕人闕君，他說服「醜郎君」捐錢支援國家守邊，又幫主人將捐款押往邊疆，臨行前又瞞著主人燒了貧民的債券。途中得知邊軍缺糧，又把捐款全買了米。邊疆司令官袁瀅得米大喜。見闕忠相貌俊美，派他混入女敵營，半夜殺了女敵的首領白天王。闕忠為主人也為自己立了大功。此外，還有將軍袁瀅棄妾及平賊的線索，黑天王、白天王兄妹發兵作亂的線索，天上賜封的線索。玉皇大帝在天上下令嘉獎忠僕闕忠，又下令把「醜郎君」變成美男子。下界皇帝果然給闕忠封官。變形使者下凡給「醜郎君」變形。三個婦人也被皇帝封為一品夫人。

李漁還有一個傳奇《巧團圓》是根據小說《生我樓》改編的。增加了一條平行線索。小說的主人公姚繼是個「孤兒」，自幼被布商曹玉宇收養。曹有一女，姚與之私訂終身。姚繼經常夢見一座小樓，似乎依稀認得。最後姚繼與生身父母重逢，新婚之日住進的小樓，竟是夢中所見的小樓，原來他幼時就住在這裡，方知夢的應驗。故名「生我樓」。小說有「兩對夫妻合了又分，分了又合」的線索，一對夫妻是主人公姚繼的親生父母尹小樓夫婦，另一對夫妻是主人公與未婚妻曹子姐。尹小樓因為失去兒子，便出外尋求一個可靠的養子，他「賣身為父」以考驗對象。姚繼生性善良，又自幼喪父，果真「買」尹小樓為父。時逢李自成起兵，尹妻被李兵擄去。姚繼的未婚妻也被李兵擄去。曹父不知去向。李兵開設「人行」，販賣婦女。姚繼為尋找未婚妻，先後買回兩婦人，竟是尹妻與曹小姐。姚繼帶她們回故鄉，尹氏夫婦遂相見（在這之前，尹小樓已告別姚繼先行回鄉，但他始終沒有告訴姚繼他的真實姓名與家鄉住址）。尹氏夫婦讓出小樓給姚繼與曹小姐成親。成親之日，姚繼說出夢境。尹小樓檢查了姚繼的腎囊，發現只有一個卵子（戲曲改為多一個足趾），果然是他失蹤的兒子，於是尹氏闔家團圓。

傳奇《巧團圓》多了一條很粗很長的線索，就是曹小姐父親的情節線索。在小說中，曹玉宇只一筆帶過，以後不知去向，再也沒寫他。傳奇不同了，他變身姚器汝，「曹玉宇」是他的化名。他本來做官，後來歸隱，化名做了醫生。姚繼是他鄰居，他看中姚做女婿，出資讓他去做生意。以後李自成起兵，姚器汝夫婦與女兒失散。朝廷再起用他做兵部侍郎督師剿李。他帶兵平定李亂。姚繼與曹小姐得知岳父（父親）復職為官，寫信給他。姚器汝收到女兒的信，夫妻雙雙趕到尹家與女兒、女婿團聚。

根據之二，李漁把雜劇《柳毅傳書》及《張生煮海》改編為傳奇《蜃中樓》，變原來二劇的單一結構為雙線結構。

原來的兩個雜劇分別寫兩對男女談戀愛，李漁的傳奇合寫兩對男女談戀愛。李漁設計了一座「蜃樓」，東海龍王為了滿足女兒瓊蓮和侄女舜華兩個龍女想看看人間的願望，又怕她們與凡人接觸，就命蝦兵蟹將吐涎作霧，結起一座蜃樓，讓兩個龍女登臨，遍覽人間風光。無巧不成戲，柳毅來到海邊，在仙人投杖化橋的幫助下登上蜃樓，與洞庭龍王之女舜華一見鍾情。他又推薦友人張羽做瓊蓮的情人，舜華從中撮合。瓊蓮雖未曾見過張羽，也欣然同意。蜃樓「雙訂」之後，便展開了二男二女悲歡離合的情節。舜華被迫嫁與涇河龍王的痴呆兒。因呆兒不願與美龍女成親，舜華被涇河龍王逐出龍宮。柳毅做官後路過涇河，巧遇舜華在河岸上放牧。舜華要他帶信向父母求救。張羽自告奮勇為柳毅送信，再到東海煮海尋找瓊蓮。原來素材中由兩個男主角分開去做的「傳書」與「煮海」的行動，由張羽一個角色去完成。情節是兩條，改編上得以統一，因為蜃樓雙訂的設計把這兩條線索聯繫起來了。李漁在此劇尾聲中寫道：「二事雖難辨假真，文章鑿鑿有原因。蜃樓非是憑空造，僅作移梁換柱人。」「二事」即兩條情節線索，「文章」指素材，「蜃樓」指主腦構造，「移梁換柱」指改編特點。

根據之三，李漁其他五個劇本也是多線索結構。

他的代表作《風箏誤》有三條線索：戚生與愛娟的線索（醜對醜）；韓生與淑娟的線索（美對美）；戰爭的線索（韓生中了狀元隨同二女之父詹列侯赴邊關作戰立功）。《憐香伴》寫二女子因同性戀而同嫁一夫的故事，有五條線索：崔箋雲、曹語花兩個才女與書生石堅的愛情線索；不學無術的公子周公夢追求曹語花、陷害石堅最後自殺的線索；官員魏楷向曹語花求婚不遂，曹父先應允後退婚的線索；琉球國國王派使臣到中國要朝廷加封的線索；神仙作媒的線索。眾神仙為崔、曹二女作合，施法使她們兩人在尼庵「聞香感召，一見相憐」，便生日後二女與石堅的機緣，這就是「憐香伴」的來歷。《意中緣》也有四條線索：名士董其昌與窮秀才的女兒楊雲友的戀愛是一條線索，好事多磨，終成眷屬，「意中緣。今遂了」，就是指這一對。名士陳眉公與福建妓女林天來是另一條愛情線索，與前一對不同，基本上處於順境。壞人是空和尚又是一條線索，是空和尚騙婚，將楊雲友誘騙到船上，楊團結黃天監與妙香鬥敗是空和尚，是空和尚被殺死。此劇還有一條閩州大盜的線索，大盜把女扮男裝的林天來擄去當書記，林天來終被官兵救出。如果講細一點，除了這四條線索外，熱心腸的名士江懷一為了董、陳兩個朋友的婚事及林女遇險奔走相救；楊秀才尋女的曲折遭遇，也可以視為附帶的線索。《玉搔頭》寫明朝皇帝和兩個女子的愛情故事，分別有妓女劉倩倩及總兵女兒范淑芳兩條平行線索。李漁自己就說是寫「兩樁事情」。《慎鸞交》寫兩個妓女的故事，也有四條線索：一是妓女王又嬙與書生華秀的愛情線索，王的愛情感動了華秀，使他克服了「歷代不娶青樓」的家族偏見，娶王為妾。二是妓女鄧蕙娟與書生侯永士的愛情線索，侯高中後貪新厭舊，拋棄鄧蕙娟，在華秀的教育下，幡然悔悟。三是財主趙錢孫與王又嬙的公案線索，趙錢孫裝神弄鬼嚇唬王又嬙，又設下債餌強迫王嫁他，王與他打官司，打贏了他。四是魔劫大王的戰爭線索，皇帝命令華秀去剿滅魔劫大王，大王投降，華秀放了他。

以上說明，笠翁十種曲全是多情節結構，有好幾個劇本的結構，可謂節外生枝，線上打結，線索多至五、六條。大家知道，作家是用作品發言的，李漁的戲劇理論不是提倡單一結構，他的全部劇本更非單一結構。他的幾篇小說，如《譚楚玉戲裡傳情，劉藐姑曲終死節》，倒十分符合西方「三一律」，只寫「一個故事」，十分集中單一，而他把小說改編成劇本時，毫不例外地都增加了情節線索。本書花了不少篇幅來介紹他十個劇本，無非是讓讀者們加深這個觀念：李漁的戲劇結構與西方的「一事」風馬牛不相及，相去不可以道里計。

如果要將李漁與西方戲劇家比較，莎士比亞倒有些合適。李漁提煉素材的特點是化簡為繁，變單一結構為多情節線索結構，莎士比亞也有這個特點。莎氏三十七個劇本的素材絕大多數是「偷」來的。莎氏的改編有兩個特點：一是「偷」人家的情節，莎氏劇本的多線索結構，常常是集前人或同代人好幾種素材的大成。一是在前人的素材上加上自己構思的情節。所以莎劇的情節就顯得特別豐富多彩。

我們不妨舉些例子來說，《無事生非》的素材來源於義大利馬提奧．彭德羅《小說集》第二十二篇克勞狄德與希羅的愛情故事，但莎氏構思了一條新線索──貝特麗絲與培尼狄克的愛情線索，它是這部喜劇最主要的關目。據狄格斯一六四〇年的一段詩評可見莎氏新加的這條情節線索的重要性：「只要讓貝特麗絲／培尼狄克一出場，看哪，頃刻間／正廳、樓座、包廂就擠滿了人。」又如《辛白林》取材於《十日談》第二天故事九，莎氏改編時增加了至少三條線索：壞心腸王后與其子克洛頓的可悲下場的線索；英國與古羅馬戰爭的線索；辛白林父子團圓的線索。這類例子還有不少，如《終成眷屬》據《十日談》第三天故事九改編，《羅密歐與朱麗葉》據義大利班德洛《短篇小說集》第二卷故事九改編，《奧賽羅》據義大利欽蒂奧《故事百則》第三旬故事七改編，都增加了情節線索。有趣的是，因為莎劇的情節實在太豐富複雜了，英國蘭姆姊弟將他的一些劇本改寫為「故事」時，竟不得不刪去一些次要線索。讀者不妨比較一下《皆大歡喜》及《辛白林》的改寫本便知。瑪麗．蘭姆在《辛白林》改寫本結尾說：「這些悲慘故事我們只不過略提一筆，不讓它來妨礙這個故事可喜的結尾。」

中國的傳奇與元曲比較，是結構由簡變繁，情節線索大大增加了。西方文藝復興時期的戲劇與古希臘的戲劇比較，也有這個演進的特點。李漁與莎士比亞劇本的化簡為繁，是順應了戲劇的發展。中西方兩位大戲劇家在改編及創作上提倡多情節線索的結構是心有靈犀一點通的，準確地說，都是戲劇結構的革新派。

上文說過，李漁的戲劇結構論恰恰不是提倡戲曲只能有一條線索，不是提倡戲劇情節的單一、集中，而是提倡傳奇情節應豐富多彩，突破元曲的侷限。從明代開始，中國戲曲史上另一個黃金時期──傳奇時期開始了，李漁正是傳奇結構這個新生事物的鼓吹者。

但是，僅僅這樣說還遠遠不夠，因為傳奇的結構並非都好，請聽李漁對時人的批評：「後人作傳奇，但知為一人而作，不知為一事而作，盡此一人所行之事，逐節鋪陳，有如散金碎玉，以作零出則可，謂之全本，則為斷線之珠，無樑之屋，作者茫然無緒，觀者寂然無聲，無怪乎有識梨園望之而卻走也。」[48]

李漁結構論的與眾不同，在於告誡劇作家，寫多線索的戲劇，必須牢牢抓住「主腦」，始終不變方向地寫下去。「主腦」只能有一個，亦即「一人一事」、「一線到底」，才能保證全劇多線索的統一。否則，就如「散金碎玉」、「斷線之珠」、「無樑之屋」，失去統一性。西方戲劇理論家說，劇本要集中統一，必須寫一條線索。那麼，多線索的劇本如何做到集中統一呢？亞里斯多德不可能說，布瓦洛根本排斥多情節線索結構，他沒有水平說。中國的李漁說了，他說了外國人沒說過的話，說了中國前人和同代人沒說過的話，這便與眾不同。李漁結構論的嶄新價值正在於此，可用一個公式表示：

立主腦＋多線索＝佳結構

48 《閒情偶寄》，《李漁全集》第3卷，頁9。

李漁對自己劇本的評論可以補充說明他的理論。《放風箏》的「主腦」是什麼？是放風箏。如果醜公子戚生不放風箏，美公子韓生就無從題詩其上，風箏也無從斷落在美女子淑娟院子裡，她也無從和詩，韓生也無從由戚生派人索回的風箏見和詩而起愛慕之心，也去放風箏，醜女愛娟也無從拾到他故意放斷的風箏，以後也就根本沒有兩醜與兩美的誤會了，因此，《風箏誤》的構思，關鍵就是「放風箏」，一切誤會全由這只「作孽的風箏」而起（《風箏誤．二十九齣．尾聲》）。李漁說：「放風箏，放出一本簇新的奇傳。」（《風箏誤．第一齣》）。由於李漁牢牢抓住放風箏這個「主腦」去寫，三條情節線索都離不開它，劇本的三條線索就統一起來了。

李漁的《玉搔頭》明擺著有兩條情節線索，但李漁說「兩樁事情，合來總是一事」（《玉搔頭．第二十七齣》）。「一事」是什麼？就是皇帝不慎丟了妓女送他的「玉搔頭」，因為皇帝丟了這件愛情象徵物，它又被總兵之女拾去了，便生皇帝與二女之愛情種種瓜葛。「兩樁事情」指劇中兩條愛情線索，「總是一事」指劇中的「玉搔頭」這個「主腦」構思，由於「主腦」只有一個，一線到底，所以兩條線索便得到統一。妓女和皇帝也好，總兵之女和皇帝也好，二女之關係也好，都離不開這個「玉搔頭」，故「合來」總是一事，李漁不是說得很明白嗎？

李漁有豐富的編劇經驗，深知編劇法的三昧，他之所以提出「立主腦」、「一人一事」、「一線到底」的原則，因為他深知這是多線索結構成敗的關鍵。劇作家在多線索的創作構思時，要「綱舉」才能「目張」，最難解決的就是一個「從何入手」的問題。能否抓住「主腦」去組織全劇，關係到全劇的結構能否統一，抓住了，就有了統一性，丟掉了就一定失之散漫。一個劇作家若非成竹在胸，不經過反覆思考，認真選擇，是抓不出一劇的「主腦」來的，「主腦」既體現一劇的藝術性，也體現一劇的思想性，是二者的高度統一，故「主腦」的構思是最難的。所謂創作「靈感」，也就體現在劇作家在醞釀劇情時，經過長期苦思冥想，忽然大悟，抓住一劇的「主腦」。高則誠作《琵琶記》，抓住了「重婚牛府」，全劇就統一了，思想性也就出來了。看哪，蔡伯喈不是個好東西，一經對比，趙五娘的美也出來了。王實甫作《西廂記》，抓住了「白馬解圍」，全劇就統一了，男性救女性，這是個永恆的母題呢。李漁在論「主腦」時，兩次強調要抓準作家創作構思的「初心」，所謂「原其初心」，這四個字萬萬不可輕輕放過。這個「初心」，就是劇作家對「主腦」構思的結晶，就是形象思維的結晶。試問，在李漁之前，有誰說過「重婚牛府」是《琵琶記》的關鍵情節？「白馬解圍」是《西廂記》的關鍵情節？《琵琶記》有一條趙五娘的線索，還有一條牛小姐的線索，但只要抓住「主腦」，兩個女性的悲歡便由一個蔡伯喈去製造了。《西廂記》有一條張生的線索，還有一條鄭恆的線索，但只要抓住「主腦」，誰勝誰敗便已注定。

李漁「立主腦」的理論，對我們評論西方戲劇也極有啟發。西方有所謂「鎖閉式結構」及「開放式結構」，西人多從線索多少的角度去加以評論。如某某劇本是單一結構，某某劇本是多線索結構。而從「立主腦」的角度去評論，就是一個新角度，無論「鎖閉式結構」或「開放式結構」，若要做到劇情緊湊集中統一，都要十分重視一劇「主腦」的構思。這構思，不僅僅是一個編劇技巧的問題，而且是一個主題思想的問題，即「立言之本意」與「一人一事」的結合的問題。歌德的《浮士德》的情節線索有好幾條，這是世界上最長的詩劇，他寫了六十年，始終抓住了什麼？就是「天上的打賭」，沒有上帝與魔鬼就人間的浮士德從善從惡問題的打賭，沒有這個「主腦」、「一事」、「一線」，就沒有浮士德的一切故事。確定了「天上的打賭」這個「主腦」，善戰勝惡、自強不息就能得救的主題思想也就體現出來了。又如古希臘悲劇《俄狄甫斯王》中的「棄嬰」關目，就是此劇的「主腦」，沒有忒拜國的國王與王后的「棄嬰」，就沒有俄狄甫斯王後來的故事，而「棄嬰」這個關目正體現命運的主題，一切是由命運決定的，反抗是徒勞的。再如法國拉辛的悲劇《費德爾》的「主腦」是費德爾暗戀王子希波呂托斯。日後希波呂托斯、保姆伊南、費德爾的死，以及忒修斯與公主亞麗西阿的悲慟均源於此。費德爾對王子的暗戀「一事」招致了所有劇中人的悲慘下場，而此「一事」又說明情欲之可怕。莎士比亞的《威尼斯商人》的「主腦」是「一磅肉」，即夏洛克與安東尼奧的衝突，沒有「一磅肉」，便沒有鮑細霞女扮男裝去當法官的故事。莎氏牢牢抓住夏安這對矛盾去寫，全劇四條線索便有了統一性。到了第四幕，所有的人都成了夏洛克的對立面，全部矛盾集中到夏洛克一人身上，這是何等集中。應該指出，「二希」文學傳統及民間文學幫了這四位名劇作家很大的忙。歌德受《聖經》啟示而得到《浮士德》的「主腦」，索福克勒斯受希臘神話啟示而得到《俄狄甫斯王》的「一事」，拉辛受古希臘悲劇潛移默化的影響得到了《費德爾》的「一線」，莎士比亞從民間文學汲取靈感而獲得「一磅肉」的素材。這是千百年傳統力量給予劇作家的靈感。

李漁「立主腦」的見解，在西方也可找到同道，這就是大名鼎鼎的歌德。歌德認為《哈姆萊特》是一部偉大的戲劇，但枝蔓太多，「其材料足夠寫出一部長篇小說，然而大大有損於這部劇本的統一性」。[49]他認為只要抓住「唯一的一種題材」來「貫串全劇」即可，這唯一的題材就是「挪威的動亂」。他指出這是莎劇中本來就有的，「這已經包含在劇本中」，只不過莎氏未能「正確使用」。於是，威廉的改編本就大膽刪去新王派遣哈姆萊特到英國去，他被海盜俘虜，兩個廷臣因轉送改信而被處死等情節，因這些情節與「挪威的動亂」無關。

49 引文見董問樵譯：《威廉・麥斯特的學習年代》（上海市：上海譯文出版社，1993年），頁274-275。

改寫老王死後，剛被征服的挪威人發生動亂。那兒的總督派遣他的兒子霍拉旭到丹麥來，催促裝備艦隊去救援（在原劇中霍拉旭不是總督之子，也不是從挪威來。他與哈姆萊特同在德國威登堡大學留學，哈因父喪先回國，他緊接著也回國是為了參加老王葬禮）。新王同意加快艦隊的裝備。哈與霍本是老同學，向霍洩露他繼父的罪行。霍勸他一起到挪威去，借軍隊保護自己再率兵打回來。新王因害怕哈姆萊特也同意派他去艦隊，同時又派兩個廷臣及雷歐提斯去監視他。艦隊被逆風所阻，所有角色返回丹麥。以後的情節與原劇基本相同。

歌德的改編本若借用李漁的話說就是抓住了「主腦」。的確，如果沒有「挪威的動亂」，霍拉旭不會到丹麥，他也就見不到老王的鬼魂，也就不會告訴哈姆萊特，哈也就見不到鬼魂，以後的戲就無從演起。哈要報仇，霍勸他去挪威搬兵，也合情合理。新王怕哈，派他去艦隊以便擺脫他，同時派人監視他，其戲劇性亦合乎情理。艦隊因逆風受阻，哈與霍同回丹麥，比之原劇中哈被海盜俘虜又返回丹麥與霍同在墓園出現，亦更順乎事理。尤其重要的是改編本一切情節都由「挪威的動亂」而起。而原劇中新王派哈去英國等情節，卻與挪威的動亂無關。

歌德認為《哈姆萊特》的構思應分為人物與事件的內在關係及外部關係兩方面。其「內在關係」精彩極了，一點也不能改動。但「外部關係」卻過於枝蔓，必須刪改。所謂「人物的外部關係」，「就是人物由於某種偶然事件，從這個地方被帶到那個地方，或者被以這種方式和那種方式聯繫起來」，而「人物的外部關係」，要由「唯一的一種題材」來「貫串全劇」，才能保持劇本的「統一性」，這就是「挪威的動亂」。這種見解，與李漁認為「白馬解圍」及「重婚牛府」是《西廂記》、《琵琶記》的「主腦」頗為相近。歌德不說老王被害死是《哈》劇「唯一的一種題材」，而指出「挪威的動亂」才是「唯一的一種題材」，因為「艦隊和挪威作為巨大而單純的遠景，給劇本大大增色；倘使把這些完全取消，那就僅僅剩下一個家庭場面，而整個王室由於內部犯罪和愚昧行為遭到毀滅，這種偉大觀念就不能在這兒莊嚴地表現出來了。」[50]這是獨具慧眼的見地。歌德強化了「挪威的動亂」這個題材，保持了劇本首尾的一致，也就大大突出了劇中國外矛盾這個背景，也就強化了「丹麥是一所牢獄，世界也是一所很大的牢獄」這個主題，同時也更突出了霍拉旭這個角色在劇中的地位及他與主角關係的合理性。在歌德以前，誰也沒有看出「挪威的動亂」是劇中牽一髮而動全身的「唯一的題材」，正如在李漁之前，誰也沒有看出「白馬解圍」與「重婚牛府」是中國兩部名劇的「主腦」，在二劇中有舉足輕重的地位。所以說李漁「立主腦」的理論可與歌德相通。

## 三　比較文學的誤區

國內不少論者把李漁的「一事」與亞氏的「一事」等同，這不能不說是理論上望文生義的誤比。

有的學者說：「亞里斯多德……所謂『一個對象』、『一個完整的行動』，就是李漁的『一線出底』，『貫串只一人也』。」[51]

有的學者說：「李漁提出過『一人一事』的主張，但又聲明『一人』的限制是不夠的，而必須集中於『一事』，亞里斯多德恰巧也作過同樣的強調」。「即以上述特別相似的關於戲劇結構單一性的論述來看，『一事』固然是西方所共同強調的，但歐洲除了事件的整一之外，還有時間的整一和地點的整一這兩項，……李漁始終沒有對戲劇的時間和地點作過多的限制，而是明智地把問題侷限在對事件的限制上。」[52]

---

50 《威廉·麥斯特的學習年代》中譯本，頁277。

51 顧仲彝：《編劇理論與技巧》（北京市：中國戲劇出版社，1981年），頁150。

52 余秋雨：《戲劇理論史稿》，頁325-327。

有的學者說：「李漁的一些具體主張，如對情節單一性的要求，亦與亞氏契合。」「李漁在主張情節結構整一上頗接近亞里斯多德，但始終對時空不作過多限制。」「李漁對戲劇結構的發現，與十七世紀之前的西方劇作家觀念很接近。……都共同總結了戲劇的情節結構要單一、完整、集中的客觀規律。」[53]

有的學者說：「李漁和狄德羅在戲劇結構和布局中，雖然見解大致相同，但也有重要的不同點：李漁雖然主張結構單一，情節集中，但沒有對劇情的時間和地點作出更多的限制。而狄德羅則受著法國古典主義的「三一律」的影響，不但要求情節集中，而且也要求劇情的時間和地點的集中。」[54]

上述理論的望文生義的誤比至少有十幾年的延續性了，第一是將李漁的「一事」界定為亞氏的「一事」，第二是將李漁的「一事」界定為「三一律」的「一事」，都是一而二、二而一的誤比，這既不符合李漁結構論的原意，也不符合李漁的改編及創作的實際。關於這兩點，上文已從正面說過了，不再重複。這裡只指出這種誤比的不妥之處：

第一，對西方戲劇結構論的「一事」缺乏具體分析，把「一事」論的侷限及缺點當作優點拿來。

亞氏的「一事」論固然是獨創性的，但不能用於作為一切戲劇結構的標準。美國當代著名批評家阿伯拉姆批評得好。他說：

> 一個亞里斯多德沒有預見到的成功的發展是一種靠雙重情節獲得的結構一致。這種雙重情節在伊麗莎白時代較為常見。在這

---

53 饒芃子主編：《中西戲劇比較教程》（廣州市：廣東高等教育出版社，1989年），頁13、121、136。

54 黃藥眠、童慶炳主編：《中西比較詩學體系》（北京市：人民文學出版社），下冊，頁453。

> 種結構形式中，一個次要的情節，也就是一個次要的、本身也是完整有趣的故事，被引到戲劇中；如果處理得巧妙，它有助於擴大我們對主要情節的視野，增加而不是分散全局效果。[55]

阿伯拉姆所說的「伊麗莎白時代」的戲劇，是指以莎士比亞為代表的多情節線索的戲劇。亞氏確實不可能「預見」二千年後的西方戲劇的發展，這是古希臘戲劇本身的歷史侷限性，不能怪古人。亞氏首倡結構第一，首倡「一事」論，功勞是很大的。

但是到了十七世紀布瓦洛提倡「三一律」就不同了。「三一律」強調戲劇要戴著鐐銬跳舞，尤其是要寫「一個故事」，也有它針貶時人戲劇弊病的進步性。「三一律」的精華是集中。但是布瓦洛是古典主義者，他太迷信古典戲劇與亞氏了，對莎士比亞視而不見，這裡頭還有法國人的民族偏見。他用「三一律」去否定莎氏的戲劇就大錯特錯了。莎劇不適合於「一個故事」論，而成就很高，是戲劇史上的創新。布氏眼光狹窄，是他本人理論的缺陷。而李漁的理論恰恰避免了西方的侷限。

第二，混淆了悲劇理論與喜劇理論的區別，變李漁為復古派。

亞氏的「一事」論是悲劇的理論，是對悲劇的要求，李漁的「一事」論是喜劇的理論，是對喜劇的要求。兩種不同的含義，兩種不同的審美效果，兩種不同的戲劇功能，是不容混淆的。布氏是復古派，只講古勝今，李漁是革新派，既重視元曲，又重視傳奇，他不厚今薄古，又講了今勝古。

第三，抹殺了李漁結構論的真正的、巨大的、與西方不同的價值。

李漁的「立主腦」、「一人一事」、「一線到底」是對多情節線索結

55 〔美〕阿伯拉姆著，曾忠祿等譯，賀祥麟校：《簡明外國文學詞典》（長沙市：湖南人民出版社，1987年），頁259。

構的要求，是精闢的創見，它把集中統一與多情節線索統帥起來，開闢了世界戲劇史上編劇法與評論法的新思考、新理論領域。

李漁的戲劇理論的貢獻，不限於結構論。他提倡「笑」的藝術；提倡「對白」的藝術；提倡「動作」的藝術；提倡打通小說與戲劇；提倡「把戲文當了實事做」(見《譚楚玉戲裡傳情，劉藐姑曲終死節》)、「入耳」、「上口」、「設身處地」的「體驗」的表演與創作藝術，都具有先鋒性與現代性。他強調「填詞之設，專為登場」，是他戲劇理論的總綱，一針見血地指出戲劇是舞臺藝術，凡此等等，都具有普遍的國際價值。李漁的戲劇理論說明中西戲劇理論雖然是不同文化圈的兩個不同的戲劇理論體系，但具有不少相同或相通之處。僅以結構論說，如李漁與亞氏都強調「結構第一」，這是相同的。他與莎士比亞都提倡多情節線索的戲劇，也是相同的。李漁的戲劇理論及戲劇實踐，是聯繫中西方戲劇理論特別是喜劇理論與實踐的一座金橋，確實應該加以比較，取長補短。但是比較不是認同，認同就抹殺了自己。鑒於國內不少學者在李漁與西方結構論上的誤比，故有提出討論之比要。

# 第四部分

## 中西詩學類型

# 壹
# 中國文論演變的軌跡及特點

## 一　先秦文論的特點

先秦文論主要指東周（春秋戰國）的文論，這是中國文論開創時期，雖然都是片斷性的文字，無一篇專論，但規定了中國文論方向。在晚明前，中國文論沒有出現過新的方向，故極為重要。

儒家文論是先秦文論的主潮，也是中國文論的主要方向。《尚書》〈堯典〉提出「詩言志」，概括了詩的功能和特點（為政治服務，抒發個人的社會抱負），朱自清稱之為「開山的綱領」（《詩言志辨》序）。

儒家的代表人物孔子（西元前551至西元前479年）、孟子（西元前372至西元前289年）、荀子（西元前313至西元前238年）的文論，是儒家文論的源泉。

孔子有關文論的七條原則，儒家奉為經典，是儒家文論的總源頭，總根據，極為重要。

第一，為政治服務，為教育服務。「子曰：小子何莫學乎詩？詩可以興（修身），可以觀（觀得失，觀興衰），可以群（交流思想，搞好團結），可以怨（批評當局）。邇之事父，遠之事君（事奉父母，服事君上），多識於鳥獸草木之名（認識自然）。」（《論語》〈陽貨〉）。「放鄭聲」（《論語》〈衛靈公〉）。

第二，內容與形式統一，內容第一。「質（樸實）勝文（文采）則野（粗野），文勝質則史（虛浮）。文質彬彬（配合適當），然後君子。」（《論語》〈雍也〉）。「有德者必有言（有價值的言語），有言者不必有德。」（《論語》〈憲問〉）。

第三，美與善統一，善高於美。「子謂『韶』，盡美矣，又盡善也。謂『武』，盡美矣，未盡善也。」[1]（《論語》〈八佾〉）。

第四，文學的理性原則。「詩三百，一言以蔽之，曰：『思無邪』。」（《論語》〈為政〉）。「樂而不淫，哀而不傷。」（《論語》〈八佾〉）。

第五，學與思統一的原則。「學而不思則罔，思而不學則殆。」（《論語》〈為政〉）。用到創作上，強調形象思維不能離開學與思。劉勰的〈神思〉是對此的發揮。

第六，弘揚傳統的原則。「述而不作，信而好古」（闡述而不創作，以相信的態度喜愛古代文化）（《論語》〈述而〉）。這是宗經說、師古說的源頭。道佛詩論亦信奉之，如皎然、司空圖、嚴羽。

第七，文學不能寫怪神、暴力、動亂。「子不語怪、力、亂、神。」（《論語》〈述而〉）。司馬遷寫《史記》，劉勰評批屈原，以此為據。

孔子這七條原則，基本正確，至今仍有指導價值。就以第七條說，排斥浪漫主義不對，但反對文學作品寫迷信，主寫真實可信的事物又是對的。主張文學作品不宣傳暴力、動亂也是對的。

孟子全部同意孔子。但有兩點新見：第一，審美共性說。「口之於味也，有同耆（嗜）焉；耳之於聲也，有同聽焉；目之於色也，有同美焉。」（《孟子》〈告子上〉）。「口之於味也，目之於色也，耳之於聲也，鼻之於臭也，四肢之於安佚也，性也。」（《孟子》〈盡心下〉）第二，知人論世說。「頌其（古人）詩，讀其書，不知其人，可乎？是以論其世也（所以要討論他那一個時代），是尚友也（這就是追溯歷史與古人交友）。」（《孟子》〈萬章篇〉）。

荀子完全同意孔子，但不是孔子最好的學生。他把孔子的文論片面化而且「法律」化了，因他是刑名法家。第一，他奠定明道、徵聖、宗經的文學觀。荀子主性惡論，而明道、徵聖、宗經可以去

---

1 「韶」，舜時樂曲名。舜的天子位由堯「禪讓」而來。故孔子認為「盡善」。「武」，周武王時樂曲名。周武王的天子位由伐商紂而來，故孔子認為「未盡善」。

「惡」。「道」指禮義，「禮義之道」(〈性惡篇〉)。「聖」指孔子，「聖人備道，全美者也」(〈儒效〉)。「經」指五經，乃「道德之極」(〈勸學〉)。道是抽象的，但聖人不抽象，五經更不抽象。因此，明道，徵聖、宗經三位一體，應以宗經為中心。

第二，強調對異端邪說必須堅決打擊。孔子正雅樂，放鄭聲，荀子進一步發展了孔子的思想。他把學術文化分為「聖人之辯」、「君子之辯」、「小人之辯」。「凡言不合先王，不順禮義，謂之奸言，雖辯，君子不聽」(〈非相〉)。荀子稱「小人之辯」為「奸人之雄」，對這樣的人，「聖王起，所以先誅也，然後盜賊次之。盜賊得變，此不得變也。」(〈非相〉)。

第三，強調音樂的政治教化作用。〈樂論〉把音樂作為統治者安邦定國的重要手段講得淋漓盡致。「樂者樂也，人情之所必不免也」，因此「引導」十分必要。「故樂者，治人之盛者也。」

墨子和韓非子反對儒家。他們認為文藝要對老百姓有利，老百姓吃不飽穿不暖，不要為當官服務的文藝。文藝要實用，唯美的文藝於實用一無好處。文藝不利於法治，只會把國家搞亂。故墨子「非樂」。韓非子把《詩》、《樂》列為五種蛀蟲之一。孟子與荀子的文論與之針鋒相對。

道家文論不容忽視。道家文論由老子（約與孔子同時，生卒年不可考）開創，由莊子（約西元前369至西元前286年）繼承和發展。老莊否定人為的藝術，肯定自然的真善美；鼓吹虛無主義，抗議統治者的假仁假義。二人的文論既是荒謬的，又有合理成分；既是神秘的，又有思辨性。道家與儒家是針鋒相對的思想體系，一個提倡出世，一個提倡入世，已經給中國作家規定了走入官場和走入山林兩條迥然不同的道路。道家的影響僅次於儒家。在一個相當長時期內（從魏晉到唐宋），道佛家對文學（尤其是在詩論方面）有很重要的影響，因而使中國文論出現儒道佛複雜的交叉。

老子是「一事不做，徒作大言的空談家」（魯迅：《且介亭雜文末編·「關」》）他鼓吹「絕學無憂」，從根本上否定文藝。但他有辯證法思想。他認為天然之美才是真美，人工之美不是真美。深奧的思想非聲色筆墨所能表達：

> 大方無隅，大器晚成，大音希聲，大象無形，道隱無名。（《道德經》〈四十一章〉）

莊子發展了老子的文藝觀點，提出「得意而忘言」（〈外物〉），這是對「道隱無名」的發揮。他對把聲音分為「人籟」與「天籟」（〈齊物論〉），「天籟」乃是無形無聲的至樂：

> 聽之不聞其聲，視之不見其形，充滿天地，苞裹六極。（〈天運〉）

這是對老子「大聲希聲」的發揮。正如西方詩人濟慈說的：「聽見的樂聲雖好，但若聽不見卻更美。」（Heard melodies are sweet, but those unheard are sweeter）。弗羅斯特說：「無聲勝有聲。」（But that he knows in singing not to sing）。又如華茲華斯說的：「十二分的歡迎你，春天的寵兒，／對於我們你不是鳥兒／你只是一個看不見的東西，／一個聲音，一個謎。」（but an invisible thing, a voice, a mystery）。真正的聲音是聽不見的，真正的美是看不見的。老莊與西方詩人見解一致。

莊子有一些寓言對文藝創作很有啟迪性。如解牛的庖丁，斫輪的扁，捉知了的老頭，履水如平地的奇人，為什麼本領那麼高明？因為他們摸透了事物的規律，才這樣得心應手。要掌握規律，絕非一朝一夕之功，要靠長期的苦練，長期的修養，才能心領神會。庖丁也好，扁也好，捉知了的老頭也好，在勞作前都首先有一個虛靜的心態，所謂靜則明，明則虛，虛則無為而無不為。虛靜就是忘我，無我，全身心都投入勞作對象中了，這就能「無為而無不為」。儒家也講「虛靜」，只不過儒家認為世界觀的指導十分重要，即劉勰說的「志氣」、「積學」、「酌理」、「研閱」，一句話，就是宗經。老莊也有他的世界觀，但他們的世界觀是玄之又玄的。所謂「道可道，非常道」。因此，老莊講的「虛靜」，又易流入神秘主義。

老莊主張人為的不是真善美，真善美不是人為的，最好的文藝應是無字真經。老莊的文章富於形象性，尤其是莊子的文章，寓於絢爛的浪漫主義色彩。老莊的文論最有價值之處是「師造化」三字，啟發中國作家認識自然之美是無窮無盡的，也是最高妙的，人為的藝術決不能把自然之美、內在之美全部表現出來。啟發作家去追求一個更高的藝術境界，力求返璞歸真，要求作品有言外之意，能讓人回味無窮，喚起豐富的想像和深邃思索。中國後代作家不理睬老莊反文藝的主張，卻深受其追求「大美」的啟發，努力去創作「天工」的作品。老莊的文論對後世文藝創作與批評影響深遠。

## 二　漢代文論的特點

漢代四百二十七年的歷史是大一統的歷史，儒家思想發揚光大。漢代文論成就有三：

第一，出現了第一篇完整的儒家文論《毛詩大序》，此文僅四百九十一字，卻是漢代最重要的論文，它片面地發揮了孔子的思想，將「情」納入封建倫理的軌道，與「志」統一起來，建立了儒家用「禮」管住「情」的詩論。這就是「在心為志，發言為詩」，「發乎情，止乎禮義」。它明確指出詩和時代政治的關係。所謂「治世之音安以樂，其政和；亂世之音怨以怒，其政乖；亡國之音哀以思，其民困。」他強調詩歌安邦定國的力量和教化作用，「故正得失，動天地，感鬼神，莫近於詩」，「先王以是經夫婦，成孝敬，厚人倫，美教化，移風俗」。它規定了詩歌為政治服務的兩種形式。所謂「上以風化下」，「下以風刺上」，「言之者無罪，聞之者足戒」。毛亨第一次闡述了詩的分類卻一句話也不解釋賦比興。

《毛詩大序》是對孔子文論具有權威性的闡述，它在中國歷代儒家文論家的心目中地位並不相同。縱觀中國文學史，為《詩經》作序，以此為最早，它卻閉口不談《詩經》的藝術性——賦比興。它已經偏離孔子的文論，走上極端了。

第二，出現了司馬遷（西元前145？至西元前87？年）的「發憤著書」說。司馬遷的文論（〈太史公自序〉、〈報任安書〉）的自我意識極為強烈。在中國文論史上，他是第一個把自己的創作經驗總結出來，而對後世有重大影響的人。他的「發憤著書」說頗有離經叛道氣味，為儒家正統派所側目，卻成為中國許多古代作家創作的動力。他的文論有三個特色，首先，「發憤著書」是他自己的經驗；其次，是孔子與屈原的經驗，由他總結出來；再次，他作為一個大歷史家，為了闡述自己的觀念，竟敢於違反史實，借題發揮，文論意識高於歷史意識。下面一段話，膾炙人口：

> 昔西伯拘羑里，[2]演周易；孔子厄陳、蔡，作《春秋》；屈原放逐，著〈離騷〉；左丘失明，厥有《國語》；孫子臏腳，而論兵法；不韋遷蜀，世傳《呂覽》；韓非囚秦，《說難》、《孤憤》；《詩》三百篇，大抵賢聖發憤之所為作也。此人皆意有所鬱結，不得通其道也，故述往事，思來者。

司馬遷舉的例子，多與事實不符。孔子作《春秋》在魯哀公西狩獲麟的一年，不是受困於陳蔡。左丘明是否作《國語》，事無所考。呂不

2　羑里，古城名，故地在今河南湯陰北。

韋遷蜀前作《呂氏春秋》，不在遷蜀之後。韓非入秦前作《說難》、《孤憤》，不是囚秦時作。至於《詩經》三百篇，不是「賢聖發憤之所為作也」是明擺著的。這更說明司馬遷文論的特色，執著於主義的真。司馬遷用《春秋》、《周易》、《詩經》等來陪襯《史記》，說明他驚人的勇氣，這在衛道者眼中是大逆不道的。因此，班固、劉勰都指責他。司馬遷之所以高度評價屈原，也是「借他人的酒杯，澆自己的塊壘」。

第三，對漢賦的批判，以揚雄（西元前53至西元前18年）為代表。漢代四百年文學占壓倒優勢的主要文學形式是「賦」。漢賦的根本缺點是「諷一勸百」，「勸」就是對統治者的阿諛奉承。揚雄雖然是正統文人，但晚年棄「賦」從「經」，能反戈一擊，說「詩人之賦麗以則，辭人之賦麗以淫」，批判「拍馬」與唯美的漢賦。(《法言》〈吾子〉)。

第四，圍繞一個作家一部作品展開爭論，即屈原及《離騷》。漢武帝、淮南王劉安、司馬遷、王逸持高度讚美與肯定的態度，揚雄，特別是班固持批評意見。爭論的實質是文學作品允許不允許有反抗精神及浪漫主義的想像。但雙方的意見都沒有上升到理論的高度。

漢代文論比先秦文論有所發展。先秦只有一部《詩經》；楚辭還沒有人來得及總結。漢代人可以總結先秦文學的創作經驗，可以總結本朝《史記》、漢賦的創作經驗，所以漢代文論比先秦文論注重文學實踐的經驗。

漢代文論最大的缺陷是完全無視兩漢樂府的成就，中國古文論輕視民間文學的侷限性已見分明。

## 三　魏晉南北朝文論的特點

魏晉南北朝三百六十二年的歷史，是中國大混亂、大分裂的歷史。儒家政治上的「獨尊」地位已經喪失，道家和佛學在哲學上占重要地位。

先秦的散文傳統到東漢就衰落了。諷一勸百的「賦」也式微了，詩歌是魏晉南北朝文學的主要的形式。經過一千年的發展，五言詩體發揚光大。曹氏父子、建安（漢獻帝年號）七子、竹林七賢、左思及陶淵明，代表著魏晉詩歌的主流。曹操和曹植是建安文學兩個最大的代表。曹操是四言詩最後的一位偉大詩人，曹植是五言詩最初的一位偉大詩人。陶淵明是魏晉時期偉大詩人。魏晉南北朝是中國五言詩第一個黃金時代，名家輩出。蔡琰、庾信的五言詩成就也很高。南朝詩歌出現了古詩的變體，長短體。絕句與律詩也逐漸形成。由此可見它是漢魏古詩到唐代近體的橋樑。南朝詩歌的主要類型是描寫風景的山水詩和稱為宮體的色情詩。山水詩以謝靈運、謝朓為代表。宮體詩以南朝四代的君主的作品為代表。

魏晉南北朝的文學是文學的自覺時代，詞賦發展了，「文學」的真正概念形成了。個人創作意識突出了，但有積極消極之分。如同西方文藝復興，個性解放與享樂主義總是相伴，魏晉南北朝文學，固然有批判現實的積極意義（建安文學），但在晉代，文學呈現出比較濃厚的玄學傾向。南朝文學的主要趨勢，是形式主義文學的興起與泛濫。

魏晉南北朝的文論與文學創作發展並不平衡，文論要比文學健康得多，並出現理論的大高峰。

第一，中國文論已進入自覺發展的時期，真正的文論家誕生了。曹丕（187-226）的《典論》〈論文〉，雖五百八十三字，卻被公認是中國第一篇文論。陸機（216-303）的〈文賦〉一千六百六十八字，是中國第一篇「作文」論。劉勰（465？-512？）的《文心雕龍》三萬七千七百四十六字，[3]是中國第一部文學史與文藝理論結合的混合型巨著，標誌著中國儒家文論的最高成就，具有世界意義。鍾嶸

3 賈樹新：〈《文心雕龍》數據信息〉，《吉林大學社會科學學報》1987年1月號。

（468？-518）的《詩品》，是中國第一部五言詩論著。中國古文論再也沒有出現過如此燦爛輝煌的時期。

第二，內容與形式並重。劉勰、鍾嶸是正統派，這是毫無疑義的。曹丕、陸機也是正統派，也信仰儒家思想，這是有他們的文論為證的。但是，曹丕、陸機、劉勰、鍾嶸都重視藝術形式，陸機的《文賦》，通篇就是講如何作文的，最後一段才畫龍點睛說明形式要表現內容。重視形式主要表現為對詩歌的藝術美十分強調強。曹丕提出「詩賦欲麗」，陸機提出「詩緣情以綺靡」。「緣情」非陸機首創，而「綺靡」卻是新意。詩應該是美的。特別要提出的是鍾嶸在〈詩品序〉中指出詩的定義應是言志、抒情、敘事三者並重。他是中國第一個看出並重視詩的敘事功能的文論家，其見解極為精闢。

第三，重視作家的氣質、想像、靈感與創作關係的研究。曹丕提出以氣論文的觀念，他所說的「氣」，是才氣和氣質兼而有之，實際上是第一次提出作家的氣質、天才對作品風格影響的重要理論問題。陸機第一次對創作過程想像與靈感的作用作了形象的描述，嘆息對靈感「來不可遏，去不可止。藏若景滅，行猶響起」的奧秘還難以認識。劉勰又進一步論述了形象思維與理想思維的關係，立論精闢，後人難以超越。

第四，對文學作分類及綜合研究。曹丕第一次將文章分為四類八體。陸機分為十體，劉勰更分為二十種文體，第一次把〈史傳〉列入，分類及批評越來越細。曹丕第一個指出「建安七子」是一個作家群，開始將作家分派。陸機將創作論作一門學問集中研究。劉勰的《文心雕龍》可分總論、文體論、創作論、文學史、文學批評、文學鑒賞六部分，是前無古人的綜合研究。鍾嶸的《詩品》系統地論述了從漢魏至南朝齊、梁時代的五言詩，把五言詩的一百二十二位詩人，分上中下三品逐一評論，就詩的一種體裁作歷史性的研究。首開作家排座次之風。

第五，進化的文學史觀開始出現。首先是劉勰《文心雕龍》中的〈時序〉篇。其次是葛洪反對儒家貴古賤今的傳統觀念，根據語言學的原則指出今文優於古文。

第六，出現了批評的自覺意識。曹丕反對「文人相輕」，要求文學批評應「審己以度人」。劉勰不滿先前的文論而作《文心雕龍》，鍾嶸不滿先前的文論而作《詩品》，這種有針對性的批評前所未有。

第七，針對風靡一時的玄學及形式主義的詩風給予抨擊。文論富於戰鬥性。《文心雕龍》、《詩品》最為突出。

第八，首開以「詩」論文的形式。〈文賦〉就是「賦」體。《文心雕龍》是「駢文」。以上八點說明魏晉南北朝文論的自覺意識是積極、健康、活潑、向上的。它更接近孔子的文論思想，而不傾向於荀子、毛亨。

魏晉南北朝文論最大的侷限性仍在於忽視民間文學。像《文心雕龍》這樣「體大慮周」的著作竟一字不提〈焦仲卿妻〉。

印度佛教自漢代傳入，至魏晉南北朝大盛，有力促進中國「志怪」小說及山水詩的發展，促進中國聲律學的建立。但它對中國文論暫時尚不起什麼作用，其對中國文論巨大影響的時期尚未到來。

## 四　唐代文論的特點

唐代二百九十年的歷史是中國封建社會鼎盛期的歷史，中國封建社會的思想與文學到唐代出現多元化現象：儒道佛教並立，而儒教衰落，佛教成為主潮，道教勢力也很大。詩文創作達到藝術的頂峰，新的文學體裁已經出現——短篇文言小說（傳奇）成為作家自覺的創作。戲曲和詞兩個新生事物登上文壇。

唐代文論與唐代文學創作的發展很不平衡。散文理論要一分為二，詩論遠遠落後於創作，小說戲曲文論極薄弱，詞論厥如。總的來說，唐代文論的成就，遠遠不如魏晉南北朝。

中西文學的發展，都有一個詩、文分家的過程。西方從文藝復興開始，散文的長短篇小說已經可觀，西方已出現散文小說的理論，古典「詩學」的概念，已不能包括散文的內容。在中國，唐代文論第一個重要特色，是詩論與文論的分頭發展。這是中國文論第一次分化。這種詩文批評明顯分工的現象，如同西方一樣，反映了文學批評的深化，並影響宋、元、明、清各代。

唐代古文的理論，是針對「時文」（駢文）而發的。「駢」字是兩馬並駕的意思。駢文是由對稱的字句組成，字句音韻必須協調，是一種半詩半文的文體。這種文體在六朝時極為興盛，到初唐和中唐，仍然占據文壇的統治地位，連科舉取士也考試駢文。它不重視文章的思想內容，只是堆砌華麗的辭藻，搬用典故，限制聲韻，文風萎靡，形式僵化，不能真實地反映現實，不能自由地描寫各種事物，也不能親切地抒寫作者的思想感情。駢文的末流，就更接近於文字遊戲了。「古文」指的是用先秦諸子散文和兩漢史傳文、論說文那種文體寫作的文章，最重要的，當然是儒家的經典，它的特徵是散行單句，不拘形式，在當時是比較接近口語的文學。

古文運動，簡單地說，就是恢復先秦、兩漢儒家的散文傳統，爭取文體從駢文的束縛中解放出來，反對六朝以來忽視儒家思想的駢麗化的形式主義浮艷文風。

唐代古文運動是在「復古」的旗幟下，環繞對「文」、「道」的關係的探討而展開的。古文運動的主將韓愈（768-824）、柳宗元（773-819）一律強調「道」，在不同程度上輕視「文」。韓愈是主要的理論家。中國文學上的「復古」運動，從唐開始，一再發生，但有進步與保守之分。唐代古文運動之所以是進步的，因為它反對形式主義的文風，而儒家的「道」，當時也有進步意義。西方文學的「復古」，眼睛看著古希臘羅馬，中國文學的「復古」，眼光落在本土的傳統；西方文藝復興的「復古」，是借古典文化以建立資產階級新文化，唐代的「復古」，是借古代奴隸制、封建制的舊文化以促進封建文化的繼續發展；西方文學的「復古」，把藝術放在第一位，中國則把思想放在第一位。

唐代古文理論應一分為二地評價。「文以載道」（韓愈沒有直接提出此口號）的方向絕對是正確的，與「詩言志」一脈相承。但因此而貶低文學的藝術性乃至否定之就是形而上學。韓愈的文章寫得很好，他重視文學的思想性也很對。他的寫作理論如「言必己出」、「務去陳言」、「文從字順」、「不平則鳴」講得極好。他的〈答李翊書〉講自己寫文章的心得體會，很值一讀。但他把「道」與「文」有點對立了，自己和自己打架。試問他的文章寫不好，他的道理有人聽嗎？他其實是很懂文學藝術性的。柳宗元的寓言、人物傳記、山水遊記等散文寫得更好，他除了講思想之道外，也講藝術之道。但他也把「道」與「文」對立起來，也是自己和自己打架。他的〈答韋中立論師書道〉也是講自己寫文章的心得體會的，還捍衛了韓愈，說別人罵他是「蜀犬吠日」。韓愈與柳宗元這兩篇最重要的文論，高舉「宗經」、「師古」的大旗，是砍頭也不變的。但他們兩位確實把「文」貶得太低了，如果他們說二者都重要，內容形式不可分，才是「盡善盡美」就正確了。到了北宋，周敦頤就提出「文所以載道也」，程頤、程顥更提出「作文害道」，南宋朱熹更說「文從道中流出」，乾脆取消「文」了。因此，韓愈、柳宗元的文論是有很大片面性的。但唐宋八大家的文章還是寫得極好。中國後來的散文，逐漸喪失文學的美，這筆帳不能算到韓、柳身上，恐怕宋代的幾個理學家要負大責任。明、清兩代好的散文不少，真正懂藝術者，是「道」與「文」都要的。

唐代詩歌是中國詩史的黃金時代，主要特點是流派繁多，而每一種流派，都有自己的藝術上的代表人物，其成就是後人無法超越的。但是唐代的詩論，遠遠落後於創作。唐代詩人如繁星萬點，而詩論家實際上只有皎然（720？-800？）、白居易（772-846）、司空圖（873-908）寥寥三人而已。杜甫是偉大的詩人，但不是詩論家，他有《戲為六絕句》，如「轉益多師是汝師」，見解正確。但數量少，不成系統。

唐代詩論的片面性是驚人的，這是大優點也是大缺點，大貢獻也是大侷限。白居易的〈與元九書〉旗幟鮮明地提出「文章合為時而著，歌詩合為事而作」的現實主義綱領，在〈新樂府序〉中說「為君為臣為民為物為事而作，不為文而作也」。在〈寄唐生〉一詩中說「惟歌生民病，願得天子知」。這是對儒家詩論民主性精華的發揚。遺憾的是他的文學倒退論觀念又十分嚴重，認為自秦以降，「詩道崩壞」，說楚辭及五言詞只做到《詩經》作者十分之二三水平。李白的詩歌屬於美刺比興的，「十無一焉」。杜甫的好詩如「三吏」，如「朱門酒肉臭，路有凍死骨」的佳句，「亦不過三四十首」（〈與元九書〉），幾乎全部否定了中國詩歌的優秀傳統。白居易詩論的巨大片面性和他詩論的戰鬥性一樣引人注目。

白居易在〈新樂府序〉中從藝術形式上總結了「新樂府」的特色，這是值得重視的。由杜甫開創的「新樂府」敘事詩，上承《詩經》、漢樂府、南北朝民歌的敘事詩傳統，有豐富的遺產，豐富的創作經驗，白居易繼鍾嶸之後，注意到詩歌的敘事功能，但〈新樂府序〉的總結實在過於簡單。白居易雖然擅寫敘事詩，但連〈長恨歌〉的價值也認識不足，「時之所重，僕之所輕」（〈與元九書〉），這是極為可惜的。自白居易之後，歷代詩論家，對中國敘事詩傳統多視而不見，因此中國敘事詩這筆寶貴遺產，始終得不到認真總結。

在唐代，思想的主流是佛教，佛法大盛。儒學只占第二位。故道佛的文論也大大發展起來。道佛詩論與儒學是針鋒相對的。釋皎然的《詩式》與司空圖的《二十四詩品》使中國詩論大大偏離了儒家的方向。《詩式》開創以禪論詩的新批評。在中國詩論史上，首先將佛教與道家學說引入詩論的人，就是皎然與司空圖。

皎然認為詩貴含蓄，「但見情性，不覩文字，蓋詩道之極也」（《詩式》），所謂「不覩文字」當然不是不要文字，而是「假象見意」，「情在言外」。要達到這樣的標準，詩人必須擅於「取境」。「靜，非如松風所動，乃謂意中之靜。遠，非如淼淼望水，乃謂意中之遠。」這樣的「境」，來自自然，高於自然，而與詩人的藝術思維結合，由象見意，是意境了。如何「取境」？就要「苦思」。「取境之時，須至難至險，始見奇句」。但「苦思」只靠人力不行，還要靠佛學的幫助。他說他的遠祖謝靈運的詩登峰造極，就是得到「空王之道助」。皎然也講「詩教」，但他的詩論與劉勰是大不相同的。所謂「取境」，就是想像，構思，即劉勰所講的「神思」。劉勰認為「神思」要由「志氣」管住，還要積學、酌理、研閱。皎然不講這些。劉勰既講詩的含蓄，也講詩的明白突出，見〈隱秀〉篇。

詩是表現詩人的自我的（情性），但詩之所以是詩，就是要形象化，高度的形象化，寓自我於形象之中，而詩的形象又能引起讀者的廣泛聯想，可以生出許多其他的意義。這就是含蓄之要旨。皎然把這點講得十分透徹，所以他的「取境」說對後代詩論影響頗大。司空圖論詩所謂「不著一字，盡得風流」，嚴羽論詩所謂「羚羊掛角，無跡可求」，王士禎提倡「神韻」，王國維關於「境界」的論述，都是皎然的「互文」。

司空圖繼承了皎然的詩論，其理論代表作〈與李生論詩書〉提出「韻味」說。他說論文難，論詩更難。只有能領會詩的「韻味」的人，才有資格談詩。所謂「韻味」就是一首好詩應有「韻外之致」（詩外之情趣），「味外之旨」（詩外之美）。兩句話的意思差不多，一句話，「韻味」亦即含蓄。《詩品》是論詩歌二十四種風格的著作，以詩論詩，共二十四首詩，每首十六句。其中〈含蓄〉一首是論詩的最高藝術境界：「不著一字，盡得風流。語不涉難，已不堪憂。……」

司空圖是以道家思想論詩的風格的。「道」是《二十四詩品》的靈魂，無處不在。悟「道」方能寫出好詩，是司空圖論詩的主旨。

皎然與司空圖將禪學與道家學說化入詩論，但在理論上卻無法作更多的闡述。道佛詩論強調「悟」性，本不以理論勝，這正是道佛詩論「不立文字」的弱項。皎然、司空圖的詩論雖有閃光的東西。但以禪論詩，以道論詩，必然使詩人走上逃避現實的道路，鑽入藝術象牙之塔。以禪、道入詩稱盛後，中國詩壇再也出不了屈原、李杜、白居易，中國詩歌的現實主義與積極浪漫主義的傳統再也不能發揚光大。

## 五　宋元文論的特點

宋代三百二十年歷史是遼、夏、金邊患不絕的歷史，南宋是中國歷史上最衰弱無能的朝代。元代百年史是蒙古人統治中國的歷史。

宋代文學有兩種對立的聲音。一種是北宋西昆艷體及南宋詩詞中亡國的醉生夢死的靡靡之音和「存天理、去人欲」的理學家的聲音，一種是北宋古文家復古救世及南宋辛棄疾、陸游憂國憂民的慷慨悲壯的聲音。理學家雖反對靡靡之音，但扼殺文學生機。只有古文家和愛國詞人、詩人的聲音，方是進步的聲音。

宋代文學詩文是主流，但與唐不同，唐朝詩文總的來說是陽剛之美，宋的詩文是陰柔之美，氣勢已不如唐。宋詞的興盛是嶄新的文學現象，是宋代文學超越唐代文學的唯一的高峰。白話短篇小說崛起是中國小說史一大變遷。雜劇已初具規模。

宋代的文學思想是理學統治文學。周敦頤（1017-1073）說「文所以載道也」。程顥（1032-1085）、程頤（1033-1107）提出「作文害道」。大學問家朱熹（1130-1200）認為三代周公孔孟以下，一代不如一代，「文」與「道」越離越遠。他不僅攻擊靡靡之音，連屈原、司馬遷、韓愈、歐陽修、蘇東坡也一概罵倒。他的文學倒退論一直影響到清末。

宋代文學最突出的現象是古文運動。唐代的復古是復三代兩漢之古，宋代的復古是復唐代之古；唐代的革新針對東漢至隋初的駢文，宋代的革新針對晚唐至宋初的駢文；唐代的復古已有重道輕文傾向，宋代的復古運動大大加強這種傾向。

在宋朝六個古文家中，蘇軾（1037-1101）的文論最有價值。唐宋八大家中，只有他旁通藝術，是文學家兼書畫家，這使他深切地明白倘若沒有好的藝術形式，好的思想內容也無法表現。他說亡友文與可教他畫竹，他卻畫不出來，因為沒有畫竹的技巧，可見技巧的重要（〈文與可畫篔簹谷偃竹記〉）。他又說：

> 有道有藝，有道而不藝，則物雖形於心而不形於手。（〈書李伯時山莊圖後〉）

在重道輕文的一片喧鬧聲中，蘇軾這些反潮流的精闢見識，突破一些道統文學家的侷限。

宋詩以蘇軾和黃庭堅為旗幟分為兩派。但在理論上，蘇軾不成派。宋代的詩論以黃庭堅（1045-1105）和嚴羽（生卒年不詳）為代表，向兩個方向發展。黃庭堅是江西派創始人，他詩論的核心是「點鐵成金」與「奪胎換骨」說。將古人的詞句與文意化為自己詩歌的血肉，就是創新。黃庭堅的理論根據是李杜，李杜作詩「無一字無來處」，才取得重大成就。黃庭堅於是又十分強調讀書，只有將古人的書讀透，才能把前人的優點化為自己的優點。（〈答洪駒父書〉、惠洪〈冷齋夜話〉）

嚴羽有一部《滄浪詩話》，有一個理論體系，這在中國詩論中極為罕見。它是「入門」說、「妙悟」與「興趣」說、「別材別趣」與「讀書窮理」說。所謂「入門」是「以漢魏晉盛唐為師」；所謂「妙悟」與「興趣」是用禪心去妙悟魏晉盛唐李杜的作品；所謂「別材別趣」與「讀書窮理」是矛盾的統一：「詩有別材，非關書也，詩有別趣，非關理也，然非多讀書，多窮理，則不能極其至。」這是很有些辯證法的。

嚴羽的詩論顯然比皎然、司空圖以至清代王士禎、袁枚的詩論富於理論性。他把以禪論詩與儒家詩論化為一體，用禪去釋儒。他提倡李杜結合是詩的最高標準，唐人乃至近人郭沫若未能說出的話，他說出來了，這是很精闢的。

> 子美不能為太白之飄逸，太白不能為子美之沉鬱。太白〈夢游天姥吟〉、〈遠別離〉等，子美不能道；子美〈北征〉、〈兵車行〉、〈垂老別〉等，太白不能作。論詩以李、杜為準，挾天子以令諸侯也。

然而他的理論又是以禪論詩，鼓吹「大抵禪道惟在妙悟，詩道亦在妙悟」：

> 先須熟讀《楚詞》，朝夕諷詠以為之本；及讀《古詩十九首》，《樂府》四篇，李陵、蘇武、漢魏五言皆須熟讀，即以李、杜二集枕藉觀之，如今人之治經，然後博取盛唐名家，醞釀胸中，久之自然悟入。雖學之不至，亦不失正路。此乃是從頂顊顊（頭頂，禪宗用語）上做來，謂之向上一路（指宗門極處，禪宗用語），謂之直截根源（尋求根本，禪宗用語），謂之頓門（頓悟之門，禪宗用語），謂之單刀直入也（禪宗用語）。

這又算什麼理論呢？以禪論詩是講不出什麼道理來的。

嚴羽論詩實際上是提倡三種風格並舉：「羚羊掛角，無跡可求」的風格、「筆力雄壯、氣象渾厚」的風格、李杜結合的風格。這都需要詩人用心靈去擁抱詩歌，靠書本知識與抽象道理是寫不出好詩的。因此他很不滿意黃庭堅，他對江西詩派的批評可謂一針見血：

> 近代諸公乃作奇特解會，遂以文字為詩，以才學為詩，以議論為詩。夫豈不工，終非古人之詩也。

《滄浪詩話》引起後世的大爭論，宋、明、清以至當代，均有兩種不同看法，說明它的多元性、矛盾性。

詞興起於唐，極盛於宋，衰落於明。宋詞是宋代文學的最高成就，有婉約和豪放兩派。婉約派可追溯到唐溫庭筠，以李清照（1084-約1151）等為大家。豪放派由蘇軾（1037-1102）開路，辛棄疾（1140-1207）為代表。都有不朽之作。民間文學與音樂是詞的搖籃，中國詩歌（詩、詞、曲）的格律嚴於西方，不僅與文字有關，還與音樂有關。宋詞與音樂關係如此密切，是文學與藝術相互促進的很典型例子，它直接影響了元曲。宋詞到蘇軾、辛棄疾手中，又大大突破了民間文學與音樂的束縛，實現了形式、內容、風格的大解放，將宋詞推上藝術高峰，但是，宋代詞論卻寥寥無幾，豪放派大家蘇軾、辛棄疾的詞作，堪稱一代之冠，而於詞論，並無著作。

宋代詞論實際上只有李清照〈論詞〉一文，僅五百五十六字。它是宋代第一篇系統的詞論，也是中國文學史上一篇難得的總結宋詞創作經驗的論文。但她只總結了婉約派的經驗，不總結豪放派的經驗。尤其令人惋惜的，她對前人的詞則無論哪派，包括李璟、李煜、馮延巳、柳永、晏殊、歐陽修、蘇軾、王安石、曾鞏、晏幾道、賀鑄、秦觀、黃庭堅都一律罵倒。而她的指責，常常是別人的優點。她嚴守「詩莊詞媚」的傳統觀念，在內容上反對寫重大題材，在形式上反對違反詞的格律、形式，反對打通詩詞。藝術觀點很有點西方古典主義氣味。李清照的詞論，為明、清兩代詞論家揚婉約派抑豪放派定下基調。

宋詞的極盛與詞論的闕如，揚婉約而抑豪放的舊觀念，詞的生命遠不如詩的現象，說明幾個問題，第一，詞的興起與消亡，都因為它是民間藝術。因為是民間藝術，清新活潑，代替了唐詩。也因為是民間藝術，正統文人看不起它，寫詞的人便越來越少。第二，由於詞是民間文學，文人不重視總結經驗，「詩莊詞媚」，詞不是正統，故理論闕如。第三，有總結者，只強調婉約派，這實際上是對儒家「美刺比興」的否定。在這方面，詞論家與道佛詩論家是攜起手來了，將詩詞的現實主義傳統抹殺了。

李清照是南渡前後的女詩人。她生逢國變，家破人亡，她丈夫的死，她的流浪貧窮以及士大夫對她改嫁事件的渲染，都是那個離亂時代和封建勢力直接給她的迫害。她雖以詞著名，但亦工詩，頗多慷慨雄勁之作，如「生當作人傑，死亦為鬼雄，至今思項羽，不肯過江東」。但她堅持「詩莊詞媚」的立場，絕不在詞中寫「人傑」、「鬼雄」的內容。中國古代有幾個文論家，因深受傳統觀點的束縛，幾乎罵倒一切詩人詞人的，其中就有白居易與李清照。李清照的詞論氣量狹窄，居高臨下，出語刻薄，最要命的是她不總結以蘇東坡為代表的「豪放派」的經驗，丟掉了「創新」二字，實在令人惋惜，無法與她膾炙人口的詞和詩相比。

宋代的小說理論翻開了中國小說理論史的首頁，這是可喜的現象。唐傳奇在文學史上大放異彩，但唐人沒有留下一篇關於傳奇的專論。宋則不同，宋洪邁（1123-1202）指出志怪小說虛構與教訓的特點，將唐傳奇提到「與詩律可稱一代之奇」的正宗地位。劉辰翁（1232-1297）首開小說評點之風，是李贄的先行者。羅燁（生卒年不詳）談了白話小說的四個問題，也有開創性意義。

元好問（1190-1257）是金代著名詩人和詩評家，在金元之際以詩文名盛一時。他的理論著作《論詩三十首》是中國以詩論詩的白眉。其最大的價值是重視民歌，並宣傳了少數民族民歌的貢獻。他的詩論發出了不同別人的「新聲」，不可忽視。在第一首詩中他就把漢樂府放在第一位：「漢謠魏什久紛紜（失傳），正體無人與細論。誰是詩中疏鑿手（疏通開鑿），暫教涇渭各清渾（正體偽體分清楚）」。他還有一首詩是論〈敕勒歌〉的，既指出漢詩對少數民族詩歌的影響，又指出〈敕勒歌〉的「天然」、「慷慨」。「慷慨歌謠絕不傳，穹廬一曲本天然。中州（中原）萬古英雄氣，也到陰山敕勒川。」〈敕勒歌〉本為鮮卑語，是少數民族的創作，後譯為漢文。（見林庚、馮沅君主編《中國歷代詩歌選》上編第一冊）。

元代文學的重大成就是戲劇，但元代的戲劇文論遠遠落在關馬鄭白的戲劇創作後面。鍾嗣成（約1279-1360）的《錄鬼簿》記載了前輩與同代金元戲曲作家一百五十二人的簡單生平及四百五十八種戲曲作品目錄，將董解元和關漢卿列為榜首。是中國戲曲史上第一部重要文獻。然而一代元劇，僅此一部語焉不詳的文獻，是與元曲的繁榮極不相稱的。所以王國維慨嘆曰：「元雜劇之為一代之絕作，元人未之知也。」

中國通俗文學的高潮尚未到來，中國通俗文學的理論，還有待於明清文論家的努力。

## 六　明代文論的特點

明史二百七十七年，與元史比較，有三個新的特徵：資本主義萌芽出現；市民階層興起；個性解放思想形成新思潮。

在文學上，傳統的古詩文走下坡路，體現市民意識的小說戲曲高度繁榮，獨抒性靈的小品文與傳記文學興起，浪漫主義思潮橫空出世，開一代文論新風。

中國古詩文的危機是由前、後七子傳出信息的。前後七子的領袖李夢陽（1473-1530）、何景明（1483-1521）、王世貞（1526-1590）晚年的自我否定說明明代中期一百餘年的擬古思潮已瀕臨絕境。前後七子之所以是文學倒退論者，不在於他們看出宋明詩文不如漢唐詩文（這是正確的），而在於他們把古詩文看作中國文學的全部，直到晚年才明白「真詩乃在民間」（李夢陽、何景明）而有所悔悟（王世貞說過去「是古非今」錯了，「多誤後人」，表示要「隨事改正」）。這是前後七子的悲劇。

文學的新時代到來了，舊詩文讓位給新小說戲曲。從明開始，舊詩文已不是中國文學的主流了，小說戲曲代表中國文學的主流。元末明初高明的《琵琶記》及「荊劉拜殺」四大傳奇且不說它。請看以下小說戲曲的陣容：羅貫中（1330？-1400？）的《三國演義》，施耐庵（生卒年不詳）的《水滸傳》，吳承恩（1500？-1581？）的《西遊記》，許仲琳（生卒年不詳）的《封神演義》，蘭陵笑笑生（生卒年不詳）的《金瓶梅》（1568-1602），馮夢龍（1574-1646）編輯的「三言」，凌濛初（1580-1644）創作的「二拍」，陸人龍（？-？）編撰的《型世言》，湯顯祖（1550-1616）的《牡丹亭》（1598），徐渭（1521-1593）的《四聲猿》先後問世。中國文學以小說戲曲驕傲於全世界的時期開始了！隨著新小說、新戲劇的崛起，文藝理論批評便突破了詩文的舊範疇，把視線擴展到小說、戲劇方面。

晚明浪漫主義文學思潮是由一批志同道合的精神界之戰士掀起的，眾望所歸的當然的領袖是李贄（1527-1602），圍繞在他旗幟下的有公安派三袁：袁宗道（1560-1600）、袁宏道（1568-1610）、袁中道（1575-1630），三袁是湖北公安人。徐渭（1521-1593）與湯顯祖（1550-1616）也屬李贄派。擴而大之，馮夢龍（1574-1646）、葉晝（？-1624？）、張岱（1597-？）與此派亦同聲相應，同氣相求。這些人大多是奇人，身世多悲慘，行為多乖僻。蔑視權貴，憤世嫉俗，個性解放是他們的共性。要了解此派，必須先了解他們的生平。袁中道的〈李溫陵傳〉、袁宏道的〈徐文長傳〉、〈敘小修詩〉、張岱的〈墓志〉，很值一讀。湯顯祖對李贄的景仰，他四次拒絕三個宰相拉攏的傲骨，也不可不知。

晚明浪漫主義思潮是中國文化史上嶄新的思潮。中國的儒家思想，從先秦到近代，一共受過三次打擊。第一次是來自魏晉南北朝的佛道思想的打擊。其對中國文論的影響，明顯見於唐宋，至明清餘風不斷。但佛道消極避世，又與儒教合流，沒有多少攻擊力。第三次是來自受西方文化影響崛起的資產階級新思潮的打擊，這是鴉片戰爭之後的事，這個時期現在還未到來。第二次就是晚明的浪漫主義思潮了，它雖然也受道佛影響，但絕不與儒教妥協，對儒教的打擊的猛烈與徹底，在幾千年的中國封建社會中，是空前的。因而此派受害者也多，李贄就以「敢倡亂道，惑世誣民」的罪名下獄，用剃刀割掉頸動脈自殺於獄中。此派反對聖賢的權威，提倡創作自由，崇拜真情實感的童心，高度重視民間文學諸方面，使我們聯想到西方十九世紀初的浪漫主義文學思想，此派受迫害的遭遇，也使我們聯想到盧梭、拜倫。

晚明浪漫主義文論的綱領是李贄的〈童心說〉，其核心是鼓吹文學要表現真情實感。李贄用童心說否定宗經說，童心說的價值在於它的針對性與戰鬥性，與西方基督教鼓吹的「童心」、「赤子之心」性質不同。

中國古代文論，歷來以「宗經」為本，即使是最進步的文論家，對「六經」不敢有一字非議，李贄第一個站出來，指出「《六經》、《語》、《孟》乃道學之口實，假人之淵藪」，孔孟之徒是「以假人言假言，而事假事文假文」，其發聾震聵的吶喊，其超前意識，令人驚嘆，令人敬佩。

〈童心說〉所以是晚明浪漫主義文論的綱領，還包括以下重要內容：鼓吹為進步思想而寫作，極大地提高小說戲曲的地位。李贄將「發憤著書」與《水滸傳》聯繫起來（《忠義水滸傳》、《雜說》），這便與司馬遷的「發憤著書」說有很大的不同，已經不屬「怨」的範疇。李贄以傳奇、院本、雜劇、《西廂》、《水滸》與秦漢文、六朝詩同比，稱為古今至文，從前有誰說過？他這種看法，甚至超過三、四百年後提倡「小說界革命」的梁啟超，梁否定中國一切古小說戲曲。

在李贄的領導下，晚明精神界的戰士們高舉「真」字和「情」字兩面大旗，向宗經說發起猛烈的攻擊，形成一個聲勢頗大的運動。三袁是「童心說」的竭力鼓吹者（袁宗道〈論文〉、袁宏道〈敘小修詩〉）。徐渭喊出「不為儒縛」的聲音（〈自為墓志銘〉）。他抨擊明代擬古文風也是一個「假」字（〈增成翁序〉），強調戲曲應「從人心流出」（〈評〈琵琶記〉〉）。湯顯祖力主以「情」反「理」（〈耳伯麻姑游詩序〉、〈牡丹亭題辭〉、〈沈氏弋說序〉、〈致紫柏書〉）。馮夢龍文學批評的一個重要標準就是「真」（〈太霞新奏序〉、〈情史〉卷一〈總評〉、〈步雪新聲序〉、〈山歌序〉）。

在李贄的影響下，晚明的新潮派對通俗小說戲曲和民間文學都給予很高的評價。袁宏道、馮夢龍都有通俗小說高於「六經」的大膽言論（袁宏道《聽朱先生說水滸傳》、《東西漢通俗演義》〈序〉。馮夢龍《古今小說》〈序〉、《醒世恆言》〈序〉。袁宏道指出中國文學發展的生命在於民間文學，民間文學以其「真聲」及獨創性而給明代文學帶來生機（〈敘小修詩〉）。

在李贄的帶動下，出現了中國文藝批評的新形式──評點法。李贄評點過不少小說戲曲，但他名氣太大了，他死後托名他評點的人甚多，今天已難分真偽。但他評點過《水滸傳》等卻是有證據的：「《水滸傳》批點得甚快活人，《西廂》、《琵琶》塗抹改竄得更妙。」（〈與焦弱侯〉）。這裡必須要提到葉晝，他曾托名李贄評點過《水滸傳》、《三國演義》、《西遊記》等小說及多種戲曲，他直接繼承李贄、袁宏道的思想，對中國小說理論卓有貢獻。

晚明文論的名作除李贄的〈童心說〉外，還必須提到袁宏道的〈敘小修詩〉、《雪濤閣集》〈序〉及袁宗道的〈論文〉。袁宏道兩篇論文集中反對文學倒退論，論述繼承與創新的關係，強調民間文學的動力，其見解高於劉勰、韓愈。袁宗道的〈論文〉從語言學角度論述文學發展的必然性，批判擬古主義，角度之新、語言材料之豐富、批駁擬古派之有力，都是空前的。〈論文〉上承東漢王充《論衡》〈自紀篇〉及唐代劉知幾《史通》〈言語篇〉，下啟黃遵憲「我手寫吾口」的解放文體的主張。晚明新潮派已經看出中國文字若不改革，必束縛中國文學的發展，是很有預見性的。

## 七　清代文論的特點

指鴉片戰爭前的文論。清王朝是中國封建社會最後一個王朝，清代文學的基本特徵，就是新舊文學的兩極分化：舊詩文在復古聲中跌落，新小說戲曲繼續繁榮。出現蒲松齡（1640-1715）的《聊齋志異》、吳敬梓（1701-1754）的《儒林外史》、曹雪芹（1716-1763）的《紅樓夢》、李汝珍（1763？-1830？）的《鏡花緣》、李漁（1610-1680）的《風箏誤》、《蜃中樓》、洪昇（1645-1704）的《長生殿》、孔尚任（1648-1718）的《桃花扇》等名著。

一個朝代的文學價值並不能說明同一個朝代的文論價值，清詩平平，但清代的詩論成就頗高。因為文論家的視野，面向中國的詩史，他要總結的，並不專在清詩。至於清代小說戲曲理論的發展，則與清代小說戲曲的發展密切相關。

桐城派是中國古文史上最後一個大流派，幾乎和清王朝同終始，也是復古主義的最後最頑固的堡壘。此派開創於方苞（1668-1749），繼承於劉大櫆（1698-1779），集大成於姚鼐（1732-1815）。三人均為安徽桐城人。經曾國藩鼓吹後，此派影響更大。此派以經書、《史記》、唐宋古文家的文章為典範，提出「義法」是寫作古文的標準。「義」指言有物，「法」指言有序（作法上的根據）。方苞說：「《春秋》之制義法，自太史公發之，而後之深於文者亦具焉。」又說：「《易》、《詩》、《書》、《春秋》及《四書》，一字不可增減，文之極則也。」此派文論已屬末流，理論上很少新見。

在清代的文論中，詩論占重要地位，有一個人物是必須大書特書的，他就是葉燮（1627-1703），代表作是《原詩》，「原詩」即論詩之本源。在中國三千年的詩論史上，除了《文心》，或許沒有任何一部詩論能比得上它。這是真正的理論著作，有他的哲學體系作基礎，立論的邏輯的精密，不亞於西方文論。他對文學創新的論述，可謂前無古人。中國古文論家一向重視繼承傳統，高明者強調繼承精神，也講創新，只是在傳統的圈圈中推陳出新，但是，如果傳統沒有的，又怎樣創新呢？別人沒講的，他著重講了，這是他最了不起的地方。葉燮論詩有才、膽、識、力四字，「識」字講得最精彩。什麼叫「識」？就是向自然學習，自然本身就是詩！自然才是我們的老師，書本只是第二位的東西。請看：

> 不但不隨世人腳跟。並亦不隨古人腳跟。菲薄古人為不足學也；蓋天地有自然之文章，隨我之所觸而發宣之，必有克肖其自然者，為至文以立極。
> （不但不隨今天的腳印，也不隨古人的腳印。不是菲薄古人以為他們不值得學，而是天地間有自然的文章，通過自己的感觸而抒發出來，一定能完美地寫出表現自然之美的文章。）[4]

葉燮論詩，許多言論強調「造化在手」為第一義；強調將哲學上的美醜對立轉化的觀念「推之詩」；強調詩人才、膽、識、力必備，方能寫出好詩。他的詩論自成體系。論文采、論比喻的美，他遠不如陸

4　譯文見夏傳才著：《中國古代文學理論名篇》（天津市：南開大學出版社，1987年，第1版），第2冊，頁368-369。

機、劉勰，但論理論價值，在講創新方面，卻高於陸機、劉勰。這是多麼有意思的事，中國詩論兩部最偉大的著作，竟是一前一後（《文心雕龍》與《原詩》），相距千年。如果說劉勰是偉大的起點，葉燮就是偉大的終點，中國封建社會詩論的精華，多在其中了。[5]

葉燮論詩，十分重視詩人的「品量」，他推崇韓愈，因為他虛心向別人學習。他罵沈約，因沈「聞人一善，如萬箭攢心」。他反對詩人為「好名」、「好利」寫作。「詩人亡也，亡於好名」，「又亡於好利」。當然，他也有侷限性，幾乎罵倒中國一切詩論家。說鍾嶸、劉勰只有兩句話是精彩的。唐宋以降的詩論，「非戾則腐，如聾如瞶不少」。有點目空一切了。

葉燮之後，又興起了王士禛（1630-1711）的神韻說。沈德潛（1673-1769）的格調說。神韻說強調詩歌應創造一個空靈超脫不落形跡的藝術境界，為清代四大詩歌理論派別最早、影響最大、在清初詩壇上據統治地位的一派。格調說以溫柔敦厚的詩教為詩文內容標準，以唐詩的藝術成就為形式之標準，但受袁枚的批評後，便趨於衰頹。

袁枚（1716-1797）提倡性靈說，所謂「性靈」，就是「著我」（《續詩品》〈著我〉），即表現自我。他繼承明代李贄、公安派「獨抒心靈」、「任性而發」的主張，具有個性解放的傾向性。但他的詩論具有享樂主義與唯美主義的色彩，和晚明浪漫主義思潮不可同日而語，最要緊的，是失去晚明浪漫主義思潮否定「宗經說」的針對性與戰鬥

---

5 把葉燮提起來的人是敏澤，見他的《中國文學理論批評史》。敏澤確有慧眼。劉大杰的《中國文學發展史》、中國科學院文學研究所的《中國文學史》、游國恩等主編的《中國文學史》連葉燮二字都未提及。自敏澤書出後，文論界多採納他的基本見解。如王遠熙、顧易生主編的《中國文學批評史》、蔣凡的《葉燮《原詩》》、夏傳才的《中國古代文學理論名篇今譯》。但調子稍低一些，也有不同看法，如成復旺為大百科全書中國文學卷撰寫的「葉燮」詞條中，觀點與敏澤完全針鋒相對，認為葉燮「堅持正統儒家立場，所以仍以合於六經之道為文學的最高原則，且最終倒向了以理攝物的客觀唯心主義和否定破舊立新的折衷主義。」

性。不過，舊文學是一個龐然大物，它需要很多掘墓人，袁枚也不失為其中之一。《隨園詩話》是他的詩論名著，問世後不脛而走，一時洛陽紙貴，詩壇上下人人稱說，形成「隨園弟子半天下，提筆人人講性情」的局面。郭沫若《讀隨園詩話札記》〈序〉說：「《隨園詩話》一書曾風靡一世。」錢鍾書《談藝錄》稱「此書家喻戶曉，深入人心，已非一日。自來詩話，無可比倫。」

翁方綱（1733-1818）用「肌理」說反對袁枚的「性靈」說。「肌理」說認為詩之內容必須講究學問之篤實，藝術形式必須有根有據。但無力與「性靈」說抗衡。

翁方綱之後，出了龔自珍（1792-1841），主童心說（〈己亥雜詩〉），主創新（九州生氣恃風雷），主自然（〈病梅館記〉）。

在清代文論中，李漁的戲論理論著作《閒情偶寄》（一六七一年首次雕版印行）占最高地位，它在中國古代空前絕後，與布瓦洛的《詩的藝術》堪稱十七世紀東西方戲劇理論雙璧。

《閒情偶寄》有七大價值是前無古人的獨創，具有國際意義。第一，提倡笑的藝術，李漁力主喜劇家應是快樂天使，把歡笑灑遍人間。（《風箏誤．釋疑．尾聲》、《偶興》）。[6]李漁十個喜劇只有《意中緣》有一個壞人是空和尚，其他九個劇本沒有善惡對立。有「惡」則不喜。李漁「笑」的理論傾向性是歌頌。勸善懲惡（用勸善來懲惡）。作者要有「忠厚之心」。不能用筆「殺人」。寓教於樂。謔而不虐。他生逢康熙盛世，「為聖天子粉飾太平」是順歷史而動。他的喜劇理論與布瓦洛完全一致。第二，提倡對白的藝術，認為對白與曲詞應並重，甚至說對白重於曲詞，[7]矯枉過正但有合理性。十種曲對白之多遠遠超過元曲及明代傳奇。其《琵琶記．尋夫》改本與高明原著

---

6 《李漁全集》（杭州市：浙江古籍出版社，1992年），4卷，頁203及2卷，頁25。

7 《李漁全集》，3卷，頁49、76、51。

比較，加了三倍對白[8]。他提出對白要「意則期多，字唯求少」[9]的原則是中國「潛臺詞」的理論。第三，提倡動作的藝術。他把「科諢」提高到一齣喜劇能否贏得觀眾的十分重要的地位，並提出「戒淫褻」、「忌俗惡」、「重關係」、「費自然」四條原則，前破後立，破立並舉，是樸素真理，中西大量喜劇例子可從正反兩面說明之。李漁提齣喜劇非程式化的「科諢」的重要性，對程式化的中國戲曲確是一個嶄新且富於啟迪的問題。「動作」不只「科諢」，但「科諢」是喜劇動作很重要的成分，李漁是第一個建立「動作」理論的人。第四，提倡結構的藝術。李漁是把「結構」視為戲曲最重要成分的第一個中國戲劇理論家，「結構第一」，「填詞首重音律，而予獨先結構」。其結構理論講了「結構」、「詞采」、「音律」三者關係，並認為傳奇結構勝於元曲。[10]青木正兒說：「論結構者，笠翁外，宋之見也。」[11]王驥德沒說「結構第一」。「詞采」高於「音律」是對明代沈湯之爭的看法，沈湯之爭不談「結構」，李漁提出「結構第一」的前提，有了統帥。「詞采」高於「音律」符合中國戲曲發展趨勢。在中國，李漁第一個說結構第一，在西方，亞里斯多德第一個說結構第一，「這是悲劇藝術的第一事，而且是最重要的事。」[12]亞氏的結構論是對古希臘悲劇的總結，古希臘悲劇空前絕後，是共時性的結構論。李漁的結構論，是對元曲發展到明清傳奇的總結，有比較，是歷時性的結構論。亞氏提出結構第一，沒有阻力，氣貫長虹。李漁提出結構第一，富於雄辯的論戰性，要有反潮流勇氣。亞氏結構論在先，李漁在後，因中西戲劇發展大不相同。李漁的「一事」，絕非亞氏及三一律的「一事」，李漁重

8　同前註。

9　同前註。

10　《李漁全集》，3卷，頁11-12。

11　〔日〕青木正兒著，王古魯譯：《中國近世戲曲史》，轉引自《李漁全集》，19卷，頁345。

12　羅念生譯：《詩學》（北京市：人民文學出版社，1988年），頁25。

在對一劇戲劇衝突之根本起因之論述。牢牢抓住這點去寫，幾條線索全可以。李漁的理論、改編、創作實踐都說明他主張莎士比亞式的戲劇，即節外生枝線上打結的雙重線索結構。李漁的「主腦」、「一事」、「一線」同一概念，是對世界戲劇理論的新貢獻，若將之與亞氏及「三一律」的「一事」認同，則是比較之誤區。李漁的「一事」論適用於西方不少名劇。第五，提倡「體驗」的藝術，強調假戲真演。[13]李漁的「體驗」理論既指表演，也指創作。劇作家為角色「立言」先「立心」，寫臺詞要考慮演員能否「上口」，觀眾是否「入耳」。他要求作家變成角色、演員、觀眾，一再強調「設身處地」是劇作家形象思維出發點。第六，打通小說戲劇，說「稗官為傳奇藍本」[14]。所謂「藍本」，不僅指素材，還指技法。一句話說透了中國小說與戲劇之關係。小說是「無聲戲」，一語說了二者異同。小說戲文都是「傳奇」。都是「寓言」。語言都「貴淺不貴深」。在西方，亞氏、塞萬提斯、菲爾丁、雨果、布萊希特都要「打通」小說戲劇。雨果說戲劇＝小說，李漁說異中有同，高明於雨果。李漁說「填詞之設，專為登場」，這是十分高明的接受美學。劇場是檢驗劇本成敗唯一的地方。李漁的喜劇理論全由此出發。

李漁的戲劇理論有先鋒性，一反傳統，說了前人從不敢說的話（王爾德無法與之相比），但有科學性，不丟掉戲曲特性，不像西方後現代主義全部否定傳統。有現代性，對於四百年後的中國今天的戲曲改革大有啟迪價值。有國際性，中西戲劇雖是分屬不同文化圈的兩種戲劇體系，但有共性，《閒情偶寄》從理論上溝通之，是聯繫中西戲劇，特別是喜劇的一座理論金橋。

清代現實主義的小說理論最突出的成果反映在小說評點上。金聖

---

13 〈譚楚玉戲裡傳情，劉藐姑曲終死節〉中一段話。見《覺世名言十二樓等兩種》（南京市：江蘇古籍出版社，1991年），頁241。

14 《李漁全集》第九卷《合錦回文傳》第二卷卷末評語。

嘆（1608-1661）由明入清，其評點小說《水滸傳》還在明末，但對整個清代批評影響甚大。繼他之後，毛宗崗（生卒年不詳）評《三國演義》，張竹坡（1669？-？）評《金瓶梅》，脂硯齋（生卒年不詳）評《石頭記》，閒齋老人（生卒年不詳）評《儒林外史》，競相爭奇，形成小說評點史上現實主義的主流。其總的特點，是不從「童心說」出發，而從生活真實出發去評價小說。這與晚明李贄派的浪漫主義文論不同。現實主義小說理論的興起，與寫實小說的興起有關。繼明《金瓶梅》問世後，清代兩部現實主義名著《儒林外史》、《紅樓夢》相繼問世。評點家對《三國演義》與《水滸傳》給予重視，也因為它們是歷史寫實小說。

清代的現實主義小說理論是集體的創造，金聖嘆只評《水滸傳》；張竹波只評《金瓶梅》；脂硯齋只評《石頭記》；閒齋老人只評《儒林外史》，評點家的眼光只限於局部，而不見全體。直到一九二二年魯迅的《中國小說史略》問世，才彌補了中國小說歷來無史的空白，這是三百年以後的事了。

清代小說評點家一個通病，就是輕視浪漫主義小說《西遊記》、《聊齋志異》。金聖嘆說：「《水滸傳》不說鬼神怪異之事，是他氣力過人處，《西遊記》每到弄不來時，便是南海觀音救了。」（〈讀第五才子書法〉）。脂硯齋稱讚《紅樓夢》「牛鬼蛇神不犯筆端」「非為別書認真說鬼話也」（《戚序本》、《庚辰本》眉批）。在這裡，曹雪芹及馮鎮巒的小說理論就顯出它非同凡響的特色。曹雪芹的小說理論雖只是片斷，但值得我們充分重視。他在《紅樓夢》第一回中，雖反覆申明《紅樓夢》是「實錄其事」而非「假擬妄稱」，描寫的是「半世親睹親聞的這幾個女子」和「親自經歷的一段陳跡故事」，其間「離合悲歡，興衰際遇」，都「追蹤躡跡，不敢稍加穿鑿，徒為哄人之目而反失其真傳者」。但他又十分重視藝術虛構，《紅樓夢》第一回開宗明義就說：

> 作者自云，因曾經歷過一番夢幻之後，故將真事隱去，而借「通靈」之說，撰此《石頭記》一書也。

又強調「實錄其事」，又強調「真事隱」，曹雪芹深諳藝術真實性的辯證法，故能寫出中國第一部現實主義、浪漫主義、象徵主義的綜合藝術。

馮鎮巒（？-？）於一八一八年評點《聊齋志異》。他的主要貢獻是捍衛了《聊齋志異》的浪漫主義創作方法，批駁了「易於說鬼」論，指出鬼狐有人情物性，說謊說得極圓，正是該書成功之處。下面這段話令人拍案叫絕：

> 說鬼亦要有倫次，說鬼亦要得性情。諺語有之：說謊亦須說得圓。此即性情倫次之謂也。試觀《聊齋》說鬼狐，即以人事之倫次，百物之性情說之。說得極圓，不出情理之外；說來極巧，恰在人人意願之中。（〈讀聊齋雜說〉）

以上說明隨著小說戲曲的蓬勃發展，中國小說戲曲的理論也多姿多彩地發展起來，彌補了中國幾千年文論的空白。

## 八　近代文論的特點

近代文論指一八四〇至一九一九年的文論。鴉片戰爭後，中國成為半封建半殖民地社會，民主革命開始了。舊文化再進步的聲音，也滿足不了精神界的戰士們革命的要求，引進西方資產階級文化，勢在必行。近代文論最顯著的特色，就是一批文論家借鑑西方文化，喊出自己的「新聲」。

近代文論的成就不在古詩文論方面，而在語言、小說、戲曲、文學理論及比較文學五個方面。近代文論的建設者不是一兩個人，而是一批人；沒有公認的領袖，但有幾個方面軍。

在語言領域方面，有一批人在攻打「文言文」。首先發難者是黃遵憲（1848-1905）。早在一八六八年他已提出「我手寫吾口」的主張（〈雜感〉）。一八八七年又作〈日本國志．學術志二．文學〉一文，鼓吹言文合一。他指出語言與文字「隨地而異」、「隨時而異」是語言發展的規律，而中國「言有萬變而文止一種」，語言與文字長期分離，其嚴重後果是造成文化普及的困難，要使「農工商賈婦女幼稚皆能通文字之用」，就需「更變文體」，使之「適用於今，適行於俗」。在〈人境廬未刊稿．梅水詩傳序〉中，他再次闡述了上述主張。黃遵憲實際上已提出用白話文取代文言文的革命要求。

在黃遵憲提出「更變文體」後十二年，裘廷梁（1857-1943）的著名語言學論文〈論白話為維新之本〉（1898）問世。力陳「文言之為害」，指出「文與言判然為二，一人之身，而手口異國，實為二千年來文字一大厄」，指出「文言」是「愚天下之具」，「白話」是「智天下之具」，「文言興而後實學廢，白話行而後實學興，實學不興，是謂無民」，把問題提到關係亡國亡民的高度加以論述，得出用白話文取代文言文乃「維新之本」的結論。

黃遵憲、裘廷梁提倡白話文、反對文言文的理論在近代文論中占頭等重要的地位，具有劃時代的偉大意義，因為中國的語言倘不改革，新文化運動就是一句空話。

在小說理論領域方面，首先以數量取勝。[15]真正有理論價值的論文是嚴復與夏曾佑合寫的〈本館附印說部緣起〉（1897）、王國維的〈紅樓夢評論〉（1904）、呂思勉（成之）的〈小說叢話〉（1914）三篇。梁啟超（飲冰）的〈小說與群治之關係〉（1902）、徐念慈（覺

15　據陳平原、夏曉紅編：《二十世紀中國小說理論資料》，第1卷，頁549。一八九七至一九一六年共有八三五篇小說評論（包括序跋小引評語廣告）。

我）的〈余之小說觀〉（1908）、魯迅的〈〈月界旅行〉辨言〉（1903）也各有價值。晚清小說理論雖然有份量的文章並不多，但這些文章角度新、觀念新，具有開放性的思維特點，多從比較的角度，以西方小說為鏡，肯定小說的政治作用、審美價值，分析小說的藝術特徵，指出中國傳統小說的缺點。加上一大批小文章搖旗吶喊，頗具聲勢。

戲劇理論方面，出現王國維的《宋元戲曲考》（1912），填補了中國戲劇歷來無史的空白。他自豪地說：「世之為學者自余始，其所貢於此學者亦以此書為多。」（《宋元戲曲考》〈序〉）。郭沫若認為它和魯迅的《中國小說史略》（1923）「是中國文藝史研究上的雙璧」，「是權威的成就」（《歷史人物．魯迅與王國維》）。

《宋元戲曲考》貢獻之一是為全世界提供了第一部中國戲曲史。貢獻之二是為中國戲曲正名：「必合言語、動作、歌唱以演一故事，而後戲劇之意義始全」、「以歌舞演故事」。這個定義十分精確，足以使中國戲曲區別於世界其他民族的戲劇。貢獻之三是高度評價元曲，提出「元雜劇為一代之絕作」，並指出元曲中有「悲劇」，像《竇娥冤》、《趙氏孤兒》「即列之於世界大悲劇中，亦無愧色也」。

必須指出，王國維對中國戲曲的看法是有很大變化的。王國維開始研究中國戲曲時，只知西方，不知中國，對中國戲曲多有偏見。他早年的《文學小言》說中國戲曲「尚在幼稚之時代」，「元人雜劇，辭則美矣，然不知描寫人格為何事」，「以東方古文學之國，而最高之文學無一足以與西歐匹者」。在《靜庵文集續編》〈自序二〉中，他說近日有志於戲曲研究了，但能否「成功」尚不敢知。這時他對戲曲仍貶之甚低：「吾中國文學之最不振者，莫戲曲若。元之雜劇，明之傳奇，在於今日者，尚以百數。其中之文字，雖有佳者，然其理想及結構，雖欲不謂至幼稚，至拙劣，不可得也。國朝之作者，雖略有進步，然比諸西洋之名劇，相去尚不能以道里計。」在《人間詩話》（1908）未刊稿八中又說：「元曲誠多天籟，然其思想之陋劣，布置之粗策，千篇一律，令人噴飯。」甚至在《錄曲餘談》(1910) 中還說「漢卿誠不足道」。

然而，事隔兩年，在其扛鼎定論之作《宋元戲曲考》中，他上述那些觀點已經煙消雲散。他一掃過去的偏見，不允許留下半點陳跡，對元曲做了極高的評價。請注意，他並沒有因此反過來貶低西方的戲劇，也只是對過去輕視中國戲曲的觀點作了根本的改正，指出中國戲曲的世界地位。這改正，是根據中國戲曲的客觀事實，是他認真研究思考的結果。王國維衝破了傳統的偏見，於是有了偉大的發現，這是他最光輝的貢獻。

近代文學理論的名著是王國維的《人間詞話》(1908)，是語錄體，近似德人弗·希勒格爾的《斷片》，它超出詞論的範疇，旁及詩歌小說，尤注重於文學理論的探討，與舊式的詩話詞話並不相同。

《人間詞話》最大的貢獻是將西方浪漫主義與現實主義文論引入中國，提出詞有「造境」與「寫境」兩派，即「理想與寫實兩派」，並指出二者之聯繫:「因大詩人所造之境，必合乎自然，所寫之境，亦必鄰於理想故也。」這就改造了中國的「以禪論詩」的「境界」說，有別於西方文論把浪漫主義與現實主義截然分開的理論。

在談到中國近代文論時，不能不談到林紓的比較文學理論。林紓的比較文論，以一個外國小說家——狄更斯為鏡子，以一個主導觀點——描寫下層社會為綱領，生發開去，將中國小說與外國小說、外國小說與外國小說一一比較，得出頗有價值的論斷。第一，他認為狄更斯是描寫下層社會空前的能手，中國缺乏狄更斯式的作家(《孝女耐兒傳》〈序〉1907年作)。第二，他指出狄更斯小說的戲劇性及寫實本領高於司各脫與大仲馬(《冰雪因緣》〈序〉1909年作，《踐卓翁小說》〈洪嫣皇〉1916年作)。第三，將狄更斯與《左傳》、司馬遷、班固、韓愈比較，指出《左傳》、《史記》亦有戲劇性筆法，而寫「下流社會家常之事」則不如狄更斯(《滑稽外傳》〈短譯數則〉1907年作，

《孝女耐兒傳》〈序〉1907年作）。第四，將狄更斯與中國「譴責小說」比較，希望中國文壇多出李伯元、曾樸、老殘等人，則社會受益無窮（《賊史》〈序〉1908年作）。第五，將狄更斯與《石頭記》比較，推崇《石頭記》是「中國第一傑作」，但素材侷限於貴族社會，寫「下等社會」遠不及狄更斯（《塊肉餘生述》〈序〉1908年作、《孝女耐兒傳》〈序〉1907年作）。第六，將狄更斯與《水滸傳》比，高度肯定《水滸傳》塑造眾多人物的本領「令人聳攝」，但未能一氣呵成，至於寫家常瑣事則遠不如狄更斯以腐為奇，撮散作整的神筆（《塊肉餘生述》〈序〉1908年作）。

魯迅的《摩羅詩力說》（1908）是中國比較文學的第一批成果之一，中國近代文論家中有比較文學意識的人不少，並非只有魯迅一個。要說中國第一篇比較文學論文，也應該是王國維的《紅樓夢評論》（1904）。但是，《摩羅詩力說》代表了中國比較文學的大方向。它比較的目的正確，魯迅就如普羅密修斯盜天火於人間，他「別求新聲於異邦」，是「求精神界之戰士」於中國，是要推動中國的革命，不是為比較而比較。它所引進的，是西方進步詩歌的吶喊，主要介紹了拜倫、雪萊、普希金、萊蒙托夫、密茨凱維支、斯洛伐斯基、克拉斯基和裴多菲八位浪漫派，包括「摩羅詩人」、「復仇詩人」、「愛國詩人」、「在異族壓迫之下的時代詩人」，魯迅並不引進西方消極浪漫主義詩人的聲音。

我們把魯迅的《摩羅詩力說》放到中國近代文論的最後來講，作為一個句號，是因為魯迅不僅傳播了異域的「新聲」，也以自己的「新聲」預告了中國新時代的到來，這就是「五四」開始的新民主主義革命的新時代。從此，中國的文論又進入一個嶄新的時期。

## 九　中國文論演變的特點

中國古代到近代的文論史，起自先秦，止於清末民初，凡三千年，在世界四大文化圈中，最為悠久，最見完整。它隨中國詩文的誕生而誕生，發展而發展，隨小說戲曲的問世而另開新路，豐富多姿。沒有中國幾千年燦爛輝煌的文學，就沒有中國源遠流長的文論。

先秦文論有儒道兩家，二元對立，而儒家文論是中國文論的方向。孔子的著作是儒家文論的源泉，很有價值，可惜被他的繼承者各取所需，乃至失去中庸，陷入片面性。老莊文論強調天工勝於人工，對中國自唐以降的詩論有重要影響。

漢代文論弘揚儒家文論，但《毛詩大序》已偏離孔子思想。司馬遷「發憤著書」總結了他自己及孔子、屈原的創作經驗，是儒家文論中的叛逆聲音。漢代文論源於先秦文論而比先秦文論有所發展，但忽視兩漢樂府成就。

魏晉南北朝出現中國文論的高峰。中國文論史長達三千年，高峰竟出現在早期，這是中國文論一大特色。劉勰的《文心雕龍》是混合型的巨著，是儒家文論的最高成就，是中國對古代世界文論的偉大貢獻。中國古文論往後再也沒有出現過超越它的著作。鍾嶸對中國敘事理論作出嶄新貢獻，他強調詩歌同時具有言志、抒情、敘事的功能，對「賦」作出精闢之論述。但他的聲音被淹沒在傳統的偏見中。

唐代文論與唐代文學的發展很不平衡。散文理論提倡「文以載道」，評價應一分為二。詩論遠遠落後於創作，只有皎然、白居易、司空圖三家。小說戲曲文論薄弱，因土壤未豐。詞論厥如，理由同上。唐代文論的特色是詩、文論分家，反映文學批評的深化。皎然、司空圖強調詩貴含蓄，但以禪道論詩，必然使詩人走上逃避現實的道路。

宋元散文理論以蘇東坡的最有價值，主張內容與形式並重。詩論以黃庭堅、嚴羽為對立的代表。黃庭堅「點鐵成金」及「奪胎換骨」

說是有價值的，總結了詩歌創作的普遍現象，論證了傳統的力量。嚴羽的《滄浪詩話》有理論體系，是中國一部重要的詩論，與「詩話」的散漫不同。提倡李杜結合是嚴羽的精闢見解。他對江西詩派以文字為詩、以才學為詩、以議論為詩的批評，一針見血。而以禪論詩則是其侷限。宋代詞論大大落後於創作，只有李清照〈論詞〉一文。李清照揚婉約派抑豪放派，為明清兩代詞論家定下基調。宋代小說理論仍處於萌芽階段。

元代戲曲繁榮，而戲劇理論大大落後於創作。王國維說：「元曲之為一代之絕作，元人未之知也。」「未之知」表現在哪裡呢？就是無理論。戲曲本不受文人學士重視，加上元朝時間不長。中國戲劇理論的高揚，還要等三、四百年後才到來。

中國文學從明代開始，出現了巨大的變化，文學的新時代到來了。傳統詩文走下坡路，小說戲曲高度繁榮，浪漫主義思潮橫空出世。以李贄為首的精神界之戰士高舉反對「宗經」的大旗，以「童心說」為號召，致力於攻打孔孟學說，價值在提高通俗文學地位，並開創以「評點」為武器的文學批評。中國傳統文論歷來輕視民間文學，直到李贄派才把顛倒的歷史顛倒過來。

清代詩論成就不低，因為詩論家的視野，面向中國自《詩經》以降的悠久的詩史。葉燮的《原詩》強調以造化為師，有人說他提出了中國的「模仿說」。袁枚的《隨園詩話》以「著我」為旗幟，但失去晚明的針對性與戰鬥力。

在清代文論中，小說戲劇的理論占最重要的地位，這與小說戲劇成為文學主流相一致。晚明的小說戲劇文論是浪漫主義的，清代的是現實主義的。從清代開始，中國就有了名副其實的現實主義小說戲劇文論。李漁的《閒情偶寄》有六點貢獻，前無古人，成就很高。以金聖嘆為代表的一批評點家為現實主義小說理論作了集體的貢獻，但輕視浪漫主義小說的成就。

近代文論借鑑西方文化，在語言、小說、戲曲、文學理論、比較文學五個方面喊出了「新聲」。王國維的《宋元戲曲考》（1912）及十年後魯迅的《中國小說史略》（1923）填補了中國戲劇小說歷來無史的空白。王國維的《人間詞話》（1908）引入西方文論，將中國文學分為「理想與寫實兩派」，並指出兩者之關係，既不同於「以禪論詩」的唯心，又不同於西人之壁壘森嚴，是其卓識。

中國古文論三千年的歷史，在四大文化圈中，歷史最悠久，最完整，其內部的繼承性極為鮮明，形成一個封閉的、強大的、自給自足的、牢不可破的傳統。它以中國幾千年的文學、哲學為土壤，全面體現漢民族的審美心理，具有永久不朽的生命力。其繼承性鮮明的根本原因，是因為有儒家文論的保證。中國文論雖有各家各派，但調和多於對抗。所謂「調和」，是道佛文論向儒家靠攏。皎同、司空圖、嚴羽不能不講儒家的話。出現「新聲」是晚明乃至百年來的事。但中國今天的文論是昨天的文論的繼續。可以大膽地說，現代文論任何一種「新聲」，倘若離開了儒家傳統，不可能在中國長存，西方文論沒有這個特點。

中國儒家文論的最大價值就是把文學與國家、民族、人民聯繫起來，要求作家有一顆大心，作品要旗幟鮮明宣傳真善美，抨擊假醜惡。道佛文論的最大價值是要求文學應有含蓄的藝術美。

中國三千年的文論討論了兩大問題，一是文學有什麼用？一是怎樣才能出好作品？關於第一個問題，儒家認為文學不如經書，但也可以為政治服務、為教育服務，絕不可等閒視之。道佛家文論不講或少講文學為政治服務，為教育服務。關於第二個問題，儒家認為首先要掌握儒家思想，正確的世界觀是出好作品的前提及保證。道佛家文論則認為首先要有道心、禪心，也就是說要有悟性。

中國古文論的強項有四，第一，十分重視世界觀、哲學觀與文學的關係。中國古文論家自幼受哲學薰陶，天生是哲學家，誰都跳不出儒道佛的掌心，自覺地信奉哲學，文論離開哲學，也是無源之水。第二，極其重視傳統的力量，中國古文論家無論哪家哪派，都眾口一詞地強調必須弘揚傳統，向古人學習，向書本學習，才能寫出好作品。世界觀與傳統，是文學兩隻翅膀，缺一不可。所謂創新，就是創造性地繼承傳統，這方面的論述，十分精闢。第三，中國古文論家十分擅長宏觀性地論述一類文體、一類作家，微觀性地論述一首詩、一首詞乃至一個字。其綜合分析的思維能力，以作品為本體的純審美批評，可以讓西方結構主義文論家、俄國形式主義及英美新批評派大開眼界。第四，中國以詩文立國，有上下幾千年的詩文傳統，其詩歌理論、散文理論，是世界文論的寶庫。

中國古文論也有弱項，一是理論落後於創作，文學史燦爛輝煌，文論跟不上；二是缺乏作家專論，因而這方面的方法論不如西方之豐富；三是角度少，如講文學與生活、經濟、心理、讀者的關係的理論很少，講破傳統而開創、借鑑外來文化的理論也很少。

我們今天講弘揚傳統，對內應該把儒道佛三家文論的精華都繼承下來；我們講借鑑外來文論，應以自己的文論去對照，發揚強項，發現自己已有卻不自知的好東西，彌補弱項、缺項，才能使中國現代文論再創輝煌。

# 貳

# 西方文論演變的軌跡及特點

## 一　古希臘羅馬文論的特點

古希臘羅馬文論是西方文論的源頭，它具有多元、對立、豐富、變化的特點。柏拉圖（西元前427至西元前347年）的《文藝對話集》為他的弟子亞里斯多德（西元前348至西元前322年）的文論打下基礎。他說「詩的摹仿對象是在行動中的人」[1]大有價值，亞氏照搬不誤。亞氏的《詩學》（西元前335年左右）是古希臘第一部文藝著作，其核心「模仿說」不同於柏拉圖，它包括以下系統的內容：文學是對生活的模仿；是對「行動中的人」（man in action）的模仿；模仿所產生的快感是審美經驗；三種模仿方式——「按照人本來的樣子來描寫」、「按照人應當有的樣子來描寫」、按照人們「相信的事」來描寫；虛構、想像與典型化的原則是「模仿」不可分割之部分。亞氏的模仿說很全面，高度概括了古希臘全部敘事文學的經驗。「模仿說」不排斥作家的理想，這點尤其重要。「模仿說」是西方最有價值的文論：文學如不真實就失去生命；文學如沒有理想則失去方向。信奉模仿說的作家批評家，每個時代都大有人在，但多調強它寫實的一面。十九世紀興起的浪漫主義文論，第一次要否定它，西方現代派文論，第二次要否定它，但它是打不倒的，只能修正、補充、豐富、發展。

亞氏的模仿說生根於戲劇史詩。西方長篇詩體敘事文學極為發達，乃有以行動中的人為主要模仿對象的模仿說。模仿說忽視文學抒

---

1　〔古希臘〕柏拉圖著，朱光潛譯：《文藝對話集》（北京市：人民文學出版社，1963年，第1版），頁81。

情的功能，西方的浪漫主義者正是從抒情詩打開缺口，另創表現的理論。

古羅馬賀拉斯（西元前65至西元前8年）繼承古希臘文論，但有所發展。他的《詩藝》隻字不提「模仿說」，卻提出「古典主義」說，用模仿書本代替模仿生活。他又提出「寓教於樂」說，調和柏氏與亞氏。賀拉斯是個中庸主義者，和孔子有點相似。他說「寓教於樂」，哪個更重要呢？他可沒說。至於「類型說」，是對亞氏的補充，理論深度反不如之。

## 二　中世紀文論的特點

中世紀文學是歐洲各主要國家的民族文學誕生和成長時期；是西方近代小說戲劇的醞釀時期；是希伯來文學（《聖經》）廣泛傳播並給西方文學以極大影響的時期。中世紀文學是聯繫古希臘羅馬文學與文藝復興時期的十分重要的階段，但是，中世紀的文論除了但丁以外，幾乎一無成就。

根據普遍的看法，中世紀文論以阿爾及利亞人聖・奧古斯丁（354-430）及義大利人聖・托馬斯・阿奎那（1226-1274）為代表。他們都是中世紀最有名的神學家。從奧古斯丁到托馬斯，形成中世紀主要的美學思潮，就是把美看作上帝的一種屬性。上帝就是最高的美，是一切事物，包括自然和藝術的最後根源。通過自然美和藝術美，人可以觀照到上帝的美，從有限美見出無限美。有限美只是到達無限美的階梯，它本身沒有獨立價值。這與柏拉圖的理論極近似，只不過用「上帝」代替了「理式」。在自然與藝術之中，經院派學者只看重自然美而鄙視藝術美，因為前者是「神」造的，後者是「人」造的。「人造的」就包含「虛構的」、「不真實的」意味。虔誠的教徒們要「從上帝的作品中去讚美上帝」，因此，中世紀的美學並不以文藝為主要對象，而以上帝及大自然為主要對象。

奧古斯丁的時代，中世紀無文學可言。要他對中世紀文學發表意見不可能，但他可以對古典文學發表意見，他很熟悉並且曾經很崇拜古典文學，尤其是拉丁文學，但他卻全部否定古典文學。他也可以對《聖經》這部偉大的文學作品發表意見，但他只從神學角度作詮釋，把一部偉大文學作品變成神學的教義。他的十三卷宗教自傳《懺悔錄》（首錄於397-401年）[2]前十卷是對他一生的回顧，其中懺悔了他如何中了古希臘羅馬文學的毒害而離開了上帝。他被這些「荒誕不經的文字」害苦了，「那些故事使我離棄你天主而死亡」。他咒罵荷馬史詩、維吉爾的史詩，說自己曾迷戀於「低級的美」肉欲的美，成為「一頭不幸的牲口」，脫離了主的牧群。他把戲劇表演稱為「過眼雲煙和海市蜃樓」，稱為骯髒的疥癬。把音樂稱為鄙俗的取樂。他多次抨擊古典戲劇的「淫蕩」，悲嘆道：如果人類的子孫僅僅以荷馬和古羅馬劇作家們描繪的眾神為榜樣，那麼他們就會沉入「深淵」。[3]

托馬斯・阿奎那的時代，中世紀文學已有很大的發展，但他的未完成的《神學大全》（首錄於1265-1274年）完全是一部神學著作，既不談古典文學，也不談中世紀文學。其第一部分是論述有關上帝造物的神性本質，第二部分為道德哲學，涉及到人、人生目的以及人達到目的的途徑，第三部分專門論述了耶穌基督及其降生救世之奧秘，與文論毫不相干。[4]

---

2　《懺悔錄》發表年代據〔美〕麥吉爾主編，王志遠主編譯：《世界名著鑒賞大辭典・詩歌散文卷》（北京市：中國書籍出版社，1990年，第1版），頁1419。

3　上述引文詳見〔古羅馬〕奧古斯丁著，周士良譯：《懺悔錄》（北京市：商務印書館，1963年），頁16-20。

4　關於〈神學大全〉，詳見伍蠡甫主編：《西方文論選》（上海市：上海譯文出版社，1979年，新1版），上卷。〔美〕麥吉爾主編，王志遠主編譯：《世界名著鑒賞大辭典・詩歌散文卷》。〔美〕吉爾伯特等著，夏乾豐譯：《美學史》（上海市：上海譯文出版社，1989年，第1版）。

西方文論史家有以奧古斯丁、托瑪斯和柏拉圖相提並論者，若從客觀唯心主義思想體系及反對世俗文學這兩點上說，確有一致之處。奧古斯丁與托瑪斯大量利用柏拉圖、亞里斯多德的方法論來闡釋神學。但是，柏拉圖遠比他們二人高明，柏拉圖有很高的藝術鑒賞力，從古希臘文學實際出發，講出一些精闢的見解，不像奧古斯丁一味懺悔式的否定，也不像托瑪斯把美學作為神學的附庸。

奧古斯丁和托馬斯的「文論」完全排斥古典文學，完全脫離中世紀文學，這致命傷使他們的「文論」成為無源之水，無本之木。綜觀西方文論史，從古希臘到後現代主義，沒有一個時期的文論是以敵視文學、與文學絕緣為其特點的。因此中世紀神學的「文論」毫無價值可言，西方一些文論家也明確指出這點。[5]

在中世紀的文論家中，只有但丁（1265-1321）的文論有大貢獻。第一，他指出《神曲》的創作原則是象徵和寓言，他通過對自己的創作的經驗的總結，對中世紀文學的藝術特徵作出準確的概括。[6]第二，他提倡用民族語言寫作，這是為通俗文學正名。他說：「那些最偉大的主題似乎應該用最好的方式，因此也就是說，應該用最偉大的俗語加以處理」，[7]這在中世紀真是石破天驚的聲音！必須指出，他對「俗語」（義大利語）評價如此之高，是因為當時義大利及其他國家已有大量的通俗文學作他後盾，他為「俗語」正名也就是為通俗文學正名。但丁是一位偉大的語言改革家，他第一個衝破拉丁文禁區，用俗語作《神曲》。比他稍後的另一位義大利偉大語言改革家薄伽丘對此評價極高：「他是使方言昇華並使它在我們義大利人中得到尊重的第一個人，就像荷馬之於希臘，維吉爾之於拉丁。」

---

5 見〔美〕吉爾伯特等著，夏乾豐譯：《美學史》，頁157-161。

6 見伍蠡甫主編：〈致斯加拉大親王書〉，《西方文論選》，上卷，頁159。

7 見伍蠡甫主編：〈論俗語〉，《西方文論選》，上卷，頁172。

## 三　文藝復興時期文論的特點

文藝復興時期是西方資產階級打著繼承古典文化的旗幟來創建新文化的偉大時代。

文藝復興時期文論的來源有二，一來自亞里斯多德的《詩學》及賀拉斯的《詩藝》，一來自文論家對通俗文學（小說戲劇）的總結。

文藝復興時期的文學一個總的特點，就是貼近人生，富於人文主義精神。因此，亞氏的「模仿說」的寫實成分開始被強調，賀氏的「寓教於樂」說也被作家們普遍接受。

文藝復興的文論，幾乎全出自詩人、戲劇家、小說家之手。他們的文論與本人的創作實踐緊密聯繫，在繼承古典文論基礎上時有新見。

文藝復興時期的文論主要表現如下：

第一，提倡語言改革，建立民族語言。用民族語取代拉丁語，是其時全歐性的語言改革運動。在義大利，拉丁語勢力回潮，[8]阿爾貝蒂（1404-1472）及本博主教（1470-1547）為建立義大利民族語言與回潮派鬥爭。阿爾貝蒂於一四六四年寫成第一部義大利文法書，論證俗語如拉丁文一樣規範，可以用於文學。[9]本博於一五二五年作《義大利語言探討》（又譯《俗語論》），論證俗語在處理現代題材方面遠比古代語言優越，提出用俗語寫作是愛國心的表現。他的觀點為義大利大部分著名作家和學者所採納。在英國，由國王詹姆斯一世下令出版「欽定英語」《聖經》，[10]使英語揚眉吐氣。《簡明劍橋英國文學史》

---

8　參見張世華著：《義大利文學史》（上海市：上海外語教育出版社，1986年，第1版），頁50。

9　參見《簡明不列顛百科全書》（北京市：中國大百科全書出版社，1985年，第1版），第1卷，頁29「阿爾貝蒂」詞條。

10　詹姆斯一世指令四十七位高僧，在大主教蘭斯洛特．安德魯斯（Lancelot Andrewes）主持下，編譯並於一六一一年正式出版。這就是後來全球通用的最有權威的《欽定聖經》（The King Tames Version. The Authorized Version）（*the biblical language*）近千頁，只六千單詞，文筆洗煉，深入淺出。

說：「《聖經》是英語書籍中最偉大的一部作品，是英國首屈一指的經典著作，它是對英國性格和語言有著最大影響的一個源泉。」肖伯納在《賣花女》中借語言學教授赫金斯之口說：「記住，你的祖國的語言是莎士比亞、彌爾頓和《聖經》的語言。」欽定本《聖經》的譯文使英語規範與純潔化，證明英語與法語具有同樣表現力，使英國人的愛國心得到高揚。在法國，高漲的民族主義思潮推進俗語的勝利。一五三九年，「文藝復興之父」佛朗索瓦下令全國統一使用法語，廢除拉丁語。十六世紀，「七星詩社」的頭一個巨大建樹，就是為法語正名。《保衛和發揚法蘭西語》（1549）是七星詩社的宣告，宣告法蘭西民族是和羅馬人或其他任何古今民族一樣優秀的民族，沒有理由不採用他們自己的語言，用法語寫作是所有法國學者的愛國職責。在德國，馬丁・路德（1483-1546）用俗語向拉丁文宣戰。他用整整十二年將猶太文和希臘文《聖經》譯成德文，於一五三四年出版，有力地促進德國民族語言的普及與發展。恩格斯認為他「創造了現代的德意志散文」。在西班牙，大文豪塞萬提斯自豪地提出：「我，是第一個用西班牙語寫作的作家。」他說：「偉大的荷馬不用拉丁文寫作，因為他是希臘人；維吉爾不用希臘文寫作，因為他是羅馬人。一句話，古代詩人寫作的語言，是和娘奶一起吃進去的；他們都不用外國文字來表達自己高超的心思。[11]

第二，繼承《詩學》，發展《詩學》。建立近代戲劇、小說的理論。《詩學》在古代影響甚微。在中世紀，它埋沒了近千年，幾乎沒有人提到它。文藝復興時重見天日，各種譯本、注釋本大量出現，對這時期的文論起決定性的影響。西方近代文論是從《詩學》的發現及對其詮釋開始的。

但是，文藝復興時期的文論家總是結合當代的文學來接受《詩

11 楊絳譯：《堂・吉訶德》（北京市：人民文學出版社，1978年，第1版），下冊，頁113。

學》的，故他們又突破了《詩學》的框框，建立起近代長篇小說及喜劇、悲喜劇的理論，這是創新，是發展。在長篇小說理論的建樹上，必須要提到欽提奧（1504-1573）的《論傳奇體敘事詩》和《論小說的寫作》及塞萬提斯散見在《堂・吉訶德》中的文論。他們文論共同的特點是將中世紀的騎士傳奇與近代長篇小說掛鈎。欽提奧為騎士文學正名，指出新型史詩的作者「不應受古典規律和義法的約束」，亞氏與賀氏「這兩位古人既不懂我們的語言，也不懂我們的寫作方式」，「我們應該遵照用我們自己語言寫作的最好的詩人所指點的路徑走」，亞里斯多德心目中的詩是用單一情節為綱的，他對寫這類詩人所規定的一些界限並不適用於寫許多英雄的許多事蹟的作品」。[12]

塞萬提斯強調「作者可以大顯身手，用散文來寫他的史詩」，[13]這可是亞氏沒有說過的。他對中世紀的騎士傳奇作了一分為二的評論，指出其藝術上可資借鑑。他的小說是對騎士小說的「反寫」，是「反諷」，沒有騎士小說作樣本，他決難寫出這部世界名著。除了上述二人外，塔索、斯賓塞、錫德尼對史詩的論述，也是近代小說論的濫觴。

在喜劇及悲劇理論的建樹上，必須要提到特里西諾（1478-1550）對「笑」的論述，豐富了「喜劇」的定義。他的「惡意說」與「希望落空說」是對亞氏「無痛苦」、「無傷害」說的發展，為後世研究笑的心理學提供了一種先例，直接影響了莫里哀、哥爾多尼的喜劇創作，開拓了喜劇研究的一條道路。卡斯特爾維屈羅（1505-1571）首次提出「三一律」。他從「娛樂說」出發也特別重視喜劇，認為喜劇創作難於悲劇。維加的《編寫喜劇的新藝術》（1609）是文藝復興時期喜劇理論最重要的著作，提出了喜劇可以具有悲劇成分的新觀念。[14]義

---

12 以上引文均見伍蠡甫主編：《西方文論選》，上卷，頁185-186。

13 楊絳譯：《堂・吉訶德》（北京市：人民文學出版社，1978年，第1版），上冊，頁435。

14 楊絳譯：〈編寫喜劇的新藝術〉，《古典文藝理論譯叢》（北京市：人民文學出版社，1966年），第11期。

大利戲劇革新家瓜里尼（1538-1612）在《悲喜混雜劇體詩的綱領》（1601）中提出悲喜劇的新觀念。[15]還必須提到塞萬提斯，他不僅是一位偉大小說家，而且是寫過二、三十種悲劇與喜劇的劇作家。他提出戲劇可以用「散文」寫，他也提出「悲喜劇」的名詞並作了論述。[16]

文藝復興時期文論的侷限，是對詩歌的理論研究比較單薄，這是西方文論幾百年中的弱項，要等到十九世紀初浪漫主義文論的崛起，這個弱項才變成強項。

總的來說，文藝復興文論是亞氏與賀氏的觀念一統天下，文論落後於創作，未能出現柏氏、亞氏式大理論家，作家理論不成體系，是過渡期，為十七、十八世紀戲劇、小說文論打下基礎。

## 四　十七世紀古典主義文論的特點

文藝復興之後，就出現了古典主義，這是理性的文藝思潮，是對崇尚個性解放的人文主義的反撥。十七世紀法國古典主義戲劇成就最高，影響最大，風靡全歐。十七世紀西方的文論，自然以法國古典主義戲劇理論為代表。法國幾位戲劇家如高乃依、拉辛、莫里哀在戲劇理論上也有各自的貢獻，但他們所講的話，文藝復興的文論家大都講過。那麼，西方十七世紀的文論又有哪些主要特色呢？

第一，帶著古典文論的鐐銬跳舞。十七世紀最大的文論家是法國布瓦洛（1636-1711），他的一千一百句詩體戲劇理論著作《詩的藝術》（1669-1674）完全繼承了賀氏《詩藝》的「寓教於樂」說、「古典主義」說。其重要論點包括：強調「理性」對創作的指導作用；強調悲劇要服從「三一律」；強調悲劇要歌頌君主式的英雄；強調喜劇

15 朱光潛譯：〈悲喜混雜劇體詩的綱領〉，轉引自《歐美古典作家論現實主義與浪漫主義（一）》（北京市：中國社會科學出版社，1980年第1版），頁121。

16 楊絳譯：《堂·吉訶德》上冊，頁439。

應宣傳教化，不能針砭時弊；強調喜劇必須鑽研都市和宮廷的人性，寫出「模型」來；肯定高乃依、拉辛、莫里哀的成就。[17]

布瓦洛帶著古典文論的鐐銬跳舞，主要表現在認為古希臘羅馬史詩戲劇是最高典範；必須嚴格區分悲劇、喜劇的界限；必須遵守「三一律」，要求戲劇家「要用一地、一天內完成一個故事」。他將古代文學的精華變成「法則」，這就成為「鐐銬」，束縛戲劇的發展。

理性也是一個鐐銬。在西方文論史上，他是第一個人將「理性」抬到至高無上的地位。他說：「因此，首先須愛義理，願你的一切文章／永遠只憑著義理獲得價值和光芒。」[18]

請注意，布瓦洛不是不要技巧、想像、激情、逼真，不是不要塑造栩栩如生的戲劇人物，引人入勝出人意料的戲劇情節，藝術家個人獨特的戲劇語言風格，但是，「首先須愛義理」，上述的一切，是「憑著義理獲得價值和光芒」的。

再請注意，布瓦洛對文學的重大問題，都是從「理性」（有人譯為「義理」）原則出發去評論是非的。「古典主義」為什麼好？「寓教於樂」為什麼好？「三一律」為什麼好？一句話，就是合於「理性」，如此強調「理性」這把尺子在文藝批評中的作用，在他以前，沒有任何一個文論家做過。

什麼是「理性」？其含義十分廣泛。包括他對戲劇家哲學、倫理、創作三方面的要求。「理性」首先是哲學認識的概念，針對「感性」、「感情」而言，是指思辨的能力。從事文學創作，絕不能以感性認識為依據，必須以理性思維為依據；絕不能讓情感支配手中之筆，成為情感的俘虜，無論寫什麼、怎麼寫，都要用腦子去「思」才能成

17 以上六點按〈詩的藝術〉順序寫出，一些評論者把布瓦洛其他著作如《只有真才是美》（1675）也算入〈詩的藝術〉，引用時不加說明，是不妥當的。

18 引文見任典譯，王道乾校：〈詩的藝術〉，見《西方文藝理論名著選編》（北京市：北京大學出版社，1985年），上卷，頁182。

功。這是以法國哲學家笛卡爾（1596-1650）的理性主義（「我思故我在」）為基礎的。其次，「理性」又是政治道德的範疇，是指封建主義一整套思想體系，諸如忠君愛國、家庭倫理觀念高於個人愛情觀念、殺身成仁、滅親取義、君恩戰勝私仇、公民義務戰勝個人激情、英雄氣概戰勝兒女柔情等等。再次，「理性」又是對作家創作的要求，布瓦洛著重從反面論證不合「理性」的創作現象，作為戲劇家的警戒，諸如「無理的偏激」、「離奇的詩句」、「光怪陸離的文章」、「詞不達意」、「文筆一平如水」、「只有一個調」、「鄙語雙關」、「猥褻之言」、「俳優打渾」、「村俗的調笑」、「荒唐的放縱」、「驕矜虛飾」、「不明晰的思想」、「文不順詞」、「立異標奇」、「難以置信」、「亂開玩笑」、「低級滑稽」、「人物形象個個如作者一個樣、演青年像老頭、演老頭像青年」、喜劇挖苦惡毒，指名道姓攻擊名人、不遵守「三一律」等等。帶著古典文論的鐐銬跳舞是西方十七世紀的特殊現象，以後，西方文論就少有這種現象了。

第二，偉大作家在理論上反潮流的作用。這是指英國古典主義戲劇理論的特色。十七世紀下半葉，在法國古典主義的影響下，英國出現了以德萊頓、蒲柏、約翰遜為代表的古典主義文論。但是，英國人並沒有成為法國人的應聲蟲。為什麼？因為英國有莎士比亞。

德萊頓（1631-1700）是英國文論的創始人，深受布瓦洛影響。其《論劇體詩》（1668）卻充分肯定英國的悲喜劇，高度評價莎士比亞，指出莎氏的成功是因他的創作「符合他所生活的民族和時代的精神」。我們很有興趣地發現，德萊頓的文論思想在法國批評家那一邊，但有一個巨大磁場把他從法國人那邊拉回來，這磁場就是莎士比亞。蒲伯（1668-1744）是一位最嚴格的古典主義者，認為布瓦洛是近代文藝批評的頂峰，其《論批評》（1711）是摹仿布瓦洛《詩的藝術》的詩體論文，是布瓦洛理論的翻版。然而，又是莎士比亞，使蒲伯抬頭看見了本國戲劇的光輝。他編輯出版了《莎士比亞全集》

（1725），承認莎士比亞的戲劇儘管違反古典主義，但他是天才的作家，得出古典作家並非永遠勝過新的作家的大膽結論。再看看約翰遜（1708-1784），他是英國古典主義後期的代表，但他在《莎士比亞戲劇集》〈序言〉（1765）中指出「莎士比亞超越所有作家之上，是獨一無二的自然詩人」[19]由於有莎士比亞撐腰，正統的古典主義者約翰遜在悲劇與喜劇的區分、「三一律」等問題上「出格」的言論越來越多，以至於他自己也驚呼起來：「我被我自己的大膽鹵莽幾乎嚇住了。」

布瓦洛是十七世紀歐洲文論的絕對權威，古典主義是十七世紀歐洲壓倒一切的文藝思潮。然而，莎士比亞使英國十七至十八世紀三大古典主義批評家免於淪為布瓦洛的附庸。因此，應該重視偉大作家在理論史上潮流的建議意義，他可以糾正一種理論主潮的偏向與失誤，而使文論家堅持正確的東西。例如，因為有莎士比亞的存在，悲喜劇被肯定，「三一律」被否定，古典主義的現實傾向得以發揚。在中國，如司馬遷、屈原、曹雪芹的作品，也具有理論史上的建議意義。

## 五　十八世紀文論（包括黑格爾）的特點

十八世紀文學最引人注目的成就是戲劇和小說，因此十八世紀的文論必然建立在戲劇小說的基礎上。十八世紀有個啟蒙運動，文學也好，文論也好，都是它的麾下，都聽命於它，所以聲勢浩蕩，與十七世紀歐洲文壇的沉悶氣氛絕不相同。十七世紀是一個人——布瓦洛——的文論一統天下，十八世紀是一種思想——啟蒙主義——一統天下。在啟蒙主義這面大旗下，雲集著各國的文化巨人，他們多半兼

19 引文均據李賦寧、潘家洵譯：《莎士比亞戲劇集》〈序言〉，轉引自楊周翰編選：《莎士比亞評論匯編．上》（北京市：中國社會科學出版社，1979年，第1版），頁39。下同。

哲學家、思想家、文學家於一身，文學創作與文論建設，甚至只是他們的副業。十八世紀西方的文論所以影響巨大，是因為它與啟蒙主義是一個思想體系。而啟蒙主義是西方資產階級偉大的文化運動。

十八世紀歐洲文論最突出的貢獻就是平民戲劇理論，它的價值不僅在於它的理論本身，還在於這種理論滲透著反封建的戰鬥性，如果把它作純理論來介紹，就很容易丟掉它的靈魂。

十八世紀歐洲平民戲劇理論的大廈，是由法國伏爾泰（1694-1778）、狄德羅（1713-1784）、博馬舍（1732-1799）和德國的萊辛（1729-1781）建立的。狄德羅毫無疑問是最主要的理論家，他繼承伏爾泰，又影響博馬舍與萊辛。

狄德羅開創了一個新的戲劇理論時代，是繼亞里斯多德、賀拉斯、布瓦洛之後，站在他那個時代戲劇理論的巔峰人物。他的《關於〈私生子〉的談話》（1757）、《論戲劇詩》（1758）、《演員奇談》（1773）是十八世紀最主要的戲劇理論著作。

狄德羅最大的貢獻是什麼？是建立了「嚴肅戲劇」的理論體系。它包含四方面的內容：

第一，提出一種新的戲劇名稱。狄德羅從哲學角度出發，指出「一切精神事物都有中間和兩極之分」，悲劇和喜劇是人類精神活動的兩個極端類型，「但是人不至於永遠不是痛苦便是快樂的。因此喜劇和悲劇之間一定有個中心地帶。……我把這種戲劇叫作嚴肅劇」。[20]狄德羅把這種「嚴肅劇」稱為「正統嚴肅的戲劇」，又簡稱為「正劇」。[21]「正劇」的名稱由此而來。

第二，對「正劇」的要求。題材是市民的、家庭的，教訓是強有

20 張冠堯、桂裕芳譯：〈關於《私生子》的談話〉，見《狄德羅美學論文選》（北京市：人民文學出版社，1984年，第1版），頁90。

21 徐繼曾、陸達成譯：〈論戲劇詩〉，見《狄德羅美學論文選》（北京市：人民文學出版社，1984年，第1版），頁135。

力而帶普遍性的；性格不是個別的應是普遍性的；人物的社會處境應比性格占重要的地位；用散文寫。顯然，狄德羅強調的是這種戲劇的市民的代表性、普遍性及強有力的社會教育意義。

第三，民主的、反封建專制的戲劇指導思想。「到鄉村裡」認識真理，打擊「殺戮和征服」、「把人劃分等級」的奴隸制度。[22]

第四，「間離效果」的表現方法。狄德羅第一個主張演員演戲要「不動情感」。「唯有絕對不動感情，才能造就偉大的演員」。[23]

如果說十八世紀的戲劇理論是由一批哲學家、思想家、文學家兼一身的巨人創立的，那麼十八世紀的小說理論則是由一批傑出的小說家創立的。他們的小說理論的哲理性、戰鬥性不如戲劇理論，但就純小說理論價值說，絕不低於戲劇理論。

十八世紀歐洲的小說理論有六個特色。第一，以《堂・吉訶德》與《巨人傳》為範本；第二，遵循「摹仿說」與「寓教於樂」說；第三，相互批評的現象相當突出；第四，試圖打通悲劇、喜劇、史詩、散文的界限，菲爾丁和斯特恩都是例子，斯特恩的《項狄傳》就是喜劇、小說、議論散文、諷刺小品的奇怪結合；第五，給「摹仿說」增加了新內容，摹仿自然就是摹仿感情，摹仿感情與正面道德教育一致。這是將感傷主義引入「摹仿說」，並與「寓教於樂」的理性說結合起來；第六，多數文論就放在小說作品之中。

十八世紀小說家的理論毫無疑問地是以英國菲爾丁（1707-1754）為代表的。菲爾丁上承塞萬提斯，下啟巴爾扎克，是西方小說理論史上舉足輕重的人物。他首創系統的現實主義小說理論，這就是以「摹仿說」為核心，以人性論為基礎，以「寓教於樂」為目的，以

22 見〔蘇聯〕阿爾泰諾夫等著，楊驊譯：《十八世紀外國文學史》（上海市：上海文藝出版社，1958年，第1版），上卷，頁353。

23 施康強譯：〈演員奇談〉，見《狄德羅美學論文選》（北京市：人民文學出版社，1984年，第1版），頁287。

「散文喜劇史詩」為形式的小說理論。他的小說理論的精髓，已寫入小說《約瑟・安特路傳》（1742）中，包括以下論點：荷馬史詩是小說的胚胎，「散文喜劇史詩」的初步定義，對《堂・吉訶德》的極高評價，寫永恆不變的人性類型：「鏡子」說。[24]在《棄兒湯姆・瓊斯的歷史》每卷第一章中，菲爾丁又將自己的小說理論作了範圍廣泛的發揮。最重要的，是使「散文喜劇史詩」的定義完整化了。[25]菲爾丁認為古代史詩的容量很大，但寫的都是神和英雄，英雄自有神助，化險為夷，並不真實。悲劇只寫高貴人物，不寫平民。喜劇包含最多的真實人性，可惜容量太窄。至於現代作品，「真實的人性在作家筆下並不多見。」他便把「史詩」與「喜劇」結合起來，借史詩的容量，去裝喜劇的人性。古代的史詩、戲劇是用詩寫的，他用的卻是散文，所以便把自己獨創的小說形式，稱之為「散文」的喜劇史詩。

最後，要提到跨越兩個世紀的黑格爾（1770-1831），我們把他的文論放在十八世紀來談。他並非啟蒙主義大旗下的人物，但他作為一位哲學家與美學家，在史詩（小說）戲劇理論方面卓有建樹，他的史詩戲劇理論見諸他一八二二年至一八二九年在柏林大學向學生所作的美學講演，[26]後來由他的學生整理成《美學》（1836-1838）。[27]

黑格爾的史詩（小說）理論從民族學的角度論述了史詩的起源與職責；從塑造英雄性格的角度肯定了史詩的美學價值及與近代小說的關係。其核心部分是提倡寫具有堅定性和決斷性的理想性格，反對寫缺乏主導特徵的模糊性格和缺乏堅定性的軟弱性格。它包括以下內

---

24 見伍光建譯：《約瑟・安特路傳》（北京市：作家出版社，1954年，第1版），頁1〈原序〉及卷3〈第1回〉，頁134。又見楊周翰譯：《約瑟・安德路斯》的序言。《文藝理論譯叢》（北京市：人民出版社，1958年），第1輯。

25 見蕭乾、李從弼譯：《棄兒湯姆・瓊斯的歷史》（北京市：人民文學出版社，1984年第1版），下冊，頁978。

26 《簡明不列顛百科全書》，第3卷，頁763「黑格爾」同條。

27 伍蠡甫著：《歐洲文論簡史》（北京市：人民文學出版社，1985年，第1版），頁118。

容：其一，史詩以敘事為職責，產生於民族覺醒的時代，反映民族的樸素意識；其二，史詩最適宜表現戰爭中的衝突，而戰爭最能表現全民族的意識；其三，史詩的民族意識集中體現在史詩的英雄人物身上；其四，史詩的重點是寫外部世界；其五，史詩的人物必須是一個有主要性格特徵又有性格多面性的藝術形象，他的性格會有矛盾，但矛盾中仍然保持自己的本色；其六，批判近代小說中一盤散沙式的性格多重組合，批判人物性格的不堅定性，認為前者「毫無意義」，後者不是「理想性格」。被黑格爾點名批判的戲劇小說有高乃依的《熙德》、拉辛的《費德爾》、歌德的《少年維特之煩惱》、霍夫曼的作品及「近代滑稽說」等；其七，近代不可能產生史詩，小說是「資產階級的史詩」。

黑格爾的悲劇理論包括以下內容。其一，區分小說與悲劇的典型性格的不同，史詩的人物是「完整」、「複雜」的性格，既有主要的性格特徵，又有許多其他性格特徵。悲劇則可以只突出一個「基本性格特徵」，因為悲劇是「衝突」的藝術，又受篇幅限制，所以「戲劇中的主角大半比史詩中的主角較為簡單，要展出更大的明確性」；其二，提出「衝突」說。「戲劇詩的中心問題……是各種目的和性格的衝突以及這種鬥爭的必然解決」。「衝突」的範疇包括「倫理的力量」，「壁壘森嚴的對方」、各有片面的合理性在整體上又都不合理，衝突的結果一是雙方同歸於盡，一是歸於和解，不論何種結果都是「永恆的正義」的勝利。

黑格爾的史詩（小說）悲劇理論的論述至今仍有很大意義，體現超前意識，高於十八世紀其他小說家的文論。他關於悲劇的理論繼承亞里斯多德，超越亞里斯多德。亞氏提出動作是悲劇的靈魂，黑氏則指出衝突乃動作的原因；亞氏提出悲劇產生的原因是人物的「過失」，黑氏則指出「過失」是任何一方的倫理觀念又合理又不合理；亞氏提出悲劇是「嚴肅」的，黑氏則指出「嚴肅」是因為兩種互不相容的倫理力量的衝突。黑格爾關於不可調和的衝突是悲劇動作的根源的觀點極富於建設性。叔本華、尼采、別林斯基、馬克思、恩格斯的悲劇理論均源於此說。

## 六　十九世紀浪漫主義文論的特點

我們曾經說過，一個偉大作家可以改變理論的潮流。盧梭（1721-1778）的小說《新愛洛綺絲》（1761）一齣，就預示著「一個遍及整個歐洲文學的新原則的勝利」[28]。這部小說說明藝術並不一定都是對經驗世界的描繪或複寫，也可以是對情感世界的表述和渲洩。這就是「文學的新原則」，浪漫主義的原則。感傷主義是浪漫主義的先聲，盧梭乃浪漫主義的先驅。

浪漫主義的背景是歐洲兩大階級的對壘，一方面是法國大革命與歐洲民主運動和民族解放鬥爭高漲，另一方面是「神聖同盟」。浪漫主義是歐洲各階級不同聲音的合唱。有和諧，有對抗。高爾基分積極與消極兩種。根據《簡明不列顛百科全書》最新版，浪漫主義的定義是：「一種勢如破竹的反對權威、傳統和古典模式的運動，在十八世紀後期到十九世紀中期橫掃西方文明。」[29]

浪漫主義是西方詩歌的黃金時代，浪漫主義小說的成就僅次於詩歌。浪漫主義戲劇聲勢雖大，但成績不佳。浪漫主義又是一個理論勝利的時代。浪漫主義最突出、最本質的特徵是主觀性，這是對「摹仿說」及「理性」的否定。

浪漫派源於德國，一七九八年奧·希勒格爾（1767-1845）和弗·

---

28 〔德〕恩斯特·卡西爾著，甘陽譯：《人論》（上海市：上海譯文出版社，1985年，第1版），頁178。

29 《簡明不列顛百科全書》（北京市：中國大百科全書出版社，1986年，第1版），第5卷，頁128「浪漫主義」詞條。

希勒格爾（1772-1829）兄弟在《雅典女神殿》雜誌上首次提出「浪漫主義」，同年，法蘭西學院正式承認「浪漫的」這一法文詞彙。弗．希勒格爾是法國浪漫主義的權威，《斷片》（一千五百條）是他文論的代表作。他的文論是以德國唯心主義哲學家費希特（1762-1814）的「自我創造非我」這一命題為基礎的，這一命題又是建立在費希特另一著名命題，「創造性想像」的概念基礎上的。奧．希勒格爾的功績則是以明晰的思路和犀利的筆鋒將弗．希勒格爾的主張傳布於德國和歐洲。奧．希勒格爾結識法國的斯達爾夫人（1766-1817）達十三年之久，為她講授德國哲學和文學，並陪同她遊歷歐洲。斯達爾夫人的浪漫主義文論名著《論德國》就是根據奧．希勒格爾的介紹寫成的，她首次將「浪漫主義」引入法國。在英國，最有名的浪漫主義文論家柯勒律治（1772-1834）曾是奧．希勒格爾的學生，柯氏對奧．希勒格爾依從之深，使某些人甚至指責柯氏有剽竊奧．希勒格爾著作之嫌。由此可見，弗．希勒格爾是浪漫主義文論創始人，他的觀念通過奧．希勒格爾的傳播又影響了法國和英國。[30]

浪漫主義文論不是無源之水，無本之木。它的「源」與「木」一個是上述的浪漫主義文學，一個是柏拉圖和德國的哲學。沒有柏拉圖，沒有德國唯心主義哲學（康德、黑格爾、費希特、謝林），就沒有浪漫主義的文論，一代文論，與哲學生死攸關，關係如此密切，是西方文論史上很突出的現象。

## 七　十九世紀批判現實主義文論的特點

批判現實主義文學緊接浪漫主義之後。在十九世紀三十年代興起。詩歌的黃金時代過去了，小說的黃金時代到來了。敘事代替了抒

---

30 參閱李伯杰：〈施萊格爾兄弟〉一文，見吳富恒主編：《外國著名文學家評傳》（濟南市：山東教育出版社，1990年，第1版），第2卷，頁3。

情，狀物代替了寫心，這是兩種不同性質的文學，它們的文論也迥然不同。

文論發源地從德國、英國轉到法國、俄國。德國浪漫主義的光輝已經暗淡，現在是法國人和俄國人寫實文論的智慧支配歐洲文壇了。一批新文論家崛起，他們是法國的巴爾扎克（1799-1850）、法國的聖．佩韋（1840-1869）、法國的泰納（1828-1893）、法國的莫泊桑（1850-1893）。俄國的別林斯基（1811-1848）、俄國的赫爾岑（1812-1870）、俄國的車爾尼雪夫斯基（1828-1889）、俄國的杜勃羅留波夫（1836-1861）、俄國的托爾斯泰（1828-1910）、丹麥的勃蘭兌斯（1842-1927）等。

批判現實主義文論與浪漫主義文論比較，有四方面的重要不同。

第一，批判現實主義文論有一個自然科學的基礎，這是浪漫主義文論家所無的。這「有」與「無」的區別，非同小可。十九世紀自然科學的三大發現，尤其是生物學及進化論，給了這派文論家一雙科學的火眼金睛，幫助他們用自然科學的方法去觀察文學與社會的關係。巴爾扎克受生物學的啟發，得出要研究「人」就必須研究「社會」的結論。[31]生物學與進化論對泰納影響極大，有他的理論著作《藝術哲學》（1865-1869）為證。他不無驕傲地宣稱；生物學與進化論是他研究藝術的本質及其產生、發展的理論基礎與方法論。[32]泰納根據動植物的最不易變化的特徵來論證文學最重要的特徵，是他將生物學運用於審美評價的一個獨創貢獻。他說，在哺乳動物中，「乳房的存在是一個極重要的特徵，牽涉到重大的變化，決定動物結構的主要特徵。」天上飛的蝙蝠，水中游的鯨魚，地上走的狗、馬、人，都是哺乳動物，因為都有乳房。而「翅膀」卻是「一個很不重要的特徵」，

31 見陳占元譯：《人間喜劇》〈前言〉，見伍蠡甫主編：《西方文論選》，下卷，頁165-166。

32 見傅雷譯：《藝術哲學》（北京市：人民文學出版社，1963年，第1版），頁9-11。

「屬於不同綱目的動物都可以有翅膀」。那麼，文學最不易變化的特徵是什麼呢？是一個歷史時期的本質特徵，是表現民族的特性與種族的特性。偉大的文學都表現每個民族或某一個歷史時期本質的特徵，所以永垂不朽。而那些表現最淺層次的心理的文學很快就消失了，因為他們沒有表現民族歷史本質的東西，泰納這些精闢見解是從生物學來的。[33]

第二，批判現實主義文論有一個比浪漫主義豐富得多也積極得多的哲學基礎，這就是法國孔德（1798-1857）的實證論及德國黑格爾（1770-1831）、費爾巴哈（1804-1872）的哲學。孔德的實證論對法國的泰納、聖・佩韋、莫泊桑有重要影響，它是泰納美學的另一個理論根據。[34]黑格爾與費爾巴哈對俄國別林斯基、車爾尼雪夫斯基的影響極為巨大。車氏指出黑格爾「天才的辯證法」是別林斯基文論的基石。[35]費爾巴哈對車爾尼雪夫斯基的影響是決定性的。車氏自認他的美學博士論文《生活與美學》「就是一個應用費爾巴哈的思想去解決美學基本問題的嘗試」。[36]

第三，基督教意識的消失或信仰角度的變化。別、車、杜不信基督教。托爾斯泰把基督教轉化為博愛的人道主義理想追求，它促使作家同情勞苦大眾並號召全人類的團結互助。[37]

第四，文論研究的角度迴然不同，浪漫主義研究文學與心的關係，批判現實主義研究文學與物的關係。

---

33 見傅雷譯：《藝術哲學》，頁348。

34 同前註。

35 〔俄〕車爾尼雪夫斯基：〈俄國文學果戈理時期概觀・第六篇〉，見辛未艾譯：《車爾尼雪夫斯基論文學》（上海市：新文藝出版社，1956年，第1版），上卷。

36 見朱光潛：《西方美學史》（北京市：人民文學出版社，1964年，第1版），下卷，頁560。

37 〔俄〕托爾斯泰著，豐陳寶譯：〈什麼是藝術〉，見《西方文藝理論名著選編》（北京市：北京大學出版社），中卷，頁429。

批判現實主義文論有兩大貢獻。第一，它把「寫真實」的理論完善化了，變成一個理論體系。

首先，什麼叫「真實」，它不僅是一時一地的真實，不僅是一物一人的真實，它尤其是整個社會，整個歷史，全部社會變化發展的真實。這是巴爾扎克「寫真實」的理論，他把「統一性」、「聯合」、「綜合」、「調整」的觀念放入小說理論，創造了以他全部的小說（不是一部分）連成一個體系來反映法國整個社會歷史的高級系列小說的「人間喜劇」結構，這是他超過前人的空前的巨大貢獻。[38]

其次，為什麼要「寫真實」，由別林斯基和車爾尼雪夫斯基在理論上回答了這個問題。因為美即生活。別氏說：「生活無論好壞，都同樣地美，因為它是真實的，哪裡有真實，哪裡也就有詩」，「詩人並不美化現實，他寫人物並不按照他們應該有的樣子，而是按照他們實在的樣子。」車氏更進一步指出，生活美高於藝術美。因為藝術反映生活，生活中原已有美，藝術才能把它反映出來。生活是藍本，藝術是摹本，摹本總要比藍本稍遜一等。[39]

再次，批判現實主義文論家將「真實性」與「典型性」結合起來。巴爾扎克在《人間喜劇》前言中有兩處談到典型問題：「結合幾個本質相同的人的特點揉成典型人物。」「不僅人物，還有人生的主要事故，都用典型表達出來。」他在〈《古物陳列室》、《鋼巴拉》初版序言〉中談得更為精闢。[40]別林斯基則用最明白的語言將「普遍

---

38 分別見陳占元譯：《人間喜劇》〈序言〉。劉若瑞、韋枚譯：〈巴爾扎克《十九世紀風俗研究》序言〉。陳占元譯：〈夏娃的女兒〉和〈瑪西米拉．道尼．初版序言〉。均收入王秋榮編：《巴爾扎克論文學》（北京市：中國社會科學出版社，1986年，第1版），頁62、151、207。

39 分別見〔俄〕別林斯基：〈論俄國中篇小說和果戈理的中篇小說〉、〈智慧的痛苦〉，轉引自朱光潛：《西方美學史》，下冊，頁531、552。〔俄〕車爾尼爾夫斯基著，周揚譯：《生活與美學》（北京市：人民文學出版社，1959年），頁91-92。

40 程代熙譯：〈《古物陳列室》、《鋼巴拉》初版序言〉，收入王秋榮編：《巴爾扎克論文學》，頁142。

性」與「特殊性」結合起來論述典型。朱光潛在《西方美學史》中說：「在近代美學家中，別林斯基是第一個人把典型化提到藝術創作中的首要地位。」誰都知道別林斯基這段名言：「每一個人物都是典型，每一個典型對於讀者都是似曾相識的不相識者。」[41]

批判現實主義文論家還把「真實性」與「傾向性」聯繫起來。巴爾扎克、別林斯基、車爾尼雪夫斯基都有大量這方面的言論。勃蘭兌斯說：「在現代，文學的生長，都以它所提供的問題而決定的。……文學提不出任何問題來，就會逐漸喪失它的一切意義。」[42]眾所周知，這段話給整個北歐文學指明方向。

第二，文學批評的貢獻。泰納提出了著名的文學批評「三因素」說（種族、環境、時代）、「三總體」說（藝術家全部作品的總體、藝術家家族的總體、社會的總體）、審美「三標準」說（文學特徵重要程度、有益程度、效果集中程度）。[43]聖・佩韋則從作家的傳記及作家心理分析這兩個新角度去評論作家，彌補了泰納的不足。他批評泰納的《英國文學史》說：「有一些東西他還是漏過去了，人的最重要的一部分東西他漏過去了」。[44]聖・佩韋與泰納的不同是從宏觀的文學外部研究轉入作家的身世及心理的微觀的文學外部研究。泰納，尤其是聖・佩韋對丹麥的勃蘭兌斯有重要影響，但青出於藍勝於藍，勃蘭兌斯又以其革命民主主義的文學史觀及比較文學的意識豐富了批判現實主義的文學批評，他的代表作六卷巨著《十九世紀文學主流》

41 見滿濤譯：《別林斯基選集》（北京市：人民文學出版社，1958年第1版），第1卷，頁186。

42 侍本行譯：《十九世紀文學主潮》〈序言〉，見伍蠡甫主編：《西方文論選》，下卷，頁474。

43 分別見傅雷譯：《藝術哲學》，頁4、347、374、394第1章〈藝術的本質〉第5篇第2章〈特徵重要的程度〉、第4章〈效果集中的程度〉。《英國文學史》〈序言〉，見楊烈譯，伍蠡甫校：《西方文論選》，下卷，頁236。

44 〔美〕佛郎・霍爾著，張月超譯：《西方文學批評簡史》（南京市：南京大學出版社，1987年，第1版），頁114。

（1890）是用比較的方法寫成的：「對歐洲文學作一番比較」，[45]而且比較的目的甚為明確，就是為了批判本國的落後的國民性。[46]勃蘭兌斯充滿激情地歌頌了十八世紀到十九世紀三十年代前歐洲文學以拜倫為中心的進步力量戰勝反動勢力的偉大勝利。他將文學與丹麥國家民族的命運及歐洲的未來聯繫起來，每一卷的結束語對人類的發展都作了充滿信心的評價與預言。

批判現實主義文論是社會反映論的文論，和亞氏的「模仿說」及賀氏的「寓教於樂」說有直接的繼承關係。在浪漫主義之後至二十世紀新的批評起來以前，它是歐美文論的權威。它的生命力很強，因它以「寫真實」為文學批評的最高標準，又賦予「真實」以新的、科學的解釋，將之與「風俗史」結合，與「典型性」、「傾向性」結合。它十分重視文學的外部研究，重視作家作品與文化傳統、社會時代環境、作家個人經歷的關係。它鼓吹進步的民主主義、人道主義思想。它是十九世紀中期興起的文論，得以繼承前人包括浪漫主義作家的創作經驗，比較的意識比以前任何一個時期的文論都宏大、鮮明。馬克思、恩格斯的文論與這派關係也十分密切，是對其直接的繼承。恩格斯關於「現實主義」的定義（或論述）是從巴爾扎克作品中概括出來的；恩格斯論歌德的兩面性，是從德國社會與詩人個人氣質兩方面加以說明的；列寧論托爾斯泰作品是「俄國革命的一面鏡子」，也是反映論。批判現實主義文論是馬列文論一個重要來源，例如俄國革命民主主義者別、車、杜的文論，就是俄國馬列文論一個極重要的來源。

比較地說，批判現實主義文論真善美的統一度最高，它的哲學基礎比迄至它誕生之前的任何一派文論的哲學更具有唯物辯證的合理的

45 分別見張道真譯：《十九世紀文學主流》（北京市：人民文學出版社，1980-1984年出版），第1分冊第1頁〈引言〉。劉半九譯，第2分冊，頁9。徐式谷、江楓、張自謀譯，第4分冊，頁2。

46 同前註。

內核，它是第一個有堅實自然科學作基礎的文論，比之它先前的古典主義、浪漫主義文論，比之它以後的自然主義、唯美主義，乃至西方現代主義文論，它的科學價值，從總體上說，明顯高得多。迄今為止，這派文論仍有最強大的生命，仍有最廣泛的影響。

## 八　自然主義與唯美主義文論的特點

十九世紀自然科學對文學的影響是複雜的，受其影響，歐洲文論卻結出了批判現實主義和自然主義兩個不同的果實。

自然主義文論的創始人竟是著名的民主戰士左拉（1840-1902），這是一個十分矛盾的現象，像這樣一位傑出的民主鬥士，怎麼會提倡反對傾向性、主張純客觀描寫的自然主義文學來呢？原來左拉在文論上走錯了路，有一個極為重要的認識論根源，就是錯把文學與醫學等同起來。左拉認為，文學要「真實」，醫學也要「真實」，醫學的真實是不問傾向性的，純客觀的，文學就應像醫學那樣。殊不知文學與醫學不是一回事。人們會問，連這個常識，左拉都不懂嗎？走進牛角尖去的人，就會不懂。下面我們將圍繞這個問題介紹自然主義文論。

左拉受法國泰納、孔德的影響，這是次要的，又受法國生理學家克洛德·貝爾納（1813-1878）的遺傳學、生理學，尤其是實驗醫學的影響，這是最最主要的，影響極為巨大的。左拉的自然主義文論，就來自克洛德·貝爾納。

為了正確了解左拉的文論，首先要搞清楚他的主要理論著作發表的年月：

一八七一年《盧貢——馬卡爾家族》〈總序〉

一八七四年《自然主義與戲劇舞臺》

一八八〇年《實驗小說論》、《自然主義戲劇》（又譯《戲劇中的自然主義》）

一八八一年《自然主義小說家》（又譯《論小說》，包括論巴爾扎克、司湯達、福樓拜、龔古爾兄弟、都德、當代小說家）

一八九三年《實驗小說論》（這是一部論文集，包括《實驗小說論》的修訂本、《自然主義小說家》、《自然主義與戲劇舞臺》等一系列論文）

左拉的理論著作不只這些，還有一八八一年的《人物論集》（論夏多布里盎、雨果、繆塞、戈蒂耶、當代詩人）、《當代劇作家》（論文集）、一八八二年的《一場論戰》、一八九七年的《新論戰》（論文集）及去世後於一九○八年出版的《書信集》（論文學和藝術）等。但國內一般引用的，是上述那幾篇。[47]

左拉的文學理論分為戲劇與小說理論兩部分。戲劇理論比較精闢，小說理論集中表現他的自然主義觀點。左拉理論上的貢獻有三點，第一，指出歐洲戲劇的發展是浪漫主義取代古典主義，自然主義又取代浪漫主義；第二，號召戲劇界出巴爾扎克式的戲劇家；第三，把生物學中的生理學與遺傳學引入文學，擴大了作家對「人」的認識。左拉理論上最大的失誤也有三點，第一，把人的生物性放在社會性之上；第二，否定傾向性；第三，否定文學的想像。下面就他四篇重要論文加以闡述。

## 《盧貢——馬卡爾家族》〈總序〉（1871）[48]

此文很短，千字左右。一說明用「遺傳公律」研究這個家族，二說明從歷史方面研究這個家族，三說明拿破崙三世的傾覆為他的小說提供了一個渴望已久的句號，四說明全套小說的指導思想是「第二帝

47 關於左拉理論著作發表的日期，主要參考〔法〕貝特朗・德・儒弗內爾著，裘榮慶譯：〈左拉著作目錄〉及〈左拉去世後出版的著作〉，《左拉傳》（天津市：天津人民出版社，1988年，第1版），頁357-360。

48 見林如稷譯：〈原序〉，《盧貢家族的家運》（北京市：人民文學出版社，1958年，第1版），頁99-101。

政時代一個家族之自然史及社會史」，故用作副標題。

從這個總序已看出左拉的自然主義理論的核心：人的遺傳性、生物性是第一性的，人的歷史性、社會性第二。換句話說，人的行為動機主要由遺傳性、生物性決定。

## 《自然主義戲劇》（1880）[49]

此文不僅論戲劇，還論小說。共分五部分。第一部分論小說，認為「荷馬是位自然主義的詩人」，「自然主義從人類剛開始寫作第一行字起就開始存在了」。「自然主義隨著巴爾扎克的勝利而勝利」，「通過巴爾扎克和司湯達，自然主義超越了浪漫主義」，「小說是他的用武之地，它的戰場和勝利的所在」。第二部分也是論小說，強調在自然主義小說中，「想像不再有用武之地」，「自然主義小說家對於小說永遠不加干涉」，自然主義小說家只是學者，不是道德家、理想家。

第三、四、五部分論戲劇。論述了歐洲戲劇的發展，指出每一個時代有每一個時代的戲劇。浪漫主義戰勝古典主義是一大進步，但浪漫主義戲劇的壽命還不如古典主義長，因為它的人物依然是一個傀儡，缺乏現代人的生命。自然主義對戲劇的要求是寫出現代的背景和現代的人物，簡明的劇情結構，對人物心理與生理的精確分析。自然主義在小說中偉大的代表是巴爾扎克，「小說的領域已經人滿，戲劇的領域尚無人問津。」高乃依和拉辛創造了悲劇，雨果創造了浪漫劇，自然主義戲劇的天才人物在哪兒呢？左拉呼籲出戲劇界的巴爾扎克，要大家致力於創造「未來的戲劇」——自然主義戲劇。

左拉的這篇論文主要談戲劇，是法國戲劇理論的最重要著作，核心是號召戲劇改革，雖用「自然主義」一詞，自然主義觀點並不突出。

---

49 〔法〕左拉著，畢修勺、洪丕柱譯：〈戲劇中的自然主義〉，見伍蠡甫、胡經之主編：《西方文藝理論名著選編》（北京市：北京大學出版社，1986年，第1版），中卷，頁189。

## 《自然主義小說家》（1881）[50]

在這篇論文中，左拉分析了自然主義與浪漫主義小說的不同。左拉說，浪漫主義小說以想像為生命，自然主義小說以「真實感」為生命。從司湯達、巴爾扎克開始，「想像在小說裡就無足輕重了」，「當代的偉大小說家福樓拜、龔古爾兄弟、都德，他們的才華不在於他們有想像，而在於他們強有力地表現了「自然」。「我著重指出想像的衰落，因為我在想像的衰落裡看到了當代小說的特徵。」左拉此文的要害是否定文學的想像，把「想像」與「真實」對立起來。他反浪漫主義反過了頭，又歪曲巴爾扎克等人，就陷入自然主義的泥沼。但此文仍有不少正確見解，例如說：「小說的妙趣不在於新鮮奇怪的故事，相反，故事越是普遍一般，便越有典型性，使真實的人物在真實的環境裡活動，給讀者提供人類生活的一個片斷，這便是自然小說的一切。」「描寫必須嚴格遵守科學的精確性，福樓拜是迄今運用描寫最有分寸的小說家。」

## 《實驗小說論》（1880年）[51]

左拉的自然主義理論完全、集中、旗幟鮮明地表現在這篇數萬言的長文中。此文糟粕最多，也最枯燥無味，毫無生氣可言，無法與他的《自然主義戲劇》相比。

第一，此文是對法國生理學家貝爾納的《實驗醫學研究導論》（1865）的註解。與文學風馬牛不相及。「我不厭其煩地再說一句，我的一切論據都是取自克洛德・貝爾納的」。

第二，此文的要害是用實驗醫學理論取代小說創作論。「我只須

---

50 〔法〕左拉著，柳鳴九譯，鮑文蔚校：〈論小說〉，《古典文藝理論譯叢》（北京市：人民文學出版社，1964年），第八冊。

51 〔法〕左拉著，畢修勺、洪丕柱譯：〈實驗小說論〉，見伍蠡甫、胡經之主編：《西方文藝理論名著選編》（北京市：北京大學出版社，1986年，第1版），中卷，頁226。

把『醫生』兩字換成『小說家』，就可以把我的想法說清楚，並讓他帶有科學真理的嚴密性。」左拉認為小說家等於醫生等於觀察家等於實驗家。一部實驗小說是一份實驗報告。小說產生的過程就是通過實驗來證實生物學原則對人和環境的影響。「一部實驗小說，例如《貝姨》，只是小說家在觀眾眼前所作出的一份實驗報告而已。」

第三，否定傾向性。「對於我，最重要的是做一個徹底的自然主義者，純粹的生理學家。在我的作品裡，規律（遺傳性、先天性）代替了原則（王權、天主教）。我不願像巴爾扎克那樣解決人們的生活制度應當是怎樣的；我不願做政治家、哲學家和道德家。我滿足於作為一個學者所起的作用，我將摹寫現實，同時探索其內在的、尚未被發現的原理。而且或將不作結論。」[52]

通過上述四篇論文，可見左拉的文論是精華與糟粕並存。他的戲劇理論有精華，小說理論多糟粕；他說從荷馬到巴爾扎克的文學傳統都以「真實」為生命，肯定從亞氏到布瓦洛、十八世紀的寫實的文論傳統，但又企圖將之通通納入「自然主義」，混淆現實主義與自然主義區別；他指出浪漫主義的虛假性是對的，但否定想像是錯的；他重視調查研究是對的，但反對研究事物的本質是錯的；他指出人的心理行為受生理、遺傳的影響是對的，但誇大為第一性是錯的，輕視、貶低社會環境對人的決定性影響更是錯誤；他強調寫作的客觀與科學態度是對的，但因此否定作家的政治、哲學、道德的傾向性是錯的。總之，對左拉的理論應一分為二去看，既要看到他的革新的、合理的一面，又要看到他失誤的、不合理的主要一面。

左拉的文論與創作常常是打架的[53]。他反對浪漫主義，但有的作

52 見〔蘇聯〕雅洪托娃等著，郭家申譯：《法國文學簡史》（瀋陽市：遼寧教育出版社，1986年，第1版），頁429-430。

53 楊周翰、吳達元、趙蘿蕤主編的《歐洲文學史》認為左拉的理論是自然主義的，《盧貢——馬卡爾家族》主要是批判現實主義的。

品完全用主觀去代替客觀（《婦女樂園》），同樣陷入虛假性；他反對傾向性，但晚年的作品鼓吹空想社會主義，而且對社會主義表示一定程度的敵視態度（《勞動》）。

左拉的自然主義理論雖然沒有什麼深刻的理論性，但他的主張卻在現代主義派中得到共鳴，尤其是在他的本土，五十年代興起的「新小說派」，在反對巴爾扎克，提倡純客觀的描寫、反對傾向性諸方面。這顯然是對自然主義的回歸。

自然主義之後，歐洲出現唯美主義文藝思潮。唯美的觀點，不自十九世紀末始，但形成思潮，卻在十九世紀末葉。

英國王爾德（1854-1910）是唯美主義的代表，其文論主要表現在《謊言之衰朽》（1889）、《作為藝術家的批評家》（1890）、《道連·葛雷的畫像》〈自序〉（1891）中。

王爾德的美學主張如下：

第一，不是藝術反映人生，而是人生反映藝術。「藝術不是人生的鏡子，而人生才是藝術的鏡子。」「生活模仿藝術遠甚至藝術模仿生活。」左拉提倡「自然主義」，抬出巴爾扎克，以論證「想像的衰落」。有意思的是，王爾德提倡「唯美主義」，也抬出巴爾扎克等作家，針鋒相對地論證「生活模仿藝術」的觀點。他說：

> 文學總是居先於生活，它不是模仿它，而是按照自己的目的澆鑄它。眾所周知，十九世紀主要是巴爾扎克的發明（重點號筆者加）。我們的呂西安·德·呂旁普瑞們，我們的拉斯蒂涅們以及德·馬賽們，最初都是在《人間喜劇》的舞臺上出現的。[54]

王爾德還舉出薩克雷的《名利場》為例，說從他的小說問世後，生活

54 楊恆達譯：〈謊言的衰朽〉，見趙澧、徐京安主編：《唯美主義》（北京市：中國人民大學出版社，1988年，第1版），頁129。

中果真出現了蓓基・夏潑的真事。《名利場》中蓓基的模特兒真的和女主人的侄兒私奔了，與小說寫的一模一樣。

第二，現實是醜惡的，藝術才是美的。「偉大的藝術家不曾看見事物的真面目，如果他看見了，他就不成其為藝術家」。「生活總是以其現實性破壞藝術題材」。王爾德承認左拉的「天才」，又因左拉寫了「醜惡」而反對他。他說：「在文學中，我們要求的是珍奇、魅力、美和想像力。我們不要被關於底層社會中活動的描寫所折磨和引起噁心之感。」[55]

第三，藝術不應有任何功利目的，也不應受道德的約束。「藝術除了表現自己以外從不表現任何東西。這是我的新美學的原則」。[56]「書無所謂道德的或不道德的。書有寫得好的或寫得糟的。僅此而已」。[57]「你的批評家指出我沒有明確地表示出我是棄惡取善，或是棄善取惡。先生，一個藝術家是毫無道德同情的。善惡對於他來說，完全就像畫家調色板上的顏料一樣，無所謂輕重主次之分」。[58]

第四，藝術的魅力在於想像，想像就是「謊言」，它「美而不真」。王爾德說：「最後的啟示是：撒謊——講述美而不真實的故事，乃是藝術的真正目的。」[59]

唯美主義的要害，就是唯美，只要是「美」的，哪怕是假的，惡的也無所謂。它不是把「美」放在第一位，把「真」與「善」放在第二位，而是用「美」去否定「真」與「善」，這才是它的實質，因此這是一種頹廢主義的文論。左拉將巴爾扎克拉入自然主義陣營，王爾

---

55 楊恆達譯：〈謊言的衰朽〉，見趙澧、徐京安主編：《唯美主義》，頁113、135、143。

56 同前註。

57 榮如德譯：《道連・葛雷的畫像》〈自序〉，見趙澧、徐京安主編：《唯美主義》（北京市：中國人民大學出版社，1988年，第1版），頁179。

58 關於尹飛舟譯，趙澧校：〈道連・葛雷的畫像〉的兩封信，見趙澧、徐京安主編：《唯美主義》（北京市：中國人民大學出版社，1988年，第1版），頁182。

59 楊恆達譯：〈謊言的衰朽〉，見趙澧、徐京安主編：《唯美主義》，頁113、135、143。

德則將巴爾扎克、薩克雷拉入唯美主義陣營，二者都是對批判現實主義的一種歪曲。自然主義剪去批判現實主義的想像的翅膀，唯美主義則割斷想像與生活的關係，在反對現實主義的傾向性上，二者完全一致。

正如左拉的理論與創作有矛盾一樣，王爾德的創作與理論也有些不同。《快樂王子》具有崇高的人道主義思想，說明內在美和外表美並不都是一致性的，而內在美決定外表美。《星孩》及《道連・葛雷的畫像》都描寫一個道德不好的人，不配有一副好的容貌，主張外表美與內心美的一致。王爾德極重視語言的詩意，重視藝術想像力，文筆十分優美，他還是英國喜劇藝術的繼謝立丹、菲爾丁之後又一高峰。其《溫德美爾夫人的扇子》（1892）早在一九二四年已由洪深移植中國，改名《少奶奶的扇子》，此喜劇的編劇技巧相當高明，「扇子」的道具運用尤為出色。真正代表王爾德的唯美主義的作品，只是獨幕劇《莎樂美》而已。[60]

## 九　西方現當代文論

這裡所說的西方現代文論，主要指精神分析批評、神話原型批評、俄國形式主義、英美新批評、結構主義、解構主義、接受美學、女權主義批評八種文論。西方現代文論的興起與西方現代心理學、語言學關係極為密切，尤其是與語言學的關係最為密切，這是它不同於以前的文論的一個重要區別。西方現代文論批評的對象包括西方古今的文學，但它的主要土壤是西方現代主義及後現代主義文學。關於這八種文論，由於性質的特別及對中國當代文學有重要影響，本書把它們放到中西文論比較中作較詳細的介紹分析，此處從略。

60 有田漢一九二一年的中譯本。原載《少年中國》第2卷第9期。

## 十　西方文論演變的特點

古希臘羅馬文論是西方文論的源頭。柏拉圖（西元前427至西元前347年）的模仿說是唯心的，強調模仿不可知的「理式」（精神）。亞里斯多德（西元前384至西元前322年）的模仿說是唯物辯證的，講了三種模仿，概括了古希臘全部敘事文學的經驗。既強調模仿生活，也強調虛構。亞氏的《詩學》（西元前335年左右）是古希臘第一部系統的文論著作。亞氏與柏氏既有根本的對立，又有重要觀念的師承，其對西方文化圈的文論都有重大影響。

古希臘衰亡了，其文化由古羅馬全部繼承。古羅馬賀拉斯（西元前65至西元前8年）的《詩藝》用「古典主義」取代模仿說，又提出「寓教於樂」說。賀氏的「類型」說是亞氏典型說的倒退。

中世紀文學十分重要，而中世紀文論微不足道，根本原因是文論與創作絕緣，便失去生存的土壤。中世紀文論以奧古斯丁（354-430）及托馬斯．阿奎那（1226-1274）為代表。奧氏的《懺悔錄》全盤否定古典文學的阿氏《神學大全》，不談中世紀文學，把美學作為神學的附庸。沒有價值。

西方資產階級打著繼承古典文化的旗幟來創建新文化，便誕生了文藝復興的偉大時期。文藝復興時期的文論幾乎全部出自詩人、戲劇家、小說家之手，不像古希臘柏氏與亞氏那樣是專門家，故缺乏理論的體系與深度。但由於他們的文學見解與中世紀文學遺產及本人的創作實驗緊緊相聯，他們又擅於繼承古典文論，所以不乏新見，在幾個方面有所建樹。首先是提倡語言改革，號召作家建立民族語言。其次是戲劇、小說的理論，直接為十七、十八世紀文論打下基礎。義大利欽提奧（1504-1573）、西班牙塞萬提斯的小說理論，義大利卡斯特爾維屈羅（1504-1571）、瓜里尼（1528-1612）的戲劇理論，都說了一些與亞氏相左的話。

十七世紀古典主義是崇尚理性的文藝思潮，法布瓦洛（1636-1711）是十七世紀歐洲的文論權威。《詩的藝術》完全接受了賀拉斯的「古典主義」及「寓教於樂」說。布氏是帶著鐐銬跳舞的理論家，「鐐銬」一言以蔽之就是「理性」，「理性」包含哲學、政治、倫理與古典創作原則多方面的內容。在西方文論史上，布氏是第一個人將「理性」抬到至高無上的地位，要求作家奉為最高指示。

十七世紀文論另一個特色是莎士比亞抵銷了古典主義的影響，以英國文論為代表。這說明偉大作家的創作經驗可以糾正文論的偏頗。

十八世紀文論是文藝復興文論的繼承，它屬於啟蒙主義運動一個部分。十八世紀文學最引人注目的成就是戲劇與小說，十八世紀文論的生命力就建立在這個基礎上。十八世紀文論最大的特色是力圖掙脫古希臘羅馬文論的束縛，讓平民的戲劇小說脫穎而出。法國狄德羅（1713-1784）的「正劇」理論，英國菲爾丁（1707-1754）的「散文喜劇史詩」的小說理論價值在此。

跨十八、十九世紀的黑格爾的史詩悲劇理論，是哲學家跨學科研究的典範。他對長篇小說是資產階級史詩的論述，悲劇衝突是悲劇行動的動力的論述，英雄性格與軟弱性格的兩種性格的論述，極富於現代意識，與他的時代主潮完全一致，至今仍有現實意義。

浪漫主義是西方詩史上的黃金時代，又是理論勝利的時代。浪漫主義最突出、最本質的特徵是主觀性，其哲學基礎是唯心主義的「自我創造非我」，這是對模仿說與理性的否定。關於「詩」的定義，是浪漫主義詩論的核心。西方浪漫主義文論家力圖把哲學詩歌化，把詩歌哲學化，詩的抒情的最高標準是和諧，和諧的最高目標是上升為哲學，這哲學與基督教義、上帝相通。德國弗・希勒格爾（1772-1829）、法國斯達爾夫人（1766-1817）、英國柯勒律治（1772-1834）是浪漫主義最重要的文論家。浪漫主義文論還探討了理性與想像、靈感、詩歌的音樂美、詩與基督教、詩人的作用等問題。

批判現實主義文論在十九世紀三十年代崛起。巴爾扎克、聖·佩韋、泰勒（1828-1893）、莫泊桑、別林斯基、車爾尼雪夫斯基、杜勃洛留波夫、托爾斯泰、勃蘭兌斯（1842-1927）的文論是代表作。

批判現實主義文論與浪漫主義文論比較，有四個方面不同：第一，它有一個自然科學的基礎；第二，有一個樸素唯物辯證的哲學根基；第三，有一個人道主義的堅實信仰；第四，它著重探究文學與社會、階級、時代的關係。

批判現實主義文論的貢獻在於把「寫真實」的理論完善化，形成一個理論體系，即現實主義的理論系統。在「真實性」、「典型性」、「傾向性」三方面的論述尤為精闢。這主要是指巴爾扎克、別林斯基的理論。在文學的批評方面，泰納、聖·佩韋作出最突出的貢獻。尤其是泰納提出的「三因素」、「三總體」、「審美三標準」說，至今仍有現實價值。

批判現實主義文論是社會反映論的文論，和亞氏的模仿說及賀氏的「寓教於樂」說有直接的繼承關係。在浪漫主義之後到二十世紀新的批評起來以前，它是歐美文論的權威。它與中國傳統的儒家文論相通之處正多，對中國現代文學理論的影響最大，一九四九年前後中國出版的文學史著作大都是批判現實主義文學批評的框架。

自然主義文論是對批判現實主義文論的反撥。左拉是理論上的代表。左拉將生物學的生理學及遺傳學引入文學，把文學視為實驗醫學。唯美主義文論的要害是把美與真、善完全對立起來，認為文學只有美不美的分別，沒有真假善惡的區別。唯美主義的理論家是王爾德。如同左拉的創作與文論有矛盾一樣，王爾德的創作與文論也有矛盾。

西方現代文論中的精神分析、神話原型、俄國形式主義、英美新批評、結構主義、解構主義、接受美學、女權主義批評已全部引進中國，它們對中國現當代文學、尤其是新時期的文學有很大影響，這些文論強調研究文學與語言的關係；強調研究文學與潛意識的關係；強調研究文學作品的本身；強調研究作品的共同結構；強調從讀者接受的角度研究文學；強調從女性立場批判以往的文學史，凡此等等，均有別於傳統的文論。

西方文論三千五百年的歷史具有以下特點：第一，它是一個文化圈的文論史，它的凝聚力在於它有共同的文化源頭，各國文化沿一致方向大致上同步發展。第二，西方文論的發展在於文化交流，其生命力很重要的方面是「拿來」了他國他民族的文論，如法國十七世紀古典主義文論以古希臘尤其是以古羅馬文論為基礎，浪漫主義文論以德國為中心而影響英法。第三，西方文論繼承與對抗兩條線索都很鮮明，一條是繼承，這可以從源頭說。一條是對抗，浪漫主義文論否定古典主義文論，批判現實主義文論否定浪漫主義文論，現代主義文論又否定古典資產階級文論，破與立的軌跡很分明。第四，交叉學科的出現，由於西方現當代文論與現代心理學、哲學、語言學關係十分密切，使西方文論朝交叉學科發展。

# 參

# 中西文論源頭的異同

## 一　古希臘文論源頭對立、二元的特色

古希臘文學高度繁榮，其神話、史詩、戲劇在世界文學史上占數一數二的地位。古代希臘人要解釋希臘文學繁榮的現象，就要回答由這種文學現象所提出的系列問題。古希臘人認為最重要的兩個問題是：偉大的作品是怎樣產生的？文學作品有什麼用途？古希臘人有兩種答案，分別以柏拉圖（西元前427至西元前347年）和亞里斯多德的看法為代表。說以他們兩人為代表，是因為他們兩人有著作流傳下來，而在他們兩人之前，雖然也有人發表過類似的意見，卻是片言隻語，沒有著作留給後世。因此，西方文論的兩個祖師爺的頭銜，就落在柏氏和亞氏頭上。

柏拉圖是老師，亞里斯多德是弟子，然而師生對文學的意見卻大不相同。意見雖針鋒相對，對後世卻又都有很大影響，在許多人心目中難分高低。這說明他們兩人的觀點又都有合理的內容，都有相對的價值。

西方文論源頭的對立，首先就體現在他們兩人理論體系的對立上。

柏拉圖是信神的，他對古希臘文學現象的解釋，離不開一個「神」字。他心目中有三個世界；神的世界（他稱作「理式」世界）、現實世界、藝術世界。他認為藝術模仿現實、現實模仿理式，因此，藝術是「摹本的摹本」，「影子的影子」，「和真理隔了三層」。[1]

1　〔古希臘〕柏拉圖著，朱光潛譯：《文藝對話集》，頁71。以下引文出處相同。

那麼，文學就毫無價值了嗎？不是的，要看什麼文學，如果文學是讚美「神」的，就有價值。所以他並非一概打倒文學，他只打倒瀆神的文學。

作家為什麼能寫出偉大的作品來呢？當然也離不開「神」了。這就是他的「神附體」說。神把「靈感」輸送給作家，暗中操縱著他去創作。「大詩人們都是神的代言人」。當神附體時，作家就「受一種迷狂支配」，只有在「迷狂」的狀態中，作家才能通神，才妙思泉湧，下筆若有神助。

文學有什麼社會功能？有的。他認為讚美「神」就是它的功用，落實到現實世界中來，就是要讚美奴隸制的專制主義，因為「神」與奴隸制的專制主義是一而二、二而一的東西。柏拉圖用這個標準對荷馬史詩和三大悲劇詩人作了全面檢查，得出兩個結論，一個是文學給古希臘人的不是真理，一個是文學對古希臘社會起傷風敗俗的影響，因此，他在《理想國》中就要把詩人「塗上香水，戴上毛冠，請他到旁的城邦去」，「不准一切詩歌闖入國境」，「把詩驅逐出理想國」。

表面看來，柏拉圖是自相矛盾的，又說荷馬能寫出偉大的史詩是由於神附體的靈感，又說荷馬瀆神。但柏拉圖自己認為沒有矛盾。柏拉圖是很懂文學的，他不得不讚美荷馬，並把荷馬能寫出偉大的史詩，歸功於「神附體」，這是一。他對荷馬是抽象肯定，具體否定，因為荷馬史詩中瀆神的東西太多了，他一一予以指出，這種否定有根有據，這是二。荷馬史詩當然也有他認為好的東西，即讚美神的內容，如荷馬一開始就求神賜他以靈感，這與他觀點一致。這是三。所以他認為自己的理論並不矛盾。

柏拉圖評論作品，是將「善」與「美」兩個標準截然分開的，美的作品不一定是善的作品，而善應放在第一位。他對荷馬的評價即如此。

柏拉圖是個客觀唯心論者，但他的文論還是有很大的價值。第一，他的靈感說與迷狂說說出了一切作家的一種共同的創作心態。後代的文論家大都同意作家有一種靈感思維，大都同意確有「靈感」這個東西，至於為什麼有靈感？靈感如何產生的？則各有各的解釋，但都拿不了滿分。第二，他提出政治標準第一，藝術標準第二，越有藝術價值而政治上、倫理上越反動的作品越要排斥。後代同意這種觀念的大有人在。第三，他的「摹仿說」從總體上說雖然錯了，但從局部上說也有合理的內核，尤其是他說「詩的摹仿對象是在行動中的人」大有價值，他的弟子亞里斯多德照搬不誤。

柏拉圖美學中有一個似是而非，也極易蠱惑人心的東西，就是越抽象的東西越美。心靈美於肉體，精神美於物質，一般美於個別。人們追求「美」，就如同「升梯」一樣，逐步上進。「他第一步應從只愛某一個美形體開始」，「第二步他就應學會……在許多個別美形體中見出形體美的形式」，「再進一步，他應該學會把心靈的美看得比形體的美更可珍貴」，「從此再進一步，他應學會見到行為和制度的美」，「最後……徹悟美的本體」，「只有循這條路徑，一個人才能通過可由視覺見到的東西窺見美的本身，所產生的不是幻想而是真實本體」。

柏拉圖把心靈與肉體、精神與物質、一般與個別完全對立起來，其結論只有一個：創作的最大的成功就在於表現心靈美、精神美、抽象的美。這就把文學引向形而上學的道路，不是導向神秘主義，就是導向概念化，而文學貴具體不貴抽象，是盡人皆知的事，這就從根本上毀滅了文學。他的弟子亞里斯多德就在這個根本問題上得出與柏拉圖針鋒相對的相反的結論。

亞里斯多德的文論，一言以蔽之，可稱為現實主義的文論。它既是文學理論，又是戲劇、史詩（小說源頭）理論，從哪個角度談都行。它以古希臘大量的史詩、悲劇材料為根據，立論十分堅實。他的文論要比柏拉圖的更為豐富。

亞氏信不信神，且不管他吧。但他的《詩學》是把「神」請出書外的。亞氏手中有一把很厲害的剪刀，把柏拉圖的「現實是模仿理式」這一個論斷完全剪去了，剩下的就是文學是對現實的模仿。現實生活是真實的，模仿現實生活的文學也是真實的，於是古希臘的文學理論就發生了翻天覆地的變化，根本不同於柏拉圖。

亞氏「模仿說」的核心，是「摹仿者所摹仿的對象……是行動中的人」。[2]所謂「核心」，就是文學寫人的，文學模仿生活，歸根到底就是模仿生活中的人。這個「人」不是靜止的，而是活動著的。「模仿」有三種含義，都屬於模仿說：「過去有的或現在有的，傳說中的或人們相信的事、應當有的事。」「過去有的或現在有的事」的另一個說法是「按照人本來的樣子來描寫」，「應當有的事」的另一個說法是「按照人應當有的樣子來描寫」，「傳說中的或人們相信的事」的另一個說法是「把謊話說得圓」，「一樁不可能發生而可能成為可信的事，比一樁可能發生而不可能成為可信的事更為可取」。這已是接受美學。

我們說古希臘文論是很豐富的，最集中的體現在亞氏的「模仿說」中。亞氏的「模仿說」是很全面的，絕非僅僅指文學對現實的模仿。它包括對古希臘文學許多現象的解釋。古希臘文學有極大數量的神話，它不是寫「人」的，是寫「神」的，是寫現實生活中所沒有的東西，因此，寫「人們相信的事」，「把謊話說得圓」就十分重要了，這也是一種「模仿」，是從神話中概括出來的理論。還有一種作品，寫應有的事，按人應有的樣子來寫，這也是真實的「模仿」，不能排斥在外。

亞氏的「模仿說」已包含虛構及典型化原則，寫「應當有的事」就是虛構，「把謊話說得圓」更是虛構。亞氏說：「他們所摹仿的人物不是比一般人好，就是比一般人壞」，「喜劇總是摹仿比我們今天的人

---

2　由此以下引文均據羅念生中譯本《詩學》（北京市：人民文學出版社，1962年，第1版），頁7、89、92、94。

壞的人，悲劇總是摹仿比我們今天的人好的人」。這就是源於生活、高於生活，就是典型化原則。作家的虛構與典型化手法完全符合模仿說的原則，因為「詩人的職責不在於描述已發生的事，而在於描述可能發生的事，即按照可然律或必然律可能發生的事」。文學作品由於有了虛構與典型化，它比歷史更真實。

這樣，亞氏就對作家為什麼能寫出偉大的作品及文學有什麼作用這兩個根本問題，作出了不同於柏拉圖的回答。據他看來，作家能寫出偉大的作品，不在於「靈感」(《詩學》一字不提「靈感」)，而在於作家擅於「模仿」。亞氏認為「摹仿」技巧有高低之分，他對悲劇、史詩「摹仿」技巧的論述，遍地皆寶，美不勝收。荷馬最擅於「模仿」，技巧最高，所以荷馬史詩最偉大。他從不說荷馬靠靈感寫出偉大作品。文學的作用也不是讚美神，表現抽象美，而是具有藝術的真實性。源於生活，高於生活，能陶冶人的情感，使人身心得到健康。古希臘文學因此是有審美價值的。這就從根本上否定了柏拉圖的美學。

亞氏的模仿說，根生於古希臘的神話、史詩、戲劇的土壤。古希臘以行動中的人為中心的敘事文學極為發達，乃有模仿說。因此，亞氏文論乃古希臘文論之精華。

## 二　中國先秦文論對立、二元的特色

中國是世界第一的詩文古國，詩歌、散文十分發達。中國先秦的文論家，主要是從詩文的角度，總結出一套理論來。

這裡首先要提到孔子（西元前551至西元前479年）的文論。孔子論文比較全面。他的「文質彬彬」說，「盡善盡美」說，就很有全面觀點，他雖然很重視文學的內容，但絕不輕視、否定文學的形式，而最高標準就是二者的完美的統一。文學的內容與形式的統一論，是中國孔子的一大貢獻。孔子的「興觀群怨」說，對詩的社會功能也說得比較全面。孔子不強調「神」，是比柏氏高明之處。孔子從「興觀群怨」說四個方面去總結詩的功能，也說出與亞氏不同的意見。

孔子的哲學思想是中庸之道，「中庸之為德也，甚至矣乎！」(《論語》〈雍也篇〉)。「中庸」就是折中，折中就是不要有片面性。孔子用中庸思想論文學，就是主張詩應「思無邪」、「溫柔敦厚」。中庸思想貫穿於孔子的文論體系，「文質彬彬」、「盡善盡美」，也就是不偏於一面，也就是「中庸」。這種學說是很有價值的，人類的精神世界，至少在某一個歷史時期，某一個階段，是很需要它的，文化如此，文學也如此，不能一味對抗，也不可能老是對抗。孔子的文論核心，是提倡一種和諧的美，這也是西方哲人最高的追求。

中國先秦文論也是對立的，老莊的文論就與儒家的文論對立，從共時性的觀點說，其對立的尖銳，遠遠超出了柏拉圖與亞里斯多德。

老莊的哲學、政治態度是與儒家針鋒相對的。老莊用虛無主義去否定儒家哲學，用無為而治去否定儒家的政治教化。老莊認為儒家那一套言論全是虛偽的聲音：「大道廢，有仁義。智慧出，有大偽。六親不合，有孝慈。國家昏亂，有貞臣。」(〈道經〉〈十八章〉)。什麼仁義道德全是掩蓋不仁不義不道德的遮羞布。

在文藝見解上，老莊與孔子也根本對立。儒家認為「五經」是真善美的，提倡「宗經」，老莊根本否定之；儒家認為真善美是見諸語言文字的，老莊認為凡見諸語言文字的東西就不是真善美；儒家認為有絕對的真善美，所謂「盡善盡美」，老莊認為真善美永無止境；儒家認為文學有功利性，老莊根本否定之；儒家力主作者應入世，老莊力主作者應出世。

但是老莊著作富於辯證法。這種辯證法又深深吸引著後代的作家。老莊不是否定真善美的東西的存在。老子說「信言不美，美言不信。善者不辯，辯者不善」(〈德經〉〈八十一章〉)。《老子》中「美」、「善」的字眼多處出現，「真」的字眼也有幾處。如「甚真」(《道德經》〈二十一章〉)、「質真」(〈德經〉〈四十章〉)。老莊認為真善美在「道」中，「道」是看不見摸不著的，永無盡頭。又說「道法自然」(〈道經〉〈二十五章〉)。「自然」的對立就是「人為」。用到文學上，就是藝術的真善美貴自然，永無止境，天外青天山外山，任何時候都沒有「盡善盡美」的東西。藝術家一旦滿足了，真善美就轉化為反面。這些理論使藝術家認識到藝術追求永無終止。認識自然之美是無窮的，也是最美妙的。美不在實處而在虛處，美不在文字之內而在文字之外。要從實見虛，意在言外。這些又是老莊文論的價值。

## 三　中西文論源頭的變化

中西文論的源頭本身又是發展變化的，這種「發展」是後人對祖師爺的觀點的一種改造，一種誤解和歪曲。

古羅馬文論的代表人物賀拉斯（西元前65至西元前8年）的《詩藝》或許是接過亞氏《詩學》的衣缽的。但也有「發展」。賀拉斯第一次創造出「古典主義」這個名詞。賀拉斯勸告那些有志做詩人的人要日日夜夜去攻讀希臘文學，「你們應當日日夜夜把玩希臘的範例」。「你與其別出心裁寫那些人所不知、人所不曾用過的題材，不如把特洛亞的詩篇改編成戲劇。從公共的產業裡（人所共知的文學題材），你是可以得到私人的權益的（在傳統範圍內去獨創新聲）」[3]。

賀拉斯開創了「摹仿」變成了對古希臘文學的摹仿的新觀念，賀拉斯用「古典主義」說取代了「摹仿說」，他對亞里斯多德的《詩學》作了重大的改造。

賀拉斯的「古典主義」說是有很大價值的，它指出了「傳統」對

---

3　參見〔古羅馬〕賀拉斯著，楊周翰譯：《詩藝》（北京市：人民文學出版社，1962年，第1版），頁144。

文學發展的重要作用，這個「傳統」，是古希臘文學，是外國，而非本土文學，這正是西方文學一個重要特色，希臘文學是西方文學的源泉，文化交流是西方文學發展的生命。但是，賀拉斯不提「摹仿說」，他的古典主義很容易變成本本主義。

賀拉斯又提出「寓教於樂」的原則。「詩人的願望應該是給人益處和樂趣，他寫的東西應該給人以快感，同時對生活有幫助。……寓教於樂，既勸諭讀者，又使他喜愛，才能符合眾望。」

絕不可小覷「寓教於樂」這四個字，這是對柏拉圖與亞里斯多德文論的重要發展。柏拉圖強調政治倫理標準第一，藝術標準第二，亞氏只談戲劇史詩的創作論，幾乎不談教育作用。賀拉斯調和柏氏與亞氏，提出「寓教於樂」，符合羅馬帝國穩定、統一、長治久安的政治需要。「寓教於樂」對西方文論影響甚大，絕不亞於亞氏的「摹仿說」或柏氏的「神心說」。

賀拉斯是個中庸主義者，他說他「永遠滿足於中庸」[4]。「教」與「樂」，哪個更重要呢？他可沒說。用今天的話說，就是思想性與藝術性並重，缺一不可。「寓教於樂」就是「寓樂於教」，二者已不可分，很難說哪個更重要。

他對天才與學習的看法亦如此。「有人問，寫一首好詩，是靠天才呢？還是靠藝術？我的看法是：苦學而沒有豐富的天才，有天才而沒有訓練，都歸無用；兩者應該相互為用，相互結合。」[5]他對傳統和獨創的看法也如此，他明明強調傳統，但也講獨創：「或則遵循傳統，或則獨創」[6]。

如同賀拉斯改造了亞里斯多德的「摹仿說」，中國的荀況（西元前313至西元前238年）也改造了孔子的文論。荀子文論最重要的思

---

4 伍蠡甫著：《歐洲文論簡史》，頁34。

5 〔古羅馬〕賀拉斯著，楊周翰譯：《詩藝》，頁143。

6 同前註。

想，就是明道、徵聖、宗經說，而宗經是思想核心。他雖然沒有直接提出「宗經」二字，但「宗經」的思想全有了：

> 學惡乎始？惡於終？曰：其數則始於誦經，終乎讀禮；其義則始乎為士，終乎為聖人。真積力久則入，學至乎沒而後止也，故學數有終，若其義不可須臾舍也。為之，人也；舍之，禽獸也。故《書》者，政事之記也；《詩》者，中聲之所止也；《禮》者，法之大分，類之綱紀者。故學至乎《禮》而止矣，夫是謂道德之極。《禮》之敬文也，《樂》之中和也，《詩》、《書》之博也，《春秋》之微也，在天地之間者畢矣。
> （學習從哪裡開始？在哪裡終結呢？回答說：學習的程序是開始要讀熟六經，最後是讀其中的禮經；學習的意義是先成為士，最終成為聖人。真正堅持不懈就能入門，要一直學習到死而後止。所以學習的程序有結束，而學習的意義卻不能有一會兒的忽視。這樣做，就成為人；不這樣做，就成為禽獸了。《尚書》記載的是政事；《詩》，收集的是和平醇正的樂歌；《禮》，是法律上政令的總則，一切條例、規則的準繩，所以學到《禮》就算達到終點了，可以說它是道德的最高標準。《禮》規定嚴謹的儀式和車服等級的標誌，《樂》陶冶和平醇正的感情，《詩》、《書》的內容廣博，《春秋》精微的語言包含深奧的意義；天地之間的學問都包含在其中了）[7]

孔子文論中壓根兒沒有「經」的概念，[8]更沒有像荀子那樣一句頂一

7　譯文引自夏傳才著：《中國古代文學理論名篇今譯》（天津市：南開大學出版社，1985年），第1冊，頁67。

8　楊伯峻編的《論語詞典》無「經」一詞。見其《論語譯注》（北京市：中華書局，1958年）。

萬句，句句是真理的「宗經」論。孔子也沒有說過自己是「聖人」。「經學」是子夏特別是荀子抬起來的。自荀子提出「宗經」說，又經過劉勰創造性的發揮後，二千年來，「宗經」說變成了中國文論的核心，也就是說，變成了文藝批評的最高標準。荀子的「宗經」說如同賀拉斯的「古典主義」，都是把傳統文化變成神聖不可侵犯的本本。所不同者，賀拉斯把異國的古希臘文學當作絕對權威，荀子把本國的「五經」當作絕對權威。古希臘文學及「五經」當然是人類古代文化的精華，但若把它們視為文學批評、文學創作最高的、絕對正確的、永恆不變的標準，也就會走向反面、束縛住文學的發展。「古典主義」之於西方文學，「宗經」說之於中國，都應一分為二地評價。

孔子的文論是富於辯證法的，到了荀子，則片面強調政治標準第一；忽視藝術標準。政治標準第一沒錯，但忽視藝術標準就是片面性。他的〈樂論〉，雖然也提到「美善相樂」，但輕輕一筆帶過。通篇只強調音樂對外可以用於作戰，對內可以用於宗廟禮節，可使人民服從統治，安分守己，可使統治者內部團結。文藝有功利性，但文藝的功利主義像他這樣講法，就很有點偏離孔子的中庸之道，與孔子所提倡的「文質彬彬」、「盡善盡美」、「興觀群怨」、「思無邪」、「溫柔敦厚」的原意遠了。荀子大概不懂得，文藝如果不是文藝，不講形式美，不以情動人，一味強硬、失去軟性，反而喪失了它真正的功利作用，效果適得其反。這是後學荀子不如老師孔子高明的地方。

荀子對「異端」的態度也比孔子嚴厲多了。他認為鼓吹異端邪說的文學家，比「盜賊」還壞，先要殺頭（「先誅」），「盜賊」還可以慢一步殺。這些話見他的〈非相〉。這也不是孔子的思想。孔子是「放鄭聲」，是針對作品而不針對人。

以上說明，西方文化與中國文化的源頭，並非一成不變，它因後人的改造而生變化，同屬西方文論的源頭，古羅馬賀拉斯的「古典主義」說，就是對亞氏「模仿說」的改造，而「寓教於樂」說，則是對古希臘文論的發展。同屬中國文論的源頭，荀子的「宗經說」已將孔子文論神化，其極端的文學功利主義，也是對孔子文論的改造。

應該指出，世界四大文化圈的文學理論並非同時發展的，文學上可以同時唱起歌來，但文論的發展顯然有先有後，而且貢獻的大小也顯然不等。中西文論大體上同時發展，並同時具有對立、豐富、變化的特點，對各自的文學創作影響深遠，貢獻也大，這是中西文論有別於另外兩個文化圈（如印度、埃及、阿拉伯、希伯來）的共同特色。

# 肆
# 中西詩歌理論的異同

## 一　關於詩的定義

關於詩的定義，是中西詩歌理論的核心。中西詩人都認為詩是抒情的，這沒有什麼分歧。抒情的最高標準是「和諧」，詩就是最高度的和諧，這也沒有什麼分歧。但中國儒家詩論強調「和諧」來自「宗經」，表現了「五經」的精神就能「和諧」，也就是孔子的「思無邪」說。所以劉勰給詩下的定義是：

> 詩者，持也，持人性情；三百之蔽，義歸「無邪」。(《文心雕龍》〈明詩〉)

儒家把詩歌政教化、從教化角度給詩下定義。中國道佛詩論把詩歌宗教化，把詩的「和諧」歸之於「道心」，「神意」。

西方詩人則把「和諧」歸之於哲學、上帝、基督教，表現了哲學、上帝、基督教義的詩，就是最高的「和諧」。所謂「哲學」，就是浪漫主義者所說的「宇宙精神」，詩人的心靈應是「宇宙精神」的表現，什麼是「宇宙精神」呢？說到底就通向上帝，通向基督教。

德國現代著名的哲學家恩斯特·卡西爾有一段話把西方對「詩」的定義概括得極為準確。

> 把哲學詩歌化，把詩歌哲學化——這就是一切浪漫主義思想家的最高目標。真正的詩不是個別藝術家的作品，而是宇宙本身

> 不斷完善自身的藝術品。因此一切藝術和科學的一切最深的神秘都屬於詩。[1]

說詩主要表現詩人的真情實感，就能達到「和諧」，而不需要將「真情實感」加以昇華的人，在中西詩家中並不多見。中國有李贄的「童心說」、袁枚的「性靈說」，把「童心」、「靈性」和「宗經」分開，這就是異端邪說了。在西方，很少有浪漫主義詩人把詩與基督教分開的。詩人的心靈如果不能直通上帝，他的詩也就失去了最高的「和諧」。

## 二　關於理性和想像的關係

中西詩家的側重面很不相同。中國詩人也講想像，但把想像與其他創作主觀因素聯繫起來。劉勰在〈神思〉篇中的「神與物游」就是想像，「思接千載」、「視通萬里」也是想像。但是，〈神思〉篇是講整個藝術構思的過程的，想像只是其中一個環節。〈神思〉篇的價值在於講藝術構思的全面性，在於強調理性的指導作用。形象思維還必須由理性思維來統帥。這個問題本書在談到劉勰的貢獻時再詳述，此處從略。

西方詩論家對想像極其重視。想像是浪漫主義詩論一個至關重要的問題。英國柯勒律治關於想像的論述最為著名。他把想像視為詩歌創作的根本動力。他說：

> 它溶化、分解、分散、於是重新創造。如果這一步辦不到，它還是不顧一切，致力於理想化和統一化。它根本是有活力的，

---

1　〔德〕恩斯特·卡西爾著，甘陽譯：《人論》（上海市：上海譯文出版社，1985年，第1版），頁198。

　　儘管它的對象的事物根本都是凝固的，死的。[2]

這段話十分精闢，柯氏認為想像能力不僅能對素材進行溶化、分解、分散，尤其能夠重新創造。現實中沒有的，在想像中可以創造出來，現實中靜態的東西，在想像中可以變成動態的，現實中沒有生命的、死亡的事物，在想像中可以變得有生命，可以復活過來。總之，詩的「和諧」是因為有了想像，想像是達到「和諧」的唯一途徑。

西方浪漫主義詩人並不完全排斥理性。弗・希勒格爾講「創造的哲學」支配詩人。[3]華茲華斯說：「我們的思想改變著和指導著我們的情感的不斷流注，我們的思想事實上是我們以往一切情感的代表」。[4]柯勒律治也重視理性的作用，認為想像要受意志與理解力的「推動」和「無形約束」。[5]他還說：「一個人，如果同時不是一個深沉的哲學家，也決不會是個偉大的詩人。」[6]但浪漫派詩人把想像放在首位，中國詩人把理性放在首位。即使是道佛詩論也重視理性，連嚴羽都說：「詩有別材，非關書也，書有別趣，非關理也，然非多讀書，多窮理，則不能極其至」(《滄浪詩話》)。浪漫派詩人把想像作為一個重要問題拈出來著重論述，中國詩人並不這樣做。西方詩人發展到象徵派時，理性就完全被否定了，象徵派詩歌一個重要特徵就是反理性。

---

2　〔英〕柯勒律治著，楊絳、劉若瑞譯：〈文學生涯〉，見《歐美古典作家論現實主義和浪漫主義》(北京市：中國社會科學出版社，1980年)，頁275。

3　〔德〕弗・希勒格爾著，方苑譯：〈斷片〉，見伍蠡甫主編：《西方文論選》，下卷，頁320。

4　〔英〕華茲華斯著，曹葆華譯：《抒情歌謠集》一八〇〇年版〈序言〉，見伍蠡甫主編：《西方文論選》，下卷，頁6。

5　〔英〕柯勒律治著，林同濟選譯：〈文學傳記〉，見伍蠡甫主編：《西方文論選》，下卷，頁34-35。

6　同前註。

## 三 關於靈感

中西詩人都講得不多，也都沒有什麼創見，只是說了現象，未論及本質。陸機的《文賦》第一次對「靈感」作了描述，指出「靈感」對創作的極大推動作，但又嘆息自己對靈感「來不可遏，去不可止。藏若景滅，行猶響起」的原因還不能認識。劉勰論創作，看重先天的才氣，但不講「靈感」，顯然是有意迴避問題。西方浪漫派詩人華茲華斯在他那著名的《抒情歌謠集》一八〇〇及一八一五的兩個序言中閉口不談「靈感」，他論寫詩五個必備條件中也沒有「靈感」這個條件。浪漫派詩人多把詩心說成是上帝給的。他們寧願說詩人代表上帝（如雪萊），而不說「靈感」來自神示。有些文論家也談到「靈感」，如同中國詩人一樣，只說出現象而已。美國愛默生（1803-1882）說：「他（指詩人）聽到一個呼聲，他見到一次招手。於是他驚奇地發覺了，是什麼樣的一群神靈把他包圍起來。他不能再閒著；像老畫家一樣，他便這樣說了：『我必須傾吐出來。』他追求的美是半顯半隱地飛過他的面前。」[7]斯達爾夫人把「靈感」與「愛情、國家、信仰」等同起來，說這些都是「神性」，[8]「神性」是柏拉圖早已說過的，她則再添上愛情與國家兩項內容。她沒把「靈感」是什麼這個問題講清楚。

## 四 關於詩的音樂美

重視詩歌的格律，這是中西方的文論家一致的觀點。但是，從哪

7 〔美〕愛默生著，董衛巽譯，楊豈深校：〈詩人〉，見伍蠡甫主編：《西方文論選》，下卷，頁439。

8 〔法〕斯達爾夫人著，丁世中譯：《德國的文學與藝術》（北京市：人民文學出版社，1981年），頁43。

個角度去談格律，則並不相同。中國儒家詩論不把聲音獨立化，強調聲音與意義不能分割。西方浪漫派乃至象徵派則認為聲音在詩中有獨立意義，把聲音美看成詩的靈魂。甚至認為音樂就是詩。

中國劉勰對詩歌格律的要求，除了押韻外，還有一個很重要的原則，即詩歌的聲音要與詩歌的思想感情聯繫在一起。〈物色〉篇說「屬采附聲，亦與心而徘徊」(運用辭藻和摹狀聲音，又要聯繫自己的心情來回斟酌)。這兩句話，是他對詩歌格律要求的總綱。在〈聲律〉篇中，他也提出「聲萌我心」(發音的高低強弱由內心所要表達的情思來決定)，但不如〈物色〉篇談得這樣透徹。

這首先是根據中國漢字的特點。漢字是表意文字，和西方表音文字不同。漢字的形聲字占百分之八十以上，在世界上是最豐富的。詩歌的聲音與意義協調，是詩歌創作的最高理想。由於漢字形聲字很多，意義與聲音相連的字俯拾皆是。古漢語的雙音詞多為雙聲疊韻詞，大都用來描繪聲色形狀。漢字的雙聲疊韻本身就容易造成詩歌的音樂美，雙聲疊韻字如果是形聲字，本身就是聲與義合。劉勰對漢詩提出語音和思想感情的關係的要求，除了強調思想性外，還根據中國漢字的特點。

儒家詩論從來把思想性放在第一位，不論是《尚書》〈堯典〉提出「詩言志」，或者是陸機《文賦》提出「詩緣情」，反正詩歌總是要言志緣情的。不言志不緣情的詩，只為音樂美而音樂美的詩，儒家詩論是通不過的。

為了強調詩歌的聲音與意義的關係，劉勰在〈物色〉篇中舉了一些《詩經》中聲音和感情相聯繫的佳例：

> 故「灼灼」狀桃花之鮮，「依依」盡楊柳之貌，「杲杲」為日出之容，「瀌瀌」擬雨雪之狀，「喈喈」逐黃鳥之聲，「喓喓」學

> 草蟲之韻；「皎日」「嘒星」，一言窮理；「參差」「沃若」，兩字連形；並以少總多，情貌無遺矣。

周振甫先生有極好的解釋，可以說明劉勰所舉的詩句聲音如何有力表現思想感情：

> 「灼灼」有明艷如火的意思，顯示桃花的鮮艷，同時寫出新嫁娘火熱的心情。「依依」有軟弱的意思，既形容柳條的柔軟，也寫出了出征戰士與家人依依不捨的感情。「杲杲」描寫日出的光耀，也寫出了思婦望天下雨像望出征的丈夫回來，卻看到太陽照耀的失望的心情。「瀌瀌」形容大雪紛飛，詩人認為雪看到陽光應該消掉，好比聽於讒言應該不信，可是只看到大雪紛飛不消，有王聽信讒言不明的感嘆。「喈喈」是描寫黃鳥的叫聲，也寫出了婦人聽見黃鳥叫聲想回家探望父母的迫切心情。「喓喓」描寫了草蟲的聲音，又寫出了思婦聽見草蟲鳴聲，感到時節變化，引起懷念丈夫的感情。「皎日」描寫陽光的明亮，也用來反映作者意志的鮮明。「嘒星」描寫星光的微弱，也反映詩人地位微賤的感嘆。「參差」形容水草的長短不齊，也反映追求淑女不得的心情。「沃若」形容桑葉的滋潤，反映那個女子出嫁時膚色的滋潤。[9]

我們來看看亞里斯多德對希臘詩歌格律的要求和劉勰有何不同。古希臘文是表音文字，罕見形聲字。古希臘文的雙聲疊韻字太少了，其同韻字的母音之後，子音亦要相同，不像漢語以母音收那麼簡單。亞氏並不強調希臘詩要押韻也不強調希臘詩的聲音要與意義聯繫起來。

9 周振甫：《文心雕龍今譯》（北京市：中華書局，1986年），頁407-408。

亞氏是從文體的角度對史詩和悲劇提出格律的要求的。古希臘文的節奏側重於長短，讀一個長音差不多等於讀兩個短音所占的時間，長短有規律地相間，於是出現很明顯的節奏。史詩與悲劇的格律不同，就在於節奏不同。史詩要用六音步長短短的英雄格，因為這種格律，適合於「敘事」與表現「行動」。因此亞氏說史詩的格律，「經驗證明，以英雄格最為適宜」。[10]至於悲劇，則要用六音步短長格，因為悲劇是對話體，「在各種格律裡，短長格最合乎談話的腔調，證據是我們互相談話時就多半用短長格的調子。」[11]亞氏不強調史詩悲劇押韻，還因為史詩和悲劇都是莊嚴的體裁，講究的是一種氣勢，押韻近於纖巧，不免有傷莊嚴的風格。此外，史詩悲劇的節奏無論是六音步長短格還是六音步短長格，都是大開大合，押韻則在每句末回到一個類似的聲音，與大開大合的節奏亦不相容。

西方的一些浪漫派詩人，特別是唯美派、象徵派詩人強調「為藝術而藝術」，落實到詩歌格律上來，就是強調「聲音」在詩中的「獨立」價值，強調音樂等於詩，他們並不強調聲音與意義的聯繫，這是由他們的藝術觀決定的。美國的詩人愛倫．坡說：

> 我確信：音樂的格律、節奏、韻律在詩裡面是這樣地重要，反對它就決非聰明人，——它有這樣重大的幫助作用，拒絕它幫助的就是個笨蛋；我現在還要堅持它的絕對重要性。也許是在音樂中，靈魂最可能達到那個偉大的目的，音樂受到詩情的鼓舞，就努力去達到那個目的——超自然美的創造。……總之，我給語言的詩扼要地下一個定義：語言的詩是韻律創造的美。[12]

10 見羅念生譯：《詩學》，頁87、15。

11 同前註。

12 董衡巽譯：〈愛倫．坡詩文集〉，見《歐美古典作家論現實主義和浪漫主義》（北京市：中國社會科學出版社，1980年），頁275。

愛倫・坡有一首長達一百一十三行的名詩〈鐘〉，描寫了婚禮的金鐘、歡樂的銀鐘、火警的銅鐘、葬禮的鐵鐘四種鐘聲，念起來確實悅耳，但只有聲音的美，而詩句的意義幾乎是完全沒有的。

唯美主義的始作俑者法國詩人戈蒂耶將詩界定為聲音的美。他說：

> 「賦詩如何？」——功利主義者、空想主義者、經濟學家及其他人士會向他提出這一個問題。他的回答是：如果韻腳還不壞的話，就一句一句地押下去，如此而已。[13]

我們再聽聽唯美主義的名家，英國的王爾德是怎麼樣說的吧：

> 詩的真正特質，詩歌的快感，決不是來自主題，而是來自對韻文的獨創性運用，來自濟慈所說的「詩句的感性生命」。[14]

象徵主義派的韓波、魏爾侖、瑪拉美繼承了唯美主義的詩論，更為強調詩歌的音樂美高於一切。瑪拉美作為象徵主義運動中承前啟後的中堅分子，鼓吹寫詩就如同作曲一樣，文字就是音符，要求詩篇產生交響樂一樣的效果，甚至不惜廢棄標點符號。

經過比較，中國文論家劉勰對「聲音」的要求顯然不同於西方詩論，也許，劉勰對詩歌的音樂性講得少一些，西方詩人對詩的音樂性講得多一些，並在一些方面確有精闢論述，但是，西方某些詩人將「格律」與思想感情完全分開，甚至說詩除了格律什麼都不是。中國古文論家卻說「屬采附聲，亦與心徘徊」，這是東方詩論的優點，也更符合於詩的普遍情況——不論是中國的，還是西方的。

---

13 黃晉凱譯：〈戈蒂耶詩選〉，見趙澧、徐京安主編：《唯美主義》（北京市：中國人民大學出版社，1988年），頁16。

14 尹飛舟譯：〈王爾德論文集〉，見趙澧、徐京安主編：《唯美主義》（北京市：中國人民大學出版社，1988年），頁92。

## 五　關於詩與宗教的關係

中國儒家詩論不講，道佛的詩論家如謝皎然、司空圖、嚴羽是講的。這幾位詩家以「道心」入詩，以「禪」入詩。但關於詩與宗教的關係，他們沒有太多的論述。西方則不同。浪漫派文論家大講特講基督教如何促進詩與文學的發展，這是西方浪漫派理論一個重要貢獻。斯達爾夫人在《論德國》中，夏多布里盎在《基督教的真諦》中，雨果在《克倫威爾》〈序言〉中，都集中論述了基督教文學高於古希臘文學，基督教有力推動文學的發展。斯達爾夫人說基督教文學更貼近人心，使人性複雜化，從而使文學性格更突出，建立在基督教基礎上的浪漫派詩歌，是很有生命力的現代的詩歌。夏多布里盎更以其四大卷巨著論證基督教文學優於異教文學。雨果從文學發展史角度也論證了此問題，得出基督教為文學確立了美醜對立的原則，是最偉大的貢獻。他們三位的文論，實際上是反古典主義。因為古典主義與古典文學相關，浪漫主義與基督教文學相關。勃蘭兌斯說得好：「夏多布里盎重新挑起的正是這兩百年長期的爭論，只不過採取了新的形式，即基督教和古代神話相比對詩歌和藝術究竟價值如何的問題。」[15]

## 六　關於詩人的作用

這是中西詩人最大分歧之一。中國文論家從來不把詩人的作用估價很高。漢代揚雄就說賦是「童子雕蟲篆刻」、「壯夫不為」，他後來不寫賦了，改去學「經」。在中國，詩人是從屬於哲學家、政治家、道德家的，比這三家地位要低一等。孔子就說過，「行有餘力，則以

---

15 〔丹麥〕勃蘭兌斯著，張道真譯：《十九世紀文學主流》（北京市：人民文學出版社，1986年，第1版），第3分冊「法國的反動」，頁82。

學文」,「文」就包括寫詩。政治第一，做官第一。玩玩文學，寫寫詩，充其量不過是第二位。

西方則不同，西方浪漫派詩人將詩人的地位提高到無以復加的最高地位，他們十分重視詩人的創造作用、精神指導作用，十分強調詩人的使命感。這種「使命」的內容有宗教的、政治的、倫理道德的、唯美的，有唯心與唯物之分，有進步與保守之別，但強調詩人如同上帝，高於政治家，對世界及人類起精神先導作用這一點上，卻是完全一致。我們且聽聽他們的言論：

弗・希勒格爾說：「人類依靠藝術家才作為完整的個性出現。……他們是至高無上的精神器官，……內在的人類首先在這裡表現出來。[16]

華茲華斯說：「詩人是捍衛人類天性的磐石，是隨處都帶著友誼和愛情的支持者和保護者。不管地域和氣候的差別，不管語言和習俗的不同，不管法律和習慣的各異，不管事物會從人心裡悄悄消逝，不管事物會遭到強暴的破壞，詩人總以熱情和知識團結著布滿全球和包括古今的人類社會的偉大王國。[17]

愛默生說；「詩人就是說話的人，命名的人，他代表美。他是一位君主，站在中央。因為世界不是畫出來的，也不是裝扮成功的，而是一開始就是美的；上帝沒有創造出一些美的東西來，而美才是宇宙的創造者。因此詩人不是一個被賦予了權力的人，他自有權力，使自己成為帝王」。[18]

---

16 〔德〕弗・希勒格爾著，方苑譯：〈斷片〉，《古典文藝理論譯叢》（北京市：人民文學出版社，1961年），第2冊。

17 曹葆華譯：《抒情歌謠集》一八〇〇年版〈序言〉，《古典文藝理論譯叢》（北京市：人民文學出版社，1961年），第1冊。

18 董衡巽譯，楊凱深校：〈詩人〉，見伍蠡甫主編：《西方文論選》（上海市：上海譯文出版社，1979年，新1版），下卷，頁489。

在這些言論中，對詩人的地位給予極高的評價，又富於進步性，大概要數雪萊的〈詩辯〉及普希金的〈紀念碑〉了。雪萊說：「詩可以使世間最美最美的一切永垂不朽」，「一個人既是詩人，他就是最聰明最快樂最善良」，「最偉大的詩人一向是品德最無疵點而明達則無所不及的人」，「在一個偉大民族覺醒起來為實現思想上或制度上的有益改革而奮鬥當中，詩人就是一個最可靠的先驅。」[19]

19 繆靈珠譯：〈詩辯〉，見《西方文藝理論名著選編》（北京市：北京大學出版社，1986年），中卷，頁80。

# 伍
# 「表現說」與「模仿說」非中西文論分水嶺

國內一些學者認為中國文論是「表現」的體系，西方文論是「再現」的體系。周來祥說「從體系上看，西方偏重於再現，東方則偏重於表現」。[1]張月超說：「在兩千多年的西方文藝批評史上，模仿理論長期占有主導地位，表現理論較為晚出，而中國則以表現理論為主，這是中西文藝理論的分界線。」[2]蔣孔陽也認為西方的美學思想偏重於「摹仿說」，中國古代的美學思想偏重於「表現說」。[3]樂黛雲主編的《中西比較文學教程》說：「借用阿氏（阿伯拉姆斯）這個理論框架來分析中西文論，不難看出，中西文論屬於不同理論體系。西方文論偏重於模仿、再現、寫實、屬於模仿論。中國文論偏重於表現、抒情、言志，屬於表現論。」[4]這些看法對不對呢？本書就來討論。

## 一　宗經說是中國文論的「獨霸」

中國文論沒有「模仿」與「表現」的美學名詞。中國古人從來不用「表現」來概括中國的文論。「模仿」與「表現」這對範疇是從西方引進的。

1　周來祥：〈東方與西方古典美學理論的比較〉，《江漢論壇》1981年第2期。

2　張月超：〈中西文論方面幾個問題的初步比較研究〉，《西方文學批評簡史》。

3　蔣孔陽：〈中國古代美學思想與西方美學思想的一些比較〉，《學術月刊》1982年第3期。

4　《中西比較文學教程》（北京市：高等教育出版社，1988年，第1版），頁341。

或曰，所謂「表現」，是指「言志」、「緣情」、「文以載道」。這些概念沒說明本質。貫穿中國兩三千年文論的紅線、核心、綱領，表層意思是「言志」、「緣情」、「文以載道」，深層意思是「宗經」。說文學是「言志」、「緣情」、「文以載道」的，只說出了表面現象，說文學是「宗經」的，才是說出了本質。在兩三千年中國文論史上，宗經說一直起主導作用，它是大多數中國文論家的方向，規定了其他理論的概念和內容。言志說、緣情說、文以載道說，都是宗經說的派生理論，都服從於它，聽命於它，受它支配，受它管轄。沒有「宗經」這個「本」，這個「源」，言志、緣情、文以載道就是「無本之木」、「無源之水」。兩三千年來，中國絕大多數文論家，誰能離開「宗經」這個「綱」？誰能違反「宗經」這個「綱」而另立門戶？因此，宗經說是中國文論的「獨霸」。

由此可見，認為「表現說」是中國文論的特徵，是一種只見現象的立論，並不能說明中國文論的本質。

宗經說的內容是很豐富的。用一句話概括之，就是遵循崇尚孔子的文論。《尚書》〈堯典〉提出「詩言志」。孔子說「詩三百，一言以蔽之，曰『思無邪』」，「溫柔敦厚，詩教也」，「樂而不淫，哀而不傷」，「放鄭聲」，已為「志」、「情」定下標準。不過，在孔子的時代，還沒有宗經說，因為孔子的言論，尚未上升為「經典」。荀子第一次奠定了宗經的文學觀，他說天地之間的學問，都包括在「五經」中了（〈勸學〉）。荀子重視「樂教」，「樂」和「詩」一樣，都是抒情的，抒什麼「情」，也要有個標準，就是「貴禮樂而賤邪音」，這也是從孔子「放鄭聲」來的。

到了漢代，宗經說大大發揚，地位更為牢固。《毛詩大序》雖短，實為漢代最重要的文論，《毛詩大序》將「志」、「情」、「詩」、「樂」結合起來論述，規定了「志」、「情」的內容，規定了「詩」、「樂」優劣的標準，這是宗經說的發展。

《毛詩大序》極明確地指出「情」與「禮義」是有矛盾的，應以「禮義」管轄之。「發乎情，止乎禮義。」具體地說，「志」與「情」的內容，應是「經夫婦、成孝敬、厚人倫、美教化、移風俗」，應是「吟詠情性，以風其上」，「志」與「情」的內容只能是「安以樂」，不能是「怨以怒」，「哀以思」。「治世之音安以樂，其政和；亂世之音怨以怒，其政乖；亡國之音哀以思，其民困」。以上三種內容，只有「安以樂」才是合乎「禮義」的。

魏晉南北朝時，道佛和佛學在哲學上占了重要地位，已經不是董仲舒「罷黜百家，獨尊儒術」的時代了。但是，「宗經」仍是中國文論的正統，仍是權威。劉勰、鍾嶸是正統派，曹丕、陸機也是，這是有他們的文論為證的。陸機的〈文賦〉，是中國文論史上講「作文」的第一篇創作論，提出「詩緣情以綺靡」，詩是抒情的，荀子已講過，陸機不是發明者，但陸機在此文最後一段也明確將「緣情說」納入宗經的軌道。什麼是詩的作用呢？就是「濟文武於將墜，宣風聲於不泯」（它拯救文、武之道永不中斷，宣揚教化不至於泯滅）。

再看看鍾嶸的〈詩品序〉，也主「緣情說」。「氣之動物，物之感人，故搖蕩情性，形諸舞詠。」鍾嶸所說的「情」內容更廣泛：

> 至於楚臣去境，漢妾辭宮，或骨橫朔野，魂逐飛蓬；或負戈外戍，殺氣雄邊；塞客衣單，孀閨淚盡；或士有解佩出朝，一去忘返；女有揚娥入寵，再盼傾國，凡斯種種，感蕩心靈，非陳詩何以展其義？非長歌何以騁其情？故曰：「詩可以群，可以怨。」使窮賤易安，幽居靡悶，莫尚於詩矣。
>
> （至於屈原放逐，昭君出塞，有的棄骨在北方原野，魂魄棲身於亂草叢中，有的拿起武器守邊，殺氣充滿疆場。塞上的征客衣單，閨中寡婦淚乾；有的辭官歸隱，一去不返，也有少女美貌傾國，顧盼得寵；所有這種種遭遇，激蕩心靈，不寫詩吟唱

> 怎能抒發感情，表達思想？所以孔子說：「詩可以群，可以怨。」使窮困賤者安於現狀，離群索居者消除苦悶，沒有能超過詩的了。）

敏澤很是稱讚這段話，說鍾嶸提出文學歌頌的對象，他的視野比之劉勰「是大大前進了一步」。但鍾嶸舉了那麼多的例子，目的只有一個，就在於說明孔子的指示不錯。

《文心雕龍》這部被公認為中國古文論最偉大的著作的核心、紅線、綱領是什麼？是言志說嗎？不是，是緣情說嗎？也不是。是宗經說。宗經說乃《文心》之靈魂！這是劉勰一再強調的。劉勰說：

> 蓋《文心》之作也，本乎道，師乎聖，體乎經，酌乎緯，變於騷；文之樞紐，亦云極矣。
> （《文心雕龍》的寫作，在根本上探索到道，在師法上仿效聖人，在體例上探源經書，在文采上酌取緯書，在變化上參考楚騷；文章的關鍵，也可以說探索到極點了。）[5]

〈原道〉、〈徵聖〉、〈宗經〉、〈正緯〉、〈辨騷〉，這是《文心雕龍》總論的五篇，誰是主要的呢？〈正緯〉與〈辨騷〉當然不是，劉勰要「正」之，「辨」之。「宗經」才是主要的，才是核心。

「道」是很虛的，「道心惟微，神理設教」（自然的道的精意是微妙的，聖人依照神秘的啟示來進行教化），但「道」又是很實的，「道沿聖以垂文，聖因文而明道」（自然的道理靠聖人用文章顯示出來，聖人用文章來說明自然的道理）。「道」、「聖」、「經」三位一體，最後落實到「宗經」上。清代著名學者、《四庫全書》的大主編紀昀說，

---

5　凡《文心雕龍》譯文，均據周振甫：《文心雕龍今譯》（北京市：中華書局，1986年，第1版）。

〈徵聖〉篇是劉勰敷衍之作，「此篇卻是裝點門面，推到窮極，仍是宗經。」錢鍾書說：〈原道〉篇是「門面語，窠臼語也，劉勰談藝聖解，正不在斯。」紀昀及錢鍾書把劉勰「宗經」的主旨講得十分明白。「宗經」是《文心雕龍》真正的「文之樞紐」，是劉勰創作「一以貫之」的指導思想。

在中國古文論家中，絕大多數文論家以「宗經」為指導思想。清代的葉燮是個很高明的文論家，反對復古，強調創新。但論及創作源泉時說：「必取材於古人，原本於《三百篇》。」他說，世界是變化的，人心於是也變化，詩歌跟著也變化，因此創新是必然的。但有一個前提：「惟叛於道，戾於經，乖於事理，則為反古之愚賤耳。」這就是宗經說。

連皎然、司空圖、嚴羽這些文論家也談「宗經」，儘管他們的文論大受道、佛、教影響，但他們不敢，也不能拋棄「宗經」這個原則。皎然在〈詩式序〉一開頭就說《詩經》是「六經之精英」，說他因擔心「風雅寖（同：「浸」，音禁，淹沒也）泯」，所以才寫《詩式》，「以正其源」，以「有益於詩教」。

皎然在《詩有四不》中說：「氣高而不怒，怒則失於風流」。在《辨體有一十九字》中說：「貞，放詞正直曰貞」，「忠，臨危不變曰忠」，「節，持操不改曰節」，「德，詞溫而正曰德」。凡此等等，都說明這位唐朝和尚雖把禪學引入詩論，但也繼承了儒家「宗經」的正統觀點。

司空圖的《二十四詩品》開創以道家論詩的新批評。但他在〈與李生論詩書〉中說：

> 詩貫六義，則諷諭、抑揚、渟蓄、溫雅，皆在其間矣。
> （詩包括風、雅、頌、賦、比、興六義，委婉勸喻、美和刺、清淡含蓄、溫和雅正這些風格，都在其中了。）

這可是孔子的觀點。司空圖在唐王朝風雨飄搖之際，寫了一系列文章，力主恢復儒教的絕對權威，按照儒教來改革朝政。[6]當唐朝最後一個皇帝被殺，唐王朝滅亡的消息傳來，他以七十二歲的高齡絕食而死。他並沒有四大皆空，而是作了他「國朝」的忠臣節士。了解上述情況，有助於我們理解他的詩論與宗經的關係。

宋代嚴羽的《滄浪詩話》有一個理論體系，它是「入門」說、「妙悟」說、「興趣」說、「別材別趣」與「讀書窮理」說。有論者說，這是「反儒」的體系。[7]說嚴羽「反儒」，顯然是拔高了嚴羽。他的「入門」說不提學習《詩經》，但不能因此說他「反儒」。他只是反對江西詩派，所謂「雖獲罪於世之君子，不辭也」，都是針對江西詩派。相反，嚴羽的文論還有宗經色彩。例如他批評江西詩派的末流，「叫噪怒張，殊乖忠厚之風，殆以罵詈為詩。詩而至此，可謂一厄也」。這就是批評江西詩派違反孔子的詩教。再如他強調用「治經」的態度去學古人詩，所謂「治經」態度，就是用儒家觀點方法去學古人詩。敏澤及郭紹虞都指出這一點來。

說嚴羽的文論有宗經色彩，主要還不是抓住他的片言隻語，是指他的「入門」說的根本精神是「師古」，所謂「以漢、魏、晉、盛唐為師，不作開元、天寶以下人物」，所謂「然則近代之詩無取乎？曰，有之，吾取其合於古人者而已。」這無論如何也不是「反儒」，因為「師古」正是「宗經說」的派生物。

袁枚的《隨園詩話》也有宗經色彩。袁枚詩論最大的特色是一方面直接宣揚孔子詩教，一方面用「性靈」、「著我」去闡釋《詩經》及儒家的詩論。他說詩的標準在於「中庸」(《隨園詩話・卷三・三五》)。讀書人要向虞舜和孔子學習，不能向禪佛學習（《隨園詩話補

---

6 成復旺等：《中國文學理論史（二）》（北京市：北京出版社，1987年，第1版），頁243、503。

7 同前註。

遺・卷一・一》)。「孔子論詩，但云『興觀群怨』，又云『溫柔敦厚』。足矣」(《隨園詩話補遺・卷三・四》)。又說寫詩的人不要有什麼條條框框，只要「不失孔、孟論詩之旨」就行（出處同上）。「千古善言詩者，莫如虞舜教夔典樂曰：『詩言志。』言詩之必本乎性情也。」(《隨園詩話・卷三・五五》)。「聖人稱詩『可以興』，以其最易感人也」(《隨園詩話・卷十二・二四》)。「《三百篇》專主性情」(《隨園詩話・卷十四・一〇一》)。「聖人編詩，先〈國風〉而後〈雅〉、〈頌〉何也？以〈國風〉近性情故也」(《隨園詩話補遺・卷二・六〇》)。「詩家兩題，不過『寫景、言情』四字。我道：景雖好，一過目而已忘；情果真時，往來於心而不釋。孔子所云『興觀群怨』四字，惟言情者居其三。若寫景，則不過『可以觀』一句而已」(《隨園詩話補遺・卷十・三》)。「詩者，人之性情也。近取諸身而足矣。其言動心，其色奪目，其味適口，其音悅耳：便是佳詩。孔子曰『不學詩，無以言。』又曰『詩可以興。』兩句相應。惟其言之工妙，所以能使人感發而興起；倘直率庸腐之言，能興者其誰耶？(《隨園詩話補遺・卷一・一》)。

從上述言論看出，袁枚的詩論的理論性，還是來自孔子的詩論，他只不過是詮釋而已。他用「性靈」、「性情」去充實之，豐富之。袁枚的「性靈」、「性情」說，還得建立在宗經的基礎上。

在中國古文論家中，只有一個李卓吾，是要打倒「宗經」說的。他的〈童心說〉，就是古文論中空前絕後的一篇檄文，矛頭直指「宗經」說。中國文論直到李贄，才樹起了第二面大旗，與「宗經」說徹底的一刀兩斷。這是皎然、司空圖、嚴羽以至清代的袁枚都不敢做的事業，也不能做的事業。

> 夫童心者，真心也。……絕假純真，……若失卻童心，便失卻真心；失卻真心，便失卻真人，人而非真，全不復有初矣。

> 夫既以聞見道理為心矣，則所言者皆聞見道理之言，非童心自出之言也。言雖工，於我何與，豈非以假人言假言，而事假事文假文乎？蓋其人既假，則無所不假矣。
>
> 天下之聖文，未有不出於童心焉者也。苟童心常存，則道理不行，聞見不立，無時不文，無人不文，無一樣創制體格文字而非文者。
>
> 夫《六經》、《語》、《孟》，非其史官過為褒崇之詞，則其臣子極為讚美之語，又不然，則其迂闊門徒，懵懂弟子，記憶師說，有頭無尾，得後遺前，隨其所見，筆之於書。……然而《六經》、《語》、《孟》，乃道學之口實，假人之淵藪也，斷斷乎其不可以語於童心之言明矣。

中國古代文論，歷來以「宗經」為本，即使是最進步的封建士大夫，對「六經」不敢有一字之非議，李贄第一個站出來，指出「《六經》、《語》、《孟》，乃道學之口實，假人之淵藪」，孔孟之徒是「以假人言假言，而事假事文假文」，在中國整個封建社會中，只有李贄具有這樣的「超前」、「先鋒」意識，才能在文論上真正另立門戶。「童心說」不同於袁枚的「性情」說，就在這裡。

但是，在明代，李贄的文論不是主。明代文論的主流仍然是「宗經」說。甚至袁枚的「性情」說，皎然、司空圖、嚴羽的詩論，也不是清代及唐宋文論的主流。唐、宋、明、清文論的主流，當然是「宗經」說。這是文論史的事實可以證明的。中國封建王朝氣數未盡時，「宗經」始終是主流。

那麼，言志說、緣情說並非中國文論體系的紅線、核心、綱領就很清楚了。詩本來就是言志抒情的。中國的孔子這樣說，莊子這樣說，[8]荀子這樣說，皎然、司空圖、嚴羽也這樣說，李贄、袁枚也這樣說。以言志、緣情，或以「表現」來給中國文論定性，就必然抹煞了中國文論史上儒、道、佛的矛盾，尤其是抹煞了儒家文論與李贄這面新大旗的對立。中國的言志、緣情、文以載道說指的是詩文，尤其指詩歌。西方的詩文理論，尤其是詩歌理論，不也主張言志、抒情嗎？說中國古文論是重在「表現」，是「抒情言志」，這與西方浪漫主義文論又有何本質區別？只有說中國古文論是「宗經」的體系，才見出中西文論的根本不同。

## 二　師古說是宗經說的派生理論

我們前面說過，宗經說的派生物是言志說、緣情說、文以載道說。下面，我們再談談宗經說另一個派生物——師古說。

師古說是孔子制定的，由來已久。孔子已說「述而不作，信而好古」(《論語》〈述而〉)。所謂「古」，指古代文化，「宗經」必「師古」，故是宗經說派生理論。隨著文學的發展，「師古」說也增加了新的內容，不限於「五經」了，還包括先秦散文、《楚辭》，後來又包括唐代的散文與詩歌，範圍越放越大。這就是「師古說」的發展。因此，由宗經說派生的師古說，就是強調繼承儒學傳統的理論，「書本第一」的理論。

中國古文論家，除了晚明李贄派外，有幾個人是不「師古」的？絕大多數人都師法儒家古典著作，都認為真善美全在儒家古人書本中了。

「師古」與「宗經」幾乎是一而二、二而一的東西，是難以分開的。荀子強調學習要從五經開始，終止於五經。五經已包括天地間的

---

8　《莊子》〈天下〉：「《詩》以道志。」見《世界詩學大辭典》(瀋陽市：春風文藝出版社，1993年)，頁658。

學問。孔子創造性地總結了在他以前的文化遺產，始有五經。沒有古，哪來經？

我們再聽聽劉勰的聲音。他也是力主「師古」的，他所講的繼承傳統，主要指「五經」，還包括《楚辭》。在《文心雕龍》中，劉勰「師古」的言論，俯拾皆是，其中以〈通變〉篇講得最徹底。黃侃說，劉勰「通變之道，惟在師古」，此言甚確。

唐代古文論家也高舉「師古」大旗。「師古」即「宗經」，韓愈講得最為透徹。

> 雖然如此，我學習古文已有二十多年了。開始時，不是夏、商、周和西漢、東漢的文章就不敢看，不合乎聖人的意見就不敢在心裡存留。呆著的時候就像忘掉了什麼，走著的時候就像遺失了什麼，莊重的樣子像在思考什麼，茫茫然好像著迷的樣子（精神是那麼集中），當把自己心裡所想的寫出來的時候，一定把那些陳舊的言辭全去掉，……把文章拿給人看時，也不把人們（不贊成古文的人）的非難和譏笑放在心上。像這種情況也經過了不少年，我還是不改變自己的主張。這樣然後才能識別古書中道理的是非真假，以及那些雖然正確但還沒有達到完善程度的內容，全都清清楚楚地像黑白那樣分明了。自己寫文章總是堅持去掉那些不正確和不完善的地方，這才算慢慢地有了心得。當寫起文章來得心應手的時候，文思就像泉水一般湧流出來了。……像這樣又有些年，然後真是文思奔放，像泉水一樣浩蕩充溢了。我又擔心文章中還有雜而不純的地方，於是主動地去挑剔刪除那些不純正的東西，正心靜氣地考察它，直到辭義都很純正了，然後才放手去寫。雖然如此，還是不能不加深自己的修養，在仁義的道路上行進，在《詩》、《書》的源泉裡游泳，不要迷失道理，不要斷絕源頭，終我一生都這樣做

罷了。(「行之乎仁義之途，游之乎《詩》、《書》之源。無迷其途，無絕其源，終吾身而已矣。」)[9]

我們再看看柳宗元如何向青年後輩介紹自己的創作經驗的。西元八一三年，潭州刺史韋彪的孫子韋中立要拜柳宗元為師，向他請教寫作的入門。柳宗元回了一封信給他談自己的創作經驗。師古說的外延擴大了。信上說：

當初我幼稚而年少，寫文章，以講究辭藻算是工巧。到長大，才知道文章是用來說明「道」的，當然不能隨意把講求漂亮、致力辭藻、炫耀聲韻作為有才華。……以《尚書》為典範求文章的樸實，以《詩經》為典範求文章有永恆的感染力，以《禮經》為典範求文章內容合乎規範，以《春秋》為典範求文章褒貶分明，以《易經》為典範求文章反映事物的發展變化，這些是我汲取文章作法的源泉。參考《穀梁傳》來磨練文章的氣勢，參考《孟子》、《荀子》使文章條理暢達，參考《莊子》、《老子》使文章想像馳騁，參考《國語》使文章富有情趣，參考《離騷》使文章感情深沉，參考《史記》使文章精煉明潔。這些是我所採用的互相參考、融合貫通的寫文章的方法。[10]

有人會說這些都是儒家的文論，不足以概括中國全部古文論。受道、佛影響的文論家不見得強調師法古人，不見得強調書本第一。那麼，我們就來看看嚴羽的詩論，聽聽嚴羽師古的聲音：

---

9　韓愈：〈答李翊書〉，譯文見夏傳才著：《中國古代文學理論名篇今譯》(天津市：南開大學出版社，1985年)，第1冊，頁305。

10　柳宗元：〈答韋中立論師道書〉，譯文見夏傳才著：《中國古代文學理論名篇今譯》(天津市：南開大學出版社，1985年)，第1冊，頁323-324。

> 夫學詩者以識為主；入門須正，立志須高；以漢魏晉盛唐為師，不作開元天寶以下人物。若自退屈，即有下劣詩魔，入其肺腑之間；因立志之不高也。……工夫須從上做下，不可從下做上。先須熟讀《楚河》，朝夕諷詠以為之本；及讀《古詩十九首》，樂府四篇，李陵蘇武漢魏五言須熟讀，即以李杜二集枕籍觀之，如今人之治經，然後博取盛唐名家、醞釀胸中，久之自然悟入。雖學之不至，亦不失正路。此乃是從頂顙上做來，謂之向上一路，謂之直截根源，謂之頓門，謂之單刀直入也。

原來嚴羽也是主張師古，主張書本第一的。他列舉的屈原、李陵、蘇武、李白、杜甫，全是古人；他們的詩歌，都是書本。嚴羽可沒說師今。他的發明創造，就是用禪學來論證師古說。

現在我們又要談到中西文論體系的比較了，由宗經說派生出來的師古說、繼承傳統說、書本第一說，也是中國古文論不同於西方文論一個本質的區別。中國古文論，一貫講繼承傳統的重要性，一貫以書本為創作的源泉，一貫主張師古。中國文學復古思潮之多，時間之長，在世界文學上是出了名的，從唐宋古文運動、古詩運動到晚明前七子，後七子到清代桐城派，一言以蔽之，都是師古說的天下。西方也有師古說，也有復古運動，但是十八世紀以後，西方文論的師古說，不占主導地位，這與中國文論大不相同。傳統與創新，他們更強調創新；書本與生活，他們更強調生活；古人與今人，他們更強調今人。這種現象，在文藝復興時期已相當明顯。這是不是中西文論體系一個本質的區別呢？這符合不符合中西文論體系的實際情況呢？這是不是比以「表現」與「再現」來區分中西文論更有說服力，也更能抓出現象的本質呢？

宗經說和師古說既然是中國兩三千年古文論的紅線、核心、綱領，那麼，它對中國文學的發展，起了什麼作用呢？是積極的，消極的，還是兼而有之的呢？總的來說，在中國封建社會還是一個進步的社會時，它起積極的、進步的作用，下面就轉入討論這個問題。

## 三　宗經說與師古說是變化的概念

中國的宗經說與師古說是一個變化的概念，中國文論家對宗經與師古也有辯證的看法，這是宗經說與師古說能在中國文論中起積極與進步作用的一個重要原因。

隨著文學的發展，「經」的概念與「古」的概念不斷擴大，也就是說，文學傳統的概念不斷擴大，中國文論家把中國歷代文學的精華不斷吸收進來。我們來看例子：漢代的文論家對屈原已有很高的評價，漢武帝劉徹、淮南王劉安、司馬遷、王逸高度讚美〈離騷〉，漢代經學已經盛行，評價〈離騷〉往往和尊經結合在一起，王逸就稱〈離騷〉為〈離騷經〉。劉勰則將〈離騷〉列為「文之樞紐」之一，在〈時序〉篇中還說屈原和宋玉的作品在藝術形式上「觀其艷說，則籠罩雅頌」，超過《詩經》。你看，在漢代，「經」的外延已經擴大，到了劉勰，就出現了〈離騷〉的美超過《詩經》的話。值得注意的是，劉勰在〈時序〉篇中對唐、虞、夏、商、周、漢、魏、晉、宋、齊十代的文學作了史的評論，他並沒有說文學一代不如一代，而是說文學代代都有變化發展。請看結論：

> 贊曰：蔚映十代，辭采九變。樞中所動，環流無倦。質文沿時，崇替在選。終古雖遠，僾焉如面。
>
> （總結說：文采照耀十代，辭章有多種變化。在一定範圍中間變動，像循環流轉沒有停止。從質到文順著時代轉變，有時發展有時倒退，在乎善於選擇。古代雖然遙遠，又彷彿就在面前。）

劉勰的師古說的「古」是通「今」的，因為今天的文學，就繼承了昨天的文學，所以「古代雖然遙遠，又彷彿就在面前」，這是很精闢的見解。

我們再來看看韓愈、柳宗元、嚴羽，他們都旗幟鮮明地力主師古，韓愈把「古」擴大到西漢、東漢的文章，不限於「經」。柳宗元把「古」擴大到《莊子》、《老子》、《國語》、《史記》，不限於「經」。嚴羽更把「古」擴大到《古詩十九首》、樂府四篇、李陵蘇武漢魏五言、李杜、盛唐名家。

我們再來看看文學思潮。唐代的復古運動是復三代兩漢之古，宋代的復古運動是復唐代之古。唐代的復古運動只限於散文，宋代的復古運動還在詩歌。也就是，隨著時代、文學的發展，文學運動師古的外延也不斷擴大。

這裡我們要引證西方現代一位權威文論家來詮釋中國宗經說、師古說。他就是英美新批評派的第一代理論權威艾略特，他在著名的論文〈傳統與個人才能〉中充分論述了傳統對一國文學發展的意義。第一，他認為詩人個人的才能，與其說來自獨創，毋寧說來自傳統。判斷一個詩人的價值，不是看他的作品有無與眾不同的特殊個性，而是看他的作品是否能與傳統保持一致，因此他提出了著名的詩歌的非個人化的理論。第二，他認為西方文學的傳統，是指歐洲自荷馬以來全部古典文學同時並存的整體。第三，他提出「傳統」由於不斷增加新作品而發生變化，新作品不斷充實「傳統」，而「傳統」的體系不會被打破，反而更加完整。因此，「傳統」是將現代與古代聯成一體，一氣呵成。他提倡作家對「傳統」要有這樣的認識。他說：「正是這種歷感才使一個作家成為傳統主義者，他感覺到遠古，也感覺到現在，而且感覺到遠古與現在是同時存在的。」[11]他的話和劉勰的「終古雖遠，僾焉如面」不是可以打通嗎？

---

11 〔美〕艾略特著，曹庸譯：〈傳統與個人才能〉，《外國文藝》1980年3期。

## 四　西方文論是「模仿」與「表現」並存的多元體系

西方文論與中國文論大不相同。它是一個多元體系，至少是「模仿」與「表現」並存的體系。「模仿」與「表現」是西方文論兩個重要概念，本來就有的，用它們來界定西方文論是順理成章的。

在最前面我們已經指出，國內一些論者認為西方文論是「再現」的體系，在兩千多年的西方文論史上，模仿理論長期占有主導地位，西方的美學思想偏重於「摹仿說」，這些論點，國外也有，最典型的是車爾尼雪夫斯基的話。他說：「《詩學》是第一篇最重要的美學論文。也是迄至前世紀末葉一切美學概念的根據」，「亞里斯多德是第一個以獨立體系闡明美學概念的人，他的概念竟雄霸了二千餘年」。[12]

但是，車氏的話是不確切的。即使在浪漫主義文論以前，亞氏的《詩學》也不是「一切美學概念的根據」，也不是「雄霸了二千餘年」。

《詩學》在西方古代影響甚微。《詩學》大概是亞氏的講稿。亞氏於西元前三二二年客死外地，遺著留給他的門徒。他的再傳弟子的後裔，害怕亞氏的著作落入他人之手，便把它們埋藏在地窖裡。這樣過了兩百來年，大約在西元前一百年，一個名阿珀利孔的非洲富人出高價把亞氏的遺著收買下來，帶到雅典，請人抄寫，此時希臘已被羅馬滅國四十六年。西元前八十四年，阿珀利孔的藏書又被運到羅馬，羅馬的希臘學者發現了包括《詩學》在內的亞氏著作，加以整理。《詩學》遂流傳在少數學者中。以後，《詩學》又傳到埃及首都亞力山大城，由此又傳到東羅馬帝國首都拜占庭。直至六世紀才被譯成敘利亞文。十世紀又由敘利亞文轉譯成阿拉伯文。十三世紀又轉譯成拉丁文。十四世紀《詩學》再傳入西歐，但不被注意。文藝復興時期，威尼斯公共圖書館館長阿爾德斯於一五〇八年第一次將希臘文本的

12 轉引自朱光潛：《西方美學史》（北京市：人民文學出版社，1963年），上卷，頁66。

《詩學》用活字排版，《詩學》才廣為歐人所知。注釋、仿作、譯本開始出現。一五〇九年，義人伯納多・塞尼將它譯成拉丁文，說「它已經被拋棄被遺忘了很久很久」。義大利詩人塔索也說「它曾經長期埋沒在人類無知的黑影中」。

《詩學》在亞氏生前只流傳於他的學生圈子中，沒有什麼文獻資料說明《詩學》對亞氏當時的古希臘文學有所影響。以後它長期被埋在地下，對古希臘晚期和羅馬時期的文學和文藝理論也沒有什麼影響。最有力的證明是賀拉斯（西元前65至西元前8年）的《詩藝》根本沒有提及「亞里斯多德」的名字一次，沒能出現「摹仿」這個詞一次。賀氏的《詩藝》也不講「摹仿說」。

車爾尼雪夫斯基說亞氏的概念是「一切美學概念的根據」，「雄霸了二千餘年」，在亞氏生前死後近千年的古希臘羅馬文學中就不能成立。

西元四七六年西羅馬帝國滅亡，在漫長的中世紀，直到十六世紀初以前，《詩學》長期不起作用。柏拉圖的地位遠遠高於亞里斯多德。聖奧古斯丁（354-430）與聖托瑪斯・阿奎那（1226-1274）絕非亞里斯多德「摹仿說」的信徒，他們創立的神學文論把美看作上帝的屬性，絕非把美看作現實生活的屬性。上帝是最高的美，是一切事物，包括自然和藝術的最後根源。通過自然美和藝術美，人可以觀照到上帝的美，從有限美見出無限美。有限美只是到達無限美的階梯，它本身沒有獨立價值。聖托瑪斯・阿奎那也提到「摹仿說」，但那是柏拉圖的「摹仿說」，不是亞氏的「摹仿說」。他說「上帝的心靈是自然萬物的源泉」，詩人受神的心靈的啟發去創作，摹仿自然就是摹仿上帝。在一千年的中世紀神學文論史中，亞氏的理論不是「一切美學概念的根據」，不是「獨霸」，恰恰相反，柏拉圖的文論才是神學美學概念的根據，柏拉圖的美學概念才「雄霸」千年。車爾尼雪夫斯基的論斷又落了空。

文藝復興時期，西方的小說戲劇興起，《詩學》的地位因而空前提高，亞氏的悲劇理論以及「摹仿說」的寫實成分開始被作家們廣泛接受。從十六世紀到十八世紀，大約兩三百年中，「摹仿說」與亞氏的悲劇理論才可以說是西方文論體系的核心、紅線、綱領。我們不妨大體地回顧一下這兩三百年歐洲的文論，是怎樣樹立、闡述、局部修正亞氏的理論的。

《詩學》的權威首先在義大利樹立起來。特里西諾（1478-1550）完全擺脫神劇的傳統，接受亞氏的悲劇理論，又發展了亞氏對「笑」的心理研究，提出自己的喜劇理論。明屠爾諾（生卒年不詳）作《詩的藝術》，闡述亞氏的詩論，反對越出荷馬史詩形式的傳奇文學。卡斯特爾維屈羅（1505-1571）用義大利語譯《詩學》，作《亞里斯多德〈詩學〉的詮解》，首次提出戲劇的「三一律」。瓜里尼（1538-1612）引用《詩學》以論證他的悲劇混雜劇體詩的理論。馬佐尼（1548-1598）引證《詩學》，說明詩的目的在於產生驚奇感，又引證亞氏的《心理學》，說明想像的重要性。他說：「詩總是一種摹仿的藝術。」

在西班牙，塞萬提斯將《詩學》搬入《堂·吉訶德》，化為自己的小說理論。他說：「憑空揑造越逼真越好，越有或然性和可能性，就越有趣味。要作品完美，全靠逼真摹仿，小說的各部分要能夠構成一個整體：中段承接開頭，結尾是頭中兩部分一氣連貫下來的。」幾乎全是《詩學》言論的翻版。西班牙大戲劇家維加引用《詩學》論證自己的喜劇理論。英國錫德尼引用《詩學》說明「詩，因此是一種摹仿藝術，……就是說，它是一種再現，一種仿造」。

但是應該指出，就在文藝復興時期，亞里斯多德的《詩學》也不是絕對權威，反對它的人是頗有一些的，義大利著名的短篇小說家、文論革新家欽提奧（1504-1573）就是其中一個。他發表《論傳奇體敘事詩》、《論小說的寫作》，為中古騎士傳奇正名。他指出「新型史詩」的作者「不應受古典規律和義法的約束」，因為亞里斯多德和賀拉斯「這兩位古人既不懂我們的語言，也不懂我們的寫作方式」。「亞里斯多德心目中的詩是用單一情節為綱的，他對於寫這類詩的詩人所規定的一些界限並不適用於許多英雄的許多事蹟的作品」。卡斯特爾維屈羅提出「娛樂說」，他對亞氏與賀氏的文論，尤其是「摹仿」說與「寓教於樂」說是頗有微詞的，他認為文藝起源於「娛樂」，並非起源於「摹仿」。「詩的發明原是專為娛樂和消遣的」。[13]

十七世紀古典主義時期，《詩學》仍有重要影響。法國高乃依是亞氏的崇拜者，在他的《論戲劇的功用及其組成部分》、《論悲劇以及根據必然律或或然律處理悲劇的方法》的論文中，多處闡述了《詩學》的理論，對「喜劇」、「悲劇」、「淨化」說也提出自己的補充意見。聖・艾弗蒙在《論古代和現代悲劇》中肯定「淨化」說。布瓦洛受「摹仿」說的影響。英國古典主義代表詩人德萊登引用《詩學》，肯定亞氏對悲劇所下的定義。

但是必須指出，十七世紀古典主義的戲劇理論，並不是以「摹仿」說為中心的，而是以「古典主義」為中心的。早在古羅馬時代，賀拉斯已用「古典主義」代替了「摹仿」說，用模仿古希臘的經典作品代替模仿生活。十七世紀布瓦洛文論的核心，就是這種「古典主義」。十七世紀法國古典主義戲劇的理論指南是「古典主義」。至於莫里哀，他強調以觀眾的接受為戲劇批評的標準，反對用「權威」壓人，反對從亞氏的法則中找答案，說觀眾不必問亞氏法則是否禁止笑。莫里哀雖然信奉「摹仿」說，但他執著的，是關於「喜劇」的理論。

十八世紀歐洲的文論向多元化方向發展，《詩學》的影響有所下降，文論家對《詩學》的看法可分兩派，出現複雜的交叉。反對「模仿說」者大有人在。法國狄德羅、博馬舍提倡「嚴肅戲劇」，反對亞

---

13 上述引文均見伍蠡甫主編：《西方文論選》（上海市：上海譯文出版社，1979年，新1版），上卷，頁193。

氏的悲、喜劇的定義。博馬舍更不把亞氏放在眼裡，他說：「規則」只是「凡夫俗子的稻草人」，「規則在哪個部門的藝術裡曾經產生過傑作？難道範例的作品從最早不就是規則的基礎嗎？……假使人類都奴隸似地服從了前人制定的迷惑人的、狹隘的清規戒律，他們還能在藝術和科學上取得進步嗎」？[14]盧梭作《論科學和藝術》，譴責古代神話和希臘文藝是道德墮落的產物，其言論是柏拉圖《理想國》文藝觀的翻版。德國美學家蘇爾採首先向亞里斯多德的藝術「起源於模仿，其精華在於模仿自然」的觀點發難，認為藝術「起源於心中洋溢的熱烈情感」。德國赫爾德也反對「摹仿」說，認為詩是「摹仿那創造萬物並予命名的上帝」。席勒也主赫說。英國一些作家如威廉·瓊斯博士在《論所謂模仿性藝術》（1772）中則開宗明義毫不含糊地反對「亞里斯多德關於一切詩都是模仿」的論點，他認為，這句格言與其他那些格言一樣：「人們千萬遍地重複它，不為別的，就因為它出自一位超人的天才之筆。」布萊爾也反對「摹仿」說，他在〈詩歌的本質〉（1783）一文中提出「詩是什麼？它與散文的不同之處何在」？有人認為詩的精華在於虛構，另有人認為詩的主要特性是模仿，布萊爾對兩種答案都予以否定：「我認為，對於詩歌的最公證、最全面的定義是：『詩是激情的語言，或者是生動想像的語言，常常表現為韻文的形式。』」[15]在義大利，維柯認為詩產生於想像，反對亞氏說詩起源於模仿。

十九世紀初葉浪漫主義文學思潮崛起。浪漫主義詩人強調主觀性，亞氏的摹仿說在浪漫主義文論中沒有地位。在這裡必須指出，浪漫派信奉的是柏拉圖的摹仿說。德國奧·希勒格爾與弗·希勒格爾都

14 〔法〕博馬舍著，陳鶴譯，伍蠡甫校：〈論嚴肅戲劇〉，見伍蠡甫主編：《西方文論選》（上海市：上海譯文出版社，1979年新1版），上卷，頁398。

15 上述論點均轉引自〔美〕艾布拉姆斯著，袁洪等譯：《鏡與燈》（北京市：中國社會科學出版社，1991年），頁121、137、143。

是反對亞氏的摹仿說的。奧・希勒格爾在柏林的文藝講演中駁斥了亞氏的藝術即模仿的觀點。[16]在費希特「自我創造非我」的哲學感召下，弗・希勒格爾把詩說成是純粹精神的表現。弗・希勒格爾是德國浪漫派的理論權威，其兄奧・希勒格爾是他的詩論的傳播者。奧・希勒格爾與法國浪漫派大文論家斯達爾夫人過從甚密，又是英國浪漫主義文論權威柯勒律治的老師。德國浪漫主義文論通過他又傳入法、英。弗・希勒格爾不反對詩是「鏡子」，是「時代的反映」，但強調詩人是「至高無上的精神器官」[17]，只有表現詩人的自我，才能照出周圍的世界。他認為「神的啟示」、「神性」是詩的源泉，「詩和藝術，都是這個作為最高知識的唯一發光體所分散出來的光芒」。[18]柯勒律治也說「我們都知道藝術是自然的模仿者。……我們必須模仿自然」！但強調「必須首先使自身離開自然……從自己心中創造出形象來」。[19]雪萊也聲稱「至於模仿，詩是模仿的藝術」[20]，但強調上帝的心靈創造萬物。「因為造物主之心就是一切心靈的反映」[21]。

華茲華斯十分強調描寫田園生活，認為這是他的詩歌的「土壤」。他說：「按照事物本來的面目準確地觀察，忠實地描繪未被詩人心中的任何熱情所改變的事物的狀態。」[22]但他是相信上帝的，力主

16 同前註。

17 〔德〕弗・希勒格爾著，方苑譯：〈斷片〉，《古典文藝理論譯叢》，第2冊。

18 〔德〕弗・希勒格爾著，伍蠡甫選譯，楊豈深校：〈文學史講演〉，見伍蠡甫主編：《西方文論選》（上海市：上海譯文出版社，1979年，新1版），下卷。

19 〔英〕柯勒律治著，劉若端譯：〈論詩或藝術〉，見《歐美古典作家論現實主義和浪漫主義（一）》（北京市：中國社會科學出版社，1980年第1版）。

20 〔英〕雪萊著，鄭敏譯：《解放了的普羅米修斯》〈序言〉，見《歐美古典作家論現實主義和浪漫主義（一）》（北京市：中國社會科學出版社，1980年）。

21 〔英〕雪萊著，繆靈珠譯：〈為詩辯護〉，見《古典文藝理論譯叢》（北京市：人民文學出版社，1961年），第1輯。

22 〔英〕華茲華斯著，曹葆華譯：《抒情歌謠集》一八一五年版〈序言〉，見《古典文藝理論譯叢》（北京市：人民文學出版社，1961年），第1冊。

人類通過接近大自然而獲得神示從而達到道德的至善，這種至善，就是「天性的永恆部分」，詩歌最終目的是「引向永恆，讚美永恆」[23]。雨果說詩人要有兩大法寶：「一個反映鏡，就是觀察，還有一個蓄存器，這便是熱情」[24]，但雨果認為上帝創造一切。

以上說明，浪漫主義文論家所講的「摹仿說」，是柏拉圖唯心主義的摹仿說，摹仿自然的最終目的，還是摹仿心靈、神性，這才是最高標準。在這個前提下，浪漫主義文論家又可分兩類，一類是十足的唯心論者，如弗・希勒格爾、柯勒律治、雪萊、布萊克、沙多布里盎、愛倫・坡，另一類雖然也以柏拉圖唯心主義理論為出發點，但也主張詩人要研究自然、摹仿自然，如斯達爾夫人、華茲華斯、雨果。

在浪漫主義詩人中，拜倫的詩論有更多的合理成分。他說：「如果僅只是如實的寫自然，是不能表達詩人的意圖的。他所畫的天空並非自然天空的畫像。它是由很多不同的天空所組成（這些天空是畫家在不同的時候觀察到的），而不是任何一天的天空的全盤模仿。為何如此呢？因為自然對自己的美並不是很慷慨的。它散見於很廣泛的時空內，偶爾顯露，必須細心選擇，注意收集。」[25]拜倫詩論的寫實傾向引起布萊克的極大反感。他質問拜倫：「難道一個詩人能懷疑耶和華的幻景嗎？」他譏笑拜倫走進荒野去了，他給拜倫一封信的開頭就用「致迷失荒野的拜倫」。[26]

浪漫主義文論是神心說的森林，也含有唯物「模仿說」的陽光水

---

23 「1824年1月21日給S・藍鐸的信」，見伍蠡甫著：《歐洲文論簡史》（北京市：人民文學出版社，1980年，第1版），頁216。

24 轉引自伍蠡甫：《歐洲文論簡史》（北京市：人民文學出版社，1989年，第1版），頁249。

25 「致約翰・墨雷（1821年2月7日）」，鄭敏譯：《歐美古典作家論現實主義和浪漫主義（一）》（北京市：中國社會科學出版社，1980年，第1版），頁288。

26 〔英〕布萊克：〈阿貝爾的神靈〉，《歐美古典作家論現實主義和浪漫主義（一）》（北京市：中國社會科學出版社，1980年，第1版），頁255。

分，其枝葉十分複雜，各有姿態，但總的來說，亞氏的「模仿說」已被柏氏的「模仿說」所取代。

批判現實主義文論以「摹仿」說為核心，是眾所周知的事。批判現實主義文論家在理論上是反對浪漫主義的，尤其反對它那天馬行空般的「想像」與「虛構」，有大量言論可證。這個時期，幾乎任何一個作家都強調寫實。英國薩克雷主張藝術應不加任何粉飾地描寫現實。狄更斯在《奧列佛・退斯特》序言中說他「追求無情的真實」。哈代說：「我們必須記住，不管現實主義的要求如何，最好的小說……比歷史和自然更真實。」俄國十九世紀文學的主要特色，用魯迅的話來說，就是「寫真實，為人生」。俄國三大批評家別、車、杜力主藝術的源泉是生活，別、車都強調「美即生活」，認為生活的美高於藝術的美，生活是藍本，藝術是摹本，摹本總要比藍本稍遜一籌，這才是他們理論的精髓和要旨。別林斯基強調了亞氏「摹仿說」中如實摹仿的觀念：

> 我們所要求的不是生活的理想而是生活本身，按照它本來的樣子。它壞也吧，好也吧，我們不願把它美化，因為我們認為在詩的表現裡，生活無論好壞，都同樣地美，因為它是真實的。哪裡有真實，哪裡也就有詩。[27]
>
> 詩人並不美化現實，他寫人物並不按照他們應該有的樣子，而是按照他們實在的樣子。[28]

法國司湯達、巴爾扎克、福樓拜都是寫實的大師。巴爾扎克在《人間喜劇》序言中說：「法國社會將要作歷史家，我只能當它的書記。」

27 〔俄〕別林斯基：〈論俄國中篇小說和果戈理的中篇小說〉（1835），〈智慧的痛苦〉（1840），轉引自朱光潛著：《西方美學史》，下冊，頁531。

28 同前註。

但是，這些作家已不引用《詩學》，只是暗暗將之消化在自己的理論的血肉中。《人間喜劇》序言沒有一處提到亞氏及《詩學》，就很有代表性。

十九世紀批判現實主義的文論由於有一個唯物哲學及自然科學的基礎；由於基督教意識的消失（別、車、杜）；由於小說戲劇的高度繁榮，它在什麼是「真實」，為什麼要寫「真實」，怎樣將「真實」與「典型」結合，將「真實」與「傾向」聯繫的理論方面都超越前人。我們不必要說泰納、聖．佩韋、勃蘭兌斯的文論了，這些話在本書「西方文論演變的軌跡及特點」中已談過了。

亞氏《詩學》的影響，以悲劇及小說的領域為最大。西方主張「悲劇」只能寫高貴人物，只能一悲到底，這個直接源於《詩學》的悲劇傳統觀念統治了西方劇壇一千多年。嚴格來說，直到十九世紀中葉小仲馬的戲劇《茶花女》問世，才打破了它的框框。一千多年來，西方的戲劇理論包括黑格爾以「衝突」為核心的悲劇論，無不脫胎於《詩學》。在一個相當長的時期內，西方的戲劇理論始終圍繞著對《詩學》的闡釋、修正、爭論而向前發展的。

《詩學》對西方小說理論的影響也極大。西方的小說理論，以塞萬提斯、菲爾丁、黑格爾三人的理論為三個發展階段，一層高於一層。塞萬提斯是第一個提出比較多的小說理論的人，就寫入他的《堂．吉訶德》中，實際上是將《詩學》引入。菲爾丁是西方第一個將小說理論系統化的人，其小說理論主要寫入他的代表作《湯姆．瓊斯》中，該小說一共十八卷，每卷首章談小說理論，和故事無關，菲爾丁很得意地說是他的「獨」。也是將《詩學》引入，但有重大發揮，提出著名的「散文喜劇史詩」的理論。黑格爾稱十九世紀的長篇小說是「資產階級的史詩」，他的「史詩」理論亦繼承亞氏，其對長篇小說典型性格的論述，民族史詩的論述，都以荷馬史詩為例，而與《詩學》掛鈎。

西方文學歷來以小說、戲劇為主要品種，敘事文學十分發達，成就很高。文學是人學，是反映人的生活，描寫人與人的社會關係的。因此，以摹仿生活，寫「行動中的人」為核心的「摹仿說」，對西方作家自然具有很大的指導性，自然很容易與作家的創作經驗掛鈎。亞氏的「摹仿」說已包括虛構、想像、典型化的原則因素，它的內涵和外延，亦即理論的「張力」很大，不易僵化，因而是西方文論的精華。

我們花了不少篇幅，敘述了亞氏「模仿說」自古希臘羅馬至十九世紀批判現實主義的地位變遷升降沉浮，目的在於說明：西方文論體系的總特點不能以「再現」來概括，來定性，不能說西方「偏重」於再現，寫實，不能說西方的美學思想「偏重」於「摹仿說」。

第一，西方文論從古希臘柏拉圖（西元前427至西元前347年）、亞里斯多德（西元前384至西元前322年）算起，到當代為止，有兩千四百年的歷史，亞氏的「模仿說」，在整個古希臘文學時期作用甚微。在古羅馬文學時期作用也甚微，我們說過賀拉斯（西元前65至西元前8年）的《詩藝》根本不提亞氏及「模仿說」，最重要的，賀拉斯用「古典主義」取代了「模仿說」，「模仿」變成了對古希臘文學作品的模仿。眾所周知，整個古羅馬文學，就是摹仿古希臘文學的。在中世紀一千年內，亞氏的「模仿說」不起作用，與之相反，起作用的是柏拉圖的「模仿說」。中世紀的神學美學把美看作上帝的一種屬性，不把美看作自然的屬性。在十七世紀古典主義時期，起主導作用的是由賀拉斯發明、由布瓦洛發揮的「古典主義」說，並非亞氏的「模仿說」。到十八世紀，亞氏的文論影響下降，一派支持，一派反對。十八世紀末十九世紀初的浪漫主義文論，絕非亞氏「模仿說」的天下。十九世紀八十年代崛起的唯美主義及現代主義文學，直至當代的西方文論，更非亞氏「模仿說」一統天下。唯美主義文論、現代主義、後現代主義文學，以及精神分析學說、神話原型批評俄國形式主義、英美新批評、結構主義、解構主義、接受美學、讀者反應批評、女權主義批評等等，都不是「模仿說」。

由此可以得出一個統計學上的結論：在兩千四百年西方文論史中，亞氏的「模仿說」只在文藝復興時期（主要是十六世紀）、十八世紀啟蒙主義時期、十九世紀批判現實主義時期起主導作用，說西方文論總特點是「再現」，或偏重於「再現」，只適用於這三個時期，這只是西方文論史的局部而不是整體，在時間上不過三百年光景而已。

第二，西方文論的源頭就是二元對立，除了亞氏的唯物主義的「模仿說」，還有柏拉圖的唯心主義的「模仿說」，其實質就是「表現」，表現精神。在整個中世紀，在浪漫主義時期，柏氏的文論起主導作用。中世紀文學、浪漫主義文學，在西方文學史上占十分重要的地位。文論是文學的概括，如果說西方文論的總特點是「再現」，對這段長達一千年的文學史就視而不見，就割掉了歷史。

這本來是一個很明顯的事實，為什麼國內外不少論者都異口同聲地誇大「模仿說」在西方文論史上的作用與地位呢？這是因為他們用價值判斷代替了歷史主義的分析，便導致認識論的偏頗。人們多說亞氏的「模仿說」的價值，遠遠高於柏氏「理式」說的價值。人們多認為文學要反映生活，現實主義是最好的創作方法，但這是一種價值判斷，不能用這種價值判斷去誇大或縮小西方文論史的事實，事實是西方文學史上，現實主義與浪漫主義並存，在某一時期其中之一占主導地位，因而「模仿」與「表現」說也並存。因此，西方文論絕非「模仿說」的一統天下，而是「再現」與「表現」並存的多元體系。

## 五　比較不是認同

以上說明，「模仿說」、「表現說」是西方文論的概念，是西方文學現象的理論概括。我們還是先把它們還給人家，看看自己的文論的特點才對。我們的文論有「言志說」、「緣情說」、「文以載道說」，這是詩文現象的理論概括，它們上頭還有一個理論管住，就是宗經說，它們是宗經說派生的理論，靈魂在宗經說中，在長達兩三千年的中國封建社會中，宗經說是中國文論的絕對權威，是「獨霸」，因為它與中國封建社會的政治、倫理原則不可分割。宗經既是儒家文論的紅線、核心、綱領，同時也是儒家政治觀、倫理學的基礎。它是中國封建社會統治階級的統治思想。因此，在長達兩三千年的中國文論史上，向「宗經說」挑戰的人幾乎是沒有的。直到晚明李贄才站出來，樹立「童心說」，向「宗經說」正面挑戰。這次挑戰以李贄下獄自殺而悲劇性地結束了。他的罪名是「敢倡亂道，惑世誣民」。所以，「宗經說」的文論體系是一個絕對權威的體系，在它的後面，有一個強大的儒家政治體系、倫理體系的支持。道佛詩學根本不是儒家詩學的對手，即使是宣揚道佛學說，也只能打著「宗經」的幌子，絕不敢與宗經說公開對抗。

既然中西文論體系是如此地不同，因此，用西方文論體系來詮釋中國文論體系是不可能的，個別觀念可以相互詮釋，「體系」則不能。西方文論的「模仿」與「表現」二元體系，誰也不是絕對權威，因為他們的文論與政治、倫理的原則關係絕不如中國的那樣血肉相連，他們沒有孔子這個絕對權威，柏拉圖不是「聖人」，亞里斯多德也不是，他們沒有一個董仲舒，出來「罷黜百家，獨尊儒術」。西方的文論基本上不受政治原則、倫理原則的左右，挑戰，是西方文論史上常見的現象，亞里斯多德就向柏拉圖挑戰，因為誰都不是絕對權威，文論上的爭論在好幾個時期中不涉及統治階級的統治思想，因此，挑戰並不一定意味著任何一方的失敗。挑戰的結果常常是二者並存，各行其是。

美國當代著名文論家阿伯拉姆斯在《鏡與燈》中提出了文學批評四大要素的理論，把藝術批評分為模仿說、實用說、表現說、客觀說。他說：「儘管任何像樣的理論多少都考慮到了所有四大要素，然而我們將看到，幾乎所有的理論都只明顯地傾向於一個因素。」他的話對我們倒有啟發。西方文論從古代到二十世紀前，是「模仿」與「表現」說，二十世紀以來，以作品為獨立客體去研究的文論興起，占重要地位。不妨說，西方文論是三分天下。中國則不同，中國古代有「宗經說」，今天有馬列主義，我們的文論從古到今始終有一個絕對權威。從古到今，是傾向實用的。因此，我們在比較中西文論體系時，切忌將自己的文論編碼於西方文論的語境中，如果不抓住「宗經說」的本質而用「表現」說去概括中國古代文論，就只見現象不見本質，它會導致抹煞中國古文論的真正特色與優秀傳統，抹煞中國今天的文論與昨天的文論的繼承關係。

# 陸

# 《文心雕龍》的世界地位

## 一　人類古代世界第一部史論結合的混合型文學批評著作

西羅馬帝國滅亡前十年，東方的中國誕生了一位偉大的文論家，他就是《文心雕龍》的作者劉勰。他自學成材，用了大約五年時間，在三十五歲時完成了這部名著。

《文心雕龍》共五十篇，最後一篇〈序志〉是序，唐以前古人寫書，把序放最後。西方現存的亞里斯多德的《詩學》無序。據說《詩學》原有兩卷，第二卷已失傳。亞氏是否將序放在最後已不得而知。

《文心雕龍》共三萬七千七百四十六字。在中國古文論中，篇幅之長已屬少見（不算後來一些隨感性的詩話在內）。〈時序〉字數最多，一千五百三十六字。〈隱秀〉最短，二百八十三字，此為殘篇。千字文還有〈才略〉、〈書記〉、〈史傳〉、〈論說〉四篇，其他不足千字。可見作者惜墨如金。全書的內容卻極豐富，論述了傳說中的黃帝、唐堯、虞舜到有文字記載的夏、商、西周、春秋、戰國、秦、西漢、東漢、魏、西晉、東晉、南宋、南齊、蕭梁十七個朝代的文學（文章），所論作家有九百一十八人，作品計一千〇三十五篇（部）。[1]

《文心雕龍》對日本影響最大。早在西元九世紀初，其部分內容便由留學中國的日本僧人遵照金剛（空海）回國後編成的《文鏡秘府論》傳入日本，日本知此書已逾千年。二次大戰後，日本研究漢學的著作，以《文心雕龍》為題的占半數以上。近十多年來，已出版三種

1　參見賈樹新：〈《文心雕龍》數據信息〉，《吉林大學社會科學學報》1987年1期。

日譯本。第一位《文心雕龍》全書的日文譯者、京都大學教授興膳宏先生說：「《文心雕龍》規模宏大，體製詳備，是中國文學批評史上了不起的傑作。在西歐早期古典文藝理論中，如亞里斯多德的文藝理論，就沒有《龍》著那樣的系統性。」[2]《文心雕龍》在世界上影響也越來越大。除日譯本外，已有英文、義大利文、西班牙文、韓文的全譯本，並有多種語言的節譯本。[3]

一九三三年魯迅先生為一位青年學者的文學論著寫了一篇「題記」，比較了《文心雕龍》與《詩學》的成就，評價極高，比較意識十分正確。他說：

> 而篇章既富，評騭遂生，東則有劉彥和之《文心》，西則有亞理士多德之《詩學》，解析神質，包舉洪纖，開源發流，為世楷式。[4]

關於此書的性質，研究者大約有三種說法，即分別認為是文學著作、文章學著作、文化學著作。持文學著作說者國內外甚眾。王元化先生說：「讀了這部書可以了解中國從先秦到南朝齊代的文學發展史，文學理論的原則與脈絡，文學體裁的分類與流變，文學批評與文學鑒賞的標準和風範。總之它可以說是當時的一部文學百科全書。」[5]持文章學著作說者國內外也不少。他們認為《文心雕龍》所論二十種文體，半數以上已超出文學範疇，多為古代應用文。是「文學著作」所不能包括的，應該是文章學。有的學者認為《文心雕龍》不僅論文

---

2 〈《文心雕龍》在日本〉，《文學報》1984年11月29日，第2版。

3 見1995年8月4日《文藝報》「95《文心雕龍》國際學術討論會在京舉行」。

4 《集外集拾遺補編·題記一篇》，《魯迅全書》（北京市：人民文學出版社，1981年），第8卷，頁332。國內有些大辭典及文章均把此文出處誤寫成「〈詩論〉題記」或「〈論詩題記〉」。

5 〈《文心雕龍》的若干範疇〉，《暨南大學學報》1989年1期。

學、文章，涉及中國古文化之處甚多，如政治、禮儀、習俗、軍事、歷史、哲學、民學等等，文章學也難蓋其全，應該是文化學和文化史著作。[6]

上述三種說法都有道理。《文心雕龍》有點類似當代西方的新歷史批評，具有學術混淆變型的特徵。但劉勰所論還是重在文學，本書將它界定為文學著作。

《文心雕龍》是世界上第一部弘揚儒學的文學史和文學理論的混合型傑作。

以佛教立國的古印度沒有出現類似的著作。古印度的文學有巨大的成就，對中國的詩歌，尤其是對中國的小說，有很大的影響。這種影響，在劉勰的時代，已極為分明。詩歌如山水詩，短篇小說如志怪小說，都是顯著的例子。中國的小說，直到《西遊記》、《紅樓夢》，都受印度文學的影響，魯迅先生在《中國小說的歷史的變遷》中說：「此外還有一種助六朝人志怪思想發達的，便是印度思想之輸入。因為晉、宋、齊、梁四朝，佛教大行，當時所譯的佛經很多，而同時鬼神奇異之談也雜出，所以當時合中印兩國底鬼怪到小說裡，使它更加發達起來，如陽羨鵝籠的故事，就是。……此種思想，不是中國所故有的，乃完全受印度思想的影響。」[7]南朝詩歌重視格律，也受到印度佛教文學的影響。因為梵文的輸入是促進中國學者研究字音的最大原動力。中國人看見印度僧人用梵文字母給漢字注音，才意識到一個字音原來是由字母（子音）和韻母（母音）拼合成的。反切是應用拼音的方法於非拼音的漢字，如果不受拼音文字的啟示，中國學者決難在本非拼音的中國文字中發現拼音的道理。四聲的分別即反切研究的結果。四聲是中國字音所本有的，然而意識到這種分別而且加以分析，則因反切的啟發，而應用這種分別於詩的技巧，則始於晉宋而極

---

6　李欣復：〈從文化學看《文心雕龍》〉，《齊魯學刊》1987年1期。

7　《魯迅全集》（北京市：人民文學出版社，1981年），第9卷，頁308。

盛於齊永明時代，當時因梵音輸入的影響，研究音韻的風氣盛行，永明詩人的音律運動，就是在這種風氣之下醞釀成的。

東方戲劇發源地是印度。西元前後印度古典戲劇已成熟，一到二世紀出現馬鳴的創作，以後又出現跋娑的創作，二到三世紀首陀羅作《小泥車》，四到五世紀迦梨陀娑的名劇《沙恭達羅》問世。正因為如此，印度有東方最早的、系統的戲劇表演理論巨著《舞論》，成書於二世紀左右。受古希臘「摹仿說」的影響，《舞論》也主張「摹仿說」。作者婆羅多仙人說：「我所創造的戲劇具有各種各樣的感情，以各種各樣的情況為內容，摹仿人間的生活。」「這戲劇將模仿七大洲。我所創造的這戲劇就是摹仿」[8]《舞論》相當全面地論述了戲劇應如何表現八種美感情調（艷情、滑稽、悲憫、暴戾、英勇、恐怖、厭惡、奇異），是其獨到的世界貢獻。

但是古印度沒有《文心雕龍》。「印度文學的其他方面雖然為量甚豐，但印度人在中世紀之前並不寫任何歷史典籍。」[9]這大概是每個民族的氣質和思維特點不同，印度人富於想像思維能力，所以史詩、戲劇發達。但印度人的歷史意識並不發達，他們的歷史著作甚少，文學史著作亦甚少。

聞一多先生在著名的論文《文學的歷史動向》中指出，希伯來民族是「對近代文明影響最大最深的四個古老民族」之一。它地處古代文明三大洲交通的樞紐，有利於向西方和東方兩面傳播。受影響的地域之廣，無與倫比。正如希伯來文學專家朱維之所說的：「要研究東西方任何一國或地區的文化時，若無視希伯來文化的傳統或因素，都是殘缺不全的。」[10]

---

8 金克木譯：《古代印度文藝理論文選》（北京市：人民文學出版社，1980年）。

9 〔英〕A・麥唐納：《印度文化史》（上海市：上海文化出版社，據中華書局1948年6月版影印），頁197。

10 朱維之主編：《希伯來文化》〈前言〉（杭州市：浙江人民出版社，1988年），頁2。

但是，古希伯來文學無史。以基督教立國的中世紀西歐各國也沒有文學史。文學理論極不發達。本書在「西方文論演變的軌跡及特點」中已說過中世紀的文論是西方文論史上最黑暗的文論。它完全脫離、排斥了古典文學和中世紀文學，與文學持敵視態度。歐洲中世紀文論無法與《文心雕龍》相比。

只有以哲學立國的希臘和中國產生了偉大的文論著作。但是，亞里斯多德的《詩學》沒有全面總結古希臘的文學（只談悲劇、史詩，極少談喜劇及其他文學類型）。古希臘文學源遠流長，各種文體相當發達，本可以寫出一部類似《文心雕龍》這樣「體大慮周」的著作來，奇怪的是以智慧著稱的古希臘人沒有寫，同樣以智慧著稱的古羅馬人也沒有寫。哪怕是分體的文學史，如史詩史、戲劇史、散文史也沒有，希臘羅馬人是有這個條件的，因為他們的史詩、戲劇、散文極為發達，至少有幾百年乃至上千年歷史可以寫。

就這樣，世界上四個古老民族差不多同時唱起歌來，每個民族都唱出最優美的歌。但是，只有中國這個古老民族，唱出了文學史與文論相結合的第一支歌。它的主旋律是什麼？就是世界哲學三大系統之一的中國儒家學說。

## 二　《文心雕龍》的儒家特色與理論精華

《文心雕龍》作為儒家的文學史和文學理論相結合的開山之作，具有極為顯著的中國特色和值得國人自豪的理論精華。

### （一）「原道」、「徵聖」、「宗經」的合理內核

劉勰認為在客觀世界之外，還存在一個先天地而生的神秘的「道」。「道」、「聖」、「經」三位一體。這種客觀唯心主義的哲學觀，用在文學（文章）的批評上，文學史的論述上，就是「宗經」。一切

文學（文章）的源泉是「五經」，符合「五經」的，就是好的，反之，就是不好的。這是劉勰的標準。

把「文學」（文章）視為是某種客觀的宇宙精神的表現，這和古希臘的柏拉圖沒有什麼不同。但是，二者又有很大的區別：柏拉圖的「理念」，是一種很抽象，很玄乎的東西，而劉勰的「道」，卻是可見的，有豐富的、具體的、內容的，這就是孔子的學說和「五經」，即一個十分寶貴的中國先秦儒家的文化傳統。劉勰把抽象的「道」和具體的中國儒家文化傳統結合起來了，這就是極大的不同。

他在〈原道〉篇中一方面說：「道心惟微，神理設教。」玄而又玄。但另一方面又說：「道沿聖以垂文，聖因文而明道。」這又很具體。根據《四庫全書》的主編、清代著名學者紀昀的看法，〈徵聖〉篇是劉勰敷衍之作，他說：「此篇卻是裝點門面，推到窮極，仍是宗經。」錢鍾書先生指出：〈原道〉篇是「門面語，窠臼語也，劉勰談藝聖解，正不在斯。」那麼，劉勰強調先秦儒家文化傳統的苦心和主旨就更為分明了。劉勰的理論有一個簡單的公式：道＝孔子學說＝五經。這個公式柏拉圖可沒有。他並沒有說理念＝生活＝文藝，他說文藝和真理隔著三層！劉勰把孔子和五經神化，固然要不得，但是，孔子學說和五經本身，卻絕非全是糟粕，其中精華正多，是文學（文章）批評的一個重要標準。孔子學說和五經作為中國文化最早的精神土壤，對中國文學（文章）的影響十分巨大，十分深遠，在歷史上有過不可抹煞的進步作用。因此，劉勰的「原道」、「徵聖」、「宗經」，又具有合理的內核。這應該是評論《文心雕龍》的一個基本原則，一個基本的出發點。

## （二）一以貫之的儒家思想是全書的靈魂

什麼是「一以貫之的儒家思想」？劉勰說得十分明白。

> 蓋《文心》之作也，本乎道，師乎聖，體乎經，酌乎緯，變乎騷：文之樞紐，亦云極矣。
> （《文心雕龍》的寫作，在根本上探索到道，在師法上仿效聖人，在體製上探源經書，在文采上酌取緯書，在變化上參考楚騷：文章的關鍵，也可以說探索到極點了。）[11]

這一以貫之的儒家思想，有四條原則：

## 1 形式服從內容的原則

〈情采〉篇說：「情者文之經，辭者理之緯，經正而後緯成，理定而後辭暢：此立文之本源也。」明確指出情理是內容，是主，文辭是形式，是次。劉勰讚美「為情而造文」，反對「為文而造情」，強調形式服從內容。「況乎文章，述志為本，言與志反，文豈足徵？」劉勰絕非反對文學（文章）講究形式美，只是說「文不滅質，博不溺心」，不能把形式凌駕於內容之上，才是「彬彬君子」。形式服從內容的原則貫穿《文心雕龍》全書，而以〈情采〉篇講得最為集中，最為鮮明，最為充分。

這是從孔子的「文質說」來的。孔子說：「質（樸實）勝文（文采）則野（粗野），文勝質則史（虛浮）。文質彬彬（配合適當），然後君子」（《論語》〈雍也〉）。「質」和「文」的本義是仁義和禮樂，孔子認為禮樂是「文」，仁義是「質」，仁義為根本，禮樂是表現仁義的，兩者必須配合得當。也可以引申為指人的品德和文化修養。品德最為重要，「有德者必有言，有言者不必有德」（《論語》〈憲問〉）。品德也是根本。用到文學作品的內容與形式這對範疇上來，就是形式必須服從內容，內容第一，形式第二，在此前提下，做到「文質彬

---

11 凡括號內的譯文，一律據周振甫的《文心雕龍今譯》，下同。

彬」，把文學作品的內容與形式統一起來。劉勰在〈情采〉篇中講的就是孔子的道理，並直接引用了孔子的原話。

## 2 美服從善的原則

以評論《楚辭》最能說明。劉勰首先在總結裡充分肯定並高度讚揚了屈原的才華：

> 不有屈原，豈見〈離騷〉？驚才風逸，壯志煙高。山川無極，情理實勞。金相玉式，艷溢錙毫。
> （要是沒有屈原，哪兒會看到〈離騷〉？驚人的才華像風那樣飄逸，豪壯的志趣像雲煙那樣高遠。像山川那樣沒有邊際，抒寫情理確實勞瘁。構成金玉般美好質地，就是極細微處都充溢著艷麗。）

然而劉勰在正文中也批評屈原的〈離騷〉還不夠「善」：

> 至於托雲龍，說遷怪，豐隆求宓妃，鴆鳥媒娀女，詭異之辭也；康回傾地，夷羿彃日，木夫九首，土伯三目，譎怪之談也；依彭咸之遺則，從子胥以自適，狷狹之志也；士女雜坐，亂而不分，指以為樂，娛酒不廢，沉湎日夜，舉以為歡，荒淫之意也；摘此四事，異乎經典者也。
> （至於〈離騷〉假托龍和雲旗，講說怪誕的話，使雲神豐隆求宓妃，托鴆鳥去向娀女求婚，是怪異的話；〈天問〉說共工撞倒天柱使大地倒塌，后羿射下九個太陽，〈招魂〉說拔樹的巨人有九個頭，土地神有三隻眼，是奇怪的話；〈離騷〉說依照殷代大夫彭咸投水的做法，〈九章〉說跟著伍子胥在江水裡來求得快意，是褊狹的胸襟；〈招魂〉說，男女雜坐，混雜不

分，認為快樂，不停地喝酒，日夜沉醉，以為歡娛，是荒淫的行為：摘出這四點，是和經書不同的。）

劉勰說的「詭異之辭」、「譎怪之談」、「狷狹之志」、「荒淫之意」，都是指思想內容，不是指藝術形式。這裡並非說劉勰批評正確，只是說他認為美應該服從善的原則是正確的。劉勰既肯定《楚辭》的藝術美，又指出它不夠善，方法論本身不是形而上學。

這也是來自孔子。本書在「中國文論演變的軌跡及特點」中說過，孔子認為舜時的樂曲《韶》與周武王時的樂曲《武》都是「盡美」的，但後者卻不如前者的「盡善」。孔子肯定《韶》與《武》在藝術上的同等價值——「盡美」，但認為《韶》高於《武》，因為它還有內容上的價值——「盡善」。孔子強調「美」要服從「善」的觀點十分鮮明。「盡善盡美」是文學批評的最高標準，而社會標準高於美學標準。劉勰評論《楚辭》的「美」與「善」的標準，同孔子評論《武》樂的標準完全一致。

### 3 入世精神和政教功用的原則，集中表現在〈程器〉篇與〈序志〉篇中

「程器」是衡量作家的才能的意思。劉勰認為「丈夫學文」，必得「達於政事」。「君子藏器，待時而動。發揮事業」，有修養的人，懷著有用的才，就等著適當的時機出來活動，幹一番事業，使它有所發展，因此「擒文必在緯軍國，負重必在任棟樑；窮則獨善以垂文，達則奉時以騁績」，從事文學創作，應該為政治服務。政治抱負有機會通過參加實際政治鬥爭得到實現最好，否則也得通過作品表達出來，傳之於後世，讓後人能為這理想繼續鬥爭。在〈序志〉篇中，他指出文學（文章）的作用是「五禮資之以成，六典因之致用，君臣所以炳煥，軍國所以昭明」。五種禮制靠它來完成，六種法典靠它來施

行；君臣的政績得以照耀，軍國的大事得以顯明。你看，劉勰把文學（文章）的政治教化作用講得再清楚不過了。

這正是孔子的重要主張。孔子的《詩》論的核心就是「興觀群怨」說。「詩，可以興，可以觀，可以群，可以怨，邇之事父，遠之事君，多識於鳥獸草木之名」(《論語》〈陽貨〉)，「興」指修身，「興於詩，立於禮」(《論語》〈泰伯〉)，「言修身當先學詩」(何晏注)。「觀」指詩歌具有認識作用，「觀風俗之盛衰」(鄭立注)，「考見得失」(朱熹注)。「群」指交流思想，即鍛煉合群意識。「怨」是批評當局。錢鍾書先生的名文〈詩可以「怨」〉講得甚透。至於「事父」、「事君」、「多識於鳥獸草木之名」一看便知。「興觀群怨」說是孔子從《詩經》的實際出發，總結其創作經驗，從多方面肯定詩歌的政治社會教育作用的理論原則。儒家思想是入世的，絕不主張作家作「逍遙遊」。儒家主張「修身、齊家、治國、平天下」(《禮記》〈大學〉)，主張「詩言志」(《尚書》〈堯典〉)。所有這些儒家思想，劉勰都接受了，繼承了，發揮了。

## 4 弘揚傳統文化是原則

《文心雕龍》是一部弘揚儒家傳統的名著，在《文心雕龍》中，強調繼承傳統的觀點和例證，真是遍地珠寶，俯拾皆是，其中以〈通變〉篇講得最徹底。我們說，「青出於藍而勝於藍」，劉勰卻有不同的見解，他說青出於藍但藍還是根本，還得從傳統文化中下功夫，做學問，才能出好作品：

> 夫青生於藍，絳生於蒨，雖逾本色，不能復化。……故練青濯絳，必歸藍蒨，矯訛翻淺，還宗經誥。
>
> (其實青色是從藍草裡取得的，赤色是從蒨草裡取得的，這兩種顏色都勝過原來的兩種草色，卻不能再變化。……所以要提

練青赤顏色，一定要用藍草蒨草，要矯正偽體改變浮淺的文風，還得尊崇經書。）

〈體性〉篇是講作品風格的，八種風格，以「典雅」居第一。為什麼？因為：

典雅者，熔式經誥，方軌儒門也；……故童子雕琢，必先雅制。（典雅的，是從經書熔化得來，同儒家著作並行的；……所以孩子學習修辭，一定要先端正體裁。）

〈風骨〉篇也是講風格的，劉勰最推崇「風骨」的風格，怎樣才能使文章「風清骨峻」呢？就要：

熔鑄經典之範，翔集子史之術。
（依照經書的規範來提煉創作，吸取百家史傳的創作方法。）

劉勰說繼承和弘揚文化傳統，就能「因書立功」。在〈辨騷〉篇中他讚美屈原，因為屈原繼承和弘揚了《詩經》的傳統。在〈事類〉篇中他讚美崔駰、班固、張衡、蔡邕，因為他們「捃摭（音俊執，採摘也）經史，華實布濩（音戶，分布），因書立功（功效），皆後人之範式。」對劉勰來說，中國的傳統文化，就如同希臘神話中生有雙翼的神馬珀卡索斯（pegasus），它一腳踏出神泉，使詩神繆斯們飲之而獲得創作的靈感。聽聽劉勰的話吧：

經籍深富，辭理遐亘。皓如江海，郁若崑鄧。文梓共采，瓊珠交贈。
（經書的理論高深，內容豐富，文辭美好，源遠流長。它皎潔得像江海裡洗濯過，茂盛得像崑崙山上的桃林。它好比有文理的梓樹，讓人們一起來採伐，它好比光耀的珠玉，可以用來互相贈送。）

劉勰就如法國拉伯雷《巨人傳》第五部所描寫的「神瓶」那樣，發出清晰的一聲啟示：「Trinck」(「飲」)！他請中國的作家們到那儒家經籍的知識源泉中去暢飲「文思」的真理！

這自然也是孔子的遺訓。《論語》〈述而〉開頭兩句話就是「述而不作，信而好古」(闡述而不創作，以相信的態度喜愛古代文化)。孔子不是不提倡創造性，只是強調從學習傳統中出創造：「好古敏以求之」。劉勰的意思也是如此。

以上是劉勰創作《文心雕龍》的四條理論原則，是一以貫之的儒家思想的具體表現。這四條理論原則不可分割，融為一個體系。劉勰創作《文心雕龍》的一個動機，就是不滿意在他之前的中國文論著作未能以儒家思想一以貫之。他為此大為感嘆地說：「不述先哲之誥，無益後生之慮。」

孔子提倡做學問要「一以貫之」。他對曾子說：「參乎！吾道一以貫之」(《論語》〈里仁篇〉)。又對賜說：「予一以貫之」(《論語》〈衛靈公篇〉)。一以貫之的理論原則是古今中外大文論家的基本原則，也是一個基本信念，是不可動搖的，是貫穿於文論的始終的。柏拉圖的文藝對話的一以貫之的原則是「理念」；亞里斯多德的《詩學》的一以貫之的原則是「摹仿說」；布瓦洛的《詩的藝術》的一以貫之的原則是「義理」；泰納的《英國文學史》及《藝術哲學》的一以貫之的原則是「三要素」說和「三總體」說；魯迅的文學觀的一以貫之的原則是「寫真實，為人生」；艾布拉姆斯則從對西方文論史的回顧與總結中，概括出文學批評四大理論（摹仿說、實用說、表現說、客觀說）及文學批評四大要素（作品、宇宙、作家、讀者)，又用以指導對浪漫主義文論的比較研究，而寫成他的名著《鏡與燈》。

任何一個大文論家的一以貫之的理論原則都要一分為二，都不是十全十美的。拿外國文論家來說，亞里斯多德的文論比柏拉圖的高明，但亞氏的文論也不是無懈可擊，他不講文學作品的思想性，基本上不講文學作品的教育作用（只講了一句「淨化」），柏拉圖的文論自然屬於客觀唯心主義的體系了，但是他肯定文藝摹仿客觀世界，就這個局部觀點說，又是完全正確的。他首先指出：「詩的摹仿對象是在行動中的人」，[12]這是一個了不起的貢獻。他的弟子亞里斯多德便全盤接受下來。

法國布瓦洛的《詩的藝術》以「理性」作為評論文學的根本原則，全書中的「情理」、「義理」、「常理」、「真理」、「理性」、「理智」可謂多矣，他的「理性」的內容，包括多方面性，既指仿效古典藝術，又指忠君愛國；既指控制感情的理智的思辨，又指文體的高尚典雅；既指戲劇的「三一律」，又指作家的人品，真是包羅萬象。這其中，就是精華與侷限並存，必須一分為二。例如，他對於「想像」隻字不提，不就是一個很大的侷限嗎？所以後來浪漫主義的文論家群起而攻之。布瓦洛是古典主義的正統派，他既誇獎莫里哀「冠絕古今」，也罵他「太愛平民」。他既說自己「不像老道學那麼古板」，竟敢為黎塞留和法蘭西學院批判過的高乃依的名劇《熙德》翻案，但又緊接著說《熙德》所描寫的，是「最不正當的愛情」。布瓦洛文論的精華與侷限就是這樣緊緊揉合在一起的。

劉勰一以貫之的儒家文論原則，當然也應該這樣看。誰說劉勰的文論沒有侷限呢？這已經為許多人的文章專著提出過了。現在的問題是：劉勰的一以貫之的理論原則，例如形式服從內容、美服從善、強調作家的入世精神和作品的政治教化作用、強調弘揚傳統文化的四條原則，有沒有精華的成分？這些精華成分，是不是儒家的思想？

---

12 〔古希臘〕柏拉圖著，朱光潛譯：《文藝對話集》（上海市：上海文學出版社，1963年），頁81。

劉勰一以貫之的文論原則，與柏拉圖、布瓦洛是同中有異的。柏拉圖認為神是「盡善盡美」的，[13]劉勰認為孔子和「五經」是盡善盡美的。雖然都是客觀唯心主義，但內容卻有很大的不同。柏拉圖把「美」與「善」對立起來，他對荷馬的評論就是突出的例子，他承認荷馬史詩的美，但又否定之，因其不善。劉勰並沒有把美與善對立起來，他對屈原的評論就是突出的例子，他並沒有因「四事」否定《楚辭》。劉勰對作品的評價是否不如柏氏那麼走極端呢？

劉勰一以貫之的儒家文論思想，如果放在世界另外三大文化圈（古希臘羅馬文化、希伯來文化、印度文化）中加以比較，至少有六點不同：

第一，他不像古希臘哲人柏拉圖那樣，把本國最偉大的詩人荷馬先捧到天上去，又把他打倒在地，將他連同一批著名悲劇詩人驅逐出「理想國」；

第二，他推崇的、弘揚的是本民族的文化傳統。古羅馬賀拉斯、十七世紀法國布瓦洛剛好相反，推崇的、弘揚的是外國民族文化的傳統；

第三，他反對詩人作家躲進象牙之塔，為藝術而藝術。而西方一些詩人，文論家卻鼓吹為藝術而藝術，藝術與時代社會人生無關；

第四，他重視知識，重視智慧。而《聖經》則認為知識智慧是人類罪惡的根源。《傳道書》說「多有智慧，就多有愁煩，增加知識，就增加憂傷」；

第五，他身受佛教思想的包圍，但能抵制外來的消極思潮，堅持儒家的學術立場；

關於這第五點特色，范文瀾先生說：劉勰「在《文心雕龍》（三十三、四歲時寫）裡，嚴格保持儒學的立場，拒絕佛教思想混進來，

---

13〔古希臘〕柏拉圖著，朱光潛譯：《文藝對話集》（北京市：人民文學出版社，1959年，第1版），頁30。

就是文學上也避免用佛書中語（全書只有〈論說篇〉偶用『般若』、『圓通』二詞，是佛書中語）」，[14]這是從《文心雕龍》的實際出發作出的正確的結論。近年來，國內學術界有一些學者認為劉勰深受佛教影響，這是可以爭鳴的。但我很同意王元化先生的帶點激動的說法：「我覺得要否定《文心雕龍》在思想體系上屬儒家之說，不能置原道、徵聖、宗經的觀點於不顧，不能置〈宗經篇〉謂儒家為『恆久之至道，不刊之鴻教』的最高讚同詞於不顧，不能置〈序志〉篇作者本人所述撰《文心雕龍》的命意於不顧……倘撇開原文，以穿鑿附會之詞代替科學的論證，那是不足取的。」[15]劉勰自幼家境貧寒，二十歲時就投奔著名佛教大師僧祐，在南京附近的定林寺幫助僧祐整理佛經十幾年，夜深人靜，他面對古寺孤燈，一壁的藏書都是佛教經典，一壁的藏書是儒家經典，兩個文化圈的聖哲，都在爭取這位年輕的學者，何去何從，劉勰面臨著決非輕而易舉的艱苦的選擇。然而，他堅定地選擇了儒家思想，這說明儒家思想具有十分堅強的拒外力，幫助劉勰抵制了佛教的消極思想影響。

不錯，劉勰晚年燒掉自己的頭髮，立誓出家。梁武帝蕭衍批准了他的申請，他終於在定林寺脫去小小職位的官服，改名慧地，作了和尚，成為一個虔誠的佛教徒。但是，他作為寫作《文心雕龍》時的「擬想作者」，和他晚年寫《滅惑論》的思想迥然不同，是一個立場堅定的儒家學派。況且，一個人的宗教信仰與他的學術理論觀念可以大不相同，晚明的李贄就是一個突出的例子，他也是一個「和尚」，但他的《焚書》、《續焚書》卻是晚明浪漫派個性解放的先聲。

第六個特色，是劉勰一以貫之的儒家文論原則是有的放矢的，主要針對六朝的追求詭譎新巧浮靡的形式主義的文風，戰鬥方向性的正

---

14 《中國通史簡編》（北京市：人民出版社，1949年），修訂本第2編，頁418-419。

15 《日本研究《文心雕龍》論文集》，見《文心雕龍學刊》（濟南市：齊魯書社，1983年），第1輯。

確，為其他民族古代到中世紀的文論所不見。

## （三）〈時序〉樸素唯物的文學史觀

這裡要立刻說明一點：本書說劉勰有樸素的唯物思想，並不是因為他的《文心雕龍》中出現了幾十個「物」字，他已經懂得了「心」是「物」的反映。絕非如此。本書僅認為他對中國文學兩千年演變的幾個原因的解釋，不是主觀主義，已見樸素的唯物思想而已。

這點說明之所以必要，是因為本書後面還要專門談到「物」的問題，並對一些評論提出不同看法。

〈時序〉篇是《文心雕龍》五十篇中最重要、最優秀、也最長的一篇文學史論。從陶唐一直講到蕭齊的「十代」文學。劉勰指出這兩千年中國文學演變的原因有六點：一是政治教化的作用。他認為治世的歌不怨不淫，亂世的歌怒而且哀，是風動於上，波震於下。二是學術風氣的影響。楚國辭賦受縱橫家學派的影響。東漢提倡經學，所以創作漸靡儒風。東晉崇尚老莊，所以有玄言詩。三是文學作品的繼承和發展。屈宋艷說籠罩雅頌，西漢辭人祖述《楚辭》。四是君主的提倡。漢武帝潤色鴻業，辭藻競鶩。魏武父子雅愛詩章，體貌英逸，故俊才雲蒸。五是時代風氣的影響。建安文學雅好慷慨，良由世積亂離，風衰俗怨。六是天才的傑出成就。劉邦〈大風〉、〈鴻鵠〉之歌，也是天才的傑作。[16]

劉勰文學史觀的精義有三，第一，著重論述了文學的演變與其他社會意識的關係；第二，指出文學的演變與社會存在的關係；第三，還指出文學的演變與天才的關係。劉勰認為文學的發展有作者天才的原因，有一定的道理，文學確有天才，籠統地否定天才是不符合文學史的事實的。劉勰誇大了帝王的作用，〈時序〉篇涉及帝王最多，達

---

16 以上六點原因均根據周振甫：《文心雕龍今譯》，頁390。

五十八位，這是不對的。但是，統治者的提倡對一代文學的風氣又確實大有影響。法國十七世紀的古典主義思潮特別是古典主義戲劇，和凡爾賽宮廷的提倡關係極大。〈時序〉篇對文學演變的諸方面原因的論述，詳略不等，立論也並不都周密，但其結論卻擲地作金石聲：「故知文變染乎世情，興廢繫乎時序，原始以要終，雖百世可知也。」（推求它的開始，歸結到它的結束，即使是百世的文學演變也是可以推知的）。這是中國古文論家的科學勇氣和天才預見，這是東方智慧的表現。科學著作應該理智多於感情，《文心雕龍》行文很受理智控制，像這樣充滿感情成分的話語實不多見。劉勰寫到這裡，簡直以一個雄辯家的姿態出現，他深信這個結論是正確的，經得起時間考驗的。

那麼，在古代和中世紀其他民族中，又有哪一部文學著作，能像《文心雕龍》這樣，從諸多方面去考察文學演變的原因呢？恐怕沒有。柏拉圖的《文藝對話集》、亞里斯多德的《詩學》、賀拉斯的《詩藝》、印度的《舞論》、布瓦洛的《詩的藝術》都沒有說。這絕非說這些世界文論名著不及〈時序〉篇，絕無此意。只是說其他世界文論名著研究的文學對象不同，視點不同，其獨步的貢獻是在另一些方面，而不在於對文學史演變的多種因素的系統的分析上。

西方文論從時代、社會、文學藝術、地理環境、作家個人條件、民族意識、自然科學等諸方面來論述文學發展的原因，是從十八世紀啟蒙主義時期，特別是十九世紀初浪漫主義時期才開始的，這種批評直到十九世紀中後期才興盛起來。我們可籠統稱之為社會學派。法國斯達爾夫人、雨果、司湯達的文論，都十分強調一個時代有一個時代的文學。斯達爾夫人在《從社會制度與文學的關係論文學》（1800）中闡述了社會制度與文學的關係，首創社會地理學派，開文學外部研究之風氣，為社會學派的泰納的種族、環境、時代三要素說打下了基礎。雨果的《克倫威爾》〈序言〉（1827）的第一部分，就是根據社會發展的形式，對歐洲文學的整個發展過程，作了歷史的論述。到了十九世紀中後期，法國聖·佩韋又運用自然科學的研究方法去考察文學，越過斯達爾夫人的社會反映論，強調從作家個人條件去解釋作家作品。聖·佩韋承認「天才」的作用。法國泰納在《英國文學史》（1864-1869）提出三要素說。在《藝術哲學》（1865-1869）提出文學批評的「三總體」說。他說：藝術品屬於文藝家全部作品這一個總體；藝術家連同他的作品又屬於一個比他更廣大的作家家族的總體；這個作家家族又屬於一個更廣大的總體——社會。這就是魯迅先生所說：「倘要論文，最好是顧及全篇，並且顧及作者的全人，以及他所處的社會狀態，這才較為確鑿。」[17]

十九世紀西方自然科學的發展，給了西方文論家一雙科學的眼光。西方社會學派對文學演變原因的論述，毫無疑問地是超過劉勰了。這有什麼奇怪的呢？人類的精神歷史，就是這樣符合辯證法的規律向前發展的，人類的精神財富，也是由全世界的不同民族來共同創造的。但是，從歷時性的角度去考察，最早從時代、社會、學術風氣、繼承與革新、天才、帝王的提倡等方面綜合論述一國文學發展的古人，是中國的劉勰。美國比較文學權威韋勒克在其名著《文學理論》中提出了「文學的外部研究」與「文學的內部研究」兩種方法，《文心雕龍》是兼而有之的。〈時序〉篇就可以被韋勒克列入古代世界文論中不可多得的「文學的外部研究」的名篇。

### （四）〈神思〉論想像與構思是理性思維與形象思維的結合

〈神思〉是創作論的第一篇，又是《文心雕龍》的創作總論。其理論精要是論藝術構思的「神與物游」、「志氣統其關鍵」、「貴在虛

17 〈且介亭雜文二集·「題未定」草（七）〉，《魯迅全集》（北京市：人民文學出版社，1981年），第6卷，頁430。

靜」、「積學、酌理、研閱」四說。藝術構思包括想像，但不限於想像。用「志氣」管住想像，落筆前先有一個「虛靜」的心態，而「虛靜」又離不開積累學識、明辨事理、研究自己的創作感受，然後執筆成文，才是藝術構思的全部內容。

劉勰說：「故思理為妙，神與物游。」可見「神與物游」就是構思奇妙的表現。所謂「神與物游」，就是作家的想像構思和所描寫的對象和諧一致，達到主客觀高度的統一，這是一個很高的標準。首先，並非任何作家落筆創作都能「神與物游」，作家與所寫的對象「貌合神離」的現象有的是。其次，「神與物游」指創作的全過程，自始至終不能讓「神有遁心」。第三，「神與物游」的「神」是一元的，不能千頭萬緒，萬馬奔騰。要把「萬途」變為一途。第四，「神與物游」必須對作家所寫的「物」有切身感受及深刻的認識。因此，志氣、虛靜、積學、酌理、研閱缺一不可。它們與作家的想像構思不能分開。一分開了，或缺了其中任何一項，都不能做到「神與物游」。

「神與物游」是一個十分艱苦的創作過程，決非輕而易舉。越是偉大的作品越是如此。古今中外許多大作家都用自己的語言談過這個經驗。托爾斯泰寫《復活》，寫了十年，大改動五次，亦如曹雪芹寫《石頭記》，「披閱十載，增刪五次」。起初他把女主人公的故事寫成個人的悲劇。以後他改從法庭審訊寫起——「從中間寫起」。以後他頓悟到人物的位置放錯了——「應該從農民的生活寫起」，於是人物重心移轉，從聶赫留朵夫轉移到瑪絲洛娃身上。同時，他構思了「審判的錯誤」的新情節，把素材中那個妓女確實偷了嫖客的錢一事提煉為小說中的瑪絲洛娃沒有偷嫖客的錢，因此她是冤枉的。關於結局，他一改再改，起先寫聶赫留夫和瑪絲洛娃在監獄教堂結婚，又遷居到西伯利亞去。聶由於著書立說，反對土地私有制，有流放的危險，於是他和瑪絲洛娃逃到外國去了，在倫敦住下來。以後，托爾斯泰發現這個結尾十分虛假，十分軟弱無力。他說：「整個結尾都得重寫。」在定稿中，那個「幸福的尾巴」全部刪去——「他沒有跟她結婚」。關於瑪絲洛娃肖像的描寫，更是修改了二十次。第一次手稿是這樣寫的：「她是個瘦削而醜陋的黑髮女人，她所以醜陋，是因為她那個扁塌的鼻子。」而第二十次手稿寫法則發生根本變化，在那著名的一百一十七字的描寫中，一個被侮辱與被損害的善良活潑的女性的內在氣質及外在美充分展示在讀者面前。非人的生活在她身上留下了痕跡，但不使讀者反感，只引起讀者的憐憫與同情。

托爾斯泰寫《復活》的十年曲折過程有力證明作家的想像和構思必須要由「志氣」管轄。托爾斯泰晚年世界觀發生了根本轉變，從貴族的立場轉變到農民的立場，他才可能在創作構思上發生根本轉變，以農民而不以貴族作為描寫的重心。他才能從醜化瑪絲洛娃轉為美化她。他如果不廣泛深入調查研究農村以及他本階級的生活，換句話說，他如果不積學、酌理、研閱，就無法使《復活》成為一部猛烈批判沙皇俄國四種制度的名著。托爾斯泰一再停筆，這時他處在「虛靜」的精神狀態中，當他靜心思考時，理性思維一直在起指南針的作用，不斷修正、改變他的創作構思，從而保證他的「神思」向一個正確方向發展。所謂「虛靜」實際上是創作構思處在十分活躍、思考十分痛苦的階段。

劉勰十分強調理性思維對想像能力的管轄作用。他說：「神居胸臆，而志氣統其關鍵；……關鍵將塞，則神有遁心。」（精神由內心來主宰，意志和體氣掌握著它活動的機關；……要是這個活動機關受到阻礙，就精神渙散了）。這就是說，「神志」是由「志氣」統帥的，否則，想像就變成無疆的野馬，無法控制。雪萊大約不會同意這種看法。他說：「詩人是一隻夜鶯，棲息在黑暗中，用美妙的聲音唱歌，以安慰自己的寂寞；詩人的聽眾好像被一位看不見的音樂家的曲調所傾倒，覺得自己受了感動，心情和暢，卻又不知何以如此或何故如此。」[18]他還說:「詩的誕生及重視與人的意識或意志也沒有必然的關係。若果斷言意識及意志是一切心理因果關係的必要條件,這實在是臆測之論。」[19]主張「詩言志」的劉勰自然也不會苟同雪萊的見解。

劉勰的「虛靜」說與英國著名詩人華茲華斯的主張大不相同。華茲華斯說:「詩是強烈情感的自然流露。它起源於在平靜中回憶起來的情感。」又說:「一切好詩都是強烈情感的自我流露。這個說法雖然是正確的,可是凡有價值的詩,不論題材如何不同,都是由於作者具有非常的感受性,而且又深思了很久。」[20]他還說:「寫詩所需要的能力有以下五種……第三是沉思,這種能力可以使詩人熟悉動作、意象、思想和感情的價值,並且可以幫助感受者去掌握這四者(指動作、意象、思想、感情)之間的相互關係。」[21]華氏的「深思」、「沉思」主要是建築在唯情論的基礎上的,劉勰可不是唯情論者。

總而言之,劉勰的藝術構思論的一個核心就是形象思維還必須由理性思維來統帥。「虛靜」是落筆前的準備,這種創作前的心態與「志氣」不可分,與「積學」、「酌理」、「研閱」得出的經驗也不可分。所以「虛靜」不是心如死水,四大皆空,實際上是理性思維處於最緊張的狀態。這和西方浪漫主義一些詩論排斥理性,強調「神」與「物」離或物我一體,強調詩人寫詩如夜鶯唱歌,強調詩歌創作受下意識的支配,強調「唯情論」等等是大異其趣的。和皎然的「禪心」、司空圖及嚴羽的「妙悟」也是根本不同。這正是儒家詩論的思辨特色。

---

18 〔英〕雪萊著,伍蠡甫選譯:〈詩辯〉,見《西方文論選》(上海市:上海譯文出版社,1979年),下冊,頁53。

19 〔英〕雪萊著,繆靈珠譯:〈為詩辯護〉,見伍蠡甫、胡經之主編:《西方文藝理論名著選編》(北京市:北京大學出版社,1986年),中冊,頁80。

20 〔英〕華茲華斯著,曹葆華譯:《抒情歌謠集》一八○○年版〈序言〉,《古典文藝理論譯叢》,第1冊。

21 〔英〕華茲華斯著,曹葆華譯:《抒情歌謠集》一八一五年版〈序言〉,見《古典文藝理論譯叢》,第1冊。

劉勰的創作論在西方並不是沒有同道的。西方十七世紀的古典主義文論，十八世紀的啟蒙主義文論，與劉勰多有一致之處。黑格爾的文論及二十世紀德國布萊希特的「表現」理論也是劉勰的「知音」。中國的戲曲理論，用梅蘭芳先生的話來說是「真真假假」。就是要求演員一方面要入戲，一方面又要用「志氣」去管住自己的「唱做念打」，上臺前必須講究「虛靜」，在臺上絕不陷入「迷狂」狀態。何止戲曲，中國的繪畫、書法藝術，全與劉勰的創作論相一致。劉勰的創作論有這樣豐富的中國傳統藝術作為物質基礎，正說明他的理論不朽的生命力；其與西方文論、戲劇理論異中之同，正說明他的理論有超越民族國界的普遍性。

## （五）〈通變〉論繼承傳統乃創新的根本

《文心雕龍》是一部弘揚中華民族優秀文化傳統的名著。劉勰認為要出好作品，必須學好傳統文化。只有從傳統中拜老師，下功夫，做學問，才是創作成功之路。人們常說「青出於藍勝於藍」，劉勰另有高論。他提出青出於藍而藍仍是根本的論斷：「夫青生於藍，絳生於蒨，雖逾本色，不能復化。……故練青濯絳，必歸藍蒨，矯訛翻淺，還宗經誥。」

劉勰在〈通變〉中研究了九個朝代文學的發展，闡述了繼承與創新的關係。周振甫先生說：「不過劉勰講通變，在正文裡強調繼承，……在贊裡強調革新，……大概他認識到革新的重要，但重點還是放在救弊上，所以正文裡要強調繼承。」（《文心雕龍今譯》）這就把劉勰關於繼承和創新的觀點割裂開來了。劉勰的正文和結論是統一的，因為繼承不是回到過去，而是發展傳統。他在贊中說：「文律運周，日新其業。變則可久，通則不乏。趨時必果，乘機無怯。望今制奇，參古定法。」就是鼓勵作家在繼承傳統的基礎上去大膽創新。只要「參古定法」，以傳統為依據，作家有絕對的創作自由。劉勰主張救弊必須創新（即創造性地繼承傳統）的觀點十分精闢。

弘揚中華民族優秀文化傳統是中國古文論中一個十分重要的原則，韓愈、柳宗元、黃山谷、嚴羽等等都有獨到的見解。何止他們四位呢？中國古文論家幾乎沒有一個人不講弘揚傳統的。但又分兩類，一類陷入模仿依傍，食古不化。另一類是講在繼承中獨創，還作家一個自由心態。在後一類文論家中，以劉勰講得最早、最好。

這裡要引證英美新批評派第一代權威學者艾略特著名的論文《傳統與個人才能》來詮釋劉勰的文論。艾氏論述了傳統對一國文學發展的意義。他認為詩人個人的才能與其來自獨創，毋寧說來自傳統。判斷一個詩人的價值，不是看他的作品有無與眾不同的特殊個性，而是看他的作品是否與傳統保持一致。因此，他提出了著名的詩歌非個人化的理論。他又認為西方文學的傳統，是指歐洲自荷馬以來全部古典文學同時並存的整體。傳統由於不斷增加新作品而發生變化，新作品不斷充實傳統，而傳統的體系不會被打破，反而更加完整。因此，傳統將現代和古代聯成一體，保持歷史的一貫性。他提倡作家對傳統要有這樣的認識：「正是這種歷史感才使一個作家成為傳統主義者，他感覺到遠古，也感覺到現在，而且感覺到遠古與現在是同時存在的。」艾略特說詩人才能與其說來自獨創不如說來自傳統，這和劉勰說青出於藍而藍還是根本的話完全一致。艾略特說一個傳統主義者感覺到古今同時並存，劉勰也說只要繼承傳統，「終古雖遠，僾焉如面」（〈時序〉）。古代雖然遙遠，又彷彿就在前面。

我們還要再引證俄國著名批評家巴赫金的觀點來詮釋劉勰的文論。巴赫金在談到繼承傳統與創新的關係時說：「總之，沒有一種新的藝術體裁能取消和替代原有的體裁。但同時，每一種意義重大的新體裁一旦出現，都會對整個舊體裁產生影響，因為新體裁不妨說能使舊體裁變得比較自覺，使舊體裁更好地意識到自己的潛力和自己的疆界，也就是說，克服自身的幼稚性。」（《陀思妥耶夫斯基詩學問題》)。劉勰也說:「名理有常,體必資於故實;通變無方,數必酌於新聲;故能聘無窮之路,飲不竭之源。」(名稱和創作規格有一定,所以講體裁一定要借鑑過去的作品;變化是無窮的,所以講變化一定要參考當代的新作;這樣,才能夠在沒有窮盡的創作道路上奔馳,汲取永不枯竭的創作源泉)。巴赫金與劉勰關於新文學與舊文學的關係的論述也是一致的。

劉勰弘揚傳統文化的思想從哪裡來?從《論語》中來。孔子主張「述而不作,信而好古」(《論語》〈述而〉)、「溫故而知新」(《論語》〈為政〉)。劉勰的〈通變〉篇正是對孔子的思想創造性的發展。

## (六)儒家特色的寫作學

《文心雕龍》是古代中國一部極為罕見的寫作學巨著,寫作學的對象限於詩文,是由於當時中國的小說還處在形成期,戲曲尚未出現,劉勰不可能論小說戲曲的寫作。

劉勰的寫作理論具有多方面性。本書只限於論述他對詩歌的含蓄性的看法以及他對文學初學者的建議。

劉勰論詩歌的含蓄,主要見諸〈隱秀〉篇,也見諸〈比興〉篇。劉勰在〈隱秀〉篇中說:

> 夫心術之動遠矣,文情之變深矣,源奧而派出,根盛而穎峻,是以文之英蕤,有秀有隱。隱也者,文外之重旨也;秀也者,篇中之獨拔者也。隱以復意為工,秀以卓絕為巧,斯乃舊章之懿績,才情之嘉會也。
>
> (意念的轉動可以想得極遙遠,文情的變化可以顯得極深刻,源頭深遠才能產生枝流,根柢盤屈才能使枝葉高大;因此文章的精華,有秀有隱。隱是文外所含蓄的言外之意;秀是篇中最突出的話。隱以文外含有另一層意思為工巧,秀以特出一般為

巧妙，這是前人文章中的美好成就，作者才情的很好表現。）

「隱」是含蓄，「秀」是突出，「隱」與「秀」不是正對而是反對。劉勰這段話包含三層意思：

第一，含蓄與突出都是由「心術」和「心情」決定的。因為作家的心靈活動的範圍很寬廣，作品的思想感情的變化很微妙，所以在創作手法上才出現「隱」與「秀」。「心術」、「文情」都是指詩人的主體意識，這是「源」，這是「根」。有「源」才有支流，有「根」才有穀穗。這與美國詩人麥克利希（Archibald MacLeish）說「詩當無意義，只須存在」（A poem should not mean/but be）是完全不同的。

第二，好文章是隱秀結合，又含蓄又突出。不是如法國馬拉美所說的：「在詩歌中只能有隱語的存在。……直陳其事，這就等於取消了詩歌四分之三的趣味，這種趣味原是一點一點兒去領會它的。暗示，才是我們的理想。」[22]

第三，「隱」以文外所含蓄的言外之意為工，這「言外之意」作者是能說出來的，只是不說出來而已。不是陶淵明的「欲辯已忘言」。劉勰的文論是儒家文論，與唐司空圖的「不著一字，盡得風流」的道家詩論、宋嚴羽「羚羊掛角，無跡可求」的以禪論詩，都不相同。

劉勰強調詩人運用「隱秀」手法時的主體意識，「隱」是詩人故意不說出的修辭手法，並不是詩人自己也糊裡糊塗，如西方所說的「神附體」，或者是由下意識支配。這和法國象徵主義詩人魏爾倫那篇被譽為象徵派宣言的《詩藝》所說的「最可貴是那灰色的歌，其中朦朧與清朗渾然莫辨」正好針鋒相對。

劉勰在〈神思〉篇中說過「意翻空而易奇，言徵實而難巧」（文

---

22 這段譯文見聞家駟先生譯：〈談文學運動〉，《國外文學》1983年2期。

思憑空想像，容易設想得奇特；語言卻比較實在，難以運用巧妙），這兩句話是否就說明「詩無達詁」呢？如果說「詩無達詁」也是劉勰的原意，恐怕是不行的，因為劉勰是要求詩人將思想化為文思，文思化為詩語都要「密則無際」，而不能「疏則千里」的，就是說要貼切得像天衣無縫。劉勰這些話就緊接著「意翻空而易奇，言徵實而難巧」說的。作為儒家的詩論，劉勰是要詩人知「難」而進，把難以表達的「文心」表達出來。「書不盡言，言不盡意」是一個方面，而作為詩人，作為文學作品，又努力要做到「盡言」、「盡意」，而且要更集中，更高級，更典型，這才是劉勰主張的「隱」與「秀」的辯證手法的初衷。

劉勰認為「興」也是「隱」，這是他的創見。我們先來看看他在〈比興〉篇中的原話：

> 「比」顯而「興」隱。……起情者依微以擬議。……觀夫興之托諭，婉而成章，稱名也小，取類也大。……擬容取心，斷辭必敢。
>
> （比喻很明顯，托物起興比較隱晦，……依照含意隱微的事物來寄託情意。……觀察「興」的托物喻意，措詞婉轉而自成結構，它舉的名物比較小，含義比較大。……起興模擬外形，採取含意，措辭一定要果敢。）

劉勰這段話有五層意思：第一，明確指出，「興」就是「隱」，是以含意隱微的事物來寄託詩人明白的情意。也就是說，是受詩人的思想感情支配的。這跟中國的傳統的看法認為起興的事物不一定有用意不同；第二，「興」作為「隱」的特點是因小見大；第三，「興」跟暗喻不完全相同，它「自成結構」；第四，「興」比擬事物的形貌，必須攝取它的現實意義；第五，必須有傾向性。

劉勰對「興」的理解，關鍵還在於它與詩人的創作思想傾向的聯繫，「興」作為「隱」的一種表現手法，同樣受作家世界觀的指導。

劉勰在〈比興〉篇中提出一個重要原則：「物雖胡越，合則肝膽。」（比喻的兩樣事物雖然像北方的胡人和南方的越人那樣絕不相關，有一點相合卻像肝膽般相親。）英國語義學派的創始人理查茲提出「喻指」和「喻體」兩造距離越遠，二者越不相同，比喻就越有力。例如「狗像野獸般嗥叫」的比喻是無力的，因為比喻的兩個語境距離太近，而且相似。理查茲又指出比喻的兩造要異中有同。例如「大海像野獸般咆哮」這個比喻，既把兩個完全不同的東西大距離地放在一起，而「大海」和「野獸」在「咆哮」上又是相同的。這就是他的「遠距」、「異質」、「異中有同」的比喻原則。這和劉勰的「物雖胡越，合則肝膽」的說法有一些近似之處。劉勰在〈比興〉篇中也舉了「麻衣如雪」、「兩驂如舞」（麻衣像雪樣鮮潔，駕車的兩馬跑得像合於舞蹈節拍）的佳例來說明。

但是，我們不能輕輕放過了劉勰在〈比興〉篇中一個十分重要的觀點：「『比』則畜憤以斥言，『興』則環譬以托諷，蓋隨時之義不一，故詩人之志有二義也。」（比喻是懷著憤激的感情來指斥，起興是用委婉的譬喻來寄託用意，大概跟著時間推移，情思不同，所以詩人言志的手法有這兩種。）他談到「比」、「興」這兩種手法受一個東西支配，即詩人的「志」。因此，「合」不僅指比興的事物在語義學上的聯繫，還有一個更高的層次，就是用詩人的「志」將比興事物的兩造聯繫起來。這就越出了語義學的範疇，而屬於世界觀與創作方法的關係。例如，在一首詩中，兩個事物，彼此互不相干，毫無聯繫，但是，這兩個事物，在詩人的作品體系中卻有聯繫，卻表現詩人的某種思想感情。在孤立的一首詩中找不到的「合」，但從詩人的創作總體說，卻能夠找到「合」。這就不是一首詩的語義所能說明了，還要從詩人貫穿全部創作的「志」方面加以說明。這對我們解讀里爾克、艾略特的長詩的象徵系統很有幫助。

劉勰在〈比興〉篇中著重強調的，也是「興」。他說：

> 炎漢雖盛，而辭人誇毗，詩刺道喪，故「興」義銷亡。於是賦頌先鳴，故「比」體雲構，紛紜雜沓，倍舊章矣。
> （漢朝的創作雖然興盛，可是辭賦作家喜歡阿譽，《詩經》諷刺的傳統喪失了，起興的手法也消失了。這時賦和頌首先得到發展，所以比喻手法像風起雲湧，繁多而複雜，背離了過去比興並用的法則了。）

劉勰把「比」、「興」的內容界定得過於狹隘了。但是，他的話對我們也是一個有價值的提示，因為他說「興」作為含蓄的一種手法，不限於一個詞、詞組、句子，還可以是一個比之更大的「章」，是一個可以獨立的經驗結構。這就給詩人的創作思維開闢了一個新的天地，告訴詩人應從更廣泛的視野、以更高的概括力，去掌握「興」這種創作手法。

由於劉勰承認天才，認為作家的「情性」、「才」、「氣」是先天的稟賦，因此他就勸誡初學者應「摹體以定習，因性以練才」，從摹仿各種風格的作品中選擇適合自己情性才氣的一種風格，寫作適合自己性情才氣的作品以鍛煉自己的才能。劉勰要作家認識自我的稟賦，以決定寫作和仿效的方向，恐怕不少作家會同意。模仿不是獨創，但古今中外許多作家是從模仿起步的，這就有一個選擇的問題。風格，主要是後天形成的，巴爾扎克、托爾斯泰、李白、杜甫的風格不同，當然要從這些作家後天的個人條件和時代社會諸方面原因去解釋，但作家先天的稟賦，與他的創作風格也不是毫無關係。卡夫卡天性柔弱，他說：「在巴爾扎克的手杖上刻著：『我能夠摧毀一切障礙』，在我的手杖上則刻著：『一切障礙能摧毀我』。」他大概無法塑造出伏脫冷那樣的人物，只能寫出《變形記》這樣的名作。在有血緣關係的作家中，稟賦不同，寫出來的作品也大不相同。英國《簡愛》的作者夏洛蒂·勃朗特和《呼嘯山莊》的作者艾米莉·勃朗特兩姐妹，她們的作品風格迥異與她們的天生氣質大有關係，只要看看她們的傳記便知道。每個作家擅長寫什麼，不擅長寫什麼，也與大腦皮質有關。義大利文藝復興時期的名作家薄伽丘後來改寫《十日談》了，他意識到寫十四行詩寫不過他的好朋友佩脫拉克；英國浪漫主義大作家司各脫後來改寫歷史小說了，他自說寫詩寫不過他的偉大同胞拜倫。有人擅長於邏輯思維，有人擅於形象思維。俄國十九世紀三大革命民主主義批評家別林斯基、車爾尼雪夫斯基、杜勃洛留波夫就不會寫小說，車氏的《怎麼辦》實在不如他的文論出色。如果薄伽丘、司各脫不及時「轉軌」，可能文學史上就少了兩個明星了。劉勰勸初學者根據自己的天資特點去模仿，去選擇，去寫作，在這個基礎上去提高，去發展，是有一定道理的。

## 三　比較不是褒貶、拔高、硬套

比較的目的不是抬高一方、貶低一方；不是拔高；不是用西方文論去套中國文論。而是把中西文論當作人類文化發展史不可或缺的一部分，從「世界文學」的高度加以俯瞰，既看到中西文論各自的特色，又看到中西文論各自的片面性，通過互補的原則，取長補短，促進本國文論以及世界文論的發展，並在比較研究中追求一種能概括世界文學的更高級的文論。這應該是比較詩學的目的和任務。

在《文心雕龍》的研究中，存在著抬高一方貶低一方的傾向；存在著拔高的傾向；存在著用西方文論去套中國文論的傾向。其結果，只能使《文心雕龍》面目全非，反而抹煞了《文心雕龍》的特色。以下分三個問題來談：

關於《文心》的形象思維說高於西方古代美學說。有的學者說：

> 總起來說，劉勰的「神思」說基本上正確地揭示了藝術思維的規律，達到了相當高的水平，……西方美學對藝術思維的探討，……在古希臘羅馬以及中世紀時期，……基本上採取歧視甚至敵視的態度，僅有個別理論家發表過片言隻語，根本談不到深入的探討和論述，……就在西方對藝術思維問題抱歧視和敵視態度，根本不予研究的時候，劉勰早就以自己的精闢論述，對藝術思維做出了科學的解釋，不僅時間比西方約早一千年，而且，其理論水平也遠在西方美學家之上。這就是劉勰對於世界美學史的貢獻。[23]

此文發表於一九八三年，從總體上將《文心雕龍》與西方美學作比較研究的文章，在一九四九年後也許是第一篇了，[24]它自有開創的價值。但是這段論述是不正確的。亞里斯多德的《詩學》約在西元前三三五年稍後寫成。《文心雕龍》在西元五〇〇年前後寫成。《文心雕龍》的問世比《詩學》晚了近千年。亞氏是第一個用科學的觀點、方法來闡明美學概念，研究文藝問題的人。《詩學》是西方第一部有系統的美學理論著作。《詩學》在許多地方都講了悲劇與史詩的藝術思維（即形象思維的代名詞），而且著重論述悲劇史詩如何寫「行動中的人」的形象思維問題。亞氏說：文藝作品所摹仿的人「不是比一般人好，就是比一般人壞」，「喜劇總是摹仿比我們今天的人壞的人，悲劇總是摹仿比我們今天的人好的人」。又說：「詩人的職責不在於描述已發生的事事，而在於描述可能發生的事，即按照可然律或必然律可能發生的事。歷史家與詩人的差別，……在於一敘述已發生的事，一描述可能

---

23 馬白：〈《文心雕龍》在世界美學史上的地位〉，《文心雕龍學刊》（濟南市：齊魯書社，1983年），第1輯。

24 根據范文質：〈《文心雕龍》研究論文索引（1956-1984.6）〉，《大慶師專學報》（哲學版）1984年4期。

發生的事。……詩所描述的事帶有普遍性，歷史則敘述個別的事。」形象思維就是用形象去思維，人物形象是最主要的文學「形象」，形象思維離不開虛構、想像。高級的形象思維更離不開典型化原則，這些亞氏都講到了。朱光潛先生說：「亞里斯多德這些觀點已包含了形象思維和藝術創造的精義，儘管他還沒有用『形象思維』這個詞。」[25]

上文說過，劉勰的〈神思〉篇自有儒家文論的顯著特色，自有其獨特貢獻，劉勰強調形象思維的理性原則，至今仍是中西文論界爭論的重大問題。但是無論如何，也不能將〈神思〉篇與西方美學作上述那樣的比較，抬高〈神思〉篇而貶低西方美學。

把「摹仿說」及「現實主義」等同於劉勰的「物」。

《中國大百科全書．中國文學》的「文學」詞條將劉勰的文論歸入「摹仿說」：

> 如果從文學與現實的角度加以梳理，大體上可以歸為以下幾類：……認為文學是現實的摹仿或再現。古希臘的亞里斯多德對摹仿說論述得已經相當完備，……在中國，認為文學根源於客觀現實的觀點也是貫穿於整個古典美學的一種重要觀點，……劉勰提出「情以物遷，辭以情發」(《文心雕龍》〈物色〉)。

劉勰認為文學的源泉是「道」、「聖」、「經」，這在他的〈原道〉、〈徵聖〉、《宗經》中已說得再明白不過的了。他的文論與西方的「摹仿說」完全是兩個不同的體系。但是劉勰在《文心雕龍》中多處談到「物」，據王元化先生統計，「用物字凡四十八處」。又應該如何理解這個「物」呢？如果從唯物主義哲學關於「物質」是第一性的，「精神」是第二性的高度去理解，那麼，水到渠成，可以很容易列出一個

25 朱光潛：《西方美學史》(北京市：人民文學出版社，1979年，第2版)，下卷，頁681。

公式：物＝摹仿說＝現實主義。

但是，這是大可商榷的。《中國大百科全書・中國文學》「文學」詞條中引了劉勰的「情以物遷，辭以情發」兩句話，出自〈物色〉篇，我們就從這篇入手，看劉勰所說的「物」具體指什麼。

〈物色〉篇全篇共有十三個「物」字：

1. 物色之動，心亦搖焉（景物的變化，使人的心情也跟著動盪起來）
2. 四時之動物深矣（可見四季的影響外物是很深遠了）
3. 物色相召，人誰獲安（對景物的感召，誰能無動於衷呢）
4. 歲月其物（一年四季有不同的景物）
5. 物有其容（不同的景物具有不同的形貌）
6. 情以物遷（感情由於景物而改變）
7. 是以詩人感物（因此詩人對景物的感觸）
8. 寫氣圖貌，既隨物以宛轉（描繪天氣和事物的形狀，既然要跟著景物而曲折回旋）
9. 物貌難盡（事物的形狀難以完全描摹出來）
10. 體物為妙（對事物描繪得好）
11. 然物有恆姿（然而景物有一定的形狀）
12. 物色雖繁（物色雖極繁複）
13. 物色盡而情有餘者（景物的形貌雖有窮盡，情思卻寫不盡）

你看，劉勰所說的「物」是指自然風景。他在〈物色〉篇中是說：自然景物影響詩人的感情，詩人因此寫出詩來。情和景既是密切結合著，因此，一方面要貼切地描繪景物情狀，一方面也要表達作者對景物的感情，做到情景交融，才是好的抒情風景詩。

劉勰所說的「物」，不是指社會事物，更不是指客觀現實，絕難引申到真實地反映客觀現實這個理論命題，這是一目了然的。〈物色〉篇的價值，也不是對文學必須真實地反映客觀現實這個命題作了深入的研究，而是對如何寫抒情風景詩這個問題，作出精闢的論述。

有的研究者指出：「《文心雕龍》〈物色〉篇專門討論自然景物和文學創作的關係。……『情以物遷，辭以情發』兩句，扼要地說明了人們的感情隨著自然景物的變化而變化，而文辭則又是由於感情的激動而產生的。除〈物色〉篇外，這種認識還表現於《文心雕龍》的其他篇章中。如〈明詩〉篇說：『人稟七情，應物斯感。感物吟志，莫非自然。』〈詮賦〉篇說：『原夫登高之旨，蓋睹物興情。情以物興，故義必明雅，物以情睹，故辭必巧麗。』這裡的物，都是指的自然景物。」[26]

也有相反的意見：敏澤先生在《中國文學理論批評史》中，也是根據劉勰對「物」的原話，作出下述的結論：「劉勰認為作家的感受、創作，只能來源於客觀自然」，劉勰「強調了藝術是客觀自然的反映」，「強調文藝是客觀的反映」。這當然是可以爭鳴的。《文心雕龍》的研究者對「物」的解釋就很不相同。但是，本書這裡要指出的是，敏澤先生行文自相矛盾。

他說：「劉勰既然認為文章的根本任務，就在於闡明神秘的『道』、『神』，這不僅對藝術的產生作了錯誤的解釋，並給他的文學觀以神秘的色彩。」既然劉勰認為「道」、「神」是文章產生的本源，文章的根本任務是反映「道」、「神」，他又怎麼能夠認為作家的創作「只能」來源於客觀自然？怎能「強調」藝術是客觀自然的反映，「強調」文藝是客觀的反映呢？這是明顯的矛盾！我想，敏澤先生之所以行文自相矛盾的原因，是不是主觀上想將劉勰拉到「摹仿說」派去所造成的呢？

敏澤先生在其《中國文學理論批評史》中還沒有從「物」的論述進而得出劉勰提倡「現實主義」的論斷。有的研究者卻由此得出了這個結論：

26 王運熙、顧易生主編：《中國文學批評史》（上海市：上海古籍出版社，1964年），上冊，頁173-174。

> 我們在介紹劉勰的思想體系時，曾指出儒家古文學派的唯物思想是他的主導思想。這也構成劉勰現實主義文學觀的重要因素之一。現實主義的哲學基礎，是承認客觀現實並承認其規律性可以認識的唯物主義。正是由於劉勰認為有客觀現實的存在才有文學的產生，並進而認識到客觀現實對文學的制約作用，才構成他近於現實主義的主學觀點的。
>
> ……
>
> 由於劉勰認識到文學是客觀現實的反映，因此，文學作品應忠於現實的本來面目，而予以真實地反映。

這是牟世今先生一九八二年（《劉勰論創作》修訂本）的觀點。值得注意的是，這與他一九七八年（《劉勰和文心雕龍》）的觀點大相逕庭：

> 不過他對「物」的理解還很膚淺，他所注意到的「物」主要指自然現象，對作為藝術創作對象的「物」所應有的社會內容還重視不夠，因而他也就不懂得創作必須植根於現實生活之中。

從牟世今先生前後四年觀點的變化，可以發現一個傾向，即對《文心雕龍》的評價越來越撥高了。

關於《文心雕龍》主張浪漫主義和現實主義「相結合」說。

《文心雕龍》中有浪漫主義和現實主義相結合的美學思想最早是周揚先生在《新民歌開拓了詩歌的新道路》（《紅旗》創刊號）中提出來的，他認為劉勰在評論屈原時提出「酌奇而不失其真，玩華而不墜其實」的見解，「是我國關於文學中幻想和真實相結合的最早的樸素的思想」，「我們應當從我國文學藝術傳統中吸取現實主義和浪漫主義相結合的豐富經驗」。

在這以後，同意「兩結合」的文章和論著逐漸出現。有的學者說劉勰「在對屈原作品的分析中，客觀上已經初步接觸到了現實主義和浪漫主義關係的問題，這就是他所提出的有名的『酌奇而不失其真，玩華而不墜其實』的見解」(敏澤《中國文學理論批評史》上冊)。有的學者說劉勰這兩句話「是我國文學理論批評史上，現實主義與浪漫主義相結合的萌芽」(鍾子翱、黃安禎《劉勰論寫作之道》)。有的學者說「劉勰認為應該『酌奇而不失其真，玩華而不墜其實』，這就牽連到積極的浪漫主義和現實主義相結合的問題了」(趙仲邑《文心雕龍譯注》)。

關於劉勰是否提倡「浪漫主義」創作方法的問題，爭論已經不少了。劉勰重理性輕想像，應該是事實，有大量例子為證。在這裡，本書只想提出另外一個問題：能不能用西方的「浪漫主義」、「現實主義」去套劉勰的文論？

第一，中西文論完全屬於不同的體系。西方浪漫主義、現實主義創作方法的產生，有他們的社會思潮、文學條件、哲學條件。西方的浪漫主義、現實創作方法還有一套理論。中國的文學條件、哲學條件大異於西方，中國古文論家從來不用類似浪漫主義或現實主義的概念去概括中國文學。

第二，如果說中西文論異中有同，則必須指出理論相同的根據。浪漫主義、現實主義不是小理論，是大理論，它有許多論點，許多論據，有邏輯體系，若說中國古文論也有「浪漫主義」、「現實主義」，則必須找出相應的論述，不能望文生義，憑一兩句話，就說劉勰的文論有「浪漫主義」、「現實主義」。

第三，西方的浪漫主義和現實主義在理論上是完全不同的兩種創作方法。浪漫主義反對古典主義，現實主義反對浪漫主義，現代主義又反對現實主義，從理論上說是對立的，涇渭分明的。一個作家的創作道路完全可以發生變化，例如法國的批判現實主義作家群脫胎於浪漫主義，以後另樹旗幟，不是浪漫派了，是寫實派了，這是質變。一個作家在創作上可以博采眾家，取古典主義、浪漫主義、現實主義、現代主義，但絕不是平分秋色，總有一個主導傾向。一個作家這時期的作品屬於什麼創作方法，另一個時期又屬於什麼創作方法，他的整個創作體系又屬於什麼創作方法，他是否通過作品另外開創了什麼創作方法，大體上都可以講清楚，理論上不能含混。

第四，由於浪漫主義和現實主義分屬兩種不同的創作理論與方法，它的發源地都不談「相結合」，西方不談，俄國和前蘇聯也不談。

第五，如果中國文學的土壤，確實具有生長「相結合」的條件，那也要拿出事實。按一般的說法，《詩經》是現實主義的，《楚辭》是浪漫主義的；杜甫是現實主義的，李白是浪漫主義的；《金瓶梅》是現實主義的。《西遊記》是浪漫主義的，都不是什麼「相結合」。梁啟超、王國維受西方文論的影響，第一次在中國提出近似浪漫主義、現實主義的理論。梁啟超在〈小說與群治之關係〉（1902）一文中，首先提出小說可分理想派與寫實派兩種：「由前之說，則理想派小說尚焉；由後之說，則寫實派小說尚焉。小說種目雖多，未有能出此兩派範圍外者也。」梁啟超說的是文學作品，不是說中國文論。王國維在《人間詞話》（1908）中也提出理想與寫實兩派，並指出兩派的聯繫：「有造境，有寫境，此理想與寫實兩派之所由分。然二者頗難分別，因大詩人所造之境必合乎自然，所寫之境亦必鄰於理想故也。」也是評論作家作品，而不是評論中國古文論。在梁啟超、王國維以前，中國文論家從來不以「理想」與「寫實」分派，即便是梁啟超、王國維，也不用「浪漫主義」、「現實主義」來「翻譯」中國的古文論。

第六，回到本題來，劉勰批評作家作品，絕不看他是否是「浪漫主義」、「現實主義」或「兩結合」而定取捨臧否的批准。他腦子裡也絕對沒有這些從西方來的標準。他「宗經」，以「六義」為標準。他的全部創作論，撒開去談了很多問題，收攏來就是一句話，就是告訴作家，怎樣去寫作才能走到「六義」這條金光大道上來。他明明白白告訴作家，用《詩經》管住《楚辭》，以去掉《楚辭》的「四異」，就能「酌奇而不失其真，玩華而不墜其實」。無論如何，都不能變成是說幻想與寫實的結合，浪漫主義與現實主義的結合。我們如果用「宗經」作指南，用「六義」作地圖去導遊《文心雕龍》的廣闊的理論世界，即「酌奇而不失其真，玩華而不墜其實」可以成為一條儒家的理論原則，領著你去尋幽發微，左右逢源。若以「相結合」的創作方法去探索劉勰的理論世界，則寸步難行，處處碰壁。

因此，「相結合」是先套西方文論，又將「浪漫主義」、「現實主義」兩種迥然不同的創作理論與方法硬捏在一起，再去套劉勰的文論。這種理論的實質是要求劉勰的文論去與西方認同，而且超出西方。其結果，只能使劉勰的儒家文論面目全非。

在研究中國古文論，研究劉勰的《文心雕龍》時，還是不用「浪漫主義」、「現實主義」乃至「相結合」的新名詞為好，因為一點都不說明問題，反而使人產生許多誤解。一個理論術語的提出，是要有很高的概括力的，是要說明本質內容的。《文心雕龍》的理論價值，乃是儒家文論的理論價值。它的一個最主要的批評標準，不是看作家作品是否寫實或寫虛，而是看他是否合乎「理性」，這個「理性」上文已說過，有精華成分，有合理內核，這就很值得我們繼承了。我們除了繼承中國古文論的精華，還可以借鑑外國文論的精華，並不需要把人家的好東西，也說成是自家的東西。劉勰的文論倒可以提醒後人：對待西方的文學，特別是現代主義、後現代主義文學，對待西方的文論，特別是現代形形色色的新潮，應有我們「一以貫之」的原則，「酌奇而不失其真，玩華而不墜其實」，即酌西方現代主義文學之「奇」而不失中華傳統文化之「真」，玩異域文論之「華」而不墜儒家文論傳統之「實」。如果非要用現代意識去改造劉勰這兩句話，不如這樣去變化發揮，或許稍為符合劉勰的本意。

關於巴爾扎克和劉勰。

近年來，涉及劉勰的世界觀和寫作方法關係的文章和論著逐漸出現了，例如王元化先生的〈文心雕龍創作論〉、王季思先生的〈《文心雕龍》研究中的經驗教訓〉、[27]張節未先生的〈劉勰的聖人觀與情態說和物感說——兼論《文心雕龍》的方法論矛盾〉。[28]

王季思先生的文章是這樣說的：

> 劉勰企圖從儒家的思想體系出發，為《文心雕龍》全書樹立綱領，是一回事，他面對文學領域的歷史和現狀，面對從先秦以來的大量的作家作品，面對當時文學創作和文學批評史提出的種種問題，根據自己長期從事文章寫作和著書立說的實際經驗，認真加以思考，從而得出自己的結論，是又一回事，二者是既有聯繫又有區別的。
>
> 劉勰跟當時許多熟讀儒家經典的文人一樣，在頭腦裡逐漸形成了道、聖、經三位一體的思想體系。但是，劉勰是文家，不是經師，當他面對古今大量的作家作品，面對前代留傳的文學論著，企圖解決文學創作和文學批評中的種種實際問題時，他就有可能從當時文學領域的實際出發，聯繫中國文學的歷史和現狀，通過調查、研究、比較、分析，得出基本符合實際的結論。這時在他理論批評方面起作用的主要是他長期從事文章寫作與著書立說的有效經驗，從文學領域的實際出發，分門別類，具體分析的思想方法，……。

張節未先生的文章是這樣說的：

> 確實，從「文之樞紐」五篇來看，《文心雕龍》總的理論框架

27 載《文藝理論研究》1985年1期。

28 載《暨南大學學報》1990年3期。

> 是不大成功。然而，《文心雕龍》的價值大部分存在於文體論、創作論和批評論裡。……如果說《文心雕龍》的「文之樞紐」是靠演繹法展開的，那麼在文體論、創作論和批評論中，理論就是靠歸納法戰勝了演繹法。

兩位作者的行文雖然不同，但意思大體是相同的，即劉勰從實踐得來的真知卓見戰勝了他先驗的儒家思想體系的偏見。用王季思先生的話來說，就是劉勰「從當時文學領域的實際出發，聯繫中國文學的歷史和現狀，通過調查、研究、比較、分析，得出基本符合實際的結論。這時在他理論批評方面起作用的主要是他長期從事文章寫作與著書立說的有效經驗」。用張節末先生的話來說，就是「從實際到理論」的「歸納法」，「戰勝了」「靠演繹法展開」的「文之樞紐」。

這是大可商榷的。這裡有三個問題必須回答：

第一，「儒家的思想體系」，「文之樞紐」，或說孔子學說和「五經」，是不是劉勰寫《文心雕龍》一以貫之的指導思想？

第二，「儒家的思想體系」、「文之樞紐」，或說孔子學說和「五經」，有沒有精華部分？

第三，這些精華部分，是不是從實踐中來的？譬如孔子說詩可以興觀群怨，是不是從總結《詩經》來的？

這三個問題的答案是肯定的。事實明擺在那裡，劉勰寫《文心雕龍》，就是以「儒家的思想體系」、「文之樞紐」為指導，一以貫之。於是，《文心雕龍》便精華與侷限同時並存。劉勰當然從文學的實際出發，當然進行調查研究，他當然有豐富的經驗，但他是以「儒家的思想體系」為指導去聯繫文學的實際。他的文論本身就屬於儒家思想體系，《文心雕龍》的精華也就是儒家思想體系的精華，二者豈能分開？劉勰正是用他的「演繹法」去指導他的「歸納法」，而絕不是他的演繹法與歸納法發生了矛盾，甚至他的「歸納法」戰勝了「演繹法」。隨便舉一個例子吧，他評論《楚辭》的「四同」、「四異」，就是有力的證明。

王元化先生在《文心雕龍創作論》中收進他一篇文章〈創作行為的自覺性與不自覺性〉，此文一個重點是談馬克思說巴爾扎克「對於現實關係有著深刻理解而著名於世」，這種「理解」也屬於巴爾扎克世界觀一部分，因此巴爾扎克的世界觀不是反動的，而是矛盾的，這矛盾就反映在他的作品中。王元化先生此文一個字也沒有提到劉勰，但又把它收入《文心雕龍創作論》，而成為他的理論體系的一環。目的何在，沒有作出說明。

王元化先生的《文心雕龍創作論》另外一篇文章〈劉勰的文學起源論與文學創作論〉中指出：劉勰文論的「精華部分仍舊包括在劉勰的客觀唯心主義思想體系之內」，這是可以同意的，因為王元化先生並沒有將儒家思想體系一棍子打死，指出它有精華部分，還是一分為二。這至少是和王季思、張節末兩位先生的看法不同。

不過，我們還是來談談馬克思、恩格斯論巴爾扎克。恩格斯說：

> 不錯，巴爾扎克在政治上是一個正統派；他的偉大的作品是對上流社會必然崩潰的一曲無盡的輓歌；他的全部同情都在注定要滅亡的那個階級方面。但是，儘管如此，當他讓他所深切同情的那些貴族男女行動的時候，他的嘲笑是空前尖劇的，他的諷刺是空前辛辣的。而他經常毫不掩飾地加以讚賞的人物，卻正是他政治上的死對頭，聖瑪麗修道院的共和黨英雄們，這些人在那時（1830-1836）的確是代表人民群眾的。這樣，巴爾扎克就不得不違反自己的階級同情和政治偏；他看到了他心愛的貴族們滅亡的必然性，從而把他們描寫成不配有更好命運的人；他在當時唯一能找到未來的真正的人的地方看到了這樣的人，——這一切我認為是現實主義的最偉大勝利之一，是老巴

爾扎克最重大的特點之一。[29]

確實，恩格斯很強調巴爾扎克的社會實踐使他「看出了」貴族的沒落而加以嘲笑；使他「看出了」共和主義英雄代表人民而加以讚揚（《幻滅》、《卡金尼揚公爵夫人》），因而「不得不」違反自己對貴族的階級同情和保皇黨的政治偏見，於是取得現實主義的偉大勝利。文中兩個「看到了」與馬克思在《資本論》第三卷稱巴爾扎克「對於現實關係有著深刻理解而著名於世」的觀點是一致的，是「互文」。

但是，劉勰不是巴爾扎克，《文心雕龍》也不是《人間喜劇》。巴爾扎克的階級同情和政治偏見不能一分為二，儒家思想體系卻必須一分為二；巴爾扎克從社會實踐中得出真知卓見，使他「不得不」違反他的階級同情與政治偏見而寫出偉大的小說，劉勰從實踐中得出的結論卻與他的「宗經」、「六義」一致；巴爾扎克需要拋棄他的階級同情和政治偏見，從社會實踐中去求真知，劉勰卻不需要拋棄儒家思想體系到實踐中去另外尋找真理，因為儒家思想體系的精華部分就是真知卓見，就是孔子和「五經」的作者從文學實踐中總結出來的；巴爾扎克是小說家，劉勰是文論家，巴爾扎克的現實主義創作方法也不同於劉勰儒家的寫作方法。

但願不要出現這類的文章，用馬克思、恩格斯論巴爾扎克的方法去套劉勰，把劉勰一分為二。如果把《文心雕龍》中一切壞的東西都歸之於儒家思想體系，一切好的東西都靠劉勰從實踐中得來，把劉勰分成兩個人，一個「宗經」，一個從實踐中求真知，這就毀滅了《文心》的理論精華，而後一個人實際上是論者心造的幻影。

---

29 〔德〕恩格斯：〈致瑪・哈克奈斯〉，《馬恩列斯論文藝》（徵求意見本）（北京市：人民文學出版社，1974年），頁90-91。重點號原文就有。

# 柒
# 中國古詩的敘事傳統及敘事理論

有一種流行的觀點認為：中國是抒情詩的大國，敘事詩相形見絀，更無法與古希臘、印度史詩的成就相比。

> 在中國的詩歌史上，數量多而成績又好的是抒情詩，作品少而發達又較遲的是敘事詩。[1]

> 中國敘事詩和西方比較起來，雖然不免相形見絀，然而抒情詩卻是祖國文學的驕傲，……《詩經》是我國最早的一部詩集，其中精華是抒情詩。[2]

> 中國文學偏於抒情，而敘事文學興起較晚，也較不發達。《詩經》這部最早的古代詩歌總集，抒情詩占了絕大部分，敘事詩只是小部分，而且，敘事詩中除了個別的優秀篇章之外，大都比較拙直、稚嫩、而抒情詩則顯得比較成熟、老練，並已有許多傑作。中國除一些少數民族之外，沒有產生過規模宏大的史詩，而幾乎與中國產生《詩經》的同時，古希臘卻產生了荷馬史詩《伊里亞特》和《奧德賽》，印度也產生了《羅摩衍那》和《摩訶婆羅多》這兩大史詩。在整個詩歌史上，中國抒情詩

---

1　劉大杰：《中國文學發展史》（上海市：上海古籍出版社，1982年，新1版），上冊，頁221。

2　張月超：〈中國文論方面幾個問題的初步比較研究〉，載《比較文學論集》（天津市：南開大學出版社，1984年，第1版），頁18。

蔚為大觀，而敘事詩則總嫌不夠景氣。[3]

中國是一個詩的大國，……而在這詩的國度的詩的歷史上，絕大部分名篇都是抒情詩，敘事詩的比例和成就相形之下實在太小。[4]

這些觀點可以商榷。第一是把詩分成抒情與敘事兩類，用非此即彼的思維方式將中國的詩騷籠而統之劃入「抒情詩」的範疇，缺乏對詩騷作具體的分析。第二是將中國的敘事詩與外國的史詩作生硬的攀比，忽略了各自明顯的特點。這種比較，有本土的傳統觀念的根源，也有外來的觀念的影響。

## 一　《詩經》的定義

中國古代詩歌的敘事傳統發端於《詩經》，變化於屈賦，滋潤於樂府民歌，壯大於唐詩。中國的《詩經》是抒情敘事相結合的結構，獨具一格。

《詩經》的準確定義應該是「中國第一部抒情敘事詩歌總集」。《詩經》有三類詩，一類是純粹抒情的，一類是抒情與敘事結合的，一類是敘事的。若只強調「抒情」，則不能概括它的全貌。

《詩經》的〈雅〉、〈頌〉的敘事性很明顯。〈頌〉中的〈玄鳥〉、〈長發〉具有歷史傳說和神話故事結合的特點。〈大雅〉中的〈生民〉、〈公劉〉、〈綿〉、〈皇矣〉、〈大明〉可稱為周朝開國史的詩。〈小雅〉中的〈出耳〉、〈采芑〉、〈江漢〉、〈六月〉、〈常武〉諸篇大都記述當日的戰事。

---

3　周揚、劉再復：〈中國文學〉，見《中國大百科全書．中國文學》（北京市：中國大百科全書出版社，1986年），第8卷。

4　陳平原：《中國小說敘事模式的轉變》（上海市：上海人民出版社，1988年），頁222。

〈國風〉一百六十首也不是只「抒情」不「敘事」。其中如〈召南〉〈野有死麕〉及〈衛風〉〈氓〉就是著名的敘事詩。〈氓〉開〈焦仲卿妻〉、〈琵琶行〉、〈長恨歌〉的先河。〈野有死麕〉的敘事尤為傳神：

野有死麕　獐子屍體丟荒郊，
白茅包之　清潔白茅把它包。
有女懷春　年輕姑娘心兒動，
吉士誘之　青年獵人把她撩。

林有樸樕　大樹林裡有小樹，
野有死麕　荒野地裡有死麕。
白茅純束　白茅搓繩捆著它。
有女如玉　年輕姑娘美如玉。

舒而脫脫兮　慢慢來呀悄悄行，
無感我帨兮　不要動著我圍裙，
無使尨也吠　不要惹那狗亂吠。[5]

〈國風〉中有大量抒情敘事結合的詩歌，這是我們討論的重點。〈周南〉、〈召南〉共二十五篇，抒情敘事結合的占半數以上。就以第一篇〈關雎〉來說，寫詩人聽見水鳥的鳴叫，看見洲上的水鳥，然後看見美麗姑娘左採右採荇菜的優美動作，回家睡醒、入夢都想用琴瑟鐘鼓打動她的芳心。你說這是抒情還是敘事，只能說是兩結合的不可分的結構。〈卷耳〉寫女子將卷耳採了又採，老裝不滿淺淺的竹筐，心中又想念著離家的親人，便把竹筐放在大路旁。〈采蘩〉寫女子在沙

5　袁愈荽譯詩，唐莫堯注釋：《詩經全譯》（貴陽市：貴州人民出版社，1981年），頁32。

灘、池沼、山澗採集白蒿，然後把首飾佩戴得整整齊齊，將白蒿送給公侯，參加祭祀，完畢後又轉回家去。〈采蘋〉是婦女的對答歌。什麼地方採浮萍？什麼地方採水藻？用什麼東西裝。用什麼器皿煮？放在主人家什麼地方？誰來服侍主子？一問一答，構成敘事。〈羔羊〉寫士大夫穿著高貴的羔羊皮衣，退朝後慢悠悠地回家去用飯。〈騶虞〉寫獵人高明的射箭本領，他在蘆葦叢中一箭射中母豬，又在蓬蒿叢中一箭命中小豬。

在〈國風〉其他詩中，也有不少抒情敘事結合的結構。〈邶風〉〈匏有苦葉〉寫姑娘在河邊等待對岸的情人。她要涉水過河，水淺雙手把衣兜，水深連衣把河過，但轉念一想又不甘心，不過河了。河水淹到她車輪也不離去，船夫搖船過來她不上船，就是要在河這邊等情人來赴約。〈鄘風〉〈載馳〉寫穆夫人念故國覆亡，不能往救，赴漕弔唁，又為許大夫所阻，也是敘事。〈衛風〉〈碩人〉寫衛莊公夫人莊姜剛到衛國的情景，她在近郊停車休息，旁邊有盛妝的陪嫁侍女，軒昂的護從武士。衛國大夫知道她到來，提前退朝，好讓衛侯及早出迎。都是敘事。

〈國風〉的抒情敘事結構，很能體現漢民族詩歌的特色。第一是篇幅很短。因為短，就只能敘一事，它的敘事結構是由一個「事件」這個最小的單元組成的；第二是情不離事，抒情主人公通過敘事一事來抒情；第三是先敘事，後抒情。如〈邶風〉〈靜女〉開頭四句「靜女其姝，俟我於城隅。愛而不見，搔首踟躕」，就是先敘事；第四是事不離人物動作，無動作即無詩。如靜女躲在城角捉弄情人及情人急得「搔首踟躕」的動作；如仲子「逾里」、「逾牆」、「逾園」去會姑娘的動作（〈鄭風〉〈將仲子〉）。有一些詩就以人物的動作為標題，或只有一個動賓結構，如〈召南〉〈采蘩〉、〈召南〉〈采蘋〉、〈王風〉〈采葛〉、〈鄭風〉〈褰裳〉、〈魏風〉〈伐檀〉、〈小雅〉〈我行其野〉、〈小雅〉〈采綠〉都是抒情主人公或詩中所寫的人物實實在在的動作；第五是敘事有時間觀念，動作有明顯的過程，如「雞棲於樹，日之夕矣，羊牛下來」(〈王風〉〈君子於役〉)；如寫高粱從發綠葉到抽穗到結實的生長過程（〈王風〉〈黍離〉)；如婦女採車前子的「采」、「掇」、「捋」、「袺」(提起衣襟裝)、「襭」(翻過衣襟兜滿）的動作過程，而只敘一事，就寫動作，有時間過程，都是中國短詩敘事的特色。

## 二　屈原的詩歌是抒情敘事的結合

屈原的詩歌也是抒情敘事結合，敘事成分極為明顯。屈賦可分為前後兩期，前期是放逐前的作品，主要是〈桔頌〉，特色並不明顯，成就也不高。後期是放逐後的作品，包括〈九歌〉、〈離騷〉、〈天問〉等等。這些作品抒情敘事緊密結合，成就很高。屈原被楚懷王及其子楚頃襄王放逐兩次，一次是漢北，一次是江南，流浪的經歷及悲憤的心情是作品抒情敘事的基礎。

〈九歌〉是一套祭祀神鬼的舞曲，王國維稱之為「後世戲劇的萌芽」，[6]已指明它的動作成分。〈湘君〉與〈湘夫人〉是一組，湘夫人對湘君的思念是通過她的動作表現的。她乘桂木龍舟北上又駛回洞庭湖迎接湘君，飛快地搖了一天船卻不見湘君的蹤影。傍晚停宿小島，恨恨地將湘君送她的佩玉拋到江裡。湘君對湘夫人的思念也是通過動作表現的，清晨他打馬奔馳在大江邊，傍晚他渡到大江的西岸。但找不到湘夫人。動作就是情節就是敘事。〈湘君〉的敘事成分比〈湘夫人〉更多些。〈河伯〉有二說，郭沫若認為是「男性的河神與女性的洛神講戀愛」(《屈原賦今譯》)。游國恩說是「詠河伯娶婦事也」(《楚辭論文集》〈論九歌山川之神〉)，講的都是敘事。〈山鬼〉是山中的女神（山鬼）思念愛者的怨歌。含睇宜笑的山鬼，身穿薜荔腰繫女羅，

---

6　王國維：〈宋元戲曲考〉，《王國維戲曲論文集》(北京市：中國戲劇出版社，1984年，新1版)，頁5。

乘赤豹帶文貍，在山裡採摘香花準備送給愛者。她孤獨地站在高高的山巔盼望，從白天盼到黑夜，公子始終不來。離開了這些動作成分，她的憂怨的情思便無法表現出來。

〈離騷〉是抒情的，還是敘事的？文學史家看法不同。有的文學史說它是「我國古代最長的一首抒情詩」。[7]有的文學史則說「抒情詩一般篇幅短小，沒有故事情節。〈離騷〉不只篇幅宏偉，而且由於前一部分是在詩人大半生歷史發展的廣闊背景上展開抒情，後一部分是在詩人編造了女嬃勸告、陳辭重華、靈氛占卜、巫咸降神、神游天上等一系列幻境，便使它具有了故事情節的成分。」[8]〈離騷〉應該是中國大型的抒情敘事詩，它著重抒發詩人對當局的不滿，對前途的探索，對楚國的眷戀的感情，但這「情」是借一個敘事框架表現的。從「女嬃之嬋媛兮，申申其詈予」到「僕夫悲余馬懷兮，蜷局顧而不行」寫了一個神話世界。「女嬃」是虛構的女性，她向詩人講了鯀悲慘的故事，對詩人切勿出言無忌，得罪當局。詩人不聽女嬃的話，便去向舜帝訴說衷情。從舜帝那裡受到啟示後，遂鼓起勇氣上下求索。駕玉虬乘風車飛到天上，早晨從南方的蒼梧出發，傍晚到了崑崙山。命令神話中的人物羲和停鞭慢行，不要讓太陽那麼快下山。來到天國，守衛不開大門，詩人陳志無路，又渡白水河，登閬風山，來到東方青帝的春宮，折下瓊枝作禮物，命令雲師豐隆駕起雲車，去尋找伏羲氏的女兒，溺死後成為洛水之神的宓妃，想把瓊枝贈他。詩人請神話人物蹇修做媒，卻發現宓妃仗著美貌驕傲自大，放蕩不羈地尋歡作樂，只好放棄對她的追求。詩人又從天而降，到了瑤臺，轉而追求有娀國的美女簡狄。請鴆鳥去做媒，鴆鳥卻說那人不好。雄鳩自告奮勇去說親，詩人又對它放心不過。詩人又害怕別人捷足先登，便向神巫靈氛問卜。靈氛勸詩人不要留戀故土，詩人猶豫不決，又去求教神巫

7　中科院文研所編：《中國文學史》（北京市：人民文學出版社，1962年），第1冊，頁87。

8　游國恩等主編：《中國文學史》（北京市：人民文學出版社，1963年），第1冊，頁85。

巫咸。巫咸把天上諸神請下來，勉勵詩人繼續追求。詩人於是駕起龍車，轉回崑崙山上，來到流沙地帶，沿著赤水走，經過不周山，決定去西海。飛車越升越高，太陽已經東升。詩人忽然於陽光之中，望見了下界的楚國。連他的僕人也悲傷起來，馬兒也不肯走了。

上面所說的，當然是敘事。在這個神話故事中，有眾多的人物，有對話、細節與心理描寫。故事不是真的，是屈原想像的產物，這正是浪漫主義敘事的特色。《詩經》的敘事是現實主義的，只敘一個「事件」，〈離騷〉的敘事是浪漫主義的，敘述了不少「事件」。從〈離騷〉開始，中國古詩的兩種敘事法都有了。〈離騷〉的浪漫主義敘事法，又富於象徵性。但象徵的意義很明白，絕不隱晦。凡此等等，都是《詩經》「賦」、「比」、「興」手法的發展。

## 三　屈原與但丁的比較

將屈原的〈離騷〉與但丁的《神曲》比較，有助於我們說明〈離騷〉的敘事性。東西方兩位偉大詩人都被放逐，都把個人的命運與國家民族的命運相連起來，都在作品中抨擊現實，探索出路。〈離騷〉和《神曲》都是詩人心靈的歷程，是十分主觀的。但詩人的主觀世界，是通過一個神話故事，廣泛使用象徵手法來表現的，正是在這一點上，決定了兩部作品的敘事性質。屈原上下求索的過程，但丁夢遊地獄、煉獄、天堂的過程。構成了完整的情節，這就是敘事的框架。沒有這個敘事框架，詩人的主觀世界就無從表現。而「抒情詩」表現詩人的主觀世界，是不需要敘事框架的。西方從不把《神曲》列入「抒情詩」的範疇，理由就在這裡。

法國十九世紀文學家泰納說：「一件藝術品……屬於作者的全部作品」。[9]泰納的理論，有助於說明屈原作品敘事性的聯繫。〈離騷〉

---

9　〔法〕泰納著，傅雷譯：《藝術哲學》，頁4。

與〈天問〉同屬詩人放逐後的作品，都是怨詩。只要讀讀〈天問〉的最後部分，不難看出它與〈離騷〉精神上的牽連。但這裡所說的「聯繫」，不僅指精神，還指敘事。

〈離騷〉的敘事，有兩條線索，一條是神話線索，一條是歷史線索，〈天問〉的敘事，主要是歷史線索。〈天問〉一口氣提出一百七十多個問題，主要是問歷史，從堯、舜、帝嚳、簡狄、鯀、禹、共工、后羿、啟、益、寒浞、寒澆、少康、夏桀、商湯、伊尹、紂王、后稷、文王、武王、周公、呂望、周昭王、周穆王、周幽王、褒姒、齊桓公、太子申生，一直問到吳楚之戰。這就是〈天問〉的歷史線索，順序問來，十分完整。正是這條共同的歷史線索，把〈離騷〉與〈天問〉的敘事性聯繫起來了。所不同者，〈離騷〉以是非分明的方式敘事（回顧歷史），〈天問〉則以設疑的方式敘事（回顧歷史）。

漢民族歷史悠久，而且完整，幾千年來，沒有斷層。這與世界其他三大文化圈很不相同。希臘、希伯來、埃及、印度的歷史都曾經中斷過。因此，漢民族的歷史意識十分深厚強烈，用歷史來說明現狀，預測將來，正是漢民族思辨的特點。這個特點，極鮮明地體現在屈原的詩歌中。屈原的抒情是思辨的，他的敘事也是思辨的。當我們討論屈原詩歌的敘事成分時，必須注意到它的歷史思辨性。

將〈天問〉與但丁的〈天堂篇〉作一比較，有助於我們認識〈天問〉的思辨性。〈天堂〉與〈地獄〉、〈煉獄〉是《神曲》三個有機部分，屬於一種神學敘事系統。〈天堂篇〉也是「天問」，但丁一口氣提出了將近三十個問題，如月亮中的黑色斑點是什麼？善的意志為什麼比不上暴力？古羅馬對人類有什麼貢獻？對公正的復仇施行的復仇怎能也稱為公正的復仇？一個好父親怎麼會產生一個壞兒子來？什麼是乞食教派的理想？什麼是所羅門的智慧？佛羅倫薩人的祖先是誰？它的英雄時代記載了什麼大事？佛羅倫薩有多大面積？哪些高貴的人在這座城市占最高的職位？治療精神飢餓的食物是什麼？天上美妙的交響樂為什麼在這座天體（土星天）裡沉默下來？詩人能否直接看到天上的聖徒們的人間的模樣？信心是什麼東西？信心從哪裡來？希望是什麼？心靈上如何開出希望之花？希望從什麼地方來到你的心上？希望應許你的是什麼東西？是什麼力量使人類發生愛？愛在何處、何時、並如何被挑選？自從上帝創造亞當後已過了多長時間？亞當在樂園度過了多少年的歡樂？上帝巨大的忿怒的真正原因何在？亞當所使用的、所造的言語是什麼？為什麼物質世界（複本）與天使的世界（原型）不同？天使為什麼被創造？

屈原的〈天問〉與但丁的〈天堂〉有共同的敘事特點，第一，在敘事的前提下提出疑問，第二，敘事內容的濃縮是由於探索的加強。如〈天問〉中關於共工的神話傳說，只有「康回馮怒，地何故以東南傾」兩句，關於女媧的神話傳說，只有「女媧有體，孰制匠之」兩句。敘事內容十分濃縮，這樣的例子不勝枚舉。〈天堂〉中關於亞當的神話，也只有「你想知道，自從上帝把我安放在／那崇高的花園以後，已有多長時間」四句而已。但丁說：「我們越接近嚮往的東西，／我們的智力越是深沉」，「在我心中燃起要知道其原因的渴望，／以往我從來沒有感覺得如此強烈」，[10]這些詩句也適用於屈原的〈天問〉。但是，屈原的設疑沒有一個有答案。但丁的設疑全有答案，分別由貝亞特里采、聖・托馬斯・阿奎那、鷹、聖彼得、聖雅各、聖約翰、亞當等一一予以解答。有的歌的標題就是「疑難問題的解答」。為什麼一個沒有答案，一個有答案呢？因為一個研究歷史，歷史只回答「是什麼」，不回答「為什麼」。一個研究神學，神學不僅回答「是什麼」，尤其回答「為什麼」。屈原是歷史詩人，他在向歷史探索。但丁是神學家，他向讀者宣講神學的答案。〈天問〉的疑問，主要圍繞歷史，一個一個歷史事件問下來，有一個順序的系統，〈天堂〉的疑

---

10 朱維基譯：《神曲3・天堂篇》（上海市：上海譯文出版社，1984年，新1版），第1歌。

問，主要圍繞神學，它以九重天為順序，沒有一個歷史順序。因此，〈天問〉的敘事成分與思辨性質，都強於〈天堂〉。通過屈原與但丁的比較，可使我們對屈原詩歌的敘事性有更深切的認識。

## 四　民歌推動敘事詩發展

漢樂府與南北朝民歌也不乏抒情敘事的結構，但比諸詩騷，敘事成分更強。〈孤兒行〉、〈婦病行〉、〈東門行〉、〈上山採蘼蕪〉、〈十五從軍征〉、〈陌上桑〉、〈羽林郎〉、〈焦仲卿妻〉、〈木蘭辭〉，都是十足的敘事詩。

中國古詩的特點第一是短，第二是寫行動中的人，這在漢樂府與南北朝民歌中更為分明。漢樂府有一首〈箜篌引〉：「公無渡河，公竟渡河，渡河而死，當奈公何？」，僅十六字，把中國古詩抒情敘事及短小而寫動作的特點表現得最為典型。在這四句詩中，寫了白髮狂夫清晨奮起渡河的戲劇性事件的全過程。抒情主人公（妻子）雖不在詩中露面，卻使讀者如見其人。妻子最後怎樣了？丈夫為何要渡河？都留下了懸念。〈木蘭辭〉幾乎全寫動作。「爺娘聞女來，出郭相扶將。阿姊聞妹來，當戶理紅妝。小弟聞姊來，磨刀霍霍向豬羊。開我東閣門，坐我西閣床。脫我戰時袍，著我舊時裳。當窗理雲鬢，對鏡貼花黃。出門看火伴，火伴皆驚惶。」爺娘、姊、弟，尤其是主人公木蘭，全是動作，十分富於「鏡頭感」！

## 五　唐詩三種類型齊頭並進

唐朝抒情詩、敘事詩、抒情敘事詩三種類型齊頭並進，這是一個事實。這裡只講敘事詩。由杜甫發端而元、白掀起的「新樂府」運動，是唐詩的一個主潮，也是中國敘事詩的一個黃金時代。杜甫的詩被稱為「詩史」，他的膾炙人口的名作〈兵車行〉、〈麗人行〉、〈自京赴奉先縣詠懷五百字〉、〈述懷〉、〈羌村三首〉、〈北征〉、〈彭衙行〉、〈贈衛八處士〉、〈新安吏〉、〈潼關吏〉、〈石壕吏〉、〈新婚別〉、〈垂老別〉、〈無家別〉、〈乾元中寓同谷縣作歌七首〉、〈茅屋為秋風所破歌〉、〈百憂集行〉、〈遭田父泥飲美嚴中丞〉、〈負薪行〉、〈又呈吳郎〉等都是抒情敘事結合，敘事成分很濃，有些則純粹是敘事之作，正是這些作品構成「詩史」的骨幹。白居易的〈新豐折臂翁〉、〈上陽白髮人〉、〈縛戎人〉、〈賣炭翁〉以及〈長恨歌〉、〈琵琶行〉也是中國敘事詩的明珠。元稹、張籍等人都寫了不少樂府詩。白居易曾高度評價張籍「尤工樂府詩，舉代少其倫」(《讀張籍古樂府》)。

就連唐詩的五絕、七絕，也有一些精彩的敘事詩：

> 三日入廚下，洗手作羹湯。未諳姑食性，先遣小姑嘗。

> 松下問童子，言師採藥去。只在此山中，雲深不知處。

> 君家何處住？妾住在橫塘。停船暫借問，或恐是同鄉。

> 少小離家老大回，鄉音無改鬢毛衰，兒童相見不相識，笑問客從何處來？

> 李白乘舟將欲行，忽聞岸上踏歌聲，桃花潭水深千尺，不及汪倫送我情。

> 虢國夫人承主恩，平明騎馬入宮門。卻嫌脂粉污顏色，淡掃蛾眉朝至尊。

> 洞房昨夜停紅燭，待曉堂前拜舅姑。妝罷低聲問夫婿，畫眉深淺入時無？

> 二十一家同入蜀，惟殘一人出駱谷。自說二女嚙臂時，回頭卻向秦雲哭。

若將這些絕句的「事件」、「人物」、「動作」抽去，看看還剩下什麼？什麼都沒有了。這是對《詩經》中〈國風〉的傳統的繼承，又是這個傳統的發展；不是先敘事後抒情，而是將「情」完全融化於敘事之中。如賈島那首〈尋隱者不遇〉，只寫「不遇」一事，詩中人物有客人、童子及在山中採藥的隱者，在敘事的後面，深含一種淡泊的情趣。

以上說明，中國的詩歌從《詩經》開始，經過屈賦和樂府民歌，直至唐詩，有一個持久不斷的敘事傳統，它的特點是在短制中敘事，中國的古詩，抒情與敘事又常常結合在一起，情不離事。這正是漢民族古詩的重要特色。

## 六　中國敘事詩中落的原因

從唐詩以後，中國詩歌的敘事傳統就中落了。中國詩歌的敘事傳統受到兩次衝擊。第一次是漢賦與六朝駢文的衝擊。漢賦作為一種新的文體，源於詩騷，但它丟掉了中國古詩的三大法寶：言志、抒情、敘事。所謂「諷一勸百」，就是丟掉了「言志」。漢賦多是魯迅說的「拍馬」與「侑酒」之作，很少真情實感，就是丟掉了「抒情」。這裡著重講的，是它用「體物」（描寫景物）代替了「敘事」。漢賦的代表作家司馬相如的〈子虛賦〉、〈上林賦〉就很典型。但是，值得慶賀的是詩騷樂府的傳統戰勝了它，才出現魏晉的五言詩及唐詩的黃金時代。第二次是宋詞的衝擊。宋詞興起，取代了唐詩。宋詞也是

「詩」，但用純粹的抒情取代了敘事，內容發生了重大的變化。宋詞與漢賦不可同日而語，它取得輝煌的成就。一個原因是它來自民間，給文人詩歌帶來一股清新的詩風；另一個原因是它充分發揮了詩歌的抒情功能，在這方面超越了唐詩。但是，它丟掉了敘事的功能，割斷了詩騷的傳統，這是它日後式微的原因。像毛澤東〈蝶戀花・答李淑一〉那樣熔抒情與敘事於一爐，動作成為詞的主心骨的名作，在宋詞及後來的詞人作品中極為罕見。

中國詩歌敘事傳統的中落，還有一個很重要的原因，就是理論導向的偏頗。

中國詩歌的理論，最早是圍繞一部《詩經》展開的。《尚書》〈堯典〉首先提出了「詩言志」的觀點，朱自清稱之為中國歷代詩論「開山的綱領」(《詩言志辨》〈序〉)。「詩言志」指出詩歌「言志」的功能，極為重要。孔子也有著名的詩論，如「興觀群怨」說、「盡善盡美」說、「思無邪」說，這些都是極有價值的指示。但是，無論「詩言志」說或孔子的詩教，都沒有談到《詩經》敘事的功能，不能不說是一種片面性。

關於《詩經》的理論，還有「六義」說。「六義」的說法最早見諸成書於戰國的《周禮》〈春官〉：

> 大師……教六詩：曰風，曰賦，曰比，曰興，曰雅，曰頌。

用「六義」以概括《詩經》，是一個創舉。它的角度與《尚書》及孔子的詩教不同，顯然是企圖從多方面認識《詩》的性質與特點。雖然未作解釋，但問題已經提出來了，給後人留下了寶貴的「空白」(未定點)。自此以後，「六義」就成為中國詩學一個十分重要的接受美學的範疇。

秦漢時人毛亨對「六義」說首先作了闡述。毛亨從政治教化的角度闡釋了「風」、「雅」、「頌」，但對「賦」、「比」、「興」則一字不談。他的《毛詩大序》寫得很明白。

在「賦」、「比」、「興」三個概念中，關鍵是對「賦」的解釋，從漢朝開始，便產生了歧義與導向性的失誤。

揚雄把「賦」說成「諷」，「雄以為賦者，將以風也」（《漢書》〈揚雄傳〉）。這實際上是取消「賦」特定的內涵，既然「賦」也就是「風」，前人又何必把它分出來呢？班固（32-92）對「賦」下了一個定義：「賦者，古詩之流也。」（〈兩都賦〉〈序〉）。他所說的「賦」，指從《詩經》中發展出來的一種文體——漢賦。班固偷換了「六義」中「賦」的概念，因為「六義」中的「賦」講的是《詩經》，並非漢賦。東漢鄭玄（122-200）又對「賦」作了解釋：「賦之言鋪，直鋪陳今之政教善惡。」（《周禮注》）說「賦」是「鋪陳今之政教善惡」，不過是揚雄觀念的重複。

到了西晉、南朝，陸機、摯虞、劉勰所談的「賦」，主要是作為文體的漢賦。他們正確地指出了漢賦的特點，但沒有指出漢賦的大缺點。陸機（261-303）在〈文賦〉中說：「詩緣情而綺靡，賦體物而瀏亮」，「詩」是抒情的，風格是綺靡，「賦」是狀物的，風格是瀏亮。說「賦」是「體物」的完全對，可惜他沒有加上一句：「賦」用「體物」取代了「敘事」。餓死的西晉文論家摯虞（？-311）說：「古詩之賦，以情義為主，以事類為佐；今之賦，以事體為本，以義正為助。」摯虞所說的「賦」有兩個含義，前者指詩騷的美刺傳統，後者指漢賦丟掉了美刺傳統。劉勰對「賦」的見解，多沿用前人。他說「賦」是「受命於詩人，拓宇於《楚辭》」（《文心雕龍》〈詮賦〉），這是班固「賦者，古詩之流也」的看法的複述。劉勰從不在創作論中談「賦」，只談「比」、「興」，將「六義」中的「賦」乾脆開除了（《文心雕龍》〈比興篇〉）。

總而言之，從漢代到西晉、南朝，上述那些文論家或將「六義」

中的「賦」與「風」等同起來，或據漢賦把它解釋為「鋪」，有時又把「六義」中的「賦」與漢賦的「賦」混為一談。究竟「六義」中的「賦」是指什麼？這個牽涉到對《詩經》的特色作出評論的重要問題，一直含混不清。

直到鍾嶸才第一次對「六義」中的「賦」作出正確而又明白的解釋：

> 故詩有三義焉：一曰興，二曰比，三曰賦。文已盡而意有餘，興也；因物喻志，比也；直書其事，寓言寫物，賦也。宏斯三義，酌而用之，……是詩之至也。(〈詩品序〉)

請注意，鍾嶸是緊緊扣住「六義」來談「賦」的。他是在講《詩經》，不是在講漢賦。什麼是「賦」呢？就是「直書其事，寓言寫物」，這是前人從未講過的話。「賦」就是指《詩經》的敘事功能。

只有鍾嶸看出了《詩經》兼有言志、抒情、敘事三種功能。他說詩是「指事造形，窮情寫物」。「文已盡而意有餘，興也」，「因物喻志，比也」，「直書其事，寓言寫物，賦也」。他第一次指出《詩經》的「興」有象徵性。這「情」、「意」、「志」、「事」就是言志、抒情、敘事。

鍾嶸認為詩的言志、抒情、敘事三種功能應該同時並重，同時發揚，「宏斯三義，酌而用之」，才是詩歌的上上品。

鍾嶸這個詩的定義，吸收了言志、緣情說，又不受其侷限，從一個嶄新的角度，即言志、抒情、敘事三者結合的角度論詩，比之只強調「言志」或「緣情」，顯然高明得多，也符合詩騷的實際情況。鍾嶸撥開了前人及同時代人對「六義」中的「賦」所散布的迷霧，第一次明確指出「六義」中的「賦」是「直書其事，寓言寫物」，便是他對中國詩歌的敘事學的十分重要的貢獻。

中國詩歌的敘事學除了鍾嶸作出重大貢獻以外，還可以提到唐朝的白居易。白居易是「新樂府」的首倡者，他還有詩論。他的詩論有片面性，如說楚辭及五言詩只做到《詩經》作者十分之二三水平，李白的詩歌屬於美刺比興的「十無一焉」，杜甫的好詩如「三吏」及「朱門酒肉臭，路有凍死骨」的佳句「亦不過三十四首」(〈與元九書〉)，對前人的成就評價過低。但白居易詩論中的敘事學卻頗有價值。他的貢獻有二，第一，反覆強調詩歌的敘事的功能。「歌詩合為事而作」、「因事立題」(〈與元九書〉)，「其事核而實」、「為君為臣為民為物為事而作」(〈新樂府序〉)，「因直歌其事」(〈秦中吟序〉)，「一悲吟一事」(〈傷唐衢〉) 都是講敘事功能。他的另一個貢獻是對敘事的內容的革新，強調敘人民疾苦的事。所謂「惟歌生民病，願得天子知」。這個「惟」字不能輕輕放過，這是繼承了屈原、杜甫詩歌的人民性的精華。在白居易之前的中國文論家也講「事」，如毛亨的《毛詩大序》中有「一國之事」、「天下之事」，揚雄《法言》〈吾子〉中有「事勝辭則伉，辭勝事則賦」(事實勝於文辭就太露骨，文辭勝於事實就鋪飾)。但他們所說的「事」，都不是指人民的疾苦，這一點，鍾嶸也沒有談到，這是白居易詩論超過前人的地方。

但應該遺憾地指出，鍾嶸、白居易的敘事學始終未能發揚光大，中國詩歌的敘事學是中國古文論最薄弱的一環。絕大多數文論家歷來只重視詩歌的言志、緣情功能，而不重視詩歌的敘事功能，對中國大量的敘事詩視而不見或加以貶斥。劉勰是中國古代偉大的文論家，其《文心雕龍》博大精深，自成體系，在世界文論史上占很高的地位。《文心雕龍》對中國的詩歌（到他那個時代）作了相當全面的論述，惟獨論詩歌的敘事功能是一個「缺項」。《詩經》中的人物他不談，屈原筆下的神話他否定，在〈樂府篇〉中，不提〈步出夏門行〉、〈孤兒行〉、〈婦病行〉、〈陌上桑〉、〈上邪〉、〈戰城南〉，連中國敘事詩的皇冠〈焦仲卿妻〉也隻字不提。明代陸時雍斷言：「敘事議論，絕非詩家所需，以敘事則傷體，議論則費詞也」(《詩鏡總論》)。清代王夫之也貶低〈焦仲卿妻〉，說是「古人里巷所唱盲詞白話」(《古詩評選》卷一)，對〈石壕吏〉的評價是「於史有餘，於詩不足」(《古詩評選》卷四)。連白居易也瞧不起自己的〈長恨歌〉，對元稹說「時之所重，僕之所輕」。

中國詩歌的敘事傳統又受到宋江西詩派及道佛詩論的打擊。江西詩派「以才學為詩，以議論為詩」是排斥敘事的。道佛詩論更是敘事詩的大敵。所謂「大音希聲，大象無形」(老子)、「但見情性，不睹文字」(皎然)、「不著一字，盡得風流」(司空圖)、「羚羊掛角，無跡可求」(嚴羽)，都從根本上取消了詩的敘事功能。

國外有的文論家認為中國敘事詩薄弱的原因，一在於「漢語本身的特點」不利於敘事詩創作；二在於「中國人的思維方式」缺乏體係；三在於「中國文人對崇尚個人的英武精神持否定的態度」。[11]國內有的學者認為「真正限制中國敘事詩發展的是如下『三座大山』：第一，中國沒有史詩傳統；第二，表意文字的文、言分離；第三，中國詩歌的高度形式化」。[12]對這些論點的評價，不是本文的範圍。但是，至少可以補充一點：中國儒道佛三家詩論的導向，都限制中國敘事詩的發展。

## 七　古代敘事詩與古代小說的關係

中國小說的源頭，可以追溯到古代的敘事詩。把小說與敘事詩聯繫起來，在西方不成問題。西方長篇（不是短篇）敘事文學演變的軌跡十分清晰，這就是：

---

11 劉若愚著，趙凡聲等譯：《中國詩學》(鄭州市：河南人民出版社，1990年)，頁197-199。

12 陳平原：《中國小說敘事模式的轉變》，頁305。

史詩（epic）──傳奇（romance）──流浪漢小說（picaresque novel）──長篇小說（novel）

上述四種形式構成西方一個基本完整的長篇敘事傳統。而「史詩」、「傳奇」都是詩體。後來出現了散文體的傳奇，又出現了西班牙的散文流浪漢小說，始有文藝復興時拉伯雷的《巨人傳》及塞萬提斯的《堂·吉訶德》，它們都是繼承了流浪漢小說，對騎士傳奇作了誇張滑稽的「反寫」。到了十八世紀，西方的長篇小說就成了氣候。與此同時，「詩體小說」仍在發展。

中國的敘事文學演變的軌跡比西方複雜。我們是先有短篇小說，中篇小說，然後有長篇小說，長篇小說由短篇小說發展而來。《三國演義》、《水滸傳》、《西遊記》都這樣。中國的短篇小說綿延不絕，成為養育中國長篇小說的土壤。

中國除了白話小說還有文言小說，從六朝志怪志人小說到唐傳奇到南宋《夷堅志》直到蒲松齡的《聊齋志異》紀昀的《閱微草堂筆記》，文言小說幾乎全都是短篇的。

由於中國的小說不論文言的，白話的都是散文體，小說論者多半都從散文這個角度來論述中國小說演變的軌跡。魯迅先生的《中國小說史略》是中國第一部小說專史，就是從散文的角度論述的。魯迅認為，中國的短篇小說，是從六朝志怪志人小說開始的，唐傳奇一變，宋話本小說又一變。近人也有將志怪小說的源頭，追溯到《山海經》的，也有認為《史記》是中國小說的「胚胎」的。但都是從散文的角度論述，極少有人從敘事詩的角度探索中國小說的起源。

是不是可以從詩的角度去作一些新的探索呢？《詩經》中的〈氓〉、漢樂府中的〈焦仲卿妻〉、北朝民歌中的〈木蘭辭〉、杜甫的「三吏三別」、白居易的〈縛戎人〉、〈新豐折臂翁〉、〈長恨歌〉、〈琵琶行〉，都可以從小說的角度去分析，因為都有情節、人物、細節與心理描寫，其中的故事有十分完整的，如〈焦仲卿妻〉、〈木蘭辭〉，也有截取一個橫剖面的，如「三吏三別」。這些敘事詩，都是短製，漢樂府的「公無渡河」，更是典型。中國小說由「短」到「長」，就可以從文體學的角度，追溯到這些敘事詩。

中國古代的敘事詩與中國古代的白話小說都用當時的口語寫成。《詩經》大量使用語助詞。這些語助詞，無疑的都是當日民間的口頭語，由於這些語助詞的使用，使得詩篇更接近口語，更接近自然，顯示出《詩經》民歌的特色。《詩經》雖然押韻，但大都出於天籟，成於自然，是「里諺童謠，矢口成韻，韻即其時之方音，是以婦孺猶能知之協之也。」（江永《古韻標準》〈例言〉）古詩〈十五從軍征〉中的「道逢鄉里人：『家中有阿誰？』」樂府〈焦仲卿妻〉中的「阿母得聞之，槌床便大怒」，都是「明白如話」。中國的白話小說，最早就是說話人的「話本」。宋元話本中，還有〈快嘴李翠蓮記〉那樣「快板」式的韻文。從語言學角度說，中國古代的敘事詩與話本也是一脈相承的。

中國的抒情敘事詩，又分現實主義的與浪漫主義的兩種。《詩經》中的敘事詩是寫實的，客觀的，如〈氓〉。屈原的〈九歌〉、〈離騷〉的敘事是想像的、主觀的，超現實的。中國的短篇小說分別繼承了中國詩歌這兩種風格。《聊齋志異》繼承了屈原的浪漫主義敘事風格，蒲松齡在《聊齋自志》中就強調他的小說不僅繼承了干寶的《搜神記》，尤其是從精神到手法上都繼承了〈離騷〉、〈天問〉。宋話本、明擬話本多繼承了《詩經》、樂府、杜甫、白居易的「新樂府」的寫實敘事風格。從風格學上說，也可以找到中國古詩與短篇小說的聯繫。

然而，除了蒲留仙外，中國歷代小說論著，極罕見有指出二者的聯繫的。[13]只有明人桃源居士（生平不詳，或疑為馮夢龍）的《唐人

---

13 黃霖、韓同文選註：《中國小說論著》（南昌市：江西人民出版社，1990年），收入從西元一世紀末桓譚到西元二十世紀初茅盾歷時兩千年的二百餘家的評論，讀者可參閱。

小說》〈序〉或許可以說多多少少涉及這個主題：

> 唐三百年，文章鼎盛，獨詩律與小說，稱絕代之奇，何世，蓋詩多賦事，……文多徵實。
> 洪容齋謂：「唐人小說，不可不熟。小小情事，淒惋欲絕。」劉貢父謂：「小說至唐，鳥花猿子，紛紛蕩漾。」……《楚辭》、漢史而後自應有此一段奇宕不常之氣，鍾而為詩律，為小說，唐人第神遇而不自知其至耳。

此文指出唐詩「多賦事」，這是敘事詩的特點。又指出唐傳奇也是「多徵實」，點出兩者關係。又說唐傳奇繼承了《楚辭》，其產生有必然性。還指出唐人未識傳奇是至文。經他一點撥，《楚辭》——唐詩——傳奇的傳統就聯成一氣了。但桃源居士的論述多語焉不詳，缺乏闡釋與發揮。

中國的小說評論，直到近代才出現了新的突破，這裡不能不指出胡適的〈論短篇小說〉[14]的首創意義。在這篇論文中，胡適對中國小說與敘事詩歌的繼承關係，作了很精闢獨到的論述：

> 比較說來，這個時代（指漢唐——筆者注）的散文短篇小說還該數到陶潛的〈桃花源記〉。這篇文字，命意也好，布局也好，可以算得一篇用心結構的「短篇小說」，此外，便須到韻文中去找短篇小說了。韻文中〈孔雀東南飛〉一篇是很好的短篇小說，記事言情，事事都到。但是比較起來，還不如〈木蘭辭〉更為「經濟」。〈木蘭辭〉記木蘭的戰功，只用「將軍百戰死，壯士十年還」十個字；記木蘭歸家的那一天卻用了一百多

14 此文初發表於《新青年》1918年4卷5號，同期刊登魯迅的《狂人日記》。

> 字。十個字記十年的事，不為少。一百多字記一天的事，不為多。這便是文學的「經濟」。但是比較起來，〈木蘭辭〉還不如古詩〈上山採蘼蕪〉更為神妙。
>
> 到了唐朝，韻文散文中都有很妙的短篇小說。韻文中，杜甫的〈石壕吏〉是絕妙的例。……白居易的《新樂府》五十首中，盡有很好的短篇小說。最妙的是〈新豐折臂翁〉一首。……白居易的〈琵琶行〉也算一篇很好的短篇小說。

胡適所以能說出這番話，是受了西方十九世紀短篇小說理論的啟示，這是無可置疑的。他理論上的借鑑是成功的，因為他因此發現了中國古詩與小說的聯繫，也發展了中國敘事文學的理論，繼承並弘揚了中國敘事文學的傳統。

## 八　比較是互為鏡子

以西方文學的敘事傳統和敘事理論為鏡，有助於我們看清中國詩歌敘事傳統和敘事理論的長處和短處。

第一，西方的詩體敘事文學源遠流長，豐富多彩，一直向上發展，成就很高。中國也有自己寶貴的詩歌敘事傳統，但從先秦到晚清，歷代論者多輕視敘事詩。看看別人何等重視敘事詩的研究，可以糾正我們自古以來輕視敘事詩的偏見。通過比較，我們知道西方民族擅長在長篇詩歌中敘事。中國漢民族擅長在短詩中敘事。中國古詩多有抒情敘事相結合的結構，這是中國古詩的特色。

第二，西方敘事理論遠比我們發達。柏拉圖與亞里斯多德的「模仿說」雖有本質的不同，但都強調文學模仿的對象是「行動中的人」。柏拉圖說：「詩的摹仿對象是在行動中的人」。亞里斯多德在《詩學》中又重複了老師的話：「摹仿者所摹仿的對象既然是在行動中的人，……」。這是中國古代詩論從未說過的話。以西方敘事理論為鏡，我們便發現了《詩經》的〈氓〉，漢樂府的〈焦仲卿妻〉，北朝民歌〈木蘭辭〉，杜甫的「三吏三別」，白居易的〈長恨歌〉等等，也都是描寫「行動中的人」。中國詩人一向擅長在短詩中描寫人的行動，漢樂府「公無渡河」就是很典型的例子。

第三，以西方「模仿說」為境，便使我們看出了「言志」說、「緣情」說的片面性。它促使中國古代詩歌向抒情方向發展，但阻礙了中國敘事詩的發展。道佛詩論更是敘事詩的大敵。也使我們對先秦「六義」說中的「賦」的概念有了新的認識。並發現了鍾嶸詩論的巨大價值。

當我們以西方文學為鏡時，不能忘記中國文學也是一面鏡子，可以照出西方文學的不足。西人把詩分為抒情與敘事兩大類，就未必妥當。我們知道，古希臘人把詩分為兩種基本類型：史詩和抒情詩，亞里斯多德就是這樣區分的。[15]西方人把詩的功能作了明確的分工，「敘事詩」的功能就是敘事，「抒情詩」的功能就是抒情。到了近代，「敘事詩」與「抒情詩」更發展成為兩個相互排斥的概念。美國著名文學批評家阿伯拉姆給「抒情詩」所下的定義是：「這一術語指任何較短的、非敘事形式的詩歌。」[16]但事實上，在西方的「抒情詩」中，有大量作品具有敘事成分。古希臘的品達羅斯的「頌歌」就是如此，他的頌歌都是組詩，如〈皮托競技勝利者頌〉的第四首詩〈獻給庫瑞涅城的阿刻西拉〉共二百九十九行，全詩的大意是：西元四六二年庫瑞涅的君主阿刻西拉在皮托競技會上參加賽車獲勝，品達羅斯作這首頌歌，用來在宮廷的慶祝會上演唱。品達羅斯首先請文藝女神繆斯前來，幫助詩人

15 見〔美〕韋勒克、沃倫合著，劉象愚等譯：《文學理論》（北京市：生活．讀書．新知三聯書店，1984年），頁258。

16 〔美〕阿伯拉姆著，曾忠祿等譯，賀祥麟校：《簡明外國文學理論辭典》（長沙市：湖南人民出版社，1987年），頁186。

一起慶賀阿刻西拉。然後開始歌頌阿刻西拉祖先的高貴出身和光輝事蹟，其中伊阿宋是最著名的英雄，他曾率領其他英雄前往北方取金羊毛。從第六十七行至第二百五十行都是用來描寫這個古希臘很著名的神話故事的。[17]這就是敘事。但品達羅斯卻被西方公認為是偉大的「抒情詩人」。在西方十九世紀浪漫主義的詩歌中，抒情與敘事相結合的作品不計其數，如華茲華斯的名詩〈我們是七個〉就是一例。但華茲華斯的作品，包括在他的合作者柯勒律治的名作〈古舟子詠〉全被劃入「抒情詩」。[18]

以中國古詩為鏡，就可以照出西方人這種區分並不完全符合中西詩歌的實際情況。我們從不將詩分為「抒情詩」、「敘事詩」。即使採用西方的術語，至少還有一種抒情敘事詩。它兼有二者的功能，無法用二分法加以概括。

以中國古詩為鏡，也可以照出西方人形象思維的侷限。他們擅長在長詩中敘事，不擅長在短詩中敘事。西方的十四行詩是抒情詩的重要形式，難以敘事，西方詩人如果在十四行詩中敘事，就把它系列化，成為組詩。義大利彼特拉克的《歌集》（又稱《未完成的俗語集》）由三百十七首十四行詩組成，分「聖母勞拉之生」與「聖母勞拉之死」兩部分，就用這「組詩」的形式，記述了詩人對義大利少女勞拉（Laura）的熱戀、失戀及勞拉死後在他夢中出現的情景。這類著名例子還有莎士比亞，莎氏的一百五十四首十四行詩分開來看，可以說一點敘事的影子都沒有，但合起來看，則一組是寫給一個青年貴族的，另一組是寫給一個深膚色的女子的，有一條敘述莎氏與這兩個人的友誼與愛情的隱隱約約的線索。

中國古詩則不同，詩人們擅長在短詩中敘事，這是中國漢民族形象思維的優點。《詩經》中的〈頌〉，近似古希臘的「頌歌」，都是歌

---

17 見水建馥譯：《古希臘抒情詩選》（北京市：人民文學出版社，1988年），頁196。

18 《簡明不列顛百科全書》，第4卷，頁659。

頌詩人的文功武略，但一短一長，形式大不相同。〈離騷〉二百四百九十字。被清人潛德潛稱為「古今第一首長詩」的〈焦仲卿妻〉一千七百七十五字。中國詩人在短詩中將抒情與敘事結合起來的本領，擅於在短詩中敘事的本領，比西方詩人高明。

由此可見，借鑑絕非認同，鏡子也並非只有一面。國內外一些論者將《詩經》、屈賦乃至大量中國古詩籠而統之劃入「抒情詩」，是用西方詩歌理論的二分法來套中國的詩歌，其要害是抹殺了中國大量古詩情不離事的抒情與敘事相結合的結構。至於那種褒揚中國抒情詩與西方史詩，貶抑中國敘事詩的觀點，既受中國文論傳統觀念的束縛，又是盲目地向西方史詩認同的結果。中國的敘事詩與西方的史詩是敘事詩的兩種不同類型，篇幅長短與內容不同只是特點不同，絕非審美評價的高低不同。上述兩種片面的觀點，使我們看不見中國古詩的抒情敘事結構是中國詩歌敘事傳統的一個組成部分；使我們不能對中國大量的敘事詩作出正確的評價，都會阻礙我們對中國詩歌的敘事傳統作深入的研究，故有提出來討論之必要。

# 捌
# 西方現當代文論的借鑑價值

中國新時期文學是開放性的文學，大量引入西方現當代文論是一個十分引人注目的現象。主要引入精神分析、神話原型、俄國形式主義、英美新批評、結構主義、解構主義、接受美學、女權主義批評。

這些新理論特點之一是反傳統。從十九世紀後半葉起，西方學界傳統與反傳統之爭十分尖銳，有點近似中國「五四」時期。這些新理論所反對的，是文藝復興到十九世紀的資產階級古典理論傳統。其哲學、心理學、語言學基礎，不僅與馬克思主義文論有本質之別，和古典資產階級的哲學、心理學、語言學也迥然不同。

這些新理論特點之二是片面性。它們的方法是十分片面的，武斷的。攻其一點，不及其餘，是其可怕的、致命的弱點。

這些新理論特點之三是新。在片面性中有新的、前人不曾論及的創見，富於啟發性。

聯繫中國文學的實際來評論它們，取其精華，去其糟粕，就是本書的原則。下面，分別就這八種文論，談談其對中國文學的借鑑價值。

## 一　精神分析批評

奧地利心理學家佛洛伊德（1856-1939）所創。韋勒克在《二十世紀世界文學百科全書》（1975）中稱它為二十世紀三大文評之一（另兩種為馬克思主義批評、神話原型批評）。

佛氏認為人的心理主要是性心理，此乃創造之因。故人們稱他的理論為「泛性論」。他說：「心理過程主要是潛意識的。」[1]而「潛意識」的內容主要是被壓抑的性欲，這種性欲的創造力量非同小可，「性的衝動對人類文化的成就作出最大的貢獻」。[2]

佛氏把人格分為三個層次的結構，即本我（「伊德」，id，拉丁文的「它」）、自我（ego）、超我（super-ego）。「本我」就是「里比多」（li-bibo），即性本能。他說：「里比多和飢餓相同，是一種力量，本能——這裡是性的本能。」[3]用藝術的話說，它是「魔鬼」，它的活動規則是快樂的原則。它具有很大破壞性，是人格的原始系統。「自我」是個人與社會的媒介物，它的活動規則是現實原則。使代表動物性的本我從屬於理智的自我，就像一個「看門人」，一方面保衛了個人，另一方面也尋求最安全有利的方法來滿足本我。「超我」是社會、學校、家庭作用於自我的產物，藝術地說它是「天使」，它的活動原則是道德原則。它接受社會的價值觀，使本我的衝動受到強大的壓制。它代表社會要求，不是快樂的追求。

佛氏的文論就建立在上述「泛性論」的基礎上，又可分三方面說：

首先是動力說。作家「被壓抑的願望」（即性的衝動）無法在現實中實現，只能在文學創作的幻想（白日夢的昇華）中去尋求滿足，文藝就被創造出來。他說：「幻想的動力是未被滿足的願望。」[4]

其次是昇華說，作家必須把自己的性意識，披上一件藝術的外衣，以社會上可以接受的形式表現出來。普通人無此「技巧」，作家有，這是作家的本領。[5]佛氏在〈陀思妥耶夫斯基與弒父者〉（1927）

---

1 均見〔奧〕佛洛伊德著，方覺數譯：《精神分析引論》（北京市：商務印書館，1984年），頁8、9、247。

2 同前註。

3 同前註。

4 〔奧〕佛洛伊德：〈作家與白日夢〉，見張喚民、陳偉奇譯，裘小龍校：《佛洛伊德論美文選》（北京市：知識出版社，1987年），頁32、37。

5 同前註。

這篇名文中就《俄狄浦斯王》、《哈姆萊特》、《卡拉瑪卓夫兄弟》三大名著說明「昇華」的技巧。這三部作品前後相距兩千年，卻「表現同一主題——弑父」。因為在一切男人的潛意識領域中已蟄伏著「俄狄浦斯情結」，因此文學作品出現這種亂倫的主題就不是「巧合」，但經大作家的「昇華」，這三部作品就成為世界文學名著而為人們普遍接受。

第三是分享說。作家首先是自我享受性欲昇華的快樂，然後把這種享受轉給讀者。「美的享受，產生於一種非常迷人的感覺」，「不可否認，它是來自性欲」。[6]「藝術家的第一個目標是使自己自由，並且靠著把他的作品傳達給其他一些有著同樣被抑制的願望的人們，他使這些人得到同樣的發泄」。「作家使我們從作品中享受到我們自己的白日夢，而不必自我責備或感到羞愧」。[7]

美國著名心理學家舒爾茨說，佛氏的精神分析學說「強有力地影響了全部西方文化」。「對精神分析的信仰基礎通常是直覺地感到佛洛伊德體系中似乎有合理的東西」。「普通民眾比學院心理學更承認他的學說，勢力也大得多」。[8]

佛氏的「泛性論」的文論的荒謬性和合理性同樣是十分明顯的。性心理的確是人類十分重要的心理，必然要在文學中反映出來，從這個角度去研究作家、作品中的人物及讀者接受，有它的合理性。但將性欲說成是決定一切的力量，就不符合事實。人類的精神世界十分豐富，人類的行為動機也絕不限於性欲，這是誰都明白的事。

對佛氏文論的荒謬性與合理性，應強調合理性的一面。第一，佛

6　〈達．芬奇和他童年的一個記憶〉，見張喚民、陳偉奇譯，裘小龍校：《佛洛伊德論美文選》（北京市：知識出版社，1987年，第1版），頁49。

7　〔奧〕佛洛伊德：〈精神分析學導論〉，見張喚民、陳偉奇譯，裘小龍校：《佛洛伊德論美文選》（北京市：知識出版社，1987年，第1版），頁139。

8　〔美〕舒爾茨著，楊立能等譯，陳澤川等校：《現代心理學史》（北京市：人民教育出版社，1981年，第1版），頁383。

氏是第一個人系統地研究了文學中一個嶄新的領域——無意識，[9]研究了作家、作品中的人物、讀者最隱蔽的心理區域；第二，中外不少作家藝術家在不同程度上認同他的文論，並實踐於文學，外國如奧地利劇作家小說施尼茨勒，他是德國「意識流」小說創始人，結識佛氏，被稱為佛氏在文學上的「雙影人」。中國如魯迅、郭沫若；第三，性心理作為文藝創作的原動力，這種說明，比之「神附體」的靈感說，明顯要合理得多，也更易為一些作家作品所證實；第四，精神分析批評，已成為世界三大文評之一，取得公認的成就；第五，當代一些文論家試圖將它與語言學或馬克思主義結合起來（如法蘭克福學派），從而更好地探索潛意識與語言結構及社會意識形態之關係。

中國古人早已指出性心理是人的重要心理。戰國時告子（生卒年不詳）說：「食色，性也。」（見《孟子》〈告子上〉）。荀子（約西元前313至西元前238年）主性惡說，「好聲色」就是一種情欲。錢鍾書指出：「佛洛伊德這個理論早在鍾嶸的三句話裡稍露端倪」[10]（《詩品》〈序〉：「使窮賤易安，幽居靡悶，莫尚於詩矣」）。

對此派文論，不是要不要借鑑，而是擅不擅於借鑑的問題。魯迅的〈不周山〉（後改名〈補天〉）是借鑑佛氏理論用於創作的光輝典範。郭沫若的〈《西廂》藝術上的批判與其作者之性格〉（1921）最早嘗試用精神分析法研究中國古代文學。他的短篇小說〈殘春〉（1924），如同魯迅的〈不周山〉一樣，也是以佛氏理論作指導思想的。他的論文〈批評與夢〉[11]說「文藝創作譬如在做夢」，「真正的文藝是……昇華過的一個象徵世界」，這是對佛氏理論的闡述。施蟄存的小說「應用了一些 Freudism」（即佛洛伊德主義）[12]這些都是著名的例子。

---

9 高覺敷譯為「潛意識」。

10 錢鍾書：〈詩可以怨〉，《文學評論》1981年第1期。

11 郭沫若：〈批評與夢〉，《文藝論集》（上海市：光華書局，1925年）。

12 施蟄存：〈我的創作生活之歷程〉，《創作的經驗》（上海市：天馬書店，1933年）。

在新時期的文論中，有兩個傾向是值得注意的，其一是把許多作家都拉到佛氏旗下，這未必符合實際。王安憶寫過〈小城之戀〉、〈荒山之戀〉、〈錦繡谷之戀〉、〈崗上的世紀〉、〈米尼〉。這五篇小說均寫「性」。〈荒山之戀〉寫婚外戀。〈小城之戀〉寫女性如飢似渴的性意識。〈錦繡谷之戀〉寫女編輯對年長的作家柏拉圖式的戀情。〈崗上的世紀〉寫城裡來的女知青與生產隊長的性愛，最為暴露。〈米尼〉寫一上海知青墮落為妓女。於是有些評論家說她深受佛氏影響，才對「性愛」主題如此執著，如此大膽去寫。但王安憶自云不了解佛氏。我們信誰呢？還是應信王安憶本人。理由很簡單，在現當代中外文學中，寫「性」主題的作品多的是，並不是因為有了一個佛氏才出現這類題材。作家研究「人」非研究「性」。性心理只是人心理局部而非全部。把許多作家拉到佛氏旗下的結果，難以了解作家筆下人物豐富複雜的內心世界。王安憶說：「要真正地寫出人性，就無法避開愛情，寫愛情就必涉及性愛。而且我認為如果寫人不寫其性，是不能全面表現人的，也不能寫到人的核心，如果你真是一個嚴肅的、有深度的作家，性這個問題是無法逃避的。」但她又說：「我以為，性是極其個人的，又不是個人的，它已帶有社會性了。」[13]就以王安憶上述小說而言，男女性關係後面的社會經濟、政治文化背景更令人心寒，女性的悲劇的原因更能引起讀者憂思。

其二是將佛氏的理論變成模式去生搬硬套，歪曲了作品。例如莫言一些小說雖寫了性題材，但很難說他受佛氏的影響。他雖然十分崇拜福克納與馬爾克斯，但他不寫「俄狄浦斯情結」，這是他一個不同的特色，有他大量小說為證。他的〈金髮嬰兒〉是用象徵手法寫出的社會問題小說。小說中的裸體女性石塑及金髮嬰兒是純潔、美麗、愛情的象徵，是作者對人與人關係的一種理想的寄託。〈透明的紅蘿

13 王安憶、陳思和：〈兩個69屆初中生的即興對話〉，《上海文學》1988年第3期。

蔔〉中的村女與打石民工、〈紅高粱〉中的爺爺與奶奶、〈歡樂〉中的永樂與魚翠翠，都是寫得很美的。亂倫意識和行為是一種蒙昧、原始、野蠻的人類的陳述，人類自身的進化和文明的發展必然要淘汰它，西方與拉美有一些作家喜歡寫這個東西，我們並不需要「拿來」，況且他們中一些大作家對此也持批評否定的態度，福克納〈喧嘩與騷動〉中的昆丁雖死猶生，杰生有如禽獸。馬爾克斯以俏姑娘白日飛升來否定布恩蒂亞家族的亂倫關係。作家認為，這個家族「不懂愛情」、「不通人道」，使俏姑娘生活在「孤獨的沙漠」中，她只得「淒涼」地飛離了馬孔多。莫言沒有一篇作品是寫亂倫意識的，正說明他的選擇是有眼力的。

正因為如此，我們用佛洛伊德的精神分析學來批評莫言的小說時便要倍加小心。有些學者將〈紅高粱〉中的「我」與「奶奶」的關係，過分隨意性地說成是「俄狄浦斯情結」的關係，說「我」在潛意識中妒忌「爺爺」而愛「奶奶」，在夢幻中「能夠體驗到『爺爺』和『奶奶』所構成的那種關係的快感」，特別是說羅漢大爺是「我」假想的情敵，故要日本兵（誰要？作者莫言要？）把他的男性器官一刀鏇下來。[14]這些論斷完全缺乏作品的客觀根據，是對佛氏文論典型的生搬硬套。只要看過〈紅高粱〉的人大概誰也看不出「我」妒忌「爺爺」，「我」對「奶奶」產生性愛的感情。至於說「我」在感情上希望日本兵把羅漢大爺的生殖器割下來，以發泄自己對奶奶有染的羅漢大爺的仇恨，真不知莫言看了有何感想？！抗日故事和爺爺奶奶的英雄形象是小說的靈魂，「紅高粱」的意象是為了襯托英雄和深化小說主題，「我」懷著一種無限崇敬、追慕、歌頌的感情去對待「爺爺」和「奶奶」，並對自己作深刻的反省，這種反省是先人對後輩的鞭策。莫言寫羅漢大爺被凌遲的情節，是揭露日寇的獸性，說明中國農民對侵略者

---

14 李潔非、張陵：〈精神分析學與〈紅高樑〉的敘事結構〉，《北京文學》1987年1期。

的「刻骨」仇恨是怎樣被激發起來的。這在他與《文藝報》記者的談話中說得十分明白。[15]它和「俄狄浦斯情結」簡直是風馬牛不相及。

佛氏的文評認為作品是作者性意識的投影，很重視從作者的經歷去找原因。李、張的論文也提不出任何材料，證明小說中的人物關係是莫言與親屬之間某些關係的反射，留下作者某些性意識的痕跡。這樣濫用「俄狄浦斯情結」去圖解〈紅高粱〉，勢必完全抹殺了〈紅高粱〉深刻的愛國主義，抹殺了小說中的「我」的思想感情的民族性、革命性。

佛洛伊德「泛性論」的文評為我們提供了文藝批評一個嶄新的角度，這是他的貢獻。他的理論的要害是排斥理性。它僅僅是文藝批評的一個角度，絕非一切角度。即使佛氏本人，他在聲稱美感來源於性欲的同時，也承認精神分析「關於美簡直是最最沒有發言權的」，他強調他無意侵犯藝術家的主權，還警告他的追隨者不要「把一切庸俗化」，不要用「基本上是沒有用處和笨拙的臨床術語解釋人類的一切行為」。[16]

## 二　神話原型批評

興起於本世紀初，至今影響不衰。它認為文學的價值不在於表現個人的無意識，而在於表現了民族的、人類的無意識，而神話就保存著民族的、人類的最多的無意識。在神話中有許多一再出現的原始意象，即「原型」，通過對神話中這些「原型」的分析，便可以了解一個民族以至全人類的文學。這派批評家以神話原型為批評的準繩，故名「神話原型」。

---

15 見《文藝報》1987年1月17日。

16 〔美〕萊昂內爾・特里林：〈佛洛伊德與文字〉，《佛洛伊德心理學與西方文學》（長沙市：湖南文藝出版社，1989年）。

榮格（1875-1961），瑞士心理學家，是佛氏富於獨創性的大弟子，後與佛氏分道揚鑣，被逐出教門。他繼續深入研究「無意識」，首先提出「集體無意識」的概念，這是心理學上又一次偉大的發現。

榮格不同意把「無意識」理解為「性欲」，而把它視為「生命力」，性欲只是其中的一部分。他認為生命力只是在青春期以後才具有性欲形式。他把「性欲」作用降低到只是無意識一個組成部分。

榮格的巨大貢獻不在於對佛氏「性欲」觀念的修正，而在於發現了「集體無意識」。他認為，在屬於個人的「無意識」之外，還有屬於全人類的「集體無意識」，同時並存於一個人的腦子中。「無意識」與「集體無意識」是大不相同的。它是原始人類的共同心理。

> 集體無意識是從人的祖先的往事遺傳下來的潛在記憶痕跡的倉庫，所謂往事，它不僅包括作為單獨物種的人的種族的歷史，而且也包括前人類或動物的祖先在內。集體無意識是人的演化發展的精神剩餘物，它是經過許多世代的反覆經驗的結果所累積起來的剩餘物。[17]

榮格把這種「集體無意識」叫作「原始意象」（又譯「原型意象」），它是人類祖先長時期的心理的遺傳，是「祖先生命的殘留」，「這種潛能通過腦組織由一代傳給下一代」。如果說個人的無意識是海島所不見的水下部分，那麼，集體無意識就如同海島所相連的海床，是人類最隱蔽、最深層的心理。榮格認為這種「集體無意識」對人類文化的發展極為重要，不是個人的無意識決定了人類的文化發展，而是「集體無意識」決定了人類文化的發展，這又是對佛洛伊德的重大修正。

「集體無意識」既包括善，也包括惡，是一切美醜的根據。榮格說：

---

17 〔美〕舒爾茨：《現代心理學史》，頁360。

> 最偉大的和最美的觀念是由人類的古代的共同的財產這些原型意象所形成的。
> 這些意象不僅包含著人類一切美的、偉大的思想和感情，而且也包含著人所會有的可恥和可惡的一切邪惡的行跡。

換句話說，人類不是靠「里比多」創造出矛盾統一的一切文化，而是靠「集體無意識」創造出矛盾統一的一切文化。

榮格提出「原型」的學說。他認為「集體無意識」是通過「原型」表現的。「集體無意識的內容是『原型』」[18]，「以某種形式出現的神，……即無意識的原型」，「它本質上是一種神話形象」。

怎樣尋找「原型」呢？他說：

> 原始意象或者原型是一種形象（無論這形象是魔鬼，是一個人還是一個過程），它在歷史過程中不斷發生並且顯現於創造性幻想得到自由表現的任何地方。因此，它本質上是一種神話形象。[19]

榮格著重分析了作為人類「性幻想」的原型「阿尼瑪」（anima）：

> 不管是在男性還是女性身上，都伏居著一個異性形象。……我把那神奇女性稱作阿尼瑪。她也是一個海妖，一尾美人魚，一個山林水澤之樹仙，一位優雅的女神，一個女魔。……也能現形為一位光明天使。……對兒子來說，阿尼瑪隱藏在母親的統

---

18 〔瑞士〕榮格：〈集體無意識的原型〉，見馮川、蘇克譯：《心理學與文學》（北京市：生活・讀書・新知三聯書店，1987年），頁53。

19 〔瑞士〕榮格：〈論分析心理學與詩歌的關係〉，見馮川、蘇克譯：《心理學與文學》（北京市：生活・讀書・新知三聯書店，1987年），頁120。

> 治力中，有時她甚至會使兒子產生一種情感上的依戀，這種依戀會持續一生並影響他成年後的命運。對古代的人顯形為女神或女巫，對中世紀的人來說，這一女神的形象就被天國之聖母所代替。……在文明的中心，表現在歐美國家驚人的離婚現象，說明阿尼瑪的外象化。
>
> 一隻在過去時代的陰影中挑逗人欲的娃娃魚，今天被稱之為「性幻想」，她以一種最痛苦的方式使我們的精神生活複雜化。[20]

「阿尼瑪」不僅表現了男性的「集體無意識」——「性幻想」，也表現了女性的「集體無意識」——「性幻想」。榮格一開頭就指出「不管在男性還是在女性身上，都伏居著一個異性形象」。

在世界文學中，「阿尼瑪」的變型是很多的，西方中世紀的騎士貴婦，中國的才子佳人。女性受難與獲救的力量來自上帝、耶穌、騎士、英雄、才子。男性受難與獲救的力量來自聖母、貴婦、佳人、妓女。所謂「男子漢」、「第三者」、「男人的一半是女人」，都是人類集體無意識——性幻想的反映。

榮格論證了「集體無意識」確實存在之後，進而論證它與文學的關係。從心理學進入文學領域。這是最富於啟發性、謬誤與正確並存、最吸引人的部分。

首先，創作的動力是什麼？榮格堅決反對佛洛伊德的「泛性論」，力主創作的動力絕非來自作家得不到滿足的性欲願望，而是來自人類的意識與集體無意識，而只有後者才是偉大作品的動力。榮格將文學創作分為「心理模式」和「幻覺模式」兩種類型，「心理模式」就是我們通常說的心理小說，這是作家十分自覺的創作，屬於人

20 〔瑞士〕榮格：〈集體無意識的原型〉，見馮川、蘇克譯：《心理學與文學》，頁75、76、78、80。

類的意識經驗的領域。這一類文學作品多得不可勝數，包括許多愛情小說、環境小說、家庭小說、犯罪小說、社會小說，包括大部分抒情詩和戲劇，它來自人類意識經驗，它始終未能超越人類的理解力，故並不高明。「幻覺模式」的作品則不同，「這裡為藝術表現提供素材的經驗已不再為人們所熟悉。這裡來自人類心靈深處的某種陌生的東西，它彷彿來自人類史前時代的深淵，又彷彿來自光明與黑暗對照的超人世界，這是一種超越了人類理解力的原始經驗。」[21]

榮格把偉大作品的創作過程的非自覺性強調到了如此玄妙的地步，完全否定了偉大作家的主觀能動性，當然是唯心論。這是老莊的觀念，越「混沌」越好，越有理智越糟。莊子說：「南海之帝為儵，北海之帝為忽，中央之帝為混沌。儵與忽時相與遇於混沌之地，混沌待之甚善。儵與忽謀報混沌之德，曰：『人皆有七竅，以視聽食息，此獨無有，嘗試鑿之。』日鑿一竅七日而混沌死」(《莊子》〈應帝王〉)。

但是，我們絕不能忽視榮格由此得出一些很富於啟迪性的意見：因此，偉大作品的創作動機，絕非佛氏所說的，是出於個人的因素。

> 偉大的詩歌總是從人類生活汲取力量，假如我們認為它來源於個人因素，我們就是完全不懂得它的意義。
> 不管這些詩人的意義如何，他們每個人都是在用成千上萬的聲音說話。
> 事實上，作品中個人的東西越多，也就越不成其為藝術。藝術作品的本質在於它超越了個人生活領域而以藝術家的心靈向全人類的心靈說話。個人色彩在藝術中是一種侷限，甚至是一種罪孽，僅僅屬於或主要屬於個人的「藝術」，的確只應該被當作神經症看待。[22]

---

21 〔瑞士〕榮格：〈心理學與文學〉，見馮川、蘇克譯：《心理學與文學》(北京市：生活·讀書·新知三聯書店，1987年，第1版)，頁128-129，138-140。

22 同前註。

因為偉大藝術家是代表民族、人類說話，因此，他已不屬於自己，他的偉大作品屬於全民族、全人類。榮格就由此論證了藝術家的兩重人格。

榮格注意到，在現實生活中，許多藝術家的個人生活並不與自己的作品相吻合，甚至表現出來某種分裂的傾向。一方面，他們有種種不良的癖性，但另一方面，他們的作品又超越了這些個人侷限，而且有全人類的意義和價值。榮格於是認為藝術家是具有兩重性的人，他的個人生活並不等同他的作品：

> 每一部偉大的藝術作品都是客觀的和非個人性質的，……正因為如此，所以詩人的個人生活對於他的藝術是非本質的，它至多只是幫助或阻礙他的藝術使命而已。藝術家在個人生活中也許是市儈，循規蹈矩的公民，精神病患者，傻瓜或罪犯。他的個人生活可能索然無味或十分有趣，然而這並不能解釋作為詩人的他。[23]

基於上述看法，榮格區分了「藝術家的個人」與「個人的藝術家」。這種區分，在榮格文論中顯得突出而重要。所謂「個人的藝術家」，是指藝術家生活中的形象，可能並不高大完美，使他的崇拜者失望；所謂「藝術家的個人」，則指作品。「因為作為藝術家，他就是他的作品，而不是他這個人。」[24]也就是說，作家是用作品發言的。

榮格認為：天才的藝術家由於負擔了過分沉重的使命，由於受不可遏止的創作激情的驅使，不顧一切地去完成他的作品，從而導致個人生活的破壞。因此，藝術家生活中的缺陷，他的不良癖性，與其說

23 〔瑞士〕榮格：〈心理學與文學〉，見馮川、蘇克譯：《心理學與文學》，頁144。

24 同前註。

是罪孽，不如說是不幸。「藝術家的生活即便不說是悲劇性的，至少也是高度不幸的。」[25]

那麼，作家是否對個人的缺陷沾沾自喜，自我憐惜與欣賞呢？榮格要求藝術家為了神聖的藝術超越個人的不幸，超越個人生活中的不足和缺陷。如果說，藝術家個人生活中的缺點不能說是藝術家的罪孽。那麼，把這種個人侷限帶進藝術作品就真地成了罪孽。與提倡「自我表現」的文論家不同，榮格發揮的是「自我超越」。偉大作家的創作不是自我表現，而是自我超越，因此，他的作品才有不朽價值。榮格論證了偉大作家之所以不朽的原因，這一思想十分富於啟迪性。

榮格是繼佛洛伊德之後，將心理學用於說明文學的文論家。他以「原型」（或稱「原始意象」）為根據，創立了假設的「集體無意識」學說，又用以解釋偉大的文藝作品。他只肯定「幻覺型」的作品，而貶低「心理型」的作品，實際上是只肯定象徵的作品，貶低非象徵的大量文學名著；只肯定作家不自覺的創作活動，貶低作家大量的自覺性的創作活動。榮格文論的最大錯誤是把偉大作家的創作說成是完全不由自主的行為，完全否定了世界觀對創作的指導作用。

但是，榮格的「集體無意識」說比「天才」說與「靈感」說富於理論性，它認為偉大作品不是反映個人的「天才」或「靈感」，而是反映民族的、乃至於全人類的共同心理；偉大作家不是代表個人說話，而是代表千萬人說話。這個結論，無疑地具有巨大的合理成分，它追溯到「天才」與「靈感」的「集體無意識」的根源。他告訴我們，因為偉大的作品是表現「集體無意識」的，是民族的、人類的最深層的心理結構的產物，因此，偉大作品的意義，並不是一目了然，可以一語道破的。它的隱含意義，有待後人去發現，有待於世世代代的驗證。這個結論對我們也是富於啟迪性的。

---

25 同前註。

榮格指出作家有雙重人格，不能將作品與個人等同，這是對「言為心聲」、「文如其人」一個很必要的補充。言與心，文與人，是統一的，但又是有矛盾的，評論作家，主要根據作品。這種觀點，比之聖·佩韋及佛洛伊德用作家的私生活、性生活去解釋作品，又是一種超越。榮格說作家必須不斷超越自我，否定自我，才能進步，這對作家更是一種極有啟發價值的觀點。

榮格的理論，不妨說是心理學上的「尋根」理論，集體無意識是民族心理、人類心理的「根」。人類心理、文學、文化為什麼有共性？因為根子都在集體無意識，都是人類祖先的心理遺傳。

榮格的神話原型說，將人類學、考古學與神話學研究結合起來，對現當代的影響相當重大。聞一多早在四十年代就用它分析中國詩歌中「魚」的原型。他援引《詩經》及大量民歌論證了「魚」象徵女性，象徵配偶或情侶。打魚、釣魚喻求偶，烹魚、吃魚喻合歡。如〈陳風〉〈衡門〉中「豈其食魚，必河之鯉？豈其娶妻，必齊之姜？」（難道人要想吃魚，定吃黃河那鯉魚？難道人要想娶妻，必須娶齊國的姜姓女？）這裡，「魚」就喻女性，「食」喻性交。又如民歌「江南可採蓮，蓮葉何田田，魚戲蓮葉間，魚戲蓮葉東，魚戲蓮葉西，魚戲蓮葉南，魚戲蓮葉北。」這裡是魚喻男，蓮喻女，說魚與蓮戲，實等於說男與女戲。如昆明民歌「大河漲水白浪翻，一對鯉魚兩分散，只要少郎心不死，哪怕雲南隔四川」，「鯉魚」喻男女雙方。再如〈飲馬長城窟行〉中的「客從遠方來，遺我雙鯉魚，呼兒烹鯉魚，中有尺素書」，這雙鯉魚指書函、書函刻成雙魚的形狀，所以打開書函而「中有尺素書」，但書函何以要刻成魚形呢？聞一多說，他「現在恍然大悟，那是象徵愛情的」。

為什麼詩歌中一再出現「魚」的原型？聞一多在〈說魚中〉中說：

> 這除了它的繁殖功能，似乎沒有更好的解釋，大家都知道，在

> 原始人類的觀念裡，婚姻是人生第一大事，而傳種是婚姻的唯一目的，這在我國古代的禮俗中，表現得非常清楚，不必贅述。種族的繁殖既如此被重視，而魚是繁殖力最強的一種生物，所以在古代，把一個人比作魚，在某一意義上，差不多就等於恭維他是最好的人，而在青年男女間，若稱其對方如魚，那就等於說：「你是我最理想的配偶！」

聞一多還指出「魚」是世界性的原型，古代埃及、亞洲西部及希臘等民族也以魚為性的象徵：

> 最後，一個有趣的事實，是以魚為象徵的觀念，不限於中國人，現在的許多野蠻民族都有著同樣的觀念，而古代埃及，西部亞洲以及希臘等民族亦然。崇拜魚神的風俗，在西部亞洲，尤其普遍，他們以為魚和神的生殖能力有著密切的關係。至今閃族人還以魚為男性器官的象徵。

近人趙國華在其名著《生殖崇拜文化論》中則以驚人的大量材料論證在原始人的藝術中「魚」即女性生殖器。並指出：

> 遠古人類以魚象徵女陰，首先表現了他們對魚的羡慕和崇拜。這種羡慕不是一般的羡慕，而是對魚生殖能力旺盛的羡慕；這種崇拜也不是宗教意義上的動物崇拜，而是對魚生殖能力旺盛的崇拜。原始人類渾沌初開，人獸之間尚無嚴格的分野，由魚及女陰的相類聯想，引發出他們的一種模擬心理。經過與魚生殖能力的比照，遠古先民尤其是女性，渴望對魚的崇拜能起到生殖功能的轉移作用或加強作用，即能將魚的旺盛的生殖能力轉移給自身，或者能加強自身的生殖能力。用今天的語言來

說，初民是渴望通過對魚的生殖能力的崇拜，產生一種功能的轉化效應。[26]

「魚」作為一種文學原型，在安徒生的《海的女兒》中，在艾略特的《荒原》及阿斯塔菲耶夫的《魚王》中也一再出現。《荒原》以魚王傳說為構思，魚王缺水則死，大地乾涸，「魚王」與「水」都是「原型」，都是人類崇拜生殖的「集體無意識」的反映。阿斯塔菲耶夫筆下的「魚王」，乃大自然與偉大女性的象徵。

「魚」的原型不僅反覆出現在中國古詩中。也出現在神話中，據顧頡剛考證，「鯀」是一條魚（據《說文解字》時「鯀」字的解釋），但由於中國神話的歷史化，「鯀」就變成了歷史人物。「魚」的原型還出現在戲曲傳說中，如孟姜女的戲文。在這些戲文故事中，「魚」的原型變形為「裸浴的孟姜女」。中唐時《同賢記》最早記載孟姜女下池沐浴被杞良看見便嫁了他。元代南戲《孟姜女》又有「入池」情節。湖南儺戲《孟姜女尋夫》及湘西儺戲《孟姜女》都有類似情節。早在二十年代，顧頡剛已搜集了廣西象縣關於孟姜女的傳說：孟姜女在蓮塘洗澡被杞良看見，除死以外只有嫁他的選擇。在江浙一帶，流傳孟姜女死後化魚的說法，如淮調孟姜女唱詞：「鯉魚就是奴家變，細眼紅尾苗條身。孟姜萬郎成雙對，一雙鯉魚跳龍門。」上海川沙縣流傳孟姜女在海邊哭祭丈夫後縱身入海化魚的故事，蘇南一帶流傳孟姜女跳入太湖，或淚水滴入河裡，化作千千萬萬白淨的銀魚的傳說。[27]

明人傳奇劇本《魚籃記》（全名《鯉魚精魚籃記》或《觀世音魚籃記》），寫鯉魚精假冒金牡丹與書生張真成親。金家不辨真偽。包公請城隍奏請玉帝差天兵捉拿鯉魚精。鯉魚精得觀音救護成為魚籃觀音。

---

26 趙國華：《生殖崇拜文化論》（北京市：中國社會科學出版社，1990年，第1版），頁168-169。

27 康保成：〈孟姜女故事與上古祓禊風俗〉，《戲劇藝術》1992年1期。

在中國詩歌、神話、傳說、戲曲中，「魚」的原型多喻女性，間或也喻男性，均與崇拜生殖相連，只不過隨著社會的發展，打上特定社會意識的烙印。一九四九年後戲曲界將鯉魚精塑造為為了追求美好愛情而甘願捨棄天堂生活、忍受人間痛苦的多情女子的形象（《追魚》、《碧波潭》、《碧波仙子》），與明傳奇《魚籃記》的內容已不相同了。

如果說榮格是「神話原型」的奠基人，那麼，加拿大的弗萊（1912-1991）就是「神話原型」的權威理論家，他的名著《批評的解剖》（1957）被神話原型派奉為「聖經」。他的理論的核心就是文學循環說。他認為「集體無意識」混混沌沌，無邊無涯，但若用一句話說破，就是表現「人類的欲望」，而「神話是表現人類欲望的最高水平」。這些話和榮格的意思是差不多的，只不過是將「集體無意識」集中界定為「人類的欲望」而已。但是，從這個基本出發點，他找到了一個最基本的神話，最集中表現這種「人類的欲望」，這就是神死而復生的神話，其他神話只不過是它的派生物。

他用什麼方法找到這個神話呢？他提出了「向後站」的方法。如看一幅聖母像，如果站在離聖母像十分遠的地方，我們除了聖母瑪利亞外便看不到別的。在文學批評中，我們也應從作品面前「向後站」，以便能看出作品的原型來。他說：

> 賞畫可以近觀，細辨畫家的筆法和刀法。這大致相當於文學方面新批評派對作品的修辭學分析。離畫面稍遠一些，便能夠清晰地看到構圖，這時觀察到的是表現的內容。從某種意義上來說，這是在「讀」畫。觀賞荷蘭的寫實派繪畫這是最佳的距離。再遠一點兒，就越見其整體構思。遠觀聖母像，我們只能看到聖母的原型，畫面上一大片藍色烘托出中央位置上的注意點，與之適成對照。同樣，在文學批評中，我們也常常需要「站遠些」來觀照作品，以便發現其原型結構。

用這種「向後站」的方法，他在眾多的神話中便抓出了上述的基本神話，世界上所有的神話都講述它的故事：

> 這個神可以是太陽神，夜晚死去而黎明重生，或是在每年的冬至重生一次。這個神也可以是植物神，秋天枯萎而死，春天又重再生，或者（如佛的出生故事那樣）是一個人格化的神，隨著人或動物的生命循環過程而不斷地重新托生。

弗萊的文學循環說的全部支點就是這個「神死而復生」的神話。根據這個神話，他把世界文學分為四種「敘述程式」，即「傳奇的、悲劇的、喜劇的、反諷或嘲弄的」程式，全部世界文學作品只不過用其中一種程式來講述這個「神死而復生」的故事。傳奇的、喜劇的作品屬「高級模擬」，用不同形式表現神的誕生和戀愛，歷險和勝利。例如「在傳奇作品中，男主角英勇，女主角美貌，反面人物是十足的惡棍。對日常生活中的挫折、困窘和曖昧之事卻很少加以表現」。總之，在這類作品中，「人類的欲望」從正面如願以償。悲劇的、反諷的作品屬「低級模擬」，用不同形式表現神的受難與死亡、神死而尚未再生的混亂階段。這不是理想世界而是現實世界。例如「花園意象讓位於農田，荷鋤的或者割荊豆的農夫的繁重勞動在哈代筆下代表著人類本身的形象，『受輕視且能忍耐』。城市意象當然擴展為迷宮般的現代化大都市，而在情感方面主要強調的是孤獨和缺少交際。」這個可怕的世界也表現「人類的欲望」，只不過從反面來表現，文學用了「魔幻變調」的置換技巧，即把可怕的寫成可愛的。他說：

> 一個自由平等的社會反倒可以用強盜、海盜或吉卜賽人來象徵，純真的愛情也可以用通姦對婚姻的勝利來象徵。

弗萊認為，既然傳奇、喜劇、悲劇、反諷作品都是表現「神死而復生」的神話的不同階段，都是表現「人類欲望」的正反兩面，它們是對立的統一，可以互相轉化。文學到了反諷階段，又向神話回歸，但已不同於原初的神話，只是「返回神話階段的諷刺模式」，即用神話否定現實表現理想。

弗萊指出世界文學的循環是不平衡的，他認為東方文學落後於西方文學，才走出神話與傳奇文學的階段不久，尚未達到悲劇與反諷的階段。他說：

> Oriental fiction does not, so far as I know, get very far away from mythical and romantic for mulas.（據我了解，東方小說剛剛走出神話與傳奇文學的階段不久）[28]

繼《批評的解剖》之後，弗萊又發表了新的著作《聖經文學與神話》，對《聖經》的原型作了精闢的分析。他說，在《聖經》中，以色列人的「集體無意識」就是盼望得救，表現在一系列不斷重複的故事中，以〈士師記〉最典型：

> 它以基本類似的方式敘述了統一的以色列民族所經歷的一系列磨難的歷史。以色列人，由於具有某種特別明顯的、一貫的叛教精神，不斷地背棄上帝，所以就淪為奴隸，乞求上帝拯救。於是一位「士師」被派來拯救他們。

弗萊認為這是一個 U 型的敘述結構，《新約》也有一個這樣的結構，

---

28 Northrop Frye: *The Anatomy of criticism*. p.35. 1957 Princeton. New Jersey. Princeton University Press, 1957.

通過耶穌救世的故事表現出來。耶穌就是「士師」。很顯然，《新約》中這個結構是從《舊約》中化出來的。

弗萊還指出《新約》中「基督復活」的「原型」是從《舊約》中「摩西」的「原型」化出的：

> 像許多神和英雄一樣，耶穌的誕生是災難性的：希律王命令殺死伯利恆地方所有的嬰兒，耶穌則是唯一的倖免者。摩西也十分相似地從埃及法老滅絕以色列兒童的企圖中逃生出來；……摩西組織起了以色列人的十二支派，耶穌則聚集了十二門徒；……摩西律法是在西奈山上受賜的，而耶穌的教義也曾以「登山訓眾」的形式宣講；摩西曾將一銅蛇置於一根竹竿子上，用來療救被「毒蛇」咬傷的人，耶穌也曾把這條銅蛇作為他自己被釘上十字架受難的範型；摩西死在上帝為以色列人揀選的「福地」的外邊，意味著人不可能單靠律法得救，瑪麗亞聽上帝的天使說應給她的孩子取名叫耶穌，便有了這樣的象徵意義：靠律法統治的時代已經結束。

弗萊強調繼承傳統。他認為文學從神話——傳奇——喜劇——悲劇——反諷——神話的循環不是簡單的周而復始的循環，而是對傳統的再創造。他說：

> 一個畫家實際之所為，不外乎服從一種模糊而又深刻的衝動——對於畫家所生活的那個時代建立起來的傳統進行反抗，以便在深的層次上重新發現某種傳統，……富有創造性並不能使藝術家脫離傳統，反而使他更加深入傳統，服從藝術自身的規律性。

弗萊認為反傳統的目的是「深入傳統」，「高級模擬」也好，「低級模擬」也好，都是既反抗傳統又繼承和重新發現傳統。傳統之根在於神話，而世界文學的最新發展又絕非神話之簡單重複。

中國的劉勰也強調繼承傳統，不過劉勰認為傳統之根不在「神話」而在「五經」。他說五經是「淵哉鑠乎，群言之祖」（《文心雕龍》〈宗經〉）。他認為中國文學的健康發展就是對五經的繼承與弘揚。弗萊講文學的循環，劉勰也講文學「環流無倦」，弗萊說從現代文學中可見文學的遠祖的身影，劉勰也說中國文學若能繼承與弘揚五經，則「終古雖遠，僾焉如面」。劉勰下面這段話與弗萊的文學循環是神似的：

> 蔚映十代，辭采九變。樞中所動，環流無倦。質文沿時，崇替在選。終古雖遠，僾然如面（文采照耀十代，辭章有多種變化。在一定範圍中間變動，像循環流轉沒有停止。從質到文順著時代轉變，有時發展有時倒退，在乎善於選擇。古代雖然遙遠，又彷彿就在面前）。[29]

中外不少文論家都孜孜於探索文學發展的規律，弗萊提出了他的主張，肯定文學發展有規律可循，這是他的「神話——原型」說的貢獻。中國的劉勰也提出了自己的主張。他們二人都在尋找文學之「根」，都強調回歸傳統，只不過一個認為「根」在神話，一個認為「根」在五經。他們都反對文學的不可知論，其方法論也是相同的。

但是也有區別。弗萊不談文學的內容，只談文學的形式，他只承認神話是文學的根，是文學的源泉與動力。他認為關於神由生而死而復活的神話，已包含了文學的一切故事，這就是形式決定一切的變

29 譯文見周振甫：《文心雕龍今譯》，頁406。下同。

調。它的根基在於基督教。《新約》〈啟示錄〉說：「我是首先的，我是末後的，我是初，我是終。」在《新約》中，「我」指神，指耶穌。在弗萊的文論中，「我」指神話，指原型。劉勰與弗萊的文學尋根論都是唯心的，但有東西方哲學根基之別。劉勰是儒教的尋根論者，孔子不語怪力亂神，他不會向「神話」尋文學之根。弗萊是基督教的尋根論者，他從「神話」這個根追溯下去，只能找到「神」。弗萊是多倫多大學神學院的研究生，畢業後又做牧師。他認為《聖經》是整個西方文學之源泉。

中國的劉勰認為文學有兩個根，文學形式的根是「五經」，文學內容的根除「五經」外還有生活。劉勰有一段精彩的論斷可茲說明：

> 故知文變染乎世情，興廢繫乎時序，原始以要終，雖百世可知也（所以知道文章的變化受到時代情況的感染，不同文體的興衰和時代有關，推求它的開始，歸結到它的結束，即使是百世的文學流變也是可以推知的）。

劉勰的看法顯然比弗萊合理，因為文學的形式，不能與文學的內容分開，文學的形式，從根本上說，是由文學的內容決定的。文學的神話回歸只是一個現象，原因還是要從「世情」與「時序」中去找。

劉勰生於西元四六五年前後，比弗萊早了一千五百年。當時地球上還遠遠沒有「世界文學」的概念，他只能就中國文學論中國文學，也只講了中國文學的一小半，南朝梁以後的文學就講不到了。弗萊從世界文學（重點是西方文學）的大範圍內去研究文學發展的規律，這是時代發展給他的宏觀的目光。將劉勰比較弗萊，在繼承傳統這個問題上聽聽中國古人的聲音，互為鏡子，可以加深我們對弗萊文學循環說的價值及侷限的認識。

## 三　俄國形式主義批評

俄國形式主義批評就是純藝術的批評，只問形式不問內容的批評。此派從語言出發，認為文學的本質就是語言，文學批評就是研究作家如何運用語言的批評。它興起於二十世紀革命前的俄國，十月革命後，二十年代受到批判，曾銷聲匿跡，六十年代又在前蘇聯復興。

形式主義批評的創始人是俄國的施克洛夫斯基（1893-1984），他是彼得堡的「詩歌語言研究會」（1916年成立）的主要成員。另一位代表人物是雅各布森（1896-1982），一九一九年在莫斯科成立了以他為首的「莫斯科語言學會」，這兩個團體成了二十世紀初俄國形式主義批評學派的中心。施克洛夫斯基的第一篇論文〈詞語的復活〉（1914）依據馬雅可夫斯基未來派詩人的創作實踐，提出文學首先是一種詞語構造，認為研究文學理論就是研究語言的內部規律性。所謂「詞語的復活」，就是擺脫意識形態對語言的束縛和干擾。使文學「返回藝術的本身規律」，也就是返回到語言本身。這篇論文後來成了形式主義批評的奠基之作。「詞語的復活」成了形式主義最先鋒性定義。

俄國形式主義的批評觀念如下：

第一，文學研究的對象是「文學性」。文學批評的任務，不是從作品中尋找非文學性的東西（如哲學、政治、歷史、經濟、文化、心理等），而應該是尋找使文學成為文學的東西。也就是說，文學批評的任務是純審美批評。雅各布森說：

> 文學研究的主題不是籠統的文學，而是「文學性」，也就是說，使一部作品成為文學作品的東西。[30]

---

30 〔俄〕雅各布森：《現代俄羅斯詩歌》，轉引自黎皓智：《蘇聯當代文學史》（南昌市：百花洲文藝出版社，1990年，第1版），頁429。

所謂「文學性」，就是指語言。擴而大之，指文學形式。只有文學形式才能使文學成為文學，文學的本質在於它的形式之中，與非文學的一切內容無關。

第二，文學絕非生活的模仿，施克洛夫斯基說：

> 藝術總是獨立於生活，在它的顏色裡永遠不會反映出飄揚在城堡上那面旗幟的顏色。

為什麼文學絕非生活的模仿？關鍵也在於語言。因為文學語言與生活語言不同，它不反映生活，而是離開生活。

第三，「陌生化」效果說。這是俄國形式主義批評中最重要的、壓倒一切的批評標準。斯克洛夫斯基說：

> 藝術的手法就是要使事物變得「陌生」，使形式變得困難，增加感知的難度和時間的長度，因為感知過程本身就是審美目的，必須把時間拉長。

這段話有三個要點：首先說明「陌生化」是藝術手法的總和，其次說明陌生化手法是使作品增加閱讀（感知）的難度和時間的長度，第三，說明陌生化手法因此使讀者增加美的享受。當然「陌生化」首先是語言的陌生化，因為文學本質即語言，藝術手法的陌生化即語言運用的陌生化。

斯克洛夫斯基說，陌生新奇的形式，往往導致新的風格、文體和流派的產生。「新的藝術形式的產生，是由把向來不入流的形式升為正宗來實現的。」在這裡，「不入流的形式」首指語言，中國的詞、戲曲、小說都能說明。它們都成為宋元明清文學的主流。

將「陌生化」原則用於詩歌，就必須區分詩的語言與實用的語言，作為交際手段的語言，指向外部世界，作為詩的語言，則最大限度偏離世界，指向作品內部世界。如「白髮三千丈」，「黃河之水天上來」。俄國形式主義者尤其重視詩的聲音，在「音」與「義」二者關係上，「音」是第一位。有些聲音即所謂「無意義詞語」在實用語言中無獨立價值，但在詩中則大不相同，斯氏認為「詩的這些音響不只起『伴隨』意義的作用，而有獨立的意義」。它能使讀者產生的快感壓倒了意義，使意義減弱，以至完全取消它，使讀者完全陶醉於聲音之美中。在這裡，「聲音」與「意義」成反比。如果詩歌能達到這樣境界，則是形式主義者認為的理想境界。因此，他們又強調詩的語言必須有音樂美，音樂是詩的生命，詩就是絕對音樂。根據俄國形式主義者的觀念，〈離騷〉中的語氣詞「兮」字就極為重要，它是詩中之靈魂，失去它就失去全部音樂美。詩經〈月出〉用雙聲疊韻法化一章為三章，三章內容雷同，而美在聲音，更是佳作。

將「陌生化」原則用於小說，就要注意敘事技巧。佛克馬說：俄國形式主義「最大興趣在於發現怎樣構造故事的技巧」。[31]施克洛夫斯基很重視小說「情節」的構思。「故事只是情節形成的素材，情節則是陌生化了的故事，情節不再是故事的同義詞」。他又說：「藝術家制止小說情節發展，不是通過寫主人公離別的方法，而是通過各部分重新編排的方法。」[32]同一個故事，在不同作家筆下，會寫成很不相同的小說。因此，小說情節結構的安排很重要。也是我們說的，不在乎你講什麼，在乎你怎麼講。所不同者，我們認為講什麼與怎麼講都要。形式主義者則認為「講什麼」與「文學」毫不相干。

中國小說家汪曾祺對「陌生化」手法曾作了注解。他說：所謂

---

31 〔荷蘭〕佛馬克、易布恩著，林書武、陳聖生、施燕、王筱芸譯：《二十世紀文學理論》（北京市：三聯書店，1988年），頁20。

32 見〔俄〕巴赫金著，李光、張捷譯：《文藝學中的形式主義方法》（桂林市：漓江出版社，1989年），頁146。

「陌生化」效果「是作者故意不讓讀者明白。作者寫的是什麼，他心裡是明白的，但是說得閃爍其辭，……斤瀾的小說一下子看不明白，讓人覺得陌生。這是他有意為之的。他就是要叫讀者陌生，這是他有意為之的。他就是要叫讀者陌生，不希望似曾相識。……使讀者陌生。很大程度上和他的敘述方法有關係。」[33]他又說：「寫小說，就是寫語言」。[34]

古今中外一些優秀文學作品，都有「陌生化」的效果。別林斯基說「熟悉的陌生人」，這就是現實主義的「陌生化」。古今中外大量談魔說怪的好作品，也有「陌生化」效果。亞氏說荷馬史詩「把謊話說得圓」，清人馮鎮巒說《聊齋志異》「說謊說得極圓」（《讀聊齋雜說》）也是說「陌生化」效果。「變形」手法可以產生「陌生化」效果，現實主義手法也可以。如林黛玉死前轉哭為笑，魯迅《狂人日記》的開頭，都能使讀者產生新鮮的感受。中國古代短篇小說的書名絕大多數將情節核心道出，如《杜十娘怒沉百寶箱》，優點是明白，缺點不含蓄。宋話本《碾玉觀音》，看書名你不知它講什麼，這也是「陌生化」效果。

「陌生化」的理論對我們繼承民族文化及借鑑外來文化也有幫助。我們熟悉自己的文化，反而覺得它很尋常，但在西方人眼中，卻認為是個寶。反饋信息使我們反過來認識自己文化的價值，重新產生對自己的文化的新鮮感。對西方文化的吸收，也是一樣道理。別人有的，自己沒有的，一經比較，就有「陌生化」經驗，就「拿來」，也就是不拒絕借鑑。

在討論「陌生化」效果這個問題時，有一點很重要，即並非什麼「陌生化」手法都是好的，要有一個前提，要看這「陌生化」美不美。這點俄國人是很強調的。如中國文學的以文入詩也要看它「入」

33 汪曾祺：〈林斤瀾的矮凳橋〉，《文藝報》1982年1月31日。

34 同前註。

得有無審美效果。杜甫名詩〈北征〉開頭四句：「皇帝二載秋（唐肅宗至德二年），閏八月初吉，杜子將北征（從鳳翔回鄜州，鄜州在鳳翔東北，「征」，旅行），蒼茫問家室（「蒼茫」，渺茫；「問」，探望）。」金聖嘆評曰：「北征都（總共）一解（章、節、一句），竟如古文辭，望之不復謂是韻語，開後來盧仝、韓愈無數法門。」盧仝（？-835）擅用散文入詩，韓愈學他。金聖嘆說杜甫是「以文入詩」的祖師爺，請看他〈北征〉開頭一解。金氏的話不錯。中國詩詞中有不少「以文入詩」的佳例，如杜甫〈茅屋為秋風所破歌〉中的「嗚呼，何時眼前突兀見此屋，吾廬獨破受凍死亦足。」以散文化句子進一步寫自己的心態，更有力量。如李白的〈蜀道難〉開頭「噫吁嚱，危乎高哉，蜀道之難難於上青天」，把三個感嘆詞也寫入詩中，很有氣魄。辛棄疾〈永遇樂・京口北固亭懷古〉「憑誰問：廉頗老矣，尚能飯否？」用些散文化句子，便增強藝術表現力。他的〈賀新郎〉更是「以文入詞」的佳作，首句「甚矣吾衰矣」，結句「知我者二三子」，都是引孔子的話來自況，表現他晚年仍有雄心壯志：「不恨古人吾不見，恨古人不見吾狂耳，」散文化的句子很有氣魄。辛棄疾有好幾首「以文入詞」的好作品，如〈沁園春〉，寫自己「將止酒，戒酒杯使勿近」，便與「杯」對起話來，叫「杯」不要再來。首句「杯，汝來前」，簡直是口語，末尾「杯再拜道：『麾之即去，招則須來』」，都是很散文化的句子。辛棄疾〈西江月・遣興〉下片：「昨夜松邊醉倒，問松我醉何如？只疑松動要來扶，以手推松曰去」，最後一句就是散文句法。既寫出他的醉態，也寫出他倔強性格。

以文入戲的例子也不少，多半為了增加喜劇性的效果。如元康進之的雜劇《梁山泊李逵負荊》，寫李大哥誤會黑宋江了，後來知道宋江沒幹壞事，又負荊請罪，下山捉拿那兩個冒名宋江的壞人。他下山時又想喝酒了，忍不住念起杜甫詩句「酒債尋常行處有」，要走到哪裡賒酒喝到哪裡，忘了向宋江的保證。李逵念詩，不是很滑稽嗎？再如元鄭光祖的雜劇《㑳梅香騙翰林風月》，寫裴尚書侍女樊素撮合小姐裴小蠻同書生白敏中的婚姻。裴小蠻是有點裝模作樣的，如《西廂記》中的鶯鶯，人家邀她去遊花園，她不去，便說：「聖人云：『吾十有五，而志於學』」，也把芳齡暗暗通知對方了。她有時又不理人家，丫頭樊素如《西廂記》中的紅娘，便罵她說：「人而無信不知其可也。」男主角後來狀元及第，奉旨回鄉完婚，將真實姓名瞞住女方母親，但丫頭認出新郎是誰了，便在耳邊悄悄告訴小姐說；「今夜個『有朋自遠方來』！」此劇的丫頭、小姐滿口「子曰」、「詩云」。此劇共引用《論語》十八條，《孟子》三條，《道德經》二條，可謂「以文入戲」的典型。

以文為詩，應一分為二。優點是加強敘事性，如杜甫。但詩畢竟不同於散文，過頭了，就失詩味。韓愈不是杜甫，他因提倡古文，便「以文為詩」，雖有成功之作，但不少無審美價值。如〈南山詩〉用五十一句「或」字句，形容山石的奇態，但過於重複，又不是表達迫切之情，只是賣弄比喻廣博，一味鋪敘，破壞詩的和諧性與完整性。而且在長達一百〇二韻的詩中，故意一韻到底，於是不得不押些險韻。疊字之句也多至七聯，這樣「以文入詩」的陌生化效果就不好，變成文字遊戲。部分詩句如下：

> 或連若相從，或蹙若相鬥，或妥若弭伏，或竦若驚雊，或散若瓦解，或赴若輻湊，或翩若船游，或決若馬驟，或背若相惡，或向若相佑，或亂若抽筍，或嵲若注灸，或錯若繪畫，或繚若篆籀，或羅若星離，或蓊若雲逗，或浮若波濤，或碎若鋤耨。或如賁育倫，賭勝勇前購，先強勢已出，後鈍嗔詎譳。或如帝王尊，叢集朝賤幼，雖親不褻狎，雖遠不悖謬。或如臨食案，餚核紛飣餖，又如游九厚，墳墓包槨柩。或纍若盆甕，或揭若甑豆，或覆若曝鱉，或頹若寢獸。

韓愈有一首〈嗟哉董生行〉，也是以文為詩的典型例子，被沈括評為「押韻之文」：

> 壽州屬縣有安豐，唐貞元時縣人董生召南，隱居行義於其中。……嗟哉，董生朝出耕，夜歸讀古人書，盡日不得息，或山而樵，或水而漁……。

他還有一首〈陸渾山水〉詩，是和他的學生皇浦湜（音「石」，約777-835）的，其時，皇甫湜在河南陸渾縣當縣尉，陸渾縣有陸渾山，發生火災，燒死不少野獸，山西有河，古名伊川，河中魚龜也遭殃。韓愈此詩就寫此事，盡用飛禽走獸名入詩，在二十八字中寫十八種動物，純屬文字遊戲：

> 虎熊麋豬逮（音岱，及也）猴猨（猿），水龍鼉（音馱，鼉龍是鱷魚的一種）龜魚與黿（音元，即鱉），鴉鴟（音吃，貓頭鷹）雕鷹雉鵠鵾（「鵠」音胡，天鵝，「鵾」音昆，鶴），燖炰煨熏（「燖」音旬，用開水去毛，「煨」音威，「炰」音袍，煮）孰飛奔（「孰」，那個）。

韓愈因提倡古文，便「以文為詩」，雖有成功之作（如〈山石〉），但詩畢竟不同於散文。他又常寫怪詩，大大影響了宋朝王山谷。

總的來說，以文入詩，以理入詩，以才學入詩將中國詩引入死胡同，這種「創新」，沒有審美價值。可見俄國形式主義文論的「陌生化」效果的前提極重要的。「陌生化」效果必須要有審美價值，並不是什麼東西都可以寫入文學而成為藝術美。也不能用「陌生化」手法為誰也看不懂的作品辯護，在西方現代主義，特別是後現代主義一些次品中，在中國新時期文學的一些次品中，在時下一些評論文章中，這類誰也看不懂的作品確實是存在的。

俄國形式主義批評有兩個要害，一是把文學形式孤立起來，與外部世界一律隔絕。他們不承認文學是反映生活的，這就完全錯誤。「文學性」（文學語言）本身就是把作品所反映的生活及作家的思想感情藝術化，怎能離開內容去談形式？歐洲十八世紀大量的哲理小說，去掉了「哲理」還剩下什麼呢？你能否定它不是文學？魯迅的《狂人日記》，中國新時期許多小說戲劇，首先是以思想動人的。它的藝術形式與內容不可分。去掉了作家的思想感情，也就沒有了作品的形式了，二者不能分開。例如《狂人日記》的意識流、象徵系統及傳聲筒三結合的形式，就是為了表現魯迅的反封建意識的。托爾斯泰在《復活》中對舊俄四種制度的批判，西方小說大量「非小說」的內容，正是他們小說一個特色，是他們小說的「文學性」不可分割的組成部分。例如能把《巴黎聖母院》的「非小說成分」那兩章割去嗎？如果割去了，《巴黎聖母院》的「文學性」就大大減色了，因為雨果的小說風格就不全了，小說的意義就不全了。雨果一再向讀者強調要十分重視《巴黎聖母院》的「非小說成分」。菲爾丁幾乎是大聲疾呼地告訴讀者，他的《湯姆·瓊斯》每卷第一章離開小說內容專談小說理論是他「首創」的「文體」，是「必不可少」的，說他花在上面的力氣比寫小說的正文還要大。以上說明，這些創新都不僅是「形式」，首先是「內容」。

文學反映生活，可以用「變形」手法，「變形」也是反映論。孫悟空這隻猴子是石頭生出來的，但還是「人」，文學中一切動植物都是人。卡夫卡《變形記》中那隻大甲蟲就是擬人化的小人物。《斷頭臺》那隻母狼阿赫巴拉是被壓迫的母性。文學這面旗幟的顏色總是反映生活城堡上空的旗幟的顏色的。

「文學性」不僅僅在於形式，也在於所表現的內容，因為內容往往決定形式。這裡的「內容」，指作家對生活的陌生化的感受。杜甫沒有「朱門酒肉臭，路有凍死骨」的感受，就不可能寫出這兩句名詩，中國詩歌到杜甫時已有一兩千年的詩史，在杜甫以前，誰寫出過這兩句詩來？白居易的〈輕肥〉詩，一方面寫「誇赴軍中宴，走馬去如雲」，另一方面寫「是歲江南旱，衢州人食人」，白居易若無親身感受，也學不了老杜。「朱門酒肉臭，路有凍死骨」，「是歲江南旱，衢州人食人」都是口語化的詩，大眾化的詩，杜甫、白居易用這種陌生化的形式，能與他們的思想感情分開嗎？

俄國形式主義批評第二個要害是玩語言，在詩論中表現得最突出，把詩的語言與日常生活的語言絕對分家，把詩的音樂性說成有「獨立」的意義以至用「聲音」否定「意義」就是很片面的了。

第一，我們認為詩的「音」與「義」是不能分開的，更不能對立化。中國文論家認為聲音和思想感情不能分離。劉勰說：「屬（音主，連綴也）採附聲，亦與心而徘徊」（〈物色〉），「聲萌我心」（〈聲律〉）。我們講過，中國儒家詩論主張「詩言志」、「詩緣情」，不言志不緣情的詩，只為音樂美而音樂美的詩，儒家詩論是否定的。格律再重要也得為內容服務。中國漢字是表意文字，形聲字占百分之八十以上，聲義本難分開。這與西方表音文字大不相同。中國詩論的聲義結合的要求，也是根據漢字的特點提出來的。詩當然要有音樂性，但詩的音樂性總是「伴隨」詩的內容的，音與義結合，藝術效果成正比，方是好詩。絕非成反比，或「無意義詞語」是好詩。李清照的〈聲聲慢〉：「尋尋覓覓，冷冷清清，淒淒慘慘戚戚。」這連著七對疊字的音樂性與她生逢國變、丈夫之死、家破人亡、旅居江南的情感絕對分不開。這七對疊字是對偶，是排比，但有三個層次，層層深入。首四字是動作（精神失常）、次四字是環境氣氛，後六字是老婦人心理上、生理上的痛苦。全詞表現詩人處處處在與外界景物對立之中，她傳達出來的情感，是受壓迫感，是孤立無援，確實是「怎一個愁字了得」，非一個「愁」字能概括盡的。此詞不是觸景生情，而是情景對立，在李詞中也極罕見，而七對疊字，就是主旋律，是形式與內容高度統一。俄國形式主義文論家的詩論如同西方某些浪漫派與象徵派的詩論一樣，常有過頭話。須知真理向前一步，就會變成謬誤。

第二，我們認為不能把詩家語與日常語對立起來。當然，詩家語與日常語確有不同，即「以不通為通」，「反常的語言」。如杜甫〈秋興八首〉最後一首「香稻啄餘鸚鵡粒，碧梧棲老鳳凰枝」。又如王安石將王仲題試館詩「日斜奏罷長楊賦，閒拂塵埃看畫牆」改為「日斜奏賦長楊罷，閒拂塵埃看畫牆」，說「詩家語，如此方健」。詩因受字數格律限制，是「不完全句」，常省略主語、修辭語，或語序顛倒，如〈琵琶行〉的「主人下馬客在船」，王昌齡的〈出塞〉「秦時明月漢時關」，古詩〈木蘭辭〉的「雄兔腳撲朔（跳躍），雌兔眼迷離（睞動）」，都包含兩重意思。再如馬致遠〈天淨沙・秋思〉，「枯藤老樹昏鴉，小橋流水人家，古道西風瘦馬，」全是名詞句，最後才出來一個人：「斷腸人在天涯。」美國龐德學中國詩，寫出名作〈地鐵車站〉，改了又改，最後只剩這兩句：「人群中出現的這些臉龐／潮濕黝黑樹枝上的花瓣。」如果不懂詩家語與常語之區別，是不懂詩。

但是，二者之矛盾關係又能絕對化。古今中外各民族有大量詩歌，例如大量膾炙人口的民歌，就不是「最大限度地偏離日常實用語言」的指稱功能的。它正是以老百姓常用的口語來感動人的。例如漢代民歌「江南可採蓮，蓮葉何田田，魚戲蓮葉間：魚戲蓮葉東，魚戲蓮葉西，魚戲蓮葉南，魚戲蓮葉北」，有什麼「最大限度地偏離日常實用語言」呢？又如「公毋渡河，公竟渡河，渡河而死，當奈公何？」也是例子。

袁枚主張以「家常語入詩」。他說：「家常語入詩最妙。陳古漁布衣〈詠牡丹〉云：『樓高自有紅雲護，花好何須綠葉扶』。」他還說：「詩有天籟最妙，伊似村〈偶成〉云：『嬌兒呼阿爺，樹上捉蝴蝶。老眼看分明，霜黏一黃葉。』」他認為人民群眾的語言很值得詩人學習。

> 少陵云：「多師是我師。」非止可師之人而師之也；村童牧豎，一言一笑，皆吾之師，善取之皆成佳句。隨園擔糞者，十月中，在梅樹下喜報云：「有一身花矣！」余因有句云：「月映竹成千『個』字，霜高梅孕一身花。」余二月出門，有野僧送行，曰：「可惜園中梅花盛開，公帶不去！」余因有句云：「只憐香雪梅千樹，不得隨身帶上船。」

「陌生化」的手法是否一定要使作品變得難懂、難讀，一定要拉大閱讀的時間呢？也不一定。「意識流」長篇小說是「陌生化」，傳統小說也可以是「陌生化」，福克納的《喧嘩與騷動》，吳爾夫的《達羅衛夫人》，喬依斯的《尤利西斯》是世界名著，看這些作品，確實要花時間，還有法國新小說派格里耶的《嫉妒》，也要看上多遍，細細領會。但是，《水滸傳》、《西遊記》、《紅樓夢》、《高老頭》、《大衛．科波菲爾》、《戰爭與和平》何嘗不是世界名著？若以難懂、難讀、拉大閱讀時間長度為評價作品優劣的標準，就會陷入另一種教條主義。

都是俄國人，托爾斯泰與形式主義者的意見是針鋒相對的，他認為越明白、越淺顯的作品就是最好的作品。他說：

> 要區分真正的藝術與虛假的藝術，有一個肯定無疑的標誌，即藝術的感染性。如果一個人讀了，聽了或看了另一個人的作品，不必自己作一番努力，也不必設身處地，就能體驗到一種心情，這種心情把他和那另一個人聯合在一起，同時也和其他與他同樣領會這藝術作品的人們聯合在一起，那末喚起這種心情的那個作品就是藝術作品。(《藝術論》)

托翁認為《聖經》是最好的作品，他以老百姓看得懂為好作品的唯一標準。他至少有一點是對的，不是越難懂的作品才是越「陌生化」

的。《聖經》的「陌生化」就很好懂，至少字面上如此。一切宗教文學，為了宣傳教義，都要用通俗易懂的形式。一切宗教文學都有相當高的「文學性」。李漁說：「能從淺處見才，方是文章高手」，因此，不能以「陌生化」手法為一些艱澀以至無人能懂的作品辯護，尤其是不能把「陌生化」效果與人民大眾喜聞樂見的民族形式對立起來。

俄國形式主義在二十年代受到托洛茨基嚴厲的批判，他在《文學與革命》裡把形式主義稱為「對文學的迷信」。托氏特別強調藝術永遠不可能獨立於社會人生。因為「從客觀歷史進程的觀點來看，藝術永遠是社會僕從，在歷史上是具功利作用的」，無論打出什麼顏色的旗幟，藝術總是要「教育個人、社會集團、階級和民族」(《詩歌的形式主義派與馬克思主義》)。經過這場批判，到一九三〇年，作為一個理論派別的俄國形式主義學派便銷聲匿跡，終止了自己的探索。斯克洛夫斯基此後潛心於俄國古典文學研究。這個學派像一個燃燒的天體，自身雖然毀滅了，卻釋放出巨大的能量，對西方以後的文論有重大影響。它反對把文學當作歷史、哲學、道德、心理的載體，而堅持對文學語言和技巧直接進行分析，這些方面和英美新批評的主張一致。與此同時，它還反對把文學作品歸結為一種單一的技巧，如「形象思維」，而認為文學的基本特徵是「陌生化」，即各種技巧的總和。於是作品分析具有更大的開放性，不僅考慮單部作品，而且發展為文學類型理論的探討，這比英美新批評更具潛在力量。這派一部分人如雅各本森來到布拉格，形成了布拉格學派。四十年代，美國的韋勒克和沃倫等人接受了形式主義文論，形成了英美「新批評」派。德國名劇作家及理論家布萊希特也深為斯克洛夫斯基的「陌生化」理論所吸引，在他的劇本中有意識地在演員和觀眾之間製造一種感情上的距離，使演員時時刻刻明白自己是在演戲，觀眾時時刻刻明白自己是在看戲，從而製造了戲劇上的「陌生化」效果。六十年代法國的結構主義也是吸收了它的養料而立派的。正如荷蘭學者佛克馬教授所說的：

> 歐洲文論家的幾乎每一個新派別都從這「形式主義」傳統得到啟發，各自強調這傳統中的不同趨向，並力圖把自己對形式主義的解釋說成是唯一正確的解釋。[35]

總的來說，俄國形式主義文評對我們反對公式化、概念化，只重內容不重形式、模仿依傍、不求創新的傾向是有積極意義的。它強調獨創性，獨特形式，新鮮感受，使我們避免輕易地對一種新文學流派、一種新文學手法以至對一部與眾不同的新作品下粗暴的結論。「陌生化」手法開始時不可能為大多數人接受，這已經是中外文學史累見不鮮的事實。《狂人日記》問世時，就沒有多少人能懂。但另一方面，它否定文學的內容，鼓吹形式至上，則是它最大的致命傷。如果鼓吹「玩文學」、「玩語言」，就會走入歧途。

## 四　英美新批評

它產生於英國，發展於美國，本世紀二〇到五十年代風靡歐美。至今仍有頗大影響。此派兵強馬壯，人材輩出。第一代權威是英人理查茲（1893-1980）及英人艾略特（1888-1965）。理氏一九二九年到一九三〇年任清華大學客座教授，一九八〇年再度訪華。第二代權威是美人蘭色姆（1888-1974），還有亞倫・退特（1888-1979）、布魯克斯（1906-1994）、沃倫（1905-1989），均有美人。屬第二代的還有理查茲的得意門生蘇卜蓀（1906-1982），他一九三七到一九三九年任燕京大學及西南聯大教授。一九四七到一九五二年再返中國任燕大教授。「燕卜蓀」是他的中國名字。二次大戰後，在美國又形成第三

35 〔荷蘭〕佛克馬、易布恩合著，林書武、陳聖生、施燕、王筱芸譯：《二十世紀文學理論》，頁13-14。

代，權威是美人韋勒克（1903-1995），還有維姆薩特（1907-1975）、比爾茲利（1915-1985）。

新批評的主旨就是就作品分析作品，反對分析作品與作家、作品與讀者、作品與時代的關係。

「本體論批評」（Ontological Criticism）。[36]

蘭色姆在《新批評》（1941）首先作系統論述。文學作品是「客觀的、擁有獨立生命」的東西，不是任何其他事物（例如世界）的產物，文學作品本身就有「復原」世界的功能，不用依賴任何外力（例如讀者）。文學批評的任務只限於對作品本體作文字分析。以下是本體論批評的四種理論：

## （一）「意圖迷誤」說（Intentional Fallacy）

鋒芒所向，針對傳統的浪漫主義與現實主義文論。文學作品是獨立的存在，作品不體現作者的意圖，對作品的世界來說，作者的意圖也無足輕重。更重要的是，我們並不能依據作品是否符合作者意圖，來判斷它的藝術價值。淺薄作品也許更易受作者控制，把它的意圖表現得十分清楚，但偉大藝術往往超出作者的意圖，因衝破意圖束縛才顯得偉大。這是維姆薩特與比爾茲利在一九四六年合寫的《意圖說的謬誤》中首先提出來的。該書說：

> 我們的論點是：把作者的構思或意圖當作判斷文學藝術作品成功與否的標準，既不可行亦不可取。
>
> 關於意圖的謬誤是浪漫主義的謬誤，這種說法與其說是一種歷

---

36 本體（ontolgy），哲學名詞，指研究世界的本性，最早見於十六世紀德國哲學家郭克蘭紐（1547-1628）哲學著作中。以後引申為各派的術語，使用概念並不相同。有人以「作品」為本體，有人以「作家」為本體，有人以「世界」為本體。不一而足。

史的陳述，例不如說是一種定義。[37]

### (二)「感受迷誤」說（Affective Fallacy）

鋒芒所向，是包括理查茲、艾略特在內從古到今各種注意讀者反應的理論。諸如傳情論（文學作品對讀者產生的感情效果）、唯想像論、崇高論、淨化論、幻覺說以及近代的「生理效果」說等等。因為讀者的感受、讀者的反應因人而異，以此為準來評價作品，必然導致印象主義、相對主義，漫無準繩，最後是否定文學本身。這是維姆薩特與比爾茲利在一九四九年合寫的《感受謬誤》（又譯《傳情說的謬誤》）中首先提出來的。該書寫道：

> 傳情說的謬誤則在於混淆詩和詩的結果（詩是什麼和它所產生的效果），……它試圖從詩的心理效果推衍出批評標準著手，而以印象主義與相對主義告終。不論是意圖說還是傳情說，這種似是而非的理論，結果都會使詩本身，作為批評判斷的具體對象，趨於消失。[38]

### (三)「文學的外部研究」與「文學的內部研究」

從社會歷史、作者生平、道德、哲學、心理學、其他藝術（如音樂、美術）等方面出發研究文學的方法稱為「外在的方法」，從格律、意象、修辭、敘事手段、人物形象、文學類型、文體等形式方面出發，一句話，從文學作品本身出發研究文學的方法稱為「內在的研

---

37 丁培海譯，黃宏煦校：《意圖說的謬誤》，見〔英〕戴維・洛奇編：《二十世紀文學評論》（上海市：上海譯文出版社，1987年，第1版），上冊，頁568、572。

38 黃宏煦譯：《傳情說的謬誤》，見〔英〕戴維・洛奇編：《二十世紀文學評論》（上海市：上海譯文出版社，1987年，第1版），上冊，頁591。

究」。這是韋勒克與沃倫合著的《文學理論》一書中首先提出來的。此書是權威著作，譯成多種文字，風行世界。[39]

### （四）細讀法（Close Reading）

這是新批評派最引人注目的「創造」。新批評派大力提倡通過細讀對文學作品本身作詳盡的分析和詮釋。從理查茲、艾略特到燕卜蓀、蘭色姆，以至維姆薩特、韋勒克等，都十分強調對「文本」的細讀法。批評家好像用放大鏡去讀每一個字，去推敲文學詞句的言外之意，分析文中的暗示和聯想。他們不僅注意每個詞的意義，而且善於發現詞句之間的微妙聯繫，並從中確定單個詞的含義。他們十分注意分析詞語詞的選擇和搭配，句型、語氣以及比喻、意象的構思組織與區別。十分注重分析小說的三個構成部分，即情節、人物塑造和背景，尤其看重小說的敘事方法，如第一人稱、第三人稱、浪漫的、客觀的、戲劇的方法、內心獨白或意識流方法等等。所有這些分析，都必須聯繫起來，進而研究出作品的整體結構。一部作品經過這樣細微嚴格的剖析，如果顯出各部分是一個有機整體，是一個自足的藝術世界，那就證明是有價值的藝術品。

不少當代批評家和詩人都對新批評派的「細讀法」肅然起敬。都承認新批評派「教會了整整一代人如何閱讀作品」。反對新批評派的人則刻薄地說，它是「未來文學教師的職業訓練法」。

新批評派在四、五十年代英美極盛一時，在幾乎所有大學的文學系占統治地位。它的教材建設系統完整，首屈一指。例如有：

布魯克斯、沃倫合著《怎樣讀詩》（1938）

39 本書有兩個中譯本，一九七九年在臺灣出版的《文學論》及一九八四年由三聯書店出版的劉象愚、邢培明、陳聖明、李哲明等著《文學理論》。

布魯克斯、沃倫合著《怎樣讀小說》(1943)[40]

布魯克斯、海爾曼合著《怎樣讀戲劇》(1947)

韋勒克、沃倫合著《文學理論》(1949)

維姆薩特、布魯克斯合著《文論簡史》(1957)

新批評派在五十年代後慢慢減弱影響，原因是它把作品看成一個獨立客體，這種「本體論」的主張使文學作品孤立於作者和讀者之外，也孤立於文化背景之外，因此既不能研究文學的創造（作者）和接受（讀者），也不能說明文學體裁的演變發展（文化背景）。

但是新批評派並沒有成為過去，至今權威還在，雄風猶存。維姆薩特在一九七五年死前還對新批評派的「叛徒」加以抨擊，韋勒克還活著，宣稱要為新批評再作一戰。美國當代著名文學批評家布思在一九八八年十二月九日對四川大學中文系程錫麟說：

> 新批評過去三十多年的歷史是勝利史，現在的「爆炸」派許多人本質上仍屬它，它並未死亡。[41]

新批評派從兩個意義上說，對中國文論有借鑑價值。第一，中國儒家文論歷來十分強調文學的內容，對文學的形式相對地說不夠重視。一九四九年以來，中國的文論也存在這個缺點。英美新批評可以幫助我們糾正這個缺點。第二，新批評是微觀批評，中國大量的詩文評及小說戲曲的「評點」法也是微觀批評，用新批評為鏡，可以照出我們的微觀批評的價值，發現自己原有的優勢。

新批評的「細讀法」(close reading) 有一套術語，或借用前人，或為自己獨創。現代西方文評新名詞滿天飛，與此派始作俑頗有關

---

40 中譯本改名為《小說鑒賞》。由主萬等據美國Prentice-Hall出版公司一九七九年第三版譯出，中國青年出版社一九八六年第一版。

41 程錫麟譯：〈當代美國文學理論〉,《外國文學評論》1990年第1期。

係。如「本體論」(ontology)，借用哲學術語，指以作品為主體。「反諷」(irony)，借用修辭學術語，指冷嘲，反話，但外延已擴大。「構架」(structure)，指詩中能用散文轉述之部分。「肌質」(texture)，指詩中無法用散文轉述之部分。「含混」(ambiguity)，指詩的多義。「文本」(text)，又譯「本文」，指獨立存在的作品。「張力」(tension)，含義尤其複雜。下面，就幾個最重要術語加以解釋。

### 1 含混說（Ambiguity）

燕卜蓀用以概括詩的辯證結構，指一首詩包含很多意義。他在著名論文《七個歧義類型》(1930)中以三十九位詩人、五位戲劇家、五位散文家、二百多段作品，說明詩歌至少有七種常見的「含混」。他的老師理查茲讀罷此文大為驚喜，說「一個符號只有一個意義」的「迷信」時代已過去。蘭色姆說：「沒有一個批評家讀了此書還能依然故我。」

中國詩論也有近似的理論。劉勰在《文心雕龍》〈隱秀篇〉中說：「是以文之英蕤，有秀有隱，……隱以複意為工（含蓄以複義為工)」。「複意」即「含混」。唐謝皎然在《詩式》中說的「重意」，亦指「含混」。「兩重意以上，皆文外之旨，……但見性情，不睹文字，蓋指道之極也。」也就是說詩貴「含混」，能使詩句多種含意全在言外。

「含混」手法並非「含蓄」(隱）所能概括。一種意思的含蓄非「含混」，必須多種意思的含蓄（複意、重意）才算「含混」，最典型例子之一是李商隱的〈錦瑟〉詩：

> 錦瑟無端五十弦，一弦一柱思華年。莊生曉夢迷蝴蝶，望帝春心托杜鵑。滄海月明珠有淚，藍田日暖玉生煙。此情可待成追憶，只是當時已惘然。

此詩字面很好懂，卻難以串成一個完整意義。對這首名詩，古人與近人各有不同解釋，莫衷一是。一九九一年《讀書》上王蒙等人就討論得頗熱鬧。

## 2 反諷說（Irony）

不少新批評派不滿意用「含混說」來概括詩歌的辯證結構，又提出了「反諷說」，這是他們術語中最著名的一個。所謂「反諷」，原是西方文論最古老的概念之一。原指希臘戲劇中一種角色的類型，他經常故意裝傻，正話反說，打敗對手。但在新批評派中，它的意義早已擴展。「反諷」指詩人不是正面說，卻用反話來透露正意。詩中有兩種以上的矛盾語義：表面的與深層的，二者迥然不同。詩人用表面語義掩蓋深層語義，用反襯正，使詩有力。一首好詩的「反諷」使矛盾的語義達到相反相成，互為補充。新批評派認為此乃詩的一般規律。「反諷」最能說明詩的語言與科學的語言區別，科學的語言絕對不能似非而是，正話反說。

在中國詩歌中，「反諷」手法大量使用。如「夕陽無限好，只是近黃昏。」（李商隱〈登樂遊原〉），「冠蓋滿京華，斯人獨憔悴」（杜甫〈夢李白〉），像孟浩然的〈春曉〉「春眠不覺曉，處處聞啼鳥。夜來風雨聲，花落知多少。」詩人之情，詩中之境，充滿矛盾，前兩句是後兩句的反襯，詩人強調的，是風雨打落花朵，非春光明媚。全詩用「反諷」手法寫成，含意深遠。像白居易的〈長恨歌〉，充滿對比，對唐明皇又罵又同情，也是「反諷」。像杜甫〈麗人行〉，「三月三日天氣新，長安水邊多麗人」，極寫楊家貴婦出遊之樂，中間出來一個楊國忠，筆調才變化，最後兩句「炙手可熱勢絕倫，慎莫近前丞相嗔」，最收「反諷」效果。唐代詩人寫明皇貴妃的詩，愛用「反諷」。如杜牧的〈過華清宮絕句三首〉之一：

> 長安回望繡成堆，山頂千門次第開。一騎紅塵妃子笑，無人知是荔枝來。

大家以為國家出了什麼大事了，原來是送荔枝的人來了，只有妃子笑。「山頂千門次第開」，「一騎紅塵」全是反襯。又如杜牧的另一首詩：

> 新豐綠樹起黃埃，數騎漁陽探使回。霓裳一曲千峰上，舞破中原始下來。

「舞破中原」才是正意，「反諷」力量集中於這四字。李商隱的〈馬嵬〉（其二）反諷力量尤強：

> 海外徒聞更九州，他生未卜此生休。空聞虎旅鳴宵柝，無復雞人報曉籌，此日六軍同駐馬，當時七夕笑牽牛。如何四紀為天子，不及盧家有莫愁？

「此日六軍同駐馬，當時七夕笑牽牛」是「反諷」之名句。唐明皇呀，當時在七月七日長生殿上，你還譏笑牛郎織女每年只能見面一次，為什麼今天你卻賜死貴妃？宋辛棄疾的〈破陣子〉是詞中「反諷」的典型例子：

> 醉裡挑燈看劍，夢回吹角連營。八百里分麾下炙，五十弦翻塞外聲，沙場秋點兵。馬作的盧飛快，弓如霹靂弦驚。了卻君王天下事，贏得生前身後名，可憐白髮生。

這是辛棄疾寄給陳亮的一首詞，辛陳均為抗金愛國志士，但均被南宋主和派排擠。夏承燾說：「這首詞的前九句為一意，末了『可憐白髮生』一句為一意。全首詞到末了才來了一個大轉折，並且一轉折即結束，這筆很是矯健有力。前九句寫軍容寫雄心都是想像之辭。末句卻是現實情況，以末了一句否定了前面的九句，以末了五個字否定前面的幾十個字。前九句寫得酣恣淋漓，正為加重末五字失望之情。這樣的結構不但宋詞中少有，在古代詩文中也很少見。」[42]夏承燾的分析很精闢，「可憐白髮生」確是全首詞的關鍵句，寫出詩人在南宋統治集團的壓抑下無從實現恢復河山的壯志，寫出現實與理想的大矛盾及理想在現實中的破滅。這一詞意的突然轉折，使上面所寫的願望與想像全部成為泡影，的確是「反諷」結構罕見之佳作。

辛棄疾的〈青玉案・元夕〉又是「反諷」的另一種抒情筆調，與〈破陣子〉風格特異：

> 東風夜放花千樹，更吹落、星如雨。寶馬雕車香滿路。鳳簫聲動，玉壺光轉，一夜魚龍舞。蛾兒雪柳黃金縷，笑語盈盈暗香去。眾裡尋他千百度；驀然回首，那人卻在，燈火闌珊處。

此詞的主旨是寫詩人的追求。美的人在哪兒呢？「反諷」的力量體現在一串對比上。用景的對比「燈火闌珊」來否定花樹星雨，以鬧反襯正面的靜，以光反襯正面的暗。用人的對比「笑語盈盈暗香去」反襯「那人」。最主要的是詩人心理的對比：「眾裡尋他千百度」而不見，「驀然回首」，才發現原先找的不是地方。這「美」的人是通過層層否定而達到肯定的。

袁枚在《隨園詩話》中說：「詩貴翻案」，他舉例說：「神仙，美稱也；而昔人曰：『丈夫生命薄，不幸作神仙。』楊花，飄蕩物也；而昔人云：『我比楊花更飄蕩，楊花只有一春忙。』」他還說：「詩有

---

42 見《宋詞鑒賞辭典》（北京市：燕山出版社，1987年），頁823-824。

正喻反寫，似是而非之語。最妙。」他舉例說：「香亭〈阻風〉云：『想通天上銀河易，力挽人間風氣難。』」「不幸作神仙」、「楊花只有一春忙」、「想通天上錫河易」全是「反諷」，反諷的效果加強了「丈夫生命薄」、「我比楊花更飄蕩」、「力挽人間風氣難」之意。

魯迅舊詩充滿反諷的感情力量。「運交華蓋欲何求，未敢翻身已碰頭。破帽遮顏過鬧市，漏船載酒泛中流。橫眉冷對千夫指，俯首甘為孺子牛。躲進小樓成一統，管他冬夏與春秋」（〈自嘲〉）。「豈有豪情似舊時，花開花落兩由之。何期淚灑江南雨，又為斯民哭健兒」（〈悼楊銓〉）。「萬家墨面沒蒿萊，敢有歌吟動地哀。心事浩茫連廣宇，於無聲處聽驚雷」（〈無題〉）。「曾驚秋肅臨天下，敢遣春溫上筆端……」（〈亥年殘秋偶作〉）等詩都是反諷名作。在中國現代詩人中，魯迅最擅於將感情用反諷手法表達出來。

反諷手法也用於小說。魯迅的《阿 Q 正傳》是「反諷」的典範。「哀其不幸，怒其不爭」，最深的愛，最深的恨，喜劇因素與悲劇因素的交織，含淚的笑，笑後的反省。當時有不少左派看不出這種反諷的威力，罵魯迅歪曲中國的農民，說阿 Q 的時代已經死去，以後才覺悟過來。

魯迅不輕易寫女性美，一落筆也非同凡響，用的也是反諷手法。在〈奔月〉中寫道：

> 「哼。」嫦娥已經喝完水，慢慢躺下，合上眼睛了。
>
> 殘膏的燈火照著殘妝，粉有些褪了，眼圈顯得微黃，眉毛的黛色也彷彿兩邊不一樣。但嘴唇依然紅得如火；雖然並不笑，頰上也還有淺淺的酒窩。
>
> 「唉唉，這樣的人，我就整年地只給她吃烏鴉的炸醬麵……」羿想著，覺得慚愧，兩頰連耳根都熱起來。

嫦娥的美就是用「反諷」的間接手法寫出。殘妝、粉褪、眉毛的黑色兩邊不一樣，眼圈微黃，反襯出她嘴唇紅得似火，不笑還有酒窩。

### 3 張力說（Tension）

它被認為是詩的辯證結構最新的概括。亞倫・退特在《詩的張力》（1938）首倡此說。他把語言的「內涵」（intension）與「外延」（extension）兩個詞削去前綴，保留詞根，變成「tension」，這詞在英語中原義為「緊張關係」，即物理學中的專門名詞「張力」。

所謂「張力」，其實也包含「含混」、「反諷」的意思。任何作品，都是矛盾統一體，矛盾統一得好，有辯證力量，就有「張力」。

具體地說，語言的「內涵」指本來意義，「外延」指引申意義。這是傳統修辭學的定義。新批評派改變了它的意義。「內涵」指詩的象徵意義、暗示意義、聯想意義。「外延」指概念意義、邏輯意義。退爾認為二者必須結合起來，二者矛盾的統一即「張力」。象徵、暗示、聯想意義越大，而概念意義越明晰，邏輯越緊密，則詩越好。我們舉個例子說，中國詩人愛寫些論詩詩。陸游對小兒子說：「汝果欲學詩，工夫在詩外」，七十八歲時他又評友人詩說：「君詩妙處吾能識，正在山程水驛中」。前一首詩句純說理，當然說得很透，但不像詩，後一首詩句就像詩，「正在山程水驛中」是形象的，是聯想的，但概念意義又是清晰的，就有「張力」。

「張力」也可以理解為「純」與「不純」的統一。詩無「純詩」，只有「不純」詩。事物的真善美都是相對存在，絕無全真全善全美的東西，反映到文學上，當然也如此。西方十七世紀玄學派詩人經常把理想的女性喻為「女神」，但又說她是血肉之軀。這就是「純」與「不純」的統一。古希臘詩人很懂得這個道理。他們筆下的神與人一樣有七情六欲。《聖經》差一些，但上帝也與魔鬼打賭。歌德《浮士德》中的瑪甘淚是世界文學上最單純的女性形象之一，但她有私生子。如來佛夠莊嚴的了，在《西遊記》中他對孫悟空相當客氣。林黛玉不可謂不純，但她要告寶玉看《西廂記》。孫悟空本領可謂高超極了，但他被壓在五指山下。劉慧芳是中國女性美德的化身，但她主動提出離婚。古羅馬賀拉斯說：「單純則統一」，新批評派維姆薩特反駁說：「事實正相反，每首真正的詩，都是複雜的詩，正是靠了其複雜性才取得藝術的統一性。」

「張力說」與唯美主義、象徵主義、理想主義都不同。唯美主義只要美，象徵主義只要象徵，理想主義只要理想。這些作品按照新批評派看來就沒有「張力」。

「張力說」也可以理解為完整與不完整的統一，好的文學作品總是於不完整中見完整，寫戲也如此。電視連續劇《渴望》有多少線索啊，條條線索交織在一起，切割得很厲害，在每一集中，它是十分不完整的，但這正是它的魅力，它不斷出懸念，讓你放不下。在每一個「切割」中，充滿戲劇衝突，這也是《渴望》編劇法的「張力」，這是蒙太奇的「張力」。

《渴望》的人物塑造也充滿「張力」，又理想，又現實，就是十分高明的「張力」。其中幾個主要人物，如劉慧芳、宋大成、羅罔、王子濤等等，理想化得厲害，但他（她）們的內心與動作，又充滿真情實感的衝突，使人覺得這確實是「熟識的陌生人」，本來如此，應該如此，觀眾信得過。這裡頭，就有很高明的人物塑造的「張力」學在內。中國文學傳統的人物性格的「張力」，與西方有所不同，並非一半是天使，一半是魔鬼才有「張力」，並非善惡衝突才有「張力」，心靈美的人物性格本身也有矛盾，「大團圓」本身也有矛盾。僅從中國傳統美學的「張力」學角度，《渴望》的經驗也值得大大總結。

值得注意的是，理查茲很早就試圖從中國傳統美學中找尋新批評的理論根據，一九二二年，他與奧格頓和伍德三人合著《美學原理》，首尾都引用《中庸》，卷首題解則引用朱熹語：「不偏之謂中，不易之謂庸，庸者天下之定理。」以此為立論根據，認為最高的、真正的美是「中庸」。這就說到點子上了。「中庸」可理解為中和之美，美的最高標準是和諧，中西哲人均主此說。詩的辯證結構，或說「含混」，或說「反諷」，或說「張力」，都要說明作品對立統一的結果應達到和諧的美。因此，新批評派的第一代權威用「中庸」指出了日後新批評派的努力方向。

葉君健在劍橋大學讀了五年研究生，導師對他進行「細讀法」紀律訓練，使他得益非淺。「聰明人可以一目十行」，他說，「但我讀書則是以一個字或一個詞組為單位，然後再把這些字和詞組聯成句，對它進行理解和分析，掌握其中的含義」，「這種習慣使我每年的讀書量受到限制——一年我能認真讀過的『世界名著』很難超過十種以上，但這種慢的速度也使我得以較全面地理解作者語言、風格和技巧的特徵，從中得到許多啟發。事實上，我每讀一本書，等於學習一次寫作技巧。」[43]

葉君健的話是含有「反諷」的意味的，也很有現實價值。我們現在大學中文系的一些同學是相當缺乏「細讀法」的訓練的。近年來，又有一種追求空頭理論，忽視理論的基礎——作品——的傾向，這是很不好的傾向。中西大學問家，不論古今，都主張「細讀」而反對「空頭」，文學理論上一切真知灼見，離不開「細讀」。

新批評只講「本體論」，用兩把剪刀剪斷作品與時代、作品與作家、作品與讀者的聯繫，這是不對的。把詩的結構歸為「含混」、「反諷」，亦以偏蓋全。我們反對形式主義，但認為新批評對我們仍有寶貴的借鑑價值。楊周翰先生生前說得正確：「新批評派對我們的一個最重要的啟示就是從形式到內容」。[44]

---

43 葉君健：〈談外國文學研究和創作〉，《外國文學評論》1990年第1期。

44 楊周翰：〈新批評派的啟示〉，北京大學《國外文學》1981年1期。

## 五　結構主義

文學上的結構主義批評著眼於文學的「結構」。此派要在各種文學類型中（如詩歌、戲劇、小說）找出一個共同的結構。結構賦予意義，結構生成作品，結構變了，作品即變。因此，此派不主張研究作品意義，不主張研究個別作品，而主張研究一個放之四海而皆準的一切作品的共同結構。

它盛行於六、七十年代。大本營在法國。聲勢浩大。法人羅蘭．巴特（1915-1980）是其領袖。

它與新批評不同。新批評研究一部作品的結構，它研究一類作品的結構；新批評著眼點是「木」，它著眼點是「林」；新批評只問「木」不問「林」，它只見「林」不見「木」。它認為研究「木」一無價值，研究「林」才有價值，二者價值觀大不相同。

講此派絕對地離不開語言學，因它的理論全搬語言學。瑞士語言學家索緒爾（1857-1913）是現代語言的創始人，是結構主義語言學之父。其劃時代著作是《普通語言學教程》（1916），死後由他兩學生整理其講稿出版。

索緒爾的語言學與傳統語言學大不相同，他著眼於研究語言的結構，指出結構賦予意義，即語言系統賦予語言以意義。任何語言的意義不是由於它本身的性質，而在於它與其他語言的關係。他的語言學被公認為是語言學上一個新的里程碑。

首先，他認為語言是一個符號（「符號學」是他首創的），由「能指」和「所指」兩部分組成。「能指」指語言的聲音和文字，「所指」指語言的概念意義。二者的關係完全是隨意的，約定俗成的，說不出任何道理。如漢語的「水」，為什麼讀成「水」（聲音），寫成「水」（字形），指的是「水」（意義），這聲、形、義全是隨意的，因為同是一個「水」字，不同民族的語言就有不同的讀法與寫法。事實上，如果符號不帶任意性，全世界的人就只能說一種語言了。但這「隨意性」一經規定下來，就受該民族的語言系統所限定，不能改變了，於是漢語中的「水」也只能讀成「水」寫成「水」代表「水」的概念。

為了說明「能指」和「所指」的關係是怎樣受語言系統制約的，索緒爾構思了以下一張圖表：

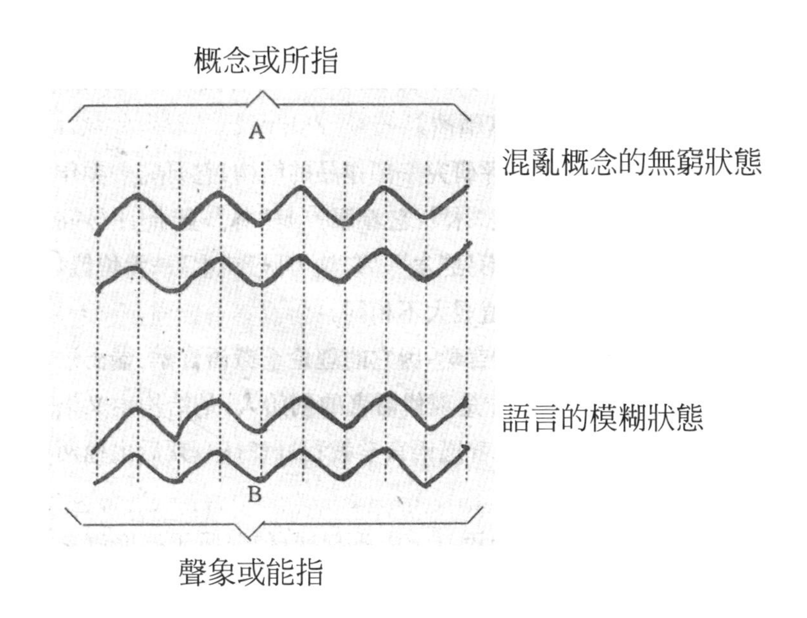


在這張圖表上，虛線代表語言系統，平行的曲線如波浪一樣代表混亂的概念及混亂的聲音。語言系統的功能，就如垂直的虛線把二者加以劃分，一經劃分，便有了聯繫，明確了關係。語言系統從混亂的無窮的聲音中選擇一部分，又從混亂的無窮的思想中選擇一部分，然後把兩個部分連接在一起。例如漢語系統從無數混亂的聲音中選擇了「水」這個聲音，又從無數混亂的概念中選擇了「水」這個概念，這樣，作為「水」的能指（聲音）就與作為「水」的所指（概念）結合在一起而成為一個完整的語符。

其次，他把語言區分為「言語」和「語言」。我們日常生活中說的話叫「言語」，整個語言系統叫「語言」。

任何具體「語言」如果離開了它那個語言系統，則一無意義。因此，語言學不是研究具體的「言語」的，而是研究語言這個系統的。他打了一個比方，「言語」如棋子，「語言」如棋譜，棋子的功能完全由棋譜決定。去研究棋子的大小、材料、形狀一無意義，關鍵得研究棋譜。「語言」這個棋譜又如一個閉路系統，與外界一無關係，每一個別成分的功能，完全取決於它在整個系統的位置。

第三，他提出了語言的「二項對立」（Binary Opposition）原則，這是他的語言學的核心，靈魂，要害。所謂「二項對立」，即語言的「區別」、「差異」決定語言的不同。任何語言系統之所以與其他語言系統不同，任何一個語符與其他語符不同，關鍵在於「區別」、「差異」。他說：「在語言系統中只有區別」，又說：「語言是一個由互相依賴的各項組成的系統，其中任何一項的價值，都完全取決於其他各項的同時存在。」所謂「學外語」，就是學會區分外語與漢語聲音、字形、語法的「區別」、「差異」。中國小兒學語，就是要知道貓、犬、虎的聲音、字形的「區別」、「差異」。中國的漢語有四聲，聲調變了，意義也跟著變，如拼（ㄆㄧㄣ，pin）、貧（ㄆㄧㄣˊ，pín）、品（ㄆㄧㄣˇ，pǐn）、聘（ㄆㄧㄣˋ，pìn），四個聲調，四個意義。英語聲調沒有音位的意義，用不同聲調念一個詞，意義不變。英人學漢語，必須掌握四聲。也就是說，必須學會區分英語與漢語的「區別」與「差異」。

第四，「歷時性」與「共時性」。研究語言的歷史變化叫「歷時性」研究。研究現代語言叫「共時性」（同時性）研究。索緒爾認為，語言是現代式的，現代人講現代的話，不講古人的話，對於說話者，語言的歷時性不存在，他面對的只是語言的現實形態。索緒爾認為研究語言的歷史知識，反會妨礙對語言系統的判斷。所以他說「歷時性」的語言學與「共時性」的語言學是「完全對立，不能妥協」。

皮亞杰說：「與十九世紀比較語法的歷時性觀點相反。……他所主張的結構與歷史無關。」[45]

索緒爾不懂漢語，他把漢語界定為「不可論證的語言」。對索緒爾的語言學要具體分析。中國漢語有自己的特點，如我們是表意文字不是表音文字，有「六書」的造字法，如「象形」、「指事」、「會意」、「形聲」、「轉注」、「假借」。「馬」為什麼寫成「馬」，「本」為什麼寫成「本」，「塵」為什麼寫成「塵」，「象形」、「指事」、「會意」字是可以分析的，不是「隨意」的，形聲字也可以分析，也不完全是「隨意」的。語言當然有「歷時性」與「共時性」的區別，漢司馬遷已知。清代袁宗道〈論文〉已指出語言隨時變化，不要模擬古人。他說司馬遷的《史記》改古語從今字者甚多。如《尚書》〈堯典〉：「帝曰：『疇咨若予采』。」（疇——誰，咨——語氣詞，若予——順從我，采——事情。這句話意思是：「誰能順從我的意思辦這件事。」），而《史記》〈五帝本紀〉改為：「堯曰：『誰可順此事。』」這就是變漢語的「歷時性」為「共時性」。中國古文有極豐富的傳統。漢語的書面語與口語長期不統一，古漢語是一筆巨大的、寶貴的文化遺產，我們不能只知現代漢語而不知古漢語。

在這裡還要講講傳統語言學與結構主義語言學的區別，因為觀念的轉變對理解索緒爾的語言學極為關鍵。

中外傳統哲學、語言學均認為語言從屬於語言以外的意義，能指從屬於所指。如《易經》說：「書不盡言，言不盡意。」在書、言、意三者關係上，「意」是第一位，「意」生言與書。索緒爾則認為語言是第一位的，意義根本不是什麼先於語言的東西，而僅僅是語言產生的一種效果。

這就立刻否定了中西傳統哲學、語言學一個根本的觀念：不是內

---

45 〔瑞士〕皮亞杰著，倪連生、王琳譯：《結構主義》（北京市：商務印書館，1984年），頁53。

容（意義、觀念）先於形式（語言），而是形式（語言）先於內容。在形式與內容這對矛盾中，不是內容占主導地位，而是形式占主導地位。語言不僅僅是媒介，傳播工具，而是創造事物意義之因。

索緒爾指出語言與現實本質上是分離的；語言創造意義。既然語言是一個獨立自足的系統，意義也就不是由講話者的主觀意圖和願望所決定，事實上並不是講話者給他的言語以意義，而是整個語言系統在產生意義。用通俗的話表示，不是「我在說話」，而是「話在說我」。這是索緒爾學說中最激進和最富有成果的根本不同於傳統哲學與語言學的觀點。

索緒爾的結構主義語言學已廣泛應用於人文科學，它實際上是思想方法的一場廣義的革命。因為無論從哪方面看，文化都是一種語言。一切文化符號的意義不取決於內在的特性，取決於關係和系統、文學和其他文化活動一樣，可以用結構主義（符號學）原理進行分析。

現在我們可以從語言學轉入文學了。結構主義文論家從索緒爾的語言學中得到巨大的啟發：如果語言不受任何外界因素制約，那麼，文學也不應受任何外界因素制約；如果脫離了整個語言系統，任何「言語」一無意義，那麼，不了解某一類作品的模式，任何具體作品也都不可能被真正理解。

結構主義文論大師，法國的羅蘭．巴特說：

> 世界上敘事作品之多，不可勝數。……不依據一個共同的模式，怎麼對比長篇和短篇、童話和神話、正劇和悲劇呢？……那麼，到哪裡去尋找敘事作品的結構呢？……語言學明智地採用了演繹的方法，而且從這一天起，語言學才真正成為語言學，並以巨人的步伐向前邁進。……敘述的分析面臨著數百萬計的敘事作品，……迫不得已要採用演繹的方法，敘述的分析不得不首先假設一個描述的模式，然後從這個模式出發逐步深

入到諸種類，……在目前的研究階段，把語言學本身作為敘事作品模式的基礎，看來是合乎情理的。[46]

羅蘭・巴特這段話特別適用於研究小說戲劇，因為敘事文學總有人物、行動、環境，即總有一個故事，這是一切敘事文學的共同結構。而且散文不像詩那樣獨特，「詩家語」往往不合「語法」，敘事文學的散文語言必須合乎「語法」。詩的字句不可改動一句，顛倒一字，敘事文學的語言改動一些字句，甚至改動某些敘述方式，所講的故事還是那個故事。所以敘事文學成為結構主義者最感興趣的研究領域，收益最大。

結構主義批評家力求在敘事作品中尋找一個共同的結構，一個一切故事下面的故事。這方面的代表人物如法國的列維－斯特勞斯（1908-2009），他著重研究了神話的「語法」。在他看來，神話不講邏輯，似乎可以任意編造，而世界各地的神話又大同小異，令人驚訝地相似，這就不能不歸結為人類無意識思維的共同性。世界各地的神話大同小異，說明不是各民族任意創造神話，倒是神話系統本身決定著各民族神話的創造。這個「神話系統」也就是神話的「語法」，因此，他往往把不同民族的神話或同一神話的各種變體加以比較，找出神話的「語法」，神話的意義正像語言中任何詞句的意義一樣，都在神話的「語法」中得到確立。他對俄狄浦斯神話的分析，是一個經典性的例子，但極其費解，如讀天書。

俄國普洛普（1895-1970）著重研究童話的「語法」。他從一百個俄國童話中，根據它們的「功能」（故事的主要動作），從歷時與共時這兩個視角來考察其結構在各種「流變」中的「不變性」，揭示出所

---

46 〔法〕羅蘭・巴特：〈敘事作品結構分析導論〉（1966），見伍蠡甫、胡經之主編：《西方文藝理論名著選編》（北京市：北京大學出版社，1987年），下卷，頁473-474。

有俄國童話中都有一個共同的「結構模型」(一定種類的人物與一定形式的情節),進而找出一個俄國童話的基本模式。法國托多羅夫(1939-2017)把一部文學作品歸結為一個句子,由名詞、動詞和形容詞組成。文學作品的一切變化都是這三部分的擴展。他的《〈十日談〉語法》(1969)把人物、人物屬性、人物行動按名詞、形容詞、動詞歸類,研究三者的擴展關係,從而歸納出一百個故事的內容都是從幸福走向不幸,從善良走向邪惡。有人把加拿大弗萊的批評也說作結構主義批評,因為他對世界文學進行結構主義的研究,認為神由生而死而復活的神話,已包含文學的一切故事。他把世界文學分為喜劇、傳奇、悲劇、諷刺文學四種類型。喜劇講神的誕生和戀愛,傳奇講神的歷險和勝利,悲劇講神的受難與死亡,諷刺文學則表現神死而尚未再生那個混亂階段,世界文學就按這個基本結構兜圈子。諷刺文學發展到極端,就會出現向神話回歸之趨勢。

但是,結構主義在評論詩歌方面敵不過「新批評」。結構主義者只注重文學系統的「語言」,不注重個別作品的「言語」,然而詩作為語言藝術的特殊形式,最重要的正在於具體字句的組織,中國古詩研究「詩眼」、「煉字」,所謂「語不驚人死不休」,因為詩格的高低往往就在一字一句間見分曉。分析詩歌只從普遍性(詩的「語法」)著眼,不研究其字句的個性,就無法做到細微深入。因此,結構主義批評在詩歌研究方面的典範論著並不多。

中國自古有文體分類學。曹丕提出八類文體及其特點:「奏議宜雅,書論宜理,銘(碑文)誄(祭文)尚實,詩賦欲麗。」陸機分為十類文體,也指出其特點:「詩緣情而綺靡。賦體物而瀏亮。碑披文以相質。誄纏綿而淒愴。銘博約而溫潤。箴頓挫而清壯。頌優游以彬蔚。論精微而朗暢。奏平徹以閑雅。說煒曄而譎誑。」劉勰更將中國詩文分為二十類文體:〈明詩〉、〈樂府〉、〈詮賦〉、〈頌贊〉、〈祝盟〉、〈銘箴〉、〈誄碑〉、〈哀弔〉、〈雜文〉、〈諧隱〉、〈史傳〉、〈諸子〉、〈論說〉、〈詔策〉、〈檄移〉、〈封禪〉、〈章表〉、〈奏啟〉、〈議對〉、〈史記〉。對這二十類文體的特點論述更詳。但中國古代文論家不是從「結構」角度去分類的，而是從文章的內容及藝術特點去分類的。

到了近代，王國維的《宋元戲曲考》(1912)、魯迅的《中國小說史略》(一九二三年由新潮社印上卷，一九二四年印下卷，一九二五年合訂一冊由北新書局印行）就可以和結構主義批評掛鈎了。《宋元戲曲考》目錄就有「古劇之結構」、「元劇之結構」，在「南戲之淵源及時代」一節中又論及南戲的結構。「然元劇大都限於四折，且每折限一宮調，又限一人唱，其律至嚴，不容逾越。……至除此限制，而一劇無一定之折數，一折（南戲中謂之一齣）無一定之宮調；且不獨以數色合唱一折，並有以數色合唱一曲，而各色皆有白有唱者，此則南戲之一大進步，而不得不大書特書以表之者也。」這就是從中國戲曲的結構發展著眼論戲曲。但論南戲之結構則語焉不詳。

魯迅的《中國小說史略》的結構分析尤為明顯。魯迅把魏晉六朝小說分為「志怪」與「志人」小說；唐傳奇是文人「有意為小說」，其「敘述宛轉，文辭華絕，與六朝之粗陳梗概者校，演進之跡甚明」；將古代白話小說分為「話本」與「擬話本」；而《聊齋志異》是「用傳奇法，而以志怪」，是魏晉志怪筆記小說與唐傳奇的結合。他又指出中國古代長篇小說從話本發展而來，民間口頭說唱文學是《三國演義》、《水滸傳》、《西遊記》這些「鴻篇巨制之胚胎」；將明朝小說分為講史小說、神魔小說、人情小說；將清朝小說分為諷刺小說、人情小說、狹邪（妓院）小說、俠義與公案小說、譴責小說。值得注意的是，魯迅在分析中國長篇小說時，著眼於尋找其共同的結構，有別於他分析短篇小說的方法。魯迅說，在講史小說中，《水滸傳》是「敘一時故事而特置重於一人或數人者」，而「後出者尤夥」，《說岳全傳》、《征東征西傳》、《楊家將全傳》均屬此類。這是第一種結構，——用若干人物來串連故事的結構。魯迅又指出《儒林外史》全書無主幹，僅驅使各種人物，行列而來，事與其來俱起，亦與其俱訖，雖云長篇，頗同短制」。指出《海上花列傳》「略如《儒林外史》，若斷若續，綴為長篇」，指出《官場現形記》，「其記事遂率（音「帥」，大致通常）與一人俱起，亦即與其人俱訖，若斷若續，與《儒林外史》略同」。而《二十年目睹之怪現狀》「全書以自號『九死一生』者為線索，歷記二十年所遇、所見、所聞天地間驚聽之事，綴（音「墜」）為一書，始自童年，末無結束，雜集『話柄』，與《官場現形記》同」。這是第二種結構——短篇與短篇綴為長篇的結構。我們看，魯迅對中國長篇小說上述的分析，不是很近似結構主義的方法論嗎？

結構主義把文學變成語言學，但「語法」是抽象的，文字是具體的；「語法」是枯燥的，文學是生動的；「語法」只注意普遍性，文學最講究獨創性。結構主義分析如同計算機，把文學的人物、情節變成抽象的數字，不講審美評價，這是它的缺陷。但是，結構主義的方法是化繁為簡，其在各類敘事文學中找一個最基本的結構是一個行之有效的方法，對我們認識各類敘事文學的共性，確有幫助。它的批評任務就在於發現共性，不在於發現個性，它超越新批評派，正是在發現共性這個方面。但我們可以在它的基礎上更有力地論證某部小說的個性，從而更有力說明該作品的價值。魯迅在分析中國長篇小說時，就是既注意共性又注意個性，例如他比較《儒林外史》、《二十年目睹之怪現狀》、《官場現形記》。既指出它們都是短篇加短篇的結構，又指出《儒林外史》獨有的價值：「這兩種書（指《二十年目睹之怪現狀》、《官場現形記》）都用斷片湊成，沒有什麼線索和主角，是同《儒林外史》差不多的，但藝術的手段，卻差得遠了；最容易看出來的就是《儒林外史》是諷刺，而那兩種都近於謾罵。」「所以諷刺小說從《儒林外史》而後，就可以謂之絕響。」這就由一般見個別，從共性到個性，既分析了普遍性，又重視了特殊性的審美評價。

用結構主義敘事學分析中國的小說，至少可以做下面的文章：

第一，可以研究六朝志怪小說、唐傳奇、宋話本、明擬話本、《聊齋志異》、《閱微草堂筆記》各自的「語法」（基本結構）；

第二，可以研究《豆棚閒話》及《聊齋志異》的「言語」個性；

第三，可以研究魯迅的小說與散文詩「語法」區別。如小說中不少篇是「我遇見了什麼」。而《野草》則是「我夢見了什麼」；

第四，可以研究中國現代小說與古典小說的共同「語法」，如《紅樓夢》模式（巴金《家》、茅盾《子夜》、老舍《四世同堂》、林語堂《京華煙雲》）、《儒林外史》模式（劉心武《鐘鼓樓》、古華《芙蓉鎮》）。

我們也可以用結構主義方法研究中國的古詩。羅蘭・巴特說，詩歌「任何一點微小的變異會引起整體的變化」。[47]巴特的見解對我們研究詩經、楚辭、五言、近體的發展（例如字數變了，體裁立刻就變）是有幫助的。又如中國古詩中常出現以「美人」喻君子的寫法。屈原說：「惟草木之零落兮，恐美人之遲暮」。曹植有〈美女篇〉。杜甫說：「絕代有佳人，幽居在深谷」。若只知一首詩，不知「美人」的喻意，就難以發現這是中國古詩的一種結構成分。若分析大量古詩，就會發現這是中國古代詩人多以「美人」自況。可見「美人」句的用法純屬中國古詩「結構」的範疇而與西詩大有區別。西方浪漫派詩人常用「我」字作主語以強化抒情因素，普希金詩中「我」字句極多。中國唐詩講究含蓄，詩人不多用「我」字句，這是中西抒情詩的不同結構。但李白詩中的「我」字句則不下百處，是唐詩中用「我」字句的最多者（「大道如青天，我獨不得出」，「李白與爾同死生」，「我本楚狂人，鳳歌笑孔丘」，「安能摧眉折腰事權貴，使我不能開心顏」，「棄

47 〔法〕羅蘭・巴特：〈結構主義活動〉，見王逢振等編：《最新西方文論選》（桂林市：漓江出版社，1919年），頁107。

我去者昨日之日不可留，亂我心者今日之日多煩憂」)，有些詩一連出現五個「我」字。這是李白詩歌在漢詩中的「言語」個性，但放到西詩中則是詩歌「語言」的共性。這說明結構主義方法既可以幫助我們探求中西詩歌之異，也可以幫助我們探求中西詩歌之同，無論尋同究異，都可以在更高的層次——結構的層次上對中西詩歌有更全面的了解。

## 六　後結構主義

後結構主義就是繼結構主義之後興起的反對結構主義的文論，它反對「結構」，故又稱為解構主義、分解主義。它興起於本世紀七十年代初，代表人物為法國哲學家、語言學家德里達（1930-2004）。

後結構主義不限於文學批評。它反對一切權威理論，是一個理論的殺手。美國後結構主義者米勒（1928-）說：

> 「解構」這個詞暗示，這種批評是把某種統一完整的東西還原成支離破碎的片斷或部件。它使人聯想起一個比喻，即一個孩子把父親的手錶拆開，把它拆成毫無用處的零件，根本無法重新安裝。解構者是弒親者，他把西方形而上學的機器拆毀，使其沒有修復的希望，是個不肖之子。[48]

後結構主義者反對一切永恆不變的、權威的理論從哪裡入手呢？就是從反對「結構」入手。任何理論（包括文學理論）之所以聲稱它是穩定的、不變的、權威的，因為它有一個「結構」，「結構」的穩定、不

48 〔美〕丁．希利斯．米勒：〈作為寄主的批評家〉，見王逢振、盛寧、李白修編：《最新西方文論選》（桂林市：漓江出版社，1991年），頁184。

變性保證了理論的權威性。後結構主義者就來打掉這個永恆不變的「結構」。

後結構主義者的「破壞」從語言學切入。因為一切理論的意義都來自「語言」，正是語言的「結構」產生意義。如果否定語言的「結構」，哪裡來永恆不變的意義與理論呢？打掉語言的「結構」就是德里達的主張。德里達分三步走：第一步，用「以子之矛，攻子之盾」的方法論，打掉索緒爾的結構論；第二步，用「寫優先」打掉「說優先」的傳統觀念；第三步，提出文字「蹤跡」說，論證語言本身是不確定的，因而，以語言為思維基礎的任何理論也是不確定的。

如果說索緒爾是結構主義之父，德里達就是後結構主義之父。他從索緒爾的理論出發，反過來又否定索緒爾。德里達是巴黎高等師範學校的教授，兼任美國耶魯大學及厄灣加利福尼亞大學客座教授，近年來十分走紅。他的理論引起西方學界的轟動。

第一，他批判索緒爾語言學的「形而上學」。索緒爾認為言語的語音（能指）與語義（所指）的關係是隨意的，約定俗成的，而語言系統是固定的、不變的，所以語符才產生意義。德里達則進一步指出，語言系統也是隨意的、可變的。語言系統也是一個大符號，既然是符號，就總是替代品，在本質上是任意的和虛構的。語言系統要比索緒爾所設想的複雜得多，它變化、發展、沒有盡頭、沒有最終的結構。索緒爾提出「二項對立」原則，說「語言是一個互相依賴的系統，其中任何一項的價值都完全取決於其他各項的同時存在」。德里達因此指出，既然一切都是相對存在，也就無所謂穩定不變的結構。

第二，德里達指出從傳統語言學到索緒爾，都只重視「聲音」不重視「文字」，這是一種錯誤。西方哲學有「邏各斯中心主義」，「邏各斯」（Logos）表示上帝說的話，即上帝的「道」（Word），聲音可表達真理，文字則不行。因此，索緒爾把語言劃分等級，口語是「一級能指」，文字是「二級能指」。他說：

> 語言和文字是不同的兩種符號系統，第二種存在的理由只在於代表第一種。

這是自柏拉圖、亞里斯多德以來的傳統觀念。亞氏說：

> 口說的話是內心經驗的表徵，書寫的話則是口說的話的表徵。

中國古人也有這樣的傳統觀念，所謂「書不盡言，言不盡意。」(《易經》〈繫辭上〉)。中國古人認為「文字」是最低的檔次，「聲音」是第二等的檔次，「意」(道)才是最高的檔次。德里達就來攻打這種傳統的「說優先」的傳統，他指出「說優先」的實質是肯定絕對權威(上帝)的表現，是極權主義的表現。西方形而上學強調「說優先」是對「寫作」的壓迫。德里達針鋒相對地提出「寫優先」，並以圖畫文字及中國象形文字為根據，指出原始人類未有口語前先有文字。他說：「語言首先是書面本文」，「本文以外，不存在任何其他東西」。

第三，德里達論證了語言系統乃文字系統絕非聲音系統之後，又進一步提出了著名的「蹤跡」說，論證文字系統絕無穩定結構可言。

德里達根據索緒爾「二項對立」原則建立起「蹤跡」(印跡，trace)說。既然語言的意義總是相比較而存在，沒有「區別」、「差異」、「對立」也就沒有任何意義，因此，任何一項文字就是他項文字的「蹤跡」。從這個觀點出發，他否認文學作品具有穩定的客觀意義，主張作品只是供讀者去發現和追溯其他作品的一組蹤跡，或者說，任何作品都是其他作品的吸收和轉化，你中有我，我中有你，因此，沒有任何作品是真正獨創的。發現「蹤跡」這一過程可以無限地進行下去，因而不存在所謂作品的最終意義。德里達宣稱，所有「本文」(text)都必然是「互文」(intertext)，這就徹底打掉了新批評的「本體論」。德里達把他的分解主義步驟描繪為「雙重閱讀」，一方面它承認文本的「可讀性」提供了虛幻的意思效果，另一方面它使讀者發現文本本身的矛盾，事實上一切文本都在分解自己，從而證實任何文本的意思都是不確定的，「虛幻」的。

德里達主要是個哲學家和語言學家，他參加過法國六十年代的學生運動，是個「紅衛兵」。他的矛頭針對西方現代的政治架構和政治理論，倒不是針對馬克思主義，理論「殺手」的意義正在這裡。德里達對傳統的攻擊常常帶著激進的政治色彩。英國西馬批評家特瑞·伊格爾頓說，後結構主義是從特定的政治失敗（一九六八年五月法國反政府的學生運動）和幻滅中產生的。「後結構主義無力動搖國家政權的結構，於是轉而在顛覆語言的結構當中尋得可能的代替。」

德里達的理論在文學批評方面，又得到羅蘭·巴特以及美國「耶魯學派」（米勒等人）的支持與發揚，頗有影響。概括說來，後結構主義文評的主要特點是：否定語言的確定性；否定作者的權威性；否定文本的獨創性；否定一切文學理論。這四個「否定」正說明此派的「殺手」本質。他們認為文本的語言是關於其他文本的語言；一切閱讀都是「誤讀」；「細讀」的結果只能證明文本絕非一個有機整體；語言本身深不可測，故不可能表達確定意義；通過閱讀會產生附加的文本，破壞原有的文本，而這個過程永無止境。

法國結構主義理論家羅蘭·巴特在德里達的影響下，搖身一變，從結構主義者變成了後結構主義者。今天的巴特反對昨天的羅特。他在一九七〇年發表了重要著作《S/Z》，對結構主義倒戈相向：

> 據說某些佛教徒憑著苦修，終於能在一粒蠶豆裡見出一個國家。這正是早期的作品分析家想做的事：在單一的結構裡見出全世界的作品來。……這真是個令人白費腦筋的任務，而且最終會叫人生厭，因為作品會因此顯不出任何差別。

巴特說：「在《S/Z》中，我卻改變了這個觀點，我放棄了一種模式先於本文的觀念。」他說文學作品是一個「無中心的系統」，就像一顆蔥頭，「裡面到頭來並沒有心」。

七十年代巴特發表了一系列論文，如〈本文的歡悅〉（1973）、〈作者之死〉（1977）、〈作品到本文〉（1977）等，系統地闡述了自己的新觀念。他稱讚解構主義是「一種反神學活動，一種真正革命性的活動，因為拒絕固定的意義歸根結蒂就是拒絕上帝及其三位一體——理性，知識，法則。」在他看來，承認作者是解釋作品的最高權威是「資本主義意識的頂點和集體表現」，即十九世紀實證主義批評觀念的表現。這與法國新小說派理論權威羅布—格里耶的觀點完全一致：

> 現實主義代表資產階級價值觀主宰一切的時代，現實世界的一切都是可以解釋的，作家的任務就是解釋這個世界。

巴特認為「互文性」概念徹底破壞了文學獨創性的幻想，也就從根本上推翻了作者的權威。他說：「我們現在知道，文本並不是發出唯一一個『神學』（指作者）意義的一連串詞句，而是一個多維空間，其中各種各樣的文字互相混雜碰撞，卻沒有一個字是獨創的。」由於作者不再是作品的主人，在作者寫下的文字裡，意義的游移連他自己也無法控制，所以他對於自己寫下的文字也不是主人，而只是一個「客人」。所以巴特說：「作者已經死去！」既然作家不是權威，誰是權威呢？讀者成了新的權威。讀者必須破除對作者的迷信、獨立自主地創造作品的意義。在這裡，破除迷信是第一要緊的，所以他說：「讀者的誕生要以作者的死亡為代價。」

巴特接受了德里達的符號學的觀念，將文學作品分為「可讀的作品」與「可寫的作品」兩大符號體系。前一類以巴爾扎克式的傳統現實主義小說為代表，這類作品把一切描寫得一清二楚，給讀者以真實的假象，只給讀者留下「接受或拒絕作品的可憐的自由」，是「可讀的作品」。另一類以法國新小說派為代表，這類作品具有讀者所不熟悉的「密碼」，為了破譯之，讀者必須積極思考，「不再做消費者，而成為作品的生產者」。由於讀者積極參與了創作，從而也變成了作者——新的作者，就會體驗到異乎尋常的「快感」，這就是「本文的歡悅」。巴特這些理論和法國新小說派羅布—格里耶的主張完全一致：

> 讀者習慣於傳統小說家給他們說明某種意義，而讀新小說的讀者則完全陷入一個意義變化無窮、方向莫測、時隱時現、隨時發生問題的世界之中。新小說要求讀者的是把自己看作創造世界的主人，巴爾扎克要求「被動的讀者」，新小說同狄德羅的作品一樣要求「積極的讀者」。[49]

巴特激進的觀點在西方引起強烈的反響。有贊同的，也有極力反對的。美國當代著名文學批評家布思說：

> 解構主義重新開創了多種可能性，並指出你決不可能「一錘定音」，從來就沒有最終的定論。在任何文本中總會有某些新的東西，更多的東西未被前人發現。因此我確實認為它們有實際的功用。[50]

但是，法國學院派、西方馬克思主義派、美國新批評派則竭力反對。法國學院派指責巴特為性文學辯護。西馬文評家伊格爾頓指責巴特的

---

49 〔法〕羅布—格里耶一九八四年訪問中國的演講。見崔道怡等編：《「冰山」理論：對話與潛對話》（北京市：工人出版社，1987年，第1版），下冊，頁535-536。

50 布思一九八八年十二月九日對四川大學中文系程錫麟的講話。見程錫麟譯：〈當代美國文學理論〉，《外國文學評論》1990年第1期。

闡釋學是「色情學」，所謂「本文的歡悅」也是讀者的性高潮。[51]巴特則為自己辯護說：「五十年來著重描寫本能、無意識、直覺和意志的文學作品反而使法國文壇增添了新的光輝。」韋勒克對後結構主義一棍子打死。

> 沒有自我，沒有作者，沒有首尾一貫的作品，沒有與現實的聯繫，沒有正確的闡釋，沒有對藝術與非藝術、小說與敘述文的區分，沒有價值判斷，最後連真理也沒有，只剩一片虛無——只有毀滅文學研究的種種否定。這是與人類傳統的粗暴決裂。近幾十年來，嶄新的和較新的方法論門類繁多、層出不窮。它們給深化對文學的理解作出了貢獻：心理分析批評家、社會學家、馬克思主義者、結構主義者、符號學家、讀者——反應評論家、女性評論家、比較文學家及其他行家都以各自不同的方式拓寬了我們的地平線。唯獨解構主義完全反方向而行之。[52]

如何評價這派文論，它與中國文論有無相近之處？中國文論也有「蹤跡」說（但不是從語言學角度提），劉勰「宗經」篇就說「五經」是各種文體的淵源，「淵哉鑠乎，群言之祖」。「五經」已降的一切文體，都是它的「蹤跡」。這是中國幾千年的傳統觀念，即使是皎然、嚴羽的詩論，概莫能外，「言必先秦，詩必盛唐」，也是一種「蹤跡」說。北宋江西詩派領袖黃庭堅說：「自作語最難，老杜作詩，退之作文，無一字無來處。」他的「點鐵成金」與「奪胎換骨」的理論是最

51 〔法〕巴特在《本文的歡悅》中曾用房中術語闡明閱讀行為。說有一種文本是「沒有生育力、繁殖力的文本。一種不結果的文本」，而讀者「狼吞虎嚥」看書本。不僅解了嘴饞，還暗合著情節的「節拍」，期盼著「高潮」。

52 〔美〕雷・韋勒克：〈文學研究中的新虛無主義〉，《中外比較文學通訊》（中文版）第2期（1990年12月）。

典型的「蹤跡」說。明前後七子也鼓吹「蹤跡」說，後七子領袖李攀龍說自己的詩「無一語作漢之後，亦無一字不出漢以前」，就說白了自己詩文的「蹤跡」。

只不過中國的「蹤跡」說有一個前提，大體說來，「五經」，先秦文，唐詩是本源，其他詩文是它的「蹤跡」。中國的「蹤跡」說以肯定權威為前提，絕不否定老祖宗。西方的後結構主義則否定權威，否定一切範本。我們的「蹤跡」說肯定「第一個」的創造性，他們否定獨創性。

中國詩論中常以「偷」字說明「蹤跡」說[53]。唐朝和尚謝皎然在《詩式》中提倡「三偷」:「偷語」、「偷意」、「偷勢」，一個層次高於一個層次，「偷勢」就是動態美，就是「偷」人家的藝術構思。袁枚在《隨園詩話》中也說:「詩須善學，暗偷其意，而顯易其詞。」(《隨園詩話》卷五・五八)。所謂「偷」，也就是「互文」。這類例子不勝枚舉。請看詩詞方面:

五代詩人江為詩曰:「竹影橫斜水清淺，桂香浮動月黃昏。」到了宋代詩人林逋〈山園小梅〉詩中，變成「疏影橫斜水清淺，暗香浮動月黃昏」。二字之改，化實為虛，遂成詠梅千古絕唱。

古詩十九首中有「相去日已遠，衣帶日已緩」。到了柳永〈蝶戀花・佇倚危樓風細細〉中，就變成「衣帶漸寬終不悔」。

李白〈把酒問月〉中有「青天有月來幾時，我今停杯一問之」。蘇軾〈水調歌頭〉則有「明月幾時有，把酒問青天」。

南朝梁詩人沈約詩曰:「船如天上坐，人似鏡中行。」杜甫把它化為「春水船如天上坐，老年花似霧中看」。

《南史》〈張融傳〉說南齊文學家張融常嘆曰:「不恨我不見古人，所恨古人又不見我。」辛棄疾乾脆把它寫入自己的詞中:「不恨

---

53 西人亦有類似說法。艾略特說:「稚嫩的詩人依樣畫葫蘆。成熟的詩人偷樑換柱。」

古人吾不見，恨古人不見吾狂矣。」

李煜〈虞美人〉有「問君能有幾多愁，恰似一江春水向東流」的名句，李清照〈武陵春〉則有「只恐雙溪舴艋舟，載不動，許多愁」，北宋秦觀〈漢城子〉則有「便作春江都是淚，流不動，許多愁」。

唐韋應物〈滁州西澗〉有「野渡無人舟自橫」。北宋寇準〈春日登樓懷舊〉有「遠水無人渡，孤舟盡日橫」，北宋歐陽修〈採桑子〉有「野岸無人舟自橫」。

唐天寶進士丘為〈題農父廬舍〉有「春風何時止，已綠湖上山」，宋王安石則有「春風又綠江南岸」。他構思此句時，還想到「到」、「入」、「滿」等詩眼，都是「互文」。

姜夔名作〈揚州慢〉「偷」了杜牧的〈題揚州禪智寺〉、〈贈別〉、〈遣懷〉、〈寄揚州韓綽判官〉及《詩經》〈黍離〉五首詩，通過詩句強烈對比，寫出「自胡馬窺江去後，廢池喬木，猶厭言兵」的名句。「互文」之多，在漢詩中少見。讀者不妨加以比較：

> 淮左名都，竹西佳處，解鞍少駐初程。過春風十里，盡薺麥青青。自胡馬窺江去後，廢池喬木，猶厭言兵。漸黃昏，清角吹寒，都在空城。　　杜郎俊賞，算而今，重到須驚。縱豆寇詞工，青樓夢好，難賦深情。二十四橋仍在，波心蕩，冷月無聲，念橋邊紅藥，年年知為誰生。（姜夔〈揚州慢〉）

> 彼黍離離，彼稷之苗。行邁靡靡，中心搖搖。知我者謂我心憂，不知我者謂我何求？悠悠蒼天，此何人哉！（《詩經》〈王風〉〈黍離〉）

> 雨過一蟬噪，飄蕭松桂秋。青苔滿階砌，白鳥故遲留。暮靄生

深樹，斜陽下小樓。誰知竹西路，歌吹是揚州。（杜牧〈題揚州禪智寺〉）

娉娉裊裊十三餘，豆蔻梢頭二月初。春風十里揚州路，捲上珠簾總不如。（杜牧〈贈別〉）

落魄江湖載酒行，楚腰纖細掌中輕。十年一覺揚州夢，贏得青樓薄倖名。（杜牧〈遣懷〉）

青山隱隱水迢迢，秋盡江南草未凋。二十四橋明月夜，玉人何處教吹簫？（杜牧〈寄揚州韓綽別官〉）

中國詩、賦、詞寫美人，寫怨婦，寫景物，寫秋聲，寫京都，寫離愁，多有一套模式，這就是「偷」，就是「互文」。同時也可以是創新，如寫美人的，《詩經》〈碩人〉有「手如柔荑，膚如凝脂，……巧笑倩兮，美目盼兮」，到宋玉〈登徒子好色賦〉，就有「增之一分則太長，減之一分則太短；著粉則太白，施朱則太赤」之句，化實為虛。到曹植〈洛神賦〉就有女神的動態描寫：「翩若（輕捷也像）驚鴻，婉若（美好也像）游龍。……陵（通「凌」，輕步）波微步，羅襪生塵」（行在水波上，羅襪好像揚起微塵）。

再如寫京都的，試比較司馬相如〈子虛賦〉、〈上林賦〉，班固〈兩都賦〉（長安、洛陽）、張衡〈二京賦〉（長安、洛陽），左思〈三都賦〉（魏、蜀、吳三國的首都），盧照鄰〈長安古意〉，杜牧〈阿房宮賦〉，既能見出「互文」，又能見出盧照鄰的獨創，只有他真正寫了都市。

讓我們再看看小說戲劇方面的例子。《三國》、《水滸》、《西遊》全從話本中來。《金瓶梅》從《水滸》一回化出。張飛、李逵、孫悟空，都是你中有我，我中有你。至於戲曲與小說之關係，更是「互文」的典型現象，傳統戲曲百分之九十以上的素材全來自小說。短篇小說如「三言兩拍」絕大多數均有文字素材依據，譚正璧《三言兩拍資料》考證甚詳。其他短篇小說如《聊齋志異》等等無不如此。

我們再看看文論方面的例子。儒家文論如宗經說、言志說、緣情說、載道說有大量「互文」，後人一再重複前人的話，孔子說「吾道一以貫之」。荀子說「明道」，劉勰說「道沿聖以垂文，聖因文而明道」。到北宋周敦頤就直接提出「文所以載道也」。道佛詩論也是「偷」來「偷」去。中唐和尚皎然說「但見情性，不睹文字」，到晚唐司空圖就說「不著一字，盡得風流」，到南宋嚴羽就說「羚羊掛角，無跡可求」。而這些意思，老莊早已說過。如「道隱無名」、「得意忘言」、「大音希聲」、「天籟」就是。

如何理解這種「互文」現象呢？

第一，可以說明同類作品從形式到內容的繼承，說明傳統的力量。

第二，可以說明獨創性。因為繼承與借鑑多從模仿開始，但能越過模仿就是獨創。《金瓶梅》從《水滸傳》西門慶故事化成；魯迅的《狂人日記》受果戈理、尼采啟示，魯迅小說結尾「救救孩子」是最有力說明「互文」的獨創性的例子。

第三，「互文」也可以說明人類思維的共性，於是文學便有一些暗合的現象。

「互文」是世界文學的普遍現象。但後結構主義者看不到「互文」之間的差異性，取消了審美評價，取消了獨創性，一味否定，「沒有一個字是獨創的」，就變成虛無主義了。

後結構主義者提出作品有「可讀的作品」與「可寫的作品」之分，也並非全無道理，但不能以此作為審美價值的尺子，兩類作品中，都有不朽之作，也都有一生下來就已經死了的作品。《水滸傳》、《西遊記》是可讀性很強的作品，《紅樓夢》介乎二者之間。大體上說，古今中外的寓言性、象徵性的作品，現代主義的某些作品，多屬「可寫的作品」，其中的「密碼」確要讀者的「破譯」。魯迅的《狂人日記》、《野草》也是「可寫的作品」。但也不是越「朦朧」越好，「朦朧」到無人能懂，「可寫」的圈子就小到消失了，也就否定了作品的本身。

「作者死了」也可以從我們的立場去理解。在偉大的作品中，形象大於思想的例子是不少的，存在著世界觀與創作方法的矛盾，作家寫下來的東西，自己卻理解不透甚至不理解。從這個意義上說，讀者不能跟著作家的自說自話走，作家以作品發言，離開作品的言論，只能作參考，作家的話常常自相矛盾。「作者死了」的觀念，中國詩人有不同的表達。如趙翼詩：「預支五百年新意，到了千年又覺陳」，「江山代有才人出，各領風騷數百年」。

偉大作家的作品是國粹，但又是「包袱」，如果老背在身上，會壓死後代作家的。西方《堂・吉訶德》穿插獨立游離的短篇故事的寫法，《十日談》的「框形結構」，就壓住了西方短篇小說三、四百年，直到浪漫主義短篇小說起來才甩掉它。尼采不「死」，魯迅不生，魯迅對尼采是批判繼承，才超越尼采。如果一味模仿，哪裡還有魯迅。六朝志怪小說與唐人傳奇不「死」，《聊齋志異》不生，它用「傳奇法而以志怪」，正是突破六朝小說與唐人傳奇的寫法，將二者結合起來。「讀者的誕生要以作者的死亡為代價」，也可以用另一種方式表達：新作家的誕生要以舊作家的死亡為代價。

但是，我們又承認偉大作家不朽；我們主張弘揚民族文化，主張借鑑外來文化，從一切文化都有繼承性這個角度說，偉大作家又是永生的。普希金說：「不，我不會完全死亡。」他說出了真理，因為偉大作家代表人民，還因為他的作品是人類文化進程中不可或缺的一環。

後結構主義反對文學的僵化，反對絕對權威，這些觀念有助於我們解放思想，獨立思考。任何偉大作家作品都沒有最終意義，一切都在發展。但是，既然是偉大，又必有相對的客觀穩定性。雖是「互文」，也有獨創與平庸之分。德里達說：「我相信僵化性和僵化過程都是由明晰造成的」，[54]這話就有絕對化的毛病，從反對「僵化」走到反對「明晰」的極端去了。他還說：「我自己也不知道我正在朝哪裡走」，[55]說明他對自己提倡的理論的困惑。「解構」到最後，也使他的理論歸於虛無。

後結構主義放棄作品模式，使文評又回到作品本身，但與新批評不同，它所關心的不是作品的客觀意義，它認為作品本無客觀意義，一切意義都取決於讀者的創造，讀者的享受，於是，它就向接受美學過渡。

## 七　接受美學

從讀者接受的角度評價作品。德國學派。七十年代首先在德國流行。

德國哲學舉世聞名。古典哲學如此，現代哲學也如此。德國哲學家認為一切都在變化，沒有永恆不變的真理。胡塞爾（1859-1938）的「現象學」提出「回到事物本身，別管一切理論」。其弟子海德格爾（1889-1976）認為「一旦形成，即成過去」，一切都是相對的。海德格爾的弟子伽達默爾（1900-2002）在一九九〇年海德堡大學為他慶祝九十大壽的演講中提出對過去一切哲學都應持懷疑與否定的觀點。接受美學的哲學基礎就是上述這些人的哲學理論，因此，接受美學是反傳統、反權威的美學。下面介紹接受美學幾種重要的文評觀念：

德國伽達默爾的「對話」說。文學作品總是讓人讀的，作品的意義和價值只是在閱讀過程中才產生並發現出來的，因此作品的意義和

54 〈結構‧符號‧與人文科學話語中的嬉戲〉，見王逢振、盛寧、李自修編：《最新西方文論選》（桂林市：漓江出版社，1991年），頁150、153。

55 同前註。

價值是由作品與讀者之間的對話「共同決定」的。但伽達默爾的「對話」決定論只限於現代作品，古典作品則例外，因為古典作品是完美無缺的，它不需要現代讀者再去創造價值而為一切時代的讀者所接受。[56]

波蘭英伽頓（1893-1970）的「空白」說。他認為文學作品只是一種「綱要性、圖式性的創作」，作品只是提出一個框架。他把作品結構分為四個層次，首先是詞句的層次，其次是意義的層次，再其次是由許多意義組成的情節與人物形象的層次，最後是作品中完整的藝術世界。這四個層次只是四個框架，即使是作品中的藝術世界，也不是十分明白清楚的，都留下很多「顯示特性的空白」，「各種不確定的領域」，這些「空白」、「未定點」，就激發讀者的想像與思考。這就是他所謂的「召喚結構」，「召喚」讀者參與再創造。越是偉大的作品就越能「召喚」讀者進行再創造，而賦予作品更多的意義和解釋。[57]

德國伊瑟爾（1926-2007）的「隱在讀者」說。這是對伽達默爾的「對話」說又一發展。伊瑟爾認為作者與讀者的「對話」不是在作者完成他的作品之後，而是早在作者進行創作構思時便已開始，這時，作者必須為自己的作品預先設計一種「接受模式」：

> 在文學作品本文的寫作過程中，作者的頭腦裡始終有一個隱在的讀者，而寫作過程便是向這個隱在的讀者敘述故事並進行對話的過程，因此，讀者的作用已經蘊含在本文的結構之中。

---

56 見〔德〕堯斯：〈文學史向文學理論的挑戰〉，見蔣孔陽主編：《二十世紀西方美學名著選》（上海市：復旦大學出版社，1988年），下冊，頁488。

57 〔波蘭〕英伽頓著，張金言、朱立元譯：〈文學的藝術作品〉、〈藝術的和審美的價值〉，見蔣孔陽主編：《二十世紀西方美學名著選》（上海市：復旦大學出版社，1988年），下冊，頁258、271。

在伊瑟爾看來，不同作者為讀者所設計的「接受模式」大不相同。「一部作品的意義越是隱蔽，本文的不確定性程度越高，便越需要讀者的介入，反之，則讀者的作用就小」。他的「隱在讀者」說絕不主張去迎合一般讀者的趣味，而是含有提高的意味。當「真的讀者」與「隱在的讀者」發生矛盾時，被拋棄的是「真的讀者」。因為「真的讀者」還不能接受作者的新技巧與新文意。所以，伊瑟爾的「隱在讀者」說是一種超前意識。

德國堯斯（1921-1997）的「重寫文學史」說。他是接受美學的理論權威，他的《走向接受美學》是接受美學的代表作。此書其分五章，第一章「文學史向文學理論的挑戰」是綱，堯斯說：「如何重新撰寫文學史，我將在下列七個論題中對這個問題分別進行論述。」這七個論題是「重建文學史」、讀者的「期待視界」、「模仿」不適用於現代藝術、新的文學史的表述原則、根據讀者接受原則檢驗作品效果等等。下面介紹他若干主要論點。

關於重寫文學史。過去的文學史「以傳統的創作與再現美學為基礎」，新的文學史「以接受和效果的美學為基礎」，這是堯斯的指導思想：以讀者的接受代替作家的創作，以閱讀的效果代替文學反映生活。由於作品是作者與讀者的共建，新文學史應是作家、作品、讀者三者的關係史。傳統文學史丟掉讀者，「所以根本不是歷史，而是偽歷史」。

關於讀者的「期待視界」。這是新的審美標準。既然文學史主要是讀者的接受史，審美標準當然應以讀者的反映為準。作品以四種方式與讀者發生關係：「滿足、超越、辜負、駁斥」。最高的審美標準是作品「超越」讀者的期待視界。堯斯認為通俗的、娛樂的藝術作品是不要求讀者任何期待視界的改變的。而為人們不熟悉的作品則不同，「它就需要以一種特別的努力來進行閱讀，以便逆著習慣的經驗，重新把握它們的藝術特性」。堯斯反對作家為「某一社會群體」寫作，

「有一些作品，在它們問世時，並沒有著意寫給什麼專門的讀者群，但它們卻極其徹底地突破了人們熟識的文學期待視界，它們的讀者群只能逐漸發展起來」。

接受美學與俄國形式主義、新批評、結構主義、解構主義都不同，前幾種文評都圍著作品打轉轉，俄國形式主義就盯著「文學性」，新批評就盯著「本體」，結構主義盯著作品的「共同結構」，後結構主義則說對作品的任何解釋到頭來都毫無真實意義。接受美學則第一次引導讀者離開作品，從讀者接受的角度去認識作品的發生學，沒有讀者的參與，作品沒有「發生」，沒有真正的生命。

接受美學對我們是有借鑑價值的。第一，波蘭英伽頓的「空白說」符合作品的客觀實際，從語言的特點說，語言本身的模糊性，詞不達意，一詞多義的現象在各國語言中大量存在。從寫作學說，由於各種原因（如世界觀與創作方法的矛盾、形象大於思維，敘事方式的不同等等），作者想寫的東西與寫出來的東西並不一定相同；他寫出來的與他所理解的並不一定相同。還有的「空白」，是作者故意製造出來的，如短篇小說可以說是空白的藝術，海明威已說過只寫冰山八分之一。小說的「空白」越多，容量越大，傳達信息更多。作者不能什麼都知道，都寫盡，要留出餘地，讓讀者去捉摸，去思考，去補充。有一些作品同時有幾個獨立的、平等的聲音存在，即所謂多聲部復調結構，例如陳忠實的《白鹿原》，它寫中國現代的歷史，小說中有好幾個獨立的聲音，各各是排他性的，誰也說服不了誰。如族長白嘉軒的聲音，白鹿書院朱先生的聲音，土匪黑子的聲音，被侮辱與被損害的女性田小娥的聲音，作者讓讀者自行去判斷，去得出結論。作者的傾向性是十分隱蔽的，作品本身就不止一種意義。

中國文論的「空白」點是驚人之多。「詩言志」，朱自清說是志向，周作人說是言情，聞一多認為包括記事、抒情、記誦三義。這是一句話的空白。老子說「大音希聲，大象無形」更費推敲。馬、恩、列對西方作家的評價，注釋者見解各不相同，這是馬列文論的空白。如何譯法，也有異議，這是翻譯的空白。在文學名著中，美國的《白鯨》、中國的《紅樓夢》、英國戈爾丁的《蠅王》，俄國托爾斯泰的《復活》，書名有何含義，這是書名的空白。托爾斯泰寫《安娜·卡列尼娜》，在扉頁上引用《聖經》兩句話：「賞罰在我，我必報應」，他是譴責安娜，還是同情安娜？這是引文的空白。《金瓶梅》中諸多女性，是人抑獸？是通通否定還是有所肯定？《紅樓夢》中的寶釵、鳳姐，你又如何評價？還是由上帝去評判這是人物形象的空白。巴爾扎克是保皇黨，在作品中卻謳歌共和黨人；他是貴族的崇拜者，在作品中卻大寫特寫貴族的沒落，這是作品的空白。恩格斯正是從《人間喜劇》的「空白」中大做文章。喬伊斯生前曾炫耀道：「我在《尤利西斯》中布滿了謎，足夠教授們忙二百年的！」這「謎」就是「空白」，西方學者每年都要「忙」出二百本專著來討論喬氏作品中的「謎」。中國作家如王蒙，有時也故意留下些「空白」，讓評論家們去打架。他樂得在一旁看熱鬧。

偉大作品的內涵是很豐富的，其外延也很豐富，即上文說過的「張力」，這有待讀者去闡釋和發掘。西人說：「有一千個讀者，就有一千個哈姆萊特。」中國《易經》說：「仁者見之謂之仁，知者見之謂之知。」作家寫作常有感而發，對自己作品的意義，不見得有很清楚的認識。如曹禺寫《雷雨》即為一例。作品意義本身存在著不確定性，允許多樣化的主觀闡釋。讀者因人、因時、因地而異，其與作品的時間距離、地域距離、語言環境、文化心理距離是存在的，因此多樣化的解釋必然存在。從主觀、客觀兩方面說，讀者與作品都不是不變的，都說明接受美學有一定的正確性。

我們再談「誤讀」——這是文學閱讀與批評的普遍現象。杜甫〈春望〉中「感時花濺淚，恨別鳥驚心」，西人不懂漢詩不以人稱入詩之慣例，從他們的語言習慣出發，以為詩應有主語、便理解為

「花」在濺淚，「鳥」在驚心。但這兩句詩意本身是模糊的，這樣解釋也未嘗不可。已為國人認可。[58]西方現代文論中也不乏「誤讀」。龐德對中國漢字的「誤讀」是驚人的，認為中國漢字全由形象組成，本身就是「意象疊加」，所以他把「學而時習之，不亦樂乎」譯為「學習，但時間的白色的翅膀飛走了，這不是讓人高興的事」。這完全誤譯。但他的文論大大推動了西方意象詩的發展，艾略特稱他是「當代發明了中國詩的人」，文學史家稱他的英譯漢詩是「英語詩歌的經典作品」。

龐德對劉徹〈落葉哀蟬曲〉的「翻譯」是「誤讀」的典範。

劉徹原詩：「羅袂（音妹，衣袖）兮無聲，玉墀兮塵生，虛房冷而寂寞，落葉依於重扃（音中，門）。望彼美之人兮安得，感余心之未寧。」

翟理斯《中國文學史》（1901）譯為〈Gone〉（〈去不復返〉）：「靜了，窸窸窣窣的絲綢聲，大理石鋪的院子積滿灰塵。地上不再傳來足音，落葉堆滿了門庭。為了她，我的驕傲，我的美人兒失去了，如今剩下我，在無望的痛苦中煎熬。」

龐德譯為〈Liuch'e〉（〈劉徹〉）：「絲綢的窸窣已不復聞，塵土在宮院裡飄蕩，聽不到腳步聲，而樹枝捲成堆，靜止不動。她，我心中的歡樂，長眠在下面。一張潮濕的樹葉黏在門檻上（A wet leaf that clings to the threshold）。」

劉徹原詩「落葉依於重扃」無象徵意義，龐德使之有，象徵死去的美人；龐德用「意象疊加」手法，寫出不是一方思念，而是雙方思念，漢武帝思念美人，逝去的美人之魂仍然眷戀武帝；龐德把劉徹這句詩放在最後成為單獨的一段，句子的調動產生了強烈的象徵意義，如果說這是「誤讀」（誤譯），是創造性的「誤讀」。

---

58 見《唐詩鑒賞辭典》（上海市：上海辭書出版社，1983年，第1版），頁453。

第二，德國伊瑟爾的「隱在讀者」說可以從作家寫作要擅於選擇讀者對象這個角度去理解。「五四」時期提倡白話文學，二十年代提倡革命文學，四十年代提倡文學為工農兵服務，「文革」後提倡文學為廣大人民服務，都可以從接受美學角度加以論證，即文學應為誰所接受。把藝術接受起點確定在創作構思階段，在構思時就明確我的作品是寫給什麼人看的，可以縮短作家與讀者的距離。

第三，堯斯的重建文學史說也有合理的因素。過去的文學史，確實忽略了讀者接受這一頭。他提出這個見解是一個創見。汪曾祺說：「我認為一篇小說是作者和讀者共同創作的。作者寫了，讀者讀了，創作過程才算完成。」[59]汪曾祺也說過與堯斯近似的話。堯斯強調改變讀者的「期待視界」，以「超越讀者」為新的審美標準，從作家要敢於改變讀者的審美趣味，促使讀者的觀念發生變化這個角度說，也有其合理的內核。文學要創新，不能老一套，一部新思想新手法的作品問世時，讀者往往不適應，每一種新派別、新體裁出現時也如此，它的讀者群總是慢慢擴大的。改變讀者的期待視界，特別適用於評價中國新時期的文學，一部分讀者暫時「看不懂」，產生一些迷惑心理，不一定就說明這作品不好，讀者必須打破舊的期待，才能開拓新的視野，接受新的作品。

第四，接受美學可幫助我們糾正傳統觀念的偏頗，對一些文學現象作出新的評價。如學界對孫洙（1711-1778）編的《唐詩三百首》一直評價不高，而此書「專就唐詩中膾炙人口之作，擇其要者」（孫洙〈自序〉），自乾隆二十九年出版以來，長期廣泛流傳。中國老百姓對唐詩的知識多半以此得來。唐人詩集有一百多種，其中有名家如王安石編的《唐百家詩選》，王士禎編的《唐賢三昧集》，但最有影響、

59 汪曾祺：〈自報家門——為熊貓叢書《汪曾祺小說選》作〉，見《中國當代作家面面觀》（上海市：時代文藝出版社，1991年）。

最有生命力者要推孫洙的《唐詩三百首》。然而此書卻歷來為藏書家、評論家不屑一顧。人們只知編選者叫「蘅塘退士」，連他的真名實姓也不甚了然。若從接受美學角度評價，則孫洙在編輯唐詩這個領域的地位要在王安石、王士禎之上。

第五，中國古典文論中，有大量接受美學的觀念，可以互補、互注。如《春秋繁露》（董仲舒）中的「詩無達詁」（詩無確切的解釋），《易經》〈繫辭〉中的「仁者見之謂之仁，知者見之謂之知」。孟子的「以意逆志」說（以讀者之「意」去體會作者之「志」，漢經學家及宋代理學家普遍認為「意」是指讀者）。在現代文論中，魯迅說《紅樓夢》「單是命意，就因讀者的眼光而有種種：經學家看見《易》，道學家看見淫，才子看見纏綿，革命家看見排滿，流言家看見宮闈秘事」，講的也是不同讀者的不同接受。汪曾祺在《關於小說語言》中說：「強調作者的主體意識，同時又充份信賴讀者的感受能力，願意和讀者共同完成對某種生活的準確印象，有時作者只是羅列一些事物的表象，單擺浮擱，稍加組織，不置可否，由讀者自己去完成畫面，注入情感。」林斤瀾在《談敘述》中發揮中國古典畫論中的「寫意」與「空白」說，他說：「寫意不是小路，是千里迢迢的古道，貫串千年文化。」又說：「留得好的空白，留給讀者的是想像。」中國當代兩位風格大致相同的名作家對接受美學的詮釋，結合中國文化傳統，結合自己的創作經驗，講得何等透徹。

當我們肯定接受美學的借鑑價值時，也不能走過了頭，跌進取消作品本身的意義的深淵。尤其是世界文學名著，它的主題、背景、人物關係，誰是好人，誰是壞人，真善美在哪些方面，假醜惡又在哪些方面，大都有一個客觀標準，是由作品本身提供的。例如我們總不能把唐僧說成是好色之徒，基督徒安東尼奧和猶太人夏洛克是好朋友，因為這並不符合作品的實際，為絕大多數讀者的接受所否定。西方有人把莎氏的《威尼斯商人》改編成安東尼奧與夏洛克是好友，「一磅肉」只是應付「法律」的戲言，以致最後夏洛克為了朋友寧願受刑。林兆華導演《哈姆萊特》，哈姆萊特同時又是克勞狄斯，對立者變成了一個人。他導演《浮士德》，還有用無線電遙控的飛艇由劇場二層駛向舞臺。如此標新立異，取消了名著客觀的價值，這就成了新批評派所說的「感受迷誤」。

## 八　女權主義批評

近年來首先崛起於美國，是最新、最激進的文評，是百年來西方世界女權運動的產物。一言以蔽之，它是從女性立場出發批評文學的理論。此派認為迄今為止的文化都是男性文化，包括文學在內，都必須予以否定。西方的女權主義批評形形色色，有不少派別，但大都有三條共同的原則。第一，批判以男性為主體的傳統文化，認為傳統文化是父權制的聲音；第二，探討文學中的語言、形象、題材、情節、象徵、比喻、表達方式的「女性意識」，指出它們應與男性中心模式有別；第三，關注女作家的創作狀況，揭示她們的實際困難，鼓勵和幫助婦女與男性競爭，指出女作家及女讀者在文藝界、評論界的不平等地位，並力圖改變這種狀況。

伊萊恩·肖沃爾特（1941-）是美國著名女權主義文評家，她的《荒原中的女權主義批評》（收入她自編的《新女權主義批評》，1985）[60]對西方女權主義批評作了歷史的、客觀的綜合與論述，是公認的權威著作。所謂「荒原」，指男性文化以外的女性文化，因歷來不被重視，如同「荒原」。全文共分六節。

多元論與女權批評。指出迄今為止女權批評始終沒有理論基礎，

---

60 有韓敏中的中譯本。見蔣孔陽主編：《二十世紀西方美學名著選》（上海市：復旦大學出版社，1988年），頁488。王逢振、盛寧、李自修編：《最新西方文論選》（桂林市：漓江出版社，1991年），頁255。

所謂黑人女權批評、馬克思主義女權批評、精神分析女權批評、結構主義女權批評、解構主義女權批評等等，實際上都是「男性批評理論」，「有害的男性話語」，不能照搬這些理論，應該創造「真正以婦女為中心的，獨立的，思想認識上前後一致的女權主義批評」。

兩種女權主義批評。七十年代的女權批評著眼於研究文學中的女性閱讀與闡釋，即如何用女性眼光去重評文學史與作品。八十年代以來，重心轉移，著眼於研究「女作家的寫作」，即研究女性作家本身，女性作家是一個「獨立的文字團體」。但各國側重點不同。英國女權主義批評本質上是馬克思主義的，強調壓迫；法國女權主義批評本質上是精神分析的，強調壓抑；美國女權主義批評本質上是語言文本的，強調表達。而共同目標是尋求一種理論與術語，把女性從固定不變的卑賤意義中解救出來。

女子寫作和女子的肉體。十九世紀的人類學者認為男子的腦前葉重於女子的腦前葉，發育也更健全，由此認為女人的智力較男人低下。在父權制的西方文化中，文學的作者是父親、祖先、創造者，他的筆猶如他的陰莖一般是具有生殖能力的工具。女權主義批評不承認女人在生物學意義上的低能。如果說筆是隱喻上的陰莖，女人的子宮卻孕育文學。子宮是文學之母性的隱喻。文學創作過程是更像陣痛與分娩，而非受精。

女人寫作和女子的語言。女人能否創造出新的屬於她們的語言呢？法國女權主義者提倡革命的語言體系，同男性家長統治的語言進行口部決裂。「美國女權主義戲劇之母」梅根・特里在《皇后用的美國國王英語》一劇中探討了英語語言中的陌生化問題，即性別「歧視」問題，試圖找出解決辦法。一些女權主義者指出母權制社會曾有過女人的語言，父權制勝利後，女子語言轉入地下。迄今少數民族中仍有「女子語言」。肖沃爾特指出「問題不在於語言不足以表達女性意識，而在於女子從未得到過充分運用語言手段的權利，被迫沉默，或用委婉、曲折的方法表達思想。吳爾夫說，在她本人和喬伊斯的比較中，兩人在用語範圍方面有巨大差異：「假如女人（像喬伊斯那樣）說出自己的感受，男人就會大驚失色。」

女子寫作和女子心理。著重討論佛洛伊德學說。佛洛伊德認為女性創造力大於男性，他晚年說：寫作和排尿有聯繫，這從生理上說對女人容易些——她們的膀胱較大。女權主義者認為從女性身體構造利於宣泄來證明女人寫作障礙少於男性的理論是荒唐的。佛洛伊德在〈詩人與白日夢的關係〉一文中說：女人沒有得到滿足的夢想和欲望首先是性愛方面的，性愛的欲念造就了女子小說的情節。而男子還有自我中心和權力的狂想，故男子小說的情節大於女子小說。女權主義者認為，在女人作品中同樣存在著被壓抑的自我與權力的狂想。精神分析學說要求將男性生殖器視為優越的特權的象徵，而「缺失」一向與女性掛鉤，造成女子心理的劣勢與恐懼痛苦。女權主義者批判了這種看法，認為女性是創造力的源泉。女性的凝聚力大於男性，它來自母女構造的相同，影響女作家的情誼，使不同文化背景的女子著作間有驚人的相似。女權主義者認為精神分析學可用於女權主義批評，但必須不斷修正，使之成為「女子中心」的理論，並指出必須「超越」它，才能解釋「女子文學」與歷史、種族、階級、國家、經濟的關係。因為後者也是文學重大決定因素。

女子寫作和女子文化。這是一個最廣大的角度，提出的中心問題是：如果通過婦女的眼睛，並用女性的價值觀念去看歷史，文化史將是什麼樣子。批判了男性中心文化的模型：男性是「主宰集團」，女性是「失聲集團」。強調必須照亮歷史的暗區，尋找「母親之鄉」。「我們討論的文藝復興其實不是女子的文藝復興，我們研究的浪漫時期女子極少參與，我們談論的現代主義正是女子抵制的，有關文化史的論述留下了大片神秘空白」。女子寫作時，父母的先天影響同時起作用，只有男作家才忘記他們雙親的一方，壓抑其聲音。肖沃爾特最後指出，女子文化仍是「荒原」，女權主義批評任重道遠。

西方女權主義者常用「皮格梅利翁」及「一張白紙」的比喻來說明男女不平等的關係。在古希臘神話中，國王皮格梅利翁塑造了一座美麗雕像，賦予她以柔軟、呼吸、生命。這個神話暗寓男人創造了女人。但女權主義者指出：他迴避了一個最重要的問題，正是他自己才出自女人的身體。從批判這個神話出發，女權主義者舉出大量例子，說明歷史上一切男性天才都「力圖篡奪子宮的繁殖能力」，女人在文化生產中只是一件藝術品，而不是雕塑家。女權主義者又指出，幾乎一切男作家都把女子說成是一張白紙。莎士比亞筆下的奧賽羅看著睡去的苔絲德蒙娜驚問道：「難道這潔白的紙，這本如此美好的書，／只為寫上『婊子』兩字？」女性總是轉化成「文」，被「讀」進或「寫」進文本去。亨利．詹姆斯的《一位婦女的肖像》就說那個歷經滄桑的女人身上已「寫滿了各式各樣的字體」，她的外表有著「明白無誤的斑斑墨跡」。在《荒原》中，女子的頭髮「發出光，變成字」。德里達用「筆」等於陰莖，「白紙」等於處女膜來描繪文學寫作過程。人類學者列維．斯特勞斯在《結構主義人類學》中說：「在個人之間交換的是語詞，在部落之間交換的則是女人」，這說明在文明發展過程中，女人必須被當作男人的語言一樣使用。女權主義者對上述言論作了猛烈的抨擊。她們以大量女作家的作品證明，在新神學活動中，在新文學活動中，「女上帝代替了男上帝，子宮代替了陰莖」。「沒有一個女人是一張空白書頁：每一個女人都是書頁的作者，書頁作者的作者。生產最基本的要素──孩子，食品，布──的藝術，是女人最根本的製造。」[61]

女權主義批評在中國新時期文壇中，不可能沒有反響，儘管有些

61 〔美〕蘇珊．古芭著，韓敏中、盛寧譯：〈〈雪白書頁〉和女性創造力問題〉，見王逢振、盛寧、李自修編：《最新西方文論選》（桂林市：漓江出版社，1991年），頁284-302。

女作家如張潔、王安憶都否認自己是女權主義者，但從她們的作品中，人們還是聽到了女權主義的聲音。此外，文壇上也有一些女權主義文評家，多半由女性組成，已形成一個群體意識的批評思潮。她們的批評著重表現為下面四個方面：

第一，從多方面批判男女不平等的現象。論者們指出：

> 歷史上，「人」的內涵中原是沒有女人的，正像英語中用「men」代表「人」，漢語中的「人」就意味著「男人」，男人創造的文明史攜帶著女人的進步，相反，人對自身的所有規定——政治的、經濟的、法的、倫理的、審美的——無不是以男性的意識和利益為中心的。……女人呢？女人在人類社會生活中「歷史性地」失落了。……我們曾用大量的統計數字，列舉出政治和經濟的損失，但卻很少有人提起它對一代女性的損害。[62]

> 在當今中國，做女人有時往往意味著放棄做人的權利。在這種矛盾面前，女人試圖找一條解脫的途徑，她們結婚、生育，她們想通過家庭來確認自己的地位，但恰恰相反，反而越加落入陷阱。[63]

> 在兩千年的歷史中，婦女始終是一個受強制的、被統治的性別。[64]

> 女性要收復她為人類丟失的一切，不僅僅充當生命的源泉、人類的根和父權社會的合作者。[65]

---

62 李小江：《夏娃的探索》（鄭州市：河南人民出版社，1988年），頁89。

63 劉敏：〈天使與女妖〉，《文學自由談》1989年第4期。

64 孟悅：〈二千年．女性作為歷史的盲點〉，《上海文論》1989年2期。

65 錢蔭榆：〈女性文學新空間〉，《上海文論》1989年2期。

我們再來聽聽女作家的聲音，王安憶用文學的動人的語言描繪了文學上的、社會上的、歷史上的男女不平等的現象。她說：

> 很長的一段時間，我一直在想那麼一個問題：究竟男人是怎麼回事，女人又是怎麼回事？上帝待女人似乎十分不公，給了女人比男人漫長的生命，卻只給予更短促的青春；給了女人比男人長久的忍飢耐渴力，卻只給更軟弱的臂力；生命的發生本是由男女合成，卻必由女人擔負艱苦的孕育和分娩；生命分明是吸吮女人的乳汁與鮮血長成，承繼的卻是男人的血緣和家族；在分派所有這一切之前，卻只給女人一個卑微的出身——男人身上的一根肋骨。男人則被上天寵壞了，需要比女人更多的母愛才能成熟；在女人早已停止發育的年齡還在盡情的生長，在女人早已憔悴的年齡卻越發的容光煥發，連皺紋都是魅力的象徵。於是，女人必須比男人年輕，在性愛與心理上才能保持同步，可是女人卻又注定享有更多的天年。因此，男人在女人的眼淚與愛撫下安息，女人則將男人送走，然後寂寞地度過孤獨的餘生。女人生下來就注定是受苦的，孤寂的，忍耐的，又是卑賤的。光榮的事業總是屬於男人，輝煌的個性也總是屬於男人。[66]

第二，對文學上的男權主義作批判，為中外作品中的「壞」女性翻案。「所有男人寫的關於女人的書都應加以懷疑，因為男人的身分有如在訟案中，是法官又是訴訟人。」[67]在古典文學方面，論者著重為《金瓶梅》中的女性翻案，認為傳統賦予金、瓶、梅們的「淫」，正

---

66 王安憶：〈男人和女人．女人和城市〉，《當代作家評論》1986年5期。

67 陸星兒：〈女人與危機〉，《上海文論》1989年2期。

是她們對封建偽道學的反叛，在她們的「淫」中透露出旺盛的生命力，「表現了某種少見的女性的主動追求與抗爭」。[68]王安憶認為潘金蓮是愛情戰場上的勝利者：「她以旺盛的生命力與機關算盡的頭腦，最終克制了西門慶。」[69]有的論者指出中國傳統文學的一個「原型」是「女人先來引誘他」，這與中國幾千年封建社會的納妾和女性不潔觀緊緊相連。[70]評論者對外國文學中的男權主義現象也作了剖析。「《簡・愛》有兩個婦女形象，一個是簡・愛，還有一個是羅徹斯特的妻子伯莎・梅森，即關於閣樓裡的瘋女人。……我們在瘋狂的背後，看到了一個女人的掙扎、反抗，聽到了一個女人淒厲的呼喊」。[71]

第三，集中批判新時期文學中的男權主義。有的文章對新時期男性作家塑造的女性形象作了綜合性的否定評論，指出張賢亮筆下的黃香久是男人恢復性欲的工具，〈紅高粱〉中的「奶奶」也總難擺脫男性的心理定勢，陸文夫的徐麗莎有「追附男性的深刻缺陷」，張承志的《北方的河》裡貌似倔強的女記者其實也是個附庸。她們都廣泛地迎合了以男性為中心的社會和文化的需要，喪失了自身的存在，是一些悲劇角色，「讓人總感到一種說不出的壓抑、憋氣、茫然、困惑」。「八十年代的張賢亮、賈平凹、莫言、鄭義，他們所塑造的女性形象，終擺不脫伊甸園中依附亞當的夏娃的影子，也跳不出傳統女性的塑造模式」。[72]有的評論者說：

> 對封建文化不自覺的認可，造成了張賢亮對男人和女人生存方式價值觀評判的偏頗。他的天平不無矯情地傾向於「去人欲，

68 呂紅：〈一個罕見的女性世界〉，《上海文論》1989年2期。

69 王安憶：〈男人和女人・女人和城市〉，《當代作家評論》1986年5期。

70 王友琴：〈一個小說「原型」：「女人先來引誘他」〉，《上海文論》1989年2期。

71 朱虹：〈禁閉在「角色」裡的「瘋女人」〉，《外國文學評論》1988年1期。

72 見〈悲劇性別：女人——論男性作家所塑造的女性形象〉，《批評家》1989年4期。

> 存天理」的理念生命，即以男性傳統理想的生存方式，貶低以感性生命為人生內容的生存方式，並把它歸結為低於前者的女性唯一所能有的生存方式。[73]

並非女權主義者的男性批評家對張賢亮小說的「男權主義」也口誅筆伐，措詞的犀利比女性批評家尤甚：

> 為男性設計出標準的女性形象楷模，這是男性統治女性的另一個重要策略。張賢亮小說中的女人往往多情、漂亮、肉感、痴心，這實際上迎合了男性從精神到肉體的多方面欲望。這些女人溫柔可親，楚楚動人，同時又怨而不怒。這使男性能夠在兩性關係中伸縮自如，進退有據。他們完成雄圖霸業的時候，這些女性則自動退居後方。「等待」是千年來女性所不斷重複的唯一行為，等待是一種從屬的證明。《綠化樹》中的馬纓花說：「就是鋼刀把我頭砍斷，我血身子還陪著你哩！」於是男性睡覺時，女性是他們的枕頭；男性出門時，女性是他們的墊腳石。[74]

一些女權主義批評者還進一步剖析了女性作家身上的男權主義。當大多數人都肯定王安憶的「三戀」打破傳統模式，塑造了「真正的女人」時，有的評論文章卻認為王安憶的「三戀」是一種男性話語，一種父權制敘事模式。她筆下的女性人物是男性意識的投影：

> 當王安憶寫作時，她就不再是「她」，而是「他」，因此她寫作

73 施國英：〈顛倒的世界〉，《上海文論》1989年2期。

74 南帆：〈文學：男性與女性〉，《福建文學》1990年10期。

> 中的符碼秩序必須與「他」的社會符碼秩序一致，這就是說，社會是男性的，是「他」的。[75]

新時期文學女性作家群的崛起與女權主義的高揚分不開，不少批評家都指出她們在塑造女性及描寫愛情的變化過程，認為這是女性作家的「覺悟」而加以肯定。幾乎所有的批評者都提到張潔，指出《愛，是不能忘記的》、《方舟》、《祖母綠》中女權主義思想的發展。在《愛，是不能忘記的》女主人公那裡，男人是一個不可企及的神明，她只能遙遙地供奉愛情；及至《方舟》，真正的男人已經缺席——三個女人周圍所剩下的全是一些劣等男性；到《祖母綠》，曾令兒所心愛的男人左威再度返回了——但這時男人僅僅是個徒有其表的軟弱角色。實際上，這個英俊的男人不過寄生於兩個女人（曾令兒、盧北河）的憐憫之中。在張潔看來，男性正失去女性的迷信，「尋找男子漢」早已過時。這種女權主義觀點形成了張潔的新的敘述風格：一改「女性」的溫柔與深情，代之以尖刻的怒罵。王蒙指出：

> 現在的張潔更帶有向惡德與偏見的存心，不管不顧地撕掉假面，入木三分地諷刺揭露……辣手寫出了她對人特別是對於一些男人的失望、憤激，乃至某種偏執的怒火。她掩飾不住她的一種上了男人的當、上了正人君子的當、也上了自身的「古典」式「生的門脫」（santimental）的「小資產」溫情主義當的心情。她急於揭露使她上了當的這一切，惡心它們和剝光它們。[76]

王蒙的批評是正確的。據張辛欣的回憶：「有一回，她還說出那樣一

---

75 劉敏：〈天使與女妖〉，《文學自由談》1989年4期。

76 王蒙：〈清新、穿透與「永恆的單純」〉，《讀書》1992年7期。

句話來：『他們不是男人，不過有個陽具而已，我沒有，但我比他們更像條漢子！嘿，怎麼樣？這話棒不棒，我要用在小說裡！』在場的我和三位男人都不吱聲。」[77]

塑造女性與描寫愛情的女權主義變化也見諸王安憶的系列小說。王蒙說：

> 讓我們回憶一下王安憶當初那些描寫班級和少先隊的「少作」，特別是極獲好評的描寫朦朦朧朧的愛情萌動的《雨沙沙》吧。清新，善良，含蓄，美好，像一個純潔的小姑娘。現在，這位小姑娘已經成為操手術刀的外科主任醫師了。[78]

王安憶熱衷於寫「性」，而且寫女性強於男性。在《崗上的世紀》中，女主人公在無所顧忌的狂熱做愛中驚醒了男主人公死一般的肉體，使之得到了生命的再造。「性」的主題超越了「三戀」，因而得到不滿她的「三戀」的女權主義批評者的讚揚，認為這是女性優於男性，女性塑造了男性。「女人比男人強，男人在這裡變成了無能的、缺乏的、不能滿足的廢物。」[79]

在西方女權主義思想影響下的中國新時期女性作家群的作品具有自己的民族特點，並非向西方女權主義認同。

第一，多寫當代女性的不幸，與批判當代社會陰暗面相聯。例如《方舟》。梁倩是個高幹的女兒，導演，她導了那個片子被領導斃了。那領導說那女主角的奶子怎麼那麼高，真的還是假的，要是成心墊的，這可是一個嚴重的思想意識問題，是誘導青少年犯罪，是黃色電影。梁倩火了，針鋒相對地說：「是真是假，可以調查研究一下，

77 張辛欣：〈撕碎，撕碎，撕碎了是拼接〉，《中國作家》1986年2期。

78 王蒙：〈清新、穿透與「永恆的單純」〉，《讀書》1992年7期。

79 劉敏：〈天使與女妖〉，《文學自由談》1989年4期。

摸一摸就知道了。」她回宿舍後對其他兩個「寡婦」（荊華、柳泉）說：「我明知說了這些話，我的片子不完蛋也得完蛋，……有些人就是這樣，……做決定，下命令，對同志，對事業都沒有多少認真負責的態度。文藝要不要繁榮？社會主義事業要不要前進？跟他們有什麼關係？！只要不影響他的地位就行！」張潔寫的是一個當代從事導演工作的女性的不幸，批判的矛頭是對準文藝界的官僚主義與極左思潮以及某些領導人藏在這種極左思潮外衣下面的卑劣。鐵凝的近作長篇小說《玫瑰門》寫了幾個女性悲慘的一生，是對「文化大革命」摧殘女性的有力控訴。

第二，解剖女性本身的弱點，促使女性的自我反思。《玫瑰門》在描寫當代女性不幸時，也批判了女性本身的相互壓迫。張潔的作品這個特點很鮮明。在《方舟》中，她借一個女性人物的嘴說：「婦女並不是性而是人！然而有些人並不這樣認識，就連有些婦女自己，也以為只有以媚態取悅於男性，她的存在才有保障。這是一種性，是自輕自賤，完全是一種舊意識的殘餘。」張潔在答香港記者問時又說：

> 即使寫女人，我也不是以女作家這個角度去反映女人，……所以我對女權主義不感興趣，……而常常會覺得婦女自身存在的缺陷很多，必須將自己弄好了，才能要求別人尊敬你，自己如不爭氣，願意當花瓶和賤貨，那則是無可救藥。[80]

第三，不迴避寫性，但女性的墮落根源是社會壓迫。王安憶的〈崗上的世紀〉[81]是一篇極其露骨地寫性交的小說，上海知青李小琴與生產隊長楊緒國幾乎變成禽獸了。悲劇的結果是李小琴身敗名裂，楊緒國

80 〈張潔答香港記者問：談女權問題與性文學〉，見謝玉娥編：《女性文學研究》（開封市：河南大學出版社，1990年）。

81 〈崗上的世紀〉，《鍾山》1989年1期。

被判刑（可能槍斃）。而悲劇的直接原因是李小琴用肉體買「回城證」。這是女知青悲劇的社會背景。王安憶的長篇小說〈米尼〉[82]寫一個插隊安徽的上海女知青米尼回上海後，被丈夫阿康（也是插隊回城的中專生，慣竊）出賣及流氓「平頭」利用，到深圳當了暗娼的故事。讀畢這部小說，讀者心中最大的反響是什麼？是為什麼一個比較單純的上海知青會淪為暗娼？這個故事在什麼時代下發生的？社會要負什麼責任？

第四，對女性的理想主義與脈脈溫情的情愫貫穿全部作品。中國新時期的女性作家群的創作雖有早期與後期之分，早期作品的女主人公與後期作品的女主人公雖有天壤之別，但絕非早期的女性是「天使」，後期的女性變成了「魔鬼」。即使寫扭曲的人性，也是筆下有情。王安憶對米尼仍帶有憐惜與同情，她未墮落前的純潔給讀者留下深刻印象，她即使墮落了對阿康仍一往情深，才會被阿康出賣。值得注意的是小說是用馬爾克斯式倒敘筆法寫出的，這些都是米尼的往事了。這是作者筆下超生，米尼以後怎樣呢？未來之路還展現在她前面。

在中國女權主義批評著作中，對女作家的藝術風格的評論似乎還是一個「缺項」。這個問題值得重視，因為這是對女性文學本體的批評。例如中國新時期的女性作家群的作品與「五四」時期的女性作家群的作品有什麼不同的藝術風格？有什麼不同的語言特色？在借鑑外來文學及繼承民族文學傳統方面有什麼不同的角度與側重面？都是可以探討的課題。例如新時期的女作家群大都廣泛借鑑外來手法，以加強藝術的力量，但似乎停留在模仿方面，如王安憶的〈米尼〉明顯借鑑了《查太萊夫人的情人》，都構思了一個世外的環境，都對性行為作了詩意的描寫。《米尼》寫城裡的女知青在性行為上征服了農村的生產隊長，顯然是對《查太萊夫人的情人》工人征服了夫人的反寫。

---

82 〈米尼〉，載《芙蓉》1991年3期。

在鐵凝的《玫瑰門》中，蘇式、拉美式、意識流、象徵主義手法應有盡有，而借鑑的痕跡太分明。在藝術手法上，中國新時期的女作家似乎尚未能成「一家之言」。

對「女權主義批評」應如何評價呢？如果說精神分析批評、神話原型批評、俄國形式主義、新批評、結構主義、接受美學等西方現當代文評都可以和中國古代文論「對話」，可以「打通」，那麼，「女權主義批評」與中國古代文論或許是很難找到共同的語言的。中國古代小說有《紅樓夢》、《鏡花緣》那樣近似女權主義批評的作品，戲曲有徐渭《雌木蘭》、《女狀元》那樣歌頌女性的作品，但中國古代文論則極難找到一部近似女權主義批評的作品。

女權主義批評提出以「性別」作為批評的標準，這是一個十分嶄新的批評標準。但是，有幾個根本問題必須解決：過去的文明史是否是父權制的歷史？有沒有單為女性所有的語言？是否男性作家的作品就一定是宣傳男女不平等？中國當代男性作家個個是男尊女卑思想的受害者和傳播者？凡是讚美女性的男性作家都是偽君子？男性與女性的關係是對立還是和諧？等等。

女權主義批評的「先鋒」意識是鮮明的，它完全超越了馬列文論的範疇，另闢文學批評的新徑。如何正確評價它的價值，仍需要時間的檢驗。美國當代著名的文學批評家布思對其評價頗有分寸，可供參考：

> 當前美國有兩個強大的思潮——解構主義與女權主義批評。我深信，解構主義和女權主義批評，尤其是後者，不會死亡。我們不可能回到女性的聲音遭到忽視的時代。女權批評開闊了我的視野，使我在經典作品中發現了我過去從未察覺到的一些成分，使我有了與過去大不相同的看法。[83]

83 〔美〕布思：〈當代美國文學理論〉，程錫麟譯：《外國文學評論》1988年1期。

# 九　結束語

以上就精神分析批評、神話原型批評、俄國形式主義、英美新批評、結構主義、後結構主義、接受美學、女權主義批評等八種文論談了它們對中國文學的借鑑價值。本書在評價這些文論之前已指出其形而上學及認識論的侷限性。但是，無論一個民族或一個人，往往在一定時期內要通過與完全生疏的事物相對照，才能更清楚地認識自己，看清自己的長處和短處。若是閉關自守，固步自封，其結果不是狂妄自大，就是孤陋無知。「五四」時期，我們用西方文學這面鏡子來照中國文學，便發現了小說、戲曲、李煜、李清照的新價值，改變了我們對文學史原有的認識，使我們更好地繼承了中國文學的優良傳統。對西方現當代文論，我們也持這個態度。錢鍾書先生在《談藝錄》、《宋詩選注》、《舊文四篇》、《管錐編》中所作的中西文論的「打通」工作，為我們樹立了典範。他強調「鄰壁之光，堪借照焉」。他的《管錐編》以「散」為特色，不求系統性，有意繼承中國古文論的傳統，以踏實為宗旨，就像郭紹虞先生說自己的著作是「願意詳細地照隅隙，而不願粗魯地觀衢路」。中國的青年學者張隆溪的《二十世紀西方文論述評》[84]以及趙毅衡的《新批評——一種獨特的形式主義文論》[85]都是在錢先生指導下寫出的緊密聯繫中國文論的優秀的力作。中國比較文學界的有志之士正在攀登比較詩學這座高峰。面前如潮而來的西方現當代文論，有著幾千年豐富文論傳統的中國人的態度只有迎接挑戰。我們高舉的是魯迅「拿來主義」的旗幟，汲取西方現當代文論有價值的東西，豐富中華民族文論的血肉。「他山之石，可以攻玉」，二千七百年前《詩經》〈小雅〉裡的詩人就懂得這個道理。

---

84 張隆溪：《二十世紀西方文論述評》（北京市：生活・讀書・新知三聯書店，1986年）。

85 趙毅衡：《新批評——一種獨特的形式主義文論》（北京市：中國社會科學出版社，1986年）。

# 後記

我首先要紀念一位逝去的師長——楊周翰先生，他曾為我的《歐美文學史和中國文學》作序。我不是他的及門弟子，先生卻欣然應允，曾使我深為感動。那序是他去日本前趕寫出來的，信中說怕回國後抽不出空。兩年後我去北京，和崔寶衡、徐京安兄去拜訪他，呈上已出版的書。其時還不知他已身患絕症。楊先生是中國比較文學學會首任會長，國際比較文學協會副主席，為中國比較文學的事業，作了很大的貢獻。就我個人來說，如果有什麼進步的話，是和楊先生生前的鼓勵及給我信心分不開的。

為我這本書寫序的，是好友陳惇教授，他是現任中國比較文學會副會長，也是我的學兄。我們一起經歷了一九五七年反右的不願回顧的歲月，後來又同被派去北京大學參加由楊周翰、吳達元、趙蘿蕤主編的新中國第一部《歐洲文學史》的編寫工作，我與他得以聆聽楊先生的聲音，就是從那時開始的。吳達元先生已經作古。他如赤子一般的性格使我難忘。趙蘿蕤先生還健在，「文革」期間我到北大學生宿舍尋訪過她，她房間鎖了門。

當時北師大中文系外國文學教研組的人很多，除了穆木天、彭慧先生外，有剛從蘇聯回來的劉寧、譚得伶，翻譯把鐵梅、潘桂珍，還有楊敏如先生、匡興、張欽堯、闞婉福、陳惇、何乃英、許令儀、王國明、李啟華、關坤英和我。幾十年過去了，穆、彭二先生在「文革」中慘死。張欽堯已故去。其餘的多已星散。有的已經退休，只剩了幾個人還在組裡工作。後來組內又來了陶德臻。傅希春也回到系裡。那時我已調離北師大，南下福建。「文革」後一批新生力量像劉象愚君等加入，比我們老一代強多了。回憶往事，酸甜苦辣，使我常常懷念母校和故友。

一九四九年後高校中文系畢業而研究外國文學、比較文學的人不少，我們也做了一些力所能及的事。可以說一九四九年後的外國文學與比較文學的隊伍，就是由中文與外語兩系組成的。每次開外國文學或比較文學會議時，前輩師長們如馮至、季羨林、楊周翰、王佐良、孫繩武等先生都勉勵大家要團結一致，取長補短。現在這支隊伍的知識結構已經發生變化，說明我們的整體水平已經提高。

關於這本書，許懷中、萬平近兄看過初稿，對我的寫作鼎力相助，我是不能忘記的。海峽文藝出版社社長林正讓先生一見到我就說：「這樣的書一定要出，賠本也要出。」海峽文藝出版社副社長林秀平先生主動親任責編，保證了此書的質量。我和兩位社長合作得極為融洽。

這本書是在我七年前寫的《歐美文學史和中國文學》的基礎上寫成的。所不同的是刪去了歐美文學史，增加了中西詩學的比較。至於中西小說、戲劇的比較，則在前書的基礎上作了補充和修改，使之成為一部較嚴格意義上的中西比較文學。學海無涯而人生有限，七年的歲月就在一邊教書一邊伏案寫作中度過了。我總認為教書是科研的動力，不上課也就沒有這本書。至於七年的勞動能結出一個什麼樣的果實，自己也實在心虛得很。只期待讀者和專家的批評指正。

最後，我要感謝福建省人民政府每年設立優秀著作出版基金，沒有政府的資助，此書也難以問世。

李萬鈞

一九九五年五月六日於福建師大

# 作者簡介

## 李萬鈞

生於一九三三年，卒於二〇〇二年。廣東臺山人，一九五七年畢業於北京師範大學中文系，畢業後曾留校任教，後為福建師範大學中文系教授，比較文學碩士點導師組組長。主要著作有《西方戲劇文學》、《外國小說名著鑒賞》、《歐美文學史和中國文學》、《中西文學類型比較史》、《歐美名劇探魅》（合作）、《魯迅論外國文學》（合作）、《魯迅與中外文學論稿》（合作）、《中外比較文學》（副主編）、《中國古今戲劇史》（主編）等。

# 本書簡介

《中西文學類型比較史》係作者多年研究成果的總結。全書共分四部分，第一部分為「中西短篇小說類型」，第二部分為「中西長篇小說類型」，第三部分為「中西戲劇類型」，第四部分為「中西詩學類型」。這是作者在《歐美文學史和中國文學》的基礎上加以補充修改後的研究論著，展示了更為廣闊也更為嚴謹的比較文學研究視野。該著立足於中國文學，從文學類型入手，系統地梳理了中西短篇小說、中西長篇小說、中西戲劇與中西文論的演變軌跡，總結其各自特點，辨析其異同，彰顯了兩者在世界文學視域內的地位、意義與價值。該著的闡釋立足材料、謹嚴辨析，既能博採眾家之長，亦能發一己之所見，在中西文學類型比較研究上，建立了一座有價值的溝通橋樑。

國家圖書館出版品預行編目(CIP)資料

福建師範大學文學院百年學術論叢. 第四輯.
中西文學類型比較史；李萬鈞著.
鄭家建、李建華總策畫
-- 初版. -- 臺北市 : 萬卷樓, 2017.12
10 冊 ; 17(寬)x23(高)公分
ISBN 978-986-478-136-2 (全套:精裝)
ISBN 978-986-478-139-3 (第 3 冊:精裝)

1.比較文學 2.中國文學 3.西洋文學

820.7　　107002344

福建師範大學文學院百年學術論叢　第四輯

中西文學類型比較史

ISBN 978-986-478-139-3

作　者　李萬鈞
總策畫　鄭家建　李建華

出　版　萬卷樓圖書股份有限公司
總編輯　陳滿銘
發　行　萬卷樓圖書股份有限公司
發行人　陳滿銘
聯　絡　電話 02-23216565　傳真 02-23944113
　　　　網址 www.wanjuan.com.tw
　　　　郵箱 service@wanjuan.com.tw
地　址　106 臺北市羅斯福路二段 41 號 6 樓之三
印　刷　百通科技股份有限公司
初　版　2017 年 12 月
定　價　新臺幣 23800 元 全套十冊精裝 不分售

　新聞局出版事業登記證號局版臺業字第 5655 號